H. G. Adler

Die unsichtbare Wand

H. G. (Hans Günther) Adler, geboren 1910 in Prag, gestorben 1988 in London, war Dichter, Historiker, Soziologe, Philosoph und einer der letzten Universalgelehrten des 20. Jahrhunderts. Er hat Auschwitz überlebt und zwei grundlegende Bücher über Theresienstadt sowie eine fundamentale Analyse zur totalitaristischen Bürokratie unter dem Titel *Der verwaltete Mensch* (1974) veröffentlicht. H. G. Adler bezeichnete sich einmal als »deutscher Dichter des österreichischen Kulturkreises jüdischer Nation, tschechoslowakischer Staatsangehöriger ursprünglich und heute britischer Staatsbürger«. Mit seinen Romanen leistete er einen der wichtigsten deutschsprachigen Beiträge zur Holocaustliteratur.

Romane und Erzählungen: *Eine Reise* (1962), *Panorama* (1968), *Ereignisse* (1969), *Die unsichtbare Wand* (1989) u. a.

Sein Roman »Eine Reise« ist 2002 im Aufbau Taschenbuch Verlag erschienen.

Artur Landau aus Prag hat die schlimmste Verfolgung im 20. Jahrhundert überlebt und findet sich im Nachkriegsengland wieder. Seine Frau Franziska wurde im Konzentrationslager ermordet. Ihr verdankt er sein Leben. Der Versuch, in England eine neue Heimat zu finden, scheitert. Artur Landau, »zufällig Geretteter aus einer gemordeten Gemeinschaft«, empfindet sein Wiederauftauchen als einen Affront gegenüber einer Welt, die nicht vom Tod behelligt werden möchte. Die Welt hat Angst vor ihm, der das Ende des Lebens wieder in das Leben trägt. Erst seine Liebe zu Johanna holt ihn zurück aus seiner Einsamkeit und bringt die Hoffnung zurück. In ihrer Liebe bewahrt Artur Landau das Bild seiner ersten Frau, seiner Wegbegleiterin in den Tod, durch den er ging und in dem sie blieb.

H. G. Adlers Roman ist wie »ein versuchter Wurf nach dem verlorenen Paradies. Ein großer Wurf.« *(Jürgen Serke)*

H. G. Adler

Die unsichtbare Wand

Mit einem Nachwort
von Jürgen Serke

Aufbau Taschenbuch Verlag

Für Luzzi Wolgensinger

Leben. Was sind wir? Versuch?
Wir suchen, doch wissen es nimmer;
Siehe, dein Dasein allein
Wird ein gewaltiger Fund.

ISBN 3-7466-1139-3

1. Auflage 2003
Aufbau Taschenbuch Verlag GmbH, Berlin
Lizenzausgabe mit freundlicher Genehmigung
des Paul Zsolnay Verlages Wien

Einbandgestaltung Preuße & Hülpüsch Grafik Design
unter Verwendung eines Fotos von Getty Images
Satz: LVD GmbH, Berlin
Druck und Binden GRAFO S.A., Bilbao
Printed in Spain

Die unsichtbare Wand

Die schwarze Rauchfahne aus dem zu niedrigen Schornstein schief gegenüber im Fabriksgelände, eingesprengt in das Viertel, bei Mackenzie, wo man Autos überholt und umbaut, zieht schon wieder schwer und qualmig über die Straße hin; der alte Lumpensammler Ron, dürr und mit schmalem zusammengequetschtem Gesicht, schiebt seinen Karren mühsam auf dem Gehsteig wie einen fahrbaren Käfig und hält umständlich vor unserem Hause, wie es seit Jahren einmal wöchentlich geschieht, seitdem ihm Johanna ein Riesenpaket alter Kleider geschenkt hat, die ihn entzückten, obwohl die Last ihn beinahe zu Boden krümmte, während wir froh waren, uns von diesem Trödel zu befreien, den unsere Wohltäter bei uns abluden, statt selbst einen Lumpensammler damit zu bedenken; Santi, der alternde gelbliche Hund aus dem Gemüseladen von Simmonds, streift wieder träge herum, bellt unvermittelt ohne ersichtlichen Grund und trollt sich lautlos weiter; mit ihren Einkaufstaschen schaukeln Frauen aus der Nachbarschaft vorüber, bleiben stehen, verlieren sich für eine Weile in ein dichtes und doch nicht verbindliches Gespräch, bis sie sich plötzlich trennen und einander nur noch ein unerklärtes spitzes Lachen schicken, das jäh verlischt; von ferne, wo die Eisenbahn westlich ins Land dringt, pfeift es, als sollte die Freude jeglicher Reise verkündet werden.

Das alles ist gewohnt und auch bewußt, denn seit über sieben Jahren sagen wir, daß wir hier zu Hause sind; nicht in dieser Stadt und schon gar nicht in diesem Land, kaum im Stadtviertel, doch hier in der nächsten Umgebung zu Hause, in West Park Row, wo wir in dem winzigen Einfamilienhaus wohnen, dazu um die Ecke in der Truro Street, in den benachbarten Straßen, Winkeln, auf Plätzen, öffentlichen Rasenflächen und Kinderspielplätzen bis zum Umkreis von zehn Minuten. Das alles ist bekannt; aber am vertrautesten, was ganz nahe liegt und die Rufweite einer kräftigen Stimme kaum um das Doppelte übersteigt. Hier leben wir, verloren und geduldet, trotz allem auch behaglich, fast wohlgelitten, als Eingesessene, wie man das so nennt, und wissen nicht recht, ob wir uns in einer Weltstadt oder in einem Dorf aufhalten; eher scheint es auf dem Lande zu sein, da es schwerfällt, sich ferner gelegene Viertel als noch zum gleichen Orte gehörig vorzustellen.

Dafür gibt es manche Gründe. Will man einen anderen Teil der Stadt besuchen, so rüstet man sich, sagt einander Lebewohl, benützt ein Fahrzeug, den Autobus oder gar einen Zug, und wird aus dem bekannten Gelände schnell entführt. Dann sind wir auch in West Park Row und rundherum in meilenweitem Umkreis nahezu Fremde; die wenigen Menschen, die etwas mehr von uns wissen, sind nicht unter einer Stunde Weges zu erreichen, wir sehen sie selten, manche nie, andere kaum öfter als einmal im Jahr und nur wenige mehr als einmal im Monat.

Nahezu Fremde; so leben wir auch in der Fremde, obwohl uns im Viertel von Jahr zu Jahr mehr Menschen zu grüßen beginnen und sogar unsere Namen wissen. Auch spielen Michael und Eva mit den Nachbarskindern. Man könnte glauben, daß wir mit manchen Leuten, die rechts und links von unserem Häuschen wohnen, mit den Händlern, wo wir unsere Lebensmittel und kleinen täglichen Einkäufe besorgen, und noch mit einigen anderen fast auf vertrautem Fuße stehen. Doch reichen diese Beziehungen nicht weit und schon gar nicht tief; wir sind wir, andere sind anders; fast nur der Blick, Girlanden aus einzelnen Zurufen und gefügten Wendungen, bestimmte Riten des einfachen menschlichen Zueinanderseins werden, manchmal mit Wärme selbst und Mitgefühl, doch unverbindlich von Mund zu Mund gesagt, von Hand zu Hand gereicht. Es mag schon stimmen, daß die Leute in der Gegend über uns so ihre Gedanken anstellen und mancherlei Bemerkungen tauschen, doch das bleibt für uns undurchsichtig; wir erforschen es nicht, wenn auch wir mitunter die Nachbarn und andere Gefährten alltäglicher Gemeinsamkeiten in unser Sinnen einbeziehen, das nur selten und bloß in flüchtig erhaschter Rede von verräterischem Nächstenschwatz genährt wird.

Es ist eine geringe Gegend hier; zumeist beherbergt sie Arbeiter und kleine Angestellte, die keine Reichtümer sammeln, aber gewöhnlich auch vom Elend verschont sind, Menschen, deren Trachten wir vielleicht erraten, aber nie verstehen werden, Schicksale, die für uns, die fernher Zugereisten, wenig unterscheidbar in ein gemeinsames Fremdes verschmelzen, so sonderbar und einzeln sie auch bestimmt sich aus uns verbotener Nähe erweisen dürften. Zwei Gruppen aber sind voneinander deutlich geschieden; einmal die Familien auf unserer Straßenseite samt den Anrainern in der Truro Street und noch weiter in dieser Richtung, wo sich ein Streifen von besser gepflegten Wohnzeilen mit etwas reicher bemittelten und darum auch steiferen Kleinbürgern anschließt; dem entgegen die Leute gegenüber, die – links von Mackenzie – nicht wie wir in liederlich gebauten und ziemlich unbequemen, doch ganz behaglichen Einfamilienhäuschen leben, sondern in zwei ausgedehnten Zinssiedlungen, weitschichtigem Wohngetrümmer mit geräumigen glatten Höfen, das sich dem flüchtigen Blick fast freundlich anbietet und erst näher betrachtet sein lieblos geschachteltes enges Beisammen verrät. Die meisten Menschen da drüben, es mögen einige tausend sein, dürften kaum schlechter, viele sogar besser verdienen als die Familienväter auf unserer Seite, doch werden jene hier nicht als ebenbürtig empfunden, und man muß zugeben, daß, ärger als bei uns, die Jugend drüben Unfug treibt; viele Burschen sind verwildert, andere lungern und dösen hohl ihre Freizeit hin, die Kinder laufen oft schmutzig herum, das Lutschen klebrigen Zuckerzeugs und giftiger Eisbonbons nimmt kein Ende; auch die Sprache, die man auf unbewachten Höfen führt, und das Lärmen sind dort anders. Für uns, die Zugelassenen, besteht kein Grund, auf dieses zuchtlose und trotzdem eher gutmütige Volk hinunterzublicken, doch loben wir es uns, nicht drüben Nachbarschaft teilen zu müssen, wo sich die familiären Geräusche und das Schmettern garstiger Rundfunkkaskaden durch dünne Wände und zugige Gänge nicht vom Nebenmenschen abhalten lassen.

Das Dorf, in dem wir wohnen, ist weder schön noch sonst reizvoll, doch für uns ist es leidlich, weil uns hier niemand behelligt; auch dringt genügend Licht zu uns, der Schlot stört nicht zu sehr, die Gegend schenkt Auslauf in freien Flächen, die größte, die Schäferheide, ein weiter Tummelplatz, öffnet sich nur wenige Minuten von unserem Haus entfernt; außerdem gewähren für groß und klein vier Parkanlagen, bevor man sie bei Dämmerung sperrt, mehr Freiheit, als man sich im Bann der Weltstadt erwarten dürfte. Unser Viertel liegt – erstaunlich bei dieser Nähe von Mackenzie – abseits vom großen Verkehr; nur durch die Truro Street, wo auch unsere einzige Autobuslinie fährt, eilen manchmal lange Wagenkarawanen, während West Park Row eher von Kinderstimmen schwirrt als von anderem Trubel.

Trotzdem haben wir uns langsam eingewöhnt; Johanna schrak zusammen, als sie, nach Jahren in einem viel vornehmeren Stadtteil, mit mir es hier für uns einzurichten begann, während es mich nicht mehr verwirrte als alles hierzulande und so auch in dieser Stadt, wo mir alles neu war. Ein Neuling war ich überall, der nur Umrisse erkannte, nirgendwo vertraut war, ein Fremdling, wie immer ich mich gebärden mochte, mit mir beschäftigt, dabei weit aus meinem Inneren hinausgelehnt in der Haltung des Werbers, der die herausgeschmückten Waren seines Herzens aller Welt feilbietet und vergißt, daß sie den Menschen vielleicht mißfallen könnten, doch noch unbekümmert, wenn jemand meine Schätze ablehnte, denn viele andere Leute schienen begierig, sie zu erwerben. Gläsern dünkte mich die Welt, gläsern kam ich mir selber vor, aber alles war ein empfindliches Glas, lebendig und biegsam, dennoch brüchig, alles in seltsamem Widerspruch mit sich, zart durchsichtig, doch undurchdringlich dabei, mehr zum Anschauen als zum Anfassen, trotzdem fremd, fremd, einem innigeren Vertrauen erst mühsam nach zäh beständiger Übung langsam erschließbar.

Fast untergegangen war ich; das galt es wettzumachen. Nun wollte ich mich entfalten, die Todeswunde, von der ich nicht genesen war, verleugnete ich oder hielt sie für geheilt, mächtig griff ich aus, daß auch weniger empfindliche Menschen erschraken, aber ich war davor bewahrt, das damals zu ahnen. Johanna, mit der Einrichtung des Häuschens beschäftigt und noch sonst in viele Tätigkeiten gespannt, sah mich wohl besorgt an, aber mein Treiben schien so unbekümmert und frisch, daß sie sich, mehr nachgiebig als unsicher, meinem Ansturm ergab, den ich verzehrend über alle nützlichen und schädlichen Grenzen hinaus in die Gesellschaft trieb, wobei ich noch nicht merkte, wie sie vor mir zurückwich. Das Tägliche aber, Nahrung, Kleidung, Häuslichkeit, so ehrwürdig auch sein Wert und Erwerb, erfüllte mich höchstens mit Bewunderung, doch niemals mit Sorge; ich dachte, der Verdienst für unseren Bedarf müsse vonstatten gehen, es bedürfe keiner bestimmten, sondern nur einer allgemeinen Anstrengung, dann würde mir alles zukommen, während inzwischen Johanna, was wir für uns brauchten, mir in vielen Gaben wie zum Geschenk darbrachte. Sie sah, wie mich das freute, sie schaffte es erfindungsreich herbei, wie es ihre geringe Habe aus fleißig erworbenen Ersparnissen erlaubte. So durfte ich in aller Schwere leicht sein, mich des keimenden Lebens freuen, das Johanna uns bereitete, und während sich die vollen Beutel lockender Versprechungen mir verschwenderisch öffneten, konnte ich mich auch noch getrost auf ein kleines Vermögen verlassen, das wohlverwahrt in Amerika viele Jahre lang auf mich gewartet hatte.

Rastlos war ich tätig. Weder vorher noch späterhin strömten meine Gedanken so leicht in einer beständigen schöpferischen Folge, mir glückte meine Arbeit, sie war neuartig und fügte sich mir so einleuchtend zusammen, daß ich gar nicht auf den Einfall gekommen wäre, jemand könne sie nicht begreifen oder schwierig finden und nicht überzeugt ihr beistimmen. Allerdings gelangte ich nicht dazu, deswegen Bedenken zu nähren, denn man hörte, wie ich mir zumindest einbildete, allem aufmerksam zu, was ich über meine Forschungen und Erkenntnisse berichtete, wobei ich es leider übersah, daß man wohl darüber verwundert war, doch es keineswegs bewunderte, was ich zu sagen hatte. Meine Selbsttäuschung wurde durch meine Wirkung auf die Menschen in jenen ersten Nachkriegsjahren unterstützt, die Gebildeten wie die Halbgebildeten wünschten damals einen erschütternden Angriff auf ihr Gewissen, und den bot ich ihnen, ob ich es so wollte oder nicht, denn meine Rede schlug ihnen wohltätig wie der Schauer eines Bußbades ins Gesicht; man wünschte also meine Rede und brauchte doch kein Wort von ihr ernst zu nehmen, man wollte hören, brauchte sich aber mit dem Inhalt nicht weiter zu befassen, weswegen es auch leicht fiel, mir Beifall bis zum Überfluß zu spenden, wenn er bloß zu nichts verpflichtete. Die Menschen fühlten sich in tiefer Schuld und waren lüstern, ihre durch ein sozusagen gefiltertes Grauen gelähmten Sinne peitschen zu lassen, gar wenn es, obwohl nicht dies meine Absicht war, durch mich auf eine so unbarmherzig kundige Weise geschah.

Das Häuschen in West Park Row war wie ein kleiner Vulkan, der mich barg, und das war mir recht; dort durfte ich schaffen und Kräfte sammeln, bis sie überschäumten. Aber wenn ich von da hervorbrach und mit meinem Treiben wilde Flammen und glühende Asche zu den Menschen warf, so löste das Schrecken aus und man wehrte sich dagegen. Wer hätte meine Provokation willig hinnehmen sollen? Es war ein eitles, mehr noch ein krankhaftes Beginnen! Doch konnte ich mir anders nicht helfen, und leider fand sich keiner, der zwischen mir und den Menschen vermittelt hätte. Dieser Ausgleich fehlte, und das hat in den folgenden Jahren mein Schicksal bestimmt. Wenn ich heute im Rückblick mein Leben in diesem Lande bedenke, so muß ich mir eingestehen, daß ich verraucht bin, der Vergleich mit dem Vulkan trifft so ziemlich die Wahrheit; nur zu Ende denken soll man nie in Bildern, denn sie führen in die Irre. Vieles hat sich im Laufe der Jahre verändert, längst stelle ich mich ganz anders dar; jetzt bin ich bei jenen am meisten vergessen, wo damals mein Wesen am meisten Aufsehen, manchmal fast schon Aufruhr hervorrief; nur verloschen, gleichsam ein Denkmal meiner vergangenen Tätigkeit, das bin ich nicht.

Eher ist alles, was an mir haftete, ob es menschlich oder gegenständlich war, mir treulos geworden, alles und alle – bis auf Johanna, die geschenkte und stets ergebene Begleiterin, die Frau, das unbegreifliche Wesen. Wie sich so ein Geschöpf allein um einen versammeln kann, wirklich, versammeln, weil es eine Fülle in sich schließt, die sonst einem einzigen Menschen gar nicht zugehört, so vielfältig und reichhaltig, dabei kaum erforschlich, was sage ich?, nicht erforschlich! Wenn ich es gerecht betrachte, ist Johanna die einzige, die ich bin, denn nicht ich bin, nur sie ist, sie stellt mich dar und erhält mich, sie vereint sich zu einer Gesellschaft verschiedenartiger Wesen, die mir erst zum Dasein verhelfen, mich aufbauen und bilden und meinen Namen vor der Welt vertreten, daß er gerechtfertigt ist.

Es wird mir unvorstellbar, was von Artur Landau ohne Johanna noch in der Welt geblieben wäre, denn ich habe aufgehört zu sein, wiederholt aufgehört, abgelassen von mir, Überrest einer Erinnerung, die ich nicht mehr bin, vielleicht noch eine ortlose Botschaft, die sich nirgendwo einfinden nirgendwo aufhalten kann. Fragwürdig sind andere Menschen auch, so zumindest empfinde ich das, aber ich erreiche nicht einmal ein fragwürdiges Dasein, diese gebrechliche Stütze eines Bestandes, denn ich bin heimatlos in jedem Sinn, nirgendwo hingehörig und darum entbehrlich, nie vermißt, weil von mir nichts gewußt wird. Aber durch Johanna trifft das, was ich von mir gerade erkläre, nicht mehr ganz zu; sie schaltet im Hause, bewegt sich in der Stube, stellt das Essen auf den Tisch, spricht wunderbarerweise plötzlich Vernehmliches, und stets wird mit solchen Folgen bekräftigender Geschehnisse etwas Faßbares gemeint und gewonnen, sinnvolle Teile einer Ordnung werden bedeutet, und – was am seltsamsten ist – vieles bezieht sich auf mich, bestätigt mich ernsthaft und geht mich an. Johanna ruft, spielt die zwei

Silben meines rollenden Namens zwischen den Lippen hervor, da horche ich hin, schaue auf, verstehe mich, schon ist in den Verlust jedes mir möglichen Daseins ein Inhalt gepflanzt, den ich bekennen muß; ich soll es sein. Johanna will es so, sie hat ja jemanden geheiratet und dann zwei Kinder geboren, die nicht nur zu ihr gehören, sondern auch zu einem anderen, den sie harmlos und unschuldig Vater rufen. Vater, Vater! Da muß ich aufmerken und hinsehen, dann komme ich wie aus dem Traume hervor, muß anerkennen, daß es mich gibt. Je unfaßbarer mir das wird, um so mehr nehme ich davon wahr; fast könnte ich jenem Philosophen beistimmen, der verwegen aus seinem bloßen Denken schließen wollte, bereits auch selbst zu sein, einfach zu sein. Doch trotzdem ist es nicht das Denken, das mir dieses Wunder schafft, und schon gar nicht mein Denken, nein, eher ist es ein Zustand, in dem einer gedacht wird, und dieser eine bin ich.

Johanna hat dieses Wunder vollbracht. Sie nahm mich, als ich längst nicht mehr war und bevor ich wiedererschienen bin; sie nahm etwas, das zwischen Feldern des Möglichen lag, nichts Gewisses und nichts Bestimmtes, aber etwas, was sie zu finden vermeinte, für das sie begabt war, es sinnlich zu fassen. Sie hatte die unerschütterliche Treue zum Uneigentlichen, das sie sich mit blindem, doch hoffenden Mut erkor, weil sie ans Zeitliche glaubte, an ein verheißenes Werden. So konnte sie es ihrem Wesen abringen, aus dem Tage, der kaum eine Hoffnung umspannte, trotzdem das Künftige zu erglauben, den unwahrscheinlichen Morgen, der alles erneuert und erst wesentlich erschafft, daß man sich dessen mit dem mächtigen Aufschrei einer Geburt inne werde: du bist! du bist! Sie mußte die jubelnde Kraft in sich spüren, die im Schatten wesenlose Gebilde wahrnimmt, daß sie auch leibhaftig seien mit faßbarem Umfang und von anderen Erscheinungen mit allen Gliedern abgelöst, ein einzelnes Wesen in einem gemeinsam vermuteten Raum. Das bleibt eine unbegreifliche Tat, und wenn ich sonst auch nichts bin, so bin ich diese Tat, oder nicht so, ich bin das Ergebnis dieser Tat, der ins Geborgene eingebrachte Besitz einer Frau, die Tag um Tag mit wirkender Sorge mich ins Dasein versichert, damit ich in der nie bezwungenen Gefahr des Versinkens mich nicht wieder ins Scheinhafte zerlöse und den Dingen und Träumen entschwinde, die mich mit einem stetigen, sanft durcheinander reibenden Wirbel umgeben, daß ich an ihnen bin, Stand an Gegenstand, ein gesondertes Anderes unter der unaufhörlichen Flut von so viel Bestand, locker und einzeln gefügt in einem unermeßlichen Gefüge. Gerührt von so liebevoller Mühe, kann ich mich nicht versagen, wie wenig auch gilt, was ich bestimme. So aber ist mein Untergang überwunden, daß ich mich leibhaft fühlen darf; Gelächter höre ich, schon lache ich mit. Ätzen auch Zweifel mich an, so können sie trotzdem in West Park Row nicht dauern, weil ich nicht auffalle. Meine Herkunft scheint den Nachbarn nicht verwunderlich, von irgendwo werde ich stammen; doch keiner forscht dem nach, niemandem bin ich Frage.

Es ist gut, daß ich hier zum Leben erwachsen bin. In den vier Stuben und den Kammern des Hauses muß ich genauso wenig mich meines verlorenen Vorlebens erinnern wie hinten in dem winzigen Gärtchen, eingezwängt zwischen ebenso geringen Gärtchen der Nachbarn und dem abgezäunten brachen Grünfeld dahinter, wo die Kinder spielen, fremde und meine Kinder – wie wird mir zumute, daß ich das sagen darf! –, wo zwischen Disteln und Huflattich fette Katzen streifen und jagen. Hier kenne ich meine Vergangenheit nicht, und alles ist neu, die Stiefheimat eines Frühverwaisten, dem man nur einmal flüchtig leichthin berichtet hat: Wir haben dich von ganz woanders hergenommen, als Vater und Mutter dir verstarben, ein kleiner Junge bist du damals gewesen, so klein, daß du dich dessen nicht erinnern kannst, niemand mehr weiß davon, weil es schon unerfindlich lange her ist. Da denke ich angestrengt nach, es dauert eine Weile, ich werde ernst, bis ich endlich sage: Sicher, so muß es gewesen sein, weit hinten gibt es ein Kämmerlein in meiner Seele, in das ich nicht eintreten kann, doch sehe ich einen spärlichen Schimmer von dort hervorbrechen, und da weiß ich endlich, daß es ein Leben gegeben hat, ein anderes Leben, das muß mir zugehören, und dennoch ist es nicht mein eigenes Leben. Nicht nur Vater und Mutter sind mir zu früh gestorben, auch ich bin verschieden, doch haben die Leute meiner vergessen, deswegen haben sie mich weder eingesargt noch begraben, unbeachtet bin ich liegengeblieben, es muß an einem Rande geschehen sein, neben einer Straße oder an einem Ufer vielleicht, abseits von allen Orten, wo man achtgibt, ob einer richtig lebe oder tot sei, und da wird es sich ereignet haben, daß man mich schlafend fortgetragen hat, weit, weit, bis ich plötzlich einmal erwachte.

Nun sah ich mich um, Johanna war mit einem Schlüssel zur Hand, zeigte mir eine Türe und sagte: Da sind wir, ich will gleich aufschließen. Wir traten ein, die Luft war dumpf. Aus allen Winkeln und Ritzen kündigte es sich an, daß schon seit einiger Zeit keine Menschen hier geschlafen hatten. Jetzt zogen wir in dieses Haus. Man brachte Betten, Tische, Schränke, Sessel, volle Kisten und allerlei Geräte, die sich dienend unserem täglichen Wohnen zugesellen sollten. Ich war müde und nicht sehr nützlich, der Schweiß der Schwäche netzte mir Nacken und Stirn. Voller Besorgnis wurde Johanna meines Elends gewahr, sie nahm mich an der Hand und führte mich ins Hinterzimmer, darein die Sonne strahlte. Ein Sessel wurde herbeigeschafft, das Fenster geöffnet, durch das lau bewegte Luft in den verschlafenen alten Dunst der Stube drang. Ich schämte mich, daß ich so untauglich war, bei den ersten Geschäften der Einrichtung zu helfen. Bittend sah ich Johanna an, sie möge mir eine kleine Arbeit anweisen, doch sie duldete es nicht, strich mir über die Haare, eilte hinaus und kehrte mit einem kleinen Imbiß zurück.

»Die Männer sind viel geschickter als wir. Die werden schon alles machen.«

Johanna meinte, sie müsse ihnen nur sagen, wo alles aufzustellen sei, und ging fort. Da erholte ich mich ein wenig und begriff, daß es bloß Rücksicht auf mich war, wenn man bis jetzt noch nichts ins Hinterzimmer gebracht hatte. Darum wollte ich nicht länger in dem leeren Raum auf meinem

Sessel hocken, ich fühlte mich schon kräftiger und überlegte, wie ich mich nützlich machen könnte. Als ich mich erhob, um nach den Arbeitern zu schauen, spürte ich aber noch immer eine Schwäche in den Beinen, so konnte mich keiner brauchen. Ich wandte mich zur Türe, die zum Gärtchen führt, und drückte dagegen, erst nach einiger Mühe gab sie nach. Ich schlich hinaus und stand mit schläfrigem Entzücken auf dem hochgeschossenen Rasenteppich.

Dieses Gärtchen, Johanna sah es wohl, wurde mir zu einer wahren Kinderzeit. Von Gärtnerei verstand ich nichts, aber eine spielerische Lust erwachte in mir, dieses Fleckchen nach meinem Vergnügen einzurichten. Manches Pflänzlein habe ich eingesetzt; ein lustiges Durcheinander, das jeder rechte Gärtner schelten würde. Der Boden ist mager, auch vor unserem Einzug war er kaum je ordentlich gepflegt worden: Scherben, Ziegelsplitter, Schlacken und Schotter eingesprengt in dürftige Erde. Doch gerade diese Ungunst hat mich angeeifert; die häßlichsten Stücke habe ich ausgeklaubt und auf gut Glück, wie es die Laune mir eingab, auf dem Fleckchen einen bescheidenen Frieden gestiftet. Johanna hat mir gern willfahren, weil sie selbst vom Gärtnern nichts versteht, zumal ihre Zeit nicht ausreichte, auch noch hier nach dem Rechten zu schauen. So ist mir ein eigener Bereich mit den Kindern vorbehalten, denen ich eine Ecke mit einem Sandhaufen beschert habe, feinkörniger gelber Kies, doch auch sonst sind Eva und Michael draußen wohlgelitten, wenn sie mir nur nicht auf die Blumen treten. Liebe kleine Welt mit Primeln, Goldlack, Ringelblumen, Wicken, Kressen und anderem Zauber! Dazu manches Hergewehte, das sich überraschend zugesellt hat. Wenn ich mich über die Kräuter bücke, Schnecken von Lupinen sammle, einen dreisten Spitzwegerich entwurzle, der mir die Akelei bedrängt, wenn ich Schnüre für die Feuerbohnen spanne, edlen Rittersporn an Stäbe binde, den Boden wässere, dann weiß ich wohl, daß dies untaugliche Spielereien sind, die ein Kenner belächelt, aber ich weiß auch, daß ein verlorener Städter spielt, ein Unverständiger, der sein gepachtetes Geviert nicht unaufrichtig in ein sprießendes Zaubergefilde verwandelt, um den schönen Sieg des Pflegers über widriges Gelände zu feiern. Das ist gar nicht meine Absicht. Wohl soll es nicht ganz so zuchtlos in meinem Gehege wachsen, wie es hinter meinem faulenden und geborstenen Zaun durcheinanderwuchert oder wie es in jener Wildnis aufschießt, die sich oft mitten in großen Städten da und dort auf verwaisten Strecken graugrün entfaltet, Flächen des Abraums, wo nicht das Reich des Wiesengrundes im Erdschutz der weiten Figuren die Blüten in den dicht verfilzten satten Rasen streut. Ach, solch ein Reich ist weit, der Abraum aber nah. Nun, so arg lasse ich es nicht werden, wenn ich auch fast allein mit bloßen Händen versuche, dies winzige Stückchen Erde zu unserer Freude zu bereiten, wobei mich das Treiben des Zufalls überraschen darf. Darum habe ich es geduldet, daß sich die Erdbeerschößlinge bis unter die stachligen Rosenbüsche eingesenkt haben; mögen die Nachbarn darüber mitleidig lächeln, mich stört es nicht, und die Beeren reifen vorzüglich.

Verschränkte Welt, in der ich abgesondert von verzahnten Ängsten und schneidenden Irrtümern feiern darf, Ruhe des fast verbotenen Behagens, eingeinselt Eigentum in einem Archipel von anderen Eigentümern, mit denen mein Schicksal nichts gemein hat; aber da ich mich hier aufhalten darf, wurde mir doch eine fast blinde Gemeinschaft mit unseren Nachbarn verstattet. Nur melden darf ich mich nicht, aufzufallen muß ich vermeiden, die Augen gesenkt, den Blick bloß dem zugewiesenen Boden schenken und dabei so unauffällig schaffen, daß keiner in meinem Verhalten eine List oder etwas Verdächtiges vermute. Wenn dann ein Gruß aus dem nächsten Gärtchen zu mir herübereilt, muß ich mit unbefangen geschliffener Stimme eine frohe Antwort schikken, die Mundwinkel zu einem freundlichen Lächeln quetschen. Lange muß ich solche Gebärden nicht spannen, der guten Nachbarschaft wurde genügt, mehr wird nicht verlangt, schon darf ich wieder in meinen Grenzen verharren, und niemand wird mein Recht bestreiten. So wandle ich im Erworbenen, die greifbaren Schalen des Besitzes gehören mir zu, ich bin ein Inhaber, ich zahle dafür, und darum darf dieses Wunder der Freiheit geschehen.

Aber wie es mir wirklich ergeht, wie ist das zu bedenken? Ich kehre lieber ins Haus zurück, in meine Stube. Johanna hat mir die größte eingeräumt, das Vorderzimmer zu ebener Erde mit dem breiten Fenster, hinter dem ein schmaler Saum von unbekümmertem Rasen und eine buschige immergrüne Hecke die Straße von mir abhält. Hier bin ich mir überlassen, meine Not ist vor zudringlichen Blicken fast geschützt, man muß schon frech sein oder sich auf den gekachelten Gang vom Gatter zur Haustüre vorwagen, um mich von draußen an meinem Schreibtisch zu beobachten. So darf ich mein Wesen treiben und niemand stört mich; viele Stunden verstreichen, die ich mir allein angehören darf. Eva und Michael sind im Kindergarten und in der Schule oder tummeln sich draußen herum, Johanna schaltet im Haus oder hat auswärts zu tun. Das alles ist gut eingerichtet, aber dennoch bin ich oft ausgeliefert, und dann wird der Aufenthalt in meinem Zimmer bedenklich. Draußen verstummen die Geräusche oder huschen nur vorüber, verweilen nicht, ahnen kaum, daß sie jemanden zu mir bringen könnten, der sich meiner bemächtigte und zu sprechen anhübe.

»Ich kenne dich. So weit bist du gereist und meinen Netzen entkommen, aber jetzt habe ich dich doch hinter deiner Wand gefunden. Warum hast du dich all die Zeit über verstellt? Mit einer Familienidylle willst du mich betrügen? Du närrischer Schwindler! Frau und Kinder gehören dir nicht, du selbst gehörst dir nicht, aber mein bist du, mein! Ich habe dich ganz, denn ich bin dein Vernichter. Ich habe dich losgelassen, um mich an deiner Ohnmacht zu weiden, wie du hilflos und furchtsam davonstrampelst, als könnte es eine Zuflucht für dich geben. Gar kein schlechter Einfall! Aber keine Höhle wird dich bergen, daß du dich mit deinem Schmutz in ihr verstecken dürftest. Überall machst du dich verdächtig, alte Ratte. Süßlich betäubender Duft schwillt aus den Kanälen empor, in denen du deinen Leib behüten willst. Warte nur, ich werde dich ausräuchern, wie ich deinesgleichen stets vertilge.«

Es ist viel besser, wenn sich keine Besucher bei mir melden, und alle Geräusche am Hause nur scharf vorbeipreschen. Geht ein Polizeimann vorüber, langsam, mit bedeutsamen Schritten, so wird mir unwohl. Ich habe es mir schon oft vergegenwärtigt, daß er auch zu meinem Schutz die Runde klopft und mir nicht übel will, aber das ist schwierig zu glauben, wenn hinter den harmlosesten Mienen noch immer die Drohung lauert, die mich einstecken will, um mich abzuschaffen. Wieso könnte ich auf einmal ein Recht gewonnen haben, daß man mich duldet? Habe ich so viel Gutes getan, daß ich keine Drohung mehr zu fürchten hätte? Ich prüfe mich, stelle mich dar, bedenke die gesetzlichen Grundlagen, die mein unbehindertes Dasein verheißen, doch kann ich mir nicht schlüssig werden, daß wirklich alles wohlbestellt sei.

Ist es zwei Jahre oder länger her, daß man mich mit Johanna zur Fremdenpolizei bestellt hat? Es war ein höfliches, ein gehorsames Zettelchen in der Art, wie die Behörden hierzulande nach einem verlangen; die zahmen Worte schienen mild und schossen nicht unheilvoll. Nur kommen sollte ich, erscheinen; es war der Tag genannt, die Stunde stand uns großzügig frei. Was hatte ich getan, daß man uns sehen wollte? Ich forschte gründlich in mir nach, wo es zwischen den vergessensten Falten meiner unverzichteten Erscheinung von Schulden troff; sie waren Geheimnisse und konnten der Polizei nicht bekannt sein. Ich seufzte und sagte mir: Sie wollen mich wissen. Nun hatte ich trotz allem vernünftigen Plänkeln und den hilfefrohen Reden, mit denen Johanna gütig meinen verwirrten Sinnen beikommen wollte, keinen ruhigen Augenblick mehr; die unbekannte Vergangenheit lag mir zu schwer in den Gliedern, die Welt vor meiner Flucht schoß aus gähnenden Schlünden hervor und drohte mir, das Recht des geduldeten Gastes zu bestreiten.

Da war es am klügsten, schnell zu verschwinden. Unklug ließ ich mich verführen, dahin zurückzukehren, von wo ich einst entronnen war, ich folgte dem Rufe meines alten Gymnasialprofessors Prenzel; bereits als Schüler hatte ich ihn gemocht und war darum seinen verlockenden Briefen erlegen, mit denen er mich unwiderstehlich köderte. Schon saß ich in der Eisenbahn, nur einen Koffer im Gepäcknetz. Bald war die Grenzstation erreicht. Alle anderen Reisenden waren vor mir ausgestiegen; manche hatten mich gewarnt, solange es die Zeit noch erlaube, gleichfalls den Zug zu verlassen, bevor die unheilvolle Grenze mich verschlänge. Ich zeigte überheblich auf meinen Reisepaß: »Der ist gut, er sichert mich, da kann mir nichts geschehen!« Die Menschen schüttelten nur den Kopf und lächelten mißtrauisch oder spöttisch; dann waren sie verschwunden. Jetzt aber war es zu spät, sich eines anderen zu besinnen: die Grenzwache mit Helmen, Gewehren und Pistolen betrat an beiden Enden den langen leeren Schnellzugwagen, in dem außer mir niemand geblieben war.

Als ich die Männer klirrend heranstiefeln sah, zog ich mich in mein Abteil zurück und ließ mich auf die harte Bank nieder; ganz unverdächtig mußte ich erscheinen, ein harmloser Reisender mit unbelastetem Gewissen. Schon waren die Männer draußen angelangt, einer riß die Türe auf, drang mit einem zweiten ein, während die anderen sich steif vor das Abteil stellten. Die zwei bei mir näherten sich so dicht, daß sich ihre Beine an meinen Knien scheuerten. Ich konnte mich fast nicht rühren. »Die Pässe bitte!« sagte einer schnarrend. Er sprach in der Mehrzahl, als sei ich nicht der einzige Fahrgast. Längst hatte ich mir alles vorbereitet, wie ich es von früheren Reisen her gewohnt war, Paß, Geldtasche, Fahrscheinheft, Devisenschein und was man sonst noch zum Beweis seiner Rechtmäßigkeit benötigt, aber nun nestelte ich zitterig in meinen Rocktaschen und förderte nichts heraus, während mich die Ungeduld der unbeschäftigten Männer beunruhigte. Endlich brachte ich meine Sachen zutage, es war gleich alles auf einmal, die Finger vermochten nicht den Tascheninhalt zu sondern, der Paß fiel mir aus den Händen auf den staubigen Boden. Ein Polizist bückte sich danach, obwohl ich mit Entschuldigungen ihm zuvorkommen wollte, doch wehrte er mit einer Hand mich energisch ab, während er mit der anderen nach dem Dokument langte und es mit triumphalem Schlenkern aufhob. Gründlich studierte er mit seinem Gefährten Seite für Seite, sie flüsterten einander angelegentlich einiges zu, was ich schon wegen meiner Aufregung nicht verstand; dann wurde der Paß den Männern draußen im Gang gereicht. Sie befaßten sich gleichfalls umständlich mit dem Ausweis, in dem sie an mehreren Stellen mit Rot- und Blaustift strichelten. Aber plötzlich schien sich alles zum Besseren zu wenden, sie zogen ihre Gummistempel hervor und drückten befriedigt dem Paß heiligende Vermerke ein.

Nun hielt ich den Augenblick für gekommen, daß ich mein kostbares Dokument wieder empfangen würde, eine haarige Riesenhand klappte seine Leinendeckel entschieden zu und streckte es mir steif entgegen. Eingeklemmt zwischen den Polizisten in meinem Abteil, konnte ich aber auch mit ausgestrecktem Arm den Paß nicht gewinnen; der eine Polizist an meiner Seite erbarmte sich, übernahm ihn, ich fühlte schon, wie ich das Dokument fast in der Hand hielt. Da rief einer der Männer, die sich, so schien es, befriedigt entfernt hatten, aber auf einmal wieder umgekehrt waren, man müsse den Paß doch noch näher untersuchen. Der Polizist im Abteil, den ich für gefällig gehalten hatte, drehte sich mit dem Paß so heftig um, daß mir die harte Patronentasche schmerzhaft gegen die Fingerknöchel schlug. Ich schrie auf.

»Ein zimperlicher Reisender, das ist eine Schande! Und so was will Gast in unserem Land sein!«

»Entschuldigen Sie, entschuldigen Sie!« Ich rief es eifrig. »Auch reise ich ja nicht freiwillig, nur der ausdrückliche Befehl meines Lehrers!«

Damit hatte ich mich verraten, doppelt verraten, denn ich hatte nicht nur den Reisegrund ausgeplaudert, sondern war auch in die Landessprache verfallen, statt unschuldig nur in der Sprache des Landes zu reden, das mir den Paß ausgestellt hatte.

»Was?« mischte sich draußen der Mann ein, der den Paß

verlangt hatte und wohl der Kommandant der Gruppe war, während er sich zu den anderen in mein Abteil schob. »Was reden Sie da für dummes Zeug? Sie sind der Spionage verdächtig!«

Ich schrie: »Der Paß ist echt! Ich habe ihn mit gutem Geld bezahlt. Ich kenne keine krummen Wege!«

Mein entrüsteter Protest löste bei den unwirschen Männern nur ein höhnisches Gelächter aus. Sie vertieften sich neuerlich in das Dokument, blätterten mit speichelbefeuchteten Fingern darin herum und warfen von Zeit zu Zeit haßerfüllte Blicke auf mich. Schließlich erklärte der Kommandant:

»Keine krummen Wege, das kennen wir. Nur Spione haben heute echte Pässe. Die armen Teufel, die es redlich meinen, fahren nicht oder versuchen mit Fälschungen über die Grenzen zu rutschen.«

Ich war wehrlos und dachte vergeblich nach, womit ich meine schlimme Lage ein wenig verbessern könnte. Es war zwecklos, und darum entschloß ich mich, schweigsam abzuwarten, was man über mich verfügen werde, wobei ich klug genug war, mir wenigstens zu vergegenwärtigen, daß es für meine nächste Zukunft am günstigsten wäre, wenn ich die Herren gelassenen Mutes davon überzeugen könnte, wirklich nur ein harmloser Reisender zu sein, der Vertrauen verdiene. Das war richtig, mein würdiges Betragen schien einen guten Eindruck nicht zu verfehlen. Der Kommandant zeigte sich milder gestimmt und meinte, daß mich der Paß nach den geltenden Vorschriften zur Einreise ermächtige, das stehe für ihn fest; sollten sich keine verbotenen Dinge in meinem Gepäck finden, so sei gegen eine Fortsetzung meiner Fahrt eigentlich kein Einwand zu erheben. Das mit dem Befehl des Lehrers, erklärte der Kommandant mit glitzernder Höflichkeit, sei freilich seiner wohlerwogenen Ansicht nach eine faule Geschichte, doch dies zu beweisen sei nicht seine Aufgabe, damit hätten sich die Behörden in der Hauptstadt zu befassen. Dies gesagt, verneigte er sich wohlerzogen und ließ meinen Paß, meinen kostbaren Paß in einer tiefen Seitentasche seines Militärmantels verschwinden. Hatte ich bereits aufgeatmet, so wurde ich durch diese bestürzende Wendung äußerst betroffen.

»Mein Paß, meine Herren! Mein guter Paß! Ich brauche ihn! Geben Sie mir meinen Paß!«

»Wir sind kein Land von Räubern und Banditen. Bei uns ist jeder Bürger sicher. Ausländer melden sich beim Fremdenamt der Polizei ihres Aufenthaltsortes. Das fordert dann die Pässe von der Grenzüberschreitungsstelle an.«

»Ich will meinen Paß aber jetzt!«

»Als Gast unseres Landes müssen Sie sich gefälligst unseren Vorschriften fügen.«

»Ich bin kein Gast und will nicht mehr ins Land! Ich verzichte und will sofort mit dem nächsten Zug wieder zurück!«

»So einfach ist das bei uns nicht zu machen. Wie stellen Sie sich denn das vor? Wer herkommt, darf nicht sofort wieder weg, außer wir weisen ihn gleich aus. Wir haben Sie aber aufgenommen. Sie müssen bleiben. War das nicht Ihre ursprüngliche Absicht? Nein? Dann zeigen Sie mal die Fahrkarte her! Na also, das ist doch ganz eindeutig, Sie müssen in die Hauptstadt! Ihr Visum lautet auf vier Wochen. Da haben Sie zumindest vierzehn Tage zu bleiben.«

Ich versuchte noch zu verhandeln und zu argumentieren, doch das half mir alles nichts, den Paß erhielt ich nicht zurück. Dann wurde mein Koffer durchstöbert und der Inhalt meiner Taschen ausgeleert, doch fiel diese Prozedur, wessen sich die Herrschaften auch reichlich rühmten, verhältnismäßig glimpflich aus. Man knöpfte mir aber für diese Amtshandlung eine gehörige Summe ab und stellte mir darüber eine Quittung aus. Es wurde erklärt, daß es sich um eine gerechte Fremdensteuer handle. Man müsse sie hoch bemessen, was bedauerlich sei, doch sehe die Regierung leider keinen anderen Ausweg, die kostspielige Grenzkontrolle zu finanzieren, zumal in den letzten Jahren der Reiseverkehr erheblich eingeschrumpft sei. Bürger aus diesem Lande der Freiheit in eine Welt grausamer Unterdrückung fahren zu lassen, habe die Regierung verboten, weil es als unmenschlich nicht zu verantworten sei; den Sendlingen des ausbeuterischen Auslandes jedoch die Einreise zu gewähren, das ginge schon gar nicht an, weil sie unter den friedlichsten Vorwänden wie Geschäften, Besuchen oder Erholung hier nichts anderes als Aufruhr zu stiften und zu spionieren versuchten, zumindest aber nach ihrer Ausreise niederträchtige Lügen über die fortschrittlichen Einrichtungen dieses Landes in der Welt verbreiteten.

»Sehen Sie, Herr Landau«, der Kommandant hatte sich also meinen Namen gemerkt, »da ergibt sich für Sie eine lohnende Aufgabe. Sollte man Sie wieder ausreisen lassen, woran ich nach den bisher über Sie mir bekannt gewordenen Umständen eigentlich nicht zweifeln möchte, dann werden Sie bei der Grenzabfertigung die Gelegenheit haben, einen Revers zu unterschreiben, wodurch Sie sich verpflichten, über unseren Staat da draußen nur die Wahrheit zu verbreiten und alles zu unterlassen, was unser Ansehen schädigen könnte.«

Damit waren die Einreiseformalitäten doch noch zu einem glücklichen Ende gediehen, man wünschte mir sogar eine gute Reise, salutierte, zog ab und ließ mich unbehelligt. Dann wurden Einheimische in den Zug gelassen. Auch in meinen Wagen stiegen Leute ein, mein Abteil füllte sich. Durch viele Orte ging die Fahrt, ich schaute zum Fenster hinaus oder beobachtete die Mitreisenden, sprach aber bis zur Einfahrt in der Hauptstadt mit keinem ein Wort. Mein alter Lehrer erwartete mich auf dem Bahnsteig. Wir begrüßten einander herzlich. Prenzel empfahl mir, ich solle erst einmal mit ihm den Bahnhof näher besichtigen, der jetzt prächtiger denn je ausgestattet sei, was sich aber erst nach einem gründlichen Rundgang erkennen lasse. Ich wagte bescheiden einen Gegenvorschlag und sagte, daß ich von tagelanger Fahrt müde und abgespannt sei, auch erschüttert es mich, die Stadt meiner Eltern nach so langer Zeit wiederzusehen, weswegen ich mir nichts so sehnlich wünschte, als schnell in mein Hotel zu gelangen. Dort wollte ich erst ein wenig verschnaufen. Ich lud Prenzel ein, mich hinzubegleiten und dort als mein Gast mit mir zu speisen. Gleich wurde ich belehrt, daß ich wohl vom Monde käme, ausschließlich Ausländern sei mein Hotel vorbehalten, kein Einheimischer – und darum auch Prenzel nicht – dürfe es betreten. Auf meine Frage wurde mir bestätigt, daß Inländern selbst der Besuch des Speisesaals verboten sei. Ich wunderte mich über nichts mehr und schlug Prenzel vor, nach meiner Anmeldung im Hotel mit mir anderswo eine Mahlzeit einzunehmen. Der Lehrer lächelte undurchsichtig und antwortete mir auf meine weiteren Fragen einsilbig und aufschlußlos. Da wurde es mir deutlich, daß sich nach meiner Flucht von hier alles noch viel mehr verändert hatte, als ich ohnedies schon wußte.

Prenzel nahm mich bei der Hand, führte mich kreuz und quer durch den Bahnhof an vielen wartenden Menschen vorbei, die mit scheuem Erstaunen uns nachblickten, bis er mich – ich wußte nicht, wie mir geschah – auf der Bahnhofswache ablieferte. Wie einen gefundenen Koffer, so ging es mir durch den Kopf. Da man sich zunächst nicht um mich zu kümmern schien, flüsterte ich erregt dem alten Lehrer zu, was das zu bedeuten habe. Er sah sich scheu um. Als er sich vergewissert hatte, daß man uns bestimmt nicht beobachte, tröstete er mich, daß mein Fall verhältnismäßig günstig liege, ein paar Verhöre, vielleicht auch einige Tage Untersuchungshaft, um mein Leben aber müsse ich nicht bangen.

»Verhöre? Mit welchem Recht? Ich habe nichts angestellt, Herr Professor. Ich bin bloß gekommen, um Ihnen eine Freude zu bereiten, weil Sie mich so dringend und herzlich eingeladen haben. Um mir die Stadt anzuschauen, wäre ich bestimmt nicht hergefahren, verstehn Sie? Nur Sie wollte ich sehn, meinen letzten Lehrer, der noch leben dürfte. Sie haben doch wiederholt geschrieben, Ihr letzter Wunsch auf Ihre alten Tage sei ein Wiedersehn mit mir!«

»Gewiß, so ist es auch. Meinerseits bin ich Ihnen außerordentlich dankbar, daß Sie gefahren sind. Man hat mir extra deswegen Ausgeherlaubnis erteilt, weil von der Grenze telefonisch gemeldet wurde, daß Sie wirklich angekommen sind. So ein Ehrenmann! Bis jetzt ist noch keiner meiner ehemaligen Schüler im Ausland meiner Einladung gefolgt.«

»Sie haben auch andere …?«

»Seien Sie still, junger Mann, das verstehen Sie nicht! Selbst meine klügsten Schüler sind dafür lange nicht gescheit genug.«

»Ich will aber weg! Ich will nicht hierbleiben. Sie einmal sehn, das war meine einzige Absicht! Das genügt mir nun, und ich will meine sofortige Ausreise beantragen!«

»Dazu wünsche ich Ihnen von Herzen Glück!« sagte Prenzel mit ungewöhnlich aufrichtiger Stimme und fügte mit noch größerer Wärme hinzu: »Wenn Ihnen das gelingt, Landau …«

Weiter kam mein Lehrer nicht. Er zuckte zusammen, der Schritt eines uniformierten Jugendlichen näherte sich, und Prenzel meldete ehrerbietig:

»Bruder Gesinnungsassessor, übergebe einen gefährlichen Staatsfeind samt Gepäck.«

Der Gesinnungsassessor winkte dem Lehrer gnädig zu, daß er sich entfernen dürfe. Als sich Prenzel tief vor dem Jüngling verneigte, sah ich erst, wie schlohweiß und greisenhaft dünn das Haar des alten Mannes geworden war. Ohne sich im geringsten noch um mich zu kümmern, schlich er sich gesenkten Hauptes aus der Bahnhofswache fort. Der Gesinnungsassessor deutete mir an, ich solle meinen Koffer nehmen und ihm folgen. Ich gehorchte wortlos und – trotz allen peinlichen Gefühlen – in der nicht zu zähmenden Hoffnung, daß es sich um ein Mißverständnis handle, das nach einem Verhör sich aufklären müsse; nachher würde meiner sofortigen Ausreise gewiß nichts mehr im Wege stehen. Der Gesinnungsassessor schob mich eine schlecht beleuchtete Treppe hinunter, es waren nicht viele Stufen, dann wurde ich in eine grell erhellte Kammer gestoßen, wo ein Fräulein schon wartend an einer Schreibmaschine saß. Der Gesinnungsassessor ließ sich hinter einem Konferenztisch nieder und gab mir zu verstehen, ich solle meinen Koffer niederstellen und mich auf einen niedrigen runden Sessel setzen. Ich bemerkte, daß es ein Drehsessel war, wie man ihn früher oft vor Klavieren sah. Der Sitz war für mich viel zu niedrig, weshalb ich ihn höher zu drehen begann, ein mühseliges Geschäft, denn das Ding war nicht geölt und quietschte erbärmlich.

»Menschenskind«, brüllte der Gesinnungsassessor, »Sie sind wohl ganz verrückt geworden! Lassen Sie mal augenblicklich den Vernehmungssitz in Ruhe und setzen Sie sich auf Ihre vier Buchstaben!«

»Bitte, der Sitz ist viel zu niedrig, ich verschwinde ja fast vor Ihrem Tisch.«

»Sie beginnen ganz unten und rutschen mir freundlichst nicht herum! Verstanden? Später werden wir sehn, ob wir Sie höher schrauben.«

Ich mußte mich ergeben und saß verknittert, gerade nur in Schemelhöhe, so daß ich meine langen Beine kreuzen mußte, weil ich sie nicht ausstrecken durfte; es war äußerst unbequem. Dem Jüngling paßte es noch immer nicht, wie gering ich auch da hockte, und mir wurde aufgetragen, die Beine noch mehr einzuziehen. Es blieb mir nichts übrig, als sie ganz zusammenzukrümmen, so daß die Gelenke knackten. Als ich mich endlich in die Positur gezwängt hatte, die verlangt wurde, geschah zunächst nichts anderes, als daß sich der Gesinnungsassessor eine Zigarette aus einem Etui langte und eine zweite der Sekretärin zuwarf, die sie geschickt und mit einem dankbaren Ausruf auffing. Mir wurde keine gegeben, doch als ich meine Finger in die Tasche schob, um mir eine eigene Zigarette zu nehmen, belehrte mich sofort ein Blick, daß ich das zu lassen hätte. Lange Zeit wurde ich nichts gefragt und nur aufmerksam betrachtet, ohne daß ich die Gedanken meines Gegenübers erraten konnte. Sobald ich mich bewegte, klopfte der Gesinnungsassessor mit einem Bleistift unwillig auf die Tischplatte. Die Raucher hatten schon die glimmenden Stummel ihrer Zigaretten zerquetscht, als endlich das Verhör begann.

»Artur Landau, gestehn Sie, in wessen Auftrag Sie ins Land gekommen sind!«

»In keinem Auftrag ...«

»Kennen wir. Leugnen kann jeder, muß jeder, gehört zu

den unterhaltsamen Spielregeln im Verkehr zwischen Polizei und Verbrechern. Wir haben aber leider für solchen lustigen Schnickschnack keine Zeit. Darum im beiderseitigen Interesse: bitte kurz! Wer ist Ihr Auftraggeber?«

»Ich kam aus eigenem Antrieb ...«

»Kennen wir auch, Reisende aus Idealismus. Für wen sind Sie hergekommen?«

»Für wen? Für niemanden! Das heißt, zu Besuch. Ich wollte meinem alten Lehrer einen Herzenswunsch erfüllen.«

»Großartig! Sie wußten doch, daß Prenzel in unserem Dienst steht?«

»Das geht mir nicht so recht ein. Sie meinen ... Nein, ein alter Lehrer gibt sich nicht als Spitzel her!«

»Spitzel? Sie werden unverschämt!«

»Also Polizeimann.«

»Natürlich ist er Polizist. Das ist doch klar, als Lehrer ist er Polizist.«

»Als ich sein Schüler war, habe ich nichts davon bemerkt.«

»Dummkopf? Nicht damals! Heute! – Na, verstehn Sie denn noch immer nicht?«

»Nein.«

»Aber Sie behaupten, mit ihm zu konspirieren? Sie verdächtigen eine Amtsperson? Wissen Sie, daß Sie diese Aussage aufs schwerste belastet, selbst wenn Sie sonst unschuldig sein sollten!«

»Nichts weiß ich. Ich verdächtige niemanden und habe auch nichts getan.«

»Leugnen Sie, daß Sie hier geboren sind?«

»Nein.«

»Gut. Und Sie leugnen auch nicht, daß man Sie schon einmal hier abgeschafft hat, was Sie aber bei Kriegsende nicht gestört hat zurückzukehren?«

»Nein, aber ...«

»Nun sehn Sie, da haben wir's ja! Das ist alles schon schlimm genug. Getan haben Sie diesmal nichts, das stimmt, weil wir das rechtzeitig verhindert haben. Nur unser Verdienst. Sie brauchen sich auf Ihre Unschuld nichts einbilden, denn für die können Sie nichts. Sie wollten etwas beginnen.«

»Das stimmt nicht.«

»Schweigen Sie! Sie wollten. Sonst hätten Sie sich nicht ins Land eingeschlichen.«

»Ich habe mich nicht eingeschlichen. Ich bin legal und mit dem fahrplanmäßigen Schnellzug gefahren ...«

»Und mußten fast an tätlichem Widerstand gehindert werden, als unsere Grenzorgane Ihren Paß prüfen wollten.«

»Das ist nicht richtig.«

»So? Und Sie haben etwa nicht eine deutliche Protesthaltung eingenommen, als man Ihren Paß aus Gründen der Sicherheit verwahrte? Und Sie haben etwa kein Mißtrauen an den Tag gelegt, als Sie sich nicht schämten, eine schriftliche Bestätigung für den übergebenen Paß zu fordern und auch anzunehmen?«

»Teils stimmt das nicht, teils ist das ganz verzerrt dargestellt. Meinen Paß wollte ich, aber eine Bestätigung habe ich weder verlangt noch erhalten.«

»Sie leugnen also? Ich warne Sie!«

»Ich leugne jede böse Absicht.«

Der Gesinnungsassessor und die Sekretärin, die eifrig tippte, schüttelten sich vor Lachen.

»Zu uns ist noch keiner, der einmal hier ausgewandert ist, ohne böse Absicht freiwillig zurückgekehrt. Sie wollten zumindest feststellen, wie es bei uns aussieht.«

»Ich wollte meinen Lehrer sprechen. Das ist alles.«

»Ausgezeichnet. Das genügt uns. Ich mache darauf aufmerksam, daß es niederträchtig ist, Ihren Hochverrat und alle anderen verbrecherischen Absichten Ihrem guten alten Lehrer Prenzel in die Schuhe zu schieben.«

»Prenzel hat mich also in eine Falle gelockt?«

»Soll das eine Frage sein?«

»Ja.«

»Fragen haben nicht Sie hier zu stellen. Übrigens hätten Sie sich alles früher überlegen sollen.«

»Ich habe meinen Aufenthalt hier gründlich satt und wünsche, meine Abreise in das Land meiner Wahl nicht um einen einzigen Tag zu verschieben.«

»Vorläufig werden Sie hierbleiben müssen, zumindest bis zum Zeitpunkt der Urteilsverkündung durch das Volksgericht.«

»Bin ich angeklagt?«

»Noch nicht. Erst müssen Sie gestehn. Da Sie heute nicht dazu gewillt sind, gebe ich Ihnen einen Tag Bedenkzeit. Später werden diese Fristen, falls sie bewilligt werden, bedeutend länger bemessen, einen Monat, aber auch ein Jahr.«

»Ich protestiere! Ich verlange, daß ich mich augenblicklich mit meiner Gesandtschaft in Verbindung setzen darf.«

»Wenn das ein Teilgeständnis sein soll, woran wohl kaum ein Zweifel besteht, so kann ich über Sie gleich die ordentliche Untersuchungshaft verhängen. Wenn aber ...«

»Kein Geständnis! Gar nichts! Eine Forderung nach Menschen- und nach Völkerrecht!«

»Sparen Sie sich Ihre lausigen dummen Reden! Sie sind schon überführt und haben sich in lauter Widersprüche verwickelt. Es gibt aber einen ehrenvollen Ausweg für Sie ...«

Der Gesinnungsassessor hielt ein und sah mich forschend an, als müßte ich begreifen, was er im Sinne habe, wobei er nur darauf wartete, bis ich ein Zeichen meines Einverständnisses gebe. Ich begriff aber nichts und saß unglücklich auf meinem Drehstühlchen. Da der Gesinnungsassessor keine Miene verzog, sich endlich zu erklären, strengte ich mich an, gescheite Einfälle zu fischen, um etwas Richtiges zu sagen. Mir fiel nichts Klügeres ein, als um Erlaubnis zu bitten, ob ich meinen Sitz höher schrauben dürfe. Damit wollte ich erforschen, ob sich die Stimmung für mich wirklich verbessert habe. Der Gesinnungsassessor schien mich mißzuverstehen, denn er entsprach zwar meinem Ansuchen, deutete jedoch, was mich überaus überraschte, seine Befriedigung an, daß ich jetzt zur Mitarbeit bereit sei. Ich murmelte benommen »Mitarbeit ... Mitarbeit ...«

»Ja natürlich, Mitarbeit. Das ist dann ganz was anderes. Wenn Sie in unsere Dienste treten, lasse ich die Anklage unter den Tisch fallen. Sie werden auf kurzem Wege begnadigt, die Akten werden nicht zur weiteren Erhebung an die Volksanwaltschaft abgetreten. Einverstanden?«

»Ja womit einverstanden, Herr Gesinnungsassessor?« fragte ich kleinlaut und verwirrt.

Da wurde er zornig und schrie mich verächtlich an: »Einen solchen blöden Trottel wie Sie kann auch wirklich nur das von allen guten Geistern verlassene, degenerierte Ausland uns auf den Hals jagen!«

Ich wollte schnell etwas sagen und war entsetzt darüber, daß ich eine günstige Gelegenheit verpaßt hatte, aber der Gesinnungsassessor ließ mich zappeln und war entschlossen, mich keinen Augenblick mehr zu Wort kommen zu lassen. Er klingelte. Ein Polizist erschien, und nach einigen Befehlen, die so leise und hastig geflüstert wurden, daß ich sie weder recht hören noch begreifen konnte, wurde ich aus der Vernehmungskammer abgeführt. Ich bemühte mich, meinen Koffer zu erreichen, doch kaum hatte ich ihn aufgerafft, als er mir aus der Hand geschlagen wurde, ich mußte ihn zurücklassen. Man führte mich kreuz und quer treppauf, treppab durch unübersichtliches Winkelwerk, wobei wir das Bahnhofsgelände nicht verließen. Mehrmals spürte ich den unverwechselbaren Geruch von Lokomotiven, auch einen Eisenbahner sah ich flüchtig von fern und einmal hörte ich deutlich den wehmütigen Pfiff einer Maschine, die nachher schnaufend anfuhr. Endlich gerieten wir an eine Türe mit der Aufschrift »Bahnhofsgefängnis – Abteilung für reisende Spione«. Mein Begleiter läutete, es wurde aufgetan, ein Kerkermeister nahm mich in Empfang. »Zur Sonderverfügung des Herrn Gesinnungsassessors. Das Stück wird vielleicht morgen abgeholt.« Das hörte ich den Polizisten melden.

Dann wurde die Tür hinter mir verschlossen. Der Kerkermeister übergab mich mit einer mir nicht verständlichen Anweisung an einen Aufseher weiter, der mich scherzhaft an der rechten Handfessel packte und mit sich fortzerrte. Vor einem Verschlag hielt er ein, öffnete eine niedrige Pforte, durch die kaum ein zehnjähriger Knabe aufrecht schreiten könnte, zwang mich zum Niederknien und beförderte mich mit einem solchen Fußtritt, daß ich mit dem Gesicht auf einen zähfeuchten Boden stürzte, in einen käfigähnlichen stinkenden Raum. Er war bestimmt nicht höher als die Pforte, die bereits ins Schloß geschnappt war.

Die Zelle war leer. Ich konnte auf dem Boden nur sitzen, hingegen mich nicht ausstrecken, denn selbst in der Diagonale war der quadratische Raum kürzer als ich. Es gab hier nichts zu sehen als einen leise flirrenden Ventilator, der jede andere Luftzufuhr ersetzte, und von der Decke hing an einem Draht eine matte Glühbirne, kaum viel größer als das Licht einer Taschenlampe. Als ich bei einer ungeschickten, doch gar nicht heftigen Bewegung an die Lampe stieß, verlosch das Licht. Nun war ich im Dunkel, denn die Pforte schloß so dicht, daß nicht der mindeste Schein durch eine Ritze drang. Ich war verzweifelt, daß ich durch meine Unachtsamkeit des letzten Trostes in meinem Verlies mich beraubt hatte, und versuchte mit klammen Fingern – denn ich war wie zerschlagen, und die dicke Luft war fressend kühl – die Glühbirne zu ertasten, die vermutlich nicht ausgebrannt war, sondern sich wohl nur gelockert hatte. Bald hielt ich den Glaskörper zwischen den Fingern und wollte daran drehen, doch das ging nicht. Ich griff mit der anderen Hand nach der Fassung, um besser schrauben zu können, aber ohne Erfolg.

Zunächst ergab ich mich in mein Mißgeschick, doch das Dunkel wurde mir immer peinlicher, und ich überlegte, wenn einem sonst schon keine Bequemlichkeit hier vergönnt werde, das Licht sei vorgesehen und im Sinne der Gefängnisordnung. Ich müßte bloß schreien, um den Wärter auf mich aufmerksam zu machen, dann würde er kommen und das Licht wieder herstellen. Es war vergeblich. Niemand erschien, niemand kümmerte sich um mich, niemand brachte mir einen Bissen zu essen, einen Schluck zu trinken, keine Decke, um mich gegen Kälte und Feuchte zu schützen, nicht einmal für meine Notdurft wurde gesorgt. Ich lauschte angespannt, ob sich Geräusche vernehmen ließen, kindlich stellte ich mir das Rasseln eines Schlüsselbundes vor und schon viel ernster die Schreie Mißhandelter, irgend etwas; aber nichts durchbrach eine abgründige Stille, auch nicht das fernste Schüttern der Eisenbahn, sei es noch so abgedämpft. Allein das sanfte Flirren des Ventilators setzte sich fort. Obwohl das nicht unangenehm klang, bedrückte es mich dennoch, weil es so eintönig flatterte.

Was ich an meinem Leibe oder in meinen Taschen besaß, hatte man mir nicht abgenommen, nicht einmal der Uhr hatte man mich beraubt. Da stieg in mir der verzehrende Wunsch auf, die Zeit zu studieren; sie hatte mir schon so viel gebracht, doch nie schien es mir begehrenswerter denn jetzt, ihren geheimnisvollen Wandel zu verfolgen. Es glückte mir, die Uhr aus meiner Hose hervorzuziehen, aber kein Ticken war zu hören. Da hielt ich sie dicht ans Ohr, doch sie blieb stumm. Sicher war sie bei meinem Sturz in den Keller zerbrochen. Äußerlich fühlbar war der Schaden nicht; ich wollte ihn feststellen, soweit das hier möglich war, und machte mich deswegen noch einmal daran, das Licht in Ordnung zu bringen. Dabei geriet ich an den Draht, er mußte schadhaft sein, mich traf ein elektrischer Schlag, der durch die Feuchtigkeit so stark war, daß sich mein Leib aufbäumte; heftig stieß ich an die Decke und betäubt, einer Ohnmacht nahe, sackte ich zusammen.

Es fehlte mir jede Vorstellung davon, wie lange dieser dumpfe Zustand dauerte, doch schien es mir endlos, eine zerzogene Zeit. Alles Bewußte war in mir gemindert, mein Gedächtnis ließ mich im Stich, so daß ich mich nicht mehr entsinnen konnte, warum man mich in dieses Gewahrsam geliefert hatte. Deshalb war ich unfähig, mir Rechenschaft über meinen Aufenthalt abzulegen; nur banges Ahnen hämmerte an meine Schläfen, daß man mich lebendig begraben habe, ich dürfe es nicht erwarten, je noch das Tageslicht zu erblicken. In der Hand, die den Schlag erlitten hatte, bohrte ein heftiger Schmerz, der elektrische Strom mußte mich verletzt haben. Sicher hatte ich eine garstige Brandwunde, die ungepflegt in diesem Schmutz bald eitern würde; vielleicht war die Hand verloren, selbst wenn ich noch gerettet werden sollte. Doch dafür bot sich keine Hoffnung an, zumal zu vermuten stand, daß man mich bloß zu neuer und ärgerer Qual berufen werde, wenn man auch darauf verzichten würde, mich hier verschmachten zu lassen.

Da beschloß ich, mich zu verstellen; ich wollte mich vollständig verwandeln und aufhören, ich selbst zu sein. Doch selbst eine so gründliche Verwandlung genügte mir noch nicht: ich wollte kein Mensch mehr sein. Alles Bewußte sollte verlöschen; da reichte es für die Verwandlung auch nicht hin, eine andere als eine menschliche Gestalt zu gewinnen, wenn ich dann doch noch wie ein Mensch empfinden müßte, voll von Erinnerungen an ein leidgeschundenes Dasein, das nicht zu ertragen war.

Ich wälzte mich in meinem Käfig hin und her, stieß an seine Wände an, und dabei wurde ich kleiner und kleiner. Ich fühlte in mir eine grabende Kraft, da begann ich emsig zu scharren. Der Boden gab nach, Erdkrumen bedeckten mich, doch spürte ich, daß sie sich lockerten, und ich gelangte vorwärts. Es war eine schmutzige und mühsame Arbeit, aber alle meine Glieder strafften und stärkten sich, je mehr ich mich anstrengte; besonders meine Stirn und mein Mund entwickelten eine zauberhafte Gewalt. Es wurde mir deutlich, daß ich an kleines Gestein und Wurzeln geriet, lauter widerwärtige Hindernisse, die mir die Bahn zu verrammeln drohten. Doch mein Blick blieb fest und unbeirrbar; durch Stoßen, Nagen, Zwicken und Beißen brachte ich die Masse vor mir beiseite und zerkleinerte sie, so daß ich mich langsam, aber unaufhörlich voranschob. Dabei trachtete ich viel weniger vorwärts zu dringen als mich höher zu winden; es war ein Trieb zur Höhe und zum möglichen Licht, der mich beseelte. Immer dünner und schmiegsamer wurde ich, ein Dachs oder Maulwurf, doch noch viel wendiger. Ich hatte mich in eine Raupe verwandelt.

In dem Augenblick, als ich von der Vollendung meiner Verwandlung in eine Raupe überzeugt war, stieß ich mit einem gewaltigen Ruck durch eine harte Scholle hindurch und erblickte so plötzlich einen kaum mehr vermuteten und lang entbehrten Tag, daß es mein Antlitz blendete; ich preßte vor der glühenden Lichtfülle meine Lider zusammen. Erschöpft sank ich in mich. Dann wagte ich herumzublinzeln, doch nur für kurze Augenblicke, da es schmerzte. Jetzt bedauerte ich, daß ich allem menschlichen Fühlen entsagt hatte, doch ich wußte auch schon, daß sich mein wahnwitziges Verlangen nicht erfüllt hatte; ich sah ein, daß man eher zugrunde geht, als daß man sein menschliches Wesen bis zu den Wurzeln verliert. Nicht einmal die menschliche Gestalt hatte ich eingebüßt, nur armselig war sie geworden, wund verteilte Gliedmaßen an einem geschundenen Rumpf und trotzdem alles ein Leib, erfüllt von menschlichen Empfindungen und Gedanken, die einen nie verlassen; im Gegenteil, sie ballen sich noch dichter zusammen, sobald sie als Klumpen in einem zusammenfrieren, weil man sich nicht mehr mitteilen kann und weil kein anderes Wesen einen versteht. Wohl ist man ein Mensch geblieben, aber die Mitwelt nimmt einen nicht mehr als Menschen wahr, aus aller Gesellschaft ausgeschlossen, verharrt man, einsam nur mit sich selbst beschäftigt, ungeliebt und unerkannt.

Solche trostlose Gedanken verfolgten mich, als ich elend mich noch nicht ganz aus dem Boden befreit hatte. Nun meldete sich zudem die Erinnerung an die jüngste Vergangenheit an; ich wußte, vergeblich war meine Flucht, dem Machtbann der Polizei war ich nicht enteilt. Ich hörte, daß man nach mir schrie, man verlangte mich sofort, damit ich Rede und Antwort stehe. »Artur Landau! Artur Landau soll zum Verhör kommen! Wenn er sich versteckt und nicht gleich herauskriecht, dann knallt ihn auf der Stelle nieder!« Ich fühlte die Häscher in meiner Nähe und war mit meinem Witz am Ende. In meiner Verzweiflung raffte ich all meine Kraft zusammen und schnellte mit einem jähen Satz in die Höhe. Da hatte ich das Erdreich abgeschüttelt und den Boden unter meinen Füßen; ich stand in einem Garten. Er kam mir vertraut vor, ich rieb mir die Augen, sah mich zwinkernd nach allen Richtungen um, weil ich dem Anblick mißtraute. Doch da galt kein Zweifel, ich war inmitten meines eigenen Gärtchens. Johanna konnte nicht ferne sein. So wunderbar befreit, wollte ich ihr einen inbrünstigen Dank zujubeln. Aber so hoffnungsvoll auch alles schien, meiner Stimme war ich nicht mächtig. Mit Entsetzen merkte ich, daß ich zu bald triumphiert hatte, Haus und Garten waren von Polizei umstellt, Gewehre im Anschlag gegen mich gerichtet. Da schrie ich unmenschlich auf, und Johanna schüttelte mich aus dem Traum.

Das war nur einer von anderen Träumen, die mich bedrängten, doch gerade dieser kehrte, bloß leicht verändert, mehrmals wieder. Ich hockte im Zimmer über meinen Büchern und Schriften und konnte nichts arbeiten, mußte stets die Vorladung zur Fremdenpolizei anstarren, und was auch Vernunft zu leisten vermochte, reichte nicht hin, meine Wahngebilde zu zerstreuen. Johanna wollte bei der Polizei anrufen, um mir Beruhigung zu verschaffen; es grämte sie, mich in diesem kläglichen Zerwürfnis zu sehen. Doch wenn sie mit solchen heilsam gemeinten Vorschlägen kam, war ich es, der ihr zuwiderredete und darlegte, wie unsinnig alle meine Ängste seien, durch eine Anfrage bei der Behörde würden wir uns nur lächerlich machen. Heimlich fürchtete ich auch, daß eine vielleicht harmlose Auskunft, die man dort von mir begehrte, durch eine Rückfrage weniger harmlos werden könnte. Man soll nie ein Amt befragen, wenn es sich vermeiden läßt, da man sich nur verdächtig macht. Nicht auffallen, das ist die große Lebenskunst der Bedrängten und Schwachen, und wer sich einmal durch Verfolgungen hindurch erhalten hat, ohne mit seinem Kopf bezahlt zu haben, soll es nicht noch einmal wagen, die irdischen Gewalten auf sein Tun und Lassen aufmerksam zu machen.

Endlich kam der Tag unserer Vorladung heran. Eva lieferten wir zwei Häuser weiter bei Frau Stonewood ab, Michael brachten wir zur Schule und fuhren dann mit der Stadtbahn zwanzig Minuten. Der Schacht entließ uns, es war trüb, wir gingen langsam. Ich rauchte eine Zigarette, schwer fiel mir jeder Schritt, der uns dem Ziele näher führte. Es war ein ältliches, einst prunkvolles Wohnhaus, in das man uns bestellt hatte, nicht das moderne Gebäude des mir wohlbekannten Fremdenamtes in der Mitte der Stadt. Johanna nahm mich fest bei der Hand und zeigte in das Vorgärtchen; Himmelschlüssel, Märzenbecher, lauter zartes gelbes Gewächs, das sich nicht fürchtete. Ich lächelte krampfhaft und versicherte, wie schön das sei, Blüten im Schutze der Polizei. Johanna meinte etwas unvorsichtig und nur in der Absicht, mir mit munteren Einfällen aus meiner Starrheit zu helfen, daß man einem Lande dankbar sein dürfe, wo selbst Polizisten nicht den Sinn für edlere Lebensgenüsse verloren hätten. Mir waren diese wohlgemeinten Ablenkungsversuche unbehaglich, edlere Lebensgenüsse, welch überspannter Ausdruck, ich fand das geschmacklos. Was Blumen, hielt ich Johanna entgegen, unschuldige Tierchen und kleine Kinder! Da werden die harten Herzen mit einem Male weich. Die Herrschaften dienen ungestraft ihren bösen Trieben und freuen sich, daß sie im Schutze gesetzlicher Gewalt Untaten vollbringen dürfen; zu jeder Grausamkeit sind sie bereit und würden morden, wenn man sie ließe, die Todesstrafe möchten sie verewigen. Dann aber wollen sie auch spielen und wischen sich verschämt eine ausgepreßte Träne ab, wenn sie ein Kätzchen erblicken, das sich eine Pfote verstaucht hat. Mitleid, eine scheußliche Tugend, wenn sie die ätzende Gemeinheit zur Folie hat. Ich stand und wollte mich nicht vom Fleck rühren und wurde lauter, als es angebracht war. Zornig wollte ich den Weg verlassen und im nächsten Beet die Blüten zertrampeln. »Was hast du vor?« Den Blick Johannas ertrug ich nicht, ich mußte auf einmal über den kläglichen Unsinn lachen, den ich verzapft hatte, und schämte mich. Willig ließ ich mich weiterführen.

Wir wurden in den ersten Stock gewiesen. Ein Saal mit Riesenfenstern und einer Balkontüre war als Wartesaal bestimmt. An der Schmalseite der Halle beim Eingang präsidierte ein uniformierter Polizist an einem schäbigen großen Tisch, gab unseren Gruß freundlich zurück und verlangte unsere Vorladung und Papiere. Dann zeigte er in den Raum, wir sollten Platz nehmen, Sessel standen in weitem Bogen drei Seiten des Saales entlang. Schon viele saßen da und warteten. Einst mußte es hier stattlich ausgesehen haben. Jetzt verrieten das nur noch die Höhe des Raumes, die überweißten, vom Mauerwerk sich lösenden Seidentapeten, der kostbare, teils schon abgebröckelte Stuck an der Decke, die gleichfalls geweißt war. Sonst schaute es ärmlich aus und öde, wie speckig war der Bodenbelag aus grauem löchrigen Filz. Unzufrieden standen die Sessel darauf, kaum einer paßte zum anderen, viele waren wacklig und keiner mehr tadellos. Ein ungeheizter Eisenofen – gut, daß wir Mäntel hatten – stand ziemlich nahe vom Tische des Polizisten, das Abzugsrohr führte in krauser Windung durch den blechverkleideten Oberteil eines Fensters ins Freie. Nicht auf dem Tisch etwa, sondern auf einem Sessel nahe der Türe gab es ein Telefon, mit einem Gewirr verschlungener Drähte umpackt, von denen sich einzelne lösten und den Raum bei einer Türfüllung verließen, um ferne Anschlüsse, unbekannt wo, zu erreichen. Ursprünglich war der Saal noch größer gewesen; jetzt hatte man ihn durch eine Papierwand mit einem Gerüst aus dünnen Latten verkleinert. Diese Grenze verlief zu den Längswänden nicht einmal genau im rechten Winkel, sondern schief, so daß sie, der Fensterseite zu, sich eigentümlich verbreiterte. Seltsam und unregelmäßig verletzte diese beleidigende Grenze den kühl kränkelnden Raum und zerschnitt den Zierat der Decke.

Die Männer und Frauen jeglichen Alters, die sich versammelt hatten, waren zusammengewürfelt und blickten ein jeder auf andere Weise um sich, daß sie den ungefüge verquälten Raum fast sprengten; so verflochten sich die Wartenden nicht einmal zu einer flüchtigen Gemeinschaft. Jeder trieb andere Gedanken und verfolgte andere Ziele, jeder entstammte einer anderen Welt, gebrechliche Mütterchen, klobige Burschen mit geblähten Wangen und trotzigen Augen, zu hübsch hergerichtete Mädchen mit winzigen Füßen, spitznasige und bleiche Intellektuelle. Da steckten nun alle beisammen, säuerlich oder versorgt, gleichgültig oder überheblich, gutmütig oder plump, durch nichts anderes verbunden als durch die Macht der Fremdenpolizei, die es sich bloß einfallen lassen mußte, ihre Zettelchen zu verschicken, um Männlein und Weiblein, wie sie geschaffen waren, für einige Stunden aus ihren täglichen Geschäften zu reißen und aus allen Vierteln der Weltstadt voll Gehorsam in diesem Warteraum zu vereinigen, Verlorene, die sich nur des Rechtes rühmen durften, Befehlen zu folgen und bescheiden zu hoffen, ein stets widerrufliches Wohlwollen möge dauern für alle Zeit.

Es ging nicht laut zu. Nur der Polizist vorne wagte gelegentlich ein lautes Wort, wenn ein neuer Gast eintraf, der ratlos und töricht in die Gesellschaft starrte. Da war unser Wächter gut, er rief mit heiserer Stimme, bis sich der Ankömmling löste und getröstet, wenn auch unbeholfen, zu einem freien Sessel strebte. Manchmal gesellte sich noch ein zweiter Polizist hinzu, der unserem Wächter etwas mitzuteilen hatte. Gewöhnlich rief unser Mann, sobald das geschah, einige Namen auf, die er vom Stapel der Ausweise vor sich ablas, wobei er mitunter fremdländische Namen so kraus zerbrach oder verletzte, daß es zu Mißverständnissen kam. Das war harmlos, vergnügte aber den Polizisten ungemein, dem die Zeit zu lang wurde, denn außer der Bestimmung der Reihenfolge hatte er kaum noch etwas anderes zu tun, als dann und wann aus einer übergroßen Thermosflasche Tee in einen giftgrünen Becher zu gießen oder bisweilen eine Zigarette anzustecken, deren Asche er in ein altmodisches Tintenfaß streifte.

Die Wartenden wiegten den Kopf und dösten oder schwatzten leise. Die Mehrzahl war einander fremd, doch einzelne trafen hier Bekannte, auch einige Ehepaare gab es, manche hatten ihre Sprößlinge mitgebracht. Die einen kreuzten die Beine oder saßen steif und gerade, andere vorgebeugt oder schief, wieder andere zappelig, einzelne litten die Ruhe auf den Sesseln nicht, erhoben sich breitspurig und durchmaßen mit ernsten Schritten den Raum, doch nur ein Weilchen, weil sie bald entdeckten, daß es sich nicht schickte, obwohl sie keiner deswegen ermahnte, nicht einmal der Polizist.

Frauen hatten ihre Einkaufstaschen neben sich auf den Boden gepflanzt und zupften an einem Strickzeug herum; der langsam steigende Faden wuchs aus den Taschen hervor. Ein Student brütete über geometrischen Figuren und mathematischen Formeln, einige Männer waren in knisternde Zeitungen vertieft, andere lasen Bücher. Die wenigen Kinder faßten bald Zutrauen und spielten, liefen öfters zum Fenster oder verirrten sich nach vorne bis zum Polizisten, der sie belustigt mit Zigarettenrauch anblies, doch sonst ihr Treiben nicht störte; ein Mädchen fütterte ihre Puppe mit Schokoladenplätzchen.

Wer aufgerufen wurde, meist waren es vier oder fünf auf einmal, erhielt vom Polizisten seine Papiere zurück, verschwand etwas geräuschvoll und hüstelnd und wurde nicht mehr wieder gesehen. Ein Abgang ins Unbekannte. Wer einmal wartet, wird nicht mehr wieder warten. Man ruft ihn, verlangt ihn, verzehrt ihn; niemand weiß, was mit ihm geschieht. Ich mußte mir gestehen, daß alle Besorgnisse unangebracht seien, aber ich bedauerte die Aufgerufenen, die nun in kleinen Gruppen ihren Kampf durchzufechten hatten, während wir alle gemeinsam, wollte man uns die Verteidigung unserer Sache gestatten, viel bessere Aussicht auf Erfolg hatten. Unsinn; doch was sind Einsichten, wenn wir ihnen weder glauben noch vertrauen können? In zerhackten Schüben wirtschaftete sich die Zeit voran, nur wenige für den Vormittag bestellte Nachzügler trafen noch ein, immer mehr Wartende wurden vom Polizisten abberufen, die leeren Sessel nahmen sich bald dünn und schläfrig aus.

Nach fortgewürgter Geduld durch mehr als zwei Stunden wurden endlich auch wir aufgerufen. Der Polizist sagte »sieben«; das war die Nummer des Zimmers, wo wir uns melden sollten. Eine Aufschrift forderte zum Eintritt ohne Anklopfen auf. Ein kleiner, etwas vertrockneter Herr in Zivil und mit goldgelber Brille, ein sicherer Hausvater in den besten Jahren, empfing uns freundlich. Sessel wurden angeboten. Nachdem wir eifrig unsere Papiere vor ihm auf dem Tisch ausgebreitet hatten, trat Schweigen ein. Der Beamte versenkte sich mit Vergnügen in die Lektüre der Dokumente. Man spürte es, er war geborgen, die Angaben in echten Pässen sind wahr, die Welt des Zweifels ist in den ruhigen Schriftzügen amtlicher Schreiber aus bedrohlichem Umgang verbannt; geboren, eingereist und zugelassen, alles stimmt, das Bild ist getreu, wenn es gestempelt ist. Wie viel kann, wer geübt, aus Pässen lesen, der Staat beglaubigt der erschaffenen Menschen Gültigkeit. Wohl dem, wer ordentliche Dokumente hat, er ist lebendig und darf richtig leben. Erbarmungswürdig aber jeder, der seine Taschen nicht leeren und keine Papiere mit ausgestreckten Händen als sichtbares Opfergebet den Beamten demütig darbieten darf, die sich sofort, von dieser Gebärde gerührt, um vieles gewogener erweisen. Die Bittsteller oder Vorgeladenen dürfen gleich viel weniger bekümmert sich auf ihren Sesseln strecken, den Atem blasen sie erlaubt aus ihren Nasen in die Geduld des reinen Daseins, sie können dabei mit den Fingern spielen, dankbar zu Boden schauen oder auch verwegen, soweit es die Höflichkeit gestattet, sich in alle Richtungen umschauen; doch den lautersten Genuß gewährt es, mit scheuer Zurückhaltung das stille verheißungsvolle Walten der Beamten zu verfolgen, immer bereit, jedem Wink entgegenzukommen und der lohnenden Amtshandlung sich durch Auskünfte und Nicken nach bestem Wissen und Gewissen zu unterwerfen. Während so ein Beamter in den Werken seiner Vorgänger und Kollegen forscht, ist der Vorgeladene behütet und fast seinem Schicksal enthoben, denn in den Schriften ist er offenbar, die eigene leibliche Erscheinung ist bloß ein Hilfsmittel, ein bedienter Bote, ein bestellter Träger der Papiere, dem erst sie einen ebenbildlichen Sinn verleihen. So lebt jeder Mensch nur, gar wenn er ein Fremdling ist, daß man ihn beglaubige.

Der Beamte nahm aus einem Körbchen eine schöne große vorgedruckte Liste, breitete sie fein auf seiner Schreibmappe vor sich aus und strich sie zurecht, als sei der Doppelbogen ihm noch nicht glatt genug; dann zückte der Herr seine Feder und füllte zierlich und geübt den Namen und viele andere Angaben aus, die er unter wiederholtem Blättern aus dem Paß und aus dem Fremdenausweis suchte. Johanna und ich waren überflüssig, wir hätten nur durch schlechten Rat verderben können, was die Sorgfalt der Dokumente richtig zu verkünden wußte. Vielleicht aber war ich da in einem Irrtum befangen, doch ist es schwer zu entscheiden, ob die Fragen, die uns der Beamte nun leichthin zuwarf, notwendig und ihm aufgetragen waren, oder ob er bloß unsere mögliche Langeweile verscheuchen wollte oder nur schlicht und einfach prüfte, welche Mühe wir darauf gewandt hätten, was aus den Papieren zu erlesen war, auch auswendig zu lernen. Ich war dem Manne dankbar, mit welcher Umsicht er im gleichmäßigen Fortschritt die Vorderseite und die erste Innenseite seiner Liste bewältigte; ich fühlte mich gebessert. Nur manchmal hielt er inne, um seine Aufzeichnungen noch einmal zu überprüfen. Mit allem schien er recht zufrieden, was meine Zuversicht steigerte. Als das Werk soweit gediehen war, daß es sich auf diese tröstlich gemütliche Weise nicht mehr fortsetzen ließ, blickte der Beamte auf.

»Können Sie mir mal sagen, Herr Landau, warum Sie eigentlich da sind?«

Nichts hatte ich mir weniger erwartet als diese Frage, und so fiel ich gleich aus meiner Ruhe in arge Verlegenheit. Die Augen des Beamten hinter seiner Brille waren nicht böse und lauerten nicht, fast gütig traf mich sein auffordernder Blick. Ich durfte den Mann nicht enttäuschen.

»Nein, das weiß ich eigentlich nicht. Man hat mich herbestellt. Die Vorladung gab weiter keinen Aufschluß.«

Meine Antwort war nicht schlecht, denn der Beamte lächelte fein, und ich war froh, daß ich seine aufreizende Frage nicht bis in die letzte bohrende Tiefe verfolgt hatte. Mir wurde geholfen.

»Ich meine, warum sind Sie in dieses Land gekommen?«

»Weil ich es liebe. Ich wollte fort. Ich wollte frei sein.«

Die Züge meines Prüfers lichteten sich auf. Er spürte, daß ich es ehrlich meinte. An meiner Stimme merkte er schon ungefähr, wen er vor sich hatte.

»Nun gut, das könnte ein Grund sein. Aber warum sind Sie nicht in Ihrem Land geblieben? Hier sind Sie ein Fremdling, sprechen die Sprache nicht so gut, finden auch sonst die Bedingungen nicht so günstig.«

Ich verteidigte mich und dieses Land und entwarf ein Bild der Verhältnisse, die meinen Fortgang von drüben und mein Herkommen gerade in dieses Land erklären sollten. Was ich dem Beamten erzählte, schrieb er auf. Er ließ mich lange reden, stellte nur selten kurze Zwischenfragen, die meinen Bericht in genehme Bahnen lenken sollten. Es wurde alles leicht und angenehm. Schließlich war mein Prüfer zufrieden, seine Liste war ausgefüllt. Er nickte beifällig, als er, mit umgedrehtem Federstiel jede Zeile betupfend, alles nochmals überlas. Zum Abschluß blickte er mich an.

»Ihr Fall liegt für mich klar. Ich wünschte, die Dinge würden bei allen Fremden so einfach liegen. Nur eines bitte sagen Sie mir noch, so halb privat: Wovon leben Sie denn eigentlich?«

»Ich bin Privatgelehrter. Gelegentliche Aufträge, Kritiken und Gutachten. Manchmal auch Hilfe durch private Zuwendungen. Niemals öffentliche Wohlfahrt.«

»Ich verstehe. Es ist nicht leicht. Ich habe wirklich auch nur ganz privat gefragt.«

Dann wandte sich der Beamte Johanna zu, die er mit Auszeichnung behandelte.

»Von Ihnen brauche ich mir nicht viel erzählen zu lassen. Sie sind eine Hausfrau. Das kann man sehn. Das gibt aus, das ist Beschäftigung genug. Na, und Ihre Ansichten? Sicher alles so wie bei Ihrem Mann.«

Damit waren wir entlassen und empfingen unsere Papiere zurück, die Fremdenausweise hatten einen kleinen Rundstempel aufgedrückt. Das war das einzige, was mich ein wenig beunruhigte, denn solche Zeichen stehen auf einmal da und können unabsehbare Folgen zeitigen. Ich wagte deswegen ein freies Wort, doch der Beamte lachte.

»Das ist bloß zur Kontrolle. Jetzt ist Ihr Aufenthalt im Lande erst richtig legalisiert.«

Ich schaute den Beamten fragend an, da ich nicht recht verstand. Er kam mir lächelnd entgegen.

»Als Sie hier eingereist sind, haben Sie uns nicht verraten und vielleicht selbst noch nicht gewußt, daß Sie unser Gast bleiben werden. Darum haben wir uns damals mit Ihnen keine Mühe genommen. Wir lassen, wenn wir keine guten Gründe dagegen haben, Fremde ohne weiteres zu Besuch in unser Land. Nur wenn jemand bleiben will, nehmen wir es genauer. In den letzten Jahren sind ein bißchen viele hiergeblieben. Darum haben wir Sie hergebeten.«

Der Beamte erhob sich, reichte Johanna und mir die Hand und geleitete uns bis zur Türe. Erleichtert zogen wir ab, Johanna strahlte mich so freudig an, wie ich sie selten gesehen habe. Nun hatte sie mir endlich bewiesen, daß ich in diesem Lande nichts zu fürchten hätte und gern geduldet sei, nun sollte ich aber auch alle meine Ängste verjagen. Ich mußte ihr recht geben und schämte mich. Ernst sah sie mich an.

»Noch immer Schatten?«

»Es ist alles ganz anders, Johanna. Wir wissen nicht. Es sind gute Zeichen, aber unversehens kann sich alles wenden. Man soll nie zu siegesgewiß sein. Man müht sich und macht seine Sache, so gut man kann, aber plötzlich fällt man auf. Alles kann widerrufen werden, wenn auch einmal etwas zu unseren Gunsten gesagt wurde. Alle unsere Erfolge sollen uns nur belehren, daß noch unendlich viel Abträgliches hinter jeder Zustimmung lauert. Aber immerhin. Ich bin zufrieden und habe kein Recht, dir den guten Tag mit meinen Grillen zu verderben.«

Während wir nach Hause fuhren, sah mich Johanna oft noch dankbar an. Seit diesem Bestätigungsgang zum Fremdenamt hat sich mein Dasein beträchtlich gehoben. Gehoben sage ich, keine Verbesserung möchte ich es nennen. Nach zerpflückenden Zweifeln war ich nun zu einem etwas verläßlicheren Bestand geeignet. Die Dinge richteten sich für mich ein, der Alltag wurde erträglich. Ich lauschte in mich hinein und es klang: »Versuche dich!«

Versuche dich, so hatte ich es schon oft gehört, die dumpfe

Leiblichkeit in eine gerichtliche Gefangenschaft getaucht, als ich in den Wartesälen des Todes mit mir nicht verfahren durfte, wie ich wollte. Versuche dich, wenn du keinen Willen hast. »Der Nächste bitte!« Hat man mich gerufen, und bin ich der Nächste gewesen? Ich habe mich umgesehen, ob einer der Nächste sein wollte, aber keiner begehrte es, eine bestimmte Reihenfolge hatte niemand zusammengestellt, alle hafteten in einem stinkenden Klumpen der Angst. Jemand mit einem verunstalteten Bart wandte sich mir zu: »Hat man nicht Sie gemeint?« Ach, man hat mich nicht gemeint. Wie hätte ich auch vortreten können, da es in dem umzingelten Haufen keine Richtung gab? Trachtete ich selbst dahin zu dringen oder dorthin, so änderte sich die Lage trotzdem nicht. Über uns hingen die langen Hebelarme von Kränen, die schnarrten und summten, wenn sie schwerfällig durch die Luft baumelten. Manchmal beugte sich ein Arm nieder mit schrillem Gerassel, schaufelte schnappend in die zuckende Angst hinein und riß geschwind einige Leiber in die Höhe. »Der Nächste bitte!« So wurden viele weggezerrt, niemand wußte wohin. Wie hatte ich mich versuchen können, wenn ich mich nicht finden durfte, und es kein Versteck gab?

»Adam, wo bist du? Warum willst du dich verstecken?«

Eine unheimliche Stimme verkündete diese Frage, groß und gewaltig, ein Gewitter, welches das immer wildere Stampfen der rechts und links schnappenden Kräne überdröhnte. Ich rührte mich nicht von der Stelle, trachtete bloß, kleiner zu werden und mich zu ducken, man griff mir aber unter die Schultern, wie um mich zu stützen, und riß mich in die Höhe, damit ich größer erscheine. Wieder wurde nach Adam gerufen, doch keiner gab Antwort. Auch ich schwieg. »Warum meldest du dich nicht?« stieß mich einer an; es war nicht der verwüstete Bart, sondern jemand von der Gestalt meines ermordeten Vaters, aber nicht mit seiner Stimme.

»Du bist Adam. Wenn du dich meldest, kann das Unheil abgewendet werden. Zögere nicht, und die Kräne werden von diesem Volke lassen.«

»Ich bin nicht Adam. Wie kann ich mich für den melden,

der ich nicht bin? Das hat keinen Grund und wird nicht angenommen, weil es nicht gilt.«

»Es gilt, mein Sohn, weil du der Adam bist!«

Ich mußte lachen, daß mich dieser falsche Vater so verkannte; auf sein wahnwitziges Ansinnen konnte ich nicht eingehen.

»Artur heiße ich, nicht Adam. Du irrst dich. Adam ist nicht bei mir.«

Nun lachte der andere, und viele lachten mit ihm, weil ich, wie sie dachten, mich verleugnen wollte.

»Adam und Artur, das ist kein Unterschied. Gehe hin und tue, wie man dich geheißen.«

Man hatte mir aber nichts angeordnet, nur der Ruf an einen Adam war ergangen; auch war die gewaltige Stimme nicht mehr zu hören. Bloß die grausigen Kräne angelten immer mehr Opfer aus dem Haufen, der dennoch nicht geringer wurde; so überaus dicht war er ineinanderverschlungen. In meiner Nähe wollte es nicht verstummen, mich als den Adam herauszufordern, doch konnte ich mich nicht dazu überwinden, weil es nicht meines Amtes war. Aber ich wünschte auch nicht, daß sich das Verderben um eines Irrtums willen verbreite, und so schrie ich laut:

»Wenn ich Adam ersetzen kann, will ich es tun.«

»Nein, das kannst du nicht!« stellte die kühle Arztstimme fest. »Der Nächste bitte!«

Ich war ausgeschaltet, wie mit einem Schlage ließ man ab, mich zu bedrängen, der verwüstete Bart und der falsche Vater verschwanden; bald war ich vergessen und geriet zu meinem Erstaunen an den Rand des brodelnden Menschenkessels. Ich hatte den Glauben verloren, daß er begrenzt sei und einen einzelnen aus seinem Gewoge entlasse. Sicher hatte ich mich bloß gerettet, weil ich mich nicht als Adam bekannte, doch wurde mir nicht wohl dabei, und die Wahrheit, die ich gesprochen hatte, schien schal und verächtlich. Die Mahnung an mich »Versuche dich!« war achtlos in den Wind geredet, denn wie konnte ich bestehen, wenn ich mich nicht zu versuchen wagte?

Da geriet ich immer mehr abseits, bis ich nicht mehr weiterkonnte. Sehr hoch und grau stand die Wand. Was gab es noch? Meine Glieder wurden schwach, der Wille wurde träge und löste sich in wurmgleiche unentschlossene Triebe auf, die ohnmächtig warteten, was ich mit ihnen beginnen würde. »Ich kann euch nicht versuchen, weil ich mich nicht versuchen kann. Ich bin unnütz geworden, mein Alter ist in den Stunden des unbekannten Gerichtes unentschieden geblieben.« Traurig sprach ich vor mich hin, aber die Wand rührte sich nicht, und ich war zu sehr geschwächt, um einen Durchstoß zu wagen. Auch nach rechts oder links zu streben oder einen Weg zurück zu entdecken, reichte mein Dasein nicht mehr hin. Das Schicksal in die Hand nehmen, so dachte ich mir, ist ein verwegener Traum; ich bin ganz unbeabsichtigt. Niemand mag mich; wer nicht ist, kann nicht einmal sterben. Langsam schichteten sich die Erinnerungen auf, ich mußte steigen, um nicht zu ertrinken. Höher klomm ich und höher, doch die Wand vor mir veränderte sich nicht. Rasten war verboten, denn die Erinnerungen setzten mir heftig zu und drohten, mich in ihrer Flut zu ertränken.

Die Kinder auf der Straße sah ich in West Park Row und rings im Viertel, auch mein Michael war dabei, wie gewöhnlich besonders laut, seine Stimme überschreit noch den Lärm seiner Gespielen. Der Tag war schwer, man spürte den süßlich widerlichen Geruch aus den Kanälen, die so schlecht angelegt sind, daß sie zuweilen die Luft in der Gegend mit ihren ekelhaften Ausdünstungen verpesten, ein arges Übel, gegen das sich angeblich nichts unternehmen läßt, weil vor vier oder fünf Jahrzehnten die Anlage fehlerhaft eingerichtet wurde; man kann sie nicht ändern, es wäre denn, man erneuerte sie von Grund auf, doch dafür sind die Millionen nicht flüssig. Da muß es also bleiben, wie es ist. Der städtische Sanitätsinspektor hat es mir höflich und ein wenig traurig versichert, aber er meinte auch, daß ich übertrieben empfindlich sei, die übrigen Bewohner des Viertels hätten sich deswegen noch nie beschwert. Außerdem könnte er mich beruhigen, so unangenehm diese Gerüche auch seien, das bestätige ihm seine Nase, gesundheitsschädlich seien sie gewiß nicht, für eine sanitär einwandfreie Kanalisation sei gesorgt, die Abwässer würden desinfiziert und chemisch wie bakteriologisch ständig kontrolliert. Der Mann gab mir den guten Rat, »Ozono« zu kaufen, eine geruchsvertilgende Lösung, die habe sich überall bewährt, ein paar Flaschen in der Wohnung aufgestellt, würden ausreichen, garantiert eine Erleichterung. Ich folgte ihm und bin seither zu Hause von den Miasmen befreit, aber im Freien muß ich den Gestank ertragen, wenn er in manchen Stunden schwer in der Gegend verharrt.

Die Kinder stört es nicht, vielleicht sind sie unempfindlich oder haben nicht so feine Nasen. Da treiben sie sich unbefangen draußen mit den Nachbarskindern herum. Wer weiß, wo sie sich die zerschlissenen weißen Leinenstücke beschafft haben, mit denen sie den ersten Kohlweißlingen nachjagen und zu ungeschickt sind, um auch nur einen zu fangen. Eine frische Brut verwegener Räuber, die sich nicht zu versuchen brauchen, sie haben den Gewinn, sie sind, das Selbstverständliche ist ihnen verliehen und füllt sie aus. Vieles dringt in ihre Seelen ein, flackernde Leidenschaften, Ehrgeiz, Neid, zuckende Gelüste, flammende Habgier, und doch ist alles harmlos, es zerlegt sie nicht, treibt sie bloß voran. Sie kauern auf dem Boden und kümmern sich nicht mehr um Schmetterlinge oder anderes Getier; jetzt schubsen sie Glaskugeln vor sich hin, Glücksspieler um rollenden Besitz. So entfalten sie sich, immer weiter treibt sie ein unersättliches Gelüste, sie forschen und holen aus, bis sie schmutzig, müde und hungrig sind. Dann wird aus Türe und Fenstern gewinkt, das Tummelvolk wird in die Häuser eingezogen oder kehrt freiwillig heim; schon sind die Mütter geschäftig, sie ordnen und schneiden zurecht, was von der Überfülle des Tages sich nicht selbst in bescheidenere Grenzen fügt. Unterworfen dem Hause, eingehegt in Schutz und Vertrauen, gehen die Kinder abendlich ins schlafende Geheimnis ein, das sie erneuert und bereichert, bis es sie für einen neuen Morgen aus seiner bezähmenden Kapsel entläßt. Aber eines stößt den Kindern nicht zu, soviel sie geschliffen und gestoßen, manchmal selbst verletzt werden: ihr Innenraum wird nicht ausgehöhlt. Sie haben sich, was auch geschehen mag; das Selbstverständliche betrügt sie selbst dann nicht, wenn eine Krankheit oder ein Unfall ihr Leben verzehrt. Erinnerung, sie haben sich, sind voll und ganz; noch ihre Sorgen sind erfüllt und rauben nicht die Sicherheit des Daseins. Erinnerung ...

Wenn ich mich erinnere, so bin ich nicht, dann schlägt mich Irrtum, ich stelle mich nicht aus, komme über Ansätze nicht hinweg. Ich denke nach und strenge mich an, meine Vergangenheit zu fassen, aber Vater und Mutter sind nicht zu finden, das Bild meiner Eltern will mir nicht erscheinen, sie werden unglaublich. Eigene Jugend, wie könnte ich heran? Befremdnis wird zu einem einzigen Wissen, keine Erinnerung ist vergönnt. Nur auf Johanna kann ich mich verlassen, sie weiß und stellt für mich dar, was nottut, als wäre alles in Ordnung; sie spricht zu mir und tröstet mich, zeigt auf Dinge hin, sieh an, es ist, es ist! Sie zeigt auf meine Hand und nennt sie Hand, auf meine Stirn und nennt sie Stirn; wunderbar dieses hilfreiche Bezeichnen, dieses Nennen beim Namen, wie durch ihr Berufen die Vielfalt aller gewordenen Dinge gewonnen wird. Sie führt mich abends ins Kinderzimmer an die Bettchen und wieder sagt sie Namen, da sind sie, schau nur an, dein Junge Michael, dein Töchterchen Eva. Zart sind die kleinen schlummernden Körper bedeckt, nur die Köpfe ragen aus der sehnsüchtigen Umhüllung hervor, manchmal noch eine Hand, rosig blaß mit fünf gekrümmten Fingerchen, versicherter Griff in den Traum oder ins heitere Unwissen; die Kinder leben, stiller Atem behütet sie in ihrem von Liebe bewunderten Schlaf, aus dem ein Erwachen versprochen wird. Deine Kinder; Johanna bestätigt es mit tonlosem Gesang, der niemanden schrecken soll, aber sie beteuert auch, der Schlaf sei tief, die Kinder wachen nicht einmal auf, wenn man sie weckt. Wie wunderbar hört sich das an. Das habe ich Johanna zu danken, daß diese Kinder sind, kleine Fremdlinge, die nicht zu mir gehören, abgelöst von mir und durch alles, was ich zu fassen vermag, abgetrennt; aber doch sind sie mein, ach nicht mein, doch immerhin mein Vermächtnis, meine Gabe an die Erinnerung, der ich selbst nicht teilhaftig werde, West Park Row in fremder Stadt, in fremdem Land. Johanna ist dazwischen, die Vermittlerin, die mich zu heimlichen Tränen rührt, die Weghelferin, die nicht fragt, sondern versöhnlich für mich handelt. Wie aber werde ich dieser Vermittlung gerecht?

Leer, die Wand vor mir, leer; unbekannt, ob sie von Dauer sein wird. Aus dem geöffneten Spalt eines Schiebefensters im dritten Geschoß des Wohnkastens auf der anderen Straßenseite gucken zwei ältliche Frauen heraus, die Antlitze in der Sonne, eine Hand streut Krumen oder Abfall – es dürften die leicht zerdrückbaren Schalen von Erdnüssen sein – auf die Straße hinunter. Schwarz und mit ein paar Tupfen Weiß, den steifen Schwanz gesteilt, die Katze, schlängelt sich dazwischen, nimmt die Menschenstube hin, die durch diese Mitbewohnerin noch verläßlicher wird. Ach, diese Frauen, vielleicht plagen sie sich mit unerfüllten Wünschen, vielleicht bohren Sorgen an ihrem Gewissen, aber wahrscheinlich ist das alles nicht so schlimm; die Muße scheint erlaubt, nicht bloß die Katze schmückt sich mit Behagen, auch die Frauen schnurren ganz zufrieden. Ich weiß es wohl, sie haben Grund, mit wohlgefüllten Einkaufstaschen kehren sie von Simmonds heim. Erinnern sich die Frauen? Sicherlich! Sie stecken recht in ihrer Haut, das Säuseln, das der Rundfunk spinnt, gibt ihnen Zuversicht und ihren Wangen Glanz. Die Münder klaffen auf, die Lippen spielen, winklige Gespräche bestimmen, was auch ungehört sich wohl verstehen läßt. Kaum anders als die Kinder müssen auch diese Frauen sich nicht viel versuchen; sie sind, und das ist selbstverständlich.

Wie aber müßte ich steigen, daß eigene Erinnerungen unter mir schwellen? Eigene, was denn? Wo stehe ich? Wie dünkt der Ausblick frei, die Welt ist offen; dort, wo sie sich begrenzt, reichst du bald hin, und abermals siehst du, daß die Grenze noch viel weiter liegt. Nein, diese Grenze gibt es nicht, sie ist Begriff, doch nicht zu greifen, nur das Gesetz bestimmt dich, gebietet Einhalt. Wo aber das himmlisch-irdische Gesetz nicht waltet, streift dich das Gebot, verdüstert als Gebot, daß du nicht darfst, etwas nicht darfst. Das gilt auch für dich, Johanna. Für euch alle gilt es, doch es ereilt euch selten, und darum spürt ihr es selten.

Nun sind die beiden Frauen fort; sie gingen gerade zur rechten Zeit, damit sie es nicht spüren mußten, sie waren gewarnt, eine Tätigkeit hat sie abberufen, verloschen ist ihnen die Straße, wo sie jetzt die graue hohe Wand erblicken müßten, die im gedämpften Schrecken ihrer Stube sie nicht bestürzt. Sie sind bei sich, sie wissen die Katze, die ihnen vom Fenster schon nachgesprungen ist, sie wirtschaften vor ihrem Glasschrank mit dem buntbezuckerten Porzellan; bald werden sie essen, die Gefahr auf der Zunge aber schmecken sie nicht, am Faden der Gewohnheit, so sind sie begabt und wickeln sich ab; es ist zugeteilt, was sie bestimmt. Mir geht es anders. Falls ich lebe, so nur deshalb, weil ich gespiegelt bin. Lichter und Schatten überschneiden sich, ein Bild entsteht, angehaucht und angerufen: »Sei!« Ich bin das Bild; so wie es zu mir spricht, gehorche ich, erscheine vor der Wand, sie wird zum Schutz, denn vor ihr darf ich sein und hebe mich zur Gestalt ab, die sichtbar wird und Schatten wirft, doch in mir selbst bleibe ich ein unbeschlossenes Gebilde.

Die Wand vor mir ist nie geschwunden, ich kenne sie seit vielen Jahren, weiß nicht einmal, wann sie zuerst aufgetaucht ist, doch ich erblicke sie nicht immer. Nur wenn ich unverwandt vor mich hinspähe und an mich selber glauben will, dann erschaue ich sie. Sonst scheint sie nicht errichtet; stundenlang, oft Tage, selbst viele Wochen bemerke ich sie nicht. Auch steht die Wand nicht immer an derselben Stelle, plötzlich erhebt sie sich, wo ich niemals sie vermutet hätte; mitunter schimmert sie feucht, fast ein flüssiger Wogenkamm, dann wieder steigt sie zäh und schwer, aus dicken Nebelquadern hoch geschichtet, aber immer ist es dieselbe Wand. Wenn ich mich frisch fühle und mutig bin, schreite ich manchmal voran, der Wand entgegen, weiter und weiter, doch immer ist sie vor mir aufgebaut. Sie ist nie fern von mir, aber bis zu ihr bin ich noch nie gedrungen. Da eile ich ihr stürmisch entgegen, um sie zu erreichen und zu überholen; doch wie ich mich auch unermüdlich spute, sie bleibt trotzdem immer quer vor mir, streng aufgerichtet und unerbittlich. Wand meines Wandels, die mich oft in unersättlicher Ferne voranlockt, bis ich vor ihr ermatte und geschlagen von meinem Vordringen ablasse. Dann knie ich nieder vor ihr, will mich ihr zum Opfer bringen, aber solches Begehren verspottet sie. Um mich ist sie unbekümmert, sie erscheint, steigt, ragt, mahnt, warnt, bedroht sogar, wird geheimnisvoll, versagt sich dem Auge, schiebt sich schweigsam starr zurück, zieht mich voran oder hält mich auf, manchmal stemmt sie sich entgegen und wandert doch fort. Unermüdlich wiederholt sich dieses Spiel. Die Wand ist nicht mein Eigentum, aber mir allein ist sie zugehörig, für keinen anderen ist sie erschaffen, bedeutet keinem Menschen etwas, weder ein Gutes noch ein Böses. Auch zeigen kann ich sie nicht, niemandem beweisen oder erläutern, bleibt sie doch mir selber unerklärlich; sie ist meine und nur meine Wand, sie gehört nicht zu den selbstverständlichen Menschen, die sie kaum einmal versuchen müssen.

Da sehe ich ein, daß ich der menschlichen Gesellschaft nicht angehöre. Ich und die Wand, wir sind allein, wir gehören zusammen; einem anderen Verband bin ich nicht angeschlossen – das würde ein jeder Gelehrter ein gesellschaftsloses Dasein nennen. Ist mir ein Bewußtsein geschenkt, so weist es mir doch keine Möglichkeiten zu, mich mit anderen, die sich als bewußt empfinden, über eine Grundlage zu verständigen. Ich habe kein Teil an einem Kontinuum, das die Selbstverständlichen – so behaupten sie zumindest – untereinander ein Gemeinsames entdecken oder annehmen läßt. Wie aber sind die anderen Menschen beschaffen? Da laufen sie ihrer Wege, getrieben von Sinnen, Absichten, Wünschen und Pflichten, sie erinnern sich; das ist eine gute Wegzehrung. Ist nicht in der Erinnerung die Wurzel aller Gesellschaft zu suchen? Doch habe ich die Menschen in Verdacht, daß jedem seine besondere Wand verliehen sei. Stimmt dies, so würde das meinen Glauben bestätigen, daß es das gepriesene Kontinuum des Selbstverständlichen nicht gibt, daß es ein Wunschbild ist, der Zauber des bloß scheinbar Selbstverständlichen, das sich über die Abgründe des gar nicht Selbstverständlichen wölbt. Könnte aber das Kontinuum nicht das Zeugnis einer gewaltigen Vergangenheit sein, das Gedächtnis-Zeichen eines Goldenen Zeitalters, die Sage von einem Paradies, eines erhaben unschuldigen Zustandes oder eines traumhaft versponnenen Daseins, das uns entrückt ist, doch abgetrennt noch vor uns steht, eine aufsteigende unerreichbare Wand, die unseren Abfall von einer einst bestimmten, nun längst verlorenen Gesellschaft als undurchdringliches Urbild verewigt?

Fast alle Dinge kann ich mit Johanna besprechen, aber auch diese Nothelferin zwischen der selbstverständlichen Umwelt und mir scheute sich mit zartester Rücksicht, mir zu folgen, wenn ich sie in dieses Geheimnis einbeziehen wollte. Nüchtern packte sie stets zu, wenn ich davon begann und sie mir nicht mehr ausweichen konnte: »Ich lasse dir deine Wand, Artur. Ich weiß, du brauchst sie. Das ist der Schutz, den dir die Natur verliehen hat.« Ich drang in sie, ob sie nicht glaube, daß es sich um etwas Wirkliches handle. »Das will ich nicht entscheiden. Für dich ist sie wirklich, und dabei wollen wir es bewenden lassen.« Bloß Mitleid bewog Johanna, wenn sie mir zuliebe meine Wand gelten ließ; sie war nicht überzeugt, daß ich von etwas Wirklichem sprach, von der wahren Darstellung meines Wesens, das doch von Johanna allein erhalten und gefördert wird. Ich zwischen Johanna und Wand; das ist meine Lage, die selbst das eifrigste Reden keinem enthüllt und verrät. Nur die Wand nimmt es gelassen und ohne Widerhall entgegen, doch sie erhört mich nicht; sie ist nur da, aber Verkehr mit mir zu pflegen, dessen hat sie mich noch nie gewürdigt. Johanna glaubt, ohne Wand zu sein; ich sage ihr nichts dawider, denn ich erkenne, daß sie sich zu ihrem eigenen unerfaßlichen Geheimnis gar nicht verhält, obwohl es durch mich für immer in ihre Nähe gerückt ist.

Als ich vor Jahren zum letzten Male mit Johanna über die Wand gesprochen habe, was ich mir seither verbiete, bestand ich darauf, zu erfahren, ob sie sich keines ähnlichen Erlebnisses entsinne. Sie wich zunächst aus, doch da ich sie beschwor, redete sie.

»Ich sehe nicht so weit, als daß ich eine Wand, deine Wand erblicken könnte. Glaub mir, dazu gehört Weitblick.«

»Ich bin kurzsichtig, Liebe.«

»Weil du die Wand siehst. Das macht dich kurzsichtig, das gibt dir dieses Gefühl. Ich aber bin kurzsichtig, weil ich nicht einmal bis zu deiner, verzeih, ich meine bis zu einer, zu irgendeiner Wand sehe.«

»Doch was siehst du davor?«

»Vor der Wand? Ich sage doch schon, keine Wand. Was ich sehe, ist einfach, ein enger wandloser Umkreis. Da taste ich mich vorwärts. Du aber hast die Gabe, etwas zu sehn, eine Grenze, du brauchst nicht zu tasten.«

»Ich kann nicht einmal tasten. Du weißt es doch. Ich bin abhängig von dir, von der Wand, von jedermann und allem. Es ist ungeheuerlich. Ich bin unselbständig, und trotzdem bin ich ganz allein. Die mich bestimmen, kennen mich nicht einmal. Vergib mir, wenn dich diese Worte kränken. Das ist ein Geständnis, es ist mir ausgerutscht.«

»Artur, ich bin dir nicht gewachsen. Ich folge dir nur, bin bloß für dich da, passe auf, höre dich an, dankbar für deinen Reichtum.«

»Reichtum? Davon hab ich …«

»Nein, widersprich nicht! Ach, warum lachst du? Laß es doch einmal mich sagen! Ich bin zu nichts anderem nütze, als dir zu helfen. Es ist meine größte Aufgabe, sie steht noch über meiner Pflicht für die Kinder. Vielleicht ist es meine einzige Aufgabe. Aber ich wage nicht, dir nachzuforschen. Was man dir absprechen wollte, die Freiheit, siehst du, das will ich dir schenken.«

»Die Freiheit …?«

»Und dazu gehört, daß ich mich nicht dort in deine Dinge einmische, wo sie meine Fähigkeiten übersteigen. Du bemühst dich aber so oft, mich vor deine Wand zu bringen, die sich mir nicht offenbaren will.«

»Offenbaren? Nein, sie offenbart sich nicht. Wäre das so, ich wüßte mir Rat. Alles, alles wäre anders. Sie ist das Undurchdringliche. Sie ist das Verhängnis.«

»Ja, gerade das. Nur ahne ich, Verhängnis nicht allein, aber auch Verhüllung. Und Verhüllung, das ist Schutz. Ich glaube ernstlich, daß die Wand dein Schutz ist. Sie trennt dich von deiner Vergangenheit, von allen Schrecken. Das geschehene Verhängnis, was überwunden ist ... Ich weiß, du liebst das Wort nicht, doch verzeih, ich kann es anders nicht ausdrükken. Das Schrecklichste, was du durchlebt und was du erfahren hast, ist unerreichbar geworden, für dich, für mich, wahrscheinlich für alle Menschen. Du kannst nicht mehr heran, ein Vorhang verbirgt es. Das mag eine milde Wand sein. Wenn du Verhängnis sagst, so ist mir das doppeldeutig. Es ist auch eine große Gnade.«

Ich war gerührt, daß sich Johanna so große Mühe gab, stets versuchte, alles Unheimliche, das ihr durch mich vermittelt wird, erst aus dem Sturm meiner Erregung in den Windschatten zu bringen, dann zu besänftigen und mir mit Zutrauen, das stets ein Bestes erhofft, in etwas Beseligendes aufzulösen. Dafür habe ich dankbar zu sein, da es mich so wohl behütet. Ein gütiges Unterfangen und oft tröstlich für mich, wenn es mir, besonders in den ersten Jahren unserer Ehe, den allzu bewegenden Alltag erst in erträgliche Bahnen leitete. Dennoch ist dieser Zuspruch, dies beschwichtigende Verhalten Johannas nie ein Heilmittel, stets nur ein Beruhigungsmittel, wirksam für spärliche Dauer. Doch erstaunlich ist die Kunst, mit der Johanna es immer wieder meistert, nie müde, das letztlich Vergebliche in geduldigem Beistand zu versuchen. Nein, die Wand ist nicht mit solchem Zartsinn überwunden oder erklärt, sie ist auch so nicht richtig bezeichnet, obwohl diese Deutung schön ist und mich oft bezaubert hat. Gewiß, wenn ich eine Vergangenheit habe, starrt eine Wand zwischen ihr und mir, das leugne ich nicht, doch das ist nicht meine Wand, nicht die ganze Wand, vor der es keine vollen Entschlüsse und kein wirkliches Entscheiden gibt, das gültig, geschweige denn endgültig wäre.

Die Wand entfernt mir alles und sammelt mir auch alles, je nachdem, auf welcher Seite sie mich antrifft oder meint. Wand, die nichts bestimmt und mich doch bestimmt. Wand, die mich anders will, als ich es will. Wand, die mich rät und auch mein Rätsel ist. Johannas große Erklärung hat mich oft nachsinnen lassen, ob sie wenigstens meinen Glauben befördern oder erleichtern könnte. Ich versuchte mir vorzustellen, ob ich mich so zurückzudenken vermöchte, um mir das erste Erscheinen der Wand vorzustellen. Das ist mir nie gelungen. So tief ich mich durchdringen kann, die Wand ist immer gewesen, und wo es kein Zurück mehr gibt, dort ist die Wand. So lange etwas in mir ist, was Ich sagt, muß das gelten, und genau so lange muß es für mich diese Wand gegeben haben, das Trennende, das Eigenartige, das ebenso unheilbar bei anderen Menschen mir nicht bekannt ist, so gewiß es auch sie bedroht, eben der Ausschluß aus dem Kontinuum. Ein einzelner sein, diese Sehnsucht, die von so vielen Menschen berichtet wird, scheint mir nicht erinnerungswert, denn nichts ist mir gewisser als gerade das; will ich es schon meinen Fluch nicht nennen, so ist es doch die größte Last. Wer eine Wand hat, der ist einzeln; wer keine hätte, wäre allein des Kontinuums teilhaftig, das Gemeinsame wäre ihm bewußt. Ich will mich sehr bescheiden, dies keinen Segen zu heißen, um nicht meine Sehnsucht nach dem mir Verschlossenen als wahres Ziel zu verallgemeinern. Doch ob das Kontinuum, das ich erträume, das Selbstverständliche ist, das Fraglose, das in sich erfüllte Geschlossene? Das weiß ich nicht. Wird einer der Wand nicht gewahr, ist er dann nicht des Selbstverständlichen und schon damit des Kontinuums teilhaftig? Auch das weiß ich nicht. Vielleicht sind die anderen, die solche Sorgen nicht treiben, nur in der Herde geborgen, sind nicht einzelne und in keinem Kontinuum verbündet. Dann würde Johanna recht behalten, und sie hätten nicht einmal die Wand, sie wären nur Natur, vom Zufall Geladene, die sich zuckend in ihrem Element hin und her bewegen, seine Ränder nicht erspüren, gespeist von unwißbaren Strömen, empfindlich für den Takt, den einer zum Tanze schlägt.

Mich aber ruft und rührt kein solcher Takt, ich tanze aus der Reihe, stets abseits, befremdlich, weigerlicher Sonderling, und bin doch meiner Gnade gar nicht sicher. Verzweifelt bin ich nicht dabei. Ausgesetzt jedoch. Ohne Gefühl, vom Weibe geboren zu sein. Hätte sich ein einziges Bildchen meiner Mutter erhalten, vielleicht statt dessen auch nur ein Kinderbild von mir, so wäre es mir eher vorstellbar, nicht ohne Abkunft, ein Nachkomme zu sein. Ich kann mir die Züge eines Antlitzes kaum merken; wen ich mehrere Jahre nicht von Angesicht gesehen habe, wird mir ohne Hilfe eines Bildes zum Schatten. Ist mir darum die Mutter so fern? Sie ist versunken. Ich rufe ihr Andenken, aber keine Antwort, kein Widerhall erklingt; da hat es keine Mutter für mich gegeben, niemand hat mich auf den Armen gehalten, gewiegt und dazu ein Schlummerlied gesungen. Als ich erschien, war ich schon da wie von heute; was vorher war, bleibt unbekannt. Kein Elternhaus, kein Wandel, der behütet wäre, steigt aus Erinnerung auf. Erst Johanna lehrt mich, was das heißt, hier sind Eltern, hier sind Kinder, Michael und Eva im Reigen, den die Mutter anführt. Ich schaue zu. Wo aber stehe ich dabei? Wie ordne ich das in den Aufbau meiner Lebensjahre? Kann man ohne seine eigene Geschichte eine Gegenwart erfüllen? Vergangenes, womit Johanna und die meisten Menschen ihren Tag versichern, hat in mir wenig zurückgelassen und nur Unbestand; meist ist es tot, zumindest taub. Öfters hat Johanna gebeten, ich solle meine Mutter schildern. Vergeblich, Worte fand ich viele, doch was ich sagte, ist trocken geraten, Bericht wie aus Akten oder einem dürren Buch; nichts Tröstliches ist in solchen Erzählungen, nichts, was versöhnt und die Sinne erfüllt. Ich bin gekommen, das sage ich mir mit Schrecken über die Armut meines Wissens der eigenen Herkunft; nur Nachrichten habe ich, Ketten gereihter Buchstaben des Verstandes, die sich das Herz nicht aneignen kann. Nicht Angst verhindert mich, die Kluft zu überbrücken, doch eine Scham hält mich von dringlicherem Forschen ab.

Es ist eine ähnliche Scheu, die ich empfinde, wenn ich auf der Straße Mütter oder Väter mit ihren Sprößlingen sehe, einen getragen, einen im Wägelchen geschoben. Da wage ich auch nicht, Geburt und Zeugung zu erwähnen; die Kinder, hier sind sie, nicht erschaffen, bloß gekommen, dann wachsen sie schnell heran, die Kleider fassen sie fertig ein, doch über ihren Ursprung wird für immer ein Schleier gebreitet. Fertig wandeln die Erwachsenen umher, kein Zusammenhang mit dem Anfang. Würde sich das Gedächtnis noch so sehr zurückbohren, so muß es doch verlöschen, ein Riß, und die Abgründe des ungeheuerlichen Unwissens werden auch von gedrängten Gipfeln gehäufter Gelehrsamkeit nimmer erlöst. Was aber die Erwachsenen zur Zeugung treibt, ist gleichfalls verborgen, hat nichts mit Eltern und Kindern gemein; die animalische Kette der Geschlechter ist ein genaues triebhaftes und erforschtes Wissen, dennoch unzulänglich, sagt nichts, ist mir unbekannt, ein Wirken außerhalb des erfahrenen Bereiches, mag es noch so viele Weisen aufdringlich bezeichnen. Ich habe nichts damit gemein. Wenn sich die Menschen im allgemeinen Umgang gesellen und dabei des geschlechtlichen Triebes nicht gedenken, sind sie in ihren ursprünglichen Zusammenhängen nur auf die familiären Beziehungen gewiesen, doch sonst kaum weniger abgetrennt als ich. Sie haben aber ihre Familien, erfahren sich als Glieder; doch leben sie allein, dann bewahren sie trotzdem das Familienerbe, seien es auch nur kleine unansehnliche Dinge. Außerdem haben sie noch eine andere Gabe, die ich entbehre: sie können das Familiäre im Gedächtnis verwalten, sie berufen sich auf Vater und Mutter, stellen Beispiel und Gegenbeispiel vor sich hin und erzählen ihren Kindern davon.

Fragen mich meine Kleinen, so erfinde ich ihnen Geschichten zurecht, weil ich sie nicht enttäuschen will; die Kinder sollen zu der Last, daß sie meine Nachkommen sind, nicht noch weiteren Schaden haben. Freilich versuche ich vor ihnen, die guten herkömmlichen Gebräuche nicht zu betrügen, da paßt Johanna schon auf, regt manches klug an und denkt oder hofft dabei, nicht nur ihnen, sondern auch mir viel Gutes zu eröffnen. Ich will Johanna nicht betrüben und spiele mit, so gut ich kann. Es fällt mir nicht einmal besonders schwer, wenn ich mich in die Rolle des Familienvaters schicke. Sobald Johanna in der Nähe ist, oder wenn ich errate, was ihr vorschwebt, wie die Dinge zu geschehen haben, Ordnung und Reihenfolge, der liebe kreisende Tageslauf, die Morgenscherze beim Frühstück, der Weg zur Schule, die Spielstunde mit den Kindern, ein fröhlicher Gang ins Freie, das Schlichten eines pochenden Streites, Belohnung und Strafe wie Lob und Tadel, der Tagesausklang mit dem Segensspruch zur Nacht, dann geht es mir gewöhnlich gut und flink vonstatten, die Hindernisse sind meist überwindlich. Ich habe einen Vorrat gespeichert, der für die Umwelt da ist, die Kinder dürfen von ihm zehren; Johanna dankt es mir, wenn ich Michael und Eva täglich ein wenig verwöhne. Anders in mir ist es aber mit diesem Reichtum nicht geworden; ich habe mich dadurch nicht verändert, sondern bloß manches gesammelt, damit ich etwas für die mir liebsten Menschen habe, die an meiner Armut nicht verzweifeln sollen.

Durch Jahre hindurch blieb es mir verborgen, daß ich meinen Mitmenschen meist nur Schrecken einflöße. Ich habe naiv gehandelt, nicht geahnt, womit ich verletze; selbst als ich es erkennen lernte, habe ich noch lange nicht begriffen, woran das lag. Sogar Johanna hat meine Eigenart hierin zunächst nicht aufgefaßt oder falsch gedeutet. Späterhin war sie es, die mich mit Fleiß und unbeirrbarer Geduld lehrte, welchen Anstoß ich überall errege, bis ich es lernte, die Umwelt genauso wie mich vor vielen Zusammenstößen zu schützen. Die Bedürfnisse meiner Kinder mußte ich bedenken, was manches in gute Bahnen lenkte, während anderes von Johanna eingerichtet wurde. Das alles half mir, da ich mich bemühte, eine bewahrende Schicht um mich auszuspannen;

ich nenne sie die Vorratskammer des unbefangenen Tages. Nie finde ich mich wirklich in ihr gesammelt, selten weile ich in ihr als Gast, eher fühle ich mich dort als zahlender Mieter, der für seinen Zins das Recht erworben hat, eingebrachte Güter ordentlich zu hinterlegen, damit dieser Vorraum meines Wesens fast als wohlbesorgte Stube wirke. Bloß behutsam wage ich dort aufzutreten, daß ich ja nichts zerbreche oder keinen Schaden stifte, denn ersetzen könnte ich ihn nicht. Was ich dort abgeladen habe, dient mir bloß mit sprödem Widerspruch; es taugt nicht viel, mit eigenen Kräften kann ich es kaum behüten, weder vor Feinden noch vor Freunden. Nein, wahrhaftig ist es nicht zu behaupten. Würde jemand es fortnehmen, so dürfte ich mich nicht einmal beklagen, denn was dort beisammen ist, verändert sich ohne mein Zutun, zumal auch andere in dieser Kammer wirtschaften und ohne mein Wissen dort allerlei anrichten. Rücke ich es wieder zurecht, so weiß ich doch, die fremden Eingriffe haben Spuren hinterlassen.

Wieder ist Johanna rettend zur Stelle, sie hilft mir, räumt in dieser Kammer auf und führt alle Menschen, die nach mir fragen, behutsam hier hinein, während sich die Besucher, zu ihrem eigenen Nutzen getäuscht, zu mir geleitet vermuten. Bilder von mir hängen in der Kammer, sprechende Bilder, die sich langsam drehen und schaukeln, auch durcheinanderwirbeln, sobald sie jemand beschaut und fragt. Das macht sich gar nicht übel und wirkt lebendig; die Leute sind befriedigt, wenn sie so empfangen werden. Für mich aber ist auf diese Weise aller Umgang mit Menschen erleichtert; während ich ihnen verborgen bleibe, herrscht lustiges Treiben mit flachem Geschnatter und bröslige m Geknitter in einem gemieteten Raum. So geht es mir erträglich, während ich doch weiß, daß alles zusammen, was mich so sein läßt, als wäre ich selbst, nichts als eine gekünstelte Zusammenstellung von Resten und Trümmern, Flicken und fremdlichem Zierat ist, ein Gewirr von gespiegelten Kniffen, für die ich haftbar sein soll, so wenig ich sie verantworten kann.

Vielleicht bin ich nur die Sage meiner selbst, Leihgut,

Horchgut; sicher ist das so. In einer schwer erkundlichen Vorzeit muß es einmal etwas – oder soll ich jemanden sagen? – gegeben haben, der war ich, ein Mensch, vermutlich ein Mensch, mit einer ordentlichen Herkunft, mit einer Kindheit, einem sprossenden Entfalten und einem sich Schritt für Schritt erweiternden Erforschen seines Bezirkes, wo alles ihm zu eigen wurde und sich dieser Mensch zu seinem Wesen fand. Da wurde er gefügt, er fühlte sich beseelt in unbefangener Gestalt, er konnte quer im Rasen hüpfen, es riß ihn fort, er stürzte blindlings in die Flut des Kinderlebens, schon lernte er für Augenblicke zu vergessen, da er gerade bis in die Tiefe hinab von sich erfüllt war, dann tauchte er zu dicht forschendem Drang sammelnden Tatendurstes wieder empor, Erfährnisse von süßen Sünden und süßeren Tugenden, seine Geschichte haben, ich ... ich! Das mochte ich gewesen sein, eingeschichtet zwischen andere meinesgleichen, denen meine Rede galt und klang, die ich ansprechen konnte, ich zu dir, Verkehr wie das Tummeln von Kaulquappen in der großen Gurkenflasche auf dem Schulhof, dazu der zaubernde Pfiff des Lehrers, dieses putzige Eilen zum verschlingenden Schultor, dann in der Klasse, paarweise in vier Reihen, schnell in zähmende Pultbänke gefaltet, Gehorsam neben Gehorsam, flüchtiger Aufruhr gewagt, schnell von der Strafe ernüchtert, ein gefügiges Herz, die Elemente, Lesen, Schreiben, Rechnen, die berühmten verläßlichen Gesetze der Natur, alles geschaffen und vorbereitet für den neugierigen Verstand. Das war ich, einer unter den anderen, gefällig angezogen, gläubig der Lehre, dem Beispiel. Wie schön, im Wettlauf des Fleißes beteiligt zu sein, die Hände meldeten sich, die offenen Augen erglänzten, unersättlich trank das Gehör die lockende Botschaft der Weisheit, daß der Bestand sich unbestritten in mir versenkte.

Da war ich, gehörte zu den anderen, war nicht abgetrennt; im Einklang der Gemeinschaft wurde ich mitgenommen und durfte mich fühlen und wissen. Familie, Freunde, Vaterland, die Kindschaft alles Erschaffenen vor dem Schöpfer bereitete mich wohl, das Entzücken über die geglückte

Schöpfung gliederte mich in das Reich des Lebendigen und der Dinge ein; es füllte mich aus, daß ich war und sorgenfrei mitwirken durfte. Wie strahlte es rund umher, ich rief und im Widerhall bestätigte ich mich. Keine Einbuße litt ich, selbst wenn ein Schatten die Stirne streifte und die Hände vor meinen Augen verdunkelte, wenn jäh ein ziehender Schmerz mich für ein fast ewiges Weilchen ergriff und aus dem versöhnlichen Umfangen stach; bald hatte das Leiden ein Ende, zurückberufen empfing mich der Bund.

Die Jahre der ersten Forschung verstrichen, schon senkten sich Zweifel, das dichte Gewebe des reinen Reiches zu löchern. Doch sie schwächten mich nicht, ich faßte und wurde bestärkt, mächtig wurde ich angespannt, erhoben und gedemütigt, da litt ich mich und jubelte mich, durch alle Zweifel nur noch bereichert. Die Jahre bauten mich auf, streiften Kindheit und Jugend von mir, Fehler und Vorzüge gaben mir Eigenart, ich konnte durch böse Tage und Nächte wandeln, in Verlassenheit tauchen, die düstere Frage des Rechtes entwerfen, die Unterschiede zwischen ähnlichen Geschöpfen erkennen, wobei ich mir Richtermaß zutraute und auch noch in eingebildeter Demut mich selbstsicher an die Spitze eines um meinetwillen geschaffenen Weltentwurfes versetzte; stets blieb ich zugeordnet, nichts hat mich vernichtet, was mir das Bekenntnis abgenötigt hätte, daß ich nicht sei.

Wie aber ist es nach solch versprechendem Gewinn zu meinem Fall gekommen? Wieso hört alle Sicherheit auf, daß ich nur noch anderen erschien und mich nicht mehr wußte? Keine Entwicklung, keine besondere Buße, auch keine Krankheit hat mich so verarmt – nicht verarmt, weil ich noch in Armut wäre, sondern wirr zerstürzt und aufgehoben! Nicht durch mein Bewirken geschah das, es wucherte nicht fort, so daß ich dessen plötzlich einsichtig werden mußte, mein Ich in Unbestand zerronnen zu haben. Nein, ich hielt an mir, ich glaubte mich und merkte lange nicht, daß ich geschwunden war. Doch es war geschehen.

Was liegt nun zwischen der Zeit, da ich war, und der Zeit,

da dies nicht mehr zutrifft? Dies kann nicht ganz vergessen sein, aber es sträubt sich, ein Sagbares zu bilden, es verwehrt sich, setzt Grenzen, die nicht überfahren werden dürfen. Ich denke mir, man stirbt nicht an sich selbst; von außen naht es, da wird man jählings oder schleichend weggenommen. Und es kommen welche, die haben Macht und hinter deren Falten einen Willen. Sie sagen: »Der da? Nein, der ist nicht. Jetzt haben wir ihn abgeschafft.« Zwar dagegen gibt es flehentlichen Widerspruch, doch keine verteidigende Waffe. Schon ist man erlegen, gibt es bloß nicht zu und humpelt beinlos und um seinen Kopf verkleinert durch unwegsam würgende Bezirke. Die Gesetze verkünden und halten darauf, daß es das nicht gibt, man irrt sich, weil man tot ist und als toter Irrtum auftritt, ein Nachspiel seiner selbst im Trauermarsch der fröstelnd feiernden Gespenster. Doch da die Herrscher dieser Welt mit ihrer Macht so vielbeschäftigt sind, achten sie dessen nicht, wie es da schwirrt, und übersehen duldsam diesen Rummel für einen kurzen Tagerest. Sie wissen, daß er in sich selbst versinkt; es lohnt die Mühe nicht, dem Totentanz der Abgeschafften die letzte Runde zu verweigern, wenn sie der erste Glanz des Tages schnell verscheucht. Ich sage nicht, daß es mir so erging, es mochte anders sein, und dieses wäre nur ein Bild meines Verlöschens, vielleicht ein kleiner Teil des Bildes. Doch das ist ein ungerechtes Gleichnis, der Hintritt in das Wesenlose wird nicht sichtbar, Gedenken gräbt sich in schauervolle Furchen, Fall und Überfall, Gefallene blieben, nicht alle tot, aber auch die Auferstandenen waren erloschen wesenlos mit hungerweißen Augen; nun darben sie, auch wenn sie wachen und überall erscheinen, in rufloser Sprache. Abgeschafft und weggenommen, dennoch gelassen, dennoch da. So werden sie getroffen. Bin ich darunter? Wie … ich …?

Eine peitschende Glocke und dann vor den Vorhang getrieben. Da wurde geschlagen. Es gab einen Krieg, in dem viele Menschen kämpften, sie fielen oder überlebten, andere kämpften nicht, sie fielen oder überlebten gleichfalls, und wieder andere, die durften weder kämpfen noch nicht kämpfen, sie aber fielen alle und keiner überlebte, auch wenn jemand an einem Tag überdauert hatte, als man plötzlich da und dort Lichter anzündete, ans Fenster zagte, und einige Stimmen riefen: »Alles auseinandergehn! Der Krieg ist aus!« Zu denen, die das hörten, weil sie überdauert und doch nicht überlebt hatten, zähle ich auch mich. Jemand breitete seine rechte Hand aus und legte den Mittelfinger der Linken darüber. Sechs, wollte er zeigen, die Sprache hatte er verloren, sechs Kriegsjahre, das ist eine lange Zeit, da kann sich viel ereignen, und einmal in diesen langen Jahren bin ich gestorben. Was in Friedenstagen Millionen von Geschöpfen zustößt, wie sollte das im Geschmetter bissiger Schlachten nicht zur Wahrheit werden? Alle sterben, Sieger und Besiegte. Doch zu beiden gehörte ich nicht, und ich kann mich auch nicht entsinnen, von den Gewittern des Krieges ereilt worden zu sein. Man hat mich nicht zu den Kämpfenden geschickt, sondern im Hinterland versteckt, und das Hinterland war ohne Ende. Doch da die Kriege schauplatzlos geworden sind und aller Verstecke spotten, mag es dennoch möglich sein, daß ich zu den Kämpfern gehörte.

Wie es auch sei, ich weiß es kaum und kann mich nicht erinnern, die klopfende Hitze von Schlachten oder Gefechten je verspürt zu haben, nur entferntes Grollen hallte bis in mein Versteck herein. Die Stimmen herum wußten wohl, was es bedeutete, wenn sie »Flieger!« riefen; Flieger, die greifen an, die verteidigen. Aber wiederum blieb es unbekannt, wem Angriff oder Verteidigung galt. Ob es uns betraf, die wir im Verstecke lagen, das sagte uns keiner, wir waren nicht beteiligt. Später dröhnte es auch, nicht nah, doch die Erde bebte; Einschläge, so wurde verkündet, und pochende Kanonen. Rundum brannte Mord an jeglichem Tage. Noch heute vermag ich nicht zu entscheiden, ob das zum Kriege gehörte, zumal keine Feinde in unsere Verschläge stießen. Unberührt blieben die engen Bezirke, wo man umfriedet uns verwahrte. Die uns mordeten, waren Verbündete, waren Freunde. Da gab es keinen, der sie gehindert hätte, die Feinde gewiß nicht. Die Mörder sagten nicht besonders viel, ihr heiseres Schreien war kurz, aber sie handelten so, daß ich begriff, sie erfüllten nichts als ihre Pflicht. Unverdrossen waren sie bei ihrer Sache, sie taten es mit Fleiß, und wäre nicht mein Herz in Furcht gewandelt, daß diese Helden mir schon im nächsten Augenblick von meinem Leibe helfen könnten, so hätte ich ihren unerschrockenen Eifer bewundert. Feig wich ich ihnen aus und vermied die erste Reihe, wenn ich mich nicht in Winkeln verkriechen konnte; nur nicht auffallen wollte ich und bildete mir auch ein, durch Geschick, durch unscheinbares Wesen und unverdientes Glück meinem Morde zu entrinnen. Ob mir das gelungen ist? Die Zweifel nagen heute noch an mir. Andere rings um mich starben, weil sie umgebracht wurden; ich starb, weil man mich nicht beachtete. Ist es doch entschieden? In jenen sechs Jahren dehnte mein Gedächtnis sich aus. Da ich versteckt war, füllte ich es bis zum Rande, tränkte es mit dem versöhnlichen Hochmut meiner Jugend. Das gab mir Kraft, mich ans Leben zu klammern, ich wollte ihm die Treue halten, daß es sich meiner erbarme und an mir hafte. Außerdem hoffte ich. Es ist nicht klar, was ich hoffte, ich hielt mich nur hin und wartete auf den kommenden Morgen, bloß daß er sei, und wieder ein Morgen, und immer wieder ein Morgen.

So brachte ich mich hin. Die Tage verstrichen, und immer geschah es dabei, daß ich nicht merkte, um wieviel ich jeden Morgen ärmer geworden war. Der Mord meiner Nächsten beschäftigte mich, doch ahnte ich nicht, daß jeder Tote für mich gestorben war, und so starb ich auch mit. Grübelte ich über mich? Die Zeit zerfloß in mir. Ehe ich mich dessen versah, war unter dem gärenden Schaum dieses kochenden Spieles mein Wesen ausgezehrt und dünn geworden, zierlich in einem gebrechlichen Verdorren, was auch damit zusammenhing, daß man mich mit spärlichen Brocken fütterte. Man spendete mir gerade so viel Speise, daß ich nicht verendete und munter genug blieb, mich hungernd nach weiteren Bissen zu sehnen. Sie wurden verweigert; nun träumte ich von ihnen, das nährte mich und verlieh stählerne Kraft.

Je tiefer ich in mich versank, desto mehr entkam ich mir, ein Hinausbiegen aus dem versehrten Lebensgrunde, was mich bewahrte und doch schwächen mußte. Aber trotzig wehrte ich mich gegen alle Gefahren, die mich von außen und innen bedrohten; dann wurde mir auch geholfen, an Schutz und Rettung zu glauben. So betete ich mich durch die Zeit, betete mich immer fort, wahrhaftig fort, und in diesem angestrengten Verkehr mit dem Unbekannten bin ich dahingeschwunden. Das Vergängliche höhlte mich aus. Am Tage, da sie das Ende des Krieges ausriefen, war nur die Schlangenhaut übriggeblieben, ein vertrocknet brüchiges Gerüst, das ich mit zärtlicher Selbstliebe wahrnahm, ich aber, das lebende Tier, war entschlüpft, verlaufen ohne Spur, nicht mehr zu finden. Ich versuchte mich zu trösten, der Verlust sei nicht wirklich, sondern nur eine arge Betäubung – Geduld, dann würde ich wieder sein. Inzwischen hielt ich es für geraten, zu sein, als wäre ich heil und beisammen.

Die Menschen, die damals herumliefen, waren allerlei gewohnt, darum fiel ich nicht auf. Mörder und Ermordete waren kaum zu unterscheiden. Wo ich erschien und bald gefragt oder redend in den heimatlich schwirrenden Wirbel geriet, war ich wohltätig unbekannt; überlaut Unverbindliches fügte sich fast vertraulich in den geschäftig rasenden Flimmer einer an trostlosem Jubel sich weidenden zerstörten Welt, in der auch die wandelnden Toten genau und sachlich als zugehörig aufgenommen wurden; ich mischte mich in die faulige Wärme ein, und das tat wohl. Der Tag der jüngsten Behörde schien angebrochen, Flatterfanfaren der Freiheit kochten über mit böllerndem Getöse; da blieb es mir erspart, den Schlag meines Herzens zu beweisen. Man spie seinen Namen aus, wieder ohne Beweis, Zeichen und Zeugnisse wurden nicht geprüft, schon stellte eine des Amtes kaum kundige Hand freigebig aus, was jeder verlangte; das genügte für den flüchtigen Schaum jener Tage, man schwenkte den Zettel, schon gut, ein Lächeln, doch kein Blick wurde darauf verschwendet. Bald war der Wisch nicht mehr gültig, aber das störte mich nicht, man war auch schon vergessen oder verziehen. Durch weite Länder fuhr ich, brauchte kein Geld und bekam doch immer reichlich zu essen und zu trinken, ein Lager mit warmen Decken für die Nacht war bereit. Die Grenzen waren durchlässig, ich mußte nur rufen »das bin ich!« – schon stimmten die Wächter mir zu und ließen mich ziehen. Gefällige Hände wiesen den Weg; wen ich um Mitreise in seinem Wagen bat, lud mich mit fröhlichem Winken ein und freute sich der Gesellschaft.

So kam ich eines späten Nachmittages in der vergangenen Stadt an. Sie hatte sich durch den Krieg nur wenig verändert, das alte Steinwerk, gemessen und würdig, hatte die Jahre gut überstanden, bloß der Anstrich da oder dort und der Verputz hatten ein wenig gelitten. Auch waren die Straßen grauer als einst, unerwartet klaffte in den öffentlichen Gärten ein Netz von Gräben, daneben das aufgeschaufelte Erdreich. Der Rasen, sonst den Besuchern verboten, war abgetreten, und weite Zelte hatte man aufgerichtet, in denen unter den zurückgeschlagenen Planen Leute siedelten, als wäre es nie anders gewesen; sie schauten zufrieden und unbekümmert ins Leben. Ich hatte meinen Ranzen auf dem Bahnhof gelassen, eine unbezwingliche Gehsucht peitschte mich kreuz und quer durch die vergangenen Straßen, die mich duldeten, doch schienen sie mich nicht mehr recht zu erkennen, während mein Schritt in derben Stiefeln halb zuversichtlich, halb fremd das gemusterte Granitpflaster schlug. Viele Menschen zogen hin und her, Einheimische und Zugereiste, alle in ihrem Schicksal verfangen, groß und klein, doch jeder so sicher, als dürfte es auch wirklich sein. Kinder tummelten sich, faßten sich an Händen, eilten hinter Bällen her, ein verbotenes Treiben, doch hatte es kein Leid erfahren. Schon war ich mitten darin, gelockt in geläufiges Rollen, als hätte sich nie der Tod um mich gekümmert.

Mit angehaltenem Atem, müde der Rücken, aber munter die Beine, und mit neugierigen Augen schwenkte ich vorsichtig um eine Ecke, wo das Volk sich lebhafter drängte. Hier wagten keine Kinder, in den zitternden Rausch des taumelnden Verkehrs zu springen, ernst eilten Wagen vorüber, geheimnisvoll würdig lenkte der Polizist die vorwärtsblitzenden Wünsche. Ich traute mich auf einmal mit harmlos zudringlichen Blicken in die vielen Gesichter hinein; wie ahnungslos alle, wenn ich aus ihren Mienen meine verwischten Erinnerungen zu entziffern suchte. Es waren Fremde; auch wenn sie meine Neugier bemerkten, hielten sie nicht ein, sie hatten mich nicht erwartet. Ob sie bei meinem Anblick sich etwas dachten, konnte ich nicht erforschen, da es mir unmöglich war, mich nach ihnen umzuschauen, denn unaufhörlich flossen frische Antlitze heran, die ich mit immer dringenderen Fragen ansah. Aber vergeblich, Fremde auch dies, von denen ich nichts anderes erfuhr als von ihren Vorgängern, die hinter mir schon weit im dichten Straßenstrom ertrunken waren. Sobald man sich verspätet hat und keiner einen erwartet, ist die Ankunft in die Vergangenheit nicht gut; das mußte ich erkennen.

Doch warum verzagen, solange es noch Ecken gibt? Wieder meldete sich eine, die war bekannt wie wenige sonst. Schläfernd bog ich ein, den Schritt hielt ich besorgter im Gange zurück, weil ich bereit sein wollte, falls mir mein Vater begegne. Fast fürchtete ich, zu plötzlich von ihm überrascht zu werden. Wohl fehlte mir jede Kunde von ihm, außer daß man ihn ermordet habe. Auch das war im Kriege geschehen, aber fern von mir, ich war nicht dabei gewesen, es wurde an zu vielen Stätten gemordet. Da mußte es nicht stimmen, weil ich nur einem angstvollen Gerücht erlegen war und hoffen durfte, daß der Vater überdauert habe, und nun, gleich mir, die Vorüberflutenden auf helfende Bekannte prüfe. Doch gab es keinen Vater in dieser Straße, nur die befremdlichen Häuser von einst, älter geworden und dunkler, die nichts von mir wissen wollten, und einige verrunzelte Stände, wo man Zeitungen feilbot, Tabak, schnoddriges Zuckerzeug in zu grellen Farben und knoblauchduftende Würstchen; die ungekochten hingen verwittert an einer Querstange, während die gekochten viel ansehnlicher mit fettem Spiegelglanz in einem weiten Becken auf Kundschaften warteten. Die Verkäufer hatten nicht auf mich gewartet, jedenfalls kümmerten sie sich nicht um mich und ließen mich kaltherzig vorbeigehen, mochte ich noch so wißbegierig eine Antwort in ihren gelblich trüben Augen suchen. Der Vater war nirgends zu sehen, niemand grüßte ihn wie einst, wenn er ohne Hut und Mantel vorübereilte; es gab keinen Vater und auch nicht mehr die alten Verkäufer, die ihn alle kannten und so gerne mit ihm schwatzten. Ich schlich mich an den Ständen vorüber, betäubt, meine Beine wurden schwer, so daß ich meine Füße schmerzhaft weiterrückte, der Boden wehrte sich, schon staken sie fest in zähem Brei. Auch um meine Ohren lagerte er sich, schleppend und dumpf, ein dampfender Qualm, weswegen ich es kaum hörte, als sich langsam gewunden aus unendlicher Ferne gerufene Rede näher bohrte, von der ich nicht vermutete, sie könne für mich bestimmt sein. Aber da sie mehrmals mit Hammerwucht in meinen Kopf schlug, mußte ich es merken, kein Zweifel galt, daß man mir meinen Namen zu verstehen gab, deutlich: »Herr Landau!«

Gebannt blieb ich auf der Stelle haften, ich rührte kein Glied, wartete, es wiederholte sich, abermals und wieder, jetzt noch dringlicher, das sollte ich sein, oder nein, wie wäre das möglich gewesen, mein guter Vater war gemeint, Jahrzehnte hatte ihn die Reitergasse besessen, Herrenwäsche Albert Landau, kurz und bündig hieß es HAL, beliebt und allbekannt in der Stadt als gediegene Marke, auf duftenden Leinenhemden und bunten Seidenkrawatten war das Zeichen aufgenäht. Nun hatte die Reitergasse ihren verschollenen alten Herrn Landau wiedergewonnen; von allen Ständen, als allen geöffneten Ladentüren, aus Fenstern von Kanzleien und Wohnungen rief es »Herr Landau!«. Obwohl ich mich nicht rühren konnte, wurde ich von der Freude angesteckt, daß mein Vater sich in der Nähe aufhalte. Auch ich preßte den Namen mit halb gelähmter Zunge mühsam zwischen meinen Lippen hervor und lallte kaum verständlich »Herr Landau!«. Das war zu leise, doch hoffte ich, daß mein Vater die Stimme des Sohnes aus dem durcheinanderschnatternden Chor heraushören würde. Es gelang mir sogar, meine

Starre ein wenig zu überwinden, ich schob den Kopf vor, drehte ihn hin und her, um das Antlitz des Vaters aus den vielen Gesichtern um mich herum zu lösen. Doch vergeblich! Ich war mit Blindheit geschlagen und verfluchte mein Unglück, seine geliebten Züge nicht in mein Gedächtnis zwingen zu können. Eine randlose Brille, sagte ich mir, Brille und eine hohe Gestalt, doch sicher schon ein wenig gebückt, die Jahre und die Sorgen. Doch was half das, wenn ich ihn mir nur so ungenau vorstellen konnte? Da vertraute ich darauf, daß mein Vater, wenn ich beständig winkte, auf mich aufmerksam würde. Ich hob die Hand, den vollen Arm, es sah unsicher aus und närrisch. Doch nichts geschah, was tröstlich war. Bloß seinen Namen rief es in unaufhörlichen Schallketten, feucht und bedrückend hingen sie in der Luft, während mich schon Trauer beugte, daß man mich, den Heimkehrer, gar nicht beachtete. Mit schwacher Stimme behauptete ich: »Ich heiße ja auch Landau und bin sein Sohn.« Dabei zeigte ich kläglich mit einem Finger auf mich.

Das bewährte sich. Jemand kam auf mich zu, schüttelte meine Hand, beglückwünschte sich und mich zum Wiedersehen, pochte mir auf die Schulter. Aber ich erkannte den Mann nicht, wollte mich auch nicht erkundigen, es war ja gleichgültig; einer der Leute aus der Reitergasse mußte es sein. Ich wartete erregt, daß der Mann mir Wichtiges eröffnen werde, doch er beteuerte nur nochmals und wieder seine Freude, bis ich ihn ungehalten mit der Bitte unterbrach, mir schnell von meinem Vater zu erzählen und mich gleich zu ihm zu begleiten, da er gerade hier vorbeigelaufen sei, wir hätten einander leider verfehlt. Ich wünschte mir bloß, ihn sofort zu begrüßen, da wir so lange, das hat der Krieg verschuldet, keine Nachrichten tauschen konnten.

»Sicher ist er im Laden. Ich muß mich beeilen, damit ich ihn erreiche, bevor gesperrt wird. Dann öffnet er nicht mehr gern, weil er die Losung zählt und die Katze füttert. Dann läuft er durch den Hinterausgang fort und ist nicht mehr zu finden. Bitte, begleiten Sie mich, ich bin müde, mich schwindelt. Treten Sie vor mir ein und bereiten Sie ihn schonend vor, daß ich gekommen bin. Doch Vorsicht, der Schrecken der Freude darf ihn nicht töten!«

»Wie ...? Wie? Herr Landau, zu wem wollen Sie hin?«

»Zum Vater!«

»Zum Vater ...? Wo soll er denn sein?«

»Ich weiß es nicht genau. Er muß aber im Laden sein. Sie wissen doch. Schnell, bevor es zu spät ist!«

»In welchem Laden ...?«

»Tun Sie doch nicht so! Da! Nur ein paar Häuser! Erst kreuzt man die Römerstraße, dann gerade noch zwei Häuser ...«

»Ich versteh nicht ... Sie müssen ...«

»Was verstehn Sie nicht? Sehn Sie nicht den Obstladen von Herrn Kutschera, dort, wo die vielen Körbe und Kisten den halben Gehsteig besetzen? Gleich dahinter! Mein Vater hat sich schon immer darüber geärgert, wie rücksichtslos Kutschera ist und mit seinem Zeug die Kundschaften von unseren Auslagen abhält. Sehn Sie noch immer nicht? Dort ist das Geschäft, HAL, Herrenwäsche Albert Landau!«

Der Mann sah mich entsetzt an, sein Mund stand offen, er wußte nichts zu sagen. Als ich ihn nochmals aufforderte, mich zu begleiten, da ich keine Zeit mehr zu versäumen hätte, tippte er mir ungläubig leicht auf die Stirne, murmelte unverständlich etwas, wie um sich zu entschuldigen, drehte sich auf dem Absatz um und ließ mich grußlos allein. »Ich bin es, ich bin es! Warum laufen Sie fort? Ich wollte Sie nicht kränken.« Aber der Mann wendete sich nicht mehr um und war schon verschwunden. Jetzt hörte ich niemanden mehr den Namen meines Vaters oder von mir rufen, nur Unbekannte schwärmten gleichgültig an mir vorbei und kümmerten sich nicht darum, daß ich hilfesuchend nach allen Richtungen schaute, ob nicht doch noch jemand mich erkenne. Es war vergeblich.

Da blieb mir nichts anderes übrig, als den schweren Weg allein zu wagen und meinen Vater unangekündigt aufzusuchen. Hoffentlich hielt er sich nicht vorne im Laden auf, sondern hinten in der Kanzlei, in der Zurichterei oder im

Magazin. Dann würde mich hinter den Pulten ein Angestellter empfangen, wahrscheinlich keiner von den alten, die mich noch kannten, sondern ein Fremder mit dienstbeflissen schneller Frage nach meinem Wunsch. Ich beschloß, den Verkäufer ins Vertrauen zu ziehen, ich bin der junge Herr Landau, ja, schaun Sie nur her, so seh ich aus, ich hab mich gründlich verändert, der lange Krieg, doch alle Knochen heil, aber wegen Ihres Postens brauchen Sie sich nicht zu sorgen, ich bin ja leider nur ein kleiner Gelehrter und kein Kaufmann, Sie bleiben da, vom Wäschehandel versteh ich nichts. Nun gehn Sie bitte und sagen Sie meinem Vater, daß ich wieder da bin. Bereiten Sie ihn schonend vor, die Nachricht soll ihn nicht töten! Sagen Sie, ein Herr will ihn sprechen, sagen Sie vorsichtig, kein Vertreter, nein, ein Bekannter, bringen Sie es ihm langsam bei, eine liebe Überraschung, er soll sich nicht zu sehr wundern, es kommen seltsame Dinge vor, Tote steigen aus ihren Gräbern, so etwas ist auch schon früher vorgekommen, und wenn man es genau nimmt, ist an einer solchen Geschichte nichts Wunderbares daran. Beruhigen Sie den Vater, packen Sie es geschickt an! Und wenn er sich das alles angehört hat und neugierig wird, daß er Sie zur Seite schieben will, um nach vorne zu laufen, dann nehmen Sie ihn bitte bei der Hand, sorgen Sie dafür, daß er nicht zu sehr eilt, und jetzt erst verraten Sie ihm ganz leise, damit er es richtig auffaßt: Herr Chef, es ist ein sehr sehr guter Bekannter, ein Freund, es ist Artur, Ihr Sohn.

Das legte ich mir zurecht, als ich mit blinzelnden Augen mich unauffällig voranschlich. Schon kreuzte ich die Römerstraße, den altvertrauten Weg in die Richtung nach der elterlichen Wohnung, und schon war ich bei den Frucht- und Nußkörben des eifrig handelnden Ehepaars Kutschera angelangt. Ich schob mich an dem Schwarm der Kauflustigen vorbei und sah, daß mein Vater heute vorzeitig geschlossen hatte, die Läden waren herabgelassen, nur die Scheibe der großen Auslage war nicht bedeckt. Ich wagte nicht, näher heranzutreten, denn ich bemerkte bereits mit Schrecken, daß die Auslage leer war, keine Hemden, keine schön herausgeschmückte

Ware, hinter dem arg verstaubten Glase nichts, bloß die leere Tiefe des Schauraumes mit dem abschließenden Rahmen, über den hinweg ich in den ertrinkenden Dämmer der Ladentiefe bis zu den Pulten und ganz verschwommen dahinter sogar zu den Gestellen mit den vielen Schachteln blicken konnte. Ich zwang mich an die verwahrloste Scheibe heran, schloß für eine kurze Weile die Augen, um eine mögliche Sinnestäuschung gewiß zu bannen, bevor ich wieder aufschaute und spähte, was sich erkunden ließe. Aber kein Trug blendete mich. Oder doch? Stand ich da? War es der alte Laden in der Reitergasse? Warum hatte ich mich verwirren lassen und warum war ich hergewandert? Hatte mich nicht eine innere Stimme gewarnt, nie mehr in diese vergangene Stadt zu reisen, weil sie nichts Heimliches mehr für mich berge, nichts Gutes, das überall eher zu finden wäre als im Orte des verschollenen Ursprungs?

Wand vor mir, abgrundtiefer Blick in das gezügelte Reich, das mein Vater mit emsigem Schaffen so viele Jahre verwaltet hatte, und nun stand es öde, nicht einmal ein Fremder hatte sich eingenistet. Das Fenster war zu düster, um zu erkennen, ob noch die Pulte und Gestelle richtig an ihren alten Plätzen stünden. Ich schnellte auf die Fußspitzen empor, wischte an der Scheibe, doch war sie innen mit Staub verkrustet. Um bessere Auskunft bemüht, sprang ich mehrmals in die Höhe, aber auch dieses Mittel versagte, und ich schämte mich, falls Kutscheras oder Vorübergehende mein närrisches Treiben bemerkt haben mochten, der Sohn als bittender Hund vor der ausgestorbenen Hütte seines Vaters. Er war nicht da, ich hatte nichts hier zu suchen. Ein letzter prüfender Blick belehrte mich, daß die Firmentafel erloschen war. Nur der leere Rahmen starrte, aus dem man das Glas herausgebrochen hatte. Nichts mehr war zu lesen.

Ich hätte mich eilig aus dem Staube machen sollen; wo alles verloren war, da war jeder Augenblick verschwendet. Wollte ich den Aufenthalt meines Vaters erkunden, so hatte ich anderwärts zu forschen, bei Verwandten und Freunden, am besten aber zu Hause, nur nicht in der Reitergasse. Mein

Vater war schon ein alter Mann, das hatte ich nicht bedacht, weit über siebzig mußte er sein, da war es ihm lieber gewesen, das Geschäft aufzulösen, statt es einem Fremden zu verkaufen. Das hätte zu sehr geschmerzt. Nun hatte er sich in Frieden zurückgezogen, den zu genießen er verdiente. Stets hatte er sich ein sorgloses Alter ersehnt und wollte am Stadtrand einen größeren Garten pachten, wo er sich eine Wochenendhütte zu bauen gedachte, um an schönen Tagen seinen Blumen, den Glashäusern voll mit exotischen Gewächsen und den überaus geliebten Kakteen nahe zu sein. Nach Hause mußte ich eilen, ohne mir an einem so herrlichen Abend, wenn die Erdbeeren reiften, erwarten zu dürfen, den Vater mit der Mutter dort anzutreffen. Waren sie ausgegangen, dann hatte ich beim Pförtner eine Botschaft zu hinterlassen und ihn zu fragen, wo ich den Garten finde, und schon dorthin mit pochender Eile.

So klug handelte ich aber nicht, weil ich mich nicht zu der Einsicht überwand, daß die Erwartung eines Wiedersehens vor dem Laden in der Reitergasse müßig sei. Auch stiegen mir Bedenken auf, daß es weit nach Hause und nicht ratsam sei, die ahnungslose Mutter zu überfallen. Ich war schlecht rasiert und Jahre war ich ausgeblieben; ein Vater versteht das, er denkt an den Krieg, aber der Mutter durfte ich nicht so, wie ich war, alt und im Antlitz verlebt, müde und schmutzig, in zerschlissener Uniform und klobigem Schuhwerk vor die Augen treten. Mit verstellter Stimme zu Hause anrufen, das wäre ein Ausweg gewesen, oder Frau Kutschera um den kleinen Dienst bitten. Leider waren das keine sehr gefälligen Leute, aber als unvermuteter Heimkehrer durfte ich darauf hoffen, ein wenig Entgegenkommen zu finden. Ohnedies schien es am vernünftigsten, sich beim Obsthändler genau zu erkundigen, ein längeres Verweilen vor dem Laden des Vaters war sinnlos und bedrückend. Wie immer standen bei Kutschera viele Kundschaften an, die nicht erst in den Laden drangen, sondern auf der Straße abgefertigt wurden. Das Ehepaar und zwei hastige Mädchen hatten alle Hände voll zu tun und keine Zeit, sich die einzelnen Käufer gründlicher zu betrachten. Es ging schnell, doch wer bedient sein wollte, tat klug daran, nicht weiter darauf zu warten, bis man nach seinen Wünschen fragte, sondern sich laut zu melden. Wie aber sollte ich mich melden? Ich stand in der Gruppe der wechselnden Kunden, die alle trachteten, als erste an die Reihe zu kommen. Ihre Anzahl verminderte sich kaum, weil immer wieder Leute sich anstellten, wenn andere abzogen. Dennoch hoffte ich und wartete mit gespannter Geduld, weil ich daran glaubte, einer der beiden Kutscheras würde plötzlich auf mich aufmerksam werden doch statt ihrer schaute mich endlich eine Verkäuferin auffordernd an, weil ich ihr wohl leidtat, wie ich verlegen unentwegt nach dem Ehepaar schielte. Nein, damit war mir nicht geholfen, ich blickte geflissentlich in eine andere Richtung, und das junge Ding bediente achselzuckend einen anderen Kunden.

Etwas mußte geschehen. Nach längerem Schwanken entschloß ich mich, es lieber bei Herrn Kutschera mit einer Anrede zu versuchen als bei seiner zänkischen Gemahlin, mit der mein Vater ungern zu verhandeln pflegte, wenn er sich wegen rücksichtslos vor seine Türe geworfener Abfälle wieder einmal beschweren mußte. Aber mit einer unmittelbaren Frage wollte ich auch Herrn Kutschera nicht überfallen. Daß ich ihn mit Fragen behellige, die ihn nicht im mindesten berührten, hätte ihn verdrossen. Bei seiner Neugier mußte ich ihn packen und eine Kleinigkeit kaufen, um ihn freundlicher zu stimmen.

»Herr Kutschera, zwei Kilo Äpfel, von den besten!«

Der Händler schaute flüchtig auf, weil ich ihn beim Namen ansprach, aber er hatte mich nicht erkannt und zeigte brummig auf eine Tafel mit der Aufschrift »Den P. T. Kundschaften kann nur 1 kg Obst zugewogen werden«. Da rief ich beschämt, »also ein Kilo!« Kutschera riß von einem aufgehängten Bündel eine Tüte los, öffnete sie mit eingeschobener Hand, blies hinein, griff schon nach den Äpfeln, schnell die Waage, klatschend das Gewicht, und flink begann der Tausch der Früchte, um die rechte Menge auszuwiegen.

»Herr Kutschera, erkennen Sie mich nicht?«

Er schaute nochmals auf; sein Blick überzeugte ihn nicht, einen Bekannten vor sich zu sehen. Da gab sich der Mann keine Mühe und war schon wieder mit Äpfeln und Waage beschäftigt. Was ging ich ihn an!

»Nein.«

Verdrossen hantierte er herum; das Kilo wollte nicht und nicht genau sich fügen. Ich mußte Kutschera zu Hilfe kommen.

»Es kann auch ein bißchen mehr sein als ein Kilo, das macht nichts.«

»Haben Sie nicht da gelesen? Zum Teufel mit Ihrem dummen Trick!«

»Ach so, verzeihn Sie! Herr Kutschera, vor dem Krieg war ich oft bei Ihnen.«

»Viele waren!« schnappte er, verschloß das Papiersäckchen und hielt mir, Geld fordernd, die Ware entgegen. Frau Kutschera, mit anderen Kunden beschäftigt, ärgerte sich schon über meine Reden und grollte bedrohlich vor sich hin, während sie mir nur einen bösen Seitenblick gönnte, doch der genügte, ihre Neugier siegte, sie faßte mich genauer ins Auge und ließ, von jähem Erstaunen gepackt, ihr Schäufelchen mit Haselnüssen aus der Hand gleiten, daß die kleinen Bälle klappernd auf der Erde sprangen.

»Jesusmaria, das ist ja leibhaftig der junge Herr Landau!«

Mit diesem Ausruf hatte ich nur wenig gewonnen, die Frau starrte mich bloß ein Weilchen an. Schon überließ sie sich wieder ihrer Kundschaft und mich ihrem Mann, der mich nun auch zu erkennen glaubte. Seine trüben Augen prüften mißtrauisch.

»Sind Sie's wirklich?«

Diese Frage mochte ich nicht, beherrschte mich aber und lachte alles weg, was mich mit steigendem Ekel bedrängte.

»Natürlich, Herr Kutschera, gerade angekommen, und da hatte ich sofort Lust auf Ihre Äpfel.«

»Sehr schmeichelhaft. Ja, der Herr Vater, der hat dieselben Äpfel gekauft. Genau dieselben.«

»Jetzt hat er seine eigenen draußen vor der Stadt in seinem Garten ... Nicht wahr?«

»In seinem Garten?«

Herr Kutschera rief das so laut, daß seine Frau wieder aufhorchte. Warum redete der Mann nicht weiter? Verlegen kratzte er sich die blanke Glatze. Ich sah ihn bittend an. Mir schien, er wolle etwas sagen, vielleicht dachte er angestrengt nach. Oder war er betroffen und wie auf frischer Tat ertappt? Mir war sein Schweigen peinlich, auch wünschte ich weder mich noch ihn aufzuhalten.

»Hören Sie, Herr Kutschera, hat Ihnen mein Vater die Adresse gesagt?«

»Welche Adresse?«

»Seine natürlich. Ich bin aus dem Krieg zurück und will gleich zum Vater hinaus.«

»Unmöglich, Herr Landau. Der alte Herr ... er ist weg ... auch im Krieg ...«

»Bei seinem Alter?«

»Eben, bei seinem Alter. Schrecklich, finden Sie nicht?«

»Und nicht zurück? In seinem Garten? Jetzt?«

Herr Kutschera klaubte aus einem Korb einen angefaulten Apfel, drehte ihn spielerisch in der Hand und schaute mich an, als habe er einen Wahnsinnigen vor sich. Kraftlos schüttelte er den Kopf, seine geringen Äuglein zwischen den fetten Wangen und der Stirne wurden winzig. Er träumte wohl, aber es war ein trauriger Traum, denn zwischen den Wimpern wurde es feucht, er wischte sich verlegen die Nase am Rockärmel. Dann hüstelte er.

»Ich weiß nicht, was Ihrem Vater geschehn ist. Niemand weiß das, niemand hier. Ich hab ihn nicht mehr wiedergesehn. Ich kann nichts dafür. Er war ein guter Herr.«

»Ein guter Herr!« rief auch Frau Kutschera dazwischen, die nun doppelt zu tun hatte, weil ihr Mann aus dem Handel ausgeschlossen war.

Bei diesen Leuten hatte ich nichts zu erwarten und ich glaubte ihnen kein Wort. Wie sollten sie schließlich etwas wissen? Seit sich mein Vater vom Geschäft zurückgezogen hatte, ließ er sich schwerlich in der Reitergasse blicken. Er hatte nichts mehr hier zu tun, wollte gewiß den toten Laden nicht mehr sehen und kaufte sein Obst, soweit er nicht sein eigenes züchtete, zuallerletzt bei Kutschera.

»Ich danke Ihnen. Was bin ich schuldig?«

»Nichts, nichts.« Herr Kutschera wurde rot und noch verlegener. Alte Freunde, so 'ne Ehre. Beehren Sie mich wieder!«

Ich dankte, nun gleichfalls verlegen, zumal ich fühlte, daß es gar nicht recht war. Als ich mich verabschiedete, rief mir auch noch Frau Kutschera einen Gruß nach.

»Bleiben Sie gesund, Herr Landau! Bleiben Sie gesund! Auf Wiedersehn!«

Es war freundlich gemeint, vielleicht, aber mir brannten die Ohren von ihrer kreischenden Stimme, während ich schon davoneilte, als wüßte ich wohin und hätte ein sicheres Ziel, die Äpfel unter dem Arm, für die Herr Kutschera kein Entgelt angenommen hatte. Ich wagte nicht mehr nach Vaters Laden zu blicken und stürmte die Reitergasse voran. Niemanden wollte ich sehen, von niemandem erkannt werden; es stand für mich fest, daß ich von den Leuten in dieser Gegend bestimmt nichts über meinen Vater erfahren könne. Ich mußte mich erst sammeln und beruhigen, bevor ich weitere Entschlüsse faßte und die Suche nach meinem Vater fortsetzte. Jetzt hatte ich den Karolinenweg erreicht, dichter Verkehr, die Menschen stauten sich in zwei schwerfällig, und doch hastig gegeneinander vordrängenden Strömen, von denen man unbarmherzig mitgerissen wurde, wenn man sich nicht dicht an eine Auslage drückte oder in eines der weiten Haustore flüchtete. Der zu schmale Gehsteig drohte zu bersten, zumal in Strähnen sich Angestellte aus allen Kanzleien in die Straße ergossen; der Arbeitstag war vorüber, die meisten Geschäfte sperrten schon zu.

So ließ ich mich fast willenlos vorantreiben, bis ich an die Ecke der ruhigeren Helfergasse kam. Ich wand mich aus dem beklemmenden Gewoge ungeduldiger Menschen auf dem Karolinenweg hinaus – es dauerte, bevor ich mich befreit hatte – und durfte endlich stillestehen und verschnaufen. Die Menschenflut hatte mir nicht gutgetan, der vielen Eindrücke war ich müde, auch verspürte ich Hunger. Wie gut, so sagte ich mir, daß ich Herrn Kutscheras Äpfel habe, sie werden mich gerecht erfrischen. Doch zögerte ich, die sachkundig verschlossene Tüte zu entfalten, es rächte sich, daß ich mir die Ware hatte schenken lassen; ich hatte kein Recht, verbotene Früchte zu kosten. Adam, Adam, iß mir nichts davon, hüte dich und sei wachsam! Es droht dir Gefahr, unrecht Gut gedeiht nicht. Mein Vater war immer ein ehrlicher Mann, unantastbar waren die Grundsätze, nach denen er seinen Handel betrieb; nichts sei schmählicher, wie er meinte, als einem Kaufmann seine Ware unter Vorspiegelungen zu entlocken. Ich schämte mich der Äpfel, die ich rund und kräftig durch das Papier hindurch mit der Hand tastete und, da ich das Päckchen an mich preßte, schmerzlich zwischen Brust und Oberarm fühlte. Wenn sich ein Bettler meiner erbarmt hätte, ein bleiches Kind, daß ich die Äpfel ihm hätte schenken dürfen! Aber niemand kam vorbei, dem sich das fremde Eigentum anvertrauen ließ. Wollte ich es nicht auf den nächsten Mauervorsprung legen, so mußte ich es behalten. Trost suchte ich bei dem Gedanken, daß mein Vater, um Herrn Kutschera und seine Frau sich geneigter zu stimmen, wiederholt beiden kleine Geschenke gegeben hatte, zu Weihnachten ein Dutzend Taschentücher, dann und wann eine Krawatte, manchmal Handschuhe oder ein buntes Tuch. Sicher hatte Kutschera diese Gaben im Sinn, als er mich nach so langer Zeit wiedersah, sein Gewissen regte sich, und er war froh, daß er die Wohltaten des Vaters am Sohn vergelten konnte.

Doch was war ich für ein Sohn? Welche Verdienste hatte ich erworben? Ich hatte meinen Eltern nichts aus dem Kriege mitgebracht, nicht das geringste Geschenk, kein Andenken, mit dem selbst ein abgestumpfter Soldat, wenn er aus dem Felde heimzieht, seinen Lieben beweist, daß er treu im Schützengraben an sie gedacht hat, selbstverfertigt ein rührend unbeholfenes Gerät, einen kleinen Bilderrahmen für die Mutter, eine Zigarettenspitze für den Vater, andächtig mit dem Taschenmesser in wehmütigen Stunden endloser Tage geschnitzt. Nun wußten die Eltern, die schon ihr eigen Blut verschollen glaubten, daß die Liebe des Sohnes in all den Jahren nie verloschen ist. Ich hatte alles verabsäumt, dumpf und matt hatte ich keine Liebesgaben bereitet; aber nun kam mir ein verwegener Einfall, ich war reich und durfte Kutscheras Äpfel auf die Gruft der teuren Eltern legen.

»Nehmt und habt Dank, ihr lieben Toten! Gesegnet sei euch die Speise! Ihr Unvergeßlichen, die ihr Plage hattet, mich zu nähren und zu kleiden, es ist nur ein kärgliches Opfer, das ich über die Schwelle in euer heilig schweigsames Reich trage, doch nehmt es gnädig an! Gewiß ist eines: Blutschuld haftet nicht an dieser Gabe. Ich habe nicht den Feind in seinem Garten erschossen, um seiner Bäume Früchte zu rauben. Kein guter Soldat, doch auch kein großer Mörder bin ich gewesen. Eher war ich feig, habe mich im Hinterland aufheben lassen, aber man mästete mich nicht, keine süßen Äpfel wurden verteilt, es ging bescheiden zu, war auch weder eine leichte noch eine gefährliche Etappe, doch davon will ich nicht erzählen, zumal es so arg gewesen nicht ist, denn da bin ich, ja, ich bin es wirklich. Seht nur an, das ist mein Bein und meine Haut. Warum antwortet ihr nicht? Seid nicht zu hart! Ihr müßt mich erhören, ich muß euch erreichen. Bitte, öffnet die Türe! Ihr steckt dahinter, tiefer noch, ich höre den Vater im Badezimmer auf den großen Spiegel trommeln, er hat es immer getan, wenn er sich mittags rasierte. Dann dieses Klappern mit den Tellern und Besteck, so klang es nur in den Händen der Mutter, das kann ich nicht verwechseln. Wie unnahbar seid ihr! Die Wand, die fürchterliche Wand; ich kann nicht durch und nicht hinüber. Oh, wie unabsehbar.«

Ich habe das mit beflügelter Stimme leise rhythmisch gesprochen, mich dabei vorwärtsgearbeitet und doch keinen einzigen Schritt zurückgelegt. Ich stand angeheftet in der Helfergasse, ganz nahe am brodelnden Getümmel des Karolinenweges. Bittend streckte ich mein Apfelpaket aus, doch merkte ich mit Schaudern, wie erbärmlich das war, die häßliche Vorführung einer unerfüllbaren Heimkehr. Da löste ich mich vom Fleck, unauffällig strich ich auf und ab, wie man tut, wenn man jemanden auf der Straße erwartet und sich dabei die Füße nicht müde stehen will. Vielleicht wird einer kommen, jemand aus der Verwandtschaft oder ein alter Bedienter, Herr Nerad oder Frau Holoubek, ein Mensch, der stets zu uns gehörte und heute noch mit uns zusammenhängt, weil diese Nähe nie vergeht. Ein wenig Geduld nur war nötig; noch vor Anbruch des Abends müßte jemand erscheinen, der mich holen würde. Ich machte mir bittere Vorwürfe, daß ich den ganzen Krieg über nie einen Brief, nicht einmal eine flüchtige Karte nach Hause geschrieben hatte, ein pflichtbrüchiger Sohn; was konnte der sich jetzt für einen Empfang erwarten? Wohl entsann ich mich, daß man für uns keine Feldpost eingerichtet hatte, unsere Wärter waren dagegen, sie haßten alle Zeitverschwendung und sagten nein, wenn wir um Erlaubnis für ein Lebenszeichen baten; doch das entschuldigte mich nicht. Geschwiegen, nur geschwiegen hatte ich, wie nur Tote allein stumm sein dürfen! Die Mutter hielt sich wortlos im Hintergrund, saß an ihrer Näharbeit und nähte Stich um Stich; mir widmete sie keinen Blick. Kann eine Mutter selbst den schlimmsten Sohn verleugnen? Nein, sie war gütig und vom Lauschen in den langen Jahren bloß ertaubt, der Vater aber, hoch erzürnt, verriet ihr meine Nähe nicht, die sie in der Schwermut ihres einsamen Nadelwerkes nicht erspürte. Wie hätte ich zur Mutter dürfen, da der Vater mir den Weg versperrte!

»Du gehst mir nicht vorbei, Artur! Siehst du nicht, daß die Mutter ihrem gestorbenen Sohn das Totenhemd mit Sternen stickt? Ein edles Werk der immer treuen Hände.«

»Vater, ich habe dir Äpfel gebracht, duftende leuchtende Äpfel! Die Mutter soll sie mit dem vergoldeten Obstmesser schälen und in Teile schneiden! Die Scheiben bezuckert legt sie für dich, für uns alle auf die glitzerkristallene Schüssel.«

»Zu spät. Du hättest früher kommen müssen. Andere sind schon längst zu Hause. Du hast uns zu lange warten lassen.«

»Der Krieg ...«

»Ich weiß, der Krieg. So sagt man, wenn man plötzlich die zu lang versäumte Kindesliebe als unsühnbare Schuld spürt. Wir können dich nicht mehr erwarten. Selbst wenn du's bist, erkennen wir dich nicht. Auf dem Friedhof, wenn sie ein Totenmal den fern verstorbenen Kindern errichten, sie sammeln schon das Geld dafür, werden wir auch deinen Namen auf der Ehrentafel eingraben lassen, damit man sich deiner erinnert. Geh weg! Was ich dir sagte, ist der einzige Trost, den ich dir auf den Weg mitgeben kann.«

»Erkennst du mich wirklich nicht? Verkennst du mich so sehr?«

»Ich verkenne dich nicht und erkenne dich sogar. Heb deine Hände empor! Dreh dich um! Noch einmal! Langsamer! Ja, so ist es recht, ich zweifle nicht, du siehst ihm ähnlich, bist ihm wohl begegnet, und vielleicht hat er dir von uns erzählt. Sonst hättest du uns nicht gefunden. Allein, du bist nicht unser Sohn.«

Da wollte ich mit meinen Äpfeln ganz nahe an meinen Vater herantreten, vor ihm niederknien und mit meinen Armen die Fesseln seiner Füße umschlingen. Er aber drohte mir mit streng erhobener Faust, und ich wußte, daß ich es nicht versuchen durfte, ihn durch zärtliche Demut für mein verworrenes Dasein zu gewinnen. Die Mutter nähte fort und fort, sie saß im Licht und arbeitete noch schneller auf dem Linnen, doch konnte ich die Sternenpracht des Hemdes kaum erkennen; ich sah nur, daß sie rotes Garn benützte. Da rief ich meine Mutter noch einmal. Es konnte sein, daß sie mich hörte, weil sie innehielt, die Hände schafften nichts und falteten sich zusammen, die Strähne Garn schaute hervor und bog sich, ein Brunnen stockenden Blutes, langsam nieder auf ihren Rock. Nun senkte die Mutter das Haupt leise vornüber, geschlossen sanft der Mund, die Stirne feierlich und friedlich in einem großen Schlaf. So wartete ich eine Weile, ob sie mich nicht doch gewahren würde, während sie immer tiefer versank. Der Vater schien meine Anwesenheit vergessen zu haben, denn er wandte sich ab und beobachtete mit großer Aufmerksamkeit die Entrückung der Mutter. Das war er wohl gewohnt, eine Sorge bemerkte ich nicht an ihm, aber eine tiefe unergründliche Wehmut bedeckte seine leicht gebeugte Gestalt. So verharrte er, streng und starr, den offenen Mund zaghaft gespannt, während die Mutter noch tiefer entschlummerte und mit einem schweren Ruck auf einmal ihr Haupt unwillkürlich sinken ließ, daß die schlichten grauen Haare ihr mit feinem Knistern über das Gesicht schlugen. Hinter diesem Vorhang war es nicht zu erblicken, doch der Nacken wurde sichtbar, und da entdeckte ich über die ganze Breite des Halses eine schlimme wulstige Narbe, die wohl schon geheilt war, aber sehr alt konnte sie nicht sein. Was war der guten Frau widerfahren, wieviel hatte sie entbehren müssen? Die schmerzliche Verfärbung schien mir im Verblassen, doch noch nicht gewichen. Der Vater fühlte, was ich da bemerkte, und kehrte mir die volle Schwere seines Alters zu, als wollte er erkunden, welchen Wandel die enthüllte Pein dieser gerade überstandenen Wunde in mir bewirken würde. Ich konnte den Anblick der Mutter fast nicht mehr ertragen und war erleichtert, wenn auch der Vater mich gar nicht gütig prüfte, daß ich einen Grund fand, nicht mehr nach der Mutter hinzulugen. Was der Vater sich dabei von mir erwartete, eröffnete sich meinen brennenden Sinnen nicht; darum schwieg ich. Endlich sprach er, und viel leiser, als ich ihm zugetraut hätte.

»Du glaubst es also noch immer nicht, daß wir dich nicht brauchen? Du gehörst nicht zu uns. Du irrst dich, irrst dich fürchterlich bis über allen Tod hinaus. Das ist deine Mutter nicht, und ich werde nicht dein Vater sein.«

Was ich auch erwidert hätte, vergeblich wäre es gewesen, ich blieb stumm. Ich verschränkte meine Arme vor der Brust und verneigte mich tief gegen den mich verstoßenden Vater, wobei mich nichts mehr drängte, ihn zu einem milderen Urteil zu bewegen. Ich mußte es hinnehmen, daß ich ausgestoßen blieb. Es war zu viel in den Jahren der Trennung vorgefallen, was verhinderte, dieser Entzweiung entgegenzuwirken; da mußten Eltern und Sohn voneinander scheiden. So war es unwiderruflich beschlossen, ich gab mich sogar mit leichteren Empfindungen darein, als ich noch einen Augenblick zuvor für möglich gehalten hätte, doch war ich ernst und blieb verhalten, da ich mich endgültig zum Abschied rüstete. Auch war ich mir der unwiederbringlichen Gelegenheit bewußt, jetzt, und nur noch jetzt, die entscheidenden Worte sprechen zu können, um von mir aus der feierlichen Trennung einigen Anstand und Würde zu verleihen. Ich mußte etwas sagen und suchte inbrünstig nach etwas Erhabenem, was der Vater als mein letztes und einziges Vermächtnis für immer behalten sollte. Aber meiner Absicht war kein Sieg beschieden. Gebieterisch hob der Vater den Arm und schlenkerte mehrmals mit der Hand, damit ich unausweichbar verstünde, daß alle Gemeinschaft vorüber sei und die letzte Gnadenzeit für mich abgelaufen. Wohl trat ich einige Schritte ehrerbietig zurück, doch zögerte ich noch immer, meine gestrengen Eltern zu verlassen. Einen letzten Blick der Mutter trachtete ich zu erobern, aber es war schon alles gegen mich gewendet, die Mutter war jetzt fern in einen undurchdringlichen Schleierschatten eingenebelt, der sie mit ihrem Werk verhüllte. Mit der rechten Hand wehrte mich der Vater ab, und mit der linken bedeckte er sein Gesicht, als er tonlos und hart und fremd zu mir sprach.

»Verstrichen die Zeit! Du gehst jetzt! Fort!«

Da zog ich mich stumm zurück, leise, schleichend, auf den Zehenspitzen; die Mutter sollte nicht hören, daß der ehemalige Sohn für immer sie verließ. Ich mußte mich äußerst anstrengen, um mich leibhaft zu entfernen, denn die Luft war so dünn geworden, daß ich fast keinen Atem schöpfen konnte. Als ich endlich das uralt entfremdete Paar verlassen hatte, rief noch einmal die Stimme des Greises.

»Die Äpfel läßt du besser da! Ich kann sie sehr gut brauchen!«

Ob das schon der Pförtner im Hausflur, der die Toten pflegte, oder noch mein Vater sagte, weiß ich nicht; es klang zu gewöhnlich und leichtsinnig, die Art meines Vaters war nicht so. Doch mich erleichterte es, der Sorge um die Früchte ledig zu sein. Sachte wollte ich das Päckchen niederlegen, war jedoch ungeschickt, es entglitt mir, die Tüte sprang auf, mit hohlem Poltern kullerten die Äpfel zu Boden. Ich erschrak und war beschämt, daß ich den Befehl so jämmerlich ausgeführt hatte, aber aufklauben wollte ich die Äpfel nicht, die rundherum auf dem Boden verrollten. Von beißendem Entsetzen getrieben, eilte ich fort.

Noch war es draußen nicht kühler geworden, doch wollte es schon Abend werden, die Schatten schlugen lang und tief über das Straßenpflaster, die letzten Sonnensplitter, die nun ängstlich flammend auf die äugenden Scheiben der Fenster sprangen, mußten bald verglimmen. Der Verkehr auf dem Karolinenweg hatte nachgelassen, weniger Menschen hasteten, sie waren ihrem Abend gegeben und sannen auf Feierstunden mit bunten Genüssen. Alle meine Wege bisher hatte ich vergeblich versucht, sie hatten mir keine Klarheit gebracht. Ich war verstoßen, die Stadt meinte mich nicht, keiner hätte sich um mich gekümmert, niemand mir Obdach geboten, wenn ich die Nacht auf den Straßen herumgeirrt wäre. Höchstens einem Polizisten wäre ich aufgefallen, nach mißtrauischen Blicken hätte er mir den Abschied befohlen und mich mit einem Griff abgeschafft, falls ich auf seinen Wink nicht schnell verzogen wäre. Nein, ich durfte nicht wagen, mich der nachtenden Straße auszuliefern, ich mußte, da mir der Weg zu den Eltern versperrt, meine eigene Wohnung aber zu Beginn des Krieges beschlagnahmt worden war, Ausschau halten, wo sich eine Herberge für mich fände.

Ich hatte wenig Geld bei mir; es waren geringe Beträge, mit denen man mich da und dort auf meiner Reise ausgerüstet hatte. Auf dem Bahnhof hatte ich bei meiner Ankunft darauf verzichtet, die Auffangstelle für obdachlose Heimkehrer aus dem Kriege aufzusuchen und um Unterstützung zu bitten. Ich hatte mir eingebildet, zu Hause zu sein, da hielt ich keine Hilfe für nötig. Man mußte nur laufen oder ein Stückchen fahren, bis man das rechte Gebäude erkannte, die Treppen hinaufstürmte, bei einer Türe läutete, schon sprang sie auf, ein Tosen und Brausen, da einen die Familie mit überwältigendem Willkommen empfing. Da bist du ja, da bist du ja endlich! Seht nur, das ist kein verlorener Sohn! Ein Rühmen erscholl, ein Fragen und Reden in süßer Besinnungslosigkeit, weil sich alles zum Guten gewendet hatte. Zwischen Küche und Stube, in der ganzen Wohnung liefen die Angehörigen rastlos hin und her, Gläser klirrten, Teller klapperten, was nur Kammer und Speicher boten, wurde herangeschleppt und aufgetischt, den lange Vermißten zu bewirten. Hatte ich mir das so schön vorgestellt? Nicht ganz, ich wußte, tot, alles tot, aber doch einer am Leben, einer für alle, ein Stellvertreter, und schon täuschte ich mich, daß einer für mich da sein würde. War ich nicht in dieser Stadt geboren? Noch hingen meine Kinderspiele in bekannten Winkeln, vertraute Gespräche waren kaum verklungen, ich konnte sie hören, es war doch erst gestern gewesen, das konnte nicht alles verrauscht sein! Wenn das stimmte, warum sollte ich dann amtliche Helfer beanspruchen? Mein Bündel hatte ich auf dem Bahnhof gelassen, man nahm es mir freundlich ab, ich war unbeschwert und hoffte, frisch an Ort und Stelle zu gelangen. Wie roch es altgewohnt, als ich aus der Bahnhofshalle hinauslief, der Wind warf heimatlichen Staub mir ins Gesicht, ich eilte zunächst zur Verkehrsinsel hinüber, wo die Straßenbahn hält. Ich wollte fahren; wer Jahre fort war, soll nicht lange säumen. Doch hüpfte es in mir vor Ungeduld, und als ich den Park vor mir sah, habe ich es nicht über mich gebracht zu warten; des alten Ortes so entwöhnt, durfte ich mich seinen Mauern als Genesender erst vorsichtig anvertrauen, das langsame Gewinnen erinnerter Straßen sollte das verwundete Herz beschwichtigen und den rechten gelassenen Sinn bereiten. So hatte ich gewählt – nun mußte ich den Irrtum auskosten und war verloren, wollte auch nicht mehr auf den Bahnhof zurück, um mich in ein übelerregendes Asyl überweisen zu lassen, eine Karte in der Hand, von einem unwirschen Herbergsvater, ach Vater, in einen schlecht gelüfteten düsteren Saal zu einer Schlafstatt geleitet. »So, das ist Ihr Bett. Decke bunter Fleck zum Fuß.

Zehn Uhr wird gesperrt. Sieben Uhr Wecken. Acht Uhr Kaffee. Neun Uhr fort.«

Fort, fort! Ich mußte fort. Ich war nicht in der Stadt, in die zu reisen ich geglaubt hatte. Oder war es doch die Stadt, so war es nicht ich, der hier war und vom Abend schon umschlungen in ihr verloren wurde. Was sollte ich beginnen? Weiter, weiter! Vielleicht war das die falsche Ecke; es mußte nicht alles verloren sein, wenn ich nur weiterliefe. Die Wand wich schon zurück, sobald ich wirklich weiterwollte; ein Schritt, schon konnte ich am Ziele sein. Ich taumelte voran, ich wußte nicht wohin, doch spürte ich, daß ich mich fortbewegte, erinnerungslos, die Straßennamen waren unbekannt, die Wege unbekannt, scheu alles vor mir abgeschlossen. Auf einmal stolperte ich und schlug der Länge nach hin. Es schmerzte heftig, böse angeschlagen war das eine Knie. Getorkelt war ich wie ein Kind, zur Strafe kam der Fall; ich war unglücklich vor Scham und weinte leise. Liegen bleiben und warten, bis die Mutter kommt, warten, bis sie ruft: »Steh auf! Steh auf, mein Kind! Bald gehst du schlafen, dein Bett ist schon gemacht. Ich will ein bißchen blasen. Dann kommt der Sandmann, und Artur weiß von nichts mehr. Morgen früh, wenn du aufwachst, da ist alles wieder gut.« Doch ich folgte nicht und stand nicht auf, ich fürchtete zu sehr den nächsten Fall; die Mutter sollte mich nehmen und aufheben, denn ich war ganz leicht und dünn, wie eine Feder konnte sie mich tragen.

Doch keine Mutter kam, und niemand hob mich auf. Wollte ich auf dem Pflaster nicht bis zum Tode liegen, so mußte ich mir selber helfen. Zwei Männer zogen ungerührt vorüber, lieblos hörte ich den einen sagen: »Das hat man jetzt vom Krieg. Die Kerle sind nicht recht bei Trost, haben allen Grund verloren unter den Füßen. Sauft sich einer voll wie eine Strandhaubitze und schmeißt sich in den Dreck. Schläft sich da schön und ganz gemütlich aus.« Helfen hätten mir die Kerle sollen, nicht mich beschimpfen. Ich wollte sie anrufen, doch es hatte keinen Sinn, mit Fremden anzubandeln, die nur Mißgunst zeigten. Sie hatten sich auch schon entfernt und drehten sich nicht mehr nach mir um. Mühselig richtete ich mich auf, war aber so kraftlos und unmutig, daß ich nicht aufstehen konnte, sondern mich bloß auf die Knie erhob, doch war eines geprellt, ich stöhnte wehleidig auf und hob bittend die Hände, ein bettelndes Hündchen, das seine Schmach nicht verbergen kann. Ein schmähliches Dasein, ich gestand es mir mit kümmerlichen Gebärden ein. Jemand hätte mir ein Halsband umlegen und mich an die Leine binden sollen, ein bißchen locken, Artur komm, und dann kräftig an dem Leder ziehen, um mich von der Stätte dieses Elends fortzuzerren. Doch niemand kümmerte sich, mit Ekel wandte sich jeder, der vorüberkam, von mir ab.

Endlich schlenderte ein junger Mann heran, der mich erst unschlüssig anguckte, den Schritt verlangsamte, bis er sich gutmütig vor mich hinstellte und mir die rechte Hand reichte. Ich packte sie mit heißem Griff, er zog mich hoch. Verlegen dankte ich, nun war ich wieder nüchtern und kein Hund mehr.

»Sind das Ihre Äpfel?«

Der Mann zeigte auf eine aufgerissene Tüte, die auf dem Boden lag. Zwei Äpfel hatten sich herausgewagt und schämten sich alt, grau und häßlich im Straßenstaub. Was gingen mich diese Äpfel an? Ich durfte die Frage verneinen, meine Äpfel hatte ich dem toten Vater überlassen. Wie wären sie nachher wieder in meinen Besitz zurückgerollt? Ich starrte unsicher zu Boden, da lagen sie gepflückt und ungenossen, hilflos und verworfen; kein Zweifel, solche Äpfel hatte Kutschera für mich ausgesucht. Doch hatten nicht viele Kunden davon bekommen? Nein, meine konnten das nicht sein. Es wäre zu umständlich gewesen, dem Jüngling die lange Geschichte zu erklären, den Besuch beim Vater und dann der merkwürdige Zufall, daß gerade an der Stelle, wo ich gestürzt war, wieder Äpfel von derselben Art lagen, die mir aber nicht gehörten. Da blieb nur eine Notlüge übrig.

»Ich esse keine Äpfel.«

»Heute Äpfel, wo sie ein Vermögen kosten? Die kann

man nicht hier liegenlassen! Wenn sie Ihnen nicht gehören, erlauben Sie doch, daß ich sie nehme?«

»Ich habe gar nichts zu erlauben. Schönen Dank, daß Sie mir so freundlich geholfen haben! Ich muß jetzt gehn, es ist schon spät!«

Der Mann klaubte die Äpfel vom Boden und eilte wieder an meine Seite, denn ich hatte bereits zu ein paar blinden Schritten ausgeholt.

»Mensch, das ist ein Mordsfund, heutzutage Äpfel auf der Straße! Sind oft gar nicht zu kriegen.«

»Oh, ich glaube, das ist nicht so schwer. In der Reitergasse bei Kutschera. Die schönsten Äpfel!«

»In der Reitergasse? Kutschera? Ach der! Ist das dort der neben dem geschlossenen Laden?«

»Ja, neben Herrenwäsche Alfred Landau.«

»War das ein Wäscheladen?«

»Ja, sicher. Herrenwäsche. Sehr gute Herrenwäsche.«

»Wahrscheinlich bis zum Kriegsbeginn? Einer, den man zu Kriegsbeginn gesperrt hat.«

»Hat man ihn zu Kriegsbeginn gesperrt?«

»Ich denk mir das, weil er jetzt leer steht.«

»Sie wissen nicht?«

»Nein. Das heißt, nicht genau. Damals war ich noch nicht in der Stadt. Ich bin erst später zugezogen. Aber, das werden Sie doch auch wissen, man hat damals viele Läden zugemacht. Einfach weggenommen. Manche hat man verramscht, manche kamen in andere Hände. Ob sie jetzt wieder in die alten Hände kommen werden oder nicht – wer weiß das? Ich nicht. Doch die meisten sind tot.«

»Ja, Herrenwäsche Landau scheint ganz tot zu sein. Ich hab mir das heute dort angeschaut. Kutschera lebt, Landau ist tot.«

»Landau tot. Kann sein. Aber manche leben auch. Es sind nicht alle umgekommen. Im Ausland gerettet oder jetzt befreit. Der Landau wird nicht darunter sein.«

»Wieso wissen Sie das?«

»Ich denk mir's. Er muß schon ziemlich alt gewesen sein.

Die sind alle umgekommen, wenn sie nicht vorher fort sind.«

»Ja, haben Sie ihn denn gekannt, wenn Sie nicht in der Stadt gelebt haben und nicht einmal den Laden kannten?«

»Ich nicht. Aber wie Sie da reden, hab ich mich erinnert, eine Freundin von mir weiß wohl was. Die hat mir mal gesagt, als wir durch die Reitergasse gingen, daß man diese Familie da auch weggeschickt hat.«

»Ihre Freundin also kannte ...?«

»Ja. So wird es wohl gewesen sein.«

»Glauben Sie, daß Ihre Freundin Näheres von Landau weiß?«

»Durchaus möglich. Garantieren aber kann ich nicht.«

Der junge Mann bedachte sich ein Weilchen und sah mich wieder so unschlüssig wie vorhin an, bevor er mir auf die Füße geholfen hatte.

»Hören Sie mal, ich schlag Ihnen was vor. Ich geh jetzt zu dieser Freundin. Wenn Sie Lust und Zeit haben, können Sie mit mir kommen.«

Ich sah ihn dankbar an. Lust zum Mitkommen? Zeit? Vielleicht hatte ich Zeit; jedenfalls war es verlockend, Zeit zu gewinnen. Die verlorenen Jahre hatten mir die Zeit geraubt, oder sie war ausgefranst, man hatte sich zu heftig auf sie gestürzt, da war sie in dünne Streifen zerflattert; nacheilen durfte ich ihr nicht, man hielt mich zu fest, tauchte mich unter, da war alles dahin. Als ich endlich fortlaufen durfte, mußte ich mich ohne Zeit auf die Fersen machen, um zu retten, was sich retten ließ.

»Es kann sein, daß ich Zeit habe.«

Das sagte ich eigentlich für mich und bat den Mann, nicht zu schnell zu gehen. Obwohl ich mich mit meinem Sturz entschuldigte, war es weniger das angeschlagene Bein, das mich hinderte, seinen Schritt zu halten, sondern mehr die beklemmende Furcht davor, einem nicht vorbereiteten Menschen vorgestellt zu werden, der über meinen Vater, über meine Mutter, vielleicht auch über mich selbst ein Zeugnis liefern konnte. Außerdem fühlte ich mich nicht berechtigt, einen Freund, der zu seiner Freundin eilte und wer weiß wie ungeduldig erwartet wurde, ungebührlich aufzuhalten, mochte er mir noch so großzügig seine Dienste anbieten. Deshalb zwang ich mich, geschwinder auszuschreiten; es war doch mein Interesse nur, mir Gewißheit zu erwerben, ob ich in die richtige Stadt gezogen sei oder alles vergeblich bleiben müsse. Es reizte mich, den Jüngling über sein Mädchen zu befragen, aber mit Neugier durfte ich seine Freundlichkeit nicht vergelten. Was ging mich seine Liebe oder seine Liebesgeschichte an? Liebte er und wurde die Neigung erwidert, wie glücklich war er dann! Vier- oder fünfundzwanzig Jahre schätzte ich, aber es mochten auch nur zwanzig sein, der Krieg konnte das Reifen seiner Erscheinung beschleunigt haben. Wie alt würde die Geliebte nun sein? Sicher ein junges Ding, wahrscheinlich jünger als der Bursche. Was für Kenntnisse durfte ich mir von dem Mädchen erwarten, wenn sie, als der Krieg begonnen hatte, noch ein halbes Kind war? Welche Auskunft konnte sie mir über meine Eltern geben?

Sie hatte die Eltern nicht gekannt und wußte von ihnen bloß vom Hörensagen. Sie war die Tochter eines Kunden, der die gute Wäsche lobte und eines Tages mißmutig nach Hause kam und erzählte, denkt euch nur, was heute alles möglich ist! Da geh ich durch die Reitergasse, und mir fällt gerade ein, neue Taschentücher wären jetzt so übel nicht. Wie gut, daß hier der Landau ist! Ich schau und schau. Alles zu. Wie vernagelt. Der Obsthändler daneben, so ein feistes Gesicht wie ein Apfel beim Braten, bevor er platzt, sagt mir unbeteiligt: Bei dem da kaufen Sie? Na schön! Das ist vorbei. Gestern hat man den Laden gesperrt. Ich fragte: Wie ist das möglich? Nun stellt euch die Antwort vor! Ganz plötzlich ist das gekommen, hat er gesagt. Zwei Männer mit einem Auto fahren vor, gehen hinein, werfen den Landau mit seinen Angestellten auf die Straße hinaus, treiben sich im Laden drin herum, schleppen was heraus, verladen es ins Auto, verschließen die Türe und alles, plombieren die Bude und, siehstduwohl da gehstduschon, flitzen sie mit ihrem

Wagen davon. Ganz so wie in einem Gangsterroman. Der Vater der Freundin hat das zwischen den Bissen des Abendessens erzählt, es wurde ihm fast übel dabei, was heute alles geschieht, aber er mußte doch weiterkauen, denn er war sehr hungrig, und seine Frau schüttelte nur immer wieder den Kopf dazu: »Es ist schon nicht mehr zu glauben, was jetzt alles passiert. Die armen Menschen.« Dann verteilte sie das eingelegte Birnenkompott, jedem tüchtig einen Teller voll; der Vater seufzte leicht auf, die Sache tat ihm leid, weil er sich nicht gut verschlucken konnte, und dann sprach man, um sich nicht zu betrüben, von anderen Dingen.

Die Tochter war frühreif und zeigte ein aufmerksames Wesen. Da behielt sie diesen Bericht gut im Gedächtnis, obwohl die Sache sie noch nichts anging, sie hatte auch keine Frage gestellt. Aber immer seit jenem Tag, wenn sie in der Reitergasse an dem alten Laden vorüberging, fiel ihr die Geschichte ein, bis sie einmal dem Freunde mitgeteilt wurde. Es war nicht recht, daß ich mich zu dem Mädchen mitnehmen ließ, es war sinnlos, nichts als meine zudringliche Schwäche. Was sollte ich der Fremden sagen, wie mein Erscheinen begründen? Welche Blicke und Reden ertragen? Wie mich dann bei Nacht müde aus dem Hause schleppen? Alles nur darum, um eine zermarterte Neugier zu befriedigen, der sich doch nichts als nutzlos schmerzliche Kenntnisbrocken enthüllen würden. Ich wollte nicht mehr zur Freundin mit.

»Wissen Sie, ich möchte doch nicht gerne stören.«

Der Freund beteuerte, daß ich nicht störe, es kämen auch sonst unbekannte Menschen, doch nicht ich, war mein Gedanke, Menschen mit Absicht und Aufgabe, angeleitet von Vernunft, Menschen, die zu wohnen und zu dauern hatten, die erwartet wurden und Blumen mitbrachten oder seltene Äpfel, aber keiner so wie ich. Darum wollte ich dem Freunde begreiflich machen, daß mein Besuch zwecklos sei, übrigens hätte ich heute abend noch etwas vor, vielleicht dürfe ich mich später einmal melden, schnell jetzt die Adresse notieren, dann eine Karte schreiben, doch heute sei keine Zeit mehr für einen unerwarteten Gast. Alle meine Einwände konnte ich aber nicht äußern, denn der Freund begann zu plaudern, lauter freundlich dummes Zeug. Dann beguckte er mich wieder und fragte, ob ich mich bei meinem Fall nicht verletzt hätte, ich sei so mühsam aufgestanden. »Ein Arzt«, so sagte er, ich hörte es deutlich. So lieb das gemeint war, klang es mir doch hart und drohend in den Ohren, Arzt. Mir war nach keinem Arzt zumute, ich lehnte ab.

»Ist denn der Weg noch lang, oder finden Sie, daß ich hinke?«

Das war es nicht. Der Jüngling lächelte, ich ginge gut, auch sei es nicht mehr weit, gleich dort in der Klemensgasse. Es war schon dämmrig, als wir dorthin kamen. Er zeigte auf ein neues Haus.

»Da ist sie.«

»Schön, wenn Sie von einem Menschen so sprechen können. Sie meinen die Liebste und zeigen dabei auf ein ganzes Haus!«

Ich hatte es heftig gesagt, mit schmerzlicher Leidenschaft, und wurde mir erst des peinlichen Verstoßes bewußt, als der junge Mann sich vor mich stellte und meine Hand nicht eben freundlich packte.

»Ich wollte Sie nicht kränken. Es war in den Wind gesprochen, fremd, unsinnig, für Sie häßlich und empörend anzuhören, doch bestimmt, ich schwöre, nicht auf Sie bezogen.«

»Nun, auf wen denn sonst?«

»Auf ... auf ... Entschuldigen Sie, nicht bezogen, nicht auf Sie und nicht auf mich, auf keinen. Einfach durchgerutscht.«

»Frau Meisenbach ist nicht meine Liebste.«

»Ich sage Ihnen doch, ich habe keine Ahnung. Ich habe niemanden, und Sie zuletzt, gemeint. Nur ein Traum. Auch will ich Sie nicht mehr belästigen. Gehn Sie bitte zu Frau Meisenbach. Es ist schon spät. Abendbrot. Ich muß ja auch fort. Keine Sorge. Einmal werde ich schreiben und alles aufklären. Namen und Adresse weiß ich ja. Auf Wiedersehn.«

Der Jüngling ließ mich nicht los. Mir fehlte die Kraft, mich loszureißen.

»Sie wollten doch ...«

»Gewiß. Später einmal. Ich verspreche. Doch nicht jetzt. Bitte, lassen Sie mich los! Auch werde ich erwartet ...«

Da überkam mich eine qualvolle Schwäche; nur der klammernde Griff um meine Handwurzel verhinderte, daß ich stürzte. Ich hing in diesem Griff, eine willenlose Puppe, auch die Sprache hatte ich verloren.

»Sie müssen jetzt mit mir kommen. Es gibt einen Fahrstuhl. So können Sie nicht auf der Straße bleiben.«

Der Freund erkannte, daß ich aus eigenem Vermögen nicht mehr gehen konnte. Er nahm mich unter den Arm und schleppte mich beinahe durch das Haustor bis zum Aufzug hin; es klickte der Druck auf den Rufknopf, schon brummte es melodisch, die Kabine senkte sich aus einem höheren Stockwerk.

»Ich kann doch nicht als Fremder in einem solchen Zustand ... Verstehn Sie doch ... Was wird Frau Meisenbach sich denken ...?«

So stammelte ich noch einiges, um mich einem unverantwortlichen Eindringen zu widersetzen, doch das machte keinen Eindruck, und im Grunde war mir jetzt schon alles recht, denn ich wäre auf der Stelle zusammengebrochen, wenn ich mich nicht der Obhut meines Begleiters überlassen hätte. Auch eine glimmende Hoffnung regte sich in mir, daß sich ein Erbarmen finden könnte, ein Schutz, wie er nur unter dem Dach eines richtigen Wohnhauses gewährt wird; vielleicht würde mir Frau Meisenbach raten, mich wohl auch ein Stündchen ausruhen lassen, bis man überlegt habe, wo ich übernachten könne.

Mit einem schnappenden Atemzug verstummte der Fahrstuhl, der Freund klinkte die Türe auf; ich schaute ihn fragend an und zögerte nochmals zum Schein, aber alles war bereits entschieden, ich wurde vorwärtsgeschoben, die Außentüre böllerte, die Innentüre wurde zugezogen, es klirrte, dann orgelte es dumpf und tief, wir fuhren aufwärts endlos lang. Es war ein Spiegel in der engen Kammer, doch ich schloß meine Augen. Oben, glaube ich, bin ich schlafend angekommen, ich wußte nichts. Die Türe klaffte weit offen, als ich erwacht die Augen ängstlich aufschlug und blinzelnd wie durch Staub ins Milchlicht vor mich blickte.

»Wir sind da, Herr Lan...«

»Lan...« Nein, nicht den Namen sagen! Ich faßte mich im Augenblick und verbesserte: »Lange, scheint es, hat es nicht gedauert.«

So hatte ich mir aus der Verlegenheit geholfen und mich nicht verraten, doch hatte ich mit meinem dummen Satz genau das Gegenteil meiner Empfindungen ausgesprochen, und gerade das wirkte sich wohltätig aus. Ich wurde zum ersten Male nüchtern wach, seit ich auf dem Bahnhof aus dem Zug gestiegen war; mein Selbstvertrauen kräftigte sich. Die Dinge standen fest, die Erlebnisse ordneten sich in eine übersehbare Reihe und waren mir gegenüber aufgezeichnet, ablesbar von einer Mauer und selbständig als Eigenes, das von mir unabhängig war, sich nicht mit mir vermischte und mich soweit freigab, daß ich selber sei, unbezweifelt ein Wesen mit bestimmtem Umfang und zugewiesenem Ort. Ich riß mich zusammen, um stark zu bleiben, die Sorgen sollten weggeschüttet werden, aber die Beine betrogen mich und wankten. Der Luftzug, der das Stiegenhaus durchfuhr, war kalt und ließ mich nur umso mehr spüren, daß aus meinen Poren eine beklemmende Hitze strömte. Ich sah mich um, ein Schatten vor den Augen entzog mir den Anblick des Jünglings, der sich wohl am Fahrstuhl zu schaffen machte oder schon am Ziel war, ohne daß ich es wußte.

»Sie schicken jetzt den Fahrstuhl hinunter, nicht wahr? Ich denke mir, er muß schon sehr bald wieder unten sein.«

Dies sagte ich, weil ich ihn fahren hörte und befriedigt war, daß sich der enge Käfig mit seinem gefährlichen Spiegel entfernte. Das Alberne meiner Rede erstaunte den Jüngling nicht mehr, er hatte sich an mein närrisches Verhalten gewöhnt. Falls es ihn jetzt reute, mich von der Straße aufgelesen zu haben, konnte ich ihm nicht helfen. Jetzt war er schon verpflichtet, mich zu Frau Meisenbach zu bringen. Er war zu einer Türe gegangen, ich folgte ihm langsam, es flimmerte mir vor den Augen. Der Freund drückte dreimal kurz auf den Klingelknopf, es war ein schnarrendes Läutewerk.

»Dreimal, damit man weiß, daß wir ..., daß Sie es sind. Man kann bei den Zeiten nicht wissen.«

Der junge Mann überhörte geflissentlich meine Worte und schwieg; mit breiter Brust stellte er sich schützend vor die Türe. Ich hielt mich zwei Schritte abseits. Als es sich in der Wohnung regte, schaute ich gezwungen in die Richtung einer anderen Türe. »Peter!« rief mein Begleiter, und schon wurde geöffnet, während ich angestrengt die dünnen Buchstaben auf einem Namensschild entzifferte, als wollte ich nicht zu dem Freunde gehören. Nicht überrumpeln, geduldig darauf warten, ob man mich zu empfangen wünsche.

»Ich hab jemanden mitgebracht, Anna, der dich sprechen will.«

Dort, wo ich stand, halb im Dunkel, konnte ich nicht gut gesehen werden, während ich, da ich mich umwandte, um sie zu betrachten, Anna, die forschend aus der Türe schaute, auf den ersten Blick erkannte. Das war Anna Seiler, jetzt also Frau Meisenbach, die jüngere Schwester meines Mitschülers Arno Seiler. Ich trat heran und grüßte.

»Wahrscheinlich wissen Sie nicht, wer ich bin. Sehr verändert, es ist zu lange her, aber einmal... Wie geht es Ihrem Bruder Arno? Ich bin nämlich mit ihm zur Schule gegangen.«

Annas Blick umflorte sich, sie gab mir keine Auskunft. Peter schüttelte aus mir unbekanntem Grunde den Kopf, vielleicht ärgerte er sich, doch wurde ich weitergebeten. Die Wohnung schien nur aus einem Zimmer zu bestehen, es war groß, wirkte aber eng, weil es mit Möbeln und Bücherborden bis zur Decke dicht verstellt war. Ein Sessel wurde mir angeboten, ich wurde angestaunt. Anna war schwarz gekleidet, beinahe alles schwarz. War sie in Trauer? Ganz deutlich war das nicht; es mochte sein, daß der dunkle Stoff nur um der fast zu bleichen Wangen wegen ausgesucht war. Anna wartete, was ich zu berichten hätte; Peter schob sich in der Stube hin und her, wobei ihn die schmalen Durchgänge wiederholt zwangen, die Sessel an ihren Lehnen zur Seite zu rücken. Es reizte mich, ihm zu sagen, wie sehr mich sein unruhiger Wandel verwirrte, doch schwieg ich, da es Anna nicht zu stören schien. Mißmutig oder verlegen setzte sich dieses irrende Streifen durch die Enge eine Weile fort; ich hoffte vergeblich, Peter würde endlich stehenbleiben und reden. Doch seine Hilfe war nicht zu erwarten, und ich fand nichts zu sagen. Was mich hergetrieben hatte, war auf einmal fern. Ich war nur froh, daß ich rasten durfte, wenn mir auch bangte, wie ich mich in die nächsten Stunden retten sollte. Anna erleichterte nicht meine Lage und schien ratlos. Unschlüssig stand sie da, sie sah bekümmert aus und wurde ernster; es waren sorgenvolle Gedanken, die sich in ihr Antlitz prägten. Da besann ich mich, daß ich mich nicht vorgestellt hatte. Sie hatte mich bestimmt nicht erkannt und rang darum, den Zweck meines Besuches zu ergründen. Eine Erklärung war ich ihr schuldig, aber die Preisgabe meines Namens wünschte ich zu vermeiden. Endlich brach ich das Schweigen.

»Manchmal geht man zu Menschen und weiß nicht, was man will. So geht es mir. Eine zufällige Straßenbekanntschaft (– ich verneigte mich verbindlich gegen Peter –), ein flüchtiger Einfall, dann ein Anliegen, man wird aufgefordert (– ich verneigte mich abermals –) und ist zu schwach abzulehnen. Dann ist man da, setzt sich nieder, bringt Verwirrung mit und ist zu mutlos, sich auszusprechen oder seinen Fehler zu bekennen. Ich danke Ihnen für die Gastfreundschaft und bitte um Verzeihung.«

Damit wollte ich mich erheben, vor der Dame tief verbeugen, Peter zuwinken und das Weite suchen. Doch ich wurde aufgehalten.

»Jetzt können Sie nicht gleich weg. Es ist zu spät, ich habe das Essen fertig, Peter ist hungrig, und Sie müssen etwas mit uns essen.«

Gern hätte ich gelogen, daß ich schon nach dem Abendbrot sei und heute noch eine wichtige Verabredung einzuhalten habe, aber Anna las das Unwahre alles möglichen Widerspruches aus meinen Augen.

»Es kann Ihnen nur guttun, wenn Sie sich mal stärken.

Wenn Sie gehn wollen, können wir später darüber reden. Ich habe reichlich Essen bereit.«

Ohne weiter meiner zu achten, brachte sie alles heran, was nötig schien; es sah zierlich aus, doch nicht so, wie man es in einem Haushalt erwarten würde. Teller, kleine Schüsseln, Körbchen und Besteck paßten nicht recht zusammen und waren nicht neu. So sauber auch jedes Gerät war, hatte doch alles einen leise befremdlichen Glanz, es schien wie zerbrochen, Anna nicht ganz zugehörig, fast wie ein zufällig und eilig überantwortetes Eigentum, das sich an die neue Besitzerin nicht gewöhnt hat. Peter hatte endlich seine ruhelose Wanderschaft durch das Zimmer eingestellt und half Anna aufmerksam, doch etwas linkisch und kindlich. Ich hätte mich gern an den kleinen Arbeiten beteiligt, bot es auch an, aber das wurde abgelehnt, die Mühe sei gering und alles gleich erledigt. Da bat ich, ob ich mir die Hände waschen dürfe, ich sei heute noch nicht zu Hause gewesen und möchte mich ein wenig herrichten. Anna entschuldigte sich für ein verstelltes Badezimmer, sie habe zu viele Sachen, mit denen sie nicht wisse wohin, auch würde das warme Wasser jetzt nicht rinnen. Peter geleitete mich, verschwand, klopfte aber gleich wieder an die Türe, Anna hatte mir ein frisches Handtuch nachgeschickt.

Ich war glücklich, daß ich mich allein sammeln durfte und auch den beiden Gelegenheit bot, sich über mich so gut zu verständigen, als es die Umstände zuließen. Gern wäre ich zu einem Entschluß gekommen, wie ich endlich meinen Besuch rechtfertigen könnte, wie ich mich zu erkennen geben und nach glaubwürdiger Erklärung des Zwischenfalls möglichst schnell entfernen sollte. Doch da ich keinen klugen Plan fassen konnte, legte ich alles darauf an, der Entwicklung Lauf mit Bereitschaft abzuwarten, wobei ich in allem, was ich sagen würde, mich an die Wahrheit halten wollte, so gut das eben ging. Dann wollte ich Peter bitten, ob er mir ein billiges Nachtlager empfehlen könne; er war gefällig und sollte mir raten. Wüßte er nichts, dann bliebe mir nur übrig, reuig und kleinlaut zurück zum Bahnhof zu schleichen, dort mußten sie mich in ein Obdachlosenheim schicken oder in einer Polizeistelle schlafen lassen.

Als ich wieder in die Stube trat, war alles nett hergerichtet; die beiden saßen schon, hatten aber mit der Mahlzeit auf mich gewartet. Anna sah viel frischer aus als vorhin, Peters knabenhaft entschlossenes Antlitz blickte breit und unternehmungslustig. Das Essen, gut und einfach, tat mir wohl; ich wurde verwöhnt, beide überboten sich darin, mir die besten Bissen zuzuschieben. Die Freunde hatten wohl vereinbart, mich gehörig abzufüttern, bevor sie mich ausholen wollten. Es schmeckte mir, ich hatte viele Stunden nichts gegessen, aber klüger wurde ich nicht dabei. Es blieb mir nicht nur verborgen, was man mit mir beabsichtigte, sondern auch ob Anna, die von Peter bestimmt über alles unterrichtet worden war, den Grund meines Besuches durchschaute. Während der Mahlzeit wurde nur wenig und leichthin gesprochen, dann trug Anna ab, Peter bereitete Kaffee. Ich wollte gerade zu reden beginnen und Anna erklären, daß ich ihr Aufschluß schulde, doch kam sie mir zuvor.

»Sie fragten nach Arno. Also, was können Sie mir von ihm erzählen?«

»Von Arno ...? Es ist zu lange her. Ich habe ihn seit der Schulzeit nur noch selten gesehn.«

»Selten ...? Gut. Sie sagen, selten. Aber vielleicht genügt das. Ich denke, Sie verstehn mich doch ... von seiner letzten Zeit? Bevor es zu Ende ging.«

Da gab es für mich nichts zu verstehen. Arno, das war weit, er gehörte nicht zu mir. Während des Krieges hatte ich längst mit ihm nichts zu tun, auch vorher war er mir schon Jahre kaum begegnet. In den frühesten Schuljahren, da hatte ich ihn gern gemocht, er war klug, Professor Prenzel hielt einige Stücke von ihm, immer eifrig, immer gewandt, mir zuviel, einer der Tüchtigen, die glauben, daß sie das Leben anpacken, statt vom Leben gefügt zu werden, eine Herrennatur. Aber später war mir Arno immer weniger lieb, seine Ansichten erstarrten. Nur wenn der Zufall es bot, wechselte ich mit ihm einige flüchtige Worte.

»Ich kann mich nicht entsinnen.«

»Schonen Sie mich nicht! Ich weiß schon viel. Er ist nicht der einzige, den ich verloren habe.«

»Arno ist tot? Schade! Er hätte nicht sterben müssen.«

Das waren rücksichtslose Worte. Ich erschrak über meine Kälte, dieser Arno, ein Mensch, dumm ... Was tat das zur Sache? Er war arm, ich sollte Mitgefühl haben, deshalb war er ja tot ... Anna zeigte nicht Abscheu vor meiner Rede; so hatte mein Tonfall nicht gar zu lieblos geklungen.

»Wissen Sie nichts? Ich dachte, auch wenn es verschiedene Schicksale sind und Ihre Frage gleich zu Anfang verriet, daß Sie nichts von seinem Ende wissen ... Trotzdem, man versucht ... Nun ja, Sie haben ganz andre Gründe ... Peter hat mir schon gesagt.«

»Nein. Ich weiß von Arno nichts. Es tut mir ungemein leid. Ich hab ihn nie gesehn, nie von ihm gehört. Wirklich nicht. Da kann ich Ihnen nicht helfen. Nur bedauern. Aufrichtig bedauern. Es sind zu viele.«

»Ich versuche immer, etwas zu erfahren.«

»Erfahren, natürlich ... Wer nicht?«

Anna schaute blind und ziellos, doch nicht erschüttert. Der Bruder bedeutete für sie kein letztes Leid. Peter dachte, er müsse mir etwas erklären.

»Arno war politisch.«

»Politisch? Ja, so viele waren politisch. Es ist immer dasselbe Lied, wenn es ...«

Ich bemühte mich um Worte, vergeblich, und fühlte, auf was für Torheiten ich mich schwätzerisch eingelassen hatte. Für diesen Unsinn hätte ich mich entschuldigen müssen, aber zu meiner Überraschung kam Anna mir mit entschuldigenden Worten zuvor.

»Jetzt kehren die Überlebenden heim, und Sie waren doch auch weg, sicher ... Man sieht es. Verstehn Sie, wenn ich einem von ihnen begegne, dann denk ich mir, der kann dir vielleicht was Näheres sagen ...«

»Will man denn wissen?« fragte ich.

»Man will ... Man will vielleicht nicht. Aber wenn man

selber beteiligt ist, da muß man. Und Sie sagten, Sie sind sein Mitschüler gewesen. Wir hörten, daß er tot ist. Das hat man uns geschrieben. Er soll dort Schuster gewesen sein. Die Leute haben etwas gelernt. Dann krank, Herz, tot. Meinen Vater hat es umgebracht.«

Ich murmelte etwas, ein zages Geschwätz, es war keine echte Teilnahme dabei.

»Bemühn Sie sich nicht! Ich kann verstehn. Es waren zu viele, alles hat sich aufgelöst. Ich stelle mir vor, wie keiner dabei war, der einen kannte, als es zu Ende ging. Doch immer denkt man sich, ein Zufall, und es kommt einer, der doch dabei war, einen Gruß auszurichten, eine letzte Botschaft, eine kleine Erinnerung, daß man es vor Augen sieht und wirklich glauben kann.«

»Nein, ich war nicht dabei. Es gab so viele Orte, wo man war. Es muß woanders gewesen sein.«

Anna sagte, Arnos letzte eigenhändige Nachricht sei vor mehr als drei Jahren gekommen, alles in Ordnung, so wie man es jeden Monat gewohnt war, gesund, zuversichtlich, beinahe heiter, und zehn Tage später die amtliche Verständigung, alles vorüber. Trotz sorgfältiger Pflege und guten Medikamenten, so hieß es. Hat alles nichts geholfen. Annas Bericht verriet wohl Bedauern und Trauer, doch merkte ich immer deutlicher, daß mein Mitschüler der Schwester nicht besonders nahegestanden haben konnte, sie suchte nur Gewißheit. Das begriff ich gut.

»Ja, man will wissen. Wenn wir unsere Eltern oder Geschwister nicht tot sehen, wenn man uns nicht einmal auf einen Friedhof führen und zeigen kann, unter diesem Hügel hier, dann sind sie weg und bleiben weg, aber gestorben sind sie nicht. Wir haben keine Ruhe und müssen sie suchen. Oft erschrickt man und glaubt, da sind sie. Man hört Stimmen, verirrt sich in ein verwechselndes Gesicht. Die Ruhe ist nicht zu erreichen, Schlaf und Traum und Wahrheit vermischen sich und lassen sich nicht unterscheiden. So geht es mir. Das verwirrt einen, macht ängstlich und überempfindlich. Man sucht einen Zeugen, einen, der dabei war, als es geschehen ist.

Die unerträglichste Wahrheit ist erträglicher als der angeblich tröstliche Nebel einer süßen Ungewißheit. Sie sind mit Arno noch nicht so schlecht daran, Frau Meisenbach. Ihnen hat die Behörde wenigstens mitgeteilt: tot. Schrecklich, tot, und doch gut, tot, etwas Fertiges, woran sich die Begriffe klammern können. Gewiß, er hat viel gelitten, es war unmenschlich, Gewalt, Mißhandlung, Mord, qualvoll und abscheulich, gar wenn es viele Tage gedauert hat, bevor das Licht verlosch oder ein letzter Gnadenstoß traf. Ein Stoß, es war ja keine Gnade dabei. Aber das Ende ist doch gesichert, es ist aufgezeichnet, nicht zu verwechseln. Sie können, Sie müssen es glauben. Aber wenn gar nichts ist, weder Ende noch Dauer?«

Peter wollte wissen, wie ich das meine, ob mich das Los der Vermißten schrecklicher dünke als das Geschick der Gefallenen und Getöteten. Ich wußte ihm das nicht zu beantworten, ließ es auch dahingestellt, ob es sich um ein Geschick handle, weil es namenlos sei, ich aber gar nicht so sicher wäre, ob dem Namenlosen ein Schicksal eigne.

»Das sind doch nur Worte, was Sie da sagen«, erklärte er. »Die Vermißten und die sicher Toten, da ist der Unterschied nicht sehr bedeutend. Die Fälle, daß einer trotzdem noch zurückkehrt, werden selten bleiben.«

»Ach, darum geht es nicht, ob selten, ob niemals oder oft. Taucht einer auf und er ist da, dann spricht er. Aber der Zustand der Vermißten, die einmal weggegangen sind, weg, ganz weg, nie mehr eine Nachricht, unerforschlich sogar der Ort, wo man sie hingefahren hat, mit Schüssen aus dem Leben gebracht oder mit Gift und die Leichen verbrannt und die zerstoßene Asche verstreut; keiner hat es aufgeschrieben und die Namen aufbewahrt, denn das Gedächtnis sollte mehr und gründlicher noch gemordet werden als das sprechende Leben. Da ist kein Geschick mehr. Das ist noch ärger als die Vermißten in einer Schlacht. Ein bezeichneter Verlust ins Unbekannte. Fürs Kriegerdenkmal ein Name, bei dem man sich was denken kann. Aber jene, die ich meine, darf man nicht einmal Vermißte nennen. Mag sie einer missen, Vermißte sind sie darum doch nicht. Unvermißte sind es, für die keiner Rechenschaft ablegt. Ganz und gar Abgeschaffte. Unerwünschte und schon darum nicht Vermißte. Verschwundene, deren Vergessen mit Hohnlachen gepriesen wird. Entlassene aus jedem Geschick, vertrieben auch vom furchtbarsten Geschick. Menschen nur bis zu einem bestimmten, aber unbekannten Tag, dann nicht mehr, keine Menschen mehr, auch nicht tote Menschen, überhaupt nichts. Begreifen Sie das, Herr Peter?«

Der Jüngling war errötet, er schnaufte mehrmals und zuckte bei meiner Anrede zusammen, aber begriffen hatte er es nicht.

»Einfach Peter, nicht Herr Peter, bitte! Ach was, Menschen! Sicher ist das furchtbar, doch jeder ist ersetzlich. Wir trauern, aber die Welt trauert nicht. Und später werden auch wir wahrscheinlich nicht mehr trauern, und unsere Nachkommen bestimmt nicht mehr. Man beweint ja auch nicht seinen Urgroßvater. Was an Werten untergeht, das ist unersetzlich. Ausgebrannte Gemäldegalerien, gotische Dome, barocke Paläste, das sind die wahren Verluste. So denke ich mir's.«

Was Peter dachte, war wohl einzusehen, aber damals war es mir unverständlich, es empörte mich, und ich brauchte lange, bevor ich meinen Ohren traute. Ich sagte mit schwacher Stimme: »Ein Mensch, ein einziger Mensch, der überlebt, wiegt alle zugrunde gegangenen Schätze der Erde auf!«

Das war durchaus nicht nach dem Sinn des jungen Mannes. Er meinte, ich sei erregt, der Krieg habe vielen die Nervenstränge zerrissen, doch müsse ich gerecht denken und ihm zugestehen, daß sich die Menschen überschätzten, Selbstliebe des gierigen Lebenswillens, aber die Leistung zähle unendlich mehr als ihre Schöpfer.

»Du glaubst also«, fragte Anna, »die Welt ist wertvoller als Gott?«

Der Jüngling schwieg und zog zweideutig die Achseln hoch. Ich wollte nicht zu solchen tiefen Gründen schweifen, zu schwere Worte, dachte ich, doch eines wollte ich von Peter wissen.

»Sie haben Glück gehabt im Krieg, nicht wahr?«

»Nun, wie man's nimmt. Doch eher ja. Ich bin weder eingerückt noch war ich eingesperrt.«

»Und Ihnen ist nichts passiert?«

»Nein. Bestimmt nicht viel.«

»Und niemand ist umgekommen, den Sie liebten, niemand verschwunden?«

Peter mißfielen diese Fragen, er zappelte auf seinem Sessel herum, nahm die Kaffeekanne und schenkte mir ein. Eine Antwort aber hielt er jetzt zurück. Ich wurde dringlicher.

»Sie sagten mir vorhin auf der Straße, Sie wüßten, daß viele umgekommen sind. Besonders alte Menschen, erinnern Sie sich? Sie sind nicht davon betroffen worden?«

»Keine alten Menschen. Prüfen Sie mich doch nicht, ich bitte Sie! In meiner Familie hat es auch viel Unglück gegeben. Mein ältester Bruder ist bei einem Flugangriff verbrannt. Ich hab ihn sehr geliebt. Ich vergesse ihn nicht. Aber immer daran denken? Menschenskind! Was hilft es, wenn man selber leben will? Ich will leben. Ich will nicht untergehn.«

»Ach, untergehn, was Sie da sagen! Aber das ganze Leid, kennen Sie das ganze Leid?«

»Das bilde ich mir nicht ein. Mir genügt es. Ohne Recht ist auch kein Leben.«

»Nur ohne Recht. Man lebt oder lebt nicht. Recht ist was ganz andres, hat mit dem Leben kaum etwas zu tun.«

»Sie müssen wissen, Peters Braut ist eingesperrt. Er kämpft darum, sie freizukriegen. Sie hat nichts getan. Die heutigen Verhältnisse ... Ich muß Ihnen doch nichts sagen.«

»Ich weiß wenig oder nichts über die heutigen Verhältnisse. Damit ich Ihnen die Wahrheit gestehe: ich bin erst heute hier angekommen. Warum, wenn ich fragen darf, hat man Ihr Fräulein Braut ...?«

»Warum man sie hat ...?« rief Peter die Frage zurück. »Es ist immer dasselbe. Es geschieht. Die Ungerechtigkeit nimmt kein Ende.«

»Aber sie lebt? Sie wissen es? Wissen auch, wo sie ist?«

»Ja, das weiß ich, und, beim Teufel, freibekommen werde ich sie auch!«

»Nun sehn Sie! Also nichts verloren. Es gibt ein Ziel für Sie. Sogar den Erfolg glauben Sie schon in der Hand zu halten. Da brauchen Sie bloß ein Unrecht zu beklagen, ich glaub es, ein arges Unrecht. Aber den Mord Ihrer Braut befürchten Sie nicht. So schlecht sie daran ist, so ist sie doch nicht ins Leere gespielt.«

»Nur geschändet!«

»Ach, gehn Sie damit! Kerker schändet nicht und Ungerechtigkeit schändet niemanden!«

»Nein, kein Kerker oder was Sie sonst denken mögen. Buchstäblich geschändet. Eine Siegerhorde fiel betrunken über die Frauen her, auch über junge Mädchen. Das hat die edlen Befreier nicht gestört.«

»Und woher wollen Sie das wissen?«

»Sind Sie naiv! Man weiß es, wenn man wissen will.«

»So? Waren Sie dabei und haben zugeschaut?«

»Darf ich etwas für Peter sagen? Schändung, Hunger und Mißhandlung, Mord. Selbst kleine Kinder schont man nicht. Jeder weiß es, der sich dafür interessiert.«

»Das kann nicht stimmen!«

»Oh, es stimmt!« ließ sich Anna nicht beirren fortzusetzen. »Sie werden es noch hören, wenn Sie wollen. Von den Straßen hat man das Unheil schon fortgezaubert, aber oben im Sportpalast sitzt es hinter den Zäunen. Aber, das gebe ich zu, das Unglück ist nicht immer unentrinnbar. Man kann öfters helfen und einiges tun. Peter schafft es schon, er ist tüchtig. Er durfte seine Braut besuchen. Es kostet viel, aber es geht, die Wärter sind bestechlich. Übrigens kann man auch von ihnen erfahren, was vorgefallen ist.«

Ich wurde genauer belehrt. Die Taten der Befreier wurden durchgenommen, Anna und Peter ließen mich den Grund meines Besuches vergessen. Botschaften; das Verbrennen lebender Fackeln, die eingeschlagenen Schädel und blutüberströmten Leiber, das Stoßen von Greisen in Latrinen, darin sie ertranken, die Hungerkost für gefangene Kinder, die im

Ungeziefer dahinsiechten, bis sie ohne Pflege verreckten. Es ist alles Leid geworden. Ich aber war ein glücklicher Mann, denn jetzt durfte ich mich freuen, daß ich frei war, und niemand mißhandelte mich. Ich hatte überlebt; was mußte mich der neue Kummer scheren? Die Märchen des Entsetzens enthüllten mir vergangengeglaubtes Grauen als wieder gegenwärtig, sie wurden glaubhaft vorgetragen, ich bezweifelte nichts mehr, aber schwer wurde es mir, die Scheußlichkeiten anzuhören, da ich selbst davon nichts mehr sehen, nichts mehr leiden mußte.

Von diesem Tag an sei alles Böse Sage, hatte ich mir geschworen, und deshalb dachte ich, weil man mich hatte laufen lassen, daß es auch vorbei sei; nur als dunkel lodernde Gewalt der Vergangenheit brütete diese Sage über mir und würde mich an allen künftigen Tagen verfolgen. Da stand die gebeugte Gestalt des Vaters, er war fast entkleidet und in der Rechten hielt er ein herrliches neues Hemd wie ein weißes Feiertagsbrot und bot es als milde Gabe einem prächtig verschnürten Manne mit einem Hundekopf dar. Vater wollte die Mutter retten, die mit verschlossenen Augen und Lippen, gehüllt in einen grauen Sack, hinter ihm stand.

Der Vater begann: »Hören Sie, Freund, das hinter mir ist Eva, die Mutter. Zweimal hat sie geboren. Eine Tochter, die wurde ihr in der ersten Blüte geraubt, und einen Sohn, der lebt und hält sich wo auf. Schonen Sie diese Mutter!«

Der Mann mit dem Hundekopf beschaute das Greisenpaar, und der bettelnde Alte mißfiel ihm. Der Hundekopf nickte höhnisch gnadelosen Bescheid. Warum sollte er schonen? Er hatte manche Kinderköpfe an Mauern zertrümmert und Schonung nicht gelernt. Der Vater wußte nichts vom Bluthandwerk des Hundekopfes und breitete das Hemd aus, er strich es zitternd mit sorgsamer Sanftmut zurecht, daß es sich lieblich ausdehnte wie ein jungfräuliches Schneefeld, doch der Hundekopf besah das Opfer nur mit grimmigem Hohn, bevor er es in den Grund trat, daß es sich mit Jauche und geronnenem Blut verfärbte, und es war kein Hemd mehr. Dann blickte der Hundekopf forschend und fordernd seinem Opfer entgegen. Es hatte der Vater aber keine Gabe mehr, er zeigte mit abwärtsgebogenen Armen zum Boden hinab, wo die zerfetzten Ärmel des Hemdes, zwei geborstene Strünke, aufgerichtet und steif, noch zu erkennen waren.

»Ich kann dir keine Spende mehr weihen, nur noch dienen. Wenn du mir Flachs gibst, will ich ihn spinnen und weben und färben. Dann schneide ich dir ein neues Hemd zu und will es dir nähen.«

Der Hundekopf verhärtete sich, er brauchte die Wäsche nicht, er war vom Scheitel bis zur Sohle gerüstet, er war die gepanzerte Macht, die morden will und das Wesen verzehren. Die Macht war mutterlos und kannte darum kein Erbarmen. Sie schritt heran, erst langsam und knirschend, dann plötzlich jäh stampfend und zertrat die ragenden Strünke des geschändeten Hemdes. Der Vater wollte noch immer nicht weichen, eine bergende Wand, doch wurde er abgedrängt; in allen Gliedern brüchig, sank der Vater zusammen. Der Hundekopf schnappte darüber hinweg und bestürzte die wortlose Mutter. Eva, rief es, Eva! Dein Alter schützt dich nicht, Eva, deine Kinder sind Mörder, dein eigen Blut hat sich verschworen, der Haß ist ohne Ende, Brüder und Schwestern zerfleischen sich, nimmer satt zermalmen sie Vater und Mutter! Da hatte der Hundekopf die Mutter vernichtet, daß sie nicht war und verschwunden blieb. Die Welt war mutterlos geworden.

Nun verdunkelte sich alles, nur die scharfen Augen der Lokomotive funkelten sausend in die strenge Nacht, und der rasende Hundekopf fauchte durch die todesängstlich schlafenden Länder. Ich lag gefesselt auf dem offenen Tender gleich hinter der Lokomotive, die den donnernden Zug unbemannt über klirrende Brücken und durch widerhallende Schlünde vorantrieb und konnte nichts tun, um dem Unheil zu steuern. Die Kräfte der Lokomotive waren ungeheuer, ich aber rieb mir halb betäubt den Rücken auf den nassen Kohlen wund, und da begann es zu regnen, hoffnungslos waschende Tränenstürze. Ich hilflos ausgeliefert, kein Hebel zu erreichen, die unbegrenzte Fahrt voran. Nun ging es zischend bergab, wo sich ferne ein unermeßliches Tor mit einer riesigen Inschrift erhob; zunächst konnte ich nicht lesen, was sie verkündete, doch bald sah ich, es flammte herrlich: »Willkommen in Frieden!« Ein wildes Brausen hob an, Stimmen dazwischen, die Unverständliches einsam sangen, glühende Fetzen erhabener Musik, aber auch das abscheuliche Kreischen von Sägen, Bohrern, zuckenden Motoren, mechanischen Stößeln; es dröhnte immer lauter. Erst als wir endlich das Tor durchfuhren, verstummte es hart, alles war finster, auch sonst nichts mehr zu hören oder zu sehen.

Ich wußte nicht, ob wir noch fuhren oder nicht, es war nicht zu entscheiden. Doch da der Friede mir versprochen war, so mußte ich jetzt auch die Freiheit gewinnen und darum versuchte ich mit letzter Anstrengung meine Fesseln zu sprengen. Fast gelang es, aber die Fesseln waren zu mächtig und barsten nicht. Da spannte ich schmerzhaft meinen Blick an, ob er den Sieg über die Finsternis erringen könnte, wenn es jetzt Frieden gab. Mit meinen Augen schoß ich los. Ich sah, ich sah, es war gelungen, und mein der Sieg! Ein Druck stemmte sich entgegen, vor dem ich mühsam den Kopf zur Seite wendete, da wurde es leichter, nur an den Händen die Klammer war noch immer zu spüren, aber sanfter berührte es mich, daß es mir fast Ruhe schenkte. Der Raum umher war mit mildem Licht getränkt, in das hinein eine Frage erklang.

»Ist Ihnen besser?«

»Warum besser? Wieso liege ich da?«

Es dauerte eine Weile, bevor ich mich zurechtfand und schonend erfuhr, daß mir übel geworden. Man hatte mich ohnmächtig auf den Diwan gebettet und mit feuchten Tüchern und Kölnischwasser genetzt.

»Was habe ich Ihnen da angestellt?«

»Ach nichts«, sagte Anna. »Wenn Sie sich nur wieder erholen. Was können wir für Sie tun? Einen Cognac? Kaffee? Ich hab echten. Rührei? Der Arzt?«

»Nein nein, zu gütig! Ich habe Sie schon zu lange aufgehalten. Ich weiß nicht, wie mir das passieren konnte, und nun kommen Sie zu solchen Unannehmlichkeiten.«

»Reden wir nicht davon, bitte!«

»Gut, gut. Aber lange darf ich nicht stören.«

Ich richtete mich auf, es fröstelte mich leicht.

»Es ist sicher schon sehr spät. Ich muß unbedingt nach Hause.«

Peter bot sich an, mich nach Hause zu bringen, aber Anna meinte, und sie hatte recht, daß ich zu schwach sei, vielleicht später.

»Sagen Sie, ist es weit? Wo wohnen Sie denn eigentlich?«

»Das ist nicht zu sagen«, flüsterte ich betrübt, und nochmals: »Nicht zu sagen. Doch ich werde es schon finden. Kann nicht weit sein. Um die Ecke. Hinter einer Wand. Wenn ich bitte gehn darf ...«

»Aber nur in meiner Begleitung«, rief Peter.

»Ach so, wegen vorhin? Zu freundlich. Aber es geht schon, der Länge nach, ein Tor, Willkommen .. Frieden ...«

»Wie bitte? Mir scheint, Sie haben keine Wohnung. Kommen Sie mit mir! In meinem Zimmer ist eine gute Couch frei. Wollen Sie?«

Ich schaute Peter dankbar an.

»Wenn es keine Mühe macht. Natürlich nur für diese Nacht.«

»So viele Nächte Sie wollen, bis sich etwas Gutes für Sie findet.«

Es war spät. Peter hätte sich gern verabschiedet, und ich selber drängte darauf, doch war ich nicht einmal imstande, sicher auf meinen Füßen zu stehen.

»Heute lass' ich Sie nicht fort. Morgen reden wir darüber.«

»Sie können keinen Fremden ...« widersprach ich.

»Mitschüler von Arno.«

»Ich war ja nicht mit ihm befreundet.«

»Das gehört nicht zur Sache.«

»Und sicher haben Sie nur dieses Zimmer.«

»Was nichts ausmacht.«

»Doch Ihr Mann. Was wird ...«

»Ich bin Witwe.«

»Witwe ...?«

»Der Krieg.«

»Ach so. Doch im Hause die Leute? Wenn es bekannt wird ...«

»Nichts. Sie sind ein Kindskopf.«

»Nicht einmal meinen Namen kennen Sie.«

»Sie haben sich nicht vorgestellt.«

»Nein, das hab ich nicht.«

Das sagte ich, statt es endlich nachzuholen.

»Es scheint Ihnen schwer zu werden. Doch will ich Ihren Namen nicht wissen.«

»Sie sollten.«

»Wie Sie wollen.«

»Es fällt mir so schwer. Der Name fällt mir schwer. Es hängt zu viel daran. Zu viel Vergangenes obendrein. Ich muß ihn aber sagen.«

»Lassen Sie sich Zeit!«

»Sie wissen, es gibt Menschen, die vergessen ihren Namen, die Adresse, alles.«

»Ja, davon hab ich gehört. Das muß schrecklich sein.«

»Schrecklich? Nicht einmal, mitunter eher eine Wohltat. Wenn man einem alles wegnimmt, muß man auch nichts wissen. Ich stelle mir's ganz schön vor, daß man noch einmal beginnen könnte. Man nimmt einen solchen Menschen in einer Stadt auf, fragt ihn nicht, was früher war, und die Behörden geben ihm neue Papiere mit einem frischen Namen.«

»Man kann sich seinen alten ändern lassen.«

»Man kann, das stimmt. Das hilft aber nichts. Den alten kennt man doch, und der bohrt weiter. Ganz neu beginnen müßte man. Namenlos, um eines gerechten Namens willen. Neophil Neander.«

Ich mußte lachen, aber es wurde mir nicht wohl dabei. Ich war müde, stand trotzdem auf und sah mich da und dort im

Zimmer um, bloß weil ich verlegen war. Niemanden lockte es, dieses Gespräch zu verlängern, und Peter fragte unvermittelt, ob er noch mit etwas helfen könne. Er wollte fort, es war fast Mitternacht. Nein, Anna brauchte nichts. Dann wurde besprochen, daß Peter morgen kommen solle, doch nicht zu früh. Dann sollte meine nächste Zukunft überlegt werden, mein Einzug bei ihm, meine ganze Lage. Peter reichte mir die Hand, sein Griff war zutraulich, doch zu hart. Ich dankte ihm verwirrt, er lächelte jungenhaft, doch ledern. Die Äpfel von der Straße ließ er da; sie müßten doch nur mir gehören, so wollte er es haben. Ich widersprach. Ja, ich hatte heute Äpfel besessen, aber die seien schon früher verschwunden, lange vor meinem Sturz. Peter bestand nicht weiter darauf, daß sie mir gehörten, ihm aber gehörten sie auch nicht. Schöne Äpfel, meinte er, Anna solle sie behalten. Dann ging er, pfiff dabei säuselnd und sagte nichts mehr. Mir fiel ein, daß Peter zu jenen sorglosen Menschen gehöre, die unvermutet und ohne besondere Absicht in der Straßenbahn oder im Abteil der Eisenbahn, wenn es sich am wenigsten schickt und zu allem noch überfüllt ist, so daß man nicht entfliehen kann, einem in die Ohren zu pfeifen beginnen.

Anna begleitete den Gast hinaus; ich sollte mir es indessen behaglich machen, es werde nicht lange dauern. Ich dachte, sie werde mit ihm nur auf den Aufzug warten, aber als sie die Wohnungstüre leise hinter sich zuzog, wußte ich, daß ich länger allein bleiben werde. Erst sah ich mich ein wenig um, die Bücher lockten mich an. Bei näherem Hinblicken bemerkte ich, daß bloß die Rücken abgewischt wurden, oben waren die Bücher verstaubt, sie wurden nicht gelesen. Ich hätte eines haben dürfen, ich war jetzt nicht mehr müde. Schon hielt ich den Daumen gegen den braunen Rücken eines Bandes, den Mittelfinger oben, und drückte an. Da besann ich mich anders, ich hatte alle Lust verloren. Jetzt einen Philosophen, nein, ich wollte nicht. Ich zog die Hand zurück und sah den zarten Fleck vom weichen Staub eingeprägt länglich auf meiner Fingerkuppe, es war ein Stempel kramender Gelehrsamkeit. Das war fremd. Ich mußte eine Weile reiben, bevor der Fleck weggewischt war. Dann setzte ich mich in einen Lehnstuhl, der eine Zimmerecke füllte.

Herr Meisenbach kommt am Abend nach Hause, schüttelt den Staub fort und setzt sich in sein Recht, ein Buch in seiner Hand, Eigentum ist Weisheit, er freut sich sehr und liest und liest, die Seiten rollen ab, während ihn die Frau bedient, und er liest ihr vor. Nun ist sie treulos geworden, so leicht ist das, nur einmal nicht mehr nach Hause kommen, er hat sich geirrt, er ist gestorben, der Krieg. Ein Fremder, fast ein Fremder, sitzt im Reich der Toten, im Totenreich, und nennt nicht seinen Namen. Kein Eigentum und keine Weisheit, der Staub ist allzu dicht. Ich schämte mich, doch war ich wehrlos. Wie hätte ich mich entschuldigen können? Kein Bild des Toten war im Raum zu sehen; ach, bildlos war Herr Meisenbach geschieden, da war er nicht mehr zugelassen, abgeschafft, nur seine Dinge waren noch geduldet, Staub. Kein Zeichen kündete, ob er geliebt gewesen. Die Bücher herrenloses Eigentum, treulos, fremd, schon nicht mehr abgewischt. Aus seinem Heim hinausbefohlen, ließ er Weib und Wohnung und alle Habe hinter sich zurück. Er würde wiederkommen, ein Winkeglück, schon um die Ecke, eine Wand und fort; er würde kommen, Echo schallt, die Wände, kommen, kommen, es ist doch bestimmt, versprochen noch im letzten Augenblick; kein Zweifel hat es abgestritten. Was für ein Mann? Täuscht noch die künftige Witwe und ist weg. Frau Meisenbach hat es erdulden müssen, sie war gefaßt, wir alle müssen sterben, und die Verzweiflung gilt nicht. Was aber war mit mir beabsichtigt? Ich rief mich wach in meinem Lehnstuhl und schaue auf.

Da sitze ich und sehe, was es um mich gibt in West Park Row und kenne mich noch immer nicht. Ich habe mich zu sehr in Fremde eingelassen, und das ist schuld daran, daß nichts Rechtes von mir übrigblieb. Da beginnen meine Schwierigkeiten. Andere entschließen sich oder sind schon entschlossen, und so ordnen sie sich in die Welt ein, tun das Ihre; meist ist es ihnen anzusehen, daß man mit ihnen zufrieden ist. Säuberlich stellen sie sich an und haben einen

Beruf. Es hat wenig Sinn, daß ich mich mit solchen Menschen vergleiche, gar in diesem Land, wo sie so ziemlich geborgen sind. Ich lerne nichts von solchen Vergleichen; ohne jemandem neidisch zu werden, fühle ich doch, daß es mir kaum gut bekommt, mich näher mit ihnen zu beschäftigen. Sie wandeln ihrer Wege, darin erkenne ich eine gewisse Ordnung, die erstaunlich ist; fast könnte sie mich ehrfürchtig stimmen, wenn ich mich durch diese Eisnacht von der Umwelt abgesondert fühle. Geht nur immer eure Bahn! Mich hat die Welt allein gelassen, von Jahr zu Jahr immer mehr, die Nachkriegszeit hat diese Trennung nach einigen verzweifelten Durchbrüchen bloß bestätigt und vollendet, nachdem sie schon im Kriege sich verwirklicht hatte. Noch hatte ich geglaubt, dem entrinnen zu können, wenn ich erst aus dem Ort meiner verschütteten Vorwelt mit kräuselnder Hoffnung auf neuen Beginn in die Weltstadt fliehen würde, aber hier bin ich auf blindem Geleise in West Park Row abgestellt. Mit vielem Geschick hat Johanna dies Häuschen entdeckt und mich hingefahren, doch war ich mit dem Gewinn dieses Schlupfwinkels weniger geborgen als für immer versteckt, und nun bin ich da, setze mich fort in die Klappermühle der Tage, werde gefüttert, gepflegt, zur Ruhe gebracht und durch die Nächte geschlafen, daß ich bei Kräften bleibe für die wachen Stunden und mich fleißig halte, wenn es weiter klappert, Gedanke um Gedanken, und der letzte ist mit dem nächsten Mühlenschlag stets schon abgefallen.

So werde ich verwaltet, Johanna bewirkt es, sie hilft meinem Wunsche, trockene Bedingungen für mich herbeizuführen, Bestimmtes, das man nehmen und geben kann, eine bekömmliche Nüchternheit, sicher und harmlos räuberisch wie der Grünmarkt mit den Obst- und Gemüseständen, wohin mich Johanna zweimal die Woche morgens mit zwei großen Taschen schickt, wenn ich den freudezappelnden Michael unter weltdichtem Übermut über zwei gefährliche Straßenkreuzungen zu seiner Schule geleite, daß ich das Nützliche wähle und kaufe. So verziert mich Johanna, die Meisterin, lenkt mich zum Bild ihres Wunsches, daß ich unbefangen sei, ein vergnügter Mann. Sie schafft ihn, sie stellt ihn dar, aber ich bin nur ein ausgeschicktes Kind und kann nicht entscheiden. Sie schmückt die Stunden, die ich wissen soll, mit den spielerischen Geschäften im Gärtchen und läßt mich die Blüten der Erdbeeren zählen. Das alles ist schön so, denkt sie, und sie freut sich, wenn ich die ängstliche Zahl der weißen Freudensterne ansage; da tönt ihr ein dunklerer Widerhall ihrer eigenen Stimme entgegen. Johanna mißt mir das Erträgliche zu, es erreicht mich im kieselklaren Lärmen des Buben, in der stöbernden Lust des Töchterchens Eva, es webt oft mit Anmut in den sorgsamen Geräuschen, mit denen Johanna von früh bis abend das geduldige Haus erfüllt. Johanna ist glücklich dabei, weil sie es mir zuliebe so hält, und könnte ich dankbar sein, so dürfte es um der Zeugnisse willen dafür immer nur Morgen und nie Abend geben. Doch Johanna ist rasch und bewegt eilig die Dinge, aber um Dankbarkeit wirbt sie nicht. Stets bin ich von neuem überrascht, daß sie zufrieden ist. Es wird mir bange um sie, wenn ich sehe, wie ihr Treiben kein erträgliches Ziel verheißt. Wie lang wird sie es aushalten, wenn ich jeden Abend nur leere Hände zeigen werde, die ins Uferlose fallen? Ich frage sie, im Innersten bedrückt, doch ohne dies zu verraten, ob sie denn nicht enttäuscht sei, weil sich mit mir nichts ändert, aber das alles weist sie ab. Genügsam lobt sie den Bestand, während ich seine letzten Gründe verzehre.

»Der Mann als Stütze.« Einmal habe ich das gesagt, nur als Versuch, um einen fernsten Wunsch zu fangen, aber nichts als verzeihendes Erstaunen schlugen Johannas Augen auf. Manchmal habe ich ihr aufgelauert, um zu entdecken, ob es echt sei, was sie mich zu glauben heißt; aber was ich auch erkunden konnte, ein unterdrückter Schmerz wurde mir nicht offenbar. Es ist ihr alles recht, die Sorgen selbst, die abgezählte Ärmlichkeit unseres Haushalts, nichts bekümmert sie. Das alles dient ihr bloß zu schöner Kunst. Das Wesen dieser Kunst ist Geduld; das reicht hin und bildet in einem locker geschwungenen Spiel der Wiederkehr den beschwichtigenden Rahmen für meinen schwer zu beschwichtigenden, immer beunruhigten, leidigen Aufenthalt. Wie gut sich alles traf, daß mich dieses angeschlagene Haus mitten im Viertel Geringes sorgender Leute als Bewohner verträgt; mag man mich ansehen, wie man will, die Menschen leben ihre Art, ohne von meiner leeren Last etwas zu wissen. Der Fremde stört die Straße nicht.

Nur Johanna weiß, aber was weiß sie? Fast nichts, und auch das noch deckt sie zu. Willkommen in Frieden. Wann aber werden sie es doch wissen? Die Kinder? Nein, Michael und Eva wissen nichts, jetzt noch nichts; so werden sie an mir nicht irre. Sie haben ihre Zeit, und was vergangen ist, muß sie nicht kümmern. Wenn sie endlich erfahren, wird es doch verschollen bleiben, kein Weg dahin durch Andenken, Traum oder Gedächtnis, höchstens gefernte Geschichte, Botschaft in einem Buche, selbst noch gelesen immer unbekannt. Michael und Eva, schon aufgenommen in den Bund der Straßenkinder, der Knabe in der Schule, die vom Vater harmlos wegwarnt, des Vaters Sprache selbst ein feierlich entferntes Klingen nur, das im neuen Wachstum keine frische Stimme bilden wird. So sehen sie ihren Vater fast ohne Gefahr, kaum anders als ihre Spielgefährten, unbezweifelt seine Stelle in gefügter Ordnung. Ich aber rühre nicht an diesem Zauber, hüte ihn und baue ihn mit Scherz und Spielen auf. Johanna hilft dabei, sie lächelt jede bodenlose Frage weg, und wo Schatten schleichen oder knistern, retten ihre Hände. Schnell weiche ich zurück, verstumme und bin in meiner Stube wohlbestallt. Die Kinder dürfen wieder frei in ihrer Lichtbahn sein und kehren ein in ihren Tag, sie sind unbetroffen, kein Verlust hat sie bedroht.

Dann flehe ich zum unbekannten Hüter, er möge die Kinder bewahren, daß sie nie ahnen sollen, was gnädig sich für sie verhüllt. Der Vater soll in ihrer Liebe der vertraute Fremde bleiben, er kam einmal, dann war er da, so ging das zu, ja, ein Schiff hat ihn herbeigefahren, schon gehörte er der Insel und fand die Mutter; doch vorher nichts, nur Wellen, nichts ist je geschehen. So ist es in der Welt, daß man plötzlich kommt, ein Schiff, und alle mußten erst einmal zu dieser Insel fahren, ein Eiland, wo man sein kann und vergißt. Nun ist der Grund gelegt, des Daseins Bogen wölbt sich, die Brücke steht und kann nicht mehr zerstürzen. Darüber wohnt das Licht in allen Sternen, heilig und unberührt waltet die Schöpfung, die Erde angeleuchtet in der Hand des Herrn. Was dem widerstreitet, hat nie Bestand und hat sich selbst verdammt zu Schatten und Zerwürfnis, gedacht wird seiner nimmer. Beschütztes Gedeihen, friedlicher Wandel einer guten Familie von Vätern zu Enkeln und zu deren Kindeskindern, mit Mühsal das Tägliche besorgt, aber darum im Segen. Heiligtum der Geschlechter, die ihr Werk bestellen, und wenn einer stirbt, erwartet ihn ein ehrlich Grab; dankbar in Gedächtnissen bewahrt, lebt er als Beispiel fort, es ist nicht vergeblich gewesen. Den Nachkommen werden die Taten berichtet; sie sind nicht unvergleichlich, doch als wahrhaft wird sie der Gerechte erkennen. Kein Zweifel dringt zurück, wo das Unheimliche die Kette zerriß und ihre frühen Glieder verwarf und vertilgte. Dies möge den Kindern gelten!

Wie aber, wenn die Kinder das einmal nicht mehr glauben könnten? Sie werden vor mich hintreten und mich zur Rechenschaft ziehen. Du bist ein Landstreicher gewesen, ein Strolch und ein Tagedieb. Du hast dich in dieser Stadt bloß eingeschlichen, du bist nicht unser Vater und gehörst nicht zu uns. Wir sind dir nichts schuldig und wir werden dich verleugnen, um nicht endlose Schande auf uns zu laden. Was werde ich ihnen antworten? Sie sind klug und begabt; wie viele Jahre wird es dauern, und sie werden groß sein. Auch ihrer Mutter Worte werden sie nicht mehr beschwichtigen. Wohl wird sie sich mitleidig vor die Türe meines Zimmers stellen, aber Sohn und Tochter haben ein Recht und werden gebieterisch Einlaß begehren. Da werde ich sie empfangen müssen. Sie werden meine Schubladen durchstöbern und mir die Schlüssel meines Schreibtisches abverlangen. »Was wollt ihr wissen?« werde ich rufen. Da werden sie antworten: »Dich!« – »Mich gibt es nicht«, werde ich beteuern, sie aber werden erklären: »Das ist nur ein halbes Geständnis. Wir fordern dich, wir suchen, was es gibt, wenn wir dich sehen, ein Grauenvolles hinter dir, ein Schimpfliches, das du verheimlichst.«

Da werde ich viel reden müssen, in einem Winkel gegen die Wand gestellt, ich werde berichten, was ich gar nicht weiß, den Schein werde ich beschwören, daß die Kinder erzittern und wanken; aber erschüttern wird es sie nicht, denn gegen die Sprache der Sünde werden sie gepanzert sein. »Ich bin nicht, ich bin nicht! Das ist das einzige, was ihr glauben sollt, um euretwillen und um meinetwillen. Ich bin nicht, und wenn ihr mich auf die Folter eurer stechenden Neugier spannt, werdet ihr trotzdem nicht erfahren, es ist unmöglich, nur undurchdringliche Fremdnis, denn ich bin nicht.« Soll ich diesen Tag erwarten, der Michael und Eva verdüstern wird, wie meine Gedächtnisse auch enden mögen? Mich wird es nicht mehr ändern, denn ich bin beschlossen, das rote Siegel meiner Schuld ist längst zu Pulver zerstoßen, doch die Zukunft dieser Kinder wird beleidigt sein. Kann ich sie bewahren? Wahrheit und Unwahrheit begehren hier das gleiche Unheil. Was kann ich denn? Warum habe ich die Kinder gezeugt? Oh dumpfe, stumpfe Lust! Glaube ans blinde Geschlecht, weil der Wahnsinn riet, nicht der letzte meines Stammes zu sein, als meine Ahnen hingemordet waren! In mir versterben, kinderlos; es hätte eine Sühne werden können. Welt ohne Nachkommen des Fluches und ohne Gedächtnis an die Väter, die ihn erlitten, bis sie des Fluches Kinder wurden. Aber Johanna? Recht auf Mutterschaft. Segen des Schoßes, Verklärung der Geburt, schlafseliges Wiegenlied – wohl, aber es durfte nicht aus meinen Lenden entspringen. Johanna wollte mich. Ich warb, das stimmt, aber sie hat eingewilligt, und das ist ihre Schuld. Doch als ich sie verlockte, habe ich mich ihr nicht bekannt; sie ahnt nicht, was sie angerichtet hat! Unglückliche Mutter, die schon in der Empfängnis den Kindern ihres Leibes unauslöschlichen Fluch bescherte! Welch taumeldumme Eitelkeit, die mich brannte, gehe hin, vermähle dich, zieh in dein Haus, vermehre dich, erfülle dein unvollkommenes Fleisch und deinen schütteren Geist in reinen Kindern; da du in dir allein zu keiner Gnade kommst, sieh zu, daß der Boden mit deinem Bein und Blut bevölkert bleibe! Hast du auch selbst in Sünde und Fehle gelebt, so hast du doch gebüßt, weil du für deine Kinder gesorgt und gehofft hast; auf dich genommen hast du es, mit besseren Vorsätzen deinen Mangel zu verwalten, daß er gemindert werde, denn gütig ist der Herr von Anbeginn, er wird ewiglich vergeben.

Traum vor der Wand, auf der Stelle treten; langsam gibt der Boden nach und senkt sich unter dir, da die Jahre vor deinen gebeugten Gebeten verstreichen. Vor bittenden Griffen beginnt sich das Netz der Verwirrung zu lösen; du arbeitest hart, du hast nicht einen Tag versäumt. Pflicht aus Pflicht hast du erforscht und deiner Schwäche hast du nicht geachtet. Darum verzage nicht zu sehr und traue dich zu glauben, daß ein Verlorener getröstet werden kann, denn ich bin dein Fels und dein Erlöser. Stimme, dich höre ich, die mich wieder umglüht, die mich ins Unnahbare getaucht hat, wenn das Geklapper der Feinde mich umringte, daß ich nicht untergehe, wenn ich auch unwürdig war, im Siebe der Gnade erhalten zu werden. Vorbei das, alles vorbei! Aber ich wurde durchgetragen. War ich zu selig zu unzeitiger Stunde, dann ist das Sinken durch die Gründe Strafe, die ich verdiene, weil ich zu gläubig und zuwenig tätig war. Nun aber bist du wieder da, wie könnte ich dir wehren? Doch da du mich neu umglühst, ich!, ich bin ausgeglüht. Zu viel Erfahrenes macht mich leer, die Weisheit schweigt mich ein bei aller Rede. Hilfe ist meine Tracht, so ist es mir geschehen, der Rest wird mir verlängertes Gehör. »Dir wird dein Lohn sein.« Wessen Lohn wird mein Lohn sein?

Vermessen steh ich da vor meiner Wand. Ist es die Klagemauer, wo die Trauer aller Gebete genährt wird? Trauer? Gebete? Nein, keine Klagewand. Doch zwingt mich mein Stand in die Tiefe. Endlos versinkendes Gegenüber, das dennoch verharrt und nicht wankt. Ich schweige mich ins Abgründige hinein, schuldig wohl und immer schuldig, doch einmal kann ich nichts für mich. Daß ich geworden bin, ist nicht auszumeinen. Wie soll ich eines Augenblickes je getrost sein? Du aber sagst es, daß ich Vergebung finde, denn deine Gnade ist unendlich. Du willst, daß ich nicht zu sehr zweifle und nicht mich bezweifle. Du schickst mich fort in alle Winde, daß ich mich sammle auf Meeren und in Wüsten, auf offenen Feldern und in dichten Städten. Den Trost befiehlst du, weil du meine Schwäche ausgelotet hast, und in die Fehden aller Welt treibst du meine Schritte, daß sie in Frieden wandeln lernen. Das rufe ich hinaus und sauge den Glauben an die Wahrheit des Unerdenklichen in die sinnliche Armut meiner bresthaften Glieder. Ich wende mich ab von dem zerträumten Elend meines fortgeschleppten Unmutes und Ungenügens und neige mich in das fernere Vermächtnis meiner Kinder, die meinen Jammer nicht spüren, aber heilen sollen, daß sie die Lücke füllen, die ich mit meinem versprengten Dasein aufgeklüftet habe.

Erblicke ich Johanna, so werde ich oft froh, manchmal auch traurig, doch stets wird etwas bestätigt, und viele Ängste werden eingehüllt. Verständnisvoll faltet sich zusammen, was zwischen uns geschieht; wir sind vertraut, wo wir nicht forschen. So glauben wir beherzt einander; wie fremd und fern wir sind, die Hände werden trotzdem immer einig. Vielleicht täusche ich mich über Johanna. Mir wird es leicht in ihrer Nähe, weil ich dann ins Licht gerate. Sie wacht, sie hat die unbewußte Gabe über mich. Ich werde von ihr angestrahlt, sie will mich, sie macht mich wahr, sie stellt mich vor, sie unterhält mich. Mit diesem Wort erkläre ich ein Tiefstes, was sie an mir tut. Da kennt sie kein Verzagen; scheinbar nachgiebig, überwindet sie mein jähes, oft bestürzendes Verschwinden mit zauberhaft beschwörender Erscheinung. Wenn ich nicht bin, versagt sie nicht; eher lockt es sie, daß sie noch kräftiger vertritt, was ohne ihre Zuversicht nicht wäre. All meine Schwäche wird ihr bloß zum Ansporn. Es scheint, sie braucht den schwachen Mann. Dennoch bleibt es genauso unerforschlich, wie es unverdient ist, daß Johanna mich erwählt hat. Ob sie je die Folgen bedachte, die unsere Verbindung für sie heraufbeschworen hat? Welcher Undank steckt in dieser Frage! Ich staune und es erregt mich noch immer, wenn ich mich erinnere, wie alles kam. Meine lange Fahrt, Hoffnung und ein neues Land, die fremde verschleierte Stadt, viel Nebel, Wochen hingehalten in ungewissen Gründen, ein Glanz, ich sah Johanna, einmal, dann wieder, ich weiß nicht warum, schon rief ich sie, schon war die Ehe beschlossen.

Einige Empfehlungen, die ich vor meiner Flucht auf den Weg mitbekommen hatte, und mein Freund Soundso öffneten mir in der Weltstadt den Zugang zu einigen, wie ich mir einredete, einflußreichen Persönlichkeiten. Sie empfingen mich höflich und führten mich in ihren Gesellschaften wie ein exotisches Fabeltier vor, doch nichts als zuckende Neugier und gaffende Wißlust nagten an mir; nur ich bildete mir ein, daß sich mir freundliche Anteilnahme zuwende, daß man mich fördern wolle. Nein, ich galt nichts, beachtet wurde nur mein Mund, weil er überraschende Nachrichten verbreitete, die man hören wollte, um sich unter anderem Geplauder leichthin anregen zu lassen; die stechenden Berichte über ausgestandene Greuel schmeckten den verwöhnten Herrschaften. Aber ich selbst verschwand, ein angeflogener Zufall, der sich beharrlich täuschte, daß er gut untergeschlüpft sei, während ich in allen Nachrichten abhanden war, gar nicht mehr faßbar, auch wenn man meine Geschichte noch anhörte. Wie albern von mir, zufrieden zu sein, wie man mich bestaunte und mit billigen Gefälligkeiten behing. Der Reiz des Ungewohnten blaßte schnell, schon war man meiner Pläne satt, alle Zuneigung für mich schmolz dahin. Ungeschickt zeigte ich Verdruß darüber und konnte keinen Vorteil für mich retten; der Anfang meiner Vereinsamung war verhängnisvoll eingeleitet.

In der ersten Zeit war ich wöchentlich ein- bis zweimal bei Herrn Dr. Haarburger und seiner Frau eingeladen, reiche Flüchtlinge in einer üppig ausgestatteten Villa, die sie mit der gesamten Einrichtung von Einheimischen gekauft hatten. Bei einem meiner ersten Besuche hatten es Haarburgers so eingerichtet, daß ich schon zum Abendbrot kam, während man nachher Freunde und darunter einige Gäste von Rang und Namen gebeten hatte, stattliche Herren und kostbar geschmückte Damen, die sollten Kaffee trinken, mich von allen Seiten begucken und dazu Kuchen essen oder Zigaretten rauchen, ich jedoch, so hatte mir Frau Haarburger es wohlwollend eingeschärft, sollte mich von meinen besten Seiten zeigen.

»Kontakte machen, das ist alles, lieber Herr Landau. Professor Kratzenstein ist Präsident der Internationalen Soziologischen Gesellschaft. Fabelhafte Verbindungen hat der Mann, auch Verleger, kann Geld in Massen und Stipendien verschaffen. Aber Positur müssen Sie machen, Herr Landau!«

»Das wird er schon, er ist ja gescheit, Hajnalka!« versicherte Dr. Haarburger.

»Und kann er etwas für mich tun?«

»Aber selbstredend, und wie viel! Ob er kann!«

Frau Haarburger zählte auf, wem Kratzenstein schon geholfen habe.

»Es ist enorm. Aber Sie müssen sich heranmachen! Nun, kann Ihnen nicht schwerfallen. Dann, beinah noch wichtiger, ist Frau Singule. Sie sollten den Namen kennen. Nein? Da bin ich aber paff? Was sagst du dazu, Jolan?«

»Kein solches Malheur! Bitt' dich, er kann nicht alle kennen. Eigentlich war Singule zuerst Zoologe. Dabei hat er aber sein Glück nicht gemacht.«

»Dann hat er medizinert.«

»Das hat er fabelhaft. Aber jetzt ist er Generalsekretär für Europa von einer reichen, allerreichsten, amerikanischen Stiftung. Sein Hauptinteresse ist Naturwissenschaft, Biologie. Aber trotzdem, das ist schön an ihm, man kann ihn für alles interessieren. Schon sein Wort ist Geld wert. Schade, daß er nicht selbst kommt. Er hat so schrecklich viel zu tun und kann selten. Vielleicht nächstens.«

»Für Herrn Landau fast noch besser, er kommt nicht. Glaubst du nicht auch, Jolan? Frau Singule kann alles. Ihre Empfehlung beim Mann, da spitzt er die Ohren und ist für alles zu haben.«

Frau Haarburgers Hoffnung erfüllte sich, Singule kam nicht, er wurde von seiner Frau mit großem Getue entschuldigt. Dafür erschienen andere. Kratzenstein war der erlesenste Gast – »Dieser Kopf? Gescheiter kann man nicht aussehn!« –, der Buchhändler Buxinger – »Ein Wort, wenn ich ihm sag, borgt er Ihnen, was Sie brauchen an Büchern!« –, Herr und Frau Saubermann, ein reiches Fabrikantenpaar mit humanitären Interessen – »Was die schon Gutes getan haben, dabei aber die Bescheidenheit selbst!« –, Resi Knispel, eine Züricher Pressevertreterin – »Höchst geistvoll, gebildet, steckt auch irgendwie in einer literarischen Agentur!« – ferner ein Fräulein Zinner, Beamtin in einer Flüchtlingsorganisation – »Nicht so wichtig, doch ein Gold, Jolan und ich lieben sie wie ein eigenes Kind!« – und andere mehr, an die ich mich nicht mehr entsinne. Zuerst wurde ich Frau Singule vorgestellt.

»Herr Landau, eigentlich Herr Dr. Landau, eben angekommen, unser neuer Freund. Sie werden sehn, wie famos! Der kann Ihnen erzählen!«

»Freut mich, freut mich.«

»Ganz auf meiner Seite, gnädige Frau.«

»Sieht Ihnen gar nicht an, was Ihnen passiert ist. Vielleicht nicht so arg, was passiert ist, aber immer noch arg genug, ich versteh. Oder Glück?«

»Glück, gnädige Frau.«

»Ja, das ist es, sagt mein Mann auch. Schade, daß er nicht da ist. Er hat nie Zeit. Einer von seinen Leuten ist ihm auch umgekommen. Wie schrecklich! Zu viele. Übrigens müssen Sie ihn gekannt haben, wenn Sie dort waren. Dr. Berthold Singule, Rechtsanwalt. Er war so ein gütiger Mensch.«

»Bedaure ...«

»So? Also das wundert mich! Sie waren dort und haben ihn nicht gesehn? Unglaublich! So beliebt soll er gewesen sein! Von Überlebenden haben wir Nachrichten bekommen, wie großartig er sich gehalten hat. Nein, daß Sie ihn nicht ...!«

»Sie sagten selbst, gnädige Frau, zu viele! Man konnte

nicht jeden kennen. Man fragt mich so oft nach Verwandten, und fast in keinem Fall kann ich Auskunft geben.«

»Man hofft, ein Zufall.«

»Gewiß, gnädige Frau.«

»Das ist wirklich schrecklich! Man will doch wissen!«

»Sicher.«

»Da sehn Sie! Und dann hat man ihn von dort weggeschickt. Er hat es nicht verdient. So gütig. Und keine Spur mehr, nichts. Aus.«

»Das ist es, gnädige Frau. Alle weg. Am Ende ist es ein Zufall, wer da ist und wer nicht.«

»Daß Sie das sagen! Aber man würde so gern Genaueres wissen. Wann, wo, unter welchen Umständen? Und ob der Arme viel gelitten hat?«

»Gewiß, gnädige Frau.«

»Oh, das ist grausam, daß Sie das so ruhig sagen können. Aber verzeihlich, man stumpft ab.«

»Nicht ganz, gnädige Frau. Ich zumindest nicht. Ich will es ja in großen Zusammenhängen darstellen.«

»Das muß brennend interessant sein und ist sicher sehr wichtig! Ich gratuliere, nein, der Mut, Herr Landau!«

»Das möcht ich meinen«, mischte sich Frau Haarburger ein. »Dr. Landau ist der berufene Mann dazu.«

»Ich kann Ihnen nur wärmstens meinen Freund empfehlen«, sagte Dr. Haarburger. »Das ist ein Kopf, der Ihrem Herrn Gemahl imponieren würde. Prima, sag ich, primissima!«

»Es ist ein Unglück, daß er immer so viel zu tun hat. Überlastet. Den ganzen Tag Anträge prüfen. Übrigens einer wird auch Sie interessieren, Herr Landau, etwas von Erfahrungen mit Flecktyphus und Läusen. Brr, es ekelt einen. Doch die armen Kerle, die daran gestorben sind! Furchtbar!«

»Herr Dr. Landau kennt das alles, Frau Singule«, bestätigte Dr. Haarburger. »Es wird Ihren Mann interessieren.«

»Natürlich, wenn er nur könnte! Es ist schrecklich! Stellen Sie sich das nur vor, heute abend schon wieder eine Konferenz über die Ausschüttung von Zuschüssen für Arbeitsvorhaben im nächsten Quartal. Das kann bis in die tiefe Nacht dauern.«

»Liebe Frau Singule«, bat Frau Haarburger, »Nehmen Sie sich unseres jungen Freundes an! Sagen Sie Ihrem Mann!«

»Aber natürlich, mit dem größten Vergnügen! Ich will mal sehn.«

Sie nickte mir zu und lächelte verheißungsvoll. Dann wurde ich Professor Kratzenstein präsentiert, der mir die klügsten Fragen der Welt stellte. Bald gesellte sich Fräulein Zinner zu uns, doch redete sie nicht, sondern paßte bloß auf und senkte den Blick. Als auch Resi Knispel hinzutrat, fiel nach einem Weilchen Fräulein Zinner in die Gesellschaft zurück. Der Professor fand meine wissenschaftlichen Pläne interessant, doch er meinte eine Soziologie des unterdrückten Menschen sei wohl ein zu gewaltiger Vorwurf. Da hielt ich ihm entgegen, daß ich mir zwar nicht anmaße, ein fix und fertiges System zu liefern, aber die Grundlagen wolle ich ausarbeiten, den Umfang des Problemkreises bestimmen und die Grenzen abstecken. Kratzenstein erklärte, das lasse sich hören, nur störte es ihn, als ich näher erklärte, daß ein so kenntnisreicher Mann, wie ich es sei, mit sittlichen Maßstäben sein Thema belasten wolle, Mumpitz so was zu verquicken, nein, nur die Fakten gelten, das und das ist passiert, man stellt es fest, beschreibt es nach den Quellen, vernimmt Zeugen zur Sache, vergleicht die Angaben, untersucht sie psychologisch, wertet die Ergebnisse statistisch aus, und dann ist etwas Nützliches geleistet.

»Wer selbst dabei war, ist allerdings selten für so eine Arbeit geeignet. Subjektives ist gefährlich, ich warne. Wo käme da die exakte Forschung hin? Jeder denkt anders, auch über die Sittlichkeit. Sie ahnen offenbar nicht, was man sich alles darunter vorstellen kann, und die wissenschaftliche Integrität leidet unter Halbwahrheiten, wie es die Einführung eines zeitbedingten Wertsystems sein muß.«

»Ich stelle es mir nicht einfach vor.«

»Auch noch einfach? Höchst höchst kompliziert! Aber gerade deswegen muß man es vereinfachen, den Sinn für die

Struktur des Wirklichen pflegen, alles übersichtlich geordnet. Fakten, auf Fakten kommt es an.«

»Sicher, Fakten. Damit aber etwas anfangen, begreifen, denken, schließen.«

»Nicht wie Sie sich das vorstellen! Von der Empirie weg? Ein fundamentaler Irrtum! Die Wissenschaft hat ihr Material sauber zu präsentieren. Alles andere ist fast immer metaphysische Spielerei oder Humbug. Davor warne ich Sie. Konsequenzen, das ist nicht Sache der Wissenschaft, die hat die Gesellschaft zu ziehen, die Politiker voran.«

»Dabei kommt nichts heraus.«

»Hoho! Nicht so schnell!«

Wir gerieten hitzig aneinander. Ich sprach unbedacht darauflos, je heftiger mich der Professor angriff. Er behauptete, ich hätte die Zeit verpaßt. Alles sehr verständlich und für mich bedauerlich. Wer einmal das Pech hat, in Isolation zu geraten wie ich, der versteht die Dinge nicht recht, auch wenn er mitten darin steckt. Da hat man nicht nur das Leben versäumt, sondern auch die richtigen Maßstäbe verloren. Um das auszugleichen, müsse ich mich zuerst von allen Vorurteilen befreien. Daß ich Zeuge der Katastrophe geworden sei, schön und gut, doch ein Recht, deswegen als Forscher und nicht bloß als Fall gehört zu werden, hätte ich damit noch lange nicht erworben.

»An Ihrer Stelle würde ich einen kurzen klaren Bericht verfassen, wie sich alles zugetragen hat, was Sie erlebt und beobachtet haben. Nur das. Reflexionen darüber sind zu unterlassen. Sie verdunkeln nur den Bericht, verfärben ihn emotionell und interessieren keinen ernsten Menschen. Das ist alles wertlos. Ich will nicht zu hart urteilen, aber so ist es.«

Frau Haarburger strich heran, packte Resi Knispel zutraulich am Arm und freute sich, daß Kratzenstein mit mir so lebhaft diskutierte. Ein Glück für Dr. Landau, meinte die Hausfrau, Anregung ist immer fruchtbar. Zum Professor gewandt versicherte sie, daß es eine lohnende Aufgabe wäre, meinen hochstrebenden Plänen auch konkret alle Förderung angedeihen zu lassen. Der berühmte Soziologe nickte verbindlich, sicher könne man alles einmal bedenken, aber gerade jetzt sei die Lage außerordentlich kompliziert, es werden immer höhere Anforderungen an einen gestellt, übrigens glaube er, daß Herr Dr. Haarburger bestimmt die bestgeeignete Persönlichkeit sei, um hier bei seinem großen Einfluß helfend einzugreifen und einen passenden Wirkungskreis für mich ausfindig zu machen. Frau Haarburger fühlte sich geschmeichelt und stimmte bei, konnte aber nicht umhin, einschränkend zu bemerken, daß natürlich auch ihr Jolan stark überlastet sei und ohnedies schon tue, was in seinen Kräften stehe. Zu ihrem Bedauern müsse sie bekennen, daß dies leider nicht sehr viel sei. Mit ihrem Mann habe sie schon gründlich hin und her erwogen, daß es am besten wäre, Dr. Landau bald einen Vortrag in der Internationalen Soziologischen Gesellschaft zu verschaffen.

»Das wäre zu bedenken. Freilich müßte es mir vorher gelingen, ein genaueres Bild zu gewinnen, was sich Herr Dr. Landau eigentlich vorstellt. Das Thema müßte eng umgrenzt und dabei neu sein. So was muß einschlagen. Verstehn Sie? Vielleicht rufen Sie mich einmal an. Aber nicht in diesem Monat. Ich muß nach Paris zum Kongreß für statistische Rekonstruktion, sehr interessant, aber man erwartet von mir ein Referat, anstrengende Sache, und dann habe ich noch eine Woche in Amsterdam zu tun, Einladung der holländischen Regierung. Wie ich höre, wird ja auch Herr Dr. Haarburger zur gleichen Zeit dort sein. Da sieht man sich doch sicher?«

»Natürlich, Jolan freut sich schon schrecklich drauf. Vielleicht entschließ ich mich auch noch.«

»Das wäre großartig, Gnädigste.«

»Nicht wahr?«

»Entschuldigen Sie bitte, Herr Professor, wann darf ich mich bei Ihnen melden? Nächsten Monat?«

»Ausgezeichnet! Irgendwie wird sich das schon einschalten lassen. Sie haben doch Zeit?«

»Aber gewiß.«

»Fein. Am besten, Sie lassen mich nach meiner Rückkehr noch ein bißchen verschnaufen. So um die Monatsmitte herum.«

»Also knapp nach Mitte nächsten Monat, wenn sie mir gestatten?«

»Das wäre mir sehr recht. Sie rufen dann bei Frau Fixler, das ist meine Sekretärin, in der I. S. G. an.«

»Wie bitte? I. S. G.?«

»Ja, wird mir ein Vergnügen sein. Auf meine Sekretärin können Sie sich verlassen. Aber das sage ich Ihnen lieber schon heute, daß wir im günstigsten Fall, selbst wenn ein angesagter Vortrag ausfallen sollte, heuer keinen weiteren mehr unterbringen können. Der Andrang ist zu groß, man weiß nicht wohin damit. Wir wollen aber dann ein freies Datum fürs nächste Jahr finden.«

Während dieser Erklärung hatte sich Herr Dr. Haarburger uns genähert.

»Lieber Herr Professor, nächstes Jahr, ist das nicht ein bißchen lange? Glauben Sie nicht doch, daß sich noch in den nächsten Monaten etwas für unseren Freund einrichten läßt?«

»Das wird leider schwer gehen. Aber warten Sie, da kommt mir ein glänzender Einfall. Wer sagt denn, daß es ein Einzelvortrag sein muß? Das empfiehlt sich bei einem Unbekannten sowieso nicht. Hören Sie, Herr Dr. Landau, vielleicht arbeiten Sie einen konzisen Text aus, nur die Ergebnisse Ihrer Untersuchung. Das können Sie als Referat in einer ordentlichen Sitzung unserer Engeren Arbeitsgemeinschaft verlesen. Aber das Referat darf nicht länger als zehn, höchstens fünfzehn Minuten dauern. Dabei lernen Sie viele Leute kennen.«

»Wäre das wirklich in den nächsten Monaten möglich?« wagte ich zu fragen.

»Das glaube ich schon. Allerdings bis zum Spätherbst müßten Sie sich wohl gedulden. Außerdem habe ich leider nur Vorschlagsrecht. Doch wir wollen sehn. Sobald wir uns näher unterhalten haben, wir müssen uns da genau einigen, will ich mich energisch dafür einsetzen. Darauf können Sie sich verlassen.«

Professor Kratzenstein lächelte mich verbindlich an. Ich suchte mich in seinem Antlitz zu bestätigen, wenigstens zu finden; es mißlang. Er wurde unsichtbar dünn, die Züricher Pressevertreterin Resi Knispel hauchte ihn an, vielleicht sagte sie etwas, sicher nichts Soziologisches, und dann entdeckte ich ihn nicht mehr. Ich spürte, daß es mir nie gelingen werde, weil ich nicht für ihn vorhanden war. »Geh fort, geh fort!« So rief es jetzt und später noch öfters, aber etwas hielt mich fest. Mir zuliebe hatten Haarburgers diese Gäste versammelt; da durfte ich nicht heimlich verschwinden. Doch es schwand von selbst, obwohl plötzlich in mir eine Hoffnung auferstand: ich bin. Da gab ich mich nicht gleich geschlagen. Erschienen bin ich, jemand wird mich nehmen. Der Glaube macht die Hoffnung wahr. Ich stand, ich ging im glitzernden Salon, Gläser schwenkten mir zu, Zuckergebäck fiel in meine Hände, ich kaute und taumelte weiter. Da gab es auch wieder den Professor Kratzenstein, ich sah ihn, er war umlagert. »Ein Wort von ihm genügt, und Sie sind ein gemachter Mann!« Jemand flüsterte mir das zu. Der Zuspruch tat mir wohl, aber ich hatte in diesem Augenblick den Soziologen wieder vergessen.

»Welcher Herr denn, und ich bin ein gemachter Mann? Bitte, stellen Sie mich ihm vor!«

»Sie haben sich doch die längste Zeit mit ihm unterhalten. Wissen Sie nicht, mit wem Sie reden?«

Ach so, ich hatte mit jemandem gesprochen, mit diesem Herrn da, groß und hager, so ein Mann, wissend schuldiges Gesicht. Die Flüsterstimme meldete sich wieder.

»Sie sollten sich mehr an Professor Kratzenstein halten! Er ist wichtig. Schmeicheln Sie ihm!«

»Meinen Sie? Ich hab es versucht. Er hält nicht.«

»Sie müssen Ihre Gelegenheit wahrnehmen!«

Aber es gab keine Gelegenheit mehr. Die Gesellschaft schwamm und löste sich auf. Nein, nach Hause ging man nicht, man hielt sich sogar dichter zusammen als vorher, doch war ich schon ausgeschlossen.

»Diese Wand dort?«

»Das ist keine Wand.«

»Sie können recht haben. Man irrt sich leicht. Sie geht, sie bewegt sich. Sie jagt Schrecken ein.«

»Was Sie nicht sagen! Sind Sie immer so nervös?«

»Das glaub ich nicht einmal.«

»Na, sehn Sie! Man darf nichts ernst nehmen. Heute bei den Zeiten. Wo käme man da hin?«

Dort saßen sie beisammen. Kleine Tischchen, flach geklappt auf queren Beinen, hatten sich auf Teppiche gestellt, die Tischchen dünn und leicht, hoffnungsfroh mit Filz bezogen. Neue Spielkarten schimmerten und verteilten sich unter flinken Griffen, flogen gefächert in die Hände, das war ein putzig jonglierendes Geschaukel. Darüber wackelten geschnauzte Gesichter, sie lächelten heftig und sannen Erfolg. »Das kann ich stechen!« König und Dame stritten mitsammen, und immer vier Karten, gefallen ins Grüne, bissen ins Gras, schnell verbündelt von raffender Hand und umgekehrt geschichtet Häufchen, kreuzweise gelagert.

»Es ist ein schönes Spiel, Herr Dr. Landau. Möchten Sie nicht auch?«

»Ich kann es kaum.«

»Ist aber wichtig. Man macht sich beliebt, wenn man als vierter einspringen kann.«

Ich konnte nicht, zu ungeschickt die Hände, jeder Trumpf fällt durch, die Wände schnappen, hin und her, verworren der Kopf, schon wieder ein Stich.

»Sie müssen es lernen!«

»Gewiß, gnädige Frau.«

Schräg fiel ich durch den Raum, riesige Schritte, Stiche durch Wände durch, die Karten schwanden. Dort in der Ecke saßen einige beisammen, es waren drei, der Vierte ich. Geh fort, geh fort! »Sie spielen auch nicht?« Herr Buxinger sagte das, der Buchhändler, er fand die Karten langweilig, lieber ein Buch. Frau Saubermann, die Fabrikantenwohltäterin stimmte ihm zu.

»Ich sag es immer. So kultiviert ist mein Mann, aber da macht er leider mit.«

Buchhandel schützt, da bleibt man ernst, Seiten sind besser als Karten. Frau Saubermann fragte Fräulein Zinner, was sie davon halte. Die hielt nichts davon, könnte ein unschuldiges Vergnügen sein, sie aber zu unbegabt dazu, spielt nicht. »Setzen Sie sich doch zu uns!« Witziger Buchhändler, der das sagte. »Sonst kann man durch Ihre Beine gucken wie durch ein offenes Tor, so breit.« Die Fabrikantin lachte, so viel Humor, Fräulein Zinner rückte ein bißchen, die anderen rückten, schon saß ich bequem in einer Ecke. Da hockten wir leise zusammen, um die kichernde Stille nicht zu stören, die schützend die eiligen Spieler umwölkte. Fortgehen hätte ich sollen, fort, es war nicht recht, wenn ich als Vierter auch nur bei den Nichtmitspielern eingesprungen war, doch war es hier nicht geheuer. Der Raum mochte wohl harmlos sein, das Licht bestrahlte nur Gewisses, aber ich war nicht geheuer, ein fremder Leib, zusammengeklappt, geschichtetes Häufchen, die Beine kreuzweise gelagert, kein offenes Tor mehr. Man hatte mich nicht herbeigebeten, nun aber war ich da, schwach und gebrechlich, ich durfte nicht schlicht auf und davon, ich mußte zumindest mich erklären, mein überstürztes Kommen rechtfertigen, aufstehen, doch es gelang nicht, der Lehnstuhl war zu tief. Verzweifelt schaute ich aus meiner Ecke auf, die Bücher dort, ich rieb einen eingestaubten Finger.

Da hörte ich schon draußen vom Gang, wie sich Schritte näherten, die Wohnungstüre wurde zugezogen, dann hörte ich das Schnappen eines Schlüssels, das Rasseln eines Riegels. Als ich mich zusammenriß und weit die Augen öffnete, stand Frau Meisenbach mitten im Zimmer. Nicht mitten, dazu war der Raum zu sehr verstellt, doch der Mitte so nahe, als es der große runde Tisch gestattete.

»Verzeihn Sie, daß ich Sie so lange warten ließ. Ich hatte mit Peter noch etwas zu besprechen. Er ist so bekümmert. Ich kann ihm nicht viel helfen, aber raten muß ich ihm.«

»Sie brauchen sich bei mir nicht zu entschuldigen. In dieser Wohnung bin ich wie ein Einbrecher.«

»Ach, reden Sie doch keinen Unsinn! Sie sind müde. Das ist alles.«

»Ja, müde. Das stimmt.«

»Ich will gleich die Betten machen.«

»In diesem Zimmer?«

»Ja. Es ist eine kleine Wohnung. Die Matratzen auf den Diwans werden umgedreht, und schon sind die Betten fertig.«

»Hier, wo Ihr Mann ...?«

»Gäste bin ich gewohnt. Gar jetzt in den letzten Wochen. Da muß man oft jemanden schnell unterbringen. Auch Peter hat schon hier geschlafen.«

»So, Peter ... und nun hab ich ihn verdrängt?«

»Ach, was reden Sie denn da! Peter hat ein tadelloses Zimmer und ist nicht mehr in Gefahr.«

»Bin ich gefährdet?«

»Sicher. Sie haben sich ja nicht.«

»Wer sich nicht hat ...?«

»So ist es.«

»Wissen Sie, es geht alles senkrecht. Wenn man ankommt, wo man einst zu Hause war, wenigstens so dachte und sagte ... und dann ist alles weg. Aber was soll ich Ihnen vorjammern, da Sie das alles kennen. Ihr Mann weg, Arno ... Man hat aufgehört. Nur das Suchen kann man noch nicht lassen. Es ist sicher zwecklos.«

»Sie sind jetzt zu müde. Sie werden anders denken in einiger Zeit.«

Aus Schubladen, aus dem Vorzimmer, wer weiß aus wieviel Ecken brachte Anna Leintücher und Decken, baute die Rückenlehnen von den Diwans ab, drehte drei große flächige Sitzpolster um und richtete die Betten sorgfältig her.

»Sich so bedienen zu lassen! Darf ich Ihnen nicht helfen?«

»Nein, keine Arbeit. Sofort ist alles fertig. Liegen Sie gern hoch? Zwei Polster, drei?«

Ich mußte lachen, aber das war keine passende Antwort.

»Verzeihn Sie, ich bin so dumm! Es ist mir ganz gleich.«

»Ich meinte nur, wie es Ihnen am bequemsten ist.«

»Wissen Sie, früher bin ich immer hoch gelegen, sehr hoch. Es ist eine Unsitte. Aber jetzt ... wenn man nur liegt ...«

»Sie sind sehr müde, gelt? Sie können sich gleich legen. Hier, nehmen Sie mal das! Es wird Ihnen ganz gut passen. Und da ist ein Schlafrock. Wenn Sie wollen, können Sie sich hier ausziehn, und ich geh hinaus. Oder umgekehrt, ich bleibe hier, und Sie gehn ins Badezimmer.«

»Danke, danke. Aber ich bin jetzt nicht so müde, es ist vergangen. Wenn Sie sich noch nicht legen wollen ... Ich meine, ich bin Ihnen wohl eine Aufklärung schuldig.«

»Nichts sind Sie schuldig, seien Sie nicht so umständlich! Da, nehmen Sie jetzt! Wenn Sie nachher sich noch ein bißchen unterhalten wollen, bin ich gern bereit.«

Anna reichte mir die Sachen; die Wäsche duftete leise und war straff gebügelt. Ich sah H M als Monogramm eingestickt. Es war eine schöne Handarbeit, die man dem Toten auf den Leib genäht hatte, und nun sollte ich das Zeichen tragen, ohne Recht H M auf meiner Brust.

»Hieß er Heinz?«

Achtlos hatte ich diese taktlose Frage entlassen, ich wußte es nicht einmal recht, aber eine schnelle Antwort belehrte mich, daß ich keinen Rückhalt kannte, meine Rohheit zu überwinden.

»Nein, Hermann. Ich kann Ihnen nichts andres geben. Gehn Sie jetzt!«

Beschämt verneigte ich mich, doch nicht vor Anna, wie ich wünschte, sondern vor der Wand oder vor der Türe; ich riß sie auf, die fremde Wäsche und der Schlafrock brannten in meinen Armen, ich schaute nicht mehr zurück. Mein Kopf schmerzte mich vor heißer Schuld, ich taumelte ins Badezimmer und schloß umständlich hinter mir ab. Hier ließ ich alles fallen und setzte mich auf die Kante der Wanne, dann zwang ich meine Augen vorwärts; die Enge versicherte mich nicht, sie bedrückte und betäubte, das Fenster war ungeschickt hoch in die Mauer gefügt und viel zu schmal, ungeeignet, um einen rettenden Sprung in den Lichtschacht zu wagen. Süßliche, scharfe und matte Gerüche vermischten sich ängstlich und bekümmert, feuchte kleine Wäsche an quer gespannter Schnur hing beklommen und wellig, Trauerstätte des sich selbst bedienenden Leibes, Pflege der vernutzten Glieder und Haare, kreuz und quer gehäuft Tiegel, Fläschchen und Tuben zur behenden Zier für Gesicht und Hände, geduldig auch gelagert Eimer, Besen, Lappen, Gerät fürs Schuhwerk, allerlei Gerümpel. Das alles umgab mich, starr und aufdringlich, überfüllte die Enge und überfüllte mich. Was ging das alles mich an, was hatte ich hier zu suchen? Hermann hätte kommen sollen, den großen Besen packen, mir mit dem Stiel die neugierige Nase zerklopfen und mich hinausbefördern. Aber jetzt gab es keinen Hermann mehr, widriges Getier hatte sich durch verbotene Ritzen eingeschlichen und nistete hier. Anna duldete es, vielleicht war es ihr sogar erwünscht, sie brauchte ein Haustier, einmal war es Peter, der junge Springinsfeld, dann der unbekannte Heimatlose, den der Springinsfeld von der Gasse gelesen hatte.

Vor mir senkte sich die Kloschüssel, weiß, und säuberlich mit dem Doppeldeckel verschlossen, Schnur mit Quastengriff und Wassertank, alles wie ein ordentlicher Frieden. Ort der Schande, emporgehoben aus Höfen und abgesonderten Winkeln fast mitten in das geschmückte Behagen der seßhaften Menschlichkeit; rauschend weggespült die faulen Entleerungen unserer niederen Natur durch stürzende Röhren in die unterirdischen Kanäle der Stadt, damit wir nichts mehr von den eklen Nöten unseres Leibes wissen. Aber durch die Wände wird es gehört, der Vater ist draußen, die Mutter ist draußen, sie sind verurteilt wie du; aus der Wohnung des Nachbarn ist es zu hören, er schlägt mit der Türe, dann pfeift er ein Lied dazu, er glaubt allein zu sein, wird aber unfreiwillig belauscht, und wenn er endlich verschwindet, rauscht das Wasser noch lange im Tank. Schon lange war ich nicht in einem Badezimmer mit Abort eingesperrt. Es war wie in der Kindheit, als ein sündhaftes Vergessen mich umgab. Ich sollte nicht so lange draußen bleiben, mahnte streng die Mutter, es ist rücksichtslos und widerwärtig, aber der Traum der Einsamkeit war in der großen Stadt anderswo nicht zu verwirklichen. Nur im dichten Versteck des Waldes oder in der

Verlassenheit des Abortes war ich mein eigener unabhängiger Gebieter, denn in der Wohnung, ja in der ganzen Stadt war sonst kein Winkel mir allein gewidmet, jeder andere Platz entweder zu geräumig weit oder viel zu leicht geöffnet; überall konnte man leichter überrascht oder beobachtet werden als hier. Sachliches Dasein, wo die Schüssel nicht im Badezimmer hockt, sondern mit ihrem Zubehör allein, von Wänden eng und einer Türe bloß umrahmt, die von keinen Rufen zu bezwingen war, wenn ich nicht wollte. In dieser Wohnung war ich aber nichts als Gast, ich durfte hier nicht ungebührlich lange bleiben. Anna wartete und konnte sich beunruhigen, falls ich säumte.

Ich lauschte angestrengt, ob sich im Zimmer etwas ereignete, aber es war nichts zu hören. Auch aus den anderen Badezimmern im Haus und den benachbarten Wohnungen drang kein Laut heran. Selbst der Aufzug, dessen Summen durch alles Gemäuer kroch, war schon längst verstummt. Vielleicht war Anna unterdessen eingeschlafen, hatte es aufgegeben, mich zu erwarten, hielt mich für undankbar oder unverschämt. Ach, wenn sie doch schliefe, ich hoffte darauf. Im Zimmer hatte ich nichts zurückgelassen, all meine Habe trug ich am Leibe und steckte in den Taschen, Hermanns Sachen konnten auf dem Boden liegen bleiben. Ich konnte sie aber auch aufheben und ordentlich hinlegen, wenn ich nur selbst flüchtete, nur weg von Hermann. Es waren bloß wenige Schritte bis zur Wohnungstüre, selbst im Dunkel ließ es sich schnell die Treppenschlucht hinuntereilen, nur das versperrte Tor war hinderlich. Wo mochte die Glocke des Hausbesorgers sein? Nein, eine solche Flucht war unmöglich, sie war verboten, selbst ihr Erwägen war gespreizte Ziererei. Da galt kein Trödeln, ich mußte ins Zimmer zurück, die Nacht war auszuharren.

Ich raffte mich zusammen, und es gelang, schon nestelten meine Finger an den Knöpfen herum. Ziemlich flink wurde ich meiner Kleider ledig und zog meine Socken von den Füßen. Der Rücken schmerzte ein wenig, als ich mich aufrichtete. Ich streckte mich, dann schaute ich auf meine bedürftige Nacktheit hinunter; ein fremder Leib, den ich zu tragen hatte. Die Spuren der Entbehrung waren tief und grau, nichts Tröstliches an diesen verschwendeten Gliedern und nichts mehr kindlich, keine knabenhaften Maße. Ich war gar nicht schön, man hatte mich zu viel verachtet und zu nichts gebraucht, was gut war. In dieser Trauer war sicher nicht mehr der Seele schützendes Haus, die Schöpfergabe meiner Eltern war entwürdigt in dieser Gestalt. Seit Jahren hatte ich meinen Körper nicht betrachtet, es hatte mir die Zeit dazu gefehlt, auch die Gelegenheit und selbst der kleinste Wunsch. Rumpf und Glieder, Haupt auf viel zu dünnem Halse – wie war ich mir da fremd; die Beine zitterten leise, wenn ich noch länger schaute. Ich träumte von der stillen Lust, die an der Gesundheit des eigenen Leibes haftete, mochte sie selbst eitel und leicht verwerflich sein; das ging mich nichts mehr an, es war zu unbefangen heiter, als daß ich solchen Heidenwahn bewahren durfte. Nun war der Körper weg, ein verschrumpftes karg bezogenes Gerippe, achtlos und bange von Entbehrung verwaltet, übel und verurteilt. Mich fröstelte, als ich den Bauch betastete, gedunsen teigig und doch dürr und faltig, die Schenkel schlaff, die langen Arme hölzern stielig; was war mit solchem Werk noch zu beginnen? Ich breitete den Schlafanzug aus, weich und kühl im Griff, das Monogramm erhaben; das war gut, es gab mir seine Kraft, mit der ich mein kümmerliches Menschengebilde verdeckte. Schon hielt ich die Jacke gespannt und wollte in die Ärmel schlüpfen. Da mußte ich zaudern, denn eingenäht unter dem Aufhänger entdeckte ich das seidene Firmenband: Herrenwäsche Albert Landau – HAL – Reitergasse 8.

Das hatte ich nicht verlangt. Es war zu viel für diese Stunde. Wie vertrug sich diese Ware mit dem Monogramm H M?, so zürnte ich. Wie darfst du so ungerecht sein!, mußte ich mir darauf zurufen. H M war ein Auftrag, das gute Recht jeder zahlenden Kundschaft. Hinten in der Werkstätte saß das rückendürre alte Fräulein Michelup und stickte unermüdlich mit den nadeldünnen Fingern Monogramme. Nach vorn in den Laden kam sie nie. Man brachte ihr die Ware und sagte kurz den Wunsch, da nickte sie, und es war gut. »Hier, bitte, machen Sie H M. Dieses Muster da, Sie wissen schon.« Für Herrn Meisenbach war das bestellt. Also hat Hermann bei meinem Vater gekauft oder Anna, eher sie, weil sie den Laden seit ihrer Kindheit kannte; sie suchte das Schönste für Hermann aus, nicht billig, das hält ja nichts, doch preiswert. Der Vater selbst hat sie bedient, stand ihr mit beratendem Lächeln bei und tastete ihr mit prüfenden Fingern das Tuch vor, damit sie gewiß das Richtige wähle. Die Ware wurde noch immer schöner nach dem Waschen, sie hielt lang aus, viel länger als der Vater in der Reitergasse, ein Denkmal seines reinen Gewerbes, seiner tüchtigen Redlichkeit; unvergessen trägt sich seine Wäsche durch die Stadt und weit über ihre Umgebung hinaus im ganzen Land. In den Schubladen ruht die Wäsche und schläft, eine sanfte Zierde, mit Bändchen verknüpft, eingeduftet mit Lavendel; da feiert sie wohltuend kühle Erinnerungen an häusliche Feste. Ernst blickt der Vater nieder, denn er wußte, daß es sein Verdienst war, wenn er mit glattem Gewebe die Blößen der Einwohner wärmend bedeckte. Jetzt gab es keinen Vater mehr und keinen Hermann, ich aber war gekommen, in meine Rechte einzutreten. Ich küßte das teuere Siegel, das mir nun anvertraut war, die Trauer zog sich tief in mich zurück und versteckte sich in meinen innersten Fasern, oberflächlich aber glänzten an mir Stolz und Freude. Was ich in Armut sonst an Kleidung besaß, waren mürbesüchtige Fäden, die gehörten nicht mehr zu mir, doch dies war Besitz, mein Besitz! Er hatte den rechten Weg zu mir gefunden.

Schon stand ich da in feiner Hose und in schmucker Jacke. Ich vertraute mich dem Spiegel an und hielt stand in dieser Ausstattung. Das war ich wieder, jubelte es in mir, ich hatte mich selbst zu meinem Gewand erwählt und mußte mich des prächtigen Stoffes nicht schämen. Den Schlafrock brauchte ich nicht mehr. So wie ich jetzt bekleidet war, durfte ich mich vor allen Menschen blicken lassen. Darum nahm ich den Schlafrock über den Arm und wollte so zu Anna ins

Zimmer. Da würde sie erkennen, wer ich bin, sie würde mich ansehnlich und ziemlich finden, wie ich in eigener Gestalt erscheine, eine Person, daß sie darüber ihres Mannes und aller Freunde vergäße. Einer Vorstellung bedurfte es nicht mehr, denn wer anders als der Sohn von Albert Landau konnte unbefangen so auftreten? Wenige Schritte nur, schon wäre die verworfene Eitelkeit befriedigt. Doch etwas hielt mich zurück, das Monogramm des toten Mannes. Brannte es? Solch einen Schrecken durfte ich Anna nicht bereiten; mit den Zähnen, mit den Fingernägeln die Stickerei herausziehen, nein, das Monogramm war zu dauerhaft ins Tuch gesenkt; die Fäden einzeln zupfen, armes Fräulein Michelup hinten gebückt und flink, das ging nicht an. Zudecken das Zeichen, als schmerzte es darunter, das war ein Einfall, Stich und Brand, doch auch verbergen konnte ich es kaum. Die Hand auf einem Namen und der Name auf dem fremden Herzen, welch unerträgliche Verschwisterung! Da gab ich allen Trug auf.

Wer einmal gegen seinen Willen die Heimat verließ, weil er vom Willen der Vernichtung ausgetrieben wurde, darf nicht allein als zufällig Geretteter aus der gemordeten Gemeinschaft an die Vertreibungsstätte zurückkehren, was für Gründe auch ihn dazu bewegen; die Heimat trifft er nicht mehr an, wo er sich hinbegibt, bloß die Fremde steht ihm zu, die er gar nicht weit genug vom Orte seines Ursprungs suchen kann. Das hatte ich geahnt, bevor ich noch die Fahrt begonnen hatte. Trotzdem, zumindest einmal mußte ich das Verlorene wagen, das bist du und das bist du nicht, die Spuren mußten betrachtet werden, Reste des Vergangenen sind möglich, nur graben und sammeln. Aber jetzt wußte ich, daß es vergeblich, daß es verboten war. Hier will ich nicht mehr sein. Doch wie komme ich fort, da ich zu müde bin und meine Kräfte ausgeschüttet sind? So dachte ich. Wie ärmlich war auf einmal das Nachtkleid aus der Reitergasse, wie sündhaft töricht mein Trachten? Hermanns Breite stimmte wohl zu meiner, doch die Arme und Beine waren mir zu lang geraten; über den Händen und Füßen blieb ich ein Stückchen unbedeckt. Der Vater hatte fremdes Maß bedacht, meines war längst ausgestrichen. »Der junge Landau?« Schmerzlich karge Stimme. »Er kauft nicht mehr bei uns.«

So sich vor Anna blicken zu lassen, ein Komiker zu falscher Stunde, zu spät; wie schaute ich da aus, mit trüber Trauer vor einer fremden Freundin angeblasen? Sie würde harte Urteile fällen, und ich müßte ihr gestehen, wer ich bin. Sollte ich im Badezimmer bleiben, mich auf die Kante der Wanne hocken oder auf den Abort? Es ließ sich sitzend schlafen. Anna im Zimmer würde auch einschlummern und mich da draußen vergessen. Sollte sie sich meiner entsinnen und an die Türe pochen – »Wo bleibst du, Hermann? Es ist spät!« –, dann dürfte ich mich melden – »Sei nicht böse, daß es so lange gedauert hat! Ich bin schon da. Hier hast du mich.« Ich warf den Schlafrock über meine Schultern, es war ein älteres Stück, leicht abgewetzt, und paßte mir erstaunlich gut, gestreifter Flausch, die Farben schillerten. Der Rock gehörte nicht zu Hermann, der liebte sicher nicht gestreifte Ware. Vielleicht hätte ich auch da ein Monogramm entdecken können, aber ich hatte nicht darauf geachtet und konnte mir die Mühe sparen. Ich wußte schon, ich war mein Mitschüler und Annas Bruder, Arno der Politiker. Es roch nach ihm, ein wenig sauer, ich zog die Zunge ein, der Nachgeschmack im Munde. So war ich recht verkleidet; für Anna wie für mich war es am besten so, die Spannung zwischen uns glich sich versöhnlich aus, der eigene und der fremde Mann waren aus dem Haus gedrängt. Schnell ordnete ich meine Kleider, die ich nicht ins Zimmer mitnehmen wollte, und verhüllte sie in einer Ecke mit einem Handtuch.

»Ich bin nicht mehr! Ich bin nicht mehr!« Das blies ich leise summend zwischen den Zähnen, als ich aus dem Badezimmer schlüpfte. Ich klopfte zaghaft an der Zimmertüre und hörte einen durstigen Laut, der sich zu keinem Worte fügte. Anna lag wach in ihrem Bette zugedeckt, die Hände spielten ungewiß, der Ausdruck war verträumt, doch unbeschwert. Mein Lager lockte, sorgfältig bereitet, im rechten Winkel abgetrennt der anderen Wand entlang; die Polster lagen so, daß beim Schlafen unsere Füße einander zu nächst, unsere Köpfe am entferntesten ruhen sollten.

»Ich bin nicht mehr! Anna, ich bin nicht mehr!«

Sie schaute mich fragend an, als höre sie nicht recht, doch sagte sie nichts. Da rief ich lauter, und es klang unbarmherzig streng.

»Ich bin nicht Hermann!«

»Was ist los mit Ihnen? Was soll das bedeuten?«

»Ich wollte mich vor Ihnen verzeihn, weil ich so schrecklich bin.«

»Sich verzeihn ... was ist das?«

»Ach nichts, es ist nicht wahr. Eine dumme Redensart. Sie kennen mich nicht, ich sage manchmal solches Zeug.«

»Haben Sie noch Wünsche?«

»Es ist zu viel.«

»Ich meine Essen oder Trinken.«

»Ich bin Witwer.«

Anna setzte sich halb auf, stützte den Ellbogen und barg das Kinn in der Hand. Sie schaute mich an, als wären meine letzten Worte zerschnittene Zwirnabfälle unter Fräulein Michelups Arbeitstisch, keine Bedeutung mehr, oder ich müßte sie zumindest erklären.

»Nicht nur Hermann, Anna. Ich auch. Ich bin auch gestorben. Ich meine die Frau, die zu mir gehört hat.«

»Ist gestorben?«

»Ja, ganz weg. Nicht mehr da. Genau so wie Ihr Hermann ... Haben Sie ihn sehr geliebt? Waren Sie glücklich? Und müssen Sie jetzt Ihren Hermann suchen, in jedem Menschen, in jedem Mann? Oder ist er versunken? Wieder glatter Wasserspiegel?«

Anna hob sich noch höher auf ihrem Lager empor und schob sich die Polster unter dem Rücken zurecht.

»Wie können Sie mich so fragen? Und was verlangen Sie von mir, daß ich antworte?«

»Gewiß eine Zumutung. Es war zu viel. Nicht nahetreten, nein, das will ich nicht. Sehn Sie, es überkommt mich, ich stelle mir alles bis ins Letzte vor, das Gewesene, den Verlust. Bis zu einem bestimmten, aber unbekannten Augenblick ist alles da, wen Sie nur wollen, Ihr Hermann, der Bruder Arno. Zwei Jahre oder noch länger war er mein Banknachbar in der Klasse. Alles da. Auch Franziska, meine Frau. Dann weg.«

»Sie haben Sie sehr lieb gehabt, sehr.«

»Ich liebe. Aber sie ist mehr weg, noch viel mehr als die Eltern. Die Eltern vermisse ich, schaue mich nach ihnen um, erwarte mir noch immer ein Zeichen. Und ich gesteh Ihnen jetzt, daß mich diese unbezähmbare Sucht zu Ihnen getrieben hat.«

»Ihre Eltern?«

»Jetzt nicht davon. Vielleicht später. Aber Franziska vermisse ich nicht. Ich kann mich fast nicht an sie erinnern. Sie hat keinen Ort, nichts. Sie besetzt auch nichts in mir, aber ich liebe sie. Das ist alles.«

»Und was wissen Sie von Ihrer Franziska? Heute?«

»Nichts, gar nichts! Ich kann und darf nicht nach ihr forschen.«

»Ist sie sicher tot?«

»Und Hermann?«

»Das weiß ich. Eindeutige Meldung. Vom ganzen Zug nicht einer mehr am Leben. Volltreffer in den Unterstand, alles in Flammen.«

»Ich auch. Ohne Meldung. Alles in Flammen.«

»Eine Frau?«

»Alle!«

Ich stand erschöpft im Zimmer, es war kühl, das Fenster hing offen. Ein Blick hinaus. Es gab kein gebautes Gegenüber, der Raum war frei, nahe ahnte ich den trägen dunkelbraunen Strom. Anna sagte nichts. Ich schaute nicht in ihre Richtung, doch fühlte ich, daß sie in diesem Weilchen fern war. Vielleicht blinzelte sie schüchtern und hatte auch ein paar Tränen in den Augen. Meine Hände spielten der blanken runden Tischkante entlang, alles sehr weit. Als Kind hätte mich es gewiß verlockt, der ganzen Rundung entlang zu tasten, aber jetzt streichelte ich nur eine kurze Bahn nach rechts und nach links, dann führte ich die Finger wieder zum Ausgangspunkt zurück.

»Sie können sich erkälten, wenn Sie in der Nachtluft so dastehn. Sie sollten Sich legen, Herr ...«

»Landau.«

»Landau?«

»Landau, ja. Herrenwäsche Ha-A-El, Reitergasse 8.«

»Wäsche?«

»Nicht ich. Der Vater. Hermanns Wäsche. Ich habe keine mehr.«

»Also hat der Peter recht behalten.«

»Wieso Peter?«

»Der dachte sich's und hat's mir gesagt.«

»Sie kannten ihn, den Vater?«

»Ja. Immer dort gekauft. Mein Vater schon. Und ich kenne Sie ja auch. Ich weiß es jetzt. Ich konnte mich bloß nicht erinnern. Damals haben Sie mit Arno im Park gespielt und, wenn ich nicht irre, so manchmal auch bei uns in der Wohnung. Wir sollten uns Du sagen. So verändert.«

»Nichts als verändert. Besonders ich. Nicht Sie ... du ... Immer das gleiche runde Gesicht, auch das Haar, bloß damals gescheitelt. Ich aber ...«

»Mach dir nichts draus! Es kränkt, bestimmt, wenn man nicht erkennt, aber die Zeit, so viel dazwischen! Jetzt soll es dich aber sicher nicht schmerzen.«

»Es schmerzt nicht, es verwundert. Ich glaube nicht, daß ich es noch aushalte.«

»Wie? Ist dir schlecht? Du bist sehr blaß geworden. Ich will einen Kaffee machen, und du legst dich nieder.«

»Nein, wir könnten dann nicht schlafen. Bitte bleib! Steh doch nicht auf! Es macht nur Umstände, und ich will wirklich nichts. Vielleicht erlaubst du, daß ich mich jetzt lege.«

»Aber bitte!«

»Soll ich gleich das Licht ausmachen? Wir können noch im Dunkel ...«

»Der Schalter ist dort bei der Tür. Das kleine Licht lösch ich hier aus, wenn du im Bett bist.«

»Oder etwas später! Wir reden noch. Das kleine Licht tut mir so wohl. Es ist viel besser als der dunkle Tod.«

»Wie du willst.«

Ich hatte den Schlafrock abgeworfen und mich nach Anna nicht umgeschaut, als ich eilig zu meinem Lager strebte. Kühl und frisch spürte ich das Bettzeug durch den Schlafanzug den Körper mir angenehm umschmiegen. Die Decke rauschte, als ich sie fast bis zu meinem Halse zog und mich so lange rekelte, bis ich bequem lag. Ich zwinkerte, denn ich wollte Anna jetzt nicht sehen, aber das war eine unnütze Sorge. Wenn ich mich still auf meinem Kissen verhielt und den Kopf nicht hob, verdeckte mir der Tisch den Ausblick.

»Wunderbare Betten!« rief ich aus. »Hier schläft man wie zu Hause. Hast du meinen Vater gut gekannt? Vielleicht auch meine Mutter?«

»Nein, Landau, das hab ich leider nicht. Die Mutter kaum vom Sehen, den Vater viel zu flüchtig. Ein lieber Herr, er hatte immer einen Scherz bereit.«

»Wann hast du ihn zum letztenmal gesehn?«

»Knapp bevor sie ihm den Laden sperrten. Er ahnte schon, wußte es vielleicht. Er war sehr traurig. Ich suchte ihn zu trösten. Er hatte keine Zuversicht und sagte: alles aus. So viele Jahre geschuftet. Ich gab ihm recht. Das muß jeder anerkennen, sagte ich. Er darauf: Nichts wird anerkannt, man will uns nicht, nur unser Vermögen, das will man, und unseren Tod. Schwarzseher, neckte ich und lachte. Er aber lächelte traurig zurück: Das verstehn Sie nicht, meine liebe Frau Meisenbach. Auch besser, wenn Sie nichts begreifen. Ich versteh's ja auch nicht, und helfen kann mir keiner. Da, nehmen Sie lieber noch diese drei Hemden! Solche Ware kriegt man jetzt nicht mehr. Ich wollte die Hemden ausschlagen, denn ich hatte kein Geld, und Schulden machen, ich schämte mich. Nein, nicht bezahlt, sagte er, Geld hat keinen Wert mehr. Dann schob er die Hemden fort und ging nach hinten – er hatte damals, glaub ich, höchstens nur noch einen Angestellten – und brachte drei noch viel herrlichere Hemden, solche hatte Hermann vorher nie besessen, zeigte sie mir, ließ mich mit den Fingern die schwere Seide tasten, als wenn von meinem Urteil alles abhängen würde, und packte sie ein. Lassen Sie sich ja nicht damit erwischen, warnte er flüsternd und beugte sich dabei zu mir über das Pult, sonst haben Sie verdammte Unannehmlichkeiten, und mir geht es an den Kragen. Ich erschrak und wollte unbedingt das Paket nicht mitnehmen, aber da wurde er ordentlich böse und zankte mit mir wie mit einem Schulmädchen, ob ich so ein dummes Gänschen sei oder eine feige Liese, und da mußte ich gehorchen. Dann lief er schneller, als ich ihm zugetraut hätte, weil er, du weißt schon, sich immer so gemessen, wenn schon nicht langsam bewegte, um das Pult herum, drückte mir die Hand, er hatte Tränen in den Augen, und schob mich vor sich hin. Ich wäre am liebsten noch geblieben, um etwas Nettes zu sagen, auch hatte ich mich nicht einmal richtig bedankt. Er aber schob mich heftig bis vor die Tür hinaus, drehte sich auf einmal um und verschwand in seinem Laden. Ich wollte ihm nachrufen, aber mir stockte schon die Stimme, und da schaute ich lieber dazu, daß ich mich aus dem Staube machte, schnell über die Straße, das Paket eng an mich gepreßt wie eine Diebin, und schnell, schnell nach Hause. Als ich wenige Tage später mit Hermann – er war noch nicht eingerückt – durch die Reitergasse ging und mit ihm zusammen meinen Dank nachholen wollte, war es zu spät. Der Laden gesperrt, die Auslagen geräumt. Ich habe deinen Vater oder deine Mutter nie mehr wiedergesehn. Zu ihm hätte ich sollen in die Wohnung, aber da kam das mit Arno, und wir hatten auch einmal die Polizei im Haus. Einige Monate nachher munkelte man, daß sie deine Eltern verschleppt hätten. So muß es gewesen sein. Man war ohnmächtig. Nur Schande und Scham blieben uns übrig. Die Hemden such ich dir morgen heraus, sie sind kaum getragen.«

»Du hast also meinen Vater nicht begleitet?«

»Wie? Ich meine, was willst du damit sagen?«

»Gar nichts. Begleitet will ich sagen.«

»Wohin? Du meine Güte! Was hätte ich denn tun sollen?«

»Retten!«

»Wie denn?«

»Das weiß ich nicht. Ich dachte nur so. Man gibt Geleite, wenn man schon nicht retten kann. Vielleicht auf den Bahnhof. Winken mit einem weißen Taschentuch oder mit einem blauen wegen der Hoffnung. Wenn sich der Zug in Bewegung setzt. Bis man nichts mehr sieht.«

»Verzeih, bist du auf den Bahnhof gegangen?«

»Nein, das konnte ich nicht. Ich war schon nicht mehr da, war weg. Fort, weit. Ich dachte, man wird vielleicht die Alten verschonen. Ganz dumme Einbildung. Warum denn auch? Dabei bin ich wegen der Eltern im Land geblieben. Auch die alte Großmutter, sie war damals fast neunzig.«

»Sogar sie ist gefahren?«

»Nein. Am Tag, bevor sie sollte, ich war schon fort, da war sie weise und ist gestorben. Ganz von selber. Man hat ihr nichts getan, und es war kein Selbstmord.«

»Die Glückliche! Aber man hat doch nicht so alte ...?«

»Man hat! Warum denn nicht? Dazu war keiner zu alt.«

»Wieso weißt du das mit der Großmutter, wenn du schon weg warst?«

»Das haben mir Nachkommende erzählt. Von denen hab ich auch über die Eltern erfahren und über viele, viele andere. Und dann? Frag nicht! Ich weiß und ich weiß es nicht. Jedenfalls ist nichts darüber zu berichten.«

»Aber Franziska?«

»Da haben sich die Eltern vergiftet. Sie wollten nicht leiden und gingen mit Pulvern schlafen. Das war schon Monate früher, als sie ihre Wohnung aufgeben und mit zwei anderen alten Paaren in ein trostloses Stübchen in ein muffiges Altersheim sollten. Man hat sie viel zu spät entdeckt, sie wurden nicht mehr geweckt. Als Franziska und ich nach dem Frühstück zu ihnen kamen, um den Umzug zu besorgen, hatte man sie schon weggeschafft. Franziska lief ins Krankenhaus mit mir, hat die Eltern aber nicht mehr gesehn, weder lebend noch tot. Man hat es ihr nicht erlaubt, vergeblich hat sie darum gebeten. Dann war das Begräbnis. Sie müssen ein Grab auf dem großen Friedhof haben, wenn dort alles noch so ist, wie es war.«

»Dort ist nichts geschehn.«

Tote, die noch sind! Da sind sie gut daran! Ehrliche Gräber, daß es das noch gibt!«

»Und morgen? Übermorgen? Zukunft? Immer weiter fort?«

»Hast du solche Sehnsucht danach? Ich nicht. Der Tag ist stehngeblieben, oder ich bin stehngeblieben. Es läuft auf dasselbe hinaus. Was morgen oder Zukunft ist, gehört nicht zu mir oder nicht zu diesem Tag.«

»Du hast gesagt, daß du liebst.«

»Ja, das hab ich, und es stimmt auch. Das ist eine eingefrorene Dauer. Das ist Franziska, die mir nicht fehlt, weil es sie nicht gibt.«

Da knipste Anna das Nachtlicht aus. Die plötzliche Dunkelheit blendete mich, und vom Fenster strömte die Luft kühler herein. Anna sagte kein Wort mehr, sie raschelte bloß mit ihrer Decke; vielleicht war sie jetzt ganz klein. Ich wußte nicht, warum sie das Licht so plötzlich vertrieben hatte, ob aus Furcht vor meinen Reden, ob aus Mitleid oder Zartgefühl oder gar bloß, weil sie müde war. Angestrengt lauschte ich, ob ich jetzt etwas vernehmen würde, doch die zähe Finsternis ließ keinen Laut durchdringen. Ich hätte etwas sagen können, wenigstens gute Nacht wünschen, aber ich war mir zu unsicher, wie sich meine Stimme dem Dunkel verschwistern würde, die Gefahr eines schneidenden Mißlautes schreckte mich; da horchte ich nur regungslos schüchtern zu Anna hinüber, doch nichts, sie mußte fern sein, oder sie wagte selbst in ihrer eigenen Wohnung keine Erklärung. Also war mein Schweigen berechtigt, kein Wort konnte mir zugemutet werden. Schon gewöhnten sich die Augen an die Nacht, aber trotzdem wurden die Umrisse kaum erkenntlich, bloß ahnbar hob sich die nahe Tischkante vom leiseren Grau des um sie verschwimmenden Raumes ab, dann erschien, ins Dunkel geschnitten, behutsam die Fensterschlucht aufgehellt, dahinter düsterbleich und milchig die schwebende Freiheit der Nacht und sternenhaft zart in der Ferne kleine Lichter, die von der Hügellehne auf der anderen Seite des Flusses herüberschimmerten. Ich richtete mich ein wenig auf, um die Lichter besser zu sehen, aber sie lockten mich nicht, sie waren kalt und unbewegt; so strahlen keine Sterne, es leuchtete zu starr und heftig.

Bald wandte ich mich ab, vertraute mich fester dem Lager, drückte den Kopf ins Polstertal, kehrte mich langsam der Wand zu, so leise wie möglich, und erblickte nichts mehr als einen verwaschen schwächlichen Schein. Weder tröstlich war er noch hoffnungslos, nur nahe und dennoch ungewiß, aber duldsam, da ich ihn nicht berührte. Schloß ich die Lider, so blieb es die gleiche unvernehmliche Wand, bloß noch dichter verhangen; sie beunruhigte mich nicht, sondern ließ mich endlos allein. Die Decke hatte ich höher hinaufgezogen, ich preßte nahe meinem Kinn ein Stückchen von innen zwischen meinen gefalteten Händen zusammen, denn ich wollte nicht mehr wo anders sein als bei mir und in mir, so fremd auch der Raum war, der mich umfing, so fremd die mir gestatteten Hüllen und das fremde Gewebe aus den Händen meines Vaters an meinem Leibe. Was gehört mir? fragte ich mich, was ist mein Eigentum? Ich, flüsterte es, ich, und noch einmal, ich. Aber auch das ist nur Lehen, ein flüchtiger Besitz; den kann der Vater immer abberufen, dann bin ich nicht mehr. Ich liebe. Warum hatte ich Anna das gestanden? Und wen liebe ich?

Franziska ist nicht mehr, aber draußen wandert ein Wetter, und dort ist meine Liebe. Wird sie sich zu meinem Lager setzen und mit mir spielen? Warum sollte sie das! Sie hat keinen Raum, und wenn sie auch näher kommt, ganz heran, sie wird ihn nicht finden. Sitzt sie nicht doch da oder ruft sie die Fernen durch, die nicht zu durchmessen sind? Da ließe ich mich im Schlafe zurück und wanderte fort von mir in die lautlos verreiste Freude, wo ich sie traf, als wir noch nicht Mann und Frau geworden. Franziska im Nebel oder im Sonnenglanz? Franziska an meiner Seite im Schritt, jemand und jemand oder auch niemand. Nun waren wir, wo man nicht sein darf, verborgte Träumer im grün verbotenen Land. Die kleine Eisenbahn lachte und zog die Wanderer mit vielen schallenden Pfiffen gemächlich die Strecke den Fluß entlang, ein fahrendes Haus, weil die Getrosten so wollten, und alles war damals Haus, die Liebe sagte es jeder Stätte zu, die sie zum Aufenthalt wählte. Hier bin ich, klang es, hier bin ich, das Echo, und jeder Ort wurde zum Ziel, die Heimat in kürzesten Fahrten erreicht. Schon hielt der Zug, und die Liebe stieg aus, es knirschte der Kies unter den Füßen, Fahrkarten beim Ausgang sammelte eine schwere Hand, dann boten Verkäufer an, auf beweglichen Ständen lagen Waren geschichtet und warteten auf das lösende Geld, auch Körbe auf dem Boden, darin gehäuft das Obst der Zeit. Nicht lange folgte flehentlich werbender Handel unserem Wege, da war schon ein Durchgang über die Schienen; noch kündeten einige Gehöfte von Dauer, die Kinder barfuß, auch klaubendes Geflügel und ein schwarzer grollender Hund. Es gibt keine Zeit mehr, oder ist sie der deckende Wald, der den steigenden Pfad gewunden zur Höhe hinanzieht? Beseligte Flucht aus der offenen Tiefe in die vielfach geschlossene Höhe, wo der Sommer vergißt, daß es herbstet. Vertrauen in den durchleuchteten Tag hinein, die Glieder warm, und alles bereit. Die Wege gabeln sich, gelinder geht es voran, und wohin wollen wir heute?

»Schläfst du nicht?«

»Ach, ich schlafe schon, schlafe schon lange.«

»Dann tut es mir leid, daß ich dich störe.«

»Sorg dich nicht! Ich schlafe weiter. Ich schlafe immerzu.«

»Du darfst nicht mehr. Die Botschaft ist gekommen.«

»Laß mich nur! Das hat bis morgen Zeit.«

»Leider nicht. Es ist schon morgen.«

»Mich erschreckst du nicht. Es ist heute.«

»Nein, du irrst, morgen! Jetzt ist morgen! Du mußt es lesen!«

»Ich will nicht. Kann nicht lesen.«

»Du mußt es wissen, denn es geht dich an. Später kannst du ohne Ende schlafen.«

»So lies mir vor, wenn ich es durchaus wissen soll!«

»Ach, mach es mir nicht schwer! Die Männer draußen warten schon!«

»Was wollen sie?«

»Sie haben deinen Sarg gebracht, Artur.«

»Ich brauche keinen Sarg.«

»Der Anstand fordert es. Man macht es anders nicht.«

»Was denn?«

»Man äschert nur in Särgen ein.«

»Ich will nicht eingeäschert werden. Man soll mich im kühlsten Grund begraben. Nahe einer Quelle, im Grünen, wo viel Schatten ist.«

»Vielleicht kann man das nach deinem Wunsch ändern, doch ohne Sarg, das ist unmöglich. Jedenfalls mußt du jetzt aufstehn, denn sie wollen dich mitnehmen.«

»Ich bin nicht tot. Schick nur die Männer fort!«

»Sie haben ihren Auftrag. Pflicht ist Pflicht. Um elf Uhr sollst du eingeäschert werden.«

»Ich will nicht. Ich bin gar nicht tot. Es muß ein Irrtum sein.«

»Es ist kein Irrtum. Hier steht es schwarz auf weiß. Artur Landau, die Leiche ist abzuholen und ins Krematorium zu schaffen. Die Einäscherung ist für elf Uhr angesetzt, die Leidtragenden sind rechtzeitig zu verständigen, Blumen und Kränze vorzubereiten.«

»Alles Unsinn, Johanna! Laß die Grillenfängerei!«

»Bereite mir nicht unnützen Kummer und beeil dich! Ich habe schon das Trauerkleid. Es ist wunderschön.«

»Ich will nicht tot sein! Hörst du denn nicht? Jag doch die Männer fort! Lebendige verbrennt man nicht!«

»Daß du so dumm reden kannst, so ein gescheiter Mann! Jeder wird verbrannt, wenn seine Stunde geschlagen hat. Ich werde dich beweinen. Die Kinder werden deinen Namen ehren und nicht vergessen.«

»Nun wird es mir zu dumm! Ich geh nicht!«

»Ja, willst du denn, daß sie dich beschimpfen und prügeln, bis du dich in den Sarg legst?«

Da wurde ich traurig, viel trauriger, als ich in allen Düsternissen meines Lebens je gewesen, stand hastig auf, richtete mich her und besah die Botschaft, die mir Johanna unbeirrt vor das Antlitz hielt. Ich traute meinen Augen nicht; doch als ich las, wurde mein Unglaube bitter enttäuscht, denn da war deutlich aufgeschrieben, daß die Überbringer mit einem schwarzen Eichensarg mich holen und darin verschließen sollten, um mich pünktlich für die Kremation um elf Uhr abzuliefern. Ich blinzelte Johanna an, die gefaßt war und mir so ungezwungen ein frisches Lächeln anbot, daß ich zweifelte, ob sie mir zuliebe sich so tapfer hielt oder ob sie wirklich sich kaum betroffen fühlte. Auf der Straße war es noch düster. Die Männer, die sich draußen alles eher als still verhielten, schienen es eilig zu haben, aber ich stellte mich entschlossen innen vor die Zimmertüre, um jedes gewaltsame Eindringen mit blanken Fäusten, wenn nötig, abzuwehren. Der Auftrag lautete freilich unmißverständlich, weswegen sich die größte Vorsicht empfahl. Zu meiner Freude war Johanna, obwohl schon hergerichtet, in keinem Trauerkleid, das zu besitzen sie vorgab; sie hatte ihr strenges graues Reisekostüm gewählt, das sie nur selten trug, um es zu schonen.

Auf einmal entdeckte ich, daß auch die Kinder sich im Zimmer herumtrieben, aber sie verhielten sich so still, daß ich mich nicht wunderte, sie bisher übersehen zu haben. Ich zeigte auf Michael, der versonnen die Räder eines hölzernen Autos drehte, und dann auf Eva, die in einem Winkel kauerte und verschüchtert an dem Ärmchen ihrer Stoffpuppe zupfte; Sägespäne rieselten aus einem schadhaften Händchen. Johanna fühlte, daß mir die Anwesenheit der Kinder ziemlich peinlich war, gab jedoch schlicht zu verstehen, daß ich mich deswegen nicht sorgen solle, sie habe ihnen schon erklärt, daß man heute den Vater wegbringen müsse. Kinder nähmen so etwas leicht, außerdem begriffen sie es kaum, Eva sei ahnungslos, und Michael halte es für eine große Ehre, die man mir erweisen wolle; ich solle nur getrost sein, des wahren Sinnes sei er bestimmt sich nicht bewußt. Alles schön und gut, brummte ich ärgerlich und warf Johanna vor, wie unverhüllt sie den Fall vor den Kindern behandle. Sie fand meinen Tadel komisch, ich sei doch sonst nicht gar so zartbesaitet; je weniger ich Umstände machen würde, desto harmloser werde alles für die Kinder verlaufen. Auf die Dauer lasse sich mein Verschwinden schwerlich vor ihnen verbergen, darum sei es am besten, wenn man sie sofort ins Vertrauen ziehe. Übrigens hätte ich so auch Gelegenheit, mich gemütlich und mit aller Schonung für immer zu verabschieden. Daran dachte ich keineswegs, doch es verlockte mich, mit den Kindern zu spielen. Ich näherte mich ihnen und schnippte lustig mit den Fingern. Johanna wehrte mir nicht und schien sogar befriedigt, daß ich die Sache bei einem vernünftigen Ende anpacke. Erst als sie mißtrauisch wurde, daß es mir gar nicht in den Sinn käme, mich zu verabschieden, sondern daß ich nur Zeit gewinnen wolle, zupfte sie mich an der Hand und sah mich mißbilligend an.

»Du bist unausstehlich. Wenn du jetzt noch lange säumst, kann ich nicht verhindern, daß die Männer hereinkommen und kurzen Prozeß mit dir machen. Wie das bei den Spießbürgern in der Gegend auffallen würde, wirklich peinlich, das läßt du dir nicht durch den Kopf gehn! Du machst deine Witwe weit und breit unmöglich, die Nachbarn werden mich schneiden und hinter mir giftig tuscheln, mit den Kindern wird niemand mehr spielen! Der Hausherr kündigt, und wie ich mir dann bei dieser Wohnungsnot einen anderen Unterschlupf beschaffe, scheint dir auch gleichgültig zu sein. So sind heute die Männer! Wenn du aber jetzt keine Geschichten machst und dich geduldig in den Kasten legst, wird man den Hut vor dir ziehn und mich mit den Kindern bedauern. Dann geht alles gut aus, und niemand weiß, wer du gewesen bist.«

»Willst du mich denn nicht mehr haben?«

»Aber Artur, was denkst du dir von mir? Kennst du mich nicht besser? Doch gehört das nicht zur Sache. Gefühle verbirgt man besser hierzulande. Dafür ist jetzt keine Zeit.«

Ich erkannte meine Johanna nicht wieder, so sehr hatte sie

sich verändert. Alle Rücksichten, mit denen sie mich umhegt hatte, galten nichts mehr, alles nur für Johanna, ich aber aufgegeben! Da unternahm ich einen verzweifelten Vorstoß.

»Putzelchen Eva, Michael Liebling, paßt mal gut auf? Wollt ihr euern Vater haben? Euern lieben guten Vati?«

Michael ließ seinen Wagen nicht los, die Kleine kaute an ihrer Puppe, doch war ich zufrieden, denn beide Kinder merkten auf.

»Nicht wahr, euern Vati habt ihr doch lieb?«

Die Kinder schauten mich verwundert an, gaben keinen Laut von sich und rührten sich nicht vom Fleck. Ich wollte mich ihnen nähern und sie an den Armen schütteln, doch Johanna stellte sich schützend vor sie.

»Erkennen mich die Kinder nicht?«

»Nein. Sie halten dich für tot.«

Das war mir zuviel. Ich wandte mich von Johanna und den Kindern ab und begab mich auf den Gang hinaus, wo die Männer, die den Sarg senkrecht aufgestellt hatten, sich faul an ihm hielten und in schweren Stiefeln dröhnend mit einem Fuß nach dem anderen den hartkalten Steinboden stampften. Der eine, der wohl zu befehlen hatte, fragte in unnachahmlich gemeinem Tonfall:

»Könn' wir endlich den Toten ham?«

»Nein, das können Sie nicht! Es ist kein Toter zu haben, oder der Tote bin ich.«

Der Mann, der mich gefragt hatte – kein Zweifel, er war der Anführer –, kratzte sich mit langen Fingernägeln, daß ein häßliches Geräusch entstand.

»Ein', der lebt, den wolln mer nicht. Nur den Toten! Wo is er?«

»Sie sollten sich Ihre Toten besser aussuchen! Hier gibt es keinen!«

Der andere Mann wurde unsicher und stieß seinen Gefährten in die Seite.

»Da gehn mer wieder besser, Brian.«

»Misch dich nicht ein, Derek, und halt die Schnauze! Die Nummer is richtig, den Toten her!«

»Wenn Sie ihn finden!« sagte ich höhnisch und öffnete die Haustüre.

Auf der Straße stand ein schöner großer Leichenwagen; der Fahrer saß vornübergebeugt auf das Lenkrad gestützt und schien zu schlafen. Sichtlich kümmerte er sich um nichts und hatte es bestimmt nicht eilig, einen Toten zu befördern. Das befriedigte mich, beruhigt kehrte ich wieder zurück ins Haus, wo sich die Männer mit meiner Ankunft nicht begnügt hatten und eifrig mit Johanna verhandelten; vielleicht hatte sie aus eigenem Antrieb das Zimmer verlassen, vielleicht aber hatten die Männer sie herausgelockt. Ohne ihre Spielsachen im Stich zu lassen, waren ihr leider die Kinder nachgeschlichen, sie wurden jedoch mit Händeklatschen und befehlenden Zurufen wieder ins Zimmer gescheucht.

»Laß die Kinder nur da, sie sollen ihren Vater nicht verlieren!«

»Ein Glück, Artur, daß du wieder da bist! Was strabanzt du mir da auf die Straße hinaus? Du bringst mich in die größte Verlegenheit. Die Männer bestehen auf ihrem Schein und wollen dich haben!«

Brian ärgerte sich.

»Diesen Herrn wolln mer gar nicht. Den Toten, oder ich ruf mal im Krematorium an.«

»Das ist ja der Tote!« rief Johanna jämmerlich und rang verzweifelt die Hände. »Da haben Sie ihn ja leibhaftig vor der Nase!«

»Wie heißt er denn?«

»Artur Landau, wenn ich bitten darf, mein Mann!«

Der Anführer trat näher an mich heran und schob mich beinahe bis auf die Straße hinaus, wie um mich genauer bei Licht zu betrachten.

»Hat die Frau die Wahrheit gesagt, Herr?«

»Der Name stimmt, das kann ich nicht bestreiten.«

»Da sehn Sie?« mischte sich Johanna ein. »Ich hab es Ihnen gleich gesagt!«

»Ja, wenn das so is«, entschied Brian nachdenklich, »dann müssen Sie jetzt in den Sarg. Wir ham höchste Eisenbahn.«

»Also, da siehst du«, triumphierte Johanna, »und du hast es mir nicht geglaubt.«

»Du schweig still und kümmere dich um deine Angelegenheiten. Ich werde das mit den Herren allein besprechen.«

Johanna machte vor den Männern eine bittende Gebärde, die mir unverständlich blieb, und zog sich dann, noch immer zögernd und mit scheelem Blick auf mich, aber ehrlich betrübt, ins Zimmer zurück.

»Sie sehn, daß hier etwas nicht stimmen kann. Ich bin müde und etwas verschlafen, weil ich zuviel gearbeitet habe. Gelt, Sie wissen doch wie so was ist? Aber tot, da schaun Sie bitte mich gut an, tot bin ich wirklich nicht. Das geben Sie doch zu?«

Derek stieß Brian wieder in die Seite. Es war deutlich, er wollte ihn ermuntern, einem peinlichen Auftritt ein schnelles Ende zu bereiten, aber Brian stieß seinen Gehilfen zurück und ließ sich nicht beirren.

»Ob Sie leben oder nicht, das geht mich einen Dreck ...«

»Aber Sie bestreiten es nicht?« unterbrach ich hastig.

»Das is mir ganz piepe. Aber das is klar wie dicke Tinte, um elf wern Sie verbrannt, und das kann ich Ihnen garantieren, dann sind Sie sicher tot.«

»Aber bis dahin ... Herr ... nehmen Sie Verstand an!«

»Bis dahin? Hm ...!«

Schon wieder kratzte sich Brian so widerlich wie vorhin.

»Können Sie nicht das Kratzen in meinem Haus lassen? Ich glaube, Sie sollten Ihren Fahrer draußen wecken und von hier verschwinden. Sonst werde ich Ihnen Beine machen.«

»Sie, ich bin im Amt, beleidigen Sie mich nicht, Sie ...!« Er sagte es böse und traurig zugleich. »Damit, sag ich, verbessern Sie Ihre Lage nicht. Da, sehn Sie sich mal das an!« Brian fuchtelte mit seiner Faust herum. »Dagegen komm' Sie bestimmt nicht auf.«

Das wäre lachhaft, wollte ich rufen, aber dazu kam ich nicht, denn beide Männer sahen mich so angriffslustig an und verstellten mir den Weg, als ich mich zwischen sie hindurch auf die Straße schlängeln wollte, daß es mir klüger schien, zunächst zu schweigen und einen Augenblick abzuwarten, der sich für mich günstiger anließ. Der Anführer hatte mich am Hemd und an der Krawatte gepackt und drohte mir.

»Sie, ich will Ihn' mal was flüstern. Wenn Sie was erreichen wolln, das rat ich Ihnen, dann steigen Sie mal freiwillig in den Sarg. Wir legen den Deckel bloß lose drauf und nageln die Kiste nicht zu. Da ham Sie dann Gelegenheit und könn' Ihre Geschichte im Krematorium dem Direktor persönlich erzählen. Vielleicht läßt er Sie laufen. Das mach' mer aber nur ausnahmsweise, weil Sie's sind, weil Sie noch leben wolln. Aber wenn Sie erst im Sarg liegen, da wern Sie sehn, wie Ihnen alle Lust zum Leben vergeht.«

Mit diesem Vorschlag war ich nicht einverstanden, doch war ich nun genug gewitzigt, den Mann nicht durch offenen Widerspruch zu reizen.

»Ich will Ihnen keine Schwierigkeiten bereiten, aber ich mache Ihnen einen anderen Vorschlag. Sie schaffen den Sarg ins Auto und lassen mich draußen. Ich geb Ihnen mein Ehrenwort, daß ich zu Fuß hingehn werde, um alles in Ordnung zu bringen.« Dringlich fügte ich noch hinzu, um schnelles Einverständnis zu erbitten: »Ist das recht, meine Herren?«

Mochte es dieser gewinnende Zusatz sein, mit dem ich mich auf eine Ebene mit den Totenträgern stellte, oder Rücksicht auf einen noch nie vorgekommenen Fall, jedenfalls schien der Anführer auf einmal geneigt zu sein, ein Ansuchen zu erwägen und nicht mehr feindselig auf mein Verderben zu sinnen.

»Also so, wie Sie sich das vorstelln, geht das mal nicht. Befehl is Befehl, und wir müssen sehn, wie wir die Sache deichseln. Der Sarg, na mir soll's recht sein, wenn Sie nicht mitfahrn wolln. Wir sagen's Jock, er kann mit der leeren Kiste fort. Sie aber machen mal fix, und dann gehn mer zusamm'.«

Das wollte ich vermeiden. Ich wünschte keine Begleitung auf dem Weg ins Krematorium, schon weil ich mit dem Direktor unter vier Augen sprechen wollte.

»Können Sie nicht mit dem Wagen voraus und mich anmelden? Ich komme sofort nach.«

»Kommt nicht in Frage. Mensch, ham Sie eine Ahnung, was ich da riskier, wenn ich Sie laufen laß? Also mal rin in die Kiste und dalli gefahrn oder spaziert, aber mit uns gefälligst!«

Ich mußte einwilligen und atmete auf, als die Männer den leeren Sarg schulterten, hinaus auf die Straße trugen und von hinten im gläsernen Gehäuse des Wagens verstauten. Ich schaute zu und bewunderte, wie sicher Brian und Derek ihr Geschäft besorgten. Zu meinem Erstaunen, denn ich wußte nicht, wo sie das Zeug hernahmen, ordneten sie noch säuberlich Blumengewinde auf dem Sargdeckel zurecht und gaben sich Mühe, daß alles ansprechend wie bei einem richtigen Begräbnis aussah. Dieser leuchtende Schmuck, Gladiolen und Tulpen, dazu die ernsten dunkelgrünen gefächerten Palmenzweige gaben mir die Gewißheit, daß man dringend wünschte, mich aus diesem Leben abzuberufen; es fehlte nichts mehr als mein Einverständnis. Fast hätte mich es reuen sollen, eine so achtbare Gelegenheit zu versäumen, denn es wäre erbärmlich gewesen, meinen Entschluß plötzlich zu widerrufen und kleinlaut zu ersuchen, Sie, ich hab mir's überlegt, ich will's doch mal mit dem Sarg probieren. Jetzt blieb nichts mehr übrig, als mich zu dem lästigen Gang zu rüsten, und nur die Vorstellung tröstete mich, daß die Leute auf den Straßen wenigstens nicht wissen würden, wie tot ich sei, weil man einem Fußgänger sein Verscheiden nicht anmerkt.

Die Männer hatten ihre Dekoration beendet und schauten sich ihr Werk noch einmal prüfend von allen Seiten an, ehe sie vorsichtig den Wagen hinten verschlossen. Leider regte ihr Tun die Neugier der Nachbarschaft an. Aus den Nebenhäusern kamen Erwachsene und Kinder zum Vorschein, die alles aufmerksam beobachteten und miteinander tuschelten. Aus dem großem Wohnblock gegenüber schauten Leute aus den Fenstern heraus, die zwei Frauen mit der Katze waren darunter, und ohne Mitgefühl, doch mit Interesse stellte man den Todesfall fest. Die leere Teilnahme war mir widerlich; ich zog mich bis knapp hinter das Haustor zurück und hätte es am liebsten geschlossen, doch einen solchen Vertrauensbruch durfte ich mir den Männern gegenüber nicht erlauben, die sicher nicht mit sich spaßen ließen. Außerdem war ich neugierig, wie sich alles weiterentwickeln würde. Da hörte ich die quiekende Stimme der Frau Byrdwhistle, wie sie ihrer Nachbarin Stonewood guten Morgen wünschte.

»Mir scheint, der Fremde ist schon abgekratzt.«

»Da hat er's überstanden.«

»Das geht so schnell, sag ich Ihnen, ein Jammer ist das, ein Jammer.«

»Ein Jammer, Frau Byrdwhistle, Sie sagen es, ein Jammer!«

»Gestern sah ich ihn noch mit seinen Kindern hüpfen. Wissen Sie, ein Kindskopf, der Fremde.«

»Soso, ein Kindskopf. Ja, das hat er gern gemacht, immer mit den Kindern hüpfen.«

»Ausgehüpft hat er.«

»Ausgehüpft.«

»Ja, wissen Sie, Frau Stonewood, wenn er dort geblieben wär, von wo er gekommen ist, da würde er heute vielleicht noch leben.«

»Vielleicht, schon möglich. Sie denken also, wenn ...«

Ich hörte nicht mehr zu, was Frau Stonewood weiter darauf zu erwidern hatte. Die Männer waren mit der Arbeit fertig, und Brian machte sich an den Fahrer heran, der noch immer zu schlummern schien. Brian puffte ihn heftig.

»Hallo, Jock! Hörst du? Fahr mal los!«

Jock rieb sich die Augen, schaute verwirrt auf und schüttelte mehrmals den Kopf.

»Na, ist es leicht gegangen?«

»Das wirst du schon sehn. Fahr mal los und sag dort, wir kommen mit der Leiche nach.«

Jock sperrte den Mund auf und wollte noch weiterreden, aber der Anführer hob die Hand und gab ihm das Zeichen zur Abfahrt. Da spielte die Zündung an, der Lenker hebelte seufzend los, schon rollte der Wagen, ich konnte ihn nicht mehr erblicken. Die Träger stiefelten ins Haus zurück und lachten, das haben wir geschafft. Johanna war auch zur Stelle und ließ jetzt die Kinder gewähren, die sich, nicht recht beaufsichtigt, wieder in den Gang hinausgewagt hatten. Putzig lärmend tummelten sie sich herum und zeigten ihre unverhohlene Freude über die Besucher, die verlegen blickten, weil sie ohne Sarg nicht halb so mächtig waren.

»Siehst du, Johanna, alles geht, wenn man nur will. Ich nehme jetzt meinen Paß und alle Papiere und gehe fröhlich sterben.«

Das zu sagen, hatte ich nicht beabsichtigt, es war mir jäh entfahren. Doch bevor ich mich verbessern konnte, nahm Johanna ihren Vorteil wahr.

»Da schau mal an, ich hab es gleich gesagt. Hättest du das nicht viel billiger haben können? Jetzt wirst du laufen müssen wie ein Droschkengaul, damit du nicht zu spät kommst.«

»Sorge dich nicht, Liebe! Es ist noch lange Zeit. Ich ziehe den Spaziergang vor, das erfrischt so.«

»Nun, wie du willst. Mir ist alles recht, was du mit deinem harten Schädel durchsetzt.«

Ich ging in meine Stube; sie wirkte seltsam ausgeräumt und schien dadurch viel größer. Doch überzeugte ich mich gleich davon, daß man die Einrichtung in Ruhe gelassen hatte, die Möbel standen an den Wänden wie immer. Ich konnte meine Papiere leicht finden, die ich mit Scheckbuch, Kalender, Notizblock zu mir steckte. »Man muß ja wissen, was für ein Tag heute ist.« Das sagte ich laut vor mich hin. Die Männer draußen hatten mich gehört und hielten das für eine Frage, denn Derek nannte mir gefällig das Datum. Ich bedankte mich, es war erfreulich, wie umgänglich die Totenträger wurden. Leider war das ein schwacher Trost, denn ich erkannte gerade, als ich meinen Geburtsschein, den ich mir drüben nach dem Kriege hatte ausstellen lassen, mir näher besah, daß alles seine Richtigkeit hatte; meine Sache war verspielt, ich hatte nicht mehr die geringste Aussicht. Es fiel mir ein, wie ich in das Land mit einem Visum gekommen war, das nur vier Wochen galt, weswegen die zwei Grenzbeamten, als ich das Schiff verlassen hatte und den Weg nach links gebogen war, wo »Ausländer« stand, die Köpfe zusammensteckten und berieten, ob sie mich ins Land lassen sollten. Der eine meinte, es sei doch bloß für kurze Zeit, das müsse man nicht so ängstlich nehmen, nachher fährt der Fremde wieder fort. Fortgefahren bin ich nicht, man hat den Aufenthalt verlängert und mir mehrmals Überzeit gewährt; nun aber war die Frist verstrichen, ich konnte keine Nachsicht mehr erwarten und sollte über die Grenze abgeschoben werden, aufs Schiff, ins Wasser oder ins Feuer. Deshalb waren diese Grenzträger Brian und Derek erschienen. Wer diese Küste nicht freiwillig verläßt, den holen die Todesbeamten eines Tages ab, in die Kiste eingesperrt, auf daß er hinter der Grenze sterbe, hinüber, und dieser Tag war angebrochen. Das war auch der Grund, warum Johanna nicht zu mir hielt. Sie kannte dieses Land viel besser, sie war schon viele Jahre hier. Ich schaute meine Bücher an, ich blickte in die Laden, wo meine Schriften verwahrt waren; alles gut geordnet, ich konnte zufrieden sein. Ein Koffer wäre zu packen und das Beste zu verstauen, fiel mir ein. Doch das war Unsinn, es würde nichts taugen, die Verleger rümpften ihre Nasen, wenn sie so viel Trauer rochen, und wollten das nicht haben, niemand hatte je den Wunsch gezeigt, sich in meine Gedanken zu vertiefen; die Werke meiner Schwermut konnten mir nicht dienen, da man mich verbrennen wollte. Ich hätte die Grenzbeamten fragen sollen, ob man sich für meine Schriften im Krematorium interessiere, doch im besten Fall hätten sie mich ausgelacht. Warum Brian und Derek, die nichts wußten, jetzt verwirren? In den Schubladen waren meine Werke noch am sichersten begraben, nur nicht verbrennen; Johanna glaubte an ihren Wert und würde sie behüten. Witwen und Waisen hilft man, da wird jemand kommen und die Sachen verlangen, Johanna wird ihm den Nachlaß verkaufen. Ich verabschiedete mich von meinem Geist, den Taten und den Andenken meiner Wissenschaft.

»Ich habe euch geliebt, denn ihr seid meine Zeugen. Ihr werdet bleiben, wenn mich die Eitelkeit nicht trügt.«

»Sie trügt dich, Artur.«

»Wieso kommst du her, Franziska? Du hast Begräbnisse nie gemocht.«

»Mag sie noch immer nicht. Allein, für dich, mein Freund ...«

»Nun? Was denn? Sprich es aus! Warum verstummst du?«

Franziska sprach nicht mehr, obwohl ich nochmals bat. Da sah ich ihr ins blinde Antlitz; sie war schon fort, sie war entwandelt, spurlos ins Unbekannte. Ich rief ihr nach.

»Bist du nicht immer da, wo ich bin? Wie kannst du mich jetzt in dieser Stunde verlassen?«

Es wurde mir keine Antwort gewährt. Ich hörte bloß die Grenzbeamten draußen, wie sie scharrten und schlürften, und ich bangte, daß sie ungeduldig werden könnten.

»Seid ihr noch immer da?« So rief ich, ohne die Türe zu öffnen.

Aber die Männer antworteten nicht. Als ich an der Türe lauschte, vernahm ich keinen Laut. Da waren sie wohl beschämt entwichen. Ich wagte, Überseliges zu hoffen. Man hat sich vor dem Tode nicht zu fürchten; allein, wenn er sich abkehrt und uns verschont, ist es ein Segen, den wir haben, und ein Gebet dankt der Errettung. Franziska opfert alles für mich auf, das war mein Jubel, sie kam, daß sie den Tod verscheuche, zuerst nahm sie den Sarg auf ihr Gewissen ins Totenschiff und nun die Träger meiner schweren Schuld. Ich kehrte mich zu einer Wand und betete, ich neigte mich, das Blut schoß mir ins Haupt, ich fühlte mich und klammerte an mir, damit ich jetzt nicht schwände, wenn ich endlich war. »Nur eine kurze Frist, ich weiß es, aber gib mir diese kurze Frist und lehre mich, daß ich nicht töricht meine geschenkten Tage vertue, sondern jede Stunde heilige um deines Namens, deines Ruhmes, deiner ewigen Güte willen. Denn du, mein Herr, bist der Herr, ich aber bin nichts, wenn du nicht bist, doch du bist, und so bin ich, doch wirst du auch sein, wenn ich nicht bin, denn dein vergängliches Geschöpf bin ich vor deiner Ewigkeit. So erhöre in dieser Stunde ...«

Da klopfte es an die Türe. Ich erschrak, daß ich nicht mehr beten dürfe. Doch was ich sagen wollte, hatte ich alles ausgesprochen und war darum zufrieden. Johanna stand in der Türe, bleich und vorwurfsvoll breit.

»Ja, wo steckst du denn so lange, Artur! Wir warten alle auf dich, das Frühstück wird kalt.«

Warum sollte ich etwas verzehren, fragte ich mich und stand unentschlossen da.

»Nun, so komm doch!«

Sie forderte mich halb verärgert und ungeduldig, halb freundlich auf, ihr zu folgen, und konnte nicht begreifen, daß ich so begriffsstutzig dastand, als wären ihre Worte rätselhaft. Da ich noch immer mich nicht rührte, nahm sie mich nachsichtig an der Hand.

»Mußt du mir noch an deinem Todestage Kummer bereiten! Die Männer sind so lieb und essen mit uns. Du aber stehst verloren da, als hättest du kein Herz. Willst du nicht deine letzte Mahlzeit mit uns teilen?«

»Nein, ich will nicht. Auch wäre es meine letzte Mahlzeit nicht. Die Dinge haben sich gründlich geändert. Ich bleibe heute zu Hause. Bitte laß mich jetzt allein!«

Johanna machte keine Miene, von meiner Seite zu weichen; sie zeigte sogar zum ersten Male Mitleid heute und streichelte leise meine Schulter.

»Du guter, guter, dummer Mann. Wenn das Leben so leicht wäre wie der Tod, dann hättest du gewonnen. Hast du denn schon vergessen, warum die Männer gekommen sind?«

»Franziska hat sie fortgenommen.«

»Franziska?«

»Ja, sie kam und gab mir das Leben. Jetzt kannst du viel glücklicher mit mir sein. Mein Aufenthalt ist verlängert.«

Johanna verneinte in wortloser Betrübnis, sie sah mich so innig und schmerzlich an wie nie zuvor. Es rührte und bedrückte mich, daß sie so hilflos vor mir zagte.

»Was ist dir, Johanna?«

»Mir? Nichts. Nur dir. Du bist an der Reihe. Nun komm und iß deinen Haferbrei!«

Sie zog mich an der Hand. Ich hätte mich wehren können, denn ich fühlte mich kräftig genug, meine Stube zu behaupten. Aber Johanna war von Trauer umflort; sie, die sonst so Kraftvolle, war auf einmal ein erbarmungswürdig gebrechliches Wesen, dem man zart begegnen mußte, um es nicht zu verletzen. Schüchtern wagte ich ein letztes Wort.

»Weißt du, Geliebte, man darf nichts unvollendet lassen. Das ist eine Pflicht. Ich spüre es.«

»Es ist nichts unvollendet, Lieber. Du hast schon genug geleistet.«

»So denkt man leicht, doch es stimmt nicht.«

Mehr zu entgegnen verbot sich, und so fügte ich mich schweigend in den unvermeidlichen Gang nach hinten ins Gartenzimmer, wo der Tisch viel zu festlich gedeckt war. Es ging lustig her, die Totenträger waren vergnügt beim Essen, sie schmatzten und scherzten mit den Kindern, denen das wohlgefiel. Johanna hatte nicht gespart und ein großes Frühstück hergerichtet. Da gab es Speck und Eier, schön gebräuntes Röstbrot, Butter, Honig, Marmeladen. Die Männer schlürften gemütlich Tee aus unseren besten Tassen. Für mich allein war Haferbrei in einem Schälchen vorbereitet, Brian und Derek schätzten stärkere Genüsse.

»Nun setz dich, Artur, und lang zu!«

»Wir dachten, Sie sind schon gestorben!« erinnerte der Anführer unhöflich, doch gutmütig. »Ihre Frau, die kann was! Wie die den Speck macht, zart wie Seide, einfach primissima!«

Brian redete mit vollem Mund, es troff das Fett von seinen Lippen. Ich zwang mich, nicht grob zu werden.

»Wenn es Ihnen schmeckt, können Sie bald wiederkommen, Sie da, und Ihr Freund dazu!«

»Danke sehr, wird gern angenommen! Ich bin Witwer. Ja, so ne Frau wie Sie, da wird man verwöhnt!«

Der Anführer war frech und wußte nicht, daß er sich schämen sollte, statt mir breit ins Gesicht zu grinsen. Er stopfte sich den Mund voll, kaute und schrie vor Vergnügen.

»Ich hab mich nie scheniert! Ich bin ein Mann!«

Die Kinder zuckten zusammen. Derek bemerkte es und wollte mitleidig begütigen.

»Nur nicht bange, ihr kleinen Spatzen! Der Brian da is ein guter Kerl und lustig, der tut euch nichts.«

»Nee, ihr Würmchen, ihr braucht keen Dampf ham!« schrie der Anführer noch lauter. »Ich komm auch nicht mehr her.«

»Nein? Wirklich nicht?« fragte Michael ängstlich.

Eva begann zu heulen. Ich sah, wie das der Mutter zu viel wurde, zumal auch Michael keineswegs durch Dereks Zuspruch beruhigt war und vor sich hin zu schluchzen begann. Gern hätte ich mich tröstend Johanna zur Hilfe gesellt, aber ich spürte ihren tiefen Widerstand wie eine kalte Wand, sie fürchtete für die Kinder noch mehr von mir als von den Männern, der tote Vater ist kein Segen, sein Wirken bringt den Kindern Unheil. Darum blickte ich, zum äußersten entschlossen, die Totenträger an und wandte mich zu Brian.

»Ich glaube, wir haben keine Zeit mehr zu verlieren. Falls Sie satt sind, können wir aufbrechen.«

»Richtig! Aus Dummbach sind Sie nicht!« bekräftigte der Anführer.

»Aber Sie haben keinen Haferbrei gegessen und kaum Ihren Tee getrunken!« Johanna sagte das mit leichtem Vorwurf.

Das war mir zu viel. Ich stand auf und wurde mit den ungebetenen Gästen energisch.

»Es war nur ein Schälchen da, und das war für mich. Außerdem essen die Herren keinen Haferbrei, und überhaupt paßt mir die ganze Geschichte nicht mehr.«

Diese entschlossene Haltung hatten sich die Männer von mir zuletzt erwartet. Sie waren verdutzt, stopften noch viele Bissen in sich hinein und rutschten unbehaglich auf den Sesseln.

»Nur keine Eile, verschlucken sie sich nicht!« spottete ich. »Wer zuletzt mahlt, mahlt am besten.«

Johanna hatte die bitterlich weinende Eva auf den Schoß gehoben und streichelte, den Jungen dicht an sich geschmiegt, Michaels Scheitel.

»Wenn Sie auf meine Gesellschaft Wert legen«, mahnte ich die Männer, dann halten Sie sich gefälligst dazu. Ich mach mich jetzt fertig und erwarte Sie vorne.«

Meine plötzliche Eile erregte Ärgernis, aber die Träger wagten nicht, ihr Mißfallen zu bekunden, sondern widmeten sich mit unverminderter Gier noch weiter der Mahlzeit, dann tranken sie hastig ihren Tee aus und gaben schließlich widerwillig ihre Bereitschaft zu verstehen, mir zu folgen. Sie saßen aber noch immer. Johanna schwankte, ob sie mir dafür dankbar zu sein habe, daß ich mit so viel Tatkraft die schwierige Lage meisterte, oder ob sie mich überreden solle, nicht ungesättigt den Tisch zu verlassen, denn ich hatte fast nichts zu mir genommen. Plötzlich faßte sie einen Entschluß und lief, Eva auf dem Arm und Michael an der Hand, an mir vorbei auf den Gang hinaus, peinlich bemüht, die Kinder so von mir abzuhalten, daß ich sie ja nicht berühren und liebkosen konnte. Schon draußen, rief Johanna atemlos zurück, sie werde gleich zurück sein, ich solle den Augenblick mich gedulden, denn sie wolle mich und die Herren begleiten, damit nichts passiere, sie müsse nur die Kinder zu Frau Stonewood bringen. Mir schien das alles überflüssig, aber ich schwieg und ließ es geschehen. Während ich mich draußen um meinen Mantel und Hut kümmerte, blieben die Männer noch immer hinten im Zimmer beim Frühstückstisch, und mich beschlich die Sorge, daß sie dort Unheil stifteten. Darum ging ich nach dem Rechten sehen. Was sich von den Speisen eignete, in Taschen verstaut zu werden, steckten die Burschen schamlos ein und ließen sich durch mein Erscheinen nicht im geringsten stören.

»Stehlen Totenträger immer?«

Die Männer hörten nicht auf mich, rafften zusammen, was ihnen gefiel, nicht einmal Brotscheiben wurden verschmäht. Erst als Johanna draußen wieder zu hören war, stellten sie ihr Rauben ein und strichen unschuldig die vollen Taschen ihrer Jacken zurecht.

»Wir haben dich verschont«, meinte Derek. »Nun verschonst du uns. Außerdem brauchst du es nicht mehr.«

Johanna trat ins Zimmer und übersah mit einem Blick, was geschehen war, doch sagte sie kein Wort dazu. Nüchtern stellte sie fest:

»Die Kinder sind in Ordnung. Meine Herrschaften, wir können aufbrechen.«

Ich wollte den Männern den Vortritt lassen, aber sie mißtrauten mir, und so mußte ich vorangehen. Johanna folgte als letzte und verschloß das Haus. West Park Row schien viel dichter bevölkert als sonst, überall drängten sich Menschen, ein bedrückender Anblick. Ich wunderte mich. Stets hatte ich das Viertel gerade auch deswegen so geliebt, weil selbst bei Hochzeiten und Begräbnissen nur wenige müßige Zuschauer gafften.

»Ist das, weil ich …?«

Die Männer, die weiße Handschuhe angestreift hatten, verweigerten jede Auskunft. Es war mir bange zumute, daß ich mich durch diese Scharen schlängeln sollte, ich sah mich nach einer Unterstützung um. Ich glaube, die Männer hätten mir auf eine Bitte hin geholfen, aber mir graute vor ihnen, weil sie jetzt feierlicher und darum noch ekelhafter wirkten, sie hatten sogar glänzende Zylinder aufgesetzt, ein schauerlicher Schmuck für solche Galgenvögel. Gern hätte ich Johanna an meine Seite gelockt, ich wollte mich in sie einhängen – so oft hatte ich im ärgsten Gewühl mich auf ihre Geschicklichkeit verlassen, wenn wir einmal in die Stadt hinein mußten, wo ich, knieweich vor Übelkeit und Schwindel, mich durch die gestauten und wimmelnden Angstklumpen von Menschen steuern ließ. Aber Johanna, obwohl nicht unfreundlich gesinnt, war leider nicht bereit, meinen Arm zu dulden. Nicht einmal an den Fingerspitzen nahm sie mich, als hätten ihr die Männer aufgetragen, mich nicht zu unterstützen. Sie schien jedes Aufsehen vermeiden, und es durch Mitleid nicht noch vermehren zu wollen. Als ich unter der Menge viele Bekannte bemerkte, erschrak ich. Ich grüßte niemanden, aber auch ich wurde nicht begrüßt, sondern mit einem seltsamen Gemisch von leiser Verachtung und gönnerischer Aufmerksamkeit bestaunt. Ich schielte nach Johanna hin, ob sie gleichfalls die Bekannten bemerke, doch blieb ihre Miene undurchdringlich. Sie kümmerte sich weder um die Menschen noch achtete sie weiter auf mich, wenn sie mir auch gelegentlich einen kurzen Seitenblick zuwarf. Ich weiß nicht, ob es der dichte Verkehr verschuldete oder ob es bloß eine Folge des trüben Wetters war, daß der süßlich betäubende Gestank aus den Kanälen besonders stark dünstete. In Schwaden wehte er heran, die ganze Trauer einer Weltstadt schloß er ein, daß mir die Tränen aus den Augen rannen. Ich hielt mir mein Taschentuch vor die Nase, aber nur ein Weilchen, denn es fiel auf und wurde mir als Schwäche ausgelegt. Auch Johanna spürte die üble Luft, doch sonst schien keiner von ihr angegriffen.

Die Totenträger dicht in meiner Nähe waren unbekümmert und nur verärgert, daß man uns den Weg verstellte. Zum Glück waren Brian und Derek besonders groß und überragten, gar mit ihren hohen Hüten, die meisten. So flößten sie auch ohne den Beistand eines, den Auftritt unbeteiligt beobachtenden Polizisten den Leuten gerade so viel Achtung ein, daß man uns lautlos eine Gasse bahnte. Gern hätte ich mich mit jemandem unterhalten, sogar ein kleiner Schwatz mit Derek, weniger mit Brian wäre mir zur Not willkommen gewesen, bloß um jeden Verdacht von mir zu schütteln, daß ich ein Gemiedener sei, dessen sich zu entledigen der einzige Zweck eines sonst armseligen Tages ist. Aber die Menschen um mich waren zu scheu, mein aufmunterndes Zwinkern zu beachten, während Derek und Brian gar nicht daran dachten, sich mit mir einzulassen. Sie hatten nur ein wachsames Auge auf mich, daß ich ihnen keinen unerwarteten Streich spiele; bis auf flüchtige, mir nicht verständliche Worte unterhielten sie sich nicht einmal miteinander. Johanna in ein Gespräch zu verwickeln, wie es mein gutes Recht gewesen wäre, bedachte ich wohl, aber davon hielt mich die Einsicht ab, daß es ihrem Rufe schaden könnte. Auch wollte ich sie nicht in Verlegenheit bringen. So blieb mir nichts anderes übrig, als schweigsam mir den schweren Weg Schritt für Schritt vorwärtszubahnen. Das war nicht einmal so schwierig, denn ich spürte mein Leben. Dennoch war unverkennbar, daß man es mit meinem Tod ernst meinte; die Scheu, mit mir zu verkehren, war stärker als die wilde Neugier, die sich aus Blicken und Mienen unverschämt näherte. Es war ein herbstliches Rauschen in der häßlichen Luft, auch eine Rauchsäule bog sich schief und schwer über den kalten Himmel. Ich konnte nicht erkennen, ob sie aus dem zu niedrigen Schlot bei Mackenzies oder von weiter her aus dem Krematorium bis zu uns drang. Zwar herrschte keine Stille, das konnte man nicht verlangen, aber Geschrei und anderer Lärm wurden vermieden, die Zuschauer waren blaß und müde, sie hatten schon nächtelang schlecht geschlafen, und wenn ich nicht irre, war aus den meisten Gesichtern eine leichte Enttäuschung zu lesen. Eine Frau, die ich zu kennen glaubte, sicher hatte ich sie öfters bei Simmonds im Laden gesehen, kam zufällig dicht an mich heran; sie schleppte eine volle Einkaufstasche, was mich überraschte. Neugierig schaute ich hinein und erblickte einen schönen großen Krautkopf.

»Guten Morgen. Welch herrliches Gemüse.«

»Ja leider, es ist aber eigentlich ein Luftballon.«

Da wandte ich mich ab und ärgerte mich, daß die Frau mich verspotten wollte. Ich schaute umher, ob jemand unseren Wortwechsel beachtet habe. Man ließ mich das nicht erraten, aber das war auch schon gleichgültig, weil ich fühlte, daß man mir feind war. Die Bevölkerung verhehlte ihre Freude über mein Verschwinden schlecht. Darum war es gut, daß wir jetzt schrittweise und zunehmend leichter vorankamen. Vielleicht hatte der Polizist den Leuten doch ein Zeichen gegeben, aber als ich mich umsah, konnte ich ihn nicht mehr entdecken. Noch immer waren viele Menschen uns im Wege, nur war es keine Versammlung mehr, die Neugier hatte nachgelassen, und der dicke Schwarm hinter uns folgte uns nicht nach, sondern begann sich zu zerstreuen. Wir konnten schneller ausschreiten, was meinen Beinen wohltat, und ich legte mir leise zurecht, was ich dem Direktor im Krematorium erzählen wollte, um sein Verständnis für meinen Fall zu gewinnen.

»Sehn Sie, Herr Direktor, meine Zeit ist noch nicht um. Sie haben sich verfrüht und können keine Wetterkarte lesen. Ich gebe zu, daß es schwer ist. Darum verüble ich Ihnen nicht den Kummer, den Sie mir und meiner Familie bereiten. Schadenersatz werde ich nicht fordern, du meine Güte, ein verlorener Tag ist kein Verlust, aber ich dringe auf eine schnelle Bereinigung. Sie haben geglaubt, ich heiße nur Artur. Weit gefehlt! Doch zugegeben, so heiße ich auch. Da, auf meinem Photo, da steht meine Unterschrift, da bin ich eigentlich ganz Artur. In Wirklichkeit heiße ich aber viel mehr. Ich habe alle Namen, die Sie sich denken können, denn ich heiße Adam. Bitte, lachen Sie nicht, ich bin der erste Mensch, der lebt noch lange und stirbt nicht. Einmal hat man mich gerufen, und ich wollte mich verstecken. Das ist aber lange her. Jetzt verstecke ich mich nicht mehr. Deshalb steh ich vor Ihnen. Ich habe das altertümliche Unheil über die Welt gebracht. Doch das ist schon der ganze Fortschritt, und den verdanken Sie mir. Warten Sie! Warten Sie mit mir auf den Ruf! Sie werden sehn, daß es sich lohnt.«

So entwarf ich meine Rede und erwärmte mich an den schlauen Gedanken, die mir zu meinem Schutz einfielen. Leider konnte ich sie nicht weiter ausspinnen, weil wir wieder ins Stocken gerieten; bei Mackenzie riß die Kette der Wagen nicht ab, die mit dünnem Geratter ein- und ausfahren wollten. Vergeblich bemühten sich Brian und Derek darum, daß man uns Durchlaß gewähre. Sie schwenkten die Arme und riefen den Lenkern zu, aber die Fahrer waren zu keinem Halten zu bewegen. Einige lachten sogar die Totengräber unverschämt aus, drückten auf ihre Hupen, es war ein heulendes Getöse; meine erzürnten Begleiter grollten und drohten mit den Fäusten. Ich konnte den Ärger ihnen nicht verdenken. Aber der Lärm wurde einem Pförtner bei Mackenzie schließlich zu viel, er lief mit einem zornroten Fähnchen herbei und winkte, daß es nur so flatterte. Das hatte Erfolg. Die Fahrer bremsten ab, wir konnten endlich die Einfahrt überqueren. Ein weiteres Hindernis auf dem Wege wurde uns nicht mehr bereitet. Die Männer holten kräftig aus, weil sie die verlorene Zeit gewinnen wollten. Als geübter Fußgänger konnte ich einigermaßen mit ihnen Schritt halten, aber für Johanna war es eine Zumutung. Sie schnaufte, weil sie so schnell laufen mußte, was ihr doppelt lästig wurde, da sie Schuhe mit viel höheren Absätzen gewählt hatte als gewöhnlich. Wieder hätte ich sie gern unter den Arm genommen, um ihr die Mühe zu erleichtern. Ich glaube, daß sie jetzt mein Angebot erwogen hätte, doch hielt ich mich zurück, um die Gefahr einer Niederlage zu vermeiden. Zwischen uns hatte sich eine Scheidewand aufgerichtet; wahrscheinlich ging Johanna nur noch mit, um die Form nicht zu verletzen. Es bekümmerte mich, daß meine Frau nicht mehr zu mir gehörte, aber zu oft schon hatte ich nicht minder grausame Trennungen erlitten, das macht duldsam. Ich sah Johanna unauffällig an und erinnerte mich. Gegen mein Schicksal aufzubegehren, wie hätte ich das sollen?

Ich zog meine Uhr hervor. Es war ein altes Stück, das fleißig seine Zeit verfolgte, brave Zeiger auf dem Zifferblatt. Jetzt war es fast neun Uhr. Eigentlich nicht spät, aber wen ging das etwas an? Die Totenträger nur, die Unentwegten, die mochte das interessieren, weil sie mich abliefern wollten. Mich ging es nichts an, um elf Uhr die Verbrennung. Warum liebt man es so sehr, solche Ereignisse zeitlich zu bestimmen? Todesfälle treten ein, es kann nicht lange dauern, aber selbst der beste Arzt kann sich um viele Stunden, selbst um Tage irren. Dann verbrennt man und begräbt man, und es stimmt. Alles ganz genau. Hindernisse drohen wohl, doch man bezwingt sie. Schon blickt einer auf die Uhr, überzeugt sich, daß es klappt; die Gäste und die Angestellten freuen sich der angesetzten Zeit, sie wird eingehalten, denn Verspätungen schicken sich nicht. Der Tod hingegen muß frei sein, er überrascht mitten im Leben, das ist sein Recht. Nur Morde werden oft pedantischer geregelt; zu bestimmter Stunde wollen sie erfüllt sein, gar wenn sich das Recht des Staates ihrer annimmt, und die armen Opfer hingerichtet werden. Ich aber war ein Irrtum, weder ordentlicher noch ungesetzlicher Mord war mir verheißen worden, die Männer hatten nichts darüber gesagt. Auch tötet man im Krematorium nicht, dort vertilgt man nur den Tod, nicht das Leben. Was ging mich denn die verdammte Geschichte an? Es gab keinen Grund, mit Brian und Derek durch die Stadt zu spazieren, allein meine dumme Gutmütigkeit entfernte mich mit ihnen von meiner Wohnung. Ich nahm mir vor, sobald als möglich wieder umzukehren und prägte mir darum Merkzeichen ein, um nachher auch ohne Johannas Hilfe meinen Weg nach Hause zu finden. Aber es war eine übertriebene Vorsicht, denn wir bewegten uns im wohlvertrauten Viertel. Auch erinnerte ich mich, daß wir es nicht weit bis zum Krematorium hatten.

Wir waren schon in der Middleton Avenue und hinter der Eisenbahnbrücke, der wir jetzt zuschritten, mußten wir nach links in die Temple Road einbieten. Da gab es die Blumenläden mit ihren Kränzen und gar zu üppigen Topfpflanzen, alles Erinnerungen an mich, die mich verlockten einzutreten, daß ich etwas Hübsches zu meinem Andenken kaufe. Ich fingerte einige Kupfermünzen aus der Hosentasche und zeigte auf einen Blumenladen. Johanna erriet meine Gedanken, aber Brian und Derek waren sich einig im Wunsche, so knapp vor dem Ziele keine Unterbrechung des Marsches zu dulden; sie wiesen voraus, das Krematorium war zum Greifen nahe.

»Darf nicht vielleicht meine Frau?« entschloß ich mich, das lange Schweigen zu brechen.

Brian meinte, das könne sie halten, wie sie wolle, ich aber hätte im Laden nichts zu suchen, doch auf meine Frau warten könnten wir auch nicht.

»Das ist eine ungerechte Hast!« widersprach ich.

Derek, der sich wohlwollender verhielt, belehrte mich, daß Blumen und Kränze meiner in der Halle schon in Fülle harrten, ob ich das vergessen hätte. Brian jedoch hatte die Schererei mit mir satt und blickte mich verächtlich an.

»Himmel, Arsch und Zwirn, Tote soll man nie laufen lassen! Ich hab's gewußt. Wenn du nett bist, gleich wern die frech!«

Johanna gab den Männern beschwichtigende Zeichen; sie fürchtete, daß mich solche Reden zu sehr aufregen könnten. Ich hatte indessen mein Interesse für die Blumen verloren und näherte mich der geräumigen Auslage eines Steinmetzen mit einer reichen Auswahl an Grabsteinen, prunkvollen Grüften, bescheidenen Urnen. Manche Denkmäler waren bereits in liebendem Gedenken beschriftet, andere noch glatt und lieblos, aber sonst schon fertig, doch alles so friedlich sanft und schuldlos, der zuckerweiße Marmor in verwünschte Klage umgedeutet, um alle Last den Sterblichen zu nehmen, die Säule ist gebrochen, Kranz und Schleife, Psyche trauert mit aufgelöstem Haar, gekrümmten Leibes, nackt; wie gut, daß nicht des Wetters Unbilden auf dem Friedhof schon an ihr zehren, hier beim Steinmetz ist sie noch geschützt wie das Englein auch, das weich hinabblickt, den Zeigefinger auf den Lippen. Vor dem Englein blieb ich stehen; mochten die Männer böse sein, mich konnten sie nicht hindern.

»Hier gefällt es mir. Ich möchte mich in einem Stein haben.«

Der Anführer versuchte zornig, mich von der Stelle wegzubringen.

»Wenn Sie mich anrühren, schrei ich! Lassen Sie mich da! Ich will mich nur in einem Stein haben. Die reiche Auswahl kommt mir sehr gelegen.«

Johanna freute sich, daß ich so kräftig Widerstand leistete, doch wagte sie noch immer nicht, offen für mich einzutreten. Ich mußte sie ermahnen.

»Schick die Männer endlich fort! Sie warten bloß darauf!«

»Das kann ich nicht. Die Grenze ist erreicht. Du mußt die letzten Schritte gehn.«

Da fühlte ich mich verraten wie nie zuvor und weinte auf. Die Männer hatten leichtes Spiel, mich von dem Steinmetz dem Eingang des Krematoriums zuzutreiben. Die hohe Mauer stand schon da und dehnte sich unendlich lang, dahinter hohe Bäume dicht, ein aufgetaner Wald, ich sehnte mich nach ihm. Ich mußte bloß voran; zwischen zwei Trugmauern durch führte das weite feierliche Portal. Wo ich auch hinsah, hatten sich schweigend versunken Gruppen meiner Bekannten versammelt. Sie grüßten mich nicht, nahmen sich aber meiner Frau an, die vielen in stillem Einverständnis die Hand bot. Hatten sich Brian und Derek bisher fast stets nur in meiner nächsten Nähe aufgehalten, neben mir oder knapp hinter mir, so widmeten sie mir jetzt weder Wachsamkeit noch die bescheidene Achtung, die einem Toten gebührt. Sie zeigten nur auffordernd nach dem Portal, was ich mit einem vieldeutigen Lächeln beantwortete. Dann zogen sie stolz und aufrechten Hauptes, wie um mir und der Versammlung ein gutes Beispiel zu geben, voran durch das Tor, ohne sich nach mir umzuwenden. Sie hatten mir also, sei es aus Dummheit oder aus endlich erwachter Einsicht, die Freiheit geschenkt; ich mußte ihnen nicht folgen. Wirklich zögerte ich einen Augenblick und rührte mich nicht von der Stelle, aber da verlor ich mich wieder; der an diesem Morgen geborene Wille zu mir war jählings dahin, ich nahm ihn nicht mehr wahr. Unsicher blickte ich schnell nach Johanna und der Trauergesellschaft.

Wie sehr ich aber auch schaute und schaute, war es mir nicht mehr möglich, jemanden zu entdecken; eine Schwäche der Augen oder ein Nebel hatte mir alles entrückt. Da wußte ich keinen anderen Ausweg, als Brian und Derek lammfromm nachzueilen. Verlockte mich kein Wunsch mehr, in der Welt allein zu verharren? Ich zauderte, aber nein, gerade das war unerträglich, Einsamkeit viel ärger als alles Verderben. Schon hatte ich mir einen Ruck versetzt; mich zu bewegen fiel schwer, die Beine waren auf der Stelle eingeschlafen. Ich konnte sie kaum vom Boden erheben und trommelte mit den Fäusten auf die Schenkel, um sie gelenkiger zu machen. Es nützte wenig, ich mußte mit den Händen Fuß um Fuß nach vorne schieben. Es ging erschreckend langsam. Um zur Rettung aus meinem Mißgeschick nichts zu versäumen, entschloß ich mich verzweifelt, die Totenträger zur Hilfe zu rufen, wenn ich mich auch schämte und ihren Spott nicht wenig fürchtete. Als ich mich nach ihnen umblickte, hatte sich der Nebel vor mir so dicht gebreitet, daß ich einsah, gegen ihn nicht ankämpfen zu können; zu rufen war nicht mehr sinnvoll. Trotzdem rief ich, allein es waren keine Worte, die hätten nichts getaugt. Ich versuchte nur Laute zu bilden, etwas Hörbares in dieser Verlassenheit, aber schwach war mein Mund, bloß ein Piepsen geriet, bald nur ein Krächzen; es wimmerte dünn und hörte sich nicht menschlich an. Auch weit und breit kein Tor, ich sah nichts und hatte die Richtung verloren. Wohl beschwichtigte ich meine Ängste und sagte mir, es sei nicht zu verfehlen, Ziele erreicht man, auch wenn man keine Richtung weiß – nur weiter; doch ich täuschte mich. Wie ich auch ertrunken strebte, dem Portal kam ich nicht auf die Spur.

Zum Glück fiel mir das Gehen jetzt leichter, schließlich gelangte ich sogar bis an die Wand. Aber das Tor war damit nicht gewonnen. Abwechselnd versuchte ich stets ein paar Schritte nach rechts und nach links; immer nur die Wand und nirgendwo ein Einlaß. Da wurde ich traurig, daß ich so allein gewonnen hatte, ganz anders als es zu Hause mein Plan gewesen war. Johanna hielt sich bereits woanders auf, war mir entfremdet, wahrscheinlich sogar verloren, dazu die Kinder; ich durfte mir nicht erwarten, sie in West Park Row noch zu finden, Frau Stonewood würde jede Auskunft verweigern, vielleicht auch gar nichts wissen. Wie aber selbst nur nach Hause finden? Viel zu eitel hatte ich auf dem Wege mir eingebildet, daß er sich leicht einprägen lasse; so und so und dann um die Ecke, wie schien das kinderleicht. Nun tastete ich an der Wand, ich glaube, sie war feucht und schlüpfrig, ich konnte sie nicht anfassen, die Finger glitten ab, schon die Annäherung schmerzte. Ich beschloß, mich in Geduld zu fassen, bis sich das Wetter lichten würde. Es war eine belebte Gegend, da mußte jemand bald kommen, der mir sagen könnte, wohin ich mich trollen solle. Das war ein Irrtum, ich blieb allein. Kühl war es nicht, und so setzte ich mich wie ein Bettler nieder und wartete auf unbestimmbare Dinge.

Während ich ausruhte, wurde es mir leichter, ich befand mich behaglich, staunte aber, wie trübe das Tageslicht war, verhangen und matt. Waren die Bäume hinter der Mauer jählings gewachsen, oder hatte man die Vorhänge zugezogen und nicht berücksichtigt, wie wenig ich das mochte? Vielleicht habe ich auch bloß zu lange gerastet und dabei die Tageszeit vergessen. Auf die Uhr zu blicken, das wäre ein Auskunftsmittel gewesen, doch war sie zu tief in die Tasche gerutscht; ich konnte die Uhr nicht erreichen, vergeblich gruben meine Hände nach ihr. Dann dachte ich zu hören, daß jemand die Türe öffnete, es war leise, ich konnte mich irren. Immerhin war es ein tröstlicher Laut, der mich in Vertrauen wiegte, daß es Durchgänge geben müsse, wenn nicht für mich, so doch für andere.

»Wollen wir uns nicht endlich auf den Weg machen? Sonst schaffen wir es heute nicht.«

Ich rieb mir die Augen, sprang auf und rief schnell, wie ich es tue, wenn ich verbergen will, daß ich eben noch weit entfernt gewesen bin.

»Natürlich, ja. Wie lieb, daß du mich holen kommst.«

»Wie sollte ich denn nicht! Sagst du nach dem Frühstück, daß du noch ein bißchen Ruhe brauchst, und dann läßt du mich unten warten.«

Ich bat, mir zu verzeihen, und machte mich zurecht, schnell den Rucksack umgehängt; sie hatte schon den Brotbeutel umgeschnallt. Ich war ihr dankbar, daß sie das Opfer auf sich genommen hatte, mit mir in die geliebten Berge zu fahren, damit ich sie noch einmal sehen sollte. Wie oft hatte ich ihr in den vergangenen Monaten von diesen Bergen erzählt, so lange her, zu lange her. Die Freundin mahnte, ich solle dahin, es werde mich verändern und mir Genesung bringen, ich würde nie mehr Freude gewinnen, was ich auch begänne, wenn ich mich nicht zu dieser Fahrt um mein Heil entschlösse. Tausend Gründe schob ich vor, um diese Reise zu verzögern, denn die Erinnerung war zu stark, die Angst vor der Begegnung überstieg meine Kräfte. Wie durfte ich mich trauen, in Franziskas Reich zu dringen, wo alles Ausdruck ihrer Seele war, ich aber nichts als der unberufene Genießer einer Welt, die mir nicht zugehörte? Wald, alles Wald, die

Heimlichkeit, die mich entfernte oder zu verschlingen drohte; das war mir nicht erlaubt. Ich durfte es nicht wagen. Schon die Reise, sobald der Zug mich höher durch das Tal der Angel führte, drohte mich zu vernichten. Sie sah mir an, daß ich mich nie entschließen würde, und sagte eines Tages, lange habe sie nicht Zeit, doch für eine knappe Woche müsse sie mit mir ins Waldgebirge, bevor ich dieses Land für immer verließe. Sie hat es bloß für mich getan. Nun waren wir den dritten Morgen da, und heute wollten wir den großen Ausflug wagen, den ich wünschte. Sie eilte mir voran, und holte noch ein Tüchlein aus ihrem Zimmer. Dann stürmten wir die hölzerne Treppe hinunter, die Wirtsleute winkten, riefen viel Glück zu, schon liefen wir auf dem Wege.

Der Tag war klar, es glänzte noch der frühe Morgen feucht im Gras und Blumenschmuck der fetten Weide, der Boden dampfte sacht und atmete in Kühle der Wärme zu, die sich darüber wölbte. Mir war noch nie so leicht zumute gewesen, seitdem ich wieder war. Ein Weilchen ging es froh bergab, dem Girglhofe zu. Bald aber kam der Wald, er rief uns an, lud uns auf freigegebenem Weg zu sich hinan, gelassen, stämmig, kraftvoll, eingewachsen in den strengen Grund, der Boden schwarz und grün, oft feucht und moorig, dann streng und steinig, milchgrau, flechtengrau, versintert grünlich und auch dunkel, wurzelüberschüttet, schwer und heimatwichtig. Mit straffem Ernst erhoben sich die Fichtenstämme, ruhig aufgerichtet, die Strahlenkronen fest verschwistert, leicht von oben angeleuchtet und dem Grunde zu vom Eigenschatten immer dunkler abgeschirmt; wir darunter, tröstlich und verläßlich, unter einem sich faltenden Deckenhimmel, belebt und stets bewegt. Der Grund war vielgestaltig, samtene Moosballen hüllten weite Flächen ein, Strähnen schmächtigen Waldgrases versammelten sich, wo die Bäume voneinander in lockeren Abständen fortstrebten, ameisenbraune alte Nadeldecken erstreckten sich weit hin, manchmal brachen die Wurzelknollen geschmeidig aus ihnen hervor, dann sproß in zarten langen Halmen mancherlei schattenblasses Gewächs, gläsern vom dunklen Boden hob sich Sauerklee ab. Den Weg begleiteten in langen Stufen die Myrtenkräuter der Heidelbeeren, oft schwärmten sie tiefer in den Wald hinein, und ähnlich, etwas dunkler, aber nicht so hoch, breitete sich buschig der feste Wuchs der Preiselbeeren.

Wir stiegen schweigend an. Ich achtete nicht viel auf sie, die mir die Wanderung ermöglicht hatte. Nur die Wahl des Schrittes überließ ich ihr, sie hatte kräftig eingesetzt und schien zufrieden. Ich wünschte immer mehr, im Walde zu verlöschen, in seiner Fülle rundhin zu verrinnen und überall zu sein, in jedem Baum, Erinnerung und Hoffnung an jeder Stelle, Gast in der Heimat, die so viel überdauert hat und überdauern wird, die mich erlaubt und mich vernimmt und dennoch nicht erkennt, unberührt von allen meinen Leiden, doch meinem Begehren auch schon für immer entwunden, strickendes Gefüge am Rande des angequälten Landes, das längst nicht mehr mein Land war, nicht einmal hier im Waldgebirge, wo die Hänge niemandem zum Obdach dienen und bald die Täler selbst menschenleer verträumen müssen.

Zu Hause war ich nie in diesen Bergen, stets bloß ein Fremdling, doch tiefer eingefriedet als in der alten Stadt, als überall im Land und in der weiten Welt. Nie hatte eine Landschaft mehr für mich gerauscht, mehr Schmuck mir offenbart und mehr für mich geduftet. Ich liebte sie im Licht, wenn sich die Schlangen sonnten, wenn das Geäst durchwärmt war und im Unterholz es krachte, ich liebte sie im Regen, wenn von den Himbeerstauden schwer das Wasser troff, wenn Nebelschwaden auf- und niederglitten, der Wind den Sommer kühlte und fast herbstlich schon zerriß, wenn hart die Krallen des Gewitters die schwüle Angst in steif zerwühlte Kronen warfen; in jedem Wetter liebte ich das Waldgebirge, das mich auf kaum bekannten Hegerpfaden viele Stunden trug, wo immer neuer Abschluß, der den Blick beseligt fesselte, mich einsam sein ließ, Mensch in der Baumwelt, Mensch nicht unter Menschen, Mensch unter gewählten freundlichen Begleitern, Mensch neben Franziskas Herrlichkeit, die sich im Schutzkreis des umfangenden Gebietes als Hüterin des heimlichen Reiches erfühlte, Mensch in der Geborgenheit der durchlässigen Hüllen, die mir die Freiheit reicher schenkten als alles offene Gefilde, weil ich auf mich gewiesen blieb, stets ein Sucher im Auslug und dabei unbeobachtet, nie ausgesperrt, von keinen Zäunen abgehalten, nicht abgewarnt und wegverboten; und wenn ich lustvoll eine Strecke im Revier durchlief, stand es doch fest und dicht, als träte ich mit dankbaren Sohlen den geliebten einen Fleck. Aber wenn ein Wiesenschnitt, ein Waldschlag, eine Lehne oder eine Höhe nur für kurz den Ausblick gönnte, manchmal bloß im schmalen Winkel und nicht weit, oft schon nah gerahmt vom Büschicht, nur manchmal auch ins Fernere hin, zu einer Senke nieder, zu einer Waldwand gegenüber, hinabgewolkt ins Angeltal, über die Flußau hinweg zum nächsten Bergstock, zum Prenet, Brückel und Panzer, oder weiter ins Muldengelände, wo Eisenbach und Regenbach ihr Wasser sammeln, und das schwellende Waldgewoge dahinter, das nicht endet, mit Kuppen, die sich oft nur raten ließen, der Hahnenriegel zuvörderst, dann, einer höher als der andere, Pamperberg und Fallbaum, breitgebuchtet der Lacksberg und steilan mächtig die Falkensteine, die Bergwelt, die sich plötzlich bot, wenn ich auf dieser Seite des Kammes streifte, dann war es feierlich versöhnlich, schon gestillte Sehnsucht und wieder ausgeworfenes Verlangen, das in sich einkehrt. Welche frohe Sorge der Gewißheit.

Das alles war geschenkt nach einer Dauer, die sich der Wille selbst bescherte, die Rast war überlassen wie das Weiterstreifen, es durfte lange währen oder kurz, ein Schritt genügte oft, ein paar Sprünge, und wieder war der Wald der Herr; der Abschluß, den die Seele zur Einkehr braucht ins lindernde Erfahren, verwirklichte sich in einem Zuge jäh und sanft. Das Bild, aus dem die Ferne prüfte, blieb reich zurück und senkte sich tief ein, es durfte ruhen, sich in sich hüllen und verwickeln, es konnte wieder angerufen werden, ein Schritt, ein rascher Lauf zu der bestimmten Stelle gab es erneut der Wißbegier. Wer in den nahen Orten lebte, wer in den Tälern schuf und in den Wäldern schlug, wer seine Sorgen um den Tag hier führte, konnte das gewiß nicht so entdecken wie der anheimgegebene Besucher. Aber Franziska und ich erwarteten hier ihre Heimat; wir wurden nie enttäuscht, denn ins Waldgebirge hatten wir unsere Nöte mitgebracht. Die Tage griffen mit schießenden Sprößlingen ineinander, oder war es das unbekümmerte Wipfeldach über uns? Es gab keine Tage einer Zeit, sie hoben sich empor aus jeder Pflicht. Doch darin beruhte ihre Gefahr, weil sie sich selber begehrten, von keinem Ende wollten sie wissen. So schenkten sie fast schon zuviel, denn Freiheit ist Traum, aber sonst kein menschliches Gut.

Dies wurde mir offenbar, als ich mit meiner Begleiterin tiefer in den Wald drang, da alles Glück noch einmal mich verwöhnte. Landschaft und Mensch, aber dazwischen die Sünde, oder der vom Garten der Seligkeit abgespaltene Adam; dies fiel mir ein. Doch bannte ich diesen lodernden Gedanken nicht zu heftig in meine Sinne, denn das Bedrohliche war mir nahe genug. Es hatte sich in diesen wenigen Tagen nicht aufgelöst; in den Mittelgrund, einst mir vertraut mit Franziska, in den geriet ich nicht mehr, Zacken durchstießen mein Sein und zerfaserten mich, bohrender Hintergrund durchstach den Wald, im nächsten Augenblick konnte er schneidend mein Antlitz überfallen. So getrost ich auch sein durfte, daß die vermittelte Bergwelt noch immer ihren Waldeszauber wie je verlieh, der Untergrund oder – wahrer noch – der Innengrund war in mir umgewandelt, er hatte mich ausgeleert und gepfählt und mit den finsteren Früchten des Verderbens angefüllt, die fielen nicht von meinem Stamm, ich konnte sie nicht aus mir schleudern; reif in mir trug ich das Vermächtnis eines feindlichen Unwillens, dem ich als Büßer dafür zu dienen hatte, daß ich widerständlich war, den Nacken bot und noch unter Faustschlägen meinen Untergang verneinte, weil ich stets mein Dasein zu stemmen gewagt hatte, das ich nach durchduldeter Fahrt nun doch nicht mehr besaß.

Jetzt war ich also in den Bergen, die zu sehen ich nie mehr geglaubt hatte, als ich mich fern zu ihnen verlangte. Jetzt hatte ich mich anvertraut, und alles in ihnen war so bewahrt, wie ich es einst erkannt und mitempfunden hatte. Fern von ihnen, hatte auch ich mich überdauert. Aber so war ich es eben nicht, ich ein anderer, der andere auf der Suche nach dem Sich, jetzt da, und was war hier begegnet? Der andere im gleichen Schritt knabenhaft im alten Forst, die Frau an meiner Seite fremd gefällig, eine Helferin ins Heil und war doch selbst versehrt. Kürzlich hatte sie sich mit einem Vetter ihres Mannes verlobt; bald hoffte das Paar das Land zu verlassen, und früher noch war schon meine Abfahrt festgesetzt. Nun streiften wir gemeinsam; es war ein Abschied, den wir beide, anders ausgesetzt, vom Unvergeßlichen des Landes nahmen.

Der Teufelssee lag stumm und ohne Wellenhauch vor uns. Er war vergessen; ich schaute flach auf meine Hand und hob sie bis zur Augenhöhe, den Blick drüber hin zum Wasser, darauf die Hand, ein Schiff, das schwamm. Wo der Seebach seine kühle Speise von der Flutenfläche trinkt und abfließt, standen wir reglos vor dem starren Spiegel. Von Fels und Wald und steilem Hang bedrückt, entfernte kalte Pracht noch in der Nähe, wenn der Fuß am Rand verharrte, und der Blick sich über die stählerne Tiefe beugte. Die ernsten Fichten stellten sich in der Flut noch ernster hin und sanken tief; der strenge See kennt keinen Grund. Wasser ist Stein; alles ist steinern, was zum See sich getraut, die Algen in dem zähen Naß, die ausgegrauten Wurzeln, die winklig und gewunden sich über Felsvorsprünge klammern, geschwärzte Strünke, die hinabgefallen sind und unerbittlich hart bis über die gespannte Fläche ragen, der Pfad, der sich vorübertastet, alles steinern, selbst der gestichelte Farn mit seinen braunen Sporen. Der See ein kühles Auge des Gebirges, unberührt, die Seewand eine schroffe Braue.

Wir hielten uns nicht lange auf. Der Weg entfernt sich bald vom See, die Spur wird breiter, der Wald gebietet nicht mehr in zeitschweren Stämmen, in Bündeln darf das Licht sich niedergießen. Bis zum Rotagraben war der Anstieg mild. Dort aber bogen wir links ab, wo die Bahn steil und geradeaus auf halbverwildeter Schneise zur Seewand führt. Der

Hang war hell von Tagesflut bestrahlt, es duftete stark, das kam vom frischen Schlag. Die Hindernisse, die quer den Weg verrammelten, hemmten nicht die Lust vorzudringen. Ich hatte wieder Kraft und war beglückt, daß sich die Schwäche von mir kehrte, je heftiger ich den Widerstand spürte, der jedem Schritte trotzte. Meine Begleiterin lächelte über meinen Mutwillen und freute sich, daß sie mich wie einen Knaben sah, der beschwerte Glieder noch nicht kennt. Sie schürzte wohl die Lippen zu einem Wort, doch sagte sie nichts, nur ihre Blicke zeigten mir Verständnis. Sie ließ sich gerne helfen, wo ein allzu hoher Stamm den Weg verwehrte. Abgesplissene Rinde in langen Streifen, das nackte Holz noch frisch, Baumfäller waren in der Nähe. Man hörte ihre Äxte gegen Zweige klopfen, auch rauhe Rufe hackten ein, aber zu Gesicht bekamen wir die Männer nicht, sie arbeiteten versteckt im Walde. Wir klommen höher und wurden bald belohnt, es füllte sich der Schlag mit jungen Bäumen, es waren schlanke Buchen, nur vereinzelt Fichten und auch Tannen. Der Anstieg wurde unerwartet viel gelinder, dann verlor er sich; die Höhe war erreicht, ein Garten, lang gestreckt und eben, doch nicht sehr breit nach beiden Seiten, wo er sich gemächlich senkte und abgerundet tiefer neigte, bis er hinabfiel, was der Durchblick durch verspieltes Laubgeflecht eher ahnen ließ als offenbarte. Ein Garten uns gewidmet; wir staunten und atmeten froh auf. Der Boden war so zart und weich mit frischem Grün und altem Raschelgrund bedeckt, daß sich kein Stein durchs milde Erdreich rieb, versöhnt die Strenge des Gebirges in zierlicher Besinnlichkeit.

»Ein Garten zum Erinnern, Anna. Glaubst du nicht auch?«

»Ich hätte das nie erwartet.«

»Nein. Doch gibt es manche solche Gärten im Gebirge. Sie wurden stets gepriesen. Es stimmt zwar nicht, aber es ist verlockend sich vorzustellen, daß der unermeßlich weite Bergwald nur ihretwegen aufgerichtet wurde. Zaubergärten des staunenden Vergnügens. Und man darf gesprächig werden.«

»Das fühle ich. Wolltest du das haben?«

»Komm, wir wollen rasten!«

Wir saßen nieder, wir waren gut durchwärmt. Ohne Müdigkeit zu spüren, war es doch angenehm, den Frieden dieses Rasens mit allen Gliedern auszukosten. Ich öffnete den Rucksack und schob ihn Anna hin. Sie nickte und richtete uns einen Imbiß her.

»Hier mußt du doch vergessen können oder nur das Gute erinnern.«

Ich setzte mich auf und sah sie an.

»Wie meinst du das?«

»Ach so. Verzeih! Man irrt sich leicht. Bist du hier mit ihr gewesen?«

»Nein, hier nicht. Wir waren südlicher. Der Ort heißt Außergefild. Wie gefällt dir der Name? Von dort drangen wir vor, wo es noch strenger, dichter, einsamer ist. Der Wald verquickt sich, und du wirst verstrickt. Das Hochmoor duftet, es ist überaus geheimnisvoll. Dort wird mich nichts mehr finden. Aber es gibt einen anderen Ort, viel näher, den ich dir schon von der Eisenbahn aus zeigte. Einen Schimmer davon hast du auch aufgefangen, als wir beim Tomandlkreuz standen. Weißt du, wie wir vorgestern die Gegend rund um den Panzer erforschten und auf die Waldwiese kamen? Da haben wir hinübergeschaut. Dort war ich mit ihr zusammen und dort haben wir uns erst richtig kennengelernt. Das ist nun verbotener Boden, dort will ich nicht hin. Es wäre auch zu weit. Aber unser Ziel heute, der Gipfel, den du unter dir fühlen wirst, dort waren wir gemeinsam. Das genügt. Mehr von dem Boden, den ich damals mit ihr erreichte, möchte ich nicht mehr in meinem Leben betreten.«

»Weißt du, es kränkt mich, daß ich immer wieder davon zu sprechen beginne, es ist roh. Trotzdem, ich hoffe immer, es hilft dir. Seit der Nacht damals, als du nach deiner Ankunft bei mir gewesen bist, habe ich mich stets um dich gesorgt. Du hast mir viel erzählt und Schrecken bereitet, aber dich hast du verschwiegen. Es geht mich nichts an, das stimmt, doch da wir Zerschlagene sind, du vor allem, da hab ich mir gedacht, ich versteh mehr von dir, als du glaubst. Mein Wunsch war immer, daß du wieder bist. Darum sind wir hier. In diesem Garten sollte es gelingen.«

Ich schaute Anna dankbar an, doch sagte wenig. Was sie mir vortrug, war bloßer, etwas schwatzhafter Widerhall von vielen Reden, in denen ich ihr manches über mich anvertraut hatte. Sie meinte es freundlich, aber viel zu entschieden griff sie in mich ein. Doch war es meine Schuld, daß es dahin gediehen ist, ich hatte ihr oft und zu sehr meine Angst und meine Ängste gestattet. Es gab nur sehr wenige Menschen, die selbst flüchtig mit meiner Welt von ehedem noch verbunden waren; das trieb mich immer wieder zu Anna hin. Sie allein in der ganzen Stadt war mir arglos zugetan, ohne mein Herz erbarmungslos durchs Feuer der Vernichtungsjahre stets ins zuckende Irrlichtern einer mir unerträglichen Vergangenheit zu reißen; sie gab sich redlich Mühe. Wenn ich verwirrt war, wenn mir Peters Torentum oder der Umgang mit anderen Leuten unleidlich wurde und mich schmerzte, suchte ich bei ihr Trost und Entspannung, zumindest Ablenkung. Nur sie allein nahm es zwar für Wahn, doch wenigstens nie für Wahnsinn, was ich berichtete; ihr Mitgefühl war ehrlich. Auch wollte sie nicht wie andere Frauen den kurzen Trost versuchen, wir begehrten einander nicht. Franziska blieb mein Teil und war in mir beschlossen. Darum war ich doppelt froh, daß Helmut, der blasse Heimkehrer mit den großen lichten Kinderaugen, der so geschickt sich harmlose Kleider verschafft hatte, seinen Wächtern entlaufen war und sich bis zu uns durchgeschlagen hatte, Anna bald lieb genug gewann, daß sie sich ihm versprach. Er war der rechte Mann für meine Freundin, Helmut war ein guter Junge. Wir hatten einander wenig zu sagen, aber er faßte Zuneigung zu mir, er bewunderte mich etwas tolpatschig, wollte immer meine Ansichten hören und tat mir mancherlei Liebes. Am rührendsten war es, daß er der eifrigste Förderer unserer Abschiedsfahrt ins Gebirge wurde, denn er redete mir hitzig zu, wenn Anna auf meine Widerreden bereits verstummt war; Neid und Eifersucht waren ihm fremd. Da konnten wir reisen. Ein feines Einverständnis herrschte zwischen Anna und mir; die Toten, die uns hinterlassen hatten, verliehen es, die Flucht, zu der wir rüsteten, bestärkte es, so verschieden die Schicksale und unsere Gründe waren. Weder Anna noch ich waren gezwungen, dieses Land aufzugeben, und trotzdem mußten wir beide fort: ich, weil es hier geschehen war und nichts mehr übrigblieb, sie aber, weil es jetzt geschah und nicht mehr übrigbleiben sollte. Oben im Gebirge war alles noch gut, doch in den Tälern rüstete man zum Auszug. Wir auf der Höhe gaben uns nicht zu erkennen und nahmen eine Heimat an, geliebt und andächtig in uns erbaut, die doch schon keines Heimat war.

»Wer wird sich nach uns an diesem Garten freuen?«

Meine Frage war blind und auch nicht klug, doch verlangte sie keine Antwort.

»Das ist hinausgesagt«, erkannte Anna.

»Ja, hinausgesagt. Du kannst mit mir zufrieden sein. Das hier ist ein Erlebnis, einmal noch etwas, was mich anders als alles bewegt, tief, und doch mich nicht erschüttert. Übrigens ist es beinahe vergessen. Nicht wirklich vergessen, du kennst mich schon, aber abwesend. Es ist in der Jugend entsprungen und strömt so gewaltig, daß es mein Schicksal überdauert hat. So gibt es etwas, was mich nicht verzehrt. Aber in Städten, in Tälern und in dem weiten Niederland hat es keinen Ort. Nur hier im Gebirge webt es, unberührbar, wo wir empfangen werden, eingekreist von allen Seiten, aus der Höhe selbst. Wir sind verschwunden, wenn wir uns dem Bergwald anvertrauen. Bloß dadurch gelingt es, was mir keine andere Landschaft geben könnte. Aber es dauert nicht an. Das Geheimnis verläßt das Gebirge nicht, und wir können hier nicht bleiben. Ich gewiß nicht. Wir werden nur immer wieder empfangen, wenn wir einkehren. Freilich, das ließe sich täglich wiederholen, immer wieder in den Wald hinein, immer wieder eingetaucht und überrascht werden, je tiefer wir im Dickicht münden, oder auf bezeichneter Bahn, auf Holzfällerpfaden, die sich gabeln und endlich im Gehölz verlaufen, auf Hegerspuren, oder blind ins Unwegsame hinein zu Steinhalden, wärmenden Sonnenflecken und dann wieder ins feuchte Umfangen kühlender Büsche. Nichts anderes dürfte man tun, keinen Beruf haben, keine Sorgen um Geld oder um tägliche Dinge zum Fristen des Daseins. Nur leben – ganz einfach: leben. Wer kann das? Ich nicht. Doch wenn man den Bergwald verläßt, hat er keine Gewalt mehr über den Menschen. Nur eine ziehende Sehnsucht wäre noch möglich, die uns an den Wald erinnert, säume nicht, komm wieder, gehöre mir an, damit ich dich nun endlos und immer umfange. Ich denk es nicht mehr, Anna, aber ich weiß es noch, daß ich als junger Bursche mit einem Freund, es war der Soundso – ja, lach nur Anna! – also mit dem Soundso bin ich wochenlang durch den Bergwald kreuz und quer gewandert. Wir hatten ein Zelt mit. Da mußten wir nicht einmal bei Nacht in die Orte hinein und waren, wenn wir erwachten, gleich in aller Frühe mitten im umfangenden Geheimnis. Nur jeden zweiten oder dritten Tag, wenn unsere Vorräte zur Neige gingen, suchten wir ein Dorf auf und kauften ein, was wir bezahlen und erschleppen konnten. Dann aber wieder fort. Siehst du, das ist nicht mehr möglich. Im verbotenen Dasein wurde uns noch einmal die kurz gestattete Frist.«

Ich packte den Rucksack zusammen, nahm ihn auf, wir brachen auf. Es war ein singender Gang, sehr leicht und beschwingt, der uns durch den lichtdurchfluteten Garten den sich verschmälernden und langsam senkenden Sattel entlangführte. Vögel nisteten hier, Finken die Menge, die gern ihr steigendes Schmettern abbrachen, noch bevor sie die kurze Kadenz ihres Schlages erreichten.

»Sie erschrecken vor uns«, meinte Anna.

»Du irrst. Sie erschrecken nicht. So machen es die Finken zuweilen. Es sind verwöhnte Burschen, die nehmen es mit ihrer wenig kunstvollen Weise eben nicht genau.«

Vom Westen strich ein leichter Wind, er rührte die Buchenzweige und noch zartere Birken, die sich heiter, ins Gehege eingestreut, dem Garten zugesellten. Sanft schwoll der Boden unter uns, die schweren Schuhe rührten keinen Laut aus ihm hervor. Wir schwammen dahin, die Eile nahm uns.

Doch als die Sattelzunge sich immer mehr verengte und endlich steiler abbog, hatten wir den Garten schon verlassen; noch ein paar Schritte, ein Pfahl mit vielen Weisern inmitten ausgesparter Rundung sammelte Wege ein und verteilte sie an manche Richtung. Die Landesgrenze hatten wir erreicht. Zwei Wege boten sich für uns zur Auswahl, einer die Grenze entlang, die hier den Kamm verfolgt, ein anderer, der ihm diesseits der Grenze ausweicht, ein wenig tiefer, ist nicht so streng und besser vom Winde geschützt, doch strebt er fast in gleicher Richtung nach demselben Ziele wie der Kammweg. Ich schlug Anna den bequemeren Weg vor. Sie dankte meiner Rücksicht, doch zu wählen hätte ich, nicht sie, da der Tag mir zubestimmt sei. Ich zeigte vor mich hin und schritt voran zum Grenzpfad. Anna folgte schweigsam. Nach kurzem Anstieg erklommen wir das Zwercheck, wir hielten nicht ein. Nun ging es eine gemächliche Strecke den schmalen Saum bergab, der sich, wenig ausgetreten, durch den breiten Waldschlag schlängelt, bald rechts, bald links an den Grenzsteinen vorbei. Sie bezeichnen weiß und neu in gewählten Abständen eine der ältesten Grenzen des Erdteils.

Ein Jahrtausend oder noch länger hat diese Grenze bestanden, keiner der großen und kleinen Kriege hat sie verändert, keiner bezweifelt oder nur ernstlich gefährdet und anders gewünscht als nach der Höhenmacht des Gebirges. Es wurde kaum um diese Grenze gekämpft, die Kriege vermieden die urdicht bestandenen Riesenwächten des Bergwaldes. Selbst die Fehden, die einst die Nachbarländer miteinander führten, wichen fast immer und überall dem unwirtlichen Gebirge aus und stießen spitz über die Pässe, verfingen sich in vorgelagerten Hügeln oder suchten sich andere Gegenden aus, wo es wegsamer war. Die Dörfer und einsamen Gehöfte zu beiden Seiten nahe der Grenze bargen friedliche Menschen, mit Wald und Wetter galt es zu ringen; doch mußte ein Sohn in den Krieg oder war er ein tüchtiger Haudegen, so litt es ihn nicht in den geweihten Bezirken, er mußte fort, die Heere schlugen sich woanders. Kein alter Schlachtort wird dem Besucher genannt, keine versunkene Festung.

Selbst Bayregg, die verfallene Burg, die den Zugang zum Angeltal bewacht, wo es mit seiner alten Salzstraße sich im Gebirge verengt, verkündet kaum eine kriegerische Geschichte. Die Grenze hielt aus. Wohl kamen die Vermesser stets einmal nach mehreren Geschlechtern ins Gebirge und einigten sich in geschäftigem Prüfen, wie der Verlauf genau zu vermerken sei. Einmal taten sie das in den Sechziger Jahren des achtzehnten Jahrhunderts, und zum Andenken an ihre Fahrt wurden mit Inschrift und Datum schmuck gemeißelte Steine gesetzt. Sie hielten lange aus, ergrauten nur, bezogen sich mit Flechten und verschwanden im Dickicht, wenn man ihrer Pflege vergaß. Ich selbst noch habe sie gesehen, hier und auch weiter südlich. Sie waren mir lieb und bestärkten meinen Glauben an den friedlichen Fortbestand von Menschen in benachbarten Ländern. Hundertsiebzig Jahre dienten diese Steine treu und genügten den Bedürfnissen der Waldleute nicht minder als den fernen Regenten. Dann endlich aber besann man sich des Fortschrittes in der Welt und schickte wieder Vermesser aus, doch auch sie fanden sich in Eintracht. Nur wußten sie alles viel genauer, wie es der Fortschritt eben gebot. Trotzdem schien selbst nach so langer Zeit die Kunst des Messens sich nicht erheblich entwickelt zu haben, denn die Männer rückten nur da oder dort einen Stein, wenn sie ihn nicht an seiner alten Stelle bestätigten, ein bis zwei Schritte bald ins eine, bald ins andere Land. Selten genug waren es drei Schritte oder auch vier. Das tat der Grenze und den Ländern gar nicht weh, und es war zu hoffen, daß man sich damit für die nächsten hundert Jahre zufrieden geben werde.

Doch diesmal kam es anders. Nur wenige Jahre verflossen, und die Grenze fiel. Man kämpfte nicht um sie, oder nur sehr weit von hier in einer prunkvollen Halle, wo, über Landkarten gebeugt, die roten Stifte in gierigen Händen, sich hohe Herren versammelt hatten. Sie schauten nicht zum Bergwald auf, sie wußten kaum etwas von ihm, die Grenze hatten sie noch nie erblickt. Dort aber saßen sie in kalter feierlicher Pracht, neidisch, lästernd und furchtsam, die Stifte zitterten in zuckenden Fingern. Da nahmen sie die Grenze fort, was um des lieben Friedens willen geschah, den die Grenze nie gestört hatte. Und als die Grenze nicht mehr galt, war doch der Krieg heranbeschworen, den die Ängstlichen verhüten und die Trotzigen nicht entfesseln wollten. Er wurde nicht im Bergwald ausgefochten, das Morden hielt sich fern, die Felder des Verderbens lagen weit von hier, sie trauten sich nicht bis in den Forst, verschonten selbst die Dörfer weit und breit, die auch dann nicht litten, als die Städte rechts und links zerschmettert wurden. In den Ländern riß man die Menschen aus, schickte sie fort, verwarf sie aus der Sicherheit, und wen die Herren, die sich keinen alten Grenzen fügten, nicht mehr haben wollten, weil sie ihn nicht lebenswürdig in ihrem grenzenlos verquälten Reiche fanden, den fuhren sie erst kreuz und quer, bis sie ihn über den Haufen schmissen, daß er vor seiner Stunde stürbe.

Erst als der Krieg in seine letzten Tage rann, da nichts als Stöhnen war und Krampf und Fäulnis im Osten wie im Westen des dunkelgrünen Waldgebirges, drangen mit kräftigen Spitzen in schnellen Panzerwagen die Sieger über das Gebirge vor, doch nicht über die schroffen Höhen, nicht durch den verklammerten Wald, nicht durch das verschränkte Dickicht und das unentwirrbare Gehölz, sondern auf wenigen breiten Straßen setzten sie über die seltenen Pässe hinweg, ohne die Grenze zu achten; ein Blick auf die Landkarte, da wußten sie, daß die gefallene Grenze bezwungen war, darüber sie ins Herzland sprengten, um den geprügelten Gegner, der sich kaum noch wehrte und in schmutzig quirlenden Haufen sich der Gefangenschaft ergab, bis ins Letzte zu treffen.

Nun galt die alte Grenze wieder. Unberührt und sicher schied sie das Schmerzliche, das in den neu getrennten Ländern witterte und brannte. Die Grenzsteine auf diesem Pfade sahen nicht so aus, als hätte man sie je aus dem Boden gerissen. Sollten sie verwittern und vergessen werden? Es ist verwunderlich, doch sie hatten überdauert und wurden nur frisch gestrichen, ein neues weißes Kleid von Kalk. Ich war überrascht, daß die wiedereingesetzte Grenze unbehütet blieb, es waren keine Wächter zu erblicken. Bangte man so wenig um die Grenze? Unversichert war sie anerkannt, der Krieg war nie gewesen, das Waldgebirge teilte sich wie je auf beide Länder friedlich auf. Wer aber in dem Land zu dieser Seite wohnte, in den nahen Tälern oder weithin in großen wie in kleinen Orten, der hatte keine Heimat mehr, wenn er in der Sprache aufgezogen war, die jenseits dieser Grenze alle redeten. Die Grenze hier im Walde, sonst sogar Schmugglern ein schützendes Revier, behütete nicht mehr wie Grenzen sollen; sie bedrohte. Wer gestern noch zu Hause war, wer seinen Hof bestellen wollte, hatte heute sein Recht darauf verloren. Mit greisen Müttern, altersgrauen Vätern, mit Säuglingen und Kindern durften die Frauen ihre Bündel oft kaum packen, und fort; dahingenommen die Werke des Fleißes mit einem Befehl, die Liebe zum Lande fortgezerrt vom heimatlich gewissen Quell, in ein paar Hüttenlager wüst zusammengetrieben und manchmal mißhandelt, oft ohne die Männer; sie mochten schon vor Jahren den Herd verlassen haben und hatten ins Blinde dem Bösen schuldig oder unschuldig gehorsamt – jetzt hingen sie in vielen Ländern oder verdorrten, in Gräber ohne Namen geschaufelt. Viele Frauen wußten nichts von ihren Männern, unbekannter Aufenthalt, dem Zufall überliefert und von ihm verschleudert. Gab es aber unter den Abgeschafften noch die Männer oder waren sie heimgekehrt, so befahl man viele von ihnen fort und holte sie manchmal auch mit Frauen und Kindern, daß sie, an denen man sich versündigte, die Sünden ihrer Nächsten in Qual und Elend durch Frondienst büßen sollten.

Hier aber hob sich die Grenze einsam ins Gebirge empor und ahnte nicht die Schanden der Täler, die lebenden und entlebten Wundmäler wurden nicht ins erhabene Waldschweigen zur Schau gebracht, die Gestohlenen fuhr man in verkäfigten Zügen über die Grenze, und Beamte waren dabei, Bewaffnete in Uniform. Nichts davon hier. Grenzpfad verlorener Träumer, die man im hohen Forste spielend schweifen ließ; es traf uns kein Verdacht. Wir sahen keinen, der heimlich über die Grenze wechselte, auf daß er Botschaft bringe oder Habe rette. Niemand wollte fliehen, keiner nützte die Gelegenheit. War es so arg nicht, jagte die Angst keinen Bedrohten auf verschwiegene Steige. Manchmal hielt ich an und lauschte, ob nicht einer gerüstet aus dem Unterholz krieche, uns den Weg zu verweigern und einen Ausweis zu begehren. Ich hatte einen guten Schein bei mir, der kündete, daß ich entlassen bin. Auf baren Glauben hatte ich ihn empfangen, als ich mich beim Heimkehreramt am zweiten Tage meldete. Sie prüften nicht mein Antlitz und gaben mir die rote Karte, daß ich ihnen angehöre. Die einen kamen geschunden über die Grenze zurück, verarmt und blaß, die anderen zwangen sie zu Paaren hinaus; oh unheilvolle Grenze, verstiegen in die strenge Vaterwelt, vereinsamt, unbewußt und streitlos. Ich suchte nichts im anderen Land und von diesem war ich schon gelöst. »Wenn wir erst fort sind, wird es anders sein. Nicht mehr zugehörig, nicht wir, das Waldgebirge nicht mit seiner Grenze!« Anna hörte mich nicht. Ich achtete auf die Wege, die sich vom Kamme lösten, verheißungsvoll, schattig und schmal, sie bogen ins Tal des anderen Landes hinab, doch aus diesem Lande kamen ihnen keine bis zur Grenze entgegen. Wollte es sich verschließen? Wer brauchte diese Wege? Wer ist sie je gegangen? – Nun hatten wir wieder eine Höhe erreicht, das Knöchel, eine steinige Platte, mit undurchdringlich zähem Jungholz bestanden und steil darüber ein paar alte Riesenstämme. Kein Ausblick bot sich in die Länder.

»Man sieht nicht, wo man ist«, sagte Anna.

»Fürchtest du dich? Bald kommen wir an eine Stelle, da kann man fortlaufen.«

»Ohne Gepäck?«

»Will man nicht bleiben, dann achtet man nicht auf Gepäck. Unauffällig flüchtet man am besten. Wird man angehalten, dann sagt man, daß man sich verlaufen hat, sorgloser Wanderer zu seinem Vergnügen.«

»Und willst du denn? Wohin?«

»Ich weiß nicht, ob ich will. In jenes Land? Wo es geschehen ist? Zwischen mir und ihnen eine Wand.«

»Warum redest du dann vom Fortlaufen?«

»Nur so. Ich spiele. Ich versuche mich. Das Gefühl der unauslotbaren Fremde. Hier ist es nicht mehr heimlich, da kommt man auf haltlose Gedanken. Siehst du, hier ist wieder so ein Weglein. Es schaut ganz gemächlich aus.«

»Willst du's versuchen, ein wenig? Nicht wirklich, nur so zum Spaß. Ein paar Schritte gerade, damit du es bis in die Fingerspitzen spürst, wie man sich auf der Flucht fühlt.«

»Ach, spotte nicht!«

»Nein, wirklich nicht. Ich dachte nur, es kann dir helfen.«

»Es hilft mir nichts. Auch genügt mir, daß ich es mir genau vorstellen kann, wie ich mich ins Unbekannte einlasse. Der Wald ist dort genauso wie hier. Ich weiß es, weil ich mich drüben viel herumgetrieben habe. Da unten liegt Lohberg oder Egersberg. Ich kann es dir auf der Landkarte zeigen. Zuerst läuft man hinunter. Wenn man die ersten Hütten erreicht hat, welch ein Jubel entzündet sich in der verkrampften Seele, sie erkennt sich gerettet, die Flucht ist vollbracht und gelungen, nichts mehr kann mir geschehn. Ich werde als politischer Flüchtling anerkannt und kann ein neues Leben beginnen. Den ersten mißtrauischen Bauernburschen spreche ich an. Nein, er soll sich nicht fürchten, ich tu ihm nichts Böses und will nichts von ihm, nur weiter soll er mich weisen, den nächsten besten Weg nach Lam. Dort wird man sich meiner annehmen, vielleicht nicht gern, doch kann ich mit den Leuten reden. In Lam ist auch die Endstation einer Kleinbahn, die fährt mich aus den Bergen fort.«

»Nun, willst du weg? Nenn mir doch eine Stelle in der Welt, wo du bleiben möchtest!«

»Bleiben? Hier! Das heißt, nicht ganz genau hier, nicht im Anblick der Grenze. Doch nahe. In einer kleinen Waldhütte oder bei einem Heger, in einer Försterei. Dort möchte ich bleiben, wo ich nicht sein kann, wo ich es nicht aushalte, wo ich nicht hingehöre. Siehst du, weil ich das weiß, daß ich nicht hingehöre, darum bleibe ich nicht. Ich gehe fort, und irgendwo wird Dort sein, wo es mir kaum oder nur wenig gefällt. Dort werde ich bleiben, weil ich darf. Wo das sein wird, ein Land, das auf mich nicht wartet, ich kann es heute nicht sagen und das ist nicht wichtig. Nur hier darf es nicht sein, nicht hier, auf beiden Seiten dieser Grenze nicht.«

Ich sprach das leicht, doch Anna blieb stehen und hörte mir aufmerksam zu. Ich aber wollte weitergehen und ließ nun Anna voran, daß sie die Freude lerne, die ein Weg dem Wanderer schenkt, wenn er einen Waldschlag im Gebirge verfolgt und auf weiter Strecke keinen Menschen vor sich erblickt. Anna sollte sehen, wie sich die Wipfellinien verkürzten, wie sie sich flirrend in leisen Zacken niederstuften, wo vor uns ins Weite hin die Bahn zu einer flachen Mulde tauchte, aus der sie im ausholenden Schwunge wieder jäh empordrängte, die Fichten vor sich hergetürmt, und der Schlag, der sacht nach links hinüberschwenkte, sich scheinbar verlor. Dort wölbte sich die Waldmauer noch gewaltiger empor, bis sie des Himmels dunkelblauen Ausschnitt in gegliederten Spitzen berührte. Behutsam wies ich Anna darauf hin, fast keine Worte. Sie sollte spüren, was mich hier entzückte, dieses grüne Gefühl des unweigerlichen Endes, dem wir nimmer entrinnen, dagegen aber das Wissen, daß es doch anders ist, kein Ende, sondern ein Auflösbares, durch das hindurch wir vorsichtig schreiten, ohne zu ahnen, wie uns geschieht. Diese Art des Wanderns hebt uns in eine silbrige Eile, die Erwartung belebt uns, und dann ist es gut, wenn der Weg beschwerlich ist, daß wir seiner Höcker und Dellen achten müssen, was den Blick von der unaufhörlich lockenden Ferne achtsam in die Nähe schickt, unmittelbar vor die Füße hin, damit der nächste Schritt behütet sei. So wurden wir gut befördert, weder zu eilig noch zu gemächlich, ein wellengleich zerlegter Wandel in den angeglühten hohen Nachmittag.

Dankbar wurde mir zumute, dankbar versann ich mich in die vor mir schreitende Frau, die sich wieder mit einem Mann vereinen sollte, damit sie ein neues Leben versuche, doch dankbarer war ich dem unverdienten Gnadengeschenk, wie rein sich dieser Aufenthalt mir vergönnte, daß ich mich in entzückten Stunden über mein Geschick erheben durfte. Es war schön, daß ich Anna nach verstoßenen Tagen an diese versöhnlichen Geheimnisse heranführen konnte. So lange Jahre war es mir schon verwehrt, einem Menschen Freies mitzuteilen, die Grenzen waren fest gesteckt und ließen sich nicht überwinden. Wohl wurde mancherlei gesagt, doch glitt mir die Rede ins Unwägbare dahin, niemand nahm sie auf, vom Grunde redete ich mich nicht frei. So meldedringlich in der Tiefe mich es auch bewegte, deutete es sich doch nicht aus, wenn ich wörtlich davon bieten wollte; alles haftete zäh in mir, straffte sich zusammen, stockte und konnte keinem Nächsten gelten. Hier aber war ein Ort, der die Quelle verständlicher Rede löste; die Gruft, darin sich ein Bewußtsein als einsam Unsägliches erst verwirrt und bald begräbt, hatte sich für mich noch einmal aufgetan. Ich spürte, Anna nahm von mir und faßte auf, sie blühte in der Weite des Gebirges. Nur Kinder können richtig sprechen und verstanden werden, so dachte ich, und darum liebt man sie und fürchtet sie. Wir aber, Anna und ich, waren in die Kindheit eingedrungen, segensreich die Grenze aufgetan, der Widerhall durchtönte sie.

Nun wendete der Weg sich mehrmals, das Tagesziel war nahe, der Bergstock stemmte sich empor, immer steiler, kühner, spärlicher bewachsen; so schroff geraten sind nicht viele Kuppen im Waldgebirge, daß nicht dichter Wald sie bis zum Gipfel krönte. Allein erst aus der Nähe enthüllt dem Wanderer sich die harte nackte Felsenspitze mit der höchsten Zacke. Vom Pfad, den wir gewählt, wird sie am frühesten gesehen, eine Wand, die aus dem Walde ragt. Der Steig verschmälert sich, eingebettet ins Gestein, die Grenze will nicht mit und bleibt zurück. Zuoberst biegt der Kegelberg sich wie ein Horn und schickt seine kahlen Klippen ins Nachbarland empor. Auch tiefer schon das Schutzhaus liegt drüben, doch der Grenze näher.

»Die Grenze ist nicht ganz gerecht«, scherzte Anna.

»Die Grenze ist zu alt dazu. Wer weiß, wer sie entworfen hat.«

»Daß man sich je darüber einig wurde! Ich kann mir gar nicht vorstellen, wie man die Grenzen einst gemacht hat.«

»Es ist schwer begreiflich. Man denkt darüber zu wenig nach. Die See, Flüsse, Kammlinien, wie es hier sein sollte, oder wo sich die Sprachen trennen, das ist einzusehn. Aber willkürlich hin und her durch Gebiete, die sich auf beiden Seiten nicht unterscheiden, das ist erstaunlich.«

Als Kind hatte ich Ehrfurcht davor. Ich dachte immer, hinter einer Grenze muß alles anders sein. Die Eltern fuhren mit uns Kindern fast jeden Sommer ins Ausland. Da war ich immer aufs höchste gespannt. Die Grenzstation, das leuchtete mir ein, aber man sagte mir, das ist nicht die Grenze. Ich schaute zum Fenster hinaus, um sie bestimmt nicht zu verpassen. Mein Vater mußte sie mir zeigen. Ob er sie erkannte, weiß ich nicht. Plötzlich rief er, da siehst du sie! Damit gab ich mich zufrieden, ob es stimmte oder nicht. Ich bildete mir bloß ein, die Luft sei anders hier als dort, ein andrer Geruch, und das beglückte mich.«

»Das ging mir genauso. Ein Übergang ins andre Land, den ich erträumte, war kaum zu merken, und doch war etwas Feierliches dabei, so wie du sagst, die Luft oder der Geruch. Vielleicht sahn auch die Menschen anders aus. Hier im Bergwald aber, selbst oben auf dem Kamm, spüren wir keinen Unterschied, Land wie Land und Wald wie Wald. Mag sein, man muß die Menschen in den Tälern aufsuchen, um sich davon zu überzeugen, daß die Länder verschieden sind.«

Wir hatten die Schutzhütte erreicht, wollten aber erst zur Spitze hinauf, bevor wir einkehrten. Der Tag gehörte uns allein. Der Nachmittag war schon fortgeschritten, wohl auch darum war kein Wanderer in der Nähe. Doch frühere Besucher hatten Spuren hinterlassen, häßliche Reste verzehrter Genüsse und eingeritztes Gedenken im geduldigen Gestein. Der Gipfel war bald gewonnen, zuletzt der abgeflachte Fels mit seiner Bergesmarke. Wir schwiegen wieder, nur der Westwind strich. Die Aussicht weit, doch hielten sich unsere Blicke zunächst in den nahen Wäldern, schwer und bedächtig, rund um uns zurück. Dann schauten wir in die Richtung, aus der wir gekommen waren, ein schwärzlich grünes Bogendach, das sich zum Zwercheck spannte, wo es vertauchte. Nun schweiften wir nach Süden, wo sich das Waldgebirge teilt und weit ins andere Land eine Kette zweigt; das ist der Pfahl, den Namen hat man gut gewählt. Ich zeigte Anna die Gipfel, die ich beim Namen kannte, am südlichsten den großen Arber, den einzigen Berg des Waldgebirges, dessen runde Kuppe so hoch ragt, daß sie keinen Hochwald duldet; der Wuchs duckt sich zu übergrünem Knieholz, zuoberst liegt gedämpfter Wiesenschimmer. Von einer Senke abgetrennt, setzt sich der Kamm im kleinen Arber fort. Dann kamen uns die Berge näher, doch vom Tal geschieden, das sich verbreiterte, und jeder Gipfel eine Stufe niedriger, der Enzian, das Schwarzeck, der Ödriegel, der Mühlriegel, kleinere Berge davor, dann immer ferner ausgesandt ins Land noch viele andere Höhen, die ließen sich nicht deutlich unterscheiden. In grünlichbraune oder blaue Flecken lösten sie sich auf und versanken immer tiefer und milder in milchiggrauer Weite. Vom Pfahl trennte uns das Tal des weißen Regens, das nah mit lichten Wiesen und Auen uns begrüßte. Da bot es zierlich und gering seine geruhsamen Dörfer auf, von denen der Berg, auf dem wir standen, breit und gewaltig aus dem Tal aufsteigt, das er so offenbar beherrscht. Der Osser ist ein stolzer, ein königlicher Berg; ist er auch bei weitem nicht der höchste im ausgedehnten Waldgebirge, so baut doch seine Lage ihn als letzten hohen Riegel im Norden für beide Länder bedeutsam auf.

»Er sieht hinein.«

Ich mußte Anna erklären, was ich damit meinte.

»Den Häusern auf das Dach, den Menschen in den Häusern beinah ins Herz. Das Fremde wird uns vertraut.«

So hatte ich es oft empfunden und das liebte ich. Ein Wächterstand; wer sich dem Gipfel eines solchen Berges anvertraut, teilt seine Macht und Größe, und das verlockt. Er wird zum Berge selbst und verliert seine kleine Menschenangst dabei. Auch unverletzlich wird er. Wird ihm sein Amt zuviel, dann verläuft er sich sogleich in den Schutz des Waldes, er wird wieder klein und im Kleinen seiner Sache sicher. Anna begriff nicht ganz. Sie fand mich verändert und schaute mich halb an. Sicher war ich verändert, die Bergwelt lieh sich mir, es war ein letztes Mal. Die Trauer meines Herzens hatte sich verkrochen. Wohl war keine Wand durchstoßen, aber ich hatte mit ihr mein Wesen vertauscht; keiner hätte zu sagen vermocht, wer nun die Wand, wer der Mensch sei. Die Suche nach der Wand und nach dem Menschen, die Entfernung des Bewußten und des Unbewußten, ich mußte mich nicht bekennen. Ein ungestörter Untergang, die Qual gesiebt, und was nicht sprach, war Bruder. Da war ich bewahrt. Wohl keine Häuslichkeit, doch ein Zuhause, Adam in der Welt.

»Erkennst du mich?«

»Du bist unheimlich, Artur. Ich hab dich nie erkannt und ich gestehe, wenn ich glaubte, das würde sich im Bergwald bessern, so hab ich mich geirrt.«

»Alle irren sich, alle. Das ist so. Es soll dich nicht bekümmern. Wir werden aber diesen Tag nicht vergessen. Jeder wurde beschenkt. Mehr kann ich nicht verlangen.«

»Nein, mehr nicht. Wenn du zufrieden bist, ich bin es gewiß.«

»Zufrieden ... Nun, eines Wortes wegen will ich nicht rechten. Laß es sein! Sieh den Hauptkamm hier vor uns. Nach diesem Sockel hat er keine rechte Kraft mehr. Aber es ist ein schönes Land. Der Berg dort hinten, der unsere Aussicht abschließt, ist ein mächtiger Vorposten. Er beherrscht das Chodenland um Taus herum. Und hier das Vorgelände nach Norden mit dem Wald und der letzten Kuppe rechts, siehst du? Das ist der Rantscher, ein bescheidener, aber sehr geliebter Berg. Den kenn ich gut. Dort bin ich oft mit ihr gegangen.«

»Mit Franziska?«

»Ja. Du willst immer den Namen hören und weißt es ja. Dort fanden wir uns. Dort, glaub ich, haben wir uns in unbegreiflichen Stunden einander versprochen.«

»Du glaubst? So was weiß man doch.«

»Ich weiß nichts mehr genau. Ich will auch nicht.«

»Möchtest du nicht doch noch einmal hin?«

»Zum Rantscher? Nein. Bestimmt nicht. Ich kenn ihn nicht mehr. Er ist zu sehr in mir.«

»Ach, alles was du sagst, bleibt zweideutig. Du entschließt dich nicht.«

»Wie könnte ich? Es gibt nichts mehr, was ganz bestimmt ist. Denk aber nicht, daß ich bloß verneine und nicht an das Wirkliche, das Erhabene, sogar an das Heilige glaube. Es ist nur unbestimmbar. Die Menschen waren viel zu sicher, zu viele sind es heute noch. Sie gehn in die Irre, aber wenn sie das tröstet, muß es schon recht sein. Man soll sie nicht hindern. Doch für mich ist das nichts. Man muß zerbrochen sein können und die Welt trotzdem nicht verdammen, nicht ungütig werden, nicht seinen Nächsten hassen, nicht die Schuldigen, denn das sind die Nächsten. Man darf sich auch nicht von den Unschuldigen ausschließen wollen. Zweifel und Unglaube sind ganz verschiedene Dinge. Wehe, wer das verwechselt, wer das durcheinanderbringt! Und nicht verneinen, auch dem Untergang zustimmen, ihn sogar preisen! Denn auch der Untergang ist geschickt und gehört zum Plan. Am Ende ergibt man sich und anerkennt.«

»Das ist trostlos.«

»Nicht trostlos. Mir nicht. Es ist die Aufgabe in der Zerstörung. Das mag unbequem sein. Aber ich denke, und hier wird es mir vollkommen bewußt, daß man auch das Negative nicht verneinen darf. Nur dann, so fühle ich, wirklich nur dann kann man dem Positiven mit ganzem Herzen demütig und ehrfürchtig zustimmen. Wer das Negative nicht liebt, ich meine als Prüfung nicht liebt, wer seine Zerbrochenheit nicht annimmt und seinen Schöpfer verkennt, weil er nichts als sein menschliches Unglück begreift, wer dem Schöpfer und allen seinen Geschöpfen flucht, der nimmt nur noch das Nichtswürdige wahr und denkt und handelt danach.«

»Gilt das für alle?«

»So große Worte wage ich nicht. Bestimmt aber würde ich

nie behaupten, daß es bloß für mich oder solche Menschen gilt, die ein Gleiches, ein Ähnliches erfuhren. Es muß schon gültig sein, doch ist es nicht allen so offenbart. Und man darf niemanden aus seinem Hause vertreiben, aus seiner Seele Haus, aus seiner Einsamkeit. Die Einsamkeit, so hat es Franziska gesagt, ist ja der Seele Haus. Von dort also darf man keinen Menschen vertreiben, aus dem Haus, in dem er noch seine Sicherheit erleben darf. Aber wie ist das jetzt – und das ist bedenklich – wer hat dieses Haus noch? Wer wird sein Haus morgen haben? Wer hat seine Einsamkeit? Die Geschlagenen müssen warnen.«

»Ist das deine Aufgabe?«

»Darüber entscheide ich nicht.«

»Worüber entscheidest du?«

»Über nichts. Ich bemühe mich, das ist alles. Im übrigen wird schon entschieden. Das brauche ich nicht abzuwarten. Es kommt von selbst. Wenn ich nur bin, dann bin ich auch bereit, sonst aber bin ich nicht.«

»Wer soll dir folgen, Artur? Daß du das alles so leidenschaftlich sagst! Ich vergleiche meine Erlebnisse nicht mit deinem Leid, aber etwas ...«

»Oh, sehr viel hast du mitgemacht! Widersprich mir nicht und erklär mir nicht, was ich weiß!«

»Gut, man hält sich seine Bitternisse nicht vor. Da gilt kein Wettstreit. Doch meine sind mir als Traum geschehn, und so geh ich immerzu wie im Traum.«

»Willst du damit etwas anderes sagen als ich?«

»Nicht eigentlich. Oder vielleicht gerade nur, daß mir alles viel einfacher erscheint oder geschieht. Wenn ich mehr wollte, würde ich anstoßen. Verstehst du mich? Anstoßen, daß man verwundet und sich selbst verletzt. Das soll man nicht oder, bescheidener, ich soll das nicht.«

Ich stimmte Anna zu, wußte zumindest nichts zu entgegnen und lenkte sie wieder zur Aussicht hin. Ich zeigte über den Rantscherwald hinaus, wo sich das Land zwischen selteneren und niedrigeren Hügeln, oft kaum bewaldet, immer breiter zu welligen Fluren und Ebenen öffnet, die in einem weiten Lugaus silbrig dünn in Dunst verschwammen. »In dieser Richtung«, so sagte ich, »liegt die alte Stadt.« Ich nannte ihren Namen fast unhörbar leise. Anna wußte nicht, warum ich ihn flüsterte; es schien ihr nichts an diesem Namen zu haften, was man beinahe verschweigen müßte. Aber als ich ihr kurz bedeutete, daß es für mich doch so sei, verstand sie mich und griff für einen Augenblick mitfühlsam nach meiner Hand. Über dem fernsten Dunst, der sich waagrecht wie der dichtere Rand eines Schleiers hinzog, schwebten weiße Haufenwolken fast unbeweglich in mattem Glanz. Ich ertrug diesen Anblick nicht lange, denn ich spürte die mögliche Finsternis, und dieses herbe Verzehren des Tages, mir so vertraut, mahnte mich an den Aufbruch. Es war auch schon an der Zeit, die Schatten verlängerten sich, der Vorabendgeruch goß in die Wärme sein kühles Empfinden. Selbst der leichtere Weg, den ich plante, forderte noch einen rüstigen Marsch, und die Dunkelheit wollte ich vermeiden.

Anna war mit allem einverstanden, nur einmal noch wünschte sie die sanftere Nähe im Blick auf das lockende Grün des hinströmenden Wäldergewühls. Das war ein heilsamer Einfall, denn die Augen flimmerten uns vor der verzuckenden Ferne; wir gestanden uns ein, daß sie uns stach, ein bohrender Schmerz, doch rührte er mehr von den Empfindungen her als vom forschend verlorenen Schweifen. Noch einmal deutete ich zum Angeltal hinab; friedlich vergingen fast vor unseren Blicken viele kleine Siedlungen. Aber der Friede, den ihre Ferne mir vorschützte, ließ bloß ein kurzes Behagen. Ich spürte, wie verloren die Hütten verschwebten; da suchten die Augen tröstlicher den Aufstieg drüben die Wälder hinauf, wo sich von rechts aus dem Waldmeer der innere Bergzug löst. Er zeigte uns die Sonnenseite mit dem Brückel, und wieder weiter hinaus zu geringeren Spitzen, aus dem zeitversunkenen Gefüge des Landes als sprachlos dauernde Botschaft aufgerichtet. Ich riß mich aber von diesen entrückenden Zeugen los, um nicht nochmals ins Ferne mich uferlos zu verführen.

Wir mußten keine Zeichen tauschen, schon stiegen wir

vorsichtig ab, vorsichtiger als nötig. Wir spürten unsere Glieder, fast hatten wir uns überwältigen lassen. Als ich mich umwandte, weil es der nächste Schritt so gebot, zuckte von allen Seiten Bekanntes auf; leidbefreit und schmerzgesättigt in Einem, war es versammelt. Ich nahm es noch wahr, faßte es aber nicht mehr auf, es drehte sich alles im Reigen, die Grenze zersplitterte in zarte Scherben und verteilte sich in alle Himmelsrichtungen; Höhen und Tiefen, Himmel, Waldpracht und Wiesengründe griffen verwirrend ineinander über, ein dichter sausender Gesang, mir dröhnte er in den Ohren. War es nun das Gebirge, war ich es, war es der unwiderrufliche Abschied, waren es die glitzernd zerspringenden Wände? Ich wußte es nicht. Doch es war gut, daß ich mich diesem verlockenden Allgefühl nicht lange widmen konnte. Wohl wärmte es, aber auch ein tödlicher Schauer schreckte in seiner Glut, eine fast zerstörungstrunkene Seligkeit, die sich als würdelos verbot. Gern und erleichtert sah ich das Schutzhaus vor uns, das lächerlich nüchtern in kahlen eingepflockten Tischen und lehnenlosen Bänken seine Beutelust enthüllte.

Es scheint verlassen, dachte Anna, aber ich glaubte es nicht. Sie setzte sich an einen Tisch, während ich das Haus erkundete. Die Türe war nur angelehnt, doch wehrte sie sich mit einem gequetschten Laut, als ich sie in den düsteren Vorraum drückte. Noch bevor ich in die Gaststube drang, meldete sich ein Mädchen. Sie zeigte keine Freude über den Besucher und fragte mich so steif nach meinem Wunsch, als wollte sie schnell den Störenfried verscheuchen. Zum Essen gab es nichts. Nun, das begehrten wir nicht. Aber auch zum Trinken wurde wenig angeboten. Milch war nicht zu haben, nichts Köstliches, was Ort und Ferne einst gespendet hatten. Schwarzen Kaffee – Ersatz, freilich, was denn andres? – konnte man bestellen. Nein, den lieber nicht. Bald zeigte es sich, wenn wir den nicht wollten, daß wir mit Bier vorlieb nehmen müßten. Nun gut. Ich flüchtete zu Anna hinaus und setzte mich. Sie hatte ein Tüchlein über den Tisch gebreitet, und wir verzehrten, was wir selber mitgebracht. Nach einem

Weilchen, mißtrauisch und mürrisch, kam das Mädchen träge mit zwei Krügen heran. Dünnes Bier aus dem zerstörten Lande. Allein der Trunk war kühl und angenehm. Anna zögerte, doch ich sprach ihr zu, daß dieses Bier sie nicht ermüden werde. Das Mädchen zog sich bloß wenige Schritte zurück, stemmte die Hände in die Hüften und ließ uns nicht aus den Augen. Sie war uns böse. Darum rief ich sie heran und wollte zahlen. Ob sie Geld von drüben nehme?

»Wenn's sein muß. Eins zu zehn.«

Ich gab, was sie verlangte. Fürs Zugeld sagte sie nicht Dank.

»Sie müssen uns nicht so anschaun. Wir haben Ihnen nichts getan.«

Sie hob eine Hand und zeigte über die Grenze hinaus.

»Mir nicht, ich bin von da. Aber dort drüben die ...«

Sie sprach nicht aus, was sie sich dachte. Ich hatte keine Lust mich zu erklären, doch Anna nickte ihr versöhnlich zu.

»Ich weiß, es ist nicht recht. Aber auch wir sind dort nicht ganz zu Haus.«

Das Mädchen schaute uns so an, als ob es zu sagen wünschte, daß es von uns nichts wissen wolle. Sie stemmte wieder die Hände in die Hüften.

»Mir soll's recht sein.«

Kalt und feindselig hatte das Mädchen geredet. Dann schritt es mit unschön wiegendem Gang dem Hause zu und schloß die quietschende Türe hinter sich, doch griff sie schlecht ins Schloß, so daß sie aufsprang und sich knarrend einen Spalt breit öffnete. Das Mädchen ließ sich nicht mehr blicken. Bald brachen wir auf. Anna hatte ihren Krug kaum zur Hälfte geleert.

Mir fiel die behäbige Wirtsfrau ein, die uns am ersten Tage drüben auf der Panzerhütte frische Eier mit kräftigen Herrenpilzen aufgetragen hatte, ein leckeres Mahl. Die Frau gehörte zum anderen Volke. Vielleicht hatte sie sich wieder der Herrschaft über geraubten Besitz bemächtigt, den sie eingebüßt hatte, als man die Grenze umstieß, vielleicht auch hatte erst sie die Wirtschaft geraubt, da man die Grenze wieder anerkannte. Die Frau brachte das gute Essen nicht selbst herbei, mit der Schüssel wurde im Aschenputtelröcklein ein junges Ding ausgeschickt, das stand bei der Wirtin in Diensten und gehörte diesem Volke an, die kleine Magd auf Gnade und Erbarmen, die zur Sühne für ihr unbewußte Taten arbeitete, solange sie im Lande war. Anna hatte der Auftritt erregt, ich wollte sie nicht daran erinnern. Ich schwieg; wir beide schwiegen und vertrauten uns dem Wege.

Das freie Gipfelfeld lag hinter uns, der Wald hatte uns wieder, es ging steil hinab, die Grenze war verlassen. Wir tauchten in den Königsforst, groß, herrlich, stolz, von scharfen Winden gut behütet. Bald war der schroffe Abstieg überholt, schon ging es mäßiger den Hang entlang. Als wir die Waldstraße erreichten, schritten wir tüchtig aus; lange Strekken ging jeder für sich, als gehörten wir nicht zusammen. Für heute hatte ich mich satt gesehen und wußte nur noch immer Wald und immer Wald, daß es der Wald ist, dem ich zugeeignet blieb, Wald ohne Ende, Wald in der Güte aller Herrlichkeit, Wald, über den hinaus ich jetzt nichts mehr erfahren konnte, mochten mich auch noch viele Wunder auf dem Weg empfangen, berühmte Riesenbäume, alte Buchen, ehrwürdige Linden, das wilde Klammerloch mit seinem flinken kalten Wasser, der schwarze See in seinem späten Licht und fast vom Abend eingesponnen. Das alles war noch da, ich sah es an, doch brauchte ich nichts mehr, es wiederholte sich mit gleichem Puls und meinte mich, sog mich in seine wandelbare Dauer ein, zerrieb mich, lächelte mich hinweg, sagte mich los von meinem Bestand und warf als kleine Schattenspur mich in die Fülle seines unergründlichen Schatzes, daß ich in ihm verginge, in seiner geheimnisreich begeisterten Nacht, in der versprenkelten Kühle, aus der die Glockenblumen steigen, Grablied des Unvergänglichen, ein versummendes Wissen, hingebreitet geisterhaft in den Tanz der verstorbenen Gedanken, die sich wünschelos und flüchtig um die Beständigen ahnend leise ranken, wo sie die Rinde tasten, den strengen Geschmack des Verschwiegenen in der schaukelnden Höhe spüren, heiter und nahezu unberührt, aber doch immer versammelt in den nadligen Fächern der jungen Sprossen, im knisternden Schaukeln gewiegt und noch höher, wo sich das Eichhorn zu tummeln scheut, wo keine Vögel mehr nisten im einsamsten Wipfel.

Wald, Wald und das nicht zu überwältigende Vergessen, aber unten der verläßliche Schritt, der sich dem Grunde vertraut, ohne seiner zu achten, ohne ihn zu bedenken. Wald, Wald in den Abend hinein, in die verästelte Müdigkeit aller Glieder, in den heimlich wandelnden Schlaf, daß sich die Heimat in einer Gemeinschaft erbaue, Aufenthalt und Wandel des Aufenthaltes, Wald der Verstorbenen, Wald der Lebenden, Wald der Eingekehrten und der Verworfenen, überall gleich, da nur die Träume verschieden sind, jeder von ihnen sein Antlitz mit gewichtigen Zügen, daß wir ihm ins Auge blicken, zwischen die Wimpern, daß wir seinen Namen rufen, wenn wir ihn erinnern oder uns seiner aus Inschriften und Büchern versichern, Zeugen unserer und jeder Vergangenheit, herübergeholt in das Bedauern und Dauern unserer Stunde, denn überall vermittelt sich uns ein Antlitz, schaut uns zu, verlangt und bestimmt uns, hat seine unvernommenen Fragen für uns gespeichert, damit wir nicht zu kühn uns seinem gebieterischen Verlangen unterwinden, aber daß wir uns auch getrauen, mit unseren Füßen zu bestehen und mit unseren Händen zu begreifen, daß wir die faulen Lippen unserer unguten Einfalt aufzwingen zum herzlichen Bekenntnis. Das sind wir, die Kinder des Waldes in allen Grenzen, die Gebilde unserer zernommenen Tage, und das seid ihr, Kinder des gleichen Waldes, wir alle zusammen verbrüderte Fremdlinge, Gebilde wir, und Bilder ihr, wie die fleißigen Maler euch entwarfen, mit sicherem Stift euere Züge gezeichnet, dann haben sie euere Gesichter gemalt, immer ein Blick und ein Strich, sorgfältig, eifrig, so gut sie es konnten, geschmeichelt und doch einfältig, aber fast scheint es, als hätten sie Liebe daran gewendet, ein Werk des Gedenkens ist ihnen für die Kinder gelungen, die holten die Bildnisse in hütenden Rahmen von euch, heilig Vermächtnis, verlängerte Erbschaft von Baum zu Baum, geschnitzt und immer im gleichen Walde, darin die Häuser mit vielen Wohnungen standen.

An den Wänden hingen die Bäume, ehrfürchtig abgestaubt, immer ein Stamm, Vater und Mutter, ein jeder lebendig, gegenwärtig mit ernsten Gesichtern, aus der Vergangenheit in die neue Zeit hinein; die lieben Augen wurden den Enkeln bedeutet, die spielende Nachkommenschaft im Walde sammelte sich und hielt den Atem an. Die erste Ehrfurcht der kaum noch verstehenden Blicke stieg fragend die Wände hinauf, aus den geretteten Gesichtern blinkte versichernd die eigene fremde Zukunft in staunende Herzen. Volk der Erinnerung, das sich in jedem Geschlecht erneut, denn in den Eltern, den Großeltern und deren Vorfahren wiederholten sich die Ureltern, von denen das heilige Buch berichtet, nicht mehr im Wald, aber Sand am Meer, ein jedes Körnchen nach gleichem Gesetz geschaffen. Die Menschen haben das Gewesene aufbewahrt; war es auch eitel, so war es doch innig und noch im Lautkreis des Spruches, daß du gedenken sollst. Deshalb wurde es in den Stuben gehegt und mit rührendem Eifer verwahrt.

Dann aber kam der Vernichter, der rief die Lebenden ab und führte sie aus den Zimmern hinaus, darin noch die letzte Wärme verglomm, und die Verjagten nahmen bloß Reisebündelchen mit, nicht mehr ein seßhaftes Volk und auch kein Auszug ins Heil, sondern unstete Wanderer, kühl und sachlich, fast sportlich, sie sahen sich kaum noch einmal in den zerkrümelten Wohnungen um, Läden und Schränke klafften offen und verwühlt; nur die Altvorderen an den Wänden blieben unberührt zurück, schauten noch immer herab, verläßlich und treu, ihre Mienen nicht im geringsten verzogen, die ließen gar nicht erkennen, ob sie den grausamen Wandel und die plötzliche Einsamkeit merkten. Niemand wischte mehr achtsam die Rahmen, niemand tupfte mit weichem Lappen zärtlich über die farbig ähnelnde Leinwand mit ihren angeknisterten Sprüngen oder über die verglasten Gesichter. Da wurden die Vorfahren kümmerlich und alt, sie konnten sich nicht selber helfen und entbehrten der Pflege, daß sie schläfrig vor Schmutz ergrauten. Die Antlitze wurden runzlig, die Augen matt, brüchig und dürr das Haar und schwach der Hals, ärmlich die Gewänder, ein armes Volk, verschleiert hinter schattenden Krusten von Ruß und bald unsichtbar. Selbst die Rahmen litten und zersprangen, Gold verblaßte, löste häßlich sich vom Holz.

So verendete die alte Zeit, und es dauerte lange, bis ein paar Fremde lärmend in die tote Wohnung drangen. Sie stampften kalt und demutlos durch alle Stuben, hatten rauhe Hände und zerdrückte Kleider an den Leibern. Sie strichen sicher und doch heimatlos herum und schrieben auf, so lang so breit, so hoch so schmal, sie rückten achtlos an den Dingen, zählten, maßen, drehten hin und her und stießen um. Schließlich schaute einer zu den Bildern, schob daran herum, brummte was und pfiff; ein Finger wischte eine Spur im Staube.

»Schaut euch das an! Nichts wert, gemischter Salat.«

Dann zog der Haufen trampelnd ab und hatte alles notiert, was in der Wohnung ruhlos schlief. Wieder verstrichen viele Monate, bis eine lose Schar mit hackendem Gepolter auftrat. Die Männer schmierten Buchstaben und Ziffern auf Betten und Tische, hoben die ächzenden Bilder von rostenden Nägeln an den Wänden und zeichneten mit fettem Rotstift die gleichen Signaturen auf die Rückseiten. In Kisten, Koffer, Schachteln, Säcke, Bündel packten sie alles ein, schleppten die Lasten schlürfenden Schrittes die Treppen hinunter bis auf die Straße hinaus und luden das verwelkte Gut in die Höhle eines Möbelwagens. Geräte schlugen entzwei, geborsten in den Fugen, brachen in Splitter, schütteten sich in Spreu zusammen, hinfällig alles und zerschlissen. Einer mit Mütze sah verwegen in die letzten Winkel der zernommenen Wohnung und klatschte in die Hände, als wollte er mit dem Widerhall aus allen heimlichen Nischen herauslocken, was sich noch versteckt hielt. Doch nichts kam zum Vorschein, und nun griff der Prüfer hoch an ein Fensterkreuz, pochte aufs Holz vertrödelter Türen, dann sperrte er die verwaiste Stätte ab, eilte zum Wagen, gab dem Fahrer einen mutwilligen Wink, schon fuhr die Ladung frisch zum Sammelmagazin. Es war die Zeremonienhalle eines Friedhofs, draußen in der bergigen Vorstadt, wohin sie fuhren. Sie kamen an, es regnete, sonst war es in der Nähe still. Die Männer sprangen ab vom Wagen, der Schließer hörte sie von innen, kratzte sich den Kopf und kam heraus, die Fracht sich anzuschauen. Er nickte zur Begrüßung, schimpfte auf das Wetter, klopfte auf einen zerschundenen Tisch, seine Platte lächelte gespalten. Der Prüfer hielt dem Schließer sein Konsignationsbuch hin, da stand alles aufgeschrieben, auch die Namen waren dabei.

»Eugen Lebenhart und Emmi Lebenhart. Du, das ist der Lebenhart aus der Ufergasse! Die müßten schöne Sachen haben.«

»Ist nicht viel los.«

»Viel kaputt. Na ja. Dabei hatten die Leute einmal Geld gehabt.«

»Du weißt ja immer alles, hast alle Leute gekannt.«

»Natürlich hab ich die gekannt. Du glaubst es nicht? Die, bitt' dich, wer hat die nicht gekannt! Galanteriewaren, das war mal ein Laden! Riesiger Umsatz!«

»Kauf dir was dafür!«

»Kaufen kann ich mir dafür nix. Aber reich sind die einmal gewesen, das sag ich dir.«

»No, was haben die schon davon gehabt?«

»Davon gehabt ...? Gut ist es ihnen gegangen!«

Die Männer sprachen nicht mehr davon, wie gut es Eugen und Emmi Lebenhart einst gegangen ist, sie sprachen auch sonst nicht viel, denn sie mußten sich beeilen. Die Fracht mußte schnell abgeladen und in der Zeremonienhalle verstaut werden. Möbel dahin, Teppiche dort auf den Haufen, Spiegel, Glas und solches Zeug vorsichtig, damit nicht alles zerscheppert, Bücher da aufeinander, Küchensachen in den Vorraum, Spinnwaren in die Leichenhalle, für Varia und solches Gelumper ist schon kein Platz da. Der Schließer beschwerte sich, es sei höchste Zeit, daß man den Krempel endlich wieder ausräumt, was sich das Wohnungsaufräumedezernat da einbildet, jeden Tag neue Fuhren hereinzustopfen, man kann den Plunder nicht einmal mehr unterbringen, und da soll man dann noch sortieren. Der Prüfer nickte, ja, man weiß nicht mehr wohin damit. Der Schließer aber sagte, alles geht hier nur kaputt, und er hatte recht. Die Träger stießen und stopften die Ladung ins Lager, auch die Bilder wurden angeschleppt und in einer Ecke abgestellt, wo schon viele andere erblindeten. Dann empfahl der Prüfer sich mit seiner Mannschaft. Bald darauf war das Sammelmagazin so verstellt, daß man endlich auf den Schließer hörte, und das meiste wurde abgeholt.

Die Bilder kamen in die Schule, drei Klassenzimmer wurden mit ihnen gefüllt. Den Rücken nach oben, wurde eines auf das andere gehäuft, nicht sehr sanft und ordentlich, nur auf die Größe achtete man. So wurden die Wohnungslosen zu Türmen in die Verbannung geschichtet, es lagen dreißig und auch fünfzig übereinander. Mit Verschlägen aus Latten wurden die Stapel gesichert, damit sie nicht zusammenstürzten; schmale Gänge zwischen ihnen blieben frei.

Herr Schnabelberger sperrte auf und führte mich ins erste Zimmer. Die Luft war stickig und warm, ein süßlich grauer Moder schwamm im dämmrigen Raum, in den aus halbverstellten Fenstern und durch Rollvorhänge das Tageslicht bloß mühsam gilbte. An diese Finsternis, die mich merkwürdig wenig bedrückte, hätten sich die Augen bald gewöhnt, doch Herr Schnabelberger knipste schon das Licht an; es flutete ein bräunlichgelber Schein wie von mürben eingelagerten Äpfeln vorjähriger Ernte.

»Sie sind nicht eigentlich Kunsthistoriker, aber das macht nichts, Herr Dr. Landau. Es ist eine schöne Arbeit. Und Sie sind intelligent, Sie werden sich zu helfen wissen. Außerdem werde ich Sie selbstverständlich unterstützen, wo es notwendig ist. Hier und in den beiden Zimmern, die ich Ihnen noch zeigen werde, ist unsere Sammlung von Familienbildern. Alles in allem sind es rund fünftausend Stück. Einige ausgezeichnete Sachen, denen man den guten Maler auf den ersten Blick ansah, haben wir gleich separiert und katalogisiert. Das Schönste ist bereits im Ausstellungsraum und hat musealen Wert. Aber auch die Bilder in meinem Zimmer und was Sie im Stiegenhaus sehn, ist kaum weniger gut. Wir hoffen, wir können das alles einmal würdig aufhängen, Beschädigtes restaurieren und der Öffentlichkeit in einer Gemäldegalerie unseres Museums zugänglich machen. Was hier in den Zimmern ist und dazu noch einiges, was unter den sonstigen Beständen an Porträts auftauchen dürfte, wird meist wahrscheinlich weniger wert sein, oft schwach, selbst Schund, einfach niederträchtiger Kitsch. Wie sich halt die Leute von süßlichen Modemalern malen ließen, von jämmerlichen Dilettanten, manchmal gar nicht nach dem Leben, nur nach Photos, geschmeichelt, und dabei plump geschmeichelt. Selbst mit Öl überpinselte Photos kommen vor.«

Herr Schnabelberger hielt ein. Ich wußte nicht, ob er erwartete, daß ich mich äußere. Nur um etwas zu sagen, meinte ich kleinlaut:

»Also viele, viele schlechte Bilder von unseren Toten.«

»So ohne weiteres kann man das nicht behaupten. Sicher ist noch manches Gute zu finden. Ich bitt' Sie, über fünftausend kaum untersuchte Bilder, da muß es auch Anständiges geben. Das wird ja Ihre Aufgabe sein, und vielleicht, ja sogar wahrscheinlich, ich zweifle nicht daran, werden Sie in der Masse richtige Schätze aufstöbern.«

»Also Schatzgräber?«

Ich lächelte verwirrt und wollte mich an einem Bilderstapel festhalten.

»Um Himmelswillen, geben Sie acht! Die Latten sitzen nur ganz lose und können nachgeben! Man hatte bloß Papiernägel. Das wäre eine schöne Bescherung! Ich empfehle Ihnen immer Vorsicht, und Sie wissen, es ist eine Vertrauenssache, die wir Ihnen da übertragen, wenn ich es auch nicht gleich Schatzgräberei nennen möchte.«

»Was soll eigentlich damit geschehen?«

»Bestandsaufnahme, Herr Dr. Landau.«

»Wem was gehörte? Wegen der Rückgabe an Überlebende oder an mögliche Erben?«

»Das kann natürlich auch mal vorkommen, aber Sie wissen ja …«

»Selten.«

»Sehr selten. Und dann, der schwierige Nachweis. Wir sind auch gar nicht kompetent. Auf alle Fälle sind Restitutionen langwierig. Zum Glück haben wir auch ein bestimmtes Einspruchsrecht bei Gegenständen von besonderem künstlerischen, historischen oder sonstigem musealen Wert. Frau Dr. Kulka hat schon ihre Lieblingspläne wegen des Museums und seines künftigen Ausbaus. Da ist sie hartnäckig und zum Kampf entschlossen wie eine Löwin, wenn wir Sachen für uns brauchen. Aber wir sind froh, man hat noch nicht viel bei uns angefragt. Die Leute denken nicht ans Museum, sie wollen Häuser, Geschäfte und Bankkonten zurück oder Schmuck. Das ist nur natürlich.«

»Natürlich.«

»Aber bei Recherchen müssen wir helfen, das ist klar, und ich stimme Frau Dr. Kulka nicht bei, die eigentlich die Ansicht vertritt, daß uns niemand zwingen kann, Auskunft zu erteilen. Ich bin da anderer Meinung. Aber wie es auch sein mag, wir haben zum Glück bis jetzt noch kaum mit etwas herausrücken müssen. Die Zahl der laufenden Anträge hält sich in sehr mäßigen Grenzen.«

»Das ist eigentlich schrecklich.«

»So denk ich im Grunde auch. Aber was hilft das? Man muß retten, was man retten kann. Und dann der museale Standpunkt. Ich hatte ihn ursprünglich nicht. Kein Wunder, denn Sie müssen wissen, ich bin Elektrofachmann von Beruf. Aber mit der Zeit ändert man sich. Die Vergangenheit packt einen, und bald dient man der Sache mit Begeisterung. Wenn Sie erst einmal ein paar Wochen hier sind, dann wird es Ihnen genauso gehn. Das garantier ich Ihnen.«

»Wenn etwas schön ist, wirklich schön, ich versuche mir das vorzustellen, und niemand kommt, der als rechtmäßiger Eigentümer danach fragt, da kann ich einsehn, daß man das retten will, wie Sie sagen. Aber wenn es Dinge sind, nur von privatem Reiz, sonst aber ohne Interesse, ich meine, für ein Museum ohne Interesse, also wertlos, stellt das dann nicht eine ungeheure Belastung dar?«

»Wo denken Sie hin! Als einzigen Grund könnte man Raummangel gelten lassen, aber da haben wir schon von der Regierung alle nötigen Zusagen. Übrigens dürfte Frau Dr. Kulka Sie nicht hören. Nichts ist wertlos für ein Museum! Bedenken Sie doch nur, diese einzigartige Gelegenheit, eine so umfassende Porträtsammlung zusammenzutragen! So was könnte man sonst in vielen Jahrzehnten selbst mit hohem Kostenaufwand nicht in dieser einmaligen Art unter ein Dach bringen!«

»Ja, soll denn das Museum eine Art Gedenkhalle für unsere Toten werden?«

»Nein, Sie verstehn mich nicht recht! Aber ich kann Ihnen das nicht so gut erklären wie Frau Dr. Kulka. Eine solche Gedenkhalle kommt nicht in Frage. Außerdem haben wir auch da schon besondere Pläne. Das nur nebenbei. Nein, wir denken keineswegs daran, diese Menge, worunter vom kunsthistorischen Standpunkt aus genau so wie im Sinne des ahnungslosen Betrachters allerdings vieles gleichgültig ist, in ganzer Breite vorzuführen, obwohl wir auch eine umfangreiche Sondersammlung zeigen wollen. Doch die Aufgaben, die sich uns stellen, sind ganz anders. Eigentlich gerade Ihnen sollten sie liegen, weil Sie Soziologe sind. Ein Durchschnittsbild allein, das sagt noch nichts, auch zwei und vier, das ist noch immer nichts Rechtes. Aber nun stellen Sie sich vor, hunderte, tausende solcher Bilder! An denen läßt sich schon allerhand studieren! Anthropologisch, physiognomisch, familienkundlich, lokalhistorisch, allgemein historisch, die Moden –, kurz, was soll ich Ihnen sagen, da Sie ja die Gesichtspunkte selbst an den Fingern sich abzählen können. Wir besitzen einen einmaligen Schatz an Familienbildnissen von Einwohnern unserer Stadt aus den letzten hundertfünfzig Jahren.«

»Ach so ...«

»Na sehn Sie, Sie verstehn schon. Und das sollen Sie katalogisieren. Größe des Bildes mit Rahmen und ohne Rahmen, auf Leinwand oder Holz, Öl, Pastell undsoweiter, Beschreibung des Abgebildeten, Einzelner, Doppelbildnis oder

Gruppe, Kopf, Brustbild, ganze Figur, Enface, Profil, Haarfarbe, Augen, Nase, Mund, Kinn, Alter schätzungsweise, kurz, die Personalien, so wie sie in einem Reisepaß stehn, aber man kann das reicher und inhaltsvoller gestalten, und dann die Kleidung, auch Schmuck, Schilderung des Hintergrundes und besonderer Attribute, Erhaltungszustand, Hinweis auf Art und Qualität des Rahmens, wenn möglich Feststellung des Namens des Porträtierten, jedenfalls Konsignationsnummern oder andere Details, die eine Identifizierung erleichtern, dann Angabe des Malers, Signatur oder anonym, Jahreszahl oder vermutliche Entstehungszeit. Auf diese Weise kommt eine Kartothek zustande, die was taugt. Wir haben schon Muster. Frau Dr. Kulka hat sie gemacht. Es ist also leicht, dabei anregend, ich möcht es fast ein Vergnügen nennen, und Sie arbeiten sich großartig in den Musealbetrieb ein.«

»Soll ich das hier an Ort und Stelle machen?«

»Aber nein. Sie kriegen ein schönes, kleines, lichtes Zimmer im dritten Stock als Büro. Das richten Sie sich ein, wie's Ihnen paßt.«

»Und die Bilder?«

»Schafft Ihnen ein Gehilfe unter Ihrer Anleitung hinauf, wie viele Sie wollen. Unser Herr Woticky vielleicht, der ist sehr nett. Dann verarbeiten Sie bequem das Material. Wenn ich gerade eine Schreibkraft entbehren kann, so diktieren Sie alles in die Schreibmaschine. Frau Dr. Kulka wird Ihnen das noch näher erklären. Sie können sich immer an sie um Rat werden. Ich steh Ihnen natürlich auch zur Verfügung.«

»Vielen Dank! Wohin kommen die Bilder?«

»Sie meinen die katalogisierten Bilder? Da haben wir schon eine Lösung gefunden. Es werden einige Zimmer leergemacht, gerade jetzt sind wir daran. Wir haben dort Haufen von Gebetbüchern, Zehntausende, ungelogen, und die ...«

»Gebetbücher?«

»Ja. Aus allen geräumten Wohnungen im ganzen Land, einbändige, drei- und neunbändige Ausgaben, leider eine Menge davon fliegende Blätter, aber viele noch anständig, wie man sie gerade gefunden hat. Was sich noch halbwegs verwenden läßt, wird nach Sorten zu zehn oder zwanzig Stück gebündelt und kommt provisorisch in den Keller. Sie werden das manchmal beaufsichtigen müssen. Wir haben da einige Internierte zur Hilfe, die mietet man für ein Spottgeld, Kollaboranten, aber so ziemlich harmlose Leute, die nur nicht gern arbeiten. Da muß man ein bißchen dahinter her sein. Eine Zigarette wirkt oft Wunder.«

»Also in den Keller.«

»Leider. Mir ist das auch nicht recht, denn ganz trocken sind die Keller nicht. Aber die Gebetbücher sind uns überall nur im Weg. Man kann mit ihnen nichts Besseres anfangen. Es ist ja niemand da, der sie verwenden könnte.«

»Niemand da.«

»Nein, niemand, es ist ein Malheur. Doch wir hoffen einen großen Posten bald nach Amerika abstoßen zu können, natürlich für ein Spottgeld. Noch immer die beste Lösung. Wir haben schon Verhandlungen mit Vertretern des Wiederaufbaukomitees aufgenommen.«

»Und die Bilder?«

»Die werden in den ausgeleerten Zimmern zu einer praktischen Aufstellung gebracht. Wir haben schon die Entwürfe für dreistöckige Holzgestelle fertig, in denen die Bilder bequem greifbar und nach Katalognummern eingeordnet werden sollen. Es wird sich daher empfehlen, daß Sie schon beim Katalogisieren stets Gruppen etwa gleicher Größe zusammenfassen, was ja eine Kleinigkeit ist. Sorgen bereiten uns nur die größten Formate. Aber für diese Riesenschinken werden wir vielleicht spezielle Gestelle anschaffen.«

Das leuchtete mir ein. Ich bat, ob ich mir ein Bild ansehen dürfe.

»Mit dem größten Vergnügen. Passen Sie nur auf, denn die Bilder sind entsetzlich staubig, aber daran werden Sie sich bald gewöhnen.«

Ich hob den nächsten mittelgroßen Rahmen auf, behutsam, doch ein wenig ungeschickt, die Staubschicht flimmerte, ich blies daran.

»Da sehn Sie gleich die Konsignation. Das trifft sich gut. Leider war man zu schlampig im Krieg und hat nicht immer drauf geachtet. Jetzt tappen wir im Blinden.«

Ich schaute näher hin, vielleicht war es ein Bild aus dem Hause von Bekannten. Es zitterte in meinen Fingern, der Rahmen glitt aus meiner Hand und fiel mit leisem Dröhnen auf den Haufen zurück.

»Entschuldigen Sie, ich bin ein bißchen ungeschickt.«

»Das merke ich. Sehn Sie, so packt man einen Bilderrahmen an und macht sich dabei fast nicht schmutzig.«

Herr Schnabelberger hob vorsichtig mit flach gespreizten Händen das Bild hoch, doch der Blindrahmen mit der Leinwand hatte sich gelockert und fiel heraus. Ich bückte mich, ihn aufzuheben.

»Das passiert leider ziemlich oft. Man ist mit den Bildern nicht gut umgegangen. Eine Schande.«

»Eine Schande. Wirklich. Traurig.«

»Die Leute damals waren überlastet, auch kein Interesse, stets zur Eile angetrieben, und Kunstverständnis konnte man sich vom Wohnungsaufräumedezernat auch nicht erwarten.«

»So eine Art Friedhof.«

»Ja, aber wir erwecken das Tote zu einem neuen Leben.«

»Wenn es gelingt.«

»Das ist unsere Aufgabe.«

Herr Schnabelberger bemühte sich mit einigem Geschick, Bild und Rahmen wieder zu vereinen. Wie ein Bilderhändler wies er mir die Malerei.

»Ein schöner alter Großpapa. Der Bart, ich würde sagen 1880 oder so. Natürlich ein konventionelles Stück, so rechte Bürgerpracht. Der Rahmen, dieses typische Schwarz-Gold, ist keinen Schuß Pulver wert. Sehn Sie, Gips, es bröckelt. Geschnitzte Rahmen waren zu teuer, aber großartig mußte es ausschaun.«

Der alte Herr in seinem weißen Bart ließ sich geduldig wippen und sah gelassen drein. Der steife Ausdruck lockerte sich nicht, so sehr Herr Schnabelberger am Bild auch herumhantierte. Was dem Greise geschah, blieb ihm fremd und unbekannt, die Augen blickten trübe und ein wenig schläfrig, so hilflos, als wünschten sie geputzt zu werden. Ich nahm mein Taschentuch heraus und wollte vorsichtig am Bilde reiben.«

»Wenn man ihn putzt, könnte man vielleicht ihn besser erkennen.«

»So macht man das nicht, Herr Dr. Landau. Sie nützen dem Bild nicht und können Ihr Taschentuch verderben. Interessiert Sie denn der Herr so sehr?«

»Ich denke, nein. Man weiß nur nie. Immer auf der Suche.«

»Manchmal liefert die Konsignation den Schlüssel.«

Ich beugte mich und las hinten vom Rahmen die Nummer ab.

»Da ist auch ein Name. Ich kann's nur nicht gut lesen.«

»Hier haben Sie eine Taschenlampe.«

»Eugen Lebenhart, Ufergasse 17.«

»Ein Bekannter?«

»Nein. Ein Fremder. Ob das der Mann auf dem Bild ist?«

»Nein. Da sehn Sie doch, Namen und Adresse sind in gleicher Schrift wie die Konsignationsnummer. Also handelt es sich um den Namen des letzten Wohnungsinhabers, des Verschickten.«

»Ach, so hat man das gemacht!«

»Manchmal, wie ich Ihnen schon sagte, nicht immer. Namen und Adressen hat man gewöhnlich nicht notiert. Für uns ein Verlust, denn jeder Fingerzeig ist uns willkommen.«

»Sie würden also annehmen, es handelt sich um ein Mitglied der Familie Lebenhart?«

»Das ist unsicher. Namen sind immer nur ein Fingerzeig. Man kann natürlich annehmen, daß es sich um einen Vorfahren des Deportierten handelt, der Großvater etwa, also vielleicht ein Lebenhart, aber eben nur vielleicht. Es gibt zu viele Möglichkeiten. Doch wenn Sie mal den nächsten Rahmen nehmen wollen, das ist bestimmt das Gegenstück.«

Es war das Gegenstück, eine alte Dame mit Halsbrosche,

das Antlitz müde, doch heiter und fast sorglos. Ich schaute auf die Konsignation. Da stand wieder die gleiche Nummer und Eugen Lebenhart, Ufergasse 17.

»Da haben Sie's! Nur den Namen des wahrscheinlichen letzten Besitzers haben wir entdeckt.«

»Und wer ist jetzt der Besitzer?«

»Wie bitte?«

»Der Besitzer?«

Herr Schnabelberger gab die Bilder zurück, schlichtete den Stapel, löschte das Licht, schob mich voran und schloß zu.

»Ja, die legalen Eigentumsverhältnisse meinen Sie wohl? Ganz ist das noch nicht geklärt. Vorläufig und wohl auch endgültig das Museum. An den Statuten wird gearbeitet. Jetzt sind wir gewissermaßen die Treuhänder in staatlichem Auftrag. Aber es kann wohl kein Zweifel herrschen, daß uns das alles gehört. Die Leute sind tot oder verschollen, da kann man uns die Erbschaft schwerlich streitig machen.«

Herr Schnabelberger geleitete mich in den dritten Stock und öffnete das Zimmer, das für mich bestimmt war.

»Den Schlüssel können Sie gleich behalten. Es empfiehlt sich, stets abzusperren, wenn Sie den Raum verlassen. Aber wenn Sie aus dem Haus gehn, geben Sie den Schlüssel bei Herrn Geschlieder ab, das ist der Pförtner.«

Die Luft war glasig hart und viel zu warm. Ich fragte, ob ich das Fenster öffnen dürfe.

»Ja, natürlich. Vergessen Sie nur nicht zu schließen, wenn Sie den Raum für länger verlassen. Er ist seit Monaten schon unbenützt, zumindest seit der Krieg aus ist, vielleicht sogar schon länger.«

»Seit dem Krieg?«

»Ja. Die meisten, die noch da waren, sind damals ausgerissen. Sie wissen doch, die Mitarbeiter waren nicht freiwillig, sondern zwangsverpflichtet. Nur wenige wurden von der Verschickung verschont oder kehrten nachher ins Museum zurück so wie wir, die es nicht mehr lassen konnten. Mehrere von uns hat man auch noch in den letzten Kriegsmonaten verschickt, manche kamen gleich nach ... Na, Sie wissen ja, ich brauch es Ihnen nicht zu sagen. Da waren gerade die Verdienstvollen darunter, die mitten im Krieg unser Museum für die Herrschaften eingerichtet haben. Ein unbeschreiblicher Verlust, sie fehlen uns auf Schritt und Tritt. Sehn Sie, Herr Dr. Landau, darum brauchen wir neue Kräfte und freun uns ganz besonders, Sie jetzt bei uns zu haben.«

Herr Schnabelberger sagte das bezaubernd freundlich, ich dankte ihm. Dann entschuldigte er sich, er müsse jetzt in sein Büro, aber wenn ich in einer Stunde zu ihm kommen wollte, wäre es ihm lieb, damit er mich auch mit allen Mitarbeitern bekanntmachen könnte, vor allem mit Frau Dr. Kulka, meiner unmittelbaren Vorgesetzten. Inzwischen sollte ich es mir im Zimmer nach meinen Wünschen einrichten, ich hätte freie Hand. Herr Schnabelberger lächelte ermunternd und empfahl sich.

Sein Schritt verhallte, und ich trat ans Fenster. Ich blickte in den Schulhof. Es war still, keine Kinder zu sehen, die letzten Spuren ihres jugendlichen Übermutes verschickt. Nur einige leere Kisten starrten trostlos und einige verbeulte Koffer, vom Regen verwaschen. Sollte hier nicht wieder Schule sein, Lehrer und Kinder? Es sah nicht mehr nach Unterricht aus, alle Pulte waren ausgezogen. Mein Zimmer war lang und schmal, ein Kabinett für Lehrmittel, sicher kein Klassenraum. Landkarten mußten hier geschlummert haben, runde fette Globen, die Länder dieser Welt mit ihren Gebirgen und Flüssen und noch immer blau die Spuren der längst vertrockneten Meere. Kreise und Pünktchen die Städte, der Zeigestab kletterte den roten Linien nach, wo die Eisenbahn fuhr, hurtig von Ort zu Ort mit vielen, vielen Menschen, die man über alle Grenzen vertrieb. Die Stimme des Lehrers erläuterte weich in das knabenhafte Erstaunen hinein, aber in den letzten Bänken wetzten baumelnde Füße herum, und scharf schnitzte verboten ein Taschenmesser in die wiesengrüne Haut des Pultes. Was machst du denn dort hinten? fiel die Frage straff über alle Reihen hinweg; leise schnappte das

Messer und verschwand in der Tiefe. Dort aber ernähren sich die Menschen vom Bergbau, es werden Stollen gegraben, mit Glückauf fahren die Knappen die Grube zu den Gebetbüchern hinunter und hauen die Kohle vom Flöz. Was paßt ihr nicht auf? Vor dem schlagenden Wetter schützen sie sich mit der Davyschen Grubenlampe, eine segensreiche Erfindung. Dann läutete es, die Schüler scharrten stärker, der Lehrer atmete auf, die Landkarte auf ihrer Leinwand rollte sich zusammen, zwei Lederriemen schlossen sich und gürteten ihren schlanken Leib. Dann durfte sie der Vorzugsschüler Adam schultern und wanderte hinauf in dieses Kabinett, dem Lehrer auf den Fersen. Der Lehrer zeigte auf den rechten Platz, der Knabe neigte sich und war entlassen; eilig sank er in den Trubel der Pause.

Ich lauschte, ob ich etwas hören könne, doch alles war still, es konnte keine Pause sein. Die Kinder waren fromm in ihren Bänken und merkten auf, die Disziplin war gut, Herr Schnabelberger war ein guter Leiter, ein Wärmeleiter, die Schüler machten Fortschritte, er selbst belehrte sie elektrisch. Frau Dr. Kulka aber unterwies die Bilder jetzt in Kunstgeschichte, sie lernten ihre Rahmen auswendig, in hundertfünfzig Jahren absolvierten sie die Klassen, die schlechten kamen in den Kitsch, die guten wurden ausgestellt, doch keines sollte je entlassen werden. Die Schule für das Leben wurde das genannt, darin ein jedes aufgenommen und beschrieben wurde, und keine Erben hatten ein Recht auf diese Schüler. Was machte es, daß alle Nachkommen verschollen waren, tot und die Glieder zerlegt in allen Richtungen, wenn nur die Schüler dieser Vorzeit lebten und in dem Staube ihrer Sehnsucht kostenlos versammelt waren. Sie schienen ganz zufrieden und geduldig, der Dinge, die da kommen sollten, sanft gewärtig, die Namen locker oder abgekratzt. So lernten sie ihr Alter aus, und ich war ihnen zubestimmt, ein Lehrer, der ihr flächiges Gemüt entfalten sollte, daß es nicht vor Gram verknittere. Die neuen Bänke waren schon bestimmt, das frische Holz gesägt und zugerüstet, damit die Schüler ihre Ruhe haben, und ich, der Sohn, bekam das junge Klassenbuch für meine Väter und Mütter, die ich verzeichnen sollte, edlen Wein nach Jahrgängen auf weiße Karten. Es war ein guter Dienst, den ich zu beginnen hatte, ich durfte Erbe meiner Schüler werden. »Vergessen Sie die Nummer nicht! Unten auf der Hinterseite des Rahmens kommt sie klein hin.«

In Reih und Glied die Vorfahren, die keinen Namen brauchten, nur noch Nummern, versöhnliche Gleichheit, gutes Bild und schlechtes Bild, ihre Nummern tragen alle. Bloß die Gebetbücher, die läßt man ihnen nicht, die kommen gebündelt in den Keller. Dort ist es dunkel und auch feucht, doch die Gebete können schlafen, gesegnet sei der Name der Herrlichkeit, und liebe den Herrn, deinen Herrn, mit deinem ganzen Herzen und mit deiner ganzen Seele, dann können die Gebete, wenn sie nicht verfault sind, zu einem Spottpreis nach Amerika hinüber. Ach, man wird sie nicht haben wollen, sie sind von den Bildern ausgebetet worden und müssen in der Grube bleiben, wo der Herr sie nicht erhört, ein einziges schweigendes Kellergebet, wo einst die Kohle schlummerte im Dunkeln, ohne den Schutz der Davyschen Grubenlampe vor schlagenden Wettern, und nun schläft das Gebet in den Fundamenten, eingerollt und zerrissen, das Haus ist bedroht, aber die Mauern im Grunde verharren in Ewigkeit, der Herr der Welt, der König war, bevor eines erschaffen. Unten wiederholt es sich tausendfach und zehntausendfach, das Morgengebet des Grabes mit seinen heiligen Segenssprüchen, sie fehlen uns auf Schritt und Tritt, die den Fels der Erlösung preisen, den ewigen Schöpfer. Oben ist Unheil, da sind die überfüllten Kanzleien und die muffigen Klassenzimmer mit fünftausend konsignierten Schülern in gebrochenen Rahmen, aber im Grunde ist der unerhörte Bestand, da dringt die Vergänglichkeit nicht ein, auch wenn das Papier zwischen den Deckeln vermodert, die sich verkleben. In diesem Hause versammelt, eine Hütte, ein Zelt, wie lieblich sind deine Zelte, und die Leiber der Lebenden wie der Toten sind alle versprengt, das Dasein geschändet, die Namen sind getilgt oder nimmer gültig, doch der

Segen besteht, ist eng ineinander verschlungen, und wer nicht mehr sein darf, wandelt dennoch über ihn weg, die Klage hat ihr Gewölbe, ihr Grab, ihren Keller, ihr Mauerwerk.

Ich schritt durch meine Stube hin und schaute in die Schränke und Regale, ob sich noch etwas fände, was an alte Schulgebete erinnerte, doch alles leer; von hier hatten sich die Gebete schon längst verzogen. Auch sonst war nichts mehr hier von Schule, die Lehrerweisheit und die Schülerlernbegier waren bleich verdunstet, allein Gerümpel hatte dick sich eingenistet. Haufen Papiere, beschrieben und unbeschrieben in unordentlichen Stößen, Mappen, verwirrte Bücher, doch keine Gebete, leere Schachteln und andere mit krausen Formularen, viele steife Photos von Sportereignissen und Turnfesten, gewürfelte Reste mit ausgebissener Seele, wie fern von Schülereifer oder Lehrerwürde. Die Wände klagten dunkelgelb und schäbig, die Malerei verschliffen und gesplittert, beim Eisenofen in der Ecke schwärzlich angerußt. An manchen Stellen war der Anstrich abgeschabt von Bildern, die einst hingen, doch wohl längst aus diesem Zimmer ausgewandert waren. Nur Ausschnitte aus Zeitungen mit jungen Mädchen und vergessen schönen Schauspielerinnen waren mit Reißnägeln an die Wände gespießt und starrten vertrocknet ins Leere. Auch ein Kalender des Vorjahres hatte sich verspätet und zeigte noch den letzten Herbst des Krieges an. Ich schaute auf die begonnene Woche und seufzte tief; es mußte eine Totenwoche sein. Auf einem Tische kauerte ein eingebeultes Waschbecken aus häßlich schmutzigem Zink und träumte fleckig sinnlos seinen Untergang. Ich tat es schnell in einen Kasten, wo ich zuvor einen blauen Krug mit rostigem Boden, abgenützte Seife in einem Schälchen und schmutzige Handtücher entdeckt hatte. Als ich das Waschbecken weggeräumt hatte, bemerkte ich erst, daß der Tisch angeschimmelt und von altem Seifenwasser krustig war. Ich nahm einen braunen Bogen Packpapier, breitete ihn über die Platte und spannte ihn mit Nägelchen fest.

Auf dem Schreibtisch fand sich, was mein verschollener Vorgänger verlassen hatte, ein ausgetrocknetes Tintenfaß, verrostete Stahlfedern mit abgenagten Haltern, eine verdorbene Füllfeder, Stifte mit abgebrochenen Spitzen und elende Stummel, Brocken von Radiergummi, zwei bekleckste Lineale, eine schadhafte Löschwiege, die in meiner Hand zerfiel, honiggelber Klebstoff mit einem abgenützten Pinsel, eine verschmutzte Schreibmatte, Büroklammern, Vignetten, verrollte Krümel und allerlei verwaiste kleine Dinge, die mich sinnlos anstarrten, Überbleibsel eines verlorenen Amtes. Aber ganz verwaist war diese herrenlose Habe doch nicht, denn wie ich so darüberfuhr, wurde eine Spinne aufgescheucht, die sich unverzagt in diesem Wirrwarr angesiedelt hatte und vor mir das Weite suchte. Ich verfolgte ihre Flucht vom Tisch zur Wand, bis der bange Lauf hinter einem Schrank verschwand. Nun wollte ich den Schreibtisch als Arbeitsplatz mir zugewöhnen, doch bevor ich mich niederließ, band ich vom Sessel davor einen abgewetzten Polster los, die Sägespäne sickerten aus seinem eingedrückten flachen Leib. Ich begann in den Körben zu stöbern, die auf dem Tische lagen. Es kam nichts Sonderliches zum Vorschein, müde Zeitungen mit unglaubwürdig alten Siegen, die nicht stimmten, lächerliche Anordnungen verschollener Behörden. Den untauglichen Kram warf ich in die Abfallkiste beim Ofen. Freudelosen Inhalt bargen selbst die Schubladen, alte Lumpen, eine dunkelblaue Schürze aus Papierleinen, und ungegessen tauchten verdorrt und grün verschimmelt zwei Schnitten Brot mit Spuren eines verpulverten Aufstriches aus der Tiefe auf.

War mein Vorgänger nicht hungrig, als er diesen Raum verlassen mußte? Oder jagte man ihn so schnell fort, daß ihm keine Zeit blieb, seine Sachen mitzunehmen? Ich war des Stöberns gründlich satt und stieß die Laden zu, es graute mich. Was noch zu finden war, das sollte warten. Am klügsten schien es mir, meine Ordnung allmählich einzuführen. So richtete ich den Tisch bloß oberflächlich her, entfernte von den Wänden, was mich am meisten störte, und beschloß, Herrn Schnabelberger zu ersuchen, er möge mir gestatten, das Zimmer mit Bildern meiner Wahl zu schmücken. Mit

Bildern – ich wartete darauf, daß sie erscheinen würden; es gab Bekannte in zu großer Zahl, sie konnten mich nicht verschonen. Die flinken Männer vom Wohnungsaufräumedezernat liefen hastig herum und sogen die Beutestätten leer, eine nach der anderen. Sie trabten geschwind die Römerstraße hinunter in die elterliche Richtung, niemand mehr dort, sie drangen ein, der dicke Schlüsselbund meines Vaters klapperte, doch die Hausglocke tönte nicht mehr, kein Strom, Herr Schnabelberger hatte ihn abgestellt und umgeleitet, daß er breit und stolz ins Museum floß. Da war die Wohnung meiner Eltern zusammengeklappt, lauter leere Seiten, die ungesprochenen Gebete herausgefallen oder unter zu schweren Lasten erdrückt, doch mußte ich befürchten, ihren Spuren in der Schule zu begegnen. Oder nein, die angebeteten Eltern grämten sich an keiner Wand, man hatte sie nie gemalt, auch ihre Vorfahren nicht, es gab von ihnen nur Photos, die hat man nicht im Museum gesammelt. Ich rutschte auf meinem Sessel herum und wurde nervös, wieder sickerten Sägespäne, die flogen zierlich auf die Gesichter, aber ich achtete wenig darauf, was im Zimmer rund um mich geschah.

»Sehn Sie, so kommt es, daß ich von meinem Vater nicht ein einziges Bildchen habe, von meiner Mutter aber nur ein Kostümbild von einem Maskenball und außerdem – ich ärgere mich fast, es zu sagen – eine mir nichts bedeutende Karikatur von dilettantischer Hand, denn ich hasse Karikaturen, selbst wenn sie ausgezeichnet sind. Ich finde sie geradezu erniedrigend, sie sind menschenunwürdig. Verzeihn Sie, daß ich mich ereifere, aber für mich haben Karikaturen etwas Zotiges.«

»Wie kann man nur so heftig urteilen?« meinte Frau Saubermann. »Oft ist es eine gutmütige Veräppelung, manchmal eine humorvolle oder bissige Enthüllung eines ganzen Charakters.«

»Das will ich glauben«, sagte Herr Buxinger. »Ich lasse mich gern karikieren, wenn Witz dabei ist. Ich wünschte, ich hätte gute Karikaturen meiner Eltern und nicht nur die steifen Photos, wie man sie seinerzeit gestellt hat.«

»Jetzt sind die Photos viel besser«, versicherte Frau Saubermann. »Mein Mann macht selbst ausgezeichnete und sammelt. Ich kann sie Ihnen gern mal zeigen. Sie müssen eh bald zu uns kommen.«

»Mit größtem Vergnügen, gnädige Frau.«

»Übrigens wundre ich mich, Herr Doktor, wenn ich ganz offen sprechen darf, daß Sie hergekommen sind, aber noch mehr, daß Sie nicht wieder zurück wollen. Es ist doch eine schöne Aufgabe, solch ein Museum, wenn man es selber aufbaun kann. Moderne Grundsätze, bitte Sie. Mein Mann hat da Neuland betreten, er hat umwälzende Ideen. Sie sollten ihn hören, Herr Doktor. Viel zu profitieren. Dann fahren Sie mit reichen Anregungen zurück und richten Ihr Museum ein. Das stell ich mir herrlich vor. Nicht wahr, Herr Buxinger, vom Standpunkt des Buchhändlers und Kunstfreundes würden Sie das doch auch sagen und sofort die Gelegenheit beim Schopf packen?«

»Ja, da ist schon was dran, Frau Saubermann. Aber wir, die wir vor dem Krieg weg sind, hier schon eine Existenz haben, wir gehören doch eigentlich nicht mehr hin.«

»Und auch nicht her!« rief Fräulein Zinner.

»Nein, mein liebes Kind«, wies die Fabrikantin sie zurecht. »So was dürfen Sie nicht sagen, Sie zu allerletzt! Man darf nicht zwischen zwei Stühlen stehn!«

»Sitzen, sitzen!« verbesserte der Buchhändler. »Und damit haben wir den Kern der Frage, man muß hier sitzen. Die Heimatlosigkeit ist ein Übel. Man muß eben sitzen, hier oder woanders, aber sitzen. Das ist meine Ansicht.«

»Ein Standpunkt, Herr Buxinger, und ich teile ihn. Wir haben ja hier schon Fuß gefaßt. Man weiß, wo man ist, wo man lebt. Man kann auch nicht immer umlernen, aber bei Herrn Dr. Landau liegt die Sache woanders im Pfeffer. Er ist dort geblieben, überrumpelt worden. Gut, das ist nicht angenehm. Schrecklich ist es sogar. Es tut mir leid, ich seh es vollkommen ein. Aber überlebt, da hat man Pflichten, gar wenn man der befreite Bürger eines aufstrebenden freien Landes ist. So ein Museum, denken Sie nur, der Aufbau, was für eine Zukunft der hat! Und dann sind Sie noch jung, Herr Doktor. Man sieht es Ihnen an.«

»Nicht gar so jung.«

»Nun, soll ich raten? Dreißig! Was ist das?«

»Fast schon vierzig.«

»Sieht man Ihnen nicht an. Und so viel mitgemacht! Trotzdem jung, vierzig ist kein Alter. Gar heute, wo das Leben erst mit vierzig anfängt.«

»Nicht für mich, Gnädigste.«

»Gehn Sie, Sie sind ein Pessimist oder total entwurzelt. In zwei, drei Jahren werden Sie die Sache anders beurteilen.«

»Ich bin nicht einmal so pessimistisch, wie Sie glauben, denn sonst wär ich eben drüben geblieben. Daß ich wegging, zeigt noch so etwas wie Hoffnung.«

»Eine schöne Hoffnung!« sagte Herr Buxinger. »Aber wie stellen Sie sich das vor? Unser Land ist heute nach dem Krieg arm und bietet einem ausländischen geistigen Arbeiter schwerlich eine Existenz.«

»Meine Arbeiten. Ich möchte einen Forschungsauftrag. Vielleicht kann ich an eine Universität, eine Bibliothek, an ein Institut. Die richtigen Verbindungen. Herr Dr. Haarburger ist so gütig, Professor Kratzenstein ... Frau Singule will mit ihrem Mann sprechen.«

Frau Saubermann klatschte leicht in die Hände.

»Du meine Güte, sind Sie ein Optimist! Alle guten Geister sollen Ihnen das erhalten! Damit will ich nichts gegen diese oder gegen andere prächtige Menschen gesagt haben, die so viel Ausgezeichnetes leisten. Herrliche Menschen ein jeder! Sie dürfen mich nicht mißverstehn. Aber bedenken Sie die Lage! Ich kenn sie aus dem Effeff, und Herr Buxinger wird Ihnen das bestätigen und bestimmt auch Fräulein Zinner. Es ist enorm schwer. Ellbogen braucht man und Glück und was weiß ich nicht alles, wenn man sich behaupten will. Sie sollten mal die verkrachten Existenzen sehn! Ein Jammer! Mein Mann und ich geben vielen armen Schluckern ein auskömmliches Brot, aber alle können nicht für uns Heimarbeit machen. Dann wird die Wohltätigkeit des Landes überfallen, die so berühmt ist. Wir sollen helfen, tun es ja auch gern, mein Mann und ich, wir leisten auch da, was wir können. Heidengelder kostet das, weil man die Leute doch nicht hungern lassen kann. Wir empfinden solidarisch, Herr Doktor. Aber wirklich, es geht einfach schon über die Hutschnur.«

»Ja, denken Sie denn von mir, gnädige Frau, daß ich ins Land gekommen bin, weil ich der hiesigen Wohltätigkeit zur Last fallen will?«

»Fällt mir nicht im Traum ein! Ich meine nicht Sie und kränke nie eine Fliege. Ich meine nur allgemein. Aber Hand aufs Herz, was werden Sie schon tun, wenn Sie nichts zum Knabbern haben?«

»Aber gnädige Frau!« flüsterte Fräulein Zinner.

»Nichts für ungut. Ich sagte schon, ich kränke nie eine Fliege. Und vielleicht wird Herr Dr. Landau uns beweisen, daß gerade er einer der wenigen Intellektuellen ist, die was können. Umso besser. Mir soll's recht sein. Was denken Sie, Herr Buxinger?«

»Es ist nicht leicht. Aber machen Sie Herrn Dr. Landau das Herz nicht zu schwer. Es gibt ja noch Möglichkeiten, und die Verhältnisse ändern sich manchmal über Nacht.«

»Das stimmt. Ich seh es halt besonders vom Standpunkt der Wohltätigkeit an. Davon kann ich schon ein Liedchen singen. Auf alle Fälle, Herr Doktor, die Lage ist verteufelt ernst. An Ihrer Stelle wär ich bestimmt drüben geblieben. Wo so viele ausgemordet wurden brr, mir wird ganz schlecht dabei, aber gescheiten, leistungsfähigen Nachwuchs braucht man dort sicher.«

»Ein Friedhof.«

»Sie übertreiben, Herr Doktor, das ist zu gefühlsmäßig. Doch da Sie sich schon so sehr in den Schattenseiten des Lebens gefallen, bitte, auch ein Friedhof lebt und blüht und braucht Gärtner die Menge. Ja, so ist es. Sie verargen mir bestimmt nicht meine Aufrichtigkeit, und neues Leben blüht aus den Ruinen. Das hat ein deutscher Dichter gesagt. Und freut euch des Lebens, hat auch einer gesagt.«

»Gnädige Frau, ich bitte Sie ...«

Da stockte ich, redete doch noch weiter. Aber warum? Meine Hände begannen zu zittern. Man redete noch, drüben flogen die Karten von Mund zu Mund, Päckchen, die fielen, vierfach gefaltet. Warum hörte ich zu? Trotzige Eitelkeit, alle Glieder schmerzten davon. Unbehagliche Gefühle krochen über die Sessel, überall Sägespäne, sie verstopften mir den Mund, ich konnte nichts mehr vertilgen. Mich drückte der Magen, während Frau Haarburger jetzt herüberkam und ein Schüsselchen mit frischem süßen Geschwätz anbot. Nein, danke. Den Dank zeigte ich nur, indem ich mit dem Zeigefinger auf meinen Bauch wies. Es regte mich alles auf, wie sie jetzt den Mund aufsperrten, so daß von dem süßen Geschwätz die Fülle wieder herausfloß. Immer müder wurde ich, die Hände fielen herunter, ich gähnte fast ununterbrochen. Kaffee wurde auf Zehenspitzen gereicht. Pst, daß er nicht aufschläft! Wird man nicht endlich das Kartenspiel einstellen? Ich wischte mir verzweifelt mit dem Taschentuch das Gesicht weg. Öfters schielte ich durch die Nase nach Herrn Dr. Haarburger hinüber, ob er sich meiner bedrängten Lage nicht erbarmen würde, doch war er viel zu sehr vertieft und warf meiner Gruppe nur selten einen ermunternden Blick zu. Sobald er das tat, lächelte ich ihn auffordernd an, doch mißdeutete er dieses Zeichen meines Wunsches nach Rettung und hielt es nur für Höflichkeit oder den Ausdruck meines Wohlbefindens. Er quittierte meine Miene mit einem flüchtigen Blick und wandte sich zufrieden ab. Ich riß mich zusammen und kämpfte meine Ohnmacht nieder. Glücklicherweise waren meine Gesprächspartner endlich davon abgekommen, das Richtige oder Falsche meines Fortganges von drüben zu behandeln und regten mich an, ausführlicher von meiner bisherigen Tätigkeit zu berichten. So eine Aufforderung zündete bei mir. Gleich fühlte ich mich sicherer und war in meinem Element.

Am liebsten trug ich meine Ansichten über die Diskontinuität des menschlichen Bewußtseins in der Gesellschaft und die dadurch hervorgerufenen sozialen Übel vor. Ich begründete die Unmöglichkeit eines wechselseitigen Verständnisses wegen des Versagens einer einheitlichen, doch nicht mechanisch gesteuerten, man möchte sagen gleichgeschalteten Gefühlsstimmung unter mehreren Menschen und erklärte dieses Unvermögen als eine Ursache der allgemeinen Lieblosigkeit, die vor den barbarischen Formen der Unterdrückung und Nächstenverachtung nicht zurückschreckt und zumindest den unbeteiligten Sinn trotz Kenntnis solcher Übel fördert. Schnell fand ich viele Anknüpfungspunkte in eigenen Erlebnissen und Beobachtungen, wie ich sie besonders nach dem Kriege zusammengetragen hatte. Voller Mitteilungsdrang, aber ohne ausreichende Erklärungen brachte ich meine Gedanken zu übertrieben vor, dabei kaum fähig, das zulässige Maß zu erkennen, das meine Zuhörer ertragen konnten. Heute weiß ich, daß dies ein letzter Vorstoß war, zu sein, eine Persönlichkeit zu entfalten, die Ich sein wollte, ein Turm des Hochmutes in der Verzweiflung.

Das ist Trug. Aber wie lange braucht man, bevor die eigenen Grenzen erkannt sind! Und nun gar ich, der keine Grenzen mehr hat, aufgelöst in da und dort jäh aufblitzende Wirklichkeitspunkte, denen ich schnell und doch so plump zutaumle, daß ich sie nie erreichen kann, weil sie inzwischen verloschen sind. Darum ist mir Leben wie Nichtleben, Dasein wie Zeit so hinfällig geworden; geblieben nur dies: ausgeliefert sein, Figur, sogar Sinnfigur eines Andersartigen, das man spielt, Ausdruck eines Beständigeren, das meiner nicht bedarf, mich aber aufwirft als seinen geringeren Spiegel, in dem er sich zu seiner Lust oder zu seinem Schmerze beschaut, vielleicht durch mich klüger wird und mich doch nicht braucht. In jenen Augenblicken, da etwas mich erschafft, mich gestattet, ansieht, annimmt, kann ich ein Glück empfinden oder auch die tiefste Verzweiflung. Doch wenn nur eines ist, und sei es die Verzweiflung, so ist mir fast schon wohl; es ist ein Trost, denn ich bin wahrgenommen und ich nehme wahr. Das hat aber keinen Bestand.

Was hat Bestand? Drohend ziehen die Ausrufer durch

West Park Row. Nein, sie drohen nicht, sie wollen bloß verkaufen und deshalb sind sie so laut, die armen Hungrigen nach Geld. Das hat Bestand, und so können sie sich nicht satt rufen, mögen sie um das Bedürfnis nach Muscheln oder kleinen Krabben werben, nach gelbem Gefrorenen in Quadern zwischen Waffeln oder zu spitzen Kegeln getürmt. Den Ausrufern geht es ähnlich wie mir. Nur sind sie nicht so beklommen wie ich, sie schreien sich heiser nach ihrem Verdienst, doch sie gebieten und fordern; unwiderstehlich locken sie die Kinder an, die laufen schon, Michael darunter und Eva, Münzen gehalten, zittern vor pochendem Verlangen während die Männer vor überschüssiger Ware nur so schäumen und immer wilder werben in schaufelnder Gier, die jagen sie in alle Häuser mit dringendem Verlangen: so nehmt doch, so kauft und gebt uns das Geld! Die Toten sind nicht zu erschreien, und zu ungewiß ist mein Leben, daß ich da ein Aufhebens machte. Wer wird mich in seine Hände und in seinen Rachen kaufen? Töricht ist das, ich habe keinen Wagen, der von Waren überquillt, die Hände leer, das Herz verstockt, ein ziehender Schmerz ärgert meine Gebeine, ich kann mich nicht verständlich bieten wie die Ausrufer. Doch damals, als ich in die Weltstadt kam, bei Haarburgers habe ich so als fahrender Händler gerufen, da bot ich mich aus, nur taugte meine Ware nichts, denn Klage und Gewissenswerbung sind unverkäufliches Gut. Das hat keinen Bestand.

Trotzdem, ich erzählte. Fräulein Zinner hörte mir zu. Mein Ansturm schien sie zu erschrecken, aber sie bewahrte Geduld. Mochte sie meine Reden für rührend oder unbeholfen halten, mich störte das nicht. Ich beobachtete sie. Neugierig kam sie mir nicht vor, wie es mir fast immer widerfahren war, wenn neue Bekannte in der Weltstadt meine Reden beachteten, eher scheu und ängstlich besorgt; das betraf mich. Es tat mir wohl, daß mir jemand in diesem Kreise solche Teilnahme widmete. Da kümmerte ich mich weniger um den Buchhändler Buxinger und die Wohltäterin Saubermann, mochte auch das Gespräch von beiden angetrieben werden. Bald richtete ich meine Worte fast nur noch an die Schweigsame. Ich wünschte, sie sollte etwas sagen, heimlich warb ich darum, doch fast ohne Erfolg, denn sie hörte lieber zu, was ich an eckigen und ungelenken Dingen wohl nicht allzu gescheit vortrug. Endlich gelang es mir, daß sie hin und wieder leise mit brüchiger Stimme eine treffende, doch unpersönliche Frage stellte. Je mehr ich Fräulein Zinners Aufmerksamkeit fesseln wollte, desto peinlicher vermied ich es, sie anzublicken. Plötzlich brachte ich ohne Übergang vor, ob es sich meine Zuhörer vorstellen könnten, daß ein gesundes frisches Mädchen, bisher von dunklen Schicksalen so ziemlich unberührt, einen Mann meiner trüben Vergangenheit heiraten dürfe. Ich erschrak darüber, daß ich so unvermittelt vernunftlos und noch dazu albern eine fast unverhüllte Werbung ausgesprochen hatte. Ich mußte mit einer häßlichen Antwort rechnen. Fräulein Zinner besann sich nicht lange und äußerte sich leicht und doch entschieden, bevor noch die anderen etwas zu sagen wußten, daß es mir beinahe kalt in die Ohren schlug.

»Klar wie der Tag. Solche Männer heiratet man, das heißt, ist doch eine Pflicht!«

Herr Buxinger war nur erstaunt, aber Frau Saubermann wußte sich nicht zu fassen. Sie hielt sich mit beiden Händen an den Lehnen ihres Sessels fest.

»Pflicht …? Pflicht …? Das find ich reichlich exaltiert, mein Kind.«

Ich freute mich nicht darüber, wie überschnell und gar zu sachlich Fräulein Zinner ihre Ansicht nur so hinwarf. Während ich nachdachte, wie das Gespräch weiter zu lenken sei, aber noch nach richtigen Worten suchte, kam mir Herr Buxinger zuvor. Er nickte wohlerwogen.

»Etwas überraschend. Doch finde ich es sehr schön von Ihnen, Fräulein Zinner.«

Frau Saubermann ließ die Lehnen los, sie hatte sich wieder in ihrer Gewalt.

»Sehr schön oder nicht sehr schön. Es ist ganz unüberlegt geredet, mein liebes Kind. Außerdem kann man in Ehefragen nichts verallgemeinern. Eine Pflicht, wo das Gefühl entscheiden soll, mir sträuben sich die Haare! So eine Heirat, das kann man theoretisch nicht ausmachen. Es gibt nur eine theoretische Pflicht, mein liebes Kind, und das dürfen Sie mir als einer in sozialen Fragen sehr erfahrenen Frau ruhig glauben, und diese Pflicht hat darum Gültigkeit, weil man sie praktisch verfolgen kann. Das ist die Pflicht zur sittlichen Freiheit.«

»Halten Sie sich immer daran, gnädige Frau?« fragte Fräulein Zinner höflich, doch etwas spitz.

»Ich bitt' Sie, seit Kindheit kennen Sie mich, wie können Sie mich da so was fragen? Ich bin sittlich frei.«

Frau Saubermann riß das Gespräch an sich und begann weitschweifig ihre Ansichten über Liebe, Ehe, Pflicht und Freiheit zu entwickeln, wobei sie nicht mit praktischen Beispielen sparte. Ich verwünschte mich, daß ich diesen ungemütlichen Schwall heraufbeschworen hatte, der mir zeigte, daß ich im Umgang mit Menschen ein Stümper war. Nun wurden die heiligsten Dinge zerredet; eine gefrorene Bildung, die ich Frau Saubermann nicht absprechen konnte, machte sich aufdringlich breit. Hätte die humanitäre Fabrikantin alles noch so gut gemeint, so hatte ich jedenfalls nichts damit zu schaffen; wie überschwemmte der Redestrom hilflos mich! Der nichtsnutzige Intellekt, der ohne gehörige Vernunft und ohne Güte, nicht einmal von eigenen Einsichten genährt, sich über alle Gebiete geistiger Belange verbreitet, läßt mich immer kalt und stimmt mich traurig, aber damals litt ich darunter besonders. Frau Saubermanns Vortrag bereitete mir eine Übelkeit, wie ein Aussatzkranker fühlte ich mich von ihrem trocken abgezapften Wissen beleidigt. Die anderen lauschten bewundernd oder zeigten sich zumindest geduldig. »Das interessiert mich nicht!« warum schwieg ich nicht? Nein, ich hatte keinen Laut von mir gegeben und mich zum Glück beherrscht, doch hämmerte es in meinem Schädel; ich biß mir auf die Lippen und hatte Mühe, die eifernde Dame nicht zu verspotten. Ich schaute wie ins Leere und versuchte mir vorzustellen, daß ich gesellschaftlich zurückgeblieben sei und darum nicht fähig, behende und leicht plätschernde Ruderfahrten in harmloses Gedankengetändel mitzusteuern.

Setzt du dich mit Menschen zusammen, so darfst du nicht zimperlich sein, lieber Artur. Gibst du Anlaß, dann darfst du dich nicht beklagen, was sie dir über dein Haupt bis zu den Zehenspitzen hinunter reden. Schluck's hinunter, da ein Honigkeks, geht dann in einem, trink auch einen Tropfen dazu. Da baute ich ein höfliches Gesicht auf und verneigte mich manchmal, als wollte ich Beifall bekunden, Beifall, nicht Zustimmung. So ging das weiter, bis ich plötzlich hörte: »Es hat sich viel verändert.« Da stimmte ich aufrichtig zu, ja, sehr viel, man glaubt es kaum, und dann ist es doch auf einmal so. Bestimmt hatte ich mich verändert entwickelt, ach, entwickelt, das ist hier ein dummes Wort, es paßt nicht, gefahren, das ist schon besser, ich hatte mich verändert gefahren, Schifflein Schifflein an der Wand, gefahren hin und allerhand, oh halte dich zusammen, fällst nicht gleich in die Flammen, weg, weg, ich hätte fortfahren sollen, weit über Dr. Haarburgers reiches Haus, wo der Vater mit der Liebsten wohnt in der gurrenden blätterverhangenen Nacht, da reicht ihm die Liebste ein Keks, das sie sich aus dem Leibe gerissen hat, und er nimmt es, beißt hinein mit den spitzen Pfeilen der Zähne, aus dem Herz quellen die Sägespäne heraus, Tropfen um Tropfen, ich bitte noch einen Keks, zwei und noch eins, der nächste, bitte, da schwimmt er im Blut, ich aber im Schiffchen an der anderen Wand, ein Schäfchen im Schiffchen, die Ehe ist ein Fundament, man muß es zementieren mit der guten Denkungsart, ein Lämmchen, mein Vater hat es gekauft, und ein sicherer Erwerb ist das Fundament, das hat Bestand, zwei Gulden kostete der Kauf ...

Nein, so durfte ich mich nicht verirren. Ich mußte anerkennen, daß die Menschen, die den Wirbel noch von einer festen Küste beobachteten, anders waren als die Fortgeschwemmten ohne Haus und Grund, sie standen und schauten, sie hatten sich vergestert ins Heute hinein, schliefen im Bett, als die Gegenwart brannte. So hatten sie überdauert, ohne im Eigensten getroffen zu sein. Das sagte ich mir und hielt meine rechte Hand in der linken, um mich besser zu bezähmen. Aber als der belehrende Faden Frau Saubermanns nicht abriß, wurde ich ärgerlich und konnte mich nicht mehr in Geduld fassen. Da ich mir einbildete, bei Fräulein Zinner Zeichen einiger Sympathie zu erkennen, nützte ich die Atempause der siegeszufriedenen Fabrikantin.

»Gnädige Frau, alles schön und gut, sicher auch lehrreich, trifft aber meinen Fall nicht!«

»Trifft jeden Fall!« versuchte Frau Saubermann zu unterbrechen.

Ich ließ ihr aber keine Zeit zu weiterer Rede und übersprach sie so laut, daß meine Worte bis in die Bündnisse der Kartenspieler hinüber drangen, von denen einige gestört und mit leisem Unwillen nach unserer Gruppe äugten. Frau Haarburger wünschte Harmonie in ihrem Haus und hob darum scherzhaft drohend einen Finger in meine Richtung. Doch fehlte ihr die Muße, sich uns länger zu widmen, weil Professor Kratzenstein sie höflich ablenkte.

»Gnädigste, Sie sind daran!«

»Ja, ich spiel schon!«

»Hajnalka, laß unsrem jungen Freund sein Vergnügen!« begütigte Dr. Haarburger. »Dieses Feuer, das ist so schön an ihm, sein Temperament!«

Ich setzte leiser fort.

»Es trifft nicht meinen Fall. Das wäre so, wie wenn Sie Jakobs Werbejahre um Rachel ... ich sprach von mir, ganz persönlich, also keine Theorie. Ich habe das praktisch gemeint.«

»So, praktisch. Wie interessant!«

»Ja. Vielleicht eine eigene Heirat.«

»Sind Sie verlobt?«

»Nein.«

»Wieso dann praktisch? Es ist doch nur Theorie! Sehn Sie, Sie denken viel zu sehr an sich, und das ist falsch. Man ist kein Mittelpunkt, bloß weil man Unglück hatte. Das möchte noch fehlen! Unglück soll läutern, Herr Doktor, das dürfen Sie mir ruhig glauben. Aber zweifeln Sie nicht, wenn man wie Sie … natürlich verständlich … unter den Umständen … ich bedaure das. Dann muß man aber auch einsehn, daß man nicht richtig ausreifen konnte, weil man so viele Jahre verloren hat, gleichsam verschlafen. Sie verstehn mich doch?«

»Dornröschen!« schnappte ich.

Weiter kam ich nicht. Ich hatte nicht bemerkt, daß Resi Knispel, die Pressedame, sich uns zugesellt hatte. Nun mischte sie sich ein.

»Dornröschen als Märchen in unseren Tagen! Wie originell! Das wär selbstredend ein blendender Einfall für ein Feuilleton! Gelt Buxi?«

»Meinen Sie?« rief der Buchhändler. »Ich dächte, man sollte endlich damit aufhören.«

»Ganz recht, Herr Buxinger«, stimmte ich bei und zischelte noch: »Diese poetischen Aasgeiermethoden … Blut und Tränen der Ermordeten, damit sich die Romanjournalisten und Filmregisseure mästen …«

Man hörte mich nicht. Billig fangen lassen wollte ich mich nicht, und es glückte mir, wobei Herr Buxinger und Fräulein Zinner halfen, die Unterhaltung in eine andere Richtung zu schieben. Es kreuzten noch vielerlei Reden durch den Salon, zumal die Kartenspieler langsam ihre Runden lösten. Frau Haarburger machte sich da und dort als Gastgeberin zu schaffen und bewirtete mit kleinen Leckerbissen, die Gesellschaft geriet in Bewegung und wurde lauter. Ich flüchtete die Nähe von Frau Saubermann und hatte mich jetzt besser in der Gewalt, hörte auch nicht auf alles hin, was sich in Licht- und Schattenflecken rings ereignete. Öfters schaute ich mich nach Fräulein Zinner um. Sie mied mich nicht, aber daß sie mich gesucht hätte, darf ich nicht behaupten. Doch wenn ich sie beim Herumstreichen durch den Raum traf, hielt sie meinen Blicken mit sanfter Blässe sicher und gemessen stand, ohne viel zu reden. Die Gespräche rauschten weiter, immer mehr entfernten sie sich von mir, Splitter von Meinungen, Häcksel zerkleinerter Sorgen aus verwaschenen Mündern, die nach Süßigkeiten und Schnäpsen rochen. Es war mir, als würde mein Schicksal in zerfasernden Grabgemurmel bestattet, denn das Befremdliche redete man ins Harmlose ein und beschwichtigte es mit flockigen Worten und hüllenden Gebärden. Jede Gesellschaft wird dicht, wenn sich in ihrer Mitte ein Verirrter einstellt. Darum wurde ich immer stiller und ließ mich unbeteiligt durch die geselligen Wogen schaukeln. Man wird dabei unnütz, auch das ist ein mißlicher Zustand, aber er spart Kräfte, und man fühlt sich freier. Es half, mir wurde besser. Ich hätte mich jetzt leicht mit guten Abschiedsworten von meinen Gastgebern empfehlen und aufbrechen können. Da kam Fräulein Zinner unvermittelt auf mich zu.

»Ich glaube, mit Ihnen kann man reden. Wollen Sie mir zuhören?«

»Aber bitte sehr.«

»Da, kommen Sie!«

Sie zog mich zu einem leeren Kartentisch und rückte ihn etwas zur Seite, wobei einige Karten auf den Boden fielen. Ich hob sie verlegen auf und hielt sie in der Hand, doch Fräulein Zinner nahm sie lächelnd fort und legte sie hin. Wir setzten uns und wurden nicht gestört. Sie begann von sich zu erzählen, erst zögernd und vorsichtig, stets mit einem Blick, ob es mir auch recht sei. Doch da ich sie ermunterte, wenn sie einhielt, verlor sich ihre Hemmung, sie sprach freier. Zehn Jahre jünger als ich, stammte sie von drüben, doch aus dem südlicheren Lande. Sie wollte Geigerin werden, herrlicher Lehrer, er förderte den ganzen Menschen, nicht das Spiel allein. Daraus ist nun nichts geworden. An ihrem neunzehnten Geburtstag reiste sie mit zwei jüngeren Brüdern fort. Am Bahnhof die Eltern, die lächelten ein überbrückendes Wissen. Der Vater schon alt und doch rüstig, die Mutter viel jünger, aber krank und gebrechlich. Die Hände mit weißen Tüchern winkten noch lange Aufwiedersehn. So hatten die Eltern die Kinder verschickt und kamen nicht nach, wollten nicht, konnten nicht, die Alten müssen es ertragen, es wird so viel nicht geschehen, das Leben gelebt, die Jugend muß fort. Die Waffen an der Grenze blinkten, die Geige war zu gut, nicht bewilligt, sie wurde genommen.

Und wieder fuhr der Zug und donnerte über die Brücke, die Grenze fiel um. Mißtrauische Blicke empfingen, aber nur Durchfahrt, dröhnender Nachhall bis an die rettende Küste.

»Man wollte uns retten, aber ganz gelungen ist das nicht.«

Fräulein Zinner schwieg. Sie sann, neigte leicht den Kopf und richtete sich eine Haarsträhne, was gar nicht nötig war.

»Aber was erzähl ich Ihnen alles da? Es ist so unerheblich.«

Ich widersprach und fragte, weil mir das am harmlosesten schien, nach dem Geigenspiel.

»Man gab mir eine. Es freute mich, weil ich es nach Hause schreiben konnte. Auch übte ich, den Eltern zuliebe, solange, bis der Krieg begann. Dann freilich nicht mehr. Ich hab sie nie mehr angerührt.«

»Schade!«

»Nein. Ich hab sie noch. Sie schläft in ihrem schwarzen Sarg. Wollen Sie die Geige haben?«

»Ich spiele nicht.«

»Ich hätte sie Ihnen gern gegeben. Bei mir verkommt sie bloß.«

»Könnten Sie nicht wieder spielen? Man soll so was nicht aufgeben. Man soll wieder beginnen.«

»Das sagen Sie?«

Ich redete ihr zu, doch sie lehnte ab. Das sei vorbei, die Hände sind verdorben, Tellerwaschen, Landwirtschaft, Schleifarbeit in einer Fabrik.

»Und die Geschwister?«

»Nein, ich allein. Die Brüder sind nicht gerettet.«

Fräulein Zinner sagte das mit plötzlich heftiger Bitterkeit. Ich schaute sie erschrocken an, denn bis jetzt hatte sie leichthin gesprochen. Als ich jedoch ablenken wollte, winkte sie fast ärgerlich ab. Warum sollte ich nicht alles erfahren? Die Brüder haben nicht den Krieg überdauert. Einer hat sich blutjung zu den Soldaten gemeldet, nachdem er ein Jahr interniert war. Dann fuhr er auf dem Truppenschiff, das wurde torpediert. Der jüngere Bruder kam in eine Schule, Stipendium, hat gut gelernt. In den Ferien wollte er in die Stadt zur

Schwester. Sie hätte es verhindern sollen, er aber bat und bettelte; ein Flugangriff, er war zwölf Jahre alt. Sie konnte ihn begraben, der ältere Bruder war damals interniert, da durfte er nicht kommen. Darum hat er sich zum Heer gemeldet, als man Internierte warb.

»Und die Eltern?«

Sie haben nichts erfahren, das ist gut so. Als die Bombe fiel, schrieb das die Tochter nicht; als das Schiff versank, war nichts mehr zu schreiben. Nein, nicht verschickt. Das blieb den Eltern erspart. Fräulein Zinner war froh darüber und lächelte. Rechtzeitig gestorben, knapp hintereinander, beinahe in einer Woche. Erst der Vater, dann die Mutter. Ja, eine verläßliche Nachricht, sie traf auf Umwegen ein, wurde auch nach dem Krieg als wahr bestätigt. »Nichts ist ehrwürdiger im Verderben, als wenn man den inneren Takt aufbringt, im richtigen Augenblick abzukratzen.« Wirklich, zu meinem Erstaunen bediente sich Fräulein Zinner dieses rohen Ausdrucks. Ich zuckte betroffen zusammen.

»Eine Mimose!« flüsterte sie. »Eine Mimose! Sagen Sie mal, wie haben Sie denn das geschafft ... ich meine, die ganzen Jahre?«

»Das weiß ich nicht. Man kann nichts dafür, oder ...«

»Was, oder?«

»Oder vielleicht gerade deswegen, wollte ich sagen, wenn Sie es durchaus wissen müssen.«

»Ach so. Ich kenne das schon. Ich habe viele Berichte gelesen, da erfährt man allerhand. Übrigens sollen Sie nicht glauben, daß ich meine Eltern nicht ... Natürlich hab ich sie ... Aber was passiert ist ... Da denkt man manches. Und oft ist es besser so. Sie haben auch verloren?«

»Ja, ich habe ...«

»Freilich haben Sie. Ich sollte nicht so dumm fragen.«

»Es stört mich nicht.«

»Also doch keine Mimose. Sehn Sie, meist spreche ich nicht darüber. Aber wenn einer so unmittelbar dabei war ...«

»Das weiß ich nicht.«

»Wie?«

»Ich weiß nicht, ob ich so unmittelbar dabei war. Ich bin doch nicht gestorben, und da weiß man es nicht.«

»Das versteh ich nicht ganz.«

»Daran ist nicht viel zu verstehn. Nur die Toten waren dort, weil sie allein geblieben sind. Unsereiner ist nur durchgegangen. So deutlich ich es auch vor mir sehe, es ist anders. Wirklich erinnern kann ich mich nicht.«

»Sie flüchten also? Wollen nicht? Sind Sie darum hergefahren? Ist das so?«

»Es steht dort vieles bevor, was ich nicht abwarten will. Das ist ein Grund, aber nicht der einzige, daß ich fuhr und lieber hier sein möchte. Wenn Sie das eine Flucht nennen, dann haben Sie recht. Aber nur dann. Keine andere Flucht. Es gibt keine, sie gelingt auch nicht. Ich würde deshalb von keinem Ausreißen sprechen, zumal ich weiß, daß ich die Verfolgung nicht los werde. Das Ungeheuer springt einem immer auf den Nacken. Aber diese Erfahrung und die Erinnerung sind nicht dasselbe.«

»Erklären Sie!«

»Ich meine nicht zu vergessen. Das kann ich nicht. Die Dinge sind mir gegenwärtig als Erlebnisse und als Bild, und ich will sie auch erforschen, weil ich anders gar nicht kann. Bevor nicht alles durchgedacht und aufgewiesen ist, werde ich nicht rasten, geschweige denn Ruhe finden. Also schon deshalb keine Flucht. Aber Erinnerung ist etwas ganz anderes. Sie ist die Identifikation mit der Verschickung und allen ihren Folgen, also mit der erlittenen Vernichtung. Das kann ich nicht. Ich bin bestenfalls zerbrochen worden, vielleicht zerschmettert, doch da ich hier vor Ihnen stehn kann, bin ich nicht vernichtet.«

»Bestenfalls? Ist das nicht arg genug?«

»Ja, arg genug. Vernichtet wäre besser.«

»Also kein Lebenswille mehr?«

»Oh nein. Sehr viel Lebenswille, vielleicht zuviel davon, doch nur die eigene Vernichtung wäre die wahre Erinnerung.«

»Was wollen Sie eigentlich?«

»Nichts. Nur sein.«

»Das ist tröstlich.«

»Das ist ganz unentschieden. Hören Sie, was ich sage: Man hat überhaupt kein Recht, seine Handlungsweise gutzuheißen.«

»Warum so heftig?«

»Entschuldigen Sie, aber ich habe mich verwirrt. Es ist mühsam, sich zusammenzuhalten, sich als Einheit zu begreifen. Ich wiederhole nochmals, alles ist unentschieden. Es ist die Vernichtung nicht gelungen, und darum gibt es gleichfalls keine vollkommene Erinnerung. Kurz, Erinnerung ist unerreichbar. Mensch am Rande bleibt in der Schwebe.«

»Das nennen Sie unentschieden.«

»Gewiß. Die Entscheidung ist aufgehoben. Man ist weder, noch ist man nicht; man vertagt sich. Wahrscheinlich gilt das für viele Menschen nicht und ist für andere unannehmbar, aber für mich trifft es unbedingt zu.«

»So sind Sie sich uneinig mit sich selbst.«

»Aufgeschoben, nicht aufgehoben. Dabei ist ein Schuldgefühl.«

»Sie auch?«

»Wieso, ich auch?«

»Ich dachte stets, unser sei die Schuld, die wir fortgegangen sind, weil wir unsre Liebsten, weil wir euch alle allein gelassen haben.«

»Damit ihr alle mit uns zugrunde gegangen wärt? Nein, so ist das nicht. Es ist schon gut, daß so viele fort sind.«

»Daß Sie das sagen, tröstet vielleicht noch nicht, doch es erleichtert. Ich habe keine ruhige Nacht mehr gehabt, weil ich fort bin. Die Verlassenen standen mir ständig vor Augen. Die verabsäumte Hilfe, sei es auch nur der geringste Beistand, eine Handreichung, die vernachlässigt wurde. Das ist eine bedrückende Schuld, die ich mir nicht verzeihn kann. Und nun sprechen auch Sie von Schuld und billigen vielleicht wirklich, daß wir unsre Liebsten allein gelassen haben.«

»Das ist eine der schwersten Fragen, aber doch, ich billige

es, in den meisten Fällen. Wissen Sie, manchmal habe ich mit Ihnen allen da draußen ein tiefes Mitleid empfunden.«

»Wir waren nicht zu bedauern.«

»Oh doch! Sogar sehr. Mir erschien es so. Ich mußte mir oft vorstellen, wie man sich draußen verzehrte, ohnmächtig und unwissend, wie man vor Sorgen verging, während manche von uns eine geistige Freiheit gewonnen hatten, die hier fehlte, die man auch sonst im Leben schwerlich und sicher nur selten erreicht.«

»Das erstaunt mich außerordentlich. Mitleid mit uns und geistige Freiheit üben, am Abgrund, im Untergang.«

»Nahe dem Untergang, in seiner Bannmeile. Nicht zu bedauern waren wir, nur Hilfe hätten wir gebraucht. Das ist Rettung. Soweit ich heute sehe, war das der Kern der Aufgabe, die einzelne nicht lösen konnten, die aber im Ganzen vernachlässigt wurde. Man hat uns viel zu sehr bedauert und viel zu wenig geholfen. Bedauern, Mitleid vor allem mit den verhinderten Helfern, das war unsre Aufgabe, Mitleid mit der Ohnmacht erzwungener Untätigkeit. Übrigens scheint mir, daß man auch die Überlebenden bloß so ein bißl bedauert, und mit der Hilfe ist es nicht weit her.«

Frau Singule hatte den letzten Teil meiner Rede belauscht und war entsetzt.

»Hören Sie, das ist ein starkes Stück! Ich habe selbst eine Aktion geleitet, bei der man zehntausend Paar Socken, zweitausend Paar Pantoffeln und mindestens die gleiche Anzahl Schuhe, viertausend Pullover, ungezählte Hemden, Unterhosen und Taschentücher schon in den letzten Kriegswochen gesammelt hat. Sobald es nur möglich war, wurden die Sachen hinübergeschickt und an die Bedürftigen zur Verteilung gebracht.«

»Ja, und der ganze Trödel war nicht einmal geputzt und geflickt! Es war eine Schande!« Fräulein Zinner sagte das leise, doch scharf.

»Wie können Sie das behaupten?«

»Weil ich die Sachen selbst gesehn habe.«

»Erlauben Sie, es waren auch tadellose Stücke darunter!

Ich hab selbst welche gegeben. Außerdem können Sie doch nicht erwarten, daß die Leute bei den knappen Textilien, die sich die meisten buchstäblich vom Leib absparen mußten, ihre besten Sachen opfern.«

»Ich bin anderer Ansicht«, sagte Fräulein Zinner einfach.

»Nein, das kann man nicht verlangen!« stimmte ich Frau Singule mit verstecktem Ärger bei. »Man kann überhaupt nichts verlangen. Man hat schön dankbar zu sein, daß man noch lebt und nicht nackt herumlaufen muß. Ich sag es ja, zu viele haben überlebt. Es wäre ja so einfach gewesen, wenn alle erstickt und verbrannt worden wären, alle ohne Ausnahme, weil man sich dann über die Verbrechen noch besser den Mund zerreißen könnte und alle Opfer zusammen bedauern dürfte, ein Tränenmeer des Mitleids, großartig, solidarisch, die öffentlichen Kundgebungen, Entrüstung der ganzen Welt, herzerweichende Reden berühmter Menschenfreunde, verschwenderisch Mittel aus aller Herren Ländern, um nach einem Preisausschreiben ein Riesendenkmal den armen unschuldigen Opfern zu errichten. Kränze und erschütternde Ansprachen bei der Einweihung, nie mehr so was wieder, wir schwören euch, ihr Toten ... Dann wäre man nach Posaunenfanfaren höchst zufrieden heimgegangen. Das hätte den Hyänen des internationalen Mitleids so gepaßt! Daß es aber manche wagten, das Kriegsende zu bedauern – ach, diese Fehlleistung, ich meine zu überdauern, das ist unverzeihlich! Jeder lebende Zeuge jener Tage ist ein garstiger Schönheitsfehler für die Werke der organisierten Humanität!«

Frau Singule starrte mich sprachlos an, bevor sie loslegte. »Ich finde keine Worte, Herr Landau. Um Himmelswillen erregen Sie sich nicht so! Die Menschen sind so schlecht nicht, wie Sie glauben.«

»Ach, das glaub ich gar nicht, daß sie schlecht sind.«

Gegen meinen Willen war ich wieder in den Mittelpunkt der Gesellschaft geraten. Fräulein Zinner war nicht mehr in der Nähe, ich schaute mich vergeblich nach ihr um. Nach einem Weilchen kam sie aber noch einmal heran.

»Meist sprech ich nicht von den Dingen«, sagte sie leicht und setzte, mir nicht ganz verständlich, fort: »Zartsinn am falschen Ort lieb ich nicht. Besser zeigt man nicht, was man denkt. Ich muß jetzt gehn, mein Autobus. Hat mich gefreut, Herr Landau. Äußerst lehrreich.«

»Darf ich mal ...?«

»Ja. Rufen Sie mich an. Wiedersehn.«

Fräulein Zinner entfernte sich und hatte mir nicht einmal die Hand gereicht. Ich war betroffen, wie kurz und schroff, anscheinend nicht mehr interessiert, sie sich von mir gewandt hatte, da und dort Abschied nahm und, von Dr. Haarburger begleitet, die Gesellschaft verließ. Das verletzte mich; ich war betrübt, daß ich in meinem Eifer zu weit gegangen war. Niemand verlangte von mir freundschaftliche Gefühle für Frau Singule, aber ich hatte deshalb noch lange kein Recht, sie mit meinem empörten Ausbruch zu beleidigen, mochte er auch tausendmal die Wahrheit treffen. Hatte ich mich mit Fräulein Zinner in ein so empfindliches Gespräch eingelassen, dann mußte ich verstummen, sobald jemand dazu kam. Das hätte ich gerne noch aufgeklärt, aber ihr eiliger Aufbruch hatte das verhindert. Lange konnte ich meinem Ungeschick nicht nachsinnen, denn nochmals fiel ich in den Wirbel sinnlos bohrender und doch keine Tiefe fassender Reden. Viele tausende Menschen standen um mich herum, umwandelten mich, sogar Professor Kratzenstein geriet in meine Nähe, zog sich aber schnell zurück, als er meine Absicht einer Anrede erkannte, während sich Resi Knispel teilnahmsvoll an mich heranmachte und mich beinahe schon zu dringlich zu sich einlud. Sie gab mir ihre Karte und zeichnete den Weg von der nächsten Haltestelle zu ihrer Wohnung auf. Ich soll nur bestimmt bald kommen, es wäre ihr eine Ehre, wenn sie mir helfen könnte, meine Erfahrungen, du meine Güte, welch ein unerschöpflicher Schatz wäre das für sie. Fräulein Knispel dachte an einen Roman, er solle »Die Elenden« heißen, absichtlich, der Gefahr des Titels sei sie sich bewußt, aber pikant, die Verfolgten und die Verfolger seien damit gemeint, ob ich das nicht sinnreich fände. Ich sollte das schnell schreiben und ihr bringen. Resi Knispel drückte mir stürmisch die Hand und lief fort. Die Gesellschaft begann sich aufzulösen, weswegen ich mich bemühte, darin von meinen Gastgebern bestärkt, das Menschenmögliche für mich zu gewinnen, was mir bis jetzt mißlungen war. So schob ich mich denn hin und her, steckte Blendlichter auf und durfte mir dabei einbilden, ernst genommen zu werden. Leider übersah ich, daß ich bloß närrisch wirkte, eine Schaumwoge hoch und weit von einer Springflut geschwemmt, bald mußte der flüchtige Glanz versiegen, die Sensation war zu Ende und reizte morgen keinen mehr, schon war ich vergessen. Dann saß ich in meinem Arbeitszimmer wie heute, doch gequälter und lange nicht so geduldig, und wartete.

Ich saß über meinen Arbeiten, die ich gejagt vorantrieb, fleißig wie nie zuvor und nie mehr später, und wartete dabei. Ich wartete auf den telefonischen Anruf, man hatte ihn mir für diesen Tag und die Stunde als sicher versprochen, ganz bestimmt, es liegt mir sehr daran, Herr Landau, mein eigenstes Interesse. Der Anruf kam nicht zur verheißenen Zeit, er kam auch nicht später, er kam nie. Ich eilte zum Telefon, wollte mich selber melden, aber niemand war da und niemand war zu sprechen. Ich sollte es wieder versuchen, morgen, dann in einer Woche, noch später, nie ... Ich versuchte es unermüdlich, Sie sagten doch, heute, Sie haben es mir selbst versprochen, Sie haben mir ... Wieder war es vergeblich und wieder ein Hindernis, ein unvorhergesehener Zwischenfall, eine plötzliche Abreise, eine Krankheit, eine Konferenz, eine unaufschiebbare Angelegenheit, ein auswärtiger Besuch, die nahen Ferien, gerade vom Urlaub zurück, Geduld, Geduld. Johanna war verzweifelt, weil es mich sehr belastete und bedrückte. Sie versuchte hinter meinem Rücken, die Sache zu meinen Gunsten zu fördern, hatte aber keinen Erfolg und mußte mir schließlich gestehen, wie es ihr ergangen war. Die Krankheit der uneingelösten Versprechen fraß sich in mein Herz. Nun war der Fall mir wieder aufgehalst, ich ließ nicht locker, sammelte neue Vorwände, erinnerte an dies und das, was für mich freundlich stimmen sollte. Doch vergebens, ich wurde kaum noch vertröstet, man schaltete mich aus. Da hatte ich zu lernen, daß man nicht war, wenn man auch war: nichts als ein lästiger Zwischenfall, der sich in die freie Bahn geklemmt hat; ein Weilchen stört er, schon fährt man darüber hin, dann ist er vergessen. Die Tagesordnung war hergestellt, in der ich nicht vorhanden war.

»Wenn du nicht bist, schreib Briefe, daß du wirst.« Das habe ich einmal gelesen. Wie oft ist es mir in diesen Jahren eingefallen, in denen ich besonders viele Briefe schrieb. Menschen haben in vielen Jahrtausenden aus vielerlei Gründen Briefe geschrieben; genauso ist es noch heute vielen Menschen beschieden, Briefe immer aus eben denselben Gründen zu schreiben. Immer teilten Briefe etwas mit, fragten, wollten jemanden erreichen und seine Antwort erbitten. Wohl gingen sie auch verloren, wurden nicht beachtet, ungenügend gewürdigt oder mißverstanden und brachten Verhängnis statt Segen; ungezählte Briefe hat man ausgeschickt, denen die erwünschte Gegennachricht versagt blieb, oder sie kam zu spät und hatte sich überholt. Das alles konnte geschehen. Im Flusse der Zeiten entwickelten sich bestimmte Regeln und Gebräuche, die den Reichtum der Mitteilung bedrohlich einschnürten, die Sprache wurde verstümmelt, der Ausdruck beschränkt, viele Briefe büßten jede ursprüngliche Gestalt ein oder waren nichts als Gestalt und wiederholten millionenfach geübte räudige Muster. Doch Briefe waren es, Briefe, die sich als Botschaft erfüllten, und wenn man welche empfing, so war es ein Ereignis, man nahm sie in die Hand und las und wußte. Das ist nicht mehr gültig, ich habe es ausgekostet; die noch immer zahlreichen Ausnahmen erschüttern nicht die allgemeine Erkenntnis.

Ich warf mich also aufs Schreiben, dachte zumindest zu schreiben. Es waren lange oder kurze Nachrichten, die ich verfaßte, oft in Eile, späterhin langsamer und immer sorgfältiger, weil ich mißtrauisch wurde, als ich bemerkte, daß meine Briefe ins Leere fielen und keinen Zweck erreichten. Ich dachte gründlich nach, erwog die Worte Zeile um Zeile, ich prüfte das Geschriebene, daß es wirklich Inhalt sei, Mitgeteiltes von erlebtem und wiederverständlichem Sinn. Es stimmte und mußte begreiflich sein, ich las es am nächsten Morgen noch einmal. Dann gab ich mich zufrieden, verschloß den Brief und schickte ihn fort. Ich sandte Briefe hinaus an Bekannte oder an Fremde mit vertrautem und unvertrautem Namen. Ich sagte, was ich sagen mußte, erklärte mich, bot mich an, berief mich auf Menschen und Ereignisse und trug oft selbst die Briefe auf die Post.

Dreimal täglich liefert der Briefträger in West Park Row aus. Ich kannte seinen Schritt schon aus der Ferne, wußte seine Zeiten genau. An meinem Tische saß ich und blickte gespannt auf die Straße hinaus, wenn ich die Gitterpforten von den Nachbarhäusern klappern hörte. Da war er schon, ging an unserem Hause vorüber, und wenn er mich dabei sah, winkte er mit der Hand, ich sollte nichts erhoffen. Doch manchmal klappte auch bei uns das Gitter, da kam er, schnell hatte er die Schritte bis zur Haustüre durchmessen, aber ich war noch schneller und riß die Türe auf, um seine Gaben in die Hand zu empfangen. Er brachte Druckschriften und Zeitungen, Rechnungen und Mahnungen, er brachte manches andere noch, er brachte sogar Briefe, die für mich bestimmt gewesen sind, doch waren es die Briefe nicht, die ich erwartete. Und kam dann endlich doch von dieser Art ein Brief, den ich hastig öffnete, stand nichts darin, die Worte leer, sie hingen kaum zusammen, flüchtig hingeschrieben in die leere Hochachtung. Ich strengte meine Augen an und forschte lange, ich rief Johanna zur Hilfe herbei, doch auch sie konnte nichts entziffern. »Es steht ja nichts darin!« Ich beugte mich nochmals über den Bogen und kehrte ihn nach allen Richtungen. Leider stimmte es, eine Täuschung war ausgeschlossen, der Brief war leer und also war es kein Brief. Nicht immer war es ganz so arg, manchmal wurden Worte sichtbar, da stand »leider« oder »unverbindlich« und »vielleicht«, die Anrede war überdeutlich »Sehr geehrter«, sie stimmte, jeder Buchstabe richtig, auch die Unterschrift war erkenntlich »sehr ergeben« oder »vorzüglich«, und zwischen Überschrift und Unterschrift streckten sich die sagelosen

Sätze über manche Zeilen hin. Nun war mir doch nur wohler, ein Brief ist angekommen; das sagte ich mir zufrieden und pflückte die Worte einzeln ab. Ich tat es nochmals und wiederholt, ich dachte nach, was sie vermitteln sollten; der Kopf wurde mir schwer, ich konnte keinen Sinn ergrübeln. »Hat er nicht abgesagt?« kam Johanna erwartungsvoll herein und wollte hören, was man mir geschrieben hatte. Da las ich laut und langsam vor, doch auch sie begriff nicht, was da stand. Antwort auf meine Briefe war das nicht, alles fremd und dunkel, vielleicht für mich gemeint, doch nicht für mich bestimmt. Johanna hatte schon mehrmals das Zimmer verlassen und war wieder zurückgekommen. Schließlich schaute sie mich unabweislich an, ich mußte etwas sagen. Nach einem letzten Blick auf das Papier entschied ich mich. »Ich glaube, er hat abgesagt.« Es sprach sich nur von mir hinweg, verbarg verschämt, daß es nichts gibt, daß meiner kein Bedarf ist, ein Nein, in kleinen Würgestücken ausgemustert. »Sind denn alle Menschen unerreichbar? Wofür hast du überdauert?« So seufzte ich, als ich alle Briefe vor mir ausbreitete und durch sie hindurch im Wahne sah, daß sich ihre Schreiber entdecken ließen, wenn ich mir nur genügend Mühe gab. Ich schrieb die Zeilen mit meiner Hand ab. Meine Schrift ist schwer, es konnte ihr nichts entgehen, was mir im Lesen, weil es zu flüchtig hingehaucht war, nicht in die Augen wollte. Da hatte ich die Briefe doppelt, daß sie einander im Vergleich bestätigten, und ich fragte sie und fragte mich selbst fast mit der Dringlichkeit des Gebetes, ob sie sich entschlüsseln ließen. Man muß nur wissen, wie man sie zu lesen hat. Geheimnisse, in die man eingeweiht sein muß; die Spur blieb mir verborgen, ich wußte keinen Rat. Daß ich zu einem Ziele gelange, schrieb ich neue Briefe, jedes Wort geschliffen, man mußte sie verstehen; mich gab ich in den Briefen, mich, daß es faßbar werde. Ich las sie Johanna vor und gab sie ihr zum Lesen; ich gehorchte, wie sie mir es riet, entwarf noch einmal, merzte alles aus, was sie getadelt hatte. Auch eine Durchschrift hatte ich und hob sie auf, damit kein Zweifel herrsche, wenn die Antwort käme. Doch dieses Spiel, so sehr es meinen Geist auch schärfte und Wachheit mir in Selbsterkenntnis gab, förderte mein Streben nicht; es wiederholte sich, was schon geschehen war. Es stimmte nichts, was mich erreichte, es ließ mich leer oder riß mich tiefer in die Armut. Ich dachte lange nach, denn einen Menschen in der Welt müßte es doch geben, dem zu schreiben sich verlohnte. Allein ich fühlte mich zu schwach dazu, ich konnte keine Briefe mehr schreiben. Es war widerwärtig sich zu plakatieren und in die Leere zu melden, ich warte, wenn man sich schon überwartet hatte.

Man wisse nicht, daß ich bin, deshalb müsse ich schreiben; damit lag man mir in den Ohren. Dann hieß es: Wie soll es jemand in der Welt erraten, daß du dauerst? Ich bildete mir ein, man müsse nach mir forschen, andere Rückkehrer waren schon in den ersten Tagen gefunden worden. Das Suchen hielt ich für die erste Pflicht, die jenen in der Welt geboten war. Was verlangte man von mir? So viele Jahre war mir das Schreiben von Briefen verboten, nun fiel es zu schwer, die Hand war ungeübt und gab nicht wieder, was ich dachte. Nachrichten prallten von undurchlässigen Wänden ab. Wenn jemand einen Durchschlupf wagte, durfte er auf keine Gnade hoffen, sobald man ihn ertappte. Nun galt das nicht mehr, Briefe waren wieder gestattet, doch damit war für mich die Lage nicht geklärt. Wem sollte ich schreiben? Ich wußte keinen. Wem also, wem? Peter hörte aufmerksam zu.

»Du mußt dich entschließen. Seit gestern sind die Grenzen geöffnet, der Briefwechsel mit dem Ausland ist erlaubt. Du mußt sofort schreiben.«

Peter hatte gut reden, für ihn sah alles so einfach aus. Ich wollte nicht, doch er war hartnäckig.

»Du hast ja draußen Verwandte und Freunde. Mensch, wie kann man da nur so dumm sein! Gib ihnen ein Lebenszeichen, sie werden sich freun. Einmal hast du gesagt, daß du dir die ganzen Jahre ein paar Adressen gemerkt hast. Versuch doch eine! Ein Brief verbreitet sich draußen schnell, wie ein Lauffeuer geht das. Schließlich hilft dir jemand, und du kannst fort.«

Wohin? Ich wußte nicht. Fort wollte ich. Wohin? – das gab es nicht. Versickert, durch, zersprüht; es war ja lächerlich. Dagegen konnten keine Briefe helfen. Irgendein internationales Flüchtlingsamt hatte einen Suchdienst eingerichtet; also war es an denen draußen, sich um uns zu kümmern. Ich, der verlorene Findling. Peter lachte, reizte mich, fragte mich nach Menschen aus, die draußen waren. Ein alter Onkel, eigentlich kein rechter Onkel, ein Vetter meiner Mutter. Wie er heißt? Karl Strauß. Die Adresse, nein, ich wußte nur die Stadt, sie war nicht groß. Peter fand das großartig, die Stadt genügt, die Post ist tüchtig. Ich sagte, daß mir der alte Herr nie nahestand. Was, nahestand ... das sind keine Reden, meinte Peter. Ich aber sagte, ich schreibe nicht nur so in eine Stadt, soll der Onkel Strauß mich suchen, wenn er Lust hat. Peter beschwichtigte meinen Ärger, er war in solchen Dingen hilfreich und tastete für mich Wege vor, die ich nicht liebte oder scheute.

»Man sucht nur seine Allernächsten. Der Sohn einer Kusine, das ist zuviel verlangt. Das darf dich nicht kränken. In so einem Fall meldet man sich selbst, nimmt es den Leuten ab. Sie werden dir noch dankbar sein.«

Das fand ich lächerlich, aber Peter redete mich klein und überzeugte mich eigensinnig, daß ich mich überwinden müsse. Gut, wenn ich von Onkel Strauß nichts wissen wolle, dann solle ich mir jemanden anderen suchen. Freunde, schön, noch besser als Verwandte. Schließlich gab ich nach. Briefe an Freunde und Bekannte. Ich schrieb und schrieb. Doch schickte ich nicht fort, was ich geschrieben hatte, denn es mißfiel mir und war auch ungeeignet, in die Welt zu dringen. Ich kam in Übung, bald fiel das Schreiben leichter, doch, durchgelesen, fand ich es schwächlich und den Sinn zu mager. Endlich entschloß ich mich zu einem Brief an einen meiner besten Freunde, vielleicht den besten, den ich vor dem Kriege hatte, das war der Soundso, wie ich ihn nannte. Dem wollte ich ausführlich schreiben, bevor ich andere Briefe schickte. Ich verwarf alle Entwürfe, die ich an verschiedene Empfänger schon vorbereitet hatte, und legte mir zurecht, was ich Soundso mitteilen wollte; ein Bildnis meiner Verderbnisse entfesselte sich ungehemmt. Ich sagte kurz nach langen Sätzen: der Tod. Das war zu hart und ungeschlacht. Was ich beendet hatte, zerstückelte, wenn ich es prüfte; ich mußte mir bekennen, daß ich nichts getroffen hatte. In einem Briefe behaupten, das war die unerreichbare Kunst, mich behaupten und den Angesprochenen überzeugen, daß der Brief auch wirklich von mir stammte und keine plumpe Fälschung sei, die der Empfänger mißtrauisch oder ärgerlich verwerfen würde. Wie spricht man einen Menschen an, wenn man nicht gestorben ist? Welche Worte vermitteln die Wahrheit, damit dieser Mensch einem glaubt?

»Du schreibst, was du erlebt hast.«

Was hatte ich erlebt? Es gab keinen Anfang, und so hatte ich nichts erlebt. Ich hätte etwas finden müssen, eine Geschichte. Es gab einmal einen Menschen. Er wurde in einem Hause geboren, das stand in einer Stadt. Die Eltern wohnten dort, deutlich, wohnten. Man konnte sie besuchen, es gab einen Weg hin, von der Reitergasse bog man in die Römerstraße, dann kam der Karolinenweg, endlos, dort. Die Eltern freuten sich, man gratulierte und fragte, wie heißt der Kleine denn? Da antworteten die Eltern, er heißt schon, ja, wir haben ihn Artur genannt. Doch wie weiter? Ich? Herumnesteln an Knöpfen, abzählen, eins, zwei, drei, sieben, liebt sie mich? Von Herzen? Mit Schmerzen? Artur und Franziska. Wo ist das gewesen? Sind nicht Leute gekommen und haben wieder gratuliert? Die beiden priesen ihr Geschick, das sie vereint hat. Sie beschlossen zu leben. Warum stand Peter immer noch hier, warum diese kitzelnden Fragen in seinem dummtreuen Gesicht? Ist es dir so recht, wenn ich von Adam erzähle? Höre! Da ging er hinaus und suchte, konnte aber nichts finden. Die blutdürstigen Felder waren vertrocknet. Oder waren seine Augen trübe geworden? Sie sahen nichts Gutes und blinzelten traurig ins Verlorene hinüber, wo nur noch die Wand war. Was gab es hinter der Wand? Verlegener Adam, dessen Geschichte sich zugetragen hat. Man mußte das erzählen können, wie sich alles fortsetzte, wieder ein Tag, noch einer, dann. Ja, dann ... Wie war das? Erinnern, Geschlinge um einen Stab mit Früchten, Entäußern. Blick auf die Hände, die eigene Haut fühlen, etwas zu trocken, Häuten, entschlängelt. Peter, der Apfel ist wurmig geworden, durch und durch, man kann ihn nicht mehr essen. Die Gäste haben ihn nicht berührt und wenden sich ab. Die Eltern sind jetzt allein, freuen sich mit ihrem kleinen Artur, der unbewußt im Kissen wimmert. Er wird eine Zukunft haben, sagte der Vater und nahm die Mutter an der Hand. Dann schlichen sie auf den Zehenspitzen hinaus. Konnte man das einem Freunde schreiben? So sehr ich mich auch anstrengte, das Erfinden einer nützlichen Fabel war meine Sache nicht.

»Keine Märchen! Sag, daß du da bist, überlebt hast, und man soll sich um dich kümmern!«

Auch das war kein Gegenstand. Man sagt nicht, daß man da ist. Entweder stimmt es nicht, dann hat es keinen Zweck, oder es trifft zu, dann ist es überflüssig, darauf noch hinzuweisen. Man zeigt nicht mit dem Finger auf sich selbst. Auch vom Überleben spricht man nicht; kann man schreiben, dann hat man überlebt und setzt es nicht noch hin, mein lieber Soundso, ich bin also noch immer da und hab es überlebt. Was denn? wirst du fragen. Gut, du hast recht. Nun etwas, etwas überlebt, Zeit, Jahre, Krieg, mich selbst, und darum bin ich da. Ich weiß nicht, ob du dich noch an mich erinnern kannst, doch halte ich es für möglich, weil wir früher verkehrt haben, außerdem hast du doch immer ein gutes Gedächtnis besessen. Stimmt das? Weißt du noch, warum wir dich Soundso nannten? Du hast dir diesen Namen selbst zuzuschreiben und wurdest trotzdem wütend, wenn wir dich damit foppten. Schließlich hast du dich daran gewöhnt, mein lieber Soundso. Wir hatten gemeinsame Interessen, haben viel zusammen gesprochen, mancherlei unternommen, wir waren sozusagen befreundet und hatten es für wahrscheinlich gehalten, daß wir im Leben weiterhin enge Beziehungen aufrechterhalten würden. Ich muß dir bestimmt die Einzelheiten nicht in Erinnerung rufen. Aus Gründen, die nicht hergehören ... wieso, sie gehören her – die ich dir nicht auseinandersetzen muß, weil du sie vermutlich kennen dürftest ... das ist herumgeredet, unaufrichtig, setzt zuviel voraus – aus bestimmten Gründen, die sich nicht leicht darstellen lassen, teils weil sie schwerlich rechten Sinn ergeben, teils schwer verständlich sind, haben sich unsere Absichten und Pläne nicht verwirklichen lassen, so daß unsere Beziehungen leider eine Unterbrechung erfahren haben.

Warum sollte ich das schreiben? Es konnte den Empfänger erschrecken, Soundso war stets überempfindlich. Es war auch nicht vorauszusetzen, daß ihm eine solche Mitteilung erwünscht käme. Immerhin, etwas mußte ich schreiben, wenn ich schon schrieb. Aber der Hinweis auf Gründe, die doch nicht enthüllbar, wohl auch nicht stichhaltig waren, konnte unterbleiben. – In unseren Beziehungen, die ich für eng halte, sie sind mir immer besonders lieb und angenehm gewesen, ist eine unvorhergesehene Unterbrechung eingetreten, wie du, so möchte ich annehmen, auch bemerkt haben dürftest ... Das war eine gewagte Voraussetzung, aber Peter und Anna waren stets geneigt, in mir solche anmaßenden Erwartungen zu nähren. Manchmal gelang es den beiden, mich davon zu überzeugen, daß ich damit durchaus im Recht sei, aber wenn ich das nun aufzuschreiben begann, ließ sich ein stolzes Selbstvertrauen auf die Dauer nicht aufrechterhalten. Ich mußte die Stelle ändern, es ließ sich anders ausdrücken, zumindest bescheidener.

Die Beziehungen, die wir pflegten, kommen mir in einer freundlichen Übersicht über meine bisherigen Schicksale ungewöhnlich vertraut vor, weswegen ich dich bitte, mich nicht für exaltiert zu halten, wenn ich mir bei durchaus klaren Sinnen die Vorstellung gebildet habe, daß auch von deinem, sicher recht verschiedenen Standpunkt aus, sich möglicherweise gleichfalls eine Zuneigung für mich behauptet haben dürfte. Sollte ich mich irren, so bedenke die Umstände und verzeih mir bitte! Du brauchst dann nicht zu antworten, sondern schmeißt den Brief gleich weg ... Gegen eine solche Einschränkung und gefühlsmäßige Überheblichkeit in einem ersten Brief nach langen Jahren erhoben sich gewichtige Einwände. Zeigte ich so wenig Zuversicht in die Beständigkeit der Gesinnungen meines Freundes, so stellte ich, erstens, mir ein Armutszeugnis aus und, zweitens, durfte ich auch nicht damit rechnen, noch als ernster Freund, der Treue bewahrt, angesehen zu werden. Ich mußte mich entschließen, kühner vorzustoßen und dabei doch Zurückhaltung zu üben. Ich raffte alle meine Kräfte zusammen und schrieb folgenden Brief.

Lieber Soundso!

Möglich, daß Du erstaunen wirst, von mir nach geraumer Zeit und noch dazu etwas unerwartet einen Brief zu empfangen. Vielleicht wird es Dir aber auch ganz selbstverständlich vorkommen, in welchem Falle ich Dich bitte, den ersten Satz als ungeschrieben zu betrachten. Vergiß ihn, halte ihn mir zugute und lies schnell weiter! Bitte nur dies: Entscheide Dich für die eine oder die andere Möglichkeit und sei mir keinesfalls böse!

Sieh an, ich bin da eben vor Dir aufgetaucht, nur schriftlich freilich, aber doch fast unmittelbar. Es ist meine Schrift, sie hat sich in den Jahren nicht gebessert, eher umgekehrt, doch wirst Du sie sicher erkennen und denken, beileibe, er ist der alte geblieben. Nicht einmal richtig älter geworden bin ich, denn die Kriegsjahre zählen bekanntlich nicht.

Damit habe ich Dir auch schon angedeutet, warum Du so lange nicht von mir gehört hast, denn sicher wirst Du denken: Was? den ganzen Krieg lang hat er es nicht für nötig befunden, mir auch nur ein Kärtchen zu schicken, wie es ihm geht, während ich mich um ihn gesorgt habe, und nun, kaum ist der Rummel vorüber und alles kommt wieder ins gute alte Geleise, da meldet er sich auch schon zur Stelle und gibt vor, es sei inzwischen nichts geschehen!

Da will ich Dir nicht einmal widersprechen. Wenn ich nachdenke, scheint es mir genau so: Es ist verdammt wenig passiert, mein Lieber, aber Du darfst mir glauben, daß die Postverbindungen während des Krieges miserabel funktioniert haben. Wie oft habe ich mich bei den zuständigen Stellen erkundigt, ob nicht doch eine Möglichkeit bestehe, Dir zu schreiben, wurde aber bei meinen Anfragen nur verlacht und mußte mich überdies dumm stellen, damit man mir meine Harmlosigkeit glaubte und mich nicht als Spion verdächtigte. Deshalb konnte ich meine Absicht nicht verwirklichen, und darum kam es zu der mißlichen Unterbrechung unserer Korrespondenz.

Wie Du Dich wohl erinnerst, bist Du ziemlich Hals über Kopf knapp vor dem Krieg verreist und hast kaum mehr Zeit gefunden, Dich ordentlich von mir zu verabschieden. Ich bin aber nicht gekränkt deswegen, wie ich es schon damals nicht war, nur bekümmert, weil mich die Sorge bedrückt, daß inzwischen zuviel vorgefallen sein mag, was Dich von mir entfremdet haben könnte. Das sind Empfindlichkeiten, die Du großmütig vergeben sollst! Sie wären schnell zu beseitigen, wenn es sich ermöglichen ließe, daß Du bald einmal hierher zu Besuch kämest oder mich zu Dir einlüdest. Da würde sich alles sofort aufklären, und ich bin der Ansicht, wir könnten in unseren Gesprächen genau dort fortsetzen, wo wir vor dem Krieg aufgehört haben.

Es interessiert mich brennend, wie es Dir geht. Den Nachrichten zufolge, die mich erreichen, scheint ihr es dort draußen gar nicht so leicht gehabt zu haben, und ich stelle mir vor, daß man die Schwierigkeiten des Eingewöhnens schwerlich überschätzen kann. Hoffentlich hast Du aber längst Fuß gefaßt und lebst in gesicherten Verhältnissen. Es würde mich beruhigen und ungemein freuen, bald von Dir zu erfahren, daß Du alles nach Wunsch getroffen hast.

Das ist auch der tiefste Grund, warum ich Dir schreibe. Ich kann es nur zu gut verstehen, daß Du und die anderen alten Bekannten eine quälende Hemmung spüren, zerrissene Fäden wieder anzuknüpfen. Bitte glaube mir aber, daß solche Bedenken, wenigstens mir gegenüber, glücklicherweise nicht angebracht sind, denn meinetwegen mußt Du Dir nicht die geringsten Sorgen bereiten. Das Wetter ist schön wie eh und je, ein herrlicher Sommer und jetzt ein ebenso prächtiger Herbst sind in die alte Stadt eingekehrt, die Straßen und Parkanlagen, in denen ich viele erhebende

Stunden in frohem Gedenken an Dich und so viele andere liebe Menschen verbringe, sind erfüllt von fröhlichem Getriebe, und wer darüber hinwegsehen kann, daß ein bekanntes Gesicht nur selten auftaucht, merkt kaum, daß einige ungewöhnliche Jahre über das Land gegangen sind.

Damit deute ich bereits an, daß man die Dinge nicht zu sentimental betrachten darf, denn sonst könnte man bei schwachen Nerven trübsinnig werden. Manche Empfindungen hat sich der Mensch eben abzugewöhnen. Nur mit sachlicher Ruhe empfiehlt es sich, der Wirklichkeit gegenüberzutreten. Dann kann man mit heiterem Sinn das Leben ertragen und sich mit der Einsicht trösten, daß man keine Ausnahme darstellt.

Wenn ich hier für Dich etwas erledigen darf, privat oder bei den Behörden, bitte über mich zu verfügen!

Daß Deine liebe Mutter umgekommen ist, wirst Du sicher schon von verschiedenen Seiten gehört haben, übrigens auch Dein Vetter Walter, mit dem ich viel beisammen war (wir sind einander recht nahe gekommen, er war ein Charakter). Auch unser gemeinsamer Freund Hans Georg lebt nicht mehr. Erinnerst Du Dich noch an Arno Seiler? Er war politisch und hat es mit dem Leben gebüßt. Seine Schwester Anna sehe ich jetzt öfters, die dürftest Du auch gekannt haben. Ja, mit Hans Georg war es besonders tragisch. Er scheint es bis wenige Tage vor dem Ende ausgehalten zu haben, als er bei einem Marsch wegen Schwäche von der Begleitmannschaft erschossen wurde.

Das sind sehr traurige Vorfälle, wie man sie hier auf Schritt und Tritt erfährt. Verschweigen lassen sie sich nicht, und so melde ich sie, selbst wenn ich vermute, daß man Dir sicher schon darüber mehr berichtet hat, als Dir lieb ist. Mit Einzelheiten will ich Dich aber verschonen. Es ist immer wieder dieselbe Geschichte und darum denke ich ...

Nein, solche peinlichen Dinge durfte ich Soundso nicht zumuten. Es war klüger, an nichts zu rühren, was den Freund hätte aufregen können. Ich tilgte die zwei letzten Absätze und schrieb anders weiter.

Du wirst es sicher gerne hören, daß sich die Lage jetzt allgemein hier günstig entwickelt, fast jeden Tag sind Fortschritte zu verzeichnen. Die Menschen gehen mit frischem Mut und würdigem Frohsinn daran, eine bessere Zukunft ...

Peter kam gerade ins Zimmer und schaute mir über die Schultern. »Du bist wohl verrückt geworden«, meinte er und wollte von dieser Stelle nichts wissen, die er als verlogen tadelte. Als ich sie zu verteidigen begann, weil sie mir zweckmäßig schien, tat er gekränkt, daß mir das Schicksal so vieler Unglücklicher gleichgültig sei. Wenn seine Braut auch endlich aus der Haft entlassen sei, Zehntausende waren noch eingesperrt, Hunderttausende wurden verjagt. Da schämte ich mich, daß ich so optimistisches Geschwätz geschrieben hatte. Zu meiner Entschuldigung führte ich kleinlaut an, daß ich von dem neuen Unrecht nichts berichten dürfe, die Post werde zensuriert. Peter lachte mich aus, weil ich so dumm sei. Niemand verlange von mir Aufschluß über die Vertreibungen, doch brauchte ich deswegen noch lange nicht solches Gefasel von mir zu geben. Meine Aufgabe sei, ausschließlich und allein von mir das Wichtigste zu melden. Falls ich Unangenehmes über mich zu unterdrücken wünsche, sei das noch kein Grund, irreführenden Unsinn zu verfassen. So mußte ich wieder streichen und anders fortsetzen.

Über die Lage hier ist wenig zu melden. Ich könnte mir vorstellen, daß Dir unsere Verhältnisse inzwischen so ziemlich entrückt sind. Selbst wenn das nicht stimmen sollte, werden Dir die Zeitungen genügen, in denen alles Wissenswerte veröffentlicht wird. Darum beschränke ich mich darauf, Dir nur das rein Persönliche von mir mitzuteilen. Hoffentlich langweile ich Dich damit nicht zu sehr.

Sicher wirst Du Dich freuen, wenn ich Dir sage: Es geht mir gut, sogar erstaunlich gut. Ich wohne behaglich bei einem Freund in ruhiger Vorstadt beinahe schon im Grünen, habe angenehmen Verkehr und seit ein paar Wochen auch eine recht gute Anstellung, die mir durchaus entspricht. Ich arbeite in einem Museum, lach nicht! Hauptsächlich mit Bildern, äußerst interessant. Darüber werde ich Dir vielleicht ein andermal ausführlicher berichten, denn in wenigen Worten läßt sich meine Tätigkeit kaum richtig beschreiben.

Das Leben, das ich führe, ist durchaus geordnet, anregend, dabei einfach und bescheiden. Es entspricht mir gut. Allerdings muß ich daran denken, wie ich es mir späterhin einrichten werde. Ich muß eine eigene Wohnung suchen, was leider nicht so leicht ist, und auch noch viele andere Fragen regeln, wie sie sich durch gewisse veränderte Umstände hier wohl für jeden mehr oder weniger ergeben.

Was sich Soundso bei diesen dunklen Sätzen vorstellen sollte, blieb dahingestellt. Aber ich ließ die Stelle stehen, obwohl Peter mit ihr gar nicht einverstanden war.

Wie eifrig und innerlich frei ich diese und noch andere Probleme auch angehe und dabei ohne Angst vor unüberwindlichen Schwierigkeiten, so denke ich doch in manchen Stunden daran, daß es bei meinen Talenten und wissenschaftlichen Plänen wahrscheinlich vernünftiger wäre, für die fernere Zukunft einen längeren Aufenthalt im Ausland anzustreben, ohne voreilig hier die Zelte abzubrechen. Indessen habe ich noch nichts unternommen, vor allem aus Mangel an Gelegenheit. Um mich genauer zu erklären: Du mußt wissen, daß ich ein bißchen isoliert bin. Das sage ich ohne zimperliches Selbstbedauern, aber es ist wahr und bringt Nachteile mit sich, die nachzufühlen ich Dir nahelege. Es gibt noch Menschen draußen, die mich kennen oder doch kennen sollten. Leider ist es bis jetzt mir nicht gelungen, mit ihnen in Verbindung zu gelangen.

Du bist der erste, dem ich schreibe. Damit ist auch erklärt, warum ich mich so weitschweifig auslasse. Kannst Du das begreifen? Siehst Du, es ist schwer, die Maße zu wahren, wenn man zu lange allein gewesen ist. Ich will Dich nicht bestürmen und gewiß um nichts Unmögliches bitten, aber vielleicht hast Du doch noch immer etwas für mich übrig, hast heute in der Welt, sei es auch nach hartem Kampf, eine tragfähige Stellung und dazu das nötige Ansehen gewonnen, nicht um mir zu helfen, nein, das brauche ich glücklicherweise nicht, und Du sollst mich gewiß nicht mißverstehen, aber um mich freundschaftlich zu beraten, damit ich mir ein Bild machen kann, wie es draußen in der Welt eigentlich zugeht, was sich anzustreben empfiehlt, wenn man vorwärts kommen will und sich nichts so sehr wünscht, als, sagen wir, einige Vorträge über mein Fachgebiet zu halten und Kontakte anzubahnen, die für meine ferneren Studien nützlich sein könnten.

Es sind noch immer die gleichen Sachen, die mich beschäftigen (viel dazugelernt, mein Lieber!). Ich habe eine Reihe Notizen für längere Arbeiten vorliegen und manches auch schon in den ersten Entwürfen aufgezeichnet. Das habe ich alles über die Jahre ...

Was für Jahre? Was habe ich? Er wird mich nicht verstehen, wohin ich damit ziele. Ich strich den begonnenen Satz durch.

Du mußt wissen, daß ich nicht untätig stehengeblieben bin. Meine alten Lieblingsideen über die Soziologie des unterdrückten Menschen, die auf Deinen Beifall zählen durften, haben sich naturgemäß im Laufe der Zeit vertieft. Sie sind durch manche eigene Erlebnisse und intensives Nachdenken herangereift. Will man endlich Ernst damit machen, wie es in der ersten Begeisterung über den jungen Frieden überall angekündigt wird, eine neue und etwas gerechtere Ordnung auf der Erde zu begründen, wofür sich in Nachkriegsjahren immer viele Stimmen melden, dann sollte man meinen, daß der Augenblick meinen weitreichenden Plänen nicht ganz ungünstig sei.

Bitte äußere Dich dazu! Gib mir Fingerzeige, wofür heute draußen am meisten Interesse besteht, wie man es anfängt, aus der Versenkung aufzusteigen, überhaupt erst einmal in Erscheinung zu treten. Vielleicht begreifst Du, was ich meine. Ich will das nicht zu sehr ausführen und vertraue auf Deine große Einfühlungsgabe. Nicht wahr, Du wirst mich nicht zu lange warten lassen, wenn dieser Brief Dich erreicht?

Dann noch eine Bitte: Erzähle mir auch von Dir so ausführlich wie möglich, was zu wissen wichtig ist! Alles interessiert mich. Man fühlt sich eben doch hier ein wenig vereinsamt und ist darum auf Nachrichten von seinen alten

Freunden begierig. Ich kann Dir leider auch nicht, wie ich wünschte, die Mitteilung ersparen, daß wir hierzulande, wie die Dinge nun einmal liegen, ein wenig verlassen, ja fast verloren sind. Man vermißt zu viele, die man geliebt hat. So manche sind nicht mehr unter uns. Aber erschrecken solltest Du darüber nicht. Ich will es Dir ein bißchen lustig sagen, damit Du Dich daran erinnerst, wie wir die lateinischen Autoren in der Schule übersetzen mußten: »Unglück und Verderben liegt im Laufe der natürlichen Dinge, wenn ein Land mit Krieg überzogen wird.« So ist es also. Alte Menschen unseres Kreises, die hier geblieben sind, leben meist nicht mehr, selbst einige jüngere sind von uns geschieden. Auch Franziska ist gegangen. Aber nun wirklich nichts mehr von traurigen Dingen.

Ich habe mich gut in der Hand, ich lasse nicht locker und habe mit meinem Leben nicht abgerechnet. So wird es auch vorangehen. Könntest Du mich sehen, wie ich hier beim offenen Fenster sitze und in das fast noch sommerliche Laubwerk der unverändert herrlichen Weinbergschanze hinausblicke, so würdest Du lächelnd den Kopf schütteln und gestehen: Das ist der Artur, wie ich ihn immer kannte.

Ach, ich könnte Dir noch so vieles erzählen, aber es ist wohl besser, wenn ich jetzt schließe. Nicht nur die Rücksicht auf Dich gebietet das, man darf auch der Zensur nicht solche Bandwurmbriefe zumuten.

Leb wohl, mein lieber Soundso, und schreib mir bald! Ich warte mit Ungeduld, doch weiß ich auch, daß die Post noch unregelmäßig geht und sich verspäten kann.

Stets getreulich Dein

Artur.

So ungefähr, wenn ich das richtig nach den erhaltenen Entwürfen zusammengestellt habe, schrieb ich meinen ersten Brief ins Ausland nach dem Krieg. Das kostete mich viele Tage, weil ich immer wieder andere Schwächen in meinen gequetscht gedrechselten Sätzen entdeckte, dies und jenes an ihnen feilte, wodurch doch nichts verbessert wurde. Ich wollte aus meinen Händen nur etwas geben, was sich verantworten ließ, was nicht zu sehr beunruhigte, das Gestelzte, konnte ich es auch nicht vermeiden, sollte wenigstens gemildert werden. Ich bemühte mich, so gut es ging, dort anzuknüpfen, wo einst abgerissen wurde. Als ich mit dem Brief zufrieden war, das heißt, zufrieden war ich nicht, doch als ich ihn erträglich fand, stellte ich ihn auf Peters Drängen aus verschiedenen Stücken zusammen, getraute mich aber nicht, den Brief auf eigene Verantwortung abzusenden, weil ich mir kein klares Urteil zubilligte, ob ich das Richtige getroffen hätte. Es lähmte mich eine würgende Unsicherheit, sogar Angst, daß sich in meine Worte etwas Verletzliches oder sonst Unpassendes eingeschlichen haben könnte. Mein Zustand war verworren krankhaft und verweigerte mir die Erkenntnis, wie ein einsichtsvolles Verhältnis zwischen meinen Empfindungen und Äußerungen herzustellen wäre. Besonders bangte mir davor, daß in meinen Zeilen nichts davon enthalten sei, was meine Lage zutreffend darstellte. Dem wollte ich ausweichen, weil ich fürchtete, damit – so dachte ich – mich zu beschämend bloßzustellen und bei Soundso von mir unwillkommene Eindrücke zu beschwören.

In allen solchen Zweifeln wandte ich mich an Peter und unterwarf mich, nachgiebiger als recht war, seinem Urteil, denn meinem jungen Freunde gebrach es oft an Klugheit. Er war wohl gutmütig, herzlich, gefällig, aber dabei ein kleinlicher, sogar beschränkter Geist. Auch führte er ein Leben, das mich öfters bedrückte. Er neigte zu willkürlichen Lügen und kleinen Unredlichkeiten, mochten auch diese Dinge meist noch harmlos und selbst verzeihlich sein. Manchmal handelte es sich um nichts Böses, sondern eher um eine unbekümmert flunkernde Großsprecherei, die keinen ernsten Ärger über Peter aufkommen ließ. Wenn er es doch einmal zu arg trieb, so daß ihm Anna – durch Hermann war sie mit ihm entfernt verwandt – den Kopf zurechtsetzen mußte und mit Vorwürfen nicht sparte, so bestach dennoch stets sein versöhnliches Wesen und nahm für ihn ein. Ich gestattete ihm keine wirkliche Macht über mich, davor wußte ich mich zu bewahren, aber ich lieferte mich trotzdem ihm zu sehr aus. Seine Sicherheit, die mir so wohltat, mußte meine mangelnde Sicherheit ersetzen oder vertreten, er übte für mich aus, wofür mir Kraft und Wille fehlten, er stritt für mich bei den Behörden, besorgte mir Gänge, räumte mir Unangenehmes aus dem Weg, und ich gestehe, daß ich ohne ihn schwerlich die erste Nachkriegszeit halbwegs heil überstanden hätte. Peter war staatenlos, in jener Zeit für ihn ein seltsames Glück, wie auch seine Herkunft ihm nach dem Kriege nicht weniger zustatten kam als vorher während der Jahre der Besetzung, denn seinem Vater nach gehörte er dem Volk an, in dessen Siegernamen jetzt verfolgt und bedrückt wurde, hingegen stammte er durch seine Mutter vom anderen Volk ab, in dessen Namen zuvor so viel ähnliches und noch viel ärgeres Unheil angerichtet worden war. So ist Peter vielen Gefahren entronnen, er wußte in den Zeiten beider Drangsale seinen Vorteil geschickt auszunützen, er hatte sich durch alle Wirrnisse des Krieges erfolgreich behauptet, jetzt aber seine Braut aus der Gefangenschaft befreit und ihr über die Grenze den günstigsten Weg in ihre Heimat vermittelt. Sein Glück oder seine Geschicklichkeit halfen auch der freilich viel weniger bedrohten Anna nicht selten und haben auch mir genützt.

Ich kam mir mitunter unaufrichtig vor, daß ich mich so sehr auf Peter stützte und verließ, obwohl ich sein Treiben manchmal verachtete; das war schmählich, aber ich konnte ihn nicht entbehren. Was Anna für mich tat, was ich ihr zuließ, war mir bedeutend wertvoller, doch viele Nöte, die mich trafen, gestand ich ihr nicht ein, sie durfte nicht überbürdet werden. Da kam Peter stets zurecht, ich muß es bekennen, er war unermüdlich. Nie wurde ihm zuviel, was ich verlangte. Sehr oft war es das Ich, an dem es mir gebrach, an einem wendigen Praktikus in allen Lagen, einem Männchen für den Mann, der ich nicht war. Ein Männchen dieser Peter auch als Hahn mit vielen Hennen, die er bedenkenlos in buntem Wechsel nahm und manchmal sogar mir antrug, der ich bei seinen Mädchengeschichten nichts empfand als Ekel.

Da ich die Stube mit ihm teilte, war es gelegentlich schwierig, nichts davon zu wissen, aber Peter, der mit mildem Spott mich lächelnd verschonte, wußte immer einen Ausweg. Einmal ging er mit seiner Erwählten fort, dann teilte er mir die Stunden mit, in denen ich das Zimmer meiden sollte, manchmal quartierte er mich für eine Nacht bei Bekannten ein. Ich nahm das wehrlos hin und schämte mich, zumal mir seine Braut, zu der er mehrmals auf Schleichwegen, stets noch schlau dabei auf einträgliche Geschäfte bedacht, über die Grenze ging und wieder heimkehrte, bei ihrem Abschied aufgetragen hatte, auf Peter aufzupassen, daß er nicht »seitwärts mache«, wie sie seine wenig treuen Wege nannte. Darum redete ich ihm manchmal ins Gewissen und spielte mich als seinen Hüter auf, mit die kläglichste Rolle, in der ich mich jemals versucht habe. War er gut gelaunt, so hörte er mich an und tat so, als pflichte er einsichtig allem bei, was ich vorbrachte, doch wenn ich ausgeredet hatte, packte er mich zutraulich und heftig an der Hand und zeigte mir ein breites Schmunzeln über sein ganzes Gesicht. Damit machte er, ohne etwas zu erwidern, mich hilflos. Er unterjochte meine Gesinnung und zwang mich noch, obwohl ich ihm nie ausdrücklich zustimmte, seinem Treiben mit einem duldenden Wohlwollen zuzuschauen und ihn wenigstens für eine Woche in Ruhe zu lassen.

Das war der Bursche, sechzehn Jahre jünger als ich, der mich verwaltete und zum Zeugen seines mir so fremden Wesens machte. Es war so, daß ich nicht bestand. Was Johanna später erfuhr und für mich leben mußte, weil ihr nichts anderes übrigblieb, wenn sie nicht von mir gehen wollte, das hatte ich Peter bewußt zugewiesen. Ich schob ihm zu, was ich nicht war, damit ich sei, und deshalb bleibt ihm stets mein Dank gewahrt, wenn ich auch von Angesicht ihn lieber nie mehr sehen will. Wahrscheinlich bleibt mir das erspart. Es besteht aber doch ein großer Unterschied zwischen meinem Verhältnis damals zu ihm und der Art, wie ich neben Johanna stehe. Johanna macht mich möglich, daß ich etwas sein kann, wenn auch nur durch sie. Da sie die Last von mir nimmt, trägt sie mich und leiht mir den Schatten von Bestand. Anders Peter, der mich wirklich lebte; er sorgte nicht dafür, daß ich etwas sein konnte, sondern war ich selbst, war es für mich und brachte mich dadurch in eine bodenlose Abhängigkeit, denn alles, was er begann, und nicht nur das, was er für mich tat, war noch mehr als bloß statt meiner getan, es war Ich in seinem Wesen. Ich konnte es nicht verantworten, weil es sich nicht verantworten ließ, zumal mir fast jede Möglichkeit genommen war, sein Verhalten, das er merkwürdig durch mich rechtfertigte, über geringe Ansätze hinaus zu bestimmen.

Ich weiß nicht, ob eine Beziehung wie zwischen mir und Peter sonst vorkommt. Eine Freundschaft, wenn darunter ein hohes Maß an Zuneigung und Vertrauen verstanden wird, hat es zwischen uns nie gegeben. Damals mein verzweifelter Fall am ersten Abend hatte alles veranlaßt, was in wenigen Tagen zu fast dem engsten Verhältnis heranwuchs, das mich je mit einem Menschen verbunden hat. Noch sehe ich Peter heranschlendern, wie ich auf dem Pflaster in meinem Elend lag, bis er sich vor mich hinstellte und mir die Hand reichte. Er zog mich hoch, da war Kraft dabei, schon war ich ihm ausgeliefert, hatte mich der Führung des Fremden anvertraut, der mich und meine Dinge verwaltete, solange ich im Lande war. Er besaß mich, aber er hatte mich nicht. Begreife ich selbst noch, wie es gewesen ist? Es war doch so: Er faßte mich in seine Stärke, wo ich schwach war, wo mir alles in Unvermögen zerflatterte, aber meine Schwäche, dieses mir angeheimlichte Eigentum, die hatte Peter nicht ergriffen. Das war es, was mich von ihm ausschloß und verhinderte, daß seine hilfreichen Griffe unerträgliche Übergriffe wurden. Darum konnte Peter viel und doch nicht alles für mich tun. Damit ist auch schon erklärt, wieso sich mein Verhältnis zu ihm so leicht und schnell auflösen konnte, als hätte es nie bestanden. Es genügte, daß ich das Land verließ. Hätte mir Peter hierbei nicht entscheidend geholfen, so würde ich heute, falls ich dann überhaupt lebte, noch immer drüben stecken und meine sinnlose Zeit im Museum begraben.

Drei Jahre nach meiner Ausreise, als es schon mit fast unüberwindlichen Schwierigkeiten verbunden war, von dort zu entkommen, hat auch Peter durch eine abenteuerliche Flucht die Stadt und das Land verlassen. Sicher ging dabei alles viel ruhiger zu als bei meiner geordneten Abfahrt. Durch mein Schicksal im Krieg hatte ich alle Papiere eingebüßt, von denen die meisten nur durch viele Laufereien und manche allein durch geschickte Bestechungen zu ersetzen waren. Peter hat alles besorgt. Pässe wurden nur nach Erfüllung willkürlicher Bestimmungen ausgegeben, die mich wegen meiner Muttersprache von allen Rechten eines zivilisierten Landes ausschlossen. Peter verstand alles zu umgehen, er überredete, schwindelte, jonglierte mit fragwürdigen Dokumenten, bis ich meinen Reisepaß besaß, ohne den man mir nie das Visum in das gewünschte Land ausgestellt hätte. Auch wie man es beginnen mußte, das begehrte Visum zu empfangen, hat mich Peter gelehrt. Ohne ihn hätte ich wandern müssen, wie bei der Bergfahrt mit Anna, wandern über die Grenze, ein Wagnis gegen meine Schwäche, aus einem Unland in das andere, und das meiste zurücklassen, meine Schriften und die armseligen Andenken, an denen mein Herz hängt. Wie leicht wäre ich steckengeblieben und den Grenzjägern in die Hände gefallen. Ach, dieser einzige Angsttraum, der mich bis heute verfolgt, in den Maschen der Grenze verhaftet, bis der Atem versiegt … Immer der Wunsch nach Flucht und die Angst vor der Flucht, der Zwang zur Flucht und die Unmöglichkeit der Flucht! Dann scheuche noch einer den Zweifel, daß er besteht, daß er ist und sich behaupten kann …

Peter hat mir die ärgste Entscheidung erspart. Kann es sein, daß er sie nur aufgeschoben und mir für immer aufgebürdet hat? Ich werde mich nie entscheiden, denn längst ist entschieden. Wie dem auch sei, Peter richtete es für mich bequemer ein, er machte mich landfrei, er handelte selbstlos. Oder nicht? Wollte er mich nicht? Nein, das waren ihm fremde Gedanken. So glaube ich doch, er handelte selbstlos, denn davon hatte er nichts, daß er ich war. Das aber mußte ihm deutlich sein, daß er mit meiner Wegfahrt mich und alle Rechte auf mich aufgab. Er hat es getan. Er wollte mir nützen, mich nicht vernichten, es war seine rührendste Tat, mir sich aufzuopfern, es war ein aufrichtiger Verzicht. Darum wäre es ungerecht, wollte ich seine Mängel lieblos vor mir ausbreiten. Wenn ich jetzt im Schutze Johannas sein Andenken in mir erbaue, möchte ich ihm dankbar sein, so schwer es mir fällt. Es wäre kläglich, auf seine Blößen zu zeigen, nur um mich dafür zu rächen, daß ich im Fall so oft mich vor ihm gedemütigt habe. Peter, hörst du? Willst du einen Brief von mir, damit du dich besser erinnerst?

Lieber Peter, ich habe lange gezögert, dir einen Brief zu schreiben und beschäftige mich erst jetzt damit, zumal auch Johanna dafür ist, daß ich mich dazu überwinde. Aber jetzt ist es müßig, denn ich werde dir nicht schreiben, wie ich dir bis auf die wenigen dummen Zeilen damals nach meiner Ankunft bisher nicht geschrieben habe, auf die du mir allerdings nie geantwortet hast, und dann die gedruckte Anzeige, auf die ich gegen die Wünsche Johannas bestanden hatte, um meine Trauung aller Welt anzuzeigen. Diese Nachricht hast du etwas frivol mit einem launigen Glückwunsch quittiert. Ich ärgerte mich über dich. Nein, ich werde dir nicht schreiben, obgleich ich es tun sollte, denn du lebst mich nicht mehr und gehst mich darum nichts an. Ich freue mich, erfahren zu haben, Anna hat es mir mitgeteilt, daß du mit einem Mädchen, das du sogar geheiratet hast, wenn es auch nicht die in ihrer Heimat verlassene, ehemalige Braut ist, nun in Neuseeland ein erfolgreiches Leben führst und inzwischen hoffentlich männlicher geworden bist. Reklamefachleute wie dich mit tausend reißerischen Einfällen wird man dort drüben gewiß gut brauchen. Wenn das aber nicht stimmen sollte, so weiß ich doch, daß es dir leicht fällt, deine Tüchtigkeit den Leuten vorteilhaft zu verkaufen, so daß sie noch stolz darauf sein werden, von dir mit Ratschlägen versehen zu sein. Also geht es dir ausgezeichnet.

Du hast mich nicht mehr, das stimmt, aber tröste dich – oh, du bist schon getröstet –, denn das ist kein Verlust.

Mit Johanna, die an mir das beste übt, was ich mir erwarten darf, habe ich das große Los gezogen, wenn sie auch nicht mit jenen Eigenschaften begabt ist, die unseren Bund zu einem obenhin sichtbaren Erfolg gestalten könnten. Johanna hat zwei Kinder, denen sie die beste Mutter ist. Sie leistet, was sie nur vermag, obwohl sie, was niemand mehr bedauert als sie selbst, gewiß nicht in dem Sinn tüchtig ist, den allein du anerkennen würdest. Einige Monate bevor unser Junge geboren wurde, mußte sie ihren Posten aufgeben und beschäftigt sich seither hauptsächlich mit dem Haushalt, und ich bin immer bei ihr. Das ist nichts für dich, zwei Nichtstuer. Deine Frau verdient sicher eine hübsche Stange Geld, nicht wahr? Ich sollte dich nicht kennen! Bei uns ist das anders. Mit so etwas dürfte ich Johanna nicht kommen, da ist sie sehr empfindlich; auch hätte sie alles Recht, gekränkt zu sein. Es stimmt auch nicht genau mit der Nichtstuerei, bei Johanna gewiß nicht, sie geht nie müßig, Kinder machen Arbeit, und ein Mann wie ich gibt doppelt aus. Bleibt also ein Nichtstuer, der die Zeit versitzt und zuschaut, wie sie vergeht.

Am liebsten sitze ich an meinem Schreibtisch und mache so, als sei ich sehr beschäftigt, die Wände schützen mich, heimlich schaue ich dabei zum Fenster hinaus. Es ist ein breites, fünfteiliges Fenster, das vornehm wirkt, fast täuscht es Reichtum vor. Da entgeht mir wenig auf der Straße. Ich sehe viele Menschen, Kinder, die leichtfertig auf die vorüberrasenden Wagen nicht achten, ihre Bälle von einem Gehsteig zum anderen hinüberschießen und sich unbedacht plötzlich in die Fahrbahn stürzen. Ich sehe auch zu den Fenstern gegenüber hin, dort hängen Vogelbauer, die gelben Gesellen darin hüpfen auf ihren Stangen herum und schmettern aus kräftigen Kehlen. Ich sehe in den Fenstern und auf der Straße viele Gesichter, die mir längst so vertraut sind, daß ich dir jedesmal sagen könnte, wie den Leuten gerade zumute ist. Dieses Lungern und Gucken ist meine Hauptbeschäftigung, nicht sehr ersprießlich, doch bekommt sie mir gut. Die Menschen, die mich kennen, haben ein feines Organ dafür, wie verwerflich und lasterhaft mein Zeitvertreib ist, sie verurteilen mich und bedauern die arme Johanna, die über dieses Mitleid empört ist. Sie ist nämlich der Ansicht, daß meine Beobachtungen wertvoll seien, sie rühmt mir Fleiß und richtig genützte Tage nach und widerspricht, wenn man mich tadelt. Möge ihr der fromme Glaube an mich stets erhalten bleiben! Sie behauptet, es sei mein Fehler nicht, daß man mir die wohlverdiente Achtung versage, sie ist zornig darüber, weil man mich kaum achtet, weil mein Wissen und Können brachliegen; ungerecht verwehre man mir die Wirksamkeit, die mir gebühre. Erreichen kann Johanna mit alldem freilich nichts.

Wenn du hier wärest, würdest du, wie ich vermute, bald gründlichen Wandel schaffen. Du würdest den hochnäsigen Herrschaften, die mir das Gegenteil von allem beweisen, was ich längst bewiesen zu haben denke, in kurzer Zeit den Kopf so zurechtsetzen, daß sie einsehen müßten, was für Esel sie sind, ich aber ein Genie. Du würdest etwas aus mir machen, da lasse ich keinen Zweifel gelten. Dennoch bin ich froh, daß du nicht hier bist, und daß es mir dabei – du liebst die starken Worte – reichlich dreckig geht. Das ist mir immer noch lieber, als auf der Weinbergschanze von dir verwöhnt zu werden. Ich weiß, der Kinder wegen sollte vieles anders sein, aber sie entbehren kaum etwas. Sie wachsen auf und sind gesund, sie haben, was sie brauchen.

Lieber Peter, wie aber kannst du ohne mich bestehen? Ich muß dir fehlen, du hast dich gut mit mir unterhalten. Doch nein, diese Sorge darf ich mir schenken, denn gewiß, du brauchst mich nicht. Wer ist, der braucht einen anderen nicht. Wie ein Dachshund verfolgst du sicher deine Spur. Erinnerst du dich? Du hast mich auch dort nicht gebraucht, stets war es umgekehrt. Weißt du noch, wie du dich vor Lachen schütteltest, als endlich nach vielen Wochen beklemmenden Wartens von Soundso der Antwortbrief eintraf? Du gabst ihn mir, als ich einmal spät nach Hause kam. Du hattest ihn nicht geöffnet, obwohl ich dir zugebilligt hatte, alle für mich einlangende Post zu lesen. Damit mich nichts aufregt, so hatte ich dir erklärt. Als ich mich neugierig auf den Brief stürzte, eine lange Epistel, auf einer schlechten Maschine mit einem elenden Farbband geschrieben, da gingst du zur Kochnische hin und brautest Kaffee. Bei aller Unverschämtheit konntest du vornehm sein und Zurückhaltung üben, wenn du mir damit gefällig zu sein glaubtest. »Ruf mich, wenn du was brauchst!« sagtest du noch und triebst dich im Vorraum und Badezimmer herum. Dann warst du gleich mit einigen übermütigen Sprüngen zur Stelle, als ich dich bat. Der Kaffee war fertig, du fülltest zwei Tassen, ich sollte sofort etwas trinken. Ich mußte sehr verwirrt gewesen sein, was dich amüsierte. Du warst ein Schelm, zeigtest aber auch dein komisches Mitleid, klopftest mir auf die Schultern, wie um mir zu versichern, so arg wird es doch nicht sein, während ich den Brief, den ich aufgeregt nur überflogen hatte, nun noch einmal gründlich von Anfang bis zu Ende durchlas.

Mein lieber, lieber Artur!

Welche unsägliche Freude, welche ungeheure Erleichterung viele Jahre währender drückender Sorgen, die wie ein schwarzer Vorhang meine Tage verfinsterten, hat es mir bereitet, als ich Deinen tapferen Brief, beinahe das erste Zeichen aus einer Welt, die ich für immer untergegangen hielt, in meinen Händen halten durfte. Jeder meiner Bekannten, der, hierin glücklicher als ich, sich mit der Waffe in der Hand an der Befreiung beteiligen durfte, hatte Deinen Namen und Deine genaue Personenbeschreibung auf den Weg mitbekommen, um Dich auszukundschaften und die Verbindung mit Dir herzustellen. Es war vergeblich. Auch die Namenslisten von Überlebenden, die man hier beim Suchdienst des Internationalen Flüchtlingsamtes einsehen konnte, haben mir kein tröstliches Aufatmen gegönnt. Artur, nein, Deine Handschrift nach sechs Jahren wieder zu sehen! Ich jubelte, daß sich die Leute auf der Straße nach mir umdrehten wie nach einem Verrückten. Es ist so viel passiert, so Schreckliches über uns alle hereingebrochen, daß man sich bei jeder Nachricht, die man empfängt, bestürzt fragen muß, ja, ist es denn wirklich wahr? Was man liest und erfährt, ist leider stets noch viel ärger als alles, was man sich in bangen Stunden ohnedies schon sagte, denn die Wirklichkeit ist immer ärger als die Phantasie, die einen wohl in Abgründe führt, aber auch wieder, und das ist ihr Segen, einen die bösen Schatten verwischen läßt, so daß noch das schrecklichste Unheil versöhnlicher scheint und sich am Ende zwar nicht geradezu in Trost verklärt, doch immerhin auflichtet.

Ich wünschte, ich hätte Deinen Brief, den ich vielleicht schon hundertmal gelesen, oft auch laut gelesen und anderen zum Lesen gegeben habe, etwas früher bekommen. Aber stelle Dir dieses Mißgeschick vor, Dein Brief war nahezu fünf Wochen auf dem Weg, und wie Du Dir denken kannst, hätte es wenig Zweck gehabt, Dir sofort zu antworten, weil ich wenigstens einige der erwünschten Auskünfte Dir bieten wollte. Deshalb habe ich auch nicht depeschiert, ich wollte Dir keinen Schrecken einjagen. So mußte ich Dich leider warten lassen, denn alles braucht seine Zeit, auch sind die Menschen nun einmal weder so schnell noch so verläßlich, wie man in seiner berechtigten Ungeduld es von ihnen verlangt. Aber ich habe keinen Augenblick gezögert, das glaubst Du mir doch, und wirklich so bald geschrieben, als es sich einrichten ließ.

Was mich am meisten an Deinem Brief in helles Entzükken versetzt, das ist der ungeheure Lebenswille und Mut, die aus jedem Wort sprechen. Wenn man liest, wie Du alles darstellst, kann man fast ein wenig aufatmen, denn nun weiß man von einem ernstzunehmenden Menschen, daß sicher vieles nicht ganz so entsetzlich war, wie manche hierzulande glauben, die in verständlichem Zorn von den Greueln erschüttert sind. Gewiß, ich verkleinere nichts, es muß schrecklich gewesen sein, die aufgerissenen Wunden können nicht so schnell verheilen. So habe ich mit tiefstem Bedauern das von Franziska gelesen: Ich bin traurig, und das ist ein schwacher Ausdruck, so ein herrlicher Mensch. Gerade sie müßte es aushalten, das hatte ich immer gehofft und frage mich noch jetzt, wie das überhaupt möglich sein kann. Ich drücke Dir im Geist die Hand. Du wirst begreifen, daß ich mehr über dieses Unglück wissen möchte, wenn es für Dich nicht zu aufregend ist, mein armer Artur.

Ich habe unterdessen auch geheiratet – Du siehst, so wird man seinen Prinzipien untreu –, und Karin, meine Frau, der ich viel von Dir und Euch allen erzählt habe, hat sich nicht weniger als ich mit Deinem Schreiben gefreut und läßt Dich herzlich grüßen.

Ganz rührend finde ich es von Dir, daß Du Dich über meine Lage besorgt zeigst. Das beschämt mich. Trotzdem, wenn ich bei der Wahrheit bleiben soll, und nichts anderes verlangst Du von mir, muß ich gestehen, daß alles hier ungemein schwierig ist, die fremde Sprache, das Leben in unvertrauter und spröder Umgebung und die Überfüllung in allen und am meisten in den geistigen Berufen, das ist kein Honiglecken. In den ersten Jahren habe ich böse Entbehrungen auf mich nehmen müssen. Das hat sich wohl im Laufe der Zeit ein wenig gebessert, aber noch immer ist meine Lage weit entfernt davon, über die bescheidensten Ansprüche hinaus meinen Lebensunterhalt zu garantieren. Wenn man irgendwo nicht verwurzelt ist und eine Luftexistenz führt, dann hier. Doch man lebt, und das ist die Hauptsache.

Sicher, daraus mache ich kein Hehl, würde es leichter sein, drüben eine Existenz aufzubauen als hier, sobald sich die ungesunden Nachkriegserscheinungen ein wenig beruhigt haben. Der Beitrag, der sich zum kulturellen Aufbau eines kleinen Landes leisten läßt, hat sehr viel Verlockendes, worum ich Dich fast beneiden möchte. Ich habe mich auch schon ernstlich mit dem Gedanken getragen, ob nicht eine Rückkehr für mich in Betracht käme, wenn man auch seine hart errungene kleine Position im neuen Lande nicht einfach aufgeben will, zumal meine Frau dagegen ist, die bei Euch sprachliche Schwierigkeiten fürchtet (deutsch ist doch sicher unbeliebt und hat dort wenig Zukunft!) und außerdem durch ihren Verdienst einen ziemlichen Teil unseres bescheidenen Familienbudgets bestreitet. Zu Deiner Information: Karin war ursprünglich Bildhauerin und hat entzückende Kleinplastiken gemacht, Tiere in Ton modelliert, am besten Ziegen und Gazellen, die dann in Ton gebrannt werden, hat sich aber hier, wie so viele, gänzlich umgestellt und modelliert Gebisse in einem zahntechnischen Laboratorium.

So werde ich also kaum mich zu einer Heimkehr entschließen, obzwar ich gern hinüberkäme und wenigstens einen Besuch im Auge habe, schon um Dich bald wiederzusehen und alles zu besprechen, was sich nicht schreiben läßt. Inzwischen müssen wir uns aber sehr viel schreiben, besonders über Dinge, die einen Aufschub schlecht vertragen. Meine gute Mutter ist zwar leider gestorben (wußtest Du das?), doch eine alte Tante, die fast taub ist, hat wunderbarerweise den Krieg überlebt. Es wäre sehr nett von Dir, wenn Du sie bald einmal besuchen könntest: Frau Sophie Basch, Gerstengasse 44. Du wirst vielleicht den Hausmeister fragen müssen, sie wohnt dort in Untermiete. Außerdem wäre es mir sehr wertvoll, wenn Du meine Sachen persönlich abholen könntest, die meine Mutter, als sie fort mußte, bei Freunden zur Aufbewahrung hinterlegt hat. Tante Sophie hat mir davon geschrieben und dürfte die Adressen wissen. Auch eine Unterredung mit meinem Advokaten wäre wegen der Rückgabe des beschlagnahmten Hauses meiner Mutter sehr wichtig und auch schon wegen anderer Fragen, die z. B. Erbrechte, bzw. Entschädigung betreffen. Ich schlage Dir gleich etwas Praktisches vor. Du suchst meinen Advokaten Dr. Blecha auf. Die Kanzlei ist in der Kronenstraße 63. Sage ihm bitte, daß ich Dich schicke, ich werde ihn natürlich auch verständigen. Frage ihn nach dem Stand meiner Angelegenheiten und lasse ihn bitte dabei merken, daß jemand hinter meinem Fall her ist. Ich habe gehört, daß sonst kein Advokat sich wirklich Mühe gibt. Ich kann niemanden brauchen, der mich mit leeren Versprechungen hinhält, alles lax betreibt und nur auf sein Palmare aus ist. Hoffentlich sind meine Befürchtungen überflüssig, weil Dr. Blecha in der Kanzlei meines Vaters als Konzipient begonnen hat, doch kann man nie wissen. Trauen möchte ich lieber keinem, und sicher kommt Schwung in die Geschichte, wenn Du Dich mit aller Energie dahinterklemmst.

Viel Mühe wirst Du mit meinem Auftrag nicht haben, dessen Ausführung ich selbstverständlich nicht unentgeltlich von Dir annehmen will. Da bitte dulde ich keine Widerrede! Ich halte es für meine Pflicht, Dir beizustehen und Dich ein bißchen zu unterstützen. Du mußt eine Sicherheit haben. Sobald ein rundes Sümmchen herausspringt, was sich vielleicht gerade durch Deine Einschaltung schon in wenigen Monaten erzielen lassen wird, beteilige ich Dich mit fünf Prozent an dem, was für mich netto verrechnet wird. Einverstanden, Artur? Sollten Dir durch Deine Mühe Unkosten erwachsen, so lasse es mich wissen, und ich werde Dr. Blecha beauftragen, daß er Dir sofort alles vergütet. Wenn nur erst mein Vermögen flüssig zur Verfügung steht, möchte ich die ersten Ferien mit Karin oder auch allein drüben verbringen, zumal sich das Geld ja leider kaum transferieren läßt.

Vielleicht machst Du mir schon jetzt einen Vorschlag, wo man da hinfahren könnte. Natürlich kommst Du da mit, wenn Du Zeit hast. Besonders ein Winterurlaub würde mich freuen, meine Wintersportsachen sollen sich alle erhalten haben – welch krauser Zufall bei dem fürchterlichen Ausverkauf! Mensch, Schnee, richtiger Pulverschnee! Weißt Du noch, was das ist? Hierzulande unbekannt. Am liebsten wäre mir die Fuchsbergbaude, doch auch die Schwarzschlagbaude ist nicht zu verachten. Erinnerst Du Dich, die Schlagsahne, der Eierkuchen und das Skiwasser waren dort am allerbesten. Man kommt so recht ins Schwelgen, alter Bruder, wenn man an die Weihnachtsferien denkt, die lustigen Silvester im Gebirge, so ein Rummel, und dann die Bretteln angeschnallt zur Nachtfahrt in das neue Jahr!

Du siehst also, daß ich mit dem Kommen Ernst machen will. Nur Geduld, es wird sicher werden. Vorläufig wollen wir uns schriftlich unterhalten. Ich habe schon immer Korrespondenzen geliebt und finde, daß man der so ins Hintertreffen geratenen Briefkunst einmal tüchtig auf die Beine helfen müßte.

Nun deutest Du an, daß Du gern auch einmal zu uns kommen möchtest. An sich ist das ein guter Einfall, den ich herzlich begrüße. Fragt sich nur, wie man so etwas durchführt, wenn man nicht die Mittel hat. Hier ist alles sehr teuer. Ich habe mich überall umgehört und muß Dir leider sagen, daß die Aussichten nicht günstig sind. Wohnen könntest Du bei mir nicht, weil wir nur zwei Zimmer haben und nichts besitzen, worauf Du schlafen könntest. Wenn es sich nur um wenige Tage handelt, glaube ich aber, daß ich bei Bekannten für Dich ein bescheidenes Nachtlager finden würde. Tagsüber hingegen würde Dir meine Wohnung für gewöhnlich zur Verfügung stehen. Mittagessen haben wir nur während des Wochenendes zu Hause, doch die Abende könntest Du meist mit uns verbringen und auch bei uns essen, soweit wir nicht andere Verpflichtungen haben.

Es fragt sich nun, was Du eigentlich hier anfangen willst, wenn Dein Aufenthalt mehr sein soll als eine kurze Erholungsreise. Da muß ich gestehen, daß ich wie vor einer Wand stehe. Ich will Dir nicht alle Hoffnungen rauben, sehe aber vorläufig schwarz, wenn ich mir darüber den Kopf zerbreche, was Du hier beginnen solltest. Ich bin Deinetwegen in Unterhandlungen mit Herrn Dr. Haarburger, einem Juristen, der sich hier glänzend durchgesetzt hat. Er ist hoch gebildet, vielseitig interessiert, einflußreich und ein wohlwollender Mensch mit einer ebensolchen Frau. Vor allem ist er leicht zu begeistern, fühlt solidarisch, so daß man beiden eine gewisse Schwatzhaftigkeit vergeben kann, ohne die man sich auch kaum für andere erwärmt und einsetzt. Zu seinem Freundeskreis gehört Professor Kratzenstein, Du hast wahrscheinlich etwas einmal von ihm gelesen. Als Soziologe ist er nicht ganz nach meinem Geschmack, aber was hilft das, er steht hoch im Kurs. Nun, Dr. Haarburger will es sich einmal gründlich überlegen, ob sich durch Kratzenstein oder einen anderen Bekannten nicht für Dich ein Vortrag – das Thema müßte gemeinverständlich und dabei von sehr hohem Niveau sein – in einer soziologischen Gesellschaft vereinbaren ließe. Ich bin sehr hinter der Sache her und werde gelegentlich wieder schubsen. Dabei hättest Du den Vorteil, manche Persönlichkeiten zu sehen, während sich leider selbst ein bescheidenes Honorar kaum herausschinden läßt, weil es als Ehre gilt, dort zu sprechen. Nur berühmte Gäste werden honoriert. Aber vielleicht durch einen Dreh, das ließ Dr. Haarburger durchblicken, könnte man für Dich einen kleinen Spesenbeitrag aushandeln. Das ist wahrscheinlich, wenn wir nicht noch besonderes Glück haben, weit und breit das einzige, was im Augenblick durchgesetzt werden könnte.

An Deine soziologischen Ideen denke ich mit unvermindertem Interesse, wenngleich ich durch die hiesige und die amerikanische Schule in ein ganz anderes Fahrwasser geraten bin und, offen gestanden, zweifeln muß, daß Du mit Deinen Methoden, wie man hier sagt, up to date bist. Man macht sich über die kontinentale Soziologie hier im allgemeinen lustig, und nicht so ganz zu Unrecht. Nun wirst Du sagen, daß Deine Arbeiten mit der drüben anerkannten Art wenig gemeinsam haben. Das stimmt wohl, aber dennoch (oder gerade deswegen) zielt Dein Denken fast diametral in eine andere Richtung, als sie hier beliebt ist. Du müßtest von Grund auf umlernen, wie ich und alle es mußten, und deshalb ist es unwahrscheinlich, daß Du in absehbarer Zeit den Anschluß finden könntest. Ja, hättest Du Dir vor dem Krieg einen Namen gemacht und Bücher oder wichtige Aufsätze in Zeitschriften vorzuweisen, dann wären die Aussichten ein bißchen besser, aber noch lange nicht gut. Nun hatten wir doch alle auch schon vor dem Krieg mehrere Jahre keine Publikationsmöglichkeiten, und als es noch welche für uns gab, waren wir kaum über die Studentenzeit hinaus. Damit habe ich Dir die Gründe klipp und klar gesagt, die Dir eine Laufbahn an einer hiesigen Universität von allem Anfang an versperren. Ich habe nicht gewagt, bei meinem eigenen Professor selbst nur leise anzutippen. Das könnte ich höchstens tun, wenn Du etwas fertig hättest, was natürlich übersetzt sein müßte. Dann müßte ich es einer gründlichen Prüfung unterziehen, um nicht alles von vornherein zu verderben und womöglich noch meinem eigenen wissenschaftlichen Ruf zu schaden. Man ist hier immer gleich verdächtig, wenn man aus der Reihe tanzt. Nun nehme ich zu allem übrigen an, daß Du nicht einmal etwas fertig hast. Wie solltest Du denn, es wäre ein Wunder!

Schließlich komme ich nicht darum herum, so bitter es klingen mag, Dir aufrichtig zu erklären, daß eine Soziologie des unterdrückten Menschen, wie sehr Du auch Deine alten Entwürfe vertieft haben magst, die aber gewiß noch auf der mir von einst vertrauten Grundlage aufbauen, sich bestimmt hier nicht mit Erfolg durchsetzen läßt, so sehr ich das alles schätzte und noch immer schätze. Was Du anstrebst, mein lieber Artur, würde man hier eine schwerfällige romantisch-idealistische Kulturphilosophie nennen. Ich höre sofort Deine Einwände gegen solche von Dir gehaßten Schlagwörter, aber so ist es einmal, leider, laß Dir das gesagt sein. Eine Gesellschaftslehre, deren Kern eine ethische Konzeption ist, in Ehren, doch den anerkannten Strömungen entspricht sie nicht, und was Du sittliche Wissenschaft, sittliche Soziologie genannt hast, gehört eben in das Gebiet romantisch-idealistischer Spekulationen, für die man keinen Pfifferling gibt.

Du müßtest Dich an ein sauberes, klar begrenztes Thema machen, das Du exakt durchführst, sagen wir an eine psychologisch-soziologische Untersuchung, wie sich etwa eine bestimmte Gruppe, bzw. eine Anzahl ausgesuchter Vertreter unter definierten erlittenen sozialen Schäden (z. B. Kriegsgefangenschaft, Knechtschaft durch den Ausschluß vom Genuß bestimmter bürgerlicher Rechte) verhält oder verhalten hat, welche Nachwirkungen subjektiv und objektiv feststellbar sind usw. usw. Das wäre etwas. Aber wenn ich Dir gut raten darf, dann hänge bitte die Soziologie des unterdrückten Menschen an den Nagel, weil so was hier nicht zieht. Es ist anrüchig als unseriös, und die Gefahr des emotionell Tendenziösen, gar bei einem Menschen Deiner jüngsten Vergangenheit, würde Dir überall nur hinderlich sein. Zwar gebe ich gerne zu, daß hier die Greuel einen Augenblick lang in Mode waren, aber gerade in ernsten Kreisen läßt das Interesse schon wesentlich nach. Bevor Du noch die Einreisebewilligung hättest, dürfte es ganz vorüber sein. Es gibt wohl einige Spezialisten, die das Elend wissenschaftlich ausbeuten, Kratzenstein kann dazu gerechnet werden, doch die lassen keinen Neuling oder Außenseiter aufkommen. Am besten, Du schlägst Dir alles mit der Unterdrückung aus dem Kopf. Populäre Sympathien helfen Dir nicht, dazu gehören Ellbogen und journalistisches Geschick, und das andere habe ich Dir schon dargelegt. Damit habe ich Dir bewiesen, daß Du unter den geschilderten Voraussetzungen auf *keinen Fall* zu längerem Aufenthalt herkommen oder gar an eine Einwanderung denken sollst.

Es tut mir leid, Dir keine günstigere Auskunft geben zu können. Ich habe so ausführlich geschrieben, um Dir zu zeigen, daß es nicht an meinem guten Willen fehlt. Ich möchte nur, daß Du alles gut verstehst. Ich schwöre Dir, hätte ich genügenden Einfluß, so wärst Du morgen da und hättest übermorgen eine Professur. Sieh darum zu, daß Du Dir drüben, was nicht zu schwer sein kann, eine einträgliche Stelle aufbaust. Sprachliche Schwierigkeiten hast Du dort nicht, Verbindungen schaffst Du Dir im Handumdrehen. Man wird ja bei Euch für Unterdrückung jetzt etwas übrighaben. Wenn ich Dir dabei mit Rat und Tat beistehen kann, z. B. durch Literaturangaben, Hinweise, Empfehlungen usw., so soll es mit tausend Freuden geschehen. Ich denke auch sonst darüber nach, wie ich Dich unterstützen könnte, aber es ist mir bis jetzt nichts eingefallen. Schreib mir, wenn Du etwas brauchst. Meine Mittel sind leider beschränkt, aber zu bescheidenen Diensten reichen sie hin. Bargeld (vergiß mir nicht den Dr. Blecha!) oder was bei Euch noch knapp ist. Hier gibt es ja auch noch weniger, als Du Dir denkst.

Ein Bekannter, der diese Tage hinüberfliegen soll, nimmt für Dich eine Dose Gelee aus schwarzen Johannisbeeren mit. Das ist äußerst kräftigend und reich an Vitamin C. Nimm täglich einen Löffel! Da mir dieser Bekannte mitteilte, daß ausgerechnet keine anständigen Rasierpinsel drüben zu haben sind, gab ich ihm einen für Dich mit. Bestätige bitte den guten Empfang! Falls das Gerücht stimmt, daß unser alter Lehrer Prenzel noch am Leben sein soll, so richte ihm meine

Grüße aus. Und nun weiter standhaft Kopf hoch so wie bisher,

stets getreulich Dein

Soundso.

Du hast mir geduldig zugeschaut, Peter, ein bißchen gutmütig spöttisch. Dann reichte ich dir den Brief, oder du nahmst ihn, ich weiß es nicht mehr genau, und begannst zu lesen, erst ernsthaft still, bald manches murmelnd, dann einzelne Worte laut, da und dort psalmodisch, ich erinnere mich noch an »Prinzipien« – Prinz-IIII-Pijen, flötetest du –, und schnittest Grimassen dabei. Einige Stellen, die dich zu maßlosem Hohn reizten, hast du auch verfälscht. Etwa so: »Schließlich verkomme ich dumm drum, so bitterlich es klingeln mag, Dich aufrichtig zu verklären, daß sich eine Trottologie des unterbückten Menschen ... verstimmt hier nicht mit Durchfolg ersetzen läßt, so sehr ich das alles schwätzte und noch immer schwätze.« Nicht gerade geistvoll, aber du hast es damit zuwegegebracht, meine trostlos verärgerte Laune aufzuheitern. Nach dem Lesen wurdest du erst richtig übermütig und ließest Einfälle über Einfälle schießen, drollige und bissige Ausbrüche, da hast du den armen Soundso beinahe in der Luft zerrissen. Erinnerst du dich an seinen Brief?

»Sag mal, Artur, warum heißt der Kerl Soundso?«

»Das will ich dir sagen. Er konnte es nicht leiden, wenn man bei gleichgültigen Vorstellungen seinen Namen nennen mußte. Das ginge keinen was an, meinte er, auch merke sich keiner den Namen. Deshalb brummte er etwas undeutlich vor sich hin: So und So. Da nannten ihn bald viele Menschen so. Zunächst hat er sich darüber geärgert, dann ist er selbst dabei geblieben und war am Ende noch stolz darauf.«

»Ein schöner Freund, der Narr, dein Soundso. Dieses Gelaber da nimmst du ernst? Geh, sei nicht dumm! Einen Tritt in den Hintern, aber sacht, damit du es dir nicht mit ihm verdirbst! Es muß auch solche Tierchen geben. Na warte, dem werden wir die Hölle einheizen.«

»Wie stellst du dir das vor? Der Brief bietet keine Angriffsfläche. An der Oberfläche ist alles nett und glatt. Er windet sich geschickt.«

»Wer sagt dir denn, daß wir den lieben Freund angreifen werden? Daran denk ich nicht. Packen werden wir ihn, pakken, siehst du, so, daß er uns nicht entwischen kann.«

»Packen soll er sich!«

»Das kann er auch. Aber nachher. Wichtiger, wir packen ihn zuerst, und zwar ganz gehörig!«

»Ich schreib ihm nicht mehr. Diese noble Art von Unterstützung, die er anbietet! Rasierpinsel mit Ribiselgelee. Nein, das mach ich nicht mit!«

»Laß mich nur machen!«

»Diesmal wirst du mich nicht umstimmen. Dem schreib ich nicht mehr!«

»Und *wie* du ihm schreiben wirst, dem lieben Soundso! Paar Tage lassen wir mal vorübergehn, und dann schreibst du ihm. Der entkommt uns nicht!«

»Er ist mir schon entkommen, mehr noch als ich ihm. Ich muß Sicherheit haben ... sobald ein rundes Sümmchen herausspringt ... wenn ich fleißig seinen Dr. Blecha jage ... Nein, so darf man nicht seine Würde verschachern, damit der Soundso sein ruhiges Gewissen mit dem berühmten Ruhekissen dazu bekommt.«

»Artur, sei nicht dumm! Er muß für dich garantieren, damit du ein Visum kriegst! Das ist die Hauptsache, und wir werden's schon deichseln! Alles schön so, daß du dir überhaupt nichts vergibst. Um den öligen Quatsch in seinem Brief kümmern wir uns einen Dreck.«

So beschwichtigte mich Peter, bis er meinen Zorn besiegte. Das hat er großartig verstanden. Noch bei so manchen anderen Briefen hat er mir geholfen. Wie viele sind noch gekommen, die alle, so verschieden sie auch sein mochten, doch fast immer dasselbe enthielten! Auch ich habe viel geschrieben, immer mehr Briefe, an alle, die mich einst kannten, Menschen, die ich suchte, denn nun war ich es, der sie finden wollte im Wunsche, mich in ihnen anzuerkennen, in ihnen zu sein; die gleiche Sorge stets, ein Tasten und Jagen um des Erscheinens willen. Es wurde mir nie beschieden. Da kamen die Antworten, Briefschreiber in der Ferne, verkrochene Würmchen draußen in der Welt, fern, in einer geretteten Stadt. Da las man ihre Freude, hüpfende Würmchen mit sehr kleinen Herzen, Leiderherzen, denn überall stand es: leider, jeder Brief davon überschwemmt, sie waren alle arm, von Sorgen angefressen und zu bedauern. Nach meinem Beifall fischten sie, ich sollte sie verstehen, ihnen nichts verübeln, ihre Not begreifen, sie beraten, Auskünfte vermitteln, Wege für sie laufen, doch am meisten schmachteten die Würmchen nach meinem Trost. Peter fluchte wie ein Rohrspatz, daß ich ihren Diener spielte, wie er meinte. Da schrieb ich nicht mehr zu Hause, sondern nach der Arbeitszeit im Museum, wo mich niemand störte, wenn ich allein in meinem Kabinett war.

Das Kabinett war mein Hauptquartier geworden, in dem ich über meinen Reichtum herrschte. Beladen kam ich an mit Sachen, die zu mir wollten, Sachen ohne Sinn und Sein, durch die Verhängnisse gesiebte Habe, ich der Besitzer; auf meine Ohren schlug es mit gepeitschten Hieben ein, rechtmäßiges Eigentum, es stand mir zu und mußte mein sein, wie es in Koffern meine Hände schleppten, die Taschen übervoll, daß es mich schmerzhaft in die Seiten stieß, bis ich die Särge samt den Toten von mir werfen konnte und hier in den schäbigen Schränken begrub. Doch warum? Es rief mich mein Gedächtnis, hörst du, Namen, sind Bekannte, da gehst du hin, sie warten schon, und dort wartet es auf dich, du wirst es erkennen, Trost deiner Tage sind die Dinge, die dich erfüllen werden, daß du wieder besitzt. Nur wer besitzt, kann auch sein. Dann klopfte mein Herz, mir wurde warm, ich schickte meine Schritte voran, dieses stürmende Stolpern durch einstige Gassen, die es wieder gab, die alten Häuserzeilen, vom Wetter verwaschen und müde, ergrauter Verputz, oft schon brüchig und mürbe, daß er abfiel, wenn ich sacht daran pochte; dann durch ein Tor, verschlossene Schatten, sobald der Flügel ins Schloß schlug, dazu der Geruch, in wässriger Lösung zerlassener Zimt und das Stickicht sauerer Wäsche, den Atem verhalten, die Treppen hinauf, so leise wie möglich, aber die Schwäche in den Beinen, der Schweiß auf der Stirn und im Nacken, schon der Knöchel des Zeigefingers gespitzt und ein Klopfen. Wer hört es? Lieber die Klingel versucht. Ein vergangener Laut wieder erweckt, daß er von innen schlürfende Schritte heranzieht, das Schloß schnappt mit Vorsicht, das Mißtrauen wird bald vom Namen gefällt. Ziehende Hände, jetzt klopft kein Herz mehr, stürmt widerspenstig voran ins Verlies, wo Franziska und ich geringe Schätze gespeichert haben. Auf den Sessel gebeugt, stochernde Nachricht, da bin ich, da sind Sie, Wolken des schweifenden Bedauerns, Wellen des Mitleids. Wo sind die anderen? Schweigen ins gedehnte Stocken hinein. Verloren. Die meisten Dinge verloren. Sind nicht mehr da. Leihgaben meiner Eltern. Es hat sich wenig erhalten, auch keine Wäsche aus dem Laden in der Reitergasse.

Über Verluste klagte ich nicht mehr. Sie waren eher ein Segen, sobald die Wildnis der ersten Wochen eine Wiederkehr, die meine hieß, zwar nicht überwunden, aber überstanden war, denn Vertrautes wäre auf einmal zu vertraut erschienen, damit es gegen mich zeuge, weil ich es doch nicht erkannte, also nicht Ich, anders Ich, das mir – wie es mit dem Vertrauten sich verbindet – erschrocken entwandelte, weggegangen Ich mit den zu plötzlich nackten Dingen, daß die Seele aus dem Leibe zöge, Ding und Seele ausgeliefert, da, auf dem verzaubernden Tisch, die Augen aus dem Kopfe gefallen, schmale geblendete Tränen, Augen an dünnen Strängen, die sich ineinander verwickeln und die Augen ersticken, dann augenlos der Kopf mit zwei höhlentiefen Schluchten, aus denen es blutete, langsam, doch unstillbar, brandiges Zeitalter, unübersteigliche Trennung von Seele und Herz, dazwischen als hindernde Wand das vertrübte gestorbene Licht.

Seele und Ding auf der Flucht und das Herz mit seinem Leibe liegengeblieben, zum Leben verurteilt – oder Seele mit Ding in der Nacht und das Herz mit seinem Leib als vertriebenes Schattenschicksal durch das Gemäuer der ausgezackten Stadt in taumelnde Flucht gehetzt, wo das Herz anstieß und nicht erbarmt wurde, sondern zurückgeschleudert, zum Nimmererscheinen verdammt und durch die Härte der Würfe doch nicht aus dem Winkelwerk entlassen, in die grinsenden Folgen des Zeitlichen eingetrunken als das ortlose Leben, das nicht ist, keiner Bekenntnisse oder Zeichen fähig, aber trotzdem unentrinnbar ins Empfinden gezwungen. Wenn ich nicht will, was ich will, so spürte ich, dann durfte ich dennoch zerbrochen bestehen, schon dies ein heiliger Gewinn, ein Schatten des Daseins in seiner Verneinung, ein Widerhall eines unhörbaren und im Ansatz abgebrochenen Spruches, der sich im Verschweigen seines Begehrens nicht selbst zu vollenden vermochte, aber trotzdem Gewinn, weil Herz und Dasein des entfremdeten Daseins sich voneinander nicht scheiden mußten, und weil die Augen, sei es auch hilflos und blöde im Fangen eines sicheren Zieles, sich nicht aus ihren Höhlen verloren und der Spiegelungen einer vermutlichen Welt ansichtig wurden.

»Oh bitte, Sie müssen mir glauben, daß Sie sich irren. Wer sollte es besser wissen als ich? Das gehört jemandem anderen, hat immer einem anderen gehört. Widersprechen Sie nicht! Nie haben das ihre Augen erblickt, nie ihre Hände gehalten. Alles, was sie hatte, sah ganz anders aus. Erinnern Sie sich selbst, strengen Sie Ihr gütiges Gedächtnis an, was für Halsketten sie getragen hat! Große Bernsteine waren es, dunkelblonde Honigtropfen, sie rochen nach Wald und Gebirge. Nicht Perlen! Bestimmt nicht! Bitte nicht Perlen! Sie mochte den seidig wäßrigen Glanz nicht. Zu feucht, zu fremd und zu schmerzlich, das hat sie gesagt. Das müssen Sie glauben! Sie hat immer die Wahrheit gesprochen. Sie litt es nicht, die Oberfläche von Perlen zu spüren, litt auch ungern das Geräusch, wenn sie durch die Finger gleiten.«

Die Perlen lagen kümmerlich und bloß in ihrer aufgeklappten Schachtel; es schämte sich darin der sämisch braune Samt, der leise und vergessen duftete. Die Schachtel wußte nichts zu sagen und wand sich hin und her, der Deckel wippte leise. Die Perlenschnur ringelte sich enger zusammen, es fröstelte sie, jemanden wollte sie haben, doch ich versagte ihr verstört trotzig allen Beistand. Ich schaute fast nicht hin und hielt schützend eine Hand gegen Schmuck und Schächtelchen. Drüben, wo der andere Kopf hing, nickte es. Schmales Kinn und graues Haar.

»Das stimmt. Bernstein hat sie gern getragen. Aber Bernstein ist nicht hier. Leider. Bernstein nie gekommen. Perlen da, ein Eigentum, das fortwill. Gute große Perlen, echte Perlen. Sind viel kostbarer als Bernstein. Wer die Perlen hat, kann tauschen, wird viel Bernsteinketten dafür haben.«

Zarte Hand des Alters streckte sich, schob sich auf dem Tischtuch vor, fingerte die Perlen ab, bog den Schachteldeckel zu und schnappte am Verschluß, daß er in sich sprang. Die Gestalt erhob sich, war fast nicht zu hören, machte sich in einer Lade was zu schaffen, es knisterte, ein feiner spitzer Laut. Der weiße Seidenbogen aufgefaltet, quer über den Tisch eine hängende Fahne, Licht und Schatten badeten auf der reinen Fläche, vier Finger krümmten sich über das zitternde Blatt, die zweite Hand hob die Schachtel, der Bogen wurde untergeschoben, behutsame Augen verfolgten die Arche, die leise auf dem lichten Wellenkamme schwamm, Daumen und Mittelfinger steuerten in die gerechte Mitte helfend nach, nun war sie erreicht, ein befriedigter Blick, nicht auf mich, auf das Spiel, schon vorüber, dann wirkten beide Hände kräftig, falteten zweimal, der Nachen ertrunken in lauter Schnee, falteten nochmals, zwei Flügel hoben sich straff und senkten sich wieder, nun flog der bleiche Vogel auf, doch hatten ihn die Hände gefangen und hüllten ihn ein, mit fast gespanntem Teller hielt ihn eine Hand, er ließ es sich gefallen, war geduldig oder schlief, da kam ein dunkelroter Faden angekrochen, lang und schwermütig, schon hatte ihn die freie Hand in Gewalt und legte ihn ans Weiße an, dann drehten beide Hände flink und wirbelten die kleine Last, bis sie umwickelt und verschnürt war, die Schere sagte bloß ein kurzes Wort, dann war das Bündel müde. Fertig lag es da und durfte rasten, die Augen standen noch darüber, bald aber zogen sie sich behutsam zurück. Hinter dem Tisch ruhten sie aus. Die Sehnsucht schlief und wußte nichts von Finsternis.

Ich jedoch blickte nicht mehr und bog mich auch zurück, schaukelte in blauer Angst, denn es geschah, das Spiel war nicht zu Ende, der andere Kopf stand plötzlich hoch, die Schritte klangen, sicher, wenn auch leise, nein, kein Taumel, ein langer Rücken, doch verkürzt und abgewendet, ein Suchen, daß es raschelte. Ich wußte nichts und wollte nichts, mein Herz stand stille, durfte aber nicht, ich mußte schauen, aufmerksam, und wieder da die alte Hand, sie zitterte, der arme Vater, er hat bitterlich geweint, warum der Vater?, ist nicht seine Zeit, nein, keine Zeit, die Uhr, die Uhr, und Gold und nichts als Gold von allen Seiten, das Herz noch immer still, kein Schlag, die Uhr hat keine Sprache, Vaters Sprache nicht, dem fremden Werke glaubte ich nicht, ein Monogramm, das ich nicht kannte. Trotzdem, ich mußte hören, die Uhr war mein.

»Es war auch eine Kette dabei. Die hab ich leider nicht. Uhr und Kette kamen zusammen an, lagen schon Monate bei mir, sie waren beide bedroht. Es sollte alles abgegeben werden. Zwei Tage, bevor Ihr Herr Vater, Sie wissen schon, war er noch einmal hier. Er sagte: ›Ich habe nichts getan.‹ Ein Kind. Ich sagte: ›Nein, Sie haben nichts getan. Nur Gutes.‹ Er sagte: ›Das hilft mir nicht. Ich muß doch fort.‹ Ich habe nicht geglaubt. Er aber zeigte einen Zettel. Da stand es aufgeschrieben. Der Ort, der Tag, die Stunde und eine Drohung riesengroß. Der Vater sagte auch: ›Es ist verboten, daß ich es einem Menschen zeige. Ich habe es Ihnen trotzdem gezeigt, damit Sie mich nie vergessen.‹ Ich sagte: ›Man schickt Sie zurück, weil es ein Irrtum ist. Sie werden schon sehen. Sie sind auch zu alt.‹ Er sagte: ›Nein, man schickt mich fort. Mich und meine Frau. Keiner ist zu alt dafür.‹ Da mußte ich es glauben, aber ich glaubte noch nicht alles. Darum sagte ich: ›Das ist schlimm, aber bald wird es wieder gut sein.‹ Der Vater sagte: ›Nein.‹ Ich darauf: ›In drei Monaten ist alles aus, dann kommen Sie wieder zurück, Sie und Ihre Frau. Dann wollen wir es feiern.‹ Er sagte wieder: ›Nein.‹ Ich konnte sagen, was ich wollte, er sagte nichts als Nein und Nein und Nein. Dann wollte er die Uhr sehen. Ich brachte sie. Er nahm die Kette ab, eine dicke schwere Kette. Ich weiß nicht, was er mit ihr machte. Die Uhr, die ließ er da. Er sagte: ›Jemand hat sie einmal mir zum Pfand gegeben und nie mehr eingelöst. Ich habe sie kaum getragen.‹ So blieb die Uhr bei mir. Da ist sie.«

Ich war froh, weil ich widersprechen durfte, daß ich keine Pfänder wolle, die Perlenkette, ja, wenn ich sie nehmen muß, doch nicht die Uhr. Ich beteuerte, daß sie mein Vater nie getragen habe. Es half mir nicht. Die Uhr, die keinen Laut von sich gab und mit verhülltem Zifferblatt die Zeit in lauter Gold verpfändet hatte, mußte ohne Kette mit mir gehen. Zwei Hände faßten meine Hände, eine Stimme lobte meinen Vater, den guten Mann. Ich hörte es und war schon fort, die Treppen glitten unter meinen Schuhen, die Schritte wateten dem Abgrund zu und wären eingestürzt, wenn oben nicht zwei Augen an der Brüstung ins Stiegenhaus geleuchtet hätten. Das Tor stand offen, ließ mich aus, entsetzte Straßen preßten mich in ihre Strähnen. Es regnete, der Wind strich bohrend um die Ecken. Ich keuchte in den blassen Abend fort und hatte Angst. Doch war ich nicht gemeint, man verfolgte mich nicht mehr, das war schon aus. Aber es gab keine Ruhe. Es fehlte mir, daß man mich verfolgte. Wäre man noch hinter mir her gewesen, ich hätte mich an die Peiniger halten können, an den faßbaren Fluch. Selbst in der aussichtslosen Flucht hätte ich noch mich verspürt, mich als das erzielte Opfer, aber nicht als das wesenlose Gebilde, das hinter sich hereilte, mit Namen berufen und Adressen gespickt, fremde Gesichter vor mir, starrende Teller mit geschlitzten Mündern, die dicht und verwegen durch die berühmte unvergangene Dauer der Stadt kollerten, immer auf einer planerstorbenen Suche und nie beantwortet. Da hatte ich mich ertappt, daß ich schon wieder an einer Türe geläutet hatte. Die alte Frau Holoubek, einst Großmutters Bedienerin, schickte Tränen in die Augen, als sie mich umarmte. Schon steckte ich im Sessel fest.

»Das ist ein schenes Kaffeeserwies. Erinnern Sie sich gar nicht mehr, junger Herr?«

»Entschuldigen Sie, Frau Holoubek, dieses Service habe ich nie gesehn.«

»Du meine Giete, das hat die selige gnä Frau, Ihre Großmama, immer g'habt, wenn sie Gäste g'habt hat.«

»Wirklich?«

»Wenn ich Ihnen sag! Nein, daß sie sich nicht erinnern kennen! Immer hat sie's selber wegg'reimt, unten in die Kredenz 'nein, da hat sie's abgesperrt. Dort durfte niemand andrer 'rein.«

»So so, Frau Holoubek. Das kann schon sein.«

»Wenn ich Ihnen sag ... Daß man so was vergessen kann, nein, junger Herr!«

»Ja, ich vergesse.«

»Wie die gnä Frau sich da kränken wirde! Das Serwies mit dem Goldrand! Zehn Tassen sind's. Zwei ha'm schon immer g'fehlt.«

»Also nicht komplett.«

»Das macht nix, junger Herr. Die gnä Frau hat immer g'sagt, man kann sie mal nachmachen lassen in der Fabrik. Vielleicht kann man's.«

»Das wäre teuer.«

»Ja, das sind halt teire Tassen. Aber die zehn sind gut, zehn Tassen! Wie die gnä Frau g'stor'm is, wissen Sie, da hat sie das Freilein Greger bekommen sollen.«

»So, Tante Olga Gröger.«

»Ja, das Freilein Tante. Und da war's schon bees' und da hat sie schon so schreckliche Angst g'habt. Wegschicken wird man sie, hat sie g'sagt, und da hat sie das Serwies g'nommen und hat g'sagt, sehn Sie, Frau Holoubek, da das Serwies, das hat meine Mutter, Gott hab sie selig, in die Aussteier mitbekommen. Da wär's schad, hat sie g'sagt, wenn's wegkommen wirde. Das he'm Sie mir auf, Frau Holoubek ...«

»Regen Sie sich doch bitte nicht auf!«

»Es is ja 'ne Schand, junger Herr! Ich hab aber g'sagt, Freilein Greger, nein, so was, das is viel zu schad fir mich. Aber aufhe'm, hat das Freilein g'sagt, aufhe'm kennen Sie's doch bei sich, da is nix dabei dran. Da hab ich g'sagt, ich heb's gut auf, ja, Freilein Greger, und da is mein Alter hin zum Freilein, sie ham's dort z'samg'packt und andres auch noch, und mein Alter hat's g'nomm' und jetz is es da.«

»Frau Holoubek, wollen Sie's nicht behalten? Sie würden mir wirklich eine große Freude machen!«

»Aber junger Herr, was denken Sie von mir? Ich bin nicht so 'ne. Wie kann ich das? Nein, das kann ich nicht. Das g'hert Ihnen, wenn keiner da ist sonst von die Familie.«

»Wissen Sie, ich bin allein ... Ich hab keine rechte Verwendung dafür. Ach bitte, behalten Sie es doch!«

»Das nicht, junger Herr, das sag'n Sie nicht der Frau Holoubek. Sie wer'n das schon mal brauchen kennen. Einmal wer'n Sie wieder eine schene Wohnung ha'm, dann wird alles gut sein. Gäste wer'n zu Ihnen komm'n, und da wer'n Sie das schene Serwies aufn Tisch ge'm, und dann wer'n Sie noch froh sein, daß Sie's ha'm.«

»Das glaub ich nicht, Frau Holoubek.«

»Sie missen's heit nicht nehm'. Ich stell's auch wieder 'rein, wenn's Ihnen heit nicht paßt. Aber nehm' missen Sie's. Behalten kann ich's nicht, junger Herr!«

Da gab ich nach. Ich konnte Frau Holoubek nicht zumuten, das Service samt Kristallschalen, Vasen, Eierbechern und anderen Sachen, die sie sorgsam auf dem Tisch vor mir aufgebaut hatte, mühsam wieder in Schränke und Laden zu verstauen. Sie war beglückt, als sie meinen Sinneswandel merkte, und beeilte sich, beim Packen mir zu helfen. Viel Papier und Holzwolle hatte sie bereit. So wurde alles liebevoll vor Bruch geschützt, in große unhandliche Pakete eingeschlagen, kreuz und quer verschnürt und mit Griffen ausgerüstet, damit ich diese Bürde von der Stelle brächte. Schon war ich fort, das unerlöste herrenlose Eigentum in meine schwache Macht geleitet. Wie sollte ich das bewältigen? Dazu hatte ich einen neuen Auftrag erhalten, Frau Holoubek hatte mich wortreich belehrt, ob ich mich denn der alten Wäscherin nicht erinnere, Frau Krumbholc, die hat doch bei meiner Großmutter gewaschen.

Schon hatte ich mich zu Frau Krumbholc hin verirrt, eine

schlechte Wohnung, aber alles sauber, Fransen und Troddeln der grünen Tischdecke ordentlich gekämmt, die Küchentüre offen, schmutzigweißer Dampf, der faul ins Zimmer bleichte, Dunst von Sauerkraut, Apfelscheiben wurden hineingeschnitten. Frau Krumbholc war traurig, sie sagte, sie sei schon lange verwitwet und zeigte auf ein Bild hinter Glas an der Wand. Ich sah nicht viel. Die Witwe konnte ihre Tränen noch viel weniger bezähmen als Frau Holoubek und fragte mich zehnmal mit winselndem Staunen, ob ich es bin. Sie packte mich mehrmals bei der Hand, drückte leise und ließ wieder los. Dann strich sie mehrmals um mich herum, doch plötzlich war sie fort und plagte sich dann mit einem unförmigen Koffer heran, der sollte mir gehören. Der Deckel hüpfte krächzend auf, der vollgepfropfte Inhalt bäumte sich schmerzlich, alte Leintücher bereit, leicht vergilbt im Bug, doch gute Ware, die gibt es nicht mehr und sollte heute nützlich sein. Der Koffer wollte sich nicht schließen lassen, die Knie der Wäscherin stemmten sich schwer gegen den Deckel, er bauchte sich auf, rechts das Schloß knackte, links wollte es nicht schnappen, ich mußte helfen, zerfasert wund sanken meine Kräfte in den fremd vollendeten Schlaf, der mich nicht erquickte. Wieder hatte ich einen Namen auf den Weg gebunden, der Herr Nerad, nicht vergessen.

Schwer keuchte ich mit dem Koffer zum Museum, Herr Geschlieder half mir die Treppen hinauf; schon war ich allein und blickte verzweifelt auf die Last, die sich trocken vor mir krümmte. Offen gähnte der Koffer mich an, meine Arme badeten in toten Leintüchern, kalt und rauh griffen sie sich an, dann drückten sich zerknüllt aus der Tiefe noch andere Schätze zu mir empor, wollene Jäckchen und Westen, rötlich reif, milchig gelb, stichgrün, zuckender Plunder in meinen Fingern, alles sauber, doch mit Mottenpulver eingestaubt, der Duft stach mir fast die Augen aus, trotzdem vieles von Motten angenagt, Strickmaschen sprangen schießend zurück, es raschelte. Als ich die dürre Fracht ausgehoben hatte, starrte mich vom Grunde erschrocken und kärglich glitzernd ein fast blinder Spiegel an. Er war lähmend schwer.

Nun wußte ich, warum ich mit diesem Koffer mich so hatte quälen müssen.

Dann war ich schon bei dem vertrockneten kleinen Herrn Nerad, einst Faktotum im Laden eines Onkels, der vor mehr als zwanzig Jahren gestorben war. Herr Nerad hatte meiner Tante Rosi stets die Treue bewahrt. Jetzt packte er drei alte Handtaschen aus, sie waren sorgfältig in mehrere Lagen Papier gehüllt und hatten der Tante gehört. Ich nahm Herrn Nerad bei der Hand, sah ihm treuherzig ins verknitterte Antlitz, das nichts verstand, und sagte so zart wie möglich, welch schöne Taschen, aber brauchen könne ich sie leider nicht. Wenn er sie nicht behalten wolle, möge er mir die Liebe tun, sie zu verschenken. Da entzog mir Herr Nerad krampfhaft die Hand und war beinahe gekränkt, was, die Taschen seien doch noch ziemlich gut, solche könne man jetzt gar nicht kaufen, ich müsse sie nehmen, wenigstens zum Andenken. Da verbargen sich noch Spiegelchen darin, das rosenblasse Mehl in Puderbüchsen und dazu die Tupfer, mürb der Stoff vom langen Schlaf, vor vielen Jahren verfahrene Karten der Straßenbahn, ein abgewetztes Lederbüchlein mit zerlesenen Adressen, Kochrezepten, Vermerken für Besorgungen beim Kaufmann, Eier, Butter, Mehl, Reis, Dörrpflaumen und Äpfel, quittierte Rechnungen vom Kohlenhändler Burda, auch eine abgegriffene Geldbörse, sie hielt nicht mehr zusammen, plattgequetscht der Druckknopf, aus den Falten krochen zwei Nickelmünzen, gelbsüchtig von der endlosen Rast und fast schon falsch geworden. Schwer wankte ich davon. Auch Herr Nerad hatte mich mit mehreren Namen beladen, die ich nicht kannte, aber so ging es mir, daß ich von einem Aufbewahrer zum anderen geschickt wurde, und neue Menschen tauchten auf, bei denen ich mich unbedingt melden müsse. Ob ich denn auch wisse, Tante Olga habe dort wo noch ein Bündel versteckt. Heimlich wurde mir es zugeflüstert, als sei es noch immer verboten, und von Onkel Alfred gebe es auch noch etwas. Widerwillig, aber unwiderstehlich angezogen pendelte ich weiter zu gutmütigen Leutchen, die sich mit den Händen die Stirn abschirmten, wenn sie mit halbgeöffnetem Mund meine Erscheinung maßen, bis ihr ergrautes Staunen in dünner Freude schmolz. Sie nickten mir zu, soso, ein Bedauern, eine Erinnerung, ein Seufzer, Taschentuch und eine Träne. Dann streiften sie sich zersplissene Stoffhandschuhe an, klemmten sich ein Staubtuch unter den Arm, schlichen zu einer Truhe oder in eine Abstellkammer, schon strebten sie zurück und waren erleichtert, daß sie einer Last sich entledigen konnten, denn ich sollte mein Erbe antreten, es sei wertvoll. Verloren wehrte ich ab, doch man übersah es oder glaubte mir nicht und hatte auch recht damit, darum alles mir eilig zugeschoben und dazu die Lehre, unrecht Gut gedeiht nicht, was ich denn dächte, ein Andenken ja, das wollten sie behalten, bestimmt nur eine Kleinigkeit, mehr nicht.

War ein solcher Besuch ergebnislos, so kam ich mir erbärmlich vor; doch ärger war es, wenn sich mancherlei fand, was ich empfangen sollte. Die Dankbarkeit zerrieb mich, die ich aus allen Winkeln klaubte, die langen Reden, die nagenden Berichte, die Fragen wie auf dumpfen Spießen, die herausgepreßten Gegenfragen, die Litanei gesagten Leides im Atem der Vergeblichkeit. Im fröstelnden Glanze guter Stuben oder im beißenden Qualm von Wohnküchen vertrödelte ich steife Stunden; die Stuben rochen eng und süßlich und zwangen mich in Gastfreundschaft mit schlüpfrigen Getränken, zu frischem Brot, das noch vom Messer zuckte, zu häuslich Eingemachtem, klebrig geilem Kuchen. Die Teller wichen nicht von mir, die Tasse füllte nochmals sich zum Rande; die abgeschabten Bitten, daß ich länger bleiben sollte. Es ist soviel Zeit. Schon griff der Abend durch, der Durst versperrte mir den Blick. Wenn ich endlich den Aufbruch fast gewonnen glaubte, waren Sessel und Türen hinderlich, ich durfte nicht vorbei und nicht hindurch, die Uhr, die ich hervorzog, wurde als unverläßlich böse ausgezankt und mußte sich schnell in die Tasche schämen. Da wurde mir übel, meine Glieder zitterten. Man sah es, Mitleid blies mich an und schob mich zum bequemsten Sitz, in den zersunken ich mich kauern mußte, ein wenig zur Erholung nur, wird schon besser, nicht wahr, und das Schnapsglas zwinkerte, zwang sich steif und kalt in klammen Griff, die Unterlippe wurde eingedrückt, die Zähne angeschlagen, fast blutete die Zunge, heiß im Schlund brannte mir die dunkle Flut.

Geduldig lauernd starrte mich Erwartung an; ich sollte zu ihrer Gunst etwas sagen, doch meine Kehle war verschnürt, ich stotterte verlegen. Bedauern wischte sich in leere Kragen, die Zunge klebte sich am Gaumen fest; ich lallte stöhnend, die Luft, die gute Luft, und wollte aus meinem Sessel fort, nur schnell entrinnen, ohne zu ersticken. Doch man verstand nicht, was ich wünschte, riß nur das Fenster auf, der Abend stemmte sich mit kaltem Ruß herein und prallte an die Stirne. Aus der Tiefe grollte es, von Höfen spreizte sich ein ungeeichter Lärm empor und schlug sich an den Zimmerwänden tropfend nieder. Ich litt und hatte keine Macht, doch für mich sprach es, stand in heiser zerritzter Spröde da, ich könnte gehen, könnte, dies nur Hilfe, könnte, wenn es recht sei, könnte, bitte, daß man lasse, schnell, bevor zu spät, die Zeit nicht aufhalten, schon spät, spät, spät, die Uhr, jetzt bitte, keine Hilfe, nein, nur die Türe auf, Eile, fort. Die Türe, Zimmer, Türe, Küche, Türe, Wohnung, lauter Türe, bitte, danke, willkommen, danke, bitte, zu. – Wie ich im Flur der Stiegenflucht versank, schüttete noch der Mord der Vergangenheit mich von überall fast zu.

Da war es nur Blindheit, wenn ich noch entschlüpfte. Schwächlich stapfte es mich fort, von Straßenfegern aufgescheuchte Spreu schwirrte stachlig in die Augen, zugekniffen, nichts als schwarzes Feuer, verschluckte Stimme loderte empor, wund mein Gehör: »Das gehört jetzt Ihnen!« Doch es gehörte nicht zu mir, ein flockig zersprengter Wust, von dem sich alle Nähe abgekehrt hatte, Reste, auch wenn sie ganz unverdorben waren, Abfall, die schlackenlose Hülle seiner ursprünglichen Gestalt, doch nichts als Hülle, ausgeleert und blank in nackter Vergänglichkeit und festgefrorener Vergangenheit, die dauerte und weiter Dauer über alle Zukunft weit hinaus verhieß. So waren mir die Gaben zubestimmt und nimmer mein, in meinen Händen Dom und

Span, schmerzhaft mir zubefohlene Wunden. Aus manchen Vierteln stöhnte ich beladen, stets wie ein Dieb, den man damit bestraft hat, das Nutzlose aller Habe anzuerkennen und sich der Beute bis ans Ende der Tage nicht entäußern zu dürfen, unnachsichtig gezwungen, den Raum aus allen geplünderten Heimstätten für ein Museum zu sammeln und zu bewachen, daß es nie mehr seinen Eigentümer finde. Ich sah in den Straßen Leute, die nach Habe gierten und nach meinen Lasten lüstern äugten. Wie gerne hätte ich die Armseligen mit meinen befremdlichen Gütern getröstet, da nehmt, ich danke euch, daß euer Sinn nach unrecht Gut strebt. So nehmt es hin und freut euch des Besitzes! Ich durfte aber nicht und barg den kargen Reichtum; mir war er anvertraut, ich sein Verwalter.

Wie unbequem war es, ihn ohne Schaden durch die Stadt zu retten! Manchmal beschlich mich die Versuchung, einem Winkel oder Hausflur unauffällig ein Paket zum Opfer darzubringen. Das Museum brauchte diese Schätze nicht, und es war zu hoffen, daß sich ein gütiger Finder der verlassenen Habe erbarmen und den unbekannten Spender segnen würde. Aber diese Entlastung blieb mir versagt, ich durfte auf nichts verzichten, Treubruch an den ehrlichen Verwahrern wäre das gewesen, nie mehr hätte ich vor ihren Augen bestanden. Nur einmal brachte ich den verwerflichen Mut auf und ließ ein schweres Bündel mit Töpfen, Pfannen, Kochlöffeln und Sieben verstohlen zu Boden rutschen. Schon hielt ich mein Opfer für gelungen, niemand schien es bemerkt zu haben. Ich atmete auf und zog arglos meines Weges weiter. Aber schon nach wenigen Schritten rief mich eine Hausbesorgerin ärgerlich an, ich solle gefälligst meinen Kram da packen, sonst hätte sie die Unannehmlichkeiten. Ich wollte zunächst nicht stehenbleiben, doch da fuhr die Stimme viel schärfer hinter mir her. Ich bremste, drehte mich mit einer leichten Verneigung um und stellte mich blöde, das müsse ein Irrtum sein, dies sind meine Sachen nicht. Es tue mir leid, sagte ich bescheiden der Frau, die einen Besen vor sich auf den Boden stützte, aber wenn sie nicht wisse, was damit beginnen, solle sie das Bündel zum Fundamt schaffen. »Die würden mich dort schön heimgeigen! Mir machen S' nichts vor. Ich hab's gesehn mit eigenen Augen, wie Sie das G'lumpert da haben fallen lassen, wie ein Verbrecher. Wenn's Ihnen nicht gehört, so bemühn mal Sie sich gefälligst zum Fundamt! Hier bleibt's nicht, und damit basta fidli!« Wegzulaufen getraute ich mich nicht, ich war zu schwach; da mußte ich zurück und die Bürde auflesen. Als ich mich bückte, faßte mich das Weib mißtrauisch scharf ins Auge, der Besen drohte, und schrill riefen böse Worte Schimpf und Schande nach, während ich mich elend weiterschleppte.

Manchmal flüchtete ich mit meinen Lasten in kleine Kneipen, bat den Wirt am Schanktisch um ein Bier und war gar nicht durstig. Ich wollte nur feststellen, ob er mich bemerke und meinen Wunsch erfülle. »Schönes Wetter heute!« versuchte ich zu locken. Ich wartete auf Antwort und empfing kaum einen Blick. »Es ist so schwer, was ich tragen muß!« Auch damit hatte ich keinen Erfolg. Hatte ich nichts gesagt? Doch mein volles Glas gewährte der Wirt, ich blies den Schaum fort, kostete das Bier und dankte für die Teilnahme. Der Mann zuckte herzlos gelangweilt mit den Lippen und wischte am Messing des Schanktisches; er verstand wohl nicht, was ich wollte. Als ich mit beiden Händen meine Rockvorschläge umspannte, schüttelte er langsam den Kopf. Doch sah der Wirt mein Geld, das ich hinklingelte und ließ es gleichgültig in der Lade verschwinden. Weiter schenkte er mir keine Zeit, und mir behagte der Trunk nicht. Schon stellte ich halbvoll das Glas auf die fleckig überspülte Platte hin, der Wirt wischte noch immer, doch vergeblich. Mein Gruß blieb ungewürdigt, ein Gast lächelte und winkte mir albern zu; ich mußte mich weiter in aussichtslos verworrene Straßen stehlen.

Dann erhoffte ich Teilnahme in kleineren Läden, wo sich Händler und Verkäufer, wenn es gerade nicht drängt, gern einmal in einen neugierigen Schwatz verirren. Die ausgeleierte Klinke verhalf mir willig zu einem leichten Eintritt. Flüssig spülte eine auffordernde Stimme heran. Um Schuhbändchen bat ich, um Druckknöpfe, Taschenkämme, Ansichtskarten. Die Auswahl war gering, die Ware, lieblos aus Fabriken ausgestoßen, knapp und teuer. Ich wühlte langsam in ausgestaubten Vorräten herum und pries dabei die Dinge an, als wäre ich der Krämer. So warb ich bloß darum, daß man mich als Gast behandle, während ich meinen Koffer auf den schmutzverkrusteten Dielen ruhen ließ. Mitunter gelang ein gutes Wort, ich neigte mich vor, da kam ein zugespitzter Scherz, ich konnte lachen. Dann aber war auch schon alles getan, schnell jede Annäherung zerrissen, und teuer mußte ich dafür bezahlen. Schnell war ich abgewiesen, der gebräunte Blechgriff schwer in meiner Hand, die Last, der wunde Arm, es zuckte bohrend bis zum Schulterblatt.

Ich schaute mich nach einem anderen Laden um, ich konnte mich nicht gut zweimal in denselben wagen. Mein Treiben war zu auffällig, man hatte schwerlich einen erfreulichen Eindruck von mir gewonnen. Wieder stand ich vor einer Bude, mein Taschentuch wischte unangenehm an mir herum. Da fühlte ich mich zu sehr ausgeliefert, um einer Prüfung auf Herz und Nieren gewachsen zu sein. Neben mir zu auffällig die abgestellte Last, sie bauschte sich schwammig unter schielenden Blicken auf. Ich verneigte mich leicht gegen das zerkratzte Pult und versprach angelegentlich, daß ich ständiger Kunde werden möchte, aber das befremdete mehr als für mich einzunehmen. Auch war es zu unansehnlich, was ich zu erwerben begehrte. Hastig beteuerte ich, daß ich es ernsthaft meine, aber man steckte meine Reden mit einem höflich überlegenen Grinsen ein. Täuschte ich mich nicht? Hochmütig strengte man sich nicht einmal an, auf den Schwall meiner Worte zu achten, und nahm sie für Schmeichelei, als täte ich bloß freundlich, um eine bessere Bedienung zu ergaunern. Wohl schaute ich die Händler gerade an, um für meine ehrlichen Gesinnungen einzutreten, aber da wandte man sich gelangweilt oder verschmitzt ab, verbarg mit einer Hand den scharfen Keil eines berstenden Lachens und beeilte sich, das Geschäft zu beenden, um mich rasch aus dem Laden zu schaffen. Dem trachtete ich zu begegnen, indem ich schnell so tat, als hätte ich mich gerade noch eines dringenden Kaufwunsches besonnen, und verlangte mit unbefangen einladender Stimme einen Aschenbecher. Seufzend gab man sich darein und holte hastig, was ich gefordert hatte. Es waren garstige Stücke, eines mit einer Eule darauf, die schläfrig blinzelte, ein Schälchen mit Engel und Schmetterling. Ich brauchte keinen Aschenbecher, doch da war kein Säumen mehr erlaubt, mein gültiger Entschluß wurde gemahnt, denn wagte ich noch weiter verzögernde Rede, so stieß ein Fuß in meine Last, ich mußte sie raffen, schon beschwor mich ein furchtgebietendes Achselzucken und geleitete mich, der ich Schritt um Schritt zurückwich, zur unzweideutig geöffneten Türe, verbeugte sich gemessen steif und schloß mit entschiedenem Ruck hinter mir zu. Noch einmal sah ich mich um und erwog die Rückkehr in den verlorenen Laden, um harmlos zu fragen, ob ich nicht mein Taschentuch vergessen hätte, ich sei so zerstreut, man solle mir verzeihen. Aber dann war ich zu verzagt, um so unverschämt zu lügen. Entrüstet hätte man die Hände zusammengeschlagen, was für eine Frechheit, ich solle verschwinden, sonst. Das war ein zu schreckliches Wort, ich wagte nicht, es auszudenken. Da schlich ich mich fort und kümmerte mich um mein Gepäck.

Öfters beobachtete man mein Treiben auf der Straße, daß es mir unbehaglich wurde. Manche Menschen wollten wissen, was für Zeug ich mit mir führte. Gute Lebensmittel waren knapp, es fehlte an Kleidern, Schuhen und anderen Waren. Darum wucherte ein dunkler Handel und fegte durch die Straßen; es wurde schwierig, häßlichen Verdacht von mir zu weisen. Ich mußte beteuern, das ist mein Eigentum, nein, das habe ich weder erschachert noch will ich es feilbieten, ich trage das bloß mit mir, weil ich gerade übersiedle. Ich gab für meine Last auch andere Gründe an, wie mir die Findigkeit der Not sie gerade einflüsterte. Nur die Wahrheit konnte ich nicht bekennen; quälende Strafe, stets sie verschweigen zu müssen. Ich durfte nicht einmal Zuflucht zur Ausrede wagen, daß es sich um geborgte Sachen handle, die ich für

Tante Olga und Onkel Alfred aufgehoben hätte und nun zurückzugeben wünschte. Man hätte mir kein Wort geglaubt und mich nur widerwärtig beschimpft. Dann hätte ich mich noch vor einem Polizisten ausweisen müssen, ich bin, ich wohne, ich habe, mein ist das Recht in aller Ewigkeit. Mit wissendem Schmunzeln hätte das bewaffnete Gesetz sich meine Erklärung nicht einmal bis zu Ende angehört, sondern mir befohlen, ihm auf die Wachstube zu folgen, wo es sich erst nach vielen Stunden peinlicher Verhöre, Durchsuchungen und prüfender Anfragen bei allen von mir verratenen Personen herausgestellt hätte, daß meine Aussagen stimmten. Nein, ich mußte mich still verhalten, demütig sein und, so gut ich konnte, dem herrenlosen Eigentum ergeben dienen.

Dann torkelte ich zur nächsten Haltestelle und stolperte die Stufe in den Straßenbahnwagen hinauf, der selten leer war. In einer Ecke auf der Plattform türmte ich zum Ärger des Schaffners alles übereinander. Nur mißmutig duldete es die geschwungene Zange, doppelte Fahrgebühr, dazu der störrische Verdruß der Fahrgäste, die mich und meine Last beinahe zerquetschten, während ich mit Armen und Beinen die Fracht vor Schaden schützen wollte. Hatte ich nicht gar zu viel bei mir, dann war ich manchmal so glücklich, mit Taschen und Paketen ins Wageninnere zu steuern, wo ich einiges unter den Sitz schob und anderes auf dem Schoß hielt. Füllte sich nachher die Straßenbahn, so wurde meine Lage umso ärger. Da ich über mein Ziel hinaus nicht fahren wollte, mußte ich meine Sitznachbarn und die stehenden Fahrgäste behelligen, um meine Sachen von unten hervorzuziehen. Wohl bat ich höflich, fast flehentlich, um Nachsicht und Geduld, doch was nützte das, der Raum war eng, die verstimmten Leute verrieten ihren Unwillen laut und belehrten mich, wenn man solches Gerümpel transportiere, solle man sich gefälligst einen Möbelwagen bestellen oder mit dem Taxi fahren, die Straßenbahn sei nicht dafür eingerichtet. Ich stimmte zu, beschwichtigte und erklärte bescheiden, daß ich leider zu wenig Geld hätte, sonst würde ich den Rat sehr gern befolgen. Dabei wälzte ich mich auf dem Boden des Wagens herum, um zwischen Beinen und anderen Hindernissen hindurch meine Pflicht zu erfassen und herauszuzerren, bis ich alles ergattert hatte und mich mit vielen Bitten, Entschuldigungen und Danksagungen zum nächsten Ausgang zwängte. Hinter mir fluchte es laut, der Schaffner zürnte, der Lenker stampfte mit dem Fuß auf die Trittglocke, daß es erscholl, und wollte schon fahren.

Jetzt schlurfte ich um die Ecke und die bekannte Gasse voran, wo die Schule stand, verschlossen, das Museum. Ich konnte mich kaum mehr auf den Füßen tragen, als ich läutete, die Lasten abgestellt. Man kam schon, der schwere Schlüssel drehte sich. Herr Geschlieder, der Pförtner, war eine freundliche Seele und beneidete mich nicht, wenn er sah, wie ich unter dem Zuwachs dieser Reichtümer bedrückt und kümmerlich den Schutz des Tores hinter mir erstrebte, aber auch er versagte meiner Habe sein Erbarmen; sein wünschefroher Blick vertrocknete, wenn ich aus dem Überfluß Geschenke bot. Geschlieder lehnte ab, verlegen pfiffig, doch teilte er freundlich die Last mit mir, wenn ich sie über die drei Treppen langsam in die Höhe schleifte. Ich war es den Toten schuldig, vor Geschlieder sogar Zeichen der Freude zu hissen. Gerettet, Herr Geschlieder, gerettet! Welches Wunder über den gestorbenen Gebeten im Keller, vorbei an den blickenden Bildern unserer unvergänglich verschollenen Vorfahren, gerettet, ein Lob, es gibt noch gute Menschen, daß alle diese Herrlichkeiten über die endlose Dauer der irdischen Unzeiten hin den Weg zu mir gefunden haben. Der Pförtner nickte, wie schön das sei: ja, es gibt noch gute Menschen auf der Welt.

Mein war, was nicht mein war; die Armut nahm kein Ende. Ich hob meine Hände in die Höhe, behangen, beladen, gehöhlt, zum Griffe gespitzt. Nur wenig konnte Peter brauchen, etwas nahm auch Anna mir ab. Sie tat es widerstrebend und nur aus Mitleid, zumal ihre Wohnung schon überfüllt war. Längst wußte ich, wie viel fremdes Gut dort gespeichert war, das keiner jemals holen kam. Anna und Peter rieten mir zum Verkauf, doch dafür war ich ungeeignet. Durfte ich Freunden nichts schenken, weil sie nichts nahmen und Fremden nicht, weil es sich verbot, wie hätte ich erst Trödlern verkaufen dürfen! Peter bot sich dazu an, doch ich erlaubte es nicht. Wollte ich der Vermehrung meiner Qual entrinnen, so gab es nur ein Mittel: ich durfte nichts mehr holen. Ich suchte keinen Menschen auf, der noch etwas für mich haben mochte, und habe Frau Holoubek, Frau Krumbholc und Herrn Nerad von nun an gemieden.

Keine Irrfahrten in die Vergangenheit mehr. Doch das war leicht gedacht. Die Vorzeit hatte alle Zukunft mit einst gefällten Entschlüssen längst überholt. Die Wand vor mir, die ich zu überholen oder abzubitten suchte, war durchaus nicht so undurchdringlich, wie ich vermutet hatte; nur meinen Wünschen bot sie keinen Durchlaß, so flehentlich ich darum bat. Die Wand war hinter mir und zwang mich hinter sie zurück. Wenn ich zurückwich, hatte sie mich bereits zurückgenommen, die Zukunft ging in meinem Ursprung unter. Im Frost der Vergangenheit stand ich, vergeblich meine fremde Hand an der Klinke. Der verlorene Laden in der Reitergasse war versperrt; ein Gebot hatte mich aus dem Garten geschickt, daß ich hinter der Wand meine Werke bestelle, aus denen ich geschaffen bin. So war ich ausgetrieben und lagerte vor der Wand des verlorenen Ladens. Ich hatte nichts gewonnen, wenn ich mich versteckte, denn ich wurde aufgespürt und mußte mich erheben.

»In deinen Anfang mußt du dich versetzen, Adam!«

Nackt in der Haut tastete ich gegen die Stimme vor, denn Widerspruch gestattete sie nicht.

»Wo bist du?«

Ich zeigte vorwurfsvoll fern auf die verschüttete Wäsche im Laden, auf die zerworfenen Pulte und die leeren, zerrütteten Schachteln.

»Wer hat dir gesagt, daß du nackt bist?«

Ich verbarg mein Antlitz in meinen Händen, daß ich weniger sähe von meiner Nacktheit.

»Siehst du etwas?«

Nein, ich sah nichts. Nur die Wand, die Wand meiner Hände. Laut schrie der Befehl und zerstob, daß mich seine spitzen Splitter trafen.

»Sieh! Es ist. Leugne dies nicht!«

Ich leugnete nicht, gab mich kraftlos dem Befehl anheim, aber zu sehen war nichts, was ich sah. An den Schultern gepackt und geschüttelt, sollte ich mein Gesicht bekennen, das sehende Sehen. Ich faßte nach meinem Kopf; vergeblich. Der Kopflose sah nicht. Ich flüsterte in Entsagung.

»Kein Kopf!«

Gelächter hüpfte in allen Käfigen von Stange zu Stange. Es flatterte im ganzen Laden, die Kräuter schossen empor, das Lebenskraut und allerlei Bäume. Auch viel Getier und Gewürm war versammelt. Da erscholl eine Stimme, die war gewaltig und meinte nur mich.

»Kein Kopf, ganz gut gesagt! Kein Kopf in dieser Zeit. Zurück in deine Zeit, du alter Adam Willstnicht!«

Im Sand die Knie rieben.

»Will, will, will ...!«

Der Hals errötete, daß sich die alte Nacht erbarmte, aber nicht die entfesselte Zeit, die spöttisch durcheinander pfiff. Der verlorene Laden barst und verschwand ins gähnende Unglück. Die Türe streckte sich tief herein, der leise Luftzug schnitt mir ins Gesicht.

»Die Kinder möchten so gern mit dir spazierengehn.«

»Wirklich? Welche Kinder, Johanna?«

»Michael und Eva.«

»Warum nennst du die Namen gar so feierlich?«

»Nun, du fragtest: welche Kinder? Schon gut. Guck nur nicht so, Artur, und geh mit ihnen! Ich muß auch einmal bei dir sauber machen.«

»Die Fenster sind offen, Johanna. Gute Luft. Mußt du da wirklich?«

»Einmal in der Zeit. Die frische Luft allein, die wischt den Staub nicht weg. Einmal in der Zeit muß man schon gründlich räumen. Die Zeiten räumen. Du hast sie alle durcheinandergebracht.«

»Nicht absichtlich!«

»Bestreite ich nicht. Doch geschehen ist geschehen.«

»Zeit ist um. Ich räume sie mir selber auf.«

»Sagst du immer. Hältst nicht Wort. Ist deine Schuld nicht, gut. Ich glaub's. Darum muß ich's aber für dich machen.«

»Johanna, bitte, hör mich an! Ist heute?«

»Immer, Liebster. Heute ist.«

»Und gestern? morgen?«

»Das ist etwas anderes.«

»Wieso denn immer heute?«

»Siehst du, das ist genau das, was du nicht verstehst. Gestern, heute, morgen: eine Reihe, die sich fortsetzt jeden Tag.«

»Wieso denn jeden Tag? Heute. Du sagst heute.«

»Heute sag ich: heute. Und an jedem Tage, doch genau zu seiner Zeit, sag ich wieder: heute.«

»Und die Vergangenheit?«

»Auch die an jedem Tage ihrer Zeit war heute. Das verwechselst du, nicht ich.«

»Kannst du mir das erklären?«

»Ich bemühe mich, allein es hilft nichts. Du willst es nie begreifen. Dein Zeitbewußtsein ist gestört.«

»Die Uhr, die Uhr, ich kann sie lesen! Den Kalender, schau, ich zähle dir die sieben Tage der Woche ab, die greifen ineinander, Tag und Monat, sieben zwölf und sieben zwölf. Und jedes Jahr wird außerdem gezählt, ich weiß es genau. Es stimmt zwar, daß man mit der Zeitrechnung schon mehrmals begonnen hat, aber immer, so heißt es, wurde aus Abend und Morgen ein Tag. Wenn aber nichts mehr nützt, kommt das Schaltjahr, und alles wird gut. Siehst du, Johanna, mein Zeitbewußtsein ist ungestört, intakt.«

»In keinem Takt. Du täuscht dich, stürzt mir alles durcheinander, tick und tack. Uhr und Kalender taugen nicht für dich. Sie geben selbst mit einem Schaltjahr niemandem die Zeit, wer sie nicht hat.«

»Ich habe Zeit und muß nicht schalten. Kränke mich nicht, Johanna! Ich habe sie.«

»Du nimmst sie weg, auch mir, ein Zeitendieb. Doch hast du keine Zeit. Nur deshalb stiehlst du sie.«

»So habe ich also doch Zeit. Gibst du das zu?«

»Nein. Das begreifst du eben nicht. Was war und nicht mehr ist, das hat die Zeit getan. Was ist und nimmer sein wird, immer ist das nur die Zeit.«

»Die gleiche Zeit?«

»Ach, gleich ... Du redest ganz verwirrt. Zeit ist nicht immer, Zeit ist aber immer gleich, doch nicht die gleiche Zeit.«

»Du aber sagst, Johanna, ich habe keine Zeit.«

»Du hast keine. Ich bedauere dich deswegen. Du hast dich gegen sie gestemmt, dich zu ihr in Widerspruch gebracht. Du glaubst mit ihr zu spielen, sogar sie zu beherrschen. Allein sie spielt mit dir. Genug. Geh jetzt bitte mit den Kindern fort!«

»Ich habe keine Zeit. Du hast es selbst gesagt.«

»Ach, die Sophistik! Ich meine, jetzt. Du sollst jetzt gehn! Dazu brauchst du keine Zeit. Die Uhr genügt dir. Schau sie gut an, daß du zum Tee wieder zu Hause bist. Mehr wird nicht von dir verlangt.«

Johanna küßte mich leicht und schob mich langsam aus der Stube hinaus. Da wachte ich erst ganz auf und lachte.

»Hab ich geträumt?«

»Du bist ein guter Mann. Geh nur, es ist sehr gesund für dich.«

Jetzt ist Zeit, ich fühlte es deutlicher: jetzt ist Zeit. Als ich über die Schwelle trat, tummelten sich die Kinder im Gang und jubelten.

»Der Vater kommt! Vati hat Zeit!«

Johanna hatte die Kinder herausgeputzt, wie sie es immer tut, wenn sie mich mit ihnen ausschickt. Michael tollte und sprang um mich herum, doch Eva nahm mich artig bei der Hand, als wir durch die Haustüre schlüpften. Johanna rief den Kindern »brav sein!« zu, winkte uns zum Abschied auf der Straße nach und verschwand. Sie blieb zurück in ihrer Zeit. Michael bestimmte unser Ziel sofort, Eva war gern einverstanden.

»Wir gehn, wo die Schaukeln sind.«

»Reiten auf dem Esel!« piepte Eva. »Ja?«

Dreimal oder viermal im Jahre sind die Schaukeln und die Buden da, gestern heute morgen, und dann ziehen sie wieder fort. Michael wußte schon, was der Vater alles machen wird, besser als Eva, die des Bruders Wünsche achten sollte. Die West Park Row hinunter jubelten die Kinder, sie wissen den Weg zu den Schaukeln genau. Aber man mußte ihn gar nicht kennen, denn er war nicht zu verfehlen. Es tönte schon, vom Wind getragen, der Schall ungeschlacht wirbelnder Musik laut und zerbrochen in Wellen näher. Nicht weit ist es zur Schäferheide, nur der Bahndamm quer am Ende über die West Park Row hin versperrt die Sicht. Schon hatten wir ihn hinter uns und kreuzten Halstead Way, der die Schäferheide begrenzt. An ihrer linken Seite hatte man im spitzen Winkel die Zelt- und Budenstadt errichtet. Kinderscharen strömten durcheinander und rissen nachgiebige Erwachsene mit sich. Schnell ging es voran, denn Michael, der wollte nichts versäumen. Wir erreichten den Jahrmarktzauber von der Seite, Motoren schnarrten, Hunde knurrten an der Kette. Eva faßte meine Hand noch fester, doch Michael kennt keine Furcht und mußte väterlich ermahnt werden. Schon waren wir vom Braus umwogt, der Lärm umwölkte mich, die Kinder jauchzten und barsten vor Verlangen.

»Vater, bist du auch immer mit deinem Vater gegangen, wenn deine Mutti gesagt hat, dein Vater soll mit dir gehn?«

»Ja, er ist mit mir gegangen.«

»Und hat er dir auch so viel erlaubt, wie du uns immer erlaubst?«

»Er hat viel erlaubt.«

»Hat er auch gesagt, daß er den Schwindel kriegt, wenn sich etwas zu sehr gedreht hat?«

»Er hat es besser vertragen als ich.«

»Und deine Mutti, hat die es besser vertragen als unsere Mutti?«

»Nein, die hat es lange nicht so gut vertragen. Sie mußte immer zuschaun, und schon davon ist ihr schwindlig geworden. Sie hat wegschaun müssen oder hat die Augen zugemacht.«

Du mußt aber nicht wegschaun, Vater, nicht wahr? Du kannst uns zuschaun und die Augen aufmachen? Du machst sie doch immer auf.«

»Siehst du wohl, Michael, du weißt es ja. Warum fragst du da noch?«

»Vater, schau! Vater! Bitte, darf ich nach den Kokosnüssen schmeißen? Bitte, bitte!«

»Wenn du größer bist.«

»Ich bin schon groß. Nur Eva ist noch nicht genug.«

»Ich bin auch groß! Mutti sagt, ich bin groß!«

»Beide seid ihr groß. Nur nicht groß genug.«

»Oh schade, Vati, bitte, bitte! Laß mich werfen! Einmal nur versuchen! Vielleicht bekomm ich eine Kokosnuß!«

»Nein, mein Kind, du bekommst sie nicht. Dazu muß man sehr viel Kraft haben und auch noch sehr geschickt sein.«

»Bin ich nicht geschickt?«

»Noch nicht genug.«

»Aber Vater, du bist doch geschickt! Geh, kauf Bälle und wirf uns eine Kokosnuß herunter!«

»Nein, Michael, ich bin viel zu ungeschickt.«

Als ich die Kinder endlich von den Nüssen fortzog, wurde meine Ungeschicklichkeit noch lange beklagt. Versöhnlich wirkten erst die roten Zuckerfäden, die aus einer Siedetrommel quollen. Eva liebte diesen Wirbelschaum auf einem Hölzchen; Mund und Zunge kämpften fröhlich mit der spröden Süßigkeit. Michael gefiel sie wohl, doch wünschte er für sich Lakritzen, schwarz, einen langen dünnen Schlangenknüppel. Dann reiste Eva auf dem Karussell für die kleinsten Kinder, und Michael, der sich zunächst für diese Fahrt zu erwachsen dünkte, besann sich besser; die Schwester mußte er behüten, daß sie weder schreie noch vom Schwanensessel herunterfalle. Darum reiste auch der Bruder. Dann zu der Gondelschaukel hin. Eva war für sie zu klein und kreiste auf schon vertrauter Bahn angstlos allein weiter, dem Bruder gönnte sie die Schaukel neidlos. Den Eselritt indessen konnte keiner sich versagen. Die Tiere schritten recht bedächtig aus; eine kurze Strecke hin und her, es lohnte kaum die Münze. Die Zeit war zu schnell um, die Kinder klagten laut. Der hohe Turm der Rutschbahn war des Knaben Recht; Eva stemmte die Fäustchen in die Backen, als sie seine steile Fahrt auf einer Fasermatte durch den gewunden engen Schacht bewunderte. Sie fragte: »Vati, warum rutschst du nicht?« Der Mäusezirkus lockte mit hübschen Bildern an. Das Eintrittsgeld war bescheiden, und beim Zahlen wurden wir belehrt: »Sie bleiben drin, wie lang Sie wollen!« Im Zelt war nichts als in der Mitte ein Glashaus auf niedrigem Sockel. Die weißen Mäuse, sicher hundert an der Zahl, tummelten sich durch Grotten, über feste und schwebende Leitern, purzelten über wippende Brücken, hockten auf Schaukeln und mußten eine steile Treppe zum Turm der Ritterburg hinan, wollten sie am Weißbrot nagen, das auf dem Söller aufgespeichert war.

»Niedliche Kaninchen! So lange Schwanzerlen!«

»Keine Kaninchen!« belehrte Michael. »Richtige echte weiße Mäuse. Solche wie sie der Vogelhändler in der Truro Road verkauft. Sie sind sehr billig, und Mutti sagt, sie machen sehr viel Schmutz.«

»Sie machen keinen Schmutz!« verbat sich Eva. »Sie sind so weiß und sauber. Sie stinken aber ein bißchen, und die Schwanzerlen sind häßlich. Die kleinen weißen Kaninchen! Können wir eins haben?«

»Ich glaube nicht, mein Kind.«

»Nein!« bekräftigte Michael. »Die Mutti will das nicht haben.«

Michael wollte schon weg von den Mäusen, doch Eva war von dem kullernden Treiben so entzückt, daß sie nicht fortzulocken war. Michael mahnte und zupfte die Schwester am Kleidchen.

»Cowboys gibt es, Cowboys! Eva, hast du schon gesehn?«

»Die lieben kleinen weißen Kaninchen!«

Der Bruder ließ nicht locker und bestürmte sie. Doch erst als auch ich die Künste der Cowboys in leuchtenden

Farben schilderte, verzichtete Eva endlich auf den Anblick der kleinen Kaninchen. Michael hüpfte voran, er wußte schon, wo seine Lieblinge zu finden waren.

»Ich weiß, ich weiß den Weg!«

Der Junge war nicht mehr zu halten. Auf dem Wege kamen wir an einem bunt gemalten Wagen vorbei, die Türe stand offen, da prangte die gefeierte Originalwahrsagerin und echte Zigeunerin Fortunata, eine Nichte der berühmtesten Wahrsagerin aller Zeiten und Länder, und schaute funkelnd stolz in das kreischende Gewoge vor sich hin. Fortunata warb nicht, sie wartete bloß. Auch ich hätte gerne gewartet, um zu sehen, wer ihr nächster Kunde sein würde, daß sie ihm die Zeiten enthülle, gestern heute morgen. Aber Michael war zu ungeduldig und zerrte an meinem Rock.

»Dort sind sie schon! Wir dürfen hier nicht stehn! Ach, komm schon Vater, komm!«

Er zog mich fort und schielte böse zur Zigeunerin hin, weil sie meine Aufmerksamkeit stahl. Ich durfte Michael nicht länger widerstehen, eine neue Vorstellung der Cowboys wurde mit wildem Treiben angekündigt. Ein Lautsprecher übertrug von einer Schallplatte dröhnende Fanfaren; zwei Glocken, eine dumpfe Pauke und eine wirbelnde Trommel offenbarten das nahe Weltgericht. Auf hohem Gerüst standen die Schaubudenleute großartig da und präsentierten sich dem verehrlichen Publiko unten im Staube, wo es sich schlängelte, freche Rangen, wüst durcheinander plärrende Kinder und gutmütig oder mißtrauisch blickende Männer und Frauen. Gewaltig durch den farbig schillernden Sprechtrichter purzelte in heftigen Kaskaden des Ausrufers bedrohliches Werbegeschrei. Michael hatte sich hastig nach vorne gedrängt. Eva hielt sich dicht an mich geschmiegt, doch fürchtete sie sich nicht, zog nur meine Hand zu ihrem Schutz auf ihr Haupt, und ich strich ihr besänftigend über den Scheitel.

Stolz aufgereckt ragte Roy Rogers, der König der Cowboys, in prunkbestücktem Prachtgewand aus brauner Dauer, schmissig der Hut mit seiner breiten Krempe, das grelle Halstuch lose, in den Taschen des verzierten Gürtels staken zwei mächtige Pistolen, die Beine in weit abstehenden hohen Schaftstiefeln. Zwei Mädchen in geschürzten roten Kleidern mit weißen Blusen blickten ernst und fordernd in die Menge, das eine hielt drei blinkende Klingen mit langen Schneiden, das andere rahmte ihr Haupt zwischen zwei schimmernd blanke Hellebarden ein. Ein flachsiger Bursche in braunem Kittel konnte nur des Cowboymeisters Lehrling sein. An der vorne verglasten Kasse vor dem verhangenen Zelt stand die Geldeinnehmerin, genauso aufgeputzt wie die anderen Mädchen. Im schwarzen Anzug mit goldenen Tressen schritt der Ausrufer, sein Mikrofon vor dem Mund, würdig auf dem Schaubrett auf und ab. Den Verehrlichen unten kündete er in flammenden Rufen die Wunder der nahen Vorstellung an, aber noch war der erhabene Sturm zerfetzter Musik und schmetternden Getöses zu gewaltig, um Sinn und Sage seiner Rede deutlich zu vernehmen.

Bald wurde das besser; die Anwerbung in die Ferne hinein versiegte, nun wurde die Preisrede verständlich. Vergnügen und Belehrung für jedermann. Enttäuschung ausgeschlossen, denn kein Schwindel, sondern Leistung. Das muß man gesehen haben. Unvergeßlich, einzigartig, aufregend, lebensgefährlich und trotzdem harmlos. Die kleinsten Kinder können beiwohnen. Dieser Mann da, Roy Rogers aus Texas, ist ein Wunder. Wer mit ihm nicht zufrieden ist, bekommt sein Geld zurück. Betrug ist ausgeschlossen. Erwachsene einen Schilling, Soldaten und Kinder die Hälfte. Mitglieder der königlichen Familie haben eine Vorstellung mit ihrem Besuch beehrt. Hier auf dieser Tafel ist es aufgeschrieben. Hoch hebt der Ausrufer sie empor, wendet das Heiligtum beschwörend nach links und rechts der staunenden Versammlung zu, und wer des Lesens kundig ist, den muß was dasteht überzeugen. Keiner soll säumen, es sind bloß drei Stufen hinauf, damit die Vorstellung beginnen kann. Eltern, nehmt eure Kinder mit! Kinder, nehmt eure Eltern mit!

Manche entschlossen sich schon, stiegen zur Kasse empor und verschwanden hinter dem Vorhang. Doch zu wenige waren es, zuviel gaffendes Volk zeigte sich wankelmütig, blieb aber geduldig stehen und harrte der kommenden Dinge. Es wurde nicht enttäuscht, denn schon verkündete der Werber, gut, es sind zu viele da, die sich nicht entscheiden können, denen wird jetzt eine Gratisvorführung beschert. Er stellte alle Mitglieder der Truppe einzeln vor, eine höflich gewinnende Verneigung beugte sich beim Ausruf jedes Namens vor der Versammlung. Roy Rogers sah funkelnd drein, doch fand ich seinen Blick, wohl wegen der Torheit des Volkes, ein wenig gelangweilt. Aber der Cowboy verzieh ihm, ließ sich nichts merken, zog seine Pistolen heraus und ließ die eine nach vorne, die andere umgekehrt um seine ausgestreckten Zeigefinger wirbeln. Als der Ausrufer die Vorstellung der Künstler beendet hatte, schnellte Roys Lehrling nach vorn, schleuderte kreisend eine Klinge empor, fing sie auf und schleuderte wieder. Dann zeigte er, was für Zauber sein Meister ihm bereits mit dem Lasso beigebracht. Es war noch keine vollendete Darbietung, aber gerade das ergriff mich. Schwierig sind auch die bescheidensten Sprünge, die ein Seil beleben, wenn es gefesselt hinansteigt, dann wieder absinkt, ein erhaben einsamer Tanz. Doch diese Vorübungen der Kunst dienten bloß dazu, um die Meisterschaft umso herrlicher erscheinen zu lassen. Schon zog sich der Knabe mit gehorsamer Anmut drei Schritte nach hinten zurück, er beugte sich der Größe, wie es sich gebührt; ein kurzer Paukenwirbel kündete sie an.

Da trat Roy Rogers in die Mitte; die anderen auf dem Schaubrett wanderten mit aufschauender Bewunderung, um allen ein Beispiel zu geben, gehörig nach rechts und links. Der Anwerber allein wich nur wenig; ein Herold, der sein Amt kennt, verteilte er seine Aufmerksamkeit auf den Helden und das Publikum. Vier Klingen glitzerten in schwirrenden Schwüngen auf und ab und drehten sich im Fluge, daß es eine Lust war. Dann tanzte schlängelnd ein langes Lasso in wippenden Kreisen und kühnen Spiralen. Bald sprang Roy Rogers hinein, dann tauchte er aus der fliegenden Fessel hervor, dehnte sich auf die Zehenspitzen, stand als Pirouette da, ließ sich auf ein Knie, auf beide Knie nieder, drehte sich selber, ein immer wilderer Wirbel, bis auf einmal das Seil niederglitt; in mächtigen Ringen ruhte es um den rechten Arm bis zur Schulter empor. Ich hätte mir eine Weile Stille und für den Meister Anerkennung gewünscht, aber beides wurde nicht gestattet, denn alle da oben auf dem Brett, der Ausrufer voran, ja sogar der unermüdliche Roy Rogers selbst, entfachten ein Riesengeschrei, man habe es mit eigenen Augen gesehen, das Unglaubliche, hier ist es als wirklich bewiesen, doch darf jetzt kein Augenblick Zeit mehr verloren werden, heute ist die Gelegenheit, jetzt, nicht immer ist heute, hinein, hinein, hinein, ein jeder muß kommen, die Künstler warten schon drin, die Vorstellung beginnt, nicht mehr warten, denn nichts als ein Vorgeschmack bisher noch nie gezeigter Wunder wurde geboten.

Da waren die meisten gerührt, sie widerstanden nicht mehr, die Münzen sprangen aus den Taschen und belagerten die Geldeinnehmerin, die diesen Ansturm bewältigte. Michael zuckte es in den Beinen, ich ließ ihn laufen. Freudig stürmte er hinan, schon verschwand er im Zelt, während ich mit Eva zurückblieb. Um sie zu entschädigen, willigte ich noch in zwei Fahrten auf dem Ringelspiel ein. Wieder ritt sie auf einem weißen Schwan, sie wollte es nicht anders, und klammerte sich am abgegriffenen Glanze des Halses fest. Der Vorbau der Schaubude war jetzt verlassen, nur die Geldeinnehmerin klebte in ihrer Zelle, rauchte und schimpfte kleine Buben fort, die sich turnend mit Unfug zu schaffen machten.

Ich spähte nach dem Wagen der Zigeunerin hinüber, die noch immer in der Türe ihres Wagens saß. Doch nicht lange, und eine versorgte Frau trat näher, wurde von der Türe angesogen, die sich hinter ihr verschloß. Die Zigeunerin Fortunata hatte zu tun und mußte in die Zukunft blicken. Plakate verkündeten, wie gut sie die Wahrheit erforsche; sie war eine weise Frau, die alles verstand, die Sterne oben, die Linien in der Hand und die Girlanden in der Schrift. Da war die Wahrheit dreifach bezeichnet und dreifach bestätigt, die Zweifel mußten sich lösen; die Mischung von Glück und

Unglück, ein unwandelbares Geschick, enthüllte sich dem Einblick der Weisheit. Warum wollten aber Menschen ihr Schicksal von anderen Menschen erfahren? War es nicht schon anvertraut, schwer oder leicht und immer unausweichlich? Mußten sie es sich sagen lassen, um von einem schön geschilderten Verhängnis getröstet zu werden? Lindert ein Vorwissen seine Gewalt? Oder konnte das Verhängnis weichen? Nicht weichen vielleicht, doch sich langsam verflüchtigen, zumindest sich in einer festhaltbaren fernen Zukunft gedulden, wenn eine weise Frau sie bannt?

Sich einem anvertrauen, welch sehnsüchtiger Wunsch nach Sicherheit! Aber das Schicksal ist eine Wand, die unsere Fragen nicht durchläßt, mag sie auch darauf Antworten gewähren. Viele Antworten sogar, die Zigeunerin Fortunata wußte da Auskunft. Nur war es ungewiß, ob sich diese Antworten nicht erübrigten, weil die Auskunftholer sie entweder nicht verstanden oder selbst schon erfahren hatten oder weil die Antworten bloß ein trügerischer Widerhall waren, keine Nachrichten also, nichts Neues, sondern nur die eigene Gefahr, die, von außen verkündet, versöhnlicher klingen mochte und trotzdem auch um vieles schrecklicher, weil sie nun unheimlich bewußt wurde und den Hörer an der eigenen Wand in die sonst so schwer vernehmliche Schuld zwang. Aber so konnte es nicht sein. Die Zigeunerin Fortunata mochte und sollte wohl Ehrfurcht gebieten, doch durfte sie ihre Kunden nicht schrecken, sie mußte sie trösten, zumindest schonen, wenn sie weiter auf lohnenden Zuspruch rechnen wollte. Sie mußte die Verzagten aufrichten und die Aufgeregten beschwichtigen. Das Glück, nicht das Unglück galt es zu raten. Und wenn es ein Unglück gab, durfte es nicht zukünftig sein; vergangen, ja, vergangen war das Unglück. Es war besiegelt und sollte für immer beschworen bleiben. Wie oft waren die Menschen unglücklich, wenn sie zu Fortunata kamen, um ihre Not zu klagen, aber hier wandelte sich alles, die Dauer des Bösen zerlöste sich in Schein. Sobald die Türe sich öffnete, war das Wunder geschehen, das Bedrohliche war aufgezehrt.

Immer war das Unglück nur ein vergangenes und hatte nicht länger Macht als bis zum gegenwärtigen Tage, bis heute, vor dem kein morgen galt, denn von dieser Stunde an öffnete sich die Erscheinung der reinen Zukunft, das Heil war aufgetan. Wahrsagerei war Heilsbeschwörung. Einmal mußte man sich bloß entschließen, über seine Vergangenheit hin näher zu treten, da geschah schon der Wandel, vor der Sorge wurde die Türe zugeschlagen. Wie seltsam, daß so wenige Bekümmerte sich diesen Ausweg erlaubten. Herrschte nicht darum, weil sie mutlos oder töricht die wenigen Stufen nicht wagten, so viel Unglück unter ihnen? So irrten sie draußen herum vor dem gewissen Glück. Der Weg zum Glück scheint frei; nicht freigestellt ist es jedoch zu wissen, daß es diesen Weg gibt, kurz und ungefährlich. Die Angst stellt sich vor ihn, der Zweifel, niedrig und gemein, der Unglaube, das Hindernis des schwachen Willens. Wir können nicht. Man hat uns auch gelehrt, daß es verboten ist, die Hexe zu Ensor wurde verflucht und mit ihr alle Zeichenleserei. So sollten wir nicht glücklich sein.

Was aber hielt mich vom Glück zurück? Die Kinder konnte ich nach Hause bringen und Johanna sagen, ich habe Zeit, jetzt Zeit, darum muß ich nochmals fort. So tat ich auch. Die Kinder hüpften froh in der Stube, Michael glühte voll Achtung und Liebe für Roy Rogers und seine Gefährten, Eva schwatzte wieder von den kleinen weißen Kaninchen. Der Tee war für die Plappermäuler gerüstet, sie stürzten sich auf ihre Schnitten, ich aber dankte und empfahl mich. Johanna wunderte sich wohl, doch sagte nichts; sie hindert meine Wege nie. Ich lief zurück zur Schäferheide, dem Unglück war die letzte Stunde zubestimmt. Als ich den Wagen Fortunatas sah, war die Türe verschlossen. Es mußte jemand des Glückes wegen drinnen sein. Ich konnte warten. Das Treiben rund um mich schwang weiter, grollte vergnügt und laut; es kümmerte mich nicht. Der letzte Tag des Kummers konnte nicht mehr lange währen, ein früher Abend kündete sich trüb an. Das störte mich nicht, denn meine Bitte reifte, die Fortunata mir erfüllen würde. Sie müßte glauben, daß ich bin. Es herrschte keine Zeit; wenn eine war, verging sie jetzt, sie hatte keinen Aufenthalt, sie war verboten. Die Türe wurde geöffnet, doch nein, es streifte sich ein Widerstand, sie zuckte nur, ein Fehler im Schloß, der die Klinke hinderte, aber Fortunata wußte sich zu helfen, ein jäher Ruck, schon war der Himmel aufgerissen, ein Bündel Glück schaukelte beflügelt die kleine Treppe herunter und tauchte gerettet ins dämmernde Menschengewühl. Fortunata oben schaute gesammelt, stolz und befriedigt drein. Sie hatte das Unheil gemeistert, ihrer Sache war sie sicher.

»Nun, will der Herr?«

Ob Fortunata mich mit diesen oder anderen Worten lockte, kann ich nicht behaupten. Eher hat sie geschwiegen, da sie schon wußte, daß ich zu ihr gekommen war; das mußte sie wissen, es war ihre Pflicht. Kein Zweifel beschattete sie, als ich vor ihr stand, des Glückes Nähe war mir auf die Stirn gezeichnet, denn wer das Ziel ist, kennt, was zu ihm strebt. Fortunata sagte sicher nichts, mit Worten wirbt sie nicht, wie es die Künstler von der Schaubude tun, wo gerade der Ausrufer zum unwiderruflich letzten Mal ein unbelehrbar zauderndes Publikum mahnte, noch in diesem Augenblick nicht die Gelegenheit zu verpassen, denn Roy Rogers war bereits mit seinen Gehilfen im Zelt verschwunden und mußte jetzt mit seiner Vorstellung ohne Rücksicht auf Säumige beginnen. Durch solches Geschrei mögen sich die niederen oder höheren Künste dem Menschen empfehlen, aber nicht die Wahrsagerei. Sie hat keinen Anlaß, Unwillige umzustimmen oder Widerspenstige zu bitten, sich ihrer Geheimnisse zu versichern. Nicht für den großen Haufen war die Zigeunerin auf den Jahrmarkt gezogen. Doch warum hatte sie sich unter den Zelten niedergelassen und wanderte mit ihnen durchs Land? Das Heil soll dem Volk erreichbar sein; darum wohnt die Gnade nahe für alle, die nach ihr dürsten. Fortunata lächelte bloß, das war die Gunst, mit der sie die Bangnis eines Ankömmlings beschwichtigte, wenn er vor ihrer Würde zu schmerzlich verzagte.

Ich stieg die Treppen leicht hinan, sie hoben mich federnd

Fortunata entgegen, ich lachte sie an. Ungezwungen hieß sie mich willkommen und dankte, als ich die Türe schloß, um ihr diese Mühe abzunehmen. Dann forderte sie mich in den Ohnesorgensessel an ihrem Tischchen und setzte sich mir gegenüber. Ob Schrift, ob Hand, ob Sterne, fragte sie geschäftig. Bevor ich noch antworten konnte, bot sie mir auch Karten an und deutete dabei auf einen Bund, der auf dem Tisch lag, oder hier den Kristall, sie tippte mit dem langen Nagel des Mittelfingers darauf, denn aus dem Kristall konnte sie alles lesen, was einer nur begehrte. Ich dankte und sagte, daß ich ihr vertraue, darum sei mir alles recht, was sie zu meinem Heil beginnen wolle, ich suche nur das reine Glück. Deshalb wollte ich mich ihrem Ratschlag unterwerfen. Fortunata freute meine Zuversicht; ich sah sie fest und aufrichtig an. Da meinte sie bescheiden, des Geldes wegen frage sie, am besten sei dies gleich vereinbart. Geld, leider, das hätte ich nicht viel, doch geizen um des Glückes willen sei meine Sache nicht. Sie nickte zufrieden und versicherte, daß sie das beste für mich tue, für meinen Fall eigne sich besonders Hand oder Schrift und Kristall, dafür zehn Schilling sei ein Vorzugspreis, das dürfe ich wohl daran setzen. Gern war ich einverstanden, es schien mir wenig für die Mühe. Ich schob ihr das Geld über den Tisch hin und schämte mich dabei, weil ich sie für ihre Weisheit lieber mit einem größeren Betrag entgolten hätte. Sie aber war so vornehm, mich ermunternd anzulächeln, als wäre sie reichlich belohnt; den Geldschein ließ sie schnell verschwinden. Wieder ließ sie mich wählen, Hand oder Schrift? Als ich nichts entgegnete, entschied sie, die linke Hand und den Kristall; beides wollte sie versuchen. Ich stimmte wortlos zu und bot ihr meine Linke dar. Fortunata zog sie mit geübter Zartheit näher zu sich, beugte sich darüber und nahm ein großes Leseglas zur Hilfe.

»Sagen Sie, Fräulein Fortunata, bin ich?«

Sie faßte mich kurz ins Auge und musterte mich eher streng als überrascht. Dann widmete sie sich rasch wieder der Hand und sagte einfach:

»Erst schau ich mir mal alles an. Ihre Fragen stellen Sie mir dann lieber beim Kristall.«

Fortunata wußte viel über meinen Charakter, viel mehr als ich selbst wußte, doch behauptete sie nichts, was mich unwahrscheinlich dünkte. Ein guter Mann und Vater, meinte sie, zwei Kinder, ein Junge sieben Jahre alt, ein Mädchen, das mag schon bald vier sein. – Ein guter Mann und Vater ... Sie wollte wohl freundlich sein, nur Mut. Wie genau das mit den Kindern stimmte! Hatte mich Fortunata vorhin nicht mit ihnen gesehen? Ich fragte nicht. Die Fragen mußten warten bis zum Kristall. – Aber ein Träumer, ein zu großer Träumer. Die Welt ist anders, als der Herr sich denkt. – Was dachte ich? – Da kommen oft Zweifel. Ja, das kann böse sein. Darum ist Vorsicht zu raten, immer Vorsicht. Auch Sorgen sind da, die Schicksalslinie. Das Einkommen genügt nicht ganz, schwacher Merkur. Arbeit mit dem Kopf, da kommt das oft vor. – War meine Hand zu weich? Ich krümmte sie ein wenig, doch Fortunata ermahnte mich, die Hand müsse offen bleiben, bitte ungezwungen. Ich folgte. – So ein geistiger Beruf, da ist das Glück oft schwer zu finden. Man denkt und denkt und denkt, das macht dann Sorgen. – Ich stimmte zu. – Das viele Denken tut nicht gut. Gutmütig, ja, und keine Ellenbogen, aber unternehmend. Das ist klar. Der Herr ist weitgereist und nicht aus diesem Land. – Wieso wußte Fortunata? Ach, sie mußte alles wissen, das hatte ich vergessen. Aus welchem Lande? wagte ich zu fragen. Antwort darauf wünschte ich nicht einmal, es war nur ein Zweifel, an mich selbst gerichtet. Fortunata wies die Frage ab. Das wisse ich selbst, und was man weiß, danach soll man nicht fragen.

»Wenn ich das wüßte, dann wär's wohl mit mir besser.«

Aus Europa, entschied die weise Frau sofort und wollte sich bei der Bestimmung meiner Herkunft nicht länger aufhalten. Nachdenklich zog sie mit einem Fingernagel die Linien auf meiner Hand nach. – Man sieht so viel, es ist auch Trauriges dabei. – Ich stimmte zu. Ja, Trauriges. Aber das ist die Vergangenheit, beteuerte ich kräftig, nicht mehr diese

Zeit, es kann sich nicht wiederholen, endgültig vorbei. – So soll man denken, bestätigte Fortunata, viel mitgemacht, der Krieg, huh, das war bös, nicht freiwillig von zu Hause weggegangen, harte Zeiten, aber durchgestanden und alles überdauert. – Die Eltern, rief ich, die Eltern und Franziska. – Ja, die sind schon lange tot, die armen Eltern. – Warum nannte sie nicht auch Franziska? Die Eltern haben viel gelitten, seufzte ich. – Das ist deutlich in der Hand zu sehen, wurde mir bestätigt. Bei dieser Schicksalslinie ist leider alles möglich. Der Herr soll aber hoffen, denn das darf er. – Darf ich wirklich? – Oh bestimmt! Alles gibt sich mit der Zeit. Nur zu weich sein wurde mir verboten. – Das bin ich nicht, erklärte ich zaghaft. – Wer so viel träumt, ist weich. Vertrauen zu sich selber haben, ein bißchen Mut, dann wird das Leben leichter. Nur Kopf hoch und die Hoffnung nicht verlieren! – Die Hoffnung ist gering, bekannte ich. – Fortunata wollte das nicht gelten lassen. Die Hoffnung ist berechtigt, stellte sie fest. Man darf es sich nur nicht so schwer machen, das legt sich aufs Herz. Davon wird man zu traurig und kann nichts im richtigen Moment entscheiden. Fortunata fand auch, ich sei viel zu viel allein, meide die Gesellschaft und das Vergnügen, da werde man leicht zu ernst. Ein Wunder sei das aber bei mir nicht, weil ich so oft enttäuscht worden bin. – Ich gab Fortunata recht, man erwartet sich immer zuviel. – Leichtgläubig müsse ich gewesen sein, als Kind und Jüngling hätte ich die Welt zu rosig angesehen, ein Optimist, und dann sei leider das meiste anders gekommen. Es habe sich eben gerächt, denn jetzt sei ich oft unglücklich und verzweifelt. Fortunata schaute auf und sah mich an voll Mitleid.

»Sie sind eine gute Frau. Sie helfen sicher vielen Menschen, Sie haben das Herz auf dem rechten Fleck.«

Fortunata freute sich, daß ich ihre Güte anerkannte, und ich lobte sie noch mehr. Da faßte sie meine Hand noch zarter als vorhin und wußte so viel Schönes über mich, daß ich mich schämte. Ihr Lob dämmerte mich ein und klang so angenehm, daß ich mich nicht zu überlegen getraute, ob es stimme oder nicht; sie ließ mir kein Besinnen zu, fast ertrank ich im Trostschaum ihrer Schmeichelei. Fortunata rührte mit gleichmäßig dünner gedämpfter Stimme ihn so flink weiter, daß ich nicht merkte, wie schnell sie ihn zum Ende wölbte. Auf einmal schwieg sie und gab mir meine Hand zurück, die mir fast nicht mehr gehört hatte. Es traf mich zu plötzlich, das süße Hoffnungsgebräu war sofort weggeblasen; das schmerzte, es fröstelte mich, ein gelinder Ekel. Ich wollte aber nicht die Gewalt über mich verlieren und riß mich zusammen. Da lag meine Hand noch, fern und zart verbraucht, schuldige Adamshand mit zerfasertem Schicksal. Die Hand war aus der Erde gewachsen, durch den Tisch, eine fünfzackige Blüte, und gehörte nicht mir.

»Darf ich?« fragte ich. »Ist das meine Hand?«

Fortunata hatte ihren Kristall herangerückt und blickte beinahe verlegen.

»Wie, Ihre Hand? Mich stört es nicht, wenn sie auf dem Tisch liegen bleibt.«

»Immer? Für immer?«

»Warum denn das? Es ist doch Ihre Hand, die müssen Sie wieder nehmen.«

»Aber nicht jetzt gleich?«

»Nein. Wenn Sie weggehn.«

»Also muß ich wieder fort? Ich bin so gern bei Ihnen hier.«

»Warum wollen Sie nicht heim? Seien Sie vernünftig! Ihre Frau wartet auf Sie. Die Kinder.«

»Ja, das stimmt. Doch glauben Sie das wirklich?«

»Ja, freilich!«

»Wie schade! Ich wollte Sie nie mehr verlassen. Es geht mir bei Ihnen so gut.«

»Hier können Sie nicht bleiben, ausgeschlossen!«

»Und wenn ich Ihnen helfen würde? Als Diener? Einkaufen, Essen machen, aufräumen, helfen wo es was zu tun gibt?«

»Nein! Was fällt Ihnen denn ein? Mein Herr, wir müssen uns jetzt beeilen! Wenn wir noch den Kristall machen wollen, haben wir keine Zeit mehr. Es wollen auch andere Leute zu mir.«

»Sicher, das hoffe ich auch. Ich will das Glück nicht für

mich allein. Aber lassen Sie mich da! Bitte, probieren Sie's! Ich kann mich hinten verstecken, wenn ich störe, oder hinter dem Wagen warten, bis alles wieder vorbei ist. Sie können mich dann in die Stadt schicken, ich kann Wege erledigen oder aufpassen. Ich kann auch Leute suchen, denen erzähle ich von Ihnen und bringe sie mit. Die werden Sie dann alle glücklich machen.«

Fortunata schob ärgerlich den Kristall zur Seite, stand energisch auf und schaute mich gar nicht freundlich an. Sie wollte von meinen Vorschlägen nichts wissen und war daran, mir die Türe zu weisen.

»Sie wollen mich also nicht haben, und ich muß fort? Ach, haben Sie keine Angst vor mir! Ich will nichts Böses!«

»Wenn Sie jetzt sofort vernünftig sind und versprechen, daß Sie mir keinen Unsinn anstellen und nachher sofort verschwinden, dann mach ich noch den Kristall. Aber nur, wenn Sie das fest und heilig versprechen!«

Ich versprach es und war tief bedrückt.

»Sie sind sehr streng mit mir. Ich fürchte auch, Sie haben mißverstanden. Ich will nichts Unerlaubtes, ich bin ganz ungefährlich. Ich habe noch keinem Menschen was getan. Zu Ihnen bin ich gekommen, weil ich mußte, mit den besten Absichten. Sie sehen doch alles und wissen, daß ich nichts als Zweifel bin. Wie soll ich das ertragen? Nur in Ihrer Nähe wird es mir leichter. Darum gefällt es mir bei Ihnen besser als sonst irgendwo in der Welt, darum möchte ich Ihren Schutz für immer haben. Aber belästigen will ich Sie nicht.«

Fortunata mißbehagten meine Reden, sie wehrte ab, hörte wahrscheinlich gar nicht richtig zu, aber sie mochte mich bedauern und schien mir im Grunde zugetan, denn sie hob feierlich den Kristall, stellte ihn gewichtig vor sich hin und starrte grüblerisch ins Glas. Da durfte ich sie mit meinen zudringlichen Reden nicht mehr stören. Fortunatas Augen glänzten, als sie zu mir aufschaute.

»Sie müssen sehr vorsichtig sein, sonst passiert Ihnen was! Zu Wahrsagerinnen sollten Sie nie gehn, weil die für Sie gefährlich sind! Sie könnten dabei den Verstand verlieren!«

»Ich kann ihn nicht verlieren. Da irren Sie. Ich kann gar nichts verlieren, gar nichts. Hören Sie? Ich habe nichts. Ich bin nichts, überhaupt nichts! Ist schon jemand zu Ihnen gekommen, der nichts war?«

»Nein, aber Sie sind doch. Sie sind ein Mann und Vater.«

»Nein.«

»Ich hab Sie heut schon mit Ihren Kindern gesehn!«

»Sie sind nicht meine Kinder. Ich habe keine.«

»Die Hand hat es mir klar gezeigt, und Sie haben auch nicht nein dazu gesagt.«

»Ich bin oft zu schwach, um nein zu sagen.«

»Warum sind Sie hergekommen, wenn Sie nicht sind? Noch niemand ist gekommen, der nicht ist. Das gibt es nicht.«

»Noch niemand?«

»Niemand!«

»Also bin ich der erste Niemand.«

Fortunata sträubte sich dagegen, sie hielt mich für eigensinnig, für verrückt. Sie kümmerte sich nicht mehr um ihren Kristall, sondern schielte nach der Türe. Vielleicht wollte sie um Hilfe rufen. Ich mußte sie beschwichtigen, senkte meinen Blick und sprach eindringlich leise mit kaum geöffneten Lippen.

»Bitte, fürchten Sie sich vor nichts. Ich bin nicht wahnsinnig und mache Ihnen bestimmt nichts. Nichts kann nichts machen. Ich werde auch verschwinden, weil Sie es so wünschen. Sie brauchen niemanden um Hilfe zu rufen, denn Sie werden sehn, daß ich folgsam bin, ein Lamm könnte nicht sanfter sein. Bitte glauben Sie mir, ich bin nur zu Ihnen gekommen, weil ich fühlte, hier könnte ich werden, hier bei Ihnen. Ich brauche immer jemanden, damit ich bin. Das ist nicht verrückt. Erinnern Sie sich bitte, Fräulein Fortunata, daß ich nach meinem Eintritt gleich gefragt habe, ob ich bin, und Sie haben gesagt, daß ich das solange verschieben soll, bis Sie den Kristall nehmen.«

Statt zu klären, verwirrten eher meine Reden die Zigeunerin, aber ängstlich oder gar feindselig war sie nicht mehr.

»Ich sage Ihnen als die alles sehende und fehlerlos wahrsagende berühmte Zigeunerin Fortunata, daß Sie sind und daß Sie ohne Sorgen und für alle Zeiten beruhigt von mir fortgehen können, weil Ihnen nichts passieren wird. Sie werden auch sein, wenn Sie nicht mehr in meinem Wagen sind. Noch sehr lange werden Sie sein, weil Sie gesund sind. Sie werden behütet bleiben, und fast alle Ihre Wünsche werden sich bald und in aller Zukunft erfüllen, die meisten Sorgen und die böse Vergangenheit werden für immer weichen. Da werden Sie froh sein und alles Schlimme vergessen, weil alles so gut wird, wie ich es Ihnen sage.«

Fortunata trug das mit einem singenden Tonfall wie eine Märchenerzählerin vor. Weil sie dabei den Blick kaum von mir gewendet und darum den Kristall sicher nicht ordentlich beobachtet hatte, vertraute ich nicht allzu sehr den tröstlichen Worten.

»Haben Sie das alles im Kristall erblickt? Sagen Sie es nicht deshalb, weil Sie denken, daß ich das hören möchte?«

»Oh, Sie sind ein alter Zweifler! Natürlich seh ich alles im Kristall! Wie anders sollte ich es wissen? Sie müssen es mir glauben!«

Sie hob das Glas empor und spielte leicht mit ihm, um sein Geheimnis zu prüfen. Ich fühlte, daß ich nichts mehr erwarten durfte, und stand auf. Fortunata folgte mir.

»Noch eine Bitte! Dann will ich Sie nicht mehr stören. Erlauben Sie mir einmal, daß ich in Ihren Kristall hineinschaue?«

Fortunata hielt ihn an sich gepreßt und barg ihn mit beiden Händen.

»Das hat keinen Zweck, mein Herr. Sie verstehn ihn nicht. Sie würden nichts sehn. Nur mir verrät er die Wahrheit.«

Ich wankte zur Tür und war so verstimmt, daß ich mich nicht einmal bedankte oder verabschiedete. Es stieß mich die Treppe hinunter, ich sah mich nicht mehr nach Fortunata um und verschwand im Getümmel. Nichts hatte ich bei der Zigeunerin zurückgelassen, ich hatte mich mitgenommen; sogar meine Hand, die leicht schmerzte, war an meinem Arm haften geblieben, aber noch schwächer als sonst, und auch ich war kraftloser, war weniger denn je zuvor. Nur die nackte Scham torkelte durch das Gewoge, grelle Scheinwerfer und Ketten funkelnder Glühbirnen blendeten. Da war der vernachtete Himmel noch schwärzer, Staub und übersüßter brandiger Geruch schwemmten heran, und ich wußte nicht, woher die Tränen kamen, die meine Wangen netzten, Wangen des Ausgeschlossenen und Einsamen, den das Geklirr der greulichen Musik ausstieß, die kahle Luft des unwirtlichen Abends, die hastend sich vorwärts und rückwärts reibende Menge unvergnüglicher Leute, deren schwirrende Stimmen unausmeßbaren Ekel von sich schüttelten und aus glasig zerritzter Ferne in einem brodelnden Gemisch naßkalt unverständlich widerhallten. Schon hatte ich mich ein wenig aus dem Gewühl befreit und kreuzte die Straße, aber da umfing es mich wieder, nur der Jahrmarkt war hinter mir versunken, während die alte Stadt sich noch immer getraute zu sein, sie war, und ich war nicht, doch durch den bangen Schimmer ihrer Lampen hindurch sah ich sie nicht mehr; fremd drang ich vorwärts, denn die Straßen in ihrer fleckigen Beleuchtung kümmerten sich nicht um mich und waren, was ich bis jetzt nicht beachtet hatte, bloß mit dem verebbten Regen beschäftigt, der sich den Gehsteigen entlang in schmutzigen Rinnsalen oder da und dort in trübe spiegelnden Pfützen vereinigt hatte.

So ging ich verdrossen und bange, wobei ich gar nicht bemerkte, daß wir den Bahnhof schon erreicht hatten; Anna mit ihrem Bräutigam Helmut, Peter und der getreue Herr Geschlieder aus dem Museum waren mit mir. Sie gaben mir das Geleite und hatten nicht gestattet, daß ich mir meine Koffer und Taschen selber trage. Ganz unbeschwert sollte ich sein, so wünschten sie es, unbelastet von der Schwere des Abschiedes, ein freier Mann, der keine Sorgen haben durfte. Mir tat diese Rücksicht nicht wohl, denn ohne Gepäck in meinen Händen war es nicht sicher, daß ich zur Abreise bestimmt sei; ich kam mir als müßiger Zuschauer vor, der für nichts verantwortlich ist, und hatte zu befürchten, bei der Sperre oder nachher auf dem Bahnsteig nicht anerkannt zu werden. Ein Herr ohne Gepäck, so konnte man mir vorhalten, verdient kein Vertrauen, mag er noch so eifrig seine Fahrkarte schwenken. Gern hätte ich ein leichtes Gespräch versucht, aber die Kette unserer endlos klopfenden Schritte hatte es verweigert, die alte Stadt fesselte mich und hatte sich jede Rede verbeten. Auch jetzt noch gelang mir kein Wort. So verhielt ich mich still und ging voran, doch meine Schritte schienen seitlich auszugreifen, damit ich niemandem den Weg versperrte. Meiner Begleiter fühlte ich mich nicht sicher, sie konnten plötzlich alle verschwinden, das Gedränge war dicht, aber sie ließen mich nicht aus den Augen. Besonders Peter kümmerte sich und lachte mich witzig an, so gut er das mit seinem breit verzerrten Munde konnte. Anna verzichtete auf jedes Ermuntern und war doch meine einzige Hoffnung, daß meine Flucht gelingen werde. Nun staute es sich dichter vor uns, wir hatten die große Halle erreicht und standen still, zwischen viele Menschen gepreßt; wir konnten uns kaum rühren.

»Zu bald gekommen. Viel zu bald.«

Das sagte jemand; zähflüssig und fast nicht verhallend hielten diese Worte an, sie mußten von Peter stammen. Dann schwammen sie in schweren Wellen langsam fort und verfingen sich mühsam zwischen den trägen Zeigern der großen Uhr, die den Zugang zu den Zügen beherrschte und nur ruckweise ihre zeitgewinnende Aufgabe bewältigte. Helmut stellte fest, daß wir mindestens eine halbe Stunde zu warten hätten, bevor wir durch die Sperre dürften, und erinnerte sich auch, daß man Bahnsteigkarten kaufen müsse. Er schlug einen Besuch des Bahnhofrestaurants vor, eine Tasse Kaffee; auf dem Weg könne man die Karten besorgen. Ich war nicht gewillt, auch nur einen Schritt zu tun, der mich vom Zug entfernte.

»Daß es hier ungemütlich ist, gebe ich zu, aber vom Ausschank käme ich nicht weg. Geht, wenn ihr wollt, ich warte hier.«

»Die Züge werden ausgerufen«, beruhigte Peter.

»Das mag stimmen. Mir aber hilft das nichts. Ich muß hier bleiben, sonst komm ich nie mehr fort.«

»Geh«, sagte Peter, »und verdirb uns nicht die Freude!«

»Ihr könnt alle ruhig gehn. Ich werde nicht gekränkt sein. Ihr könnt dort bleiben oder zurückkommen, mir ist alles recht. Wir können uns auch gleich verabschieden.«

»Ja, Herr Doktor«, meldete sich Herr Geschlieder, »mich müssen Sie bitte jedenfalls entschuldigen. Sie haben Ihre Freunde da, und ich muß wirklich nach Hause.«

»Zu einem Kaffee darf ich Sie doch einladen?« rief Peter.

»Vielen Dank, aber es geht auf keinen Fall. Ich muß jetzt fort. Also lieber Herr Doktor, leben Sie wohl und vergessen Sie uns nicht! Viel Vergnügen drüben und kommen Sie gesund zurück!«

»Ich danke Ihnen, Herr Geschlieder, auf Wiedersehn! Bitte bestellen Sie Herrn Schnabelberger, Frau Dr. Kulka, Herrn Woticky und allen im Museum meine besten Grüße! Vor allem auch Ihrer lieben Frau! Ich danke Ihnen noch besonders, daß Sie mich begleitet haben und so nett zu mir gewesen sind!«

Herr Geschlieder empfahl sich, quetschte meine Hand, daß ich fast aufschrie, und schlängelte sich durch das Gedränge fort, wobei er mir noch mehrmals mit dem Hut zuwinkte, bis ich Hut und Geschlieder aus den Augen verlor. Peter war ungehalten, daß ich den Mann vertrieben hätte, und versteifte sich wieder darauf, wir alle, ich eingeschlossen, sollten Kaffee trinken gehen, bevor es zu spät sei. Mich ärgerte dieser Starrsinn, doch ersparte mir Anna die Mühe, etwas zu entgegnen.

»Es ist wirklich nicht so wichtig. Wenn Artur nicht will, können wir das Weilchen auch ohne Kaffee aushalten.«

Peter sah mich halb spöttisch, halb mitleidig an, ließ mich aber in Frieden.

»Die im Museum also glauben noch immer, daß du zurückkommst! Warum hast du ihnen bis zum Schluß nicht die Wahrheit gesagt?«

»Ich konnte nicht. Sie hätten mich vielleicht nicht fortgelassen. Frau Dr. Kulka war bis zum letzten Augenblick gegen die Reise und wollte nicht verstehen, was ich mir vom Ausland erwarte. Man bleibt im Land und nährt sich redlich, das ist ihre Ansicht. Wer heute fort will, ist bestimmt ein Feigling und außerdem ein schlechter Patriot. Meine Befürchtungen für die Zukunft hier und für mich persönlich hat sie lächerlich genannt. Sie konnte auch keinen Nutzen für das Museum erkennen, wenn ich draußen berichte und wirke. Ihrer Meinung nach kann das alles schriftlich besorgt werden. Man soll eher trachten, Besucher ins Land zu ziehen, die für uns draußen besser werben als unsere Mitarbeiter auf Auslandsreisen. Sie mißtraut mir. Sie mißgönnt mir sogar die paar Photos, die mir Schnabelberger mitgegeben hat. Sie hat mich nie gemocht. Was ich gearbeitet habe, ist ihr nie recht gewesen. Alles, was ich machte, nannte sie eine fleißige, aber höchst überflüssige Spielerei. Möglichst viele Kunstwerke retten, bewahren, schön beschreiben und geschmackvoll ausstellen, das ist nach ihrem Sinn. Aber ein menschliches Zeugnis für die Vergangenheit und für die jüngste Tragödie abzulegen, das hält sie für eine Nebenaufgabe, die man besser den Archivaren und Historikern überläßt. Ein Museum muß den Lebenden dienen, nicht den Toten, das ist ihre Parole, und damit hat sie sogar recht. Nur meint sie es anders wie ich. Jedenfalls hat sie die Vorbereitungen zu meiner Reise mit Argwohn beobachtet und eine Empfehlung des Museums ans Konsulat wegen eines Visums beinahe hintertrieben. Ich weiß, Sie wollen nur durchbrennen, hat sie gesagt, aber ich warne Sie, mich genauer in Ihre Pläne einzuweihen, denn sonst funke ich Ihnen dazwischen, und aus der Reise wird Wasser. So mußte ich mich verstellen, doch ahnen natürlich die meisten im Museum was ich vorhabe. Manche beneiden mich dort, ja, wenn wir auch so könnten. Herr Schnabelberger hat sich übrigens redlich für mich eingesetzt. Ob er dabei ganz selbstlos handelte, möchte ich allerdings bezweifeln, er wird mich recht gern los. Das verüble ich ihm aber nicht, denn ich hab ihm vieles angestellt.«

Ich war ins Schwatzen geraten, und hätte noch fortgesetzt, wenn ich nicht erschrocken wäre, daß mich jemand belauschen könne. Dann wären meine Absichten schnell durchkreuzt worden. Heimliche Auswanderung sah man nicht gern. Ich schlug mir leicht auf den Mund und senkte den Blick, meine Wangen glühten. Helmut hatte sich durch die Menschen einen Weg gebahnt und kam mit roten Bahnsteigkarten zurück, die er verteilte.

»Für mich?« fragte ich schwach.

»Wie?«

»Ich begleite doch auch, und du hast bloß drei Stück gebracht.«

»Bist du närrisch?«

»Warum närrisch? Ich will mich begleiten. Findest du das so sonderbar?«

Anna stieß Helmut an, um ihn von einer Antwort abzuhalten. Dann sprach sie leise auf mich ein, damit es kein anderer höre.

»Wir passen schon gut auf, damit du uns nicht stecken bleibst. Die Zeit ist vorgerückt. Fürchte dich nicht! In zehn Minuten oder längstens fünfzehn, und sie lassen uns durch. Dann gehst du vorwärts, ohne Angst zu haben, zeigst dem Mann die Karte, er prüft dein Fahrscheinheft nicht weiter, zwickt nur durch und schaut dich dabei nicht mal an. Das ist nicht schrecklich. Dann bist du schon beim Zug. Den richtigen Wagen finden wir. Die Platzkarte hast du bereit, sie steckt in deiner rechten Westentasche oben. Nur nicht nervös sein! Versprich mir das! Versprich es dir auch selbst! Dann sitzt du schon auf deinem Platz. Wir sorgen fürs Gepäck, daß du es gut verstaust. Wir bleiben auf dem Bahnsteig, bis der Zug abgefahren ist. Wir winken dir und wünschen Glück. Dann fährst du, fährst, fährst immerzu ins Leben, in die Zukunft. Bald ist morgen, gestern ist vergangen, bald auch heute hinter dir! Du wirst es schaffen. Bleib ruhig, wenn die Grenze kommt. Auch dort passiert dir nichts. Dein Paß ist echt, die Visen alle gut. Du zeigst den Paß und alles, was sie wollen, aber es fällt gut aus, weil alles in Ordnung ist. Da wird ein jeder freundlich zu dir sein. Dann fährt der Zug schon wieder, und du bist über der Grenze. Du kannst jubeln, die letzten Sorgen fallen von dir ab, die Freiheit ist gewonnen. Dann wirst du müde sein, ganz müde, aber glücklich. Du mußt schlafen, damit du, wenn du ankommst, frisch und munter bist.«

So und noch länger redete Anna begütigend mir zu. Ich war ihr dankbar und liebte sie in diesem Augenblick, daß mir bange davor wurde, sie zu verlassen, die mir so viel Gutes erwiesen hatte. Die erste Nacht nach meiner Rückkehr wurde mir gegenwärtig, die Tage im Waldgebirge vor wenigen Monaten. Aber ich wußte auch schon, daß ich recht getan hatte, nie um Anna zu werben und sie nicht in meine Unsicherheit zu reißen, die sie beschirmen, doch nicht abwenden konnte. Ich freute mich, daß sie in Helmut einen liebenswürdigen Mann haben würde, wie sie ihn brauchte, jemanden, der stark und einfach war, stets bestimmt und nie fragwürdig, der nicht nur Ziele vor sich sah, sondern ihnen unbeirrt entgegenging. Anna brauchte einen Halt, nicht meine Abgründe und meine unerlösbare Vergangenheit; außerdem waren Hermanns und Franziskas Schatten zwischen uns und das dunkle Geschick der Vaterstadt, das ihr ohne mich nichts anhaben mußte, uns zusammen aber in aller Welt nie freigegeben hätte.

»Es soll dir bald gelingen, Anna, dir und Helmut. Es ist gut zu wissen, daß es standhafte Seelen gibt und nicht nur Verlorene.«

»Du bist nicht verloren, Lieber, du wirst dich bald davon überzeugen.«

Oft hatte mich Anna trostreich und fast zärtlich angesprochen, nie aber hatte sie ihrer Stimme für mich solche Wärme verliehen. Hatte ich mir nicht doch den einzigen Menschen, der zwar mich kaum verstand, jedoch von mir in meiner Not fast alles wußte, in meiner Torheit entgehen lassen? Es mochte eine Warnung sein, daß man noch immer nicht auf den Bahnsteig durfte, eine letzte unwiederbringliche Gelegenheit; ich mußte mich noch nicht in die Unsicherheit hinausführen lassen, ich konnte noch ein Wort wagen, Anna eine Entscheidung anbieten, den hübschen munteren Helmut ausstechen, der gutmütig schmunzelnd neben uns stand und im Herzen wahrscheinlich froh war, daß ich das Feld für immer räumte. Neid erregte mich, der Helmut war gesund, die Augen kaum von Leid genetzt, ich aber zitterte, meine Augen hatten keine Kraft, alles um mich herum zerlöste sich, verschwamm in einen nieselnden Dunst. War Anna noch neben mir? Ich getraute mich nicht, zu ihr zu blinzeln, um mir die Enttäuschung zu verhehlen, daß sie schon zu Helmut gehörte und sich vielleicht an seine Schulter lehnte. Zwischen Anna und mir eine Wand, nur hauchdünn, durchsichtig sogar, dennoch undurchdringlich und endgültig. Ich hatte Anna verloren, weil ich dumm und mutlos war. Was half es da, wenn ich ihre Stimme noch so nahe hörte?

»Es wird alles recht sein. Du sollst dir keine Sorgen machen. Wir zwei sind gute Freunde, gehören aber nicht zusammen. Das mußt du wissen.«

Ich hauchte Anna einen Dank und schämte mich.

»Peter, jetzt bist du mich los.«

»Ein Weilchen dauert's noch, auch ohne Verspätung.«

»Aber bald, auch mit Verspätung. Solch eine Last von Nichts auf einmal weg ... Wie wirst du erleichtert sein! Oder tut's dir leid?«

»Ich werde mich zu fassen wissen.«

»Das hoffe ich. Es ist ja auch schöner, das Zimmer für sich allein zu haben. Du Ärmster wirst noch viel nach mir aufräumen müssen! Nichts, und doch so viel davon geblieben.«

»Das ist ja gut. Da werde ich zugleich lachen und weinen, daß du fort bist, und mich schließlich beruhigen.«

Anna hatte sich Helmut zugekehrt und spielte mit seiner rechten Hand. Er freute sich, aber als er merkte, daß ich es beobachtete, wurde er verlegen. Er war ein dummer Junge.

»Ein Prachtkerl, deine Anna!« sagte ich ungezogen und fast zu laut.

»Das will ich meinen!« gab er stolz zurück.

Er wollte etwas hinzufügen, doch Anna schlug ihm den Zeigefinger gegen den Mund, daß er schweige.

Ein Eisenbahner hob eine Fahrttafel hoch und schob sie in den Anzeigerahmen; der Schnellzug ins Ausland war angekündigt, man rief ihn auch aus. Ich nestelte in meiner Rocktasche, zog mein Fahrscheinheft heraus und wollte zwei Koffer heben, aber selbst noch jetzt vergönnten mir die Freunde nicht diese Sicherheit. Peter war geschwinder als ich und hielt schon meine Koffer, obwohl noch reichlich Zeit gewesen wäre, weil die Wartenden sich im Andrang nur langsam voranschoben. Mein kleines Köfferchen und die Tasche brachte ich gleichfalls nicht in meine Gewalt, Anna und Helmut waren mir zuvorgekommen.

»Beide Koffer, das erlaub ich nicht, Peter! Einen mußt du mir geben!«

Er lachte bloß. Ich glaubte ihm nur Hohn und keinen guten Willen in diesem Augenblick.

»Du mußt, du mußt!« bettelte ich, doch war es vergeblich.

»Du wirst noch genug zu schleppen haben, lieber Artur. Jetzt mußt du mir das Vergnügen gönnen.«

Ich hätte Anna um ihre Beute bitten können oder Helmut, aber ich wollte beide nicht kränken; wenn Peter meine Sachen trug, mußten sie desgleichen tun. Nur stockend gelangten wir im dicken Strom voran; ich sah zur Uhr empor, der Minutenzeiger zuckte und sprang ruckhaft bis zum nächsten Teilstrich vor. Keine geduldige Uhr, sie stottert, dachte ich. Meine Begleiter gerieten vor mich. Das war mir recht, im Rücken mochte ich sie nicht haben, anders wäre mir es unbehaglich gewesen, obwohl es nicht recht verständlich ist, warum ich die Nachhut bilden wollte. Ich hätte mich in der Mitte halten sollen. Peter stemmte sich als erster voran, was ich gut fand; sein unbekümmerter Leichtsinn hemmte ihn nicht, da war er der Lage am besten gewachsen. Geschickt wand er sich bis zur Sperre, schon war er durch und hatte keinen einzigen Blick für den Zangenmann in seinem Verschlag. Anna trippelte nach und lachte den Eisenbahner an, als wisse sie ihm für die Größe seines Wohlwollens unendlichen Dank. Helmut wollte folgen wie ein unschuldiges Kind.

Plötzlich war es mir unangenehm, der letzte zu sein; einen Hintermann haben wäre besser, denn nun befürchtete ich, meine Freunde aus den Augen zu verlieren und mit meinem Fahrscheinheft länger aufgehalten zu werden, als mir lieb wäre. Aber ich konnte, ohne peinlich aufzufallen, Helmut nicht mehr zuvorkommen, ich hätte ihn zupfen müssen oder gar beiseite stoßen. Das ging nicht, ich mußte mich geduldig fügen und in der Nachhut bleiben. Helmut siebte sich schon harmlos durch die Sperre. Nun mußte ich nur einen Schritt heran, um mich dem Zangenmann zu stellen, der nach mir, dem nächsten in der Reihe, bereits ernst und kühl äugte, aber es war mir fast unmöglich, mich zu bewegen. Noch einmal wollte ich den Zeitlauf der Uhr in der Halle erspähen, mein Blick schoß fast gewürgt empor und faßte nicht mehr das Zifferblatt. Doch noch immer zögerte ich, ein winziges Weilchen war mir gestattet, ein letzter Zeitrest für diese Stadt; der dunkle Sinn des Wortes Aufenthalt wurde mir jäh bewußt. Hinter der Sperre gab es für mich wohl noch den Bahnhof, aber keinen Aufenthalt mehr, nicht mehr die Stadt. Wenn ich sie auch freiwillig verließ und nichts anderes wünschte – diese Sekunde fast schon seit dem Tage der Rückkehr mein einziges Ziel, das ich so oft mit kaum bezähmbarem Verlangen herbeigesehnt hatte –, jetzt bangte mir trotzdem davor, ich fühlte mich verächtlich und verworfen, denn mit dem gewährten Ziel war ich ausgestoßen und ohne Aufenthalt, hatte in meiner Vaterstadt kein Recht mehr auf ein Grab, nicht einmal mehr auf ein Gedenken, denn alles versank: Kindheit, Elternhaus, Glück und das heiße Unglück. Doch nein, das Unglück haftete, nur wurde es anders, verwandelte sich in einen verfolgenden Aufruhr; das war ein Unglück, das bei der Sperre hinter mir herstürzte, schon war es mir aufgebürdet und klemmte sich am Nacken fest; da mochte ich mich schütteln, wie ich wollte, aber das war kein Gepäck, das jemand mir abnahm. Darum war es noch eine gesegnete Fügung, wenn meine Freunde die Sachen beförderten, ich jedoch die Hände frei hatte und pendeln lassen durfte, nichts beweisende Uhren einer erlittenen, doch nirgends verbuchten Zeit, die sich in abgeschnittenen Fernen vertrödelte, weithin in einsam verkrümmten Winkeln dieser Stadt. Dahin sollte ich meinen Blick nochmals strecken, um diese Verstecke aufzuspüren.

Wirklich, ich versuchte den Blick hinter mich zurückzuzwingen, es war noch möglich und nicht verboten, aber ich wagte es trotzdem nicht, wieder einmal ein Feigling; welche Strenge hinter mir loderte, ließ beklommen sich ahnen. Ich hob mein Fahrscheinheft hoch, es war die einzige Waffe, die mich retten konnte, doch umklammerte ich sie zu krampfhaft, so taugte sie zu keinem Gefecht, und da stand ich noch immer gelähmt, meine Begleiter schon weit voran, nicht mehr Begleiter, sondern Fahnenflüchtige, die ihren Gefährten verlassen und verraten haben, daß er allein sich seinem Verderben liefere. Die Lippen des Zangenmanns klafften auf, fleischige gesunde Lippen, sie enthüllten ein mächtiges Gebiß, vom Pfeifenrauchen gebräunt, eine mächtige Zunge wuchs aus dem Schlund, die wälzte sich schwer und lüstern im Munde. Die Nase des Untiers ballte sich knollig und erzrot, die Löcher wulstig, verklebte Haare staken darin. Eine Stimme drang aus dem Rachen, die Rechte schwang die Zange, ein schwarzer Daumen preßte wippend gegen ihren Hebel, so daß ihr einziger Zahn malmend in die Leere kaute. Ich hörte aber nichts und war verlegen. Weiter zu säumen, war nicht erlaubt, und mochte auch mein Zögern viel kürzer dauern, als es mir in dieser Bangnis erschien, so währte es doch zu lange, um den Zangenmann für mich günstig zu stimmen.

Hinter mir drängten sich Leute, ich durfte kein Verkehrshindernis werden; bei den Sperren nebenan hatten mich bereits einige Passagiere überholt. »Ich komm schon, komm schon«, flüsterte ich entschuldigend, doch lautlos und schaute dem auf hohem Sitze wartenden Gebieter so unbefangen und meiner vermeintlich gerechten Sache so getrost entgegen, als ich nur vermochte, und er war gnädig, lächelte mich und mein Heft mit anfeuerndem Zuvorkommen an, als freue er sich meiner langen Reise. Ich war nun unmittelbar in der Sperre, umspannte aber noch immer meine untaugliche Waffe. Da war es der Zangenmann, der sie mir nachsichtig sanft entriß, doch nicht ich, der sie ihm willig opferte. Auf einmal war ich nichts für ihn; mit der Hingabe dieses Ausweises hatte ich alles eingebüßt, was mir den letzten Abglanz eines dürftigen Ansehens bis jetzt gewahrt hatte. Ehrfürchtig und mit verschleiertem Blick verfolgte ich alle Mienen und Bewegungen meines Meisters, wie er sich mit rührender Geduld dem Heftchen widmete, den roten Umschlag, der sich trotzig sträubte, siegreich öffnete und umbog, die vielen Fahrscheine abtastete, als wollte er sie zählen. Doch das tat er nicht, untersuchte sie nicht einmal, sondern schien nur von dem stattlichen Bündel erfreut und gab sich Mühe, zwischen zwei Fingern den ersten Schein zu klemmen, der noch widerspenstiger als die Hülle war, aber mein Gebieter wußte sich zu helfen, netzte mit der Zunge seinen Zeigefinger; da fügte sich der Schein der List und wurde durchgezwickt. Nun war der Meister befriedigt und faltete das Heft zusammen, es war gut. Ich durfte es wieder haben, der Mann schaute auf, schob das Heft in die beglückte Hand, und rief »Danke!«

»Dritter Bahnsteig, erstes Geleise! Glückliche Reise!«

Wie lieb hatte er sein Reimsprüchlein gerufen! Ich war schon durch die Sperre gerutscht, drehte mich aber noch einmal um, und zum Dank für das große Entgegenkommen und den freundlichen Wunsch verneigte ich mich leicht. Der Zangenmann schaute mir nicht nach und beachtete leider auch nicht meinen höflichen Abschied. Er hatte anderes zu tun und prüfte die Karte des nächsten oder wer weiß wievielten Reisenden. Ich steckte mein Fahrscheinheft in die Tasche und schaute ein letztesmal in die weite Halle zurück, fast entquollen mir Tränen. Dennoch war ich sehr erleichtert und hatte auch keine Zeit, in schwermütige Rückzugsgedanken zu versinken; längst waren meine Freunde die Stiege hinunter und weit vorangeeilt, ich konnte sie in der Düsternis des langen Ganges kaum erblicken. Es wäre undankbar gewesen, sie länger warten zu lassen oder gar zu nötigen, einen zurückzuschicken, um den Grund meines erbärmlichen Säumens zu erkunden. Ich winkte ins Blinde hin, um Geduld für mich zu erbitten, denn ich konnte noch immer nicht vorwärts. Wie stets, hatte ich auch heute meinen Mantel offen, eine Gewohnheit, die ich von meinem Vater übernommen habe, doch nun drängte es mich, den Mantel ordentlich zu knöpfen, ich wollte fertig aussehen, richtig reisefertig. Leider war der Mantel etwas eng, es war ein geschenktes Stück, das Peter irgendwo ergattert und mir gleich zugedacht hatte, weil seine Hände bis zu den Fingerspitzen in den Ärmeln verschwanden. Nun, war der Mantel auch eng, ich mußte mich in den Verschluß zwängen, die frisch umnähten Knopflöcher in dem dicken Stoff sträubten sich klobig gegen die zu großen Knöpfe; es war unbehaglich, es dauerte lange, ich hielt mich viel zu sehr damit auf und wurde ärgerlich. Doch konnte ich mir nicht helfen, es mußte sein, mochte auch der zugeknöpfte Mantel, dessen ich mich im Zuge gleich wieder entledigen würde, noch so zwecklos sein. Jetzt beruhigte es mich, und als ich endlich fast großartig die Treppen hinunterstieg, gab mir mein Panzer ein wenig Sicherheit, obwohl ich gleichzeitig über meine Torheit lächelte. Unten beschleunigte ich meinen Schritt, damit ich meine Freunde erreiche, deren Nachsicht ich mit einem Blick erflehte. Peter schüttelte halb verdrießlich den Kopf und lachte mich aus.

»Erst kann dir's gar nicht schnell genug gehn, und dann läßt du uns eine Ewigkeit warten. Mir scheint, du willst nicht wirklich weg.«

Ich stotterte etwas Albernes, man habe mich bei der Sperre so lange aufgehalten. Peter glaubte mir kein Wort, was ich spürte, aber ich schwieg. Die Freunde nahmen das Gepäck auf, und wieder kämpfte ich vergeblich darum, wenigstens ein Stück zu erobern. Wir erreichten den dritten Bahnsteig, der lange Zug stand bereit, ein Schaffner wies mir meinen Platz an, es war ein Ecksitz in der Fahrtrichtung. Wir alle bestiegen den Wagen, Peter verstaute mein Gepäck, ohne nach meinen Wünschen zu fragen, doch hätte ich es angenehmer nicht einrichten können. Er war auch stolz darauf und sagte: »Jetzt bist du gut versorgt.« Auf diese Worte war nichts zu entgegnen. Es war überhaupt nichts zu sagen. Umständlich knöpfte ich den Mantel auf, hängte ihn an den Haken und stülpte den Hut darüber. Ich war befangen, fühlte mich leer und elend und auf einmal auch so unbekleidet, daß ich den Mantel wieder vom Haken nahm und hineinschlüpfte. Sogar den Hut setzte ich auf und hätte mir noch am liebsten Handschuhe angestreift, die ich sonst nie benütze. Es war bis jetzt kein anderer Reisender in mein Abteil gekommen, außer meinem eigenen Sitz war kein zweiter vorbestellt. Nachdem sie alles für mich eingerichtet hatten, setzten sich die Freunde ungezwungen, als wären sie hier zu Hause. Ich als einziger stand da, fremd und nicht zugehörig, während meine Begleiter so taten, als wäre die Abfahrt ihnen zubestimmt. Ich hätte sie ihnen gegönnt, möglichst schon heute, aber weil das nicht ihr Zug war, ärgerte mich dieses unbefangene Betragen. Das merkte Peter wohl kaum, doch störte es ihn sehr, daß ich mich nicht setzen wollte.

»Warum bist du so nervös und ungemütlich? Man kann das nicht mit ansehn! Ist dir am Ende kalt?«

»Ich glaube, wir gehn am besten draußen auf und ab. Es ist noch reichlich Zeit.«

»So so«, sagte Peter. »Nun, wie du willst.«

Er schoß sofort vom Sitz empor, Helmut folgte langsamer, Anna bereitete der Entschluß zu diesem Aufbruch einige Mühe. Vielleicht war sie müde, vielleicht traurig. Ich hätte ihr zuliebe rücksichtsvoller sein sollen; schon tat es mir leid, daß ich wegen meiner ungeduldigen Mißgunst den Frieden des Abschieds so zerstörte. Am liebsten hätte ich reuig erklärt, daß es mir auch recht sei, mit allen gemütlich im Abteil zu sitzen, aber Peter war so schnell aufgesprungen, ich fand es frech, daß er mein Einlenken als vermeintlichen Wankelmut nur häßlich mißdeutet hätte. Das wollte ich nicht haben. Deswegen blieb ich fest, verließ als erster das Abteil und durcheilte mit kräftig schlagenden Schritten den Gang, bloß um meinen Begleitern jedes Anrecht auf einen weiteren Aufenthalt im Zug zu rauben. Schon stand ich auf dem Bahnsteig und blickte verdrossen den Freunden entgegen, die sich merkwürdig schwerfällig einer nach dem anderen dem Ausgang näherten und, so schien es mir, ärgerlich und beinahe unbeholfen die Trittbretter hinunterstolperten, jeder eine Hand an der Griffstange, was mir albern vorkam, aber mich belustigte. Anna jedoch, die als letzte folgte, war erregt und – das sah ich jetzt deutlich – sehr müde. Ich weiß nicht, was mehr zutraf, entweder daß es mich schmerzte oder daß ich sie bedauerte, wie gealtert sie wirkte und hilfloser, als sie mir je zuvor erschienen war. Helmut, sonst achtsam, vergaß nach seiner Braut sich umzublicken. Da sprang ich hinzu und hob sie beinahe herunter.

Der Bahnsteig war wenig belebt; nach dem Andrang in der Halle überraschte mich das. Die Reisenden hatten sich wohl auf den langen Zug verteilt oder zu anderen Zügen begeben, wenige Menschen hatten im Ausland zu tun oder sie durften nicht fort. Wir schritten auf und ab, und bald fügte es sich, daß wir zu zweit gingen, Peter und Helmut voran, Anna mit mir ihnen nach. Die beiden Männer unterhielten sich harmlos und lustig, mich stieß es ab, noch vor dem letzten Abschiedsgruß waren sie mir entfremdet. Helmut gerann zu blasser Freundlichkeit; ich fühlte mich keines Neides ihm gegenüber mehr schuldig und schämte mich jetzt eher für ihn als für mich, ich hatte nichts mehr mit ihm zu tun. Auch Peter, der oft so Getreue, der unermüdliche Gehilfe meines täglichen Daseins, entglitt, er gehörte nicht mehr zu mir; wenn ich mich jetzt von ihm abkehrte und leisen Widerwillen gegen ihn empfand, was sicher nicht schön war, so war ich doch unfähig, meinen Undank mir einzugestehen. Peter galt allgemein als hübscher Junge, auch Anna meinte das, selbst ich hatte das geglaubt. Jetzt sah ich nichts mehr davon, sondern empfand seinen wiegenden Gang, die schlenkernden Arme, ein geziertes Hochziehen der Schultern und sein ganzes Gehaben als komisch. Ich vermied möglichst seinen Anblick; es wäre mir gemein erschienen, weitere Mängel seiner Gestalt und Erscheinung zu entdecken. War ich ungerecht, weil er für mich nur Vergangenheit bedeutete, ein unliebsamer Zeuge meiner Erniedrigung? Das hätte ich Anna gerne gefragt, um mein Gewissen zu entlasten. Doch was hätte ich anderes damit gewonnen als Mißverstand? Mich hätte es in ein schiefes Licht gerückt, uns beide aber nur beklommen, während ich nichts so sehr zu vermeiden wünschte, als diese unwegsamen Minuten, die keinem gehörten, überflüssig zu beschweren.

Es war schwierig, ein Gespräch zu beginnen, aber nicht wegen der Heiligkeit dieses Abschiedes, sondern wegen der Bedrängnis, die uns umklammerte. Es war das sinnlos grausamste Verweilen, das ich mir denken kann, eine künstlich zurückgehaltene Trennung, die sich bereits verwirklicht hatte und sich doch noch nicht als gültig anerkennen wollte, bloß weil der Fahrplan der Eisenbahn an uns zufällige Zeit verschwendete. Da mußte jedes Wort schal ausfallen, wäre es noch so tiefsinnig versucht worden, eine widerlich lauwarme Sentimentalität; der lockernde Witz, der das hätte heilsam zerstören können, blieb mir verweigert. Gleichzeitig warf ich mir vor, daß ich zu armselig sei, um den Ernst des Abschiedes würdig zu bestehen, denn er wäre es wert gewesen, in sich zu gehen, das geschehene Leid noch einmal oder eigentlich jetzt erst in einem kühnen Aufschwung um sich zu versammeln, Anna und mich in die Mitte zu stellen und uns beiden die Freiheit zu verleihen, daß der Augenblick gesegnet sei. Aber keine solcher Möglichkeiten lagen auch nur mit einem Zipfelchen im Bereich meines Vermögens.

Anna wie ich fühlten, ohne es auszusprechen, was dieser Bahnhof so oft bei Abreisen und Ankünften unserer Toten wie uns selbst bedeutet hatte, Ausgang und Einkehr im gleichen ungebrochenen Dasein und nicht im Zeichen des gespenstigen Schreckens, der uns Zerstörung und Verhängnis bescherte. Darüber war zu schweigen. Es war auch nicht daran zu erinnern, daß wir im letzten Widerhall aller uns ersinnlichen Vergangenheiten von hier nach dem Waldgebirge gefahren waren und nach der gekrönten Woche beklommen unter zag sprossenden Scherzen hier wieder in die Tage mündeten, die uns kahl umfingen, trüber denn je zuvor. Wagte ich noch zu denken? Schon fort sein, das war doch kein Gedanke! Darum wünschte ich mir bloß, im bereits fahrenden Zuge zu sitzen, denn früher durfte ich die Trennung nicht verlangen; ich lauerte darauf, wann endlich die Pfeife des Schaffners die Fahrt befehlen würde.

Anna mit ihrem lautlosen Gang, der mich jedesmal von neuem überraschte, bewegte sich im stillen Gleichschritt neben mir, jetzt wohl noch leiser als sonst. Ich beobachtete, wie sie ungezwungen ihre Füße auf den harten Beton aufsetzte und wollte es ihr nachmachen, doch so vorsichtig ich meine Tritte zu lenken trachtete, so blieb doch der Aufschlag meiner Absätze stets zu hören. Ich schaute auf Annas und meine Füße; höher zu blicken oder gar das Antlitz der Freundin zu suchen, versagte ich mir.

»Wie leise du gehn kannst, Anna. Das habe ich immer bewundert.«

»So? Dann wirst du es vielleicht nicht vergessen.«

»Warum denn vergessen?«

»Nun, du wirst nicht. Manches vergißt sich nicht. Oft etwas Unwichtiges, eine Nebensache.«

»Daran knüpft sich das andere.«

»Ja. Ich denke, besonders für Männer. Bei mir zumindest, Artur, ist das anders. Da gibt es fast nur lauter Nebensachen.«

»Aber Hauptsachen?«

»Ein zu großes Wort. Ich liebe das nicht. Man geht leicht dabei unter.«

»Du hast recht, Anna. Doch es gibt Hauptsachen. Ja. Es muß welche geben. Ich stelle sie mir vor. Sie verfolgen mich. Nur habe ich keine Hauptsachen. Das heißt, ich kenne sie nicht. Und darum denke ich, daß sie mich verfolgen.«

»Du mußt das aufgeben, diese Quälerei! Das ist mein größter Wunsch für dich. Im Gebirge, da war es besser mit dir. Die Hauptsache war klar, und du sahst auch die Nebensachen. Gleich warst du viel zufriedener.«

»Das stimmt nicht ganz. Aber selbst wenn es stimmt, sind doch die Nebensachen nur der liebe Zierat, freilich sehr lieb, und welch ein Glück, ihn nicht entbehren zu müssen. Trotzdem, ich sage dir, Anna, die Hauptsachen bleiben, sind irgendwo. Wenn ich sie finden würde, auch nur eine, die Wand wäre durchstoßen oder, und das dürfte noch besser sein, sie wäre hinter mir. Wie nach einem Sprung über die Grenze.«

»Stimmt! Deine Reise, Artur. Dort!«

»Ja, dort. Ich bin noch nicht dort, und dort kann hier sein, überall und nirgends.«

»Warum fährst du?«

»Ich muß. Du weißt. Frag mich nicht danach!«

»Also dort.«

»Ja, dort, eine Änderung zumindest. Aber die Hauptsache, das weiß ich auch, die ist damit nicht gewonnen.«

»Du sagst, du kennst sie nicht. Weißt du sie nicht jetzt, in diesem Augenblick?«

»Das wünschte ich. Aber so viel nachdenken kann ich gar nicht. Es geht über meine Kraft.«

»Man spricht von Frieden.«

»Anna, Frieden, ja ..., man spricht davon. Trotzdem, es muß noch etwas anderes sein, etwas ganz anderes, eine Hingabe ans Nichts, damit man aufersteht im Sein. Sag ich's kurz als Leitspruch, dann heißt es: Durch Nichts zum Sein. Das ist das Geheimnis, aus dem die Welt erschaffen ist. Wir Menschen dann ...? Das wäre die Aufgabe, weißt du, die Hauptsache. Wir sollen das wiederholen. Ach, was erzähle ich dir da? Die Wand, die Wand ..., die Hauptsache dahinter ...«

Anna wollte etwas antworten, sie setzte schon an, aber sie fing den Ausspruch gerade noch auf und erwiderte nichts, weil sie entweder fühlte, ich könnte es nicht ertragen, oder dachte, daß sich keine Antwort schicke. Wahrscheinlich hatte sie sagen wollen, mein verwegener Wahlspruch und all das Gerede sei ihr zu hoch. Wir blieben vor meinem Wagen stehen. Nach einem Weilchen schlossen sich uns die Männer an, ihre gute Laune keck ins Gesicht gepflanzt. Peter und Helmut waren gerade den Zug abgelaufen und meldeten, daß viele Plätze frei waren, ich hätte keinen Sitz vorbestellen müssen. Peter hatte auch die Lokomotive inspiziert, als die angekoppelt wurde, und sich ihre Nummer gemerkt.

»Willst du sie notieren?«

Er nannte sie langsam und setzte mit der Sicherheit des Fachmanns hinzu: »Eine prima Maschine. Die wird es schaffen, daß du heil über die Grenze kommst.«

Er war absichtlich in einen so komischen Tonfall geraten, daß wir alle lachten.

»Ich wünschte euch bald dieselbe Lokomotive!« rief ich fröhlich.

»Wenn ich einmal weg kann, dann flieg ich! Die Eisenbahn ist mir zu langsam.«

»Lieber heute mit dem Zug«, bemerkte Helmut, »als morgen mit der Eisenbahn!«

»Lieber heute mit dem Flugzeug«, sagte Peter dümmlich, »als morgen mit dem Zug!«

Darüber lachte keiner mehr, aber mich hatte dieses Gerede aufgelockert; ich konnte alle und selbst Anna unbefangener betrachten. Hauptsachen oder Nebensachen, das mußte mich nicht mehr beschäftigen. Es war mir angenehm, daß sich jetzt die drei mir gegenüberstellten, Anna zwischen den Männern, aber näher bei Helmut, fast angelehnt an ihn, der diese feine Regung nicht recht begriff, doch mit verlegenem Stolz sich gern gefallen ließ, während mir Annas Verhalten tröstlich war und mich umso sicherer ausschloß und entfernte. Es war mir recht, diese Gruppe so noch eine Weile zu betrachten, denn es wappnete mich. Darum ließ es mich auch unberührt, daß sich die Abfahrt, wie Helmut feststellte, schon etwas verspätet hatte; ich hätte es nicht einmal bemerkt, so gleichgültig war mir im Augenblick die Reise. Peter schien es unbegreiflich, daß ich zu Helmuts Meldung nichts zu sagen hatte, und als ich auch herausgefordert nicht die Geduld verlor, begann Peter mich mit schnippischen Einfällen zu reizen, daß ich wohl doch ein zu schwerer Fall sei, nur deshalb rühre sich der Zug nicht vom Fleck. Da ich noch immer schwieg und dem Burschen nur höflich grinsend zunickte, wurde er geradezu bissig.

»Dir ist ja immer das Herz in die Hosen gefallen, daß etwas noch im letzten Augenblick dazwischen kommen könnte. Jetzt scheint das der Fall zu sein. Siehst du dort den Polizisten mit dem Eisenbahner? Sie tuscheln auffällig zusammen. Vielleicht holt man dich aus dem Zug heraus.«

»Das kann durchaus sein«, antwortete ich mit höhnischem Ernst. »Aber diesmal glaub ich dir nicht. Du hast keine Macht mehr über mich. Übrigens«, so log ich, »wäre mir das und was du auch willst im Augenblick vollkommen egal.«

Anna hatte sich enger an Helmut geschmiegt, sie schien über dies feindselig dumme Geschnatter entsetzt, und deshalb schickte ich ihr einen Seitenblick zu, mit dem ich lächelnd »Nebensache!« rufen wollte. Annas Mundwinkel verrieten ein Mißfallen. Da wendete ich ihr sehr ruhig meinen vollen Blick zu, daß sie meinetwegen sich nicht mehr sorgen müsse. Begriff die Freundin, wie herzlich ich ihr Bündnis mit Helmut billigte? Ihr Antlitz war unbestimmt und zu farblos, aber dankbar; ich glaubte, sie hatte mich verstanden. Mit bedeutender Betonung und mehr zu Anna gewandt als zu Peter, sagte ich ihm:

»Du willst es mir erleichtern, daß wir schnell einander vergessen. Das ist sehr lieb von dir. Ich war immer eine Nebensache, lieber Freund. Da gilt nur eines: aus den Augen, aus dem Sinn.«

Peter sah mich betroffen an, er wußte sich meine Worte nicht zu reimen und wollte gewiß nicht in Unfrieden von mir scheiden. Da tat er mir leid, ich streckte meine Hand aus.

»Nichts für ungut, Peter. Auf gute Freundschaft!«

Er schlug ein, aber dem Zupacken unserer Hände fehlte die Wärme; der Abstand war nicht mehr zu überwinden, wenn wir auch beide dem Griffe mehrmals Nachdruck verliehen. Die Hände zogen sich zurück, sie wußten, daß es nie mehr zwischen uns eine Bindung geben konnte; Peter hatte mich aufgegeben, ich war ihm entronnen. Das war die einzige Gewißheit dieses Abschieds.

Die Pfeifen der Schaffner schrillten. Nochmals reichte ich Peter, so versöhnlich ich konnte, die Hand, dann Helmut, der sich in diesem Augenblick von Anna entfernte, als wäre es ihm zuviel, mit ihr vereint mir Lebewohl zu bieten, und endlich berührten sich Annas und meine rechte Hand, aber wirklich, sie berührten sich nur, eine Scheu hielt uns gefangen und gestattete keinen kräftigeren Griff, doch waren wir so bewegt, daß sich wie von selbst auch unsere linken Hände fanden; in einer plötzlichen Aufwallung neigte ich mich vor und küßte leicht und flüchtig ihren rechten Handrücken, der sich kühl unter meinen Lippen streckte. Es war ihr recht, doch ich erschrak und richtete mich schnell empor, nur unsere Hände bewahrten noch ihren Bund, sie gehörten noch einander, so sehr wir sonst uns schon geschieden hatten. Vielleicht hätte das länger gedauert, als es, zumal vor Helmut, sich gehörte, aber wir mußten uns voneinander lösen, der Schaffner kam mit einem Türschlüssel heran, unsere Arme sanken herab, schlaff und doch bestimmt, seitwärts schlugen sie auf den Beinen auf, ein seltsam stockender Klang, aber es machte uns frei, Anna atmete auf, dies unbewußte Klappen der Hände hat sie gewiß nicht weniger erheitert als mich.

Schon hatte ich mich auf das Trittbrett hinaufgeschwungen, die Türe krachte hinter mir zu. Ich eilte, so schnell ich konnte, in mein Abteil, riß das Fenster herunter und beugte mich hinaus, während sich die Freunde draußen etwas langsamer näherten. Innerlich unbeteiligt, doch freundlich, stellten sich Helmut und Peter wie ausruhende Soldaten vor mir auf und riefen mir allerlei Lustiges zu. Ich faßte es nicht mehr auf und entgegnete nichts, nickte bloß einverständlich. Peter schlenkerte einmal die Arme, wie Kinder beim Spiel das Fahren der Lokomotive nachahmen; ich ging darauf ein und winkte ihm zu, als führe der Zug schon davon. Anna beteiligte sich an diesen Scherzen nicht, sondern sah mich sicher und zufrieden an; wir wußten alles und hatten einander nichts mehr zu sagen. Ich bemerkte, wie sich der Signalstab zum Abfahrtszeichen erhob, was Peter mir ausdrücklich zu melden sich nicht versagte. Ich streckte meine Rechte weit aus, die von allen gleichzeitig geschüttelt wurde, und da bewegte sich schon leise der Zug; ich spürte es kaum, so sanft hatte die Lokomotive angezogen. Wie auf Befehl traten die Freunde zurück, entfalteten weiße Tücher und schritten in der Fahrtrichtung voran. Peter genügte das nicht, er lief tüchtig und überholte mich ein Stück, wobei er in einem lauten Zuruf mir seine Genugtuung darüber zu wissen gab, daß er viel schneller sei als der Zug. Es hätte mich beinahe geärgert, doch wollte ich ihm den Spaß nicht verderben und bewunderte seine kindische Kunst. »Großartig, großartig!« rief ich, und das war mein letztes Wort. Anna und Helmut waren schon weit hinter mir zurückgeblieben, nun war auch Peter eingeholt, der sich breitspurig aufstellte und zu winken begann. Ich winkte zurück, so lange noch ein letzter schwebender Schimmer der geschwungenen Tücher zu erblicken war. Dann schaute ich nicht mehr nach dem Bahnhof zurück.

Ich hatte mein Abteil für mich allein behalten und gedachte, mir es bequem für die vielen Stunden Nachtfahrt einzurichten. Aber noch blieb ich am Fenster stehen, mußte es nur bald schließen, da wir schon in den langen Viadukt einfuhren. Da waren auf einmal die Lichter des Bahnhofsvorgeländes getilgt, gleich war die Scheibe mit undurchdringlichem Rauch beschlagen. Jetzt hätte ich mich setzen können und alles mir behaglich für die Nacht vorbereiten, denn die Fahrt durch den Schacht, so vertraut von vielen langen und kurzen Reisen, dauerte selbst im schnellsten Zug über zehn Minuten. Aber mir fehlte die Ruhe, ich konnte mich nicht zum Sitzen entschließen, steckte jetzt unsicher das Taschentuch ein, nahm Mantel und Hut ab, den Mantel hing ich ordentlich auf und entfernte vom Hut einige Aschenkörner, bevor ich ihn auf die Bank warf. Ich steckte die Hände in die Taschen und durchmaß mehrmals den kurzen engen Weg zwischen den Bänken im Abteil, während ich dem fröhlichen Geknatter der reisenden Räder lauschte. Mir gefiel diese Musik ganz gut, ihr Rhythmus war verheißungsvoll, und gegen alle Gewohnheit begann ich zu pfeifen, ich hatte mir den »lieben Augustin« ausgesucht.

Bald wurde mir das Abteil zu eng, ich zog die Schiebetüre zur Seite und kundschaftete den Gang entlang; auch die übrigen Abteile waren bloß spärlich besetzt. Wer nicht allein fuhr, unterhielt sich angeregt, die Einzelreisenden lasen die Nachtausgaben der Morgenzeitungen oder saßen mit gelangweilt gleichgültigen Gesichtern da; den Leuten war kein besonderes Ziel anzumerken, oder sie hatten sich gut in der Gewalt. Ich wurde kaum beachtet. Da versuchte auch ich, eine gleichgültige Miene aufzustecken, denn nichts war so selbstverständlich auf der Welt, als daß ich diesen Zug benützte; jeder ist seiner eigenen Reise heimlicher Meister. Ob ich mit meiner Reise besondere Absichten verband, ging niemanden etwas an, doch hätte mich einer zur Auskunft gezwungen, dann war ich der außerordentliche Botschafter meines Museums. Ich pfiff auch nicht mehr den »Augustin«, das Liedchen war gar zu nichtsnutzig. Bald strebte ich, leicht schwankend, meinem Abteil wieder zu, wo sich durch das Schütteln der Fahrt die Schiebetüre taumelhaft hin und her schob.

Energisch schloß ich hinter mir zu; es war mir lieb, daß ich jetzt soweit ein freier Herr war, um nach meinem Gutdünken zu lärmen, viel heftiger und dröhnender, als meine Art sonst war. Wer war so unabhängig wie ich? Ich sagte laut: »Das Fahrgeld ist entrichtet. Da habe ich ein Recht. Ich fahre, weil es mir gefällt. Ich bin ein Passagier. Jetzt bin ich zumindest ein Passagier, ein Papassassagier. Das kann mir niemand nehmen. Ich fahre von jetzt über da und dort nach dann.« Das war die Botschaft, die ich verkünden wollte, wenn mich jemand fragen würde, eine verbindliche Auskunft mit höflichster Grimasse. Jeder mit gleicher Reiseroute konnte sich mir anschließen, und wem es nicht paßte, der sollte sich trollen.

»Wer sind Sie denn?«

»Ich bin.«
»Sind Sie nicht Herr Adam, der Adam, den man vertrieben hat?«
»Nicht daß ich wüßte! Sie verkennen mich.«
»Aber Sie kommen mir so bekannt vor.«
»Stimmt. Sie mir auch. Müssen wir nicht einander uns schon wo gesehen haben?«
»Hoch erfreut. Sie haben recht. Ich heiße auch so.«
»Natürlich, mir genau erinnerlich. Sie heißen.«
»Sie bezweifeln?«
»Aber ganz im Gegenteil. Ich bin, da zweifelt man nicht.«
»Beginnt der Zweifel erst, wenn man nicht ist?«
»Allerdings. Ganz Ihrer Meinung.«
»Äußerst freundlich.«
»Immer freundlich. Ich reise in freundlich.«
»Sehr gut. Sicher einträglich. Möchte auch so reisen.«
»Sie auch?«
»Ich auch.«
»Sie sind.«

So höflich stellte ich mich wechselseitig vor und machte einen ganz guten Eindruck auf mich. Niemand widersprach mir, wofür ich mich dankbar verbeugte. Dann trat ich zufrieden nahe ans Fenster heran und trommelte abwechselnd mit den Handwurzeln und den Fingernägeln gegen die Scheibe. Ich ließ es bleiben und preßte meine Nase gegen das Glas, denn jetzt war jeden Augenblick die Ausfahrt aus dem Viadukt zu erwarten, das wollte ich keineswegs versäumen. Kein stärkeres Licht verriet mir, daß wir schon draußen waren, tiefe Nacht, dicht haftete noch der undurchsichtige Rauch am Fenster, doch der veränderte Schall war ein sicheres Zeichen. Schnell hatte ich das Fenster heruntergedrückt, weil ich hoffte, für ein eiligstes Weilchen, bevor der Zug sich in die Biegung wand, den Blick auf die Gegend zu erhaschen, wo ich durch sechzehn Monate Peters Zimmergenosse gewesen war. Aber nur die Richtung konnte ich anvisieren, den Gartenhügel mit dem Lichterkamm oben, dort mußte die Weinbergschanze sein. Sonst war nichts zu erspähen, die

Finsternis lastete zu schwer, kein Mond stand am Himmel, kaum Sterne konnte ich entscheiden, es war wahrscheinlich bewölkt. Auch war schon alles wieder vorbei, der Zug fuhr zu schnell und meinte es gut mit mir; ich sollte mich nicht aufhalten. Es gab bloß einen Aufenthalt, der mich ergriff und wegriß hinein in die umfangende Nacht.

Schief unter mir zog sich eine Straße entlang, ich kannte sie gut, ich kannte ja fast alle Winkel in dieser Stadt bis zu den letzten Ausläufern der sich in Feld und Wald verlierenden Vororte hin, die sich in Mulden und Tälern endlos fortsetzten, von Jahr zu Jahr wuchsen und auch die Hänge sich eroberten, weit über Hügelketten hinweg. Dort unten überholten wir jetzt eine Straßenbahn, ich glaubte, ihr malmendes Geräusch aus dem übrigen Lärm herauslösen zu können. Langsam bestrebte der fahrende Wagen seine bescheidene Strecke und war dicht besetzt, viele Menschen mußten stehen, aprikosengelber Schimmer drang aus dem Innern, und von diesem gemächlich verschlafenen Licht hoben sich viele kleine violette Blitze ab, die oben vom Rädchen des Stromversorgers sprangen. Schon war das vorbei, die Eisenbahnbrücke erbebte über dem Fluß. Zwischen ihren gegitterten Streben versuchte ich meinen Blick hindurchzuschicken, um über das züngelnde Widerspiel der gespiegelten Lichter auf den Wellen hinweg die alte königliche Burg mit dem ragenden Dom zu entdecken, ein haftendes Bild aus weit weggescheuerten Kindheitstagen. Nun stand es in träumerisch verblichenem Glanze vor mir, aber nicht wirklich erschien das Bild, das ich kannte, nur die Einbildung türmte sich vor mir auf, ich lachte ihr entgegen, ich fühlte mich mächtiger und gesünder als sie, sogar beständiger und weniger vergänglich; so eitel und vermessen war ich auf der Eisenbahnbrücke. Doch schon war sie überholt, ihr Dröhnen verstummte, und mit ihr war der weite Ausblick auf die herrliche Einbildung versunken. Nun durchquerten wir eine Vorstadt, zerrüttete Straßen und Fabriken, wieder eine Kurve, die Fahrt verlangsamte sich, scharf griffen die Bremsen ein und knirschten; der verstaubte Vorstadtbahnhof, der selbst dem schnellsten Zuge noch nie freie Durchfahrt vergönnt hatte, verlangte unseren Stillstand.

Sollte ich aussteigen? Wenn ich mich beeilte, konnte ich es gerade schaffen, so hinderlich auch das Gepäck war. Der Bahnsteig lag auf der anderen Seite, ich mußte ihn sehen, die Gelegenheit sehen. Schon war ich auf dem Gang, riß auch hier das Fenster herunter und blickte hinaus, vielleicht konnte ich einen Träger rufen. Aber es war keiner da, nicht einmal ein Fahrgast kümmerte sich um unseren Zug, nur dicht verhüllt saßen einige Menschen auf hilflosen Bänken und warteten wohl auf einen langsamen Vorortzug, der sie zu nahen Haltestellen trödeln sollte. Sonst sah man bloß den Bahnvorstand, dessen Schritt hart auf den geriffelten Kachelboden klappte; der Mann strebte gemessen der Lokomotive zu und schien nichts von Eile, nichts von Reise zu wissen. Zwei Schaffner hatten den Zug verlassen, doch war es nicht zu erkennen, ob sie wirklich ausgestiegen waren oder nur mit steif gestrecktem Arm jeder an einer Griffstange hingen; sie schwenkten, daß es hastig und ungeduldig blinkte, ihre Sturmlampen hin und her. Ich neigte mich ziemlich weit hinaus, aber man kümmerte sich nicht um mich, wie auffällig auch ich nach allen Richtungen mich kehrte und wohl zu zaghaft mit dem Zeigefinger lockte; so ging diese Gelegenheit vorüber. Herausforderndes Freudenspiel mit der Gefahr des Unglücks – da spitzte ich den Mund, aber den »Augustin« pfiff ich nicht, sondern ernüchterte und tastete meine Taschen ab, Fahrscheinheft, Paß, alles in Ordnung; die Reise konnte fortgesetzt werden.

Ich hatte nicht gut aufgepaßt und mich zu sehr in haftende Gedanken verfangen, dann fuhren wir schon weiter. Ein heftiger Luftstoß traf mich, sprühend mit Feuchtigkeit geschwängert, doch war es kein Regen, sondern ausgekühlter Dampf aus der Lokomotive, und ich zog den viel zu unvorsichtig hinausgelehnten Kopf zurück. Die Außenbezirke der Stadt netzten sich auseinander, dann streckten wir uns schmiegsam an den Fluß heran und eilten ein Stück lang dicht neben ihm her, aber es war zu finster, um den Lauf seines trägen Wassers zu erkennen. Als auch die letzten Vororte am anderen Ufer mit ihren verschwimmenden Lichtern – weniger erkenntlich als erinnert – hinter mir zurückblieben, vertauschte ich meinen Auslug mit meinem Abteil, schob die Türe leise zu, löste den Riemen des Vorhangs und spannte ihn vor, wobei ich das grobe Leinen mit dem eingewebten Staatswappen und darunter dem doppelt geflügelten Rade der Eisenbahn zurechtstrich.

Nun war ich in meiner Stube allein und gesichert, nur war es zu kalt, obwohl die Heizrohre Wärme strahlten; da schloß ich das Fenster bis auf einen schmalen Spalt. Noch immer aber stand ich. In seiner Stube darf man beginnen und lassen, was einem beliebt, alles hier war mein, mir zugeeignet, die Reichtümer der Welt aufgewogen. Ich hatte die Miete bezahlt und meine Schulden beglichen, da war ich Gebieter und durfte herrschen. Doch welch kläglicher Stolz in diesem verzweifelten Jubel! Was hatte ich gewonnen und was geleistet, daß ich mich so sicher dünkte, wenn ich abhängig blieb und nichts bestimmen, sondern nur erwarten durfte, was man mir zulassen würde und was nicht? Die Fahrt war angenehm, doch was meinte das Ziel mit mir am Ende der Fahrt? Ich schlich mich in meine Ecke hin und setzte mich schmal in den Winkel, der allein mir vielleicht gebührte, denn da hing noch die Karte an dünner Schnur, das war der bestellte Platz. Aber ich reiste; was war und was sein wird hatte sich hier nicht eingefunden, es blieb ausgeschlossen, und zwischen den Städten, die mich vertauschten, war ich doch etwas, so durfte ich behaupten, weil hier ein geschütztes Recht galt, das keiner mir bestreiten würde. Befolgte ich sein Gesetz, so wurde ich befördert, das Recht hatte mich eingelassen und hüllte mich in seine Ordnung.

Auf einmal rasselte es an der Türe, heftig sprang sie auf, der Vorhang beiseite, Schirmkappe, Zangenhand und Sturmlampe erschienen vor mir, die Abendzeit wurde mir zugewünscht und meine Fahrkarte gerufen. Schon hatte ich das Heft hinübergereicht, die Augen versanken darüber, ein Blaustift kreuzte etwas an, die Zange schnappte, dann wurde das

Heft zurechtgestrichen und war schnell zurück in meine Tasche geschoben. Ausstrecken auf der Bank, hörte ich sagen, Zeitungspapier unter die Füße, leerer Zug, lange Fahrt und gute Nacht, dann ein Rücken vor mir, durch die Türe hinaus, Knattern ins Schloß, einmal noch flammte die Sturmlampe auf und vorbei. Nur der Vorhang war nicht zurückgeschlagen worden und flatterte kläglich. Der Schaffner hatte gut geraten; ich war müde, wenn auch nicht schläfrig. Der Vorhang gerichtet, das Fenster ganz geschlossen, nur die Lüftung geöffnet, den Mantel vom Haken auf die Bank geschlichtet, die Schuhe hinunter und sich hinlegen, auf dem Rücken, die Augen halb zusammengekniffen, ins Licht blinzeln und warten und fahren.

Die Nacht hatte viel Zeit, weit mehr als ich, sie fuhr mich in ihr Wesen hinein, und ich dauerte in ihr. Sie baute aus dunklen Quadern den Schlaf in die Eile des endlosen Vergessens und fragte mich nicht. Mir aber war das Licht in der Stube geblieben, nicht als Schutzwehr, doch als Besinnliches, daß ich der Nacht in ihre reine Finsternis aus einem geschenkten Bestand entgegenschauen durfte. Da konnte ich sie ansprechen und ihr erzählen, daß es ein Leben gibt. Sie hörte alles geduldig an. Ich versicherte ihr, wirklich, da ist ein Leben, und dieses Lebens Grenzen verfließen in dir. Schatten sind gebreitet, die neigen sich quer in den fahrenden Raum und orten sich zu keinem Aufenthalt, aber sie sind und lassen zwischen feinen Ritzen der weichen Finsternis das Leben durch, hin und her, leiser als der schlummernde Wind in seinem kaum vernommenen Treiben. Franziska geht um, sie ist herrlich tot und fürchtet sich in der Nacht nicht, weil auch sie nicht mehr an den Grenzen leidet, die sich in sacht vergreifenden Fingern dem Leben verschwistern. Denn da ist Leben, es ist nicht viel davon da und nur geliehen von der heiligen Nacht, doch es ist, es spürt sich mitten darin und wird seiner inne, es ruft schweigend in den schweigsamen Tod.

»Ist es bitter gewesen?«

»Gewesen. Ja. Bitter, gewesen.«

»Es ist nicht mehr bitter?«

»Gewesen, gewesen, mein Freund, gewesen.«

Das Leben lauschte über das Brausen hinaus, vom Lichte schlich es sich fort und wagte die abgefahrene Vergangenheit. Aber auch der Tod traute sich näher, wickelte sich mit dürrem Duft süß in die Nähe des Lichtes bis an das Leben heran und schattete sich noch weit in die unerfahrene Zukunft. Sind wir allein? fragte es stimmlos, und unhörbar hallte es wider in Wellen: wir allein, allein, ein ... Durfte das Leben reisen? kam nun zögernd die Frage des Lebens, und ihm wurde die Antwort, daß es reist, doch es entreist nicht, es findet sich, es hält sich im Schlummerbezirk. Und wieder fragte es, hat es ein Recht oder ein Ziel? Oh, es hat Recht, und das, nichts anderes, ist sein Ziel. Aber wenn das Leben sich will und die Angst seiner Enge überzielt, wie ist es dann mit seinem Recht? Oh, es hat Recht, und sein Ziel ist schon mit seinem Rechte gemessen. Gemessen sagst du, doch ist es frei? Nein, anders als frei, denn es ist schon gemessen. Wie also, lieber Tod, gemessen oder frei? Gemessen frei und frei gemessen.

Da zog sich das Leben dicht in ein winziges Bündel zusammen, daß es dem tiefer greifenden Tod keine Stätte verweigere, daß er sich Wege spinnen könne, wie ihm genehm, und sich nicht an einem weigerlichen Widerstand kränke. Auch sein eigenes Fragen verkleinerte das Leben, fügte sein Fragen ganz gering, daß es noch im Unvernehmlichen nicht durch das Lispeln des doch Vernehmlichen störe. Aber der Tod war geduldsam und gnädig mild, er sandte unwahrnehmbare und dennoch nahende Strahlenfühler aus, durch die Grenzen des Lebens hindurch, und forderte es auf, zu sein. Sollte das Leben nun fragen: bin ich? Sollte es sonst eines tun, statt bloß zu sein? Da sprach aber eines, und das klang laut und zuversichtlich.

»Das Leben wollte wissen: Wo bin ich?«

Da trank in einem gewaltigen Zug die Stille der Zeit aus, und es wurde hörbar, eine Antwort ist nicht zu erfahren, weil das Leben endlos dauert, endlos bis in den tiefgrünen

Tod. Also über-überall, stotterte das Leben. Überall wohl, aber das ist Wand und kein anderer Ort. Da wölbte sich eine letzte Frage ins vertauchende Gedächtnis hinüber.

»Gibst du mich frei?«

Da erhob sich bis in den Gipfel der von Schauern erhaben aufgerührten Nacht die unverkennbare Stimme Franziskas.

»Ob du bist oder nicht bist, ich gebe dich frei!«

Nun war die Nacht zerklüftet und sank in sich zusammen, in dünnen gefalteten Schichten umschlang sie meine lichte eingemauerte Stube, aber die Stimme entfernte sich, tauchte mit einer Hälfte, die schwerer wog als die andere, leise versinkend in die sich niederschließende Vergangenheit zurück; die zweite Hälfte löste sich leichter zukünftig auf, dazwischen schmiegte sich verirrt die tägliche Nacht, haftend und klein. Noch hallte es in mir wider: ich bin frei. Auch die Fahrt setzte sich fort, Schicht um Schicht, und wollte kein Ende nehmen. Doch ich mußte etwas beginnen. Hatte ich auch nichts fest versprochen, so wußte ich doch, daß die Einlösung meines Wortes erwartet werde, und darum erhob ich mich und zupfte meine Hose und meine Jacke zurecht. Als ich schon bei der Türe stand, schwankte ich nochmals einen Augenblick, ob ich meine Zusage jetzt erfüllen sollte; es ließ sich auch verschieben. Auf einen Tag konnte es nicht ankommen, nicht einmal auf eine Woche.

Jedoch kurz nur zögerte ich, schon drückte ich behutsam die Klinke nieder, sah noch einmal zurück, ob in meinem engen Raum auch alles ordentlich sei, dann erst drehte ich den Schalter, so daß nur von draußen ein wenig Licht dämmerig in mein Zimmer spielte, bevor ich es verließ und hinter mir abschloß. Ich durchschritt den schmalen Gang mit seinem weichen Teppich, dann bog ich ab und stieg die wenigen knarrenden Stufen hinunter bis zu der Zelle, hob den Hörer auf, warf zwei Münzen ein und drehte die Zahlen auf der Wählscheibe zurecht; ich hatte mir die Nummer gut eingeprägt. Das Freizeichen tönte, bald meldete sich eine Stimme: »Internationales Flüchtlingsamt, Suchdienst«. Ich fragte, ob Fräulein Zinner zu sprechen sei. »Einen Augenblick«, wurde ich beschieden; dann hörte ich sie schon. Ich sagte meinen Namen an. Wahrscheinlich tat ich das zu unsicher und auch nicht laut und deutlich genug; so wurde ich schlecht verstanden; ich sollte nochmals meinen Namen angeben, auch was ich wünschte.

»Landau. Artur Landau. Doktor Artur Landau.«

Was ich wünschte, verschwieg ich, doch als auf mein Verstummen hin kein Wort mir half, fügte ich hastig hinzu:

»Fräulein Zinner, Sie erinnern sich doch, kürzlich bei Doktor Haarburger, da haben wir uns kennengelernt.«

Daran erinnerte sie sich glücklicherweise, es konnte nicht anders sein, aber vielleicht kam mein Anruf ungelegen, und schon bat ich um Verzeihung, falls ich störe, ich könne es in ein paar Tagen wieder versuchen. Da veränderte sich die Stimme, als habe sie jetzt erst sich gefaßt, und Fräulein Zinner meinte freundlich, selbstverständlich erinnere sie sich gut, es sei ein interessanter Abend gewesen, ob sie mir mit etwas dienen könne. Dienen? nein, was gab es denn zu dienen? Sie machte mich mit ihrer übergroßen Höflichkeit verlegen.

»Ich dachte bloß, daß wir letzthin ein Wiedersehn erwogen haben, nicht? Und da hab ich mir eben erlaubt, es wäre vielleicht recht schön, glauben Sie nicht auch? Also, damit ich mich kurz fasse, Fräulein Zinner, könnten wir nicht bald …?«

Sie dachte nicht lange nach und war einverstanden. Aber wann? – Ich dachte, das müsse ich ihr überlassen, da ich ihre freie Zeit nicht kannte.

»Wissen Sie was, Herr Landau, haben Sie vielleicht heute Zeit? Da würde mir es beinah am besten passen.«

»Ja, wenn Sie nicht vergeben sind …«

»Dann würde ich Sie nicht auffordern.«

Sie fragte, wo ich gerade sei, und als ich Namen und Adresse meiner Pension mitgeteilt hatte, erklärte sie, was ich ohnedies bereits wußte, weil ich mir auf dem Stadtplan alles schon angeschaut hatte, daß es sich glücklich treffe, bis zum Suchdienst seien es bloß fünf Minuten. Sie wollte mir den

Weg beschreiben, aber da unterbrach ich sie, ich wisse, wie ich zu gehen habe. Dann kam die Frage, ob ich gleich kommen könne, und ich antwortete, in zehn Minuten könne ich dort sein. Das war Fräulein Zinner recht, sie wisse ein billiges kleines Restaurant, anständiges Essen. Dort dürfe man, was hierzulande ein seltener Vorzug sei, nach dem Essen länger sitzen bleiben. Wenn ich einverstanden sei, lade sie mich dorthin zum Abendbrot ein. Ziererei duldete sie nicht, und so war es abgemacht.

Ich lief in mein Zimmer hinauf, richtete mich her und versuchte, mein widerspenstiges Haar so glatt zu streichen als möglich. Vor dem Spiegel stellte ich fest, daß ich schon wieder einmal verabsäumt hatte, mein Haar schneiden zu lassen. Aber jetzt ließ sich das nicht mehr ändern, vielleicht konnte ich diesen Mangel durch eine schöne Krawatte ausgleichen.

Drei prächtige Krawatten besaß ich aus Vorkriegstagen, auf denen war das Zeichen »HAL Herrenwäsche Albert Landau« zu lesen. In einem Paket, das der alte Geschäftsdiener meines Vaters mir gab, hatte ich diese Schlipse gefunden. »Herr Landau«, sagte der Mann, »vom Herrn Vater hab ich nichts. Der hatte Mißtrauen und Angst, wenn sie bei mir suchen. Aber dieses Paket hat mir Ihre liebe Frau gegeben. Sie hat gesagt, ich soll es aufheben, so gut ich kann, weil da Sachen drin sind, die hat mein Mann geschrieben, die sind unersetzlich.« Franziska hatte meine Arbeiten gerettet, ich fand alles, darunter die fast fertige Habilitationsschrift, mit der ich eine Dozentur zu gewinnen hoffte, und mitten zwischen den Papieren kamen auf einmal, fein eingeschlagen, drei Krawatten zum Vorschein, noch neu, ich hatte sie kaum einmal getragen und konnte mich ihrer nicht erinnern. Sie blieben das Einzige, was von einst mir gehöriger Kleidung in meine Hände zurück gelangte, und dazu stammten sie noch aus der Reitergasse. Als ich sie empfing, waren schon mehrere Monate seit meiner Rückkehr verstrichen, ich war nicht mehr ganz so empfindlich, wenn fast vergangene Dinge mich erreichten, aber den Anblick dieser Krawatten konnte ich trotzdem kaum ertragen. Ich zupfte an ihnen herum, drückte zwischen den Fingern die schwere Seide zusammen, sie zerknüllte sich aber nicht und blickte mich ernst und bekümmert an, daß ich so grob mit ihr verfahre. Da packte ich die Schlipse ungeschickt wieder in ihr Seidenpapier und brachte sie abends aus dem Museum nach Hause. Ich bot sie Peter an, denn für mich taugten sie nicht.

Peter lachte mich aus, schalt mich einen Esel, erst hätte ich mich nach verlorenen Dingen gesehnt, doch wenn der Zufall sie mir dann in die Hände spiele, benehme ich mich wie ein trotziges Kind und wollte die Krawatten verschenken. Ich erklärte, ich würde sie nie berühren. Meine Worte stimmten Peter nicht um, er behauptete, es würde viel ärger sein, wenn er sie trüge, weil ich sie dann an ihm sehen müßte, an mir hingegen, da würden sie mich nicht sehr stören, nach einiger Zeit hätte ich mich an sie gewöhnt. Ich wehrte mich gegen Peters Belehrung und brachte dummes Zeug ins Treffen. Schließlich verbat ich mir alle Ratschläge, aber heimlich hatte mich schon eine schmerzliche Habsucht gepackt, ich verteidigte meinen Eigensinn immer unsicherer und hätte mich gewiß vom Zorn hinreißen lassen, wenn ich mit meinen lahmen Reden Peter jetzt noch umgestimmt hätte. Er hatte trotz seiner sonst derben, manchmal selbst groben Natur für solche unwägbaren Feinheiten in Taktfragen ein überraschend richtiges Empfinden und lehnte die schon widerwillig dargebotene Gabe unwiderruflich ab: »Da hast du eine Schachtel. Gib sie hinein und dann in den Schrank! Schau's nicht an und heb's auf! Eines Tages wirst du froh sein.« Zwar spielte ich selbstquälerisch noch mit dem Gedanken herum, die Krawatten jemandem anderen aufzunötigen, Geschlieder würde glücklich sein, aber so redete ich bloß, um Peter zu ärgern, der gar nicht mehr auf mich hörte, mir lachend die Schlipse entriß, sie in die Schachtel tat, die er sorgfältig verschnürte und in eine meiner Schubladen warf. Dort blieb sie bis kurz vor meiner Abreise. Beim Ausräumen fand ich die Krawatten, freute mich plötzlich mit ihnen und packte sie behutsam ein.

Die Garderobe, die ich mir nach dem Kriege anschaffen konnte, war ärmlich und bunt zusammengelesen. Ordentliche neue Sachen waren nicht zu haben, auf meine Anweisungen als Überlebender bekam ich in den Geschäften selten etwas Brauchbares, manchmal auch gar nichts oder aus rauher schlechter Faser schlissige Ware, die sich keinen Bügelfalten fügte. Einiges mußte ich, um sie nicht zu kränken, von Anna annehmen, meist Wäsche, doch war es mir besonders peinlich, in Sachen von Hermann herumzulaufen, sie brannten auf meiner Haut; mich darin zu zeigen, war mir fast unmöglich. Auch fielen mir von Verschollenen manche Stücke zu, meist sah ich in ihnen wie ein behangener Bettler aus, der arme Onkel Alfred war zu rundlich; ein Jammer, was man mir alles ausgeliefert hat. Dann hatte ich kaum viel besser passende Dinge, die man mir da und dort schenkte, bei Hilfsaktionen zuteilte oder aus dem Ausland schickte. Onkel Karl Strauß aus Amerika – ich hatte ihm nie geschrieben, doch Peter hat mir einen Brief diktiert – dachte sich durch eine Sendung sein Gewissen zu erleichtern; lauter Sachen, die nichts taugten, kaum zum Tausch waren sie zu brauchen.

So kam ich schlecht ausgerüstet in der Weltstadt an, wo das zum Glück nicht sonderlich auffiel, zumindest bildete ich mir das ein, weil mir nur wenig an meinem Äußeren lag. Außerdem schienen mir die meisten Menschen auch hier schäbig genug gekleidet. Aber jetzt bekümmerte mich meine Ausstattung, ich wollte gediegen wirken, sorgfältiger als letztens bei Haarburgers. Ich suchte heraus, was mich noch am besten dünkte, weil ich vor Fräulein Zinner bestehen und nicht bemitleidenswert erscheinen wollte, nicht allzu ärmlich. Die Schuhe waren zu wechseln, Soundso hatte mich einmal in guter Laune mit einem anständigen Paar bedacht, dann der schöne gerippte Pullover, den mir Anna aus alten feinen Wollvorräten gestrickt hatte, doch am wichtigsten war mir die Wahl der Krawatte. Da kamen mir meine drei guten zustatten, ich hatte sie bis jetzt noch nie getragen. Ich legte sie aufs Bett, um die rechte auszusuchen. Fast unberührbar lagen sie da, geduckt und geduldig, verlockend und abweisend zugleich, aber dann stieg es dankbar in mir empor, ich streichelte mit den Fingerspitzen die Seide, ihre Geschichte war mir gleichgültig geworden, und ich verlor mich in dem nichtigen Gedanken, daß in der kümmerlichen Herrentracht des Jahrhunderts Krawatten allein erlauben, Eigenart zu beweisen und sichtbar seine Persönlichkeit hervorzukehren. Selbstgefällig sagte ich für mich: »Sie heben das erschütterte Selbstgefühl.«

Schließlich wählte ich jene Krawatte, die mir am kostbarsten vorkam und meiner Eitelkeit am meisten schmeichelte, ein Gewebe aus dunkelroter, schwerer Seide mit etwas zartem Gelb darin. Sorgfältig schlang ich den Knoten; er saß nicht recht. Da band ich ihn nochmals, gegen meine Gewohnheit, vor dem Spiegel; der Knoten wölbte sich wie eine volle Frucht. Ein Adamsapfel, fiel mir ein, und ich lachte, schaute aber schnell vom Spiegel weg, um meinen verzerrten Mund nicht zu erblicken. Ich schämte mich meiner Eitelkeit; aber was half das, ich durfte nicht auf halbem Wege stehen bleiben. Den leisen Ekel vor mir selbst, der aufstieg, weil ich so unerlaubt mich schmückte, schüttelte ich ärgerlich von mir ab. Ich hüpfte fast vor ungezogenem Vergnügen, daß ich so die dumpfe Wand meiner Gefühle glücklich überrumpelt, oder nein, daß ich sie betrogen hatte, denn ich wußte schon, daß ein solcher Übergriff nicht lange unbestraft bleiben konnte, er würde sich rächen. Wenn es mir nur heute durchgeht, so dachte ich, dann will ich zufrieden sein und später gern die Folgen leiden, denn Verrat hatte ich geübt, meine Armut übervorteilt; meine Stellung in der Welt war nun aufgeopfert, damit ich von einer ausgeborgten Pfauenpracht für einige Stunden Glanz gewönne, ach, ungefährlicher Glanz, der nach innen brannte. Das rote Stoffband, mit dem ich mich umwunden hatte, umschnürte meinen Hals zu eng, es konnte mich erwürgen. War das Adams zweiter Fall, der Abfall von seinem Sündenbewußtsein? Ich stopfte eine Hand zwischen Hemdkragen und Hals; es war ein seltsamer Griff, der mich an meine Mutter erinnerte, wenn sie sich unter ihre hochgeschlossenen Blusen griff, um ihr verrutschtes Halsband mit dem Medaillon besser zu lagern. Ich zog am Kragen, um mich zu vergewissern, daß er noch genügend Raum zum Atmen freiließ, selbst wenn ich mich plötzlich aufblähen würde. Dabei sagte ich mir betroffen, wie kindisch und armselig dieses Spiel sei, und erwog, entweder eine andere gewöhnliche Krawatte aus zerdrückter Kunstseide zu nehmen oder diese da zu behalten; doch jetzt sollte schon die kostbare bleiben, es war entschieden.

Ich wandte mich endgültig vom Spiegel ab und hatte dabei das Bild meines Vaters vor mir, ein bedrückendes Greisenantlitz mit Tränen in den Augen über den verlorenen Sohn und dennoch mit zum Segen erhobenen Händen. Ich konnte diese Verzweiflung nicht mehr ertragen, die Verzweiflung des Vaters oder meine, und preßte die Lider mehrmals fest zu, um mich von diesem Eindruck zu befreien. Es gelang. Ich sah nichts mehr vor mir. Da nahm ich Mantel und Hut und verließ eilig das Zimmer. Beim Schließen fiel mir die Türe aus der Hand, dumpf schlug sie ins Schloß; das wäre meinem Vater nie geschehen. Er war fort, ich stand nicht in seiner Gewalt, doch auch nicht in seinem Schutz. Als ich unten die Halle durchquerte, fiel mein Blick auf die Uhr, und ich stellte mit Schrecken fest, daß ich mit der Krawatte und anderen Dummheiten mindestens zehn Minuten in meinem Zimmer vertrödelt hatte. Längst hätte ich bei Fräulein Zinner sein können, sogar sein müssen, und war besorgt, ob sie sich wegen meiner Unpünktlichkeit nicht ärgern werde; nichts ist lästiger, als auf einen angesagten Besucher zu warten. Ungeduldig und kurz angebunden, wie sie mir schien, hatte sie vielleicht das Warten aufgegeben und war schon nach Hause gegangen.

Ich lief die Straßen entlang und war froh, daß sie nicht überfüllt waren, aber hinderlich war die Finsternis in der fremden Riesenstadt, was meine ohnedies große Unsicherheit und Nervosität noch vermehrte; in diesem Kohlenland brannte wegen Kohlenmangels kein Licht in den Nebenstraßen. Ich fürchtete, mich zu verirren, und war nur widerwillig geneigt, jemanden nach dem Weg zu fragen, zumal sich das öfters schon als unsicheres Auskunftsmittel erwiesen hatte. Wie anders war das als drüben, wo man sich in jedem Viertel auf Menschen verlassen konnte, die einem bereitwillig halfen und sich gut auskannten, während ich hier gewöhnlich erfahren hatte, daß ich entweder wegen meiner mangelhaften Aussprache nicht verstanden wurde und obendrein die Antwort nicht verstand, oder die Leute versicherten mir, sie seien selber ortsfremd, eben erst hier eingetroffen, mit diesem Viertel leider unvertraut und ähnliches mehr – es war eine Stadt, wo nur Fremde wohnten, Einheimische schien es nicht zu geben –, oder es geschah mir, was am peinlichsten war, daß ich meines Weges zwar gewiesen wurde, wobei sogar Kreuzungen und Ecken, die ich beachten sollte, einzeln aufgezählt wurden, aber dann stellte sich heraus, daß alles nicht stimmte. Dann war ich in einer wenig begangenen Wohngegend verloren, weit und breit keine Seele, die sich meiner erbarmt hätte, während ich auch auf meine Taschenlampe mich nicht verlassen konnte, denn so eifrig ich Häuser, Gartenzäune und Straßenecken anleuchtete, Inschriften oder Hausnummern waren nicht zu entdecken, und so bin ich schon manche Stunde herumgeirrt, bevor mir endlich jemand aus der Verlegenheit half.

Drüben darf man nicht mehr sein, dachte ich bei mir, und hier bin ich verboten oder nicht erwünscht, ein aussichtsloses Leben in der Verwirrung, wo mir der beste Stadtplan, hier Atlas genannt, nichts nützte, weil die schier endlose Fläche in einzelne Felder auf hundertachtundzwanzig Seiten aufgeteilt war, auf denen ich mich schlecht zurechtfand, und die winzig gedruckten Straßennamen, gar im Dunkel, kaum entziffern konnte. Es war kalt, ein böser Winter war angebrochen, aber ich geriet bei meinen Irrwegen in Hitze und Schweiß, es war quälend und hoffnungslos. Doch heute war es bei weitem nicht so arg, ich hatte in den letzten Tagen meinen Weg so gut eingelernt, daß ich mich schwerlich verlaufen konnte. An allen Kreuzungen und Biegungen hielt ich ein, überlegte und rechnete nach, damit mir ja kein Mißgeschick einen Streich spiele. So gelangte ich nach einer Zeit, die mir zwar viel zu lang schien, sich aber kaum über acht Minuten erstreckte, heil zu meinem Ziel. Es war das Ivanhoe House, ein leicht vernachlässigter Prachtbau; das wuchtige Portal stand offen, dahinter die Halle, mit schweren Marmorplatten belegt, war beleuchtet.

Einen Augenblick blieb ich vor dem Tore stehen, weil ich mich erhitzt hatte. So atemlos mit klopfendem Herzen und schwachen Knien wollte ich mich dem Anblick Fräulein Zinners nicht überliefern. Doch es war spät, ich durfte nicht länger warten, wenn auch mein Zustand sich kaum gebessert hatte. Ich trat ein. Ein ältlicher Pförtner schaute aus seiner Zelle heraus und wollte, bevor ich noch meinen Wunsch äußern konnte, mich abfertigen, ich solle morgen wiederkommen, die Bürostunden seien schon zu Ende. Ich war so betroffen, daß ich auf dem Fleck erstarrte. Ich wollte etwas sagen, fand aber keine Worte, um mich in der fremden Sprache überzeugend verständlich zu machen. Der Mann wartete unbeteiligt ein Weilchen und dann, als hätte ich nur nicht recht gehört, wiederholte er seine Schreckensnachricht.

»Sie müssen sich irren, ich bin bestellt!« brachte ich rasch und doch zögernd hervor.

»Das ist was andres«, nickte er beifällig. »Das hätten Sie gleich sagen sollen.«

Der Mann war ein Kauz; wie hätte ich reden sollen, da er mit seiner unwirschen Ansprache mich gleich überfallen hatte? Er sah mich prüfend, doch dabei gutmütig an und wartete wohl darauf, daß ich mich weiter äußere. Ich aber wartete gleichfalls, weil ich mich nicht neuerlich ins Unrecht setzen wollte. Dadurch zwang ich ihn zu einer Frage.

»Zu wem wollen Sie?«

»Zu Fräulein Zinner, Internationales Flüchtlingsamt, Suchdienst, Adressenabteilung ...«

»Die ist sicher schon fort. Versuchen Sie's doch morgen wieder, aber vor fünf Uhr!«

Ich war verzweifelt, daß ich meine Vereinbarung durch eigene Schuld verpaßt hätte.

»Das kann nicht möglich sein! Ich werde erwartet! Noch vor zwanzig Minuten telefoniert!«

»Das ist was andres. Das hätten Sie gleich sagen sollen.«

Wieder nickte der Pförtner beifällig und wollte meinen Namen wissen. Er wandte sich zu seinem Telefonkasten und schaltete umständlich herum. Es dauerte eine Weile, bevor er Fräulein Zinner erreichte, aber dann stellte sich heraus, daß alles in Ordnung war; davon war der Pförtner zumindest so befriedigt wie ich, denn ihm war ja die schöne Leistung geglückt, ich war nur der Beschenkte.

»Im vierten Stock«, der Pförtner nannte eine Zimmernummer, »den Gang nach rechts. Sie werden's finden. Sie könnten fahren, aber nach fünf funktioniert der Lift nicht. Der wird abgestellt.«

»Vielen Dank! Ich kann's schon ohne Lift schaffen.«

Das stimmte freilich nicht, denn Treppensteigen fiel mir schwer. Das Stiegenhaus war spärlich beleuchtet, überall sparte man und schränkte sich ein; wie konnte es beim Suchdienst, wo man nach Verlorenen forschte, denn anders sein! Das stattliche Gebäude, obwohl sicher vor wenigen Jahren noch gepflegt und elegant, hatte innen allen Glanz abgestreift, es war von Schmutz und Trauer überkrustet. Zog man den Atem ein, so roch es sauer und feucht, meine Nase wurde gereizt; ich mußte niesen, daß es schallend im Stiegenhaus widerhallte. Mir wankten die Knie, ich hielt mich am Geländer fest und mußte meinen Aufstieg mehrmals unterbrechen. Im dritten Stock angelangt, fühlte ich mich so elend, daß ich eine längere Pause einschaltete. Am liebsten wäre ich nicht weitergegangen, ja sogar umgekehrt; aber so zwischen Pförtner und viertem Geschoß hängenbleiben, das ging nicht an. Darum tat ich zunächst nichts und wartete ab. Ich hoffte heimlich auf ein rettendes Zeichen, um meine Starrheit zu überwinden.

Noch nie seit dem Kriege hatte ich mich so krank gefühlt. Schweiß strömte von mir, Stirn und Nacken naß, mich schwindelte. Drüben während der ersten Wochen dachte ich öfters, daß meine Gesundheit zerstört sei, aber es war mir gleichgültig, ich wünschte keine Hilfe von Ärzten. Wie es ist, so ist es, behauptete ich hartnäckig, wenn mir Anna meine Sorglosigkeit vorhielt, doch gab ich schließlich ihrem Drängen nach, ein Doktor fingerte an mir herum, klopfte auf Brust und Rücken, prüfte mein Gewicht, stellte mich vor den Leuchtschirm, fragte ein bißchen. Der Doktor nickte befriedigt: »Organisch ist nichts.« Er fand mich zwar geschwächt, ein Nervenbündel, sagte er, nun, kein Wunder, aber sonst war er zufrieden und meinte, während er mir ein Kräftigungsmittel verordnete und einen Anweisungsschein für einen Monat zusätzliche Zuteilung von Butter, Milch und Eiern ausfüllte, ich sei eigentlich erstaunlich heil und wohlbehalten, ich sollte bloß die armen Schlucker sehen, die zu ihm kämen. Zu allem hatte sich in mir der Wille versteift, der sich gegen Krankheit sträubte, und ich sagte mir: überlebt, dann ist es meine Pflicht, gesund zu sein. So ging es mit mir an, ich hielt mich nicht für kriegsgeschädigt. Wie sehr ich mich über meinen Zustand getäuscht und meine Widerstandskraft überschätzt hatte, erkannte ich erst in der Weltstadt, in der unvertrauten, doch so eifervoll von mir umworbenen Umgebung, die viel mehr von mir zu fordern schien, als ich zu leisten vermochte. Ich geriet in eine Spannung, die ich nicht auszugleichen, nicht durch Maß und genügende Ruhe zu beschwichtigen vermochte. War mein Bestand schon bisher in Frage gestellt, so war er jetzt vernichtet. Das sah ich genau, ich spürte es und wagte doch nicht, mir es einzugestehen, geschweige denn andere dies merken zu lassen. Ich fürchtete, daß meine Schwäche bei allen Menschen mir schaden und meine Aussichten verderben würde. Viel besser schien es mir, wenn man bewunderte, wie gut ich alles überstanden hätte; zu solchen Reden lächelte ich geschmeichelt. Das Wetter bekam mir nicht, das Essen vertrug ich schlecht, der zu wenige und unruhige Schlaf, die erregende Lebensweise schadeten mir, dazu die unaufhörliche Anstrengung, die mich zu verzehren drohte. Nun war ich mitten in einem traurigen Gebäude verloren, in einem fremden Stockwerk, wo ich nichts zu suchen hatte,

Amtsstunden waren auch nicht mehr, und im Stiegenhaus schlummerte eine untröstlich schimmlige Stille, die alle Unruhe in mir nur umso lauter hämmern ließ.

Immer konnte ich hier nicht bleiben, zu etwas mußte ich mich entschließen. Fiel mir nichts Besseres ein, dann mußte ich mich auf eine Stufe setzen und warten, bis jemand käme und meiner sich annähme. Schließlich müßte Fräulein Zinner die Geduld verlieren, sie würde das Haus verlassen, was die Hoffnung berechtigte, daß sie mich finden würde, falls sie nicht eine andere Treppe benützte, von der ich nichts wußte. Was dann mit mir geschehen sollte, wagte ich nicht zu bedenken. Einen schwierigen Besucher zu empfangen, mochte sie bereit sein – wer weiß, was sie dazu bewogen hatte, ein Augenblick gütigen Mitleids vermutlich –, aber auf einen Patienten, den man pflegen muß und nicht zum Abendbrot ausführt, darauf war sie bestimmt nicht gefaßt. Sie würde vor mir stehen, groß und befremdet, den Kopf gerade und aufrecht aus dem schützenden Halstuch erhoben, nur vor meinem Anblick leicht verwundert geneigt, vielleicht sogar abgestoßen, ich jedoch klein und gering vor ihr, ein kauerndes Hündchen auf der Treppe. Ich durfte mich nicht setzen. Ich nahm mich zusammen und war schon fest entschlossen, das letzte Stockwerk zu besorgen, koste es, was es wolle, aber die Stufen erhöhten sich vor meinen Füßen und wollten sich meiner Schwäche nicht fügen; ich mußte verdrossen meine Ohnmacht anerkennen, noch ein Weilchen rasten und Kräfte sammeln, um mich in den verwegenen Aufstieg zu stürzen.

Ich lehnte mich gegen die Wand, aber wie erschrak ich gleich, als die ergraute Malerei dies nicht aushielt, sie löste sich in verwaschen bröseligen Scheibchen ab und beschmutzte meinen Mantel. Da mußte ich auf diese Stütze verzichten und noch trachten, die garstigen Spuren vom Mantel abzuwischen, die sich aber weder durch Reiben noch Klopfen gut entfernen ließen. Wie schwammiges Mehl hafteten sie in den Fasern des Stoffes. Mit einem Stoßgebet suchte ich um Befreiung von meiner Not an, aber es erleichterte mich kaum; selbst dazu gebrach es mir an Kraft, meine Bitten zerkrümelten unselig blind. Nun suchte ich wieder beim Geländer Zuflucht und klammerte mich mit beiden Händen an, den Blick ließ ich schief hinüber zur Wand gleiten und verfolgte ihre Fläche bis zum nächsten Halbstock hinauf. Inschriften, mit Bleistift gekritzelt oder mit Messern und Nägeln geritzt, warteten auf die entsühnenden Hände eines Zimmermalers, daß sie die Namen und Monogramme abkratzten und übertünchten, die hier unnütz und vergeblich, wahrscheinlich von harrenden Bittstellern, verzeitlicht worden waren, ein unfertiges Beginnen, gar in der doppelten Fremde eines internationalen Flüchtlingsamtes und Suchdienstes, vielleicht aber auch ein rührendes Ansuchen – so hatte man mir drüben im Heimkehreramt das einmal erzählt – vorübergehende Sucher, die wissen sollten, daß nicht alles verloren sei, es haben sich welche gerettet und sie werden wiedergefunden werden, eine Ernte der milden Geduld, einmal, nach Jahren, aber doch.

Ich beschloß, in den nächsten Tagen, wenn ich wieder mich wohler fühlte, dieses Treppenhaus bei Tageslicht aufzusuchen, um die Inschriften vom Erdgeschoß bis in das oberste Stockwerk hinauf und alle Gänge entlang sorgfältig zu erforschen. Wohl hatte es keinen Sinn, aber der nimmer rastenden Sehnsucht konnte das eine verlockende Nahrung gewähren; so viele Menschen hat man einst gekannt, die sich beim Entdecken von Namen wieder erinnern ließen, und das könnte gut sein. Sie sind, sie sind, auch Fremde sind, und tröstlich ist, daß sie sind, man soll sie wissen und sammeln und ihrer Zeichen demütig gedenken; dies wäre vielleicht ein erster Schritt zur Selbsterkenntnis. Namen, die aufgeschrieben werden, oh dieser Mut eines Bekenntnisses, wo alle schon sich selbst entflüchtet sind, dann vor die Wand des Lebens geneigt und in hastiger Demut sich aufgeopfert, daß sie seien, wenn sie auch wieder nicht mehr sind, und treppauf und treppab in weitere Fluchten stolpern, nun schon bereiter für ihre Vergänglichkeit, weil sie in kühnem Leichtsinn sich verschrieben haben. Zitternd fingerte ich einen Stift aus einer Tasche heraus, es war ein kümmerlicher Stummel, wer weiß, wo ich ihn aufgelesen hatte, ja, ich erinnerte mich, gedankenlos hatte ich ihn in der Telefonzelle meiner Pension eingesteckt, es war ein stumpfes Stück, mit dem sich nichts mehr machen ließ, aber hier kam es gelegen, ich taumelte zur Wand, bückte mich, ging in die Knie, ganz unten wollte ich sein, so tief, daß sich die anderen hier nicht versucht hatten, wo die Wand nur von achtlosen Tritten beschädigt war, da kratzte ich es ein, es ging langsam, nur ein A, ein großes ungeschlachtes A. Dann ließ ich den Stummel fallen, er taugte nicht mehr, weder mir noch einem anderen, er rollte fort, erst langsam, dann ein wenig schneller, näherte sich dem Geländer, wo er, so erwartete ich, einen Widerstand finden würde, aber die Fuge zwischen dem Boden und der das Geländer unten abschließenden Eisenleiste war gerade weit genug, ihn durchzulassen, schon wurde er unsichtbar und rollte durch, dann schwebte er, ich sah es nicht, fühlte es, lautloser Flug im Suchdienst, tauchende Botschaft, der träumende Adam, dem lauschte ich nach und hörte endlich den Auffall, knapp zweimal hintereinander, er mußte wohl noch einmal aufgesprungen sein, der Schreck des Gefallenen, der noch einmal ins Leben springen möchte, aber dann war es vorbei, Stille, nichts rührte sich, und der Pförtner in seiner Zelle hatte nichts vernommen, oder es störte ihn nicht, er hatte zuviel in seinem Dienst erfahren, um sich mit Gedanken zu quälen.

Ich richtete mich auf und spürte einen Stich in den Hüften, taumelte abermals zum Geländer hinüber, aber hinunter schaute ich nicht; ich hatte nichts verloren, mein Kopf wurde mir schwer. Da klappte etwas, es konnte ein Windzug sein oder es rauschte in meinen Ohren, vielleicht öffnete man eine Türe; ich kann es nicht sagen, was wie ein Weckruf in mir einschlug. Jetzt mußte ich auf einmal über meine Träumerei lächeln, es war ja bloß Träumerei und kein Einfall, oder Einfall in hoffnungslos ernster Bedeutung, wenn ich mir wieder bewußt wurde, daß alles zerstürzt war, die Stiegenhäuser leer und eingefallen, ich hatte nichts getan, doch alles ausgebrannt, kein Grund und kein Dach, nur eine gedunsene Höhle, sich stemmender Raum in schauerlichem Wachstum bis zu den wunden Enden des Alls, und etwas darin, unfaßbar klein verloren, nahe schon nichts, nur ortlos verwinzigte Spur einer in aller Welt heimatlosen Vergangenheit. Da sah ich nicht mehr auf die Zeichen und Namen, von denen ich keinen gelesen hatte, ich sah auch nicht mein eigenes A, es mochten nur drei Kratzer sein, Runen des Zufalls, nichts Bestimmtes und nichts Gefügtes, kein A, schon in den schmutzigen Nebelstaub eingesogen und überspült, vergangen. Nein, ich hatte nichts getan. Vor mir stieg es empor, die Stufen wagten mich endlich hinauf, sie waren noch immer sehr hoch, doch holten sie gerade noch den Schritt ein, und als die ersten zwei mich gehoben hatten, zogen sie mich leichter hinan als erwartet. Von oben hallten die Schritte, verfrühter Jubel, da ich noch fern war, Widerhall also, aber es waren meine Schritte nicht; da schaute ich auf und hörte ihre Stimme, nicht ungeduldig, welch tröstliche Gewißheit, sondern freundlich, nur vom Schatten der Sorge bedeckt.

»Wo bleiben Sie denn so lange? Verirrt? Ich habe nochmals unten angerufen und bin dann los, um Sie zu suchen.«

»Ich komm schon!« rief ich mit brüchiger Stimme.

Es klang viel unsicherer, als ich wünschte, doch bemühte ich mich, diesen schmählichen Eindruck dadurch wettzumachen, daß ich hastig emporstrebte und dabei unvernünftig zwei Treppen auf einmal zu bezwingen versuchte. Fräulein Zinner war in Mantel und Hut, die Handtasche unter dem Arm.

»Jetzt brauchen Sie sich nicht mehr zu beeilen!«

Der Ausruf enttäuschte mich, wozu hatte ich mich so angestrengt? Ich wollte nichts antworten, doch als sie ansetzte, mir die Treppe herab entgegenzukommen, ihre Absätze begannen hart zu schlagen, da war ich bitter betroffen. Ich erschrak auch beim Gedanken, daß ich jetzt ohne Pause sofort wieder das Abenteuer des Stiegenhauses bestehen sollte. Mochte es auch abwärts und in versichernder Begleitung leichter sein, es wäre mir doch im Augenblick zuviel geworden.

»Nein, nein! Bitte, nein! Warten Sie doch! Ich komm erst mal hinauf!«

Ich trug das mit so viel fordernd flehender Dringlichkeit vor, daß sie stutzte und gar nicht anders konnte als mir zu willfahren.

»Nun, wenn Sie wünschen. Wir können ein Weilchen bei mir im Büro sitzen.«

»Ja, bitte! Das ist es, worum ich bitte!«

Ich weiß nicht, wie ich hinauftaumelte, von einem Zauber bewegt, gewiß nicht aus eigener Kraft, es war auch fast nur Kopf und Hals auf dem Wege, die Beine hatten sich verzögert und wickelten sich bloß einzeln verschlungen über die Stufen. Abgehaspelt war ich und erschöpft; so mag man wohl verstehen, was es heißt, auf der Strecke liegen geblieben. Ich konnte mich nicht auf den Füßen halten und warf unter dem Vorwand der Begrüßung, in Wahrheit aber um einer Stütze willen der Wartenden die Hände entgegen, die sie für mein Bedürfnis zu langsam und viel zu locker ergriff.

»Guten Abend«, hauchte ich und fand meinen Gruß verfehlt. »Verzeihn Sie bitte tausendmal, daß ich mich so schändlich verspätet habe!«

»So arg war es nicht«, meinte sie leise befremdet.

Sie wollte meine Hände loslassen, aber ich packte fester zu, damit sie merken mußte, daß ich auf ihre Hilfe jetzt nicht verzichten konnte.

»So arg war es nicht, daß Sie sich so übertrieben entschuldigen. Hierzulande macht man nicht so viel Wesens davon.«

»Ich habe mich noch nicht daran gewöhnt. Ich bin ganz unerfahren. Ganz! Wo ist, bitte, Ihr Zimmer?«

»Ist Ihnen schlecht, Herr Landau? Ihre Hände sind kalt und feucht.«

»Nein, nicht schlecht. Verzeihn Sie! Es wird sofort wieder vergehn. Nur schwach. Bitte, Ihr Zimmer. Etwas sitzen. Sehr sehr schwach.«

Fräulein Zinner nahm mich unter den Arm und schleppte mich mehr, als daß ich selber schritt, bis an ihre Bürotüre. Hier mußte sie mich loslassen, weil sie den Schlüssel aus der

Tasche kramte, ich aber hielt mich an ihrer Schulter und hatte nur den einen Wunsch, zu sitzen. Sie sperrte auf, machte Licht, schon saß ich oder lag fast auf einem Sessel. Es war unbequem und drückte. Sie schaute mich ernst und so überaus mitleidig an, daß es mich erschütterte und mir in einem wohl und wehe tat. Ich wandte mich ihr heftig und doch bittend zu.

»Nur sich nicht sorgen und etwas Geduld! Gleich wird alles gut sein.«

Sie schaltete einen elektrischen Heizkörper ein und schob ihn vorsorglich nahe heran.

»Vielen Dank! Aber das brauch ich nicht. Mir ist warm, viel zu warm.«

»Haben Sie Fieber? Was ist mit Ihnen?«

»Nichts, nein! Nur fünf Minuten! Sie werden sehn, es wird alles gut sein! Es waren nur die Treppen, glaub ich. Wirklich!«

Fräulein Zinner nahm mir den Hut aus der Hand, mit dem ich gedankenlos gespielt hatte, und nun gelang es mir, ohne dabei aufzustehen, mich von dem beklemmenden Mantel zu befreien. Sie nahm auch den Mantel. Ich ließ es schweigend geschehen. Meine Gastgeberin sprach nicht. Die Stille behagte mir, langsam beruhigte sich das Sausen im Kopf, der kalte Schweiß ließ nach, das Herzklopfen wurde schwächer. Ich strich mir die Haare zurecht, die wieder einmal in Unordnung geraten waren, und blinzelte matt den grellen Kugelleuchter an, der den Raum in fast gleichmäßig starkes, mir aber nicht unangenehmes Licht tauchte. Fräulein Zinner machte sich in einer Ecke zu schaffen, was ich nicht neugierig beobachten wollte; aber wenn ich mich um ihre Beschäftigung auch nicht kümmerte, bemerkte ich doch, daß sie mit Gläsern umging, sie goß etwas ein, hantierte mit einer Blechschachtel, dann mit einem Teller oder Schüsselchen, worauf sie etwas legte, sicher ein trockenes Gebäck. Als sie sich mir näherte, zwang ich meinen Blick von ihr weg in eine andere Richtung und hörte, wie ein zweiter Sessel herangeschoben und ein Tablett daraufgestellt wurde.

»Darf ich Sie bitten?« flüsterte sie. »Es wird Ihnen gut tun.«

Nun wandte ich mich ihr zu, vermied aber den Blick auf die Gaben.

»Sie sorgen sich wirklich zu sehr. Es ist mir schon fast ganz gut.«

»Es ist Ihnen besser, aber noch lange nicht gut.«

»Sie wissen das?«

»Freilich.«

Sie hob ein Glas empor, ich mußte es nehmen, Wein dunkelrot, süß, doch nicht zu sehr, und kräftig. Ich trank langsam ohne abzusetzen aus.

»Das wärmt. Ganz ausgezeichnet.«

Sie nahm mir das Glas ab und goß nach. Ich winkte leise, sie verstand und stellte das Glas nieder. Nun reichte sie mir ein Tellerchen mit einigen glitzernd verzuckerten Keksen. Ich nahm ein Stück, brach es entzwei und kaute bedächtig.

»Jetzt bin ich gesund wie ein Fisch!«

Um das gleich zu beweisen, wollte ich aufstehen; es wäre mir sicher gelungen, aber es wurde nicht geduldet.

»Wir haben keine Eile. In einer halben Stunde wird es besser sein.«

Da setzte ich mich behaglicher hin, zupfte die zerdrückten Hosenfalten zurecht, so gut es ging, strich auch den Rock glatt und fuhr rechts und links über den Kragen hin. Dabei fiel mir die leidige Krawatte ein, ob sich der Knoten nicht gelockert oder verschoben habe. Ich tupfte ihn ab, alles schien in bester Ordnung. Es beunruhigte mich nur, daß sich mein Betragen wenig schickte, mein Treiben war zu auffällig, um übersehen zu werden. Deswegen mußte ich etwas zur Ablenkung sagen.

»Die Krawatte ist alt, aber fast nicht getragen. Eine Krawatte, die mir gefällt. Sie ist noch aus der Vorkriegszeit, stellen Sie sich das vor!«

»Hier haben die meisten Menschen nur alte Sachen, oft viele Jahre alt. Sogar die Einheimischen. Anschaffungen sind nicht leicht möglich, man muß sich einschränken.«

»Sie verstehn mich nicht recht.«

»Entschuldigung!«

»Schon gut. Was man hier besitzt und alt ist, das hat man wenigstens immer gehabt. Es wurde nichts unterbrochen, eigener Besitz, eine gleichmäßige Reihe von Zeit, schön auf alle Tage verteilt, und wenn es tausende waren. Jetzt verstehn Sie mich doch?«

Ja, sie hatte verstanden und bat mit leicht geöffneten Lippen um Verzeihung.

»Nein, das ist nicht nötig. Sie können das alles nicht so wissen. Drüben und hier, es ist alles so verschieden gewesen.«

»Das weiß ich, und doch weiß ich es nicht genug, mache es mir vor allem nicht immer und nie genügend bewußt. Das ist auch der Hauptgrund, warum mir viel an der Bekanntschaft mit Ihnen liegt. Wissen Sie, ich hab mir schon viel erzählen lassen und hab auch manches gelesen, aber die Vorstellungen, die ich dabei gewonnen habe, die reichen bei weitem nicht aus. Es wird einem manches Grauen vermittelt, aber Grauen allein, das genügt nicht, ist unehrlich, vielleicht sogar unabsichtlich verzerrt. Die Wahrheit muß anders gewesen sein. Nicht das Grauen, sondern der Mensch im Grauen ist wichtig. Stimmt das? Von Ihnen erwarte ich, daß Sie gerade von diesen Dingen viel wissen, und ich glaube, Sie können sie auch vermitteln.«

Ich schaute sie zweifelvoll an.

»So einigermaßen vermitteln, das können Sie bestimmt. Alles, ich weiß, das geht nicht. Das fühle ich deutlich.«

Da ich schwieg, redete Fräulein Zinner weiter.

»Ich hab das Gefühl, daß Sie erfahren sind, weil es Sie bis zum Fundament erschüttert hat. Und ich halte Sie für wahrhaftig und für mitteilsam.«

»Mitteilsam ..., nun ja. Vielleicht zu sehr. Aber wahrhaftig? Das kann ich nicht beurteilen. Mühe gebe ich mir freilich.«

»Darauf kommt es an. Mein Wille, dem Unglück zu dienen – Sie verstehn mich doch, wie ich das meine? – hat mich dazu getrieben, diesen aussichtslosen und undankbaren Posten anzunehmen. Es ist alles leblos. Und es ist gut, daß man das Flüchtlingsamt, zu dem unser Suchdienst gehört, bald liquidieren wird. Der Mietskontrakt läuft im nächsten Sommer ab, man wird ihn nicht erneuern.«

»Was soll aus diesem großen Haus werden?«

»Es war einmal ein Hotel. Hotel Ivanhoe. Vielleicht wird man es wieder als Hotel einrichten.«

»Als Hotel ...«, sagte ich gedankenlos.

»Vielleicht auch nicht, man sagt es so. Das kann uns ja egal sein.«

»Doch was machen Sie hier außer liquidieren, wenn ich fragen darf?«

»Die Flüchtlingskartothek mit noch zwei anderen Mädchen und einem Herrn, der aber nur die Oberaufsicht hat. Die Kartothek soll jetzt aufgearbeitet und abgeschlossen werden. Dann wird sie einer anderen Institution übertragen, wo man sie verwahren wird.«

»Was ist in dieser Kartothek? Ich kann mir wenig vorstellen.«

»Namen, Namen. Jeder, der sich einmal im Flüchtlingsamt wegen Rat, Hilfe, Unterstützung, Vermittlung oder auch nur wegen einer Auskunft angemeldet hat, muß seine Personalien abgeben, nicht bei mir hier, sondern in den anderen Büros, und dieses Material kommt dann zu uns herauf, wird überprüft und nach allen statistischen Erfordernissen bearbeitet und eingeordnet. Ich gesteh Ihnen, es ist ziemlich trostlos, aber fast noch das Beste, was hier im Haus gemacht wird.«

»Doch es wurde viel geleistet?«

»Illusionen. Papier. Fast alles Papier. Große Worte. Wichtigtuerei. Namen fast ohne Menschen dazu. Die Menschen hat man weggeschickt, wenn man nur die Namen hatte. Aber ich sehe, das betrübt Sie, und ich stelle es vielleicht zu bitter dar. Wenn lauter Nächstenhaß statt Nächstenliebe wirkt, dann wird ja so ein Amt wie unseres notwendig, und schließlich schaut aus all dem Wust Papier dann doch noch mal was Nützliches heraus.«

»Reden Sie nur weiter!«

»Es hat nicht an gutem Willen gefehlt, aber das Papier ist mächtiger. Es fordert nur Namen und Daten, verschlingt sie, unersättlich, eine Mühle, und das Leben kommt dabei meist zu kurz, eben zermahlen. Aber ein Gutes haben die Namen doch. Wir können Auskunft geben. Dazu haben wir den Suchdienst, für den vor allem ich da bin. Da werden die Namen gebraucht, und manchmal geschieht ein Wunder, das alle Mühe verlohnt. Ein Bruder findet seine Schwester, selbst ganze Familien vereinigen sich. Ich bin so egoistisch, daß ich mir diese Arbeit als Hauptbeschäftigung gesichert habe, während meine Mitarbeiterinnen viel mehr in Papier versinken als ich. Das kann ich nur dadurch rechtfertigen, daß es sie gewiß nicht so bedrückt wie mich. Sie freuen sich, wenn alles auf den Blättern stimmt, und der Suchdienst hat seinen Vorteil davon. So wird das Papier schließlich doch noch zum Leben erweckt. Wir haben auch Parteienverkehr da oben. Mündliche Auskünfte über Namen und Adressen. Schicksale steigen auf. Wie leer ist unsere Kartothek, wenn Menschen zu mir kommen, die um ihre Nächsten bitten und betteln, und die Karten sind Nieten, die nicht helfen und raten. Blicke leeren sich vor mir aus, dahinter ist dann nichts als die bare Verzweiflung oder noch Unglaube, der gegen die enttäuschende Nachricht aufbegehrt, und ein Verlangen, selbst die Karten durchblättern zu dürfen. Wenn es die Zeit erlaubt, willige ich ein, um das Mißtrauen zu beschwichtigen, obwohl das immer zwecklos ist, weil, erstens, unsere Karten nur zu gut in Ordnung sind, und zweitens, den Leuten mit ihrem friedlosen Herumsuchen nicht gedient ist. Die Enttäuschung wächst nur ins Ungemessene, wenn dieser sinnlose Versuch nichts fruchtet, wenn die Leute durch ähnliche Namen verwirrt werden, schließlich bitter werden und entweder geknickt sind oder sich in polternden Ausfällen verlieren, was für eine Wirtschaft wir haben und noch Ärgeres mehr. Ich lasse das möglichst geduldig über mich ergehn, weil ich hoffe, daß es die Unglücklichen ein wenig erleichtert, aber meinen Kolleginnen paßt das nicht, sie schimpfen, daß ihre schöne Kartothek durcheinander gerät und von schmutzigen Fingern zerzaust und befleckt wird. Übrigens ist es nicht erlaubt, Besuchern Einblick in die Kartotheken zu gewähren, offiziell darf mein Chef davon nichts wissen. Er duldet es aber stillschweigend, weil ich ihm schon öfters hart ins Gewissen geredet habe.«

»Und was machen Sie mit den Menschen, wenn alles aussichtslos und vergeblich ist?«

»Ich schicke sie zu unseren Rechercheuren. Dort tröstet man sie mit langen Formularen, die umständlich auszufüllen sind. Oder ich verweise sie ans Rote Kreuz und andere Organisationen. Dann ziehn die Menschen ab. Manche grüßen nicht einmal, aber ich kann es ihnen nicht verübeln.«

Ich bat darum, die Kartothek zu besichtigen. Fräulein Zinner wollte eine der schweren Laden aus einem Eisenschrank herausziehen, doch das ließ ich nicht zu, stand gegen ihren Protest auf und ging zu ihr hin.

»Sind Sie wirklich schon ganz erholt?« fragte sie mit ängstlichem Zweifel.

»Aber gewiß. Wie oft soll ich Ihnen versichern, daß es gar nichts gewesen ist. Ich hätte meinen Besuch um einige Tage verschieben sollen. Es war unrecht von mir, meine Übermüdung nicht zu bedenken, verzeihn Sie, und dann vielleicht die vielen Treppen.«

»Ach was, verschieben! Wir haben schon so viel verschoben, und das allein ist die Hälfte unseres Unglücks gewesen!«

Fräulein Zinner wollte keine Entschuldigungen von mir hören, sondern sich überzeugen, ob ich wirklich gesund und nicht weiter schonungsbedürftig sei. Sie bezweifelte meine Beteuerungen, ich aber trat sicher auf, streckte den Rücken und hob den Kopf, um vor ihren streng prüfenden Blicken zu bestehen.

»Na, besser ist es mit Ihnen. Aber gefallen tun Sie mir nicht, Sie sind blaß bis auf die Knochen.«

»Bin ich immer. Schon als Kind. Meine Mutter …«

»Bei Haarburgers sahn Sie besser aus.«

»Dürfte Sie täuschen. War nur das Licht.«

Fräulein Zinner sah ein, daß sie nicht mehr darüber reden dürfe, wenn sie mich nicht kränken und beschämen wollte. Sie ließ mich in die geöffneten Laden blicken, wo die Karten nach irgendeinem Patentsystem, das sie mir wohl erklärte, ich aber trotzdem nicht begriff, geschickt befestigt waren und auf einer Schiene bewegt werden konnten. Gleichzeitig ließen sie sich um ihre halbe Höhe emporheben, ohne herausgenommen zu werden, doch durch einen kleinen Kunstgriff waren sie bequem herauszulösen. Die Karten waren numeriert, auf jeder standen Namen, Vornamen, Namen der Gattin oder des Mannes, Namen von Eltern und Kindern, Adressen, gewechselte Adressen, alte Adressen, Berufe, ehemalige und jetzige, Jahreszahlen und Angaben von Ländern, ferner viele verschlüsselte Zeichen, die ich nicht verstand, doch Fräulein Zinner erläuterte sie bereitwillig, und wieder Nummern, Kreuzchen, Sterne und Verweise, mitunter auch mit roter Tinte hinzugefügt, ein blanker Friedhof mit Namen und dahinter unsichtbar ein Leben und verschwistertes Leben, Sorge, Leid, Hoffnung, Wahnsinn, glühende Leidenschaft, weiße Ernüchterung, doch auch Krankheit, Geruch wie von Lysol oder Chloroform, umnebelnd, angsterregend, und dann der Tod: eine bestürzende Entfernung in jeder Karte, unwirklich, zu niemandem gehörig, ungegenwärtig, aber nicht auf geheure Art vergangen; dazu war alles in einem viel zu entrückt und doch auch aufgehoben, es spielte sich an tastende Finger und ungewiß fragende Blicke heran, es tanzte kalt in blechernen Buchstaben, von einer Maschine schwarz in das weiße Fleisch gehackt.

»Wie kann man das hier aushalten?« fragte ich unhöflich. Als wollte ich diese unpassenden Worte zurücknehmen, setzte ich mit wichtigtuerischer Miene hinzu: »Es ist natürlich eine Pflicht.«

Fräulein Zinner überhörte diesen Gemeinplatz geflissentlich, sie hatte zuvor wohl auch meine Taktlosigkeit nicht beachtet.

»Jetzt sehn Sie es selbst«, sagte sie einfach.

Ich wandte mich von den Karten ab und blickte mich nach dem Schreibtisch um, Fräulein Zinners Arbeitsplatz. Hinter Glas in einfachen Rahmen standen fünf Bilder; der Vater, ernst und schmal, die Augen prüfend kühl, doch voller Wohlwollen und Teilnahme, der Blick eines Arztes, die Mutter leicht geduckt, etwas rundlich, sorgsam, häuslich und schlicht, dabei aufgeweckt und lebhaft; Fräulein Zinner sah viel mehr dem Vater ähnlich. Ich verglich und nickte ihr zu.

»War er Arzt?«

»Ja, Lunge und Herz. Sehr beliebt. Es sind die beiden letzten Bilder, noch nachgeschickt.«

Die nachgeschickten Eltern; ich erschrak und hielt mich am Schreibtisch fest.

»Immer vor sich bei der Arbeit. Nur wenn Sie zur Kartothek müssen, nicht, und wenn Sie Besucher empfangen, natürlich auch nicht.«

Es war so sinnlos, was ich sagte. Es war der Schreck allein, die Angst davor, daß es tote Eltern gibt, die man im Bilde besitzt.

»Die Ähnlichkeit ist groß. Und rechtzeitig gestorben.«

Warum hatte ich das gesagt? Fräulein Zinners Eröffnungen bei Dr. Haarburger wurden deutlich. Daß ich jetzt die Ähnlichkeit ausgesprochen hatte, damit sollte nichts bezeichnet sein, was sich im Antlitz Fräulein Zinners spiegelte, bloß die Ähnlichkeit der Bilder selbst war gemeint, nur der sich durch Zweifel hindurchtastende Glaube, daß Bilder überhaupt ähnlich sein können, daß man jemanden auf einem Bild erkennt und anerkennt: das also sind sie oder waren sie. Namen mochten erinnern, sie standen im Gedächtnis oder waren in Buchstaben bewahrt, aber welche Ähnlichkeit mit Menschen sollten sie haben? Namen konnten beschwören, aber als Zeichen mangelte ihnen die Kraft zum Bezwingen einer Gestalt, die sich erfüllen sollten, Bilder hingegen waren zumindest stellvertretende Zeichen für lebende Gestalten.

»Dem Vater ähnlicher«, sagte Fräulein Zinner leicht verweisend.

»So, dem Vater, stimmt. Aber auch der Mutter. Kurzum ähnlich. Man kann ähnlich sein.«

»Erstaunt Sie das?«

»Ja, es erstaunt. Man behauptet, daß, ›ähnlich‹ – merkwürdig genug, ist es gar kein altes Wort – von ›einlich‹ abgeleitet ist, also von ›eins‹, und die Gleichheit ausdrückt, die als Einheit gelten soll. Man hat ›ähnlich‹ früher auch mit e und ohne h geschrieben. Aber mir leuchtet diese Ableitung nicht ein. Ähnlich kommt von ahnen. Mir ahnt etwas, so wird es ähnlich. Die Ahnung ist das Fremde, das Abkünftige, das mich auf einmal als Bekanntes überrascht. So zumindest hat man empfunden, mag man auch ›ähnlich‹ ableiten, wie man will.«

»Interessieren Sie sich für Sprache?«

»Ja. Aber das gehört nicht her. Ich rede nur von den Bildern und Ihnen. Die Verbindung ist die Ahnung, und das erstaunt mich, überwältigt mich fast, da ich es kaum glauben kann. Doch auch davon wollte ich nicht reden, nur von der Ähnlichkeit der Bilder. Sie sagen, die Bilder sind ähnlich?«

»Ja, äußerst.«

»Das ist schön und merkwürdig. Es muß Sie sehr erleichtern.«

»Wie? Wie meinen Sie das?«

»Ich meine, Sie haben nun Ihre Eltern. Da drüben in Ihrer Kartothek hat man niemanden. Dort sind Aussagen, vielleicht richtige Aussagen, aber mehr nicht. Was man davon zu halten hat, haben Sie selbst am besten erklärt. Aber die Bilder sprechen, wenn sie ähnlich sind. Wir hatten Bilder bei uns im Museum, daher weiß ich das. Dort war das genauso, und in den meisten Fällen haben wir die Namen gar nicht gewußt. Unbekannter Mann, unbekannte Frau, unbekanntes Kind. Gewiß, unbekannt, das ist schmerzlich genug. Aber doch da, und besser unbekannt da sein, als bekannt verschollen und nichts als zergliederte Namen. Das ist es, verstehn Sie? Und nun ruhn diese Bilder auf Ihrem Schreibtisch aus. Die Erinnerung gibt Ihnen Sicherheit. Welches Glück! Dadurch haben Sie die Eltern noch und müssen nicht zweifeln, je Eltern gehabt zu haben.«

»Du meine Güte, sie könnten noch leben!«

»Genau das. Die Eltern könnten, aber sie können nicht mehr. Das ist eine große Sicherheit. Wer die noch hat! Die Unterscheidung ist haarfein, aber wichtig. Beinahe ein Trost. Sie haben das letzthin grob ausgedrückt: abgekratzt!«

Fräulein Zinner kamen die Tränen.

»Verzeihn Sie, ich bin manchmal zu schroff. Aber nicht lieblos, wirklich nicht lieblos.«

»Wer sagt denn das? Kränken Sie sich bitte nicht! Ich will nichts mehr sagen.«

»Sprechen Sie nur weiter! Man muß ja einmal.«

»So, denken Sie das? Das ist sehr gütig von Ihnen.«

»Empfinden Sie das nicht auch?«

»Bestimmt.«

»Ja, ganz genau so ist es. Nur durch die Sprache wird gefährlichstes Dasein verscheucht. Aber auch das ist nicht richtig gesagt, denn verscheucht kann das Übermächtige nicht werden, nur gesichert, festgestellt, damit es bestimmt wird, aus dem Unheimlichen ein wenig heimlicher gemacht. Nur durch die Sprache können wir zaubern, Rettungsversuche. Man will ein Haus haben, ein Heim, ein Dasein zwischen Wänden, wo man geschützt ist und sich verbergen kann, daß man nicht – und da haben wir's ja – vom Ruf des Unheimlichen ereilt wird, der einen mit der Frage hinauszwingt: Wo bist du? Diesem Wunsch entspricht es nun, was ich eben nicht ganz glücklich das Verscheuchen des gefährlichsten Daseins, also des Unheimlichen nannte. Richtiger wird es, wenn ich sage: das Übermächtige bannen. Wir müssen gleichsam sprechen, um nicht fortwährend gefragt, fortwährend bedroht zu werden. Und so habe ich Ihnen doch noch erklärt, warum mich Sprache interessiert.«

»Wie hängt das alles mit den toten Eltern zusammen?«

»Ihre Eltern sind wenigstens tot.«

»Arg genug für mein Gewissen.«

»Sicher tot! Wissen Sie, was das bedeutet, Fräulein Zinner? Wahrscheinlich bestattet!«

»Ja, auf dem Friedhof begraben. Das ist nicht tröstlich.«

»Nicht tröstlich ... Wer wird so große Worte wagen? Sicher nicht tröstlich, aber sicher, und das entscheidet. Ein Ort. Man kann sogar hinfahren.«

»Ich will nicht.«

»Das ist etwas ganz anderes. Niemand nötigt Sie. Doch Sie können. Dieses nicht Tröstliche, das ich um nichts tröstlicher machen will, denn es bleibt beklagenswert, entbehrt doch nicht jeden Trost, weil es eben eine Gewißheit ist. Zunächst sind die Eltern gestorben, Sie haben verläßliche Nachricht, wissen die Todestage oder können sie erfahren, und dann wurden die Toten begraben, ein Friedhof, Sie können die Stelle finden. So gibt es einen Ort, wo unzweifelbar die Toten sind, wo sie sich aufhalten, ihr Grab, ihre letzte Ruhestätte gefunden haben, oder wie man das sonst noch nennen will. Es ist nicht ganz unheimlich. Dafür sollten Sie sehr dankbar sein!«

»Im Verhältnis, wenn ich darüber nachdenke, wie Sie das ausdrücken, im Verhältnis haben Sie schon recht. Doch nur im Verhältnis.«

»Im Verhältnis, gut. Und das ist wieder etwas Entscheidendes. Das ist, gleichfalls im Verhältnis, schon der Ansatz zu einem Trost.«

»So schwierig!«

»Mimose! Eine Mimose, haben Sie gesagt.«

»Merken Sie sich alles, was man einmal sagt?«

»Im Gegenteil, nur sehr sehr wenig. Ich habe ein schwaches Gedächtnis.«

»Das scheint mir nicht so.«

»Doch. Sie dürfen sich nicht täuschen lassen, Fräulein Zinner. Es gibt nur wenige Dinge, die ich genau behalten kann. Gar nicht einmal Dinge, eher ihren Umfang, so eine Art Netz. Ein Gedächtnis für Strukturen nenne ich das. Schwierig, was? Ich will es Ihnen erklären. Ich meine ein Gedächtnis für dichte Zusammenhänge, für den dicken Erlebnisstoff. Da kann ich allerdings nichts vergessen. Aber kein Gedächtnis für das Phänomenale, für die Erscheinung, das Einzelne, Genaue. Oder nur für einzelne Leitpunkte unter den unermeßlichen Einzelheiten, durch die ich den Zusammenhang, eben die Struktur, im Geist bewahre. Das erleichtert mir eine gewisse Fortdauer von Tag zu Tag, macht sie zumindest erträglich, das ganze Leben aber zu einer Last, einer Qual. Wenn ich nun zu alledem klar herausgreifbare Erlebnisse entbehre, mit deren Hilfe ich mich in dem verschwimmenden Zeitenwirbel zurechtfinden könnte, dann ist es arg, und mir fehlen die Leitpunkte. Da weiß ich weder, ob etwas ist oder nicht ist. Nun kann es Mittel geben, die fehlende Leitpunkte ersetzen oder sogar herstellen, und hat man welche, umso besser, denn jetzt kann ich mich überzeugen, daß sie nicht Trug sind, daß sie wirklich bestehen. Wieder ein kleiner Trost, oder bitte, ein Ansatz, wenn man so etwas hat. Hat – damit ist es schon bezeichnet. Die Hilfsmittel sind nämlich ein Besitz, Besitz fördert und stützt das Gedächtnis; auch das stärkste Gedächtnis wird durch Besitz unterstützt und damit erst begründet. Ein starkes Gedächtnis aber ist der wahre Grundstein, auf dem das menschliche Leben errichtet wird. Dann ist es fest gefügt wie eine Wand. Ohne das bricht es zusammen, Schutt, nicht einmal fragwürdig wie selbst noch das elendste Leben, sondern nichtswürdig.«

»Man weiß doch, hat es doch. Was braucht man noch zu besitzen?«

»Sie reden einen Widerspruch.«

»Ich meine das Leben.«

»Widerspruch, sag ich. Man hat, weil man etwas besitzt. Ich sage ja nicht, daß ich überhaupt nichts besitze. Würde das stimmen, dann würde ich nicht leben. Außer dem Leben aber – man sagt doch so treffend: das nackte Leben – nun, außerdem habe ich erschreckend wenig, um dieses Leben zu nähren und zu bekleiden. Wieder sagt man treffend: das Leben unterhalten. Also ein dürftiges Leben, ein Darben. Ahnen Sie, wie bestürzend das ist?«

»Sie beklagen nicht Ihre Armut, wenn ich recht verstehe. Viel mehr aber begreife ich nicht. Sie denken an Unersetzliches.«

»Richtig. Unersetzlicher Besitz. Die uneinholbaren Dinge. Die Anzeichen dafür, daß es etwas gibt oder gab, was man sonst nicht oder nur im Gedächtnis hat, und das ist unsicher, weil selbst das beste Gedächtnis unverläßlich ist und das sonst Verlorene kaum herstellen kann. Etwas, worüber man verfügt, wenn man auch sonst kein Eigentümer ist. Fräulein Zinner, den Wert, den man hat. Wert, bitte nehmen Sie dieses Wort sehr ernst. Das ist einer der Mittelpunkte, um die ich meine Soziologie des unterdrückten Menschen angeordnet habe.«

»Möchten Sie mir nicht mehr darüber sagen?«

»Wirklich? Darf ich?«

»Aber bitte!«

»Die Würde des Menschen ist materielle und immaterielle Wertzubilligung, die ihm durch die Gesellschaft gewährt, garantiert wird. Die vollendete Erfüllung dieser Würde entspricht dem Optimum von Freiheit von aller Bedrückung. Ein unterdrückter Mensch ist jeder, dem äußere und innere Werte abgesprochen oder entzogen werden. Je stärker, je wirkungsvoller dieser Entzug ist, desto unfreier der Mensch. Entrechtung und Ausbeutung, Knechtschaft und Sklaverei werden durch bestimmten Wertentzug definiert, aber der Sklave muß deshalb noch nicht aller Würde oder Werte, was dasselbe ist, beraubt sein. Andererseits wird jemand, der einmal versklavt oder auf andere Weise unterdrückt worden ist, durch Milderung oder Aufgabe seines besonderen sozialen Zustandes noch nicht, und oft auch nie mehr wieder, mit der mehr oder minder vollkommen hergestellten Wertzubilligung bereits wirklich in den Besitz einst abgesprochener Werte eingesetzt, weil sie praktisch eben unersetzlich sind; sie können nicht mehr herbeigeschafft werden. Das ist die Tragik der Unterdrückung; ganz abgesehen vom Psychologischen sind ihre Spuren in allen jenen Fällen unauslöschlich, wenn sie sich im Laufe eines Menschenlebens wesentlich verstärkt hat. Dies gilt besonders beim Entzug der Achtung oder bei anderen Vorgängen, die den Bedrückten gesellschaftlich entwurzeln. Wurde man in der Unterdrückung geboren und erlangt im Laufe seines Lebens mehr Würde und darum Wert sowie Besitz, wird einem solchen Menschen auch nur das Anrecht darauf zugebilligt, dann ist das anders. So jemand allein erreicht den Gewinn einer größeren Freiheit von Bedrückung. Die Gesellschaft ist eine Wertgemeinschaft, die gesellschaftliche Ordnung ist eine Wertordnung. Die Freiheit in einer Gesellschaft hängt von der Art ab, wie in ihr dafür gesorgt wird, welche Wertzubilligung ihre einzelnen Glieder erfahren, ob gleichmäßiger oder ungleichmäßiger gewährt, ob nach Gruppen verschieden oder ungefähr einheitlich. Eine grundsätzlich gleichmäßige und einheitliche Wertzubilligung für alle Mitglieder einer Gesellschaft wurde zwar schon programmatisch und in Verfassungen verkündet, hat es aber noch nie gegeben; hingegen einen grundsätzlichen Wertentzug für Einzelne oder, viel häufiger noch, für ganze Gruppen, verzeichnet die Geschichte oft, und zwar in den verschiedensten Gesellschaftsordnungen, die sich je gebildet haben. Aber ich sehe, daß ich Ihnen hier einen Vortrag halte, und das ist nicht recht.«

»Oh, ich bin Ihnen sehr dankbar, daß Sie mir das so gründlich erklären. Ich bin nur nicht, das fürchte ich, das geeignete Publikum dafür. Ich glaube, ich bin dafür zu unwürdig.«

»Jetzt spotten Sie.«

»Nein. Ich nehme die Worte bloß einfach, so nach täglichem Gebrauch. Mit Soziologie und anderen Wissenschaften kann ich nur sehr wenig anfangen. Aber bitte, Sie sehn schon wieder so traurig aus ... Das geht nicht. Glauben Sie mir doch wenigstens, daß ich den größten Respekt vor allem habe, was Sie mir anvertraun.«

»Und das sind ... waren Ihre Brüder?«

»Ja. Das ist Richard und das ist Eli. Sein richtiger Name war Elias, nach dem Großvater. Man rief ihn aber nur Eli. Vater meinte, Elias klinge zu mächtig.«

Fräulein Zinner nahm das Bild des Knaben Eli und blies vom Rahmen ein Körnchen weg; es mochte eine winzige Brotkrume sein, die sich als verlorenes Opfer niedergelassen hatte. Eli, der Kleine, über dem das Haus zusammengestürzt war, die Ferien waren zu Ende, nein, er brauchte keine Speise. Die Schwester hatte recht, mit einem Läppchen über die Scheibe zu fahren, bis sie glänzte. Verirrte Flecken schmerzen zu sehr. Alles wegputzen. Es war roh von mir gewesen, daß ich so rücksichtslos doziert hatte, nichtsnutziger Hochmut, aber mein unvermittelter Übergang zu den toten Geschwistern war ein abscheulicher Ausweg, wie konnte ich nur so lieblos sein! Dieser gemeine Eindruck ließ sich nicht mehr verwischen, ich kratzte mir häßlich die Haare. Das war verlegen, widerwärtig mußte es aussehen, dazu das knisternde Geräusch, wie ein Affe. Meine Frisur, fiel mir ein, die mußte jetzt arg zerwühlt sein; das war die Strafe. Und dann die Eitelkeit! Mit beiden Händen strich ich die Haare zurecht, am liebsten hätte ich den Taschenkamm hervorgeholt, aber ich ließ es bleiben, ich hatte schon genug Unheil gestiftet. Fräulein Zinner nahm alles ruhig hin, sie empfand Mitleid, das ich nicht verdiente, und sagte, wie um mich zu entschuldigen:

»Man wird so schmutzig in der Stadt. Hier darf man jeden darauf aufmerksam machen, wenn er einen Rußfleck hat, niemand verübelt das. Es gilt nicht als ungezogen.«

»Ja, sehr viel Ruß, und dabei so wenig Kohle.«

Sie hatte das Bild des Knaben Eli wieder neben den Bruder Richard hingestellt, rückte jedoch noch ein Weilchen daran herum, als wäre es besonders schwierig gewesen, die genau vorgeschriebene Stelle zu treffen. Es war nicht pedantisch, wirkte aber so auf mich; ich nahm mich zusammen, um mein Mißfallen zu verbergen, denn Fräulein Zinner litt, die Wangen waren müde und schmächtig, und dann war es ein toter Bruder, dem ein kleines Liebeswerk galt. Daran durfte ich mich durch kein Mißfallen und kein Unbehagen versündigen, die Tat um des Toten willen war zu verehren wie das Gedächtnis an den Toten. Nur leiblich leben, durchzuckte es mich, nur in der leibhaften Gestalt; ich fürchtete, rührselig zu werden. Es waren so unsinnige Gedanken, die mich belagerten. Ich riß mich zusammen, um meine Stimmung zu beherrschen.

»Das ist also ein Familienbild.«

Es war beschämend dumm, was ich da gesagt hatte, doch nun mußte ich schon mein Verhalten nach dem leeren Ausspruch richten und mich unbefangen zeigen. Ich streckte meine Hand aus, griff nach dem Gruppenbild und hielt es vor mein Gesicht. Es war aber aus der Nähe nicht viel zu sehen, alles verblaßte, gar nichts war zu sehen, die Erinnerung versagte sich dem betrachteten Bilde, und deshalb zeigte es nichts mehr, nur ein grauer Schatten, Dämmerung vielleicht, mit lichteren und dunkleren Flecken. Ich zwinkerte, um meine traumsichtigen Augen zu wecken, es gelang, da stand das Bild wieder auf seinem Platz, ich hatte es gar nicht aufgehoben. Warum denn auch? Ich hatte mich nur genötigt, mich vertrauter mit ihm zu beschäftigen, um nett zu sein; Fräulein Zinner wartete darauf, sie durfte gerade das erwarten, wofür ich nicht das geringste Bedürfnis verspürte. Da blickte ich scharf hin, ohne das Bild zu nehmen. Die Kinder waren noch klein, Richard acht und Eli zwei Jahre, die Schwester ungefähr elf, alle in ihrer Kindheit gefroren, unveränderlich aller Zukunft enthoben, als wäre die Freiheit in einem ewigen Augenblick gefangen, also doch keine Freiheit. Eine fremde Familie Zinner, die Tochter verwandelt, aber noch da, die anderen tot, ausgeschüttete Erinnerungen, die mir nicht gehörten; wie schrecklich, von Toten so umgeben zu sein! Eli verspielt und unbefangen auf dem Schoße der Mutter, die an das erwartete Andenken für ihre Kinder glaubt; Richard, an den Vater gelehnt, jungenhaft munter und des aufnehmenden Photographen sich bewußt, der Vater mit dem gleichen Ausdruck wie auf dem späten Bild, nur frischer und nicht ganz so ernst; in der Mitte ein verschämtes Lachen, wohl auch die hoffnungsvolle Erwartung der Erfüllung darin, Geigenspiel, das junge Mädchen zwischen den Eltern, seitwärts hängende Zöpfe mit kleinen Schleifchen unten.

»Das können Sie also täglich vor sich haben und betrachten. Sie halten das aus, es ist Ihnen sogar angenehm.«

Fräulein Zinner sah mich so an, daß ich nicht wußte, ob sie mit mir Mitleid hatte oder sich selbst bedauerte.

»Meist komme ich nicht über Andeutungen hinaus«, erklärte ich schnell, »doch muß ich wohl klarer sprechen. Ich meine, es belastet sehr, wenn Sie das sehn, Ihre Lieben, aber Sie halten es aus, weil Sie müssen und weil Sie wollen. Bitte, auch das ist ein Ansatz des Trostes.«

»Ich komme überhaupt nicht davon los. Es gibt nichts anderes. Vergangenheit und Dienst. Gibt es nicht ein Gebet, das mit ›Gedenke!‹ beginnt? Ich weiß sehr wenig, aber ich sage immer etwas, das beginnt damit: Gedenke! Dann bekomme ich eine Antwort, ganz einfach: Diene! Und so geht es mir dann: Gedenke, daß du dienest, und diene, daß du gedenkest. Nein, Vergangenheit darf ich nicht wegschieben, Dienst muß ich leisten.«

»Sie sollen nichts wegschieben, Fräulein Zinner, wenn es nicht von selbst vergeht. Sie haben recht, wenn Sie das befolgen. Sie haben auch recht, wenn Sie glauben, daß es nicht vergeht, denn dafür gedenken wir ja. – Ich habe kein Bild meiner Eltern.«

Ich hielt inne. Sie sah mich forschend an, bewegte die Lippen, aber sagte nichts.

»Kein Bild der Eltern, auch sonst keines von Verwandten. So viel hat man mir gegeben, meist Fremdes; ein Bild war nicht darunter. Das ist es ja. Und deshalb sagte ich vorhin so viel über Ihre Bilder da. So viel läßt sich beobachten, entdecken, in den Alltag einbringen. Solche Ansätze des Trostes fehlen mir. Ort oder Tag des Todes meiner Eltern unbekannt. Irgendwo im Osten. Forschen Sie nicht nach, hat man mir gesagt, es ist vergeblich. So weiß ich weder, ob sie sind oder nicht sind, wenn ich auch noch so sicher weiß, daß sie umgekommen, daß sie weg sind. Aber alles ist ungewiß. Das habe ich gemeint.«

Fräulein Zinner klappte die Bilder um, daß sie mit der Rückseite auf der Platte lagen. Das erlaubte ich nicht, ich stellte sie wieder sorgfältig auf.

»So dürfen Sie das nicht tun. Danken Sie dem Ewigen, daß Sie diese Bilder haben, es ist eine Gnade. Wenn Sie mich dessen fähig glauben, daß ich auch nur im geringsten Ihnen diesen Besitz neide, dann schmeißen Sie mich bitte auf der Stelle hinaus!«

Ich ging zum Kleiderhaken, wo Fräulein Zinner meine Sachen aufgehängt hatte, nahm den Mantel herunter und schlüpfte hinein. Sie war totenbleich, kümmerte sich nicht mehr um die Bilder und starrte mich übergroß an, mit dem Rücken an den Schreibtisch gelehnt, die Hände rückwärts durchgebogen auf seine Platte gestützt.

»Herr Landau, Sie haben recht, wenn Sie mich jetzt verlassen. Ich verdiene nichts anderes. Ich bin egoistisch und denke nur an mich. Aber Sie gehn frei und freiwillig, nicht weil ich Ihnen etwas anzuschaffen habe.«

»Und Sie wollen hier bleiben?« fragte ich betrübt mit dem Hut in der Hand. »Kommen Sie doch mit!«

»Darf ich denn?«

»Sie sollen! Sie haben mich eingeladen.«

Sie schien erleichtert, ihre Haltung lockerte sich, aber noch rührte sie sich nicht vom Schreibtisch und schaute mich unsicher an.

»Wollen wir also?« fragte ich ermunternd.

»Ist Ihnen wirklich jetzt ganz gut?«

Ich mußte lächeln und wollte sagen: Sie sind ein liebes, gutes Kind. Aber davor hielt ich mich zurück.

»Sehr gut ist mir. Wenn Sie etwas fröhlicher ausschauen können, wird es mir noch viel Kraft zugeben.«

Nun endlich lächelte auch sie, trat nahe an mich heran und hielt auch schon ihre Tasche in der Hand. Dann besann sie sich, räumte das Tablett mit allen Sachen fort, nachdem ich noch ein halbvolles Weinglas hatte leeren müssen. Nachher wurden die Sessel und alles, was an meinen Besuch erinnerte, ordentlich zurechtgerückt. Bloß die offenen Laden der Kartothek hatte Fräulein Zinner übersehen. Ich trat an die Laden heran und wollte sie zuschieben, aber mein Versuch scheiterte kläglich. Ich lachte mit einer bedauernden Bewegung, Fräulein Zinner lachte noch lauter, als sie zur Hilfe eilte; ein Ruck, und die Laden waren mühelos geschlossen. Nun schien nichts mehr den Fortgang zu verhindern, doch da entdeckte die Freundin im letzten Augenblick, daß mein Mantel verschmutzt war.

»Sie müssen irgendwo angekommen sein. Das will ich schnell wegbürsten.«

»Ja, die Wand. Da sind Spuren geblieben. Ich habe mich angelehnt.«

Sie lief zu einem Schrank, kam mit einer Kleiderbürste und scheuerte kräftig an mir herum, doch die Flecken waren nur mühselig und unvollkommen zu beseitigen.

»Die Wand muß feucht gewesen sein. Ich bekomme das leider jetzt nicht so ganz weg. Über Nacht, wenn es nicht regnet, wird der Mantel gut trocken. Dann können Sie mit einer trockenen Bürste leicht alle Stäubchen fortputzen. Haben Sie eine Bürste, Herr Landau? Sie können diese haben.«

Ich mußte wieder lachen und versicherte, daß ich eine Bürste besitze, aber ein liederlicher Geselle sei, der schlecht seine Sachen behüte. Nun wurde mir ins Gewissen geredet, ich mußte versprechen, morgen früh bestimmt nicht das Säubern meines Mantels zu vernachlässigen. Dann endlich gingen wir. Schnell liefen wir die Treppen hinunter; sie hallten von unseren Schritten wider, aber es störte mich nicht, und ich war froh, Haus Ivanhoe mit seinem Flüchtlingsamt zu verlassen. Auch an dem Pförtner, mit dem ein Abendgruß gewechselt wurde, kamen wir ohne Aufenthalt vorüber; ich hatte befürchtet, Fräulein Zinner werde sich mit ihm noch in ein kurzes Gespräch verwickeln.

Die Dunkelheit auf der Straße schien mir noch dichter geworden zu sein, es war jetzt auch kälter. Bald waren wir so kreuz und quer gelaufen, daß ich mich nicht mehr auskannte. Ich fühlte mich unsicher und dem Wohlwollen meiner Begleiterin ausgeliefert; ich hätte jetzt alles nach ihrem Befehl tun oder lassen müssen, denn ich war zu wehrlos, um dem geringsten Angriff zu widerstehen. Doch warum wollte ich Arges befürchten? Außerdem konnte ich jederzeit weglaufen, in der Finsternis hätte sie mich sofort verloren, während mir es schon gelungen wäre, mich vorzutasten und weiterzufragen. Ich hatte doch eine Adresse, ein Zimmer in einer

Pension, ich zahlte, aber gerade deswegen mußte mir nicht bange sein. Man läßt einen Zahlenden in dieser Welt nicht verderben, man läßt ihn nicht allein und erbarmt sich seiner viel eher als des Elenden, der nur von Bitten erfüllt ist, doch keine Unterkunft zu nennen weiß und darum irren soll.

Was für müßige Angstfetzen ließ ich da um mich herumschwirren, statt mich geduldig einem wohlmeinenden Geleite anzuvertrauen! Fräulein Zinner meinte es gut, sie kannte sich aus, sie hatte ein Restaurant bestimmt, also mußte ihr daran gelegen sein, das Ziel ohne Umschweife zu erreichen. Sie verfolgte den richtigen Weg, und ich brauchte mich nicht zu sorgen, jetzt nicht, jetzt war mir alles abgenommen, die endlos verwirrende Stadt hatte unter dem Schutz einer kenntnisreichen Führerin keine Macht über mich; so durfte ich mich ahnungslos durch alle Gründe schleusen lassen. Ich hätte gern gesprochen, doch da meine Begleiterin schwieg, senkte ich kein Wort in die fremden Gassen; es war besser, sie nahe zu wissen, dicht neben mir, als auf ihre Reden zu merken, die mich im gehäuften Dunkel kaum erfrischt, sondern bloß verstört hätten. Sie war ich. Daß dies Gewißheit werde, verlangte Vorsicht von mir, und ich durfte nichts heraufbeschwören, was diese zarte Abhängigkeit gefährden und unversehens zerbrechen konnte. Einmal stolperte ich so ungeschickt bei einer Kreuzung vom Gehsteig die Stufe auf den Fahrdamm hinunter, daß mein Knöchel knackte und ein stechender Schmerz, es war nicht arg, aber lästig, mir im Beine hochstieg. Fräulein Zinner sagte ich auch jetzt nichts, doch nahm sie sich meiner noch mehr an und hängte sich in mich ein, sehr behutsam und kühl, aber energisch, in der Art wie Krankenschwestern die ersten Gehversuche genesender Patienten unterstützen.

So zogen wir weiter. Ich weiß nicht, wie lange wir gingen. Mag sein, es war nicht einmal lange, doch schien es mir endlos, wie meine Füße unentwegt voran in die Ferne strebten, während der Leib zurückblieb oder langsamer nachfolgte, viel schwerer und unbeholfener als die lauflustigen Füße, doch am schwersten war der Kopf, der in der Kälte glühte und nicht einmal mit der gehemmten Schnelligkeit des Rumpfes vorwärts konnte, so daß der bedauerliche Schädel fast hintenüber hing, ein denkender Fremdling, der widerwillig mit in die Richtung nach vorne gezerrt wurde. Ein armer Kopf, der kaum für solch eine Anstrengung geschaffen war und dankbar gewesen wäre, man hätte ihm seine Ruhe vergönnt oder, besser noch eine sorglose Ruhe, daß er der Wanderschaft ledig sei. Schließlich gelang es auch, der Kopf blieb allein, als Leib und Glieder haltlos durch den Strom der entfernenden Straßen ruderten und endlich – wer wüßte wo? – in nimmer einzuholender Ferne versanken. Der Kopf aber zog gemächlich seine eigene Bahn. Er brauchte sich nicht im Straßendickicht auszukennen, weder hier noch in einer anderen Stadt, er bedurfte für sich eines so geringen Fleckchens, daß er sich noch immer finden ließ, er konnte sich im engsten Winkel verstecken, um auf etwas zu warten, was nicht kommt und dann wider Erwarten doch da ist, oder nicht gerade das Erwartete ist da, aber dennoch etwas, was sich hätte erwarten lassen und nun zumindest so gut wie das Erwartete ist. Der Kopf jedoch mußte gar nichts erwarten, mußte nicht einmal sein, durfte darum viel üben, konnte vergessen und vergessen werden. Wer kümmert sich um einen Kopf, der sein eigenes Dasein geringfügig und harmlos führt und keines Leibes begehrt? Niemanden stört so ein Wesen, selbst ein aufmerksamer Straßenkehrer würde höchstens lächeln, doch es sich nicht einfallen lassen, ein einsam fremdes Haupt in den Kehricht zu werfen.

So war ich ein selbstgenügsamer Kopf, entbehrte nichts, nur eine Schwäche überschüttete mich, obwohl ich mich ruhig verhielt und auf einer weichen Unterlage ruhte. Sie war zu weich, bemerkte ich zunächst ohne Schreck, denn ich versank in ihr und konnte gegen diesen Untergang mich weder mit dem Munde noch den Augenlidern wehren, Sie ließen sich kaum und bald gar nicht mehr bewegen, selbst die Zunge vermochte ich nicht durch die Lippen zu schieben, schon die Wand der Zähne versperrte sich vor ihr, die Zunge wurde immer trockener und klebte fest am Gaumen. Da spürte ich, daß alles verloren war. So ein Kopf konnte nicht lange leben, zu voreilig hatte er sich eingebildet, ganz gut ohne Körper zu fristen; nun war es um ihn geschehen, er war zu eigenwillig und zu leichtgläubig gewesen; zur Strafe mußte er untergehen. Doch in einer letzten Verzweiflung wehrte er sich gegen die Verdammnis, die Erinnerung an das Haupt des hingerichteten Anatomen Jessenius ließ eine Hoffnung aufflackern, denn es geht die Sage, daß sein Freund, der Scharfrichter, diesen Kopf sofort auf den getrennten Leib gesetzt habe, und da hätte sich der Mund geöffnet, aber ein Wort habe er nicht mehr von sich gegeben. Dennoch, dieses einzige Beispiel galt es nachzuahmen, der Kopf riß seinen Mund auf, es gelang ihm ein Ausruf, laut und deutlich, die Ohren erlauschten ihn: »Franziska!«

Da gelang es auch, die Lider zu öffnen. Ich sah, ich lag da, auch meinen Leib ahnte ich wieder bei mir, wohl sogar die Glieder, getrennt zwar, doch nahe, schon vereinigt, alles heil, nur fern und tief ein Schmerz, der stak im Fuß oder im Knie, ein Fall war erinnerlich, gestern, da mochte ich gestürzt sein, irgendwann gestern auf einer Straße in einer Stadt. Aber wenn nun alles versammelt war, heil oder unheil, das störte wenig, wenn es nur war. Noch wagte ich nicht, mich davon zu überzeugen, es hatte sich alles zu weit entfernt, ich fühlte nur wenig und dumpf. Es mußte doch erst abgewartet werden, bis alles wieder zusammenwuchs. Aber ich konnte mich umsehen und mein Haupt sogar wenden, die Stube kam mir in einem fremd und bekannt vor. Franziska war nicht zu erblicken. Ich hätte nochmals nach ihr rufen können, aber ich begriff, daß sie nicht da war. Statt ihrer bewegte sich im Zimmer eine unbekannte Frau, die sich nicht darüber zu wundern schien, daß ich im Bett lag. Gelegentlich schaute sie mich an, nur hin und wieder, unauffällig freundlich, ging dabei unbekümmert ihrer Beschäftigung nach, als wäre alles die natürlichste Sache auf der Welt. Ich getraute mich noch länger nicht, etwas zu beginnen; einen Entschluß zu verwirklichen, war ich nicht fähig. Allmählich ging es mir leichter, es belebte mich; das Fenster stand weit offen, glänzendes Tageslicht fiel in den Raum, brachte auch abgedämpfte Geräusche von draußen herein. Das alles drang warm und froh bis zu meinem Bett vor, ich freute mich darüber.

»Wie bin ich hierher gekommen?«

Die Frau in einem lichten Sommerkleid blieb stehen, lachte und sah mir bekannt ins Gesicht.

»Schon ganz aufgewacht? Oder noch ein Weilchen? Du kannst im Bett frühstücken. Es ist alles fertig.«

Frühstücken? Das hörte sich freundlich an. Doch in der Fremde? Wie konnte ich da essen und zu allem im Bett? Ich antwortete nicht, rührte mich auch kaum und sah bloß dankbar hilfesuchend zu der Frau hinüber.

»Willst du sonst etwas? Kann ich was für dich tun?«

Warum war mit mir jemand so lieb, während ich Franziska vernachlässigte, die ich wer weiß wo verlassen hatte? Eine Hand unter der Decke brachte ich hervor und rieb mir Wangen und Stirn. Die Frau hatte sich weggedreht, sie war voller Rücksicht oder hatte es bloß aufgegeben, sich mit mir zu beschäftigen, da ich so beharrlich schwieg. Ich stützte mich leicht auf, um mich besser im Zimmer umzublicken; jetzt wußte ich, wo ich war.

»Guten Morgen, Anna. Ist denn schon so spät?«

»Nicht so spät für einen Heimkehrer nach der ersten Nacht. Es ist neun Uhr.«

Ich sprang von meinem Diwan auf und eilte ins Badezimmer. Schon wieder oder noch immer schmerzte mein Bein, aber nach einem Weilchen ließ es nach, nur die Kniescheibe brannte. Ich fühlte mich wach, zumindest viel wacher als am Tage zuvor; es fiel mir nicht schwer, mich herzurichten. Ich war so unbeschwert und zufrieden, wie es einem nur in freundlich vertrauter Umgebung gegönnt wird. Der lange Abend zuvor mit seinen Gesprächen bis tief in die Nacht war mir deutlich gegenwärtig, das Badezimmer und die ganze Wohnung muteten mich auf seltsame Weise gewohnt an, ich hatte mich wiedergefunden. Die Dinge schienen bloß dazu angeordnet, mir zu dienen, sich mit mir zu verbinden, doch ohne mir anzugehören. Aber nur der kleine Haushalt Annas stand zu mir in einer Beziehung, es war wie in einem Hotel, wo einem alles zu Gefallen getan wird. Wie gut für alles gesorgt ist, stellte ich fest, und schob den Gedanken von mir, diese bequeme Unterkunft je wieder aufgeben zu müssen. Aber nun hatte er sich eingeschlichen, und mir bangte davor, hier nicht bleiben zu dürfen, wie bald schon, denn gerne hätte ich mich lange pflegen lassen. Was sollte ich denn anderes beginnen? Es graute mir, als ich mich erinnerte, daß ich mein Bündel auf dem Bahnhof gelassen hatte und es heute abholen müßte. Auch nur auf die Straße treten und das zweifarbige gemusterte Granitpflaster der Gehsteige zu erblicken, empfand ich als bedrückende Zumutung. Ein Gang durch die Straße konnte kein gutes Gedenken nähren, sondern nur hoffungslos brennende Kindheitserinnerungen in die ausgeweidete Seele schneiden.

Anna hatte nicht recht, nie mehr hätte ich herfahren dürfen, es war keine Heimkehr. Es war nichts als ein beklemmender Irrtum, wie man ihn zu Ende eines Krieges unüberlegt begeht. Man fährt und erwartet, hofft auf eine Hand, die sich öffnet, einlädt und einen richtig führt, bis man zu Ruhe kommt, doch sein Recht hat man schon längst verloren. War ich aber schon am vergangenen Ziel in dieser Stadt, dann wollte ich in diesem Hause bleiben, in dieser Wohnung, dies der einzig leidliche Aufenthalt. Es war erstaunlich, daß es eine Wohnung gab, in der man als Gast geduldet wurde. Da hatte mich dieser Peter auf der Straße aufgelesen und mitgenommen, das war ein Wink, man sollte mich nicht fortschicken. Was mich hier besänftigte, war eine Einrichtung, die man nicht für mich vorgesehen hatte, Hermann Meisenbach und Anna, die wohnten hier durch die Zeit und wollten zufrieden sein, und nun brachte man mich; das war gut. Es wurde ein Zeichen gemacht, das Menschen nicht lösen sollten. In der Ferne mochte ein Kuckuck rufen, man sah ihn nicht, vorsichtig fächerte sein Flügelschlag zwischen den Zweigen, da war ich zu Hause im gepflegten Nest. Nun konnte ich mich strecken, aber es war auch gut, sich nicht zu rühren, sondern zu warten, nur immer warten. Inzwischen konnte etwas geschehen, sich herstellen, zaudernde Entwicklung, unmerklich, und dann auf einmal eine willkommene Erfüllung. Ich lauschte in meiner Höhle; es war ganz still, wenn ich mich nicht rührte, nur ein Bild schwebte heran, das war sehr alt und erhaben, Adam in der Entrückung. Adam und Anna, hörte ich sagen, deutlich, Adam und Anna, der träumende Adam ohne den Apfel, Anna war auf Zehenspitzen fortgegangen. Sie wollte durch keinen Kuckucksruf seinen Sommer stören, daß er den Schmerz nicht spüre im geschundenen Knie. Ich horchte angespannt und fragte mich: Wie soll ich es beginnen, daß ich nicht heute schon meine Zuflucht aufgeben muß und dann allein im unermeßlichen Grauen dieser Stadt bestehe? Wie sollte ich ihre Steine ackern nach dem Fall mit wundem Knie? Im Badezimmer ging es mir gut, da durfte ich eingesperrt sein, aber wie kurz mußte selbst ein längster Aufenthalt hier dauern. Plötzlich war der nächste Augenblick bereits eine Zukunft mit schmerzlicher Gewalt. Einen Plan haben, doch es war müßig. Ich durfte nicht mehr trödeln, es war unhöflich und konnte mich nur in unguten Verdacht bringen, der, wie ich mir eingestand, berechtigt gewesen wäre, denn ich wollte mich ja einnisten, wollte behaupten, das ist meine Wohnung, sie stand mir immer zu, man hatte mich bloß verdrängt, aber jetzt ist die Zeit gekommen, daß alles wieder gut und gerecht wird, ich bin hier der Hausherr und dulde keinen, der meinem Willen zuwider handelt. Alle Sachen hier sind meine Sachen, ich erkenne sie wieder. Dann freilich müßte ich auch allein hier hausen, doch das würde bedeuten, auf Anna zu verzichten, dann würde sich niemand um mich kümmern, ich wäre unbehütet in ein Stockwerk gehängt und könnte mich des wiedererworbenen Besitzes nicht freuen.

Mit meinen klaren Sinnen war es wieder vorbei, alle Maße waren verworfen, ich tändelte zwischen den Brüchen einer zersplitterten Ordnung und entwarf spielerische Muster, um ein Mosaik zu bilden, das sich nicht recht fügen wollte und auch sofort wieder zerfiel. Also doch das altgeklopfte Straßenpflaster versuchen? Wieder in alte Gehäuse kriechen, die noch in der Zerstörung lungerten, wie entweiht sie auch waren, und so tun, als wäre das Unglück der einzig gestattete Raum für die Seele? Zertritt das Zertretene nicht, sei gestrig und hülle dich dort in deinen heutigen Schmerz? Gib die Zeit auf, wie arg sie dich auch verwüstet hat, gib nach, daß deine Jugend erscheine und dein Alter würge? Fragen, wirr gemusterte Fragen, die den Sinn erhitzten, aber keine kühlende Antwort empfingen. Benommen wankte ich die zwei Schritte zur Türe und versuchte den Riegel, doch er weigerte sich, ich mußte mich mehrmals an ihm versuchen und schließlich mit dem Griff von Hermanns Rasierapparat ihn zur Seite hämmern, bevor mich das Badezimmer entließ. Wie das bedrückte! Sonst aber hatte ich seine Sachen kaum benützt und auch seine Wäsche, sauber und frisch, die Anna mit Zartsinn, als gehörte es sich so, auf einem Sessel für mich vorbereitet hatte, unberührt liegen lassen und meinen eigenen gestückelten Plunder angetan. Ich sah nicht stattlich aus, aber jeder Fetzen war mein und stammte nicht aus dieser Stadt.

Im Zimmer war der Frühstückstisch gedeckt; es war alles wieder so wie zu Hause. Ob Anna es sofort bemerkte, daß ich alle ihre Gaben verschmäht hatte, konnte ich nicht entscheiden; ihr Blick war ruhig und behutsam, er tat mir wohl. Sie bediente mich, ich ließ es mir schweigend gefallen. Man verwöhnt mich, sagte ich mir in einem Gemisch von Sorge und Behagen, es wurde mir dabei nicht leicht zumute. Verwirrt brach ich das Schweigen.

»So geht es also jeden Morgen zu? Immer Frühstück an gedecktem Tisch?«

»Ja, ist denn das ...?«

Anna räusperte sich und wußte nicht, wie sie fortsetzen sollte. Sie schaute mich verwundert und bekümmert an.

»Ich ... ich meinte nur so«, sagte ich verlegen.

»Ist dir etwas nicht recht?«

»Nein, nein. Es ist mir alles sehr recht. Wunderbar! Ich gehöre nur nicht dazu. Ein aufgenommener Bettler, den man weichherzig abfüttert.«

»Wie?«

»Dann geht der Bettler fort, so erwartet man. Sonst wird er fortgejagt. Wird er aber noch frech, weil er sich nicht wie ein Hund vertreiben lassen möchte, er hat Zuflucht gefunden, fühlt sich wohl, so wie zu Hause, eben ganz ungezwungen, nicht wahr, dann befördert man ihn mit einem Fußtritt, und die Tür schlägt krachend hinter ihm zu.«

Anna hatte befremdet zugehört und wußte nicht, wie ihr geschah. Fast hatte sie Tränen in den Augen.

»Es ist schrecklich, was ich da angerichtet habe! Verzeih! Ich geh schon.«

»Was hast du denn?«

»Ach nichts! Ich bin unmöglich! Alles ist unmöglich!«

»Du mußt dich beruhigen! Warte nur, warte! Warte auf deine Zeit!«

»Danke. Du bist so geduldig. Vergiß das mit dem Bettler, bitte! Es ist nicht ganz so. Du darfst das nicht wörtlich verstehn. Wenn du mich ansiehst, wie ich da stehe, nicht wahr, da begreifst du mich doch ein bißchen? Es ist alles undankbar und widerwärtig, was ich gesagt habe. Aber ich werde getrieben, und da würge ich solch gräßliche Reden heraus.«

»Ich hab es vergessen. Siehst du? Fortgeblasen!«

»Ich wünschte, ich hätte nie etwas gesagt.«

»Du mußt dich zurechtfinden, Artur! Vielleicht ist das dumm, was ich jetzt sage, aber trotzdem, bitte, sei nicht so bitter! Niemand jagt dich weg. Du kannst wiederkommen, oft, immer, wann du nur willst! Du kannst auch einige Tage bei mir bleiben, bis du dich eingewöhnt hast. Die Zeit heilt.«

»Wen heilt sie? Mich nicht! Genau so kann man sagen: die Zeit vernichtet.«

»Ja, sie tut alles, stimmt. Auch heilen. Du wirst sehn, sie heilt. Gedulde dich!«

»Soll ich zu Peter ziehn? Werde ich ihm nicht zu lästig fallen?«

»Keine Sorge! Es wird gut sein. Auch für ihn. Er wird dir helfen und du ihm. Er ist gefällig und praktisch, wie man so sagt, aber noch unausgereift. Er braucht eine starke Hand.

Das hat Hermann immer behauptet, der war ein weitläufiger Vetter von ihm. Aber gutmütig ist der Junge. Du kannst ihn anleiten, ihm die starke Hand geben.«

Ich mußte lachen.

»Da hast du dir den Richtigen ausgesucht! Starke Hand, ich, das ist ein schlechter Witz!«

»Etwas Menschenkenntnis hab ich schon.«

»Bei mir irrst du dich. Glaub mir das! Nichts kann ich, nur zur Last fallen. Das kann ich ausgezeichnet. Weißt du, draußen stand ich in einem Haufen, und da haben sie mit Kränen die guten Seelen weggefischt. Ich war zu schwer, hatte Glück oder was du willst, und so haben sie mich verschont. Seitdem bin ich verworfen. Schau gut her, lauter schlechte Gedanken, klein und gemein.«

»Mich schreckst du nicht mit Verzweiflung. Wie solltest du anders? Ich habe großes Vertrauen zu dir.«

»Zuviel Ehre, Anna!«

»Du bist ein starker, ein ganz starker Mensch. Du wirst den Boden finden oder dir schaffen, auf dem du stehn kannst, und dann wird es gut sein.«

Anna sagte das ruhig und mit einer Überzeugung, die keine Widerrede duldete, so sehr es mich auch dazu reizte.

»Weißt du, Anna, du gewährst mir da einen riesigen Kredit und bist mit dem Verlust deines Einsatzes einverstanden.«

»Kredit, wenn du es so nennen willst. Heute scheint dir das unglaublich. Einmal wirst du dich an meine Worte erinnern. Wenn du wieder sein wirst. Du, ganz du.«

»Glaubst du wirklich daran?«

»Ich weiß es.«

Annas Worte schlugen in mich wie ein heißer trockener Wind, mir wurde – so sage ich es wohl am besten – verzweifelt wohl dabei. Sie haben zwar an meiner Lage nichts geändert, aber sie waren ein Geschenk des Vertrauens, das mir damals und noch lange, wann immer ich mich dieses Zuspruchs erinnerte, Zuversicht und sogar Kraft verlieh. So hat mir Anna geholfen, ich bleibe ihr dankbar und will es nie vergessen. Es war ein Segensspruch, der zunächst den Morgen aus seiner Verwirrung errettete und dem Tage, wie dunkel zerzaust er sich auch hinzog, die befreiende Richtung wies.

Zunächst wurde vernünftig besprochen, was sich für mich unternehmen ließe, was ich selber unternehmen sollte. Ich schlug vor, nicht erst auf Peter zu warten, bis er mich abholen würde, sondern schon vorher allein mich beim Heimkehreramt zu melden, Anna hatte dies als unerläßlichen Gang bezeichnet, dann mein Bündel vom Bahnhof zu holen und zurückzukehren. Anna war mit mir zufrieden, daß ich tätig meinen Tag beginnen wollte, doch sollte ich auf Peter warten, denn das Heimkehreramt wie auch der Bahnhof seien fast ohne Umweg erreichbar, wenn man von hier auf die Weinbergschanze ging, wo Peter wohnte. Im Heimkehreramt sei man zwar freundlich, aber oft stehe man Schlange, und da wäre es schon angenehmer, dort die Zeit mit Peter zu verbringen. Anna meinte, sobald ich den Ausweis von dort in den Händen hielte, würde alles für mich leichter werden. Vom Heimkehreramt sollte ich mit Peter zum Bahnhof hinüber, von dort könne man zu ihm bequem nach Hause fahren. Anna versicherte, daß es mir bei Peter gefallen werde, das Viertel sei still, das Zimmer freundlich, der Ausblick angenehm und friedlich. Anna war froh darüber, daß die Gegend um die Weinbergschanze für mich nicht vorbelastet sei, wie sie das nannte. Sie meinte damit, was ich ihr schon berichtet hatte, daß dort nie Verwandte oder Freunde von mir gewohnt hatten. Anna entwarf einen Plan, wie ich zunächst mir mein Leben in Peters Stube einrichten sollte, er werde mir Essen bringen, während Anna versprach, mich in den nächsten Tagen jeden Abend zu besuchen. So würde ich mich langsam eingewöhnen und brauchte nicht einmal das Haus zu verlassen. Ausruhen sollte ich, viel schlafen, nichts denken, ein bißchen lesen, aus dem Fenster gucken, bis ich mich gekräftigt hätte. Dann sollte ich, erholt, allmählich mich immer weiter im Viertel umsehen, Spuren ziehen und meine nächste Zukunft bahnen.

»Du gehst langsam vor. Du eroberst dir die Stadt.«

»Sprich nicht von Eroberung. So ist das nicht, ich lehne das ab.«

»Du findest dich ein, Artur, Du stehst auf einer wachsenden und steigenden Insel. Dann stößt du vor. Siehst dich immer mehr um. Bis du weißt, daß du zu Hause bist.«

»Nein, nicht zu Hause. So nicht. Das gibt es nicht. Es ist sinnlos, daß ich hergekommen bin.«

»Du mußtest wohl.«

»Ja, ich mußte. Das heißt gezwungen hat mich nichts. Aber es war ein Gebot. Ich träumte mir vor, etwas zu finden. Eine Katze, der man die Jungen auf dem Heuboden gestohlen und erschlagen hat, doch sie weiß es noch nicht und kommt und sucht und erwartet ein Wunder. Aber es ist vergeblich.«

»Das weißt du gar nicht. Du hast dich noch nicht umgeschaut.«

»Keine Überlebenden.«

»Auch das weißt du nicht.«

»Doch.«

»Bist du so sicher?«

»Ja, ich weiß zuviel. Und was ich nicht weiß, fühle ich.«

»Wirklich niemanden?«

»Niemanden, der mir nahesteht. Kaum. Doch werde ich mich umsehn. Erinnerungen. Irgendwo beginnen. Ach, solche Obsthändler, wie der gierige Kutschera. Den Kerl kennst du ja. Hausbesorger da und dort. Ich seh schon ihre Fratzen vor mir, wie sie mich angaffen werden, ihre erstickende Gier schnell in ein Bad wäßrigen Bedauerns getaucht. Oh diese Lügen! Diese weinenden Diebsgesichter, die jetzt ihr Herz ausschütten werden. Aber dennoch, ich seh's ein, ich muß das machen. Vorantasten. So von einer Adresse zur anderen und herumfragen. Guten Tag, da bin ich. Ja, schaun Sie nur! Können Sie mir bitte sagen ...? – Anna, es ist so schmählich!«

»Soll ich dir helfen?«

»Nein, das geht nicht. Man muß das allein. So ein Abzupfen verdorrter Erinnerungen, die einen zerstören, wenn man sie nicht niedertritt oder schnell das Weite sucht.«

»Du bist doch nicht feig.«

»Weiß ich nicht. Aber das hat mit Feigheit nichts zu tun. Die Stadt ist mir tot. Davon hab ich mich schon gestern überzeugt. Und das wird sich nicht ändern. Nur schleichende Gedanken, eine unnachsichtige Pflicht, auch Angst, Neugier, Sehnsucht, die haben mich herbeigelockt. Dann hat sich noch eine dumme Hoffnung eingeschlichen. Auf der Reise vor einigen Tagen, als ich übernachten wollte, geriet ich in eine Herberge. Da kam ich mit einem Burschen ins Gespräch, so alt wie der Peter etwa, es war ein braver Kerl, der erzählte mir, er habe dem Rundfunk zugehört, als man gerade Namen vorlas, Listen Überlebender. Franziska Landau hat er gesagt. Geschworen hat er das, weil ich doch die Wahrheit wußte, bestimmt, Franziska Landau, und noch einmal, um jeden Irrtum auszuschließen, Franziska Landau. Ich sagte es auch, Franziska Landau, das war Wahnsinn, und dann umarmte ich den bleichen Burschen, küßte ihn, wie er war, und sprang in der Bude herum und dann fort, Franziska Landau!

»Auf dem Heimkehreramt haben sie die Listen! Ich geh sofort hinunter und rufe an!«

»Aber Anna, Anna! Hast du denn nicht gehört? Ich weiß!«

»Was weißt du?«

»Alles weiß ich! Es gibt eine Franziska Landau! Warum denn nicht? Meine Franziska gibt es nicht! Ich hatte mich hinreißen lassen. So ein Name, und man verwirrt sich und hört es gern. Ich bin aus der Herberge in die Nacht hinausgelaufen, irgendwo in die nahen Felder, bis ich stolperte. Da bin ich stehn geblieben und hab mir an den Kopf gegriffen.«

»Nun ... und ...«

»Es war aus. Aus. Ausgebrannt. Asche. Aus. Nichts. Und dann habe ich mich zusammengenommen. Ich wollte mich nicht mehr verfangen, ich wollte nimmer mein Wissen mit Dolchen der Täuschung zermartern. Deshalb habe ich mich entschlossen, keinen Tag unnötig noch irgendwo mich aufzuhalten, sondern so schnell wie möglich her. Befreiung von Träumen und lieber in der Wahrheit versinken, wie unbarmherzig sie auch ist. Sie wird mir schwer werden, Anna, aber anderes gibt es nicht für mich. Ich will die Wahrheit aushalten, mich ihr aufopfern, und wenn ich noch eine Aufgabe erfüllen darf, will ich ihr Zeugnis ablegen so unbarmherzig wie sie selber ist.«

»Und deshalb bist du zurückgekommen.«

»Deshalb. Nein, das stimmt nicht genau. Ich bin hergekommen, weil es ein Punkt ist. Das mußt du so verstehn: ich allein, ohne diese Stadt, könnte nicht beginnen. Die Stadt bedeutet mir wenig, fast nichts. Aber sobald ich hier bin, gewinne ich einen bestimmten Umfang. Das ist zunächst ein Punkt, so wie ich es gesagt habe. Dann wächst er, vielleicht, ich halte das für möglich. Ich muß irgendwo sein, damit ich bin, und das ist nun einmal hier am sinnvollsten. Verstehst du mich, Anna?«

»Ich kann mir schon etwas vorstellen, aber rede nur weiter!«

»Siehst du, ein Punkt, Hoffnung auf einen Punkt, wo man mich finden kann. Heimkehrerlisten, die man anhört, nach denen man fragt, die man liest. Artur Landau, geboren am und in, zurückgekommen. Vielleicht erinnert sich jemand und will mich haben. Glaubst du, daß man im Ausland ...?«

»Aber gewiß! Dort sorgen sich die Leute. Jeder sucht. Sie warten auf Listen. Es fehlen nur noch die Verbindungen. Es gibt keine Post, Briefe ausgeschlossen, Telegramme nur mit großen Schwierigkeiten. Aber einzelne Menschen fahren hin und her, Soldaten, Kuriere, die besorgen Nachrichten. Hast du draußen ...?«

»Ich weiß nicht. Hoffentlich. Doch wollen wir das zunächst lassen! Ein Punkt, wo man vielleicht auch anerkennt ... freilich, was anerkennt? Das ist eine wirre Vorstellung. Übrigens, du hast doch recht, wir wollen das mit dem Ausland nicht verschieben. Also Menschen im Ausland, das schließt sich dann zusammen, Menschen draußen, Anerkennung, ich im Punkt, Heimkehrerlisten. Das ist doch jetzt ganz deutlich?«

»Ja.«

»Menschen, die nach Artur Landau forschen werden.«

»Du hast also draußen ...?«

»Man weiß nicht. Das sind so Erwartungen. Einige Verwandte, nicht viele, meist weitläufig, standen kaum sehr nahe. Ach, an die denke ich gar nicht.«

»An wen aber ...?«

»Freunde, einst gute Freunde.«

»Die werden dich nicht im Stich lassen.«

»Sie werden sicher einmal herkommen.«

»Das glaub ich auch, Artur. Wir müssen sie finden!«

»Sie sollen nicht einmal herkommen. Sie sollen mich wegnehmen.«

»Wie meinst du?«

»Weg von hier. Ich will nicht bleiben. Nur fort.«

»Also ins Ausland?«

»So bald als möglich.«

»Weißt du denn schon, wie es hier ist? Du hast gestern durch Peter zuviel von den bösen Dingen gehört.«

»Ich weiß wenig, aber ich kann mir viel vorstellen, viel zuviel.«

»Für dich wird es wahrscheinlich hier nicht schlecht sein. Schon heute bekommst du deinen Heimkehrerausweis, der ist wichtig, bringt dir viele Vorteile. Dann gehst du zu den Behörden, wirst überall empfangen, sie werden das anerkennen. Rechte erwirbst du, Entschädigung für dich, für den Laden in der Reitergasse ...«

»So glaubst du das? Reitergasse. Was soll das alles? Wenn sie mich nur in Frieden ziehn lassen. Mehr will ich nicht von ihnen. Draußen aber sollen sie mich aufnehmen. Deshalb die Freunde. Wenn sie noch sind, wenn sie noch Freunde sind.«

»Du gehst mit dem Heimkehrerausweis zur Hilfsstelle. Dort gibst du alles an, was dich betrifft. Sie füllen einen Bogen mit dir aus, außerdem weisen sie dir extra Lebensmittel an, sorgen für deine Gesundheit, unterstützen dich, zahlen dir gleich einen Vorschuß ...«

»Lassen wir das Außerdem.«

»Gut. Die Hilfsstelle ist der Treffpunkt, wegen der internationalen Verbindungen, Anfragen und so weiter. Manche sind deswegen den ganzen Tag dort, aber ich denke mir, das liegt dir nicht.«

»Nein, bestimmt nicht.«

»Doch du läßt dich eintragen und gibst an, wen du suchst.«

»Wen ich suche, so ... Wen suche ich? Nun ja. Es hat doch keinen Zweck, daß ich dich fortwährend mit mir quäle. Man kann also dort irgendwas beantragen.«

»Hast du Adressen draußen?«

»Nur die Namen und vielleicht Orte. Die Adressen weiß ich nicht mehr. Dürften wohl auch längst nicht mehr stimmen.«

»Manche haben sich schon durch die Hilfsstelle gefunden.«

»Du willst mir Hoffnung machen, Anna.«

»Sie werden dir bestimmt helfen, Artur. Wenn du willst, so helfen sie dir auch hinaus. Sie stellen Sammeltransporte zusammen, und man kann sich auch für Einzelausreisen anmelden. Die sollen bald möglich werden. Doch das dürfte schwer sein, weil man Papiere braucht, Garantien, Visen, Vorzeigegelder und so weiter. Deine Freunde ...«

»Müssen mich erst finden.«

»Und wenn du erst mal draußen bist, kannst du mich nachkommen lassen.«

»Willst du auch fort, Anna?«

»Wer, denkst du denn, will von uns bleiben? Aber ich will dir den Kopf nicht mit unseren Sorgen beschweren.«

»Ach so. Die sogenannte Rache! Aber sind es nicht bloß die Schuldigen, die wirklich Schuldigen? Und dazu ein paar unglückliche Übergriffe, die in den Tagen oder doch in wenigen Wochen in Ordnung kommen, Peters Braut und solche Fälle?«

»Schuldige und Unschuldige, das ist eine schwere Frage, aber hier wird nicht unterschieden. Mit Schuld hat das nichts mehr zu tun. Wo ein ganzes Volk dranglauben muß, ist das alles anders. Das sind auch keine Übergriffe mehr.«

»Ist es so arg?«

»Ich habe nicht übertrieben.«

»Hast du auch zu leiden?«

»Ich persönlich wenig, verlohnt nicht die Rede. Ich kann mich schon durchwursteln. Und dann habe ich ja besondere Verdienste, wie sie das nennen, zum Beispiel die Abstammung meiner Mutter, außerdem so ein bißchen meine eigene Vergangenheit, darauf kann ich ja jetzt sehr stolz sein, und vor allen Dingen den Arno. Der stellt jetzt ein Kapital dar. Ach, es ist so widerwärtig! Aber er hat wirklich gute Freunde gehabt, die kennen mich und benehmen sich anständig zu mir. Heute seid ihr dran, sagen sie, und morgen kommen wir an die Reihe. Es ist eine Kette, die kein Ende nimmt. Was soll ich dir davon sagen!«

»Man hat vor dem Krieg ganz gut im Land gelebt, wir alle. Siehst du nicht schwarz?«

»Das sagst du? Weißt du, ich möchte dich wirklich nicht damit belasten, aber vielleicht hilft es dir, wenn ich dir von uns spreche. Von uns, nicht von mir, denn ich zähle nicht, ich hab's ja gut. Es ist sehr böse, Artur. Näheres erspar mir! Man nimmt uns so fort, wie man vor ein paar Jahren euch genommen hat.«

»Wirklich ganz so arg?«

»Nein, verzeih! Du beschämst mich. Es ist immer etwas anders, und man soll nie vergleichen, aber man wird so leicht ungerecht, wenn man leidet und verfolgt wird. Wahres Mitleid scheint noch schwerer als Liebe. Euch ist mehr geschehn, gründlicher und genau geregelt, amtlich und mit viel Papier. Man machte es von langer Hand, mit kaltem Vorbedacht. Jetzt mit uns ist es meist nicht ganz so arg, es geht nicht immer gleich ans Leben wie bei euch. Man darf mehr für die Gesamtheit von uns hoffen.«

»Siehst du! Es sind ja doch die Schuldigen gemeint!«

»So einfach ist das nicht. Es gilt schon für die meisten, wenn auch nicht für alle. Die Grausamkeit gegen uns endet an einer Grenze. Euch hat man keine Grenze gesetzt, wo man noch Atem saugt.«

»Es wird in Ordnung kommen, Anna. Wir haben nicht dafür gelitten, daß man die Ungerechtigkeit verewigt.«

»In Ordnung kommen? Danach sieht es nicht aus, leider. Man räumt tüchtig auf. Auch Freunde, Papiere und Bestechung sind eine zweifelhafte Hilfe und kaum von Dauer. Es wurde ein zu schlechtes Beispiel gegeben, das hat Schule gemacht.«

»Bist du gefährdet?«

»Ich sagte dir schon, ich bin gut daran. Besonders im Augenblick bin ich fast sicher. Ich habe nichts Böses unmittelbar zu erwarten. Die Leute im Haus sind ziemlich anständig, der Pförtner ist ordentlich, das ist am wichtigsten. Er hat das Gesindel, das gleich nach dem Krieg von Haus zu Haus fragen kam, ohne weiteres hinausgeschmissen. Dann hat er für mich bei der Polizei, beim nationalen Sicherheitsamt, beim Untersuchungsausschuß für Kriegsverbrecher, bei der Kontrollbehörde zur Sicherstellung von Staatsfeinden und Landesverrätern und wer weiß noch wo günstig ausgesagt. Ja, mein Lieber, da staunst du, was es alles gibt! ›Die Frau Meisenbach gehört zu uns‹, hat er gesagt, ›die hat sich besser benommen als viele von unseren eigenen Leuten, und ihr Bruder war ein Held, den haben sie für uns erschlagen‹. Ich bilde mir nichts darauf ein, aber das hat mich bis jetzt geschützt. Außerdem die politischen Freunde von Arno. Dann hab ich nach ein paar Tagen von der Polizei einen Unbedenklichkeitsschein bekommen, einen roten. Das ist der beste, den es gibt. Da sind einige Unterschriften darauf und viele Stempel. Aber ob das für die Dauer nützen wird? Doch selbst wenn ich nicht weg muß, will ich hier nicht bleiben.«

Es war heilsam für mich, von so viel fremdem Leid und Annas persönlichen Sorgen zu erfahren. Ich wurde aus der Einsamkeit der eigenen Pein gerissen, doch bedrückte es mich mehr, als ich fast ertragen konnte. Die Vertreibung und die Landflucht, Raubgelüste, Nächstenhaß, die verbitterten Menschen, das Schwert des Ungerechten, ich erkannte das Spiel der Ohnmacht und die Verzweiflung der Wehrlosen. Der Zerfall hatte nicht aufgehört und forderte Opfer über Opfer.

Von draußen schwirrte Militärmusik näher, Blech und Trommeln, es stieß mich ab und schmerzte in den Ohren, obgleich der Lärm gedämpft klang; er kam von ziemlich weit heran.

»Das genießen wir jetzt jeden Tag und manchmal mehrmals. Bei Peter auf der Weinbergschanze wirst du kaum was davon hören.«

»Militärmusik ist in allen Ländern scheußlich.«

»Ich mag sie auch nicht. Sie feiern jetzt so viel und dazu brauchen sie das.«

Ich schloß das Doppelfenster vor dem schönen Junitag, ohne Anna um Erlaubnis zu fragen, aber es schien ihr recht zu sein. Der kriegerische Schwall war kaum mehr zu vernehmen. Anna meinte lachend, die geschlossenen Fenster hätten den Nachteil, daß man schwer feststellen könne, wann die Kapelle endlich aus der Hörweite weg sei.

»Soll ich wieder aufmachen?«

»Man kann es in zehn Minuten versuchen. Bis dahin ist sicher der Rummel vorüber.«

Dann sagte Anna, daß sie wegen einiger Einkäufe auf ein Viertelstündchen aus dem Hause müsse. Wenn ich Lust hätte, könne ich sie begleiten, doch hielt sie es für vernünftiger, daß ich in der Wohnung bliebe, wozu ich mich nach kurzem Schwanken entschloß.

Mit einer großen Tasche machte sie sich auf den Weg. Ich wollte sie bis zum Aufzug begleiten, doch stand ich nur auf und schloß die Zimmertür hinter ihr. Ich hatte mit Anna vereinbart, daß ich nicht öffnen würde, falls es läuten sollte. Peter werde inzwischen bestimmt noch nicht kommen, und außerdem kenne ich sein Zeichen, dreimal kurz klingeln.

Allein gelassen, besah ich Hermanns Bücher etwas genauer als gestern, aber ich griff auch heute nach keinem Buch. Zu tief war meine Scheu davor, die den Büchern selbst noch viel mehr galt als dem Gedanken, daß sie einem Toten gehörten und sinnlos zurückgeblieben waren, schöne Bücher, fromm eines neben dem anderen, mehr nach der Größe, vielleicht auch nach Farben geordnet als nach dem Inhalt,

Werke meist älterer Dichter in einigen Sprachen, viele philosophische Schriften, Geschichtliches, Memoiren und Briefliteratur. Eigentlich waren alle Bücher Briefe an die ganze Welt, Rufe, Klagen, Freudenbringer, Tröstungen, endlose Mitteilungen und offenbarende Berichte. Aber wer sollte sie lesen? Für wen waren all diese Gedanken bestimmt? Alle hatten gekündet, hatten sich ins ungewisse Gedächtnis der Zeitgenossen und aller künftigen Geschlechter hinausgesagt. Aber wen hatten die unendlich vielen Briefe erreicht, mochten sie selbst noch in ihren Lügen alles, schamlos alles, überdeutlich offen gestanden haben? Jedes Buch eine Leiche, das war einmal, ist nicht mehr, war nicht einmal, zerfallene Märchen. Hielt man die Ohren an den schweigenden Chor so vieler eingetrockneter Stimmen, dann war nichts zu vernehmen, nicht einmal Zeit. Es war gesagt, Liebe und Haß, aber da war es auch schon gesagt und galt nicht. Nein, die Bücher schienen untaugliche Botschaften, sie hatten ihren Zweck verfehlt und waren mir fremd. Mit dem Daumennagel fuhr ich umgekehrt eine Reihe den Rücken entlang, es pfiff ganz leise, wie ein fortgesetzter langer Triller. Das war komisch, die Briefe waren ausgestrichen und hatten keinen Wert mehr. Ich machte es nochmals und nochmals, dann hatte ich genug davon; Buchrücken sind empfindlich, der Nagel konnte Spuren hinterlassen und das wäre nicht recht gewesen.

Seit Jahren hatte ich kaum ein Buch gelesen, die Weisheit war zerronnen und nicht mehr in Büchern zu finden, alles abspenstig geworden, allein die verdorrten Reste harrten noch aus, doch wieder zusammenfügen ließen sie sich schwerlich. Anna hatte recht, wenn sie sich wenig um die verblätterten Schätze kümmerte, es war bloß Rücksicht auf den Toten, daß sie den Plunder aufbewahrte, der die kleine Wohnung noch mehr beengte. Daß ich selbst einmal geschrieben hatte und an eigene Bücher dachte, die gedruckt, gebunden und verkauft werden könnten, kam mir unbegreiflich vor, obwohl es gerade diese Vorstellung war, die mich in Kriegstagen oft beflügelt hatte. Im Geiste sammelte ich und trug zusammen, so vieles drückte ich mit schmerzlicher Gier in mein Gedächtnis ein, behalte das, du wirst es brauchen, und nun, so schien es mir, war es doch verloren, ich finde es nicht mehr, Franziskas Untergang und mein Überleben hatte das Band zerrissen, das dem Inhalt Sinn gab; da war alle gespeicherte Kenntnis zerstäubt und zerstoben. Wie hatte es mich gespornt, nachher, da wirst du alles aufschreiben, nun hast du es endlich selbst erfahren, was du in jungen Tagen als trockenes Studium getrieben. Ein Buch? Mir fiel der Inka ein, dem man es mit den Worten reichte, das sei die Wahrheit, doch er nahm das Buch, schüttelte, lauschte und rief entsetzt, es spricht nicht; da ließ er es zu Boden stürzen. Wie eitel hatte ich habsüchtigen Trost mit meinen Plänen zu erwuchern getrachtet! In klug gewickelten Strängen hatte ich lange Werke ersonnen, Verfasser Artur Landau, Nachricht unmittelbar von der Quelle, kein erstöbertes Grübeln in Bibliotheken, wo einer vom anderen abschreibt, keine Dutzendgeschichte, kein Kolportieren und Kompilieren, nein, hier ist die Sprache selbst, die sich erprüft hat und in sich besteht: so nehmt, und euer Wissensdurst wird gestillt werden! Törichte Gespinste und Geflechte, Ohnmacht der nachgetragenen Worte, die nicht auf der Stelle packen! Traumsicher abgeschlossen standen meine Pläne vor mir da, und ich wiegte mich in dem Glauben, wenn jetzt das Grauen überstanden ist, dann habe ich es nicht vergeblich überlebt, weil ich sagen darf, ich bin dabei gewesen, nicht nur mit meinem Leben, Lieben und Leiden beteiligt, sondern auch mit wachen Sinnen und in der Wissenschaft des regen Zeugen, jetzt werde ich in die Schranken treten und es verkünden. So soll meine Geschichte einen Zweck erfüllen, und wäre nicht alles unverlöschliche Klage, daß solche Geschicke über meine Nächsten und die Welt gekommen sind, dann war ich sogar dazu verhalten, mein Schicksal zu preisen: wehe, daß dies beschieden war; gut, daß ich dabei nicht gefehlt habe.

Da saß ich nun kraftlos meine ersten Tage bei Peter auf der Weinbergschanze und konnte keine Bücher schreiben. Bei Nacht plagten mich ruhelose Gedanken, schrille Stimmen und quere Zwischenrufe, doch wollte ich nur ein Wort notieren, verstummte alles in mir und nichts konnte ich fassen. Was ich auch sann, fügte sich nicht, es war durchlöchert und als grelle Anmaßung durchschaut. Genauso schien mir alles hinfällig, was ich in früheren Jahren aufgezeichnet hatte, selbst noch im beginnenden Krieg, als ich, mitbetroffen in das Elend meiner schon erliegenden Brüder, mich forschend versenkte wie während einer Seuche ein erkrankter Arzt, der den eigenen Puls fühlt und den Kollegen, die ratlos um sein Lager stehen, hochmütig zuruft: Habt ihr noch keinen Moribunden gesehen? Ich hielt diese Schriften für verloren und beklagte es nicht; falls sie aber doch auftauchen sollten, waren sie überholt und verblaßt, die Lauge der Wahrheit hatte sie zerfressen.

Dann hatte ich eines Tages meine Arbeiten doch wieder in meinem Besitz. Franziska hatte sie liebevoll verpackt, erst in Seidenpapier, darüber kräftigere Bogen, die sie vor Wasser und allem Verderben bewahren sollten, dann kreuz und quer verschnürt; so hatte sie stets ihre Geschenke ausgerüstet, daß man mit freudiger Mühe sie lösend eroberte. Nun las ich darin, gerührt und beschämt, fast in Tränen; die feindliche Stimmung gegen meine Versuche verflüchtigte sich bald. Mir war es, als blickte ich durch eine trüb durchlässige Wand in ein vereistes Leben der Urzeit, nicht mein eigenes Leben, aber ein Denkmal verschollen geglaubter Geschichte. Mit Eifer stellte ich alles zusammen, was sich nach den geretteten Schriften und aus dem Gedächtnis wieder gewinnen ließ. Ich hatte nicht allzuviel Zeit bei meiner Tätigkeit für das Museum, aber ich begann damit, an den alten Versuchen dies und jenes zu bessern und an neuen Büchern zu arbeiten. Als ich in der Weltstadt ankam, war die Soziologie des unterdrückten Menschen im Grundriß entwickelt, die meisten und darunter die wichtigsten Kapitel waren skizziert, daneben einige Studien fertiggestellt und andere angefangen. Was habe ich mir nicht alles von dieser Leistung, von diesen Ansätzen versprochen! Mit wem ich auch sprach, Soundso, Dr. Haarburger und wen ich nur erreichte, dem versuchte ich die Grundlagen meiner Werke zu erklären, ich trug meine wichtigsten Ideen vor, warb für meine weitschichtigen gelehrten Absichten und bat die Menschen, ein Stückchen zu lesen. Hörte mich jemand mit vorsichtig zurückhaltendem Respekt an, so war ich schon glücklich, denn ich bildete mir sofort ein, daß ich jetzt der Förderung sicher sei. Wie töricht war es, auf etwas zu hoffen, bloß weil man mir gelegentlich erklärte, sehr interessant, Herr Doktor, aber natürlich kommt alles auf die endgültige Ausarbeitung an, die muß man sehen, dann erst läßt sich etwas machen. Ich stürzte mich in die Arbeit und verbrachte gewöhnlich die halbe Nacht an meinem Schreibtisch, von Soundso, der in der ersten Zeit Bücher und Belege zum Studium heranschleppte, mit skeptischem Zuspruch angestachelt, während ich zu wörtlich dem gefährlichen Gemeinplatz Glauben schenkte, daß Fleiß das halbe Genie sei. Nun, das ist zwar nicht so unbedingt falsch, aber mit der sozialen Funktion, mit der Anerkennung, Bezahlung und Durchsetzung einer Leistung hat das nichts zu tun. Fleiß trägt zum Genie nichts bei, er fördert nur die Disziplin, die man zur Vollendung braucht, und kein Genie wird um noch so großen Fleißes willen anerkannt.

Ich bin klüger geworden und halte mich längst nicht mehr für ein Genie, so fleißig ich auch bis zum heutigen Tage geblieben bin; der Fleiß ist es, durch den ich beharrlich die Rechtfertigung meiner sonst vergeblichen Tage erhoffe. Damals aber, in den ersten zwei Jahren meines Aufenthaltes in der Weltstadt, als ich unbändig von mir selbst erfüllt war, ehrsüchtig, getrieben und stürmerisch, da sprach ich mir ein geniales Wesen und Können zu, um alle Widerstände aus der Welt zu schaffen und zu siegen. Die zynische Ironie, mit der mir Bekannte und neu auftauchende Menschen begegneten, übersah ich naiv oder geflissentlich, weil ich sie nicht wahrhaben wollte und, mit dem überspannten Willen zum Erfolg und zum Gewinn eines bescheidenen Einkommens, das ich durch den von mir gewählten Beruf erwerben wollte, aus hinhaltenden Versprechungen und sogar aus verhüllten Ablehnungen stets eine zunächst zwar noch zuwartende, aber für die Zukunft verheißungsvolle Unterstützung meiner Absichten heraushörte. Es ist mir lange verborgen geblieben, daß man sich zu mir weder besser noch schlechter verhalten hat, als es gegenüber den in jeder geselligen Ordnung nicht vorgesehenen Außenseitern üblich ist, weil sie mit ihrem anspruchsvollen Eigensinn sich selten verwenden oder einfügen lassen. Das habe ich viele Jahre nicht verstanden, sondern ließ mich hinhalten. Ebenso ist es Johanna ergangen, die, mit rührendem Glauben an mich, sich für mich einsetzte und ihre zahlreichen Verbindungen von ihrer beruflichen Tätigkeit her spielen ließ, ohne zu ahnen, daß sie für den neuen, nie vorhergesehenen Zusammenhang nicht im geringsten geeignet waren. Wie sollte sie wissen, da ich als Soziologe es nicht ahnte, daß sich der gesellschaftliche Zusammenhang in einer Gemeinschaft nach vorgeordneten, wenn auch mitunter stark wandelbaren Grundsätzen der Gesellung richtet, wobei für bestimmte Funktionen im privaten wie im institutionell stilisierten Verkehr stets korrelative Beziehungen von Anspruchsbegehren und Leistungsvermögen hergestellt werden müssen, will man mit seiner Mühe einen Erfolg erzielen. Solche Einsichten mangelten uns, und bald mußte Johanna erfahren, daß man sie mit lächerlichen Reden vertröstete und schließlich ihr auswich oder sie in einer blind verlaufenden Kette von einem Bekannten zu dessen Bekannten und endlich zu Unbekannten schickte, die sich mit Achselzucken all den ratlosen Bitten versagten und noch unschuldig fragten: »Ja, liebe Frau Landau, was wollen Sie denn eigentlich? Am besten, Sie schicken Ihren Mann zu einer Arbeitsvermittlungsstelle oder, wenn Sie ihn nicht dazu kriegen, dann schaun Sie halt mal selber hin!« Am Ende wußte Johanna nicht mehr, worum sie bitten sollte, und die Angegangenen machten ihr das zweifelhafte Kompliment, was für ein tapferes Weib sie sei.

Wenn ich mit einem gerechten Rückblick meine äußere Laufbahn, wie das so heißt, in den ersten drei oder vier Jahren seit meiner Ankunft in der Weltstadt erforschen will

– und das ist mir schon deswegen wichtig, weil ich eine Studie vorbereitete, die ich »Die Stellung des schöpferischen Menschen im Zeitalter der kulturbedrohenden sozialen Überorganisation« nennen will –, dann stehe ich ziemlich ratlos da, denn die Kreuzwege meiner Bemühungen sind verwirrt. Die einzelnen Umstände meines Scheiterns sind mir weniger deutlich als das allgemeine Gesetz, das dieses Scheitern bedingte. Das Gesetz heißt: Soziale Institutionen fördern und erhalten die Kultur oder wirken für ihren Fortbestand neutral, wenn sie solchen Zwecken selbstverständlich dienen, die dem Gedeihen ebenso der Gemeinschaft wie ihrer einzelnen Mitglieder nicht widersprechen. Daraus ergibt sich der Folgesatz: Wenn soziale Institutionen den genannten Zwecken nicht mehr selbstverständlich dienen, so werden sie für andere Zwecke verwendet, als es ihrer Sinngebung entspricht; dann werden diese Institutionen nur noch um ihrer selbst willen bestehen, wodurch das Gedeihen der Gemeinschaft bedroht, die Entfaltung ihrer einzelnen Mitglieder in der Gesellschaft gehemmt oder sogar verhindert wird. Kommt es dahin, so ist es schlecht um die Kultur bestellt, sie wird von Institutionen dirigiert, sich selber entfremdet, ausgelaugt und schließlich durch ideologisch dekretierte, industriemäßig hergestellte Machwerke ersetzt; die mögliche Freiheit des Menschen zu eigenem geistigen Handeln und Schaffen wird immer mehr beschränkt und ausgeschaltet. Eigenwillige Leistungen von Wert werden selten, gute Leistungen nach der Überlieferung hingegen werden entwertet, die Wirkung beider dort verdrängt, wo sie nicht ausdrücklich verboten wird. Der selbständig Schaffende sieht sich auch ohne das Joch einer totalitären Zwangsherrschaft genötigt, seiner Sendung zu entsagen, wenn er nicht ein Übermaß ökonomischer und anderer sozialer Nachteile auf sich nimmt. So lehrt dieses allgemeine Gesetz auch, wie es zum Zusammenbruch einer nicht vorgesehenen oder gar nicht mehr erwünschten Kunst und Wissenschaft kommt, weil alles im Gehorsam nach Leitsätzen zu geschehen hat, die von mächtigen und in totalitären Staaten übermächtigen Institutionen verordnet werden. Nur was diesen Ansprüchen folgt, wird gelten dürfen, weil allein solche Leistungen durch die institutionellen Machtmittel – heute also in den westlichen Ländern etwa durch die Presse, den Rundfunk oder eine gelenkte Reklame – gefördert und überhaupt zugelassen werden.

In diese Lage bin ich geraten. Die gesellschaftliche Schwäche eines Menschen meiner Art, der ärger als bloß deklassiert, gebrandmarkt aus fast allen sozialen Verbänden ausgeschlossen wird, läßt ihn keinen Halt finden. Jedes Haltes wird er beraubt, er wendet sich an jemanden, richtet sich zum Ziele und läuft, aber er kommt nicht an, und sein Werk kommt nicht an; er gleicht einem Briefschreiber, der an unbekannte oder unverbürgte Adressen schreibt. Diese Tragik, die ich mir zuschreibe, bezeichnet die Stellung des schöpferischen Menschen dieser Epoche. Die großen Zusammenhänge also, die meine mögliche Wirkung in der Gesellschaft verhinderten, kann ich überblicken, sie bestätigen sich mir, wo ich auch hinschaue, doch wie das im einzelnen mit mir zugegangen ist, diesen Absturz jeglichen Tag und jegliche Woche, diese gekräuselten Versuche des Hinauslangens aus schon gesetzter, aber noch unvollendeter und nicht ganz verspürter Einsamkeit, das habe ich bis jetzt nicht aufgeklärt. Je weniger ich bin, weil ich nicht sein darf, desto mehr verhüllt sich die Welt und sperrt sich ab mit einer Wand; wenn sie nicht wäre, wenn sie zumindest ein Tor hätte und sein Durchschreiten gestatten würde, dann wäre ich selbst diese Wand, aber auch die Welt wäre die Wand, oder noch anders, Welt und ich wären durch die Wand verbunden, wir wären eine einzige zusammengewachsene Wand.

Als ich mir dieses unlösbaren Konfliktes zum ersten Male bewußt wurde, tat ich etwas, woran ich in meinem Leben zuvor nie gedacht hatte. Ich schrieb eine Geschichte. Das Kümmerliche und Ergebnislose der meisten Briefe, die wir schreiben, hatte ich in seiner Schmerzlichkeit erkannt, ich begriff den Brief als Grundsymbol des Menschen, der von etwas ausgeschlossen ist. Und jeder Mensch ist ausgeschlossen, jeder Mensch erfährt die Grenze, mag sie noch so verschieden gezogen sein, beim einen enger, beim anderen weiter, sichtbar errichtet wie die chinesische Mauer oder fern verschwebend in endlos gleißender Ebene, oft nicht gewußt und nicht gekannt, dennoch als Wurzel alles menschlichen Leides, als Unvollendbarkeit verspürt, zutiefst, als Quelle unseres Verhaltens und Treibens unserer Laster und Tugenden, als Ursprung aller Verzweiflung und Hoffnung. Mensch sein, das ist eine Grenze haben und sie mit Briefen überfliegen zu wollen, daß sie jenseits davon ihr Ziel erreichen. Ich habe an dieser Geschichte lange gefeilt, ich habe sie wiederholt verändert und neu begonnen; sie ist immer unvollkommen geblieben und gefällt mir nicht, ich bin kein Dichter. Trotzdem, ist sie auch ein mißratenes Stück, bleibt sie mir doch teuer, weil sie mehr von mir und meinem Denken aussagt, als es mir je in meinen wissenschaftlichen Versuchen gelungen ist. Darum habe ich sie mir dieser Tage wieder vorgenommen und abermals gründlich verändert. Da steht sie und heißt

DIE BRIEFSCHREIBER

Briefe, wer wüßte es nicht, sind eine alte Erfindung. Man schreibt sie, fühlt sich erleichtert und schreibt wieder. So war es schon vor Jahrtausenden, so blieb es bis in die jüngsten Zeiten, keinen hat das erstaunt, man hielt es für gut. Jetzt aber werden viele Briefe wegen der großen Kälte geschrieben. Die Menschen sitzen zu Hause, schauen nicht lange zum Fenster hinaus und denken an ihre Freunde, suchen Adressen hervor, die sie oft in Verstecken verbergen, nehmen Briefumschläge und schreiben Namen, Ort und Straße mit feierlichen Buchstaben. Dann greifen sie nach Briefbogen und verspinnen sich in ihre Gedanken.

Draußen wird es unterdessen immer kälter. Wen nicht ein dringendes Geschäft zwingt, bewegt nichts zu einem Gang in die Gassen, wo zu dieser Jahreszeit das Unglück vermutet wird. Sind die Briefe fertig und verschlossen, so streichelt man sie oft mit zärtlicher Hand, feit sie mit gläubigen und abergläubischen Handlungen gegen den bösen Blick, gegen allen Schaden und gegen die Gefahr des Verlustes und trägt sie eilig um die Mittagsstunde fort, wenn sich die Kälte für ein Weilchen mildert. Viele Menschen, Frauen besonders, hüllen die Briefe sorgsam in ein Tuch, um sie vor Frost zu bewahren. Wer nicht die Einschreibegebühr bezahlen will, wer nicht den großen Behältern im Postamt allein vertraut, läuft zum nächsten Briefkasten, in den er die sorgsam gehütete Fracht vorsichtig gleiten läßt. Dann kehren die Schreiber, ängstlich oder erleichtert, doch mit undurchdringlichen Mienen, nach Hause zurück, um neue Briefe an dieselben oder andere Adressen zu schreiben.

Sobald die eigenen Adressen erschöpft sind, ruft man jemanden telefonisch an, man habe gerade freie Zeit und wünsche, den Freunden seiner Verwandten und Bekannten zu schreiben. So gewinnt man neue Adressen und wird auch selbst gebeten, aus eigenem Vorrat reichlich zu spenden. Einen Schatz von Adressen kann man auf diese Weise gewinnen; nicht wenige Leute stehen im Ruf, Großadressenbesitzer zu sein. Offen würde das keiner zugeben, da im Gegensatz zu jener Eitelkeit, die sich an jeden mit Geld schätzbaren Besitz kettet, hier jeder seinen Reichtum verschweigt und höchstens geheimnisvoll durchblicken läßt: »Ich habe zu tun, ich muß noch sehr vielen Freunden schreiben.«

Der Vorteil vieler Adressen ist offenkundig. Man wird nicht verlegen, wem man schreiben sollte, und freut sich, je mehr die Adressensammlung wächst, der erquickenden Aussicht, die Anzahl seiner Freunde zu vermehren. So erklärt sich die Beliebtheit eines Spruches, den man in vielen Stammbüchern liest: »Die Freunde meines Nächsten sind auch meine Freunde.«

Wohl rühmt man sich seiner Verbindungen, aber noch nie hat ein Briefschreiber Antwort empfangen. Fragt man unvermittelt einen von ihnen, so mahnt er zur Ruhe, wie man in der Kirche während der Handlung ein plötzlich laut plapperndes Kind abschweigt, und flüstert erregt mit glänzenden Augen: »Nein, noch habe ich keine Antwort bekommen. Das macht aber nichts, solange eine gute Aussicht besteht. Man muß geduldig sein und darf immer erwarten.« Vielleicht fügt er noch hinzu: »Es kann sein, ich empfange gleich einige Briefe auf einmal und von mehreren Freunden.«

Wer die Sitte des Briefschreibens eingeführt hat, ist unbekannt. Der Brauch ist sehr alt. Manche, die es sich leicht machen wollen, vermuten seinen Beginn nicht eher als bei den Mönchen in irischen Klöstern oder in St. Gallen, aber das ist sicher ein Irrtum. Andere blicken auf das antike Griechenland zurück, doch wer wissender blickt, verfolgt Spuren, die ins alte Ägypten und nach Ur weisen. Gern werden von Liebhabern des Ostens auch China und Tibet genannt. Die Wahrheit treffen diese Meinungen schwerlich. Nicht verbürgt, wie Legenden gewöhnlich sind, doch verlockend ist die uralte Sage, die Adam als Erfinder des Briefes bezeichnet, und keine Geschichte des Briefes darf diesen möglichen Ursprung verschweigen.

Als der erste Mensch das Gebot des Herrn, nicht vom Baum der Erkenntnis des Guten und Bösen zu essen, in törichtem Hochmut übertreten hatte, hörte Adam die Stimme: »Wo bist du?« Adam aber, der vor dem Genusse des Apfels harmlos war und weder Angst noch List gekannt hatte, fürchtete sich und hielt sich versteckt. Nie hätte es geschehen dürfen, daß der Herr nach dem Menschen fragen mußte, wo er sei, und es wird auch gelehrt, daß der Fruchtgenuß nur ein lässiges Vergehen im Vergleich zu dem Verstecken vor dem im Garten wandelnden Herrn war, dies erst die von Geschlecht zu Geschlecht nicht vergebene Sünde, die darum die Erbsünde heißt. Hart war die Strafe für die Erkenntnis, die über Adam den Tod gebracht hat, doch die Erkenntnis ist dem Menschen geblieben, er weiß das Gute und Böse bis auf den heutigen Tag, aber härter war die Strafe für das Verstecken, denn dafür wurde er aus dem Paradies vertrieben.

Als nun Adam auf dem Felde baute, von dem er genommen war, wurde er traurig, und Eva, voll Mitleid, forschte nach seinem Kummer. Adam sagte: »Siehst du die Cherubim nicht mit ihren hauenden blanken Schwertern, daß sie den

Weg uns verwehren zum Baume des Lebens? Siehe, ich lebe und begehre das Leben, aber der Herr hat gesagt, ich bin Erde und soll wieder zur Erde.« Eva wußte den Rat: »Geh und mach ein Zeichen dem Herrn, daß er unseren Wunsch erkenne und erhöre.« Da brach Adam vom Fels einen Stein und beschlug ihn und meißelte Zeichen seines Wunsches hinein; im Schweiße seines Angesichtes wurde ihm hierfür von oben die Gabe der Schrift verliehen, die er in seiner Not selbst erfunden zu haben glaubte. Adam zeigte Eva den Stein, sie lobte ihn, und Adam schleuderte ihn gegen die Richtung, wo die Cherubim standen. Vom Glanz ihrer Augen und Schwertspitzen wurde Adam geblendet, daß er nicht sah, wo der Stein zu Boden fiel. Auch war ein solches Sausen in der Luft, daß er nicht hörte, wann der Stein sein Ziel erreichte.

Wieder war Adam traurig, und wieder sprach Eva ihm zu: »Siehe, du weißt nicht, was mit dem Stein geschehen ist. Fürchte dich nicht, behaue einen neuen Stein, gib ihm das Zeichen unseres Wunsches und schleudere wieder.« Adam tat, wie Eva ihn geheißen. Er tat es noch oft und tat es immer, wenn ihn die Trauer auf seinem Felde verzehrte. So hat Adam, der Legende nach, den Brief erfunden, und der erste Brief war ein versuchter Wurf nach dem verlorenen Paradies.

Nicht jeder ist geneigt, den alten Geschichten zu glauben, die man für späte Versuche hält, den wichtigsten aus der Urzeit überlieferten Erfindungen des Menschengeschlechtes eine mythische Gestalt als Urheber anzudichten, statt sich mit nüchterneren, angeblich aber viel mehr der Wahrheit getreuen Erklärungen zu begnügen. Wie dem auch sei, gewiß ist nur, daß die Sitte des Briefschreibens von Eltern zu Kindern sich forterbt. In vielen Familien wird der Nachwuchs in zartem Alter daran gewöhnt; kaum haben die Sprößlinge das Schreiben erlernt, dringen die Eltern darauf, daß die Kleinen täglich zumindest ein kurzes Brieflein aufsetzen. Erst diktieren die Mütter, später raten sie, was man schreiben kann, während die Väter Fehler verbessern und sich um die Adresse kümmern, bis den Kindern nach einigen Jahren das Briefschreiben zu einem Bedürfnis wird.

Wachsen die Menschen heran, so geraten sie gewöhnlich einmal, meist im Alter von zwanzig bis fünfundzwanzig Jahren, in eine bedenkliche Krise. Selten führt sie zu einem dauernden Verzicht auf das Schreiben, manchmal wird es für einige Zeit eingestellt und dann reumütig wieder aufgenommen. Öfters hingegen kommt es vor, daß jüngere Leute vermuten, eine Adresse sei zu alt; trotzig denken sie, der betreffende Freund sei schon längst gestorben. Dann malen sie ein Totenkreuz auf den Adressenzettel und legen ihn ab. Quält sie nachher das Gewissen, so entfernen sie das Kreuz mit vieler Mühe und schreiben an solche Adressen besonders innig und zärtlich. Wer diese Anfechtungen überwindet oder ihnen nie erlegen ist, wendet sich von solchem Treiben ab und sagt: »Das tut man nicht. Wer wünscht denn seine Freunde ins Grab?« Das entspricht dem verbreiteten Glauben, daß die Freunde unsterblich seien, durch Alter Macht und Einfluß gewönnen oder sich in kräftigen Nachkommen fortpflanzten, die, voll Freude über die Anhänglichkeit, die für die Vorfahren bestimmten Briefe empfingen. Es gibt auch Sonderlinge, meist sind sie bejahrt, die werden Altadressensammler genannt. Sie richten ihre Briefe gewöhnlich bloß an mehr oder minder gut verbürgte Adressen.

Es wird angenommen, daß ursprünglich Antworten kamen; anders wäre dieser Brauch weder entstanden noch hätte er sich dermaßen verbreitet. Sicheres darüber ist heute nicht zu erfahren, doch kennen wir viele, oft sehr alte Legenden, die uns über Antworten erhebende Zeugnisse vermitteln. Sieht man von diesen Geschichten ab, aus denen die Weisheit unserer Voreltern spricht, so handelt es sich bei Berichten über Antworten, die da oder dort eingetroffen seien, wohl immer nur um Gerüchte. Befaßt man sich näher mit ihnen, dann erschrickt man über das Maß an Dummheit und unverantwortlichem Leichtsinn, das allgemein verbreitet ist, nichts als Schwindel, dem die Menschen Glauben schenken, aufgebauschter Klatsch, der schnell verstummt, wenn man ihn prüft; bestenfalls kommt man einer Familientradition auf die Spur, daß ein Großvater einmal Antwort empfangen, sie aber keinem gezeigt habe, doch sei er von dieser Stunde an glücklich gewesen. Manchmal durchfluten in wildem Wirbel solche Nachrichten Stadt und Land und versetzen alles in einen Taumel, der kaum verebbt, weil er von frischen Botschaften genährt wird, die phantasievollen und häufig noch betrügerischen Menschen Stoff zu vielen Erdichtungen liefern.

Von wem sollten denn die Antworten stammen? Wird doch in ernsten Kreisen geschätzt, daß in dem derzeit benützten Adressenschatz die überwältigende Mehrzahl der Namen erlogen oder erfunden sei; wo aber die Namen stimmen sollen, hält man doch die Angaben der Orte, Straßen und Hausnummern für größtenteils falsch. Manche Menschen scheuen sich nicht die Mängel einzugestehen, messen ihnen aber wenig Gewicht bei, und erklären, daß sich die Adressaten ohnedies weit über alle Grenzen hinaus in einem Ausland aufhielten, von dem niemand eine verläßliche Landkarte besitze; das sei aber auch nicht nötig, solange die Post die Briefe befördere. Die Hauptsache sei, daß sie jenes Land erreichten, wo man sich schon um die rechte Zustellung kümmere, die Empfänger würden gefunden und meldeten sich auch selbst. Gegen diesen Glauben ist es schwer anzukämpfen; wer die Wahrheit bezweifelt, schweigt und hütet sich vor der Feindschaft der Gasse. Übrigens bringen die meisten ihren Zweifel zum Verstummen, sobald er am Werte der eigenen Adresse zu nagen beginnt. Kaum einer opfert sie auf, fast jeder schleppt sie trotz allen Bedenken weiter und sagt: »Wir Menschen, was können wir wissen? Man darf nichts versäumen.«

Gemeinhin wird das Telefon zur Adressenvermittlung benützt, während sie im persönlichen Verkehr, gesellschaftlich wie geschäftlich, fast immer vermieden wird. Dies mag überraschen, da die Zeit nicht weit zurückliegt, in der es kein Telefon gab. Wie man den Austausch damals betrieb, ist unbekannt. So alt ist das Briefschreiben, und doch so wenig ist selbst seine jüngste Geschichte erforscht! Die wahrscheinlichste Version lehrt, daß die Briefschreiber früher heimlich einander aufsuchten, man führte den Gast in ein Nebenzimmer und sagte sich durch die verschlossene Türe die Adressen wechselweise an. Äußerlich wird diese Annahme durch die Geheimniskrämerei der Briefschreiber gestützt, während eine esoterische Lehre noch viel mehr in diesem heimlichen Umgang erblickt. Es wird behauptet, daß durch den Aufenthalt in zwei getrennten Räumen, zwischen denen sich die Wand durch die zugemachte Türe schließt, ein urzeitlich magischer Ritus nachgebildet werde, der den über die Grenze erwünschten Briefwechsel herbeibeschwören soll. Wie dem auch sei, man tappt im dunkeln, wie es einst zuging; man kann nur jene Bräuche erkunden, die heute gang und gäbe sind.

Hat man seine Adressen am Telefon hergesagt, so folgen eifrige Dankesbeteuerungen. Man versichert, einander einen großen Dienst geleistet zu haben, hebt aber auch nachdrücklich hervor, welchen Gefallen man dem Auskunfterteiler erweise, da man ihm nun helfen werde, seine Freunde mit Nachrichten zu versorgen. Das trifft insofern zu, als es Sitte ist, sich bei einem ersten Brief an eine neue Adresse auf deren Vermittler zu berufen, die sich schmeicheln, dadurch ihr Ansehen bei den Empfängern zu vermehren. Wer so auf den Gewinn immer neuer Adressen erpicht ist, und das gilt für die Mehrzahl der Briefschreiber, wird von den Gegnern dieses Verfahrens ein Gassenschreiber genannt. Mit diesem schimpflichen Wort will man die unersättlichen Adressenjäger brandmarken, die man für wankelmütige Menschen hält, arm an Überzeugungstreue und Beständigkeit.

Anders sind die Edelschreiber, die lehren, daß bloß wenige Menschen, am besten nur ein einziger, an seine persönlichen Freunde schreiben soll, um sie nicht zu verwirren und nicht aufdringlich zu erscheinen. Manche von ihnen verlangen, man solle nur selten schreiben, nur dann erfreue man mit seinen Briefen die Empfänger, doch werde man mit spärlichen, aber gediegenen Nachrichten Teilnahme, vielleicht sogar Neugier wecken, ohne die Vielbeschäftigten zu belästigen. Die Anhänger dieser Überzeugung legen es darauf an, sich lieb Kind zu machen und hoffen darauf, mit einer Antwort belohnt zu werden.

Der Glaube an einen besten Freund oder, was manche für dasselbe halten, an eine beste Adresse vereinigt eine Gruppe, die sich selbst stolz Einbriefler nennt. Eifrig verbreiten sie die Meinung, daß es nur eine einzige Adresse von entscheidendem Werte gebe, die übrigen seien, wenn schon nicht unnütz, bloß von geringer Bedeutung. Leider herrscht unter den Einbrieflern kein Einvernehmen darüber, welche die richtige Adresse sei. Jeder einzige Gläubige will über die wahre verfügen, doch keiner kann die Gültigkeit seines Anspruchs beweisen. Das macht diese Gruppe, so schätzbar sie sonst sein mag, zu Eiferern und Zankvögeln, die selten Zuneigung erringen und oft der Verachtung anheimfallen. Nur eine gewisse Scheu hält die Einbriefler gerade noch davor zurück, sich in offenem Streit zu befehden, aber mit anderen Briefschreibern teilen sie die Gewohnheit, telefonisch darüber zu rechten, welche Vorzüge diese oder jene Adresse habe. Man beruft sich dabei auf die Schönheit des Namens oder verschiedene ungewöhnliche Merkmale, beachtet den Klang, zählt Buchstaben, will aus deren Folge und Ordnung allerlei herauslesen oder entdeckt einen rhythmischen Reiz. Endlos wird darüber verhandelt, »verfüge ich denn über die beste Adresse?« bis einer sich besinnt, wieviel kostbare Zeit, besser fürs Schreiben aufzuwenden, durch dieses Gerede müßig verfließe, worauf der andere meist sofort zustimmt, froh, seine schwer zu stützenden Gründe nicht mehr verteidigen zu müssen. Andere meiden wohl solche zwecklosen Verhandlungen, doch hängen viele ihren eigenen Gedanken über diese Frage nach.

Selten wird einer bekennen, daß er seine beste Adresse auch auf die Gefahr hin nicht preisgebe, niemandes anderen Beistand zu erfahren. Es kommt sogar vor, obgleich sehr selten, daß einer alle Auskünfte verweigert. Läßt er sich dann bei einem persönlichen Besuch doch noch anders bestimmen, so nennt man ihn mit gutmütigem Spott einen Flüsterer, ist aber gar nichts von ihm zu erreichen, so spricht sich das ziemlich schnell herum, er wird mit einem Gemisch von bewundernder Scheu und Entrüstung betrachtet und Einzelschreiber genannt.

Ungewöhnlich sind jene Käuze, die da und dort auf einmal wie ein Unkraut auftauchen und kurz angebunden erklären, sie verfügten über keine Adressen, interessierten sich überhaupt nicht für diese ver ... Schmiererei und wünschten, von allem verschont zu werden. Hier ist es zwecklos, sich anzustrengen, denn diese Ketzer sagen nichts. Unentschieden bleibt, ob sie nicht dennoch heimlich Briefe schreiben und nur aus Scham, Hochmut oder Eigenbrötelei nichts verraten. Die Ketzer geben einem manche Fragen auf. Beteiligen sie sich nicht, weil sie keine Freunde wünschen? Sehen sie die Zwecklosigkeit des Schreibens ein, weil keine Antwort eintrifft und nie eine zu erwarten ist? Wollen sie auf andere Weise und besser mit den Freunden Verbindung erreichen? Das müssen wir offen lassen.

Manche Ketzer sind still und gehen ihrer Wege, ohne sich um die Briefschreiber zu kümmern. Darunter gibt es freundliche Menschen, die keine Feindschaft hegen. Anders sind jene, – man entdeckt sie nicht leicht, aber umso eher spürt man ihr Treiben –, die sich über das Briefschreiben lustig machen, es als einen Aberglauben mit beißendem Spott bedenken und erklären, das närrische Volk sollte sich um nützlichere, zumindest um unterhaltsamere Dinge scheren als um einen solchen Lastersack von Geschlecht zu Geschlecht mitgeschleppter Vorurteile, allem Fortschritt ein Hohn, ein Sperrbalken gegen jede vernünftige Aufklärung. Sie fordern, daß eine mutige Regierung den Unfug kurzerhand verbieten und bestrafen solle. Die Briefschreiber befehden und hassen diese Quertreiber, wobei sie wissen, daß sie sich uneingeschränkt auf den Schutz der Staatsgewalt stützen können, doch fürchten sie die Frevler auch, weil die Scharfmacher unter ihnen drohen, daß sie einmal einen Briefkasten plündern werden, um die Briefe zu untersuchen und ihren Inhalt zur Entlarvung dieses empörenden Schwindels und beschämenden Wahnsinns in einer Flugschrift mit geharnischten Erläuterungen an den Tag zu bringen. Aber noch keiner hat das gewagt, denn die Lästerer fürchten das Gesetz, das die Verletzung des Briefgeheimnisses mit harten Strafen bedroht. Sie werden gewiß auch künftig einer solchen herostratischen Tat vorbeugen, und so bleibt aller Hohn nur aufgeblasene Windbeutelei, die ihre Ohnmacht kennt und vor sich selbst erschrickt.

Man wüßte gern, was mit den zahlreichen Briefen geschieht, an denen die Staaten bei den hohen Postgebühren täglich Millionen verdienen. Unbekannt ist es, wohin die Briefe gelangen; nur die Postverwaltungen könnten dieses Rätsel beantworten, aber nicht einmal die verwegensten Ketzer getrauen sich, das zu begehren, und das Vertrauen in die redliche Arbeit der Post ist grenzenlos. Tatsache ist es, daß die Anzahl der Briefkastenentleerungen im Laufe der letzten Jahre wiederholt vermehrt wurde; das Schreiben verbreitet sich in allen Schichten immer stärker, je kälter es wird. Bloß in den Sommern, die sich von Jahr zu Jahr verkürzen, läßt diese Leidenschaft ein wenig nach, doch kaum verkündet sich der Herbst, so steigert sie sich mit vervielfachtem Eifer. Statistiken über die Anzahl der Briefe werden nicht veröffentlicht. Vorsichtige Schätzungen deuten auf astronomische Ziffern, und gediegene Kenner der Wirtschaft versichern, daß ein beträchtlicher Teil des Volksvermögens für Schreibbedarf und Briefmarken verwendet wird, was für die Wohlfahrt der ärmeren Schichten bedenklich stimme. Selbst Briefschreiber von hohen Graden, die etwas davon verstehen, fürchten böse Folgen.

Durch die Rundfrage einer Gesellschaft zur Erforschung der öffentlichen Meinung hat es sich kürzlich zur allgemeinen Überraschung herausgestellt, daß es auch heute noch viele Briefschreiber gibt, ihre Anzahl soll sich sogar vermehren, die bei der Suche nach Adressen nie das Telefon zur Hilfe nehmen. Manche Menschen haben kein Telefon und wollen trotzdem Briefe schreiben. Zwar ist es der Aufmerksamkeit nicht entgangen, daß aus vielerlei Gründen noch immer auf den Anschluß an das Teilnehmernetz verzichtet wird, doch nahm man an, daß diese Leute sich mit ihren eigenen Adressen begnügen oder ein fremdes Telefon benützen. Aber nicht jeder möchte seinen Nachbarn stören oder über die Straße zum ungemütlich kalten Automaten eilen. Andere lieben den Apparat nicht, finden ihn ohne Seele, fürchten, die Zentrale könne abhorchen, oder scheuen die Einbuße unersetzlicher Zeit durch lange Gespräche. Reifer geworden an Jahren beschließen andere, auch wenn sie ein eigenes Telefon besitzen, daß sie nun genug Adressen gesammelt hätten, man müsse sich einmal bescheiden, und darum wollten sie mit vertiefter Hingabe einen Brief nach dem anderen an ihre bisherigen Freunde verfassen. Oft mahnen sie die Jugend: »Warum sich mit Briefen an immer neue Empfänger verzetteln und so die Sorgen ins Ungemessene vergrößern? Weisheit schränkt ein. Vielschreiberei befördert flatterhaftes und oberflächliches Wesen. Ich rate euch, es ist ein Vorzug, mit der Anzahl seiner Briefe sparsam zu sein. Nur so könnt ihr es gerecht schaffen, ausführlich mit Herz und Hand dem Werk zu dienen und gründliche Berichte auszuarbeiten.

Die Briefe sind dem Aussehen, dem Inhalt und der Form nach erdenklich verschieden. Von ganz kurzen, seufzerartig hingehauchten Worten im Depeschenstil – oft füllen sie knapp eine Zeile – bis zu endlosen Schriftsätzen, die Zeitungsromanen in Fortsetzungen ähneln, finden sich alle Zwischenstufen. Viele Schreiber spiegeln ihre angeborene oder anerzogene Art wieder, viele verstellen sich und schreiben bewußt anders, als es ihrem Wesen entspricht, sie drechseln hochtrabende Perioden, während sie im Alltag sich einfach mitteilen, oder entwerfen Traktate, wie Gesetze nach Paragraphen geordnet oder in der Art mathematischer und chemischer Formeln, noch andere verfertigen mühselig Gedichte in schwierigen Maßen, ahmen die Sprache heiliger Bücher nach, versuchen es philosophischer Diktion gleichzutun, beweisen ihr Wissen, ihren redlichen Sinn, ihre Gerechtigkeit, ihr frommes Wesen, abermals andere zwängen sich in fremde und tote Sprachen, selbst wenn sie diese Stilübungen nur mühsam mit Wörterbuch und Grammatik bewältigen, erfinden sich eigene Sprachen und verwenden eine Geheimschrift nach schwierigem Schlüssel, schalten auch Zeichnungen und bunte Bildchen, selbst Noten ein oder legen sie gesondert bei. Sie wählen kleine und große Formate, sie verwenden verschiedene Tinten und Stifte, haben selbst Setzkasten und kleine Handpressen zu Hause, auch Prägemaschinen für gewöhnliche und Blindenschrift. Sie benützen nicht bloß Papier, sondern auch Bast, Pergament, Birkenrinde, Seide, dünne Plättchen aus Metall und viele andere Stoffe. Manche heften einen frankierten Umschlag mit Rückadresse an und fügen sogar einen Briefbogen bei zur größeren Bequemlichkeit des Empfängers, dem oft schon eine vorbereitete Antwort mitgeschickt wird, damit der Freund, was entspricht, nur zu unterstreichen braucht. Was die Briefe dem Inhalt nach bieten, läßt sich gar nicht aufzählen. Allgemeinstes und Persönlichstes in buntem Wechsel, Naturschilderungen und Liebeskummer, schlichte Darstellungen und stürmische Fragen, Ermahnungen und Selbstbekenntnisse, Gebete und Forderungen, familiärer Klatsch und gedankenschwere Schwärmereien, Aufsätze über Alltägliches, vertrauliche Geheimnisse, Wetterberichte, geschäftliche Sorgen, Anzeigen froher und trauriger Ereignisse, Erinnerungen, Spielereien, Kochrezepte, Witze, humorvolles Geplauder, tiefsinnige Phantasien – all das in unüberschaubar mannigfaltiger Auswahl.

So geht das jahraus, jahrein. Die Dringlichkeit nimmt zu, die Lage verschärft sich. Dennoch ist bis zum heutigen Tage durch diese ungeheure Arbeit und den angespannten Aufwand, denen Bewunderung nicht gut versagt werden kann, nicht einmal der bescheidenste Umschwung eingetreten. Wer nachdenkt, bekennt, daß sich sehr wenig, wahrscheinlich nichts geändert hat. Die Briefe werden geschrieben, aber vielleicht wurde noch zu wenig geschrieben, vielleicht auch zuviel, und es mag sein, man hätte nie damit beginnen sollen. Man wartet noch immer auf Antwort, der eine verdrießlich, der andere unverdrossen, und manchmal ruft einer aus: »Wenigstens einem einzigen Schreiber eine einzige Antwort, und wenn es ein Wörtchen bloß, wenn es ein leerer Zettel wäre!« Aber nach dem Satze der Erfahrung ist es nicht zu erwarten, daß je eine Antwort empfangen wird; die Länder werden größer, die Grenzen werden weiter, die Dringlichkeit nimmt ungemein zu, der Wille zur Nachricht jagt sich verbissen ins Leere, die Einsamkeit wird tiefer und höher zugleich. Es ist vergeblich, heute mehr als gestern, morgen vermutlich vergeblicher als heute, aber das hindert die frierende Menschheit nicht, zähe und mit geballter Geduld fortzufahren und auf das große Wunder zu harren.

Die Winter werden alljährlich kälter und länger. Nun sei beiläufig die Vermutung ausgesprochen, daß der Wunsch nach einer Antwort mit der zunehmenden Kälte steigt, weil durch die ersehnte Aufnahme der Beziehungen mit den Freunden eine Überwindung der Eiszeit erhofft wird. Die Briefschreiber irren, aber sie dürfen es weder sich noch anderen eingestehen, sie wollen leben und sich behaupten, sie wollen ausdauern und vollenden, sie haben ausgeharrt von Geschlecht zu Geschlecht, und das bestärkt sie, daß sie auch fernerhin sich bewahren werden. Sie sitzen zu Hause in ihren Verstecken und warten, daß man sie rufe, und träumen dabei vom Tage, an dem sie in der Erkenntnis des Guten und Bösen hinaustreten werden, den allerletzten unbekannt vertrauten Empfänger ihrer Briefe zu rufen: »Herr, wo bist du?« Solange aber der Herr nicht antworten wird, bestätigt sich täglich jedem Menschen die Wahrheit der alten Legende, daß jeder Brief, wie schon der erste, ein versuchter Wurf nach dem verlorenen Paradies ist.

* * *

Als ich diese Geschichte zum ersten Male niederschrieb, war sie weniger klar, vor allem war sie mir nicht so klar. Ich hatte sie als ein Gleichnis eines allgemeinen Schicksals ersonnen, das zwar auch für meine eigene Stimmung kennzeichnend, doch nicht besonders verbindlich war. Inzwischen hat sich mein Verhältnis zu dieser Geschichte gewandelt, sie hat mich gefördert, ich bin zu ihr gereift und habe von ihr gelernt. Es kommt so vieles nicht an, und das habe ich hinzunehmen, ohne mich untätig diesem Urteil zu beugen, denn die Versuche dürfen nicht erlahmen. Ergeben sein, aber nicht nachgeben, darauf kommt es an. Der Wand entgegenlaufen, als stünde sie nicht da, sie umwerben und umspielen, als ließe sie sich überwinden, doch anerkennen und nicht zu sehr über die Kenntnis verzweifeln, daß es wieder vergeblich ist und immer vergeblich bleiben dürfte. Auszug aus dem heimlichsten Versteck mit vieler List, als ginge es zum sicheren Sieg, und sich schlagen lassen, da man scheitert; zurück, zurück ins Versteck! Nichts erhoffen und den Namen des Herrlichen rühmen, als sei schon gewährt, was nicht einmal erhofft werden darf. Briefe schreiben, aber auf die Antwort verzichten, doch keine Briefe an die Götzen stündlicher Wünsche verzetteln, nur das eine Gesuch im unablässig heimgesuchten Gewissen, das eine Gesuch an den einen über alle Grenzen hinweg.

Davon begriff ich noch nichts, als ich in die Weltstadt kam. Ich hatte das Land und die Heimat meiner Eltern verlassen, und das war auch recht, weil ich nicht mehr hingehörte, weil dort zerstört war, was ich liebte und brauchte, weil es mir nichts zurückgab, sondern noch mehr mir entzog, weil es mich ausschloß, und weil ich wußte, daß es einem Verderben entgegen stürzte, das ich glaubte, nicht teilen zu müssen, das ich auch nicht verhindern konnte, und so sollte es nicht mehr mein Verderben sein, es sollte mir meine letzten Hoffnungen auf Leistung, Würde und Bestand nicht rauben, während ich begehrte, diese Güter zu erwerben, um wieder zu sein. Dies allein war Irrtum. Ich wollte auch nichts in den Ländern suchen, die das Waldgebirge begrenzen, sondern fern von den Nachschatten mir zugedachter Vernichtung sein, mich entfalten, wirken, etwas vollbringen. Das mißlang mir. Ob es gut oder schlecht war, daß ich es damals nicht ahnte, entscheide ich nicht. Nur Johanna durchschaute von allem Anfang, wie es um mich bestellt war, aber sie verbarg es vor mir, weil sie mich schonen wollte. Sie hielt mit ihrer Einsicht auch vor anderen zurück, da sie mir durch solche Andeutungen zu schaden fürchtete.

Sonst aber glaubten die Menschen wegen meines äußerlich gesunden Aussehens – man bemerkte es an vielen, die unter den gleichen Umständen wie ich den Krieg überdauert hatten – und wegen meines draufgängerischen Auftretens an meine Durchschlagskraft. Man machte es sich mit diesem Glauben allerdings leicht, denn auf mich einzugehen, war niemandes Sache. Man bildete sich ein, wenn wir diesem Landau etwas Nettes sagen, dann genügt es, der braucht keine Hilfe. Wer sich einst mein Freund genannt hatte, Soundso und andere im Lande, sah mich von Monat zu Monat mit größerem Befremden an. Einige wichen mir aus, andere redeten herum, vertrösteten mich oder belehrten mich auch, daß ich die Sache schief anpacke, ich müsse erst die Sitten hier kennen und hätte besser vor dem Kriege kommen sollen oder zumindest unmittelbar danach. Wenn ich aber schon im Lande sei und es nicht verlassen wolle, sollte ich auf keinen Fall in der Weltstadt bleiben, wo es zu kostspielig sei und alles überlaufen, da gebe es Männer von ganz anderen Talenten und Verdiensten als mich, die nicht Fuß faßten. Gelehrte rackerten unter schandbaren Bedingungen oder schlugen sich mit unwürdigen Berufen durch, und da wolle ich als eben Zugereister mir einen großen Posten als Soziologe erwarten!

Hörte ich mir das noch so geduldig an und versuchte ich, meine Ratgeber zu beschwichtigen, dann setzten die Vorwürfe doppelt ein, warum ich ausgerechnet hierher gekommen sei, Amerika vielleicht, aber hier, nein, ausgeschlossen. Als hätte ich nicht schon alles hundertmal erklärt, legte ich es nochmals ausführlich dar, damit man mich endlich verstünde. Sie nickten, ja, nun hätten sie es verstanden, aber schade sei es doch, daß ich nicht zurückführe, wo man mich im Museum brauche. Dabei heuchelte man Sympathie für meinen Standpunkt, bei den unerquicklichen Verhältnissen, gar nach dem jüngsten Umsturz, lebe man drüben wie in einem Gefängnis. Trotzdem warf man mir vor, daß ich alles zu schwarz ausmalte, Tausende dort seien bestimmt nicht unzufrieden. Millionen müßten bleiben, da könne es nicht gar so arg sein, ich sei unbelastet und brauchte mich nur vor politischen Reden zu hüten, ich solle die Rückkehr nicht unbedingt von mir weisen. Nun, schön und gut, man werde nicht mehr darüber reden, wenn es mich so aufrege. Dann solle ich aber dazuschauen, mich umzuschichten, wie sie das nannten, schnell in eine kleine Stadt übersiedeln, wo es billig sei und ich mit Sprachstunden oder einem anderen nützlichen Beruf mich und Johanna durchbringen könnte, die sicher, das nur so nebenbei, weit klüger daran getan hätte, ihren Posten nicht schon Monate früher als unbedingt nötig aufzugeben. Erinnerte ich an Johannas Zustand, sie war mit Michael in der Hoffnung, so nannte man mich unverantwortlich und war mir böse. Als Habenichts ein Kind, das sei verbrecherisch und verrückt. Ich sollte nur ja schnell meine Auswanderung nach Übersee betreiben, nach Amerika, der reiche Onkel Karl Strauß, der würde uns schon helfen.

Nach vielen Monaten vergeblichen Bittens und Bettelns gelang es mir endlich, von Professor Kratzenstein empfangen zu werden. Er lud mich aber nicht, wie er es in Aussicht gestellt hatte, in seine Wohnung ein, sondern ließ mich ins Sekretariat der Internationalen Soziologischen Gesellschaft kommen. Ich erschien pünktlich mit mehreren meiner Arbeiten, wie es verabredet war. Das Gebäude ist in einer stillen vornehmen Straße. Ein Diener empfing mich an seinem Schalter im Stiegenhaus und wurde nachdenklich, als ich ihm meldete, zu wem ich wollte. »Zu Herrn Professor Kratzenstein? Das ist schlecht.« Heute habe er bestimmt keine Zeit, eine Sitzung nach der anderen, außerdem sei unerwarteter Besuch aus Rom erschienen. Der Diener hätte mich gerne wieder auf die Straße bugsiert, aber ich berief mich so standhaft und dringlich auf meine Verabredung heute und zu dieser Stunde, daß er sich zu einem Anruf der Sekretärin des Herrn Professors herabließ. Nach längerem Unterhandeln wurde ich zugelassen. Als mich ein anderer Diener über die mit einem weichen Teppich belegte Treppe ins erste Stockwerk und dort einen langen Gang bis zum Zimmer der Sekretärin geleitete, hätte ich nicht triumphieren sollen, denn diese Dame eröffnete mir, daß mein Besuch zwar erwartet sei, doch falls ich es nicht besser ein andermal versuchen wolle, so müsse ich mich, das sage sie mir aufrichtig, länger gedulden, weil der Herr Professor, er ist heute besonders überlastet, bei einer dringenden Konferenz sei, da dürfe man ihn nicht stören. Wie lang die Wartezeit sei, lasse sich leider kaum prophezeien, eine Stunde etwa, vielleicht etwas kürzer, kann aber auch länger dauern. Nachher sei noch eine unaufschiebbare Sitzung angesetzt, aber ihr Beginn ließe sich ein bißchen verzögern, und vorher, dafür wollte die Sekretärin auf meine dringenden Bitten hin sorgen, werde mir der Herr Professor ein Viertelstündchen widmen. Die Sekretärin wies mir einen Sessel an, ich saß verloren mitten im Raum und durfte ihr zusehen, wie sie an der Schreibmaschine arbeitete.

Nach einer Weile zog ich eine Zeitung aus der Tasche. Ob das Rascheln des Papiers die Sekretärin störte, weiß ich nicht; jedenfalls meinte sie, daß es mir wahrscheinlich angenehmer wäre, in einem Zimmer nebenan zu warten, dort dürfe ich mir Bücher anschauen und bequem an einem Tisch sitzen. Ich war einverstanden und zufrieden, als sie mir dreimal versicherte, sie werde mich bestimmt nicht vergessen und den Herrn Professor an mich erinnern. So ging ich nebenan. Die Zeit verging mir schnell, die vielen schönen Bücher waren eine Freude. Plötzlich stürzte Professor Kratzenstein in den Raum, aber er kam durch eine andere Türe und hatte von der Sekretärin noch nichts von meinem Besuch erfahren. Er klatschte sich gegen die Stirn, als er zu seinem Erstaunen meiner ansichtig wurde.

»Mein lieber ... lieber ... Verzeihn Sie, wie heißen Sie nur denn?«

»Landau. Artur Landau.«

»Richtig, Herr Dr. Landau! Kommen Sie zu mir?«

»Ja, Herr Professor. Ich bin für heute bestellt.«

»So … Sie sind bestellt. Das ist schön, daß Sie kommen. Wir haben uns ja schon gesehn, bei, wenn ich mich erinnere, bei …«

»Bei Herrn Dr. Haarburger. Es sind schon mehr als sieben Monate her.«

»Richtig, bei Haarburgers. Ein reizender Abend. Ja, ich erinnere mich, wir haben damals gesprochen über … es war sehr interessant … eine Arbeit von Ihnen über …«

»Über die Soziologie des unterdrückten Menschen, Herr Professor.«

»Das war es, richtig. Sie haben ja solche Erfahrungen, Menschenskind, wie Sie das alles nur überstanden haben! Daß Sie nicht verbittert sind und sich die Liebe zur Wissenschaft erhalten haben, ich gratuliere! Wunderbar, das sag ich, wunderbar! Und wir wollten doch was für Sie tun, nicht wahr?«

»Ja sehr freundlich, Herr Professor. Bitte erinnern Sie sich, wir haben ja mehrmals telefoniert, und da habe ich Ihnen dann …«

»Jaja, mit meiner Sekretärin und natürlich auch mit mir. Es handelte sich um …«

»Ich habe, wie Sie mir gütigst vorgeschlagen haben, ein von mir ausgearbeitetes Referat über die Hauptergebnisse meiner Untersuchung eingeschickt. Sie wollten das liebenswürdigerweise prüfen, wie Sie mir auch am Telefon zugesagt haben, ob das nicht als Referat in einer Sitzung der engeren Arbeitsgemeinschaft …«

»Richtig, richtig, ich habe das gelesen, interessant, ich und meine Sekretärin auch. Und da wollten wir darüber nachdenken …«

Die andere Türe öffnete sich, die Sekretärin erschien.

»In der Konferenz und überall suche ich Sie, Herr Professor, dringendes Telefon!«

»Ich komm gleich, Herr Doktor! Nur ein Momentchen! Wo ist das Telefon, Frau Fixler?«

»Bei mir.«

Der Professor stürzte ins Sekretariat, Frau Fixler folgte

ihm nach. Ich wartete vielleicht zehn Minuten, bevor sich die Türe wieder öffnete, aber nicht der Professor, sondern die Sekretärin trat ein und erklärte mir, daß der Herr Professor vorhin mir nur zufällig begegnet sei, die Konferenz sei keineswegs beendet, der Herr Professor sei nur zufällig herausgekommen und lasse mich noch um einige Geduld bitten. Eine Viertelstunde vielleicht. Frau Fixler schritt an ein Regal heran, fand aber nicht, was sie suchte; wahrscheinlich war es das Buch, das ich herausgezogen und auf dem Tisch vor mir aufgeblättert hatte. Ich reichte der Sekretärin den Band hin, sie nahm ihn mit einem bittersüßen Lächeln von mir in Empfang. Nun war ich wieder allein und schmökerte stehend vor den Regalen in Büchern, denn zum Tisch wollte ich keines mehr tragen.

Schließlich endete die Wartezeit, Frau Fixler holte mich ab und geleitete mich ins Zimmer des Professors, der jetzt weniger zerstreut schien als vorhin, aber er war noch unaufmerksam genug. Immerhin schien er zu wissen, worum es sich bei meinem Besuch handelte. Auf seinem Schreibtisch erkannte ich den Text meines Referates, es lag obenauf, ich durfte mir etwas erhoffen. Ich wurde zum Sitzen eingeladen, Frau Fixler brachte für uns beide Tee und eine Schüssel mit Gebäck. Dann wurden wir nicht mehr weiter gestört, wenn ich die vielen Telefonanrufe für Kratzenstein nicht zähle, die unser Gespräch unterbrachen.

»Wie ich Ihnen schon sagte, habe ich Ihren Text gelesen, Herr Doktor. Er ist sicher nicht schlecht, aber Sie verzeihn eine offene Kritik. Für ein Referat ist er zu wenig lebendig. Für eine Veröffentlichung, das wird Sie nicht wundern, eignet er sich kaum, wie er dasteht. Für einen wissenschaftlichen Bericht ist er zu feuilletonistisch, für ein Feuilleton erstens einmal viel zu lang und zweitens zu trocken.«

»Ich kann ihn nach jeder gewünschten Richtung hin ändern. Ich meine ...«

»Ändern sollten Sie ihn gewiß, aber ich zweifle, daß sich selbst dann etwas damit machen ließe.«

»Ich soll also ...«

»Ich habe mit Frau Fixler die Sache gründlich beraten, auch mit dem Vorbereitungsausschuß der engeren Arbeitsgemeinschaft und noch mit anderen. Ich habe mir die größte Mühe gegeben. Trotz allen Fehlern verkenne ich auch nicht die Vorzüge Ihrer Arbeit, ich meine vor allem die unmittelbare Erfahrung, obwohl man das nicht überschätzen soll. Wie ich mich auch bemühte, es ist mir nicht gelungen, den Vorbereitungsausschuß zu bewegen, Sie zu diesem Referat und vorläufig leider auch zu keinem anderen in der Arbeitsgemeinschaft einzuladen.«

»Wenn ich ...«

»Seien Sie nicht zu traurig darüber! Offen gestanden, ist es für Sie kein wirklicher Verlust. Mit diesem Thema, auch anders ausgeführt, hätten Sie schwerlich Furore gemacht. Das hab ich Ihnen schließlich schon bei Haarburgers auseinandergesetzt.«

»Aber es wäre doch eine große Chance, wenn ...«

»Bitte glauben Sie das ja nicht! Von der Ehre allein können ...«

Das Telefon läutete, der Professor konnte nicht ausreden. Ich verstand bald, daß es die wohltuende Frau Fabrikantin Saubermann war, die Kratzenstein zu einer Gesellschaft einlud. Er sagte »sehr schmeichelhaft« und andere Nettigkeiten und unterhielt sich länger, als es mir für einen vielgeplagten Mann billig schien.

»Ja, wenn wir ... Wo sind wir nur stehengeblieben?«

»Ich hatte eben doch sehr auf das Referat gehofft, Herr Professor, aber Sie dachten ...«

»Nein, schlagen Sie sich das aus dem Kopf! Aber ich habe was Gutes für Sie. Ich habe die Arbeitsgemeinschaft davon überzeugt, daß es für alle Teile ein Gewinn wäre, wenn man Sie zu den ordentlichen Sitzungen heranziehen würde. Frau Fixler hat auch schon vorgemerkt, daß man Ihnen rechtzeitig die Einladungen schickt.«

»Vielen Dank!«

»Dort können Ihre Erfahrungen manchmal von Nutzen sein, aber vor allem, und das ist für Sie noch viel wichtiger, werden Sie profitieren, weil Sie sehn werden, wie man das macht. Die richtige Methode und alles. Das hat viel mehr Sinn als ein haperndes Referat, mit dem Sie sich nur unmöglich machen. Alles hängt vom ersten Eindruck ab, der aber muß sitzen.«

Ich gab mich noch nicht geschlagen, wollte meinen Text verteidigen und genauer wissen, was ich zu tun hätte, um seine Annahme doch zu erreichen. Aber das führte genauso zu nichts wie meine andere Bitte, Vorschläge von mir für noch ein Referat zu erwägen. In zwei oder drei Jahren tröstete mich der Professor, wenn ich mehr gelernt hätte und wisse, wie man sich räuspert und spuckt, könnte man vielleicht wieder einmal darüber nachdenken, früher nicht. Nach dieser Belehrung hätte ich gut daran getan, mich zu verabschieden, das spürte ich, aber so leicht durfte ich mir nicht die kostbare Gelegenheit entgleiten lassen, Kratzenstein zu bewegen, sich noch etwas über meine Hauptarbeit anzuhören. Glaubte ich auch schon nicht mehr daran, daß er dafür der rechte Mann sei, so führten doch alle Unterhaltungen mit Haarburgers, Soundso und anderen Leuten immer wieder dazu, daß man sich an Kratzenstein halten müsse; ein Wort von ihm, und ein Stipendium sei mir gewiß, sein Einfluß entscheide überall.

Der Professor willigte ein, gut, ich möge reden, frisch von der Leber weg, er werde aufmerksam zuhören, nur verlangte er, daß ich mich kurz fasse, die Zeit dränge. Kaum hatte ich zwei Sätze gesagt, als er bereits mich unterbrach; das wiederholte sich immer öfter, der Professor lenkte mich verwirrend auf Nebensächliches ab, so daß ich mit dem Mut bald auch den Zusammenhang verlor und ins Stottern geriet. Kratzenstein übernahm es, mir selbst einen Vortrag zu halten, allbekannte Dinge, die mir vertraut waren und in der Literatur leicht nachlesbar sind. Er konnte sich nicht genug daran tun, zu betonen, daß alles Leid, soweit es nicht allgemein in der menschlichen Natur begründet sei, auf ökonomische Faktoren zurückzuführen ist, Das Konzentrationslager etwa sei durch ein Interesse an einer spezifischen

Ausbeutung entstanden, und alles andere, was es so abscheulich mache, müsse mit sozialpsychologischen Methoden erklärt werden. Vor allem müßten kollektive Aversionen, die aus einem tiefen Inferioritätsgefühl stammten und dann durch Aggression kompensiert würden, sorgfältig analysiert werden. Kratzensteins mit großen Worten servierte Gemeinplätze hatten bald nichts mehr mit meinem Thema gemein und tanzten mit nichtig gescheitem Gewoge mir um die Ohren, lauter öde, dogmatisch sortierte Feststellungen, die nichts fördern, statt die Erscheinungen in ihren Zusammenhängen zu erkennen und wahrhaft zu erläutern. Ich schwieg zu allem oder nickte höflich. Als ich am Ende bittend fragte, welche Unterstützung ich für meine Arbeit mir erwarten dürfe, sagte der Professor, jede, bestimmt lasse sich etwas machen, wenn auch nicht im Augenblick; die unausgegorenen Pläne müßten erst reifen, zunächst sollte ich nur fleißig beginnen und mir die Literatur aneignen, über das Knie könne man so etwas nicht biegen.

»Ja, aber wie lange …?«

»Nur keine Eile, lieber Freund! Nach den Vorstudien brauchen Sie sechs Monate für den ersten Entwurf, dann zwei Jahre für die Ausführung. Aber Sie verdienen Hochachtung, weil Sie so von Ihrem Thema besessen sind. Das gibt Ihnen die Kraft, die man zum Schaffen braucht, und am Ende wird es Ihnen gelingen, mich und die ganze Welt zu überzeugen. Wenn Ihre Arbeit fertig vorliegt und es so aussehen wird, wie ich es mir vorstelle, dann kommen Sie bitte damit zu mir! Nicht wahr?«

»Ja, Herr Professor.«

»Sehn Sie, so ist es recht! Wir wollen dann beraten, was wir mit der Arbeit machen können.«

»Ja, Herr Professor. Vielleicht darf ich Sie noch fragen, Herr Professor, ob Sie nicht eine Möglichkeit sehn, wie sich für mich eine Grundlage erreichen ließe, damit ich finanziell …«

»Ach so! Natürlich … Das muß ich mir überlegen. Warten Sie …«

»Ich meine, wenn sich ...«

»Ich versteh schon, was Sie wollen. Leider, mein lieber Herr Doktor, nein, leider ... Die Internationale Soziologische Gesellschaft hat keine ...«

Es wurde angeklopft, herein, und Frau Fixler erschien mit leicht geneigter Entschuldigung im Blick.

»Verzeihn Sie, Herr Professor«, die Sekretärin schaute bedauernd auf ihre Armbanduhr. »Verzeihn Sie, aber die Herren warten schon fast eine Viertelstunde, daß Sie in die Sitzung kommen.«

»Sehn Sie, Herr Doktor, so geht das. Es tut mir schrecklich leid. Es hat mich sehr gefreut, daß ich Ihnen behilflich sein konnte, wenn auch vielleicht nicht ganz so wie ...«

»Vielen Dank! Aber könnten Sie mir bitte nicht doch noch schnell raten, was ich ...«

»Dr. Singule, denke ich, oder Dr. Haarburger und seine Frau, so gütige Menschen. Bei denen haben Sie ja mehr als einen Stein im Brett.«

»Herr Professor!« rief Frau Fixler nervös.

»Ich komm schon! Auf Wiedersehn, Herr Doktor Landau, und viel, viel Erfolg! Ich höre doch gewiß von Ihnen?«

»Wenn Sie erlauben.«

»Aber natürlich! Mit dem größten Vergnügen! Frau Fixler, Sie haben ja seine Adresse?«

»Ja, Herr Professor.«

»Und Sie haben notiert: zu den ordentlichen Sitzungen der Arbeitsgemeinschaft einladen?«

»Ja.«

Der Professor reichte mir nicht mehr die Hand, winkte nur schnell, rief auch etwas und war schon verschwunden. Ich nahm mein Referat von seinem Schreibtisch – er hatte vergessen, es mir zu geben – und steckte es in meine Mappe zu den übrigen Schriften, die ich ihm hatte zeigen und zum Teil auch dalassen wollen, nun aber nicht einmal hervorgeholt hatte. Frau Fixler wollte den Diener rufen, doch ich sagte, meinen Weg finde ich schon allein, und damit empfahl ich mich. Eine Einladung zu den Sitzungen der Arbeitsgemeinschaft habe ich nie erhalten. Ich rief noch ein paarmal an, es war nicht oft, drang dabei jedoch höchstens zur Sekretärin vor, die immer weniger freundlich wurde. Da gab ich es bald auf.

Es schien vernünftiger, sich an andere Persönlichkeiten zu wenden. Einige Zeit, nachdem ich bei Haarburgers Frau Singule kennengelernt hatte, erkrankte sie und verbrachte ein halbes Jahr in der Schweiz in einem Kurhaus, wo ein Bruder von Fräulein Knispel, wie man mir sagte, Hausarzt war. Dr. Singule war gleichfalls meist nicht im Land, fuhr von Kongreß zu Kongreß und brachte mehrere Monate in Amerika zu, aber als seine Frau genesen und auch er endlich wieder zu Hause war, drang Frau Haarburger darauf, daß ich diesen überaus wichtigen Kontakt jetzt aufnehmen müsse. Das war bald nach dem Mißerfolg bei Professor Kratzenstein. Daß gerade auch er den Namen Singule erwähnt hatte, stimmte mich wenig gewillt, diesen Herrn um eine Audienz zu ersuchen. Hatte schon ein berühmter Soziologe so wenig Verständnis für mich bewiesen, was sollte ich mir da erst von einem Mann erwarten, der bereits seinen Interessen nach meinem Arbeitsgebiet fern stand und übrigens traurig berühmt dafür war, fast nie einen Augenblick Zeit für einen Bittsteller zu erübrigen. Mein Mißtrauen wurde auch von Soundso gefördert, der sich über Singule geringschätzig äußerte. Zwar hatte mein Freund für die meisten Leute von Namen kaum je Anerkennung übrig – von Kratzenstein sprach er mit einem Lob, das von lauter Vorbehalten zerfressen war –, aber an Singule ließ er kein gutes Haar und machte sich über ihn lustig mit bitterem Spott wie über keinen anderen. Singule hatte vor einigen Jahren Soundso einen festen Auftrag erteilt, es handelte sich um eine Zusammenstellung von sozialen Motiven in der russischen Literatur des 19. Jahrhunderts, doch als er nach einigen Monaten die Arbeit Singule ablieferte, wollte der sich an nichts erinnern, sagte, das sei für ihn und die amerikanische Stiftung wertlos, er sei kein Narr und habe so etwas nie bestellt. Vergeblich versuchte Soundso das Gedächtnis des vergeßlichen Herrn aufzufrischen, er mußte seine Arbeit wieder mitnehmen und richtete nichts gegen Singule aus, weil er keine schriftliche Abmachung in den Händen hielt. Diese Geschichte deutete ich Frau Haarburger an, um sie davon zu überzeugen, daß ich mir von Singule nichts erhoffen dürfe. Sie sagte, ja, davon habe sie einmal von ihrem Mann schon gehört, aber erstens müsse man das nicht so wörtlich glauben und zweitens komme so etwas bei den besten Menschen vor, das war ihre Meinung, man dürfe das nicht zu tragisch nehmen, ich solle Singule besuchen und werde sehen, wie prächtig er ist, wie gut ich mich mit ihm verständigen werde. Da ich noch zögerte, ging Frau Haarburger ans Telefon und rief bei Singules an. Zufällig waren beide zu Hause, und zu meinem Erstaunen wurde ich für den nächsten Sonntag zum Tee eingeladen.

Ich läutete am Haustor der Villa, ein nettes Stubenmädchen öffnete mir und führte mich, als ich meinen Namen nannte, ohne weitere Anmeldung in einen Salon. Die Herrschaften würden gleich kommen, wurde mir bedeutet, ich solle Platz nehmen. Frau Singule ließ nicht lange auf sich warten und tat sehr erfreut, mich wiederzusehen. Sie war nur enttäuscht, daß ich ohne Johanna gekommen war und wunderte sich, als ich erklärte, man habe meine Frau nicht gebeten, ich könne sie doch nicht nur so mitbringen. Einladungen, wurde ich belehrt, verstünden sich bei Ehepaaren stets für beide Teile, gar wenn es eine so entzückende Frau sei.

»Ein reizendes Persönchen, Ihre Frau. Aus bester Familie, man merkt es gleich am Benehmen. Ich kenne sie schon seit mehreren Jahren. Der wünscht man auch nur Glück. Sagen Sie, Herr Landau, Sie machen sie doch glücklich, nicht?«

»So was weiß man nie, gnädige Frau.«

»Oh, so was weiß man. Sie sollten es wissen, gar als frischgebackener Ehemann. Und nicht wahr, Sie belasten die Kleine nicht zu sehr?«

»Gnädige Frau, ich bedaure nun selbst, daß ich sie nicht mitgebracht habe.«

»Das sollen Sie bedauern. Jeder Augenblick ist verloren, den man einen solchen Schatz aus den Augen läßt. Die Vornehmheit ist ihr ins Gesicht geschrieben.«

»Ja.«

»Na, das ist gut, daß Sie das einsehn, und deshalb darf man einen solchen Engel nicht belasten. Ich weiß, was sie in ihrem Beruf geleistet hat. Aufgerieben hat sie sich dort, immer freundlich, immer gefällig. Als der Krieg vorüber war, da bin ich ein paarmal zu ihr hin für meinen Mann. Wie hat sie sich angestrengt, um die Spuren von meinem Schwager zu finden! Hat sie Ihnen das nicht erzählt?«

»Nein, gnädige Frau.«

»Was, sie hat Ihnen nicht gesagt, wie verzweifelt wir wissen wollten, was mit meinem Schwager passiert ist, Dr. Berthold Singule, Rechtsanwalt? Das finde ich komisch!«

»Nein, wirklich nicht.«

»Sie hat's nicht rausbekommen, aber wie sie sich bemüht hat! Reine Bescheidenheit, wenn sie nichts sagt! Hunderte Wege ist sie für uns gelaufen, telefoniert hat sie mit Krethi und Plethi, wie man so sagt, und alles. Einfach Himmel und Hölle in Bewegung gesetzt. Und das hat sie Ihnen nicht gesagt?«

»Nein, gnädige Frau.«

»Also so was! Aber das ist auch so vornehm von ihr, das sieht man, diese Diskretion, und dann, wie sie niemanden belasten will, nicht mal den eigenen Mann!«

»Ich weiß nur allgemein von ihrer Tätigkeit.«

»Genau das hab ich ja gesagt! Sie ist vornehm! Sie verschont den Mann. Und darum soll man sie nicht belasten. Sie hat schon genug davon. Da wissen Sie vielleicht gar nicht, daß ihr nicht nur die Eltern drüben gestorben sind, hier hat sie auch noch die Brüder verloren. So ein Unglück, beide Brüder!«

»Ich weiß, gnädige Frau.«

»Gut, daß Sie wenigstens das wissen. Aber die Verpflichtungen für Sie, schrecklich! Sie müssen immer daran denken. Ein Paradies auf Erden sollen Sie ihr bereiten!«

»Das ist sehr schwer, sehr schwer.«

»Gewiß ist es schwer. Warum auch nicht? Etwas für etwas. Eben darum müssen Sie sich anstrengen. Was man will, das geht auch.«

»Glauben Sie?«

»Und ob! Nur muß man auch was dazu tun!«

»Das stimmt schon, aber man braucht auch etwas Hilfe.«

»Dafür sind wir ja da, ich und vor allem mein Mann. Wenn er nur Zeit hat. Er hat nie Zeit. Er mußte auch gerade jetzt wieder fort. Furchtbar!«

»So werde ich ihn leider nicht kennenlernen?«

»Da kennen Sie ihn nicht, machen Sie sich keine Sorgen! Was er versprochen hat, hält er. Er ist nur für einen Sprung fort. Paar Häuser nebenan. Er weiß, daß Sie kommen. Er wird sich Ihrer annehmen. Bestimmt. Ich hab es Frau Haarburger hoch und heilig versprechen müssen. So eine Freundin zu haben! Sie vergöttert Sie. Und Dr. Haarburger auch. Die Begabung, die Sie haben. Da sind Sie schon ein gemachter Mann. Also Sie sehn. Und dann ist mein Mann da. Er ist ja so weich und für alles zu haben. Man kann nur meist nichts machen. Darum rat ich immer, man soll sich auf was Praktisches verlegen.«

»Sie glauben aber …«

»Natürlich, wenn er nur kann. Stellen Sie sich bitte bloß vor, was man alles von ihm verlangt. Da kann er dann nichts machen.«

»Aber Sie sehn Möglichkeiten?«

»Sicher, Herr Landau. Möglichkeiten bestehn. Man muß sich nur anpassen. Gewöhnlich gelingt es aber schief, und dann ist alles vergeblich. Ich sag Ihnen, daß man … Mir scheint, da scheint mein Mann schon zu sein. Sehn Sie, so verläßlich, wenn ich sag. E-du-ard. E-du-ard! Bist du da?«

»Ja, da bin ich, Klara.«

Ich wurde zuvorkommend begrüßt.

»Wie glücklich bin ich, Herr Doktor Singule, Sie kennenlernen zu dürfen.«

Singule, einfach nur Singule, Herr Landau. Ich bin zwar

Doktor, aber es ist nicht Sitte hierzulande. Einfach nur den Namen.«

»Man sagt mir, daß Ärzte so angesprochen werden. Und Sie sind doch Doktor der Medizin?«

»Stimmt, aber ich übe das nicht praktisch aus. Ich bin Biologe, besonders Schädlingsbiologe, Ungeziefer. Leider komm ich viel zu wenig dazu. Ich habe zu viele andere Verpflichtungen.«

»Aber es ist Ihr Hauptinteresse?«

»Eigentlich ja. Milben freuen mich. Verstehn Sie was davon?«

»Nur im übertragenen Sinn, Herr Doktor.«

Singule, bitte! Merken Sie sich das! Doktoren laufen herum wie Sand am Meer, doch Singule gibt es nur unsere Familie in der Stadt. Der Name war nie häufig, heute ist er fast ausgestorben.«

»Ihr seid jetzt schön mitten im Fachsimpeln. Ist es da nicht am besten, Eduard, du gehst mit Herrn Landau hinüber? Ihr habt eh viel zu besprechen, und ich ruf euch dann zum Tee.«

Herr Singule war einverstanden, ich folgte ihm in sein Arbeitszimmer. Einige Minuten setzte sich das Gespräch über verschiedene Gegenstände fort; ich hatte nicht den rechten Mut oder Antrieb, auf meine Sache zu sprechen zu kommen. So schwamm das Reden hin, bis mich der Biologe mit einer unvermittelten Frage überraschte.

»Sagen Sie, sind Sie aus Lettland, Riga oder so?«

»Nein.«

»Schade. Sie sollten aus Lettland sein.«

»Finden Sie denn meine Aussprache ...?«

»Hat nichts mit Ihrer Aussprache zu tun. Ich brauch jemanden aus Lettland.«

»Zu meinem größten Bedauern. Ich bin nie dort gewesen.«

»Und Ihre Frau?«

»Die ist aus Wien.«

»Das ist schlecht. Das hilft uns nichts.«

»Warum muß es denn Lettland sein, Herr Singule?«

»Ich brauch wen aus Lettland. Ihre Eltern, Ihre Vorfahren, irgendwer aus der Familie?«

»Keiner aus Lettland.«

»Ich hatte das so sehr für Sie gehofft, Herr Landau. Es wäre für Sie wie geschaffen gewesen. Ich hab was für wen aus Lettland zu vergeben. Ein großartiger Auftrag, ein Jahr zu leben mindestens, mit Verlängerungsaussichten.«

»Wirklich?«

»Ja. Es kommt nicht auf die Sprachkenntnisse an. Einfach aus Lettland.«

»Wie gütig von Ihnen, daß Sie an mich gedacht haben.«

»Man bemüht sich, mein Freund, man bemüht sich.«

»Aber hoffentlich findet sich was anderes für mich. Ich arbeite, wie Sie vielleicht schon gehört haben, vor allem an einer Soziologie des unter ...«

»Meine Frau hat mir schon alles erzählt, und Haarburger auch. Ich bin informiert.«

»Gut. Und da dachte ich, ob sich nicht Wege finden ließen, einen Antrag auf ...«

»Einen Antrag können Sie jederzeit stellen. Das steht Ihnen vollkommen frei. Sie brauchen nicht mal ins Büro zu mir, die Formulare kann ich Ihnen hier geben.«

»Danke. Und bestehn bitte Aussichten, wenn Sie das befürworten können, daß ich ...«

»Sie haben mich nicht ausreden lassen. Mit den Formularen und mit dem Antrag ist Ihnen wenig geholfen. Befürworten kann ich ihn auch, wenn es mir möglich ist. Aber genehmigt muß er werden, und da steckt der Haken.«

»Entscheiden Sie nicht?«

»Oh, ich entscheide sehr viel. Ohne mich bekommt in Europa keiner was. Aber ich muß es verantworten können, und dann entscheide ich nicht alles. Mein lieber Freund, wie stellen Sie sich das vor? Ich bin ein armer Mann, das Geld geht nicht aus meiner Tasche. Ja, wenn Sie aus Lettland wären, das wär was, denn da hab ich was, da kann ich was machen, aber so!«

»Etwas in meiner Linie?«

»Nicht gerade. Aber glauben Sie, ich kann mich an eine Linie halten? Nicht die Bohne!«

»Also können Sie mir nichts raten?«

»Für Soziologen hab ich nichts. Im Augenblick bestimmt nicht. Sie können natürlich beantragen, das hab ich schon gesagt. Und ich will sehn, was sich tun läßt, an mir soll's nicht liegen. Aber fast alles bei uns wird für Naturwissenschaften vergeben. Physik, Chemie, Biologie, Geologie oder so. Sonst meist nur, wenn wir spezielle Aufträge bekommen. Die sind sehr beliebt, jeder drängt sich dazu, und da biegen wir uns dann jemanden bei.«

»Wollen Sie bitte gegebenenfalls an mich denken?«

»Mit dem größten Vergnügen, das ist Ehrensache.«

»Und inzwischen?«

»Da nehmen Sie sich mal die Formulare mit! Schaun Sie sich das an! Keine Frage auslassen, jede gewissenhaft ausfüllen! Es wird alles nachgeprüft. Besonders viel kommt auf die Beilagen an. Alles ist in sechs Exemplaren einzureichen, Photokopien von Dokumenten sind zu beglaubigen.«

»Mir fehlen viele Papiere. Der Krieg. Es ist mir viel verloren gegangen.«

»Höchst bedauerlich! Die Dokumente müssen Sie haben! Können Sie nicht von drüben sich Duplikate herstellen lassen?«

»Das wird sehr schwierig sein, ich fürchte, unmöglich.«

»Ja, mein lieber Freund, wie Sie sich das beschaffen, ist Ihre Sache, da kann ich Ihnen nun wirklich nicht helfen! Irgendwie müssen Sie's zaubern. Das brauchen Sie ja überall und nicht nur bei unserer Stiftung. Stellen Sie sich nur vor, heutzutage ohne Papiere, wieviel Mißbrauch kann da geschehn! Ohne Dokumente, das sag ich Ihnen, sind Sie einfach nicht.«

»Ich bin nicht, Herr Singule. Damit haben Sie die Wahrheit getroffen.«

»Gehn Sie, lassen Sie diesen romantischen Quatsch! Man setzt sich, mit Verlaub, daß ich Ihnen das schon sagen muß, auf seinen Hintern und schreibt. Das ist doch nicht so schwer, oder ja?«

»Ich schreibe viel! Es ist nur alles vergeblich.«

»Vergeblich …! Wollen Sie haben, daß ich Ihnen Grobheiten sage? Was für Reden! Versuchen Sie's mal und schreiben Sie an Hinz und Kunz, bis Sie die Dokumente beisammen haben! Geht es gar nicht anders, macht man eine kleine Reise und erledigt die Sache an Ort und Stelle. Sie verschaffen sich die Dokumente oder einen richtigen Ersatz, es ist ja ein Kinderspiel. Wenn Sie das alles beisammen haben, setzen Sie ein ausführliches Curriculum vitae auf.«

»Eine Lebensbeschreibung?«

»Freilich, ein Curriculum. Verstehn Sie denn kein Latein?«

»Das schon.«

»Na also!«

»Nur weiß ich nicht, wie ich das anpacken soll. Es zerrinnt mir. Die ganze Vergangenheit …«

»Jagen Sie die Sentimentalität zum Teufel! Was Sie mitgemacht haben, interessiert keinen Hund. Nur Sachliches, den wirklichen Lebenslauf, Bildungsgang, Jahreszahlen, wichtige Ereignisse und Erfolge. Das ist alles. Und wenn Sie das haben, dann machen Sie sich an eine ausführliche Synopsis des geplanten Arbeitsvorhabens. Das ist doch leicht?«

»Ich hoffe.«

»Endlich mal kein Widerspruch! Und ein Probekapitel legen Sie bei.«

»Sehr gerne.«

»Es muß nicht lang sein. Es ist sogar besser kurz, weil man für lang keine Zeit hat. Man will nur sehn.«

»Ich verstehe, Herr Doktor.«

»Lassen Sie doch endlich den Titel weg! Sind Sie denn so zerfahren, daß Sie sich das nicht merken können? Und dann kommt das Wichtigste, Sie brauchen drei, besser vier oder fünf Referenzen. Was schaun Sie mich so an? Ist Ihnen schon wieder was nicht recht?«

»Nein, nein! Aber was für Referenzen bitte?«

»Empfehlungen von international anerkannten Kapazitäten, möglichst aus Ihrem engeren Fachgebiet, möglichst aus diesem Land oder aus Amerika, möglichst mit Gutachten über Ihre bisherigen Leistungen und die wahrscheinliche wissenschaftliche Ergiebigkeit des geplanten Vorhabens.«

»Beim besten Willen, ich zweifle, daß ich das schaffe.«

»Mein lieber Freund, ein so schwieriger Patron wie Sie, das ist mir noch nicht untergekommen! Wenn Sie mir nicht so sympathisch wären, müßte ich Sie für solche Reden beinahe vor die Türe setzen.«

»Soll ich aufbrechen?«

»Kindskopf? Seien Sie mal nicht überempfindlich! Ein paar befreundete Soziologen werden Sie doch auftreiben?«

»Wenn ich so glücklich wäre!«

»Denken Sie mal nach! Kennen Sie Professor Kratzenstein?«

»Ja.«

»Ausgezeichnet! Schon gemacht! Der gilt für zwei bis drei!«

»Wenn er mir was aufschreibt.«

»Ach, Sie sind ein Umstandsmeier! Morgen setzen Sie sich in den Autobus und fahren zu ihm hin. Oder noch besser, Sie rufen an. Kennen Sie seine Sekretärin?«

»Frau Fixler?«

»Na also, großartig! Sie wissen ja schon alles! Fabrizieren Sie noch heute abend einen Text, gehn Sie damit zu Frau Fixler, erklären Sie ihr die Schose, der Professor soll das unterschreiben, und am nächsten Tag holen Sie sich den Wisch ab! So macht man das. Ganz einfach. Und wen kennen Sie noch?«

»Zu wenige. Doktor Soundso.«

»Wer?«

»Verzeihn Sie, Doktor Leonhard Kauders.«

»Was ist er?«

»Dozent für Wirtschaftsgeschichte und Verfasser des Buches ›Arbeit und Klima‹.«

»Nie gehört. Kann nicht weit damit her sein.«

»Kauders kennt Sie.«

»Mich, mein lieber Freund, mich kennen Tausende!«

»Er hat einmal für Sie etwas gearbeitet.«

»Auch das haben Hunderte! Man kann sich nicht alle merken.«

»Eine Zusammenstellung über soziale Motive in der russischen Literatur des ...«

»Ist er aus Lettland?«

»Nein.«

»Schade. Da kann man nichts machen.«

»Von Kauders könnte ich eine Empfehlung bekommen.«

»Das lassen Sie mal lieber! Namen brauchen Sie für sich, Namen! Aber wenn Sie Kratzenstein so gut kennen, da frage ich mich, warum Sie sich nicht eigentlich an ihn ...«

Frau Singule unterbrach mit ihrem Eintreten diesen Satz, sie lachte uns an, freute sich, wie lebhaft wir uns unterhielten, und führte uns zum Tee. Die Zeit zerzog sich, es wurde immer unerquicklicher. Dr. Singule beklagte den Mangel an guten Schädlingsbiologen, für die würde das Gold auf der Straße liegen, er selbst war nebenamtlich Berater der Firma »Insekta«, des größten Spezialunternehmens im Lande auf diesem Gebiet, und die »Insekta« inserierte sich arm, um einen anständigen Biologen zu finden. So ging das noch weiter, bis ich einmal hinausgehen mußte. Nachher war die Dame des Hauses viel kühler zu mir. Sie verlegte sich darauf, mir auseinanderzusetzen, daß ihr Mann leider gebundene Hände habe, die amerikanische Stiftung habe fest vorgezeichnete Richtlinien, man dürfe sich nicht einbilden, für Vorschläge, die aus dem Rahmen fallen, bei allem Wohlwollen mit einem Stipendium bedacht zu werden. Das sei zwar sehr bedauerlich, besonders in meinem Fall, da ich eine so entzückende Frau habe, der man bloß das Beste wünsche, aber schließlich sei die Stiftung nicht die einzige Stelle auf der Welt, die für mich in Betracht komme, im Gegenteil, für mich seien anderswo viel günstigere Aussichten vorhanden, Professor Kratzenstein, wie gut, daß ich zu ihm

Zutritt hätte, Frau Singule wollte nicht versäumen, bei nächster Gelegenheit, auch im Namen ihres Mannes, für mich ein gutes Wort bei ihm einzulegen. Ich wollte aufbrechen, Singule hatte auch schon keine Zeit mehr, eine Verabredung drängte, und Frau Singule wollte sich ihm anschließen. Dennoch durfte ich nicht sofort weglaufen, die Dame des Hauses überraschte mich mit einem Geschenk, das sie aus der Tischlade gekramt hatte. Es war eine Tafel Milchschokolade, Frau Singule hatte gerade nichts Geeigneteres im Haus, aber Johanna sei so zart und sollte Stärkendes essen, da würde ihr ein bißchen Schokolade sicher Freude machen. Dann fragte mich der Biologe, ob er mich im Wagen mitnehmen könne, doch ich lehnte ab, bedankte mich für den schönen Nachmittag und wurde mit der Bitte, mich für Singule nach jemandem aus Lettland umzufragen, und mit überschwenglichen Glückwünschen für mein weiteres Leben entlassen.

Ich war so dumm oder klug, wer will das entscheiden?, mich von abschreckenden Erfahrungen und Auskünften nicht beirren zu lassen, und hielt mich mit doppeltem Eifer an meine Arbeit, im festen Vertrauen, daß Fleiß und Leistung dazu hinreichen, einen Sieg zu erzwingen. Ich war zu verblendet und Johanna zu unerfahren, um zu wissen, daß auf einer solchen Bahn nie ein Lebensunterhalt zu gewinnen war. Einen kleineren Betrag, den meine Familie auf Schleichwegen noch rechtzeitig nach Amerika gerettet hatte, doch für mich in meiner Lage fast ein Vermögen, schickte mir Onkel Karl Strauß nach vielen Bitten und Mahnungen schließlich doch. Er verwaltete das Geld, was ich erst durch viele Umfragen lange nach dem Krieg erfahren hatte, und brachte tausend Gründe gegen eine Überweisung vor; je mehr ich ihn bestürmte, desto hartnäckiger versteifte er sich darauf, ich solle mit meiner Frau nach Amerika auswandern, wo wir beide einen Posten in seinem Galanteriewarenladen haben könnten. Wenn man schon aus Europa kein Geld mitnehmen könne, weil die Länder pleite sind, aus Amerika lasse man sich gewiß nichts hinüberschicken, sondern danke allen guten Geistern für seine paar sicheren Dollars. Ich hatte die Summe noch nicht in der Hand, als mich die Nachricht erreichte, daß Karl Strauß an einem Herzschlag plötzlich verschieden war. Diesen Betrag setzten wir daran, um durchzuhalten, außerdem opfert Johanna ihre geringen Ersparnisse und – mit einer kürzeren Unterbrechung in der Zeit von Michaels Geburt – verdiente, wie heute noch, etwas durch Heimarbeit zu.

Herr Lari Saubermann hat eine Fabrik für künstliche Perlen und andere Bijouterie, die mit Fischsilber in einem Tauchverfahren oder gespritzt hergestellt werden. Viele guten Waren gab es weder im Krieg noch in der ersten Zeit nachher. Das war ein Glück, weil Herr Lari Saubermann, vorher nur wohlhabend, jetzt schön zuverdienen konnte. Er war ein reicher Mann und er war tüchtig und er war auch nobel. Er dachte nicht allein an sich und seine Frau, er ließ auch andere leben, die es brauchten, arme Mädchen aus dem Lande und Frauen, die sich in das Land geflüchtet hatten und in Not geraten waren. Er verteilte Geld an sie und verlangte dafür nichts anderes, als daß sie für ihn Perlen fädelten. Viele Perlen; je mehr davon, umso besser, denn er zahlte dann auch mehr. Frau Ida Saubermann war mindestens so tüchtig wie ihr Mann, sie kannte ihre Pflicht, sie half ihm und hatte gute Einfälle. Daneben erfüllte sie noch andere Aufgaben, saß in manchen Komitees, gründete selber welche, führte den Vorsitz, unterstützte Bedürftige, wo es möglich war, griff auch aufbauend ein, denn sie war praktisch und köderte so manches Ding für das Perlenfädeln und andere nützliche Heimarbeit. Wer flinke Hände hatte, stand sich gar nicht schlecht dabei. Gutmütig waren beide Saubermanns, außerdem galten sie als kultiviert und waren in der Gesellschaft beliebt.

Ich kannte den Fabrikanten nicht, Frau Saubermann hingegen war mir einmal begegnet, als Haarburgers jene Gesellschaft gaben, um mich ihren Freunden vorzustellen. Ich hatte von damals her keine erfreuliche Erinnerung an diese Dame, denn ich war mit ihr ziemlich scharf aneinandergeraten, aber Johanna meinte, da sei ich ungerecht, unsere Unterhaltung sei wohl auf ein falsches Geleise gelaufen, doch im Grunde sei sie eine brave Frau, die schon manchen Menschen geholfen habe. Johanna hatte etwas für sie übrig und früher mehrmals ihre Gastfreundschaft genossen, übrigens sei auch Herr Saubermann gar nicht übel und schon deswegen Johanna gewogen, weil er ihrem Vater als alter Patient viel zu verdanken habe, was noch unvergessen sei. Deshalb verzichtete ich gegen mein Gefühl auf jeden Widerspruch, als mir Johanna erklärte, sie wolle Herrn und Frau Saubermann um Heimarbeit bitten. Johanna rief an, und zu ihrer Freude wurde nicht nur sie, sondern ich mit ihr für einen Abend in die Wohnung bestellt. Ich wollte nicht mitgehen, doch hielt Johanna meine Begleitung für unerläßlich, weil das einen viel besseren Eindruck mache. Wir kamen, wie es besprochen war, nach dem Abendbrot. Es war ein kostbares und mit manchen Schätzen angefülltes Haus; viele schöne Dinge gab es zu bewundern, doch wurden sie von der Nachbarschaft einer mißratenen Pracht ihres Friedens beraubt. Die Wände waren über und über mit Bildern behangen, gute alte, weniger gute neue und zu viele garstige Bilder in teuren Rahmen, außerdem eine Anzahl von Karikaturen, die alle den Herrn Fabrikanten, doch nicht seine Frau, bald mit seinen Perlen und sonstigem Schmuck, bald auch ohne die Fischsilberkünste zeigten. Auch Photos hingen und standen herum, darunter Trickaufnahmen, Bildnisse, Landschaften und Stilleben, alle mit großem Geschick oder, so dürfte man sagen, mit Schlauheit aufgenommen, die mir oft noch peinlicher waren als die Karikaturen. Die meisten Photos stammten von Lari Saubermann selbst.

Wie in einem Museum wurden wir von Raum zu Raum geschleift, aber die Frauen zogen sich bald zurück, Johanna kannte die Einrichtung gut und hatte leicht geschwollene Füße, die Niederkunft war in weniger als zwei Monaten zu erwarten. Ganz recht war es Frau Saubermann nicht, daß Johanna fast ohne Widerspruch auf die Fortsetzung des Rundganges verzichtete, denn die Fabrikantin war der Ansicht, daß man die Herrlichkeiten gar nicht oft genug bewundern könne, einiges sei umgestellt oder umgehängt worden, damit es besser zur Wirkung gelange, auch einige Neuerwerbungen verdienten Aufmerksamkeit, doch vor allem wäre es nach Frau Saubermanns Ansicht richtig gewesen, daß Johanna beobachte, wie auf mich diese Schätze wirkten, und nun müsse sie, das sei bedauerlich, auf diesen Genuß verzichten. »Man kann nicht alles haben«, beteuerte Johanna. Darum stiefelte der Fabrikant mit mir allein durch die Zimmer, er zeigte und erläuterte alles, und wenn ich etwas übersah oder nicht genügend würdigte, wurde ich am Ärmel gezupft und mußte zurück, bis er von der mir erpreßten Anteilnahme befriedigt war. Herr Saubermann behauptete, daß seine Sammlungen mindestens so großartig seien wie ein wirkliches Museum und zwar nicht nur wegen des Wertes und der Seltenheit der Gegenstände, sondern weil es sich bei diesen Sammlungen eben doch um kein wirkliches Museum handle, nichts Verstaubtes und Starres beleidige das Auge, alles sei persönlich, alles lebendig, vom Geist und der Liebe des Ehepaares beseelt, wie das im herrlichsten Museum nie zu erzielen sei. Alle Kunstschätze der Welt sollten aus den seelenlosen öffentlichen Ausstellungen entfernt und feinsinnig verständigen Musenfreunden, denen die Mittel zu einer guten Erhaltung und Pflege zu Gebote stünden, leihweise mit der Verpflichtung überlassen werden, diese Schätze dem Publikum zeitweise zugänglich zu machen. Da würde man sehen, wer sich wirklich für Kunst interessiere. Ob ich nicht zustimme? Ich widersprach nicht, äußerte bloß leise Zweifel.

»Man merkt, Doktor, daß Sie selbst zu lange in einem Museum steckten. So was verdirbt. Sie und alle Konservatoren und Kustoden in der Welt, die noch nicht ganz verkalkt sind, sollten gezwungen werden, in Häusern von Sammlern, wie ich einer bin, zu leben, und der Staat sollte für die Unkosten aufkommen. Da würden Sie was lernen! Ich hatte schon viele Museumsleute hier. Die meisten sind mit nichts einverstanden. Wie ist Ihr Allgemeinurteil über mein Haus, Doktor?«

»Ich bin kein Fachmann.«

»So? Also ein Urteil hat bis jetzt noch jeder gehabt, leider meist ein Vorurteil, aber daß einer kein Fachmann ist, das hat noch keiner gesagt.«

»Wirklich, Herr Saubermann, ich bin nicht zuständig.«

»Aber Sie waren doch in einem Museum, Sie haben aufgebaut! Hat sich meine Frau geirrt?«

»Und ich bin entlaufen.«

»Ach so! Da kann man mit Ihnen vernünftig reden, das macht Sie sympathisch. Sind Sie also gegen den Musealbetrieb?«

»Das kann ich nicht verallgemeinern.«

Herr Saubermann redete noch länger so mit mir herum, doch stellten ihn meine Ansichten nicht ganz zufrieden. Ich war zu müde, als daß es mir gelungen wäre, ihm meine Stellung drüben im Museum zu erklären. Er konnte mich und unser Museum noch viel weniger verstehen als alles andere, was Museen allgemein betrifft. Schließlich gab er es auf und führte mich zu den Damen, die in einem kleinen Salon bei Süßigkeiten saßen.

»Gut, daß ihr da seid, Lari. Hat's ihm gefallen?«

»Warum fragst du nicht den Doktor?«

»Ausgezeichnet, gnädige Frau, eine ungewöhnliche Sammlung.«

»Stell dir nur vor, Ida, dabei scheint ihm eine echte Beziehung zur Kunstgeschichte eigentlich ein bißchen zu fehlen.«

»Das hab ich mir schon längst gedacht. Er hat ja sein Museum drüben im Stich gelassen.«

»Na, das wär noch kein Fehler, Ida.«

»Oh doch. In seinem Fall bestimmt. Er konnte aufbaun. Er kommt mir wie ein Fahnenflüchtiger vor.«

»Das wäre nicht schlecht, Ida. Man muß nur wissen, wohin man mit der Fahne flieht.«

»Sehn Sie, mein liebes Kind, da haben Sie's. Mein Mann sagt mit beinah denselben Worten genau das, was ich Ihnen gerade gesagt hab.«

»Ach, es ist über mich die Rede?«

»Ja, Herr Doktor«, gestand Frau Saubermann. »Damit Sie es nur gleich wissen.«

»Johanna, ist dir nicht gut?« rief ich. »Du bist so blaß.«

»Nichts, Artur.«

»Jetzt sorgen Sie sich! Früher hätten Sie sich sorgen sollen. Verzeih, Lari, aber wir stehn da mitten in einem sozialen Fall. Sozusagen ein Schulbeispiel, klassisch. Ich hab dir ja schon einiges über den Herrn da gesagt. Begabt, intellektuell, einfallsreich, doch total zerrüttet, kommt als Überlebender hierher wie ein Goldgräber nach Alaska, aber natürlich ohne den Drive, so ein Gebrochener – ich mein's gut mit ihm, es ist also nicht kränkend, wenn ich das sag – und erwartet sich, daß ihm die goldenen Äpfel nur so auf die Nase fallen. Beschwatzt da mit süßen wirren Reden die mitleidig tapfere, für ihn viel zu junge Johanna, heiratet auf nichts hin, beginnt eine schöne verkrachte Existenz, Johanna erwartet natürlich ein Kind, das hat keine Zeit gehabt, und jetzt ist das Malheur da, kein Geld, Ruin, Elend, alles.«

»Gnädige Frau!«

»Schweigen Sie, Herr Doktor! Ich erinnere mich ganz genau, was ich Ihnen bei Haarburgers gesagt hab. Und Sie wissen es auch, das seh ich Ihnen an. Jetzt wollen Sie Wohltätigkeit, und das hab ich Ihnen prophezeit.«

»Davon kann gar keine Rede sein.«

»Schweigen Sie! Hier bin ich in meinem Haus!«

»Ja, in Ihrem Museum, gnädige Frau, mit der Pflicht zur sittlichen Freiheit! Sie sind ja sittlich frei, nur leider sittlich viel zu frei! Jedes Wort hab ich von Ihren schönen Reden behalten, ganz genau!«

»Artur, um Himmelswillen schweig!«

»Erregen Sie sich nicht so, Doktor!« rief das Fischsilber. »Sie sind ja rot wie ein Krebs! Sie erregen sich zu sehr!«

»Leider zu spät. Lari, zu spät erregt er sich. Aus seinem Unglück will er Kapital schlagen. Alles, wie ich's gesagt hab! Pflichtlose Selbstbespiegelung, statt Läuterung nichts als

Egozentrizität, Egoismus, ich, ich, der Mittelpunkt! Und die Trabanten sollen kreisen!«

»Und von Läuterung keine Spur!« zischte ich wütend.

»Ich bitte dich, Artur, mach keine Szene. Die gnädige Frau meint es nicht schlecht.«

»Schlecht oder nicht schlecht, wir sind keine Bettler. Niemand hat ein Recht, uns zu beleidigen.«

»In meinem Haus kann ich tun, was ich will.«

»Gewiß, gnädige Frau, und deshalb wollen wir gehn!«

»Artur, warte doch! Es wird sich alles aufklären!«

»Ja, bitte meine Herrschaften, Ida, was ist denn los?«

»Ich fasse mich kurz, Lari. Wir wollen Würde bewahren, der reine Geist der Humanität soll zwischen diesen Wänden keinen Schiffbruch leiden. Darum lassen wir mal den Herrn Doktor beiseite.«

»Zu gütig, gnädige Frau.«

»Bitte, bitte, Artur, sprich jetzt nicht!«

»Lari, wir müssen was tun! Die Menschlichkeit gebietet es, und wir dürfen nicht sagen wie der Dichter: Grabgefährten, brecht zum Richtplatz auf! Noch dazu, wo jetzt ein Kind im Anzug ist. Frau Johanna will Perlen fädeln. Hast du was frei?«

»Es ist eine schöne Arbeit, Frau Johanna, und sie nährt ihren Mann ...«

»Was soll das heißen, Ihren Mann, Herr Saubermann?«

»Ich habe nicht ihren Mann mit großem I gesagt, sondern mit kleinem. Sie sind aber was empfindlich! – Ja, also, Frau Johanna, aber das ist nichts für Ihre Fingerchen, eine pitzlige Beschäftigung, und das bei Ihrer Herkunft und Ihrer Vergangenheit als Geigerin!«

»Das würde mir nichts ausmachen, wenn ich mir in freien Stunden halbwegs etwas zuverdienen könnte.«

»Liebes Kind – ich darf Sie doch so titulieren, da ich Sie schon als goldiges Mäderl kannte – liebes Kind, wie stellen Sie sich das alles vor! Das ist keine standesgemäße Arbeit für Sie. Wenn ich vor Ihren lieben verehrten Herrn Vater treten würde und ihm sagen müßte, Herr Doktor, Ihre

Johanna fädelt jetzt Fischsilberperlen für mich! Er würde sich im Grab umdrehn, und ich würde vor Schande in den Boden versinken!«

»Lari, das hab ich alles mir auch gedacht und ihr schon gesagt. Aber sie braucht es, sie besteht drauf! Wir müssen!«

»Johanna macht sich keine Vorstellung, Ida, sie weiß nicht, was sie will. Sehn Sie, Kind, das geht nicht so, wie Sie denken, in freien Stunden sich was zuverdienen. Man muß von früh bis abends. Sonst schaut nichts dabei heraus.«

»Sie meint ein Taschengeld!«

»Ida, das ist kein Taschengeld für die einzige Tochter ihres Vaters! Das ist Irrsinn!«

»Sie könnte täglich einige Stunden, Lari. Ich hab's ihr schon erklärt. Also hast du was frei?«

»Keine Heimarbeit. Nur ganztägig in der Fabrik.«

»Das kann ich wirklich nicht!«

»Sie sehn es selbst, Frau Johanna, schrecklich gern, aber ich wußte.«

»Lari, wirklich nichts zu Hause? Es enttäuscht sie.«

»Nein, beim besten Willen nichts! Es ist alles überbesetzt. Ich werde die schlechteren Arbeiterinnen kaum mehr halten können. Die Geschäfte gehn nicht mehr so. Man bekommt wieder bessere Waren. Ich hab's dir schon seit Monaten gesagt, Ida, wir werden uns auf bessere Qualitäten umstellen müssen.«

Johanna war sehr bleich. Sie flüsterte etwas, sie sehe es ein, da lasse sich eben nichts machen. Ich schaute Frau Saubermann zornerfüllt an, was sie maßlos reizte. Ich war die ganze Zeit über stehengeblieben und wartete jetzt bloß auf den Augenblick, wann ich Johanna heil von hier wegführen könnte. Sie hatte unberührt eine Tasse schwarzen Kaffee vor sich, und ich wußte, wie Kaffee sie stets belebte. Darum winkte ich ihr, so unauffällig es ging, sie begriff und leerte die Tasse. Ich fühlte auch, daß sie zu mir hielt, sie versuchte sogar zu lächeln, was meinen Ärger beschwichtigte und mir Kraft verlieh. Unbedingt wollte ich es zu keiner neuen Szene mehr kommen lassen und überwand mich sogar, beiden

Fischsilbern für den interessanten Abend zu danken, näherte mich dabei Johanna, griff erst nach ihrer Hand, dann nach dem Arm, sie stützte sich auf mich und erhob sich.

»Ich glaube, daß wir jetzt gehn«, sagte sie.

»Wie Sie wollen, mein liebes Kind«, flötete die Fabrikantin. »Sie sehn, ich hab getan, was nur in meiner Macht stand. Sie wissen immer, an wen Sie sich zu wenden haben. Rufen Sie stets bei mir an! Lari und ich lassen Sie nicht im Stich, wenn es zum Ärgsten kommt!«

»Das wird hoffentlich nie geschehen, Frau Saubermann.«

»Hoffentlich!« rief das Fischsilber. »Hoffentlich! Sie dürfen wirklich nicht enttäuscht sein. Vielleicht werden Sie's mir noch einmal danken, daß ich scheinbar, nur scheinbar, hartherzig war. Und rufen Sie ganz bestimmt meine Frau an, sie hat mir aus der Seele gesprochen! Kommen Sie oft, meine liebe, kleine Johanna!«

Das Ehepaar begleitete uns bis in die Vorhalle, ich hielt Johanna fest. Händeschütteln; schon hoffte ich, daß wir glücklich befreit wären, aber Frau Saubermann hatte es anders beschlossen.

»Lari, sei mal so gut und unterhalte unsere süße Freundin für ein Momentchen! Es wird nicht lange dauern. Ich will dem Herrn Doktor schnell noch was sagen.«

Ich wußte nicht, wie mir geschah, denn ich war durchaus nicht willens, Johanna auch nur für eine Sekunde zu verlassen, aber plötzlich hatte mich Frau Saubermann weggerissen und seitwärts in einen Winkel gezerrt. Hier brannte eine spielerische Ampel, ich sehe noch deutlich alles vor mir, und beleuchtete honiggelb eine verglaste Photographie der Fabrikantin, ähnlich über alle Zeiten hinaus und mit einem gespannten zähnezeigenden Lachen, wie es noch nie ein guter oder schlechte Maler darzustellen gewagt hätte, sondern erst den knipsenden Herrschaften zu erobern vorbehalten blieb.

»Es ist nicht viel, Herr Doktor, was ich Ihnen als erfahrene, gebildete Frau zu sagen habe. Sie handeln als Schuft an Johanna. Sie sind nichts als ein gemeiner Verführer, merken

Sie sich das! Ich schwöre Ihnen, käme das Kind nicht, ich würde nichts unterlassen, um Johanna zu überreden, daß sie sich von Ihnen trennt. Sie sind kein Mann für sie. Erwarten Sie sich nichts von uns, bevor Sie nicht beweisen, daß Sie durch ehrliche Arbeit für Frau und Kind anständig sorgen! Der Mann muß die Frau erhalten, wenn er ein Anrecht erwerben will, daß auch sie noch schuftet. Sind Sie ein Mann? – Sprechen Sie! – Können Sie mir die Hand darauf geben?«

Ich schwieg und sah das fahl glitzernde Fischsilber vor mir trübe an. Ich wollte mich an ihm vorbeiwinden, aber es verstellte mir gebieterisch den Weg, zischelte mir auch noch etwas zu, was ich nicht beachtete, und da versetzte ich dem Fischsilber einen Stoß mit der Faust, nicht heftig, nur daß es gerade ein wenig taumelte und ich an ihm vorbei zum Ausgang streben konnte. Ich kümmerte mich mit keinem Blick um den Mann, der Johanna beschwatzte, und trug sie, wir waren beide fast besinnungslos, ins Freie hinaus. Wir haben nie mehr von dem Fischsilber gesprochen. Johanna fand sich andere kleine Arbeiten und hat mich diesen schmachvollen Auftritt nie entgelten lassen.

Was Johanna auf sich bürdete, um unsere Lage zu erleichtern, tat sie im Glauben an meine Aufgabe und meinen künftigen Erfolg. Leichtsinnig bestärkte ich sie noch darin. Wohl standen uns einige wohlwollende Menschen mit viel mehr Liebe als mit tauglichen Mitteln bei, aber einmal waren sie machtlos, dann verstanden sie unseren Weg nicht und verkannten selbst bei gutem Willen, worauf es angekommen wäre. Kaum einer griff wirklich helfend, und kaum einer griff heilsam ein, niemand war aufrichtig genug oder dazu fähig, mir freundschaftlich vor Augen zu führen, inwiefern mein Planen und Handeln nach meinem Eigensinn nur zum Scheitern verurteilt war. Zum Raten, Kritisieren und Tadeln war keiner zu faul, aber jedem gebrach es am Vermögen, mir mit Umsicht an die Hand zu gehen. Unehrlich wurde ich angespornt und unehrlich wurde meine Tatkraft gehemmt. Mein Handeln war mit dem Gange der Welt zerfallen. Je weiter die Niederschrift meines Hauptwerkes gedieh, desto öfter fand sich der Zugang zu einer neuen Bekanntschaft, die mir wieder neuen Mut einflößte. Ich erntete Beifall, da schlichen sich neue Hoffnungen ein, so daß ich den Mangel an praktischer Hilfe vor mir und Johanna verbarg. Zwar weiß ich nicht, wie ich mein äußeres Dasein eingerichtet hätte, wenn ich schon während der ersten Jahre in der Weltstadt den sich fortsetzenden Mißerfolg vorausgesehen hätte, doch meine Studien hätte ich sicher eingestellt, meine Schriften wären nicht über Skizzen hinausgediehen. Vielleicht hätte ich, wie man wünscht, mich doch um einen Unterschlupf in einer Kanzlei bemüht, was schwer gewesen und auch mir schwergefallen wäre, oder ich hätte privaten Sprachunterricht versucht und mich um eine Lehrstelle bei einer Abendschule beworben, oder ich hätte mich, worauf Soundso und andere drängten, sogar entschlossen, ein Brotstudium zu beginnen, für das man mir vage ein Stipendium anbot, und hätte einen Beruf erlernt, so wenig ich für ihn taugen mochte, nur um mich über Wasser zu halten. Dies alles aber wies ich von mir.

Meine übermäßige Arbeit wurde für meine Gesundheit zuviel, ich sah ein, so widerwärtig mir das war, daß ich mir nicht zuviel zumuten durfte. Abends war ich gewöhnlich erschöpft, daß ich für nichts mehr taugte als für Ruhe, die ich allerdings nicht fand. Zerschlagen sank ich ins Bett, schlief gleich ein, erwachte aber viel zu bald und stand unerquickt frühzeitig auf. Später noch, im vierten Jahre meines hiesigen Aufenthaltes, als fertige Arbeiten entweder müßig in meinen Schubladen lagen oder von Experten zu Verlegern und von denen meist erst nach Mahnungen wieder zu mir zurückgeschickt wurden, meine Gelehrtenlaufbahn aber – wie komisch das klingt! – nicht mehr zu widerrufen war, hatten sich einige Bekannte, die sich nicht nachsagen lassen wollten, daß ich im Elend verkomme, hinter meinem Rükken zusammengetan. Irgendwo trieben sie einen Betrag auf, durch den unser Unterhalt für einige Zeit sichergestellt werden sollte, falls ich mich verpflichten würde, moderne Sprachen oder Geschichte an einer Universität zu studieren, um mich zum Lehrer an einer höheren Schule auszubilden. Der Antrieb zur Verwirklichung dieses Planes, ich habe das nie genau ermitteln können, scheint von Soundso ausgegangen zu sein. Vielleicht bilde ich mir das in meinem Mißtrauen nur ein, aber ich kann mich der Vorstellung nicht erwehren, daß man es darauf angelegt hatte, mich von der Wissenschaft zu trennen und mich für immer aus dem Wettbewerb auszuschalten, während man sich gleichzeitig von jeder moralischen Schuld mir gegenüber loskaufen wollte. Man wagte sich mit dem Angebot nicht unmittelbar an mich heran, sondern überfiel Johanna, wahrscheinlich wohlbedacht, nach einer Grippe, daß sie es mir beibringe. Sie hatte mir auszurichten, daß ein Kreis von ungenannten Wohltätern bei der mich bindenden Annahme des Vorschlages bereit sei, für mich und meine Familie eine kleine Rente bis zum Abschluß des Studiums auszuwerfen. Johanna bestellte mir dieses Ultimatum, bedrückt und mit traurigem Gesicht, unter endlosen Entschuldigungen, aber meine Kapitulation erwartete sie nicht und legte sie mir auch nicht nahe. »Wir müssen zusammenhalten und aushalten!« waren ihre Worte. Ich überlegte es wohl, aber nachdem wir alles eine Nacht lang besprochen hatten, wußten wir, daß ich das nicht tun durfte. Ich konnte auch gar nicht mehr, zu weit waren meine Dinge gediehen, zu sehr war ich geschwächt, überreizt und angegriffen. Johanna übernahm es, das war ihr Wunsch, meine Absage zu übermitteln.

Nur in den ersten Wochen, als man mir noch das Blaue vom Himmel versprach, hätte ich einem solchen Vorschlag zugestimmt. Damals erörterte ich mit dem Ehepaar Haarburger einen ähnlichen Plan, um mir die fragliche Verlängerung der Aufenthaltserlaubnis und einen ersten materiellen Fußhalt im Lande zu sichern, aber die beiden lachten mich aus. Äußerte ich Zukunftssorgen, so wurde ich leichthin davon abgelenkt, was, ein Mann von meinen Talenten werde sich da für einen Pappenstiel verkaufen, das kommt nicht in Frage, ich solle mir bloß keine grauen Haare wachsen lassen, Haarburgers würden mich immer beschützen, ob ich sofort einen Betrag brauche. Dr. Haarburger zog schon sein Scheckbuch aus der Tasche. Ich war über so viel Güte gerührt und lehnte dankend ab, da mir noch einige Mittel zu Gebote standen. Johanna, die ich fragte, ob ich recht daran getan hätte, stimmte mir zu, daß man kein Geld annehmen dürfe, wenn man nicht unbedingt müsse. Als ich, über ein halbes Jahr später, es war nach meinem Mißerfolg bei Kratzenstein und Singule, doch noch vor dem abscheulichen Besuch bei Saubermanns, bei Dr. Haarburger leichthin auf meine Geldsorgen anspielte, wurde ich zwar freundlich, wie bisher noch immer, empfangen, stieß aber im wesentlichen Punkt auf taube Ohren. Geflissentlich wurden meine Andeutungen überhört und umso größeres Interesse für den Fortschritt meiner Arbeit gezeigt. Haarburger bewertete mein verzweifeltes Gespräch mit Kratzenstein günstig, sein Interesse sei jetzt für immer gewonnen, Einladungen zu den ordentlichen Sitzungen der Arbeitsgemeinschaft, das sei keine alltägliche Ehre, der Professor werde sich mehr und mehr für mich erwärmen, er sei der Präsident der Gesellschaft, mein Freund Kauders könnte sich gratulieren, wenn er je bei ihm so weit gekommen wäre. Meine Zweifel und Ängste wurden zerstreut. Haarburger zeigte sich entzückt, daß ich jetzt auch Frau Fixler kannte, ein seelensguter Mensch, Hajnalka sollte sie anrufen, nein, Jolan, das wäre noch besser, dann würde Frau Fixler mir den Professor erhalten. Das Mißgeschick mit Singule hatten Haarburgers schon erfahren, schade, gewiß, aber auch kein Unglück, Arbeitsaufträge der Stiftung lägen nun einmal nicht auf der Straße, gebundene Hände, Lettland, Soziologie, keine Zeit und noch viel anderes mehr. Was heute nicht sei, könne morgen sich ändern. Ob ich schon meinen Antrag Singule übermittelt hätte? Das hatte ich freilich nicht getan. So ein Unrecht, wurde geklagt, so ein Fehler. Hajnalka war außer sich, sofort machen, was, Hindernisse?, die gelten nicht, Unterlagen, pah, alles eine Kleinigkeit, es wird nicht gleich mit Kanonen geschossen, Hauptsache, der Antrag ist dort,

Jolan wird dafür gern ein Gutachten schreiben. Dann wurde ich großartig bewirtet und durfte das Ehepaar königlich amüsieren, mir wurde auf die Schulter geklopft, nur unverzagt, und wenn ich wirklich nicht mehr wüßte, na dann wüßte ich ja. So schied ich mit leeren Händen und herzlichen Grüßen für Johanna und war nicht einmal enttäuscht.

Einige Wochen später, wir hatten gerade den qualvollen Abend mit dem Fischsilber überwunden, meldete ich mich wieder bei Haarburgers an. Frau Haarburger, mit der ich telefonierte, lud mich erst nach einigem Zögern ein. Als ich kam, empfing sie mich höflich, doch zurückhaltender und kühler als je zuvor. Ihr Mann sei noch beschäftigt, ich müsse unterdessen mit ihr vorlieb nehmen. Wir redeten dies und das, mühsam schlängelte sich das Gespräch hin, und immer wieder kam Frau Hajnalka darauf zu reden, daß man neuerdings an ihren Mann unerhörte Ansprüche stelle, ich ahnte gar nicht, wie viele lästige Bittstellerei man sich vom Halse schaffen müsse, schließlich lebe man nicht im Schlaraffenland, der Geldbeutel sei nicht unerschöpflich. Dem und noch vielem anderen mußte ich bedächtig zustimmen, aber trotz allem war ich entschlossen, meine Lage diesmal schonungslos offen zu enthüllen; ich wollte nichts geschenkt, ich war bereit, dafür Wertgegenstände zu verpfänden. Schon nahm ich einen Anlauf, meine Bitte vorzutragen, doch kam ich über die ersten Worte nicht hinaus. Ob ich schon wisse, daß Herr Buxinger, der Buchhändler, in Zahlungsschwierigkeiten geraten sei. Nein, das wußte ich nicht; ja also, da hatte Jolan mit einer Garantie einspringen müssen, man kann einen alten Freund nicht in der Klemme lassen, er wird auch alles zurückzahlen, ganz bestimmt; das sind Schwierigkeiten, wie sie jedem Kaufmann einmal zustoßen, Buxinger ist tüchtig und arbeitet sich bald wieder hinauf, doch dadurch sind Jolan zunächst empfindliche Beschränkungen auferlegt. Wieder mußte ich zustimmen und war schon daran, meine Fahne zu streichen, aber nun blickte Frau Haarburger mich betrübt und vorwurfsvoll an.

»Sagen Sie mal, ich bin ja ganz unglücklich, was ist das für eine Geschichte bei Saubermanns gewesen? Die gute Ida Saubermann ist ganz aus dem Häuschen. Was sind Sie für einer? So ein gütiger Mensch, so ethisch bis in die Knochen! Es ist zum Verzweifeln, daß Sie es sich mit allen verderben!«

»Gnädige Frau, dafür kann ich nicht!«

»Oh, Sie können dafür! Dafür kann man!«

»Ich glaube, diesmal trifft mich keine Schuld. Die Dame ist über mich und Johanna hergefallen. Ersparen Sie mir die Einzelheiten!«

»Mir wurde schon nichts erspart. Alles hat sie gesagt, alles. Gar kein Vergnügen. Ganz brutal waren Sie, hat sie gesagt. Schämen Sie sich nicht?«

»Nein. Frau Saubermann war empörend.«

»Empörend?! Wissen Sie, was die alles gemacht hat? Zerrissen für Menschen hat sie sich. So wahr ich hier vor Ihnen sitze. Und dieser Verdacht von Ihnen! Nein, das nicht! Auf Ida Saubermann laß ich nichts kommen!«

»Gnädige Frau, ich sag ja nichts. Es liegt mir fern. Aber wenn Sie darüber zu sprechen beginnen, muß ich mich wehren.«

»Wehren Sie sich nicht. Ich weiß, Sie nützen das aus, daß wir Sie gern haben, mein Mann und ich, aber mit Saubermanns verdirbt man sich's nicht. Keiner tut das. Die werden immer reicher und tun viel. Hungernden Brot durch ehrliche Arbeit. Wer tut das? Zeigen Sie mir! Sie haben ja das Haus gesehn, ein Museum, zu beneiden. Und wie viele Künstler haben was davon, lebende und tote.«

»Besonders die Toten, fürchte ich.«

»Nein, das ist nicht Ihr Ernst! So gefühllos! Wie können Sie? Und dann packt man das anders an, wenn man eine Wohltat von jemandem will.«

»Wir wollen keine Wohltat, weit entfernt davon.«

»Wohltat oder nicht, auf das Wort kommt es nicht an. Man sagt dort nicht, daß man Heimarbeit will, wenn man was auf sich hält. Wie ein Bettler. Nein, das nicht. Wie ein Schnorrer, und dann noch die Frau bitten lassen. Jolan hat sich vor den Kopf geschlagen.«

»Das tut mir leid.«

»Ich weiß nicht, wie man Ihnen helfen kann, wenn Sie sich's so mit allen verpatzen. Präsentiert haben wir Sie wie ein Bonbon auf silbernem Teller. Immer geht das auch nicht. Das müssen Sie einsehn. Und immer für Sie sorgen, auch nicht. Freundschaft, gut, aber dann auch Freundschaft. Eine Hand wäscht die andre.«

»Gnädige Frau, zürnen Sie mir doch nicht! Sehn Sie, es geht mir leider schlecht, und ich weiß, daß sich keiner hier so viel um mich gekümmert hat wie Sie und der Herr Doktor. Wo wäre ich in den ersten Wochen hingekommen, wenn ich nicht an Ihnen beiden einen Halt gefunden hätte, Ihr Haus war meine Zuflucht. Erlauben Sie mir bitte jetzt, daß ich einmal einen praktischen Vorschlag mache. Es liegt mir fern, Sie auszubeuten, ich will ja nichts geschenkt. Ich besitze noch einige Wertgegenstände, Gold und so, Sachen von meiner Familie, die will ich als Sicherheit gegen ein Darlehen hergeben. Meine Mittel sind knapp, Johanna hat auch nur ein paar Sparpfennige, aber es muß doch einen Weg geben, daß wir trotzdem vom Elend verschont bleiben und so halbwegs sorgenfrei ein Jahr leben, damit ich meine Soziologie des unterdrückten Menschen fertigstelle. Mit einem Wort, das Geld rinnt aus, ich brauche einen bestimmten Betrag.«

Frau Haarburger hatte mich ausreden lassen und wandte mir ihr Mitgefühl zu, sie bedauerte, daß ich in solche Schwierigkeiten geraten bin. Ich hätte mir aber doch gleich zu Anfang alles besser überlegen müssen. Damals hätte sich wahrscheinlich etwas tun lassen, sogar eine Kollekte im Haarburgerschen Bekanntenkreis wäre möglich gewesen. Indessen habe sich die Lage leider verschlechtert, da käme ich mit meinem Wunsche wohl zu spät. Auch eine Summe gegen ein Pfand, das ginge kaum und wäre unanständig. Entweder hilft man oder man läßt es bleiben. Geringe Hoffnung, nur Bedauern, Bedauern, so viel Elend auf der Welt, ein Jammer, und wenn man so könnte, wie man wollte. Das Leben ist halt schwer. Frau Haarburger bot mir einen

Cognac an, gute Marke, und ließ mich unter einem Vorwand allein. Nach einem Weilchen hörte ich sie im Nebenzimmer, sie hatte den Umweg über das Vorzimmer gewählt, ich weiß nicht, ob zufällig oder absichtlich. Sie sprach mit ihrem Mann; ich konnte ihn nicht verstehen, nur sie, und auch nicht jedes Wort. Traurig entrüstet klang ihre Stimme: »Jolan, er will Geld, er hat nichts zu leben!« Dann war es einen Augenblick still, doch nachher hörte ich noch kläglicher: »Ich sag dir, er sagt, er hat nichts zu leben! Das hast du von deiner Güte! Alles genau so, wie's die Ida gesagt hat, ich sag dir, alles stimmt!« Da hörte ich auch einen Ausruf des Doktors: »Nicht möglich!« Und die Antwort: »Es ist aber doch so, wenn ich dir sag.«

Nicht lange darauf erschien Haarburger, seine Frau hinter ihm her. Er begrüßte mich genau so jovial wie stets und ließ sich nichts anmerken, sondern scherzte und tat vergnügt. Frau Haarburger redete kaum und sorgte für einen Imbiß. Als mich der Doktor gutmütig fragte, na, wie geht es?, was kann ich für Sie tun?, nahm ich mir kein Blatt vor den Mund, ich brauchte Geld, ob der Herr Doktor jemanden kenne, der mir ein zinsenfreies Darlehen gegen ein Pfand gewähren würde, damit ich frei von Not ein Jahr an der Vollendung meines Hauptwerkes arbeiten könne. Dr. Haarburger begann sofort, meine Arbeit zu loben, von der er bloß durch meine Erzählungen wußte und nur wenig verstand, aber was meine Bitte betraf, da hätte er sich am liebsten taub gestellt. Das machte ich ihm allerdings unmöglich, ich kehrte beharrlich zu dieser Frage zurück. Schließlich sagte er rund heraus, daß er leider niemanden wisse, er müsse sich das gründlich überlegen. Ich wiederholte, daß ich eine Sicherheit anbiete. Soso, das wäre dann vielleicht was, das müsse er sich einmal durch den Kopf gehen lassen. Was für eine Sicherheit das denn sei? Ich hatte mir das längst überlegt, die Schätze, die mir Herr Nerad, Frau Holoubek und andere treue Leute ausgehändigt hatten, die goldene Uhr meines Vaters, selbst ein Pfand mit einem fremden Monogramm, noch andere Uhren und mancherlei

Schmuck von Tanten und anderen Verwandten, Franziskas Perlen, nein, die nicht, die mußte Johanna behalten; zögernd zählte ich die Gegenstände auf. Saubermann sammle auch Schmuck, sagte Jolan mit einem harmlosen Seitenblick, ja, aber das sei nun nichts. Außerdem, leider, was ich da anzubieten hätte, seien kaum die geeigneten Dinge, der Goldpreis ist niedrig, gar Uhren und veraltet gefaßter geringfügiger Schmuck, hat alles nur sentimentalen Wert, besser als Andenken aufheben, gibt man nicht weg; ja, große Brillanten, das wär was, dreifache Ketten makelloser Perlen, auch Smaragde, aber nicht alltägliche Goldschmiedkonfektion dritten Ranges.

Besseres hatte ich nicht anzubieten, die Sicherheit fehlte. Größtes Bedauern. Nur den Mut nicht verlieren. Schwere Zeit. Aber Zeit. Kommt Rat. Sicherheit kommt. Also bessere Zeit, bald, fleißig, tüchtig, erfolgreich, Kratzenstein, begabt, schon sehen, Singule, Geduld. Der Buxinger auch. Bücher. Da hat man die Bücher. Verkaufen. Keiner kauft Bücher. Buxinger wird meine kaufen, verkaufen. Unterdrückte Menschen. Soziologische Wälzer. Wer zuletzt schreibt, schreibt am besten. Nur schreiben. Kein Rat. Auch ein Rat. Karat. Ein großer Brillant. Fischsilber in edelster Fassung. Eine brillante Idee. Hören Sie zu? Ja, ja, ja, ja. Ein Zubehör. Ein Zuber. Von was anderem sprechen. Sie wissen? Nein! Wichtig für Sie! Resi Knispel. Haben Sie schon die …? Sie plant. Warum nie besucht? Sie sucht. Sucht immer. Sucht Sie. Findet. Sympathisch. Nicht? Ich werde Sie ausdrücklich empfehlen. Will eine Zeitung. Oder sowas. Nein, wowas! Sowas. Und Fräulein Zinner, Pardon, Ihre Frau, erwartet ein Kind? Wie lieb! Wie schön! Ein kleiner Knispel. Ganz aus Zinn gemacht. Ein Knipsel, Knirpsel. Aus Zinn. Lieber einen Buben- oder Mädelknirps? Stirbs! Sie werden schon sehn! Erwirbs! Vaterfreuden. Haarburgers Tochter, auch schon so ein kleines Knispelchen. Aber in Mexico. Lexiko. Spricht schon, Lispelchen, pappt schon, Knuspelchen. Babyausstattung schön beisamm, wichtig. Richtig. Hajnalka fragt, Handschuh? Schuhchen? Kann sie gern tuchen. Hajnalka kann stricken, Jolan wirds schicken. Wolle, knusprige Wolle. Wenn ich wieder Rat, soll kommen, Rat holle. Zu Verfügung, Diensten. Keine Zeit mehr, sagte ich. Haarburgers bedauern, tut mir leid, doch verstehen, sie trauern. Wird vergehen. Immer bereit. Tut mir unendlich leid. Keine Sicherheit, verneigte ich mich. Schon an der Tür die leere Verneigung. Geht schon, geht, die drei Treppen schleppen. Letzte Ehrenbezeigung. Hajnalka winkewinke, versinke, Jolan noch nach. Höflich. Hoffe Sie nicht enttäuscht. Im Gegenteil. Rat und Sicherheit und Zeit, sehen uns wieder. Knispel gehn, nicht vergessen, Resi Knispel, wichtig hinter die Ohren. Grüße Ihrer lieben jungen Frau, ist reizend, soll mal kommen mit dem Stirbsel, meine Frau selbstverständlich freuen. Die Stimme noch an der offenen Türe, Nachhall, in Sorgen, doch winkt. Zinner zinkt. Und ich auf der Flucht, bis die Stimme der Sicherheit ertrinkt, und der Nebel verfliegt, und Johanna, die wartet, bis sie mich mit einem guten Blick empfängt.

Ich habe Herrn Dr. Haarburger und seine Frau nicht mehr wiedergesehen. Auch Johanna ging nicht hin, doch hat sie nach Michaels Geburt von Frau Hajnalka pünktlich kleine Wollfäustlinge für ihn mit der Post bekommen.

So sind im Laufe der Zeit meine Förderer verschwunden, dagegen tauchten, immer seltener freilich, andere auf, und ich bemühte mich, vermeintlich gewitzigt und geschickter, ihnen es recht zu tun. Doch nichts ist schwerer, als einem Förderer zu gefallen, der nichts anderes als seine Vorstellungen hegt, was er seinem Schützling gewähren will. Nun stürzte es über mir zusammen; leider zu spät gekommen, jetzt ist die Zeit für Flüchtlinge vorbei, die haben sich schon alle eingegliedert, für die Fremdlinge nichts, für die eigenen Leute muß gesorgt werden, sie haben unseretwegen gekämpft, geblutet und alle Pein der Gefangenschaft erduldet. Von einem Orte zum anderen gejagt, lernte ich langsam begreifen, daß es einen Menschen zuviel in der Welt gab, das war ich. Mich durfte es nicht geben, dann – und nur dann – war diese verwickelte Frage gelöst. Wie aber konnte ich nicht sein! Wohl hatte ich selbst mich nicht geglaubt, doch Johanna und andere hatten es mir mit viel Geduld und Mühe zu beweisen versucht: das bist du, verleugne es nicht! Du leidest, also muß es dich geben und du leidest nur durch dich. Ich wiederholte gehorsam: ist das einzig Gebliebene, daß ich bin, da, ist kein transzendiertes Ding, ist hier wirklich, weil es nicht immer zu sein denkt, nur im Denken zerstöbert das Ich und ist nicht wirklich, sonst ist es wirklich, Gesuch ans tägliche Dasein, also hier bin ich, ich habe mich angemeldet, atme und esse, will nur genommen sein mit Haupt und Leib und allen Gliedern, die müde sind, halten aber noch zusammen, eines beim anderen, zerfallen nicht, können schaffen, und alle Teile folgen dem Haupt, ja, das ist meine Hauptsache. Lehrsatz dieser kranken Erwägung: Man sagt es, also ich bin. Folgerung: Das Dasein wird aus dem Dialog erfahren. Mystiker könnten hinzufügen: Das Dasein ist aus dem Dialog entstanden. Aber das ist schon Versuchung und eine Umkehrung der Schöpfung, die sich dem Schöpfer anbietet, statt darauf zu warten, wann an sie der Ruf ergeht, dem dann der Adam auf die Frage »Wo bist du?« feig nicht erwidert. Als er gefragt wurde, war es für den Dialog schon zu spät, und deshalb ist sein Dasein in Frage gestellt, deshalb führt alles redlich unvoreingenommene Denken über die menschliche Existenz zum gefallenen Adam. Ich bin, also bin ich gefallen, ich bin nicht.

Sobald ich mich, von anderen genötigt, zum Glauben bekehrte, zu sein, fanden ihn gleich die meisten unverzeihlich; da verglomm er, hielt den Bestand nicht aus. Weder sein noch nicht sein – dazwischen gefallen, so bin ich geblieben. Wo aber blieb ich? Vor der Wand die Frage an mich. Ich antwortete mich nicht. Oder fragte die Wand? Wände sprechen nicht. Zwischenraum zwischen mir und Wand. Was war der Zwischenraum? Das war die Zeit, die ich nicht habe. In dieser Verfassung war ich oder auch nicht ich, je nachdem, wie sich gerade etwas zum Dasein neigte, oder sich von ihm entfernte, als ich durch eine Freundin Bettis, einer stets gefälligen, weitläufigen Verwandten Johannas, dem vorzüglichen Menschenfreunde, Pädagogen und Fabrikanten von Papiertapeten, Siegfried Konirsch-Lenz, vorgeführt wurde, der sich angeblich für mich und mein Werk interessierte, da man ihm von beidem Günstiges gemeldet hatte. Ich war damals das vierte Jahr im Lande, mein Michael ein Bübchen von fast drei Jahren. Konirsch-Lenz hatte ein hübsches Haus mit eigenem Garten, bestellte mich zu sich, empfing mich mit frischem Wohlwollen, ja mit Auszeichnung, wie ich sie sonst kaum erfahren habe.

»Ihnen ist hier schon viel Bitteres zugestoßen?«

»Man empfindet mich als Störenfried. Ich soll nicht sein.«

»Hervorragend ausgedrückt. Der Hauptvorwurf gegen Sie, daß Sie nicht umgekommen sind.«

»Richtig. Wenn ich aber doch bin, soll ich nur als Kuriosum gelten. Ein Weilchen duldet man so was. Dann hat man genug, und das Kuriosum soll verschwinden.«

»Kennen wir alles genau. Wer dem Unheil lebend entrinnt, ist schuldig, er ist verdächtig, er ist unverzeihlich. Was er auch anfängt, bei den Leuten wird er es schwerlich rechtfertigen können. So sieht die Nächstenliebe aus. Das ist hart, aber schieben Sie diese Scheußlichkeiten von sich. Ich verspreche nicht viel, das ist nicht meine Art, aber ich meine es aufrichtig, wenn ich sage, daß ich Ihnen helfen will. Doch bitte Vertrauen gegen Vertrauen: Sie müssen mir alles über sich sagen, restlos und aufrichtig, Mann zu Mann. Nur dann kann ich etwas für Sie tun. Und das will ich.«

Herr Konirsch-Lenz ließ sich mein Schicksal erzählen, Lichtstrahlen in die Dunkelkammern des Lebens nannte er diese Beichte. Ganz anders als alle zuvor hörte er mich mit großer Geduld an, er ließ mich ausreden und fragte nur, wenn ich verstummte. Er half sogar nach, wenn ich gehemmt war oder nicht gleich den geeigneten Ausdruck fand, und vertiefte sich in die Einzelheiten, die ihm besonders merkwürdig schienen. Meist blickte er mir ermunternd ins Antlitz, nickte öfters beifällig und notierte sich manchmal etwas in ein Büchlein. Dann mußte ich ihm von meiner Arbeit berichten. Ich fürchtete schon, es könnte ihm zuviel werden, doch er begehrte womöglich alles noch ausführlicher, das schon deshalb, wie er versicherte, weil er wohl einige Erfahrung in Sozialfürsorge habe, namentlich in der Erziehung moralisch defekter Jugendlicher und ähnlicher, schwieriger Fälle, während er jedoch sonst von Soziologie oder gar von meinem Sondergebiet nur wenig wisse, dazu habe seine Zeit nie gelangt, auch sei er immer ein Mann der Praxis und nie der reinen Gelehrsamkeit gewesen. Das brachte er nicht hochmütig, sondern sachlich vor, durchaus gewillt, so schien es, meinem Standpunkt Achtung zu zollen. Er fragte mich gründlich nach meinen entschwundenen Förderern aus, vor allem wollte er Näheres über Kratzenstein erfahren. Ich sprach mich über ihn bitter, doch zurückhaltend aus, aber Herr Konirsch-Lenz lachte, ich müsse den eingebildeten Fatzken nicht schonen, was immer ich auch über den verehrlichen Herrn Präsidenten der Internationalen Soziologischen Gesellschaft sage, sei nur Wasser auf seine Mühlen, er wisse Bescheid. Einmal sei er, Konirsch-Lenz, aufgefordert worden, dort über die Behandlung und Vorbeugung der Jugendkriminalität vorzutragen, er habe sich trotz Zeitmangel die größte Mühe mit der Vorbereitung gegeben, seinen Text eingeschickt, eine höfliche Empfangsbestätigung erhalten und dann trotz wiederholten Mahnungen nichts mehr gehört. Als er schließlich den Text zurückverlangte, war er unauffindbar, und als Konirsch-Lenz mit dem Rechtsanwalt drohte, kam der Vortrag verschmuddelt zurück und dazu ein Brief, keineswegs von dem löblichen Herrn Präsidenten, sondern i. A. gezeichnet, Unterschrift Fixler, und da stand drin, man habe dafür keine Verwendung, weil es sich um eine populäre Darstellung für Laien, statt um eine wissenschaftliche Untersuchung für ein akademisches Publikum handle. Das also sei der berühmte Kratzenstein.

Als ich alles berichtet hatte, wurde ich freundlich bewirtet und bekam dann auch einiges aus dem Leben meines neuen Freundes erzählt. Bevor ich mich verabschiedete, wurde ich noch schnell seiner Familie mit ehrendem Lobe vorgestellt. Zwei Mädelchen umtanzten mich, und Frau Konirsch-Lenz war liebenswürdig zu mir. Endlich frohe Menschen mit Herz, sagte ich mir. Ich mußte versprechen, bestimmt auch einmal meine Frau und den Jungen mitzubringen. Dann fragte ich Herrn Konirsch-Lenz, wann ich wieder kommen dürfe.

»Es hat keinen Sinn, daß wir jetzt etwas vereinbaren. Ich muß mich erst umhören. Ich suche etwas Konkretes für Sie. Mir ist schon einiges eingefallen. Da kenne ich eine reizende Dame, eine Züricher Pressevertreterin ...«

»Fräulein Resi Knispel?«

»Richtig. Kennen Sie die?«

»Flüchtig.«

»Ich kenne sie auch nicht näher. Aber das war nur so eine Idee. Nein, ich sag lieber gar nichts. Mit vagen Versprechungen hat man Sie schon lange genug abgespeist. Das ist nicht meine Sache. Entweder etwas Ordentliches oder Hände weg. Sie hören bald von mir. Vielleicht in einer Woche. Da ruf ich Sie an oder komme mit dem Wagen vorbei.«

Ich mußte Blumen für Johanna und Zuckerwerk für Michael mitnehmen, bevor ich mit guten Wünschen entlassen wurde.

Die Woche war noch nicht vorüber, als sich Herr Konirsch-Lenz bereits meldete. Johanna sprach mit ihm telefonisch und fand ihn bezaubernd. Wir wurden zu dritt für Sonntag zum Tee gebeten, seine Frau freue sich schon sehr. Er würde uns gern mit dem Wagen abholen, doch müsse er über das Wochenende nachgesehen werden. Johanna hatte gefragt, ob er schon eine Nachricht für mich habe. Darauf habe er gelacht und geantwortet: »Fürs erste durchaus günstig.« So machten wir den Michael hübsch, auch Johanna putzte sich heraus, wir zogen los und freuten uns auf einige schöne Stunden, denn es war ein klarer, warmer Sommertag. Herzlich, wie alte Bekannte, wurden wir empfangen, Herr Konirsch-Lenz spielte entzückend mit Michael, den er dann seinen Töchterchen Patrizia und Petula zur Obhut übergab; der Junge war selig. Bald unterhielten sich auch beide Frauen gut und strebten in eine schattige Ecke des Gartens, während mich mein Gastfreund mitten auf den Rasen zu einem Tisch führte, der ungeschützt in der grellen Julisonne stand.

»Ich liebe die Sonne, Doktor Landau. Ich sitze am liebsten in der prallen Sonne. Sie kann mir gar nicht genug auf das Fell brennen. Nehmen Sie Platz und machen Sie es sich bequem!«

Herr Konirsch-Lenz legte den Lüsterrock und auch das Hemd ab, ich wurde gleichfalls dazu aufgefordert. Da ich aber die Sonne seit den bösen Jahren schlecht vertrage, entledigte ich mich nur des Rockes und blickte mich um, ob sich mein Sessel so aufstellen ließe, daß wenigstens mein Gesicht nicht der unmittelbaren Glut ausgesetzt würde. Herr Konirsch-Lenz lachte mich aus.

»Da sieht man, Sie scheinen nicht mal ein bißchen Sonne zu vertragen. Es wär Ihnen sehr gesund. Das kommt davon, wenn man als Stubenhocker lebt.«

»Das ist eine Folgeerscheinung«, sagte ich und hoffte, gut verstanden zu werden, aber ich wurde falsch verstanden.

»Selbsterkenntnis ist der erste Schritt zur Besserung. Körperliche Arbeit würde Ihnen sehr gut tun. Den Garten umgraben und so.«

»Mein kleines Gärtchen macht mir viel Spaß. Da spiele ich schon herum. Ein Fachmann bin ich nicht, das gebe ich zu.«

»Das Pitzelchen Garten, das Sie haben, und kein Fachmann. Da muß man richtig ran mit Hacke, Spaten und Schaufel. Aber wie ich Sie da vor mir seh, verabscheun Sie körperliche Arbeit.«

»Ganz bestimmt nicht.«

»Zeigen Sie Ihre Hände! Nun, da sieht man, daß Sie nichts anpacken! Mit solchen glatten Händen hat man bestimmt nicht tüchtig zugegriffen.«

»Ich habe viel körperlich gearbeitet, ein bißchen zu viel.«

»Das kann nie zu viel werden. Freiwillig mach ich das. Wie sagt der Lateiner? Mens sana in corpore sano. Nicht nur den Garten allein, und schon das ist gehörige Arbeit. Glauben Sie etwa, ich leiste mir einen Gärtner? Das käm schön teuer, und gar erst die Handwerker! Alles mach ich selbst. Überhaupt alles im Haus. Da erspart man eine ganze Stange Geld.

Ich anerkannte das. Die Sonne schmerzte mich, ich bat darum, mich in den Schatten setzen zu dürfen.

»Na, wenn es durchaus sein muß, Sie Schattengewächs, dann packen Sie mal den Tisch an und hinüber damit! – Nein, nicht so! So! Ich zeig es Ihnen doch! – Können Sie nicht einen Tisch ordentlich heben und tragen? So greift man an! Sie machen das aber verdammt ungeschickt. So! – Na endlich! Jetzt ein bißchen nach rechts rücken. Nicht so weit! Können Sie nicht sehn, wie die Sonnenstrahlen gehn? Ich will ja in der Sonne bleiben!«

Ärgerlich stieß mich Herr Konirsch-Lenz beiseite, weil ich es ihm durchaus nicht recht machte, und rückte allein am Tisch herum, während ich benommen, erhitzt und mit Herzklopfen zuschaute. Daß ich müßig stand, mißfiel dem Herrn, ich wurde angefahren, daß ich nicht so dumm gucken und gefälligst die Sessel holen solle. Das tat ich, doch erntete ich wieder Tadel, da ich nicht einmal wußte, wie man einen Sessel im Garten richtig aufstellt. Schließlich war es dann so weit, daß mein Gönner in der Sonne, und ich im Schatten saß. Herr Konirsch-Lenz wechselte den Ausdruck, er schaute mich auf eine andere, gleichsam vorbereitete Weise mißbilligend an, und begann, mir einen Vortrag zu halten.

»Wie Sie wissen oder wissen sollten, hab ich vor über fünfundzwanzig Jahren im Mecklenburgischen die Lenz-Schule, ein Landerziehungsheim für leicht kriminelle, gefährdete oder sonst schwierige Jungens gegründet und geleitet. Ich hab was geleistet, meine Verdienste wurden anerkannt, ich war mit Leib und Seele bei der Sache. Fast zehn Jahre hab ich das getan. Dann haben mir die miesen Verhältnisse hineingespuckt, Sie wissen, Kulturbolschewismus, Verpimpeln von Verbrechern und so. Man kann ruhig sagen, das ist nicht übertrieben, ich war auf diesem Gebiet ein Experte und hab auch sonst eine Menge wertvolle Sozialarbeit gemacht. Ich hab auch einiges geschrieben, nicht nur den Vortrag für den Trottel, den Kratzenstein, Sie müssen das mal lesen. Sie werden mir deshalb zubilligen, daß ich in die Dinge hineinreden kann. Es war schon hart, daß der verfluchte Zauber kam, Sie wissen ja, mit einem Schlag alles vorbei. Ich mußte fliehn, Hals über Kopf illegal über die Grenze. Was muß ich Ihnen erzählen? Besonders erschwerend, ich hatte bei solcher Arbeit keine Ersparnisse. Wenn ich etwas Geld hatte, wurde alles in die Lenz-Schule gesteckt. Sie als Idealist werden das begreifen. Nun kam ich her, hatte nichts, konnte die Sprache nicht. Ich war glatt aufgeschmissen. Schule, Sozialarbeit, Kriminellenfürsorge? Man pfiff mir was!«

Ich erfuhr, wie Herr Konirsch-Lenz nach einigen mißglückten Versuchen und elend gezahlten Posten als Hilfsarbeiter auf den Einfall kam, Papiertapeten zu erzeugen, ein blendender Artikel hierzulande. In der Lenz-Schule wurden die Zöglinge in verschiedenen Handwerken ausgebildet, Konirsch-Lenz konnte fast jedes Handwerk. Nun wurde ihm aus Gnade und Barmherzigkeit ein Hundeloch überlassen, da ging es los, und er stellte mit bescheidensten Mitteln Tapeten her, alles nach eigenen Entwürfen mit der Handpresse in geringen Mengen. Nur einen Gehilfen hatte er, auch ein Flüchtling, dann kam noch ein geschickter Verkäufer hinzu, gleichfalls ein Flüchtling. Achtzehn Stunden täglich hat man gearbeitet, gearbeitet war kein Ausdruck, geschuftet wie ein Vieh, einen freien Sonntag gab es kaum. Da waren schon langsam Fortschritte zu verzeichnen, aber auch Rückschläge traten ein, ein Muster war eine Pleite, entsprach nicht dem Geschmack, oder das Papier war ein Dreck, die Presse ärgerte, besonders in der ersten Kriegszeit war es mies, die Farben ein schmieriger Schund, doch dann wurde es besser und besser, aus der kleinen Knetsche wurde eine Werkstätte, jetzt ist es eine schöne kleine Fabrik mit über vierzig Arbeitern. Die Sache geht bergauf, Kolex-Tapeten haben einen Namen, man kann sie in jedem einschlägigen Laden verlangen. Bald soll der Betrieb vergrößert werden, tolle

Ideen, ein neues Verfahren für Mehrfarbendruck, Fusionsverhandlungen mit einem anderen Unternehmen.

Herr Konirsch-Lenz erzählte lebhaft; ich sah geradezu, wie unter seinen Händen alles gewachsen war, er riß mich fast zur Bewunderung hin. Man merkte dem Mann die Begeisterung an, daß sich die Weltstadt ihre Wände mit Kolex-Tapeten beklebte, kinderleicht, wirft sich nicht, haltbar und waschecht. Ich freute mich mit den Erfolgen des Herrn Konirsch-Lenz. Da klatschte er mir auf den Schenkel und rief: »Sehn Sie, ich habe es geschafft!« Nun lenkte er dazu über, wie er durch den erworbenen Wohlstand Zeit gewonnen habe, sich pädagogischen und sozialen Aufgaben zu widmen, er war Berater in einigen Schulen für schwierige Kinder, Visitator in einem Jugendgefängnis und noch vieles andere mehr.

»Wenn man so mit den Jugendlichen umgeht, die aus der Bahn geraten sind, bevor sie noch eine gefunden haben, all die kleinen Taugenichtse und Tagediebe, die Liebe genauso brauchen wie eine strenge Zucht, dann kann man auch Ihren Fall beurteilen. Was sind Sie denn anderes als ein entgleister junger Mann, auch wenn Sie vierzig Jahre alt sind? Sie haben nie sich überwinden gelernt und nie was Ordentliches gearbeitet. Ich hab mir das genau überlegt. Ich biete Ihnen an, Sie können ab morgen früh in meiner Fabrik als Lehrling mit dem Druck von Papiertapeten beginnen. Ich zahle Ihnen etwas, darüber können wir noch reden, es wird jedenfalls genug sein, und dabei viel weniger, als ich Schaden haben werde durch die von Ihnen verdorbene Ware. Das ist ein radikales Angebot, aber ich bin fürs Radikale. Sind Sie einverstanden?«

Herr Konirsch-Lenz streckte mir die Hand entgegen, aber ich schlug nicht ein.

»Dazu kann ich mich nicht gleich entschließen.«

»Warum nicht?«

»Ich muß es zumindest in Ruhe mit meiner Frau besprechen.«

»So etwas bespricht man nicht mit seiner Frau. Das schiebt

nur die Sache auf. Man muß ein Mann sein. Ihrer Frau, schaun Sie sich doch nur das zarte Ding an, wird das bloß imponieren, wenn Sie mal endlich was Vernünftiges beginnen.«

»Ich weiß nicht, ob es so vernünftig ist. Ich mache nichts ohne meine Frau.«

»Unsinn! Sie sind ein Waschlappen. Aber wenn Sie durchaus wollen, können wir sie gleich mal fragen.«

Er stand auf und wollte zu den Frauen hinüber. Ich war überrumpelt und fühlte mich wehrlos, aber auf keinen Fall wünschte ich, daß Johanna und Frau Konirsch-Lenz in diese Verhandlung hineingezogen würden.

»Bemühn Sie sich nicht mehr, ich nehme Ihr Angebot nicht an. Ich bin sehr dankbar, aber das kann ich nicht.«

»Sie vergeben sich eine Chance. Mit Fleiß und Geschicklichkeit und Selbstüberwindung geht es, die müssen Sie nämlich lernen, das ist die Schwäche Ihres Charakters. Wenn Sie zugreifen, können Sie in einem Jahr ganz anständig verdienen. Für Ihre Wissenschaft, wenn Ihnen die ein brennendes Bedürfnis ist, bleibt Ihnen noch immer die ganze Nacht.«

»Das kann ich nicht.«

»Denken Sie an Ihre Familie!«

»Das tue ich.«

»Nichts davon zu merken, Sie Egoist.«

»Letztens redeten Sie ganz anders. Sie versprachen darüber nachzudenken, wie Sie mir helfen könnten. Auf diese Weise helfen Sie mir nicht, und ich bedaure, daß ich Sie bemüht habe.«

»Nur nicht so heftig, Doktor Landau. Ich hab alles im Auge. Fräulein Knispel ist zur Zeit auf Urlaub, und der Sommer ist eine schlechte Zeit. Praktische Hilfe muß sofort sein, sind wir uns da einig? Ich hab es gut gemeint, und in meiner Fabrik wären Sie unter meiner Aufsicht und hätten meinen Rat. Nicht zu verachten. Aber es gibt natürlich auch andre Möglichkeiten. Doch das sag ich Ihnen offen, daß Sie keinen Anspruch auf eine Existenz haben, bloß weil

Sie sich was auf Ihre Begabung einbilden. Begabt sind alle, draus machen können die wenigsten was. Übrigens möcht ich mal was von Ihnen lesen. Aber nicht Ihre dicke Schwarte, was Sie da vom unterdrückten Menschen gedichtet haben. Da verstehn Sie mir nicht genug davon und sind auch zu einseitig. Wenn ich schon was über Unterdrückung lese, dann Objektives und nicht persönliche Erfahrungen.«

»Meine Soziologie des unterdrückten Menschen hat sehr wenig mit meinen privaten Erfahrungen zu tun. Übrigens zweifle ich, daß Ihnen dies oder andere Arbeiten von mir liegen würden.«

»Keine falsche Bescheidenheit, in der doch nur Hochmut steckt! Sie bringen nächstens was mit und überlassen das Urteil mir. Aber davon wollen wir jetzt nicht reden. Niemand darf verlangen, daß man auf ihn Rücksicht nimmt; deswegen hab ich Ihnen meinen eigenen Fall erzählt. Sie dürfen nicht vergessen, daß sich alle Menschen schinden mußten, die vor dem Krieg ins Land gekommen sind. Berufen Sie sich auch nicht darauf, daß Sie was mitgemacht haben! Das haben wir alle. Ein Paradies gibt es nicht. Was denken Sie, wie viele von uns hier während des Krieges ganz unschuldig eingesperrt worden sind! Ich selbst hab Glück gehabt, ich kam schon nach zwei Wochen raus. Hatte ich fast nur meinen Tapeten zu danken. So ist das. Aber andere wurden deportiert, Kanada, Australien, haben ein bis zwei Jahre hinter Drahtverhau zugebracht. Das war auch kein Honiglecken, und so manche sind zugrundegegangen. Torpedierte Schiffe, kläglich ersoffen! Was wissen Sie schon von den Opfern der Arandora Star? Bitte, das ist hier in einem freien Land passiert. Was wollen Sie da von drüben? Mir kommen Sie lieber nicht mit der Soziologie des unterdrückten Menschen. Alle sind unterdrückt und alle müssen sich wehren. Hier, schaun Sie sich diese Hände an; so steht man gegen sein Jahrhundert da! Ich kenn das Elend dieser Zeit viel besser als Sie, weil ich mit offenen Augen hineingestiegen bin, weil ich den pädagogischen Blick hatte, nicht so ein Träumer wie Sie.«

»Kurz gesagt, Sie verlangen von mir, es soll auch mir hier

schlecht gehen, bloß weil es Ihnen lange Zeit hier nicht gut ergangen ist.«

»Sie sagen das impertinent, aber etwas ist schon dran. Jedem das Gleiche. Man muß sich seine Sporen verdienen. Es ist keinem Menschen hier eingefallen, jedem von uns gleich eine Arbeit nach unserem Geschmack anzubieten. Was haben manche Männer mit großem Namen hier nicht alles entbehren müssen! Sie mußten froh sein, wenn ihre Frauen als Dienstboten unterschlüpften. Bücken und beugen mußten sich die Leute, verdächtig war man, wurde hin und her gestoßen und gepiesackt. Rechtsanwälte und Ärzte saßen buchstäblich auf der Straße, und von Glück konnte reden, wer seinen Hintern ins Trockene setzen konnte.«

»Ich glaube, es wird am besten sein, ich geh jetzt.«

Herr Konirsch-Lenz tat sehr verwundert. Jetzt gehn? Das wäre Feigheit. In einem Weilchen gibt es Tee, ich sollte nicht so zimperlich sein. Wenn ich eine andere Ansicht hätte, er sei geduldig, ich solle nur alles vorbringen, wo mich der Schuh drückte. Ich hielt meinem Gastgeber vor, daß es ungerecht sei, mir nur deswegen eine versprochene Hilfe zu verweigern, weil viele von denen, die sich vor dem Krieg ins Land geflüchtet hatten, hier nicht mit offenen Armen aufgenommen wurden. Für diesen Einwurf wurde ich höhnisch angefahren, niemandem sei eingefallen, das Schicksal der Flüchtlinge mit den Zurückgebliebenen zu vergleichen, es sei frech, was ich behaupte, auch hätte ich inzwischen lernen können, was von Versprechungen zu halten sei. Wer so jung sei wie ich, hätte vor dem Krieg von drüben verschwinden oder dort untertauchen müssen, aber nicht wie ein Stück Vieh zum Schlachthof sich abschleppen lassen, das zeige ja meine Schwäche und Untüchtigkeit, von der mich Konirsch-Lenz zu heilen wünsche. Jetzt müsse ich begreifen, daß niemand die Pflicht habe, für mich einen Finger zu krümmen, sobald man meine gesunden Knochen sieht, die nur vor Faulheit kranken.

»Anpacken muß man wollen. Dann braucht man keine Hilfe. Aber nur dann wird man Hilfe finden.«

Frau Konirsch-Lenz hatte mit Johanna alles für den Tee hergerichtet. Wir wurden gerufen, und so war ich dessen enthoben, mich weiter zu verteidigen. Mein Gastfreund beschäftigte sich mit Michael und seinen Töchtern, scherzte und war noch lauter dabei als die lebhaften Kinder. Zu Johanna war er höflich, bedachte sie mit Komplimenten über sie und den Jungen, wie schön er gehalten sei. Er sagte sogar über mich ganz Freundliches und bemängelte nur, wie verrannt ich sei, der schwierigste Fall, der ihm seit langem begegnet sei, aber die Aufgabe locke ihn darum umso mehr, er werde schon mit mir zu einem guten Ende gelangen.

»Sie können sicher sein, Frau Landau, ich lasse nicht lokker. Was ich mir in den Kopf setze, erreiche ich immer. Mißerfolg, das ist ein Wort, das bei Siegfried Konirsch-Lenz nicht vorkommt.«

Johanna nickte dankbar.

»Das ist sehr gütig von Ihnen, Herr Konirsch-Lenz. Wir beide schätzen Ihre Freundschaft. Mein Mann war so begeistert, wie er letztens von Ihnen nach Hause kam. Er fühlte sich so gut verstanden.«

Frau Konirsch-Lenz strahlte über dieses Lob.

»Mein Siegfried versteht sich so gut auf Menschen. Auf ihn können Sie sich verlassen, Frau Johanna. Er hat immer die größten Erfolge gehabt, wenn es schon Matthäi am letzten war, und Ihr Mann hat bei ihm Glück, der ist ihm ja so sympathisch.«

»Mutti, was ist pathisch?« fragte das ältere Töchterchen.

»Erstens verstehst du das nicht«, antwortete der pädagogische Vater, »und zweitens hab ich dir schon oft gesagt, Patrizia, man mischt sich nicht in die Gespräche von Erwachsenen ein.«

Das Mädchen schwieg beschämt und war dem Weinen nahe. Der Mutter war die Abfuhr nicht recht.

»Es heißt nicht pathisch, mein Kind, sympathisch, und das bedeutet lieb. Wir haben Frau Landau und den Herrn Doktor lieb, so wie du und Petula den kleinen Michael lieb haben. Aber ihr seid eh mit dem Essen fertig. Da geht ihr gleich am besten mit dem Michael wieder spielen. Ihr habt ihm noch nicht die Schaukel gezeigt. Nicht wahr, du schaukelst gerne, Michael?«

»Auf und ab, auf und ab, ja, gern!«

»Siehst du wohl, mein Junge. Aber schaukelt nicht zu wild mit ihm, er ist noch sehr klein!«

»Ja, Mutti.«

Patrizia zog Michael fort, der sich das froh gefallen ließ, auch Petula sprang auf und umtanzte die anderen Kinder.

»Michael, wir haben dich so sehr sympathisch!« rief Patrizia aus.

Dann waren die Kinder fort. Mir war bei allem unbehaglich zumute, ich hatte keinen Bissen berührt und fühlte eine Übelkeit. Frau Konirsch-Lenz fiel mein weniges Essen mißliebig auf, ich solle doch den guten Kuchen probieren. Ich log, daß ich nachmittags meist kaum etwas esse; Johanna schaute mich unsicher an.

»Sagen Sie, Frau Landau«, fragte Siegfried, »ist er nicht zu sehr verwöhnt? Ich glaube, der Kuchen ist ihm nicht gut genug.«

»Wie kommen Sie darauf, Herr Konirsch-Lenz? Artur ist sehr bescheiden.«

»Finden Sie? Mir kommt das nicht so vor.«

»Ja, was soll ich dazu sagen?« fragte Johanna unsicher.

»Nichts, Frau Landau. Ich geb Ihnen den guten Rat, daß Sie Ihren Mann nicht verwöhnen sollen.«

»Meinst du nicht, Siegfried, wir sollten das Frau Johanna überlassen? Sie hat es schwer, aber sie ist so glücklich mit ihm.«

»So. Und wieso weißt du das, Minna?«

»Wir haben uns ausgesprochen.«

»Frauengeplauder! Du glaubst doch nicht, Frau Landau würde dir das Gegenteil sagen. Schau sie dir nur an!«

»Was ist dir, Artur?« wandte sich Johanna mir besorgt zu.

Ich konnte nichts antworten; trotz aller Hitze wurde mir kalt, nur im Kopf brannte es, die Hände zitterten. Herr Konirsch-Lenz musterte mich streng, beinahe verächtlich.

»Da sieht man es doch! Sie verwöhnen ihn zu viel. Wenn ich Ihnen einen guten Rat geben darf, dann nehmen Sie seine Zustände nicht ernst. Alles hängt bloß damit zusammen, daß er sich mit der Wirklichkeit nicht abfinden kann, lauter Rosinen im Kopf, er braucht eine gehörige Kur.«

»Ja, sind Sie denn mit Artur nicht einverstanden?« hauchte Johanna fast tonlos.

»Man kann nicht einverstanden sein. Er ist nicht real. Er lebt in Wolkenkuckucksheim. Man muß ihn erst mal auf die Erde stellen.«

»Ich bin wie vor den Kopf geschlagen«, sagte Johanna betrübt.

Minna nahm sie bei der Hand.

»Beruhigen Sie sich, liebes Kind! Nehmen Sie nicht zu ernst, was mein Siegfried sagt. Er ist der weichste Mensch auf Gottes Erdboden und will nur helfen. Er hat nur eine rauhe Schale. Das muß er haben, und das kommt daher, weil man es ihm auch nicht leicht macht. Aber Sie werden sehn, ganz bestimmt, wie gut er es mit Ihnen beiden meint.«

»Recht so, Minna. Du mußt nur dem kleinen zarten Frauchen zureden. Sie braucht es. Sie ist ja mit den Nerven kaputt. Viel Milch trinken, Frau Landau, und sich nicht sorgen! Die Sorgen überlassen Sie mir! Die will ich Ihnen abnehmen.«

Johanna schaute unsicher auf; ich hatte sie noch selten so verwirrt erblickt. Herr Konirsch-Lenz erhob sich.

»Ist ja alles gut, Kindchen, nur Kopf hoch! Wenn Sie Ihren Mann wirklich lieb haben, und das sieht man ja, was für eine brave Frau Sie sind, dann kann alles gut werden. Kommen Sie, Doktor! Da, nehmen Sie das Tablett! Wir wollen das Geschirr waschen und alles aufräumen.«

Damit wurde ich, der keines Entschlusses fähig war, am Ärmel gepackt und von meinem Platz vertrieben. Ein Tablett wurde mir aufgenötigt, Herr und Frau Konirsch-Lenz beluden es, mein Gastgeber nahm die übrigen Sachen auf einem zweiten Tablett und ging mit mir ins Haus und in die Küche voran. Ich kam mir wie auf einem verbotenen Weg vor, war aber dem Willen des Hausherrn hilflos ausgeliefert. Er konnte jetzt mit mir tun, wie ihm beliebte. Doch er besiegte mich nur oberflächlich. Dumpf sprach ich mir zu, daß ich mich wohl ducken müsse, aber nicht niederringen lassen dürfe. Über die Schwelle der Abwaschküche stolperte ich, das Geschirr auf meinem Tablett geriet durcheinander, doch zum Glück fiel nur eine Zuckerzange zu Boden.

»Da stellen Sie mal ab, Sie Unglücksrabe! Es ist ja ein trauriger Anblick, Sie bei einer Arbeit zu beobachten! Sicher helfen Sie zu Hause Ihrer Frau nur mit den Augen, was?«

»Bei uns zu Hause geht alles in Freundschaft und Frieden. Wir haben keinen Streit.«

»Das glaub ich, aber das ist nicht Ihr Verdienst. Ihre Frau tanzt, wie Sie pfeifen, gelt? Das ist das ganze Kunststück, daß Sie zufrieden sind.«

Ich schwieg. Herr Konirsch-Lenz band sich eine Küchenschürze vor, mir bot er keine an. Geschickt und geschwind wusch er im Becken, was schmutzig war, ich trocknete ab und mußte alles wegräumen, wie mir aufgetragen wurde. Ich folgte wie im Schlafe. Teller, Tassen, Schüsselchen und Bestecke glitten durch meine Finger und waren schon weg. Ich war nur froh, daß ich jetzt von Kränkungen und allen Reden, soweit sie nicht die Arbeit betrafen, verschont blieb. Aber leider war diese klimpernde Beschäftigung viel zu bald fertig, nichts lenkte mehr ab, Herr Konirsch-Lenz stürzte sich wieder mit frischer Gewalt auf mich. Gern wäre ich davongelaufen, im Vorraum lockte das Haustor zur Straße, doch das durfte ich Johanna und Michael nicht antun.

»Ihnen liegt wenig an der Sonne, und mir haben Sie den ganzen Nachmittag verpatzt. Da, setzen Sie sich mal in dieses Zimmer! Hier können wir unsere Debatte ungestört fortsetzen. Ich hol nur mal mein Hemd von draußen.«

Im Zimmer gab es ein weiches Sofa und zwei bequeme Lehnstühle. Am liebsten hätte ich mir da gleich einen Platz ausgesucht, um zu schlafen, aber weil ich der Müdigkeit ohnedies kaum mehr widerstehen konnte und wußte, daß es gewiß nur neues Mißfallen erregen würde, wenn ich Faulpelz es mir zu behaglich machte, verzichtete ich auf den begehrten Genuß und setzte mich auf einen steifen Sessel mit hoher Rückenlehne vor einem Tisch, der mit Schriften und allerlei Kram bedeckt war. Auf einmal war eine Katze da, blinzelte zu mir empor und schmiegte sich zwischen die Sesselbeine, streckte den Hinterleib und schlängelte den Schweif. Dann gab sie einen gurrenden Laut von sich und sprang mir auf den Schoß. Ich wußte nicht, ob es dem Hausherrn passen würde, wenn ich das Tier duldete, aber die Katze war freundlich, rollte sich zusammen und schnurrte. Da wollte ich sie nicht verscheuchen und strich ihr spielend über das Fell. Ein Weilchen ließ mich mein Gönner allein; ich wünschte, es hätte viel länger gedauert. Auffallend leise trat er heran, doch war das kaum eine besondere Absicht. Vielleicht war ich auch nur benommen und bildete mir ein, daß er leiser schritt als zuvor.

»Gefällt Ihnen unser Kater Jim?«

»Ja.«

»Sie lassen ihn besser laufen. Er läßt Haare.«

Jim, den ich sanft drückte, wollte nicht fort, Herr Konirsch-Lenz half nach. Dann setzte er sich mir gegenüber. Jim umstrich nun ihn, aber sein Meister wehrte ihn ab, der Kater lief schnell und lautlos hinaus.

»Ihre Frau wäre einverstanden, wenn Sie es bei mir auf eine Woche mit den Tapeten versuchen würden.«

»Das kommt nicht in Betracht.«

»Schade. Aber bitte, es gibt auch noch andere Möglichkeiten. Doch ohne Umstellung ausgeschlossen, und die hätt ich Ihnen in meiner Firma freundschaftlich am besten beigebracht.«

»Warum mich ändern wollen? Warum umstellen statt zu befestigen?«

»Sie reden wie ein Kindskopf, ganz unreif. Das hab ich Ihrer Frau schon erklärt.«

»Soso, Sie haben ...«

»Hören Sie mal zu! Ich bin kein Unmensch, aber ich

denke als Realist. Wie Sie letztens bei mir waren, haben Sie mir Ihre finanziellen Verhältnisse mit allen erschließbaren Reserven bis ins Detail eröffnet. Ich hab es auf diesem Blatt hier genau ausgerechnet, wie Sie bei Sparmaßnahmen, die ich Ihnen vorschlagen kann, und wenn Sie auf allen Luxus in der Kost verzichten, mit Ihrem Geld fünf, man sollte sogar meinen sieben Monate samt Frau und Kind durchhalten können. Wenn es gelingt, und das sollte Ihre erste Sorge sein, Ihre viel zu teure Wohnung, die notabene feucht, also ungesund sein dürfte, gegen ein billiges Quartier, sagen wir zwei Zimmer, zu vertauschen, am besten etwas weiter außerhalb der Stadt, dann läßt es sich mit Ihren Mitteln sicher noch neun bis zehn Monate wirtschaften. Wenn Sie wollen, verwalte ich Ihr Geld. Sie haben dann eine bessere Übersicht und kommen nicht in Versuchung, zuviel auszugeben. Sechs bis zehn Monate sollten ausreichen, um einen aussichtsreichen Beruf zu erlernen. Automechaniker, Auslagendekorateur, Uhrmacher, was weiß ich nicht alles. Man muß sich umhorchen, gut überlegen und schnell zupacken.«

Ich hielt meinen Kopf geneigt und schwieg. Konirsch-Lenz war so davon überzeugt, den rechten Eindruck auf mich nicht verfehlt zu haben, daß er aus meinen Mienen zu lesen glaubte, ich sei mit allem einverstanden.

»Das ist gut, daß Sie nachdenken. Sie sind noch traurig. Aber das gibt sich. Bald werden Sie mir dankbar sein, und ganz anders, heiter, so lustig wie ich.«

Mein Gönner schaute mich jetzt freundlich, fast treuherzig an. Wohl war ich kleinlaut, fühlte mich schwach vor Zorn und erlittener Schmach und hatte beinahe alle Gewalt über mich eingebüßt, aber trotzdem empfand ich auf einmal Mitleid mit diesem Mann, der sich mein Vertrauen angeeignet und nun so mißbraucht hatte. Ich schämte mich für ihn, weil er so dumm, blind und hart war, ohne es zu ahnen.

»Sie meinen sicher alles freundschaftlich und aufrichtig, aber …«

»Kein Aber, lieber Doktor, da gibt es kein Aber. Ich meine

es wirklich so freundschaftlich und aufrichtig, da ist kein Hintertürchen dabei. Ich wußte es ja, Sie sind klug, Sie werden sich überzeugen lassen. Sie werden schon sehen, alles fällt gut aus. Ich frag Sie also, wollen Sie morgen kommen?«

»In Ihre Fabrik?«

»Ja.«

»Ausgeschlossen!«

»Gut. Verlieren wir darüber kein Wort mehr! Ich hab es dreimal angeboten. Also was andres. Sie wissen, daß ich schon wegen Ihrer sympathischen Frau nur das Beste für Sie im Sinne habe. Ich hab eine großartige Idee. Ich hab einen guten Bekannten in der ›Selbsthilfe‹, der ist mir sehr verpflichtet, ein Herr Scher. Berthold Scher? Sie sollten schon von ihm gehört haben. Nein? Nun gut, ich werde sehn, und Sie werden bald hören. Das ist eine großartige Idee!«

Herr Konirsch-Lenz war von seiner großartigen Idee so entzückt, daß er mich jetzt in Ruhe ließ und sich leutselig mit mir unterhielt. Es bot sich für mich auch keine Gelegenheit mehr zu weiterem Widerspruch, denn bald trat Frau Minna ein, um uns abzuholen. Johanna wünschte nach Hause zu gehen. Mir fiel ein Stein vom Herzen, ich atmete tief und lachte laut auf. Meinem Gönner schien das zu gefallen, er lobte meinen guten Humor und setzte darauf mit wenigen Worten den Plan mit der »Selbsthilfe« und Herrn Scher seiner Frau auseinander, die das einen »glänzenden Einfall« nannte. Da kamen schon Johanna und hinterdrein die Kinder; Michael war gewaschen und zum Heimgang bereit. Ich versäumte nichts, was den Aufbruch beschleunigen konnte, Johann beobachtete mich furchtsam mit einem Seitenblick, sie mißtraute meiner Eile. Frau Konirsch-Lenz behing mich mit einem riesigen Blumenstrauß und einem Päckchen, das sie für Johanna hergerichtet hatte, Michael erhielt zuletzt noch ein Spielzeug geschenkt und jubelte laut, doch merkte ich ihm an, daß er schon müde war. Endlich strebten wir dem Ausgang zu, unsere Gastgeber folgten. Patrizia und Petula lärmten so laut, daß mir die Ohren brausten, aber es störte mich nicht mehr, bald würde ich befreit sein. Der Wirbel hatte übrigens den Vorteil, daß sich Herr Konirsch-Lenz nicht um mich, sondern um seine Töchter kümmerte. Schon war das Tor geöffnet, ich schob mich schnell als erster durch und verneigte mich draußen wiederholt zum Abschied. Johanna schüttelte mit Frau Minna die Hände.

»Ich danke Ihnen so sehr, Frau Minna, und auch Ihnen, Herr Konirsch-Lenz. Es war ein sehr schöner Nachmittag.«

Da hatte mein Gönner leider wieder eine großartige Idee. Er schlug vor, und das war schon ein Befehl, daß er mit seiner Familie uns zum Autobus begleiten werde. Obwohl ich höflich beteuerte, das sei wirklich nicht nötig, hatten ihm seine Frau und die Kinder sofort zugestimmt, schon waren alle auf der Straße. Patrizia und Petula rauften sich um die Ehre, Michael zu führen und liefen voraus; ich eilte den Kindern unter dem Vorwand nach, daß ich aufpassen wolle. So ließ Herr Konirsch-Lenz wenigstens mich in Frieden. Das Ehepaar nahm Johanna in die Mitte, beide redeten auf sie ein, lebhaft, zustoßend; besonders er führte das Wort. Ich hörte den scharfen Klang seiner Stimme, die sich immer wieder spitzig erhob. Aber für mich ergab nichts mehr einen Sinn, das viele Reden fügte sich nicht zusammen, nicht einmal die einzelnen Wörter erschlossen eine Bedeutung. Gemeinsam mit den Kindern vor mir fühlte ich mich wie ein vorangeschickter Schulbube, hinter dem Eltern und Lehrer feierlich einherwandeln, in Trauer über einen ungeratenen Sprößling, beklagend, jammernd, eifrig im Ratschlag, bis sich langsam und dumpf, doch unausweichlich ein Gewitter zusammenballt, das man in Gewissensängsten voraussieht und dem man doch nicht entrinnt.

Jetzt ging es bergab, die Kinder eilten, schleiften und hoben Michael mit sich, ich ihnen nach, so daß wir schnell aus der Hörweite der Erwachsenen gelangten. Würden sie plötzlich rufen, Artur, nicht so schnell, paß doch auf, du kannst stolpern und ein Bein brechen? Sie riefen nicht. Ich schaute scheu zurück, doch sie waren mit sich beschäftigt und wahrscheinlich froh darüber, daß ich mich so weit entfernt hatte. Die Trennung schien mir auch durchaus in Ordnung, wenn sich die beiden nur nicht Johannas bemächtigt hätten. Die mußten sie herausgeben, die durften sie mir nicht verderben. Es hatten schon so viele getrachtet, sie gegen mich auszuspielen, sie mir zu entfremden, selbst wegzunehmen, und hatten sie auch niemals damit Erfolg, diesmal war es anders, ich witterte Gefahr, diesen Siegfried, den ich Esel selbst vor Johanna herausgestrichen hatte, den hatte ich zu fürchten. Eifersucht kannte ich nicht, dieser Siegfried mit seinen Kolex-Tapeten konnte mir Johanna nicht abspenstig machen, aber verstören konnte er sie, daß sie zu leiden und zu zweifeln hätte. Begeistert hatte ich ihr Konirsch-Lenz als Freund beschrieben; da mußte ich mich anstrengen, um den durch mich erweckten guten Eindruck zu erschüttern. Ins Unrecht gesetzt, aller Hilfskräfte beraubt, meiner so durchaus unsicher, bangte ich vor einem schwierigen Stand. Ich mußte mich aufraffen und Johanna überreden, den Verkehr mit diesen Leuten gleich wieder abzubrechen.

Die Kinder hatten die Haltestelle erreicht, ich nahm Michael den Mädchen ab. Es waren liebe und harmlose Kinder, doch fühlte ich feindselig gegen sie, es waren die Kinder Siegfrieds und Minnas; ich mußte mit mir kämpfen, um zu ihnen nicht unfreundlich zu sein. Petula bat und bettelte, wann sie den süßen Michael wiedersehen dürfe, und ich sagte, wir wohnen sehr weit, da wird es wohl recht lange dauern.

»Papa hat ein Auto. Da dauert gar nichts lang.«

»Leider!« rief ich und seufzte.

Doch das war zu erbärmlich; als mich die Kinder über alle Maßen verwundert beguckten, schämte ich mich. Schnell wollte ich den häßlichen Eindruck verwischen und erläuterte lehrhaft und dümmlich:

»Auto kann sehr gefährlich sein. Man soll langsam fahren und nicht oft.«

Etwas Schlaueres war mir nicht eingefallen. Patrizia fertigte mich auch gleich ab.

»Papa saust und fährt ausgezeichnet. Er hat noch nie ein Unglück gehabt. So gut fährt er. Und auch Mutti fährt.«

»Mutti fährt langsam«, ergänzte Petula.

»Das ist viel besser, wenn die Mutti langsamer fährt«, bemerkte ich. »Da kann dann nicht so leicht was passieren.«

»Aber Mutti fährt gar nicht so gut«, erklärte mir Patrizia. »Wenn der Papa mitfährt, darf sie gar nicht.«

Ich sagte nichts mehr und ließ die Mädchen weiter über die Fahrkünste ihrer Eltern reden, die sich inzwischen mit Johanna näherten. Sie war bleich, man hatte ihr hart zugesetzt. Als die drei uns erreichten, verstummten sie; Johanna schickte mir ein mattes Lächeln. Nur die Kinder plauderten fort, die Erwachsenen warteten fast lautlos auf den Autobus. Es mag sein, daß Herr Konirsch-Lenz mir noch gern eine Lehre erteilt hätte, aber ich stellte mich mit Michael und dem Päckchen, dazu den Blumen quer vor mein Antlitz so hin, daß mein Gönner auf alle guten Worte verzichten mußte. Erst als der Autobus heranfuhr, er hatte ziemlich lange auf sich warten lassen, drehte ich mich um und stammelte pflichtschuldig meinen Dank für alle Freundlichkeit; einem Händeschütteln konnte ich mit meinen Lasten ausweichen. Johanna beeilte sich, unseren Buben hochzuheben, der gerade herumzutanzen begann. Schon waren wir auf der Plattform oben, die Wohltäter riefen laut etwas nach, die Kinder noch lauter, aber ich achtete dessen nicht und sah mich auch nicht um. Wir fuhren bereits, Johanna mit dem Kind auf dem Schoß, ich beladen daneben.

»Findest du nicht, Liebster, ganz reizende Leute? So aufrichtig bemüht und hilfsbereit!«

»Ich will dir nicht die Laune verderben.«

»Du findest also nicht?«

Johanna war so bestürzt, daß ich etwas Maßvolles sagen mußte, bereits Michaels wegen, der mich schläfrig mit riesigen Augen ansah, wenn er auch nichts verstand.

»Auf ihre Weise meinen sie es wahrscheinlich gut. Besser begreifen sie es nicht.«

»Die Fabrik muß herrlich sein. Frau Minna hat mir davon

erzählt, ein freundschaftlicher Ton. Konirsch-Lenz ist mit seinen Angestellten wie ein Vater mit seinen Kindern. Die Fabrik ist fast nur ein Vorwand, in Wahrheit dient sie ihm eigentlich als Erziehungsanstalt. Viele entgleiste Menschen arbeiten dort, die durch seine starke und gütige Hand auf den rechten Weg geführt werden. Ein einzigartiges, soziales Experiment. Er hat mich eingeladen, ich soll es mir anschaun. Ist das nicht herrlich?«

»Ich weiß nicht. Ich bin nicht neugierig. Warum quälst du mich, Johanna?«

»Was ist denn Liebster?«

»Schau, das Kind schläft ein.«

»Michael hatte einen herrlichen Tag. Man hat ihn so verwöhnt.«

»Wenigstens einen von uns. Das ist gut.«

»Mir ist es auch nicht schlecht gegangen.«

»Du täuschst mich nicht. Sie haben dich bearbeitet, nicht wahr, mit der Fabrik?«

»Du weißt immer gleich alles.«

»Das ist nicht schwer zu erraten. Und ich soll Tapeten drucken? Schöne Kolex-Tapeten?«

»Nein, bestimmt nicht, wenn du nicht willst. Ich treibe dich in nichts hinein, sie machen das ja auch nicht. Ich hab es nur für möglich gehalten, Liebster, weißt du, es sind gar nicht die Tapeten. Es ist ...«

»Das Geld?«

»Auch nicht das Geld. Eher die Abwechslung. Die Möglichkeit. Hör nur an! Nicht die eigentliche Arbeit dort, das ist bloß ein Vorwand. In Wirklichkeit würdest du ein Helfer sein, ein pädagogischer, die Stütze von Herrn Konirsch-Lenz. Du müßtest natürlich den Betrieb, die ganze Fabrikation verstehen. Aber kein Arbeiter, eine soziologische Aufgabe. Er hat sogar gemeint, es würde dich anregen, so was zu schreiben wie: Kolex, ein soziales Experiment, wo man die Unterdrückung praktisch überwunden hat, weil die Unterordnung auf wechselseitiges Vertrauen und Liebe aufgebaut ist. Er ist zwar kein Anhänger von Frank Buchman und seiner Moralischen Wiederaufrüstung, aber er findet da in den hohen sittlichen Forderungen, die alle absolut sind, Liebe zum Beispiel, einen nützlichen Grundgedanken, den er herausgeschält hat. Alles praktisch und dabei weder sozialistisch noch kapitalistisch. Wenn du das schreibst und es ihm gefällt, würde er dazusehn, daß es gedruckt wird, und du könntest dir einen Namen erwerben. Er glaubt, du bist unglücklich, weil du unzufrieden bist, und unzufrieden, weil du keinen Erfolg hast.«

»Johanna, geh, das ist doch ein Unsinn, was du da sagst.«

»Ja, verzeih! Sie haben mich so verwirrt.«

»Genau das meine ich auch. Bitte paß mal auf? Ich soll gebessert werden, moralisch aufgerüstet, ausgerechnet in der humanen Papiertapetenfabrik des Herrn Siegfried Konirsch-Lenz. Dafür muß er sich einen anderen Narren suchen.«

»Sie dachten, du könntest in deiner Freizeit wissenschaftlich arbeiten, was dir lieb ist. Aber vorziehn würde er etwas streng Wissenschaftliches über seine vergangene und vor allem über seine jetzige Tätigkeit. Da will er dir mit allem an die Hand gehen. Wenn ich recht verstanden habe, war das sein eigentlicher Plan.«

»Der war ohne mich gemacht.«

»Er fürchtete das auch und war deswegen traurig. Aber siehst du, bitte nicht böse sein, wenn ich das sage, nicht wahr, du verzeihst? Er kann doch kein schlechter Mensch sein. Weil er deinen Widerstand spürt, will er auch anderes versuchen. Du hast es ja gehört, es soll da eine erstaunliche Organisation geben, Selbsthilfe, die ich gar nicht kannte. Dort hat er einen Freund. Bei ihm will er sich für dich verwenden, schon damit du nicht glaubst, daß er dich ausbeuten will.«

»Wird eine schöne Sache sein!

»Bitte sprich nicht so! Darf ich dich bitten? Warte es doch ab!«

»Aber nur noch das! Mehr nicht! Ich lasse mich nicht lange beleidigen.«

»Du kannst darauf verzichten, wenn du so was fürchtest.«

»Einmal kann er es noch beweisen. Dann ist Schluß!«

Ich sagte das so fest, als ich konnte; weiter sprachen wir nicht mehr darüber. Wir mußten umsteigen und waren beide mit unseren Gedanken beschäftigt. Als wir bei unserer Haltestelle in Truro Street ausstiegen, nahm ich Johanna den fest schlafenden Michael ab, sie trug das Paket und die Blumen. Zu Hause setzte ich den Jungen ab, er wachte auf und weinte. Ich küßte Johanna leicht auf die Stirn, bat sie, den heutigen Nachmittag zu vergessen, und sagte, daß ich noch ein Weilchen durch die Straßen laufen wollte, um mich abzulenken, lange würde ich nicht bleiben. Sie stimmte zu, ich eilte schon.

In den Straßen jenseits Truro Street, wo ich herumstreifte, einem Kleinbürgerviertel mit gleichförmigen Häuschen und Vorgärten, gewann ich langsam wieder meine volle Besinnung. Die sonntägliche Stimmung, leise ausgebreitet und doch von vielen Geräuschen erfüllt, war überall zu spüren, langweilig, säuerlich, mit bittersüßer Ehrbarkeit gefranst, alles verheißungsvoll fremd für mich, daher duldsam, auch wenn ich gemächlich schlenderte und gelegentlich stehen blieb. Die Menschen, die aus den Häusern hingen, in den Gärten schafften, auf den Gehsteigen liefen oder standen, einzeln oder gesprächig in kleinen Gruppen, waren viel wohltätiger als meine Freunde, denn sie schlossen mich friedlich aus. Sie waren durch mich nicht aufgereizt und ließen mich darum mit getrostem Anstand außer acht. Die meisten hielten etwas auf ihre spielerisch gepflegten Gärten und waren noch erfreut, wenn ich verwundert ihre Werke bestaunte. Die Hecken waren glatt geschnitten, meist gerade, seltener gerundet, aber da gab es auch ungewöhnliche Schnitte, die stellten Henkelvasen, Körbchen und prunkvolle Pokale vor, noch prächtiger waren Tiere aus immergrünem Laub, Hennen, Hähne mit gebogenem Schweif, radschlagende Pfauen, doch als Erfüllung dieser plastischen Künste eine Gruppe von fünf Hunden, deutlich jeder Kopf mit den Ohren, die vier Beine im Lauf, der Schwanzstummel aufrecht. Ich bedauerte, daß man nicht auch Menschen auf diese Weise abgebildet hatte; wer weiß, welche Scheu das verbot. In den Vorgärten hinter den Hecken wucherten meist die vertrauten Gewächse, vieles stand in Blüte. Manchmal wurde das Sprießen nicht mehr nach guter Regel gebändigt, sondern mit Strenge verkannt, beleidigt und bestraft. Am schmerzlichsten hatte der Sinn für den toten Gartenschmuck gelitten. Figuren aus schläfrigem Stein und giftig gefärbtem Gips hockten irrig oder kauerten schamlos zwischen Blüten und im Rasen, Engelchen mit Zuckerflügeln, Gnome, Eichhörnchen, Hasen und anderes Getier, aber auch winzige Burgen waren errichtet, überschüttet mit Glasglanz, mit Schnecken- und Muschelgehäusen, oft mit weißer Kalkfarbe übergossen, auch blaue und grün opalisierende Urnen und Säulchen mit Hütten darauf als Futterplätze für Vögel ängstigten sich herum. In einem Garten hatten zwei ausgelaufene Autoreifen, sie waren sorgfältig geweißt, sich als verlorene Rettungsringe schüchtern auffällig ins Gras gelegt und umrahmten scharf wuchernde Geranien.

All diese Zier, auch wenn sie krank schien, war besser als meine Freunde, sie bot sich offen dar und kannte keine verlogene Scham, alles erklärte sich, und wer nicht blindsüchtig war, den konnte das harmlose Unheil nicht betrügen. Wer nichts will, der kann sein, wie er will; das war einzusehen. Doch wehe dem, der will! Es genügte nicht, daß ich darauf verzichtet hatte als Ich zu sein, auch mein Wille wurde nicht anerkannt, ich mußte ihn gleichfalls aufgeben. Das durfte aber nicht als Selbstverleugnung geschehen, denn zu verleugnen gab es nichts. Dabei hatte ich so sehr begehrt; den Willen, erst lange gestaut und aufgebäumt, hatte ich losgeschossen, aber das verübelte man. Nur der gebeugte oder gehorsame Wille wurde gestattet, jeder Widerspruch wurde verboten und hatte den Abspruch des Daseins zur Folge. Also zweimal nicht sein, einmal als Ich nicht und einmal nicht als Wille. Ohne zu wollen weiter gehen, weiter erscheinen, zwischen so vielem Endlichen durch, auftreten zwischen Zäunen, Gärten und Gemäuer, in den Gassen sein, in den Gesichtern der Nächsten, die sind und vielleicht noch wollen dürfen, sein als Ausdruck des sonst nicht Wahrscheinlichen, als verliehenes Gemächte. So jedoch konnte noch Hoffnung sein, sie mußte wohl, denn im gehorsamen Gehäuse des Verliehenen bestand etwas, in Dauer setzte sich eine Aufgabe fort, das war ein zweites Dasein; alles Vernichtete, Ich und Willen waren im Unbestand zum Schlafe gebracht, aber eine neue Schöpfung ersetzte den alten Bestand. Sie war ein hauchdünnes Wesen, überaus gebrechlich und gar nicht antastbar; es mußte vermieden werden, sich darauf zu verlassen. Es berechtigte auch kaum zu etwas, aber es war doch da und konnte nicht übersehen werden, es enthüllte sich und hatte selbst Hülle, für alles Abgesprochene hatte es ein Zugesprochenes bereit.

Nur so vermochte ich zu begreifen, daß ich doch überdauert hatte, daß jedes vergangene Wagnis sich wiederholte, also auch die Rede. Nur war dies alles viel abhängiger als das ausgelöschte frühere Dasein, aber ich konnte sein und wollen, vielleicht sogar handeln. Es war schwierig und bedurfte eines langen Weges, doch es mochte verlohnen. Es lag auch viel weiter als ein bisher Erreichtes; so war es bis jetzt nie ganz da, es forderte auf, es bot sich als Unerfahrenes dar, es drehte sich mit den Rädern vorwärts als Hoffnung; damit war es die Absage an die Erinnerung. Da es mich zielhaft anzog, verlangte es, daß ich mich entäußere, und so war das Gedächtnis nur zur Hilfe auf dem Wege erlaubt, selbst nichts Gültiges; Weg ist nicht gültig, der Weg selbst war das Gedächtnis. Weil aber das Ziel dauert, das es doch nicht gibt, ist alles Weg, obwohl es keinen Weg gibt, denn er ist das schon vollendete wie das künftige Gedächtnis, die dünne und doch so dichte Verbindung von Ursprung und Ziel, die beide, nichts als im Bewußtsein haftende Träume, in Wahrheit unbekannt sind. Im Ursprung ist alles gelassen, in das Ziel ist noch nichts gebracht, dazwischen die verhangene Wahl. Diese Wahl ist nicht frei, dennoch läßt sie auch frei sein, wo sie sich zu Orten und durch Zeiten auseinanderfaltet. Klein und versenkt, eilig und aufgetan, da war ich mir verliehen, eine winzige Zelle um mich, die umschränkende

Wahl, vierfach, eine Wand zwischen Ursprung und Ziel, Menschlein inmitten mit seinem Adamsgesicht, und der verworren erwachende Blick auf die Wand, auf die Wände, vier Wände, die hatte ich vollgestellt und behangen, Gedächtnis und Auswahl, dazu noch bei Tag und im Dunkel, Wunderblüte in die Fremdnis hinaus, das Fenster.

Mein Arbeitsraum war die einzige Stätte, wo ich, zu manchen Stunden, fast sicher war, ungestört allein zu bleiben. Wenn Herr Schnabelberger, Frau Dr. Kulka und meine anderen Mitarbeiter das Haus verlassen hatten, und nur Herr Geschlieder unten in seiner ehemaligen Schuldienerwohnung unsere Schätze hütete, überraschte mich schwerlich jemand hier oben; lange Abende und verlassene Wochenenden, wenn ich so wünschte, meinten es dann gut mit mir. Wohl saß ich hier mitten im gefährlichsten Gedächtnis, ein unbedachter Blick, schon war es aufgerührt, aber auch ohne warnende Vorzeichen konnte es bedrohlich werden und wiegte mich kaum einmal auch nur einen Augenblick in Sicherheit; es huschte aus den gemalten Gesichtern hervor und klagte an, es verkehrte die mögliche Weltordnung und verhöhnte jeden unziemlichen Wunsch nach ihr, aber es duldete mich, mein befohlenes und freiwilliges Wirken, das vorsichtige Tasten meiner zaghaften Hände, denen es manches Mißgeschick verlieh. Bilder fielen aus den Rahmen heraus, Rahmen zerfielen in Stücke, Farbflächen bröselten ab, fetter Schimmel und borstiger Staub wollten mit sanfter Gewalt das schmerzlich Erloschene verzehren, doch die Gesichter hatten trotzdem nicht aufgehört und blickten darein, sie trotzten mit ohnmächtig sanfter Geduld dem Verderben; sie durften auf Hilfe hoffen, dazu waren wir da. Der frische Firnis, den im weißen Mantel die Bilderschwester, von Frau Dr. Kulka an unser Krankenhaus berufen, ihnen zärtlich als Balsam über die kühlen Backen strich, erwies sich als heilsame Pflege. Mir hatte man aufgetragen, die bedürftigsten und dabei liebenswertesten Patienten zur Behandlung vorzuschlagen, für mein Gewissen eine drückende Aufgabe, der ich mit vielen Skrupeln gerecht zu werden suchte, damit mir einst die Leidenden nicht vorwerfen sollten, ich hätte eine Günstlingswirtschaft einreißen lassen. Ach, alle Kranken hatten ein Recht auf rettende Behandlung, alle Schmerzen galt es zu lindern; doch wie arm war unser Krankenhaus, wie qualvoll war für mich die Wahl! Wie sollte ich Gerechtigkeit üben?

Dann trat ein Konsilium zusammen. Herr Schnabelberger war ein wohlwollender Krankenhausdirektor, hatte nur als verantwortlicher Verwalter die Sorgen um die hohen Kosten zu vertreten. Frau Dr. Kulka hingegen handelte mit triebhaftem Ungestüm, schob einen Schwerkranken fort, weil sie ihn häßlich und wertlos fand, und zog dafür ein ziemlich frisches und kaum zersprungenes Knabenantlitz hervor, zu dem eine jähe Liebe in ihr entbrannte, weil es so gewinnend zu lächeln verstand; da sollte der Knabe zuerst gerettet werden, er war noch jung, es konnte ihm eine große Zukunft beschieden sein. Frau Dr. Kulka hatte es aber nicht einseitig auf die Jugend abgesehen, so ungerecht war sie nicht; auch ein unscheinbares, altes Mütterchen mit längst zerschlissenem Seidentuch konnte sie entzücken. Schnell wurde das liebe Wesen hervorgeholt, andächtig gedreht und gewendet und mit vielen warmen Blicken überschüttet. Das war ein Loben und Wohlwollen, wenn die Doktorin so einem hilflosen Wesen verständnisvoll zunickte. Schließlich einigten wir uns, Schnabelberger und ich gaben meist nach, die Auswahl wurde bestimmt, die bevorzugten Kranken kamen zur Behandlung, während sich die übrigen gedulden mußten, denn zum Untergang wurde keiner verurteilt. Ich hatte schon, wie sie der Reihe nach auftauchten, über die Gebrechlichen sehr viel Vergangenheit auf Zettel für den Katalog schreiben lassen, weil in unseren Krankengeschichten alles genau festgestellt werden sollte. Da hatten es die Patienten gut, denn sie waren, soweit das in unseren Kräften stand, für alle Dauer zur Zukunft bestimmt. Einmal wird man uns danken, das war Frau Dr. Kulkas Ansicht, einmal werden alle diese Schätze öffentlich zugänglich sein, die ganze Vergangenheit wird sich enthüllen; Frau Dr. Kulka kämpfte beharrlich bei den Behörden um die Zuweisung großer und würdiger Räume für eine Galerie als ewigen Friedhof zu Ehren unserer Patienten. Doch Patienten oder Kranke durfte ich nicht sagen, das war der Doktorin zuwider. Ärgerlich meinte sie, was für perverse Ausdrücke ich mir da ausgesucht hätte, und doch hatte ich recht. Herr Schnabelberger begütigte sie.

»Doktor Landau hat ein inniges Verhältnis zu unseren Gemälden. Jedes Bild ist für ihn ein lebendiger Mensch. Deshalb behandelt er sie so gut, beinah wie ein treuer Hausarzt. Wir dürfen mit ihm zufrieden sein. Gönnen Sie ihm doch den Spaß, wenn er von unseren Patienten spricht!«

»Das ist ein morbider Standpunkt. Außerdem finde ich es geschmacklos. Er redet ja sogar, und das geht absolut nicht, wenn Gäste da sind, von Kranken und Patienten. Es macht uns alle lächerlich.«

Herr Schnabelberger verteidigte mich nochmals.

»Er ist zart besaitet. Tote will er die Bilder nicht nennen, Lebende zu sagen scheut er sich auch. Er stellt sie sich ungefähr in der Mitte vor, darum sagt er Patienten.«

Frau Dr. Kulka ließ sich nicht überzeugen. Meine Arbeit anerkenne sie gern, meinen Fleiß, sogar meine Absichten, aber mein Benehmen mußte sie mißbilligen.

»So etwas ist in keinem Museum möglich. Wir können keine Ausnahme dulden.«

Ich mußte ihr versprechen, Bilder weder als Kranke noch als Schüler zu bezeichnen; bei uns gab es nur ein Inventar, das aus lauter Objekten bestand. So und nicht anders gehöre es sich für den Stil eines Museums, das um der Geschichte willen da sei. Ich sah das ein, wollte auch keine Schwierigkeiten machen, aber was unter Geschichte zu verstehen sei, war mir unklar.

»Wie stellen Sie sich das vor, Frau Doktor? Geschichte, und wir stehn doch mitten darin.«

»Ich sehe Ihre Schwierigkeiten nicht.«

»Nicht meine Schwierigkeiten, die Schwierigkeiten der Geschichte.«

»Suchen Sie eine Definition?«

»Nicht eigentlich. Ich bin nicht aufs Abstrakte versessen, reine Philosophie ist mir verdächtig. Eher reizt mich der Unterschied zwischen ›was war‹ und ›was ist‹. Das Aufhören des Vergangenen und der Beginn der Gegenwart. Dazwischen bleibt etwas Unauflösbares und Unerklärliches.«

»Bin ich so dumm, daß ich nicht verstehe?«

»Aber Frau Doktor«, rief Herr Schnabelberger, »wir sind alle so dumm! Ich versteh auch nichts.«

»Dann sind wir uns einig, meine Herrschaften. Ich sage ja, man kann es nicht erklären. Es muß einen Übergang zur Gegenwart geben, das regt mich auf und raubt mir die Ruhe. Stellen Sie sich bitte das vor: Gestern ist etwas geschehn, wovon die ganze Welt redet, weil es Einfluß auf viele Menschen hat, heute und noch für eine lange Zeit. Wann ist es da, also Geschehnis, und wann vorbei, also Geschichte?«

Man hatte mir gut zugehört. Frau Dr. Kulka überlegte, bevor sie antwortete.

»Wenn es sich auswirkt, aber schon eingetreten ist und vielleicht auch schon wieder vorbei, dann ist es Geschichte. Aber freilich, verzeichnet muß es irgendwo sein, man muß davon wissen können.«

»Und man muß es ins Museum bringen können, wenn es hereinpaßt und ein beweglicher Gegenstand ist, wenn man es ein geschichtliches Zeugnis nennen kann, nicht wahr, Frau Doktor?«

»Ja.«

»Aber oft lebt es noch, ist nicht sicher vergangen, als Gegenstand setzt es sich fort, ist da, ich möchte sagen, ist manifest da, nicht nur Zeugnis, auch Zeuge selbst, und nun soll es doch Gegenstand sein! Bitte halten Sie das nicht für Wahnsinn, für eine paranoische Besessenheit, wenn es auch quälend und entsetzlich ist! Ich kann da nur gar nicht mit. Wir alle, wie wir hier beisammen sitzen, sind Geschichte.«

»Dann passen wir ja gut ins Museum«, scherzte Herr Schnabelberger.

»Sie haben vollkommen recht. Wir sind Überbliebene,

sind für alle da, die nicht sind. Das gilt allgemein; die Lebenden sind für die Toten da, für die Vorfahren, wir sind also die Geschichte der Toten. Wie schwer ist es dann, auch noch selbst zu sein, wenn wir Geschichte sind, so viel Geschichte! Besonders sind wir aber für alle da, die man mit Gewalt fortgeschafft und zertrümmert hat. Sie wissen schon, spurlos ... Wir sind die Geschichte der Vernichteten, die Geschichte der Schatten. Und wir sammeln, was man ihnen gestohlen hat, was wir von ihrem Nachlaß stapeln können. Das ist aber wieder lebendig und eigentlich nicht Geschichte. Es ist weder Erinnerung noch Andenken, es ist Gedächtnis. Das eben hängt in der Mitte zwischen Geschichte und Geschehnis, ein krankhafter Zustand, nicht wahr? Und damit habe ich hoffentlich genug begründet, warum ich darauf verfallen bin, von den Bildnissen bei uns als von Patienten zu sprechen. Nun nehme ich sie vor, das ist ja meine Aufgabe, und sehe die Gemalten leibhaft und schicksalhaft vor mir, also persönlich, bitte keine Objekte mehr, und ich leide darunter, wie schlecht sie bei uns wohnen, ärger eingesperrt als in Käfigen und gezüchtigt, Staubschichten darauf, Blut von Ermordeten, man kann es fast nicht wegwischen. Wer einmal in dieser Lage ...«

»Hören Sie«, unterbrach Frau Dr. Kulka mich energisch, doch mitleidig, »Sie quälen sich mit schrecklichen Problemen. Aber diese Probleme bestehn nicht, sind chimärisch. Das Krankhafte, das Sie in die Umwelt projizieren, müssen Sie in sich erkennen. Sie sind sehr geschädigt, ist ja kein Wunder. An Ihrer Stelle würde ich ärztliche Hilfe suchen, damit Sie diese Schauervisionen überwinden. Auch würde ich außer der Arbeitszeit mich nicht so viel im Haus aufhalten. Was Sie leisten ist außerordentlich. Herr Schnabelberger und ich erkennen das genau so gern an wie das Kuratorium. Sie bewältigen ein ungewöhnliches Pensum, es ist fast zu groß. Aber so, wie Sie das anpacken, ist es eben nicht mehr gesund, ich muß Sie warnen. Ohne Sie im mindesten kränken zu wollen, in Ihrer jetzigen geistigen Verfassung passen Sie gar nicht ins Museum.«

»Wenn Sie mich nicht wollen, dann kann ich ja gehn.«

»Bitte, Herr Doktor, seien Sie nicht so empfindlich! Frau Doktor hat nichts gegen Sie gesagt. Im Gegenteil. Sie hat nur ehrliche Sorge. Die muß man ja haben, ich hab sie auch.«

»Ich fühle, Sie beide sind mit mir nicht zufrieden, besonders Frau Doktor. Man spürt das aus jedem Wort.«

»Reden Sie sich doch keine Schwachheiten ein! Ich möchte bloß, und da wird Herr Schnabelberger mir zustimmen, daß Sie ein gesünderes Verhältnis zum Leben und besonders auch zu unserem Museum gewinnen. Wir meinen es gut und wollen Sie uns, dem Museum, erhalten, nicht verlieren.«

»Sehn Sie, jetzt haben Sie es ausgesprochen, was mich so erschreckt: Leben im Museum. Genau das ist es. Wir sind ein Krankenhaus oder nicht einmal das, eher eine anatomische Pathologie. Was wund und verfallen ist, zerlegen wir. Wir nehmen die Lebensreste von den Dingen noch weg. Lauter Präparate. Wir laufen dabei Gefahr, uns selbst zu verletzen und zu töten. Wir bedenken nicht, daß wir die Bilder, Geräte und Schriften, die wir für die Ausstellung oder gelehrten Gebrauch konservieren, aus ihrem Zusammenhang mit uns selbst reißen. So entblößen wir uns selbst mit den Dingen und das könnten wir einmal büßen. Dann wird es zu spät sein.«

Frau Dr. Kulka wurde ungeduldig, aber Herr Schnabelberger sprach auf sie ein und wollte damit auch mich beruhigen.

»Jeder hat ein besonderes Verhältnis zu unserem Museum und zur Geschichte und selbstverständlich auch zum eigenen Leben. Unsere Aufgaben sind hier ungewöhnlich. Wir haben das Erbe einer Katastrophe zu verwalten und kennen das Testament nicht. Jeder von uns dreien hat seine privaten Ansichten darüber, wir haben uns aber auch dem Kuratorium, dem allgemeinen Museumsbetrieb, dem Stadtrat und nicht zuletzt der Regierung zu fügen. Deshalb hat es keinen Zweck zu streiten. Wahrscheinlich hat in allen Zeiten noch kein Mensch einen ähnlichen Beruf erfüllen müssen wie wir. Dr. Landau und ich sind zufällig hergeraten. Als Elektroingenieur und als Soziologe ist man kein Musealfachmann. Wir sind aber um etwas hier bemüht. Mich hat man im Krieg herbefohlen, aber ich gestehe, ich fing gleich Feuer, die Sache packte mich, ich kann nicht mehr von ihr los und bin deshalb nachher begeistert zu ihr zurückgekehrt. Was scheren mich noch Wechselstrom, Gleichstrom, Phasen, Rheostaten und wie das alles heißt? Ich könnte mich heute in einer elektrotechnischen Fabrik nicht mehr zurechtfinden, während es mir hier gefällt. Strominduktion, meine Herrschaften, ich bin mit Leib und Seele dem Museum verfallen. Bei Dr. Landau liegt die Sache anders, er hat sich freiwillig gemeldet, weil er die Verpflichtung fühlte und dachte, daß er uns helfen kann. Das macht er ja auch großartig. Vom Bau im ganzen Museum sind nur Sie als Kunsthistorikerin, Frau Doktor. So ist das einmal, und darum müssen wir zusammenhalten und alle Empfindlichkeiten lassen. Das Museum braucht uns, und wir erkennen unsere Aufgabe. Also wollen wir uns vertragen!«

Frau Dr. Kulka und ich waren einverstanden.

»Ich sehe ein«, meinte sie, »daß es für Dr. Landau nicht leicht ist. Er muß sich aber trotzdem bemühn, auch meinen Standpunkt und vor allem die Dinge zu begreifen, die unser Museum eben erfordert. Gefühle, gut und schön, jeder hat sie, aber man muß praktisch sein. Die Katastrophe ist geschehn, wir können es nicht ändern. Heute ist sie vorbei. Darum muß man sich auch innerlich von ihr befreien und das beste daraus machen, was uns zu retten übriggeblieben ist. Das kann jedoch nur gelingen, wenn man sich selber und alle anderen nicht quält. Es gibt noch sehr viel Schönes, das wollen wir bewahren und für die Zukunft erschließen. Da sind wir alle einig. Doch ohne Optimismus geht das nicht. Darum bitte Lebensmut! Wir wollen vertrauen, daß nicht alles aus und zwecklos ist. Selbstverständlich überlasse ich es Doktor Landau, wie er darüber denken will, soweit das Museum darunter nicht leidet. Aber ich wünsche Ihnen, daß Sie sich von Ihrer Vergangenheit losreißen, von all den schrecklichen Dingen, die Ihnen passiert sind. Es ist auch anderen passiert, manchen gleich arg, vielen weniger arg, anderen sogar noch ärger, und sie fügen sich trotzdem tapfer und selbst mit Humor ins Nachkriegsleben ein. Man darf auch nicht allen Vergnügungen so ausweichen wie Sie. Ins Kino gehn Sie nie mit, Einladungen schlagen Sie aus, Ausflüge lehnen Sie ab – du meine Güte, da muß man ja trübsinnig werden! Gehn Sie und lachen Sie doch mal! Es ist nicht anzuschaun, wie Sie da sitzen mit Ihren Augen wie Trauerblumen, ein richtiger Einsiedler, der regungslos in einer Höhle auf eine Wand vor sich hinstarrt und nicht bemerken will, wie rechts und links davon überall Wege frei sind. Man muß sich nur entscheiden, und schon ist alles gewonnen.«

»Gnädige Frau ...«

»Ach, sagen Sie nicht gnädige Frau! Sie wissen, wie wenig ich das leiden kann.«

»Frau Doktor, für sich haben Sie bestimmt recht. Bei solchen Fragen kann man wohl nur für sich selbst recht haben. Für mich liegen die Dinge anders. Ich will bestimmt, Herr Schnabelberger hat das so schön gesagt, mit Ihnen und allen im Museum freundschaftlich zusammenwirken, ohne Sie mit meinen Eigenheiten zu behelligen. Ich will auch nichts mehr von den alten Gebetbüchern erwähnen, die im Keller vermodern. Damit hab ich Sie genug geärgert. Ich habe vielleicht eine schwerfällige Natur, sicher sogar; da kommt es leider oft vor, daß ich Dinge anstelle, die Sie nicht billigen. Verzeihn Sie mir bitte, böse Absichten habe ich nie!«

»Sie müssen sich nicht entschuldigen!« riefen Frau Dr. Kulka und Herr Schnabelberger gleichzeitig.

»Doch, ich muß. Auch verspreche ich Ihnen, daß ich mir jede Mühe geben werde, damit alles glatt abläuft. Aber für mich ist nichts einfach. Es ist mir unmöglich, optimistisch zu sein, ohne gedankenlos zu werden. Das würde ich nicht aushalten. Die Verwirrung von Geschichte und Gegenwart ist mein Eigentum, sie gehört für immer zu meinem Wesen. Es fällt mir noch am leichtesten, wenn ich beides nicht trenne. Dann gehen beide nebeneinander her und verschwimmen schließlich einträchtig. Dennoch muß es wohl auch zwischen ihnen Grenzen geben, und Grenzen kann ich mir nicht undurchlässig vorstellen. Man muß Übergänge und Durchlässe, je nachdem, wie man es sieht, offen lassen oder doch für möglich halten. An diesen Grenzen halte ich mich auf, ich habe schon meine eigene Geschichte erlebt. Nur wenn ich mir das vorstelle, kann ich begreifen, daß ich überlebt habe; damit meine ich, mich und meine Geschichte überlebt. Das bringt mich in große Nöte und Schwierigkeiten, nicht in Verzweiflung. Nein. Gegen Verzweiflung kämpfe ich an, aber in die Nöte stürze ich hinein, und nun steh ich, das muß ich paradox ausdrücken, vor der Aufgabe, eine Aufgabe zu haben. Ich habe nämlich noch keine Aufgabe, ich weiß nur, daß ich eine haben muß. Dahinter bin ich her. Ich muß also etwas suchen. Nur in dieser Anstrengung, scheint mir, erhebe ich mich ein wenig über die Geschichte, und deswegen kann ich meine grüblerische Quälerei nicht lassen. Es ist die einzige Anleihe, die ich bei der Zukunft aufgenommen habe, um meine Befreiung einzuleiten. Bitte glauben Sie mir, das ist kein psychiatrisches Problem, das kann kein Arzt behandeln und er soll es auch nicht.«

Frau Dr. Kulka wollte darauf erwidern, aber Herr Schnabelberger schien zu fühlen, daß dies bloß ein fruchtloses Gespräch fortspinnen würde, und fürchtete auch, obwohl er mit mir sicher nicht übereinstimmte und mich nicht einmal begriff, daß ein Unverständnis der Doktorin sie leicht zu höhnischen Ausfällen reizen könnte. Er wollte mir Kränkungen ersparen. Deswegen schaltete er sich beschwichtigend ein und erklärte, es sei nun deutlich, wie ich mir die Dinge dächte; dafür verdiente ich Achtung und allen Respekt, doch ebenso hoch müsse die Einstellung Frau Dr. Kulkas geschätzt werden, ohne die man das Museum schließen könnte, was ich, Landau, bestimmt am besten wisse und darum auch anerkenne. Sicher sei es jetzt richtig, unsere aufschlußreich klärende Unterhaltung abzubrechen, die alle drei mit nützlichen Anregungen belohnt habe.

»So etwas reinigt die Luft, nicht wahr, und jetzt wollen wir an unsere Arbeit gehn.«

Frau Dr. Kulka reichte mir die Hand wie zur Versöhnung. Ich hätte gern mit ihr einige arbeitstechnische Fragen besprochen, aber sie wollte mit Herrn Schnabelberger wegen des Versands einer weiteren Ladung Gebetbücher aus dem Keller nach Amerika verhandeln und sagte mir zu, mich noch heute, wenn möglich, im Kabinett wegen meiner Wünsche aufzusuchen. So verließ ich den Raum, nachdem auch Herr Schnabelberger mir freundlich die Hand geschüttelt und zutraulich auf die Schulter geklopft hatte. Summend stieg ich die Treppen langsam zu meinem Kabinett hinan, kein besonders guter Schüler, und man hatte ihn doch gelobt, die Lehrer waren nachsichtig und gewissenhaft, den Gefährdeten galt es anzuspornen und nicht zu verschrekken. Die Bildnisse im Stiegenhaus sahen mich forschender an als sonst, die Neugier der Mitschüler in ihnen war zu groß. Sie fragten, wie ist es dir ergangen? Ich nickte ihnen zu, hatte aber nichts zu berichten und summte weiter, bis ich in meine Stube kam. Dort ordnete ich Verzeichnisse, die ich für ein Gutachten brauchte. Man hatte mich beauftragt, einen Gesamtüberblick über den Erhaltungszustand, den Wert, die Qualität und spezielle Bedeutung meiner Kameraden zu verfassen.

Nicht lange blieb ich ungestört bei meiner Arbeit. Man schickte jemanden aus der Kanzlei herauf, ich solle kommen, Besucher aus dem Ausland, die wollten herumgeführt werden und Auskünfte haben. Ich legte meinen schwarzen Arbeitsmantel ab und lief hinunter, die Gäste zu begrüßen. Herr Schnabelberger unterhielt sich mit ihnen in der großen Kanzlei, dem ehemaligen Konferenzzimmer der Schule. Ich merkte, daß er keine Zeit hatte und dringend wünschte, ich möge die Herrschaften übernehmen. Er stellte vor, unser Herr Dr. Landau, der mit allem dienen kann, Herr und Frau Lever aus Johannesburg. Verneigungen und kurze Handgemenge mit Grinsen, Herr Schnabelberger empfahl sich schon und verließ eilig den Raum. Ich lud die Gäste ein, unsere bereits eingerichteten, aber noch nicht öffentlich zugänglichen Sammlungen zu besichtigen. Da mußten wir auf die Straße hinunter, nein, hier in der alten Schule, da kann fast nichts gezeigt werden, Magazine und Verwaltung, aber rund um die Ecke im Bethaus, in der Klause, dort ist die Ausstellung schon weit gediehen, dort wollen wir hin. Herr Geschlieder gab mir den Schlüssel, schon komplimentierte ich die Gäste auf die Straße. Es hat sich gar nichts verändert, meinte Herr Lever aus Johannesburg. Seine Frau schüttelte unsicher den Kopf. Ich wußte nicht, ob sie damit zustimmen oder widersprechen wollte, aber es stellte sich heraus, daß die Dame mit unserer Stadt früher wenig vertraut gewesen war. Da wußte sie freilich nicht genau, ob sie sich verändert habe oder nicht. Ich war sehr höflich und entschied mich weder für noch gegen die Veränderung, aber Herrn Lever paßte meine Zurückhaltung nicht, er wollte unbedingt meine Ansicht erfahren. Er behauptete, wenn man seit acht Jahren von hier fort sei, so lange war das nun her, da sei die Zeit wie im Fluge um, man kommt, ist neugierig, und schaut und schaut, die Häuser noch alle wie sie gewesen, die Straßen mit gleichen Namen, auch die Geschäfte und Kaffeehäuser, die Burg mit dem Dom, die unvergleichliche Lage und die Luft und das Essen, kurzum die ganze Herrlichkeit, alles genau so wie einst in Kindheitstagen.

Diese Betrachtungen flossen noch hin, als wir einem alten Herrn begegneten, der mich prüfend ansah und zu kennen schien. Ich wurde unsicher und entsann mich doch nicht, grüßte aber freundlich, als wüßte ich Bescheid. Landau, sagte der Herr erfreut, das ist ja der Landau; da erkannte ich die Stimme, das war Professor Hilarius Prenzel, mein alter Professor aus dem Gymnasium. Er war glücklich mich zu sehen, er hätte nicht gedacht, mich im Leben noch einmal zu treffen, denn er glaubte, ich sei vor dem Krieg ins Ausland verzogen. Die Höflichkeit gebot, daß ich das Ehepaar Lever und Prenzel einander vorstellte. Ich wollte schnell die Adresse des Lehrers erbitten und versprach, ihn bald aufzusuchen. Nein, nein, entschied der Professor und ließ es nicht gelten, daß ich jetzt verhindert sei. Im Augenblick mit den Herrschaften da etwas zu tun, beteuerte ich und drängte darauf, mich zu verabschieden. Aber Prenzel war zu keiner Rücksicht bereit und gab mich nicht frei. Ich wandte mich mit stumm erklärender Gebärde an Herrn Lever, der trüb gesonnen erst langsam erkannte, daß es sich um ein Wiedersehen nach langen Jahren handelte, und der endlich versicherte, auf einige Minuten komme es nicht an. Prenzel traute seinen Augen nicht, wie ich mich verändert hätte, doch ein guter Lehrer erkennt seine Schüler auch nach Jahrzehnten. Es hat sich ja alles verändert, sagte er traurig, die ganze Stadt, nur noch die leere Hülle sei da, die bald niemand mehr kennen werde, eine verklungene, fast nicht mehr verständliche Geschichte. Die wenigsten seiner Schüler seien da, ausgewandert die einen, die anderen verschleppt oder zu den Fahnen gerufen, gefallen oder in Gefangenschaft geraten, fast keiner mehr zu finden, und wer da sei, müsse oder wolle fort. Ob ich denn von meinen Klassenkameraden etwas wisse? Nein, nichts, keine Kontakte mehr, auch über Schicksale sei mir nichts bekannt, nur der Arno Seiler. Ja, Arno Seiler, der war erinnerlich, was ist aus ihm geworden? Leider nicht mehr, politisch, umgebracht. Und Schüler aus anderen Klassen? Kürzlich ein Brief von Soundso, das ist der Leonhard Kauders. Er hat Grüße für den Herrn Professor aufgetragen. Geht ihm gut. Ach, der, das ist schön, war in seiner Klasse der Beste in Geschichte, nur die Jahreszahlen stimmten nicht immer. Dank für die Grüße, werden herzlich erwidert. Alles hat sich geändert, Landau, alles, wirklich alles. Und Prenzel selbst, muß er fort? Nein, er darf bleiben wegen seiner Frau, auch ein braver Neffe ist da, der hat Einfluß.

Das war eine tröstliche Nachricht, die ich zum Anlaß nahm, mich zu verabschieden. Ja, ich würde mich melden, es ist fest versprochen, aber nun müsse ich eilen. Herr und Frau Lever hatten sich während dieses Gespräches, das ihnen peinlich zu werden begann, langsam entfernt, waren dann stehengeblieben und sahen sich wartend nach mir um.

Ich riß mich von Prenzel los, der mir nachrief: »Landau, Sie sind Ihrerseits ein Stück Vergangenheit, die gibt's nicht mehr. Leben Sie wohl!« Ach, der alte Seinerseits, das hatte ich meinerseits lange nicht gehört, vergangen, und dennoch da – welcher Übergang hallte mir in den Ohren nach! Mühselig zwang ich meine Verwirrung nieder, als ich meine Museumsgäste erreichte. Herr Lever winkte meine Entschuldigung ab und begann von neuem zu staunen, wie wenig sich verändert hat. Wenn man das hier sieht, wer könne sagen, es sei länger her als seit gestern, und deshalb schien ihm alles so wie immer. Er schwieg einen Augenblick, bevor er besinnlich fortfuhr, ja, wenn man die ganze Zeit hier war, der alte Herr vorhin scheint so einer zu sein, wer das miterlebt hat, wie die Fremden gekommen sind und dann wieder fort, für den dürfe das bestimmt wohl anders sein, und deshalb werde seine Meinung verlangt. Mir war nach der Begegnung mit Prenzel noch weniger als vorher danach zumute, mein eigenes Urteil, das nicht einmal feststand, an die Johannesburger zu verschwenden, und so redete ich nur unverbindlich herum, wenn ich sagte, wie man es nimmt, verändert, nicht verändert, man kann sich allerlei denken, und gerade das macht es so schwer, es kommt eben darauf an.

Herr Lever war unzufrieden, meine Ausflüchte störten ihn, ich solle nicht so zurückhaltend sein, hier eine Zigarette, und ob man sich in der Stadt noch so wohl fühlen könne wie früher. Das ließe sich nicht so allgemein sagen, gab ich zu verstehen, und dann die Menschen. Gewiß, die Menschen, er betonte es nachdenklich, das scheint die wesentliche Frage zu sein, die sind in alle Welt verstreut. Die Welt war früher so groß, wenn man in der Stadt wohnte und nur selten aus der Stadt herauskam, doch jetzt ist die Welt so klein, weil man überall hingefahren ist, die Heimat auf der Flucht, ein Glück die Flugzeuge und die schnellen Nachrichten, aber dann sieht man die Stadt, auf einmal ist wieder alles da, und es fragt sich, ob man überhaupt weg war. Ich stimmte gedankenlos bei. So oft schon hatte ich solche und ähnliche Reden gehört, ein hilfloses Erstaunen frech durchstoßen, das sich nicht eingestand, daß etwas eingestürzt war, bloß weil die leere Hülse, wie Prenzel es wußte, nicht aus der Höhe zu Getrümmer zerschmissen worden war, weil fest gebackener Mörtel die alten Steine noch kittete. So kamen aus der Ferne mit geschwächten, sehnsüchtigen Blicken ehemalige Bewohner heran, die alte Schule zu besichtigen, wo es weder die alten Lehrer noch die alten Schüler gab – ach, daß mich Prenzel eben diese Wahrheit noch schärfer kosten ließ! –, aber die Besucher, nur ungeschickt mit zu sehr gezogenen Schritten und sonst nicht beklommen, waren befriedigt, sie schauten nicht einmal verlegen aus und benahmen sich so, daß ich merken sollte, sie wüßten alles. Ich sollte ihnen bloß bestätigen, daß ihre anmaßende Zutraulichkeit gerechtfertigt sei. Alles war richtig, Zweifel – nein, ich sollte sie nur noch in größere Sicherheit wiegen.

»Hauptsache, Herr Lever, es gefällt Ihnen hier. Da ist es ganz egal, ob es sich geändert hat oder nicht.«

Frau Lever sagte gutmütig breit, als wolle sie zwischen ihrem Gatten und mir vermitteln: »Schließlich ist das bestimmt nur Ansichtssache.«

Unter solchen Reden erreichten wir die Klause. Ich sperrte auf, schaltete Licht ein, das Ehepaar schob sich etwas unbeholfen, wie die meisten Fremden, über die Stufe in den Vorraum, wo ihnen aus graugelber Kühle alte kupferne Waschgeräte und Büchsen mit ausgestreckten Armen und offenen geschlitzten Händen, bereit zum Empfang von Almosen, entgegenstarrten. Wie alle zuvor, die ich hier eingeführt hatte, standen die Gäste ziemlich verloren da. Fast ein Unbehagen war es, das sich erst langsam aufzulösen pflegte, sobald ich zu reden und zu erklären begann. Doch damit beeilte ich mich diesmal nicht, im Gegenteil, ich verlängerte diesen Zustand gemächlich, um die neugierig Leichtfertigen etwas stiller und bescheidener zu stimmen. Das ergab sich schon von selbst, sobald ich umständlich von innen die Türe versperrte, weil das ohnedies nicht einfach war, und so konnte ich es mir mit besserem Gewissen erlauben, diesen Vorgang auszudehnen, durch den sich meine Macht über alle Besucher steigerte. Herr und Frau Lever bekamen sie bald zu fühlen, sie traten auf den Steinfliesen ungemütlich von einem Fuß auf den anderen, tuschelten leise, wie um mich nicht zu stören, schauten sich neugierig Büchsen und Becken an, die allen forschenden Blicken seltsam tot widerstanden. Verwegenere Gäste suchten manchmal, den Vorhang aus schwerem roten Tuch in die Haupthalle zu lüften, getrauten sich aber doch nicht recht; eher noch wagten sie einige Schritte nach rechts in den schmalen Gang, der zu einer engen Pforte in den alten Friedhof führte.

Hatte ich endlich mir lange genug zu schaffen gemacht, dann rief ich mit fröhlicher Strenge die mürbe gemachten Geister an, so, nun können wir beginnen. Mit ausholendem Schwung schob ich den Vorhang beiseite, die Besucher traten mit spitzig stelzenden Schritten ein. Gewöhnlich mußten in diesem Augenblick die Leute wegen der kühl trockenen Luft niesen, husten oder sich schneuzen, was ihnen einen mild verweisenden Blick von mir eintrug. Dann hielten sie ein Taschentuch vor den Mund und wischten herum. Verschlug aber der Eintritt in die Halle ihnen nicht derart den Atem, dann unterließen sie es doch fast nie, sich zu räuspern. Schließlich hingen, da half kein Widerstreben, die Blicke aller an mir, als warteten sie auf mein Zeichen, daß sie sich frei bewegen dürften und nicht mehr ängstigen müßten. Ich hielt mich daran, daß ich zunächst etwas über die Geschichte und den Stil der Klause leichthin zu erzählen begann, wobei ich mit weit ausgreifender Hand zur gewölbten Decke der Halle mit der lichtblauen Malerei und dem feinen weißen Stukko deutete. Ich konnte das so unwiderstehlich tun, daß ich den hartnäckigsten Gast zwang, den Kopf nach hinten zu beugen und folgsam hinaufzublicken. Dabei redete ich weiter, nun mit hin und wieder stärker gesetzten Akzenten und auch zunehmend schneller, zeigte zu den hoch eingebauten Fenstern auf der rechten, zum Balkon auf der linken Seite empor, und abermals mußten die Köpfe gehorchen. Herrn und Frau Lever erging es genauso. Boshaft fügte ich hinzu:

»Am Gebäude selbst, das können Sie sehn, hat sich gar

nichts verändert. Man hat es gut gepflegt und während des Krieges sogar putzen und ausmalen lassen.«

Herr Lever ließ Haupt und Blick aus der Höhe herabfallen und schaute mich verdutzt an.

»Das ist ja ganz unglaublich.«

»Sie sehn also«, setzte ich unbeirrt fort, »in einem gewissen Sinn haben Sie recht. Es hat sich nichts verändert. Manches hat man sogar ziemlich ordentlich verbessert.«

»Wie ist denn das überhaupt möglich?«

»Ganz einfach. Die Eroberer haben nicht nur Geschichte gemacht, sie haben auch die alte Geschichte geliebt und zu konservieren versucht.«

»Die Eroberer haben das getan? Die gleichen, die ...«

»Genau dieselben, meine Herrschaften. Verwundert Sie das? Die Eroberer haben sich hier unstreitig einige Verdienste erworben. Die Lebenden wurden getötet, ihre Vergangenheit in Stein, Bild, Buch, Gerät, wenn das ihre und ihrer Vorfahren Art bezeichnete, wurde gesammelt, gepflegt und zum Leben erweckt.«

Herrn Lever überraschte das gehörig, er suchte einen Halt und zupfte deswegen an der Handtasche seiner Frau.

»Denk mal, Mitzi, ist das nicht märchenhaft? Ist das nicht wunderbar?«

Frau Lever knetete mit Daumen und Zeigefinger ihr Kinn.

»Märchenhaft!« flötete sie schwärmerisch. »Wirklich, das find ich auch.«

»Herr Doktor«, faßte sich ihr Mann und stellte sachlich fest, »die Menschenseele ist abgründig. Bei uns in Afrika, wo es Weiße und Schwarze und andere gibt, ist das auch so.«

Ich nickte nur Bescheid und ließ mich nicht in die Fernen solcher Weisheit verlocken, sondern geleitete die Gäste von Koje zu Koje und erläuterte, was die Vitrinen enthielten. Sitten und Gebräuche, Glauben und Vorstellungen eines ausgestorbenen Volkes in letzter Stunde für die Nachwelt gerettet von seinen letzten Vertretern, deren Todesurteil schon gefällt war. Nur den Vollzug hatte man hinausgeschoben, um sie zu dieser guten und schönen Aufgabe anzuhalten, denn Ehre der Wissenschaft, Ehre vor allem der Geschichte, der Mutter aller Wissenschaft. Nun war das Aussterben des Volkes, so vielen Fleiß man auch darauf verwendet hatte, nicht ganz so vollkommen gelungen wie erwünscht; gleich jedem menschlichen Trachten – so war es schon den Turmbauern zu Babel und sogar dem allzu forschsüchtigen Urpaar ergangen – war auch diesem Trachten kein voller Erfolg beschieden. Eitles Gemächte sind alle Werke, das mußten die stolzsüchtigen Herren der Geschichte erkennen, und so hatten Vernichtete ihren eigenen Untergang überlebt, selbst die Geschichte hatten sie überlebt, ihre eigene Geschichte; die Mörder waren verschollen, die Sammlungen, für den Rachen der Geschichte bestimmt, hatten sie nicht mehr verschleppen noch zerstören können; so blieben die Schätze, in wirren Stapeln gehäuft, zurück. Noch lebende Vertreter des übergeschichtlich gewordenen Volkes, die man zur Arbeit in den Speichern ihrer Geschichte abgerichtet hatte, konnten, auf einmal befreit, ihrem Todesurteil nicht mehr genügen und verliefen sich in dem allgemeinen Wirbel während des Sieges über die Eroberer, ließen Geschichte Geschichte sein und lachten sich eines ins Fäustchen, aber einige kehrten zur Gedenkstätte an ihre Verwünschung zurück, der Moder der Wissenschaft hatte ihnen Brot gegeben, er sollte es wieder tun; das hielten sie für recht, zumal ihre Seelen zu dumpf waren, um hintergründigem Zauber schauervoll nachzusinnen. Sie wußten nur, es gibt Geld, es gibt den bezahlten Beruf. So hockten und huschten sie wieder in den Verstecken ihrer überlebten Geschichte, aber ihre Augen waren geschichtslos wie ihre Hände und Sprache. Da drangen sie durch die Geschichte hindurch oder zerdrückten sie, doch das wußten sie kaum.

Auch Herr Schnabelberger und Frau Dr. Kulka gehörten zu dieser verlorenen Gruppe, die sich trotzdem erhalten und hier wieder zusammengefunden hatte, aber sie waren doch anders als die übrigen. Wohl hatten sie sich in ihre Sendung eingewöhnt, ohne allzu sehr zu erschrecken, doch den verruchten Bluthauch der Geschichte haben sie im

Mund und Rachen verspürt. Diese beiden mit den anderen Wächtern zusammen, die schon im Joche der Eroberer karge Bissen der Knechtschaft geschluckt und jetzt sich wieder versammelt hatten, dem Denkmal der gerade nur ein wenig mißglückten Untergangsfeier zu dienen, genügten nicht zur Bewältigung und musealen Offenbarung der Geschichte; ein Kuratorium wurde gebildet, das stellte fest, was man hier angerichtet hatte, diese einzigartige Gelegenheit mußte man festhalten und sachkundig entwickeln, wie es sich gehörte. Darum heuerte man einige Rückkehrer an, darunter mich. Die Klause, ein altes Bethaus, hatte man schon während des Krieges in Schauräume verwandelt, in denen das ausgestorbene Volk bildhaft verwahrt wurde. Doch dafür genügten weder die herbeigeschafften Geräte noch erklärende Zeichnungen und belehrende Inschriften, nicht einmal eine wohlausgerüstete Küche und ein feiertägliches Zimmer, so daß schon jeder Besucher ausgerufen hätte, eine wunderbare Leistung, großartig gelungen, so haben diese Leute also ihr Wesen getrieben, jetzt versteh ich diese Sorte und stell mir alles genau vor, geradezu dankbar muß man sein, diese Mühe und Kosten, wie ausgezeichnet sich doch der Untergang aufheben und dadurch überwinden läßt, und dabei sind wir sie trotzdem los; nein, das war noch lange nicht genug, man durfte die Toten nicht bloß ahnen und sich vorstellen, man mußte sie leibhaftig sehen, und dazu mußte man sie haben. Ein wesentliches Merkmal des Menschen ist bis auf den heutigen Tag seine Kunst und Erfindungsgabe geblieben; das galt auch für die kundigen Eroberer und die abgerichteten letzten Vertreter des auszusterbenden Volkes. Da beriefen die Eroberer mit ihnen eine Versammlung ein, daß sie ratschlagten, und einer der Häuptlinge hielt eine Ansprache.

»Ihr habt das bis jetzt ganz hübsch gemacht. Wir sind mit euch nicht unzufrieden. Aber das genügt nicht. Es genügt auch nicht, wenn wir von euch uns zeigen lassen, wie ihr seid, wie ihr alles macht und wie ihr es von euren Vorvätern wißt. Das wird uns bald nicht taugen und der Zukunft schon gar nicht. Ihr seid befristet, und nachher stehen wir traurig da und haben euch nicht. Das ist unhaltbar. Ihr müßt sein, auch wenn ihr nicht mehr seid, doch zu teuer darf uns das nicht zu stehen kommen, das seht ihr ein, und lange darf es auch nicht dauern, denn wir haben Eile, und ihr habt keine Zeit. Wir haben in eurem alten Buch gelesen, daß euer Herr den Menschen aus einem Erdenkloß machte. Gehet hin, tuet also, aber blast ihm, das rate ich euch, keinen lebendigen Odem in seine Nase! Ihr seid klug, darum denket nach, ihr dürft uns nicht enttäuschen! Sonst.«

Als die Aussterbenden das letzte Wort hörten, fühlten sie sich zu großem Eifer ermuntert, denn es war ein kräftiges Wort und galt ihnen mehr in dieser Stunde als die Stimme ihres gelästerten Herrn. Ihr mutigster Sprecher antwortete.

»Sonst muß nicht sein, dazu sind wir ja da. Wir werden Rat schaffen. Gebt uns ein wenig Zeit, und wir werden Puppen bauen, die werden sein wie unser einer, aber nicht wissen, was gut noch böse ist. Lebensgroß werden sie sein und ganz natürlich, doch nicht aus Erde gebildet, wie sie auf Feldern liegt und in Gruben ruht, sondern aus einer künstlichen Masse, wie man sie für die Puppen nimmt, die zu den Auslagen der Kleiderhändler locken, aber noch viel feiner und ausdrucksvoller, so täuschend ähnlich, daß für eine lebendige Seele nur der Odem fehlt. Ihr werdet aber darüber erschrecken, wie unser Volk lebendig erscheinen kann, auch wenn es schon ausgestorben ist. Da könnt ihr noch einmal die Furcht vor uns erleben, von der ihr so besessen seid. Ein eisiger Graus wird euren Rücken peitschen, daß es euch wolllüstig durch Mark und Bein fährt. Aber schont euer Bangen, denn mächtiger noch in euch bleibt das Gefühl einer unbezwinglichen Kraft, ihr seid bewahrt und gerettet; die Puppen mit angemalten Gesichtern und Händen und aufgeklebten Haaren werden vielleicht nicht unschuldig sein, doch unverfänglich und harmlos. Ihr könnt getrost von dannen ziehen, die Puppen sind tot und verfolgen euch nicht, ein Streich kann sie zermalmen. Leben werden sie nur in eurer vergänglichen Furcht, aber nicht sonst.«

Der Sprecher hatte es so gefügt, daß er seine Rede mit dem gleichen Worte beschloß wie vor ihm der Eroberer. Der Vorschlag mit den Puppen wurde beifällig aufgenommen, und es wurde des langen erwogen, wie die Figuren hergestellt und ausgerüstet werden sollten. Wachs wurde abgelehnt, das war schwer erhältlich und außerdem zu teuer; Erde, Stein oder Kunststein empfahlen sich wenig, denn sie wirkten zu starr. Man mußte bescheidener sein, doch da waren die Aussterbenden erfinderisch: Gerüste aus Latten und Stäben, eingehüllt in Lumpen, Werg und grobes Gewebe zum Aufbau der rohen Formen, darüber eine Schicht von Gipsbrei und zu oberst ein schmiegsamer Teig aus Holzfasern und einem Bindemittel, daß man die Oberfläche fein bearbeiten könne, bevor sie erstarren sollte in ihre Dauer hinein.

Eine Familie sollte es werden, Großvater, Vater und Mutter, Tochter und Sohn. Zuerst wurden Modelle bestellt. Schnell entstanden niedliche Püppchen, die wurden vorgeführt, belächelt, mit Schenkelklatschen gebilligt und mit einigen bezeichneten Änderungen, daß sie dem verzerrten Urbild des Volkes ähnlicher würden, nun in voller Größe verlangt. Da brach ein hurtiges Gestöber an; Bildhauer, Maler, Dekorateure, vielerlei Handwerker und andere kundige Leute arbeiteten nur mit der mindesten Rast in einer eilends hergerichteten Werkstatt. Sie wurden angetrieben und ermuntert, sie bekamen sogar mehr zu essen, aber sie mußten ständig gewärtig sein, daß hohe Besucher eindrangen, die Fortschritte durch strengen Augenschein zu erkunden. Stolz, ohne zu pochen, stürmten die Herren herein, die Hände keck in den Hüften. Manchmal löste sich eine Hand aus dem verkeilten Seitengriff, um mit stechendem Zeigefinger Wunsch oder Befehl zu beschwingen. Es klirrten trockene Tadel, aber auch mit munterem Lobe wurde nicht gespart. Derart frisch überwacht, gedieh das Werk schnell zur begehrten Vollendung. Jedes Antlitz ein Meisterwerk, eindringlich die Augen aus Glas, sorgfältig Brauen und Wimpern einzeln mit der Pinzette eingesetzt, die Häupter und üppigen Bärte mit echtem Haar geschmückt, man hatte es von den Köpfen Aussterbender geschnitten und gesammelt; die Züge der Gesichter und die Mienen waren getreu, wie es der Art des ausgestorbenen Volkes entsprach. Es nahm sich alles prächtig aus, besonders der Großvater mit seinem ehrwürdig langen Bart.

Dann wurde die Kleidung der Puppenfamilie bestimmt. Schneider herbei, die schnatterten viel, als man ihre Mundsperre löste; aber von ihren kindischen Vorschlägen wollten die Eroberer bald nichts mehr hören. Gewänder aus der nüchternen Zeit des Aussterbens waren dem Geschmack der Herren zuwider, das war nicht mehr die Zeit dieses Volkes, aber die Trachten vor über hundert Jahren wurden verlangt, die feinen Kleider aus dem Biedermeier, das war die gute alte Zeit des Volkes, das Aufstieg ahnte und nicht Untergang. So wurde es getan. Nach alten Bildern wurde alles vorgezeichnet, dann nickte Beifall, die Stoffe rauschten, die Scheren schürften hell hinein, die Nadeln blitzten, die Nähmaschinen sangen; bald war das schönste Schneiderwerk vollbracht.

Doch wie sollten die Puppen fristen? Für den lauten Werkeltag waren sie nicht tauglich, der Feiertag wurde ihnen zubestimmt. Aber kein Feiertag der Buße und Trauer sollte es sein, ein Feiertag der Freiheit und der Freude wurde gewählt. Sie sollten der Väter gedenken, die waren einst Sklaven dem Könige in jenem Land, aber der Ewige, ihr Herr, führte sie von dort mit starker Hand und ausgestreckten Armen hinaus. Hätte der Ewige, dessen Name gelobt sei, die Väter nicht aus jenem Lande geleitet, dann wären ihre Kinder und Kindeskinder in jenem Lande für immer dienstbar geblieben. Er hat das Meer für sie gespalten, und trocken sind sie hinüber gewandert. Da hat sie der Ewige verpflichtet, der Geschichte des Auszuges beim Überschreitungsfest zu gedenken und davon zu erzählen; doch wer am meisten davon erzählte, war lobenswert. Das sollte nicht vergessen sein; wenn das Volk nun ausgestorben bleiben sollte, sollten die Puppen dessen gedenken, und nicht an einem Tage bloß, sondern an allen

Tagen, also von Jahr zu Jahr, damit der Befreiung des ausgestorbenen Volkes in allen Zeiten gedacht sei. So war es recht, denn das Gedenken war nicht allein am Tage des Überschreitungsfestes geboten, sondern an allen Tagen. Damit waren auch die Nächte der Tage bezeichnet. Doch hieß es auch nicht bloß »an allen Tagen«, es hieß »an allen ihren Lebenstagen«, weil »ihre Lebenstage« nur auf die Dauer ihres zeitlichen Lebens gewiesen hätte, während »alle ihre Lebenstage« in die Zeiten der Vollendung deutete, wenn der Gesalbte erschiene. Deshalb war es recht, da dieses Volk nicht mehr war, statt seiner die Puppen harren zu lassen.

Als die Gewänder fertig waren, auch Schuhwerk und Spangen bereit, wurden die Puppen herrlich angetan, Mutter und Tochter wurden mit Geschmeide aus künstlichem Gold und Silber und künstlichem Edelstein geschmückt, Ketten und Broschen, Reifen und Ringe, denn eine reiche Familie sollte es sein, die sich den ewigen Feiertag leisten konnte, während die Männer seidene Umhänge erhielten und Mützen aus Samt. Eine Probesitzung der Familie in der Werkstatt entzückte die Eroberer sehr, sie betasteten ohne Scheu die Gesichter und nestelten auch behutsam an den Kleidern. Eine Wohnung in der Klause ordneten sie an, dort sollte man den Puppen eine würdige Stätte bereiten. Zur Straßenseite zu hatte die Klause unter dem Frauenbalkon drei geräumige Nischen mit Fenstern, die hatte man als Schaugemächer bereits abgeteilt, eine war Küche und eine Feiertagszimmer. Die galt es nun als Heim den Bedürfnissen der Puppenfamilie anzupassen, die Eroberer befahlen, da wurde kein Wohnungsamt gefragt. Der Umzug aus der Werkstatt wurde überstürzt befohlen. Damit der Feiertagsstaat nicht leide, wurden die Puppen wieder entkleidet. Das feine Zeug wurde mit weißem Mottenpulver bestreut und in Koffer gelegt, während man die Puppen in Truhen voll mit weicher Watte bettete und so in die Klause überführte. In einer Ecke wurde alles abgestellt, Tücher darüber gebreitet; die Puppen durften zunächst der Ruhe pflegen.

In die Küche wurde eingebracht, was für einen frommen

Haushalt nötig, alles richtig und genau, wie es im alten Gesetz bestimmt ist. Die Wohnstube wurde mit zarten Pastellfarben ausgemalt; kostbare alte Schreine, Truhen und Kommoden zeigten den Reichtum der Puppen an, ein Perserteppich wurde ausgespannt, ein Sofa mit edel geschwungener Rückenlehne und Seidenbezügen lud zur Ruhe ein, der weite runde Tisch wurde mit fünf behaglichen Sesseln umstellt. Ein Wandbrett neben dem Fenster bedeckten gewichtige alte Folianten. Ein geschmiedeter Bronzeluster senkte sich vorsichtig über den Tisch, vier silberne Leuchten wurden an den Wänden befestigt, auch einige Bilder aufgehängt, die sollten in friedlichem Ernst die Vorfahren der Puppen zeigen, dann noch ein frommer Wandspruch, in Seide gestickt und gerahmt, und ein zierlich geschliffener Spiegel. Heimelige Decken wurden auf die Truhen gebreitet, köstliche und nützliche Geräte vorsorglich verteilt, Schälchen, Kannen, Becher, Vasen, Teller aus Zinn oder getriebenem Silber, aus mattem Steingut und lichtem geblümten Porzellan, ein Nähkästchen aus Rosenholz, eine schwere Kassette mit Elfenbeinbeschlägen für Briefe, noch ein Spiegel, beweglich in einem Gestell, auf ein Putztischchen befestigt, ein weiches Kissen mit goldbrokatenen Borten und Fransen wurde auf das Sofa gelegt. Nur eine Uhr wurde der frommen Versammlung versagt, denn sie sollte immer währen; da brauchte sie keine Zeit und kein Maß zum Teilen der Zeit.

Sonst aber litten die Puppen an keinem Mangel. Sie durfte man es nicht entgelten lassen, daß man ihre lebenden Ebenbilder von den Gedenktischen des Überschreitungsfestes vertrieben und zu ihrem Aussterben in den Untergang geleitet hatte. Behütet und eingefriedet mußten die Puppen werden. Damit es ihnen nicht bange werde, ohne ein Lebendiges zu verweilen, wenn keine Besucher ihre Freuden teilten, erbarmte man sich der Familie mit vielgliedrigen Blattpflanzen in kobaltblauen Majolikatöpfen auf vergißmeinnichtblauen Untersätzen; die wurden mitten vor das Fenster gestellt, wo die zurückgeschlagenen Vorhänge, leicht gerafft, durch zartgemusterte Scheiben das Tageslicht einströmen ließen. Dann wurde die Tafel für die Puppenfamilie gedeckt, blütenweißes Linnen das Tischtuch, zwei schmächtige Silberleuchter mit wachsgelben Kerzen – man brannte sie ein wenig an, daß die Dochte sich schwärzten –, ein prachtvoller Krug, zwiefach gebaucht und mit Kronendeckel, für den Festwein, den einzugießen man versäumte. So gut man es auch meinte, wurde es weder den Puppen zugetraut, die ihre fünf Becher empfingen, daß sie den vierfach angeordneten Trunk genießen, noch glaubte man an das Erscheinen des Propheten, dem man seinen Pokal dennoch nicht vorenthielt. Hingegen sorgte man für das Mahl der Puppen, das richtete man auf einer Schüssel an, drei Fladen ungesäuerten Brotes, das war aus weißem Pappendeckel mit braunen Flecken täuschend ähnlich gebildet, genauso kunstvoll wurden die anderen Speisen nachgeahmt, das gesottene Ei, der Lammknochen, die bitteren und die grünen Kräuter, doch die zwei Schüsselchen daneben, darein man sie tauchen soll, die dürsteten vergeblich nach Wasser.

Nachdem im Zimmer und auf dem Tische nach endlosem Rücken und Zupfen alles für gut befunden worden war, schleppte man die Puppen vorsichtig heran, um sie gewiß nicht zu verletzen, und es gelang; heil ging der Einzug vonstatten. So schnell es die Behutsamkeit gestattete, wurden sie bekleidet und angetan. Zuerst setzte man den Großvater hin und gab ihm eine Brille auf die Nase, weil man besorgt war, daß sein Augenlicht müde sei. Er sagte nichts dazu, aber es zeigte sich, wie sehr die Gläser seine Würde vermehrten. Nachher brachte man, um nichts weniger rücksichtsvoll, die Eltern und Kinder auf ihre Sessel. Bevor die Eroberer kamen, um das fertige Werk zu betrachten, schaffte man noch fünf kostbare Bändchen heran mit der Geschichte des Auszuges, wie sie an den Abenden des Überschreitungsfestes aufgesagt wurde. Es waren verschiedene Ausgaben, aber jedesmal schlug man die Seite auf, wo gedruckt stand: Deshalb sind wir verhalten, zu danken, zu loben, zu rühmen, zu preisen, zu erheben, zu verherrlichen, zu segnen, Achtung und Ehre Ihm zu erweisen, der unseren Vätern und uns allen diese Wunder getan.

Zackiges Metall glitzerte an den Wämsern der Eroberer, die zur Begrüßung der toten Tafelrunde erschienen, drei schneidige Männer mit durchgebogenen Knien. Zurückhaltende Mienen prüften streng, doch sprunghaft, aber die Eroberer konnten ihr Entzücken nicht lange verbergen; so waren sie gerührt, und sie priesen das Werk als lehrreich und nützlich. Jener von ihnen, dessen Rede es zuerst angeregt hatte, berührte zutraulich mit den Fingerspitzen das Samtkäppchen des Großvaters, als er zu sprechen begann.

»Unglaublich lebendig! Wir werden leben und sterben, aber unsere Kinder werden leben. Da werden sie kommen und staunen und wissen. Dankbar wird alle Zukunft unsere Leistung erkennen. Das waren Kerle! Wir müssen aber noch mehr vollbringen. Ihr seid gescheit und habt Witz. Nehmt euch zusammen und bildet noch eine mächtige Greisengruppe, die stellt ihr vor die Bundeslade!«

Der Sprecher der Aussterbenden erschrak. Er war kein frommer Mann, aber bei diesem Auftrag zitterte er und wußte auch nicht recht, was mit der neuen Puppe beabsichtigt sei. Er wollte etwas entgegnen und öffnete schon den Mund. Die Herren jedoch waren nicht gewillt, sich widersprechen zu lassen. Da erstarb sein Mut vor schneidenden Drohungen; es blieb nichts anderes übrig, als den neuen Befehl in allen seinen Einzelheiten zu erkunden. Das Gesicht eines Weisen, wie sich das auszusterbende Volk einen Weisen gedacht hat, wurde verlangt, in den weiten Gebetsmantel gehüllt, mit dem Antlitz zur Bundeslade, die langen Arme hochgestreckt, in den Händen die zwei hölzernen Kolben mit der entfalteten heiligen Rolle. Die Aussterbenden horchten mit leicht geneigten Häuptern, und schließlich nickten sie Einverständnis. Sie waren zu allem bereit. Sonst. Und die Furcht vor den Eroberern war größer als die Furcht vor dem Herrn. So wurde auch dieses Schandwerk vollbracht; es gelang makellos. Riesenhaft wurde die Greisengruppe aufgerichtet, sie umklammerte mit den Händen die Kolbengriffe und konnte die heilige Rolle nicht senken, denn zur Höhe beschworen sollte sie dauern in Ewigkeit.

Wieder kamen die Eroberer angepfeilt, ihre Schaftstiefel schnellten heftig vom Boden, daß es klirrte, und sahen, welch unbändige Kraft in der Puppe steckte; der mußten die Arme nimmer ermatten. Sie staunten, denn so hat noch kein Lebender, ohne zu wanken, je die heilige Rolle aufwärts gehalten. Da jubelten die Herren schallenden Beifall. Sie schlängelten sich nahe an die Puppe heran, die sie hoch überragte. Die Eroberer tadelten aber die offene Lade, sie mußte geschlossen bleiben, und vor dem Schrein wurde der kostbarste Vorhang befestigt, ein uraltes Stück, erhaben bestickt mit starken Fäden aus Gold und in allen Farben, zwei kräftige Säulen rechts und links, von Weinlaub und Trauben umrankt, zwischen den Säulen die Fläche mit Blumenwerk ausgefüllt, oben in der Mitte eine groß strahlende achtzackige Rosette, darüber eine verzierte Inschrift in verschlungenem Rahmen, zu dessen Seiten auf ihren Hinterbeinen zwei züngelnde Löwen standen, doppelt geschwänzt, auf dem Haupte leuchtende Krönchen, und eine mächtige Krone, die von Juwelen glitzerte, hielten die Löwen mit ihren starken Vorderpranken. So war es recht, entschieden die Eroberer.

Die Aussterbenden neigten sich tief mit gesenkten Blicken und dachten, jetzt seien die Wünsche der Herren erfüllt. Schon wollten die Gehorsamen sich zurückziehen, um geringere Taten zu vollbringen, aber da kannten sie noch immer den Willen ihrer Gebieter schlecht, deren Wortführer scharf in die Hände klatschte, daß die Zaghaften zusammenzuckten und von der schrecklichen Stimme gebannt auf dem Fleck erstarrten.

»Einmal hergehört! Gut gemacht! Aber nicht so schnell, wir sind noch nicht fertig! Vom Leben gibt es nun genug hier, doch wir brauchen auch den Tod. Das Leben währt nicht lange. Darum wird man gern einmal wissen, wie ihr eure Verstorbenen bestattet habt.«

Da atmete der Mutigste auf und wagte, mit einer langsam

zeigenden Hand den Blick der Eroberer in die Richtung des Friedhofs zu lenken.

»Nein, nicht die Gräber draußen mit den Steinen! Draußen kann es bleiben, wie es ist. Hier in der Klause muß das sein, da haben wir noch eine Koje frei. Daraus macht ihr uns mal eine Leichenhalle! In der Mitte einen Sockel, lang genug für einen anständigen Sarg, eine Kiste drauf, das Grabtuch drüber. Das Fenster weg, der Raum mit schwarzem Tuch bespannt, nur verdecktes Oberlicht. Der Sarg bleibt leer, da könnt ihr euch die Puppe sparen. Aber alles andere muß echt sein, wie es bei euch die heilige Beerdigungsbrüderschaft mit den Totengebräuchen hält.«

Splitternd verspritzte das Lachen des hohen Gebieters, als er diese Rede beendet hatte, und so kam der Tod in die Klause. Alles wurde zusammengetragen, was man bei der Pflege der Toten und zu ihrer Bestattung nach ehrwürdiger Vorschrift brauchte. An die Wände schlug man erklärende Bilder, die hatte man nach alten Stichen vergrößert. Wand an Wand bargen nun die Nischen der Klause das feiertägliche Zimmer mit der Puppenfamilie beim Festmahl und die Totenkammer mit dem Sarg.

Wieder preschten die Herren heran, sie waren diesmal überlustig nach einem Trinkgelage und freuten sich des künstlichen Oberlichtes, das man auf ihren Befehl erst einschalten durfte, als sie schon vor dem Eingang der verdunkelten Kammer standen. Sie sahen nichts und warteten, dichte Schwärze vor den Augen, bis endlich das Gebot dröhnte, jetzt Licht, und da auf einmal flutete es hell. Wie leuchteten ihre Augen vor Freude über die zeitlos verirrte Trauer auf, und der Oberherr klopfte mit den Fingerknöcheln der linken Hand stolz auf den bedeckten Sarg, daß es beklommen hallte.

»Das habt ihr gut gemacht. Schnell gegangen ist es obendrein. Mehr wollen wir von euch nicht haben, und einmal muß geschieden sein. Doch eure Leistung erkennen wir an und schicken euch zur Belohnung an einen Ort, wo es euch gut gehn wird. Dort wird man für euch sorgen. Ihr könnt jetzt verschwinden. Einige brauchen wir noch. Wir lassen euch in einer Stunde wissen, wer fährt. Die Reise ist für morgen bestimmt.«

Der mutige Sprecher, der die geheimsten Wünsche der Eroberer am besten verstanden und alle ihre Befehle mit erfindungsreichen Gehorsam erfüllt hatte, mußte am nächsten Tage mit seinen am meisten verdienten Mitaussterbenden fort. Bedankte Schatten, Köfferchen und Ranzen, dazu zwei Waffen, die eine Liste mit den Namen hatten, und schon weg. Nie mehr wieder hat eine Menschenseele von den Reisenden etwas vernommen. Die hohen Herren aber freuten sich weiter an der angerichteten Pracht und besuchten die Klause noch öfters, bis zu Ende des Krieges auch ihre Stunde schlug. Da verschwanden sie und ließen die Puppen mit allen Schätzen in der Klause zurück. Seither fehlt von den Eroberern jegliche Kunde.

Dafür stapften jetzt meine Johannesburger Gäste hier herum und sahen lange nicht alles, was ich sah, und lauschten meinen Worten, ohne auch nur das richtig zu verstehen, was ich ihnen zu berichten wählte, während ich anderes zu verschweigen vorzog, mochte auch Herr Lever, von kindischem Staunen getrieben, mit mancher Frage kommen. Vieles hatte sich seit dem Ende des Krieges in der Klause geändert. Zwar hatte man die meisten Geräte an dem Ort gelassen, wo sie in den Tagen der Eroberer ihre Stätte gefunden hatten; bloß manches wurde umgestellt, einiges entfernt und anderes hinzugefügt; aber die Puppen hatte man in aller Stille aus der Klause vertrieben. Man mißhandelte sie nicht absichtlich und verzichtete auf jede Strafe für ihr lästerliches Gebaren, doch man verzichtete auch auf allen Zartsinn, als man sie unrühmlich von zwangsverpflichteten Arbeitern in ein ungemütliches Lager, voll von Gerümpel und zerschundenem Kram, übertragen ließ. Hier hockte die Familie auf gewöhnlichen Sesseln bedrückt in einem Winkel. Nicht einmal die Feiertagsschüssel mit den Speisen und den leeren Bechern hatte man ihnen als Wegzehrung mitgebracht, die blieben auf dem gedeckten Tische zurück.

Bald waren die Puppen müde und angestaubt, ihre Gewänder verblichen, der Bart des Großvaters war zerzaust, die Brille von der Nase gefallen, ins Halstuch der Mutter hatten sich Motten eingefressen. Doch war der Zustand der Familie – noch hätte man ihn mit einigem guten Willen verbessern können – unvergleichlich günstiger als das verkommene Aussehen des Greises, der sich vor der geschlossenen Bundeslade mit seinen erhobenen Armen zuschanden gestanden hatte; sein Schicksal war beklagenswert. Elend lag er auf dem Boden, den weiten umgehängten Mantel hatte man ihm genommen, so daß er mit seinem erbärmlichen Gerippe aus Holz und Pappe, das Rückgrat schien geknickt, jämmerlich hingestreckt auf dem schmutzigen Fußboden verkam, denn weder die ärmlichste Schütte noch Zeitungspapier hatte man ihm zum Lager bereitet. Trotzdem – er war ein starrköpfiger Alter – hielt er noch immer die Arme gereckt, noch immer wollten die gekrümmten Finger umklammern, aber die heilige Rolle war fort. So war das Dasein des Greises sinnlos geworden, seine schäbige Puppe verkümmerte im Moder und zeugte nicht mehr vom auszusterbenden Volke.

Geduldig hatte ich Herrn und Frau Lever durch alle Winkel und Ecken der Klause geführt. Nun waren wir zum Balkon hinaufgestiegen.

»Mitzi, es ist nicht zu glauben, daß sich das alles erhalten hat. So ein Krieg, und es hat sich doch nichts geändert. Im Gegenteil, ordentlich beschützt hat man die Sachen und sogar vermehrt. Das Bethaus ist ja – wie sag ich's – dichter geworden, viel intimer finde ich. Nur die fromme Gemeinde ist nicht mehr da, die ist heute in aller Welt.«

»Wir haben sehr viele Gebetbücher vorrätig, meine Herrschaften.«

Mitzi nickte mir zu und bearbeitete wieder ihr Kinn.

»Wenn sich nur die meisten gerettet haben, lieber Guido, dann ist es ja gut.«

Ich sagte kein Wort mehr, ich hatte alles erklärt und lehnte mich mit leichtem Schwindel an die Wand. Das Ehepaar tänzelte zufrieden zwischen den Glasvitrinen herum. Die beiden beugten sich darüber, um verwitterte Urkunden zu bewundern, aus denen sie mühsam einander einige Stellen vorzulesen versuchten.

»Es ist eine große Zeit vorübergegangen«, rief Herr Lever, »aber wie man sieht, verloren ist sie nicht. Gerettet, gerettet! Weißt du, was das bedeutet, Mitzi? Unsere ganze Geschichte ist hier zusammengepreßt wie in einem Album mit herrlichen Deckeln. Man muß es nur aufmachen und blättern. Gerade dadurch hat man die Geschichte lebendig gemacht!«

Eine Weile ließ ich diesen Reden freien Lauf. Dann bestimmte ich, daß wir weiter müßten, die Zeit dränge. Wenn die Herrschaften noch dem Friedhof einen Besuch abstatten wollten, dürften wir uns nicht mehr länger aufhalten. So lockte ich die beiden vom Balkon hinunter und führte sie auf den Friedhof, erläuterte aber nichts mehr, sagte nur ein paar Gemeinplätze und ließ das Paar zwischen dem Gräberdickicht aus sechs Jahrhunderten stiefeln. Seit hundertfünfzig Jahren hatte man hier nicht mehr bestattet. Alles hatte man stehenlassen, oder es war gestürzt, und so blieb es liegen, wie es war. Längst hatte sich die Trauer um Vater und Mutter von hier zurückgezogen, denn die Kinder sanken dahin, die Enkel folgten, die Urenkel gar, und wer sich um die Gräber seiner Liebsten kümmern wollte, suchte andere Friedhöfe auf. Die Trauer wich dem Denkmalschutz, in seinem Namen wurde der Totenacker gepflegt. Viele Menschen kamen aus aller Welt, die gern ein Scherflein entrichteten, nur um die verwilderten Gräber mit ihren gründlich und silbergrau verwitterten Denksteinen zu bewundern, über und über mit geheimnisvollen Zeichen, Ornamenten und Inschriften besät. Beim Eingang mußten die Besucher ihre Photogeräte hinterlegen, aber Ansichtskarten durften sie kaufen, bunte und schwarze, auch gedruckte Führer in verschiedenen Sprachen waren zu haben, preiswert mit Bildern und billigere ohne Bilder, die auch verlohnten. Zu bestimmten Stunden fanden sich gegen eine geringe Gebühr sogar Kundige, die kleinere Gruppen kreuz und quer geleiteten und dabei alles erklärten. So strichen die Zeiten friedlich vorüber, sie blickten auf die gleiche Vergangenheit zurück, denn die Geschichte des Friedhofs war abgeschlossen, zumal einem ärgeren Verfall der Stätte vorgebeugt wurde; Steine wurden gestützt und sachverständig gereinigt, das Unkraut von den Wegen gejätet, aber nur ein bißchen, bloß um sie gangbar zu erhalten, ohne ihren Zauber zu stören.

Allein die Jahreszeiten wechselten. Im Winter senkte sich Schnee auf Grüfte und Pfade, die schaufelte man frei. Im Frühling grünte das Laub auf Büschen und Bäumen, es sproß das Gras, Moos und Flechten wurden abgewehrt, daß sie nicht alles überwucherten, Vögel hüpften über die Wege hin und flüchteten sich scheu ins Geäst. Im Sommer glühten die Steine, Gewächse schossen zu wildem Dickicht empor. In dieser Jahreszeit kamen die meisten Gäste, aber die Stille wurde dennoch kaum gestört. Am schönsten war der Friedhof im Herbst, wenn das Laub sich verfärbte und langsam zu Boden ringelte, bis es unter dichten Lagen ihn verhüllte.

Erst der Krieg setzte diesem gemächlichen Wandel ein Ende; wahrscheinlich war es so, man wußte es kaum, denn niemand achtete darauf, wie es hier zuging. Erst blieben die Besucher aus der Fremde weg, dann wurden Führungen und der Verkauf von Karten eingestellt, schließlich wurde die Besichtigung des Friedhofs verboten, das Gittertor beim Haupteingang blieb verschlossen, durch das man nicht weit ins Innere blicken kann, auch die Pflege wurde verringert und bald fast eingestellt, bis der Friedhof wie verwunschen einschlief. Nur der Denkmalschutz hielt ihm noch die Treue, als die Eroberer das Leben der Nachkommen seiner Toten längst nicht mehr schützten. Sobald man die Klause für jene Herren einzurichten begann, bestimmten sie, der alte Friedhof gehöre dazu, alles zusammen ein gemeinsames Grab für Leben und Tod. Die feine, doch merkliche Grenze, die man dazwischen vermuten möchte, wurde nicht mehr erkannt. So schlang sich Leben und Tod in einem einzigen Sterben zusammen, drinnen in der Klause die präparierten Dinge genauso dicht versammelt wie draußen die Steine, gehäufte Vergangenheit, nur für die Neugier noch da, seelenlos zur Dauer bestimmt in die Zukunft, die sollte erreicht werden oder erwartet. Erreicht, weil sie nicht da war, man mußte sie durch jede Anfechtung hindurch erkämpfen; erwartet, weil man sagen konnte: heute ist noch gestern, also gab es gestern eine Zukunft, darum dürfte es nach heute morgen geben, wenn man aushält und die Geduld nicht verliert.

Nun war ich auf einmal da, Klause und Friedhof hatten mich aufgenommen. Es war nur etwas Zeit gewesen, Zeit inzwischen, Kammzeit an der Grenze von Leben und Tod; die Zeit dauerte mich, daß ich dauerte, immer auf ihrer einsamen Höhe, von der es herunterfiel, Leben und Tod. Vielleicht ist auch mein Leben und mein Tod dabei gefallen, ich aber bin noch immer oben, blindlings und doch nicht ganz unbewußt; die Tage schwemmten mich weiter, auch wenn es nachtete, denn die Nächte gehörten den Tagen an. So trug es sich zu, und am Ende, falls es ein Ende war, da war es erwartet und auch erreicht, ich erreicht und erwartet, oder doch nicht ich, bloß die Dauer, die sich voranschob und mich vertrat, ein aufrechter Wandel zwischen den Gräbern mit ihren Vorfahren, längst von der Zeit überholt, aber weder Vater noch Mutter dabei, die waren ausgeglitten vom Kammweg der Zeit; da hatten sie kein Grab und kein Haus, sie lebten nicht noch waren sie tot, sie starben unter der Zeit, ich über der Zeit, wir alle jedoch begegneten einander in der Zeit, aber getroffen haben wir uns trotzdem nicht dabei.

Zeit war die Flucht, die ich war und bin, und über der Zeit fuhr es dahin, oder ich fuhr dahin, ich hatte verlassen, die Orte waren gefallen und schieden sich von der Zeit, abgeschiedene Häuser und Gräber; nur die Zeit folgte nach, eine verfolgende Zeit. Sehnsucht nach einer Zukunft. War es die Sehnsucht der Zeit, war es die eigene Sehnsucht? Es war die Sehnsucht meiner Zeitlichkeit aus den verlassenen Orten, die sich vergangen hatten. Darum hatten die Orte aufgehört, in einem Orte zu bleiben, der sein sollte, künftig und sicher, erreichbar und zu erwarten. Ich schaute hinaus, wo es sich bewegte, eine Scheibe vor mir, durchsichtig und schmiegsam, da ich mich gegen sie lehnte, hinaus, denn ich konnte es nicht erwarten, bis es erreicht sei. Rechts und links nichts als Klause und Friedhof, dazwischen wohl auch manche Wand, doch keine Grenze. Alles so schnell vorüber, daß es undeutlich war, kein Einhalt. Sollte das ein Zeichen sein, daß eine Zukunft war? Wo aber, wo? Eile gebietet, und jede Grenze nur ein Begriff, nicht zu fassen – keine ist wirklich gewesen. Leichter Dunst bedeckte das Land, der Himmel war grau, und wieder an Häusern vorbei und wieder ein Friedhof.

Gab es nichts anderes als Klausen und Friedhöfe auch hier in diesem Lande? Winterlich fast und doch grün liefen dazwischen die Weiden in welligem Gelände davon. Allmählich lichtete es sich mehr, doch die Sonne trat nicht über den blaß weithin vertauchenden Dunst. Nicht nach frei ausholenden Wiesen sah es aus, eher nach Gärten, stets von Hecken umfriedet, selbst die Felder. Wälder aber schien es kaum zu geben, nur Bäume in geringem Verein oder einzeln im Rasen mit weit verzweigtem Geäst, das sich breit und rund schon unten vom Stamme löste. Gemächliche Rinder grasten zwischen weiten Hürden, da und dort Schafe und einzelne Pferde; niemand schien das Vieh zu hüten. Es überraschte mich, daß man noch vor Winteranbruch die Tiere nicht in Stallungen hielt. Ortschaften flogen vorbei, mitunter ausgebreitet, doch keine richtigen Städte, aber auch Dörfer, wie ich sie kannte, waren das nicht, denn alle Häuser, die ich erblickte, hatten Ziegeldächer und sahen meist wie Villen aus.

Fremd war alles und fern. So gehörte es nicht zu mir, Heimat für andere, doch nicht für mich, aber darum gerade mir lieb; in der Fremdnis allein konnte ein Trost sein. Was mich umgab, stimmte mich feierlich; noch war ich nirgends, mein Aufenthalt unbekannt und unentschieden. Hoffnung, sagte ich zu mir, aber es klang nicht tröstlich zurück: Verlust, Verlust, vergangen, erwarte dir nichts! Ob man mich erwarten wird? Wenn ich es erreiche! Freilich, Soundso hatte geschrieben, er werde auf dem Bahnhof sein, da könne ich mich darauf verlassen, Ehrensache, alte Freundschaft, die wird eingelöst, er würde auch andere mitbringen, Oswald Bergmann und seine aparte Schwester Inge. Ja, dieser Bergmann hatte sich indessen den Namen auf Birch ändern lassen, nur Inge hieß noch Bergmann. Er hatte es wie viele hier getan und war nun ein anerkannter Mann, der viel als Archäologe und Kunsthistoriker galt, seine Bücher waren berühmt und beliebt. Er könnte mich in einflußreichen Kreisen zum Danke dafür einführen, daß ich vor Jahren mich verschiedentlich für ihn verwendet hatte, als er zu uns drüben in die alte Stadt gekommen war, bei mir und meinen Eltern wie zu Hause lebte und sich in meine Theorien einführen ließ, deren Fruchtbarkeit für sein Forschungsgebiet er begeistert begrüßte und die er für sich nutzen wollte.

Der Gedanke, Bergmann – nun Birch – wiederzusehen, war mir lieb; noch heute gestehe ich, daß mir wenige Menschen je so nahe gekommen sind. Immer war er das gebündelte Leben selbst. Franziska strahlte, wenn sie ihn sah, er war sprühend, ein unermüdlich wirksamer Quell, stets voll blendender Einfälle, musisch und nie ein trockener Gelehrter, humorvoll vom leisesten Scherz bis zum überschäumenden Witz. Oswalds Lebenskräfte schienen unerschöpflich und kaum des Schlafes zu bedürfen, er wirkte immer frisch und übertrug seine strahlende Wachheit auch auf Franziska und mich. Hatte man selbst ganze Tage und halbe Nächte in hochgespannten Gesprächen mit ihm verbracht, so fühlte man sich nachher doch nie müde, sondern stets nur angenehm angeregt. Einmal verlebten wir mit ihm einen Sommer im Süden, da schloß sich uns auch Inge an, ein geistreich glitzerndes Geschöpf, zierlich und schön; sie mochte uns, wir mochten sie und konnten endlos miteinander plaudern. Sie schrieb kurze Landschaftsgedichte, herbe und mitunter etwas spröde Gebilde, auf die sie viel hielt, mehr als auf ihre knappen phantastischen Erzählungen, in denen die unerbittliche Führung der Handlung mit sprunghaft launigen Einfällen wetteiferte, alles in straffen verhaltenen Sätzen. Liebenswürdig spannend waren ihre Kinderbücher, mit denen sie gerade so viel verdiente, um bescheiden leben und Oswald, den oft Geldnöte plagten, kleiner Beträge zustekken zu können. Jene Sommerreise, zwei Jahre vor Kriegsbeginn, beendete aber leider nicht nur unsere kurze Verbindung mit Inge, sondern auch mit Oswald. Beide schrieben uns kaum mehr, und dann hörten wir, daß sie glücklich ins Ausland entkommen waren. Bald verlor sich ihre Spur. Schon wenige Monate nach dem Kriege, als ich, von Peter angestachelt, alle alten Kontakte, die mir erinnerlich waren, wieder erwecken wollte, hatte ich mich auch an Oswald gewandt, nachdem mir Soundso in seinem zweiten Brief einen Gruß von ihm bestellte. Noch hätte ich gezögert, weil Inge zuletzt Franziska nicht mehr geantwortet hatte, aber als ich Anna einmal von Bergmann erzählte, strahlte ihr Antlitz geradezu von Freude, so hatte ich sie noch nicht gesehen; es war der Zauber seiner Persönlichkeit, der auf alle Menschen nachwirkte, die ihm je begegnet waren. Anna berichtete mir, sie habe einmal über ein ihr fernliegendes Gebiet von ihm zufällig einen Vortrag gehört, man hatte sie mitgeschleppt, Bergmann sprach über neolithische Winkelbandkeramik, aber wie hinreißend und großartig das war, noch heute sei ihr vieles erinnerlich, Ritzlinientechnik, Streichbandornament und Furchenstich; Bergmann habe das so deutlich hingestellt, daß man es nie mehr vergessen konnte, ein ungewöhnliches Ereignis. Anna war so erfüllt von diesem Menschen, daß sie ihn wieder zu sehen dringend wünschte und durch eine ihr flüchtig bekannte Dame den Zugang zu einer größeren Gesellschaft erreichte, wo Bergmann eingeladen war. So verbrachte Anna einen Abend in seiner Nähe und konnte sogar mit ihm sprechen. »Er ist die Sonne selbst, dem schreibst du unbedingt!« Das war Annas Ansicht.

So schrieb ich Oswald einen langen Brief, bei dem mir Annas Reden gegenwärtig waren. Es war eine Beichte über alles in den vergangenen Jahren; so aufrichtig und herzlich hatte ich mich noch keinem Menschen eröffnet. Ich meldete ihm weniger, was geschehen war, als daß ich es ihm erklärte; ich stellte die Dinge so dar, daß ihm das Gemeinsame, was uns auch unter so verschiedenen Schicksalen verband, aus jedem Wort deutlich werden mußte. Ich schrieb ihm auch viel über Franziska, was ich heute doppelt bedauere, denn es legte nicht nur mein Innerstes bloß, es enthielt auch eine durchsichtige Schilderung der Unvergeßlichen, wie mir das nie mehr gelungen ist. Als ich, bald nach meiner Ankunft in der Weltstadt, leihweise um den Brief bat, vertröstete mich Oswald und konnte ihn schließlich nicht mehr finden. Am Ende meines Briefes hatte ich dem Freunde erläutert, was ich damals leider nie vermied, in versteckten Andeutungen meine augenblickliche Lage zu schildern, damit er verstünde, was für mich notwendig sei, Hilfe durch ein wenig Aufmerksamkeit, ein Weg hinaus ins Freie. Aber eine Antwort ist nie eingetroffen, weder er noch Inge meldeten sich, Anfragen in Briefen an Soundso wurden übergangen oder flüchtig abgetan. Bloß einmal erreichte mich ein beiläufiger Gruß durch einen Reisenden, der mir wenig von Oswald erzählen konnte, weil er ihn nicht einmal richtig kannte; der Freund hatte ihm gerade nur aufgetragen, mich gelegentlich aufzusuchen und meiner Kenntnisse wegen, falls er ihrer bedürfe, sich an mich zu wenden.

Anna fand Bergmanns Stillschweigen befremdlich, das könne sie kaum verstehen, ein so hinreißender Mensch müsse sicher auch treu sein; bei allem Glanz hielt sie ihn für einfach und bescheiden. Noch jetzt bedauerte sie, seiner Einladung zu einem Wiedersehen wegen Hermanns Eifersucht nicht gefolgt zu haben, sie sei töricht und jung gewesen und habe Bergmann derart aus dem Blick, aber nie mehr aus dem Gedächtnis verloren. Ich solle geduldig sein oder nochmals schreiben, mein Brief müsse in Verlust geraten sein. Noch ein Versuch? Dagegen sträubte sich alles in mir. Ich entsann mich erst damals, daß Oswald immer ein schlechter Briefschreiber gewesen war. Was unbedingt mitgeteilt werden mußte, ließ er durch Bekannte, Vertrauliches oder besonders Wichtiges aber möglichst durch Inge besorgen. Er hatte mir ja auch vor dem Kriege kaum geschrieben, eher noch telegraphiert oder am liebsten mit mir aus der Fremde telefoniert; was ich schwarz auf weiß haben sollte, stammte stets von Inges Hand. Ich hatte ihm das einmal vorgeworfen und erinnere mich, was er bezaubernd wie immer und dazu spitzbübisch lächelnd, mir darauf erwiderte: »Das ist schon die Höhe, daß du dich zu beklagen wagst! Extra habe ich mir eine Dichterin, die das fabelhaft kann, in meiner Familie erzogen, und jetzt weißt du das nicht zu würdigen.«

Aber ich erinnerte mich auch, daß Oswald ernster über diese Frage gesprochen hatte. Er empfange wohl gerne Briefe, erklärte er, doch könne er sich wegen der Wand, die sich durch jeden schriftlichen Verkehr zwischen Menschen stelle, nie zu einer Antwort entschließen. Briefwechsel sei ein immer mehr sich hoffnungslos verschlingendes Dickicht. Geschriebenes sei wohl gültig, das wolle er gern zugeben, aber eben diese Gültigkeit sei auch eine unendliche Gefahr, denn nun sei alles festgelegt und könne nie mehr widerrufen werden, dies eine Qual, die sich leicht bis zum Verfolgungswahn steigere. Die Worte liefen einem nach, und daher müsse er gestehen, wenn es auch ehrenwert sei, einen Briefwechsel zu pflegen, er könne es nicht und wolle lieber ehrlos bleiben. Allgemein gesehen, so meinte er dann, sei das Zeitalter der Briefe endgültig vorüber. Die modernen Verkehrs- und Verständigungsmittel – Telegraf, Telefon, Funk – erleichterten die Möglichkeit menschlicher Beziehungen, aber nur scheinbar, in Wirklichkeit entfernten sie uns unendlich voneinander und glichen Geschossen, die blitzschnell eilten, dabei jedoch die alten, tragenden Brücken zerstörten, ohne sie zu ersetzen, statt Nähe nichts als Ferne sei die Folge, und nun seien wir Menschen alle voneinander getrennt. Gerade durch sein, Oswalds, Versagen, sich brieflich zu erschließen, fühle er diesen Verlust besonders, womit er persönlich eine neue Einsamkeit vorwegnehme, die in wenigen Jahrzehnten allgemeines Schicksal sein werde.

Ich habe das in jenen Tagen abgelehnt, wohl auch nicht so recht begriffen und lernte erst später, daß in dieser Ansicht und in einem solchen Versagen zumindest eine halbe Wahrheit steckt. Schon damals jedoch bekümmerte mich der Gedanke, der meine Hoffnungen beschattete, daß technische Hilfsmittel statt Verbindungen zwischen Menschen zu erleichtern, ihre innere Entfernung voneinander vergrößerten. Nun war ich gewiß nie ein Freund zivilisatorischer Zauberei, aber mein Glaube an die durchschnittliche Güte der menschlichen Natur war noch nicht getrübt. Ich maß einer für praktisch zu haltenden Erfindung noch keine wahrhaft dämonische Wirksamkeit zu, vor allem aber sah ich nicht, daß eine jede solche Erfindung fast notwendig einen, in der Menschheitsgeschichte gesichert geglaubten, alten Gewinn bedrohen und nicht selten sogar vernichten müsse, daß überlieferte Werte dadurch erschüttert oder über den Haufen geworfen würden, wodurch dem sittlichen Verhalten schwer lösbare und oft genug nicht gelöste Probleme erwüchsen, und daß endlich – wie ich das heute ausdrücken würde – jede große Entdeckung oder zumindest ihre nützliche Anwendung vom Baume der Erkenntnis geraubt ist und den Menschen noch einmal unbarmherzig aus dem Paradies und immer weiter weg vom ursprünglichen Paradies vertreibt. Oswalds Reden reizten mich zum Widerspruch, ich wagte meine heftigen Zweifel an seinen Ansichten vorzubringen und wurde dafür nur mit einem Abwinken der Hand samt einem undurchsichtigen Lächeln abgefertigt.

Es sei schön, stellte er fest, und ein rührender Zug von mir, mit so viel Frische und Ehrlichkeit den Geist eines längst verflossenen Jahrhunderts noch einmal nachzuleben. Oswald wünschte mir, daß ich diesen Idealismus, wie er das zu meinem Ärger nannte, immer werde behalten dürfen, aber er glaube leider nicht daran; eine Erschütterung bis in die Wurzeln, eine abgründige Enttäuschung könne diesem liebenswerten Wesen mit einem Schlage den Garaus bereiten. Ich ließ mich auf dieses befremdliche Lob nicht ein und fragte ihn eindringlich, ob er mir selbst dann persönlich nicht antworten würde, wenn es sich einmal um einen ganz wichtigen Brief handeln sollte, einen, wo es um Leben oder Tod ginge. Ich hatte zu leidenschaftliche Worte gewählt. Da verlosch sofort sein selten versiegendes Lächeln, Oswald wurde mit einem Male sehr ernst. Nein, da hätte ich nichts zu befürchten, wenn er auch keinem Menschen auf der Welt schreiben sollte, mir würde er das im Notfall nie antun, so viel Zutrauen wie meines müsse belohnt werden, und darum würde er mir bestimmt antworten. Er bat mich bloß, daß ich nie ungeduldig würde, wenn einige Zeit darüber verstreiche, denn sich zu sammeln koste ihn größte Mühe. Er erklärte das alles viel umständlicher und mit langen Wiederholungen, wie es seine Art sonst nicht war, die eine feste und klare, wenn auch geschmeidige Rede bevorzugte. Deshalb schienen mir seine Worte nicht stimmig, ich war seines Versprechens nicht sicher. Er durchschaute das, blickte mich an und versicherte: »Artur, ich weiß, daß ein unbeantworteter Brief ein Mord sein kann. Ich bin kein Mörder, und du bist mein Freund.«

Ein Mörder war Oswald nicht, das machte ich mir klar, so hart er mich mit seiner verabsäumten Antwort auch traf. Soundsos unergiebige Auskünfte verdrossen mich, der gleichgültige Reisende, den mir Oswald mit seinem Gruß aufgepelzt hatte, schwatzte besserwisserisch, als er sich das Museum von mir zeigen ließ, was mich ärgerte. Doch lange konnte ich Oswald nichts verübeln, immer deutlicher wurde mir wieder gegenwärtig, was ich an ihm liebte; von ihm erwartete ich mir ein ganz anderes Verständnis und Entgegenkommen als von den übrigen Freunden im Ausland, deren Bild in mir verblaßt war oder durch ihr Verhalten zu mir litt. Ich mußte ihn erreichen, es war die große Probe, ob ich noch zu etwas tauge. Durch einige Zeit legte ich mir zurecht, wie ein zweiter Brief an ihn zu verfassen wäre; er sollte etwas Besonderes werden und beginnen: »Du bist kein Mörder«, und am Ende wollte ich schreiben: »Wenn du nicht antwortest, bist du ein Mörder!«. Aber ich verwarf das und wußte auch nicht, ob er sich meiner Worte trotz seinem hervorragenden Gedächtnis entsinnen würde. Soundso mußte mir Inges Adresse mitteilen, ich richtete an sie einen Brief mit der dringenden Bitte, mir gewiß eine Nachricht zu vergönnen, ich wolle Oswald schonen, sie aber möge mir in seinem oder im eigenen Namen schreiben, ich warte sehr darauf, von ihrem und Oswalds Wohlergehen zu erfahren, schon einige Zeilen würden mich befriedigen, und ob sie beide mir nicht Rat wüßten, falls es mir gelänge, hinüber in die Weltstadt zu kommen. Die Wochen verstrichen, ich wartete auch auf Inges Botschaft vergebens.

Ach, dieses Warten hat mich geschwächt und fast zerbrochen! Da gehen die Tage winkelzügig vorüber, dreimal täglich schwärmt der Briefträger seine verhängnisvolle Bahn durch das Revier; es ist unerklärlich, womit er seinen Beutel gefüllt haben mag, wenn er nichts anderes enthält als Rechnungen für Gas und Elektrizität, Kohlenrechnungen, amtliche Verständigungen, nichtsnutzige Drucksachen, Reklamebriefe, Verlegerprospekte, Aufforderungen zu Subskriptionen oder gefrorene Schreie von Wohltätigkeitsvereinen und allerhand bröselig abgestandene Post, mit der ich nichts anzufangen weiß; aber treffende Botschaft, die einen menschlich erreicht und anspricht, du, dich meine ich, aus der sich etwas verkündet und vom flachen Papier zu einer Gestalt erhebt, daß man weiß, woran man ist, das scheint es fast nicht mehr zu geben. Mir zumindest war das nicht beschieden, und daran hat sich bis heute in meinem Leben wenig geändert.

Nein, Inge hat sich nicht angestrengt, mich auch nur mit wenigen Zeilen zu erfreuen. Es war ein verkehrter Trotz von mir, daß ich mich nach einer Nachricht von Oswald verzehrte. Ich war schamlos genug, den trägen Soundso zu mahnen, ob er nicht bei Oswald oder Inge etwas für mich erwirken könne, doch Soundso hat meine Fragen übergangen. Briefe schneiden ins Leere; selbst wer sie auffängt und liest, der verliert sich, schüttelt die stummen Reden ab und ist nicht gewillt, sich der hingehaltenen Fragen zu erbarmen. Da wird dann geschrieben, ekelhaft winden sich die Sätze in öden Berichten und peinlichen Zumutungen fort, säuberlich in Frage- und Antwortsätze aufgeteilt, aber es steht nichts darinnen, man hält das Papier gegen das Licht, daß etwas herausspringe, man schwenkt den Bogen in der Luft, doch vergeblich, nur ein Rascheln schreckt, doch kein lebendiges Wort fällt heraus. Selbst wer wie ich die Kunst erlernt hat, zwischen den Zeilen zu sammeln, wird nicht gesättigt, Bangen reißt ihn an mit würgender Dürre. Mir wurde das Schweigespiel zu dumm, und ich überfiel Soundso.

»Bitte schreib mir, was mit Bergmann los ist, oder, wenn Du willst, mit Dr. Birch und Fräulein Bergmann, wie es ihnen geht, was sie machen, ob sie meine Briefe nicht bekommen haben??? Warum antwortet man mir gar nicht? Bin ich denn nicht? Oder bin ich für beide Luft? Hätte ich für sie verrecken sollen? Und warum gibst Du mir keine Auskunft, wenn ich nach ihnen frage? Liest Du meine Briefe nur halb? Muß ich immer nur Deine Romane lesen, was ich bei dem scheußlichen Dr. Blecha, dieser gerissenen Advokatenschnauze, und bei anderen Leuten für Dich erledigen soll? Wenn ich einmal etwas will, mußt Du das geflissentlich übergehen? Ach, sei nicht böse, daß ich so wütend bin, aber es wird mir langsam zu viel, nichts als Verzweiflung! Wenn Du wüßtest, Lieber, wie mich das mit Oswald Bergmann kränkt und grämt! Heute noch würdest Du etwas unternehmen! Ich kenne Deine Gesinnung für mich. So sag den beiden doch ohne Umschweife, daß ich mich von ihnen vergessen weiß, wenn sie nicht antworten. Ein nicht beantworteter Brief kann manchmal fast ein Mord sein! Das richte aus!!!«

Darauf fühlte sich Soundso endlich bemüßigt, etwas zu tun, aber es waren magere Brocken, die er mir zu spenden hatte.

»Vor allem bitte ich Dich, nicht so exaltiert zu sein. Das mit Dr. Blecha (ich lege Dir einen Zettel mit einigen Anweisungen für ihn bei) hättest Du Dir wirklich schenken können. Es ist ja zumindest so sehr in Deinem wie in meinem Interesse. Ich glaube, ich tue klüger daran, mich von den Zeichen Deines Unmuts nichts wissen zu machen – Schwamm drüber. Nun zu Deiner ungebärdigen Überreiztheit. Hier haben die Leute ein anderes Temperament, man ist maßvoll und hält sich zurück. Wir haben uns das auch angewöhnen müssen. Wenn man droht, und nichts anderes tust Du, erzwingt man nichts, Freundschaft zu allerletzt. Du schreibst: ›Ein nicht beantworteter Brief kann manchmal fast ein Mord sein!‹ Lächerlich! Bist Du wahnsinnig geworden? Wenn ich ein solches Gewäsch, Du mußt schon verzeihen, ausgerechnet Birch bestellen würde, käme ich gut an. Er hat zu Briefen weder Zeit noch Lust, eine solche plumpe Erpressung würde Dir bei ihm nur schaden. Aber ich bin Deiner dringlichen Zeilen wegen zu Birch gegangen und habe ihm Deinen Wunsch unmißverständlich, doch mit ruhigen Worten vermittelt. Er hat Dich nach all den Jahren gern, er ist Dein Freund. An seiner Zuneigung brauchst Du nicht zu zweifeln. Er hat von Dir mit so viel Wärme gesprochen, wie er ihrer überhaupt fähig ist. Ein Brief an ihn und einer an seine Schwester sind gut angekommen. Deswegen sollst Du Dir keine Sorge machen. Beide sind gesund, Birch arbeitet an einem Atlas der Höhlenzeichnungen in der ganzen Welt und ist über und über beschäftigt. Es soll eine großartige Sache werden. Er und seine Schwester sind ziemlich zufrieden, lassen Dich grüßen und werden sich freuen, wenn Du herkommst. Birch sagt, daß er nicht schreiben kann, es würde in diesem Fall ihn auch zu sehr aufregen. Als ich vorschlug, ob das seine Schwester nicht für ihn besorgen könne, versprach er, ihr das auszurichten, aber auch sie hat viel zu tun. Sie arbeitet an einem neuen Kinderbuch, das Karin illustrieren soll, damit sie sich durchsetzt und vielleicht doch eines Tages der Zahntechnik entrinnen kann. Aber das ist erst ein Plan. Bitte, spiele in Deiner Antwort nicht darauf an, denn Karin würde sich ärgern, es ist noch höchst ungewiß, sie ist auch abergläubisch. Birch hat mir aufgetragen, daß ich Dir auch von seiner Schwester keinen Brief versprechen soll. Dann gab er (das verrate ich Dir im Vertrauen) seinem Erstaunen darüber Ausdruck, daß Du noch am Leben bist. Wörtlich sagte er ungefähr: Ich hätte keinen roten Heller gewettet, daß Artur, der doch ein zarter Mensch ist, mit dem Leben davonkommt. Meine Antwort war: Da haben Sie ihn eben gründlich unterschätzt! Darauf meinte er, und das war ganz ehrlich: Das gebe ich gern ohne weiteres zu.«

Da habe ich es aufgegeben, Soundso oder andere nach Oswald zu fragen, und Anna vermied es, seinen Namen zu erwähnen. Wie war ich darum bewegt, als Soundso in seinem letzten Brief an mich auf einmal Oswald und Inge erwähnte, mehr noch, daß beide mich sicher am Bahnhof erwarten würden! Ich wußte nicht, ob ich mich freuen oder fürchten sollte, und fast beunruhigte es mich, wie ich im dunkeln tappte, weil es mir unerklärlich war, warum ich so plötzlich wieder der Anteilnahme der Geschwister würdig geworden war. Sicher erwarten ... Was hieß sicher? Der Zug sprang über die Weichen einer Haltestelle, unheimliche Geräusche, sie klangen mir aber wie Musik, die sichere Eile, zielsicher, Bahn und Fahrt einem Ziele zubestimmt, da gab es kein Abweichen, wenn kein Unglück geschah; es mußte kein Unglück kommen. Eisenbahn noch immer die sicherste Reise, das Getöse der Maschine, ihr brausendes Schnaufen, das Klirren und Schlagen des Räderwerkes, das Rollen über die hallenden Geleise, eine Sicherheit der Ohnmacht für den Gefangenen, der drin in seinem Abteil saß, lässig gelassen der erschütternden Fremdnis sich anvertrauend, ein gefahrener Brief, von jemandem zu einem geschickt, abgesandt, eingeworfen, empfangen, geöffnet, dazwischen die gefederte Fahrt, behutsam, aber unwiderstehlich in der Biegung geschwungen, vorbei, vorbei, dann stets den schläfrig selbst noch nimmermüden Blick in das Gelände gewagt, unbewegt durch das Bewegte hindurch, das Reisegeld bezahlt, über die Grenzen gehoben, gefahrenes Dasein auf einer gefesselten Strecke.

Wo aber war Freiheit? Wohl zur Reise entschlossen, dann ist es vorbei, und niemand weiß, ob es Flucht war, ob Wille zu einem neuen Beginn, ob Erwartung. Oh, es war Erwartung; erwartet werden, nicht mehr fremd sein, wenn man erwartet ist. Noch war man verwirrt, glaubte nicht recht an sich noch an anderes, hatte sein Gepäck zusammengerafft und schaute aus, wer wird da sein, dich erkennen, dich begrüßen, wenn es erreicht ist? Ich konnte mir es nicht vorstellen, es wirbelte alles durcheinander. Der Schaffner kam, gutmütig gesundes Gesicht, sah mich an, ich wies das Fahrscheinheft vor, es war schon abgebraucht vom Zeigen. Ein Zettel nur hing noch im Umschlag. Lange gefahren, erklärte ich entschuldigend und mühselig in der fremden Sprache. Der Mann nickte und murmelte etwas. Ich verstand ihn nicht richtig, fühlte aber, daß der Schaffner gleichfalls mich nicht verstanden hatte, und nun sah ich zu meinem Schrekken, wie er das Fahrscheinheft in seiner Tasche verschwinden ließ. Wie sollte ich mich an der Sperre ausweisen? Zum Aufstehen zu schwach, rutschte ich kläglich auf dem Sitz, ich hatte weder genügend Bargeld, um mich freizukaufen, noch die rechten Worte bereit, um den Bediensteten auf dem Bahnhof mein Mißgeschick mit dieser Beschlagnahme zu erklären. Ich mußte das Heftchen haben!

»Ich brauche die Karte! Die Fahrt ist lange nicht zu Ende. Keine Weltstadt weit und breit. Keine verlangsamte Fahrt. Kein beschützender Bahnhof.«

Der Schaffner schaute mich an, wie ich diese Flut halb sinnloser Worte gebrochen hervorstrudelte, als sei ich närrisch geworden, aber meine Sorge begriff er doch, lachte und gab mir tröstliche Zeichen.

»Sie brauchen keine Karte. Der Zug hält nicht mehr.«

»Hält nicht mehr …?«

»Nein. Erst am Ende.«

»Am Ende … Aber am Bahnhof?«

»Keine Karte nötig.«

Dabei winkte der Schaffner mir zu wie einem aufgescheuchten Kinde, wirklich, er machte sst-sst, dann war er verschwunden. Wie konnte er behaupten, daß der Zug nicht mehr halten werde und keine Karte nötig sei? Ich rieb mir die Augen, schlug mir mit vier Fingerkuppen erst leicht, dann etwas stärker gegen die Stirn, schüttelte mich, stand mühsam auf und setzte mich wieder, schloß sogar ein Weilchen die Augen und riß sie dann so weit als möglich auf, aber es war nicht zu bezweifeln, daß die Fahrt voranging. Freilich ließ die Geschwindigkeit ein wenig nach, aber das geschah, weil zu meiner Verwunderung die Strecke leicht bergauf einem Hügelzug entgegeneilte, den ich in dieser Landschaft nicht vermutet hatte. Doch träumte ich nicht, kein Schlaf war in mir, die Gegenwart des Tages war schroff, und bis auf das verdammte Fahrscheinheft hatte ich alle meine Sachen in meinem Besitz, jedes wohl untergebracht. So war ich abgereist und so war ich noch immer.

Draußen entstanden und vergingen schöne Ortschaften, kunstvoll angelegte Gärten, alles gepflegt, der Winter hatte vom Lande noch kaum Besitz ergriffen, sogar das diesige Wetter gab einem holderen Lichte nach, der Dunst lockerte sich, der Ausblick wurde unbeschwerter, die Wolken stiegen höher und bildeten zarte Umrisse, aber den blauen Himmel öffneten sie nicht, mochte auch in zackigen Streifen eine unsichtbare Sonne durch silberdünne Schichten so hindurchgleißen, daß es fast in wohlgepackten Schimmerbündeln da und dort herunterfiel, wo sich tief unter dem Bahndamm eine weite zärtliche Au vor dem Wellenriegel des schütter bewaldeten Hügelgebirges schmiegte. Bald donnerte der Zug in einen Schacht, doch das Abteil war beleuchtet, ein gelbes Zelt, ohne Gefahr im hackenden Poltergewitter, die gepolsterten Bänke grünlich wie wildes Moos. Flüssiger Schnee war der dicht gelagerte Rauch an der Scheibe und schob mich einer Einsamkeit zu, von der ich gedacht hatte, daß ich sie nie mehr spüren würde, so schmerzhaft tat sie mir wohl. Am Rauschen hörte ich, daß der Zug wieder abwärts glitt, die Fahrt beschleunigte sich, auf einmal waren wir vom Schacht entmündigt, aber der angeschlagene Rauch stahl noch die freie Sicht; nur langsam entwölkte er sich, anderes Land stellt sich flüchtig vor den Blick, wo die Strecke, einsam in felsige Schlucht gehauen, in schmalen

Einschnitten und Senken ihre Umgebung erst selten verrät, bald aber offene Flächen durcheilt.

Wenn es ein Ziel gab, konnte es nicht mehr fern sein, es kündeten sich schon Vororte an, wie Riesenstädte sie gern in weitem Umkreis streuen. Doch die Fahrt verlangsamte sich noch immer nicht, sie war zweifelhaft und dennoch gerade jetzt beglückend. Ein ungemeines Gewirr von Schienensträngen, die sich bald von unserer Strecke lösten und in anmutigen Bogen entfernten, andere wieder, die sich gemach anschmiegten, uns anschlossen, nebenherliefen, wieder andere, die wir überbrückten oder die uns überbrückten, lauter Vorposten der Weltstadt, so sagte ich mir, und dieses weithin angelnde Leben, wie unerforschlich verwirrend es mir auch schien, verlieh mir doch einige Sicherheit, daß hier ein gewaltiges Herz schlagen müsse; der konnte getrost sein, wer hier geborgen war. Züge schaukelten auf anderen Geleisen, sie schossen kreuz und quer, manche zischten entgegen, andere strebten in gleicher Richtung wie wir, aber langsamer, so daß wir ihnen für kurze Dauer entlangreisten, bis wir ihren elektrischen Triebwagen oder ihre komisch kleinen Lokomotiven überholten, die mit hastigem Getöse fauchten.

Es mehrten sich Haltestellen, durch die wir hindurchbrausten, ohne die Geschwindigkeit zu vermindern. An den Bahnsteigen ruhten Züge aus; da war viel Volk versammelt, das um die klaffenden Türen herumschwärmte oder in dikken Trauben geduldig wartete. Bald schlossen sich die gartigen Gründe mit ihren gedrängten Wohnkolonien und weiten Rasengründen dicht in eine endlos besiedelte Fläche zusammen, doch noch immer raste der Zug, als ginge das alles ihn nichts an. Mir fiel auf, wie farblos die Stadt war, aber das konnte durch ein wieder trüberes Licht verschuldet sein, das schwer und schmächtig aus versperrtem Himmel über den Dächern ging, oder durch den vielen Ruß und Rauch, der in blassen Strähnen und in matten Flocken alles dämpfte. Auch zeigte die Stadt dem Ankömmling bestimmt nicht ihre erfreulicheren Viertel, ihr Einerlei beklemmte mich. Ich wollte mich von solchen ersten Eindrücken nicht verstören lassen, wußte nun auch, daß gewißlich die Reise bald beendet sei, und so raffte ich meine Sachen zusammen, mir war bange, meine Hände zitterten so sehr, daß mir in meinem Ungeschick der Koffer auf den Boden fiel, sich öffnete und hart eine Fußspitze traf. Ein Apfel, der letzte von jenen, die mir Anna auf den Weg gegeben, rollte heraus und verwikkelte sich dabei in ein häßliches Staubkleid. Ich ließ ihn ungern liegen, aber dann schob ich ihn traurig beiseite und mochte ihn nicht mehr. Der Fuß schmerzte, doch war es zu verwinden. Ich durfte mich durch nichts ablenken lassen, jetzt, da es galt, sich gut zusammenzunehmen und gefestigt für frische Erfahrungen bereit zu sein. Der aufgesprungene Verschluß schaffte mir einiges Ungemach, denn mein Gepäck war bis zum Bersten gefüllt, und jetzt, da ich eilte, wollte sich der Koffer nicht zudrücken lassen. Niemanden hatte ich zur Hilfe, keinen gewandten Peter, der geschimpft, doch auch Rat gewußt hätte. Ich mußte mit meinen Knien den Deckel niederstemmen; es gelang mir diesmal viel schlechter als an allen Grenzen, wo ich meinen Besitz zu zeigen hatte, um mich vom Verdacht des Verbotenen zu befreien. Endlich war es soweit, der Koffer war zu.

Es war schon höchste Zeit, denn als ich Mantel und Hut nahm, sah ich wie der Zug langsam über eine Brücke fuhr. Milchig war der Strom, der Stolz des Landes, aber ich hatte fast kein Auge für ihn. Es knirschte scharf, die Bremsen wurden angezogen. Ich schob meine Sachen in den schmalen Laufgang hinaus und strebte dem Ausgang zu, verwirrt, müde, und dabei so gespannt, daß es mir zu eng im Leibe wurde. Die wenigen Fahrgäste im Wagen waren mir alle zuvorgekommen und hatte sich schon auf der Plattform versammelt, als ich mich ungeschickt den langen Gang zu ihnen stieß. Der Zug stand in der Halle, die Türen wurden aufgerissen. Ich schaute hinaus, um ein bekanntes Gesicht zu erspähen, aber an ungünstiger Stelle noch im Wagen und bei dem sausenden Gedränge auf dem Bahnsteig war es unmöglich, jemanden zu entdecken. Plötzlich war ich besorgt, daß sich um meine Ankunft keiner kümmern würde, und überlegte schon, wie ich meinen Weg allein finden sollte. Das Gepäck in der Ablage lassen war ein einfaches Auskunftsmittel – ich schämte mich der Dummheit, wie umständlich ich mir die Schwierigkeiten bei diesem einfachen Vorgang ausmalte –, dann war ein Stadtplan zu kaufen, mit dem ich von fremder Hilfe unabhängig wäre.

Dann aber – ja, was dann? Ich raffte mich zusammen. Dann müßte ich suchen, wie ich am schnellsten und besten in die Wohnung von Soundso käme; es würde schon gelingen. Wenn ich dort jemanden anträfe, es könnte auch Karin sein, so wäre das wahrscheinlich sogar besser als ein leicht beklemmender Empfang auf dem Bahnhof, wo man wie ein Verirrter gepflückt wird und nicht recht weiß, wie und was einem geschieht. Wie an einem Gängelband wird der ahnungslose Fremdling vom Bahnhof abgeführt und muß einen verknoteten Schwall von Fragen über sich ergehen lassen, während er schwach und gebrechlich ist, die Blicke nackt und verwundlich, ungewappnet dem Hagel stürzender Eindrücke ausgeliefert; unglücklich ist der Arme getrieben und errät nicht, wohin er sich wenden, was er zuerst sagen und fragen soll, dabei keine Reden vollenden kann, weil er unaufhörlich abgelenkt wird, in Worten und Gedanken unterbrochen, dann schnell wieder gemahnt, jetzt lieber auf etwas anderes aufzumerken, dahin zu horchen, dorthin zu schauen, dann sprunghaft aus seiner Unruhe in noch ärgere Unsicherheit geschleift. Wohl ist ein Fremder auch allein bei seiner Ankunft hilflos böse ausgeliefert, doch kann er dann nach seinem eigenen Rhythmus der Verwirrung begegnen, er faßt sich und ordnet das verhaspelte Durcheinander, er sammelt sich allmählich, bis er verläßlich seinen eigenen Sinnen vertrauen darf, die Freunde überrascht und nun mit sicherem Auftreten davon überzeugt, daß er gar kein so armer Hascher sei, wie sie ihm weismachen wollen.

Die Fahrgäste vor mir waren alle ausgestiegen und hatten mit Trägern deren Dienst vereinbart oder waren schon flink fortgeeilt, nur einige wurden von ihren Nächsten begrüßt und triumphierend fortgezerrt. Angenehm war es, daß die Plattform mit dem Bahnsteig eine Ebene bildete, so daß mir das Aussteigen mit meinen vier Gepäckstücken nicht sonderlich lästig wurde. Ein Träger bot sich an, aber ich hatte keine Lust, vielmehr keinen Mut, seine Hilfe zu verdingen, meine Mittel waren beschränkt, in den Münzen kannte ich mich nicht aus, man wird so leicht übervorteilt. Falls die Freunde in der Nähe waren, bedurfte es niemandes, anderenfalls konnte der Weg bis zur Ablage nicht weit sein. Der Träger zuckte mit den Achseln und sah mich verächtlich an, als wollte er sagen, närrischer geiziger Fremdling, scher dich zum Teufel! Bevor ich mich zum Gang rüstete, schaute ich mich nochmals sorgsam um. Es konnte ja sein, daß sich Soundso stark verändert hatte; angestrengt suchte ich mir sein Antlitz vorzustellen. Wie leicht konnte aber auch er mich verkennen, wenn ihm mein Gesicht gleichfalls nicht mehr gut im Gedächtnis haftete. Wiedererkennen auf Bahnhöfen nach vielen Jahren ist schwierig, man starrt viele Gesichter an, beobachtet Schritte, zu viele wollen einander finden und drücken einander gar schon die Hände und küssen sich bevor sie in dämmrigem Taumel des Versehens gewahr werden und sich nach schnellem Gemurmel verwirrt wieder voneinander lösen; die Luft ist von verkreuzten Schnüren der Erwartung gespannt, man wird ausgesondert und irregeleitet, schon hat man sich verfehlt und mit einem schleichenden Druck gegen den Magen steht man irrtümlich im Wetter der vielen Menschen, verlassen beim schmutzigen Ausgang des Bahnhofs.

Doch war ich ziemlich sicher, daß Soundso sich nicht in der Nähe aufhielt, auch im Spürkreis des fesselnden Leuchtens von Oswalds Augen stand ich nicht, und andere Bekannte waren bestimmt nicht auf dem Bahnsteig. Ich hob mein Gepäck, stets zwei Stück einige Schritte, dann die zwei anderen nachgeholt; so ging es nur langsam schnaufend voran, während die meisten Reisenden schon weit mir voraus waren, auch die Nachzügler hatten mich alle überholt. Bald war der Bahnsteig fast entvölkert. Nur die kleinen automatischen Fahrzeuge, beladen mit großem Gepäck, summten an mir vorbei, während ich noch immer dahinstapfte und mit Schrecken bemerkte, daß sich der Weg zum Ausgang viel länger hinzog, als ich erwartet hatte. Nach mehrfacher Rast war ich bis zur Lokomotive vorgedrungen, aber noch immer hatte ich keinen Bekannten entdeckt. Es gab keine richtige Sperre, so klärte sich die Abnahme des Fahrscheines im Zuge auf, sondern einen breiten offenen Durchlaß, hinter dem ein dichtes Menschengetümmel wogte. Darunter waren schwerlich Leute, die auf einen Reisenden von drüben harrten. Erst als ich dieses Gewimmel erreichte, fühlte ich mich angekommen. Ich stellte meine Sachen nieder und wollte mich ausruhen, bevor ich das Wagnis der Fremde erprobte. Dabei schaute ich mich nach allen Richtungen um; es sollte meine Schuld nicht sein, wenn ich Soundso verfehlte. Bald fühlte ich mich frischer, das Abenteuer ließ sich besser wagen, nur der angeschlagene Fuß wurde lästiger spürbar und brannte; ein arges Hindernis, bei seinen ersten Schritten in einem neuen Lande gehemmt zu sein. Doch nur ein Weilchen hockte ich auf einem Koffer, schon erhob ich mich und suchte ein vertrauenerweckendes Antlitz, um Auskunft über den Weg zur Ablage zu erbitten; gleich war ein Herr gefällig. Ich arbeitete mich durch das Gedränge hindurch, nun damit abgefunden, daß meine Freunde anderes im Sinne hatten, als einen Verlorenen abzuholen. Als ich mein Gepäck in der Ablage verstauen wollte, erreichte mich aus unmittelbarer Nähe jäh ein flackernder Ruf.

»Artur!«

Ich drehte mich um, es war Oswald, der mir ins Antlitz starrte.

»Da ist er ja!«

Laut rief er es aus, viel zu laut, wie mir schien, und so wehrte ich ab, zumal ich befürchtete, Aufsehen zu erregen. Der Bedienstete hinter dem Pult blickte mich fragend an.

»Ich weiß nicht, mein Herr!« stammelte ich unschlüssig dem Manne zu. Er wandte sich gleichgültig ab, zog sich vom Pult zurück und kümmerte sich nicht mehr um mich.

»Wir haben schon gefürchtet, Artur, dich verpaßt zu haben. Oder ärger noch, daß etwas geschehn ist, daß man an einer Grenze Schwierigkeiten, du kennst ja, nun ja. Da bist du, das ist die Hauptsache. Oder daß man dich nicht hat landen lassen. Inge hat das gedacht, auch Kauders war besorgt.«

»Wo sind denn alle?«

»Warte nur, Artur, warte! Ich werde alle holen, sie sind einen Tee trinken gegangen.«

»Und das Gepäck?«

»Wie, das Gepäck? Wie meinst du, Artur? Ich meine, wie du dir das vorstellst?«

Ich stellte mir nichts vor, wollte aber, daß etwas geschehe.

»Ich möchte gern wissen, was jetzt werden soll.«

»So so, natürlich, ganz begreiflich. Ich meine, wie dir angenehm ist, Artur. Du kannst es natürlich da lassen. Es kommt nichts abhanden, großes Gepäck, kleines Gepäck. Man kann es versichern. Wie du willst.«

»Aber was soll mit mir geschehn?«

»Natürlich, verständlich. Du bleibst nicht da. Jetzt nur den Augenblick, während ich alle holen geh. Oder wenn du willst, paß ich hier auf, und du kannst selber schaun.«

»Ich weiß doch den Weg nicht.«

»Das ist richtig, natürlich. Du hast vollkommen recht. Ich würde dir empfehlen, Artur, vielleicht doch am besten hier zu warten. Ich verspreche dir, daß es nicht lang dauern wird. Keine fünf Minuten. Oder du kannst auch das Gepäck dalassen und wir gehn beide. Ist dir das recht?«

Ich fand es schwer, mich zu entscheiden; Oswalds Reden waren nicht geeignet, meine Lage zu erleichtern. Ihn bekümmerte es, wie unschlüssig ich war. Ich merkte, wie er sich anstrengte, einen Ausweg zu finden. Er sah mich betroffen und verlegen an.

»Es muß sich natürlich alles nach deinen Wünschen richten, Artur. Wir sind ganz für dich da. Ich meine, deine Lage, da ist ja alles nur zu gut begreiflich. Vielleicht aber hast du etwas vorzuschlagen, bestimmte Pläne. Vielleicht willst du Tee.«

Oswald quetschte das alles gequält heraus; er tat mir leid, wie er sich bemühte, mir gefällig zu sein. Dennoch war es nicht meine Sache, das Problem zu lösen. Ich sprach ihn so mitleidig, wie ich konnte, fast demütig an.

»Ich muß dich schon bitten, Oswald, einen Vorschlag zu machen. Ich werde mich fügen. – Nur zu einem Ende möchte ich kommen.«

Den letzten Satz hatte ich erst hinzugefügt, als ich spürte, daß Oswald wieder nur etwas vorzubringen hätte, was die Lage kaum klären würde.

»So so. Einen Vorschlag. Natürlich, wenn du wünschst. Wird er dir aber auch recht sein?«

»So mach doch schon einen!«

»Also, dann schlage ich vor, du bleibst zunächst doch erst einmal hier. Ich hole die andren. Nicht wahr? Ich bin bald da, mit allen. Du wartest geduldig, es dauert nicht lang. Soll ich dir eine Zeitung bringen, damit du dich nicht langweilst?«

»Nein, nein!«

»Also gut. Vielleicht überlegst du dir inzwischen was oder ruhst dich aus. Und dann sind wir ja alle beisammen und beschließen gemeinsam. Ist dir das recht?«

Ach, alles war mir recht, ich nickte Einverständnis und wünschte mir Oswald nur weg, für recht lange weg, denn ich war seinem nichts entscheidenden, aber überrumpelnden Ansturm nicht gewachsen.

»Willst du nicht eine Zigarette?«

Oswald hielt mir eine geöffnete Schachtel hin, ich griff mechanisch zu, um mich zu bedienen, konnte aber keine Zigarette lösen, sei es, weil ich zu unruhig war, sei es, weil sie fest in der Schachtel klebten. Da überließ mir Oswald das ganze Päckchen und drückte mir noch Zündhölzchen in die Faust, bevor er verschwand.

Ich mußte lachen, es war ein gequältes Lachen, und fühlte mich verlorener denn je, unbehütet einigen – wer weiß, wie vielen? – Menschen preisgegeben, die meine Freunde sein sollten und doch von mir nichts wußten. Das war nicht jener Oswald, wie ich ihn gekannt hatte, oder war es umgekehrt? Ich war nicht mehr so, wie er mich gekannt hatte, eine Wand war zwischen uns errichtet, hier der Verlorene, unwahrscheinlich und noch fraglich in seiner Auferstehung, dort der zum berühmten Archäologen Mr. Birch verwandelte Oswald Bergmann; vielleicht hatte er mich erwartet, ich aber hatte ihn nicht erreicht. Rings um mich war mein Gepäck, ich erkannte jedes Stück, so hatte ich es mitgebracht, ich wußte sogar ungefähr, wie ich den Inhalt darin verteilt hatte. Nur Annas letzter Apfel war im Zug geblieben und wurde jetzt wohl von einer Wärterin mit einer Schaufel aufgelesen und in einen Kehrichteimer geschmissen. Aber sonst war alles da, geduckt und zwischen steifen Hüllen zusammengepreßt, traurig über mich und über den sinnlos schwindenden Aufenthalt an einem ungelegenen Ort; und wie auch jedes mein war, gehörte trotzdem nichts zu mir, beschämende Reste, abgekehrt von mir, vertanes Fundgut, ich mochte es nicht. Dennoch war ich dafür verantwortlich und mußte mich dessen annehmen, denn es kamen Menschen heran, die ihre Sachen aufbewahren oder auslösen wollten und den Platz brauchten, wo meine Dinge störrisch im Wege standen. Ich schob mit Unlust das Gepäck beiseite, setzte mich auf einen Koffer und zündete mir eine von Oswalds Zigaretten an. Es war ein starker Tabak, den ich nicht gewohnt war, doch war mir das Rauchen angenehm.

Das Warten verging mir zu schnell, schon führte Oswald die Begleiter heran. Das war Inge, schwerfälliger und viel dicker, als ich sie in Erinnerung hatte. Einen Mundwinkel ließ sie nachlässig oder spöttisch herunterhängen, so etwas hatte ich früher nie an ihr bemerkt. Und da kam Soundso mit schlenkernden Armen und zappelnden Beinen, viel nervöser als vor dem Kriege. Der Freund kam mir gealtert vor, mürrisch oder leidend, sein Haar war dünn geworden, die Haut fahl und mit tiefgegrabenen Falten, stärker noch um den Mund herum als auf Schläfen und Stirn, Karin hatte er nicht mitgebracht. Als dritten erkannte ich jemanden, den ich längst vergessen hatte, das war Otto Schallinger, mein Mitschüler aus dem Untergymnasium, den ich schon vor dem Kriege fast aus den Augen verloren hatte. War er nicht Apotheker geworden? Ich glaubte mich zu entsinnen, daß er von diesem Beruf schon im chemischen Praktikum schwärmte. Otto war mir nie nahegestanden; in seinem Wesen hatte er etwas von der ungeschmeidigen Treue alter Hausschneiderinnen, ein immer gutmütiger, mich stets ziemlich langweilender Geselle, mit dem ich nie was Rechtes anzufangen wußte. Daß man zu meinem Empfang in der Weltstadt, wo ich Schallinger nie vermutet hätte, gerade ihn aufgeboten hatte, war mir eine seltsame Überraschung, über die ich freilich in diesem Augenblick nicht nachdenken konnte, zumal alles, was mir jetzt zustieß, mich immer wehrloser stimmte. Die Freunde hatten auch noch einen fremden Herrn in ihrer Mitte, der unbefangen mitging und mich ernsthaft musterte. Ob das wohl eine der wichtigen Verbindungen war, die mir Soundso bescheren wollte? Schon von weitem spürte ich, wie mich alle mit ihren Blicken verschlangen, sie saugten mich an, ich mußte mich fast willenlos ausliefern, und das schien wohl noch am besten.

Ich sprang vom Koffer auf und faßte mir ein Herz, um so würdig und zugleich so ungezwungen wie möglich die Gruppe zu erwarten. Alle gingen ungefähr im gleichen Schritt, ein komischer Trauermarsch, ihre Blicke ließen nicht von mir und fesselten mich, daß ich mich anstrengen mußte, diesen Angriff auszuhalten und nicht bestraft zu Boden zu schauen. So mag man wohl jemanden bestaunen, den man als Totgeglaubten plötzlich auftauchen sieht, ohne seinen Augen zu trauen, ob man sich nicht täusche. Ich wäre der Gruppe gern einen Schritt entgegengegangen, um zu beteuern, ich bin es, kommt nur näher und fürchtet euch nicht. Aber ich unterließ es. Ich fühlte auch, daß es nicht an mir sei, das erste Wort zu sagen, und so lachte ich der kleinen Schar bloß gezwungen entgegen, die mich trotz ihrer komischen Eile merkwürdig langsam wie eine wandelnde Wand erreichte. Zunächst löste sich Otto, der Apotheker, aus der Reihe; er hatte einen Photoapparat umgeschnallt, der in seiner Lederkapsel lustig über Ottos Bauch herumhüpfte. »Da bist du ja, alter Bursche!« rief er mit ehrlicher Freude und streckte mir die Rechte steif entgegen, wobei der Daumen durchgebogen in die Höhe schnellte. Aber er hielt meine Hand nur für Sekunden und zuckte gleich zurück. Ich wußte nicht, wie mir geschah, als Otto den anderen abwinkte, mir nicht näher zu kommen, dann hatte er schon in der Art geschäftiger Straßenphotographen, die unschuldige Passanten plötzlich mit einem gedruckten Zettel »Sie sind soeben aufgenommen worden!« überfallen, seinen Apparat gelüftet, hoch gehoben, mich anvisiert und geknipst.

»So was muß photographiert werden!« jubelte er. »Das ist ein Triumph! Das ist ein Ereignis!«

»Du bist hoffentlich kein Pressephotograph«, brachte ich zaghaft hervor.

»Nein, nein, was denkst du denn von mir!« beruhigte mich Otto, und da hatte er nochmals geknipst.

Jetzt erst durften die anderen herantreten. Einer nach dem anderen schüttelte mir die Hand, auch der Fremde, der sich als Dr. Jolan Haarburger aus Budapest herausstellte; selbst Oswald drückte herzhaft zu, er hatte das vorher verabsäumt. Zuletzt kam Fräulein Bergmann, die, wenn ich nicht irre, von ihrem Bruder erst dazugestubst werden mußte. Es wurden nur wenige Worte gewechselt, eher aufflackernde Zurufe eines gespitzten Erstaunens als verständige Nachrichten. Ich hatte darauf nichts zu erwidern und verstummte, bis die anderen nichts mehr riefen, sondern mich in einem Halbkreis umringten und anstarrten. Ich zündete wieder eine von Oswalds Zigaretten an. Dann wollte ich ihm die Schachtel zurückgeben, doch nahm er sie nicht an. Als ich sie ihm noch länger hinhielt, führte er meine Hand mit der Schachtel in meine Manteltasche; ich mußte es geschehen lassen. Dann wendete ich mich im Halbkreis hin und her; ich war neugierig, was jetzt geschehen würde, aber wie ich auch lockte, es ereignete sich nichts, nur diese halb verwunderten, halb unverschämten Blicke dauerten an, die ich damit beantwortete, daß ich der kleinen Gesellschaft Rauch in die Augen blies und selbst Dr. Haarburger nicht verschonte. Schließlich stellte dieser Herr fest, wie sehr es ihn freue, mich kennengelernt zu haben. Er fand es schön, daß ich nun hier sei, es werde mir sicher gefallen. »Die Stadt der Städte!« flüsterte er fast geheimnisvoll und zwinkerte dabei. Dann zückte er eine Visitenkarte und hoffte, daß ich von seiner Telefonnummer bald Gebrauch machen würde, er und seine Frau würden sich außerordentlich freuen, wenn ich schon in den nächsten Tagen mich melden und ihnen die Ehre meines Besuches erweisen wolle. Ich bedankte mich mit einer tiefen Verneigung und versprach, nicht lange auf meinen Anruf warten zu lassen. Dann erklärte Dr. Haarburger, daß er mich nicht weiter meinen Freunden entziehen möchte, er habe schon genug gestört und müsse jetzt fort.

»Wirklich ein besonderes Vergnügen. Ein Wunder, daß Sie so frisch nach allem, was Ihnen zugestoßen ist, hier angekommen sind, so gar nicht von der Reise angegriffen! Wir alle stehn tief in Ihrer Schuld, betrachten Sie mich als einen Bruder.«

Ich wurde verlegen und zuckte unschlüssig die Achseln. Soundso wandte sich ab, Oswald strich sich die Stirne, Otto grinste und Inge räusperte sich. Dr. Haarburger schien das alles nicht zu stören.

»Ich hab mir buchstäblich ein Stündchen vom Tag weggestohlen, weil ich Sie unbedingt gleich sehn mußte. Ich bin Herrn Doktor Kauders sehr zu Dank verpflichtet, daß er mir von Ihnen erzählt und Ihre Ankunft rechtzeitig gemeldet hat. So darf ich im Namen aller meiner Freunde erklären, wie glücklich wir uns schätzen, Sie hier unter uns zu haben. Wir brauchen Sie. Es ist ein schwerer Boden, aber für Sie sicher aussichtsreich, sehr aussichtsreich.«

Die letzte Wendung betonte Dr. Haarburger nachdrücklich, Oswald stimmte ihm beifällig zu, Soundso lächelte zweideutig, und ich verneigte mich abermals. Der freundliche Herr wollte sich eilig entfernen, aber da hatte er nicht mit Otto gerechnet.

»Ein Momentchen, Herr Doktor. So was muß photographiert werden! Die ganze Gruppe bitte!«

Als der Doktor zögerte und die anderen unschlüssig blieben, stellte uns Otto resolut zusammen, wir mußten uns fügen. Otto machte mindestens acht Aufnahmen. Inge paßte das nicht, sie wurde immer nervöser und bereitete der Prozedur ein Ende.

»Jetzt ist's aber genug, Herr Schallinger!«

Inge Bergmann schnitt dem Photographen eine widerliche Grimasse, daß er entmutigt seine Waffe streckte.

»Wie schade!« meinte er. »Bei so 'nem Ereignis! Das gibt's nicht alle Tage!«

Betrübt spielte er mit seinem Apparat, steckte ihn aber noch immer nicht ins Futteral, und während sich Dr. Haarburger endlich entfernte, machte sich Otto unbarmherzig an mich heran und schob mich von der Gesellschaft ein wenig beiseite.

»Dich muß ich ja noch kriegen! Ich war ja so dumm und hab dich zu Anfang nur zweimal geknipst!«

Nun schoß er seine Aufnahmen los, bis er den Film verbraucht hatte. Erst dann schien er zufrieden, doch noch immer nicht ganz, denn er machte sich daran, die Filmrolle herauszuspulen und eine neue einzulegen. Ich hatte dieses Spiel satt, und die anderen kamen mir zur Hilfe.

»Jetzt geben Sie Scheusal dem armen Landau aber schon Ruh!« rief Inge. »Sonst wird er noch eingebildet. Nicht wahr, Landau, Sie sind noch immer so eingebildet? Kein Wunder, wenn man's überlebt hat!«

Ich traute meinen Ohren nicht, aber es war auch den anderen peinlich, besonders Oswald, der weder mich noch Otto gekränkt wissen wollte.

»Inge ist so übermütig. Inge, du darfst nicht so reden! Inge scherzt gern, sie meint es natürlich ganz harmlos.«

Otto fand alles nur komisch und war nicht gekränkt, ich

übrigens auch nicht. Er schien mit seiner photographischen Ausbeute zufrieden, während mir im Augenblick alles gleichgültig war. Ich wünschte bloß, aus der Garderobe und vom Bahnhof zu verschwinden, aber leider taten meine Freunde nichts, um mich von hier zu erlösen. Hatten sie denn keinen Entschluß gefaßt? Sie standen wieder so unglückselig da wie vorhin, bewegten ungelenk die Arme und Hände und schauten mich unbeherrscht, fast gefräßig an. Was erwarteten sie von mir? Es war ihre Sache, etwas zu unternehmen, sie durften es doch nicht mir überlassen, den Ablauf der nächsten Minuten und Stunden zu bestimmen. Sie murmelten etwas, verständigten sich aber über nichts dabei, wie ich gehofft hatte, denn sie verstummten schon wieder und wechselten Standbein und Spielbein, als hätten sie zu meinem Empfang eine Pantomime einstudiert. Ich bemühte mich, sie durch Anlächeln zu ermuntern, konnte sie aber von ihrem starren Gehaben nicht befreien. Vielleicht mißriet mein Versuch, weil ich nicht genug ungezwungen lächelte. Sie wurden noch ernster und verlegener, bloß Inge gab sich weniger befangen und blickte manchmal etwas spöttisch, aber es war auch möglich, daß dies aus Unsicherheit geschah. Darum verzichtete ich darauf, mit weiterem Lächeln eine Bresche in die Starrheit zu schlagen und schaute seitwärts hinab auf mein Gepäck, das armselig den Boden bedeckte. Vielleicht konnten sie das besser begreifen und mir dann eher helfen. Doch auch dieses Mittel schlug fehl.

»Nun sagt einmal, wie geht es euch?«

»Danke gut!« versicherte Oswald. »Natürlich gut, sehr gut!«

»Ja, mir geht es gut!« bestätigte auch Otto. »Ich hab mich hier vollkommen eingelebt, hab mein kleines pharmazeutisches Laboratorium, paar Spezialpräparate, mach auch Harn- und Blutanalysen, wie's grad kommt. Fäzes und Sputum, wenn du mal was brauchst, für alte Freunde gratis, Kosmetika auch, aber da ist die Konkurrenz zu groß, hab meine eigene bescheidene Wohnung und eine hiesige Frau, die heißt Sylvia. Wir sind glücklich verheiratet und haben ein Kind, das heißt Sidney Keith. Wir rufen ihn Sidney. Sylvia läßt sich entschuldigen, daß sie nicht mitgekommen ist. Sie spricht nicht deutsch, versteht aber ein bißchen und kann gut kochen, weil sie aus dem Norden stammt. Dort kocht man nämlich besser. Du mußt sie kennenlernen, sie freut sich schon rasend. Sie ist musikalisch, gibt paar Klavierstunden. Sonst hilft sie ein bißchen im Labor, wenn Sidney im Kindergarten ist. Du bist doch auch immer so musikalisch gewesen in der Schule. Erinnerst du dich? Da habt ihr gleich ein gemeinsames Thema.«

»Das ist schön«, sagte ich froh, daß sich überhaupt ein Gespräch entwickelte, so wenig mich auch Ottos Familiengeschichte interessierte. »Und ihr seid also alle befreundet?«

»Aber woher! Mr. Birch und Miss Bergmann hab ich heute hier auf dem Bahnhof zum ersten Mal gesehen. Es ist ja nur ein glücklicher Zufall, daß ich da bin und von deiner Ankunft etwas erfahren hab. Nach vielen Jahren hab ich vor ein paar Tagen Soundso gerade auf der Straße getroffen, stell dir vor, und da hat er mir gesagt, du kommst. Diese Überraschung! Ich hab ja nichts mehr von dir gewußt. Es ist alles so lang her. Jemand hat behauptet, du bist nach Peru ausgewandert oder nach Brasilien. Ich weiß schon nicht, wer's war, und geglaubt hab ich's auch nicht, weil man mir verläßlich gesagt hat, daß du drüben hängen geblieben bist, und da mußt' ich glauben, du bist tot. Menschenskind, es sind ja so viele tot! Mein Bruder zum Beispiel mit Frau und zwei kleinen Kindern, du hast ihn, glaub ich, gekannt. Er ging im Gymnasium zwei Klassen tiefer, weißt du? Und viele in meiner Familie sind tot.«

»Da hat er recht, der Herr Schallinger!« sagte Inge heftig und zornerfüllt. »Tot, tot, tot, es hat kein Ende, und man fragt lieber nach keinem, den man gekannt hat. Dabei leben noch immer allzuviele, aber die Falschen!«

»Inge, das darfst du nicht sagen! Man hat kein Recht, jemandem zu wünschen, daß er nicht lebt!«

»So? Und die Mörder? Pervers, Oswald, du bist pervers!«

»Also laß das, Inge! Du kennst meine Ansichten. Du

mußt wissen, Artur, ich habe über dieses Thema natürlich nachgedacht. Man kann den Mörder richten, aber den Tod wünschen darf man nicht einmal dem Mörder. Er ist ein Mensch, bestimmt oft ein furchtbarer Mensch, aber auch sein Leben ist heilig, einmalig und unersetzlich!«

»Weltfremde Archäologenmoral!«

»Inge, jetzt hör auf!«

»Du mit deinen Zimperlichkeiten!« fertigte sie den Bruder ab. »Du hast noch Mitleid, klar, mit jedem, auch mit den Mördern. Ich mit den Ermordeten, nur mit den Ermordeten, und auch da nicht mit allen. Sie sollen's nur gleich wissen, Landau: drei Tanten hat man uns umgebracht, mir und dem Oswald! Und eine davon hab ich mehr geliebt als meine eigene Mutter, und ich hab meine Mutter sehr geliebt, das können Sie mir glauben. Aber diese Tante, die hat für uns alles getan, die hat uns eigentlich aufgezogen.«

Oswald war Inges Ausbruch unangenehm.

»Daß du das gleich immer jedem sagen mußt! Es ist nicht so interessant, bestimmt nicht für Artur. Er hat genug Entsetzliches erlebt.«

»Erlebt, erlebt, das ist ein großer Unterschied. Er hat es erlebt, aber die Tanten und alle Toten, die haben viel mehr erlebt, die sind alle tot. Da soll er sich nur freun, wenn er's erlebt hat. Da ist er jetzt schön auf der Welt und kann lachen.«

»Inge, jetzt hörst du endlich damit auf! Das ist ja kränkend! Du mußt entschuldigen, Artur! Inge ist manchmal so heftig, es sind die Nerven, die gehn ihr durch. Im Grunde meint sie's natürlich nicht so.«

»Ich mein's schon, wie ich's sag. Er soll's nur gleich wissen.«

»Jetzt schweigst du augenblicklich, Inge, oder ich geh weg!«

»Warum willst du weg? Das ist Schwachsinn! Du kannst doch deinen Freund, den Landau, nicht so beleidigen. Er hat's erlebt, hahaha.«

Inge schüttelte sich vor Lachen. Ihr Bruder sah sie zornerfüllt an und redete dabei leise eindringlich auf sie ein, daß sie ihren überreizt hysterischen Zustand schließlich beherrschte und sich etwas maßvoller verhielt. Soundso, der bis jetzt fast noch kein Wort gesprochen hatte, lächelte verdrießlich über die Kontroverse der Geschwister Bergmann-Birch und wandte sich mir zu.

»Bist du bei Doktor Blecha gewesen? Schaut endlich was raus?«

»Er ist ein Gauner, und die Behörden sind noch ärger.«

»Aber das Vermögen meiner Eltern muß doch einmal rückerstattet werden! Das kann der Staat nicht auffressen!«

»Der Staat kann alles, und der Blecha kann nichts als Honorare einstecken!«

»Unerhört! Bin ich nicht berechtigt?«

»Die Frage ist mir zu hintergründig.«

»Was ...? Na, sprechen wir von was anderm. Du siehst erstaunlich gut aus, Artur!«

»Du auch!« gab ich zurück.

»Du jedenfalls hervorragend. Die Jahre haben dich nicht verändert.«

»Das ist zu schmeichelhaft.«

»Keine Sorge, ich schmeichle niemandem. Ich hab mir das nicht erwartet. Aber, um noch von was anderem zu sprechen: bei uns kannst du nicht wohnen. Karin bedauert.«

»So! Ich hatte mich schon so darauf gefreut!«

»Ich auch. Aber es geht nicht. Du kannst oft kommen. Wir haben uns zusammengetan, Birch, ich, Haarburger und noch paar, wir haben dir ein nettes Zimmer in einer billigen Pension genommen. Vierzehn Tage sind schon vorausbezahlt ...«

»Ja, aber die Kosten?«

»Keine Sorge! Das ist schon erledigt.«

»Ich meine nur, wie ich das begleichen werde?«

»Eben das ist erledigt. Ich sagte dir, wir haben uns zusammengetan.«

»Vielen Dank!«

»Du brauchst dich nicht zu bedanken. Das ist selbstverständlich. Aber du kannst dort nicht sofort einziehn. Das Zimmer ist noch besetzt.«

»Das ist unangenehm.«

»Sicher. Aber das macht nichts. Übermorgen kannst du einziehn. Vielleicht schon morgen. Das erkunden wir telefonisch.«

»Und inzwischen?«

»Du läßt mich nicht ausreden. Alles vorgesorgt. Du wohnst bei Birch.«

»Mit Inge zusammen?«

»Nein, nicht mit Fräulein Bergmann. Nur mit Birch.«

»Natürlich, Artur, nur wenn dir das recht ist. Ich würde mich sehr freun.«

»Wenn es keine Ungelegenheiten ...«

»Nein, nein, gar keine Ungelegenheiten. Natürlich aber wirklich nur, wenn es dir recht ist, Artur. Sonst ein Hotel. Es ist schon etwas reserviert. Aber es wär natürlich ganz reizend, wenn du zu mir kommen möchtest, wir könnten uns dann gleich intensiv unterhalten.«

»Ja sehr gern, wenn ich dir damit nicht zur Last falle, ein bis zwei Nächte.«

»Natürlich bist du willkommen. Ich würde's sonst nicht sagen, drei Nächte, eine Woche, so lange du willst.«

»Darf ich das annehmen, Fräulein Bergmann?«

»Wenn mein Bruder wen einlädt, da muß er auf ihn versessen sein, eine Auszeichnung, da muß man's annehmen. Es ist eine große Ehre für Sie, eine große Ehre. Das sag ich Ihnen. Oswald ist ja schon seit Tagen wie närrisch mit Ihnen. Nichts als der Landau. Ganz versessen ist er.«

»Inge, bitte!«

»Na, es ist doch wahr!«

»Ich bin sehr gerührt, Oswald. Ich bin glücklich.«

»Darüber verlieren wir kein Wort mehr. Aber das muß ich natürlich gleich bemerken: es ist äußerst einfach bei mir.«

»Es ist sehr schön bei Birch!« sagte Soundso entschieden. »Besser und bequemer kannst du gar nicht untergebracht werden.«

»Glauben Sie dem Kauders nie ein Wort«, warnte Inge, »aber da hat er die Wahrheit gesagt.«

So war zumindest mein nächster Aufenthalt bestimmt. Jetzt wünschte ich aber sehr dringend, endlich den Bahnhof zu verlassen. Darum wollte ich gerade bitten, als Otto mir plötzlich mit einem neuen Antrag die Rede stahl.

»Ich denke, du kannst ein paar Nächte auch bei mir schlafen. Ich muß nur Sylvia fragen, aber sie wird einverstanden sein. Ich hab eine Kammer, sie ist zwar etwas zu eng, ich verwende sie sonst als Dunkelkammer, aber dort kann ich dir eine Chaiselongue aufstellen. Es haben schon viele dort geschlafen. Ich glaube, es wird dir sogar am liebsten sein, wenn du dich hier in dem Trubel bei einem alten Mitschüler aufhältst, wo du gleich wie zu Haus bist und dich eingewöhnen kannst. Ich erklär dir alles, wie's in der Stadt ist, was du brauchst, und so.«

Dieser Vorschlag war nicht nach meinem Geschmack. Ich schaute Oswald fragend an.

»Natürlich«, meinte er, »ganz wie du willst. Es bringt allerdings meine sämtlichen Vorbereitungen durcheinander.«

»Laß nur den Landau entscheiden!« mischte sich Inge ein. »Er ist großjährig, er muß wissen. Man soll ihn nicht bevormunden.«

»Niemand bevormundet«, sagte Soundso ärgerlich. »Das mit der Dunkelkammer, Herr Schallinger, ist eine Kateridee. Nirgendwo kann er es so bequem haben wie bei Birch. Es ist nah und für Artur bedeutet es viel. Das ist eine längst besprochene Sache, und damit basta!«

So war ich einer Wahl enthoben und mußte Ottos mich beklemmendes Angebot nicht mehr ausschlagen. Aber jetzt war es mir schon endgültig zu viel auf dem Bahnhof, ich wurde ungeduldig.

»Können wir nicht endlich gehn?«

»Das hängt nicht von mir ab«, erklärte Soundso.

»Ja von mir auch nicht!« rief ich unwillig. »Das ist eure Sache und ihr müßt nun einmal entscheiden. Ich kann und will nichts bestimmen, überlaß euch auch alles vom Herzen gern, aber zu einem Ende bitte ich euch schnell zu kommen! Nehmt mich von hier fort, bevor ich umfalle!«

»Bist du müde, Artur? Schlecht gereist? Übernächtig? Willst du schlafen? Bei mir kannst du schlafen.«

»Ich will nicht schlafen, nur weg von hier! Ich werde langsam nervös.«

»Nervös ist er!« rief Inge gereizt. »Nervös, wo die Freunde nur an sein Wohlbefinden denken! Wir sollten nervös sein und nicht Sie!«

Oswald stampfte mit dem Fuß auf und strafte die Schwester mit einem wütenden Blick. Dann wandte er sich mir zu.

»Natürlich wollen wir fort. Nicht eine Minute länger. Der Bahnhof, es ist beklemmend. Sag doch nur, was du willst. Oder vielleicht hat Kauders einen Vorschlag.«

»Ich habe keinen Vorschlag!«

Soundso ärgerte sich. Er liebte es also noch immer nicht, vielleicht sogar weniger als früher, die geringste Verantwortung auf sich zu nehmen.

»Artur soll sich entscheiden!« ordnete er an.

»Meine Entscheidung kennt ihr: weg von hier! Wie, das müßt ihr wissen. Ihr habt bestimmt ein Programm verabredet.«

»Das haben wir«, gab Oswald zu. »Wenn es dir nur entspricht, Artur. Ich vergewaltige niemanden. Du bist ein freier Mensch. Das verstehst du doch.«

»Ach, alles ist mir recht, was jetzt endlich diesen Aufenthalt auf dem Bahnhof beendet. So sagt doch endlich bitte, was geschehn soll!«

»Also, da gibt es einige Möglichkeiten«, erläuterte Oswald, »von denen alle was für sich haben. Wir können das Gepäck hier hinterlegen, in ein Restaurant fahren, du bist doch natürlich hungrig und durstig, es ist Zeit für ein Mittagsmahl. Dann können wir zu mir schaun, damit du siehst, wo du schlafen wirst. Nachher holen wir das Gepäck, und dann überlegen wir weiter. Oder, und das ist vielleicht vorzuziehn, wir holen erst das Gepäck ab und fahren nachher damit zu mir. Die Entfernung ist nicht groß. Oder wir können natürlich auch mit oder ohne Gepäck zunächst zu mir, wo du dich ein bißchen ausruhn und schlafen kannst oder nicht, wie du willst natürlich, und nachher ins Restaurant. Dann beschließen wir je nachdem, was wir jetzt mit dem Gepäck unternehmen.«

»Das sind ganz einfache Möglichkeiten.«

Das sagte Soundso, und ich wußte nicht, ob er es ironisch meinte.

»Darf ich mich also entscheiden?« bat ich.

»Natürlich, mit dem größten Vergnügen!«

»Wenn es keine besondere Mühe verursacht, dann bitte ich jetzt mit dem Gepäck zu Oswald und dann nach eurem Wunsch. Vielleicht auch ohne Taxi. Ich bin nicht so verwöhnt und kann das Gepäck schon noch selbst erschleppen.«

»Also zu mir, ausgezeichnet. Aber mit dem Taxi. Schon weil es am einfachsten und schnellsten ist. Und das Gepäck, wir werden einen ...«

»Kommt gar nicht in Frage!« meldete sich Otto zur Stelle. »Das tragen wir schon. Ich, ich trag das meiste.«

Ich widersprach nicht, als Otto und die übrigen sich meines Gepäcks bemächtigten. Sogar daß Inge meine Tasche aufhob, ließ ich geschehen. Dann blickte ich nach den Angestellten in der Aufbewahrungsstelle zurück, um ihnen, Entschuldigung heischend, Abschied zu winken, aber die Männer kümmerten sich nicht um mich. Da lief ich den anderen nach, die sich im Gänsemarsch durch das Gedränge schlängelten und kaum darauf achteten, ob ich ihnen folgte. Die Bahnhofshalle nahm kein Ende, aber schließlich kamen wir doch hinaus. Oswald verhandelte mit einem Taxifahrer, der die Koffer verstaute, und ehe ich mich dessen versah, saßen wir alle fünf im Wagen. Ich wurde von Soundso und Inge in die Mitte genommen, Oswald und Schallinger besetzten die Notsitze uns gegenüber. Wir fuhren nicht schnell, aber ich erhaschte keine Aussicht auf die Stadt, so eingezwängt war ein Ausblick fast unmöglich. Es wurde nicht besser dadurch, daß Oswald unaufhörlich auf mich einredete und temperamentvoll dahin und dorthin zeigte, um die Lage von Straßen und Plätzen und die Bedeutung von Gebäuden zu erläutern, wovon ich nichts wahrzunehmen vermochte, zumal mir alles jetzt auch gleichgültig war und dieses sinnlose Reden die lästige Fahrt mir nur vollends verleidete. Doch sagte ich zu allem ja ja, denn ich wollte Oswalds Eifer entgelten; scheinbar folgten meine Blicke seiner Zeigerichtung, doch was die Augen fingen, sank nicht in mich ein. Wir fuhren nur ein Weilchen, doch kam es mir lange vor. Ein Ruck, der Wagen bremste scharf, Oswald und Otto sprangen geschwind hinaus und hatten mit dem Fahrer und den Koffern zu tun, während Soundso, deswegen von Inge verspottet, mit gemächlichem Ungeschick sich hinaus ins Freie arbeitete. Nun wollte ich schnell folgen, um nicht gleichfalls verhöhnt zu werden, doch da war Inge auf einmal freundlich zu mir.

»Lassen Sie die Narren, die sollen's machen, wie sie wollen. Sie haben heute das Ihre geleistet und steigen aus, wann's Ihnen paßt.«

Das war ein unerwartet tröstlicher Zuspruch, so hatte ich Inge in Erinnerung, aber nicht so, wie sie auf dem Bahnhof sich aufgeführt hatte. Ich konnte ihren Zuspruch gut brauchen, denn meine Glieder waren halb gelähmt, ich hatte kaum Gewalt über meinen Leib und hätte mir am liebsten alle Freunde fortgewünscht, zu hart hatte mich ihr Empfang überwältigt. Wie leicht war, damit verglichen der Abschied von Anna, Peter und Helmut! Jetzt allein sein dürfen, nichts sehen, hören und fühlen! Fast hätte ich Inge das gesagt, aber ich hielt mich lieber von aller vertrauten Aufrichtigkeit zurück.

»Ich bin nicht müde, ich …«

»Nicht müde?«

»Glauben Sie mir, es stimmt, gewiß nicht, nein! Aber ich fühle mich ein wenig angeschlagen. Darum bin ich Ihnen dankbar, daß Sie für mich Verständnis haben.«

»Dankbar, undankbar, darüber streit ich nicht mit Ihnen. Sie sind ein armer Has, das weiß ich, die Franziska. Sagen

Sie mir nichts von ihr, ich will nichts wissen! Und jetzt steigen'S aus, wie's eben geht, damit ich auch hinaus kann.«

So schnell ich es schaffte, verließ ich den Wagen. Der Fuß schmerzte mich stärker, wie ein Biß, aber ich kämpfte tapfer dagegen an. Ich neigte mich in den Wagen zurück, um galant zu sein, doch Inge ließ sich nicht helfen.

»Gehn'S schon, gehn'S schon! Die anderen warten schon auf der Treppe.«

So war es auch. Schallinger und Birch waren mit dem Gepäck im Haus verschwunden, Soundso stand wartend im Eingang und führte mich weiter, ohne sich um Inge zu kümmern, die hinter uns zurück blieb. Oswald wohnte im zweiten Stock und empfing mich oben, indem er mich umständlich willkommen hieß, als hätte er mich vorher nicht gesehen. Er wollte mich sofort in eine Stube geleiten, wo sich Otto schon aufhielt, aber da Inge nicht zu sehen war, nicht einmal ihr Schritt auf der Treppe zu vernehmen, zögerte der Freund.

»Wo bleibt sie so lange?« wandte er sich an Soundso.

»Ich weiß nicht. Soll ich nachschaun, Birch?«

»Nein, nein, Sie gehn natürlich mit Artur zu Schallinger hinein. Ich schau selbst runter. Mach dir's inzwischen bequem, Artur. Wir kommen gleich nach.«

Damit verschwand er. Soundso führte mich in einen großen blitzblanken Raum mit wenig Möbeln, aber mit vielen Büchern, alles mustergültig geordnet, doch kalt. Otto stand vor den Regalen und musterte sie neugierig mit dümmlichem Ausdruck.

»Was, Artur, da guckst du!« rief er. »Ich hab auch ein paar Bücher und sogar schöne. Aber das da! Das ist herrlich, wer sich so eine Bibliothek leisten kann. Klassiker, Philosophen, Modernes und so unendlich viel Kunst. Eine Pracht! Der Birch, der muß ein feiner Kerl sein! Das sollte Sylvia sehn! Ob ich sie wohl mal bringen darf? So viel Geschmack. Ob er wohl herborgt?«

»Sie können's ja versuchen!« sagte Soundso.

»Sie glauben nicht?«

»Machen Sie sich nicht lächerlich!«

Ich betrachtete keine Bücher und setzte mich, so schnell ich konnte. Der dumme Fuß; jetzt war es besser. Soundso wunderte sich, daß mich die Bücher gleichgültig ließen, doch hielt er sich nicht lange darüber auf, während sich Otto knabenhaft albern gebärdete und gar nicht genug über mein mangelndes Interesse staunen konnte.

»Du hast dich also doch verändert! Früher, und Bücher ...«

»Das weiß ich nicht. Ich bin nicht mehr.«

»Hören Sie, Kauders, was er da sagt! Wenn mir das ein anderer sagt, würde ich glauben, er ist verrückt.«

»Wahrscheinlich irrst du dich nicht, Otto, und ich bin verrückt.«

»Immer noch der alte Ironiker Artur Landau! So wie in der Schule. Sie haben ihn ja noch besser gekannt, Kauders. Keiner hat bei ihm gewußt, woran er ist.«

Schallinger war gekränkt. Es sah fast danach aus, als ob er sich beleidigt verabschieden wollte. Ich mußte ihn versöhnen.

»Es war besonders lieb von dir, daß du heute gekommen bist.«

»Aber jetzt soll ich verduften! Das denkst du doch?«

»Was dir nicht einfällt! Du darfst mich nicht gleich mißverstehn. Ich brauche nur etwas mehr Zeit zur Erholung und bitte dich um Geduld.«

»Verzeih, man vergißt es so leicht! Es ist also furchtbar und schrecklich gewesen? Man hat so viel gehört und in allen Zeitungen gelesen, aber sich's vorstellen, man kann es noch immer nicht. Weißt du, es wird am besten sein, wenn du uns mal alles davon erzählst. Ganz gemütlich, aber so wie es wirklich war. Es wird dich erleichtern, und wir lernen davon. Dann schreibst du ein Buch darüber, es wird bestimmt gedruckt, die Menschen müssen das wissen. Schon damit so was nicht mehr wieder passiert. Dann bist du's aber gründlich los und wirst wieder der Alte sein.«

»Ja, ich werde euch erzählen. Soviel ihr wollt.«

»Aber nicht heute!« lenkte Soundso ab. »Bestimmt nicht heute«, beruhigte ich ihn.

»Nein, heute nicht, war auch Otto einverstanden. »Heute ist ein Feiertag. Da erinnert man sich lieber nur an Schönes. Weißt du, die alten Schultage. Kauders, Sie sind doch auch zu uns aufs Gymnasium gegangen. Wir alle drei aus einer Schule, wie merkwürdig. Ob unsere alten Professoren noch leben?«

»Der Prenzel. Er läßt dich grüßen, Soundso.«

Soundso entgegnete nichts und lachte vergnügt vor sich hin.

»Der Prenzel!« schrie Otto vor Vergnügen.

»Nicht so laut!« fuhr Soundso ihn an.

»Professor Hilarius Prenzel, so ein Name. Mensch, der war drollig, aber nicht schlecht! Wenn er immer sagte, Cicero seinerseits, Catilina seinerseits und ich meinerseits!«

Wir alle lachten, aber Schallinger wieherte, daß es mir und auch Soundso durch Mark und Bein stach. Ich sah den hochbetagten, noch immer strammen Greis vor mir, wie ich vor einer Woche mich von ihm verabschiedet hatte. Ihm verdankten Soundso ebenso wie ich trotz seiner barock verdrehten Sprache ein gut Teil der Grundlage unserer Bildung und eine Einsicht in die Geschichte, die nicht nur aus aneinandergereihten Tatsachen bestand, sondern auch lebende Menschen und den Aufbau ihrer Gesellschaft enthüllte. Ich hatte das billige Nachahmen des alten Mannes satt und wandte mich an Soundso.

»Wo Oswald nur so lange mit Inge bleibt?«

»Er bleibt nicht mit Inge«, wurde ich belehrt. »Er ist bestimmt allein. Ich möchte wetten, daß die Bergmann fort ist, wahrscheinlich gleich weiter mit dem Taxi.«

»So, macht sie das?« fragte Otto neugierig. »Miss Inge Bergmann muß eine sehr interessante Persönlichkeit sein. Sie ist ja eine Dichterin. Ich hab sie gleich apart gefunden.«

»Sehr apart macht sie dem Bruder das Leben schwer«, bemerkte Soundso trocken. Aus dem Illustrationsauftrag für Karin ist nichts geworden. So viel Skizzen hat sie gemacht, und Inge hat alles mit dem Verleger verpatzt. Nichts als Eigensinn.«

»Menschen sind sehr seltsam«, erkannte Otto. »Findest du nicht auch, Artur?«

»Ja. Sehr.«

Ich schloß die Augen, aber Schallinger wollte meine müde Ablehnung nicht merken. Aufdringlich bot er mir Zigaretten an. Ich mußte eine nehmen, obwohl ich nicht rauchen wollte; auch Soundso bediente sich. Ich täuschte mich schwerlich, daß meinem Freunde die Anwesenheit des Apothekers womöglich noch lästiger fiel als mir; bei jedem dummen Worte Schallingers zuckte er gereizt zusammen. Zum Glück dauerte es nicht mehr lange, als Oswald erschien, doch Inge – Soundso behielt recht – brachte er nicht mit. Er schaute etwas verlegen aus, aber schnell war alle Unsicherheit abgestreift, er hatte sich gut in der Hand.

»Inge läßt dich herzlich grüßen und sich sehr bei dir entschuldigen, daß sie dir jetzt nicht Gesellschaft leisten kann. Sie hat es vorhin nicht erwähnt, um die Gemütlichkeit nicht wegzutragen. Sie ist sehr rücksichtsvoll. Ein dringender Weg. Wird Sie natürlich interessieren, Kauders. Vorbesprechung mit einem Verleger, diesmal sehr aussichtsreich. Hoffentlich auch wegen Karin.«

»So?«

»Natürlich. Sie läßt das nicht aus dem Auge. Und sie hofft, uns heute bestimmt noch zu sehn.«

»Ist Ihre Schwester immer sehr beschäftigt, Mr. Birch?« fragte Schallinger taktlos.

»Ja, natürlich, sie hat viel auf sich«, parierte Oswald.

Dann drängte mein Gastgeber darauf, daß ich das mir bestimmte Zimmer besichtigte, nachher die ganze Wohnung mit allen Nebenräumlichkeiten. Mein Gepäck wurde in meiner Stube verstaut, und Oswald zeigte sich besorgt, ob bestimmt auch alles und jedes, wie es für mich vorgesehen war, vollkommen meinen Wünschen und meiner Bequemlichkeit entspreche; es kostete einige Mühe, ihn deswegen zu beruhigen. Als er endlich davon überzeugt war, wurde umständlich vereinbart, was in den nächsten Stunden geschehen sollte. Schließlich einigten wir uns, daß ich erst das Badezimmer benützen und dann ein Weilchen in meinem Zimmer rasten würde. Sobald ich auszugehen wünschte, sollte ich mich im Bibliothekszimmer melden. Schließlich ließ ich mir noch versprechen, daß mich Oswald holen werde, falls ich zu lange säumte.

»Du mußt mir versprechen, Artur, daß du dich hier ganz zu Hause fühlen wirst, vollkommen ungeniert. Betrachte dich für die Zeit deines Aufenthalts bei mir als Hausherr und mich, je nach Bedarf natürlich, als Freund, als Diener und als Gast.«

Oswald Bergmann war in diesem Augenblick beinahe der alte, er sprach mit Wärme auf mich ein, begleitete mich noch bis zur Badezimmertüre und entfernte sich mit leisen Schritten. Jetzt erst war mir besser zumute, die erneuerte Freundschaft, die durch allen schwierigen Formelkram endlich durchgebrochen war, beglückte mich und ließ mich hoffnungsvoll aufleben. Ich sah ein, daß nicht allein für mich die Ankunft schwer war; für Oswald mußte die Erwartung zumindest so schwierig gewesen sein.

Langsam richtete ich mich im Badezimmer her; ich trödelte verspielt herum, wie ich es manchmal als Kind, zu meiner Mutter Kummer, getan hatte. Ich entsann mich des Abends, wie ich mich damals am ersten Tag im Badezimmer Annas aufgehalten hatte; es war diesmal ganz anders. Schon daß hier der Raum so licht war, bildete einen wesentlichen Unterschied. Da es ein altes Haus war, hatte man wohl das Bad erst später in dieser Kammer eingerichtet, die ursprünglich anderen Zwecken gedient haben mochte. Einige Kisten und Truhen waren aufgestellt, gewährten aber genügend Raum für eine bequeme und handliche Ordnung. Überraschend war die Kloschüssel, die nicht auf gleicher Höhe mit der Wanne stand, man mußte zwei Stufen steigen wie auf ein Podium. Es war befremdlich und traurig, so ungerecht erhöht verlassen sitzen zu müssen, was im Augenblick besonders widerwärtige Erinnerungen aus Kindheitstagen in mir weckte, wie meine Tante Olga den Aufenthalt im Abort nie anders zu umschreiben wußte, als daß jemand auf dem Throne sitze oder sich im Thronsaal aufhalte. Mir kamen die Tränen, als ich hier oben hocken mußte; wie gerne hätte ich das vermieden. Ich beeilte mich, so schnell es ging, zumal ich mit Entsetzen bemerkte, daß man von nahen Fenstern aus anderen Wohnungen hereinblicken konnte, ich aber verabsäumt hatte, den Vorhang zuzuziehen. Hoffentlich hatte mich keiner beobachtet.

Nun hätte ich im Badezimmer noch gerne herumgespielt, am liebsten auch gebadet, um mich vom Reiseschmutz zu befreien, aber durch den Ekel grausamer Erinnerungen war mir alles verleidet. Es wurde nicht besser, nachdem ich den klebrigen Vorhang zurechtgezupft hatte, dessen Eisenringe auf der Stange widerspenstig rutschten. Doch rasieren mußte ich mich, die Stoppeln standen schon zwei Tage lang. Leider hatte ich oben im Zimmer den Apparat auszupacken vergessen. Ich wollte ihn holen, eilte den Halbstock hinauf, um den die übrige Wohnung höher lag als das Badezimmer. Die Stiegen knarrten bedrohlich, es beunruhigte mich, und nun war ich zu allem noch so verwirrt, daß ich mich nicht entsinnen konnte, welche Türe zu meinem Zimmer führte. Ich lauschte an einer Türe, da war nichts zu hören. Vorsichtig öffnete ich, es war ein falscher Raum. Das mußte Oswalds Arbeitszimmer sein, ein Riesenschreibtisch, mit Bergen von Schriften, zum Glück niemand da, ein süßlicher Geruch, vielleicht indischer Weihrauch mit alten Zigaretten vermischt. Ich schloß leise zu, lauschte woanders, dahinter schienen die Freunde zu sein, nicht sicher, oder doch, Schallingers Lachen trompetete albern, rasch weg, zu einer dritten Türe: das war die richtige, ich erkannte mein Zimmer.

Schnell suchte ich meine Rasiersachen und eilte damit ins Badezimmer zurück. Vor dem Spiegel erschrak ich, wie arg verwachsen Kinn und Wangen waren. Viel älter sah ich aus, und da behaupteten alle, ich hätte mich nicht verändert! In diesem Zustand hatte mich Otto photographiert; es kränkte mich. Welchen Eindruck hatte Dr. Haarburger von mir gewonnen? Vielleicht hatte mein Aussehen auch Inge verletzt und so störrisch gemacht. Ich hielt es für möglich, daß sie deshalb so ausfällig mir gegenüber war, dann aber mitleidig und am Ende so beschämt, daß ihr nichts anderes übrig blieb, als grußlos aus dem Haus zu verschwinden. Was hatten sich die Freunde dabei gedacht, wenn sie mich nicht verändert fanden? Waren sie ehrlich oder nicht, waren sie böswillig oder hatten sie sich einen verfallenen Greis erwartet, der auf Krücken humpelt? Hatten sie, denen die Flucht gelungen war, im Herzen mich abgeschrieben und fühlten sich nun um ihre Ruhe betrogen, weil man mir erlaubt hatte, den Krieg zu überdauern? Wünschten sie mich unter den Lebenden und wünschten sie mich hier? Warum waren alle Briefe Soundsos nur gezwungen freundlich gewesen? Und warum hatten sich die Geschwister Bergmann-Birch nicht doch einmal entschlossen, mir eine Zeile zu gönnen? Welchen Empfang hatte man mir bereitet? Eine abgekartete Komödie! Meine Ankunft hatte keinen wahren Beifall der Freunde; je mehr ich es bedachte, desto deutlicher wurde mir, daß der Auftritt auf dem Bahnhof und das umständliche Getue nichts als Verlegenheit war. Man fühlte sich widerwärtig ins Unvermeidliche gefügt, konnte das bloß nicht offen zugeben, konnte es nicht einmal sich selber eingestehen, daß ich einer schlecht gespielten Posse aufgesessen war und selbst dabei die kläglichste Rolle spielte. Soundso konnte sich von allen am ungeschicktesten verstellen, dafür war ich ihm noch dankbar. Bei Oswald schien wohl ein wahres Gefühl für mich beteiligt zu sein, es wagte sich aber erst hervor, als er keinen Zeugen für seine Freundlichkeit befürchtete. Wie durfte ich ihm vertrauen, bevor ich ihn nicht gründlich auf die Probe gestellt hätte? Doch auf die Probe stellen, wie erbärmlich war das, und welches Recht hatte ich dazu? Da fiel mir die Frage ein, die mir Soundso harmlos empört auf dem Bahnhof gestellt hatte: Bin ich nicht berechtigt? Und meine Antwort darauf: Die Frage ist mir zu hintergründig. Nein, ich hatte kein Recht und ich war nicht berechtigt! Abwarten also, abwarten, wie sich alles entwickeln wird, beobachten, wie Oswald und die anderen es wirklich mit mir meinen. Ach, welch beschämende Lage, abwarten zu müssen und nicht so frei zu sein, wie es das zu lange gestaute Gefühl begehrte. Wozu war ich von drüben abgereist, warum geflüchtet, wohin geflüchtet, und war es denn eine Flucht? Von mir weg und am Ziele wieder zu mir? Nur ein Tausch von Nichtswürdigkeiten? Oder waren die Freunde bloß genau so benommen wie ich oder gar noch mehr? Ich mußte mich besser zusammenraffen und ihnen beweisen, daß ich meinen Weg wußte, selbst wenn ihn viele Zweifel überwucherten.

Jetzt, da ich gut rasiert war, sah ich stattlicher aus. So durfte ich hoffen, sicherer aufzutreten. Nein, dieser Otto Schallinger! Es war vertrackt, daß ihm eingefallen war, auf den Bahnhof zu kommen und sich nicht wie Haarburger wenigstens bald zu verabschieden. Ottos Betragen, sein leeres Geplapper haben einigen Schaden gestiftet. Aber einmal würde er sich zurückziehen, dann wäre das Feld frei, und alles dürfte sich bessern. Wir würden unter uns sein, die Freunde würden mich erkennen, wie ich wirklich war. Zuversichtlich verließ ich das Badezimmer und wollte unhörbar in meine Stube zurück, aber das gelang mir nicht. So vorsichtig ich auftrat, die Stufen knarrten und ächzten; Oswald mußte das lange geübt haben, bevor er es fertigbrachte, diese Treppe lautlos zu bewältigen. Diesmal hatte ich mir die Türe gemerkt, leise schloß ich hinter mir zu.

Jetzt hätte ich es wagen dürfen, vor den Freunden zu erscheinen, der Lage fühlte ich mich gewachsen. Es hätte sich wohl auch gehört, denn mindestens eine halbe Stunde, wenn nicht länger, hatte ich herumgetrödelt, zum Mittagessen war es an der Zeit, aber ich konnte mich doch nicht entschließen. Die Müdigkeit war fast gewichen, nur leicht benommen fühlte ich mich noch. Nach einigem Schwanken, da ich mich schon zweimal der Türe zum Bibliothekszimmer genähert und nach der Klinke getastet hatte, kehrte ich mit dem Vorsatz um, für ein Weilchen, höchstens für zehn Minuten, mich auf dem Diwan auszustrecken, nur entspannen und ruhig liegen, bestimmt nicht einschlafen. Es war ein angenehmer Diwan, breit, gut gefedert, mit feinen Decken belegt, ein Tischchen daneben. Da gab es – ich wußte nicht, ob eigens für mich – samtene dunkelblaue und purpurne Anemonen, Konfekt in einer Schale, Zigaretten mit Zündern und vorsorglich sogar ein Glas Wasser; das war gut, ich hatte seit einem Morgentee auf dem Schiff nichts getrunken und war durstig. Ich leerte in einem Zug das Glas.

Dann lag ich flach auf dem Rücken, ich fühlte mich behaglich; so hätte ich mich gern eine Stunde entspannt. Das durfte ich aber bestimmt nicht und nahm deshalb meine Uhr in die Hand, um den Lauf der Zeiger zu verfolgen. Zehn Minuten wollte ich mir gönnen, keine Sekunde länger. Ich schaltete alle Gedanken aus, es gelang mir wider Erwarten sofort, die Uhr ließ ich nicht aus den Augen und sah, daß mir noch neun Minuten gehörten, die Zeit dauerte wunderbar lang, kaum daß sie schwand, dann waren es noch über acht Minuten, acht Minuten, fast acht Minuten, die Sekunden streckten sich, bis zu sieben Minuten war es noch eine gute Weile. So konnte ich mich erholen und brauchte nicht zu zweifeln, daß ich nach dem Verstreichen der gesteckten Frist mein Gleichgewicht gewonnen haben würde. Ich wagte sogar, die Augen ein wenig zu schließen, nicht wirklich, nur ein wenig, ich blinzelte, sechs Minuten, und beachtete immer die Uhr. Merkwürdig schien mir bloß, wie dämmrig es dabei wurde, das mußte der berüchtigte Nebel sein, der sich jetzt über die Stadt gebreitet hatte. Ich war schon neugierig, wie man sich draußen bei diesem Wetter zurechtfindet.

Ich weiß nicht, was mit mir los war, als ich mich wieder auf dem Zifferblatt vergewissern wollte, ob die zehn Minuten noch nicht abgelaufen seien. Ich strengte mich an, aber mit aller Mühe konnte ich den Zeigerstand nicht lesen. Vielleicht hatten sich meine Augen leicht verklebt, ich nahm das Taschentuch zur Hilfe, doch sah ich um nichts besser, wie weit ich auch die Augen aufriß. Ich setzte mich auf und blickte mich nach allen Richtungen um, doch nichts als Finsternis war um mich gebreitet. Ich erschrak; war ich erblindet? Wie eine grausame Wand hatte sich undurchdringliches Dunkel rundum gelagert. Ich wollte um Hilfe schreien und hielt mich gerade noch zurück, denn als ich mit äußerster Anstrengung spähte, entdeckte ich einen Lichtschein, der konnte nur durch das Fenster dringen. Ich war gerettet. Dann fand ich noch an einer anderen Stelle durch einen schmalen Ritz in Fußbodentiefe einen blinkenden Streifen. Es gab keinen Zweifel mehr, daß der Schlaf mich übermannt hatte, doch begriff ich nicht, wie das geschehen war. Ich hielt noch die Uhr in der Hand, die ich so aufmerksam beobachtet hatte, und schämte mich beklommen, daß ich die drei Männer ungebührlich hatte auf mich warten lassen. Ein feiner Gast, mußten sie denken, spotten würden sie obendrein. Vorher hatte ich mich im Zimmer nicht genügend umgeschaut, um mich hier im Finsteren auszukennen. Ich befürchtete, etwas umzustoßen, sobald ich versuchte, mich voranzutasten. Wo mochte nur ein Lichtschalter sein? Ich stand ein Weilchen, ohne mich zu rühren. Sollte ich durch Rufen meine Not zu erkennen geben? Nein, damit hätte ich mich lächerlich gemacht, ein furchtsam aus Träumen gefahrenes Kind, dem man zu Hilfe eilt, um es zu trösten. Da wären meine Vorsätze, als gefestigter Artur Landau aufzutreten, empfindlich beeinträchtigt worden. Ich mußte selbst meinen Weg finden, plötzlich vor den Freunden stehen und mich so betragen, als wäre mein spätes Kommen der natürlichste Vorgang der Welt. Ich tastete mich an dem Tischchen neben dem Diwan vorbei und strebte dem Ritz zu, dessen Schimmer mir den Weg wies. Nicht lange fischte ich mit der Hand herum, um die Klinke zu fangen. Leicht gab sie nach, ich trat voran, drei Lampen blendeten mich, daß ich zwinkern mußte, aber ich fand mich schnell zurecht und staunte über den dichten Qualm, der den Raum durchwölkte.

Oswald und Soundso schienen gelesen zu haben, sie saßen und hielten jeder ein Buch in der Hand. Otto war nicht zu sehen. Ich begrüßte die Freunde so unbefangen wie möglich und sagte, daß ich wohl wisse, wie ungehörig meine lange Rast gewesen sei, gleichzeitig aber auch rücksichtsvoll, weil ich nun so frisch sei, daß wir uns viel besser unterhalten könnten. Man war mild genug, diese Erklärung ohne Widerspruch gelten zu lassen, und berichtete mir, wie sehr Schallinger es bedauert habe, sich verabschieden zu müssen, er wolle morgen anrufen. Oswald schlug vor, daß wir ein Restaurant besuchen sollten, ein Mittagessen werde es wohl nicht mehr sein, dafür aber ein zeitiges Abendbrot. Ich war einverstanden und erkundigte mich nach Inge. Oswald verdroß meine Frage, er druckste ärgerlich herum und sagte schließlich hastig, daß Inge mit den Nerven leider schlecht beisammen sei, man müsse mit ihr Geduld haben, aber ich solle nicht zweifeln, wie aufrichtig gern sie mich habe, sie sei gegen jene am ausfälligsten, die sie am meisten liebe. Zum Abendessen werde sie nicht kommen, vielleicht nachher, später abends, doch sehr wahrscheinlich sei das nicht, weil sie mit Arbeit überlastet sei und außerdem heute über Kopfschmerzen geklagt habe. Ich wunderte mich, wie ausführlich mein Freund seine Schwester zu entschuldigen versuchte, und schnitt ihm endlich das Wort ab. Da schaute er mich einen Augenblick unsicher an. Dann bat er sich einige Minuten aus, er müsse noch schnell etwas erledigen, dann könnten wir gehen. Kaum hatte er das Zimmer verlassen, als mich Soundso aufklärte.

»An Inge hast du wenig verloren.«

»Ich schätze sie sehr.

»Das hat keinen Sinn. Verlorene Liebesmüh. Du mußt dich an andere Menschen halten. Oswald Birch, ja, der verlohnt. Sie ist eine Spinne, ein kleines gehässiges Biest.«

»Sprich nicht so häßlich!«

»Oh, noch immer so vornehm! Ich dachte, du hättest dich geändert.«

»Hat nichts mit vornehm zu tun. Inge ist ein herrlicher Mensch. Ich spüre nur eine tragische Verwüstung. Die hat sie mit Bitterkeit und Schärfe erfüllt.«

»Die gibt aber aus! Du solltest Karin über sie hören. Liebes Kind hin und liebes Kind her, schmeichelt ihr Inge, und dann befetzt sie sie. Hüte dich!«

»Ich hab sie gern. Genügt dir das?«

»Du bist ein Esel, Artur. Warum ist sie nicht gekommen und warum wird sie auch nicht kommen? Ich verrate es dir nicht. Du wirst schon merken.«

»Das ist abscheulich, was du sagst!«

»Bitt' dich, diese Emotionen! Halte dich an Birch.«

»Du weißt ja, wie ich ihn schätze.«

»Zum Teufel mit deinem Pathos! Merk dir, ob du ihn schätzt oder nicht, das ist egal. Er ist heute ein großer Mann, der Höhlenbilderatlas ist fertig, im ganzen Land heißt es Oswald Birch. Man nennt das hier Publicity und hat dann Einfluß.«

»Du meinst, er kann für mich ...?«

»Alles, wenn er will. Der Kratzenstein liegt vor ihm am Popo. Und du brauchst Kratzenstein.«

»Und wird Oswald ...?«

Soundso zuckte mit den Achseln, nahm eine Zigarette, ich mußte auch eine nehmen.

»Du darfst Birch nirgendwo erwähnen, dich nirgendwo auf ihn berufen. Er haßt das. Kommt er dir drauf, bist du für ihn erledigt.«

»Wie soll ich dann ...?«

»Du mußt darauf warten, bis er selbst was für dich tut oder dir sagt, was du tun sollst.«

»Bitte, sag mir aufrichtig, ist Oswald sehr schwierig?«

Soundso steckte zwei Finger in die Mundwinkel und pfiff leise, wie er es schon als Knabe zu machen pflegte.

»Du bist in deiner intellektuellen Entwicklung stehengeblieben«, sagte Soundso ernst.

Ich wußte nicht, was mir diese Worte sollten. Ich schwieg.

»Du wirst dich anpassen müssen. Mit einer Zukunft hier zu rechnen, wäre unklug. Aber das rate ich, halte dich an Birch. Dabei sei vorsichtig, behandle ihn mit Glacéhandschuhen. Er ist sehr empfindlich. Dein langes Schlafen ...«

»Das war nicht recht. Das wolltest du doch sagen?«

»Zumindest nicht klug. Er hat seine Zeit genau eingeteilt. Er wollte gleich ins Restaurant. Du hast ihm sein Konzept gestört.«

»Ich werde mich entschuldigen.«

»Auf keinen Fall! Das macht alles ärger. Du darfst dir überhaupt nichts anmerken lassen, daß du etwas von dem ahnst, was ich dir gesagt habe.«

»Ein rohes Ei.«

»Ja. Du bist gewarnt. Dr. Haarburger hättest du auch anders behandeln müssen.«

»Wie? Ich hab doch gar nichts gemacht!«

»Eben. Das war der Fehler. Ich hab dir geschrieben, wie wichtig er ist. Auf so einen Mann geht man ein, sagt ihm ein paar Schmeicheleien, wenn er sich schon extra auf den Bahnhof bemüht.«

»War ich nicht höflich?«

»Wer sagt das? Ich erkläre nur, man beginnt das anders. Ruf ihn bald an. Vielleicht noch nicht morgen, aber übermorgen. Geld wie Mist, Treffpunkt der verrotteten Intellektuellen, die hier den Ton angeben. Professor Kratzenstein, auf den Birch spuckt, geht dort aus und ein, Singule – das Schwein – mit seiner Frau, viele andere.«

»Wer ist das alles?«

»Sieh zu. Du wirst schon merken. Sei dankbar, daß du Zugang hast. Kontakte, Artur, Kontakte.«

»Wirst du mir helfen?«

»Ich? Wie stellst du dir das vor? Was ich kann, hab ich eingefädelt. Birch und Haarburger hab ich für dich interessiert. Jetzt pack zu. Verdirbst du dir's, ist es deine Schuld.«

»Oswald? Das war nicht nötig. Wie lang ich ihn kenne, länger als du? Hast du ihn nicht durch mich kennengelernt?«

»Du bist ein Kindskopf? Birch einmal kennenlernen, das ist leicht. Aber ihn dann auch halten ... Versuch's mal! Nicht gekräht hätt er nach dir, wenn ich nicht ... Jetzt mußt du das weiterspinnen. Doch fein. Mehr kann ich nicht für dich machen. Zum Haarburger geh ich nicht noch mal für dich hin.«

»Aber hinkommen wirst du mit mir?«

»Dort verkehr ich nicht. Keine Gesellschaft für mich. Mit Kratzenstein und Singule? Nein. Pfleg dir deine Kontakte und merk dir, Freunde sind hier sehr kostbar.«

»Du erschreckst mich.«

Soundso hatte schon wieder die Finger im Mund und stimmte sein säuselndes Gepfeife an. Ich entsann mich, daß ich es als Kind bewundert und später gehaßt hatte; besonders Franziska konnte es nicht leiden, weil sie es gierig fand. Er pfiff weiter, als hätte er meine Besorgnis überhört; er pfiff mir was. Dann stellte er sich breit vor mich hin und ließ den Oberkörper wiegend tanzen. Dabei blies er mir einen Rauchschwall ins Gesicht; ich mußte husten.

»Du rauchst sehr viel!«

»Ja. Ist dir's unangenehm? Aber um von was anderem zu reden, kannst du mir nicht genauer berichten, wie die Geschichte mit Doktor Blecha steht?«

»Sehr gerne. Du weißt doch, daß ich vor ...«

Ich mußte meine Auskunft abbrechen, denn Oswald holte uns in Mantel und Hut ab; wir rüsteten uns zum Ausgang. Birch wollte ein Taxi bestellen, entschied sich aber dann, angeblich in der Nähe, für ein Restaurant, wo es belgische Küche gab, die er besonders schätzte. So gingen wir durch die Straßen, die fast so verdunkelt wie im Kriege waren. Oswald und Soundso begannen von etwas zu sprechen, wovon ich wenig verstand; ich glaube, es handelte sich um eine Ausstellung von peruanischen Altertümern, beide Freunde hatten sie kürzlich besucht. Es berührte mich nicht, ich schwieg. Bald ließ ich die Männer einen halben Schritt vorausziehen, mein Fuß ärgerte noch immer, wenn auch weniger; ich hörte ihr Reden wie ein entfernendes Gewisper. Ich fühlte mich beiden nicht zugehörig. Was Soundso in seinen hinterhältigen und doch eindeutigen Bemerkungen über Oswalds menschliche Schwierigkeit gesagt hatte, hemmte mich; mein Vertrauen in seine Güte war nicht weniger erschüttert als mein Selbstvertrauen. Ich kam mir durch und durch fehlerhaft vor. War es nur herzlos oder traf es auch zu, was Soundso mir über meinen intellektuellen Zustand gesagt hatte? Wahrscheinlich war ich durch mein Schicksal drüben und durch die lange Gefangenschaft provinziell geworden, säuerlich, schwer umgänglich, langsam, ohne Schmiegsamkeit; man mußte einen anderen Schliff haben, um hier nicht anzustoßen, sondern fein durchzugleiten. Ich mußte mich erst zurechtfinden und viel nachholen, beträchtliche Bildungslücken ausfüllen, damit ich in dieser kultivierten Gesellschaft mich mit Anstand bewegen könnte. So sehr hatte ich mich auf diesen Tag gefreut, und nun war alles beschädigt und angeschlagen, jeder mögliche Wert meines Daseins in Frage gestellt.

Der Weg, der doch kurz sein sollte, dehnte sich endlos; ich begann zu zweifeln, ob ich je bis zu den belgischen Speisen gelangen würde. Wäre ich in dem dunkel verschwimmenden Häusermeer nicht so hilflos gewesen, so hätte ich auf die Mahlzeit, die Freunde und auf alles verzichtet, um eigene Wege zu versuchen oder, besser noch, mich in einen Winkel zu verkriechen wie ein müdes Bündel, dessen sich ein ehrlicher Finder erbarmt und es einem Fundamt zu treuen Händen überliefert. Was aber sollte man mit einem solchen Findling beginnen? Sie würden mich dort fragen, wer ich sei, wo ich wohne, was ich treibe, warum ich mich so in der fremden Stadt verlaufen hätte. Ich könnte jedoch nichts erwidern. Adam auf der Flucht, nach der Vertreibung, das fiel mir ein. Der Titel eines Bildes, das es nicht gibt. Sehn Sie, bitte, ich bin ein Titel, man hat mich nicht gemalt; beim Ausgraben in Peru, dort war ich noch richtig, wohnte richtig, trieb was richtig, da bin ich dann den Gelehrten in den Händen steckengeblieben; ein seltsamer Fund, so flüsterten sie, weil sie mich nicht erschrecken wollten. Das taten sie aber nicht aus Nächstenliebe, sondern nur um mich nicht zu verlieren. Doch hatten sie Pech; sie waren vorsichtig, wenn auch nicht genug. Ich bin zerfallen, Staub, selbst der verschwand, dann nichts, nur den Titel haben sie gerettet, den haben sie aufgeschrieben, einen schönen Zettel nahmen sie; dann kam noch eine Illustration in ein Buch, es war eine Höhlenzeichnung, Adam verloren und vertrieben auf der Flucht vor seinem Titel im Dunkel einer Höhle bei seiner Rast. Dort aufgefunden, ich konnte mich nicht wehren, die Gelehrsamkeit war zu groß, schnell mit mir in die Ausstellung hinein, Titel peruanischer Adam, ganz nackt, ganz nicht, ganz und gar nicht, und die Besucher kamen und unterhielten sich lange darüber, doch verstand ich kein Wort davon, weil es belgisch war, und ich spreche peruanisch, ein ausgestorbener Dialekt, dessen Titel unbekannt ist.

Da war auf einmal nichts mehr als ein schüttelnder Verdacht, schüttelnd vor dem langen Gebrauch, nach dem Gebrauch und vertrieben, vertrieben mit meinen Lieben. Ich hätte Oswald sagen können, Oswald, ein Bergmann, bitte, er hätte in der Höhle gegraben, bevor ich zerfallen bin, er hat es um des Titels willen getan, kein Bergmann, nein, Mister Birch, dazu haben sie ihn jetzt ernannt, aber seine Adresse hatte ich mir nicht gemerkt, nur den Titel, und den verstanden sie wiederum nicht, weil ich es bloß belgisch sagen konnte, ein Restaurant, ja gewiß, dort sind wir jetzt oder doch auf dem Wege hin, und mein Fuß schmerzt, das kommt von dem Fall auf der Rast in die Flucht, weil ich heute noch nichts gespeist habe, nur das Wasser bei dem Titel vom Tischchen beim Diwan habe ich getrunken. Das erwähnte ich lieber nicht, weil ich von der Ausstellung geflüchtet war, der durfte man keine Schande bereiten, weil ich im Katalog zu lesen stand, ja, schauen Sie nur nach, den können Sie sich leicht beschaffen, er kostet um ein Haar nur einen Pengö, um Ihnen den Verdruß zu ersparen, nicht Ihnen natürlich, sondern dem Pengö, ich meine den Titel, hundert Titel ein Pengö, das ist doch einfach, und wenn ich jetzt etwas sage, werden sich alle ärgern, das geht nicht, Inge Bergmann, Otto Schallinger, Sylvia kocht aus dem Norden, nicht belgisch, aber gut, Photographien, und dann der Soundso, Kauders bitte, Karin illustriert mich für den Verleger im peruanischen Stil, aber ich darf mich auf alle nicht berufen, weil es noch mehr gegen mich einnehmen würde, und dann ist der Bahnhof da, wo man überhaupt nicht weggehen kann, da will ich nicht hin, die Ausstellung ist nicht zu Ende, weil dort so ein arges Gedränge ist, lauter Kontakte, auf die es ankommt, aber auch auf die darf man sich nicht berufen, um dem Soundso den Verdruß zu ersparen, das wäre unklug erschienen, weil ihn Dr. Blecha zu nichts berechtigt, er knipst nur, noch eine Aufnahme, ein Geknipsel, dabei kommt nichts für Adam heraus, denn schwerlich hätte sich jemand zu ihm bekannt, es wäre unklug erschienen, da ich intellektuell zurückgeblieben bin.

Es war aussichtslos, mich zu behaupten, auch Dr. Haarburgers Telefonnummer, eine letzte Hoffnung, hatte ich nicht bei mir. Mit einem solchen Verdacht, wie ich es war, wußten die Beamten auf dem Fundamt nichts zu beginnen, da müßte ich auf die Polizei. Nichts half es, daß ich schrie, die brauchen jemanden, den es gibt und keinen verlorenen Titel, nein, sie sagten, die auf der Polizei würden sich mit mir nicht lange aufhalten. »Den Namen, bitte!« Ja, den Namen, aha, da hätte ich laut zu rufen, hier bin ich, hier bin ich! Ganz meinerseits bin ich hier! Sie würden mich aber zur Besinnung bringen und nochmals den Namen verlangen. Da wüßte ich ihn anzusagen, Artur Kutschera, mein Vater und meine Mutter verkaufen Nüsse und Äpfel in der Reitergasse 8, und daneben ist Wäsche, Wäsche von Landau. Kutschera, das hört sich gut an, würde der Inspektor nicken, und was kosten denn die Äpfel? Ausverkauft, schade, den letzten hat die Eisenbahn bekommen. Artur Kutschera, der Inspektor würde es wiederholen, das kann nicht stimmen, wirklich, es stimmt nicht, ein Fehler der ehrlichen Selbstverleugnung, Landau, Artur Landau. Das ist schon viel besser, ein lieblicher Name, der Inspektor würde ihn nachsprechen mit klebriger Zunge, der Name dreht sich im Munde wie Honig. Artur Landau, das schmeckt, das ist Ausland, das kennt man. Wohnt natürlich nirgends, hat keine Bleibe. Einen großen Bogen vor sich, würde der Inspektor zu schreiben beginnen, endlich den Titel, Tatbestandsaufnahme. Was ich dazu auszusagen hätte? Ich habe mich verloren, man hat mich aufgefunden und hergeschafft. Abgeschafft, war seine Antwort, sie kam hart und zäh heraus, abgeschafft, Sie, solch ein Apfel, das ist faule Ware; abgeschafft schnell über die Grenze, übers Meer, so wie Sie hergekommen, oder ins Meer.

Was ließe sich dagegen vorbringen? Vielleicht hatte ich es. Wenn mich ein ehrlicher Finder aufgelesen und überliefert hat, bestand ja auch die Hoffnung, daß sich ein ehrlicher Sucher einstellt, morgen, wenn wieder lichter Tag ist, da kommen die ehrlichen Sucher übers Meer und aus allen Höhlen. Der Inspektor ließ das nicht gelten. Bei uns sucht man niemanden, der ehrlich ist, nur Verbrecher werden gesucht, da fahnden wir und kriegen sie schnell. In meiner Verzweiflung begann ich von meinem Vater zu erzählen, es war ein ehrlicher Vater, den haben sie umgebracht, weil er so ehrlich war. Aber das verstärkte nur den Verdacht. Wer hat den Vater umgebracht? Die Mutter auch, die Eltern umgebracht. Alle verloren. Viel mehr noch. Weg. Hat sie ein ehrlicher Finder nicht abgeliefert? Ich wäre gern bereit, sie auszulösen. Der Inspektor blätterte langsam in einem dicken Verzeichnis herum, es waren wahrscheinlich alle verlorenen Namen und Titel darin. Plötzlich hielt er inne und fragte, womit ich sie auslösen könne? Mit meinem ehrlichen Namen. Er lächelte, lächelte ungläubig. »Das sind alles Geschichten, wie sie wo anders möglich sind, aber nicht auf unserer ehrlichen Insel. Weisen Sie sich aus!« Ich stocherte in allen meinen Taschen herum und gab ihm an Dokumenten und Papieren, was ich bei mir hatte. Der Inspektor streifte sich weiße Handschuhe an, bevor er mit Widerwillen meine amtlichen Bekenntnisse untersuchte. »Alles nichts wert«, sagte er kühl, »stammt aus einem minderwertigen Land. Wie das Papier stinkt!« Da beschleunigte ich meinen Schritt, denn lange konnte ich diese Qual nicht ertragen; es war besser, den Kontakt mit meinen eilenden Freunden zu behalten und in die belgische Wirtschaft zu kommen, als um die letzte Faser meines Verstandes in aussichtslosen Verhören geredet zu werden. Ich sagte mit leiser flehender Stimme:

»Nicht so schnell, bitte! Ich verliere meinen Atem! Wie weit ist es noch?«

Vertraulich schob sich eine Hand unter meinen Arm und gewährte mir lindernde Zuversicht.

»Wir sind gleich da.«

Die Hand war so nahe, aber die Stimme, so trostreich sie war, drang nur aus mühsam bezwungener Ferne in mich herein. Ich brauchte lange, um mich ihrer zu vergewissern. Um sie für mich zu gewinnen, versuchte ich, die Stimme noch einmal zu rufen.

»Nicht lange? Darf ich das nochmals hören?«

»Aber sehr gern. Bestimmt nicht lange. Keine Minute. Warum sind Sie denn so ängstlich? Oder sind Sie bloß müde?«

»Müde, sehr müde. Doch geht es sofort vorüber, wenn wir wirklich gleich da sind.«

Jetzt hatte sich die Stimme schon viel siegreicher durchgesetzt, sie belebte mich und durchglühte mich warm. Da mußte ich auch nicht mehr um einen halben Schritt zurückbleiben, sondern durfte, gestützt von der hilfreichen Hand, unmittelbar nebenher laufen; fast hätte ich, bei Kenntnis des Zieles, sogar einen kleinen Vorsprung wagen dürfen. Ich glaube, daß ich etwas in diesem Sinne gesagt habe, worauf mir mit einem fröhlichen Lachen geantwortet wurde. Das klang versichernd, aber auch leicht warnend. Schon sah ich, warum. Wir bogen nämlich um eine Ecke, und da meldete sich die Stimme wieder.

»Hier, wo das Licht herausdringt, da sind wir schon.«

Nun sollte ich sogar vorausgehen, so sei das hier Sitte, aber ich bat, da ich fremd war, mir nicht den Vortritt zu lassen.

»Sie sind aber ein scheuer Geselle.«

Die Türe öffnete sich. Wir traten in eine freundliche, nicht sehr große Speisestube mit zurückgezogenen Nischen.

»So etwas Gemütliches habe ich hier noch nicht gesehen. Viel hübscher als im belgischen Restaurant.«

»Das freut mich. Wollen Sie eine stille Ecke wählen?«

Ich blickte der Stimme ins Gesicht, als könnte ich dort die Antwort lesen, wo für uns der richtige Tisch sei.

»Nun, wenn Sie mich anschaun, werden Sie keinen Platz aussuchen können.«

»Vielleicht doch«, gab ich übermütig zurück.

Meine Begleiterin lachte nur, kümmerte sich nicht weiter um meine Torheit und ging entschieden auf eine Nische in der hintersten Ecke des Raumes zu. Ich brauchte nichts anderes zu tun als hinterdrein zu stapfen. Dann half ich Fräulein Zinner aus dem Mantel, nahm auch meinen ab und blieb ratlos mit meiner Last stehen. Sie lachte wieder, wie ich so linkisch mit den Mänteln nichts zu beginnen wußte.

»Entweder Sie geben's über zwei Sessel, oder dort drüben sind Aufhänger.«

Da zog ich ab und hängte die Mäntel spielerisch auf. Als ich zum Tisch zurückkehrte, verhandelte Fräulein Zinner bereits freundschaftlich mit einem Kellner, den sie zu kennen schien. Sie hatte für sich schon gewählt, und als ich erklärte, mir sei alles gleich, am besten für mich dasselbe wie für das Fräulein, ließ sie das nicht gelten, obwohl der Kellner bestätigte, daß ich bei dieser Wahl nicht schlecht fahren würde. Doch das half mir nichts, ich mußte mich in die Speisekarte vertiefen, über die ich mich beugte, um sie gewissenhaft von Anfang zu Ende zu lesen. Inzwischen unterhielten sich die beiden halblaut, aber ich hörte nicht zu. Als ich alles durchgelesen hatte, schaute ich verlegen auf, ich war mir nicht klar darüber geworden, was ich bestellen sollte.

»Verzeihn Sie, Fräulein! Ich bin so unbeholfen. Die Auswahl ist zu groß, das verwirrt mich. Ich bin das nicht gewohnt. Am einfachsten ist es, man setzt mir irgendwas vor. Es wird schon alles gut sein.«

Sie lachte herzhafter noch als vorhin. Der Kellner jedoch blieb ernst und rezitierte aus dem Gedächtnis den wichtigsten Inhalt der Speisekarte, den Namen jedes Gerichtes sorgfältig betonend, manchmal mit einem hervorhebenden Lobspruch dazu, aber leider etwas zu schnell, um mich beim Erwähnen der einzelnen Speisen zurechtzufinden. Ich schaute nur immer ratloser abwechselnd den Kellner und meine Begleiterin an.

»Es ist mit mir eine Plage. Vielleicht das Billigste!«

Fräulein Zinner weidete sich unschuldig an meinem Unvermögen, doch mit meinem Vorschlag gab sie sich nicht zufrieden, verriet mir aber endlich auf meine dringende Bitte, was sie für sich ausgesucht hatte. Als ich versicherte, genau dasselbe wäre auch für mich das Rechte, war sie schließlich einverstanden und verzichtete auf das Entgegenkommen des Kellners, der gewillt war, noch einige Angebote vorzutragen. Nur für ein Getränk mußte ich mich selbständig entscheiden, weil Fräulein Zinner darauf bestand und nichts davon hören wollte, daß ich, wie sie, nur klares Wasser verlange. Endlich zog der Kellner belustigt schmunzelnd ab, ich atmete auf und war erleichtert, daß ich die umständlichen Verhandlungen glücklich überstanden hatte.

»Sie sind mir ein toller Gast, mein Lieber. Wie schaffen Sie's denn sonst?«

»Ich schaffe es eben nicht. Das muß ich kleinmütig zugeben.«

»Und haben es doch geschafft!«

»Verspotten Sie mich nicht? Sie hätten alles Recht.«

»Nein.«

»Sie sind sehr gütig. So ist noch niemand hier zu mir gewesen.«

»Das glaub ich Ihnen nicht!«

»Doch. Glauben Sie es nur! Es ist alles bloß eine Jagd nach Selbstbestätigung und Erfolg, was ich bisher hier versucht habe. Man ist oft nett zu mir, manchmal auch sehr nett, aber die menschliche Wärme fehlt, Güte spüre ich kaum oder nur so verdreht und verbohrt, daß sie zerknickt ist oder borstig geworden. Die paar Freunde von früher, die ich hier hab … Ich will lieber nichts darüber sagen. Es quält mich, da ist etwas zerbrochen. Ich spüre, daß ich in die Irre gehe. Ich will einen Halt gewinnen, rede mir auch manchmal ein, auf einer guten Fährte zu sein, aber in Wirklichkeit ist alles unsicher. Man hört mich nicht ernsthaft an. In meiner Art muß etwas liegen, was die Menschen zwar einen Augenblick fesselt, dann aber ist es plötzlich vorbei, etwas ist unstimmig, sie sind abgeschreckt. Sie empfinden mein Wesen als Gemisch von Überheblichkeit und Minderwertigkeit. Etwas ist in mir verknotet, was verhindert, mich in die soziale Ordnung einzugliedern. Ich frage mich oft, ob es meine Schuld, ob es ausschließlich nur meine Schuld ist. Was halten Sie davon?«

»Sie würdigen mich da ungewöhnlicher Geständnisse, allein ich habe nichts zu entscheiden. Sind Sie denn nicht so, wie Sie sein müssen?«

»Das möchte ich gern sein. Wissen Sie, ob ich lebe, das weiß ich nicht. Aber es gibt etwas in mir oder auch außer mir, das weiß ich nicht genau, aber etwas ist es, und dem lebe ich nach, versuche es zumindest. Vielleicht bin ich auch nur insofern und solange, als ich diesem – ich kann es nicht beschreiben –, diesem etwas allein nachzuleben vermag. Ich habe mir das oft gedacht. Und nicht nur dann, wenn ich mir fraglich wurde, wie so oft. Denn ich bin mir meistens fraglich. Ich selbst, darunter versteh ich bei mir etwas Aufgespaltenes, aber nichts Krankhaftes, denn auch aufgespalten hält es in sich zusammen, es ist nur fraglich. Die aufgespaltenen Teile wissen voneinander, sie haben sich nur nicht. Verstehn Sie mich, wenn ich sage, daß ich nicht mein Herrscher bin, und darum aufgespalten, ohne krank zu sein? Sehn Sie, das galt vor allem, wenn das Fragliche übermächtig war, bestimmt nicht nur in mir allein, denn das wäre dann leicht krankhaft, sondern übermächtig in der Umwelt, wenn also das Fragliche für viele sich schon ins Unfragliche verwandelt hatte, weil es sie niederwarf und verzehrte. Vielleicht habe ich mich nur im Nichts bewährt und vermag sonst kaum zu bestehn.«

»Das ist doch eine ungeheure Kraft!«

»Sie nennen es so. Ich bin mir nicht so gewiß. Ich bin mir überhaupt nicht gewiß. Ich bin die Ungewißheit selbst.

Deshalb kann man schwer mein Freund sein, obwohl ich mir einbilde, der Freundschaft fähig zu sein. Aber ich bestehe nur in Anhänglichkeit. Wo andere unabhängig sind oder doch so scheinen, könnte ich nicht sein. Da löst sich alles auf. Finden Sie das nicht lächerlich?«

Fräulein Zinner lächelte, aber nicht weil sie meine Erklärung lächerlich fand, wohl eher, weil ich mich in einen Eifer geredet hatte, der ziellos um sich herumschlug und keinen rechten Grund hatte. Eine ernsthafte Tiefe hatte ich mit solchen Reden nicht gewonnen, für ein vergnügliches Tischgespräch eignete sich aber solch eine verquälte Spielerei sicher nicht. Es bestand auch kein gerechter Anlaß, mich und meine Nichtigkeiten dermaßen in den Vordergrund zu rücken, und ich bedachte, daß dies gerade die Art sei, die mich den Menschen so leicht unleidlich werden ließ. Fräulein Zinner zu gefallen, war mein Streben, darum wollte ich ihr bemerkenswert erscheinen; dieser eitle Geltungstrieb war die Wurzel meiner Torheit, wenn ich mich liebenswerter zeigen wollte. Es war günstig für mich, daß der Kellner bald die Suppe und das Brot brachte, denn beim Essen konnte ich das nicht zu Ende gesprochene Thema fallen lassen, mußte überhaupt nicht so viel reden und durfte Fräulein Zinner umso beharrlicher beobachten. Sie schien weder durch mein verunglücktes Reden noch durch die unerquicklichen Vorfälle im Büro von mir abgestoßen zu sein. Nach längerem Schweigen, das Fräulein Zinner auflöste, strebte ich aber wieder in eine Richtung, die mir leicht gefährlich werden konnte.

»Was wollen Sie eigentlich beginnen?«

»Sie wissen, was mich beschäftigt, ist die Soziologie des unterdrückten Menschen, der Verfolgten, aber auch der Verfolger.«

»Schöpfen Sie dabei aus Ihrem eigenen Erleben?«

»Nur teilweise. Ich war mit dem Fragenkreis bereits beschäftigt, bevor ich am eigenen Leibe erfahren hatte, was es heißt, verfolgt zu sein.«

»Ein leidvolles Wissen.«

»Ja. Wir sollten nicht davon sprechen. Das Unglück ist mein Beruf, aber nicht mein Vergnügen.«

»Niemandes Vergnügen, aber jedermanns Not.«

»Das stimmt. Doch muß man sich nicht immer damit abgeben. Nicht einmal ich.«

»Wenn wir aber alle mitten drinnen stehn? Wie ist es dann?«

»Sie haben eine Grundlage, Fräulein Zinner. Auf Ihre Weise sind Sie immerhin gesichert. Sie sollen sich nicht ins Uferlose verführen lassen. Ich bin ein schlechter Gesellschafter. Es war ein unverzeihlicher Fehler, Sie um diesen Abend zu bitten.«

»Bereuen Sie es?«

»Ich habe nichts zu bereuen. Im Gegenteil, ich bin Ihnen dankbar. Aber Sie müßten eigentlich bereuen. Wenn Sie mich jetzt nicht fortjagen, haben Sie sich alles selber zuzuschreiben.«

»Das ist nicht sehr schmeichelhaft, was Sie mir da sagen. Wir können gern sofort nach dem Essen aufbrechen, und ich bringe Sie zu Ihrer Pension.«

»Habe ich Sie gekränkt?«

»Nicht mich, Herr Doktor, aber meine Eitelkeit.«

»Um Himmelswillen, was hab ich angestellt?«

»Gar nichts. Machen Sie sich keine Gedanken! Ich bin ja auch ein merkwürdiges Ding und verschroben. Ich verdiene niemandes Freundlichkeit.«

»Möchten Sie wieder gern musizieren? Die Geige?«

»Sie können sie haben. Das habe ich Ihnen schon bei Haarburgers angeboten.«

»Was soll ich mit der Geige?«

»Was ich ...?«

»Spielen!«

»Ich spiele nicht. Nicht mehr. Ausgegeigt.«

»Dieser Pessimismus steht Ihnen nicht zu.«

»Das sagen Sie?«

»Ja. Das sage ich. Man muß wieder aufbaun, man muß sein.«

»Und wem sagen Sie das, wenn ich fragen darf?«

»Ihnen, Fräulein Zinner. Und – das gebe ich zu – auch mir selbst. Aber es scheint mir eher meine Aufgabe, das anderen Menschen nahezubringen.«

»Man muß jedem seine Aufgabe lassen.«

»Ist das Ihr Ernst?«

»Man muß, wo man kann, jedem beistehn, diese seine Aufgabe zu erfüllen.«

»Halten Sie sich daran?«

»Unvollkommen. Gute Absichten. Ich leiste viel zu wenig.«

»Aber Sie leisten. Das ist etwas. Ich bin dazu in meinem Leben noch nicht gekommen. Doch die Geige sollten Sie nicht vernachlässigen.«

»Quälen Sie mich nicht damit! Es gibt gewisse Sachen, die man begraben muß. Was man heute Schuldkomplex nennt, wissen Sie, Herr Doktor, das soll man sich nicht so leichtsinnig von den modernen Seelenhelfern wegbehandeln lassen. Man muß gewisse Opfer bringen, auch wenn sie keinem nützen; opfern, also begraben. Dazu muß man den Mut haben, das ist wirklich Mut, und es geschieht nicht aus Feigheit, sondern als Sühneversuch, eben als Opfer. Das kann ich sonst keinem Menschen sagen, weil man mich nicht versteht und nur auslachen würde. Aber Sie müßten es verstehn! Verstellen Sie sich bitte nicht, Sie verstehn es ja auch! Wissen Sie, ich bin wahrscheinlich ein bissel simpel, aber so etwas wie ein persönliches Verhältnis zu den großen Fragen hab ich mir doch zurechtgelegt. Daß man ein Mensch ist, dafür hat man ein Entgelt zu entrichten. Man ist also schuldig, ein Mensch zu sein, aber auch, ein Mensch sein zu können. So ähnlich begreife ich auch das erste Menschenpaar in der biblischen Geschichte. Wenn Adam und Eva am Leben bleiben durften, nachdem sie sich durch ein verbotenes Wissen versündigt hatten, dann war das nur durch eine Verpflichtung zu einem Sühnedienst möglich. Seither ist es so: wann immer wir in eine Schuld geraten, eine Schuld wissen oder fühlen, dann müssen wir ein Opfer bringen. Nicht wahr, das ist doch ohne Mühe einzusehn? Und jetzt darf ich Ihnen wohl verraten, lachen Sie nicht darüber, das kommt mir heute so vor wie eine Erinnerung an eine frühere Inkarnation. Wenn Sie sehr lieb sein wollen, sprechen wir nicht mehr davon.«

Das alles ging mir nahe, es stammte gleichsam aus meinem eigenen Empfinden. Die Geige hätte ich bestimmt nicht mehr erwähnt, aber über Schuld und Opfer wäre mir eine Fortsetzung dieses Gespräches erwünscht gewesen, doch das verhinderte der Kellner, der das Hauptgericht auftrug. Beide Portionen wurden gemeinsam serviert, das Fleisch auf einer Platte, Kartoffeln und Gemüse in einer Schüssel, nur der Salat gesondert in zwei Schälchen. Der Kellner schickte sich an, die Speisen vorzulegen, aber Fräulein Zinner winkte ihm ab. Sie teilte selber aus, und ich empfing von allem, mein Widerspruch nützte nichts, den größeren Teil.

»Sie haben ja fast keinen Braten!«

»Sie werden das schon vertragen.«

Ich mußte mich fügen und sah, wie Fräulein Zinner sich kindlich freute, weil sie mich so bevorzugt hatte. Als sie merkte, wie gut es mir schmeckte, freute sie sich so herzlich darüber, daß sie es nicht verbergen konnte.

»Ich hatte gehofft, es würde Ihnen Spaß machen. Ich habe Sie bei Haarburger beobachtet, mit welchem Mangel an Teilnahme für all die Leckerbissen Sie sich bedienten und aßen. Es kann einen glücklich machen, wenn man für jemanden sorgen darf.«

Ich erwiderte nichts, ließ es dabei bewenden und schaute bloß dankbar auf. Fräulein Zinner wich meinem Blick aus und verzehrte ihr Mahl langsam in winzigen Bissen, ohne meiner fühlbar zu achten. Vielleicht aß sie aus Zartgefühl so langsam, um nicht viel früher fertig zu werden als ich mit meinem gehäuften Teller. Daher schien es mir am besten, soweit das schicklich war, alles schnell aufzuessen, um nicht noch kauen zu müssen, nachdem sie ihr Mahl beendet hätte. Es nahm sich zierlich aus, wie sie das Besteck handhabte. Ich hatte kaum zuvor jemanden genauer bei einer

Mahlzeit beobachtet, da ich es früher für unpassend gehalten hätte, einer so intimen Handlung Aufmerksamkeit zu widmen. Warum ich jetzt so gespannt darauf achtete, wie sie mit Messer und Gabel umging und ihre Bissen zum Munde führte, wußte ich nicht und zweifelte auch, ob ich recht daran tat, konnte es aber trotzdem nicht lassen. Ich erwog dabei, ob Fräulein Zinner mich nicht an jemanden erinnerte, und forschte in meinem zugleich erregten und betäubten Gedächtnis. Warum vergleicht man Menschen, fragte ich mich. Jeder ist ohne Vergleich, so dünkte es mich. Doch das stimmte nicht, überall war ein Vergleich wirksam, wenn es auch unentschieden war, worin das Maß bestand. Gewiß erinnerte mich dieses Mädchen an niemanden, es war mir noch nichts Gleiches begegnet, das Vertraute an meinem Gegenüber war gerade das Fremde, ein Unbekanntes, das verlockte. Warum speiste ich mit diesem Mädchen zusammen? Warum hatte sie sich zu dieser Zusammenkunft entschlossen? Gemeinschaft der Unbekannten ein Zufall, und darüber fällt eine Welt zusammen, ein Sturz, alles ist begraben, hinabgesunken, zugeschüttet, doch dann schleicht nebelhaft etwas heran, geheimnisvolle Fremdnis, forscht in den Tiefen, entdeckt, hebt den Fund zum Lichte empor und verkündet, siehe, hier ist Gewesenes, das mutet als Verbündetes an, wie es in der Vorzeit, doch nicht in dieser Zeit gelebt hat. Glück ist ein Fremdes, im anderen wird es entdeckt. Da mindert der Schmerz sich, der im Eigenen wohnt, Entdecken ist die einzige Freude.

Meine Träumerei wurde vom Kellner gestört. Der Nachtisch stand vor uns bereit, gläserne Schälchen, darin ein zarter farbiger Schaum. Ich versuchte davon, er schmolz auf der Zunge und schmeckte nach Zitrone. Fräulein Zinner sah mich ein wenig abwesend an, doch merkte sie mein Vergnügen. Ich brach das Schweigen mit einer so unvermuteten Frage, daß sie fast erschrak.

»Interessieren Sie sich für Küche und Haushalt?«

»Ich bin eine schlechte Köchin und versteh zu meinem Kummer fast nichts von der Wirtschaft.«

Sie sagte es betroffen; ich glaubte, sogar eine Träne zu bemerken. Warum hatte ich an so Empfindliches gerührt?

»Das macht nichts«, warf ich so sorglos und heiter hin wie möglich. »Davon muß man nichts wissen. Wenn man es braucht, lernt es sich wie von selbst.«

Sie lachte etwas unfrei wie in leichtem Ärger.

»So? Glauben Sie? Ihre Erfahrung ist ja erstaunlich.«

»Ach, meine Erfahrung! Wo denken Sie hin!«

Sie schaute mich voller Besorgnis an.

»Ich hatte immer was anderes zu tun als Haushalt. So was macht man nicht für sich allein. Das muß man für jemanden tun, sonst ist es sinnlos. Wenn meine Brüder ...«

Sie verstummte. Der Kellner räumte das Geschirr vom Tisch und brachte Kaffee. Ich war froh, daß wir seiner nun ledig sein würden. Nur Fräulein Zinners Unruhe störte mich. Alles schien jetzt umgekehrt als in ihrem Büro und auf dem Wege, wo sie die Sicherheit besaß, während ich der Hilflose war. Ob ich nun im Vorteil war? Welch kläglicher Vorteil, wenn es mir bloß gelungen war, meine Schwäche auf das Mädchen zu übertragen, ohne selbst dabei beständiger geworden zu sein. Was ich da angerichtet hatte! Der gemeinsame Abend war verfehlt, ein verkehrtes Beginnen nie mehr stillbarer Sehnsucht. Ich überlegte, wie ich es erzielen könnte, mich zu sammeln, oder, wenn das mißriet, mich so unterzuordnen, daß sich Fräulein Zinners eigene Natur wieder aufrichtete. Doch dazu fehlte mir Kraft, die erfüllte mich bloß, wenn ich von fremder Kraft zehrte. Bewußt unterordnen aber konnte ich mich nicht. Meine Abhängigkeit von anderen Menschen hat nichts mit Unterordnung zu tun.

»Sagen Sie, Fräulein Zinner, habe ich nicht was Schreckliches angerichtet?«

Sie blickte mich verwundert an und heischte Aufklärung.

»Vielleicht nichts Schreckliches, so meine ich das gar nicht, nur etwas Unliebsames, etwas nicht ganz Ordentliches, was in keine Regel paßt.«

»Haben Sie doch nicht lauter solche Sorgen! Sie sind ein großer Junge.«

»Das haben Sie lieb gesagt. Man hat mich, seitdem ich hier bin, gewöhnlich so verstört, daß ich mit ungezählten, oft geringfügigen Dingen unliebsam Anstoß zu erregen fürchte. Statt mich zu versichern, raubt man mir meist noch die letzte Zuversicht. Aber damit werde ich Sie nicht belästigen und ich bin dankbar, daß Sie mir Freiheit gewähren. Dadurch kann ich mich erleichtern. Ich brauche einen Halt, aber man läßt mich tappen und taumeln oder stellt mich vor eine Wand, die ist glatt und wehrt mich bloß ab, ohne mich zu stützen. Doch denken Sie deswegen nicht schlecht von mir! Es ist ein stockendes Unbehagen, das mich all dies verdrehte Zeug sagen läßt. Ich kann auch anders sein. Dann glaube ich, alle Schwierigkeiten zu überwinden. Wenn man überlebt hat, staunt man oft über sich, man tritt sich selbst gegenüber, neugierig, scheu, vorsichtig, richtet Fragen an sich, weil man es noch nicht recht glaubt, ob man derselbe Mensch ist, ob man überhaupt ist. Manchmal glaube ich, ja, es ist doch so. Das sind nicht einmal bedeutsame Augenblicke, im Gegenteil, da wird alles undeutlich und verschwommen, weil in der Frage die Antwort sich auflöst. Aber wenn man einfach hinlebt, das Natürliche tut, nicht voll bewußte Stunden, sondern kleine sickernde Gespräche oder kleine fortgesetzte Handlungen, da ist das erschütterte Dasein noch am ehesten einer ziemlichen Ordnung nahe. Also wenn die Frage aufhört, ununterbrochen an das Innerste, an das Verwegenste zu pochen, aber jedenfalls ist es, und es geht dahin, ein milder Zug, ohne größere Überraschungen, die mit einem Male wieder erschrecken und die Einrichtung des Selbstverständlichen unterbrechen. Dann geschieht auch alles in einer fraglosen Abhängigkeit. Das ist sicher nicht groß und wesentlich, doch scheint es mir heilsam. Ob das die Grundlage für ein Leben hergibt, weiß ich freilich nicht.«

»Aber eine Einrichtung ist es. So nennen Sie es selbst. Man muß sich einrichten. Das haben Sie doch im Sinn?«

Das sollte ich. Sie haben recht. Entsinnen Sie sich, wie ich bei Haarburgers die Frage aufgeworfen habe, ob man einen

Menschen mit meiner Vergangenheit heiraten könnte? Sie haben sich da sehr freimütig geäußert. Ist Ihnen das erinnerlich?«

»Ja.«

»Und war Ihnen Ihre Antwort ernst? Vor allem, stehen Sie noch heute zu dem, was Sie damals vertreten haben?«

»Zu jedem Wort.«

»Das ist gut. Sie würden so jemanden heiraten? In alle Unsicherheit hinein?«

»Ja.«

»Das ist ungewöhnlich wichtig. Haben Sie sich damals etwas Bestimmtes dabei gedacht?«

»Erlauben Sie einmal!«

Fräulein Zinner kicherte belustigt und steckte mich damit an.

»Da könnten Sie mich ja sofort von der Stelle weg heiraten, Fräulein Johanna!«

»Warum denn nicht?«

»Ich bin kein Mann für Sie.«

»Das müßten Sie vielleicht schon mir überlassen.«

»Ich habe keine Existenz, wie man das so nennt.«

»Sie heiraten mich auch nicht.«

»Wer sagt Ihnen das?«

»Ich bin so frei.«

»Gehn Sie! Man heiratet wenigstens im Wunsch nach Sicherheit.«

»Man heiratet aus tausenderlei Gründen. Ich würde heiraten, wen ich mag, wenn er mich will.«

»Also mich?«

Johanna schwieg betroffen, aber sie faßte sich schnell und sah aus, wie ich mir vorstellte, daß sie in ihrem Amt bei sachlichen Verhandlungen auf Besucher wirkte. Alles war undurchdringlich an Johannas Erscheinung, bestimmt und zurückhaltend, doch freundlich aufgeschlossen. Sie gefiel mir überaus in diesem zuverlässig ruhigen Betragen; ja, ich wurde mir bewußt, wie sehr sie mir jetzt erst gefiel, so daß ich nicht bloß von weichlicher Ohnmacht oder von einer rasenden Laune getrieben, die mich jäh überfallen haben konnte, sondern mit aller Inbrunst um sie werben sollte. Ich war frei von sträflicher Liebelei. Ich sah sie leise an, halb von der Seite. Ihr Antlitz, gleichmütig ausgewogen, als hätte ich kein kühnes Wort gesagt, gab mir kein Zeichen, wie ich mich verhalten sollte, ob ich erhört werden würde oder nicht. Eines wußte ich: eine Niederlage konnte ich jetzt nicht ertragen. Ich neigte mich leicht vor und sprach gerade noch hörbar, aber eindringlich.

»An mir ist nichts zu gewinnen als meine Ohnmacht.«

Johanna wandte sich mir aufmerksam zu, aber sonst veränderte sich nichts in ihrem Wesen, was mir den schlichtesten Aufschluß gewährt hätte. Ich redet weiter, hauchleise.

»Ein Mensch wie ich ist arm und hat nichts zu verheißen. Sein Dasein, selbst noch von Zweifel verschont, ist eine einzige unheilbare Wunde. Vielleicht von Herzen dankbar, kann er doch nie einen Lohn versprechen. Ratsam ist es bestimmt nicht, sich mit ihm zu verbinden. Wer klug ist, meidet ihn. Wer ihn liebt, wird Mühe und bittere Stunden haben. Zu bieten hat er nur sich, das ist wenig, und sonst nichts. Er ist treu, nicht aus Tugend, sondern aus seiner Natur. Er ist anhänglich, sogar sanft, aber eigenwillig, und seine Heftigkeit empfiehlt ihn nicht, sie kann schrecklich sein. In guten Stunden, sie sind selten, ist er aufgeschlossen. Er brütet aber viel und in seinen krausen Gedanken wandelt er eigene Wege, auf die jemanden mitzuführen er nicht geloben kann. Manchmal ist er traurig und dem Trübsinn nahe, und dann würde es schwerlich jemandem gelingen, ihn abzulenken und aufzuheitern. Aber er ist dankbar, vielleicht, das hat er schon gesagt. Er vergißt auch nicht leicht, manches vergißt er nie, er ist verletzlich und manchmal gekränkt, doch trägt er nicht nach, den bösen Willen bekämpft er und ist versöhnlich. Seine Arbeit mag wenig wert sein, doch nimmt er sie wichtig, er liebt sie. Er ist ein Witwer. Seine Frau hat er sehr geliebt, sie ist nicht vergessen, sie wird nie von ihm vergessen werden. Wenn er je wieder heiraten sollte, darf er versichern, daß die Tote nicht zwischen ihm und seiner Frau stehen wird, er nicht zwischen der Lebenden und der Toten, und es würde an der Frau liegen, daß nicht sie sich zwischen ihren Mann und die Hingeschiedene stellt.«

Johanna hörte sich alles äußerlich unbewegt an, einfach blieb sie, kein Wort schien ihr zu viel und keines schien sie zu stören, doch mochte ihr der Atem stocken. Sie ließ sich nicht verwirren, so überrascht sie auch sein mochte; ich hätte mein Register noch lange fortsetzen können, ohne sie zu verstimmen. Doch durfte ich mir nicht erwarten, daß sie auf die Ansprache etwas erwidern würde, wie ich mir gewünscht und zunächst auch eingebildet hatte. Ich nippte von meinem Kaffee und setzte die Tasse mit etwas zu lautem Aufschlag nieder.

»Sag, Johanna, und wenn ich dich wirklich heiraten will? Ganz im Ernst? Willst du mich?«

»Ja.«

Wir schwiegen. Ich hätte mich gern neben sie gesetzt, aber dazu fehlte mir der Mut, es wäre zu auffallend gewesen – welche törichten Ängste! Aber so war es einmal. Es war gar nicht nötig, den Platz zu tauschen. Ich mußte ausharren, wo ich saß, und sie mußte mir gegenüber bleiben. So war es gut. Ich war zu überwältigt von diesem Erfolg meiner rasenden Werbung; auch Johanna mußte sich fassen, daß sie sich mitgerissen sofort in einer Zustimmung ergeben hatte. So merkwürdig es mich berührte, einen überrumpelnden Sieg errungen zu haben, erschien er mir doch die natürlichste Sache auf der Welt; ein anderer Ausgang wäre mir unvorstellbar gewesen. Nicht die Liebe hatte uns so vereinigt, von Liebe hatten wir nichts gesagt, wahrscheinlich beide ihrer nicht einmal gedacht, sondern eine abgründige Sehnsucht hatte uns aus den Höhlen unserer sich jäh öffnenden Einsamkeit geschleudert, aus verschütternder Ferne waren wir in brennende Nähe gerückt; nun war es geschehen, wir saßen starr da, ernst, in fast versteinertem Sinnen, die Gedanken wagten nicht, daß wir einander umringten, sie schweiften in eine unbestimmte Ferne, über die wir uns keine Rechenschaft ablegten. Wir hatten uns übersagt;

nun mußte vieles ungesagt bleiben, was nicht jetzt – und wer weiß ob je – sich an die Oberfläche emporwagen durfte. Eine tiefe Zuneigung zur stillen Freundin keimte in mir auf, aber es warnte mich ein Gefühl, meiner Stimmung einen Laut zu verleihen. Die Zukunft war undenkbar; ich hätte jetzt nichts vermocht, um dem leisen Gegenüberleben eine Richtung zu weisen. Nach langem Zuwarten überwand ich mich zu einer Frage.

»Was soll jetzt werden, Johanna?«

»Es wird sich finden. Wir sind unabhängig und niemandem auf Erden darüber Rechenschaft schuldig als einander.«

»Keine Sicherheit, Johanna.«

»Aber unsere Sicherheit. Ich will alles versuchen für dich. Du darfst mir vertrauen.«

»Es wird dir schwer werden.«

»Umso besser.«

»Das ist schnell gesagt.«

»Und langsam getan. Fürchte dich nicht!«

»Nein. Das will ich nicht. Ich vertraue dir, du guter Geist.«

»Ich danke dir.«

»Wir sollten bald heiraten, wenn du nichts dagegen hast.«

»Gewiß bald, mein Freund. Warten hat keinen Sinn. Ich werde bei dir stehn, und wenn es zu schwer wird, für dich zu schwer, mein Freund, dann vergiß nicht, daß du mich hast, daß ich für dich bin.«

Das alles hatte mein Mädchen mit spröder Wärme erklärt. Johanna lockerte sich aber bald, ohne daß ihr Ernst gewichen wäre, der von einem schönen Glanz bestrahlt wurde. Die Augen erheiterten sich, um den Mund herum die Züge wurden weich. Plötzlich und dennoch nicht unvermutet rief Johanna den Kellner herbei und bat um die Rechnung. Die Freundin zahlte schnell, sie hatte mich eingeladen, trotzdem wäre es mir richtiger erschienen, wenn ich die Zeche beglichen hätte; nun war es zu spät, ich ließ es geschehen. Nachdem sich der Kellner bedankt hatte, entschuldigte ich mich für mein Versäumnis.

»Es geht jetzt alles aus einer Tasche«, sagte sie einfach.

Ich fragte, ob wir noch bleiben sollten, aber Johanna sah mich prüfend an und entschied, daß Ruhe mir jetzt am besten täte. Ich erhob mich, es ging etwas mühsam, und holte die Mäntel. Nun empfand ich es doch eigen, daß ich meiner Frau, fast schon meiner Frau, helfen sollte. Vielleicht deshalb hielt ich den Mantel so ungeschickt, daß mir der Kellner beispringen wollte, aber Johanna ließ mich nicht beschämen.

»Laßt das beide nur mal bleiben! Ich mache das am liebsten allein.«

So mußte ich verlegen zuschauen, während der Kellner mir meinen Mantel abnahm, was ich gedankenlos geschehen ließ, wie ich es auch duldete, daß er mich wie eine hölzerne Auslagenpuppe einkleidete.

»Sehr nett!« dankte ich ihm. »Aber den Hut will ich mir bitte selbst aufsetzen.«

Der Kellner sah mich erstaunt an, während ich schon Johanna nachfolgte, die nur den Wunsch hatte, schnell aus dem Lokal zu gelangen. Die Dunkelheit auf der Straße war tief und schwer, aber nicht drückend, es hatte sich erwärmt. Zumindest kam es mir so vor, doch da Johanna es bestätigte, mußte es stimmen. Sie meinte, es sei eine Eigenart des Landes, daß es sich abends oder in der Nacht oft erwärme, während es tagsüber viel kälter sein könne. Ich hing mich in meine Frau ein, und sie ließ es geschehen.

»Es ist jetzt alles anders«, sagte ich.

»Wieso anders? Wir haben zueinander gefunden. Da ist gar nichts anderes dabei.«

»Du hast recht. Es verändert sich nichts. Am allerwenigsten für uns. Man ist füreinander bestimmt. Der Unterschied besteht nur darin, daß man es so lange nicht wußte, weil man sich nicht einmal kannte. Aber dann ist es ausgesprochen, es ist selbstverständlich, und so gehört man zusammen. Nur die anderen, die einen kennen, die wundern sich.«

»Das wollen wir ihnen gönnen.«

»Doch wie stellst du dir das alles vor? Wie wollen wir es machen? Ich kenne mich nicht aus. Ich bin unerfahren. Die Formalitäten wegen der Hochzeit. Das ist doch sicher kompliziert, die Dokumente, die man verlangt, das Hochzeitskleid, auch wenn es bescheiden ist. Und man braucht Trauzeugen. Man muß auch ein paar Menschen einladen, weißt du, wegen der Kontakte, die sollen hier so wichtig sein. Und dann, wo werden wir wohnen? Und dein Beruf? Ich bin verzweifelt, wenn ich mir das alles vorstelle.«

Ich seufzte tief, es schienen sich mir auf einmal nichts als Hindernisse entgegenzustellen. Plötzlichen Antrieben gehorchen war leicht, auch Pläne konnte ich schmieden, aber wenn etwas ausgeführt werden soll, verzage ich vor den gehäuften Schwierigkeiten und weiß ihnen nicht zu begegnen. Johanna gab nicht gleich Antwort. Vielleicht dachte sie nach. Wahrscheinlich wurden auch ihr nun alle Schwierigkeiten bewußt, und so fürchtete ich schon fast, daß wir, über den überstürzten Anlauf hinaus, nie unser Vorhaben erreichen würden.

»Weißt du, mein Freund, du solltest dir heute nicht so viel Sorgen machen. Eines nach dem anderen. Ich werde mir alles genau überlegen. Die Formalitäten sind einfach. Morgen erkundige ich mich. Dann werde ich klarer sehn und dir alles berichten.«

»Ist das nicht die Aufgabe des Bräutigams? Ich habe solche Angst davor.«

»Vor der Ehe?«

»Ach, das nicht, wenn du dich nicht davor fürchtest. Aber die Ämter, ein Angsttraum, und alles, die praktische Seite, meine Freunde sind da kein Beistand, vielleicht bis auf einen gutmütigen und etwas beschränkten alten Schulkameraden. Und dann hab ich Angst vor allem, was dazu gehört, eben die praktische Seite, weißt du. Das ist alles schwer, ich kann dir keine Stütze sein. Wenn ich ehrlich bin, muß ich dir doch dringend von mir abraten, bevor es zu spät ist. Schon deshalb, weil ich nicht will, daß der Bund nachher zerbricht. Manche nehmen das nicht ernst, weil sie sagen, man probiert und kann wieder auseinandergehn, wenn es nicht klappt. Aber das ist keine Grundlage für eine Ehe. Mir liegt das nicht, ich finde es widerwärtig.«

»Du kannst dein Wort zurücknehmen. Tu ganz so, wie es dir gefällt. Ich dränge dich nicht.«

»Aber du hast doch zugestimmt.«

»Ja. Aber du hast noch Zeit, dich anders zu entscheiden.«

Das kann ich nicht. Ich bin jetzt ausgeliefert, ganz in deiner Hand.«

»Du bist ein freier Mann.«

»Frei? Verzeih, das ist ein lächerliches Wort. Ich bin nie frei, ich habe nicht einmal ein Verlangen danach. Die Freiheit hat man mir gründlich ausgetrieben. Sie ist ein Traum. Vielleicht hat er sich bei manchen Menschen verwirklicht, aber nur selten, wie ich glaube.«

»Glaubst du an keine Freiheit?«

»Nein. Oder vorsichtiger: ich bin nicht frei und kenne keine Freiheit.«

»Alles Verhängnis, ein Gutes wie ein Böses?«

»So einfach scheint es mir nicht. Ich würde sagen, man ist geliefert, und dann gibt es ganz kleine Umstände, aber die sind für den Menschen wesentlich, in denen er sich bewegen kann. Eine Freiheit in Banden. Darüber habe ich oft nachgedacht. Ich will dir mal in meinen Papieren etwas zeigen, was ich darüber geschrieben habe.«

»Das interessiert mich.«

»Was uns liefert und was uns geliefert ist, das zusammen nenne ich Schicksal. Dem entgehen wir nicht, niemand kann uns dem entreißen. Verhängnis ist gewöhnlich erst die Auflehnung, der blinde Kampf gegen das Schicksal selbst. Und im Schicksal ist uns ein Bezirk eigenen Entscheidens überlassen. Den kann man, wenn man so will, als Freiheit bezeichnen. Darüber wäre sehr viel zu sagen.«

»Bitte sag was!«

»Dieser Bezirk stimmt wahrscheinlich genau mit der Sittlichkeit überein, mit ihrem Bereich. Aber nicht mit dem Denken oder anderen geistigen Prozessen. Die schweifen wohl merkwürdig herum, gewähren uns dann auch die Vorstellung von Freiheit, aber wenn man sie näher prüft, erkennt man, wodurch und wieweit sie bestimmt sind. Doch nicht so im Sittlichen. Da ist uns die Entscheidung zumindest in den Willen gelegt, wenn auch nicht immer in die Tat. Wäre uns außerdem die Entscheidung zur Tat in allen Fällen überlassen, dann könnten wir mit Recht von menschlicher Freiheit reden. Aber die Tat überbietet unser Vermögen, unseren zugewiesenen menschlichen Horizont. Nur bis zum Ansatz der Tat gelangen wir aus freiem Entschluß, nicht einen Hauch weiter. Über die Durchführung oder gar über das Gelingen der Tat entscheidet ausschließlich die Bestimmung. Die Tat wird bloß vollzogen, wenn sie uns zugelassen wird, wenn sie überhaupt nach den Gesetzen zulässig ist, die für das Geschöpf in der Schöpfung gelten. Ihr Maß, ich meine das Maß der Gesetze, scheint allgemein vom Gesamtzustand der Menschheit abhängig zu sein, in erster Reihe von ihren Ordnungen, von ihren einzelnen gesellschaftlichen Verhältnissen. Wie unfrei die Ordnungen sind, wissen wir. Alles unfrei! Und da bilden wir uns ein, was für die Gesamtheit nicht gilt, das soll nun für den einzelnen gelten, und man ruft stolz aus: der Mensch ist frei! Der Mensch ist frei! Ich finde das lächerlich. Und Sie?«

»Herr Doktor Landau, dieser gelehrte Exkurs, Vortrag von der Lehrkanzel, gehalten auf der nächtlichen Straße, am Abend seiner Verlobung, für seine aufmerksame Braut. Aber ich höre gerne zu.«

»Wirklich? Oh, entschuldige! Hab ich da zu sehr herumdoziert? Sag doch bitte, wie ich das gutmachen kann!«

»Ich bin nicht frei zu entscheiden, nicht wahr?«

»Du foppst mich. Aber ich bitte, ganz ernst: du bist nicht frei. Was du auch sagst, es ist bestimmt.«

»Aber ich bestimme doch.«

»Nein, ein Wunder, die Gnade. Sie bestimmt. Und du nimmst mich. Du hast mich schon gekauft, die Katze im Sack.«

Johanna blieb stehen und zwang auch mich zum Einhalten. Ich neigte meinen Kopf ihr zu und schmiegte mich an ihre Wange.

»Du bist ein seltsamer Mensch, mein Freund! Sehr, sehr seltsam.«

»Hab ich dir das noch nicht gesagt oder zumindest nicht schon ausführlich bewiesen?«

»Das hast du. Du Lieber, du Narr, du wundersamer Mann!«

»So jemanden kannst du lieben, Johanna?«

Sie antwortete mit leichten schnellen Küssen, mit denen sie meine Torheit austreiben wollte. Ich erwiderte ihre Zärtlichkeit. Ein heimatloses Paar, das sich vereinigt, und es wird mit ihm gut gemeint sein. Waren wir es? Vielleicht standen wir lange, vielleicht gingen wir auch wieder; ein dünner zarter Regen fiel auf den winterlichen Mai herab, aber er störte uns nicht. Selten nur zog ein Mensch an uns vorbei, seine Schritte verschollen. Weil das Dunkel die Mauern verbarg, so war es keine Stadt mehr, durch die wir schritten, sondern Land, offenes freies Land, von Büschen verziert oder von rastenden Wäldern, rings nur träumendes Dasein, aber ein glückverwunschenes Schicksal inmitten. Unser verschlungener Wandel wurde ein Schweben, ein Fahren auf lautlosen Geleisen, die Schwebe wich von gehobener Reise, wir hielten uns nur leicht an spielerischen Händen, manchmal bloß an den Fingern. Wir wußten nicht viel voneinander, aber wir spürten uns innig, es läutete ein Frieden über uns, der gewährte uns diese Stunde der Einkehr. Die Zeit war in feine Fäden zersprungen, die teilten sich auf und lockten sich über unsere Antlitze, da fragten wir nach keiner Dauer.

Du willst es mit mir versuchen, du willst es mit mir versuchen, so rief es mir, die Glocke sang es, vielleicht sprach ich es auch aus, aber eher war das nicht so, denn alle Rede hatte sich eingehüllt. Ich wußte nicht, wo ich war; jetzt lobte ich es mir, in einer fremden Stadt zu sein. So war ich ganz überlassen, doch fühlte ich auch, daß Johanna sich gleichfalls überließ und dem Unbestimmbaren zu sich anvertraute. Da nahm sie Urlaub von ihrer Strenge, gelockert und gelöst begann sie leise vor sich hinzusingen. Ich merkte auf, ob es ein richtiges Lied sei, aber das konnte ich nicht entscheiden;

wahrscheinlich war es eine mir unbekannte Weise, die klang wie Glas und Silber zusammen. Fast hätte man das sehen können, ich schaute auf, doch erblickte ich nichts. Auf einmal hielten wir uns an den Händen. Ich murmelte zwar, daß ich nicht tanzen könne, aber das wurde nicht beachtet. Sie sagte wohl, das müsse man nicht gelernt haben, da hob mich auch schon der Tanz wie von selbst, er brauchte keine Begleitung, stürmisch zog er uns in seine drehende Gewalt und schwang uns in kreisenden Wellen. Erwachst du? Erwachst du endlich einmal? Du bist ein unverwüstlicher Träumer in der nie ausschattenden Weltstadt, wo sich das Dunkel über die endlose Weite für immer verschweigt; auf ihrer schlummernden Fläche sind deine Braut und du bewahrt, da ist euch zum Aufenthalt ein günstiges Reich gestattet. Lernt es bloß, daß es euch zugehöre, lernt es, euch einzufügen, daß ihr vom Borne des Reichtums genießt, hütet euch aber vor der Gefahr, daß ihr des Verlustes zu vergessen lernt, denn schwer lastet der Kummer auf der Waage der Erinnerung und könnte euer Herz verzehren, wenn ihr nicht achtsam seid.

Wir näherten uns einer belebten Straße, wo trotz der Sparmaßnahmen die Beleuchtung eingeschaltet war, bläulich grelle Ampeln; schmerzlich gespenstig streifte ihr Schein die Menschen, die sich hastig über die Gehsteige schwemmten. Über den Fahrdamm huschten lärmende Wagen und glitschten durch die Pfützen. Als wir diesen Trubel erblickten, mußten wir ernüchtern und gefaßter schreiten, wir verlangsamten unseren Gang.

»Mußten wir diesen Weg wählen, Johanna?«

Sie lächelte.

»Es ist sehr spät, mein Freund. Siehst du die Uhr dort? Wir irren schon seit fast zwei Stunden durch die Straßen und wußten nichts. Du mußt jetzt nach Hause, und ich habe noch einen weiten Weg.«

»Ist es denn immer so?«

»Wieso immer?«

»Immer weit und Weg. Soll das nach Hause heißen?«

»Nicht mehr lange, Liebster! Ich bitte dich jetzt um Geduld!«

»Du hast recht. Ich bin in deiner Bestimmung.«

»Wenn du es mir erlaubst.«

»Ich bitte dich darum, liebe Johanna.«

Willenlos dankbar ließ ich mich von ihr über die breite Straße führen. Ich hörte viele Wagen rollen und schloß die Augen, um noch behüteter mich vollkommen in die Sicherheit von Johannas bewahrendem Wesen zu ergeben. Vorsichtig hob ich die Beine, um gegen kein Hindernis anzustoßen. Erst als ich über die Schwelle eines Randsteins auf den gegenüberliegenden Gehsteig getreten war, blickte ich wieder auf. Da schämte ich mich, daß ich den Blinden gespielt hatte, eine längst verwundene Gewohnheit aus Kindheitstagen, wenn ich an der Hand der Mutter oder Tante Rosas mich gern auf diese Weise oft über lange Strecken geleiten ließ, aber Johanna hatte wohl meinen Blindengang nicht bemerkt oder ihn mir als unschuldiges Vergnügen gegönnt. Schnell waren wir in eine dunkle Nebenstraße eingebogen, dann ging es bald um eine Ecke, die Lichtflut hinter uns war ausgelöscht. Zu erkennen vermochte ich es nicht, daß wir nahe meiner Pension waren, aber ich ahnte es. Hätte ich es selbst nicht gespürt, so verriet es der Schritt der Freundin, ein zages und gerade nur merkliches Zögern im Auftreten; kaum daß es langsamer wurde, doch behutsamer, leiser.

Gern hätte ich mich dichter an Johanna geschmiegt und ihr gestanden, wie bange mir vor dem Abschied und einer gar nicht absehbaren Trennung war, wie ich mich sorgte, daß ihre Entfernung unseren Bund zerstören könnte, aber ich unterließ alles, was die Freundin bedrücken oder ihr den sachtesten Verdacht vermitteln mochte, von welchen häßlichen Ängsten ich betroffen war. Ich selbst mußte mit mir fertig werden. Ich wußte nicht, was sie empfand, wie wir jetzt lose Hand in Hand dem Augenblick des Abschieds zuliefen; es erging ihr wohl ähnlich wie mir, leicht war es gewiß nicht. Mehr als in den Tagen und Jahren zuvor, als es für mich nichts anderes gegeben hatte, graute mir jetzt vor der Einsamkeit; sie war mir auf einmal unerträglich. Nun hämmerte die Ungeduld in mir, nun verzehrte sie mich, noch nie war mir meine Schwäche so offenbar geworden; ich erschrak vor dem Maßlosen meines Empfindens, das ich nicht zu bewältigen vermochte, so daß es mich zu sprengen oder, ärger noch, zu zerbröckeln drohte. Wäre ich nur ein wenig mutiger gewesen, so hätte ich das einzig Richtige getan, hätte nicht viel gefragt und vor dem Haustor meiner Unterkunft nicht erst gesäumt, sondern wäre unbefangen mitgezogen, wohin Johanna ging. Da hätte ich nicht lange bedenken müssen, ob das recht gewesen wäre oder nicht, nur immer ihr nachfolgen, keine verlegenen Worte verschwenden und stets bei ihr bleiben, statt uns beide in solche Verlassenheit zu verdammen. Hier standen wir vor der Pension, von Müdigkeit ermattet und doch von Verlangen gespannt, hatten zu wenig Zuversicht und darum keinen Rat und warteten ohne Entschluß. Johanna faßte mich fester bei der Hand, fast schmerzte es, und wollte weder bleiben noch gehen.

»Hast du noch einen Weg, Johanna? Wo mußt du jetzt hin?«

»Nein, ich kann nicht bei dir bleiben. Hier geht es nicht. Das ist unmöglich.«

Sie stieß es heftig mit einer fast bitteren Leidenschaft hervor.

»Daran habe ich kaum gedacht, Liebste. Du mußt nach Hause, ich weiß. Ich will dich bloß begleiten.«

»In der Dunkelheit? Du kennst dich nicht aus. Es ist sehr weit, und du verirrst dich hoffnungslos.«

»Du fährst doch von irgendwo.«

»Ja. Aber ich kann dich nicht mitnehmen. Leider geht das nicht. Wir sehn uns bald wieder, bald. Wir müssen uns morgen sehn, täglich, immer. Wie gern würde ich bleiben. Aber wirklich, es dauert nicht lange. Nicht viel mehr als eine Woche, und wir sind vereint.«

»Ach, Gute, denk dir von mir nichts Aberwitziges. Oder

doch, ich bin aberwitzig. Aber ich will alles Zerstörerische von dir abhalten. Es ist und bleibt mein Eigentum, mit dem ich dich verschonen werde, ich werde mich bemühn.«

»Ich fürchte mich nicht. Doch sprich jetzt nicht davon!«

»Ich möchte dich nur ein wenig begleiten. Dann geh ich brav nach Haus. Hier in der Gegend finde ich mich auch bei Nacht zurecht, du darfst mir glauben, daß ich vernünftig bin.«

»Kein leisester Zweifel, mein Freund. Aber bitte, willst du nicht an deine Ruhe denken? Du hattest einen schweren Tag.«

»Jeder Augenblick mit dir ist Ruhe. Gönne mir das!«

»Also bis an die nächste Ecke.«

»Von dort fährst du?«

»Ich muß zur Untergrundbahn.«

»Da kann ich dich gut begleiten. Diesen Weg kenne ich genau. Er geht ja schnurstracks geradeaus.«

Schon zogen wir los und besprachen unsere nächste Zusammenkunft und was wir in den folgenden Tagen erledigen wollten. Dabei klärte sich vieles, es war ein befriedigender Abschluß dieses Abends. Darum fiel uns auch der schnelle Abschied, der nötig war, damit Johanna ihren letzten Zug erreichte, nicht mehr schwer. Wir küßten uns leicht auf die Lippen, ein längst vertrautes Paar. Dann blickte ich Johanna nach, wie sie am Schalter die Fahrkarte löste, schnell und sicher durch die Sperre lief, die Rolltreppe erreichte und, ohne sich umzuschauen, die sich senkenden Stufen zierlich hinuntereilte, bis ich die Freundin aus den Augen verlor. Ich verließ die Station, trippelte auf die andere Seite der Straße hinüber, wo ein Teestand rauchte, den zwei Öllampen fahl beleuchteten. Einige Gestalten lungerten herum, verwegene Gesellen, darunter Schwarze und andere Fremdlinge, auch bedrängte arme Mädchen. Ich war hungrig und durstig und verlangte einen Tee und ein Brötchen. Das Getränk war wäßrig und schal, der Imbiß zäh und unbekömmlich; ich schluckte beides nur zur Hälfte hinunter. Ein Mädchen sprach mich an, ich verstand etwas von einer Zigarette, sonst nichts. Da ich nicht wußte, wie ich am schicklichsten mich der Zudringlichkeit erwehren sollte, brachte ich meine beliebte Redensart vor, daß ich leider fremd sei und daher keine Auskunft geben könne. Das hatte sich bisher immer bewährt, aber diesmal mißfiel es, ein häßliches Gelächter hob an und etwas wurde gemurmelt, was mir bedrohlich klang, obwohl es vielleicht nur harmloser Spott war.

Ich eilte fort und achtete nicht darauf, was man mir nachrief. Dann spürte ich, wie ein Geschoß gegen meinen Hut prallte, wahrscheinlich war es kein Stein, eher ein fauler Apfel, es war nicht so arg, aber ich suchte nun doppelt schnell das Weite. Ich wollte in meinem Lauf nicht mehr einhalten, bis ich meine Pension erreicht hätte, doch stolperte ich im Rennen gegen einen Mann, der mich auffing, während ich ungereimte Entschuldigungen in mehreren Sprachen stammelte. Der Fremde stellte sich als Polizist heraus, worüber ich erschrak, doch erwies er sich als freundlich und mahnte mich zur Vorsicht in der Dunkelheit, sobald ich ihm auf sein Verlangen als Ziel meine Pension nannte. Ich hätte ihm klagen können, was mir beim Teestand widerfahren war, aber ich hielt das für eine schlechte Rechtfertigung meines achtlosen Laufens und war auch nicht davon überzeugt, ob man mich wirklich angegriffen hatte. Vielleicht hatte mich bloß eine unsinnige Angst überfallen. Der Polizist entließ mich mit fast gütigen Worten und wünschte mir eine gute Nacht.

Nun ging ich das letzte Stück meines Weges langsam und begegnete keinem Menschen mehr. Die Pension war abgesperrt, aber ich hatte den Hausschlüssel und gelangte still in meine Stube. Schnell richtete ich mich zum Schlafen her, doch als ich schon ausgekleidet war, besann ich mich eines anderen, nahm den Mantel über meinen Schlafanzug, drehte das Gasfeuer an, setzte mich an den winzigen Schreibtisch und begann einen Brief an Anna. Sie mußte erfahren, daß ich mich verlobt hatte. Das hatte sie um mich verdient. Erst als auch die Adresse auf dem verschlossenen Umschlag stand, legte ich mich zu Bett. Der Brief an Anna verlieh dem

Tag den richtigen Abschluß. So war allem, was ich heute erlebt hatte, erst der Rahmen verliehen. Ich hatte alles ausführlich geschildert; jede Einzelheit, die ich berichtete, erleuchtete eine andere Kammer meines Bewußtseins von innen. Noch einmal nahm ich den Brief zur Hand. Wie schade, daß ich ihn schon zugeklebt hatte, aber ich riß ihn auf und las Zeile für Zeile langsam durch; da wurde alles gegenwärtig. Es öffneten sich die Türen zwischen allen Kammern, ein gemeinsames Licht durchflutete die winzigen Räume, als wären sie nimmer von Wänden getrennt. Ich sah mich durch sie als Sieger hindurchschreiten und frohlockte über das beschiedene Glück. Ein reiner Tag hatte sich in mir aufgetan; wo ich hintrat, sah ich ein Bild, das konnte Verschiedenes darstellen, eine sonnige Wand, eine Blume, einen versponnenen Garten, einen Winkel beim Bach, einen Hügel unterm Himmel, ein fröhliches Segelboot auf dämmrigem Wasser, die Umrisse eines lieben Gesichtes, den gedeckten Tisch in einer Stube, doch sobald ich das Bild genauer zu betrachten begann, verwandelte es sich unter meinem Blick allmählich in Johanna. Die ganze Welt war in einer Bilderflut versammelt und in meinem Inneren verwahrt, und wenn ich sie in schöner Eintracht faßte, trat Johanna mir von überall entgegen. Ich dachte diesem Wunder nach und fühlte nichts als Dank und unverdiente Gnade.

Sorgsam faltete ich den Brief zusammen, holte einen frischen Umschlag, den ich beschrieb, tat den Brief hinein, aber diesmal ließ ich die Hülle offen, denn vielleicht, wenn böse Träume mich weckten, oder wenn der neue Morgen mich unsanft schrecken sollte, konnte ich den Brief zum Aufbau meiner Zuversicht abermals lesen. Ich schwankte, ob ich einen solchen Bericht, der mich so verriet, Anna ausliefern sollte. Doch war es ein guter Brief, ich stand darin, ich war es, ich selbst, oder nein, Johanna war es, vielleicht war es ein Brief für Johanna; falls ich ihn dennoch Anna schicken würde, war er vorher abzuschreiben, daß ich in den nächsten Tagen ihn jederzeit in meiner Nähe hätte. Nun löschte ich zufrieden das Licht.

Der Schlaf ließ nicht lange auf sich warten, aber es war kein umfangender Schlaf; er rieselte ein, fand tausende schmale Öffnungen, darein er mit dunklen Tropfen drang. Hoffnungen und Befürchtungen sickerten durch und belagerten alle verdämmernden Sinne. Ich löste mich nicht auf noch wurde ich gelöst, sondern zerteilt oder in gewaltlose Stücke aufgesprengt. Ich sah dies alles ohne Bewußtsein, oder doch mit Bewußtsein, aber es war ein anderes fernes und fremdes, das mir nicht gehörte. Es stand mir selbst gegenüber, ein unruhiges Heer kleiner pochender Fragen, die mir Wortloses zuriefen, alles einem ohnmächtigen Forschen zugemutet. Wo aber war ich, wo sollte ich sein? Ich konnte mich nicht regen, mußte leiden, daß es vieles gibt, nicht mir, vielleicht niemandem Gehöriges, das jede Faser eines den eigenen Willen fördernden Lebens übermächtigte. In keiner wandelnden Schwebe wurde ich gelassen, doch gab es für mich auch keinen verharrenden Bestand. Ich spürte, daß ich nichts beherrschte, ich wurde verfügt; da mußte ich horchen und gehorchen. Das fiel mir nicht leicht, fast war ich daran gehindert, weil alle Befehle nur zähflüssig in mich drangen, beinahe auch unvernehmlich waren, je mehr sie aufzufassen ich mich anstrengte, zumal ich nahezu gelähmt war; sogar der Zwang stieß mich nur auf die Bahn eines schwerfällig stockenden Gehorsams, denn bevor ich den verlangten Antrieben folgen konnte, schlich sich eine überaus weitflächige Zeit in dichten Nebeln dazwischen. So geschah alles hinter Schleiern und spät, viel zu spät; das erzeugte Unwillen und Abscheu, ärgerliche Angriffe prasselten auf mich nieder, sie peinigten mich, aber ich konnte nichts bessern, da ich ihre Ursachen nicht zu beseitigen vermochte, während eine Abwehr der Angriffe mir erst recht nicht gelang. Ich wurde zunehmend wehrlos, obwohl ich die an mich gestellten Ansprüche ablehnte; sie hatten kein Recht, das ich ihnen zugebilligt hätte, sie zielten dahin, mir die bescheidenste Geltung und Achtung zu verweigern, sie wollten mich in Schande ertränken. Vergeblich bemühte ich mich, diesem erbärmlichen Spiel ein Ende zu bereiten. Was ich auch erklärte, war wie ein Schlag gegen Wolken. Ich zeigte auf mich mit einer einzigen Entschuldigung, doch das erregte nur Zorn. Da zählte ich meine vermeintlichen Verdienste auf, erläuterte meine Pläne, die sich in weiten Netzen verheißungsvoll spannten, aber das wurde abgetan, und als ich auf Vergangenes hinwies, als ich die Schatten beschwor, da waren sie auch nichts mehr als vergangene Schatten und so blieben sie ungültig.

»Das alles ist nichts«, sagte er verächtlich. »Daß ein Mann von Ihrer Begabung immer mit anderen Ausflüchten zur Stelle ist, das beweist nur, wie tief sich der Schaden eingefressen hat, der Ihre unmögliche soziale Einstellung bestimmt. Ein asozialer Soziologe, das sind Sie! Man muß Sie von Grund auf neu aufbaun, wenn Sie sich nicht selbst umkrempeln.«

Ich biß mir auf die Lippen und stammelte: »Ich weiß nicht, warum Sie mich wie einen ... einen Tunichtgut behandeln. Warum Sie das tun ... Geradezu wie einen Verbrecher ...«

»Kindskopp! Niemand hat behauptet, daß Sie ein Verbrecher sind. Aber wie Sie's anpacken, verhaun Sie sich alle Sympathien, und das Resultat, das sehn Sie ja selbst. Tunichtgut, ein Mann mit Frau und Kind wie Sie, das ist in Ihrem Fall leider nicht übertrieben.«

»Ich hätte klüger daran getan, mich zu keiner Verabredung mit Ihnen mehr verlocken zu lassen, wenn Sie dieses unfreundliche und überdies unfruchtbare Spiel mit mir fortsetzen. Warum haben Sie mich herbestellt?«

»Sie lassen mich ja nicht reden. Ich habe ...«

»Sie haben meiner Frau versprochen, daß Sie mich in Ruhe lassen werden. Nochmals, warum haben Sie mich bestellt?«

»Wollen Sie mich verhören?«

»Klarheit will ich. Meiner Frau haben Sie gesagt, Sie hätten konkrete Hilfe. Nur unter dieser Voraussetzung bin ich gekommen, aber nicht um eine Flut von Vorwürfen über mich stürzen zu lassen.«

»Konkrete Hilfe, genau das ist es. Ich meine es gut und halte zu Ihnen. Ich zerreiße mich für Sie, und zum Dank dafür werde ich von Ihnen beschimpft! Wer hat Ihnen schon was Konkretes angeboten, heh? Ich bin nicht so wie Ihre ehemaligen sogenannten Freunde, von denen Sie mir erzählt haben. Wie sehn denn die Kontakte aus, mit denen man Ihnen die Ohren vollgeblasen hat? Und wissen Sie, warum das alles nichts taugte?«

»Nein.«

»Ich kann's Ihnen genau sagen. Weil Sie sich immer was erwartet haben! Hat Fräulein Knispel Sie angerufen?«

»Nein.«

»Da ham'mer's ja! Haben Sie ihr geschrieben?«

»Nein. Sie hatten es sich ja überlegt, ich soll besser nicht schreiben, weil ich's verpatzen könnte. Mit diesen Worten haben Sie mir das gesagt. Sie wollten das selbst einfädeln.«

Herr Konirsch-Lenz saß mir gegenüber in dem kleinen häßlichen Kaffeehaus, wo es keinen Augenblick ruhig zuging, und starrte mich mit einem Ausdruck an, als hätte er mir das tiefste Geheimnis meines rätselhaften Wesens offenbart und erwarte sich nun, es müsse mir wie Schuppen von den Augen fallen, so daß ich in allem ihm beistimmen und das Steuer meines elenden Lebensschiffes seiner sicheren Leitung überliefern würde. Ich schaute ihn aber bloß verdutzt an, suchte einen Augenblick nach einem schlagenden Einfall, gab es aber gleich auf, da mich alles vergeblich dünkte.

»Sehn Sie das ein, daß Sie ein Tunichtgut sind?«

Ich schwieg.

»Haben Sie nichts zu sagen?«

»Nicht daß ich wüßte.«

Das flüsterte ich mit kaum geöffnetem Mund.

»Ich glaube, Verehrtester, Sie leiden an moralischem Schwachsinn. Ihre Frau kann einem leid tun.«

»Bitte, sich das zu schenken.«

Ich wollte den Tisch verlassen, doch meine Beine versagten mir, ich konnte mich nicht vom Sessel erheben und sank auf ihn zurück. Wie um meine Flucht zu verhindern, packte mich der Papiertapetenfabrikant am Rockärmel.

»Jetzt befetzen Sie mich noch wie einen Schuhputzer, und ich will Ihnen nur helfen. Es ist zum Kotzen!«

»Es ist zum Kotzen! Da geb ich Ihnen recht.«

»Ja! Wegen Ihnen! Sie unverbesserlicher Egozentriker! Aber es ist Quatsch, mit Ihnen herumzustreiten, ich hab meine Zeit nicht gestohlen! Nun sperren Sie mal die Ohren auf! Erinnern Sie sich, ich hab Ihnen von der ›Selbsthilfe‹ erzählt und vom Herrn Scher?«

Was mir der Kolex über die »Selbsthilfe« und den Scher erklärt hatte, war mir gleichgültig. Ich wollte nichts davon wissen.

»Ja, dunkel entsinn ich mich. Sie haben mir so viel erzählt, daß es in meinem Kopf davon wirr geworden ist.«

»›Selbsthilfe‹ Mensch, ›Selbsthilfe‹, erinnern Sie sich!«

»Ich weiß von nichts!« log ich.

»Was, jetzt wissen Sie nichts mehr von der ›Selbsthilfe‹? Das ist doch die Organisation, an die man sich in Ihrer Lage unbedingt zu wenden hat. Aber das sag ich Ihnen, es ist aussichtslos, sich von der ›Selbsthilfe« eine greifbare Unterstützung zu erwarten außer in besonders berücksichtigenswerten Ausnahmefällen, und dazu gehören Sie nicht. Aber die Vermittlungen, die man dort anknüpft, die sind Gold wert, weil alles objektiv angepackt wird. Keine Freunderlwirtschaft, die kennen Sie ja genug und wissen, was davon zu halten ist. Freunde gibt es nicht, das merken Sie sich!«

»Freunderlwirtschaft und Freunde! Mir summt alles im Schädel, und Sie haben kein Nachsehn mit mir.«

»Ach, behalten Sie diesen Quatsch für sich und hören Sie zu! Diese Vermittlungen von der ›Selbsthilfe‹ haben schon manchen, der nah an der Verzweiflung war, wirklich tragische Fälle, nicht so'ne harmlose und nur selbst verschuldete Geschichte, wie sie Ihnen passiert ist, bald auf den richtigen Weg gebracht. Die ›Selbsthilfe‹ ist grandios. Sie ist aus selbstlosen Gründen entstanden und arbeitet jetzt schon seit über fünfzehn Jahren. Dabei erhält sie sich nur aus eigener Kraft, was gar nicht zu unterschätzen ist, denn es gibt dort zwanzig Angestellte. Was sag ich, zwanzig! Mindestens dreißig! Aber die ›Selbsthilfe‹ hat auch tausenden Hilfesuchenden phantastische Dienste geleistet und oft noch unentgeltlich dazu. Fast die wichtigste Rolle spielt dort der Herr Scher, ein guter Bekannter von mir, geradezu ein Freund, weil er mir verpflichtet ist. Ich hab ihm schon Fälle abgenommen und in meine Fabrik gesteckt. Ich hab das alles Ihrer Frau gesagt, hat sie Ihnen denn nichts erzählt? Ich bin überzeugt davon. Soziale Fälle. Ich weiß so was zu behandeln. Sie sollten nicht so eigensinnig sein! Ich könnte Sie behandeln und heilen, in einem Jahr wären Sie kuriert! Dann könnten Sie mir bei Ihrer Bildung mit anderen Fällen helfen. Mensch, glotzen Sie doch nicht so blöd! Und Sie wollen ein Soziologe sein. Kunststück, Sie interessieren sich angeblich für'n unterdrückten Menschen. Das tu ich auch, aber da schaut was raus dabei! Bei Ihnen nichts als Ihre Vergangenheit und Ihr Mitleid mit sich selber. Starke Menschen haben's nicht nötig, Soziologie der Unterdrückten zu studieren, die machen's selbst, aber praktisch! So wie Sie das versuchen, das ist ein dreckiges Geschäft. Darüber muß man wegkommen. Man setzt sich auf den Hosenboden, schafft es, konkret muß es sein. Dann hat man das Recht, sich mit den Unterdrückten einzulassen und an ihre Befreiung zu denken. Wenn Sie mein Mitarbeiter wären, würden Sie mit Fleiß bald eine hübsche Stange Geld verdienen und nachher könnten Sie eine Soziologie des befreiten Menschen schreiben. Keine Theorie, lauter Praxis. Damit würden Sie mir imponieren, und der ganze Kratzenstein kann Ihnen den Buckel runterrutschen und mit der Zunge unten bremsen, und Ihr hochnäsiger Doktor Kauders auch und all die faulen Potentaten, von denen Sie so viel erwartet haben. Alle würden platt am Arsch vor Ihnen sitzen.«

Konirsch-Lenz redete sich immer mehr in Eifer und wurde in der Wahl seiner Sprache stets gemeiner. Er redete weiter und weiter, ich hörte nur manchmal hin und kann es noch heute mir nicht vergeben, daß ich nicht längst auf und davon bin, denn jedes Wort erfüllte mich mit Widerwillen; ich ahnte nur Böses für mich, aber ich war gebannt und ließ den Schwall über mich ergehen. Manchmal versuchte ich, das elende Gewäsch zu unterbrechen oder abzulenken, doch Konirsch-Lenz schnitt mir sofort die Rede ab mit »Einen Moment!« oder »Jetzt red ich!« und »Hörn Sie lieber zu!«, daß ich die Erniedrigung, die er mir zugedacht hatte, bis zur Neige auskosten mußte.

»Na, dafür ist der gnädige Herr zu nobel, um bei meinen Tapeten zu beginnen. Ich weiß schon. Intellektuelle Rosinen, Mensch, ich versteh Sie. Darum hab ich an Scher gedacht. Imponieren werden Sie ihm aber so, wie Sie sind, einen Dreck. Aber soll er sich den Kopf zerbrechen mit Ihnen, das ist sein Beruf. Er ist gefällig, da werden Sie staunen, und vom Leben hat er was weg. Was ich ihm sag, ist heilig für ihn wie ein Tabu. Ich muß bei ihm nur antippen, da macht er schon was. Vielleicht kann er Sie als eine Art Fürsorger brauchen. Das wär doch auf Ihrer Linie? Ich denk mir als Berufsberater. Können Sie das? Als Soziologe haben Sie sicher ein bißchen Psychologie gemacht, Graphologie, Rorschach oder so 'ne Methode?«

»Ich glaube nicht, daß ich dafür geeignet bin.«

»Sie sind ein Scheißer! Sie sind zu nichts geeignet! Wenn man zu nichts geeignet ist, dann kann man auch nichts machen und landet auf dem Mist. Merken Sie sich das, zum Teufel hinein! Ich werde in den nächsten Tagen zu Scher gehn, ungefähr in zwei Wochen, früher geht's nicht.«

»Wenn es meinetwegen ist, wird es schade um Ihre Zeit sein.«

»Widersprechen Sie nicht unaufhörlich! Da plag ich mich mit Ihnen, verschwende meine Zeit ...«

»Darf ich mich jetzt verabschieden? In vierzehn Tagen kann ich ja ...«

»Nichts können Sie! Dageblieben! Ich werde mit Scher Ihren Fall gründlich besprechen. Er hat zum Beispiel immer solche ausgezeichneten Schnellsiedekurse, die organisiert er mit leicht zu erlernenden Berufen, lauter Sachen, bei denen was rausspringt. Ich weiß nicht, was für Sie in Frage kommt, er soll das bestimmen. Ein Graveurkurs für Monogramme eher nicht. Oder haben Sie Monogramme gern? Uhrmacherei vielleicht? Oder Handweberei? Das ist was für Philosophen, weil man dabei träumen kann. Also sagen Sie was! Nu, geben Sie sich doch schon mal 'nen Ruck! Einverstanden?«

Ich äußerte mich nicht, doch da wurde Kolex bereits von einer neuen Flut seines Geschwätzes gebläht.

»Na ja, ich seh schon, es ist wahrscheinlich am klügsten, Sie überlegen sich das mal ein paar Tage in Ruhe. Dann rufen Sie mich an. Oder ich ruf Sie an, Sie rufen ja nicht. Fällt dem gnädigen Herrn der Lorbeerkranz von der Stirn. Hemmungen. Kennen wir. Dabei gibt's da nicht zu überlegen. Man greift zu. Schnapp macht man, nicht schlapp! Wer sich's lang überlegt, wenn man ihm die ausgestreckte Hand hinhält, gehört in die Wurst gehackt.«

Ich schwieg und mußte schweigen, wenn ich nicht wütend losbrüllen und die Aufmerksamkeit aller Gäste auf mich lenken wollte. Konirsch-Lenz klopfte mit einem Schlüssel auf die Marmorplatte des Tisches, bis eine Kellnerin erschien und bestellte für uns beide noch einen schwarzen Kaffee, ein widerlich riechendes Gebräu, dazu einen ledernen Kuchen, den die Papiertapete verschlang, ich aber nur mit Mühe hinunterwürgen konnte. Ich hätte weder den Kaffee noch den Kuchen berühren sollen, beides erregte mir Übelkeit, doch kein Erbarmen galt, ich mußte alles schlucken. Wer weiß, was den Mann so reizte, trotz allem meinen Widerspruch sich mit mir abzugeben. Schon wieder entwarf er neue Pläne für mich. Kolex blätterte aus seiner Tapete einen Schreibblock heraus und begann, einen Brief an Herrn Scher aufzusetzen. Er sollte mich zunächst mal unter die Lupe nehmen, das übrige werde sich nachher finden. Doch auch bei diesem Vorschlag, zu dem ich, dringlich aufgefordert, ungewiß nickte, blieb es nicht lange, der eilige Schmierstift in der flatternden Hand stockte und hielt ein. Empfehlungsschreiben waren eine mißliche Sache, weil das jeder zu dutzenden aus den Händen gab, Siegfried hielt von solchen Wischen nichts. Die Papiertapete verließ sich nur auf den persönlichen Eindruck. Was man schrieb, war entweder dumme Schmeichelei, plumper Betrug oder Erpressung, aber jedenfalls eine Vorspiegelung falscher Tatsachen. »Nichts als Lügen sind Briefe. Eine abgedroschene Methode der Augenauswischerei, längst von der Zeit überholt. So verständigt man sich heute nicht mehr unter Menschen. Das müssen Sie ja am besten wissen. Sie haben doch eine Fuhre von Briefen geschrieben, haben Sie mir gesagt. Und was ham Sie damit erreicht? Nicht was Schmutz hinter den kleinen Fingernagel geht! Da ham Sie's! Schickt man mir Briefe, wenn's nicht reine Geschäfts- oder Privatbriefe sind, und auf Privatbriefe pfeif ich, dann les ich sie am liebsten gar nicht und schmeiß sie gleich fort. Angebettelt wird man, dieser gute Zweck, jener gute Zweck. Diese Schnorrerei ist zum Kotzen. Briefe? Ich kann mir noch einen Papierkorb leisten.«

Die Tapete verbreitete sich ausführlich über ihre sozialen Ansichten. Ich sollte mir es merken, daß alle Protektionswirtschaft nichts wert ist. Sie ist ein Unglück, ein Krebsschaden unserer Zeit, weil niemand arbeiten will. Jeder verläßt sich auf den anderen, und da will man so ein armes Würstchen durchdrücken, das nichts kann als die Schnauze aufreißen. Herr Konirsch-Lenz zerriß den begonnenen Brief in winzige Stückchen, mit denen er spielte, bis sie zerknüllt waren. Dann drückte er sie einzeln in den Aschenbecher, den schon frühere Besucher mit eklen Resten gefüllt hatten.

Was würde es für einen miserablen Eindruck machen, wurde die Rede fortgesetzt, wenn ich mit so einem Wisch anmarschiert käme, ein kräftiger Mann in seinen besten Jahren? Ich müßte schon selber meinen Schnabel für mich aufsperren. So ging das endlos weiter, »Selbsthilfe«, Scher, Schnellsiederei, alles durcheinander, doch als mein Gegenüber endlich für einen Augenblick verstummte, schob ich schnell die Frage vor, ob die Kurse unentgeltlich seien.

»Wie können Sie bloß auf so'ne hirnverbrannte Idee verfallen? Umsonst? Umsonst ist nichts auf dieser Welt, nicht einmal der Tod!«

Dabei streifte mich ein beziehungsreicher Blick, daß ich mich gering und zerbrochen fühlte, ein flachgedrückter Köter, der sich durch eine niedrige Öffnung durchquetschen will. Hinter mir trieb eine wild verfolgende Jagd. Ich mußte an verworfenen Toten vorüber, die waren erstickt und erschlagen, verhungert und in eiterndem Elend verreckt, hölzern wie umgeschmissene Puppen waren sie hingesunken, ihr letzter Hauch war ein verröchelnder Fluch. Wie tobte es hinter mir her, da krachten Schüsse, fielen spitze Rufe, donnerte rollendes Blech, barsten ächzende Stäbe und zischte prasselndes Stroh, das auf einem getürmten Scheiterhaufen flammte. Knifflige Befehle schlängelten sich über die brüchige Fläche hin, während ich in dem Dickicht mich weiterzwängte. Wollte ich mich retten, so mußte ich an den Rand gelangen, wo es nicht so gefährlich war, nur weiter aus der Mitte fort! Doch nicht ganz an den Rand, sondern nur in seine Nähe, irgendwo dazwischen, wo ich weniger auffiel und den schnarrenden Reigen überdauern konnte. Es herrschte ein unaufhörliches Kommen und Gehen von Gästen. Verlorene Gespenster kletterten zwischen den kalten Tischen hindurch, stießen an bissig kreischende Stühle, das Geschirr auf den Platten dröhnte, die Kellnerinnen waren blaß und ungeduldig und bedrohten die Flüchtlinge mit ausgestreckten Armen. Manche wollten sich noch schnell die Freiheit durch Bezahlung der Zeche erkaufen, vergeblich, die weißen Hauben schüttelten sich, die flatternden Schürzen wirbelten tödlichen Staub auf. Es war ein Tag des Gerichtes, Kain hatte eben Abel erschlagen, eine Kanne fiel, das Opfer rauchte, blutig verspritzte der Kaffee auf dem schmutzigen Boden, darüber der flehende Blick des Vaters, das schönste Hemd verschmäht, und der Tränenreif um den Hals einer nähenden Mutter. Schon war ein Aufseher zur Stelle, der hob sein geweihtes Richtschwert, schimpfte über die Scherben, eine Kellnerin jammerte in blinder Schuld, einige Gäste auf schwankenden Ankern rückten mit ängstlich aufgeregten Koffern herum.

Ich saß noch immer angegossen und verschwitzt auf meinem Stuhl im feuchten Gewölbe der Verdammnis und litt und zitterte unter den strafenden Sprüchen der schmächtigen Tapete; brennende Pein überschauerte mich. Was konnte ich noch anderes wagen, als mir Hören und Sehen vergehen zu lassen? Endlich zerstoben die strafenden Sprüche, die Tapete wölbte und faltete sich, so daß Herr Konirsch-Lenz auf einmal wieder sehr lebendig mir gegenüber saß, er hatte Augen und Mund. Die Lippen bewegten sich streng.

»Warum essen Sie den Kuchen nicht auf?«

Er fragte gebieterisch und zeigte dabei auf einen kleinen Rest, der schmierig auf meinem Teller lag. Schweigend gehorchte ich und nahm dies letzte Stückchen auf, mit Ekel wälzte ich es lange im Munde von einer Backe zur anderen, bis der Fabrikant glauben mußte, es sei längst hinuntergeschluckt. Dann griff ich nach meinem Taschentuch, als wollte ich mich schneuzen, und ließ den Bissen darin verschwinden.

»Gewiß sind die Schnellsiedekurse nicht gratis. Das kann man von der ›Selbsthilfe‹ nicht verlangen. Mensch, die erhält sich ohne öffentliche Zuschüsse aus eigener Kraft. Aber billig sind die Kurse, gemeinnützig. Daran verdienen will die ›Selbsthilfe‹ nicht. Die hohe Regie, die muß sie natürlich decken. Wie stellen Sie sich das vor? Gewissenhaft werden die Kurse geleitet. Prima Fachleute mit erstklassigen Referenzen unterrichten. Zum Abschluß kann man eine Prüfung machen, bekommt ein Diplom und hat dann gute Aussicht, bei Bewerbungen berücksichtigt zu werden. Außerdem hat man als Absolvent eines Kurses das Recht, vom Stellenvermittlungsbüro der ›Selbsthilfe‹ sich empfehlen zu lassen. Das Büro arbeitet unentgeltlich und nimmt für jede Vermittlung nur eine kleine Manipulationsgebühr. Man zahlt aber bloß, wenn man auf diese Weise einen Posten erhält. Es ist noch besser, wenn man sich entschließt, Mitglied der ›Selbsthilfe‹ zu werden, weil man dann keine Manipulationsgebühr bezahlen muß.«

Der Vortrag über die »Selbsthilfe« rollte noch lange weiter; schließlich war Herr Konirsch-Lenz selbst erschöpft. Sein Ärger verstrich, er wurde weich, zog eine vorübereilende Kellnerin an der Schürze und bestellte Gin mit Soda für uns beide. Als das Getränk aufgetragen wurde, mußte ich mit ihm auf meine Zukunft anstoßen. Er begann mir von seiner Jugend zu erzählen, von seinen alten sozialistischen Idealen, von der Lenz-Schule in Mecklenburg. Er wurde rührselig. Fast zwei Stunden waren seit unserer Zusammenkunft schon verstrichen, doch ich wünschte, auch noch etwas anders an diesem Vormittag zu erledigen. Ich wurde ungeduldig, denn noch immer war kein Ende abzusehen. Immer unruhiger zappelte ich auf meinem Sessel herum, das konnte nicht mehr unbemerkt bleiben. Da fragte die Papiertapete, was mit mir los sei. Als ich erklärte, daß ich Johanna eine Besorgung in der Stadt versprochen hatte, wurde ich sogar gelobt, doch gleich darauf wurde Kolex wieder ärgerlich, weil ich ihm die Zeit mit meinem trostlosen Fall doch nur gestohlen hätte. Ja, wenn das noch zu etwas führen würde, ließe er sich das gefallen, aber so wie er mich da sah, gab es für ihn keinen Zweifel, daß ich durch seine Mühe nicht klüger geworden sei. Da raffte ich mich auf und stimmte ihm fast übermütig zu, daß er, mit seinen Bedenken die Wahrheit getroffen habe. Mit guten Früchten sei bei mir nicht zu rechnen.

Herr Konirsch-Lenz schaute mich so bösartig an, daß ich mit einem neuen Zornausbruch rechnete. Nur die Rücksicht auf unsere Umgebung hielt ihn davor zurück. Ich wollte mich schnell verabschieden, eigentlich gar nicht verabschieden, sondern wortlos weglaufen, aber leider habe ich das verabsäumt und wartete, bis er die Zeche beglichen hatte. Draußen wollte ich, um vor Johanna mein Verhalten zu rechtfertigen, mich noch für alles höflich bedanken und dann im Straßengewühl verschwinden. Doch Konirsch-Lenz war noch einmal stärker als ich. Er bat mich mit verstellter Sanftmut, ihn zu seinem Wagen zu begleiten, der in einer Seitenstraße stand. Wohl war ich mißtrauisch, doch da er mir freundlich zuredete, ganz in der Art unseres ersten Gesprächs, vermochte ich seinem Willen nicht zu widerstehen und folgte ihm nach.

»Ich kann Sie hinfahren, wohin Sie wollen. Sehn Sie, Doktor Landau, ich hab es vielleicht mit Ihnen falsch angepackt und wurde ein bißchen heftig. Das sollen Sie mir nicht verargen, denn ich hab es gut gemeint. Mir geht das Temperament leicht durch, aber Sie sind ja auch kein Held. Niemand auf der Welt versteht Sie besser als ich, nicht einmal Ihre entzückende Frau. Nur ein Mann kann Sie vollkommen begreifen. Ich war auch einmal ein Idealist, ein großer sogar, und davon hab ich mir etwas bewahrt. Wenn ich nur so'ne Hundeschnauze wär, wie könnt ich mich da so für Sie erwärmen und einsetzen? Na sehn Sie, jetzt sein Sie mal vernünftig! Gehn Sie gleich zum nächsten Telefonhäuschen und rufen Sie Scher an oder wen Sie gerade in der ›Selbsthilfe‹ erwischen.«

»Warum?«

Wir hatten den Wagen erreicht, Konirsch-Lenz schloß die Türe auf.

»Warum?« schrie er. »Warum? Sind Sie wahnsinnig geworden?«

»Ich glaube nicht.«

»Dann sind Sie ein Haderlump, ein Rotzjunge! Dann sind Sie nicht wert, daß Sie überlebt haben! Dann hätten Sie krepieren sollen wie ein Vieh, statt wie ein Vagabund in dieses Land zu kommen, den Leuten auf der Tasche zu sitzen, die sich hier mühsam wieder eine Existenz aufgebaut haben, dann noch ein mitleidiges Ding zu heiraten, ein Kind in die Welt zu setzen, ein zweites zu machen und am Ende die Familie verhungern zu lassen!«

»Was erlauben Sie sich denn!«

»Schaun Sie, daß Sie verschwinden, Sie ... Sie ...«

Konirsch-Lenz hob die Hand, um mich zu züchtigen, aber Worte standen seiner Entrüstung nicht mehr zu Gebote. Auch ich sagte nichts, wehrte ihn ab und spie vor ihm aus. Dann wendete ich mich um, sah nicht mehr zurück und ging mit festen Schritten davon. Hinter mir hörte ich ihn unbändig fluchen, dann saß er wohl in seinem Wagen, ich hörte auch noch, wie er die Türe zuschmiß, aber ich achtete nicht mehr darauf, wohin er fuhr. Zwar war ich ungemein erregt, doch auch sehr erleichtert. Ich pfiff zufrieden vor mich hin, wie ich planlos durch die summenden Straßen eilte. Es überkam mich ein zorniges Glücksgefühl, denn nun war ich von allen gebetenen und ungebetenen Förderern befreit und zum ersten Male seit meiner Ankunft in der Weltstadt auf mich allein und auf Johanna gestellt. Mit einem Schlag war alles unwichtig geworden, was in fast vier Jahren vorgefallen war, die Schmähungen und Erniedrigungen galten und schmerzten nicht mehr, keinem anderen Menschen war ich verantwortlich als Johanna und mir selbst. Ich hatte es seit meinem Zerwürfnis mit Jolan Haarburger bis zu meinem Streit mit Konirsch-Lenz mit so vielen Leuten zu tun gehabt, die entweder ich aufgesucht hatte oder die mich angezogen hatten; sie alle haben an meinem Geschick genörgelt und es mir vorgeworfen, daß ich trachtete, daraus meine Folgerungen zu ziehen. Wehe dem Ohnmächtigen, der sich behaupten will ...

Es hatten sich alle abgekehrt. Für Johanna war es bitter, daß selbst ihre alten Vorgesetzten im Flüchtlingsamt und andere einflußreiche Menschen, deren Freundschaft sie durch ihre Tätigkeit gewonnen glaubte, meist ihr jede noch so bescheidene Hilfe versagten und sich oft nicht einmal mehr sprechen ließen. Sie hatte aber noch einige treue Vertraute, die zwar auf meine Lage, auf die Förderung meiner Arbeit keinen Einfluß üben konnten, Johanna aber liebevoll mit gutem Rat und besserer Tat beistanden. Dadurch konnten wir überleben, Johanna sparte mit Umsicht und versäumte keine Gelegenheit zu kleinen Verdiensten. Es entwickelte sich da ein Spiel, in das ich nie recht Einblick gewann. Ich habe Johanna nie, auch später nicht, nach den geheimen Zusammenhängen gefragt, wie sie es damals geschafft hat, auch nicht nach den wenigen Menschen, mit denen sie verbündet war, vielleicht habe ich nicht einmal alle von ihnen kennengelernt. Das alles bildet einen Bereich, der ausschließlich Johanna gehören soll. Sah ich auch manche freundliche Zauberei, die sich rings um mich verwirklichte, so habe ich doch nie daran gerührt; fast alles geschah hinter meinem Rücken, und darum ahnte ich es bloß.

Vor allem war da die gute Betti, Johannas Kusine zweiten Grades. Ursprünglich Fachlehrerin für Geographie und Geschichte, hatte sie sich, wie man das nannte, noch vor ihrer Auswanderung aus Wien auf die Herstellung von Konfekt umgeschult. Nun hatte sie in Südwales einen kleinen Betrieb eröffnet, wo sie Waffeln und andere Süßigkeiten herstellt und sich damit gut ernährt. Betti ist ein rührendes Wesen, stets als schützender Geist auf Beistand bedacht und für uns und die Kinder eine nie versagende Zuflucht. In ihrem Häuschen verbringen wir alljährlich eine schöne Zeit, sie verwöhnt uns, Michael und Eva sind ihre Lieblinge, die sie mehr noch durch unermüdlich freundliche Geduld bei Spiel und Scherz als mit ihrem Naschwerk für sich gewonnen hat. Fast jeden Monat schickt sie uns zwei Päckchen, nicht nur mit ihren von den Kindern begehrten Leckerbissen, sondern auch mit Kleidchen und Schuhen für die beiden und vielen anderen praktischen Dingen für uns beide. Betti hat es Johanna nicht entgelten lassen, daß ich einige ihrer mir im besten Glauben erteilten Ratschläge ablehnte, sie hat das auch mir nie verargt. Das rechne ich ihr hoch an, denn besonders Verwandte glauben ein Anrecht darauf zu besitzen, daß man sich an ihre Vorschläge hält oder sie wenigstens ausprobiert. Führt man sie nicht aus oder mißlingen die Versuche, so bezahlt man das gewöhnlich damit, daß man den Haß des Helfers auf sich zieht oder zumindest Abneigung zu spüren bekommt und fallengelassen wird. Betti hat sich von solchen Mißerfolgen nie beirren lassen. Ich dachte an sie, wie ich auf der Straße vor mich hinpfiff und hoffte darauf, daß sie auch das klägliche Scheitern meiner Beziehung zu Konirsch-Lenz nicht verübeln werde. Sie war dafür zu gerecht und liebte die Menschen so, wie man sie lieben soll; sie erwartete also nicht die Erfüllung ihrer Hoffnungen und Bemühungen als Genugtuung für sich selbst, sondern bedachte den Mitmenschen. Freilich mußte es für sie hart sein, wenn sich wieder etwas für mich zerschlug, was sie eingeleitet hatte, aber ich fürchtete nicht, daß sie sich von Johanna oder auch von mir abwenden werde. Sie konnte nicht ahnen, wie das mit den Papiertapeten ausfallen würde. Betti hatte vor vielen Jahren sich für pädagogische Versuche mit schwierigen Kindern und Jugendlichen interessiert und bei einer Studienreise die Lenz-Schule besucht. Daher kannte sie Konirsch-Lenz, dessen Arbeit sie schätzte. Nun hatte sie zufällig erfahren, daß er im Lande lebte, da fiel ich ihr gleich ein, sie fand seine Adresse und hatte ihm geschrieben. So war ich an diesen Mann geraten; jetzt überlegte ich, wie ich selbst, wenn das nicht besser Johanna übernahm, Betti erklären sollte, was geschehen war.

Ohne Sorgen, fast leichtsinnig zog ich meines Weges, blieb vor Auslagen stehen, beguckte flüchtig die im Freien aufgestapelten Bücherhaufen vor einigen Antiquariaten und ging weiter. Auf der anderen Seite bemerkte ich plötzlich Otto Schallinger, der mit einer großen Tasche eilte. Sollte ich ihn ansprechen? Es hätte ihn sicher gefreut, aber ich hatte keine Lust und bog in eine andere Richtung ein. Von meinen alten Freunden hatte mir gerade nur er, der mir am wenigsten bedeutete, die Treue bewahrt. Ich gestand mir ein, wie undankbar dies war, aber ich vermochte es nicht zu ändern. Er verfolgte mich mit einer unverdrossenen, mir lästigen Beharrlichkeit, mit der er durchaus eine gemeinsame Ebene zwischen uns herstellen wollte. Sie bestand in nichts anderem als in dünnen Erinnerungen, die in eine Zeit vor fünfundzwanzig bis dreißig Jahren zurückführten; Otto wollte durch den Umgang mit mir seine versunkene Jugend retten, er wollte sie wiedererwecken. Ungezählte Einzelheiten einer längst verlorenen Welt, die mir unwichtig waren und meinem Gedächtnis oft schon entschwunden, schienen ihm bedeutsam genug, um gründlich aufgefrischt zu werden. Mit Sylvia, die für Ottos Vergangenheit wenig Interesse und noch weniger Verständnis aufbrachte, konnte er solche Dinge nicht besprechen, sie verlangte ganz anderes von ihm. Deshalb trachtete er von Zeit zu Zeit, bei uns einen Abend lang von einer ihn wenig befriedigenden Gegenwart auszuruhen. Wenn wir ihm nicht absagten, rückte er an, onkelhaft mit kleinen Liebesgaben beladen, und fühlte sich in West Park Row mehr zu Hause, als wir manchmal ertragen konnten. Sylvia kam nie mit. Wir waren schon lange überzeugt, daß er mit ihr gar nicht so glücklich lebte, wie er uns und sich selber einzureden versuchte, doch war sie gutmütig genug, seine Besuche bei uns zu dulden, vielleicht aber waren sie ihr bloß gleichgültig. So kehrte er bei uns ein, um sich aus dem Treiben der Weltstadt und des Landes, in dem er trotz Sylvia und nach einem Aufenthalt von über zwölf Jahren noch immer sich nicht eingewöhnt hatte, obwohl es ihm einen leidlichen Verdienst gewährte, wie in ein verlorenes Paradies zu flüchten, wo ihm alles so wohlbehalten schien, wie es einst vor dem Kriege wenigstens seiner Einbildung nach gewesen war. Selbst unsere Armut, so sehr er sie bedauerte, störte ihn nicht wirklich, denn selbst mit ihr kam ihm der Aufenthalt in unserem Haus wie eine Heimkehr in eine verwandelte und viel schöner gewordene Jugend vor. »Weißt du noch, wie ...« begannen viele seiner Sätze. Was darauf ich auch antwortete, schreckte ihn nicht aus seiner verspielten Traumlüsternheit; nur bekümmert war er manchmal, wenn ich mich nicht beherrschte und ihn gar zu unfreundlich anfuhr. Dann blickte er mich mit so flehenden Augen an, wie ein geprügeltes Kind, daß ich ihm sein vorgespiegeltes Reich nicht zerstören solle. Da mußte ich ihm gut sein und hörte geduldig an, was er aus alten Schultagen auskramte, Geschichten von Lehrern und Mitschülern und vor allem von sich selbst ohne Ende. Dann drängte er mich, auch von mir und meinen Erinnerungen zu erzählen. Wie schwer mir das wurde, merkte er gewöhnlich genausowenig wie die sachliche Fragwürdigkeit meiner Berichte, denn ich färbte mit Laune, um ihn zu erheitern, aber auch um mich selbst zu schonen oder zu verbergen.

Otto hatte großen Kummer mit seinem kleinen Sidney,

der bald nach meiner Ankunft in der Weltstadt durch eine tückische Krankheit geistig gelitten hatte und seither anstaltsbedürftig war. Weitere Kinder hatte Otto zu seinem Leidwesen nicht, Sylvia konnte oder wollte keine mehr haben. Seit dem Unglück mit Sidney hatte sie sich verändert, so sehr, daß ihr, wie sie Ottos Worten nach behauptete, jetzt das Klavierspiel viel wichtiger als alles andere war. Sie übte, wann sie eine Stunde erübrigen konnte, weil es ihr Ehrgeiz war, eine Hörprobe im Rundfunk zu bestehen, was ihr bereits dreimal mißlungen war. Sie übte weiter und war vermutlich froh, wenn wir Otto gestatteten, auch an Sonntagen manchmal zu uns zu kommen. An diesen Besuchen war ihm am meisten gelegen, seitdem Michael heranwuchs, zu laufen und schon frühzeitig zu sprechen begann. Onkel Otto, wie er für unseren Jungen heißt, brachte passende und unpassende Geschenke und auch seinen Photoapparat mit, um Michaels Zuneigung und – für die Bildchen – auch unsere Gewogenheit zu gewinnen. Damit es mehr an die verlorene Heimat erinnere, rief Otto das Kind nur Mischa, was Johanna nicht wünschte, doch war es ihm nicht abzugewöhnen. Manchmal fürchtete sich Michael vor dem Onkel und wollte von ihm nichts wissen, was Otto zur Verzweiflung brachte, manchmal aber strahlte der Junge auch und wurde zutraulich. Dann war Otto beglückt, gar wenn ihm Johanna bei gutem Wetter gestattete, das Kind zu einem Spaziergang auszuführen, gewöhnlich nach der Schäferheide, besonders wenn Jahrmarkt war, was Johanna wegen der damit für das Kind verbundenen Aufregung nicht sehr gern sah. Sie konnte seinen Bitten aber schwer widerstehen; gerührt von seiner Anhänglichkeit duldete sie ihn. Sie erhoffte sich auch einige Ablenkung für mich und hielt es für gut, wenn ich wenigstens durch einen Menschen mit meiner eigenen Vergangenheit verbunden sei, aber nicht minder spielte Mitleid für ihn mit. Johanna nahm es dankbar hin, wenn er im Gärtchen oder im Haus etwas richtete, einen wackligen Sessel oder die Lichtleitung. Das war mir lieb, doch wenn er in der eigenwilligen Ordnung meines

Gartens wirtschaftete, paßte es mir weniger. Auch seine weitschweifigen Reden, die mir leicht zuviel wurden, hörte Johanna geduldig an und zeigte es ihm nicht, wenn selbst ihr dabei mitunter unbehaglich zumute wurde. Alles wäre noch erträglich gewesen, wenn sich Otto nicht mit wohlgemeinten Ratschlägen auch in meine wissenschaftliche Arbeit eingemischt hätte. Er fühlte sich berufen, meine Gedanken so zu verbessern, daß sie dem Publikum leichter eingehen würden. Die größte Freude bereitete es ihm, mich zu belehren.

»Die Unterdrückung hat ökonomische Ursachen und ist eine Folge des schlechten Willens der besitzenden Klassen. Dagegen, mein lieber Artur, weil ich nicht an den Wert einer Revolution glaube – man sieht es ja in vielen Ländern, wo sie hinführt –, dagegen kann man nur durch Erziehung etwas ausrichten. Wenn man der Jugend, die selbst gern immer frei ist, sieh dir nur deinen Mischa an, von allem Anfang beibringt, daß einer den andern achten muß, dann wird es schon in der nächsten Generation besser werden, und solche schrecklichen Dinge, wie wir sie erlebt haben, solche Bestialitäten werden sich nicht mehr wiederholen. Wenn eine solche Jugend heranwächst, wird sie sich schon gegen Unterdrückung wehren, du wirst sehn, und die Freiheit des Menschen gesetzlich verankern. Das Gute wird siegen, paß nur auf!«

Das war noch ungefähr das Klügste, was Otto vortrug. Mit solchen Weisheiten lag er mir unausgesetzt in den Ohren und wiederholte sich ständig, daß ich es nicht mehr ertragen konnte. Wollte ich Ruhe haben, dann stellte ich mich müde, was auch nicht immer half, oder ich wich ihm aus, was dann ihn wieder betrübte. So haben wir uns nie entschlossen, seine Besuche vollständig abzuwehren, nur etwas seltener mußten sie werden. Ein Ausweg fand sich, daß man ihn seinem Mischa überließ, oder daß Johanna sich mit Otto beschäftigte, während ich mich bei seinen Besuchen für kürzer oder länger, manchmal auch für die ganze Zeit unter dem Vorwand dringender Arbeiten in mein Zimmer zurückzog.

Langsam schlenderte ich weiter durch die Straßen und gedachte meiner ehemaligen Freunde. Die Geschwister Bergmann-Birch waren mir schon längst nicht mehr zugetan, ich habe sie seit den ersten Wochen nach meiner Ankunft nur noch selten gesehen. Besonders Inge entzog sich mir, Soundso hatte mir das richtig vorhergesagt. Unerschöpflich war sie im Erfinden von Gründen, warum sie gerade in den nächsten Tagen mit mir nicht zusammenkommen könne; Oswald unterstützte sie dabei. Deshalb habe ich bald darauf verzichtet, um ihren Umgang zu werben, und diesen Verlust schließlich verwunden. Viel schmerzlicher war mir der Zerfall mit Oswald, worunter ich durch Jahre gelitten habe. Warf mir Inge unverhüllt grausam vor, daß ich den Krieg überlebt hatte, während ihr näherstehende Menschen umgekommen waren, dann erschütterte sie die Grundlage meiner freundschaftlichen Gefühle, auch wenn ich sie keineswegs für verroht hielt, sondern eher für so verletzlich, daß sie aus Selbstschutz und Wehrlosigkeit dazu überging, mich zu verletzten. Ich verstand Inges krankhaftes Verhalten gut, nur zu gut, hatte aber zunächst gehofft, daß ich durch sanftes Eingehen auf ihren empörten Schmerz und traurigen Zorn ihre Zuneigung erobern könnte. Das war nicht der Fall; was ich auch entsagungsvoll ihr freundlich zusprach, bewirkte nur das Gegenteil und reizte sie zu ausfälligen Angriffen gegen mich. Oswald verurteilte die Schwester durchaus und hielt bei diesen Scharmützeln zu mir, wenigstens scheinbar, aber letzten Endes tat er es doch so, daß er sie heimlich und geschickt gegen mich aufhetzte. Auf subtile Weise hat er meine Freundschaft mit Inge vernichtet.

Auf subtile Weise – ja, war es so subtil, wie Oswald gegen mich verfahren ist, oder war es nichts als böse? Er entzog sich mir auf andere Art als die unbeherrschte Schwester. In den ersten Tagen breitete er stürmisch vor mir eine überströmende Freundschaft aus, die mich warm umhüllte, doch war ich von niemandem, am wenigsten von meinem eigenen Gefühl, richtig beraten, wenn ich verkannte, daß jeder verschwenderischen Fülle nur kurze Dauer verliehen ist, gar wenn der Spender sich sträubt, eine Gegengabe zu empfangen. Die wenigen Zusammenkünfte, die mir Oswald gönnte, verliefen allerdings nicht so, daß eine Abkühlung seiner Zuneigung spürbar gewesen wäre, nein, sein Betragen veränderte sich kaum; ich erreichte ihn bald bloß nicht mehr, und zwar in keinem Sinne. Suchte ich ihn zu Hause auf, nachdem wir das vereinbart hatten, so eröffnete er mir gleich, wie leid es ihm tue, daß er bloß zehn Minuten Zeit für mich habe, weil etwas ganz Unerwartetes, das sich nicht aufschieben lasse, gerade dazwischen gekommen sei, aber ich solle, falls mir das recht sei, ihn doch begleiten. Das tat ich denn, und nach einem kurzen hastigen Weg oder nach einer Taxifahrt verabschiedete er sich schnell unter sich überstürzenden Versicherungen seiner Freundschaft und mit der Bitte, sobald als möglich ihn wieder zu besuchen, oder wenigstens anzurufen. Kam ich dann, wie er es mir nahegelegt hatte, unvermutet oder unangesagt, so traf ich ihn meist nicht an. Fand ich ihn doch einmal vor, dann setzte er mir umständlich auseinander, daß es hierzulande nicht Sitte sei, jemanden unangemeldet zu überfallen, ich sei jederzeit herzlich willkommen, müsse aber meinen Besuch vorher vereinbaren.

Nun bemühte ich mich, Oswald telefonisch zu erreichen, was leider mit großen Hindernissen verbunden war. Entweder war er nicht zu Hause, und seine Bedienerin richtete nichts aus, oder er hatte zufällig Besuch, was ihn am Sprechen hinderte, oder er war eben eingetroffen oder mußte sofort das Haus verlassen, dann wieder paßte es ihm nicht, weil er gerade an Kopfschmerzen litt oder weil er mit Arbeit überhäuft war, und schließlich konnte es geschehen, daß er mit gequälter Stimme versicherte, jetzt nicht in der richtigen Stimmung für eine Unterhaltung zu sein. So verliefen die Telefongespräche oft unpersönlich und meist gehetzt, sie waren unergiebig und führten dazu, daß ich bald mit keinem Menschen mehr telefonisch sprechen wollte. Diese kargen Unterredungen fügten mir bittere Enttäuschungen zu. Manchmal wählte er liebevolle Worte, um mich für später zu vertrösten, ich solle doch nächstens einen Anruf versuchen, vielleicht abends oder morgen früh oder in der künftigen Woche, am besten wäre freilich, wenn Oswald mich irgendwo anrufen könnte. Nannte ich ihm dann Ort und Zeit, die er einzuhalten versprach, so wartete ich vergeblich. Kam aber trotzdem ein Telefongespräch zustande, bei dem er mich mit einiger Geduld und Muße anhörte, so stellte es sich am Ende heraus, daß er zu seinem ehrlichen Leidwesen mir heute nichts Bestimmtes zusagen könne, er werde leider in diesen Tagen von vielen Seiten belagert, in einigen Wochen hoffe er sich von allen unliebsamen Störern zu befreien, oder er erklärte, aus anderen Gründen verhindert zu sein; da mußten unvorhergesehene Verpflichtungen eingelöst werden, Inges Gesundheit lasse zu wünschen übrig und fordere Rücksichten, oder eine unaufschiebbare Reise habe alle Pläne für die nächste Zeit über den Haufen geworfen. Die Gründe dafür, daß er mich nicht empfangen konnte, waren unerschöpflich.

So sah ich schon in den ersten Monaten Oswald oft durch mehrere Wochen nicht und rief bald seltener an. Er zeigte sich immer weniger geneigt, auf meine Probleme einzugehen, für die Beurteilung meiner Schriften und Pläne erklärte er sich unzuständig, aber auch meine Erlebnisse und persönlichen Sorgen besprach er nur ungern. So machte er es mir zum Beispiel unmöglich, sich über meine Bekanntschaft und Verlobung mit Johanna berichten zu lassen; sie einmal zu treffen, war er nach dringlichen Bitten erst bereit, und ein gemeinsamer Abend, den er dreimal vertagte – wir waren inzwischen schon vierzehn Tage verheiratet –, verlief mit einer derart gemessen steifen Freundlichkeit, die ihn zu nichts verpflichtete, daß mir Johanna nicht glauben wollte, wie anders Oswald vor dem Kriege war. Er erzählte mir kaum etwas von seinem Leben oder von seinen Werken, sondern zog es vor, sich über ein mir fernliegendes Buch zu unterhalten, oder nach Dingen zu fragen, die ihm selbst schwerlich viel bedeuten, mir aber gewiß noch viel weniger. Kam es zum Abschied, so klang seine Stimme betrübt, und er sagte, wie es ihn schmerze, daß wir so wenig voneinander hätten, er habe sich so sehr auf meine Anwesenheit im Lande und mit meiner Ankunft gefreut, doch nun sei gerade dieses Jahr dem Verkehr mit dem ihm liebsten Menschen, so nannte er mich, nicht günstig. Aber bestimmt werde sich das bald bessern, ich solle bloß ein wenig Geduld mit ihm haben, nächsten Monat wolle er ausspannen und uns dann oft in West Park Row besuchen, zumal Inge auf sechs Wochen wegen einer Übersetzung nach Frankreich fahren müsse.

Als ich Oswald daraufhin in Ruhe ließ und den künftigen Monat abwartete, war alles nur noch viel verzwickter geworden. Er beteuerte, verzweifelt zu sein, daß er mir offen dies gestehen müsse, Inge war doch nicht abgereist, das mit Frankreich hatte sich zerschlagen, dafür habe sie eine Terminarbeit für einen hiesigen Verleger übernommen, eine Romanübersetzung, das konnte sie keineswegs ausschlagen, brauche aber nun wegen der Eile Oswalds Hilfe dafür. So sei seine Freizeit voll beansprucht, zu allem sei die Schwester bei dieser Hetzjagd nervöser denn je, ihr Magen revoltiere, und wenn sich Oswald nicht darum kümmerte, daß sie regelmäßig und streng nach verordneter Diät esse, konnte Inge ein Unglück zustoßen. Einige Zeit später erfuhr ich, daß es mit Inges Arbeit gut voranging, auch ihr Wohlbefinden ließ nicht viel zu wünschen übrig, aber diesmal hatte Oswald einem dringenden Terminauftrag sich nicht entziehen können, dem er durch zwei bis drei Monate täglich mindestens zehn Stunden widmen müsse. Ich sollte mir seine Bedrängnis vorstellen. So reihten sich die Hindernisse, die eine baldige Verabredung ausschlossen. Mir wurde das endlich zu viel, nichts als Ausflüchte, ich wollte die Beziehung zu Oswald lösen.

»So können wir uns eben nicht mehr sehn!« sagte ich nachdrücklich am Telefon.

Oswald zeigte sich bestürzt. Er hielt meine Worte nicht für einen Entschluß, sondern für Mißtrauen, das er zerstreuen wollte, weil er Mißtrauen schlecht vertrug.

»Nein. Was fällt dir ein? Ich muß dich natürlich unbedingt bald sehn. So ist das nicht. Irgendwie wird sich das schon einrichten lassen. Wenn ich dir auch im Augenblick noch nichts zusagen kann, so werde ich doch den ganzen Tag darüber nachdenken. Weißt du was? Ich mach dir einen Vorschlag. Ich muß heute mit Kauders zusammenkommen, den werde ich bitten, dir auszurichten, wie bald wir uns sehn können. Ganz bestimmt, er wird's dir sagen.«

»Ich seh ihn sehr selten.«

»Wie, du siehst ihn selten? Das ist doch unmöglich! Dein bester Freund hier! Er sagt mir immer, wieviel er sich um dich kümmert.«

»Sagt er das? Nett von ihm!«

»Stimmt das vielleicht nicht?«

»Nein.«

»Das ist doch ganz unmöglich! Er ist dir verpflichtet. Das gibt er sogar zu. Er hat es sogar schon vor Karin gesagt. Man kann es auch an seinen Arbeiten bemerken. Ein starker Einfluß, der sich nicht verleugnen läßt.«

»Läßt er sich wirklich nicht verleugnen?«

»Nein, natürlich nicht. Deine Grundideen schimmern durch alles hindurch, keinen Kenner würde das täuschen.«

»Mir würde er das nicht zugeben.«

»Also, das glaub ich einfach nicht! Ich werde darüber mit ihm sprechen.«

»Bitte, sprich nicht! Auf keinen Fall!«

»Warum denn nicht?«

»Weil ich es nicht wünsche.«

»Nun, wenn du's nicht wünschst, dann laß ich's natürlich bleiben. Aber vielleicht erlaubst du mir doch, mit ihm darüber einmal zu reden.«

»Nein. Ich bitte dich dringend, das unbedingt zu unterlassen. Also mit dir kann ich nicht zusammenkommen?«

»Ach so, ja ... Heute geht es nicht. Du weißt, der Kauders und so weiter. Ich möchte gern, natürlich. Es ist schwer. Morgen läßt sich eine Stunde einschieben. Hast du Zeit? Es muß nicht unbedingt morgen sein. Vielleicht übermorgen?«

»Ich kann mir's einrichten.«

»Fein! Müssen wir das gleich jetzt besprechen? Oder soll ich es nicht doch über Kauders bestellen?«

»Bitte, nicht!«

»Ist dir das wirklich so unangenehm? Hm. Gut. Natürlich, ich versteh. Aber ich hab einen Vorschlag. Natürlich nur, wenn er dir recht ist. Du könntest mir einen Brief schreiben.«

»Was für einen Brief?«

»Du bist doch ein meisterhafter Briefschreiber. Es war mir immer das größte Vergnügen, deine Briefe zu lesen.«

»Was soll ich dir schreiben?«

»Ja, natürlich was du willst. Irgendwelche praktische Vorschläge. Deine Lage. Dein Leben. Deine Arbeit. Dich selbst. Alles. Mich interessiert es. Das weißt du.«

»Eines kann ich dir gleich mündlich verraten, Oswald. Es geht mir hier nicht gut. Es geht mir nicht.«

»Das tut mir natürlich leid. Was sagt denn Johanna dazu? Ich muß viel mehr von ihr wissen. Schreib mir von ihr! Ich freu mich so für dich. Sie ist ja so reizend. Ich muß sie näher kennenlernen. Kauders schwärmt von ihr, er zerplatzt fast vor Neid. Karin darf das natürlich nicht wissen. Versprich mir das! Johanna hat durch das Flüchtlingsamt einen hervorragenden Ruf. Was für einen Vater sie hatte, hoch geachtet! Er war ein fabelhafter Arzt. Du kannst dir gratulieren.«

»Darüber soll ich dir also schreiben?«

»Was du willst, Artur. Alles von dir freut mich. Und schreib mir bald!«

»Du weißt doch alles. Soundso erzählt dir alles von mir. Du siehst ihn bestimmt sehr oft.«

»Weißt du, wir haben manchmal etwas zu besprechen. Gemeinsame Arbeit. Er ist wie eine Klette, nicht abzuschütteln, aber verrat mich nicht! Mit dir bin ich viel lieber zusammen. Das mußt du mir natürlich glauben!«

»Es geht bloß leider nicht. Nicht wahr, Oswald?«

»Es geht schon. Wer sagt dir, daß es nicht geht?«

»Soundso.«

»Das ist unerhört! Das hab ich ihm nie gesagt! Kauders ist ein unverschämter Kerl, glaub mir, eine Klette! Er jammert mich an. Ganz weinerlich. Karin bestürmt mich, daß er mich unbedingt braucht, wenn ich ihm absagen will. Dann kriegt sie mich weich, und ich kann mich natürlich nicht wehren.«

»Ich finde das nicht so schwer. Du mußt einen ganz anderen Soundso kennen als ich.«

»Das kann natürlich sein. Kein Mensch ist durchsichtig wie Glas. Ich werde ihm tüchtig den Kopf waschen.«

»Nicht meinetwegen bitte! Darum bitte ich dringend.«

»Wenn du das ausdrücklich wünschst, werde ich das natürlich berücksichtigen. Ich muß dich sehn und Johanna auch.«

»Wann?«

»Schreib mir und schlag was vor!«

»Du antwortest nicht auf meine Briefe.«

»Ja, das stimmt schon. Vielleicht aber doch. Ich will dich überraschen.«

»Ich glaub's dir nicht.«

»Probier's doch! Und wenn ich selbst nicht schreibe, hab ich dann deinen Brief vor mir auf dem Schreibtisch als Mahnung und ruf dich an. Schon nächste Woche müssen wir uns sehn.«

Ich erwartete mir nichts davon, aber ich schrieb einen Brief, sogar ausführlich, denn ich bemühte mich, unsere frühere und gegenwärtige Beziehung zu erläutern und, wenn möglich, zu retten. Doch damit hatte die Sache ihr Ende. Oswald hat weder geantwortet noch angerufen, auch durch Soundso hat er nichts bestellen lassen. Oder hat er mir bloß nichts ausgerichtet? Ich schob die Entscheidung von mir, zumal sie Oswald in keinem Fall entschuldigen konnte.

Anders, aber kaum viel besser ist es mir mit Soundso ergangen. Er kam mit mir wohl zusammen, in der ersten Zeit öfter, später seltener, ein lockeres Verhältnis hat sich stets aufrechterhalten. Unsere Zusammenkünfte waren gewöhnlich kurz und dienten gewiß auch der bald von mir durchschauten Absicht, einen Bruch zwischen uns zu verhüten, wofür die Schuld nie ihn, sondern allenfalls nur mich hatte treffen dürfen. Auch wollte er den Eindruck vermeiden, als seien seine Gefühle für mich erstorben, er sollte bloß ja nicht treulos erscheinen, und ich durfte keinen berechtigten Anlaß finden, mich jemals über ihn zu beklagen. Bei meiner Hochzeit bestand er darauf, mein Trauzeuge zu sein, für Johanna hatte er Karin vorgeschlagen, doch kam Betti aus Südwales als Zeugin, was Soundso ein wenig verdroß, der sich ungezogen über sie mokierte. Als Hochzeitsgeschenk empfingen wir von ihm und Karin eine Kaffeemaschine, die, wann immer er bei uns erschien, zur Bewirtung benützt werden mußte. Auch zu Geburtstagen und anderen Anlässen bedachte er uns mit kleinen Geschenken, die er gern wegen ihrer Zweckmäßigkeit lobte. Für Michael hatte er viel übrig, darin dem so andersartigen Schallinger ähnlich. Soundso empfand es schmerzlich und war wohl auch neidisch, daß ich einen Sohn hatte, während ihm keine Kinder beschieden waren. Es verdroß ihn, daß unser Junge schon im zartesten Alter gegen ihn Abneigung zeigte, die sich mit den Jahren verstärkte, je mehr sich der Onkel So-so, wie Michael komisch und ängstlich rief, durch verschwenderische kleine Überraschungen, übermütig verdrehte Späße und, eher zum Schrekken als zum begehrten Gewinn der Liebe, durch groteske Einfälle bemühte, das Kind für sich zu gewinnen. Manchmal tat uns Soundso leid, wie er sich ungeschickt mit untauglichen Mitteln plagte, Michael zutraulich zu stimmen. Weil er sich vor seiner Brille zu ängstigen schien, versteckte sie Soundso in der Rocktasche und brachte doch dieses Opfer vergeblich, denn er ist stark kurzsichtig und fühlt sich ohne Gläser nicht sicher.

Soundso gab uns, vor allem mir, verhüllt und mitunter offen die Schuld für Michaels Verhalten zu ihm. Johanna bemühte sich redlich, dieses Mißtrauen zu zerstreuen, weil sie es mit zäher Sanftmut darauf anlegte, meine spärlichen Verbindungen zu pflegen und zu erhalten. Darum versuchte sie auch mit vielen Künsten Michael zu überreden, nicht gleich wegzulaufen oder zu weinen, wenn sich der »liebe Onkel So-so« einstellte. Gewonnen war damit leider wenig, weder für das Kind noch für Soundso, geschweige denn für Johanna oder mich. Es war unverkennbar, daß er mir nicht wohlwollte und so manches dazu tat, meinen Aufenthalt im Lande zu erschweren. Dafür hatte er sich viele Kniffe zurechtgelegt, die er in bunter Folge oder gleichzeitig mit List, Verstellung und Schadenfreude spielen ließ. Vor allem mußte meine menschliche und wissenschaftliche Unzulänglichkeit immer wieder neu aufgezeigt werden. Ich war zurückgeblieben, das harte Wort war unvermeidlich, und deshalb war es unmöglich, für mich als Gelehrten einzutreten; mein Mißerfolg bei Dr. Haarburger und dessen Kreis habe das hinlänglich gelehrt. Jede weitere Fürsprache für mich sei darum nicht nur schwierig, sie hätte nach Soundsos Meinung mir auch bloß Schaden statt Nutzen gebracht; mindestens fünf Jahre müßte ich im Lande leben, bevor zu erwägen wäre, ob ich mich genügend angepaßt hätte, damit ein Eintreten für mich Soundso und mir nicht Schande bringen würde.

Wohl konnte ich es dem Jugendfreund nicht nachweisen, denn er fädelte es schlau ein, aber Johanna glaubte es mir nach widerstrebenden Zweifeln, daß sein Benehmen so angelegt war, mich von Menschen zu entfernen, die mich kannten oder mir wichtig gewesen wären. Wahrscheinlich hat er mir auch Oswald, wenn nicht schon Inge, durch seine Quertreibereien abspenstig gemacht. Im ersten Jahre meiner Ehe hat er sogar versucht, Keile zwischen Johanna und mich zu treiben, wobei er vorsichtig vorging, stets als mein vorgeblich bester Freund, der nur mein Glück im Sinne habe, doch gerade deswegen Johanna über Hintergründe und bestimmte Eigenarten von mir aufklären müsse, die sie allein nicht beurteilen könne. Johanna glaubte ihm anfänglich seine guten Absichten, aber trotzdem hat er mit seinen Reden nur bescheidene Erfolge erzielt, denn sie durchschaute sein Spiel fast noch früher als ich. Da verzichtete er auf solche Mittel und begnügte sich damit, mit fein gespitzten

Waffen gegen mich zu arbeiten. Mein Verhältnis zu Johanna wurde nicht mehr angetastet, jetzt sollte um mich und dadurch um uns beide eine unsichtbare, darum nur umso verläßlicher abschließende Wand errichtet werden, durch deren einzigen uns verborgenen Durchlaß allein Soundso als getreuer Bote und Mittelsmann zu schlüpfen wüßte.

Bis vor wenigen Wochen, als mein Umgang mit Konirsch-Lenz begann, der Soundso, ohne ihn persönlich zu kennen, wegen eines wenig schmeichelhaften Gutachtens über eine sozialpädagogische Denkschrift dieses selbstgefälligen Menschenfreundes haßte, war es das Hauptbestreben von Soundso, mich von meinem eigentlichen Beruf abzudrängen, wobei ihm meine praktische Lage nur zu recht zu geben schien. Soundso redete mir gut zu, daß ich alle Versuche aufgeben sollte, mich als Soziologen durchzusetzen, während er gerne bereit wäre, meine brauchbaren Gedanken in seine eigenen Werke aufzunehmen, wofür er mich großzügig entschädigen wollte. Er schlug mir sogar vor, daß ich für ihn Literatur ausfindig machen, Auszüge anzulegen und Vorarbeiten schreiben sollte, die er dann für sich verwenden würde. Er hoffte darauf, bald eine Professur zu erlangen, das könnte durch meinen Beistand wesentlich beschleunigt werden. Nachher wollte er mich als seinen Privatsekretär anstellen. Inzwischen werde er trachten, mich als Sprachlehrer zu empfehlen, nebenher sollte ich mich als freier Schriftsteller versuchen und für Zeitschriften tätig sein. Bei einigem Glück versprach er sich für mich Erfolg mit kurzen Essays und mit aphoristischen Aufzeichnungen, die meiner Art am besten lägen. Damit könnte ich mich halbwegs anständig durchschlagen, bis mich Soundso als wohlbestallter Professor Kauders ganztägig beschäftigen werde. Erst als ich ihm von Konirsch-Lenz erzählte, drehte er den Spieß um und meinte, daß ich mich nicht mit diesem Pfuscher einlassen solle, sondern bei der Soziologie zu bleiben habe. Als ich ihn fragte, wie er sich das vorstelle, zuckte er die Achseln und sagte: »Das ist deine Sache.«

Von seinen persönlichen Freunden erzählte er wohl mitunter, führte mich aber nie bei ihnen ein. Gewöhnlich stellte er es so dar, als habe er kaum Freunde, sondern nur wenig anziehende oder gar abstoßende Bekannte, mit denen er bloß aus Gründen seiner Stellung verkehre, im übrigen halte er diese Leute zu einem Umgang mit mir ungeeignet. Ich wußte nicht genau, ob Soundso als Gesellschafter begehrt war oder sich anderen Menschen bloß aufdrängte, doch ist mir öfters zu Ohren gekommen, daß er einen ziemlich ausgedehnten Verkehr unterhielt, während er es gern mir gegenüber so darstellte, als sei er noch einsamer im Lande als ich. Es war mir bekannt, daß Karin, die für schön und gesellschaftlich reizvoll galt, viele Bekannte hatte, sich vorzüglich auf Menschen verstand und nicht nur ihren Mann, sondern auch sich selbst dadurch geholfen hat, denn vor über einem Jahr hatte sie auch ohne Inges mißglückten oder verweigerten Beistand ihren zahntechnischen Beruf aufgeben können und widmete sich seitdem der Bildhauerei und nebenher, zum Gelderwerb, illustrativen Aufgaben, was ohne gute Beziehungen unmöglich gewesen wäre.

Soundso trachtete stets, diese Dinge – seinen sozialen Aufstieg und den wachsenden Aufwand, den er und seine Frau sich leisteten – vor mir zu verheimlichen, aber zu verbergen war das nicht. Es wurde durchsichtig und konnte auch dadurch nicht versteckt werden, daß er Karin von mir und Johanna fernhielt. Ich habe sie kaum viel öfter als viermal gesehen; bei meinen seltenen Besuchen in Soundsos alter Wohnung, die neue kannte ich noch nicht, war Karin nur einmal zugegen. Dann kam sie zu unserer Hochzeit in einem viel zu kostbaren Aufzug, neben dem sich Johannas einfach hübsches Kleid ärmlich ausnahm. Nachdem wir uns in West Park Row eingerichtet hatten, erschien Karin mit ihrem Mann bei uns, aber nur für ein knappes Stündchen. Ich hielt es nicht für ausgeschlossen, daß sie bloß Hochzeitsaufnahmen, auf denen sie zu sehen war, betrachten wollte, denn sie bat mich dringend, Schallinger um diese Bilder für sie zu ersuchen. Johanna fand indessen Karin besonders nett, auch mir schien sie freundlich, sie benahm sich bei uns keineswegs steif, fühlte sich sogar sichtlich wohl, aber eine tiefere Teilnahme für uns habe ich ihr nie geglaubt. Sie bat Johanna nicht zu sich, wie versprochen, während Soundso unsere Einladungen ihr wohl nicht ausgerichtet hat. Gemeinsam waren wir nie bei den Kauders eingeladen, kam ich aber allein zu Besuchen, so ergab es sich stets, daß Karin nicht zu Hause war.

Einmal brachte ich die Sache zur Sprache und ließ nicht locker. Nachdem Soundso nicht mehr ausweichen konnte, mir die Ursache dieser nie entwickelten Bekanntschaft weiter zu verheimlichen, wurde ich belehrt, daß es hierzulande nicht ungewöhnlich sei, wenn Männer und Frauen sich gesellschaftlich in verschiedenen Kreisen bewegten. Karin sei überdies scheu und dem Gehaben der Menschen von drüben dermaßen entwöhnt, daß ich als Neuankömmling mich nicht wundern dürfe, für sie kein leichter Umgang zu sein. Bald darauf traf ich auf der Straße Karin einmal zufällig, und sie war die Freundlichkeit selbst. Deswegen glaubte ich Soundso kein Wort mehr. Ich stellte ihn zur Rede und wurde mit Ausflüchten hingehalten, erstens sei Karin eine vollendete Dame, zweitens habe sie vor mir die größte Hochachtung, aber die Sache verhalte sich trotzdem nicht anders, als er sie mir bereits dargestellt habe. Auf diese Weise gelangte ich zu keinem Ziel und gab es auf, Soundso nochmals anzugehen; ich wäre gewiß auf eisiges Schweigen gestoßen.

So ist es ihm gelungen, mich überall auszuschließen, wo mir ein menschlicher oder sachlicher Gewinn ersprossen wäre, während er mir doch durch kleine Gefälligkeiten, zum Beispiel mit Quellenangaben für meine Forschungen und beim Beschaffen von Büchern, jeden Anlaß nahm, mich von ihm abzukehren, ohne daß ich mich dadurch ins Unrecht gesetzt hätte. Eine Freundschaft ist das längst nicht mehr gewesen, wir erzählten einander nur noch nebensächliche Dinge. Was uns bedeutsam war, verschwiegen wir, wie Soundso schon vom Tage meiner Ankunft an es getan hat, während ich die mir schwierige Kunst des Versteckens, durch viele Fehler klüger geworden, erst langsam erlernte. Jetzt fragte ich ihn weder nach Karin noch nach Oswald, die er kaum einmal erwähnte, ich erkundigte mich nicht mehr nach seiner Arbeit, wenn er nicht selbst darüber berichtete; noch sorgfältiger vermied ich jeden Hinweis auf meine eigene Tätigkeit. Beging ich die geringste Unvorsichtigkeit, so zuckte er wie gestochen zusammen und blickte mich wütend an. Warum er trotzdem seine Besuche bis jetzt nicht ganz eingestellt hatte, war mir unklar. Vielleicht bewegten ihn ähnliche Gründe wie Otto trotz beider Verschiedenheit in Natur und Charakter.

Weder mich erneuern noch Sicherheit gewinnen konnte ich durch den Umgang mit alten und neuen Bekannten, eher zehrten sie noch an mir, auch wenn sie das nicht beabsichtigten. Fraglich war ich gewiß und bin es auch geblieben, aber vollendet wurde die Ungewißheit meines Bestandes erst durch meine Bekannten, weil sie mich ins Lächerliche stießen und weder mich noch meine Möglichkeit anerkannten. Das Fragliche an mir stellten sie noch stärker in Frage, das kaum in sich Begrenzte rissen sie auseinander und lösten es bis zum Unkenntlichen auf, und ich Tor habe das lange nicht durchschaut, wie ich mir durch die Nähe von Menschen oder, genauer gefaßt, durch den Versuch, ihre Nähe zu gewinnen, bloß den letzten Hauch eines Gefühls von Sicherheit raubte und mein Dasein zerstäubte. Allerdings war es gerade diese Unsicherheit, die sich noch nicht mit sich selbst abfinden wollte, daß ich meine Kräfte in dem Willen überanstrengte, für meinen Zustand einen Wandel zu erzielen. Erst der Zusammenbruch der am meisten verfehlten aller meiner Beziehungen, mein kurzer Umgang mit dem ungehobelten Konirsch-Lenz, offenbarte mir endlich all mein äußeres Streben in seiner Sinnlosigkeit, und ich beschloß, künftig auf alle Mühe zu verzichten, die ein Mensch um seiner Selbstgeltung willen betreiben mag.

Es wäre mir viel leichter geworden, wenn ich mich früher zu diesem Verzicht bequemt hätte, aber dazu hatte es mir an Mut und zu lange auch an Einsicht gefehlt. Zu sehr hatte ich mich geliebt – und das ist falsch, so lange dies die Neigung ist, sich in dem eifervollen Willen nach Selbstgeltung anderen Menschen vorzuziehen, die man dann zu wenig oder gar nicht liebt. Daß ich auf diese bescheidene Weisheit erst durch die Einbuße meines Daseins gestoßen bin! Wer die Tage und Nächte nicht aufgibt, wer auf diese Weise lebt und dauert, empfindet das allgemeine Unglück jedes erschaffenen Menschen unendlich verschärft, wenn er zu zweifeln, wenn er – wie ich – gar des Verlustes seines Wesens inne wird. Zu viel hatte ich mir eingebildet, zu viel Unmögliches gewollt, aber in meiner Lage durfte ich nur eines: Aushalten und auf die Gnade warten. Eifer, Eitelkeit, Rücksicht auf Johanna, Sorge um das tägliche Brot hielten mich so lange auf Irrwegen fest; ich war in eine Panik geraten, vor der mich erst die Grausamkeit eines Konirsch-Lenz heilte. Trotzdem war es berechtigt, wenn mich die Furcht beschlichen hatte, daß unsere geringen Mittel bald aufgezehrt sein würden. Ich sah Frau und Kind hungern, mich aber gewissenlos und untätig danebenstehen. Darum mußte etwas geschehen. Nicht daß ich mich in den Willen meiner törichten oder herzlosen oder heuchlerischen Ratgeber und angemaßten Gönner ergeben hätte; keineswegs. Aber etwas mußte dennoch geschehen. Ich hatte noch zu wenig Vertrauen in meine unüberwindliche Ohnmacht, die zu ertragen geübt sein wollte. So war ich hintereinander in drei oder vier Phasen eingetreten, die alle dem Widergewinn einer bürgerlichen Existenz galten. Da war das erste Jahr, die hoffnungsvolle Anfangszeit, in der sich manches vielversprechend anließ, nachher folgte die Zeit, als ich einsehen mußte, daß ein Sieg im Sturme mir verboten war, und dann strengte ich mich an, meine gelehrten Versuche um jeden Preis an die richtige Stelle zu bringen und gegen alle Widerstände durchzusetzen.

Ich pfiff lauter und ging jetzt viel langsamer. Vor mir war ein kleiner Park, ich erblickte eine rote Telefonzelle und blieb stehen. Mit Ekel erinnerte ich mich an den Scharlatan, für den ich aussichtslose Wege lief, und den ich aus solchen Zellen anrief, um ihm das klägliche Ergebnis zu melden. Eberhard S. war wohl der Erbärmlichste von allen, mit denen ich mich eingelassen hatte. Ein großer dicker Mann mit weißem Kindergesicht und einem Monokel an schwarzem Bändchen. Eberhard S. hielt gelegentlich halb öffentliche Vorträge; einmal überredete mich Otto, der diesen Mann persönlich nicht kannte, aber bewunderte, ihn mir anzuhören. Eberhard S. sprach über das Thema »Leid und Lust der Einsamkeit«, und ich ließ mich hinreißen, in die anschließende Diskussion einzugreifen. Der Vortragende redete mich an, äußerte sich beifällig zu meinen Bemerkungen, bat um meine Telefonnummer, rief zwei Tage später an, besuchte uns und lud mich zu sich ein. Er gab sich als zweifacher Doktor aus, Arzt wollte der Kerl sein und Sozialpsychologe. Arzt war er vielleicht, wenn auch ein schlechter Arzt, der mit fragwürdigen Kuren quacksalberte und ein großes Brimborium um sich entfaltete, Sozialpsychologe war er bestimmt nicht. Mein erstes Gefühl sprach zwar gegen den aufgeblasenen Mann, auch Johanna war ihm nicht zugetan, aber mit vielen Schmeicheleien und Versprechungen köderte er mich mit seinem Plan einer psychologisch-soziologischen Zeitschrift, so daß ich mich nach allen bisherigen Mißerfolgen bereit erklärte, sein Angebot anzunehmen. Ich sollte Hauptschriftleiter werden und zunächst kein Gehalt, aber alle meine Auslagen ersetzt bekommen, doch schon bald, sobald sich die Zeitschrift eingeführt habe, was nur eine Frage von wenigen Monaten sein würde, sollte ich gut bezahlt werden. Eberhard S. selbst, der für sein Unternehmen den Namen »Eusemia«, also »Günstige Vorzeichen«, gewählt hatte, zeichnete als Verleger und Herausgeber und wollte sich als Propagator, Autor, doch besonders Anwerber fähiger Mitarbeiter betätigen. Er schickte mich in Druckereien, Agenturen, Zeitschriftenvertriebe, Buchhandlungen, Reklamebüros und zu vielen Persönlichkeiten, um dies oder jenes für die »Eusemia« zu erledigen, wobei ich viel Ärger hatte und nur selten etwas günstig erledigen konnte. Trotz allem sind mit Ach und Krach sogar einige Nummern der mißratenen Zeitschrift in unregelmäßigen Abständen erschienen. Ich konnte noch zufrieden sein, daß bloß sein

Name als verantwortlich angegeben war, während meine Beiträge unbezeichnet blieben oder Decknamen trugen.

Die »Eusemia« war eine totgeborene Zeitschrift, für die ich Monate meiner Arbeitszeit ohne freien Tag und oft auch bei Nacht bis zur Erschöpfung geopfert habe, um das Unternehmen auf den Weg zu bringen. Ich habe nicht einen Pfennig als Entgelt empfangen und noch dazu einen beträchtlichen Teil meiner Unkosten tragen müssen. Als Eberhard S. mit fahrlässigem Leichtsinn und zum Ansporn für mich eines Tages behauptete, es sei endlich so weit, daß ich öffentlich als Hauptschriftleiter auftreten sollte, denn es sei jetzt der Absatz einer großen Auflage gesichert, ist das nächste Heft zu meinem Segen nicht über die Korrekturbögen hinaus fertiggestellt worden, weil der Betrieb in arge Schulden geraten war. Eberhard S. hatte die Rechnung für die letzte Nummer dem Drucker nicht bezahlt, der sich weigerte, ohne ein tüchtiges Handgeld zu liefern. Kein anderer Drucker wollte den Auftrag übernehmen, womit dieser unsinnige Traum zu Ende, ich aber um eine Hoffnung ärmer war und mit einer Anzahl fertiger Aufsätze und Buchbesprechungen einheizen konnte. Für Beiträge konnte Eberhard S. ja niemandem ein Honorar anbieten, und darum hatte ich das meiste selber schreiben müssen, während er nur Pläne in die Luft entwarf, doch wenige Artikel verfaßte, ein wortreich breitspuriges Geschwafel, gegen dessen Veröffentlichung ich mich sträubte oder das ich zumindest sachlich und stilistisch gründlich umarbeiten mußte. Um die Hefte aufzufüllen, schalteten wir einige Nachdrucke ein, wenn sie uns kostenlos bewilligt wurden.

Nach dem Zusammenbruch der »Eusemia« fühlte ich mich erst recht verloren und mußte mein Mißgeschick sogar verschweigen, um meinen Ruf nicht zu schädigen. Über versteckte Andeutungen hinaus hatte ich mich zu niemandem über dieses Schwindelunternehmen geäußert. Bloß Soundso habe ich etwas mehr gesagt, doch sobald er nur den Namen Eberhard S. und »Eusemia« hörte, bekam er einen Wutanfall. Ich solle auf diesen Erzbetrüger ja nicht hereinfallen, das sei ein unseriöser Mensch, der schon vor Jahren eine Zeitschrift »Eusemia« geplant und dabei viele Leute, darunter auch Oswald Birch hinters Licht geführt habe. Soundso hatte ihm, um der angeblich guten Sache willen, einen Aufsatz zur Verfügung gestellt. Bis heute wartete er auf die Rückgabe. Die Zeitschrift, die nie erschienen ist, sollte unmittelbar nach dem Kriege dazu dienen, den geistig ausgehungerten Menschen drüben, die angeblich nach gediegener Belehrung lechzten, eingängige Texte wissenschaftlichen und kulturpolitischen Inhalts zu bieten, damit sie etwas zu lesen hätten, woran sie nach so vielen verhängnisvollen Irrtümern sich orientieren könnten. Die Sache habe sich wegen dunkler Machenschaften jenes sauberen Herren zerschlagen, der sich heute in anständiger Gesellschaft nicht mehr blicken lassen dürfe.

Ich war kaum geneigt, Soundso Glauben zu schenken und schlug alle seine Warnungen in den Wind, weil ich sie wieder bloß für ein Zeichen seiner Mißgunst hielt. Zum Scheine tat ich so, als sei ich von der Wahrheit seiner Worte überzeugt, sagte ihm nichts mehr von der Zeitschrift und schlitterte in mein Unglück. Die Widerstände, die mir Johanna entgegensetzte, waren stets gering, und als sie bemerkte, wie ich mit Feuereifer bei dieser Arbeit aufblühte, hoffte sie gegen ihre Befürchtungen, es würde sich diesmal doch zum Guten wenden. Darum verfuhr Johanna mild mit mir, nachdem ich ihr das Scheitern eingestehen mußte. Ich war untröstlich und verbittert, sie aber sprach mir freundlich zu und half mir, selbst diese niederschmetternde Enttäuschung zu ertragen. Daß ich mit diesem Mißerfolg allen äußeren Halt eingebüßt hatte, konnte sie zwar nicht verhüten, aber schließlich gingen die Dinge doch mit ihrer Hilfe weiter.

Nun begann die vierte, die trostloseste Phase meines Lebens in der Weltstadt. War meine Gesundheit vorher noch so leidlich gewesen, so erschöpfte mich die Arbeit für die »Eusemia«, und ich kam so von Kräften, daß ich bei der Arbeit an meinem Schreibtisch einschlief, während ich bei Nacht kaum schlafen konnte. Ich war sehr erholungsbedürftig und sah ein, wenn Johanna sich sorgte, daß es so nicht weiterging. Da kam Betti gerade zu Besuch und erschrak über meinen Zustand. Sie wollte mich sofort nach Südwales mitnehmen, aber da mir jetzt eine Trennung von Johanna unleidlich schien, lud uns Betti zu dritt ein. Nachdem Johanna alles Nötige verabredet hatte, um sich ihre Heimarbeit auch für die Zeit unserer Abwesenheit zu sichern, verreisten wir für zwei Monate. Nach der Rückkehr war ich zwar etwas besser beisammen, doch war ich auch dann noch so schwach, daß ich oft schon nach kurzer Beschäftigung ermattete. Ich habe in meiner Arbeit nie so spärliche Ergebnisse wie damals erzielt. Meine Unzufriedenheit steigerte sich, ich wurde immer reizbarer, ärgerte mich wegen geringfügiger Anlässe und belastete Johanna unmäßig, die ich, ohnmächtig und hilflos, mit der quälerischen Lust des Unglücks stets im unpassendsten Augenblick daran erinnerte, was ich ihr vor unserer Heirat über meine Schwäche und Unfähigkeit gebeichtet hatte. Für sie grausam und gegen mich selbst ungerecht, schilderte ich ihr meinen Unwert in so abstoßender Weise, daß es mir gelang, ihren Gleichmut zu erschüttern. Es war schon arg genug, daß ich ihr keinen Halt bot, nun raubte ich ihr aber auch ihr eigenes Selbstvertrauen und wäre allein schuldig gewesen, wenn sie allen Glauben an mich verloren hätte. Sie gab ihn nicht auf, wurde aber in ihrem Verhalten unsicher, und so wird verständlich, daß Konirsch-Lenz ein wenig Einfluß auf sie gewonnen hatte, wenn er mit grobem Geschütz gegen sie anfuhr.

Jetzt war ich dieses Gönners quitt, wir waren in Zorn geschieden, aber ich war frei und fühlte mich wohler dabei. Ich hoffte wieder. Meine Unruhe hatte sich noch nicht gelegt, doch auf einmal fühlte ich mich zufrieden. Es gab nichts mehr, was mich band und verstrickte; das ließ mich froher atmen. Wohl sah ich nicht vor mir, was morgen kommen sollte, dennoch lockerten sich die Sorgen; mir schien, als könnte es nicht mehr schlimmer, sondern nur noch besser werden. Jemand mit einer schweren Tasche unter dem Arm eilte aus der Telefonzelle gegenüber und entfernte sich mit großen schnellen Schritten. Da trat ich ein und rief zu Hause an, was sonst meine Gewohnheit nicht ist. Das allein ließ Johanna hellhörig lauschen. Kaum hatte ich sie begrüßt, so heiter ich das bei meiner geringen Verstellungskunst konnte, doch im Grunde wirklich heiter, weil alle Trauer mich plötzlich aus ihrem Griff entlassen hatte, als Johanna allen Erklärungen zuvorkam.

»Du hast dich mit Konirsch-Lenz zerschlagen. Deshalb rufst du mich an, nicht wahr?«

Sehr erleichtert stimmte ich zu und bewunderte Johanna, daß sie es schon wußte.

»Ich hab es mir heute früh gleich gedacht, wie du aus dem Haus fort bist. Du hattest so etwas Merkwürdiges an dir, daß ich nur einen vollen Erfolg, den aber nicht ernsthaft, oder einen vollen Mißerfolg erwartete. Es war schon alles vorgezeichnet, du mußt dir nichts vorwerfen. Mach dir nichts draus, Liebster! Es wird alles gut werden.«

Johannas Stimme klang zuversichtlich und fröhlich, daß mein letzter Ärger schwand.

»Da will ich gleich nach Haus kommen, wenn du so lustig bist. Ich hatte Sorge, du würdest dich kränken. Jetzt bin ich glücklich.«

»Komm nur, komm! Es ist auch ein Brief da. Ein kleiner Auftrag für eine Buchbesprechung, und das Buch ist auch schon da.«

»Das ist aber fein.«

»Siehst du. Es wird schon werden. Wir brauchen keinen Konirsch-Lenz und niemanden. Er hat übrigens vor einer Stunde angerufen. Der Zorn platzte aus jedem seiner Worte. Dabei stotterte er vor lauter Entschuldigungen, du seist der erste Mensch, den er nicht auf die richtige Bahn bringen konnte. Du bist ihm so sympathisch, aber es geht nicht mit dir, weil du eigenwillig bist, mit dem Kopf gegen die Wand, hat er gesagt, und ich habe gelacht. Dann hat er mir Glück gewünscht, aber ich muß doch verstehn, es geht eben nicht, er gibt es auf. Ich soll ihm nicht böse sein. Er hat es gut gemeint.«

»Und was hast du gesagt?«

»Gar nichts. Oder doch was. Ich hab ihm gesagt, es macht nichts, ich bin Ihnen nicht böse, ich danke Ihnen bestens.«

»Nein! Das hast du ihm nicht gesagt!«

»Doch. Das hab ich gesagt.«

»Das war nicht recht.«

»Laß nur gut sein! Solche Leute darf man nie ins Recht setzen. Man dankt ihnen höflich, und dann ziehn sie ab.«

Johanna lachte ins Telefon, das Schallblättchen im Hörer zitterte und summte, daß ich ihn vom Ohr abhielt. Ich sagte schnell, daß alles gut sei, ich würde bald zu Hause sein. Dann verabschiedeten wir uns fast übermütig. Als ich die Zelle verließ, war aber alles wieder verwandelt, alle Heiterkeit wich von mir, Düsternis umschlich mich. Ich mußte anerkennen, daß ich ein Vergeblicher bin. Wohl war ich meines letzten und übereifrigsten Gönners ledig, ich sagte mir schmunzelnd, nun ist es wie bedruckte Papiertapeten von deinen Augen gefallen, aber damit war der Rückschlag dieses Zerwürfnisses auf meinen Zustand doch nicht überwunden. Der feurige Antrieb, der mich durch meine Jugend gefördert hatte, vermochte mich auch die bösen Jahre hindurch zu bewahren, er hatte bis in meine erste Zeit in der Weltstadt nachgewirkt, selbst in meinem Fleiß für die »Eusemia« konnte ich ihn noch spüren. Immer war dieser Antrieb der Retter, die Macht, die mich geleitet hatte; nun war nichts von diesem Antrieb übriggeblieben, ich hatte nichts mehr, ein ausgehöhltes Dasein, schon kein Dasein.

Wäre ich in meiner Gesinnung negativ, so erwog ich, wäre ich aller förderlichen Gedanken bar, dann wäre dieses Verlöschen verständlich und verdient. Aber so verhielt es sich doch nicht! Ich fühlte mich durchaus vom Willen beflügelt, meinen Mitmenschen durch eine ehrliche Leistung etwas zu bieten, etwas zu bedeuten, was mich berechtigte. Ein empfindlicher Spiegel war ich für vieles, was sich in der Zeit ereignete, ich war ein einziges Auge und hatte eingesammelt; dies zu überliefern war ein aufrichtiges Bestreben! Warum sollte ich vergeblich sein? Bloß weil ich nicht sein kann, weil ich nur Ausdruck bin, doch kein eigenes Wesen? Daran würde ich mich zu gewöhnen haben, ein gehorsamer Adam, hier bin ich, nicht ich, aber doch, eines, es, ein Name; leicht allerdings fiel mir das nicht. Dasein, ich habe es nicht, aber dennoch, das Dasein allein wird ein gewaltiger Fund. Überdauert hatte ich, nun mußte ich hindauern. Geschlagen mußte ich mich geben, doch enthoben war ich nicht. Etwas währte, etwas zog sich weiter in unerforschlichem Fortgang, der Fund. Nur unternehmen konnte ich nichts mehr; ich konnte aber geschehen. Da war ich vielleicht ein durchgeführter Entschluß eines Übermächtigen; kein Ich, doch Ich; ein umgewandelt Ich von anderen Gnaden.

Ich erschrak, daß ich schon lange nicht gebetet hatte. Ich mußte beten, nicht um etwas, doch zu etwas. Auch das nicht; einfach beten. Konnte ich mich dazu sammeln? Ich blickte auf mich nieder und sah mich gering und fremd, unhaltbar anders als in der Gnade. War ich etwas, wenn nicht geliehene Gnade, also nicht ich, Gnade irgendwo, und einer der Gnade sagte, so dennoch ich und wieder nicht. Müßiges Spiel. Ich staunte, was einst die Philosophie hervorgebracht hatte, Behauptung des eigenen, des Besonderen, des Persönlichen, des triumphierenden Ichs; Irrgleichung: Ich denke, ich bin. Bin ich, dann denke ich nicht. Ich bin oder denke. Ich bin oder bin nicht, ob ich denke oder nicht. Ich bin, darum denke ich, darum denke ich auch; aber ich bin nicht, weil ich denke. Welcher Stolz, welche Vermessenheit, welch unheimlicher Trotz, der sich dem Universum gegenüber als Bestand errichtet, dasteht, der aus dem Paradiese verworfene Adam auf dem Felde der Verlassenheit, steil, turmgleich, ein Mal der Verwirrung von Babel, mit kühnen Wänden gegen Himmel und Erde. Das konnte ich nicht und wollte es auch nicht mehr, aber damit erbärmlich wollte ich trotzdem nicht sein, nicht ungehorsam, nicht ohne Demut, Buße, Opfer und Gebet, nicht ohne Bereitschaft, nicht ohne Schuldwissen und ohne Gewissen, nicht dem Sein abspenstig werden und es verleugnen, bloß weil ich mir kein gewisses Sein, kein sicheres Dasein zumuten und aneignen mochte.

Ich bekannte mir, daß verderbliche Denker einst die Gesellschaft verneint hatten, ihr Protest hat die Formen verneint, in denen sich das menschliche Dasein in vielen Geschlechtern zu einem dauernden Bestande verdichtet und versichert hatte. Nun war das anders geworden, die Gesellschaft wünscht den Denker nicht mehr, der nichts anderes begehrt, als sich in ihren Dienst zu stellen, wenn man sich weder ihr zum Sklaven ergeben noch die Vernichtung mit verführerischem Gehaben predigen will. Sei nicht! So wurde einem laut zugerufen und heimlich geflüstert. Sei nicht! Doch willst du das nicht hören, so gehst du dennoch vor die Säue! Was ließ sich da entgegnen? Vielleicht dies: Sei stets noch um einiges weniger, als man dir zur Not zubilligt. Auch dann stellt es sich bald heraus, daß einem die freiwillig geschmälerte Grundlage beim nächsten Auftritt vor seinen Mitmenschen nicht mehr vergönnt wurde.

»Sie sind immer noch vorhanden? Seltsam! Ich dachte, man hat Sie Ihrem Vater nachgemacht und auch schon längst abgeschafft. Hauptsache, es geht Ihnen noch. Mir soll es recht sein.«

Darauf dürfte man nicht erwidern, ja, es geht mir, aber es geht mir schlecht, denn sonst wäre man tüchtig belehrt worden.

»Wie kann es Ihnen schlecht gehn? Sie reden ohne jeden Verstand! Wenn es einem geht, geht es einem auch gut. Anlaß zu Klagen hat man nicht.«

Im Grunde war das zuzugeben. Daß jemand über sich hinauswächst, schien ein törichter Gedanke. Jedem ist zugemessen; damit mußte ich mich abfinden. Vielleicht war ich doch noch ein geringes Stück meiner selbst, und vielleicht hatte man mich so entschieden auf mich abgedrängt, damit mir das bewußt werde. Dann war sogar meine Unzufriedenheit als ein vorzügliches Glück zu begreifen; aller Mißerfolg, alle Vergeblichkeit hatte mich noch heilsam bedient. So sollte ich mich aufmerksam in einen nicht endenden Zustand des Wartens ergeben, dessen Verheißungen nicht erschöpft waren, denn Stunden flossen in Stunden über, die

Maße waren nicht wirklich, sondern bloß ein künstlich Gebilde, damit das Schwerste, die Ordnung, versucht würde. So trieb ich mich in das Glück hinein, das nicht kam, aber offenblieb und in unbekannten Entschlüssen sich einmal für die Menschheit und dann auch für mich entscheiden konnte; es war zu erreichen. Das Reich, um das wir bitten, hatte Bestand von allem Anfang an, aber es zu verwirklichen, war zwar Auftrag, doch nicht in unserer Hand.

»Einer von vielen bist du, der sein will. Du hast von der Frucht gegessen, das wird nicht ungeschehen. Dein Fehler ist es, dies, daß du sein willst, außerdem noch urzeitlich und endzeitlich zu begehren. Du beschäftigst dich allzu eifrig damit. Dein Daseinswille ist unersättlich.«

Das mußte ich mir wohl eingestehen, damit mir die Kraft offenbar werde, in der ich mich auch selbst entschließen könnte. Die Wand vor mir, das dämmerte mir ein, dürfe also nicht wirklich von Dauer sein, doch mochte ich mich nicht gedulden zu warten, was mit mir geschehen wird. Deshalb entschloß ich mich, weckte mich auf und ging vorüber an der leeren Wand vorbei, ein Tasten und Spüren. Wo mich das hinführte, wußte ich freilich nicht. Sie kam mir viel länger vor als sonst. Ich staunte darüber.

»An dieser Wand entlang«, sagte ich. »Wir sind gleich wieder draußen.«

»Es ist etwas düster.«

»Stimmt. Wir wissen es. Eine neue Lichtleitung soll demnächst gelegt werden.«

»Das wird nötig sein. Man kann sich ja die Beine brechen.«

»Ich hab es Ihnen doch geraten, schließen Sie die Augen ein Weilchen, damit Sie sich an die Düsternis gewöhnen.«

Nun waren wir wieder in dem kleinen Vorraum, die Führung war beendet. Hier drang das Tageslicht herein, und die beiden atmeten auf, daß sie von der Dunkelheit befreit waren. Ich öffnete die Türe und wollte die Gäste schon hinausbitten, als ich mich besann, daß sie sich noch nicht ins Besucherbuch eingetragen hatten. Ich nahm meine Füllfeder und schraubte sie auf.

»Bitte, sich da einzuschreiben!«

Meine Feder wurde abgelehnt, eine viel schönere kam zum Vorschein, schwer, prächtig, von schimmerndem Gold. Der Herr reichte sie der Dame. Die Feder war für sie zu mächtig und kaum für ihre zitternd kleinen Schriftzüge geeignet. Dann trug sich der Herr ein, die Striche waren heftig, Keile des bewußten sicheren Erfolges. Da stand es mit dem Datum: Mitzi Lever, Johannesburg; Guido Lever, Johannesburg. Frau Levers Unterschrift war schon eingetrocknet, aber Herrn Levers Name glänzte noch feucht. Ich nahm ein Löschblatt, legte es auf und strich vorsichtig darüber.

»Da stehn wir nun zum ewigen Gedächtnis, Mitzi. Stell dir das vor, ist das nicht wunderbar?«

»Du hast recht. Man schaudert vor Ehrfurcht, daß man in der Geschichte ist. Und dann die vielen anderen Unterschriften! Was denken Sie wohl, Herr Doktor, wie viele Menschen sich hier in den nächsten hundert Jahren verewigen werden?«

»Das kann der Herr Doktor doch nicht wissen. Wie kannst du so dumm fragen?«

»Die gnädige Frau stellt sich das bloß so vor.«

Ich sagte das leichthin und wurde mit einem schmeichelhaften Blick belohnt. Nun komplimentierte ich die Gäste auf die Straße hinaus und versperrte die Klause sorgfältig. Wir gingen langsam zu unserem Verwaltungsgebäude in die ehemalige Schule zurück. Herr Lever zeigte sich überaus beeindruckt, er war dankbar, bot mir sogar ein größeres Trinkgeld an und war nicht einverstanden, daß ich es – wie er glaubte, aus Standesgründen – ablehnte. Ich schlug Herrn Lever vor, er könne, wenn er wolle, etwas für das Museum spenden.

»Für das Museum! Gern. Warum nicht! Aber Sie, Herr Doktor, Sie können schon was brauchen und sind sicher um viel gekommen. Mir wär es ein Vergnügen. Südafrika ist ein goldener Boden, und ich hab immer schön verdient.«

»Ja, das hat mein Mann. Er ist tüchtig. Und großzügig ist er auch.«

Trotzdem war ich nicht zu überreden und ließ mir bloß eine Schachtel amerikanischer Zigaretten gefallen.

»Die müssen Sie aber nehmen, Herr Doktor! Sonst bin ich gekränkt. Also großartig haben Sie das alles eingerichtet. Für den Friedhof können Sie nichts. Der ist berühmt und alt. Aber das Museum, wirklich großartig. Eine Sehenswürdigkeit ohnegleichen. Ich werde in der ganzen Welt und besonders zu Haus davon erzählen. Ich schick Ihnen Leut. Hoffentlich wird es bald offiziell eröffnet, ein Katalog gedruckt, ein Bilderbuch mit den größten Schätzen drin. Wie lebendig das alles ist. Hinreißend! Bist du nicht hingerissen, Mitzi?«

»Und ob!«

»Sagen Sie, Herr Doktor, eine Frage: sind Sie versichert?«

»Sie meinen das Museum?«

»Ja, das Museum.«

»Bestimmt.«

»Gegen alles? Diebstahl, Feuer, Wasser, Bauschäden, alles? Wie hoch, wenn ich fragen darf?«

»Das weiß ich nicht.«

»So ein Museum muß man hoch versichern. Das können Sie mir glauben. Die Sachen sind ja unersetzlich. Wenn da was passiert, muß man wenigstens hoch versichert sein.«

»Und Sie glauben das hilft?«

»Ja, denken Sie doch an den materiellen Schaden!«

Darauf sagte ich nichts mehr und überließ das Ehepaar seinen eigenen Gesprächen, bis wir das Tor der Schule erreicht hatten. Ich wartete, daß sich Levers verabschieden würden, wie das nach einer Besichtigung an dieser Stelle zu geschehen pflegte. Es hatte sich nämlich, sei es aus Scheu, sei es aus Sentimentalität oder Höflichkeit, die Sitte eingebürgert, daß unsere Besucher nur selten uns gleich bei der Klause verließen; fast immer begleiteten sie uns bis zur Schule zurück, auch wenn sie keine Fragen zu stellen hatten und nur schweigsam neben einem von uns dahertrotteten. Erst hier, wenn man ihnen bestätigte, daß alles beendet sei, rüsteten sie sich langsam zum Abschied, wobei sie einen gewöhnlich noch für ein Weilchen aufhielten und über dies oder jenes redeten, unschlüssig und verlegen; es war dann uns überlassen, diesem müßigen Stelldichein ein Ende zu bereiten. Fast nie geschah es, daß sie noch in die Schule mitzukommen begehrten, weil Anfragen, die unsere aufgestapelten Besitztümer betrafen oder sonst nur in der Kanzlei beantwortet werden konnten, fast immer vor der Führung schon erledigt wurden. Das Ehepaar Lever hielt es aber anders, oder eigentlich nicht anders, denn die beiden erwarteten sich nichts mehr, sondern wollten mich bloß für eine Unterhaltung gewinnen und nicht zu meiner Arbeit lassen.

»Ich muß jetzt gehn. Ich habe viel zu tun.«

»Sehn Sie, wir sind doch Landsleute, Herr Doktor. Sagen Sie mal, was ist Ihr Vater gewesen?«

»Herrenwäsche.«

»Herrenwäsche? Und Sie heißen Landau?«

»Ja.«

»Herrenwäsche Landau? Mitzi, erinnerst du dich nicht?«

»Dort, wo du Krawatten gekauft hast, Hemden? Du hast noch einen Hosenträger von dort. So gut ist er.«

»Ja. Es steht HAL drauf, gute Marke. Ich hab nie gewußt, was das bedeutet. Können Sie das erklären?«

»Die Anfangsbuchstaben von Herrenwäsche Albert Landau.«

Herr Lever klatschte sich auf die Stirn.

»Wie blöd der Mensch nur sein kann! So einfach, und ich hab mir's nie erklären können.«

»Jetzt weißt du's«, sagte Mitzi. »Und sagen Sie, Herr Doktor, war das nicht neben dem Obst? Wie hieß der Mann nur dort?«

»Kutschera.«

»Richtig, Kutschera. Gibt's den noch?«

»Ja, der verkauft noch sein Obst.«

»Da muß ich hinschaun. So lang ist man weg, der Krieg und alles, und der gute Kutschera ist noch da mit seinen Äpfeln und Orangen!«

»Und das Wäschegeschäft?« wollte Herr Lever wissen.

»Kann ich dort noch kaufen? Sie haben den Laden doch sicher zurückbekommen.«

»Nein, dort können Sie nicht kaufen.«

»Das ist schade. Zugesperrt?«

»Ja. Für immer.«

»Und der Herr Vater, wenn man fragen darf?«

Ich antwortete nicht gleich.

»Ach so!« entschuldigte sich Herr Lever. »Das tut mir leid. Aber es war doch ein prima Laden. Da müssen Sie eine anständige Entschädigung bekommen.«

Ich lächelte.

»Haben Sie vielleicht nichts bekommen? Das kann ich nicht glauben. Sie werden aber doch?«

»Nichts werde ich, Herr Lever, nichts. Ich will nicht und ich werde nicht und man wird auch nicht.«

»Sie wollen nicht? Ihr gutes Recht müssen Sie, das ist Ihre Pflicht. Den Gaunern schenkt man nichts. Das müssen Sie betreiben!«

»Ich werde nicht. Es führt zu nichts. Sinnlos, alles sinnlos.«

»Ein richtiger Doktor, Mitzi! Hören Sie mal, Sie haben keinen kaufmännischen Geist! Sie sind es aber Ihrem Herrn Vater schuldig wie sich selbst.«

»Das glaube ich nicht. Außerdem bekommt man nichts. Der Laden ist längst aufgelöst. Die Leute jagen jetzt wie närrisch ihrem verlorenen Eigentum nach, aber bei dem Wind, der hier weht, hat fast keiner was bekommen.«

»Was Sie da sagen! Hörst du, Mitzi? So sprechen viele hier. Ich bin aber gerade deswegen hergefahren, weil ich meine Sachen haben will.«

»Ich wünsche Ihnen viel Glück.«

»So! Glauben Sie an keinen Erfolg? Das wäre schrecklich!«

»Erfolg oder kein Erfolg, verzeihn Sie, mich geht das nichts an, Herr Lever. Ich sagte Ihnen schon, ich wünsche Ihnen viel Glück. Ich will nur weg von hier.«

»Mitzi, er will weg! Jetzt, wenn alles wieder gut wird!«

Ich lächelte wieder.

»Sie sind ein Schwarzseher, Herr Doktor. Man muß sich wieder ans Leben gewöhnen. Man muß das. Wo käme man hin? Ich such Sachen. Auch von meinem Bruder, der ist leider hier geblieben.«

»So, von Ihrem Bruder«, sagte ich gedankenlos und setzte wieder hinzu: »Viel Glück, Herr Lever!«

Nun wollte ich eilig davon, aber das Ehepaar ließ mich nicht los.

»Es ist so interessant, mit Ihnen zu sprechen. Kalt wird einem dabei, aber interessant ist es wirklich. Vielleicht haben Sie jemanden von meiner Familie gekannt.«

»Das ist schon möglich.«

»Wahrscheinlich, weil Ihr Vater bestimmt unsere Familie gekannt hat. Früher hab ich Lebenhart geheißen.«

»Eugen Lebenhart, Ufergasse.« Ich sagte es achtlos.

Herr Lever packte mich heftig an der Handwurzel.

»Das ist mein Bruder gewesen! Mitzi, stell dir vor, Eugen, der Herr Doktor hat den Eugen gekannt!«

»Siehst du, wie merkwürdig, Guido. Man soll sich immer aussprechen, das ist meine Ansicht. Ich sag's immer.«

»Ich bedaure, meine Herrschaften, ich habe Eugen Lebenhart nicht gekannt.«

»Wieso wissen Sie seine Adresse?« riefen beide gleichzeitig.

Ich hatte mich verplappert und sah die beiden Bildnisse vor mir, die Herr Schnabelberger am ersten Tage meiner Tätigkeit im Museum mir gezeigt hatte. Nun hätte ich das schnell verreden sollen, denn ich hatte gegen die Wünsche Frau Dr. Kulkas gehandelt. Sie wollte, daß niemand auf die Spur ihm rechtlich zustehender Gegenstände gebracht werden sollte, und ich hatte nicht den geringsten Anlaß, gerade bei Herrn und Frau Lever eine Ausnahme zu machen. Aber nun hatte ich mich schon verraten, und was gingen mich Frau Dr. Kulkas Absichten an?

»Die Adresse? Ich dachte bloß so.«

»Nein, spannen Sie uns nicht auf die Folter!« rief Frau Lever ungeduldig.

»Wir haben zwei Bilder oben, die sind von den Lebenharts aus der Ufergasse.«

»Zwei Bilder? Mein Bruder hatte kostbare Gemälde, Holländer hat er gesammelt. Stilleben. Die gehören ja mir!«

»Kostbar, das weiß ich nicht«, bemerkte ich kalt. »Und keine Holländer. Aber wir haben zwei Bilder.«

»Mein Mann sagte Ihnen, es waren sehr kostbare Bilder dort, alte wertvolle Originale. Mein Schwager war ein Feinschmecker, der hat sich auf so etwas verstanden.«

»Unsere zwei Bilder sind nicht kostbar«, betonte ich eindringlich. »Aber Originale sind es, wenn auch nicht alt und vermutlich nach Photographien gemalt. Es handelt sich um ein älteres Ehepaar.«

»Du, Mitzi, das werden die Großeltern sein. Ich hab den Eugen so gebeten, er soll sie mir geben, wie wir fort sind, und er wollte nicht. Daß sich das erhalten hat! Wie sind denn die Bilder zu Ihnen gekommen?«

»Es sind viele Bilder hergekommen, Herr Lever. Besonders Familienbilder. Wir haben eine ganze Menge.«

»Nein, das muß ich sehn!«

Da lud ich die Herrschaften ein, sich mir anzuschließen, sagte aber, daß nur Herr Schnabelberger darüber entscheiden könne, ob sie die Bilder sehen dürfen.

»Das wäre noch schöner«, ereiferte sich Frau Lever, »wenn mein Mann darauf ein Anrecht hat! Mein Schwager hatte keine Kinder, andere Geschwister gibt es auch nicht. Wir sind die einzigen Erben.«

Herr Geschlieder sagte mir beim Vorbeigehen auf der Treppe, daß heute hier ein Narrenhaus sei. Oben klopfte ich an Schnabelbergers Türe an. Er saß an seinem Schreibtisch und hatte eine schwarz gekleidete schmächtige Dame mit weißem Haar bei sich zu Gast. Er schien über mein Kommen erfreut und rief: »Gut, daß Sie endlich da sind!« Als er aber bemerkte, daß Levers in meiner Gesellschaft waren, und ich erklärte, daß die Herrschaften noch einen Wunsch hätten, schlug er die Hände zusammen, murmelte, das sei ihm zu viel, ob es denn unbedingt jetzt sein müsse. Ich schaute mich fragend um, die beiden standen herausfordernd da. Nach kurzem Ratschlag mit seiner Frau meinte Herr Lever, da sie nun schon einmal hier seien, wollten sie warten, wenn es nicht zu lange dauern werde. Schnabelberger leistete noch einigen Widerstand, aber schließlich, als ihm die große Entfernung von Johannesburg eindringlich vorgehalten wurde, gab er resigniert nach und beauftragte mich, gleich zu ihm zu kommen, sobald ich die Besucher in die große Kanzlei geführt hätte. Dort wurde gerade eine Haussitzung mit allen Hilfskräften abgehalten, jemand vom Kuratorium war erschienen; man verhandelte, wie ein großer Transport von Gebet- und Andachtsbüchern am besten durchzuführen sei. Vielstimmig erklärte man mir sofort, es sei nicht möglich, während der Besprechung die Gäste hier warten zu lassen, die Konferenz sei aber schon fast zu Ende, dann ginge es; die Herrschaften könnten inzwischen ein Weilchen auf dem Gang stehen, wenn es bei Herrn Schnabelberger drin unmöglich sei. Auf dem Gang konnte ich Levers nicht lassen, die zwei Stockwerke höher hinauf in mein Kabinett wollte ich sie nicht führen, Frau Dr. Kulka aber hätte sich schön bedankt, wenn ich ihr das Paar aufgehalst hätte, ebenso der Bibliothekar, der möglichst keinen Besucher sehen wollte. So blieb nichts anderes übrig, als Herrn Schnabelberger zu fragen, ob er es nicht doch erlaube, daß Herr und Frau Lever in seinem Raume sitzen dürften.

»Jetzt ist schon alles egal«, seufzte er. »Führen Sie die beiden also herein!«

So geschah es. Das Ehepaar wurde in eine Ecke gesetzt, wo sie sich angeregt flüsternd unterhielten, während ich der Dame, einer Frau Mackintosh, Gemahlin eines hohen Funktionärs in der britischen Gesandtschaft, vorgestellt wurde.

»Also gnädige Frau, da haben Sie unseren Herrn Doktor Landau, den Sie zu sehen wünschten!«

»Sehr erfreut, Doktor.«

»Bitte sagen Sie ihm gleich, was Sie wünschen!«

»Wenn ich dienen kann«, ergänzte ich höflich.

»Well, Sie kennen mich nicht. Man hat mich an Sie empfohlen.«

»Bitte sehr.«

»Durch Vermittlung von Freunden habe ich erfahren, daß ich mich an Sie wenden kann.«

»Bitte sehr.«

»Ein Doktor Kauders hat meinen Freunden gesagt, daß Sie hier ein Wort zu sagen haben. Da können Sie mir wohl helfen.«

»Zu sagen habe ich hier nichts, aber worum handelt es sich denn, gnädige Frau?«

»Alles habe ich hier schon Herrn Schnabelberger erklärt, aber er besteht darauf und sagt, ich muß mich irren, ich bin im Museum nicht an der richtigen Stelle.«

»Dann kann ich nichts mehr machen, gnädige Frau. Herr Schnabelberger ist in allen Fragen kompetent, er ist mein Vorgesetzter.«

»Gut, daß Sie das sagen, Herr Doktor. Mrs. Mackintosh hat es mir absolut nicht geglaubt. Aber sprechen Sie nur Madam!«

»Mein Mann und ich, wir wollen uns eine geschmackvolle Wohnung einrichten und dazu brauchen wir schöne Sachen. Wir haben gehört, Sie haben ein Lager von antiken Möbeln. Stimmt das?«

»Wir haben einige Möbel, gnädige Frau«, gab ich zu. »Aber nicht viel.«

»Viel muß es nicht sein, Doktor Landau, nur gut.«

»Gnädige Frau, Herr Schnabelberger hat es Ihnen schon erklärt, Sie sind im Museum nicht an der richtigen Stelle. Sie müssen falsch informiert sein.«

»Unmöglich, meine Herren, ich bin nie falsch informiert! Man hat mir gesagt, Sie suchen antike Möbel, well, da gehn Sie hin in dieses Museum, da sind feine Möbel zu verkaufen. Ich liebe kontinentales Biedermeier.«

»Gnädige Frau, man hat Sie vollkommen falsch informiert!«

Herr Schnabelberger trommelte befriedigt mit zwei Fingern auf die Schreibtischplatte, als ich das sagte.

»Wir zahlen sofort«, ließ sich die Dame nicht beirren. »Es darf nur nicht zu teuer sein.«

»Wir verkaufen absolut nichts«, beharrte ich energisch. »Wir sind ein Museum.«

»Right, ein Museum, I see. Aber Sie können doch nicht alles brauchen, können Sie?«

Ich schaute Herrn Schnabelberger an, ob er mir die Antwort nicht abnehmen wolle, aber der amüsierte sich verdrießlich vergnügt und rührte sich nicht.

»Sie sind im Irrtum!« stieß ich heftig hervor.

»So ist es«, bestätigte nun auch Schnabelberger.

»But it can't be, I was reliably informed. Why are you hesitating? Please, do show me what you can spare me! Von den Toten, there must be a lot!«

Wie auf ein verabredetes Zeichen erhoben sich Schnabelberger und ich.

»Sie sehn, Madam, ich hab's Ihnen gleich gesagt.«

»Ihr letztes Wort, gentlemen? Are you sure?«

»Sure, gnädige Frau, ganz sure, tot-sure, es kann nicht surer sein!« rief ich empört und höhnisch zugleich.

»Well, if you don't help ...«

Frau Mackintosh erhob sich auch, eine hagere Riesengestalt, und schüttelte ärgerlich stolz ihren Kopf. Hoheitsvoll schnell eilte sie fort und würdigte uns keines Blickes mehr. Wir begleiteten sie bis zur Türe, aber keinen Schritt weiter. Herr Schnabelberger schloß hinter ihr zu, nachdrücklich, doch beherrscht, dann traf mich sein Blick, ich weiß nicht, ob vorwurfsvoll, erleichtert oder belustigt, vermutlich eine Mischung von allem und wandte sich Herrn und Frau Lever zu.

»Hat Ihnen also die Klause gefallen? Das freut mich. Herr Doktor Landau führt gut.«

Die beiden mußten etwas Höfliches erwidern, wollten auch eine Kleinigkeit für das Museum stiften, konnten sich aber nicht bezähmen, den Grund ihres Kommens überstürzt vorzubringen, wobei sie sich vor Aufregung so wenig verständlich äußerten, daß es Herrn Schnabelberger unklar blieb, was die Besucher verlangten. Darum schaltete ich mich ein.

»Es hat sich im Gespräch zufällig herausgestellt, daß Herr Lever früher Lebenhart hieß und einen Bruder in der Stadt hatte. Es kam dabei auch die Rede auf unseren Vorrat an Familienbildern, eines ergab das andere, und schließlich wurde vermutet, daß bei uns zwei Porträts eingelagert sein könnten, für die sich Herr Lever interessiert. Er möchte nun wissen, ob sich da was machen ließe.«

Herr Schnabelberger kratzte sich bedenklich am Kopf.

»Das ist keineswegs eine so einfache Sache, wie Sie sich das vorstellen. Wir haben tausende Bilder und können nicht das ganze Inventar durchstöbern, und am Ende sind die Sachen, die Sie sehn wollen, gar nicht hier. Da müßten Sie uns schon ziemlich genaue Einzelheiten angeben.«

»Zwei Bilder sind es.«

Herr Lever zeigte mit den Händen die Größe an.

»Es sind meine Großeltern. Die Bilder waren bei meinem Bruder Eugen Lebenhart in der Ufergasse. Dort hat der Bruder gewohnt. Es sind meine Großeltern, wie ich schon sagte. Der Herr hat einen Bart, und die Frau ist seine Gemahlin, das Gegenstück dazu.«

»Nun, wenn sich Herr Doktor Landau die Mühe nehmen will, im Katalog nachzuschaun, ob wir so was haben, soll es mir recht sein. Aber die meisten Bilder sind anonym. Wir haben selten Anzeichen, nach denen sich die Namen der Dargestellten feststellen lassen. Da hilft der Katalog oft wenig, und wir können nur was machen, wenn Sie uns Photos oder genaue Beschreibungen liefern.«

Damit reichte Herr Schnabelberger den Gästen die Hand und verabschiedete sich. Sie wollten noch etwas bemerken, doch führte ich sie schnell hinaus und geleitete sie zur großen Kanzlei, wo die Haussitzung inzwischen beendet war. Es sah unordentlich aus, zerknülltes Papier und Zigarettenstummel auf dem Boden, stickige Luft. Ich ließ die

Fenster öffnen und stellte die Besucher allen versammelten Angestellten vor. Herr und Frau Lever erhielten Sessel zugeschoben und tuschelten leise, während ich, der ohnedies genau Bescheid wußte, nur um die Form zu wahren, im Zettelkatalog blätterte und nach einigen Minuten die Karten mit den Angaben über die Bildnisse Lebenhart herausklaubte.

»Das dürften sie sein!«

So rief ich aus und brachte die Karten. Herr Lever riß sie mir aus der Hand, setzte sich eine Brille auf und las halblaut die Beschreibung, wozu seine Frau zustimmend nickte.

»Sie sind fabelhaft, Herr Doktor!« wurde ich gelobt. »Wie Sie das alles in Ordnung haben und finden. Das sind die Großeltern. Jede Einzelheit stimmt. Wirklich eine Kunst, wenn Sie alle Bilder so genau beschrieben haben!«

Herr Lever war erregt und wischte sich mit dem Taschentuch das Gesicht ab.

»Ist es möglich, die Bilder zu sehn?«

»Aber mit dem größten Vergnügen. Wenn die Herrschaften hier warten wollen.«

Ich bat unseren Herrn Woticky, der mir oft gern half, mich zu begleiten. Während er die Magazinschlüssel von Herrn Geschlieder holte, lief ich um meinen Arbeitsmantel. Dann öffneten wir das Magazin und suchten nicht lange, der auf den Karten genannte Standort stimmte. Die Bilder waren grau vor Staub, sie mußten erst von Woticky abgewischt werden, bevor der bärtige Herr und seine Gemahlin deutlich sichtbar wurden. Als wir mit den Gemälden in die Kanzlei zurückkehrten, sie auf den Boden und uns schützend hinter sie stellten, sprangen beide Levers von den Sesseln auf und guckten.

»Donnerwetter! Siehst du, Mitzi, das sind sie, wie sie leiben und leben!«

Herr Lever tastete auf der Leinwand des Großmutterbildnisses herum und war bewegt.

»Aber ein bißchen beschädigt sind sie doch!« meinte Mitzi. »Zu gut ist man damit nicht umgegangen.«

»Da können Sie sich noch gratulieren!« sagte Woticky. »Alles ist zu sehn. Wir haben Bilder, da ist fast nichts drauf zu sehn.«

Auch ich lobte den Zustand der Bilder, aber Frau Lever war anderer Ansicht und tadelte den Erhaltungszustand in der Art einer sorgsamen Hausfrau.

»Man kann das sicher restaurieren lassen«, tröstete sie ihr Mann. »Paar Kratzer, die Farben sind nachgedunkelt. Die Rahmen läßt man neu vergolden. Das kann die Welt nicht kosten.«

»Das ist sicher nicht teuer!« stimmte Woticky bei. »Da haben wir ganz andere Kadetten, mit großen Löchern und verschimmelt. Hier die? Einfach eine Pracht! Man muß nicht viel restaurieren.«

Bevor ich Woticky daran hindern konnte, hatte er einen Lappen bei der Hand, spuckte darauf und wischte, während er sich von hinten über das Bild beugte, in heftig schnellen Bewegungen das Gesicht der Großmutter ab.

»Da sehn Sie!« rief er triumphierend. »Hab ich's Ihnen nicht gleich gesagt? Die Nase ist schon viel lichter und glänzt.«

Ich tadelte die ungehörige Methode, schon weil das meine Pflicht war, aber leugnen ließ es sich nicht, daß die abgeputzte Stelle wie frisch gemalt leuchtete und viel lichter aussah, als die von Woticky weniger behandelten Wangen, Kinn und Stirne. Frau Lever, die zunächst mit mißtrauischem Schrecken diese Reinigung beobachtet hatte, warf Woticky einen dankbaren Blick zu.

»Die Bilder sind also nur verkommen, Guido. Ich hab mir's gleich gedacht. Man reibt sie mit weichem Brot, das ist am billigsten und besten, und schon sind sie gerettet. Aber sie so verstauben zu lassen, das ist eine Sünde! Haben Sie hier keine Putzfrau?«

»Mitzi, das geht uns nichts an. Doch mit dem Verstauben, da hast du recht, das denk ich auch. Am liebsten möcht ich sie gleich einpacken lassen und mitnehmen im Taxi. Was läßt sich da machen, Herr Doktor?«

»Das ist nicht so einfach«, belehrte ich und erklärte, welche ersten Schritte für eine Freigabe erforderlich waren.

Die Gäste schüttelten entrüstet und verwundert den Kopf. Sie konnten es nicht fassen, daß ein der Erbfolge nach rechtmäßiges Eigentum, das noch dazu vom Museum nicht öffentlich ausgestellt, demnach wohl auch kaum für besonders wertvoll gehalten wurde, nicht ohne weiteres ausgeliefert werden sollte. Alle Angestellten in der Kanzlei nickten dem Ehepaar zu und versicherten, daß es leider nun einmal so sei, aber ich hielt es für geboten, diesen Auftritt schleunig zu beenden. Darum komplimentierte ich die Gäste hinaus und sagte, Herr Verwalter Schnabelberger allein sei für alle näheren Auskünfte zuständig; Woticky aber bat ich, mir beim Hinüberschaffen der Bilder zu Herrn Schnabelberger behilflich zu sein. Schnabelberger war alles andere als angenehm berührt, daß ich Herrn und Frau Lever nochmals zu ihm geleitete und zu alledem sogar die entdeckten Großeltern herbeischleppte. Woticky rückte die Bilder nahe an Schnabelbergers Schreibtisch heran und stützte sie mit zwei angeschobenen Sesseln. Dann hielt er seine Aufgabe für beendet und verließ die Kanzlei mit einem Päckchen Zigaretten, das ihm Herr Lever schnell zugesteckt hatte. Herr Schnabelberger musterte abwechselnd die Bilder und die Besucher.

»Also, was kann ich für Sie tun?« fragte er schwerfällig.

»Das sind meine Großeltern. Die Porträts gehören mir.«

»Das will ich Ihnen gern glauben, nur ist alles ganz anders, als Sie es sich vorzustellen belieben. Sie müssen einen Antrag an die Feindbeuteverwertungsstelle beim Finanzministerium mit einer Beglaubigung Ihrer staatspolizeilichen Unbedenklichkeit und einem Attest des Restitutionsreferats im Sozialfürsorgeamt richten und den ordentlichen Eigentumsnachweis führen. Von der Feindbeuteverwertungsstelle wird alles geprüft und untersucht. Wenn keine Bedenken bestehen, wendet sie sich ans Kuratorium unseres Museums wegen eines Gutachtens, ob wir gegen eine Freigabe keine künstlerischen oder historischen Einwände zu erheben haben. Diese Bilder sind ganz gut, doch bin ich kein Fachmann. Ich halte es für möglich, daß von uns keine Einwände erhoben werden. Aber wie gesagt, ich weiß es nicht, da entscheiden sehr viele Erwägungen. Kostbar dürften ja die Bilder nicht sein.«

»Erlauben Sie mal«, ereiferte sich Herr Lever, »für Sie nicht! Das kann ich mir denken, denn sonst hätten Sie ja die Bilder in der Klause aufgehängt. Aber für mich sind sie kostbar!«

»Seien Sie doch froh, wenn wir sie nicht für kostbar halten! Schund und wertlose Sachen geben wir am ehesten frei. Aber ich weiß nicht. Vielleicht stimmen wir nicht zu, und dann haben Sie keine Aussicht.«

»Unerhört! Und was kann ich dann machen?«

»Das ist ganz einfach, dann beantragen Sie Kompensation.«

»Aber die Bilder! Die Bilder will ich, keine Kompensation!«

»Seien Sie nicht unvernünftig. Es ist ja gar nicht sicher, daß Sie eine Kompensation bekommen. Sie wird selten bewilligt und wer weiß wann ausgezahlt.«

»Die Bilder! Ich sprech von keiner Kompensation!«

»Wenn man Ihren Anspruch anerkennt, die Bilder aber nicht herausgegeben werden dürfen, so werden sie auf Museumskosten für Sie photographiert. Lehnt man alles ab, kommen wir Ihnen trotzdem entgegen und lassen Sie die Bilder gern auf Ihre Kosten photographieren, wenn Sie wünschen. Auch Kopien können auf Ihre Kosten angefertigt werden.«

»Bin ich hier in einer Räuberhöhle oder in einem Irrenhaus?« entsetzte sich Herr Lever.

Er konnte sich wegen Schnabelbergers Auskünften nicht fassen, so unerhört schienen sie ihm, auch Frau Lever war über die Maßen aufgebracht. Beide entrüsteten sich mit wenig schmeichelhaften Worten über die nach ihrer Ansicht skandalösen Zustände im Museum und spielten dabei auch auf den Auftritt mit Frau Mackintosh an.

»Ich glaube, meine Herrschaften«, fuhr Schnabelberger dazwischen, »der Fall mit der Dame vorhin gehört nicht hierher. Ich habe sie zusammen mit Herrn Doktor Landau abgefertigt, wie sie es verdient hat, obwohl ihr Mann ein großer Herr bei der Gesandtschaft ist und außerdem in England ein berühmter Kritiker und Dichter sein soll. Konzentrieren Sie sich bitte auf Ihren Fall, denn wir müssen bald Schluß machen.«

»Also zu der Feindverwertung ... Oder wie heißt das Zeug?« erfing sich Herr Lever.

»Feindbeuteverwertungsstelle«, half Herr Schnabelberger.

»Also da will ich gleich hin. Können Sie mir die Adresse geben?«

»Aber mit dem größten Vergnügen.«

Herr Schnabelberger schrieb mit Bleistift die Adresse auf einen Zettel und reichte ihn Herrn Lever.

»Wie lange, glauben Sie, dauert das, bis man so ein Gesuch erledigt?«

Herr Schnabelberger zuckte mit den Achseln.

»Das ist schwer zu sagen. Ein Jahr vielleicht.«

»Was, ein Jahr?«

»Damit müssen Sie rechnen bei den vielen Anträgen dort. Wenn's schnell geht, können es auch neun Monate sein.«

»Da sind wir schon längst wieder in Johannesburg. Wir wollen höchstens einen Monat bleiben.«

Dafür zeigte Herr Schnabelberger volles Verständnis und riet, die Sache einem tüchtigen Anwalt zu übergeben, was sich ohnedies empfehlen würde, zumal man Bilder ohne Genehmigung nicht ins Ausland ausführen dürfe.

»Herrscht denn keine Gerechtigkeit im Land? Das ist doch alles empörend! Wie gründlich hat sich hier alles geändert!«

»Guido, da hast du's, was ich dir fortwährend predige. Ohne Anwalt geht hier nichts. Du mußt einen nehmen!«

»Es sind Gauner, Mitzi, aber was soll ich machen? Können die Herren mir freundlichst einen empfehlen? Einen Spezialisten für Rückerstattung von Eigentum?«

»Den Doktor Blecha!« platzte ich heraus. »Der macht das.«
»So. Ist das Ihrer?«
»Nein, ich hab keinen. Er vertritt einen Freund.«
»Guido, laß dir die Adresse sagen!«
Bereitwillig schrieb ich sie auf Herrn Levers Zettel, auf dem schon die Adresse der Feindbeuteverwertungsstelle stand. Nun hatte der Südafrikaner genug erfahren und erhob sich.
»Komm, Mitzi! Viele Jahrzehnte hingen die Bilder bei meinen Eltern in der Wohnung und dann waren sie bei Eugen an der Wand im Salon.«
Er strich zärtlich über die oberen Ränder der verletzten Rahmen.
»Meine Herren, nichts für ungut, aber ich muß schon sagen, es ist eine Schande. Pfui Teufel!«
Auch seine Frau war aufgestanden. Herr Schnabelberger und ich begleiteten das erzürnte Paar einige Schritte. Bei der Türe verneigten sich die Johannesburger ohne Händeschütteln vor dem Verwalter, der mir zuwinkte, ich solle die Gäste zur Treppe führen. Draußen wandte sich Herr Lever erzürnt an mich.
»Nichts werd ich fürs Museum stiften! Fällt mir gar nicht ein! Nennen Sie vielleicht so was Gerechtigkeit?«
Ich erwiderte nichts, kehrte aber gegen meine erste Absicht nicht schon bei der Treppe um, sondern begleitete das Paar das Stiegenhaus hinunter. Herr Lever schien sich für nichts mehr zu interessieren, doch seine Frau achtete aufmerksam auf die Bilder an der Wand.
»Herr Doktor, ist das alles gestohlen?« fragte sie bitter.
Auch darauf entgegnete ich nichts. Herr Geschlieder hörte uns und kam aus seiner Schuldienerwohnung heraus. Ich war froh, ihm die Besucher anvertrauen zu können.
»Bitte, führen Sie die Herrschaften hinaus!«
Ich verneigte mich und wünschte noch einen schönen Aufenthalt in der alten Heimatstadt. Frau Lever hatte sich von mir schon abgewandt, aber ihr Mann blieb einen Au-

genblick stehen und schaute mit leichtem Kopfschütteln mich ernsthaft an.

»Die hunderttürmige goldene Stadt, so haben wir als Kinder gelernt. Mir scheint, hier geht nichts mehr mit rechten Dingen zu. Es hat sich alles verändert.«

»Sie mögen recht haben.«

Er reichte mir die Hand.

»Also Doktor Blecha, sagen Sie?«

»Sie können's versuchen.«

Herr Lever folgte seiner Frau nach. Über zwei Stunden hatte ich mit den Südafrikanern und dazwischen noch mit Frau Mackintosh verbracht. Den Verlust der Arbeitszeit konnte ich heute nicht mehr wettmachen, weil Anna sich angesagt hatte, sie wolle den Abend mit mir verbringen. Wir hatten seit der Fahrt ins Waldgebirge, was über zwei Wochen her war, einander nur flüchtig gesehen. Schon in einer Stunde sollte sie mich im Museum abholen; ich freute mich darauf und hatte keine Lust, jetzt noch eine Arbeit zu beginnen. Langsam stieg ich die drei Treppen empor, räumte auf meinem Schreibtisch auf und öffnete dann den großen Schrank, von oben bis unten vollgestopft mit zurückerhaltenen Sachen. Da gab es ein hübsches dunkelrotes Ledertäschchen, das fiel mir ein; ich wollte es hervorholen und Anna damit überraschen. Selten schloß ich den Schrank auf, denn ich haßte es, darin zu kramen, aber ich bildete mir ein, genau zu wissen, wo ich mit einem Griff das Täschchen herausziehen könnte. Doch ich hatte mich geirrt, ich fand es nicht. Ich hätte das Suchen eingestellt, wenn ich nicht schon den festen Vorsatz gefaßt hätte. So mußte ich viele Sachen aus dem Schrank nehmen, die ich auf Sessel legte oder auf dem Boden vor mir ausbreitete. Wie in einer Trödelbude sah es aus; eine bemalte Porzellanvase entglitt mir und brach in Stücke, die ich schnell zusammenklaubte und in den Papierkorb warf. Aber meine Mühe wurde mit Erfolg belohnt, ich hatte endlich die Tasche. Eben wollte ich mich daranmachen, alles wieder einzuordnen, als es leicht an der Türe klopfte, und bevor ich noch etwas sagen konnte, stand Frau Dr.

Kulka neben mir. Sie bemerkte meine peinliche Verwirrung und genoß diesen Anblick.

»Also das ist Ihre Arbeit hier!« sagte sie spöttisch.

»Ich habe etwas gesucht, gnädige Frau.«

»Hören Sie, Doktor Landau, wir sprechen mal ganz aufrichtig. In Ihren Fleiß will ich trotz der seltsamen Beschäftigung da keinen Zweifel setzen. Ich weiß, was Sie für uns geleistet haben. Ich weiß auch, daß Ihre Nerven viel mehr gelitten haben als unsere. Aber was zu weit geht, geht zu weit. Was sind denn das für Sachen hier?«

»Privatbesitz. Ich hänge nicht daran. Man hat mir das zurückgegeben, ob ich es wollte oder nicht. Wo ich hinkam, mußte ich's nehmen. Längst hole ich nichts mehr ab und manches wurde ich inzwischen wieder los.«

»Und das wurde alles hergeschafft, nicht wahr? Gewissermaßen ein nettes kleines Privatmuseum Landauscher Familienandenken?«

»Bitte, sagen Sie das nicht so vorwurfvoll! Es stimmt ja auch gar nicht.«

»Stimmt nicht? Warum haben Sie denn die Sachen hergeschleppt? Sie haben niemanden um Erlaubnis gefragt und alles kofferweise hier verstaut. Das ist absolut unmöglich. In keinem Museum der Welt wird so etwas geduldet.«

»Ach, gnädige Frau, so vieles, was es hier gibt, ist in keinem Museum der Welt denkbar. Niemandem ist dieses Zeug im Weg, und ich weiß mir anders nicht damit zu helfen.«

»Sie müssen die Sachen aus dem Museum entfernen! Wie konnten Sie das nur alles herbringen!«

»Ich bau es ja langsam wieder ab. Nirgendwo anders hab ich Platz dafür. Ich sortiere die Sachen aus. Ich mach es sonst nie während der Arbeitszeit. Das ist heute eine Ausnahme, weil ich etwas gesucht habe. Da diese Tasche! Ich will sie verschenken.«

»Ich werfe Ihnen nichts wegen Ihrer Arbeitszeit vor. Uns interessiert nur, was Sie leisten, nicht wann es geschieht, obwohl ich der Ordnung halber vorschlagen würde, daß Sie sich an die offiziellen Stunden halten. Aber darüber will ich nicht reden, sondern über das Zeug da. Das mit dem Privatmuseum geht nicht. Ihre Einstellung ist unmöglich.«

Während Frau Dr. Kulka auf mich einredete, begann ich langsam, die Dinge um mich herum zu sammeln und in den Schrank einzuräumen.

»Sie dürfen nichts mehr herbringen! Hören Sie? Es ist absolut unzulässig.«

»Ich bringe nichts mehr. Ich hab schon seit mindestens fünf Monaten nichts mehr gebracht.«

»So?«

»Ja. Warum glauben Sie mir nicht? Ich will längst nichts mehr von diesem Unglück sehn und hören. Sie müssen also keine Sorge haben.«

»Was hier ist, muß weg!«

»Aber sicher. Es wird nicht immer hier bleiben.«

»Wird es bald verschwinden?«

»So bald als möglich. Aber ich bitte um Geduld. Es ist schwer, die Sachen wegzubringen. Immer etwas. Wie ich die Sachen gerade los werde oder sonst wo aufheben kann.«

»Wann wird das sein?«

Ich hatte indessen fast alles eingeräumt. Was noch auf dem Boden lag, schob ich achtlos mit den Füßen beiseite. Dann schloß ich den Schrank.

»Bitte, gnädige Frau, bedrängen Sie mich nicht!«

»Das will ich nicht, aber Ordnung muß sein. In ein bis zwei Monaten müssen Sie das liquidieren.«

»Quälen Sie mich nicht! Alles findet ohnedies einmal ein Ende, dann fahr ich eines Tages weg, und Sie sind mich los.«

»Wollen Sie fort?«

»Das will ich schon lange, aber ob es gelingt, das weiß ich nicht.«

»Ganz weg? Das Museum verlassen?«

»Wenn sich eine Gelegenheit zu einer Ausreise bietet, müßte ich leider wohl auch das Museum verlassen.«

»Das ist nicht Ihr Ernst!«

»Es hat keinen Sinn, darüber zu reden, weil ich nicht fort kann.«

»Wohin möchten Sie denn?«

»Ach, irgendwohin. Wenigstens für einige Zeit.«

»Für einige Zeit, das ist kein schlechter Einfall. Darüber ließe sich reden. Ich will nachdenken, ob ich Ihnen helfen kann. Eine Abwechslung würde Ihnen ganz gut tun, und wenn wir auch niemanden brauchen, der uns im Ausland Reklame macht, will ich mich doch beim Kuratorium dafür verwenden, wenn Sie praktische Vorschläge machen.«

»Vielen Dank.«

»Aber für immer weg, das wäre eine andre Geschichte. Da spiel ich nicht mit. Die Leute fliehn aus dem Land, wie wenn ihnen der Boden unter den Füßen brennen würde. Dafür hab ich kein Verständnis. Ausharren, durchhalten, aufbaun – das ist meine Parole!«

Dazu hatte ich nichts zu bemerken und sperrte den Schrank ab. Die Tasche schlug ich in Seidenpapier ein und war erleichtert, daß Frau Dr. Kulka nicht mehr von meinen Sachen sprach. Sie beobachtete mein Treiben, und ich fühlte, daß die unangenehme Auseinandersetzung noch nicht beendet war.

»Es tut mir leid, Ihnen sagen zu müssen, daß Sie alles, was Sie aus dem Museum fortschaffen, beim Verlassen des Hauses Herrn Geschlieder vorzeigen müssen. Das ist kein Mißtraun gegen Sie, das ist zu Ihrem eignen Schutz. Stellen Sie sich vor, was für ein Gerede entstehen könnte, wenn jemand beobachtet, daß haufenweise Dinge aus dem Museum geschleppt werden. Sie kommen ins Gerede, aber wir auch. Außerdem macht es bei den Angestellten böses Blut. Wenn Sie die Sachen unten vorzeigen, sind Sie und alle gedeckt.«

So beschämend das war, ich mußte es einsehen und der Kontrolle zustimmen. Herr Geschlieder würde keinen Blick auf mein Gepäck verschwenden, sondern nur lächeln und mir zunicken.

»Ich muß Ihnen noch was andres sagen, Doktor Landau. Und das ist viel bedenklicher. Es mehren sich die Vorfälle, die ein merkwürdiges Licht auf Ihre Einstellung zum Museum werfen. So geht das nicht weiter. Sie verstehn mich doch? Sie müssen mir jetzt Ihr Ehrenwort geben, daß ein solcher Vertrauensbruch nicht mehr vorkommt. Sonst müßte ich zu meinem größten Bedauern die Konsequenzen ziehen und die Angelegenheit beim Kuratorium vorbringen.«

Ich war ahnungslos, was sonst noch für eine Schuld ich auf mich geladen hätte, die Beine zitterten mir, ich mußte mich auf den nächsten Sessel setzen. Meine Stellung im Museum war von Anfang an schwierig gewesen, ich hatte sie mir selbst erschwert, aber menschlich stand ich mit allen im Hause gut, viele mochten mich, wahrscheinlich auch Schnabelberger, selbst mit Frau Dr. Kulka hatte sich noch stets ein ernster Zusammenstoß vermeiden lassen. Dem Museum hatte ich mein Bestes gegeben und war mir in meiner Arbeit keines groben Fehlers, kaum eines geringfügigen Versehens bewußt. Was hatte ich also angestellt? Warum schwebte ein Verhängnis über mir?

»Ich versteh Sie nicht, gnädige Frau. Wollen Sie mich unbedingt vertreiben?«

»Reden Sie keinen Unsinn und gewinnen Sie endlich einmal ein positives Verhältnis zum Leben und zum Museum!«

»Zum Leben? Ich dächte, das gehört nicht her. Ich mache, was ich kann. Das Museum hat keinen Anlaß zu klagen. Oder spielen Sie auf mein Verhältnis zu den Bildern an? Patienten, Kranke und so? Das haben wir doch schon besprochen und erledigt. Ich halte mich an alles, was wir vereinbart haben.«

»Nein, das nicht.«

»Also, was sonst? Warum reden Sie nicht weiter? Wollen Sie mich zugrunderichten?«

»Für wie dumm halten Sie mich, Doktor?«

»Keine Unterstellungen, gnädige Frau! Es ist schon alles so kompliziert, daß Sie mich nicht weiter verwirren sollten. Ich leide, bin das gewohnt, oh diese Tage! Sie kennen das nicht! Sie haben Ihren Mann und Ihre Kinder, haben eine richtige Wohnung. Sie sind geborgen. Für Sie stellt sich alles so halbwegs sicher dar, auch bei Herrn Schnabelberger ist das so, bei allen im Museum. Wenn Sie abends nach Haus gehn, hat das einen Sinn. Ich finde nichts als trostlose Wände vor, auf die ich starren muß. Ich fühle mich wie angeschmiedet. Die Wände drohen über mir zusammenzubrechen, aber sie drohen nur, sie erschlagen mich nicht, und doch, nur dann wäre ich befreit. Es ist alles geisterhaft geworden. Auch hier ist es so. Sie spüren das nicht, darum können Sie leicht durch alle Räume gehn, in der Klause und überall, auch in die Keller. Sie können in den unerlösten Nachlässen wirken, leisten etwas dabei und werden obendrein noch von Freude belohnt. Bei mir ist das nicht so. Ich sehe immer dahinter, dazwischen, davor. Nicht die Toten sprechen, keine Gespenster, nein; wie unheimlich es auch ist, die Toten sind weg, zermalmt und zerstreut, aber ihre Sachen sprechen die Sprache der Toten, und so bleibt es, bis wir die Sachen erlösen oder die Schatten, die sie begleiten. Ich könnte Ihnen noch viel davon sagen, aber ich fürchte, Sie verstehn mich nicht und zürnen mir noch zu alledem.«

Frau Dr. Kulka hatte sich während meiner Rede einen Sessel zurechtgerückt und mir gegenüber gesetzt. Sie hörte mir gut zu und wurde ernst, unregelmäßig rote Flecken erschienen auf ihrem Gesicht, vielleicht war es Ekel, vielleicht Grauen, vielleicht etwas Mitleid; bestimmt war ihr unbehaglich. Sie hatte einen Blaustift erwischt, mit dem sie unruhig spielte und sich ahnungslos einen entstellenden Strich quer über das Kinn schmierte.

»Zürnen, armer Doktor Landau, du meine Güte, wo denken Sie hin? Aber ängstigen ... oder nein ... doch ... ängstigen, das ist es, und nicht verstehn, da haben Sie recht. Aber was soll ich mit Ihnen machen? Wenn Sie im Museum bleiben wollen, müssen Sie sich zusammennehmen. Sonst sind Sie eine zerstörende, keine aufbauende Kraft.«

»Soll ich am Ersten kündigen?

»Nein. Sie glauben doch nicht, daß ich Sie vertreiben will. Zusammennehmen, nur zusammennehmen!«

»Ich tue, was ich kann.«

»Nochmals, wir reden nicht von Ihren Leistungen. Sie

dürfen aber auch nicht empfindlich sein, wenn man Ihnen Fehler aussetzt.«

»Zum Beispiel?«

»Zum Beispiel, wenn Sie unsre Interessen verraten.«

»Nicht daß ich wüßte!«

»Ach, sind Sie so begriffsstutzig oder wissen Sie wirklich nicht?«

»Nein.«

»Wie kann sich denn die englische Vogelscheuche, die Mackintosh oder wie sie heißt, hier wie in einem Möbelladen benehmen, wenn sie nicht Informationen hätte, deren letzte Quelle nur Sie sein können?«

»Von mir hat die Engländerin nichts erfahren, weder direkt noch indirekt.«

»Sie kam ins Haus, fragte gleich bei Geschlieder nach Ihnen, das wiederholte sich bei mir, und bei Schnabelberger geriet sie fast in einen Tobsuchtsanfall, weil man ihr nichts verkaufen wollte. Dabei berief sie sich wieder und wieder auf Sie. Mit Ihnen müsse sie sprechen, an Doktor Landau habe man sie empfohlen. Schließlich wissen Sie ganz genau, daß nichts außer alten Gebetbüchern und ähnlichem Zeug verkauft wird, und auch das nicht an Private. Für eine solche Erlösung der Sachen, damit sie nicht mehr sprechen, bedanken wir uns. Außerdem sind Sie weder der Verwalter noch der Direktor, der entscheiden kann. Schon darum kommt es nicht in Frage, daß unsere Besucher ausdrücklich mit Ihnen zu verhandeln wünschen.«

»Um Himmelswillen, hat Ihnen Herr Schnabelberger nicht gesagt, was ich der Mackintosh erklärt habe?«

»Doch.«

»Da sehn Sie also, müssen Sie sehn, daß Sie nicht recht mit Ihren Vorwürfen haben.«

»Aber Sie können nicht leugnen, was ich vorhin behauptet habe.«

»Doch, das kann ich. Mit dieser Sache hab ich nichts zu tun.«

Erst nach längerer Mühe gelang es mir, mich von allem

Verdacht zu befreien, daß ich jemandem, noch dazu ausländischen Diplomaten, Nachrichten über das Museum in so unsinniger Weise geliefert hätte.

Als es mir endlich gelang, Frau Dr. Kulka von meiner Unschuld zu überzeugen, hatte sie noch anderes auf dem Herzen.

»Gut, lassen wir die unverschämte Mackintosh. Aber wie ist das Paar aus Johannesburg auf den Einfall gekommen, nach Bildern zu fragen? Da haben Sie doch bestimmt zu viel geplaudert!«

»Ich habe kein Interesse an den Levers.«

»Das wäre noch schöner!«

»Es hat sich zufällig im Gespräch ergeben. Wissen Sie, als Herr Schnabelberger mich bei meiner Aufnahme hier im Haus herumgeführt hat, wollte es der Zufall, daß ich gerade diese Bilder als erstes sah. Hinten auf den Rahmen las ich aufgeschrieben: Eugen und Emmi Lebenhart, Ufergasse. Das hat sich eingeprägt. Als Herr Lever sagte, daß er früher Lebenhart hieß, da ist es mir leider entschlüpft. Ich wollte nichts Böses.«

»Das hätte noch gefehlt! Ich kenn Ihre Einstellung, und Sie hetzen uns Leute auf den Hals. Wir haben kein Interesse, Besucher des Museums auf verrückte Einfälle zu bringen und dann vielleicht noch Sachen hergeben zu müssen, die nicht nur uns, sondern womöglich auch der Republik verloren gehn. Verstehn Sie das nicht?«

»Ich versteh, aber es gehört uns doch nicht rechtmäßig.«

»Da haben wir Ihre saubere Erlösung der Sachen! Selbstverständlich gehören uns alle im Museum gespeicherten Werte.«

»Da treten wir eine feine Rechtsnachfolge an!«

»Wie meinen Sie das?«

»Das Erbe vom Raube der Mörder.«

»So ...? Denken Sie sich das? Da sind Sie aber auf dem Holzweg!«

»Wofür haben wir denn ein Restitutionsgesetz, wenn ich fragen darf?«

»Also, damit Sie es endlich begreifen! Natürlich muß es so ein Gesetz geben. Man muß jedem eine Gelegenheit bieten. Doch gerade nur eine Gelegenheit und nichts mehr. Außerdem ist das Gesetz für praktischen und unentbehrlichen Besitz gedacht, nicht für Bilder und lauter solche Dinge, wie wir sie haben. Gibt man so etwas heraus, ist niemandem gedient. Genau genommen, nicht einmal den sogenannten Eigentümern, uns aber bestimmt nicht. Wenn ich sage, uns, dann mein' ich doch mehr als bloß Sie und mich, dann mein' ich die Republik, das ganze Volk. Wir können was draus machen. Damit dienen wir dem Aufbau der sozialistischen Gesellschaft, und das muß unser Ziel sein.«

Frau Dr. Kulka redete noch länger auf mich ein, daß man sich nicht von sentimentalen Erwägungen leiten lassen dürfe, bloß weil sich oft an unsere Schätze eine traurige Vergangenheit knüpfe, bedrückende Geschichten, von denen man am liebsten nichts wissen möchte; was vorbei ist, ist vorbei, jetzt müsse man an die Zukunft denken, an den Aufbau in Frieden und Freiheit, auf das Gemeinwohl käme es an, in diesem Sinne hätte ich endlich das Museum und seine Sendung zu begreifen. Wer so impulsiv handle wie ich, sei ein Schädling, so gute Absichten er auch haben möge; während ich da mit fast schon übertriebenem Fleiße arbeite, entwerte ich gleichzeitig alle meine Mühe, indem ich alles wieder umschmeiße. Frau Dr. Kulka verglich mich mit einem Maurer, der täglich an seiner Wand baue, Ziegel auf Ziegel in langen Reihen türmte er empor, dann aber eile er mit einer Brechstange herbei und stoße unten einige Ziegel heraus, so daß der ganze Bau zusammenstürze.

Ich hätte gerne manches erwidert, doch es schien zwecklos; ich gab es auf und versprach mit ausgetrocknetem Munde, niemandem mehr eine Fährte zu weisen und nur solche Auskünfte zu erteilen, die mir von meinen Vorgesetzten im Namen des Kuratoriums aufgetragen würden. Ich war schon längst entschlossen, dem Lande den Rücken zu kehren, doch in dem Augenblick, als ich Frau Dr. Kulka feierlich meines Gehorsams versichern mußte, schwor ich es mir auch zu, gegen alle Widerstände so bald als möglich das Weite zu suchen, selbst wenn die Pläne, die ich im Sinne hatte, sich insgesamt als undurchführbar herausstellen sollten. Nur weg, nur weg! Fast hätte ich es laut gerufen, aber ich verbiß es mir und preßte die Lippen zusammen, während die Direktorin zufrieden feststellte, wie gut eine offene Aussprache sei, weil sie die Luft reinige. Mit dem Zuruf »also auf gute Freundschaft!« beschloß die Hüterin des Raubes ihre Ansprache. Dann verabschiedete sich Frau Dr. Kulka und zog ab; ich hörte, wie ihre hohen Absätze scharf hallend im schnellen Schritt über die Stufen abwärts sprangen.

Ich öffnete die Türe und wollte ihr laut nachrufen »Nur weg, nur weg!«, doch ich flüsterte es bloß, was nicht allein Klugheit oder Rücksicht war, sondern auch übergroßer Schmerz, der meine Stimme fast erstickte. Ich schloß die Türe wieder und konnte jetzt nichts tun als warten; jeden Augenblick rechnete ich damit, daß Anna sich melden würde. Sie sollte nicht merken, was für eine böse Stunde ich überstanden hatte. Nur weg, nur weg! Ich trottete in meiner schmalen Stube auf und ab, ich hörte wie das widertönte, nur weg, nur weg! Es dämmerte noch lange nicht, doch hatte sich der Himmel verzogen, ein schmutzig trübes Licht, gar nicht spätsommerlich, schüttete matte Schwaden durch das geöffnete Fenster. Ich wollte es schließen, aber als ich sah, wie bedrückend die längst nicht geputzten Scheiben starrten, ließ ich es bleiben, nur weg, nur weg!, und begann wieder unruhig hin und her zu pendeln, nahm die verpackte Ledertasche auf, trug sie zum anderen Ende der Stube, legte sie hin, zog ohne sie zurück, kehrte wieder um, nur weg, hob die Tasche abermals auf, ließ sie an einer anderen Stelle nieder, schritt weiter, und so fort in schmerzschläfrig dösigem Spiel. Nur weg, nur weg!

Wo blieb denn Anna? Auf die Uhr schauen. Nicht auf die Uhr schauen. Keine Uhr. Vor der Erfindung der Zeit; warten, nicht Wartezeit, also nur warten. Warte weg, warte weg!

Ich mußte mich setzen, ohne Uhr, ohne Zeit, nur sitzen und warten. Ich war müde; da zerfaserten erst meine Gefühle, dann verkräuselten sie sich – wie schmerzhaft wurde ich zerlegt. Nur weg! Die Schuld an allem trug meine Vergangenheit. Wie war das möglich ohne Zeit? Was ich erlitten habe; was erlitten? Warte weg! Noch schwankte ich, ob ich mir die Schuld dafür beimessen müsse. Für mein Schicksal, wie man so sagt, vermochte ich nichts. Als es gekommen ist, war es schon unausweichlich. Vorher weg hätte ich mit Franziska sollen, nur weg, aber keinen Ausweg gab es für ihre Eltern, da durften wir nicht, mußten bleiben, nicht allein lassen, nur warten. Pflichten waren anzuerkennen, und hatte ich auch niemanden zu retten vermocht, so wünschte ich doch keinen Tag auf der Erde zu dauern, hätte ich damals anders gehandelt. Gab es Zeit? Nur Dauer, Wartedauer; wie konnte ich weg? Das aber, daß ich geblieben war, konnten mir jene nicht verzeihen, die nie flüchten mußten und es nie begreifen wollten oder konnten, daß es jemandem erging wie mir, daß sich dabei Folgen einstellen, die von gewohnten Geleisen fernab ihre Bahnen eingeschlagen hatten.

Oh welche Flucht? Nur da, nur da! Was sollte ich es schamvoll vor mir selbst verbergen, daß ich durch meine Erfahrungen anders geworden bin, nur weg, nur weg, und wessen Vergangenheit bloß ein Friedhof war – weh, daß ich Friedhof fühlte, wo nicht Frieden wurde –, der mußte sich von den meisten, mußte sich von allen unterscheiden, seine Erkenntnisse wurden anders; seinem Leben, Warten ohne Erreichen, wurde anderes Maß und anderer Grund beschert. Er ist ausgestiegen aus allen seinen Wohnungen, kennt nichts anderes mehr als bleiche Schätze der Erinnerung, kann aber nichts greifen, was ihm eigen war, doch lernt er begreifen, daß ein Gedenken ist, gedacht, nicht erinnert soll es sein, also Gedenken, der Druck, von dem gesagt ist, ich habe auch den Druck gesehen, nicht weg, ich war da, zur Stelle, gemeldet; so einer aber gehört nicht mehr zu der Welt, die er einst für seine eigene gehalten hat. Er ist nicht geflüchtet, daß er da sei, da sei! Daß er gedenke; gedenke, da zu sein, wo er ist und den Druck gesehen hat, mit dem die Welt bedrückt worden ist.

Oft ging es mir so, da ich ein Hinterbliebener bin, daß ich vor Staunen mich schüttle und fast zusammenknicke, daß trotz allem Ich Bin und Ich War dasselbe sein sollen, dasselbe nur von den Zugriffen der Zeit gebeizt, also Zeit, Gezeiten, lerne die Zeit. Das ist schier undenkbar, und alles Vermittelnde fehlt, denn nicht nur die Gegenstände fehlen, die Keller werden leer, die Gebete versprengt, kein Höre! mehr, ungehört, niemanden mehr gehört, kein Gehör und kein Gegenstand, an dem ich mich wiederzuerkennen vermöchte, aber da heißt es noch immer, gedenke, gedenke! Nicht nur meine Familie von damals, nur weg, ach gedenke – war das Familie? –, auch fast alles andere fehlt. Welch unheilerfüllter Schrank ist hier verschlossen, und fast alles fehlt, womit gemeinhin die Menschen ihre eingeschreinten Abgründe eröffnen und dann, sei es auch zaghaft, schließlich doch überbrücken; zu hoch die Wand und zu weit, aber keine Stützen der Erinnerung, die sich aus notdürftigen Zeugenaussagen ungewiß errichten ließen, keine Menschen von ehedem, die auch Menschen von heute wären. Wohl kenne ich noch den einen oder anderen – wo bleibt Anna so lange? – den armselige Erinnerungen mit meiner Vergangenheit verbinden, aber da es armselige Erinnerungen sind, fügen sich die Bande viel zu lose, als daß ich mich an sie halten dürfte. Was hilft es zum Beispiel, wenn ich heute jemanden finde, der die Stadt meines früheren Lebens kennt und ihr sogar entstammt, da ihm der Kreis nicht vertraut ist, in dem ich aufwuchs und mich entfaltete, Soundso, so und so, schon weg und zerronnen. Oder, auf einmal, eine Zufallsbekanntschaft taucht auf, sie gedenkt nicht und alles erinnert sie anders als ich und vermag nichts von jenem zu erkennen, was mir etwas bedeuten könnte. Solche Menschen, die ich in einem fürchte und bewundere, stimmen mich ungeduldig; in ihrer Nähe wird mir nichts Heimliches.

Warum läßt mich Anna warten?

Wie gut auch der Umgang mit den Menschen zunächst ausfallen mag, bald ist doch eine Schwelle erreicht, wo wir uns trennen müssen, ich kann nicht weg, und eine Lücke im Wandel unserer ohnedies sich schon entfernenden Schicksale beirrt selbst das, was sich flüchtig vereinend kündete; da sind die Jahre, in denen wir nicht zusammen waren, in denen nichts geschah, was in uns gemeinsame Begriffe verwirklichen könnte. Da fällt es zwischen uns schon zusammen, und ich bin es noch zufrieden, daß wir auf eine genaue Erforschung jener Wegstrecke verzichteten, an der wir beide Anteil hatten. Der Mangel, den ich beklage, ist das Kontinuum des Lebens, der mich von meinen neuen Zeitgenossen in der Nachkriegszeit trennt. Sicher gibt es Tausende, vielleicht Hunderttausende, denen es ähnlich ergeht, aber auch diese Einsamen können sich nicht zusammenfinden, weil sie am eigenen Leben leiden; sie stammen aus verschiedenen Geschlechtern, aus verschiedenen Orten und haben verschiedene Lose erfahren und Zerwürfnisse aufsuchen müssen, bis sie alle unterschiedlich geprägt wurden, Fremdlinge ihrer selbst und gar erst Fremdlinge einer dem anderen und am meisten fremd und befremdet unter den Millionen, denen das Kontinuum nie zerbrach, weil sie weniger beschädigt wurden oder doch einiges retten konnten, die Möglichkeit zu Besuchen vertrauter Stätten ist ihnen unverwehrt, die Nähe eines Verwandten oder eines aufgeschlossenen Freundes von früher, ein Schächtelchen mit Familienbildern, ein Bündel gesegneter Briefe, eine Truhe mit verlockenden Büchern, die, in die Fremde geschickt, nicht gestohlen wurden und nicht verdorben sind, ein Tagebuch aus Knabenjahren, mit spröder Schrift gezeichnet, von den Hoffnungssegeln einer später nie erreichten Ferne angetrieben.

Aber wenn dies alles vorbei ist, unerreichbar weg, teils aus jedem Möglichen, teils aus dem Sinnlichen genommen, dann haftet nur noch eine stockende Erinnerung, lerne nun zu gedenken, und jetzt ist mir offenbar, daß vom Geist allein der Mensch nicht leben kann. Viel zu hoch hat man das Geistige überschätzt, weil man sich zu grob im Sinnlichen vergriff und dann darin ertrunken ist. Man hatte alles Eigentum in der Fülle; Dinge, Geräte, es war ein unübersehbarer Besitz, in dem man sich verlor. Da wurden die Menschen verwöhnt und wußten die eigenen Schätze, die man mit Sinnen betrachten kann, nicht mehr zu würdigen, obwohl sie oft mehr davon begehrten und, dringlicher noch, nach anderen Dingen lechzten. Da ist es dann geschehen, freilich bloß scheinbar, daß man mißwürdigte, was Geist war und was aus ihm kam. Dann traten eifrige Mahner auf, die rieten von dem vermeintlichen Plunder ab, sie nannten ihn vergänglich, wollten den köstlichen Reichtum durch dieses töricht die Wahrheit treffende Wort verächtlich machen und priesen den Geist mit schlenkernder Ruhmrednerei. Vielen behagte das, in der Fülle ihrer verschwenderischen Habe begannen sie, Hunger nach sich selbst zu empfinden, ihre Selbstkenntnis zerkrümelte verwüstet im Argen, und nun lobten sie mit entzückten Schindermienen den Geist. Waren aber die Menschen selbst arm an bezahlbarem irdischen Gut, so waren sie noch immer bewahrt, Nutznießer eines mannigfach ständigen Besitzes, den sie ererbt hatten, erwarben und seiner selbst im bleichen Elend nie ganz verlustig gingen. Keiner war des letzten Fadens beraubt; wandelten sie auch durch viele Schrecknisse, hatte man sie auch grausam entkleidet, ihnen das Recht auf Menschentum verweigert, so fanden sie doch wieder zu Menschen ihrer Art, zu einer spendenden Gegend, zu wieder gewährenden Dingen zurück, einst besessen und jetzt wieder beschert, und mochte auch kein Überfluß, lange nicht alles, selbst bloß wenig wieder gewährt sein und gewiß auch nicht alles von einst wieder hergestellt werden, dennoch ein manches wurde davon empfangen; sie hatten etwas doch geerbt. War auch dies nicht gewährt, dann waren sie zum Erwerbe tüchtig genug und errangen einiges, was sie begehrten. Wenn sie sich erinnerten, faßten sie im Überblick das Einst und Heute zusammen, es war zwischen beidem kein wesentlicher Unterschied. Zogen sie es hingegen vor, sich wenig oder verzerrt zu erinnern, war es ohnedies leidlich um sie bestellt; selbst im Wissen des Falschen erquickten sie sich und waren getröstet, denn sie waren diesseits der Brücke, sie nannten sie gut überschritten, wagten einen neuen Beginn und rüsteten zu einer neuen Ordnung.

So ist es nicht mit mir. Ich kann und darf nicht zurück, die Brücken sind abgebrochen, kein Grund unter mir, und mir mangelt ein Halt, der anders als bloß geistig bestünde. Seither weiß ich, daß kein Geistiges allein die volle Wirklichkeit bietet, darum ist es kein Halt, es ist bloß entzündlicher Reiz, gewiß förderlich, wenn man einen wahren Halt hat, aber versengend, daß alle Sinne vertrocknen, wenn man seiner entbehrt. Sehnsüchte, Erinnerungen und Hoffnungen, wie machen sie das Leben bunt, aber das Leben sind sie nicht, allein vermögen sie nimmer es aufzubauen und erhalten können sie es bestimmt nicht. Wohl trifft es zu, ich darf nicht ungerecht sein, daß ich so manches wieder besitze, sogar viel mehr, als ich mir vor wenigen Jahren erwarten durfte oder auch bloß gewünscht hätte, in Zufällen ist es zu festen Gebilden zusammengeronnen und steckt nun seltsam gewürfelt im Hause, das kaum dafür geschaffen scheint.

Aber was ist es? Nur weg ... nur weg ... Höre ich? Ist es Schlaf, in den es hineinklopft? Das Pochen der Zeit in meinen Schlaf hinein? Ich darf nicht mehr warten. Ich muß gedenken; Schlaf weg, Schlaf weg. Da ist es wieder, hart an der Türe. Ich riß mich aus dem Schlaf und sprang vom Sessel auf, weggeschüttelt die Verwirrung, es war Zeit, schon lief ich, stürzte hinaus, Anna mußte draußen stehen, es regnete, ich durfte nicht säumen. Aus der Stube hinaus, auf den Gang und öffnen. In der Regenkutte der Briefträger, geduldig, ein mitleidiger Mann, so winkte er gutmütig meine Entschuldigung ab. Er reichte mir ein Päckchen, das war ein Buch, deshalb hatte er geklopft, dann noch zwei Briefe, alles regenfeucht. Ich dankte, schon schwang sich der Briefträger fort, draußen auf sein Rad, weiter seine Botschaften in den triefenden Regen. Ich schloß zu und eilte in meine Stube zurück; Anna war nicht gekommen, aber sie hatte geschrieben, das war ihre saubere Schrift, vom Regenwasser verwaschen, als wären Tränen darauf gefallen; der andere Brief aus der Stadt, die eitlen Züge waren mir unbekannt. Ich legte diesen Brief und das Buch beiseite und las, was Anna nach einem Schweigen von zumindest Jahresfrist zu berichten hatte.

Johanna und Artur, Ihr Lieben!
Es ist lange her, daß wir voneinander gehört haben. Sehr lange, zu lange, oder es ist kurz. Ich weiß es nicht. Wenn so viel geschieht, wird die Dauer zweifelhaft. Zuletzt gabt Ihr Nachricht, daß Euch Eva geboren wurde. Sie muß über ein Jahr alt sein, ein kluges, verständiges Mädchen. Ich möchte sie gern sehen, Euch alle so gern. Wird es möglich sein? Geduld! Ach, es ist ein schwieriger Brief, bitte Geduld!, und eines nach dem anderen. Michael muß jetzt fünf sein. Da sind die Kinder schon ganz gegenwärtig, man spricht mit ihnen vernünftig, sieht so viel. Was Ihr wohl für Eltern seid? Sicher prächtig. Doch keine Schmeichelei.

Wie soll ich jetzt beginnen, Euch meine Geschichte zu berichten? Ich kann es nicht, ich kann es zumindest nicht schonend. So hört! Helmut ist vor drei Tagen gestorben, es ist ganz unerwartet geschehen. Gestern haben sie ihn schon begraben, ein trauriger neuer Friedhof, weit draußen hinter der Stadt. Es waren überhaupt keine Anzeichen vorher, keine Warnung, keine Mahnung, in einer Stunde war alles vorbei. Helmut muß einen nie erkannten Herzfehler gehabt haben. Ach, es hat keinen Sinn, darüber nachzudenken, was er hatte oder nicht hatte. Plötzlich beim Frühstück, er fühlte sich wohl und war heiter, ist er zusammengebrochen, sofort bewußtlos, kein Wort mehr, nicht zur Besinnung gelangt, es war entsetzlich. Ich lief zur Nachbarin, die holte einen Arzt von nebenan, er kam schon nach wenigen Minuten, ich hatte Helmut auf einen Diwan gebettet, der Arme röchelte, die Augen, oh furchtbar waren diese Augen, und der Arzt untersuchte eine Weile. Er sagte, ein schwerer

Schlaganfall. Dies und das wurde angeordnet, Helmut mit Hilfe zu Bett gebracht. Was zwischen Tod und Begräbnis geschah, kann ich nicht sagen. So muß ich Euch erschrekken, Ihr Lieben. Oh, es ist furchtbar: noch sehe ich Hermann, wie er gütig und beruhigend sich von mir verabschiedet, weil er nach der Ostfront muß, und schon ist auch Helmut nicht mehr. Das fasse ich nicht. Da kann ich auch meine Lage nicht überdenken, aber hier ist mir alles fremd, wenn auch gute Menschen da sind, die sich rührend um mich kümmern. Sie sind mir fremd, ich habe keinen Boden hier. Und ich habe bloß einen Wunsch: nur weg, nur weg! In dieser Nacht habe ich von Helmut geträumt, da sagte er: Geh fort von hier, es ist nicht gut für dich hier! Glaubst Du, Artur, ich könnte zu Euch? Oder ist das Wahnsinn? Ich könnte alles machen, die bescheidenste Stelle wäre mir recht, am liebsten Blindenfürsorge, Erziehung blinder Kinder, ich kann Braille und alles, ich bin ausgebildet und habe als Mädchen und dann auch im Krieg Jahre als Blindenlehrerin gearbeitet. Aber auch anderes könnte ich tun. Helft, wenn Ihr könnt, ich muß unbedingt weg! Ratet zumindest! Ich weiß, daß es schwer ist, Ihr habt auch große Sorgen (hoffentlich hat sich das gebessert), aber verlaßt mich nicht jetzt und steht mir bei! Die Sprache würde keine Schwierigkeiten bereiten. Die Einreise machte keine Mühe, das weiß ich, das bißchen Geld kratze ich zusammen. Wenn Ihr mich bei Euch kurz unterbringen könnt, schickt eine Einladung, die zeige ich vor und kann schon in wenigen Wochen fahren, falls alles in Ordnung geht. Ich will Dir, liebe Johanna, mit Michael und Eva helfen.

Schreibt bald! Ich habe noch nie so sehr auf einen Brief gewartet. Legt mir ein Bildchen von den Kindern bei und – wenn Ihr könnt – eine formelle Einladung!

Vielleicht interessiert es Dich noch, Artur, daß vor einiger Zeit uns – oh, wie bitter sich das schreibt, dieses »uns« – Peter einen Brief aus Wellington geschrieben hat. Es geht ihm gut in Neuseeland, er ist ganz der alte liebe nichtsnutzige Hallodri. Auch nach Euch hat er sich erkundigt. Aber nun Schluß. Und seid nicht böse! Nein, Ihr könnt nicht böse sein Eurer traurigen, dabei Euch stets aufrichtig getreuen

Anna.

Ich lief gleich zu Johanna ins Zimmer, um ihr den Brief zu zeigen. Sie las ihn, während ich mit Eva spielte, die in ihrer Gehschule herumkrabbelte und vor Vergnügen kreischte. Als stolzer Vater bildete ich mir ein, es sei mir zu Ehren. Johanna sagte, wir müßten Anna sofort helfen und sie heute noch einladen. Eva, die sich vernachlässigt fühlte und heftig protestierte, während wir sprachen, wurde von der Mutter beruhigt, indem sie die Aufmerksamkeit auf die neue Rassel lenkte. Wir ließen das Kind in seiner Gehschule allein und gingen zu mir hinüber, wo wir überlegten, wie alles zu machen und einzurichten wäre. Anna sollte bei uns wohnen, solange das notwendig wäre, das übrige würde sich finden.

Dann sagte ich Johanna, daß noch mehr Post gekommen sei. Sie öffnete das Päckchen, das ein zu besprechendes Buch eines jungen Soziologen mit dem Titel »Vermassung durch Vorurteil« enthielt. Auf dem Umschlag stand, von Kratzenstein unterschrieben, eine Lobhymne über das Werk, deren Stil Johanna zu übermütigem Lachen reizte. Da unterbrach ich die wegen der krickligen Schrift mühsame Entzifferung des anderen Briefes und ließ mir von Johanna Kratzensteins Anpreisung vorlesen.

»Der Autor unternimmt es, tief verpflichtet der Verantwortung gegenüber den brennendsten Problemen unserer Zeit, in dieser tiefschürfenden Studie das Vorurteil als soziales Daseinsübel existentiell auszuloten, das auf Vermassung gründet. Im geistigen Raume einer wissenschaftlichen Wesensschau angesiedelt, ist es sein Anliegen, den Finger auf die Wurzel eines um sich fressenden Gefahrenherdes ohne Scheu und Furcht mit der kühlen Methode des unerbittlichen Analytikers, aber auch des hellhörigen Menschenfreundes und helfenden Arztes zu legen, der unabdingbar um die Werte einer echten und wirklichen Seinsschau weiß. Nach sorgfältiger Ausklammerung aller utopischen Theorien wird

Schicht um Schicht die Not aller Bedrängten und Verfolgten in der durchdringenden Sicht der Soziologie dargelegt und der einzig mögliche Ausweg durch eine humanitäre Demokratie gewiesen. Ich wünsche dieser imponierenden Leistung einen durchschlagenden Erfolg. Professor James Kratzenstein, Präsident der Internationalen Soziologischen Gesellschaft.«

Wir lachten beide herzlich über diesen Jargon.

»Wollte ich oberflächlich sein, so müßte ich das Buch für die Besprechung nicht mehr lesen. Ich könnte mich auf den Abdruck dieses Waschzettels beschränken, so beurteilt der berühmte Professor Kratzenstein, und das Werk wäre gerichtet. Aber ich verspreche dir, so leicht werde ich es mir nicht machen.«

»Wir sollten uns schämen, Artur. Da unterhalten wir uns über dieses Kauderwelsch, und Anna ist verzweifelt. So roh und lieblos sind wir.«

»Johanna, du hast recht. Es fehlt das Maß. Manchmal denke ich, der alte Mystiker hat es auf eine Weise, die er sich kaum vorstellte, doch richtig getroffen: Gott, Teufel, Welt und alles will in unser Herz hinein. Nur das bewundernde Lob, das er dann dem Herzen spendet, da kann ich nicht mit. Dasein, wie wir es leben, ist wirr, im Herzen zu viel, die Prüfungen umschnüren es mannigfaltig, und wir sprechen selten das Klare, selten das Wahre. Aber laß uns jetzt nicht zu streng mit uns zu Gericht gehn! Wir beide sind bestimmt nicht verroht. Wir wiederholen die Wogen des Gräßlichen und Grausigen nicht minder wie des Erhabenen und genau so des Sanften und Zarten, sogar des Lieblichen.«

»Des Lieblichen, sagst du?«

»Ja, sogar des Lieblichen. Seltsam aus meinem Munde, ich weiß. Aber glaub mir, was Menschen sein können und jemals waren, etwas davon, eine Möglichkeit, ein Widerschein, ein Schatten kann auch in unserer Brust auftauchen. Von allem abgetrennt, in die Vereinzelung verflucht als letzte und strengste Folge des verlorenen Paradieses; etwas aber von diesem Paradies blieb doch immer erhalten, etwas durchdringt, bleibt Bund und wird sogar Bund, alle unter einem Gesetz und so auch gemeinsam, nur unter abertausenden Auslegungen.«

»Wir müssen später drüber sprechen. Ich kann Evchen nicht so lang allein lassen. Was hast du noch für einen Brief?«

»Warte mal, ich hab die Unterschrift noch nicht angeschaut. Denk dir nur, wir können trotz der armen Anna nicht das Lachen lassen, die Resi Knispel schreibt, ausgerechnet Resi Knispel!«

»Einen Augenblick, ich schau nur mal nach Evchen. Ich komm gleich wieder.«

Ich vertiefte mich in den Brief; nach einiger Mühe hatte ich ihn entziffert. Johanna ließ nicht lange auf sich warten, sie hatte die Kleine zufrieden gefunden.

»Was also will die Resi Knispel?«

»Hör nur an, es ist nicht sehr lang.«

Ich las den Brief vor.

Verehrter Landau!
Staunen Sie nicht, daß ich schreibe? Ich hatte es längst vor, eigentlich schon seit Jahren. Ich habe es Haarburger gesagt und Freunden seines Kreises, aber die haben es wohl nicht ausgerichtet, und nun höre ich, daß Sie diese Kontakte aufgegeben haben. Zuletzt, das ist nun auch schon zwanzig Monate her, habe ich durch einen flüchtig Bekannten, Konirsch-Lenz, von Ihnen erfahren. Er sagte, Sie leiden Not, sind einsam, mit Welt und Menschen zerfallen. Fand ich originell. Wie ich Sie in Erinnerung habe, stimmt das nicht. Ich hatte Konirsch-Lenz gebeten, Sie sollen mich anrufen. Nichts derlei passiert. Hat es wohl nicht ausgerichtet.

Nun hören Sie mal, Landau! Kommen Sie morgen oder wann Sie eben können, nur nicht Samstag und Sonntag, zu mir, Adresse wie oben vorgedruckt. Es handelt sich um ein schönes Projekt, eine Zeitschrift. Da brauche ich Sie wie das liebe Brot. Abgemacht? Besten Gruß

Ihre
Resi Knispel

Evas Stimme ließ sich während der letzten Worte kläglich vernehmen, so daß wir diesen Brief zunächst nicht besprechen konnten, zumal es für mich schon an der Zeit war, Michael aus der Schule zu holen, wo er nun mit seinen fünf Jahren seit einigen Wochen die erste Vorbereitungsklasse besuchte. Ich lief eilig aus dem Haus in die Richtung der Truro Road, wo mir an der Ecke naß und schnaufend Santi, der Hund von Simmonds, in den Weg kam, mich bellend begrüßte und aufspringend meinen Mantel mit den Vorderpfoten beschmutzte. Ich wehrte ihn ab, da trollte er sich unvermittelt davon, und ich sputete mich. Der Regen hatte nachgelassen, es sickerte nur noch in dünnen Strähnen, die Tropfen glänzten wie feinste Glimmersplitterchen. Wie hatte ich immer diesen zarten Glanz geliebt, ich sah das Waldgebirge vor mir. Da waren das Buch »Vermassung durch Vorurteil« genauso wie Resi Knispel vergessen, Waldgebirge, ich mußte nur an Anna denken, dort zogen wir die Grenze entlang, nachher war sie über diese Grenze mit ihrem Helmut hinüber, der große, gut gewachsene Mann mit seinem lieben Jungengesicht.

Jungengesicht, da rief es schon aus dem Flur des Schulgebäudes, wo er mich hüpfend und zappelnd erwartete, der Michael; ich hatte mich ein wenig verspätet. Nun schob ich alle ihm fremde Gedanken fort und widmete mich seinem aufgeräumten Frohsinn. Er war, wenn möglich, noch gesprächiger als sonst. Schnell war der Heimweg zurückgelegt. Zu Hause rief Eva in einem fort »Mi!Mi!« das sollte der Bruder sein, und er machte »Evchen, Evchen, dudududutz!«. Da jauchzte das Schwesterchen. Michael erhielt sein Essen, der Honig begeisterte ihn, aber die Mutter mußte zanken, weil er Unfug damit trieb. Dann begeisterte ihn eine Banane noch viel mehr, und ich mußte ihm aus der Schale ein Männchen machen. Eva wurde von Johanna gefüttert, wir beide tranken Tee und aßen eine Kleinigkeit.

Nach der Mahlzeit zog ich mich in mein Zimmer zurück und schrieb Anna. Sie sollte kommen, sobald es ihr möglich war. Konnte ich auch nicht anbieten, ihr beruflich von Nutzen zu sein, so wollten Johanna und ich uns doch aufs beste bemühen, der Freundin über die nächste Zeit hinweg zu helfen, sie müsse auch erst sehen, wie ihr dieses Land und die Weltstadt behagten. Erst einmal hier, dann werde sie, bei ihrer gesunden Lebenskunst, sich bestimmt bald eine geeignete Beschäftigung finden; irgendwie werde schon alles gut werden.

Dann blätterte ich in der »Vermassung durch Vorurteil« herum. Das Buch schien nicht einmal so übel, aber Neues enthielt es bestimmt nicht, alles nach den modischen Vorbildern mit viel Statistik, Ergebnissen der Meinungsforschung und mit Zitaten, aber mit Fleiß und Ordnungsliebe zusammengeflickt und in einem ziemlich flüssigen Stil, wenn auch stellenweise liederlich und mit peinlichen Verstößen gegen eine gepflegte Sprache geschrieben. Wieder ein Buch und wieder die gähnende Leere, dachte ich mir. Warum wird das gedruckt und empfohlen, warum brüht man so viel schon Gewußtes und Abgetanes auf? Ich schob den Band beiseite, an diesem Tage wollte ich mich damit nicht befassen.

Darauf nahm ich nochmals den Brief von Resi Knispel vor. Ich war unentschlossen, was ich beginnen sollte. Diese Dame gehörte einer Welt an, die mir nichts als Ungemach bereitet hatte; ich ging sie genauso wenig an, wie sie mich nicht betreffen durfte. Es war alles von mir abgefallen und lag hinter mir; ich wußte nicht recht, ob ich noch einmal dort anknüpfen sollte. Freilich eine Zeitschrift, auf die ich wesentlichen Einfluß nehmen könnte, wo ich aussprechen dürfte, was mir überall verweigert war, was überall mit Unverstand und Ärger oder Gleichgültigkeit abgelehnt wurde, das war noch immer ein verlockender Vorschlag. Er konnte lohnen, wenn man aufrichtig gewillt war, mir freie Hand zu lassen. Aber war das zu hoffen? Gehörte nicht gerade Resi Knispel jenem verworfenen Literaturbetrieb an, wo Wissenschaft und Dichtung zu einem weichlichen, dabei großtuerisch aufgestronzten Mischmasch einer alles zerredenden, kaum etwas fassenden Reportage, gespickt mit Sensationen und falschen Modernismen, kurzum zu einem üblen journalistischen Brei zusammengerührt wurde? Diesen Klüngeln mit ihrem gesichert einkömmlichen Geschreibsel, denen ich in einem scheinbaren Siegeslauf, ohne ihm nachzugeben oder mich anzupassen, mich als freudig begrüßten Mitstreiter beigesellen sollte, weil ich diesen Unfug nicht durchschaut und gegenüber ehrlichem Streben und neuartigen Leistungen nicht für feindselig gehalten hatte, wollte und durfte ich in keiner Weise mehr angehören; ich hatte meine soziale Einsamkeit endgültig auf mich genommen und konnte mich auch dann nicht anbiedern, wenn man mir einmal von dort neugierig oder auch gutmütig den kleinen Finger reichte.

Aber war es richtig, solch einen Ruf von mir zu weisen, bevor ich noch den Klang seiner Stimme geprüft hatte? Ich mußte es auskundschaften. Nur gesinnungslose Kompromisse durfte ich nicht schließen, Versprechungen nicht ernst nehmen, ungebührliche Zumutungen mußte ich ablehnen und hatte auf den Trennungsstrich zwischen meinen Absichten und verletzenden Forderungen sorgfältig zu achten; entweder empfing man mich als den, der ich bin, und billigte mir zu, das Meine zu sagen, oder man war gewillt, auf mich zu hören, und gewährte mir die Entwicklung einer Leistung, für die ich verantwortlich sein würde. Stellte es sich jedoch heraus, daß man solches nicht im Sinne trug, dann hätte ich mich nicht enttäuscht, sondern heiter und ungekränkt zurückzuziehen, bevor ich mich auf etwas eingelassen hatte. So unklug durfte ich nicht sein, um allen meinen Fleiß und viele Arbeit zu opfern, wie ich es für einen Eberhard S. und seine »Eusemia« getan hatte.

Am Abend besprach ich mich ausführlich mit Johanna, ob ich den Brief mit Schweigen übergehen, höflich ablehnen oder Fräulein Knispel aufsuchen sollte. Johanna befürchtete Aufregungen für mich, falls ich mit Leuten dieser Art mich noch einmal einlassen würde. Sie war glücklich, mich halbwegs ausgeglichen und in einer leidlichen Resignation zu wissen, und riet zu einer freundlichen Absage oder zu einem Brief mit der Bitte um nähere Auskünfte. Ich konnte Johanna beruhigen, daß ich nun genügend erfahren sei, Schreiben zöge die Sache nur in die Länge, mir drohe keine Gefahr, ich fühlte mich allen Schlichen und Kniffen gewachsen und würde alles, wenn es ein Schwindel wäre, von der heiteren Seite nehmen.

Am nächsten Tage fuhr ich zu Resi Knispel. Sie wohnte in einem schläfrigen Viertel mit ausgedehnten Gärten. Nicht lange, so fand ich das Haus, das vor siebzig Jahren gewiß vornehm gewesen, doch jetzt längst vernachlässigt war. Der Eingang in den ungepflegten Vorgarten war offen, das Haustor wurde über eine Freitreppe erreicht, deren Stufen ausgetreten und sicher seit vielen Tagen nicht gekehrt waren. Das Tor war versperrt, seitwärts gab es Klingelknöpfe zu den einzelnen Wohnungen, aber nur neben zwei Knöpfen waren gerade noch leserliche Namensschilder angebracht, auf keinem stand Knispel. Ich drückte auf gut Glück einen Knopf und wartete einige Minuten. Schon wollte ich einen anderen versuchen, als ich Schritte hörte, und es wurde geöffnet. Fräulein Knispel stand in der Türe.

»Das trifft sich ja großartig, daß Sie gekommen sind, Landau. Mindestens fünf Jahre schon haben wir uns nicht gesehn. Oder ist es noch länger. Na, kommen Sie nur mal gleich rauf?«

Die hölzernen Stiegen waren mit einem verschlissenen Läufer bedeckt, die Wände des Treppenhauses grau vor Schmutz. Umso mehr überrascht war ich über die Wohnung, ungewöhnlich große Zimmer, alles modern, fast mit gutem Geschmack, beinahe luxuriös eingerichtet. Resi Knispel führte mich durch zwei Räume in einen dritten, das war das Arbeitszimmer, ein mächtiger Schreibtisch mit Büchern und Schriften überladen, den Wänden entlang gefüllte Bücherregale, ein offenstehender Schrank mit Handschriftenmappen und Briefordnern, bequeme Sitze um einen niedrigen Tisch, Cognac mit Gläsern, Küchlein und Bonbons, Zigaretten, und da saß ein Herr, den ich nicht gleich erkannte. Erst als er höflich aufstand, fiel mir ein, das war Herr Buxinger, der Buchhändler. Wir begrüßten einander, ich wurde zum Setzen aufgefordert und mit allem bewirtet, was es nur gab. Ich mußte auf lebhafte Fragen antworten, wie es mir geht, wie ich mich im Lande eingelebt habe und was ich mache; ich war nicht wortkarg, hielt aber mit allem zurück. Auch ich stellte wohlerzogene Fragen, deren Antworten mich jedoch nicht interessierten.

Bald erfuhr ich, daß Herr Buxinger seinen Buchladen zwar noch habe – er beklagte es, daß ich ihm dort noch nie die Ehre erwiesen hätte –, aber Buxinger hatte jetzt ein viel kleineres Lokal, in das man durch einen Hof gelangte, und widmete sich weniger der Straßenkundschaft, sondern lieferte hauptsächlich für einige ausländische Verleger aus. Auf Jolan Haarburger war er schlecht zu sprechen, er nannte ihn einen treulosen Freund, der ihn fast zugrundegerichtet habe. Als Buxinger vor mehreren Jahren in eine bedrängte Lage geriet, schien es ihm die natürlichste Sache auf der Welt, bei Haarburger, seinem Freunde von Jugendtagen her, eine Anleihe aufzunehmen. Der gehaute Fuchs war kein williger Geber, konnte sich aber dem Ansuchen nicht entziehen, weil er Buxinger verschiedentlich verpflichtet war, doch hatte der Buchhändler mit dem Darlehen wenig gewonnen, weil er jetzt dem verschlagenen Anwalt ausgeliefert war und nach seiner Pfeife tanzen mußte. Haarburger redete in das Geschäft hinein, von dem er nichts verstand, so daß sich alles verschlimmerte, der Verkauf war schlecht, die Außenstände uneinbringlich, die Schulden wurden größer, die Gläubiger immer ungeduldiger. Als schließlich alles verfahren war, so daß Haarburger entweder nochmals in den Beutel hätte greifen oder Buxinger die kundige Führung des Betriebes überlassen müssen, tat Jolan das Dümmste und Gemeinste, was nur möglich war, er kündigte das Darlehen kurzfristig. Buxinger hatte sich für nichts zu schämen, er konnte es offen sagen, denn alles war bloß Unglück und dazu böser Wille, er ist pleite gegangen. Einen gerichtlichen Konkurs, den konnte er freilich unter großen Opfern verhüten, doch nicht einen drückenden Ausgleich; er mußte sich zu Abzahlungen verpflichten, die waren noch lange nicht getilgt. Dieser Haarburger aber, das war das Allerschönste, der wollte, als sich die Fristen zunächst nicht genau einhalten ließen, nichts mehr von einem Ausgleich wissen; pünktliche Bezahlung oder Konkurs. Da blieb Buxinger nichts anderes übrig, als seine kostbare Autographensammlung von Dichtern, Musikern und anderen berühmten Leuten zu verkloppen; man muß sich nur vorstellen, Goethe und Dickens, Chopin und Johann Strauß, und ein langer Brief von Garibaldi. Klar, bei so einem Notverkauf zahlt man immer hundselend drauf, für einen Pappenstiel hat sich Herr Saubermann die schönsten Stücke gefischt, und dazu mußte man noch dankeschön sagen. Dabei hat der Erlös nicht genügt, so daß noch der Schmuck von Frau Buxinger hat dran glauben müssen und alles, was ein bißchen Wert hatte, nur um Haarburger, diesem Erpresser, die volle Summe auf einmal, wenn auch ohne Zinsen, auf die mußte er doch verzichten, auf den Tisch zu zählen. Ob ich so was für möglich gehalten hätte?

O ja, das hatte ich und staunte gar nicht. Darüber freute sich Buxinger wie ein Kind. Resi Knispel freilich, die bei Haarburgers noch verkehrte, war von den Reden Buxingers wenig erbaut. Sie meinte, das war leider schäbig gehandelt, gewiß, aber die besten Menschen hätten Fehler, man müsse so was verstehen, sie habe Haarburger sogar ins Gewissen geredet, doch in dieser Sache stellte er sich taub. Na so was kommt vor, doch heute war das eine alte Geschichte, über die schon viel Gras gewachsen sei. Dagegen wollte sich Buxinger verwahren, doch Resi Knispel begütigte ihn, daß sie auch seinen Standpunkt zu würdigen wisse, bestimmt. Trotzdem sollte man keine Worte mehr darüber verlieren, wir seien zu etwas anderem da und wollten von praktischen Dingen sprechen. Der Buchhändler stimmte zu, und auch mir war es recht. Kaum aber hatte sie ihren nützlichen Vorschlag getan und erklärt, wir beginnen also jetzt mit der Zeitschrift, ging sie sprunghaft wieder zu Haarburgers über. Buxinger müsse zugeben, was immer er gegen Jolan habe, Hajnalka sei ein Gold, über die nur eine Meinung herrsche.

Buxinger wollte auch von Hajnalka nichts wissen, sie habe ihren Mann zu allem angestiftet, ein solcher Geizkragen sei er nicht einmal, sondern bloß kleinlich und ängstlich, sie aber sei ein richtiges Biest. Süß tun, schmeicheln, ja, das könne sie, doch das sei auch ihre ganze Kunst, sonst aber tüchtig hetzen, was das Zeug hält; die hat den Jolan erst richtig aufgezwirnt, sonst wäre das Malheur nie passiert. Fräulein Knispel war außer sich, weil Buxinger an Frau Haarburger kein gutes Haar ließ, schrecklich, er solle schon aufhören, sie ist eine gutherzige Seele, ob er das denn nicht wisse? Für diese wohlgesinnte Meinung wünschte Fräulein Knispel mich zum Zeugen. Als ich mich merklich kühl verhielt, gab es des Verwunderns kein Ende, noch heute frage Hajnalka stets nach meiner Frau, die habe sie lieb und wolle immer nur wissen, wie es Johanna jetzt wohl gehen mag. Ich hatte diese Reden satt und darum war ich es diesmal, der vorschlug, das Thema zu wechseln.

»Dürfte ich gütigst etwas Näheres über die Zeitschrift erfahren?«

»Also gut, Landau und Buxi, private Streitereien führen zu nichts, das seh ich ein, und einmal kommt's doch noch zu einer Versöhnung. Da werdet ihr alle als beste Freunde euch die Hände reichen.«

»Was ist das also mit der Zeitschrift?« fragte ich dringlich.

»Gut, die Zeitschrift. Sie wird prima werden. Wollen Sie mitmachen, Landau?«

»Das kann ich nicht ohne weiteres versprechen.«

»Buxinger wird Verleger sein.«

»Sehr erfreut!« sagte ich.

»Aber nur als Strohmann. Er gibt seinen Namen und seine Erfahrung und den Vertrieb wird er auch machen.«

»Das heißt, wenn was draus wird«, meinte der Buchhändler vorsichtig.

»Geh, reden Sie nicht, Buxi! Sie sind ein Miesmacher. Im Grunde sind Sie ja selber von der Idee am meisten begeistert.«

»Hoffentlich«, sagte er höflich.

»Also, eigentlich werd ich den Verlag machen, aber hinter den Kulissen. Ich muß da vorsichtig lavieren. Erst wenn das Werkl auf den Beinen steht, da spring ich dann ganz hinein. Meine Arbeit für die schweizerische Presse wird fortgesetzt, kann nur von Nutzen sein, die Verbindungen, auch meine literarische Agentur – Sie wissen doch, Landau, daß ich das mache –, die wird nicht aufgegeben. Man kann da manchmal Funde machen und kriegt prima Mitarbeiter zusammen. Mitarbeiter, damit steht oder fällt eine Zeitschrift.«

»Was soll es für eine Zeitschrift werden, Fräulein Knispel?«

»Sie werden schon hören. Sagen Sie, ich hab's in Erinnerung, und man hat's mir paarmal gesagt, Sie schriftstellern doch so allerhand, Landau? Soziologie, Leid, Elend und Ähnliches, da sind Sie zu Haus, nicht?«

»Ja, wenn man das so nennen kann.«

»Haben Sie schon ein Buch heraus?«

»Nein, nicht heraus, drinnen, in der Schublade drinnen.«

»Das ist falsch. So was muß raus! In der Schublade ist es nichts wert.«

»Das kann stimmen, Fräulein Knispel.«

»Na, alsdann. Sie sind vernünftig. Und warum ist es nicht raus? Ein Untüchtikus, was? Zu gelehrt? Zu vornehm?«

»Ich habe Pech, wie man so sagt. Damit habe ich mich abgefunden.«

»Man muß schmissig schreiben, da kann ich Sie in die Lehre nehmen. Bei Ihrem Talent! Die Leute packen, mitreißen. Das undefinierbare Etwas, das braucht man, wenn man Erfolg haben will. Na Landau, wollen Sie's nicht versuchen, mir mal was anzuvertraun? Ich drück's durch, garantiert.«

»Ich glaube, Sie würden kein Glück damit haben.«

»Das überlassen Sie mal mir. Bringen Sie was, ich les es durch, meine Meinung bekommen Sie schonungslos. Da gibt's nichts. Aber wenn's was taugt, und das glaub ich, dann mach ich was damit. Gelt Buxi?«

»Aber sicher, Resi. Da können Sie sich drauf verlassen, Herr Landau. Nur was rein Literarisches von Rang darf's nicht sein, kein wirklich künstlerischer Roman. Aber zum Glück solches Zeug ist es doch nicht?«

»Nein, nein«, flüsterte ich halb entschuldigend, halb verlegen.

»Hören Sie, Landau, ich hab da prima Journalisten, die schreiben Ihre dicke Wissenschaft um, da wird sie flüssig wie ein süffiger Wein. Dann bring ich's unter, wo Sie wollen.«

»Könnte ich jetzt nicht etwas von der Zeitschrift erfahren, Fräulein Knispel?«

»Sie haben sicher nicht nur dicke Wälzer geschrieben?«

»Nein, auch Essays, Aufsätze, Kritiken und andere kürzere Sachen.«

»Prima. Und können Sie Artikel schreiben, wenn ich Ihnen ein Thema sag oder nach eigner Wahl?«

»Ich dächte schon.«

»Primissima. Ich kann also auf Sie zählen?«

»Das weiß ich nicht, Fräulein, Knispel. Ich muß mehr von Ihrer Zeitschrift wissen.«

»Geduld. Ich komm schon damit. Wie ich bereits sagte, wir brauchen vor allem einen Mitarbeiterstab, der sich gewaschen hat. Zusagen hab ich schon. Aber ich brauch mehr. Man muß alle zu Wort kommen lassen, die was zu sagen haben. Kennen Sie Leute?«

»Leider nicht. Ich lebe zurückgezogen.«

»Oh, Sie sind eine Kellerratte! Immer wühlen, was? Sie müssen mal raus an die frische Luft. Ziehn sich da zurück wie ein Dachs in sein Loch. Nun, wen kennen Sie denn? Jeder hat so seinen Kreis.«

»Ich habe keinen Kreis. Ich schreibe Buchbesprechungen für einige Zeitschriften. Neuerdings auch hie und da einen kleinen Artikel auf Bestellung, reines Fachgesimpel, nichts Bedeutendes. Ich habe davor selbst nicht viel Respekt. Dann verlangt man manchmal auch ein Gutachten von mir oder schickt mir eine Arbeit zum Lektorat. Das ist so ziemlich alles.«

»Was, Lektorat? Also ein Fachmann, fast schon mein

Kollege. Immerhin, mein Respekt. Das ist was. Da müssen Sie doch auf Namen stoßen. Nicht?«

»Namen? Ja.«

»Da mach ich Ihnen sofort einen Vorschlag. Wenn Sie was finden, wo Sie glauben, es ist interessant für einen Verleger, dann zeigen Sie mir's! Über Prozente können wir reden.«

»Das kann ich nicht. Ich als Vertrauensmann des Autors, der Zeitschrift, des Verlages.«

»Ach, so mein' ich das nicht! Oft ist was frei. Das bringen Sie! Es wird Ihr Schaden nicht sein. Selbstredend kriegen Sie Provision, wenn ich was anbring. Versteht sich am Rande. Aber populär muß es sein, dabei gelehrt, wissenschaftlich, doch gemeinverständlich, aktuell, kann auch mit politischem Anstrich sein, ganz gleich ob's rechts ist oder links.«

»Solche Dinge bekomm ich kaum zu Gesicht.«

»Buxi, mit dem ist nichts zu machen. Viel zu seriös, der Landau. Aber ein guter Aufputz für 'ne Zeitschrift kann er sein. Wir brauchen ja auch was Seriöses mit tierischem Ernst, wo sich die Leser begeistern, weil sie keine Silbe begreifen. Da wird's doch bei Ihnen klappen, nicht?«

»Vielleicht.«

»Aber nur kurze Artikel von solchen gescheiten Phantasten, hundertfünfzig bis zweihundert Schreibmaschinenzeilen, das können wir verwenden.«

»Wird auch bezahlt, Fräulein Knispel?«

»Ehrensache! Etwas für etwas. Für den Anfang kann ich aber nur wenig versprechen. Koryphäen werden selbstredend sofort honoriert. Haben Sie Koryphäen?«

»Sicher nicht.«

»Schade. Später wird bestimmt jedem bezahlt, sogar prima. Erst muß die Zeitschrift aufgezogen werden.«

»Wann wird das sein?«

»Bald. In vier bis sechs Wochen wollen wir draußen sein, fünf- bis achttausend Stück, sechzehn Seiten Text, später mehr, vier bis acht Seiten Inserate. Dafür ham wir schon

’nen prima Agenten. Buxi soll uns dabei helfen. Saubermann hat Unterstützung zugesagt, Inserate, auch Geld.«

»Also die finanzielle Seite, Fräulein Knispel, ist schon gesichert?«

»So ziemlich, Verehrtester. Nicht ganz, aber weitgehend. Ich hab ja, diese Idee ist ein altes Lieblingskind von mir, mit der Sache so lang zugewartet, weil ich sie auf solide Füße stellen wollte. Wir dürfen nicht erscheinen, eine Nummer, zwei Nummern, drei oder vier, und dann geht uns der Atem aus. Das geht nicht. Es muß eine Bombensache werden, die sich hält.«

»Wie oft soll die Zeitschrift erscheinen?«

»Zunächst einmal in zwei Monaten, später jeden Monat.«

»Und in welcher Sprache?«

»Zunächst zweisprachig, jeder Artikel englisch und deutsch. Bis es einschlägt, machen wir vier Sprachen, französisch und spanisch, vielleicht auch italienisch. Parallelausgaben, da bleibt Ihnen die Spucke weg, was? In einem Jahr können wir so weit sein. Aber im Augenblick, ich mach Ihnen nichts vor, ist das noch ein schöner Plan.«

»Und was soll die Zeitschrift bringen? Nur Soziologisches? Oder auch anderes? An welches Publikum will sie sich wenden?«

»Inquisition, Landau! Nur schön langsam eins nach dem andern. Bringen soll die Zeitschrift alles. Wir bleiben ja nicht bei sechzehn Seiten. Wissenschaft, Kultur, Politik auf höchster Ebene, Literatur, Kunst, was es nur gibt. Es ist an Sondernummern gedacht. Modern soll sie sein. Jedem etwas bieten. Höchste Ansprüche befriedigen, aber jedermann zugänglich und mundgerecht gemacht. Dann setzt sie sich durch.«

»Wenn ich recht verstehe, Fräulein Knispel, gewissermaßen eine Katze mit Flossen.«

»Was soll das für ein Witz sein, Herr Landau?« fragte der Buchhändler.

»Ganz einfach, Herr Buxinger, die Zeitschrift soll was Unmögliches werden, ein Paradox.«

»Gehn Sie, Landau, Witze sind gut, aber das ist doch Unsinn. Sie stellen sich, verzeihn Sie, nur so dumm. Niveau braucht man, weil man sonst keine Berechtigung hat und besser einpackt. Aber die Menschen pfeifen auf Niveau, sind dafür nicht gebaut, haben nicht das Organ. Deswegen darf man nicht auf dem hohen Roß sitzen, denn man vergibt auch der erhabensten Philosophie nichts, wenn man sie popularisiert. Im Gegenteil. Dadurch gewinnt sie erst ihre Berechtigung. Sehn Sie, Buxi hat vorhin auf die Literatur angespielt, aber es stimmt nicht, was er gesagt hat. Gerade die besten Romane kann jeder Durchschnittsmensch lesen, weil sie populär sind, das heißt echt, und trotzdem müssen sie künstlerisch befriedigen. Gerade bei einem Meisterwerk kann jeder mitgehn und wird ehrlich ergriffen. So war's mit den schönsten Sachen schon immer, und den Dichtern ist dabei kein Blatt aus der Krone gefallen. Mit allem auf der Welt ist es so. Warum sollt' es anders mit der Wissenschaft sein? Jedes Thema kann man schmackhaft servieren. Man muß auch zurechtstutzen.«

»Wollen Sie das mit den Beiträgen machen?«

»Wo es nötig ist, klar.«

»Dann möcht ich Ihnen nicht weiter die Zeit stehlen.«

»Sei'n Sie doch nicht so empfindlich, Landau! Ich sagte doch schon, nur wo es nötig ist, wenn der Artikel sonst was taugt.«

»Meine dürften nicht taugen.«

»Gehn Sie, sei'n Sie kein Kind! Sie werden's schon schmeißen. Schlechte Artikel werden wir immer ablehnen, sogar wenn sie gut geschrieben sind. Keine Sorge! Hörn Sie, wir möchten Sie gern im Redaktionsausschuß haben. Einverstanden?«

»Da muß ich noch viel mehr hören und es mir überlegen. Vor allem möchte ich genauer wissen: an wen wendet sich die Zeitschrift? Was ist ihr Zweck und Ziel?«

»Die Zeitschrift wendet sich an alle, die sich für wirkliche Kultur interessieren, welches Fach auch immer, in der ganzen Welt. Wir wollen ein völkerverbindender Faktor werden. Humanität, aber man muß nicht gleich anstoßen wie ein Elefant im Porzellanladen, nicht? Die Idee des Abendlandes, die Pflege des Geistes, die Erneuerung aller Werte und ihre Erhaltung, ihre geheiligten Traditionen, die unveräußerlichen Güter, aber fortschrittlich, weltaufgeschlossen, durchaus neuartig, ein Organ aller zukunftsträchtigen Strömungen. Natürlich demokratisch, aber keine Partei, da muß man sich hüten, auch wenn man manchmal mutig die Finger auf offene Wunden legen muß. Kein Mittel soll uns dabei zu schlecht, ich mein', gut genug sein, wenn es nur dem gemeinsamen Ziel gilt. Alle Richtungen, wenn sie tolerant sind, werden uns willkommen sein, um der gemeinsamen Aufgabe zu dienen, dem Weltfrieden in Freiheit. Ach, Landau und Buxi, es kann ja prima werden, ich träum davon seit Jahren in schlaflosen Nächten, und ich will selbst dafür schreiben, was mir grad einfällt, Berichte über alles. Ich kann schon die Feder führen. Aber ich werde das nicht können, ich brauch viele Stimmen, eine Symphonie der Geister. Drum werd ich mich mit eigenen Beiträgen zurückhalten und in den Hintergrund treten wie ein unsichtbarer Dirigent, der das Orchester nur leitet. Da ich als Herausgeberin zeichne, wird mir auch nichts andres übrig bleiben, aber Befriedigung erwarte ich mir davon, für mich, für Sie, für alle.«

»Wie soll die Zeitschrift heißen?«

»Gut, daß Sie fragen, Landau. Vom Namen hängt alles ab, und der Name ist herrlich, günstiges Vorzeichen, Eusemia.«

»Eusemia? Sagen Sie, stecken Sie denn mit dem Kerl zusammen, der unter diesem Namen schon so viel Unfug getrieben hat?«

»Was, Sie kennen ihn?« stürzten die Fragen Fräulein Knispels und Buxingers über mich her.

»Oh, den Herrn kenn ich gründlich. Mit dem und mit einer Eusemia will ich nichts zu schaffen haben.«

»Aber mit dem ham Sie ja nichts zu schaffen, Landau.«

»Gewiß nicht. Da wär ich schon längst nicht mehr in diesem Zimmer.«

»Sehn Sie, Verehrtester, Sie schnappen immer gleich zu schnell ein.«

»Mag sein, meine Herrschaften, aber Eusemia, das paßt mir nicht. Da muß ich aufrichtig bedauern.«

»So«, meldete sich Buxinger, »sind Sie dem aufgesessen?«

»Mir hat es genügt.«

»Das müssen Sie mir mal vertraulich berichten«, sagte Resi Knispel. »Das interessiert mich brennend. Er hat gewisse Qualitäten, nicht zu verachten. Aber keine Sorge! Der hat mit der Eusemia nichts mehr zu tun.«

»Wie kommen Sie zu dem Namen?«

»Höchst einfach. Er hat uns den Namen und alle Verlagsrechte für einen Pappenstiel verkauft. Er hat überhaupt nichts mehr damit zu tun.«

»Wirklich nicht?«

»Ach, immer dieses Mißtraun! Ich schwör's Ihnen und geb's Ihnen schriftlich, wenn Sie mir nicht glauben wollen.«

»Das ist nicht nötig. Halten Sie den Namen nicht für kompromittiert und für ein ungünstiges Vorzeichen?«

»Wer wird so abergläubisch sein, Herr Landau!« hielt mir der Buchhändler vor. »Hauptsache, wir leisten was. Der Name ist fast noch nicht bekannt geworden und hat viele Vorteile. Er steht schon im Handelsregister, dann ist er griechisch, gebildet, bedeutet was, gibt Stimmung, und schließlich hat noch keine Zeitschrift je so geheißen, was auch nicht zu verachten ist. Ich wüßte nicht, was man an Eusemia aussetzen könnte.«

»Sie haben recht, Buxi. Wir sind uns ja drüber klar wie Schuhwichs. Eusemia ist prima, und ändern können wir's auch nicht. Auf das Wie kommt's an und nicht aufs Was, und das deichseln wir. Das wär gelacht, was Buxi?«

»Ja, wir müssen es schaukeln«, sagte er nachdenklich.

»Sehn Sie, Landau, Mut muß man haben, und keiner ham wir was dran zu verlieren. Jeder von uns hat sein gesichertes Brot, und wenn's gut geht, und gut gehn wird's, verdienen wir uns noch die Butter dazu. Worüber wollen Sie schreiben?«

»Ich halte noch nicht so weit. Worüber schreiben andre? Haben Sie Mitarbeiter? Feste Zusagen? Schon Beiträge bereit?«

»Selbstredend. Wir ham viel. Mein Einführungsartikel ist fertig, die Schubladen sind voll. Aber wir brauchen mehr, wir brauchen Besseres. Ich glaub an eine gesunde Konkurrenz in geistigen Dingen. Man kann gar nicht genug haben, damit man nur das Beste wählt. Jeder will schließlich drin stehn, und täglich bringt die Post eine Fuhre. Das meiste ist unerbeten und mäßig. Aber man muß so was organisieren. Das ist das größte Malheur für die Kultur, daß sie so schlecht organisiert ist. Gut organisiert, und man kann den Laden schmeißen. Deshalb hab ich Sie gefragt, Landau, wen Sie kennen.«

»Ich kann nur wiederholen, daß ich Sie enttäuschen muß.«

»Unmöglich. Sie übertreiben, spielen Verstecken. So viele Leute wissen Ihren Namen! Als ich Sie kennenlernte, wurden Sie nur so rumgereicht wie 'ne volle Bonbonschachtel.«

»Das ist lange her. Ich bin ein Einzelgänger. Ich bitte Sie, sagen Sie mir, wen Sie schon gewonnen haben und mit wem Sie noch rechnen.«

»Also wen ham wir, Buxi? Ich zähl mal auf. Kennen Sie Oswald Birch? Den kennt doch jeder.«

»Ja.«

»Sie kennen ihn?«

»Ja.«

»Na also! Warum sagen Sie, daß Sie keinen kennen? Der ist doch wer! Eine Kanone! Den brauchen wir.«

»Haben Sie einen Beitrag von Birch, Fräulein Knispel?«

»Halb zugesagt. So halb. Den jüngsten Stand der archäologischen Forschung hab ich ihm vorgeschlagen, und er hat nicht nein gesagt.«

»Das ist schon ein Erfolg!«

»Sicher«, stimmte Buxinger ernsthaft bei. »Das bedeutet viel. Er kommt zu mir in den Laden, schaut sich alles an, kauft auch mal was, und ich hab ihn tüchtig aufs Korn genommen. Auch mir hat er nicht nein gesagt. Nur mit dem Termin, da hab ich Angst.«

»Buxi hat immer Angst. Gar nicht nötig. Man muß Birch nur bearbeiten, ihm schön zureden, erinnern, sich nicht abweisen lassen. Landau, können Sie mir nen großen Gefallen tun?«

»Was denn, bitte?«

»Reden Sie auch mit Birch! Schreiben Sie ihm! Rufen Sie ihn an! Rücken Sie ihm auf die Bude!«

»Warum soll ich das tun?«

»Ach, machen Sie doch keine Geschichten! Den Artikel soll er liefern! Und bald! Er kann kurz sein. Wir brauchen nur den Namen. Birch in der Eusemia, da haben wir im Handumdrehn ein Dutzend andere Kapazitäten. Sagen Sie ihm, daß Sie hinter der Eusemia stehn!«

»Mit Birch kann ich nichts versprechen. Ich hab ihn seit Jahren nicht gesehn, auch würde er nichts auf mich geben. Wen haben Sie weiter?«

»Einen Artikel von Saubermann. Der ist schon fertig.«

»So. Worüber? Über künstliche Perlen?«

»Eigentlich keine schlechte Idee, Buxi, was denken Sie? Aber das ist es nicht. Ein kulturkritisches Thema, das unzeitgemäße Museum. Sehr aufschlußreich. Fabelhaft geschrieben, ich hab's schon umgearbeitet.«

»Da darf ich wohl annehmen, daß Sie auch von Frau Saubermann was haben.«

»Erraten, Landau. Aber das will ich nicht für die erste Nummer. Es ist furchtbar lang, und sie macht Geschichten wegen der Kürzung. Sie ist so empfindlich.«

»Was hat sie denn geschrieben?«

»Das Prinzip der sittlichen Freiheit in der konstruktiven Wohltätigkeit. So ein Titel, wie ein Bandwurm! Ich möchte lieber: Sittliche Freiheit und Wohltat. Dazu muß ich sie aber erst rumkriegen. Sie besteht auf dem ›Prinzip‹. Das ist ihr am wichtigsten, aber ich find es plump, abgeschmackt. Mit Prinzipien reitet man heut nicht so rum. Aber der Grundgedanke ist gar nicht so schlecht. Wohltat darf nicht der Freiheit widersprechen, man erzieht die Bedürftigen zu konstruktiver Haltung, damit sie ihre sittliche Pflicht erkennen und nicht über alle Gebühr hinaus schmählich nur von Wohltaten abhängen. Das ist für den Geber und den Empfänger nicht gut, weil beide die Freiheit, das Recht und die Pflicht zur Freiheit verlieren. Man muß es sich nur vorstellen, wie leicht der Wohltäter zum Sklaven des Bedürftigen wird, und dann kann es passieren, Frau Saubermann gibt dafür Beispiele, daß ein Wohltäter, der, sagen wir, für einige Wochen auf Urlaub fahren will und so ein armes Luder jeden Monat mit einem Lebensmittelpaket unterstützt, sein Geschenk einmal ausfallen lassen muß, während der Unterstützte dann eben nichts kriegt, doch vergeblich darauf wartet und schließlich Gift und Galle gegen den Wohltäter speit. Das sind unmögliche Zustände. Ich kann's Ihnen zu lesen geben, wenn Sie's interessiert. Sie können gleich Abänderungs- und Kürzungsvorschläge machen.«

»Wen haben Sie noch?«

»Vielleicht Singule. Aber er hat leider nie Zeit. Darum ist es noch unsicher.«

»Was wollen Sie von ihm?«

»Ach von dem muß ich nehmen, was er mir gibt. Wenn ich nur was krieg! Er hat mir viele Vorschläge gemacht, Ideen über Ideen. Wenn man die ausführt, könnte die Eusemia ein Jahr davon leben.«

»Zum Beispiel?«

»Am liebsten möcht er was Mikrobiologisches machen. Aber das kann er jetzt bestimmt nicht tun, denn er kommt nicht zur neuesten Literatur. Drum lieber was Praktisches, was in aller Welt die Menschen bewegt. Er denkt an: Der Einfluß internationaler Stiftungen auf den Werdegang der Kultur.«

»Vorzüglicher Einfall!« konnte ich mich nicht enthalten zu bemerken.

»Genau das hab ich mir auch gedacht. Aber er hat leider nie Zeit. Dann hab ich – doch gelt, Buxi, Sie kriegen mir da nicht gleich einen Veitstanz? – dann hab ich den Haarburger.«

»Ohne mich, Resi!« rief der Buchhändler ungehalten dazwischen, verstummte aber, als ihm die Knispel scherzhaft mit dem Finger drohte.

»Jolan Haarburger hab ich, das ist wichtig, denn er ist bis jetzt unser einziger Jurist. Er hat mir schon ein Skizze gezeigt, die er fabriziert hat. Der Titel steht noch nicht fest, es soll ein halbreligiöses Thema werden über Recht und Gerechtigkeit. Ich find das fabelhaft.«

»Ist das schon alles?«

»Selbstredend nein, bei weitem nicht! Da ist noch eine Kanone, Professor Kratzenstein.«

»Das ist freilich eine Kanone, Fräulein Knispel. Was will denn der machen?«

»Wie, Sie schätzen ihn nicht?«

»Ich habe nichts gesagt.«

»Der ist doch prima, gelt Buxi? Eine Leuchte! Immer alles durchsichtig wie Kristall, was von Kratzenstein kommt. Ob er bei seinen vielen Verpflichtungen wird selber viel schreiben können, ist ungewiß. Aber Buchbesprechungen hat er zugesagt. Eine ham'er schon, Vermassung durch Vorurteil. Es soll ein phänomenales Werk sein. Sicher auch was für Sie, Landau.«

»Ich hab das Buch schon.«

»Sie kennen wirklich alles. Dann will er viele Mitarbeiter empfehlen. Was so der Internationalen Soziologischen Gesellschaft zufliegt. Frau Fixler, seine Sekretärin, soll uns eine lange Liste liefern.«

»Sagen Sie, Fräulein Knispel, wenn Sie schon Jolan Haarburger haben, könnte seine Frau nicht auch was beisteuern?«

»Das ist doch heller Wahnsinn, Herr Landau! Das möchte noch fehlen!« verwahrte sich Buxinger.

»Aber Buxi, nur die Leistung entscheidet, das versteht sich am Rande. Hajnalka ist musisch und eine glänzende Gesellschafterin, ein Sammelpunkt für geistreiche Leute, aber eine Schriftstellerin ist sie nicht. Sie wird uns anders helfen. Können Sie wirklich niemanden vorschlagen, Landau?«

»Was ist mit Dr. Kauders? Haben Sie den schon?«

»Alles was gut und schön ist, aber den will ich nicht.«

»Warum?«

»Uch, der ist arrogant! Der macht sich nur lustig über mich.«

»Aber er ist ein begabter Mann, Fräulein Knispel.«

»Bei mir zahlt er langsam, so nach einem Jahr oder noch später. Gern verkauf ich ihm nicht.«

»Buchschulden, gelt Buxi? – Das dürfte nicht entscheiden. Aber er ist impertinent. Und so ein großer Gelehrter, wie er sich einbildet, ist er noch lange nicht. Sonst noch ein Vorschlag, Landau?«

»Sie haben schon manches Gelehrte. Wie steht es mit der Literatur?«

»Ach, das hab ich, das kriegt man wie Mist. Jeder kann heute Gedichte schreiben und Geschichten. Das ist keine Kunst. Das schüttle ich selbst aus dem Ärmel. Das müßt schon was Besondres sein, was ich nehm. Ham Sie was? Dichten Sie selbst?«

»Nein, nein, das kommt nicht in Frage, ich habe nichts. Doch was halten Sie von Inge Bergmann?«

»Gedichte brauchen wir überhaupt nicht, zumindest nicht fürn Anfang. Die Inge Bergmann ist ein lieber Kerl, ein armer Teufel ist sie auch. Ich kann der nicht helfen. Für die Agentur will sie mir immer Kindergeschichten anhängen, ich kann damit nichts machen. Und in der Eusemia können wir so was nicht bringen. Stellen Sie sich vor, eine Kulturzeitschrift und dann Dickerles Reisen auf den Mond und solchen Quatsch. Gelt Buxi?«

Damit hielt ich die vorbereitende Besprechung, zumindest was mich betraf, für beendet. Ich versprach Resi Knispel nichts, so sehr sie mich drängte, so sehr auch Buxinger mich zu ködern versuchte. Ich sagte, daß ich mir die Sache gründlich überlegen und zunächst das Erscheinen des ersten

Heftes abwarten wolle. Das fanden die beiden entmutigend und gar nicht nett, Resi Knispel nannte es ein knausriges Mißtrauensvotum. Ich änderte meinen Entschluß nicht, so aussichtsreich mir auch das Projekt noch in leuchtenden Farben geschildert wurde. Für den Anfang, so erklärte ich, stünden ohnedies Mitarbeiter reichlich zur Verfügung, das Unternehmen werde sicher nicht leiden, wenn ich zunächst nicht mitwirke. Das stimmte Resi Knispel fast ungehalten. Es sei keine Kunst, sich einem florierenden Betrieb zur Verfügung zu stellen, doch jetzt hätte ich eine einzigartige Gelegenheit, mich an dem Aufbau einer herrlichen Sache zu beteiligen, die mir Ruhm und Ehre einbringen würde, einen Namen in der ganzen Welt könnte ich mir erwerben. Ich sollte bedenken, meine Artikel gleich in zwei Sprachen und bald schon in vier oder fünf; was für ein phantastisches Glück, beteuerte Fräulein Knispel, für ein verkanntes Genie wie mich.

Als weder Drohungen noch faustdicke Schmeicheleien mich umstimmten, fragte Fräulein Knispel mich eindringlich, ob mir das Wohl meiner Familie und die eigene Zukunft denn gleichgültig seien, ob ich nicht schon genügend bittere Erfahrungen und Enttäuschungen hinter mir hätte, um so unvernünftig zu sein, nicht nach der dargebotenen Hand zu greifen. Wüßte ich alle Freundschaft so wenig zu würdigen? Es stellte sich heraus, daß Resi Knispel allerhand davon erfahren hatte, wie es mir bei Haarburgers und vielen anderen ergangen war. Widerlicher Klatsch hatte mein Mißgeschick viel weiter verbreitet, als ich geahnt hatte. Zunächst ärgerten mich diese Kenntnisse, aber schnell wurden sie mir wieder gleichgültig, als ich mich an Johannas Warnungen erinnerte und einsah, wie erbärmlich es wäre, wenn ich mich durch unbeherrschtes Betragen nochmals in den Strudel dieser Gesellschaft mitreißen ließe. Darum erklärte ich freundlich und kühl, daß es gerade die Rücksicht auf das Wohl meiner Angehörigen und unsere Zukunft wie eben auch alle Enttäuschungen und Erfahrungen bisher seien, die mir Zurückhaltung auferlegten. Man solle mir nicht böse sein, aber zumindest wolle ich die weitere Entwicklung abwarten, bevor ich mich endgültig entscheiden würde.

Buxinger, im Grunde ein anständiger Mensch, würdigte meine Vorsicht und meinte, Fräulein Knispel sollte sich mit einer Bedenkzeit zufrieden geben. Die Herausgeberin der »Eusemia« mochte aber, wie sie das nannte, diesen Dolchstoß in den Rücken nicht; gelt Buxi, warf sie ihm vor, so könne die Zeitschrift nie auf die Beine gestellt werden, nun sei ein kostbarer Nachmittag vertan. Wollte man mit jedem vorgesehenen Mitarbeiter stundenlang fruchtlose Gespräche führen, wo käme man da hin, und wenn mir schon meine eigene Zeit nicht leid täte, so müßte ich doch so viel Art haben, nicht überbeschäftigte Menschen erst in aller Seelenruhe auszuhorchen, nur um sie dann zum Narren zu halten.

Dagegen verwahrte ich mich; hören, was geplant sei, das hätte ich wohl gewünscht, aber Aushorchen liege mir fern, ich hätte gleich zu Beginn der Verhandlungen erklärt, daß ich nichts im voraus zusagen könne. – Also gut, gab Resi Knispel nach, aber zu einer Haussitzung des engeren Mitarbeiterstabes, aus dem sich das Redaktionskomitee bilden solle, würde ich kommen; damit könne ich mir nicht schaden, hingegen allen Beteiligten nur nützen. Auch auf diesen Vorschlag ließ ich mich nicht ein. Ob das mein letztes Wort sei? Ich sagte ja und erhob mich. Resi Knispel schäumte vor Wut. Da biete man so einem Tropf eine fabelhafte Chance, das fand sie unverschämt, aber nun sei ihr auch erst richtig verständlich, was Konirsch-Lenz über meine Faulheit und meinen destruktiv-nihilistischen Geist gesagt habe. Die Knispel hatte diese Reden nicht glauben wollen und dem Papiertapeterich, der übrigens Artikel über seine praktische Sozialarbeit liefern werde, energisch widersprochen, doch nun sehe sie, daß mit mir etwas nicht stimme, ein morbider Mensch, ein asozialer zersetzender Typus; meine scheußliche Vergangenheit, über die man nur weinen könne, habe mich verdorben, so einer bleibe schon ewig untauglich für ein positives Leben.

Herr Buxinger zuckte peinlich berührt bei diesem gehässigen Ausbruch zusammen, aber ich lächelte ihn unbefangen an, verabschiedete mich freundlich von ihm und versprach, ihn einmal in seiner Buchhandlung zu besuchen. Dann sagte ich Resi Knispel, sie könne mit allem recht haben, was sie von mir glaube, ich selber dächte oft noch viel härter über mich, aber da dies so sei, würde sie gewiß auch einsehen, daß die »Eusemia« und ich sich kaum vereinbaren ließen. Im übrigen wünschte ich der »Eusemia« viel Glück. Dann dankte ich für den anregenden Nachmittag und bedauerte höflich die einem fruchtbaren Werke entzogenen Stunden. Ich sagte alles so liebenswürdig wie möglich, was wohl bewirkte, daß Resi Knispel, die mich durch das Zimmer zum Ausgang geleitete, sehr zuvorkommend wurde und die schweren Vorwürfe gegen mich auf einmal vergessen hatte. Im Vorzimmer, als ich schon nach der Türklinke schaute, hielt sie mich auf.

»Landau, ob du bei der Eusemia mitmachst oder nicht, aber du bist ein Tausendskerl. Ich hab vor dir Respekt, ich bewundre dich, ich, ich ... Weißt, du hast mir sofort gefallen, Landau, damals wie ich dich in der Gesellschaft bei Haarburgers sah. So mir nichts dir nichts laß ich dich nicht weg.«

»Ich wüßte nicht, Fräulein Knispel, was ich noch für Sie tun könnte.«

»Für dich! Sag mir nicht Sie! Und stell dich nicht so dumm! Ich hab dir damals einen Roman vorgeschlagen: Die Elenden. Erinnerst du dich?«

»Ja, ich weiß noch.«

»Und hast du ihn geschrieben?«

»Nein.«

»Schreib, schreib, Landau!«

»Ich bin kein Dichter. Ich habe keinen Roman zu schreiben.«

»Oh du Dummkopf, du Lieber, du Närrischer! Du machst mich rasend! Schreib dich! Das wird der Roman unserer Zeit! Du wirst sehn! Laß deine Wissenschaft schlafen.

Sie macht dich nur verrückt, du bist für Höheres geschaffen.«

»Man kann nicht gegen sich. Man kann nur gegen andre. Das ist leider so.«

»Schreib, schreib! Ich geh's selbstredend durch, ich helf dir, ich mach für dich, was du willst, wenn du nur willst! Zwanzig Verleger schaff ich dir für den Roman. – Wann kommst du wieder, Liebster?«

»Ich komme nicht. Ich muß jetzt gehn.«

»Du darfst nicht gehn! Hörst du? Du darfst nicht! Nicht bevor du versprichst, daß du wiederkommst und wann!«

»Das ist Wahnsinn. Ich verspreche nichts!«

»Du mußt! Soll ich's dir denn auf die Lippen pressen, daß ich dich liebe, rasend über alles liebe? Ich halt es ohne dich nicht aus!«

»Lassen Sie mich jetzt gehn!«

Ich wollte die Klinke zum Stiegenhaus aufreißen, aber die Knispel verteidigte sie; ich hätte Gewalt anwenden müssen. Das wollte ich nicht.

»Dornröschen, ein Märchen in unseren Tagen. Erlöse mich, Landau!«

»Nehmen Sie Vernunft an! Johanna wartet zu Hause auf mich.«

»Johanna! Liebst du sie denn, diese stolze hochnäsige Ziege?«

»Schweigen Sie über Johanna!«

»Also meinetwegen: Johanna *und* ich, aber nicht Johanna und ich *nicht*!«

»Bitte, lassen Sie mich sofort gehn!«

»Landau, Landau, küß mich! Du kannst mit mir machen, was du willst!«

»Ich bitte nur um eines: Gewähren Sie uns beiden einen friedlichen Abschied!«

Die Verwirrte wollte mich packen und fortschleifen. Sie tat es so sanft, als es der Angriff einer Rasenden gestattete. Sie zog mich an der Krawatte, es war die letzte, die noch aus dem Laden meines Vaters stammte; sie kratzte mir mit ihren langen Fingernägeln die Hände wund und wollte mich küssen und beißen. Ich bat die Tobende um Einsicht und Vernunft, aber alles vergeblich. Rufen wollte ich nicht, Buxinger sollte kein Zeuge dieser entfesselten Raserei werden, doch blieb mir leider Gewalt nicht erspart. Ich schüttelte die Ungebärdige, schleuderte sie von mir fort, riß die Türe auf, jagte das Treppenhaus hinunter und hielt in meiner Flucht erst ein, bis ich ein weites Stück gelaufen war.

So gut es nur ging, versuchte ich mich herzurichten. Ich war zerrauft, hatte eine kleine Rißwunde am Kinn, mit dem befeuchteten Taschentuch wischte ich sie ab, einige Kratzer an den Händen brannten. Die Krawatte war verschoben, ich löste den Knoten, um sie frisch zu binden, und da bemerkte ich, daß die schwere Seide eingerissen war, ein schmerzlicher Schaden, den Johannas geschickte Hände wohl nur notdürftig beheben konnten. Ich hätte nicht zu Resi Knispel gehen dürfen. Das Bild meines Vaters tauchte auf, der Laden in der Reitergasse, Fräulein Michelup nähte Seidenstreifen mit dem Zeichen HAL an Krawatten fest, dann kamen sie in die langen Pappschachteln, jede ordentlich beschriftet, sie wurden auf das Pult gelegt und aufgeklappt, nun wurden die schönen Krawatten sichtbar und lagen nach Güte, Muster und Farben geschichtet, Franziskas wählende Hände, dann ein langer Schlaf in einer Schublade oder in einem Koffer während der Jahre der Vernichtung, bis sie aus Frau Holoubeks oder Herrn Nerads bewahrender Obhut zu mir fanden; wie ich sie versteckte, weil ich sie nicht tragen und nicht sehen wollte; endlich hatte ich sie hervorgeholt, eine nach der anderen, drei Stück, kindliche Eitelkeit vor Johanna, aber sie mochte es, sie nahm es für ein günstiges Vorzeichen, daß ich um ihretwillen mich mit der Vergangenheit schmückte. Johanna hatte bloß öfters auszusetzen, daß ich die Krawatten nicht sorgfältig binde. Sie versuchte es mir beizubringen, nestelte daran herum, war aber wenig geschickt dabei; da band ich sie doch lieber selber zurecht und wandte alle Sorgfalt darauf. Dadurch blieb ich ein wenig zurück, aber schon lief ich wieder voran, es war gut; ich fragte, ob es recht sei. Johanna sah mich prüfend an; sie lachte, doch sie lachte mich nicht aus.

»Die Resi Knispel hat dir hart zugesetzt.«

»Wie kannst du so etwas denken? Ich kenne sie kaum, und sie geht mich nichts an. Sie könnte mir nicht gleichgültiger sein, und außerdem irrst du dich.«

»Das ist schon möglich. Sie hat dich nur so merkwürdig mit den Augen verschlungen, wie wir letztens bei Haarburgers waren.«

Das konnte ich nicht glauben. Ich war nicht unhöflich zu ihr gewesen, aber ich hatte keiner ihrer Einladungen gefolgt und ihr mich wenig anheimelndes Interesse nicht im geringsten erwidert, was Johanna, die nie einen Funken Eifersucht in sich barg und an mein Fortkommen dachte, nicht einmal gebilligt hatte. Nun waren wir den vierten Tag in Vaynor, wo uns Betti bei warmherzigen Leuten eingemietet hatte, damit wir einige Meilen außerhalb der neugierigen Kleinstadt, wo sie ihre Kanditen erzeugte, in einem weltabgeschiedenen Ort uns der ersten Tage unseres Zusammenlebens erfreuen sollten. In Vaynor, das nur aus wenigen lose gestreuten Häusern besteht, mußten wir niemandem von uns etwas erzählen, wir waren frei, und doch zeigten die Menschen, denen wir begegneten – man war schnell mit jedem bekannt –, eine liebe Teilnahme für uns, so daß wir gern allen Gesichtern, die uns anblickten, zulachten und einige Worte mit fast jedem wechselten. Unsere Wirtsleute, die uns mit einem kräftigen Essen reichlich verköstigten, waren harmlos geschwätzig, aber nichts, was sie wissen wollten, störte unser Empfinden, und nichts, wovon sie redeten, nahm uns über Gebühr in Anspruch. Ihre Sorgen und Hoffnungen wogen leicht. Diese Menschen waren wie unbeschwerte Kinder und fanden Vergnügen dabei, wenn sie aufmerksam und lebhaft uns die Tage zu unserem Gefallen mit vielen kleinen Gefälligkeiten verschönern konnten. Sie liebten Musik, das Klavier und die Geigenkästen waren selten geschlossen; alle im Hause waren beglückt, wenn wir ihr Spiel zu loben begannen. Als Johanna es über sich brachte, dem jüngsten, zehnjährigen

Sohn eine bessere Bogenführung für seine Geige zu zeigen, kannte die Dankbarkeit keine Grenzen; wir wurden noch üppiger mit köstlichen Kuchen und Gebäck beschenkt und mußten manche Gläschen auf unser Wohl mit unseren Wirten leeren.

Gern waren unsere neuen Freunde bereit, uns einige Lieder in ihrer rauhen und doch anheimelnden Heldensprache vorzusingen. Sie gaben sich auch Mühe damit, den Wortlaut zu übersetzen und die Zusammenhänge zu erläutern. Weil ich das beifällig aufnahm, gewann ich ihr Herz und sie wollten mir viel Gutes erweisen. So wurden Kleidung und Wäsche ausgebessert, hergerichtet und gebügelt, wofür wir uns kaum bedanken durften. Auch über die alte Landessprache, die in dieser Gegend nur wenige, unsere Gastgeber aber gut beherrschten, wurde ich auf Wunsch belehrt. Die grau verwitterte Kirche von Vaynor wurde uns von außen und innen erklärt, und die nahe Stätte gezeigt, wo sich die Geschichte des kymrischen Volkes im Jahre 1286 entschieden hatte. Leider enthüllte sich uns die Bedeutung der mittelalterlichen Ereignisse nur unvollkommen, besonders mir erhellte sich bloß weniges, so viel ich auch zu wissen begehrte, viel mehr als Johanna, die sich mehr meiner Teilnahme daran freute, als sich selbst von den Berichten begeistern zu lassen. Sie hielt es für gut, wenn ich heilsam abgelenkt wurde, als könnte ein noch so versunkenes Verweilen des Geistes in fernen fremden Verhältnissen jemals mehr als flüchtig, wenn überhaupt, einen Menschen vor seiner eigenen Vergangenheit retten. Das gelang auch nicht, wirr genug blieb ich, die Erlebnisse alter und junger Tage schoben sich ineinander; alles, was auf mich heute eindrang, berührte mich mit Frohsinn, doch mein Innerstes blieb dafür versperrt; so war es nur ein Glanz, den ein verspäteter Maischnee bringt – bald wässert er, rinnt ab und ist dahin. Johanna war viel stärker, ihr mußte ich die Führung überlassen, ich konnte nur ergeben sein. Es fügte sich sinnvoll, daß sie die Gegend schon seit mehreren Besuchen bei Betti kannte. Da ließ ich mich von Johanna durch die Landschaft lotsen, die zu erkunden ich trotz winterlichem Grau und häufigem Regen begehrte.

Es war kalt, aber kein Frost, für Stunden lichtete es sich auf. Da durchdrang der Blick den zarten Dunst, und alles sah aus, als wohne es weit in einer schweigsam entfernenden Größe. Noch drei Tage waren uns vergönnt; nicht länger als eine Woche wollte Johanna ihrem Amte fern bleiben, während ich so zieldurstig war, gleichfalls keinen längeren Aufenthalt zu erwägen. Inselhafte Tage waren es, entrückt, die Sorgen gedämpft wie hinter einer Wand, wenn wir durch den sanften Riesel wandelten, der sich lautlos aus niedrigen Wolken senkte. Von Vaynor, unter halber Höhe eines mäßig steilen Hanges, strebten wir talwärts nahe an der alten Kirche vorbei und sahen den Hügel Morlais uns gegenüber, doch nicht lange, denn schon bald hatten wir die Sohle erreicht, wo der Bach Taf-Fechan geschwinde fließt. Auf steinigem, manchmal auch sumpfigem Wege verfolgten wir ihn stromaufwärts. Menschen waren nicht zu erblicken, nur frei schwärmende Schafe trieben sich in kleinen Herden oder einzeln herum, ästen, äugten uns neugierig an und flüchteten mit geringen Sprüngen, wenn wir zu ihnen wollten oder uns unabsichtlich ihnen zu sehr näherten.

Der versonnene Bachgrund war mir vertraut, er war kaum anders in die Biegungen seiner Tiefmulde versponnen als viele drüben im gebirgigen Land. Da standen kräftige Bäume, nun entblättert starrten sie dennoch nicht kahl, weil ihr Gezweig sich vielfach verkreuzte und dem Efeu dichte Ranken gönnte. Mancherlei wucherte, wilde Weidenschößlinge, immergrünes Gebüsch. So zogen wir ein Stück im Tal voran, doch als wir zu nasser Strecken mit vollgesogenen Moosstreifen wegen vom Bache weg zur Straße hinanklommen, die in geringer Entfernung, nur viel höher den Taf-Fechan begleitet, hatten wir das schützende Gewoge des hohen Heckenwerkes unter uns gelassen. Wie eine Heimat vertraulich hatte es uns umschlossen, daß ich dort nur leise zu sprechen wagte. Oben war die Landschaft strenger; es war schon recht, daß die nahen Kuppen, die wir erblickten, die schwarzen Berge hießen, Fforest Fawr in kymrischer Sprache. Schwarz faltete sich der Boden, schwarz streckte das Gestein sich hin; gar wenn das Auge die Ferne suchte, schienen alle Umrisse und Flächen aus Schwärze gebaut. Die Hänge ragten baumlos, wodurch ziemlich geringe Hügel sogar die Wucht eines weitschweifig hohen Gebirges mit unnahbar strengen Gipfeln erreichten. Bloß um Häuser oder Gehöfte herum und den Wasserläufen entlang wuchsen Bäume, sonst wölbte und bog sich alles Land buschlos und kahl, nur dünn mit einer Grashaut überzogen. Erst wenn der Blick aus der Ferne zurückgeholt wurde und nahe ringsum schwärmte, dichter je näher, da spannte sich ein vielfach verschlungenes Geflecht von teppichweichem Grün, Gräser, dauerhaft geduldige Gewächse, Mooskuchen, geschoren sah es aus; das Weidevieh hatte fast alles bis zum Grunde gerupft, die vielen Lämmer, doch auch Rinder und zutraulich schreitende, anmutig plumpe Pferdchen mit dicklichem Fell und langbehaarten Beinen, oberhalb der Hufe mit lustig bärtigen Schöpfen. Grün und Schwarz und Grau und Silber vereinigten sich und wechselten ab; fremdartiger Zusammenklang, der mich ausschloß und doch gefällig litt. Ich hatte mich in den wenigen Tagen schon dessen gewöhnt und wußte: was hier waltet und was jetzt sein darf, ist anders als mein Eigentum von drüben. Nicht mehr dem Waldgebirge gehörte ich an, nicht mehr einer vorvergangenen Zeit, nichts mehr, was Heimat hieß, kam mir entgegen, keinen Erdenfleck durfte ich als meine Heimat grüßen. Ich war ausgestoßen und verbannt, meine Flucht war ein Selbstbetrug; also gab es keine Flucht. Die Anerkenntnis des Ausschlusses aus dem Paradiese meiner Kindheit und Jugend galt es zu leisten, mein Abschied von drüben war nur die gehorsame Nachfolge eines längst verordneten Zwanges. Noch eine Sehnsucht nach dem Waldgebirge mochte erlaubt sein, nach den hingebreiteten Ländern, die es begrenzte, aber es war auch schon versunken und abgetan, denn neben mir ging Johanna.

Wir wanderten wohl eine Stunde schon schweigsam. Was

über die Begebnisse in unseren letzten Tagen zu sagen war, über die Menschen, die wir kannten, über die frohen und grimmen Erschütterungen, die wir durchlitten hatten, das war des langen besprochen. Nun mußten gewaltigere Wagnisse vorangetrieben werden, in die Tiefe, richtungslos und doch zurück wie voran, beides zugleich. Aber auch diese Wagnisse mußten wir schonen, wir hatten zu warten und blindlings in Vertrauen zu tasten, daß uns Gewährung würde, unerforschlich, aber erreichbar.

Es tönte ein widerhallendes Pfeifen. Dem Tale folgte nicht bloß die alte Straße noch aus römischen Zeiten, auch eine träge, schnaufende Eisenbahn hatte sich hier eingewöhnt, die aus dem nahen südlicheren Kohlenbezirk quer durch die schwarzen Berge durch und dann an gartengleichen Auen und nahe dem See Llangorse vorbei mitten im reichen Weideland nach dem Bischofssitz Brecon führt. Dort hatten wir gestern einige Stunden zugebracht; im sauberen Gasthaus, wo wir als einzige Fremdlinge unser Mittagmahl verzehrten, hatte man uns neugierig mit groß verwunderten Augen betrachtet. Nun keuchte ein Zug von Norden heran, verschlafen rollte eine kleine Lokomotive, sie zog nur zwei Wagen, rechts an uns vorüber, daß es wie von vielen hackenden Messern klirrte, aber bald summte es bloß, dann nochmals lauter mit brummendem Klang, als der Zug auf einer hohen Brücke eine Schlucht überquerte. Nun war es auf einmal wieder still, alles ausgelaufen und verwunschen; bloß ein leise entklagender Pfiff, der sich sehnsüchtig in einen zitternden Nachhall bog, versuchte irgendwo Ort und Bestand, daß es ihn gebe, auch wenn wir ihn kaum ahnten und nichts mit ihm gemein hatten. Wir sind es nicht mehr, wir sind es nicht mehr, schwebte der ewig fahrende Rhythmus der Eisenbahn in mir eine strömende Weile nach.

Bald kamen wir an einer winzigen Haltestelle vorbei; sie bewahrte den bedächtigen Frieden, den ähnlich nicht einmal eine verstiegene Berghütte erfüllt. So abseits und unbekümmert, daß es fast Heil verheißt, dauert allein an einer Nebenstrecke ein entlegener Landbahnhof, der sich zaghaft verträumt, nur ein paarmal des Tages einem seltenen Verkehr erschließt. Pontsticill war in großen Lettern auf dem unbeholfen mißlungenen Gebäude zu lesen, das weder in seinen Mauern noch in seiner Nähe einen Menschen verriet; es kannte nicht einmal eine Nähe, nur hingestellt war der Bahnhof und wußte weder hier noch dort, wie es die Strekken zwischen glaubhaften Zielen aufteilt. Der Zug, der an uns vorbeigepoltert war, hatte diese ortlose Stätte, so mußte ich glauben, niemals berührt. Die Bahn war erloschen.

Staunend verschränkt schritten wir weiter, die stille Straße trieb uns zu keiner Eile; vielleicht gingen wir gar nicht, und nur die Straße bewegte im Schlummer sich unter uns fort. Sie näherte uns einigen Häusern, kaum ein Dorf, viel kleiner noch als Vaynor, doch gab es einen Namen; eine Aufschrift verkündete Dol-y-gaer. Stumm zogen wir durch, so blieben wir unbeachtet. Was wohl die Menschen hinter den Mauern trieben? Bloß ein Kind klopfte innen gegen eine Fensterscheibe und schaute heraus, aber sein Blick traf uns nicht, es hat uns kaum bemerkt. Nicht viele Schritte, und schon hatten wir Dol-y-gaer wieder verlassen: auch dies ein ortloser Ort. Ruhig lag, in die Senke eines länglichen Kessels gebettet, grünlich und schieferblau, ein See. Johanna wußte, wie er hieß, Pen-twyn, und sagte, er sei künstlich angelegt, seine Fluten speisen die Wasserleitung vieler Städte im Lande. Ein wenig später erreichten wir an seinem Ufer zwei Gehöfte. Dann verließen wir die Straße.

Es hatte zu regnen aufgehört und lichtete sich mehr als je an den vorangegangenen Tagen. Wir hielten uns links bergan, überstiegen zwei oder drei schützende Hecken und kamen gemach im feuchten Weidegelände voran. Oft schauten wir zurück, spiegelglatt der See, nur dunkler als aus der Nähe, weniger wäßrig, eher metallisch; geheimnisschwer hatten die Fluten viel Licht in sich getrunken, eine gehaltvolle Dichte, zäh und mit unergründlicher Tiefe gefüllt. Spielwerk nah seinem Rande die Häuschen da und dort, Spielwerk dahinter der Bahndamm mit seinem Schienenstrang, Spielwerk über uns der aufgerissene Himmel, der weißblau zwischen die zerfetzt jagenden Wolken sich drängte, wie sie weißlich kochend dampften und lautlos dahinstoben. In zartgelben Büscheln beschirmte die Sonne da und dort einen Hang, wanderte wohl auch über den See, die angeleuchteten Flächen bewegten sich schmeichlerisch glitzernd, erreichten bald unseren Hang, schoben sich weiter, sie grenzten sich wie geritzt von schattenbeschlagenen Gründen und Höhen, die in grauer, doch weicher Geduld ein Wunder erwarten.

Wir gewannen allmählich die Höhe. Da wir kräftig ausschritten, das Wetter sich immer mehr öffnete und aufheiterte, da auch die Luft in diesem Windland sich kaum regte, wurde uns warm. Nur der gehemmte Pflanzenwuchs war winterlich, sonst kündete nichts die Jahreszeit an, es roch nach letztem Spätherbst oder erstem Vorfrühling, der Ausblick in die Bergwelt war beinahe sommerlich. Der leichte Perldunst, die baumlos baren Hänge, die gestaffelten Kuppen und steilen Zacken mit ihren dunklen Felsen haben die Schwarzen Berge – nur ein bescheidenes Gebirge, das einige Meilen nördlich in seinen höchsten Spitzen kaum 800 Meter überragt – fast in ein Hochgebirge von dreifacher Höhe und fünffacher Weite verwandelt, denn die Gipfel scheinen viel stattlicher und ferner, als sie wirklich sind. So stiegen wir wie auf hochgeschwungenen Alpenmatten und Almen. Jenseits einer Mulde mit einem Bächlein, nicht breiter als Armeslänge, sahen wir zur Linken einen Berg, auch er nur ein Hügel, der jedoch gleichfalls viel mächtiger dünkte als er war; den wollten wir gewinnen. Johanna nannte ihn Twyn Croes, doch sicher wußte sie den Namen nicht. Es dauerte kaum eine halbe Stunde, daß wir den Gipfel erreichten. Ich beklagte, daß wir keine Landkarte hatten, aber Johanna erklärte mir die Aussicht, so gut sie es konnte.

»Wenn wir wieder einmal herkommen, und hoffentlich bald, mußt du dir von Betti alles viel besser sagen lassen. Die kennt das Ländchen genau. Sie ist stolz darauf und freut sich, wenn jemand sie danach fragt. Wir sind im Bogen gewandert, weil wir schon einiges an Höhe gewonnen haben, die wir nicht wieder verlieren wollten. Jetzt haben wir den künstlichen See von Pen-twyn fast im Norden. Du siehst die Straße, die wir vorhin gegangen sind, es ist die Römerstraße. Sie gabelt sich beim näheren Ende des Pen-twyn in zwei Wege. Die Straße rechts entfernt sich nicht weit von der Eisenbahn nach Brecon. Der linke Straßenzweig klimmt tüchtig empor und verläuft fast genau in nördlicher Richtung. Fast ohne Umweg führt er nach Brecon. Betti bewundert immer den aufgeschütteten Damm und zeigt ihn stolz, als hätte sie ihn selbst gebaut. Siehst du ihn? Die steilen spitzen Berge gleich links davon im Hintergrund heißen Brecon Beacons. Es sind die höchsten Gipfel in den Schwarzen Bergen. Ein ziemliches Gekraxel, aber der Fernblick lohnt, wenn man Glück hat. Nach der Nordseite, wo man tief unten Brecon vor sich sieht, fallen sie noch viel steiler ab. Weiter links, wo die Höhen sanfter werden, kenn ich mich nicht aus. Aber das Tal davor, du kannst es von hier aus nur erraten, das ist tief eingeschnitten und besonders schön. Bis auf die Farben sieht es dort fast italienisch aus. Ich liebe es. Sein Name ist Cwm Taf, und der Bach, der dort fließt, heißt Taf Fawr. Bei Cefn – du hast das dort gesehn, als wir mit Betti am ersten Tag spazierengingen – vereinigt er sich mit unserem geliebten Taf Fechan. Dort siehst du auch die Senke, wo Merthyr Tydfil liegt, die sich dann verschmälert. Das ist das Merthyr Tal. Dahinter die Kette, das sind die Berge von Aberdare. Hier vor uns können wir fast in unser Vaynor hinunterschaun. Ich glaube, wir brauchen keine Dreiviertelstunde bis hin. Dann kommt ein guter Bekannter, der Morlais-Hügel, der versperrt uns die Aussicht nach Merthyr hinunter.«

»Und dort, wo der viele Rauch aufsteigt?«

»Das ist schon mitten im wüsten Kohlenland. Dowlais, ein armer und trauriger Ort, die häßlichste Stadt, die ich kenne. Sie schaut so aus, als wären dort alle Schrecken des Krieges niedergegangen, aber Dowlais ist von ihnen gar nicht betroffen worden. So kann das Elend wirken. Die Gegend war durch viele Jahre Notgebiet, die Männer arbeiteten nicht und mußten ihr Leben lang vom Staat unterstützt werden. Der Kohlenstreifen erstreckt sich weiter nach Osten, Tal um Tal, nahe nebeneinander, stets ein Bach, die Eisenbahn daneben und hochgetürmte schwarze Schutthalden. Tredegar, Ebbw Vale, Bryn Mawr, und wie das alles heißt.«

»Ich bewundere dich, daß du dir solch schwere Namen merkst. Daß ich sie behalten könnte, bezweifle ich.«

»Es hat mich auch einige Mühe gekostet. Betti plagte sich, sie mir beizubringen. Nun, genügen dir meine Auskünfte?«

»Ja, Johanna. Für heute ist es genug. Wir sind hier einer Grenze nahe, und Grenzen haben mir immer viel bedeutet. Aber diesmal möchte ich auf dieser Seite der Grenze bleiben.«

»Nicht ins Kohlenland?«

»Nein, nicht ins Kohlenland. In gar kein Land mehr. Nur hier.«

»Also nicht mehr in die große Stadt?«

»Das ist unvermeidlich.«

»Ich kann mit Betti sprechen. Vielleicht ist es vermeidlich.«

»Wie denkst du dir das?«

»Nun, Betti will mir wohl und tut, worum ich bitte, wenn sie kann. Sie hat mir schon mehrmals angeboten, zu ihr zu ziehn. Vielleicht kann sie uns für ihre Lebkuchen brauchen oder verschafft uns was andres.«

»Hast du mit ihr gesprochen?«

»Nein, Artur. Aber ich kann.«

»Nein. Das ist nichts für mich. Leider. Ich habe hier keine Aussichten für meine Arbeit. Meine Flucht darf nicht bis in die Einsamkeit führen.«

»Ich bin bei dir, Artur.«

»Sicher. Ich weiß. Ich danke dir. Doch diesmal hab ich was andres gemeint.«

»Ich versteh schon. Du mußt das deine versuchen.«

»Du begreifst mich ganz, Liebste. Die Möglichkeiten müssen durchforscht werden. Ich kenne schon so viele Menschen und jede Woche finde ich neue. Es muß sich etwas für mich ergeben. Dieser Fleiß kann doch nicht ganz unbelohnt bleiben. Ich gebe zu, im Augenblick ist alles noch unsicher, unsicherer denn je. Aber muß das so bleiben? Kann ich die Wand nie durchdringen? Kann ich nicht endlich einmal ein Mensch unter Menschen sein? Ich glaube, Liebste, es wird gelingen. Mit dir zusammen, wenn du meine Unsicherheit, meine Abgründe nicht fürchtest, kann ich etwas erreichen. Ach, erreichen! Es schwillt mir von Dingen über, die ich tun will, Bücher schreiben und Aufsätze, Vorträge halten, meine Ideen ausführen und dafür eine kleine Anzahl wertvoller Menschen gewinnen und so auch für uns beide gute Freunde. Glaubst du nicht auch?«

»Ich tue alles, was du willst. Ich stehe dir bei, was auch kommen mag. Ich liebe dich so unaussprechlich und habe ein grenzenloses Vertrauen in dein Schicksal, in deine große Lauterkeit, in deine große Kraft.«

»Nicht zu viel, Johanna, nicht zu viel! Die Dunkelheiten in mir werden dich noch schrecken. Meine Schwächen bedrücken mich und können mich zu Zeiten fast verzehren.«

»Ich fürchte nichts, Artur. Ich bin vielleicht ein dummes Geschöpf und habe tausend sinnlose Ängste, aber ich bin nicht kindisch. Für die Gefahren bin ich nicht blind. Deshalb hab ich auch das mit Betti angeboten. Sie ist einfach, wälzt keine Probleme, aber sie hat die Weisheit des Herzens und darum ist sie gütig.«

»So laß uns dankbar sein, daß wir diesen Rückhalt haben. Aber laß uns nichts von ihr verlangen, was unser Leben, mein Leben, in die Sicherheit dieser Grenzscheide bringt. Laß mich in der Weltstadt untertauchen. Sie ist unabsehbar, verworren, unheimlich, ich kenne ihren Grund noch lange nicht. Aber sie hat eine geheimnisvolle Neutralität, ganz anders als die größten Städte, die ich drüben kenne. Zu dieser Stadt gehört man nicht, doch ist man in ihr, selbständig, fast frei, man wird von ihr wenig berührt und geht einander nichts an. Mir ahnt, daß ich gerade in ihrer Verlorenheit nie ganz verloren sein werde. Ich kann in ihrem Gewühl unglücklich sein, aber dort werde ich das Unglück weniger empfinden, als wenn ich in Vaynor leben würde und mit dir jede Woche den Twyn Croes besteigen dürfte. Ich habe keine Heimat und suche keine Heimat. Würde ich hier leben, dann müßte ich es zu oft empfinden, daß es für mich keine Heimat gibt. Doch die Weltstadt mit ihren paar Dutzend Vierteln, die ist zumindest für den Fremdling niemals Heimat, sie kann nur Gewohnheit werden. Und nicht einmal die ganze Stadt, bloß das Viertel, in dem man sich niederläßt.«

Johanna widersprach nicht, sie sagte nur etwas leise Schwebendes; so war es mir lieb. Sie nahm mich an der Hand, ließ mich bald wieder los und schaute sich nach einem Fleckchen um, daß wir ein Weilchen rasten könnten. Es dauerte, bevor wir eine Stelle fanden, wo wir uns auf halbwegs trockenem Grunde setzen konnten. Johanna nahm mir den Brotsack ab, es war derselbe, den ich vor der Fahrt ins Waldgebirge gekauft hatte, und richtete für uns einen Imbiß her. Sie tat es zierlich, weniger zupackend als Anna, eher verträumt und innig und dennoch selbstverständlich sicher, als gelte es, geladene Gäste zu bewirten. Wir aßen fast alle guten Dinge auf, die wir im Beutel hatten. Nur ein Stück Schokolade und zwei Äpfel bestimmte Johanna als eisernen Vorrat.

»Bist du heiter?« fragte sie unvermittelt.

Ich schaute sie groß an, sagte nichts, lachte und setzte mich dichter neben sie.

»Wir sind sehr zusammen, Johanna. Du bist gut zu mir.«

»Und die Toten?«

»Wir leben von den Toten, Johanna. Alles Lebendige ist von den Toten. Wenn sie in Frieden dahinscheiden, vergißt es sich in dem Sinne, daß wir durch ein größeres Wissen sie nicht mit lauter Schrecken im Bewußtsein leiden müssen. Wir sagen dann, Eltern, Großeltern, Voreltern und führen uns durch eine vollendete Kette bis zu den Urmenschen zurück, bis zu Adam und Eva. Wurden aber die Eltern und alle Nächsten mit ihnen von einem fernen, ungewissen und oft unbekannten Tod verzehrt, dann wird das natürliche Grauen, dem wir so unterworfen sind, daß wir es beinahe verwinden, bei weitem übertroffen, die eigene Geschlechterkette scheint zerrissen, und dieses Entsetzen können wir nie mehr verwinden. Es umgibt uns, weil es nicht da ist, weil wir es nicht in unserer Seele bergen können. Da können wir in keinem Sinne vergessen, denn nun ist unser Wissen gering, und darum wird das Bewußtsein forschend übermächtig. Es tröstet uns nicht.«

»Was wollen wir da knüpfen, Liebster?«

»Wir müssen so leben wie die ersten Menschen, Adam und Eva auf weiter Flur nach ihrer Schuld.«

»Das geht doch nicht. Das wäre nicht bloß Blindheit, das wäre unmöglich.«

»Du hast schon recht, ich meine das nicht wörtlich. Aber wir haben eine Pflicht zum Beginn und in dieser Pflicht sind wir wie das erste Menschenpaar. Was unsere Altvorderen erkannten, bauten und auch irrten, ist in diesem Geschlecht für Menschen unserer Art so zerschlagen und vermindert worden, daß uns in vielen Dingen und im Planen unseres Herzens fast nichts anderes geboten ist als ein tapferer Neubeginn. Damit meine ich nicht, wir sollten, was noch geblieben, nun vollends zu Stücken schlagen und aus unseren Seelen ausrotten. Im Gegenteil, wir wollen bewahren, was sich nur bewahren läßt. Weißt du, Johanna, die ich kannte und kenne, die mögen es nicht hören, daß ich mich als einen Konservativen bezeichne und auch empfinde. Als ich das kürzlich Soundso erklärte, hat er sich fast in einem Lachkrampf gewunden und dazu seinen verächtlichen Zorn über mich ausgeschüttet. Aber es ist doch so, jede Überlieferung – doch damit meine ich beileibe nicht die fortgepflanzten Übel, deren Summe man die natürliche und die entwickelte Schlechtigkeit nennen könnte, nein – aber jede wirklich ursprüngliche Überlieferung, das innerste Wesen des gleichen Bestandes, wie er sich auch wandeln mag, die ist mir heilig. Das sollen wir in uns trinken, aufsaugen mit allen Fasern, hüten als teuerstes Kleinod, pflegen und bewahren und den Nachkommen nur immer reiner und adeliger vermitteln.«

»Wo bleibt der Neubeginn? Wie reimt sich das zusammen?«

»Der Neubeginn? Siehst du, Johanna, mit jedem überdauernden Herzen hat der Herr die Schöpfung noch einmal neu errichtet. Das gilt immer, für jeden Menschen. Aber es wird kaum gewußt und nur selten empfunden. Stärker und vielleicht tiefer empfinden wir es, die fast nicht mehr sind. Die wir nur sind, weil es ein Wunder ist. Die nicht mehr geduldet und gedacht sein sollten und nun trotzdem sind, die nichts als Wunder sind, sich nur als Wunder erschauen und erfahren, die hüben sind, du verstehst mich doch, und die, so sehr sie sich zurückbücken nach dem drüben, es doch nicht mehr ereilen, nicht erreichen können, die es fast nicht mehr erinnern und nur einen Segensspruch des Gedenkens über das Vergangene zu sagen wissen, das ein Entgangenes ist. Das Gedenken, Johanna, das du so verehrst, du hast es mir gesagt und bewiesen, das ist die heilige Überlieferung, die auch ich ehre. Sie ist das Erreichte, wenn wir es nicht verlieren und ihm herzhaft dienen. Der Neubeginn, den wir mit unserem Glauben und Wirken setzen, ist wohl Wiederholung, doch vor allem der Neubeginn, die Aufgabe und das Opfer in die Zukunft hinein, das tägliche Gebet, die Fahrt in die Richtung des Zieles, und nur eine Richtung des Zieles kennen wir, Johanna. Das Ziel selbst hoffen und wünschen wir nur, aber wir haben es nicht und erreichen es nicht. Es ist nicht das Erreichte, sondern das Erwartete. Verstehst du mich? Ach, nicht solche Vorträge sollte ich dir halten!«

»Ich weiß nicht, ob ich alles begreife, Artur, aber vielleicht doch, es sagt mir viel. Du mußt sprechen können, frei sprechen. Das alles gehört zu dir, das bist du selbst, und ich muß es hören.«

Ich grub aus einer Rocktasche ein schwarzes Lederschächtelchen hervor und reichte es Johanna hin.

»Das ist für dich, Liebste.«

Sie nestelte mit den Händen daran herum, der Verschluß wollte nicht nachgeben, erst nach längeren Versuchen widerstand er nicht mehr. Die Perlen lagen drin, silbrig matt, etwas schmerzlich und schüchtern verlassen, Franziskas Perlen, die sie nie getragen hatte, ein Geschenk ihres Vaters, so hatte sie einmal gesagt, das fiel mir jetzt ein, aber sie mochte nur Bernstein oder Türkise an sich und bewahrte den wertvollen Schmuck in kaum berührten Kassetten. Ich sah auch die Hände, die mir nach dem Kriege die Perlen brachten und reichten; keinen Bernstein, keine Türkise habe ich je mehr empfangen, die waren verloren, aber die Perlen in der mit Seidenpapier geschützten Lederschachtel glitten aus meiner Hand in die Tasche, ich sah sie weiter nicht an; da ruhten sie wieder aus, bis ich es wagte, das hatte Anna geraten, sie auf die Reise mitzunehmen. Heil habe ich sie über alle Grenzen gebracht.

»Gefallen sie dir, Johanna? Du sagtest, du hast Perlen sehr geliebt und mußtest deine zu Hause lassen. Deine Mutter hat sie am Morgen vor deiner Abfahrt dir vom Hals genommen.«

Johanna hatte die Kette von ihrer samtenen Unterlage gehoben, nun besah sie die Kügelchen stumm, streichelte sie, es knisterte und schimmerte, dann rollte sie die Kette im Handteller zusammen, ein kegeliger gleißender Hügel auf zitterndem Grund. Dann schlossen sich die Finger darüber, die Perlen wurden unsichtbar. Nur seitwärts bei dem kleinen Finger quollen einige in schmaler Schleife keck hervor, ich bemerkte es lächelnd. Johanna erriet mich und öffnete beschämt schnell die Hand, da war der Schmuck im Schatten der Finger ein bleich scheinender unregelmäßiger Schatzklumpen; Johanna griff mit zwei Fingern der Linken ein Ende heraus und zog es lang, fing mit der Rechten ein anderes Ende und spannte es aus, bis in der Höhe unserer Augen eine lange Doppelreihe sich prächtig vor uns streckte, dann fuhr sie mit den Händen näher zu ihrem Gesicht, bis sich die Perlen in sanftem Bug über ihre Nasenwurzel legten und weiter unter den Brauen über die Lider, über die Schläfen, zu den Ohren hin und noch über das Haar.

Johanna neigte leicht den Kopf, die Kette verschob sich und klirrte leise, dann wurde sie wieder weit ab vom Antlitz gehalten, je ein Finger rechts und links als Henkel schoben sich hinein, die Hauptlast senkte sich gemach zu einem breiten gebogenen Winkel herab, es bildete sich ein rundliches Dreieck. Johanna freute sich, das wußte ich jetzt, aber sie dankte nicht und sagte nichts, sie lächelte unter beschatteten Wimpern, der Mund verzog sich nur wenig und etwas unregelmäßig, ein Mundwinkel stand tiefer, die Lippen waren schmal geöffnet, die Reihe der Zähne war zu erraten. Ich schaute nicht mehr voll hin, wandte aber das Gesicht nicht ab, sondern versuchte näher oder über Johanna hinaus zu schauen, doch das mißlang, und so blinzelte ich. Etwas hat begonnen, das wußte ich, etwas, doch wußte ich nicht was, wagte es nicht zu bedenken, in mir sickerte es wie ein Taumel, ich konnte nicht tief atmen, ein leiser Stich in meinem Fuße meldete sich; das war wohl eine letzte Nachwirkung von dem Koffer, der mir im Zuge knapp vor meiner Ankunft in der Weltstadt auf den Fuß gefallen war und mir in den Wochen seither noch öfters eine schmerzvolle Erinnerung schickte, doch hatte ich seit vielen Tagen nichts mehr gespürt. Da kam mir der letzte Apfel von drüben in den Sinn, Annas Abschiedsgabe, der damals aus dem Koffer gerollt war. Ich mußte jetzt einen Apfel haben, ich fühlte, daß ich nur mit etwas Vergangenem das Künftige ertragen und beides verbinden konnte.

Ich machte mich an den Brotsack heran und schaute nicht nach Johanna, um ihrem Urteil zu entgehen, sobald ich den eisernen Vorrat berührte. Da hielt ich schon die Frucht, golden und rötlich angelaufen, kühl und ein verhalten lebendiger Glanz, eine freudengewisse Kugel mit eingesunkenen Polen. Ich hielt sie, konnte sie nur halb wie mit einer schützenden Hülse umspannen, aber ich beabsichtigte nicht, vom Apfel zu kosten. Jetzt vermochte ich wieder nach Johanna zu blicken. In ihren Augen ruhten einige Tränen, sehr klar und hell, denn sie weinte nicht, die Tropfen rannen unwillkürlich. Die Perlen hingen als Lot aus einer Hand zu Boden. Unsere Blicke begegneten sich; Perlen und Apfel unbesehene Zeichen in unseren Händen. Die Hände, die nichts hielten, erreichten einander, aber die Finger griffen nicht ein, nur die Handrücken, aneinandergelegt, verkündeten den Bund; Perlen, Hände, Apfel.

Wie lange wir so weilten, wer weiß es? Die Kühle der Rast stieg vom Boden auf, der feuchte Dunst des Grundes, es war wenige Tage nach Neujahr, die Jahreszeit konnten wir nicht täuschen und empfanden das Frösteln; durch Leder und Wolle hindurch drang es und stieg es auf, aber mein Fuß schmerzte nicht mehr, nur eine rieselnde Starrheit stak in den Gliedern, und rauchende Fahnen des Atems bliesen aus unseren Mündern in das strenge Verkälten der Luft. Über uns verzog es sich wieder, weitgebuchtetes Gewölke stülpte sich über Gipfel und Kuppen, aber noch irrte silberblauer Himmel da und dort dazwischen. Nicht lange währte es, schon wölbten sich die Wolken niedriger über uns und senkten in verhüllenden Schleiern über uns einen schweren Verschluß, der überall der Sonne freie Strahlen bald sperrte. Dennoch waren wir in Licht getaucht, die Milchschwaden mußten stark durchleuchtet sein, doch behielten sie den Glanz für sich, die Rücken und Gründe der Erde beschieden bald sich ins Dunkle, wir waren im Lande der Schwarzen Berge, selbst der Rasen war schwärzlich angetan, sogar die Lämmer weiter unten am Hange, die sich langsam bewegten, dunkelgrau.

Wir hatten warme Sachen an, aber da wir so lange gesessen waren, schützten sie nicht mehr gegen die Witterung. Wollten wir nicht durchfrieren, dann durften wir nicht mehr bleiben und sollten uns endlich erheben, doch jeder von uns war zu scheu, daß er den Aufbruch beginne oder den anderen dazu fordere; so saßen wir noch immer unentschieden. Es konnte zu regnen anfangen, immer feuchter dünstete es aus der Höhe, vom Boden dampfte es wie von stillen verborgenen Flammen. Der Apfel in meiner Linken wurde zum Eisball, meine Finger herum so klamm, daß es schmerzte. Wie mußten die Perlen in Johannas willenlos versteinertem Griff verlorener Frost sein? Ich nahm die Liebste voll an der Hand, ich drückte sie sanft, sie gab nach, daß die Daumenkuppe mit den übrigen Fingern sich eng vermählte. Durch dieses rege Schmiegen wachten wir aus der selig gefährlichen Betäubung auf, wir sahen uns fester an; die Blicke verträumten sich nicht mehr, sie irrten auch nicht, sie suchten uns bewußt in der Tiefe, daß wir wüßten, wer wir füreinander seien. Ein erstes Mal erschauten wir uns ganz in unserer gemeinsamen Einheit und verlassenen Einzelheit, es klärte sich, was uns band und gesondert ließ, wir begriffen, was wir zu versuchen und zu vermeiden hätten, wir spürten übermächtigen Schauer des Überlieferten, die unentwegte Gewalt des verwundenen Erbes und die schäumende Flut eines Urbeginns, den Anbruch eines jüngsten Tages, und vielleicht überkam auch Johanna genauso wie mich erst jetzt der Wunsch nach leiblichen Kindern, den ich früher bloß selten und noch nie aus letzter unwidersprochener Tiefe erfahren hatte.

Jetzt hätte ich etwas sagen können, sogar sagen sollen, da wir vom Innersten bis an die Oberfläche dem Tage gewidmet waren und so einverständlich unsere Blicke; dennoch tat ich es nicht. Ich war mir nicht sicher, ob Johanna das erwartete; wahrscheinlich war sie gleichfalls dessen nicht gewiß, ob ich es erwarte. Doch etwas mußte ich tun, ich mußte mich erzeigen, entschließen. Darum begann ich aufzustehen; nein, ich stand nicht auf, so leicht war das nicht, die Glieder lasteten zu schwer, die Gelenke waren steif. Ich mußte Johanna loslassen und mit den Armen schwingen, um mich zu erheben, aber nach einiger Mühe brachte ich mich bloß bis auf die Knie. Johanna saß noch sprachlos und sah mich hingegeben an. Mag sein, sie litt mit mir und bewunderte gleichzeitig etwas an mir; es waren doppelte Blicke, die sie mir schickte, wahrhaftig und gerade, dennoch abgründig und verschoben. Mit kräftigen Strichen fuhr ich über meine Schenkel, um mein Blut zu beleben; das wirkte, ich konnte mich aufrichten und atmete tief auf. Dann half ich Johanna, es ging leicht; es war nur ein Geschenk für mich, daß sie willig meinen Dienst empfing, sie brauchte meinen Beistand nicht.

»Gefallen dir die Perlen?« Ich fragte es leicht und war nicht schüchtern.

»Darf ich sie umhängen? Sind sie mein?«

Ich nickte. Johanna nestelte an der goldenen Schließe; wie dunkel erstrahlten die drei schwarzen Perlen daran. Bald war Johannas Hals geschmückt; ich sah einen Augenblick das teuere Antlitz meiner Mutter vor mir, gleichzeitig mußte ich an die Mutter meiner Liebsten denken und dann an den Schatten Franziskas. Auf unserem Rastort räumte ich Papier und einige Abfälle fort, vergrub alles unter einem Stein, hing den Brotsack über, tat die Perlenschachtel hinein, zögerte einen Augenblick, ob ich auch den Apfel verschwinden lassen sollte, dann entschied ich anders, schnallte das Riemenwerk fest und stellte mich Johanna gegenüber. Wir waren bereit.

»Ich weiß die Richtung, die wir einschlagen müssen, Johanna, aber den Weg kenne ich nicht. Willst du die Führung übernehmen?«

»Da gibt es keinen Weg. Wir gehn gerade zu. Dort hinunter. Es ist nicht weit nach Vaynor.«

Das steilste Stück zogen wir mit kräftigen Schritten. Bald hatten wir uns erwärmt und liefen gemäßigt unsere Bahn.

»Die Kette hat Franziska getragen?«

»Kaum, Liebste. Ich dächte, ich habe sie nie an ihr gesehen. Sie trug am liebsten Bernstein, manchmal Türkise oder auch große böhmische Granaten, die habe ich nicht mehr.«

»Liebster, verzeih, wir haben einen herrlichen Tag! Wir haben den schönsten Tag, seit wir uns kennen, und ich trage die kaum getragenen Perlen Franziskas an mir. Ich will nichts wecken und will auch nichts begraben. Trotzdem, willst du so gut sein und mir ein Wort von Franziska erzählen?«

»Franziska ... Liebste, ich hatte einen Traum von ihr.

Fast wage ich ihn nicht, er könnte verboten sein, mehr ein von mir beschworenes Gebilde als ihr reiner Geist. Ich weiß nicht, ob ich erzählen darf.«

»Fürchte dich nicht! Doch wenn du so fühlst, dann bleibe verschwiegen. Ich taste nicht nach ihrem Bereich. Das Erbe ist dein, es ist dein, und ich verehre es.«

»Wenn das so ist, Johanna, dann darf ich sprechen. Ich lag schlafend im Bett und glaubte aufzuwachen. Es war nicht in Vaynor, auch nicht in der großen Stadt, eigentlich auch nicht drüben. Es war in keinem bestimmten Ort. Aber irgendwo fern war es, in einer Wohnung, die mir gehörte. Und da kam Franziska heran, sehr leise und strahlend, alles strahlte an ihr, das Gewand, die Hände und das Gesicht. Doch vor allem das Antlitz und da am meisten die Stirne gerade über den Brauen. Da strahlte es am meisten, noch mehr als vom lichten Haar und den Augen, die zwar unverhüllt waren, aber dennoch so eigen verschleierten Blickes. Sie kam sehr nah heran, dicht an mein Lager. Ich dachte, sie wolle sich bei mir niederlassen, und deshalb wollte ich ihr dadurch meine Freude zeigen, daß ich mich aufzusetzen versuchte. Aber mit weitgestreckten, halberhobenen Armen winkte sie ab. Da blieb ich still und wandte den Kopf fester in ihre Richtung. Sie setzte sich nicht, kam nur dicht heran, stellte sich ans Bett, daß ihr Gewand es streifte. Ich konnte Franziska nicht berühren, bloß sie bewundern, meine Hände steckten unter der Decke, es war nicht möglich, sie von dort hervorzuziehen. Sie schaute mich mild an, sehr gütig, mit einem erbarmenden und auch ermunternden Bedauern. Sie war weltfern traurig und hoheitsvoll, doch war sie sicher und nicht verzweifelt. Ich fühlte mein Leben schuldig vor ihr, denn sie lebte nicht, sie war nur da, und ich fühlte, daß alles Lebendige allem Verstorbenem gegenüber schuldig sei, Lebensschuld vor dem unermeßlichen Abgeschiedenen und Erhabenen, das wir oft das Ewige nennen. Ich wollte Franziska dieses tiefste Gefühl sagen, aber aussprechen wollte ich es nicht, nur sagen. Auch konnte ich nicht sprechen. Irgendwie teilte ich es ihr mit, wortlos und sprachlos, wohl auch blick- und zeichenlos; sie mußte es allein bloß deshalb wissen, weil sie mich begriff, und ich gar nichts anderes fühlte als nur dies. Sie sah mich innig an, nicht verzehrend, doch durchdringend. Dann sagte sie: ›Du sollst dich nicht sorgen!‹ Ich sorgte mich nicht, zumindest jetzt nicht mehr, aber nun beschlich mich würgend eine unbezähmbare Trauer, weil ich Franziska verlassen hatte. Ich war von ihr gegangen, ohne nach ihrem Einverständnis zu fragen, ohne sie genügend zu bedenken. Das war ein Verrat, ich war treulos geworden. Du mußt wissen, Johanna, um das zu verstehen, daß vom Tag an, da uns die Mörderhand trennte, wie wir nun immer geschieden waren, wie man sie erstickte und ihren geschändeten edlen Leib zu Asche verbrannte, daß ich von da an keine andere Frau mehr dachte und sah, auch Anna selbst im fernsten Begehren nicht, bis ich dich erblickte. Da war es freilich vom ersten Augenblick an in mir entschieden und darum habe ich, als wir bei Haarburgers mit Frau Saubermann und Herrn Buxinger zusammensaßen, auf einmal gegen alle Vernunft und gegen meinen Willen jenes verwegene Gespräch entfesselt, das kaum verborgen sofort um dich warb. Und nun wieder der Traum. Doch halt, bevor ich meine Erzählung fortsetze, muß ich dir noch von einer Erscheinung berichten, die mich bei meiner Fluchtfahrt von drüben überkam und dem Traum ähnelt, aber doch ganz anders ist. Da sprach ich mit Franziska und fragte sie: ›Gibst du mich frei?‹ Oder nein, es war schon nicht mehr während der Reise, sondern nachher, einige Wochen später in der Pension, knapp bevor ich dich zum ersten Mal anrief und dann im Flüchtlingsamt besuchte. Du warst mir ja schon im Innersten vertraut, denn wie hätte ich Franziska sonst gerade diese Frage gestellt? Aber trotzdem, es war anders, wie du dann gleich hören wirst. Sie gab mich frei, ihre Stimme war deutlich da, doch nur ihre Stimme. Ich hatte auch nicht Franziska gefragt, nur gefragt hatte ich, aber Franziskas Stimme war es, vernehmlich, nicht zu verkennen, die mir antwortete, daß sie mich freigab, ob ich bin oder nicht bin. Doch jetzt, in diesem

Traum war es anders. Ich hatte also Franziska verlassen, es mußte so sein, weil ich nicht anders konnte, aber dennoch war es meine Tat, ich hatte eigenmächtig gehandelt. Ich fühlte mich wie die heiser verlangende Gier vor dem Ehebruch. Franziska wußte das, ach, sie wußte ja alles. Sie betrachtete mich mit einer überklaren Milde, ihr Blick durchdrang mein Gebein, daß es erbebte. Sie sprach mit sicherer, doch mit verhüllender Stimme: ›Ich habe dich behütet. Ich gehe nun von dir. Ich gebe dich frei, du bist frei. Du wirst nun deiner Wege gehen. Der Segen der Gnade sei mit deinem Geschick!‹ Ich wollte, bevor sie verschwinden würde, nach ihren Händen fassen, es tobte in mir vor Leid und Scham und Bitternis. Aber ich konnte ja weder greifen, meine Hände lagen weiter unregsam unter der Decke, noch war Franziska zu greifen, sie war mir entzogen, die Trennung ausgesprochen. Sie sah mich wieder auf eine unvergleichlich eigene Art an, ich möchte es huldvoll nennen; ähnlich habe ich keines Lebendigen oder Toten Blick je wach oder im Traum wahrgenommen. Franziska bewegte langsam leise mit fast verschließenden Wimpern das Haupt, um zu verneinen. Dann hob sie eine Hand und hielt sie steil über mich, Abwehr, Abschied und Segen, alles in einem, und nun schritt sie von dannen, aufgerichtet in erhobener Pracht. Zu keiner Tür schritt sie, nein, zur gegenüberliegenden türlosen Wand, die sich für eine Weile vor Franziska zu entfernen schien, als wenn das Zimmer wachsen würde. Dabei sah sie sich nach mir um, öfters und noch einmal, stets ein liebevoll scheidender Blick, und ich wußte, daß sie nicht von dieser Erde war, sobald sie endlich die Wand erreichen und durchschreiten würde. Ich bog meinen Kopf angestrengt in die wandernde Richtung, aber die Wand war undurchsichtiges Glas, und Franziska wanderte in der Wand. So blieb die Scheidende sichtbar, die sich noch oft und oft zu mir kehrte und abwesend zu meinem Lager herüber lächelte und nickte, als ob das noch mir gelten würde, als ob ich noch gemeint sei, für das Reich Franziskas noch da. Sie blieb licht, aber im Schreiten durch die Wand wurde die Ferne schattenhafter, unirdischer, dünner, für mich wesenlos und verschwimmend. Auch ließ die Wand den Durchblick weniger frei, es schimmerte nur noch, die Wand verblich, ließ sich bloß durchahnen, und auf einmal nach einem letzten Blick und mit einer hochragenden offenen Hand der Abkehr und des Rückzuges hatte die Gestalt die Wand durchschritten. Nichts mehr zu sehn, ich war allein, verlassen, lag im Zimmer in schwerer harter Düsternis, noch immer den Blick an die Wand gebannt, die kaum richtig zu erkennen war, obwohl sie allmählich aus der Entfernung wieder dahin zurückzukehren schien, wo sie beim Beginn des Traumes ein gewöhnliches Zimmer von mittlerer Größe begrenzt hatte. Einsamkeit stieg in mir empor und schnürte mir den Hals zu, daß ich mich ängstigte. Ich sah nichts mehr, meine Augen waren in einem Tränenmeer ertrunken, und als ich qualvoll die Lider darüber senkte, um den brennenden Strom zu dämmen, entdeckte ich in mir das Andenken meiner Mutter. Sie nähte ohne Blick auf mich das Totenhemd. Ich sagte ›das‹ Totenhemd, weil ich nicht wußte, wessen Hemd es war, meines Vaters oder mein eigenes. Wir waren ja beide da, Vater und ich. Ich rief die Mutter. Sie hörte nicht und nähte in einem fort, ein blutiger Streifen zierte schmerzlich ihren Nacken. Da rief ich den Vater, daß er die Mutter mir zuwende, aber er verweigerte mir das. Darauf beteuerte ich, es war ein letzter Versuch: ›Vater und Mutter, hier bin ich, euer einziger Sohn, da euch das andere Kind, die einzige Tochter, schon vor Jahren in die behütende Trauer starb, die es in den Tagen des unbehüteten Verderbens nicht mehr gibt.‹ Aber keinen rührte mein Ruf. Nun streckte ich einen Apfel als Opfergabe hin, einen Apfel wie diesen in meiner Hand. Er wurde nicht genommen, darum legte ich ihn hin. Da waren Vater und Mutter in die Finsternis begraben, ich mußte noch einmal Franziska entdecken, die Augen riß ich auf, der Tränenstrom war versiegt, trocken wie Sand dörrte es in den schmerzblinden Höhlen, aber nichts, Franziska war für immer hinter die Wand gegangen. Ich fühlte mich durch ihre Entwandlung erleichtert, doch über die Maßen unglücklich. Da wurdest du, Johanna, mir offenbar. Ich wußte aber nicht, wo du dich aufhieltest, ich hatte Angst um dich und um mich, wollte dich suchen, doch war ich ratlos, wo ich dich finden könnte. Und da erwachte ich. Neben mir lagst du in gutem Schlummer, ohne Regung bis auf den ruhig gleichmäßigen Atem. Nun wußte ich unseren Bund wohl noch unvollendet, doch vollendbar und legte mich dichter zu dir, ohne dich zu wekken oder zu stören, und schlief bald ein. Darum, jetzt weißt du es, habe ich die Perlen heute auf unseren Weg mitgenommen. Ich wollte sie dir schon am Tag unserer Hochzeit geben, das hatte ich vor, aber dann konnte ich nicht und habe gewartet und gewartet. Nun ist es recht, nun ist es erreicht.«

Johanna hatte sich während meiner Traumerzählung immer enger an mich geschmiegt, wir gingen eingehängt, was sich ohnedies wegen des glatten Weges empfahl, so daß wir uns gegenseitig stützten. Johanna sagte nichts, als ich geendet hatte; es war auch nichts mehr zu sagen. Stumm verfolgten wir unser Ziel, damit wir nicht zu spät in Vaynor zur Mahlzeit bei unseren Wirten ankämen. Aber dieser Traum und mein Bericht an Johanna stehen noch immer vor mir, daß seine heilige Wahrheit auch heilsam würde und sich in mir verwirkliche. Ob ich heute dahingelangt bin, das weiß ich nicht, es ist nicht ganz zu erwissen, doch in meiner Ohnmacht, die ich anerkenne, bin ich nun befreit; ich will es vorsichtiger fassen: ich bin befreiter. Die Schatten, die in mir wirken und träumen, haben sich versöhnt. Franziska, Vater und Mutter haben mich nach vielen grundlosen Stürzen, die mich in alle Fasern zerlegten, aus ihrer Lehre entlassen. Nichts mehr von ihrem Geschick ist in meiner Nähe, es wäre denn, ich bin es selbst; es wäre, ich bin. Genug davon, ich muß das lassen.

Ich wanke vor dem Bestand, aber ich bin es, der wankt, und etwas ist da, was Bestand und Ich aufeinander bezieht, vielleicht nicht einmal tröstlich, aber trostsam. Denn Johanna ist hier. Wie weit kann sie denn sein? Hier ist sie. Ich kann sie rufen, ich kann sie bitten. Sie lebt, und da bin ich.

Vergebende Behüterin dessen, der nur durch sie ist. Und die Kinder, ihr munteres Zwitschern, ihr Leben, ihr Unberührtes, dessen irdischer Vater ich bin. Ihre Freunde, die sie einem Gewaltigeren verdanken, ihr Bewahrtes, um das ich für sie bete und beten darf. Ihr geschwinder Tageswandel in der Obhut der Mutter. Sie richtet sie gerade her, Johanna spricht und singt und fördert sie freundlich in den fröhlichen Tag hinein. Wie schön ist es, daß Anna sich jetzt fast jede Woche einen Tag an dieser kleinen Gesellschaft erfreut. Die Kinder lieben die Tante wie keinen außer uns; es hat sich gut gefügt, daß sie nicht mehr so weit auf dem Lande wohnt, von wo sie sich nur selten einen Besuch bei uns vergönnen konnte, daß sie jetzt eine leitende Stelle in einem neuen Blindenheim nicht zu fern von uns erhalten hat.

Wenn Anna frei hat, kommt sie oft schon am Vorabend, übernachtet bei uns, dann haben wir einen frohen gemeinsamen Morgen und bleiben gern lange beisammen. Jetzt hörte ich die Frauen und Kinder, sie schienen fertig, gleich würde man zum Frühstück rufen, Michael sollte in die Schule, Eva in den Kindergarten. Sicher würde der Junge darauf bestehen, von Anna begleitet zu werden, während mir höchstens die Ehre bliebe, mit Eva hinterdrein zu trotten. Ich mußte mich schnell herrichten, Johanna wirtschaftete draußen, eilte mit klirrenden Tassen und Tellern ins Hinterzimmer, dann wieder zurück in die Küche, gleich mußte alles bereit sein. Wie selbstverständlich nahm ich all ihr gutes Sorgen hin, den Ablauf der kleinen täglichen Verrichtungen, Johannas hilfreiche Werke. Nun war ich gerüstet und wollte zu den anderen hinüber, schon stand ich an der Schlafzimmertüre. Da läutete es, das war bestimmt der Briefträger. Michael öffnete ihm so gern, wie geschwind trippelte er durch den Gang zur Haustüre hin. Aber diesmal, das spürte ich, diesmal mußte ich zur Stelle sein, mochte nächstens der Junge wieder laufen. Als ich öffnete, war draußen die Welt sehr weit. Frisch war die Luft, die mir entgegendrang, ein klarer Herbstmorgen. Der Briefträger, wie oft er mich ohne seine Schuld auch schon enttäuscht hat, ist ein freundlicher Mann, mit dem ich mich stets gut verstanden habe. Aber noch nie hatte er mich so bezaubernd angelacht; er mußte wissen, daß er gute Nachricht brachte.

»Ein eingeschriebener Brief, Herr Landau!«

Er reichte mir die Empfangsbestätigung zur Unterschrift und dazu seinen angeschwärzten dicken knolligen Bleistift von jener Art, wie nur Briefträger sie auf ihre Botengänge nehmen. Mit hastigem Schwung zeichnete ich meinen Namen und wollte meinen Brief empfangen.

»Der Brief?« Schmunzelnd sah der Mann mich an. »Draußen auf der Straße steht der Brief.«

Da schaute ich auf die Straße hinaus und erkannte zu meinem Schrecken den Leichenwagen, mit dem man mich vor einiger Zeit ins Krematorium abholen kam. Ich wollte rufen, Irrtum, Irrtum, wollte fortlaufen und die Türe hinter mir zuschlagen, aber ich rührte mich nicht von der Stelle. Ich sah, wie der Briefträger sich ehrfürchtig vor mir verneigte, bevor er seines Weges zog. Sein Gehaben verwirrte mich, so daß ich ihm nicht einmal dankte. Da waren auch schon die Totenträger Brian und Derek hinten aus dem Wagen gesprungen und ließen hinter sich offen, ich erblickte einen prächtig geschmückten Sarg. Zu einem gütlichen Empfang war ich nicht bereit; wozu hätte denn alle Mühe getaugt, mir ein bescheidenes Dasein einzurichten? Doch ich wurde angenehm überrascht, denn die Männer in ihren stattlichen neuen Monturen zogen, der Landessitte zuwider, vor mir den Hut und nahten sich ehrerbietig, wobei sie nicht einmal wagten, durch das offene Gatter auf den gekachelten Gang zu treten, der zur Haustüre führt. Sie blieben draußen auf dem Gehsteig stehen und betrugen sich höflich und bescheiden, als warteten sie auf ein Zeichen meiner Erlaubnis, um auch nur ein Wort zu sagen. Dieses anständige Verhalten war mir schon recht, doch den Besuch selbst machte es mir nicht willkommener, denn ich war nicht im geringsten gewillt, mich wegen eines gewiß nur unsinnigen Auftrages, den mir die Leichenträger von wem auch immer bestellen wollten, in unersprießliche Verhandlungen einzulassen. Der Briefträger war schon fort und kümmerte sich nicht um uns. Ich sah ihn gerade bei Byrdwhistles etwas durch den Türschlitz einwerfen, als ich mich endlich zu einem Entschluß aufraffte.

»Meine Herren, hier gibt es keinen Toten zu holen. Sie haben sich bei mir schon einmal geirrt, ein zweitesmal spiele ich nicht mit.«

Derek und Brian verzogen keine Miene und standen noch immer gebeugten Hauptes da. Ich faßte die beiden schärfer ins Auge und bemerkte, so gut sich das bei dieser Neigung der Köpfe feststellen ließ, daß die beiden schüchtern und verschämt lächelten. Ich glaube, es lag etwas Verzeihendes, Nachsichtiges in ihrem Ausdruck, als würden sie ein tiefes Mißverständnis begreifen, das sofort zu berichtigen ihnen bloß der Respekt verbot, wie er sich für ihre untergeordnete Stellung geziemte. Ich schaute nochmals dem Briefträger nach, aber was konnte der schon wissen, wie er sorglos weiter von Haus zu Haus hüpfte und kaum noch meiner gedachte, sondern nur seinem Dienst oblag, bei dem er geringer zu werden schien, je mehr er sich entfernte. Ich hatte nichts für ihn getan, als den Empfang einer Sendung zu bestätigen, aber auch das, gerade schon das war zu viel; er trug meine Unterschrift in der Tasche, während ich allein dafür zu sorgen hatte, wie ich mich mit diesen Totendienern abfand.

»Haben Sie jemandem in diesem Haus eine Botschaft zu bestellen?«

Die Träger atmeten erleichtert auf und blickten mich dienstfertig an.

»Sie sind doch«, so ließ sich Brian vernehmen, »der berühmte Herr Doktor Adam Landau?«

Ich nickte und verbesserte: »Artur!«

»Das macht nichts, Artur oder Adam, das ist dasselbe.«

»Wenn Sie meinen.«

Das sagte ich etwas schwermütig, aber viel dachte ich mir nicht dabei.

»Sie müssen nicht traurig sein, Herr Doktor«, tröstete Derek. »Wir kommen aus einem fröhlichen Anlaß.«

Mit einem ermunternden Blick stimmte Brian zu, doch schien er Derek seine vorlaute Rede zu verweisen. Dann sagte er: »Mein Kollege hat recht, die Botschaft ist gut.«

»So reden Sie, Brian!« rief ich, da er verstummte, und staunte über mich, daß ich den Mann bei seinem Vornamen angesprochen hatte.

Jetzt öffnete sich vorne der Schlag des Leichenwagens, und der Fahrer – ich erinnerte mich sofort, daß er Jock hieß – stieg etwas schwerfällig aus und schritt gleichfalls an das Gatter heran, wobei er ähnlich grüßte wie vorhin die Träger. Auch er hatte hinter sich offen gelassen, ich sah neben seinem Sitz noch jemanden im Wagen hocken. Es war ein sehr alter Herr, der Jahreszeit zuwider in einem hochgeschlossenen Wintermantel, über den ein zu langer Bart fiel. Mir kam der Herr bekannt vor, aber ich konnte mich auch irren; jedenfalls vermochte ich mich nicht recht zu entsinnen. Einen Augenblick vermutete ich, es handle sich um den Direktor des Krematoriums, der sich persönlich herbemüht habe, weil ich mich beim letzten Besuch der Totenträger so ablehnend verhalten hatte. Doch wahrscheinlich stimmte das nicht, der Greis war aus einem unbekannten Grunde mitgefahren und hatte mit dem Totengewerbe nichts zu tun. Er kümmerte sich auch weder um mich noch um die drei Gesellen, sondern blieb unbeweglich sitzen, als ginge ihn die Geschichte nichts an.

Brian ließ Jock herankommen, der sich zwischen ihn und Derek aufpflanzte und die Arme um die Nacken beider zutraulich schlang. Fühlten sich die Träger allein zu schwach, um ihre Sendung zu erfüllen, mußten sie sich der Hilfe des Fahrers versichern? Brian, den ich zur Rede aufgefordert hatte, sprach noch immer nicht. Wäre nicht das Betragen der Männer so artig gewesen, die nun wie eine lebendige Wand vor mir standen, dann hätte ich mich sehr geärgert und argen Unfug gewittert. In der Stube hinten wartete das Frühstück, ich hörte die Stimmen meiner Familie und konnte mich hier in der Türe nicht lange aufhalten. Auch wollte ich einen peinlichen Auftritt vermeiden, zumindest

Anna an ihrem freien Tag von jedem unerquicklichen Getriebe verschonen.

»Meine Herren, Sie wissen, daß ich bei Ihrem letzten Besuch gewillt war, Ihnen ins Krematorium zu folgen. Oder nicht gewillt, ich sag's ehrlich, aber trotzdem bin ich mitgegangen. Und nachher ist doch aus der Sache nichts geworden. Auf einmal waren Sie verschwunden, dann war alles vorbei. Unverrichteter Dinge bin ich abgezogen. Das darf sich nicht wiederholen. Ich lebe auf meine Weise, jeder lebt in diesem Haus. Auch hab ich gerade Besuch. Nehmen Sie bitte Ihren Irrtum zur Kenntnis und verlassen Sie mich!«

Die drei Männer starrten mich enttäuscht an, doch keiner sagte ein Wort. Wahrscheinlich fiel es ihnen schwer, eine Verantwortung auf sich zu laden, vielleicht waren sie auch feig. Ich merkte, daß ich den Leuten etwas mehr entgegenkommen mußte.

»Also Brian, machen Sie jetzt keine Geschichten und entledigen Sie sich kurz und bündig endlich Ihres Auftrags! Ich will zum Frühstück und habe keine Zeit.«

»Oh bitte, bitte, seien Sie nur nicht ungeduldig!«

»Nein, bitte, wirklich nicht!« flüsterten Derek und Jock dringend, um Brian zu unterstützen.

»Ich bin nicht ungeduldig, aber nun heraus mit der Sprache, wenn es eine fröhliche Botschaft ist!«

»Wir wollen Sie abholen.«

»Das hab ich mir ja gleich gedacht. Aber heute bekommen Sie mich nicht so billig. Zeigen Sie mir Ihren Befehl!«

»Ich habe keinen Befehl, nur einen ehrenvollen Auftrag.«

»Ich bezweifle, daß mich Ihr Auftrag ehren wird. Aber nun endlich heraus damit!«

»Meine Kollegen und ich müssen alles von Ihnen ertragen, wenn Sie es gerecht finden. Dennoch wäre ich dankbar, wenn Sie uns etwas gnädiger behandeln würden. Wir empfinden es bitter, wenn Sie uns kränken, weil wir uns nicht wehren dürfen.«

»Ich kränke Sie nicht, Brian, aber wenn ich Sie weiter

anhöre, müssen Sie klipp und klar erklären, was Sie wollen!«

»Hier mitten auf der Straße? Muß das wirklich sein, Herr Doktor?«

»Also dann kommen Sie in mein Zimmer! Aber versprechen Sie mir, daß es nicht lange dauern wird.«

Es reute mich sofort, daß ich die Männer eingeladen hatte, doch jetzt konnte ich das nicht mehr rückgängig machen und, merkwürdig genug, fürchtete ich mich nicht einmal vor der dreifachen Übermacht. Mit den Hüten in der Hand und mich ergeben zum Vortritt nötigend, zogen die drei hinter mir her ins Haus und in mein Arbeitszimmer. Nachdrücklich schloß ich hinter ihnen die Türe, ging auf meinen Schreibtisch zu, auf dem die vollendete Reinschrift meiner »Soziologie des unterdrückten Menschen« lag, setzte mich nieder und zeigte auf einige Sessel, damit sich auch meine so wenig erwünschten Gäste niederließen. Sie folgten aber meiner einladenden Handbewegung nicht, sondern traten an meinen Schreibtisch heran, als wollten sie meine Arbeit bewundern, aber ein wenig Abstand wahrten sie doch, wodurch mir deutlich wurde, daß sie es mit ihrem Respekt ehrlich meinten.

»Nun also?« forderte ich Brian nochmals auf.

»Ich habe den Auftrag, Sie zum Soziologentag der Internationalen Soziologischen Gesellschaft auf der Schäferheide einzuladen und auch gleich hinzufahren.«

Da schlägt's dreizehn, dachte ich mir, ich konnte nicht richtig gehört haben. Soziologentag? Schäferheide? Leichenträger für einen solchen Auftrag, und Mitglied der Gesellschaft war ich obendrein nicht. Wer wollte mich zum Narren halten? Ich wußte nicht, ob ich mich ärgern sollte oder lachen, aber ich hielt an mir.

»Haben Sie mir eine schriftliche Einladung mitgebracht?«

Nun schien die Reihe an den Männern zu sein, sich zu wundern. Brian schielte abwechselnd nach Derek und Jock, bevor er mir antwortete.

»Eine Einladung, Herr Doktor? Nein, eine Einladung, die

haben wir nicht. Aber das ist nicht nötig, denn Sie sind Ehrengast. Wir sind nur kleine Leute, die nichts wissen. Wir haben bloß einen Auftrag bekommen und jetzt machen wir, was man von uns verlangt. Für unsereinen gibt es keine Widerrede, wenn er nicht sein Brot verlieren will. Stimmt doch, Derek?«

»Ja natürlich, das stimmt.«

»Genau so!« bestätigte auch der Lenker.

»Da haben Sie's, Herr Doktor. Man schickt uns, und wir denken nicht darüber nach. Diesmal mußten wir mit dem Briefträger. Das war uns selber neu. Der arme Jock mußte Schritt fahren. Aber was macht das aus? Nichts. Und jetzt bitten wir Sie, lassen Sie sich von uns zur Schäferheide fahren!«

»Zur Schäferheide? Wie ich hier sitze?«

»Ja. Dort ist der Soziologentag. Wir sollen Sie abliefern.«

»Nicht ins Krematorium?«

»Was denken Sie von uns! Man könnte weinen, weil Sie uns nicht glauben wollen! Wenn ich Schäferheide sage, dann ist es die Schäferheide. Es ist ja alles, wie ich hörte, für Sie dort hergerichtet.«

»Muß ich mit Ihnen?«

»Nein nein. Sie müssen gewiß nicht. Wir haben den Auftrag, Sie nicht. Sie sind gebeten. Alles Ihr freier Wille. Aber, wie ich schon sagte, wir sind kleine Leute, und wenn wir Sie nicht mitbringen, geht es uns schlecht.«

»Ich kann Ihnen eine Bestätigung aufschreiben, daß Sie Ihre Pflicht treu erfüllt haben. Alle Schuld nehme ich auf mich.«

»Ach bitte, tun Sie das nicht, lieber Herr Doktor Landau! Kommen Sie mit!«

»Sie wollen mich in den Sarg stecken?«

»Wer hat Ihnen das gesagt? Wir tun Sie nicht in den Sarg, wenn Sie nicht ausdrücklich so befehlen. Sie ahnen gar nicht, wie streng man uns eingeschärft hat, nur nach Ihren Vorschriften zu handeln. Wir dürfen bloß ausrichten, anweisen und raten. Schon lange stehn wir im Dienst, aber ich kann mich nicht erinnern, daß man uns je so streng an unsre Pflicht erinnert hat. Sie sind der Herr, aber bitte machen Sie uns keine Schwierigkeiten!«

»Wie stellen Sie sich die Sache vor? Sprechen Sie einmal frisch von der Leber weg, Brian!«

»Sie nehmen, mit Verlaub, auf dem Sarg im Reitsitz Platz. Vorn und hinten die Blumen und Kränze. Derek und ich sitzen rechts und links als Ehrengarde neben Ihnen. Wir können Sie stützen oder an den Händen halten, damit Sie bei der Fahrt, wenn es rüttelt, nicht das Gleichgewicht verlieren und fallen. Auch dauert die Fahrt nur kurz, und der Wagen ist gut gefedert. Jock fährt so schnell Sie wollen.«

»Wann soll es sein?«

»Alles nach Ihrem Wunsch, aber wenn ich für uns bitten darf, dann möglichst bald.«

Während dieser Worte trat Johanna ein, die nachsehen wollte, warum ich mich so verspätet hatte, doch als sie das Totengelichter erkannte, schien der Ärger über mein Säumen auf ihren Lippen sofort zu verfliegen.

»Guten Morgen, meine Herren. Was schafft uns denn heute das frühe Vergnügen?«

Die Männer fühlten sich erleichtert, meine Frau zu erblicken, begrüßten sie und redeten liebenswürdig auf sie ein. Es war unverkennbar, daß sie große Angst hatten, ich könnte die Einladung zum Soziologentag ausschlagen. Deshalb trachteten sie, alle Sympathien Johannas zu gewinnen. Sie war zumindest so verwundert wie ich, fand sich aber viel schneller zurecht. Mißtrauen hegte sie nicht, im Gegenteil, sie vermutete nur Günstiges für mich. Dann kamen wir überein, daß wir uns wohl beeilen, doch nichts überstürzen wollten, und ich willigte zur hellen Begeisterung der Träger, die darin den Wagenlenker noch bei weitem übertrafen, in die Fahrt auf dem Sarg im Reitsitz ein. Sobald ich meine Bereitschaft erklärt hatte, wetteiferten sie nur so, mir in allem gefällig zu sein; sie hörten gar nicht auf, nach meinen Wünschen für die Reise zu fragen. Schließlich wehrte ich mit beiden Händen alle Höflichkeiten ab, mir wurde es langsam zu viel. Bevor das noch einen Schatten der Trauer auf sie werfen konnte, hatte Johanna den glücklichen Einfall, sie zum Frühstückstisch zu bitten. Entzückt nahmen sie die Einladung an und versprachen, diesmal weder Besteck noch Essen in ihre Taschen verschwinden zu lassen.

Vergnügt gingen die Gäste mit uns, stellten sich Anna mit einer Verneigung vor und herzten die Kinder, die sich vor ihnen nicht im geringsten fürchteten. Derek bemerkte aufmerksam, wie schön sie sich entwickelt hätten und gewachsen seien. Rasch wurde für die drei Männer gedeckt und noch einige kräftige Bissen aufgetragen, damit wir uns stärken konnten. Merkwürdigerweise war auch ich jetzt mit allen Veranstaltungen zufrieden, meine starke Abneigung, die ich zumindest gegen Brian empfand, schmolz dahin, da er sich alle Mühe gab, den von Natur aus weicheren und gutmütigeren Derek an Freundlichkeit zu überbieten, dem Anna sehr zu gefallen schien, der aber auch Eva – das Kind ließ keinen Blick von ihm – mit lustigen Einfällen unterhielt. Jock hingegen wurde von unserem Michael in Atem gehalten, der stolz war, mit seinen Kenntnissen einem richtigen Wagenlenker imponieren zu können und ihn nach hundert Einzelheiten auszufragen. Jock wurde ein wenig verlegen, als Michael wissen wollte, ob so ein Leichenwagen anders gebaut sei als ein gewöhnliches Auto. Gleich darauf richtete der Junge an die Mutter die dringende Bitte, ihm zu den gut zwei Dutzend Spielwägelchen, die er schon besitzt, bald einmal auch einen schönen schwarzen Leichenwagen mit richtigen Glasscheiben zu schenken. Jock nahm Johanna die Mühe ab, sich zu dieser Frage zu äußern, und erklärte, solche Spielsachen gebe es nicht, weil ein gutes Kind an den Tod gar nicht denken darf, aber wie schön seien andere Wagen, so eine Motorspritze mit Leiter für die Feuerwehr, das wäre was. So waren die Kinder glücklich abgelenkt und gewährten Johanna und mir Zeit, ungestört das Nötige mit Brian zu verhandeln. Er billigte es mit feinem Verständnis, daß ich mir nach dem Frühstück meinen besten Anzug nehmen sollte. Genauso stimmte er freudig zu, als Johanna fragte, ob sie nicht bei meinem Ehrentag mit dabei sein dürfe. Er empfahl ihr, das neue Kostüm zu wählen, was er für schicklich hielt. Sie schlug vor, mit mir im Inneren des Leichenwagens zu fahren, sei es gekauert neben dem Sarg oder auch gemeinsam mit mir auf dem Sarg. Wieder zeigte es sich, daß die Männer angewiesen waren, sich meinen Anordnungen zu fügen, denn Brian erklärte zuvorkommend, daß ich und nur ich allein darüber zu bestimmen hätte, aber im Sinne seines Auftrages lag es gewiß nicht, außerdem sei es eine unbequeme Lösung, der Sarg sei zwar solid und würde nicht unter der Last zusammenbrechen, aber die Blumen und Kränze könnten leiden, das sähe dann kläglich aus. Außerdem konnte sich Brian nach seinen fünfundzwanzig Jahren Totendienst noch nicht an einen einzigen Fall erinnern, daß eine Frau, die nicht tot gewesen war, das Innere eines Leichenwagens betreten hat, und darum sei es sicher, daß sich so etwas nicht gehöre. Nach einigem Überlegen mußten wir diesen Ausführungen beipflichten.

Brian wies darauf hin, wie nah es zur Schäferheide sei, da könne meine Frau gemütlich laufen und sich von Anna begleiten lassen. Gingen die beiden Damen rechtzeitig, so hätten sie noch den Genuß, meine Ankunft mitanzusehen und Zeuginnen des mir zugedachten, bestimmt großartigen Empfanges zu werden. Das litt ich aber nicht, daß Johanna gehen sollte, während ich fuhr. Darum entschied ich, daß man sich um eine passende Fahrgelegenheit für die Frauen kümmern müsse. Ein Taxi wurde vorgeschlagen, aber Johanna erinnerte daran, daß man oft eine halbe Stunde am Telefon verbringe, ohne eines zu bekommen. Da hatte sie einen besseren Vorschlag. Die Gemüsehändler Simmonds um die Ecke waren gefällige Leute, ihr großer gedeckter Lastwagen stand in den Vormittagsstunden müßig am Anfang von West Park Row. Johanna wollte gleich nach dem Essen mit Frau Simmonds sprechen, ob ihr Mann zu der kurzen Fahrt nach der Schäferheide bereit sei. Der Vorschlag schien mir ausgezeichnet.

Größere Sorge bereitete uns, was mit den Kindern geschehen sollte. Vielleicht hätte ich noch schnell mit ihnen zur Schule und zum Kindergarten laufen können, aber da war Johanna dagegen; wir dürften nicht feiern, während die Kinder einen gewöhnlichen Werkeltag hätten. Brian schaute sie dankbar an und meinte bewundernd, sie sei eine brave Mutter, da sehe man gleich, was alles eine gute Erziehung mache. Dann wurde erwogen, Michael und Eva bei Frau Stonewood oder Frau Byrdwhistle zu lassen, doch würden sie sich dort langweilen, weil die Kinder dieser Frauen zur Schule müßten; das war also ein schlechter Einfall. Diesmal fand ich die Lösung. Wenn Herr Simmonds seinen Wagen borge, sei reichlich Raum, die Kinder mitzunehmen. Brian lobte mich, und ähnliche Komplimente, wie er sie gerade der Mutter gespendet hatte, wurden nun dem Vater zuteil.

So hatte man alles zufriedenstellend besprochen, was nun in die Tat umzusetzen war. Anna nahm es auf sich, die Kinder feiertäglich herzurichten, die vor freudiger Erregung übermütig wurden. Johanna eilte zu Simmonds, während ich die drei Männer mit Zigaretten ihrer Unterhaltung überließ und mit meinem besten Anzug davoneilte, um mich umzukleiden. Dann lief ich in mein Arbeitszimmer, um vom Fenster aus Johannas Rückkehr zu erwarten. Da kam sie auch schon; ein Blick überzeugte mich, daß sie bei Simmonds erfolgreich gewesen war, und richtig, hier fuhr auch die mächtige Gemüsekarre vor und blieb knapp hinter dem Leichenwagen stehen. Ich beobachtete noch, wie das Ehepaar Simmonds gemächlich ausstieg, und die beiden sich neben ihren Wagen auf den Gehsteig stellten. Etwas atemlos eilte Johanna zu mir herein und berichtete, daß die Händler über den Vorschlag begeistert waren und kurz entschlossen den Laden zusperrten, Frau Simmonds wollte sich keineswegs das Vergnügen entgehen lassen. Als ich wieder auf die Straße hinausschaute, bemerkte ich, daß sich ziemlich viele Menschen versammelten, aber es war kein so betäubendes Gedränge wie damals, als ich zum Krematorium mußte. Michael und Eva jubelten, sie wollten schnell aus dem Hause laufen, aber Anna hielt sie zurück, ein zu großes

Aufsehen wollten wir vermeiden. Johanna hastete noch hin und her durch die Wohnung, wie es sich für eine ordentliche Hausfrau vor einem Familienausflug gehört. Schäferheide, die Kinder waren kaum zu halten, denn für sie bedeutete das nichts anderes als den vergnügten Jahrmarkt; ich hatte nicht das Herz, diese Erwartung zu zerstören. Den Aufbau für eine Tagung unter freiem Himmel stellte ich mir etwas nüchtern vor, aber hoffentlich hatte man wenigstens ein großes Zelt wie für einen Zirkus errichtet und auch für einen Stand mit Erfrischungen gesorgt, damit die Kinder nicht zu sehr enttäuscht würden.

Endlich waren wir alle gerüstet und verließen das Haus. Auf der Straße hatten sich zwar neugierige Menschen eingefunden, aber doch viel weniger als ich befürchtet hatte. Die Nachbarn allerdings hatten sich vollzählig eingestellt und begegneten uns – anders kann ich es nicht sagen – mit erlesener Hochachtung. Ich mißtraute meinem Eindruck und strengte mich darum an, in den Mienen der Bekannten und Fremden heimlichen Spott oder andere Anzeichen einer mißgünstigen Stimmung zu entdecken, doch keine Spur davon war zu bemerken. Im Gegenteil, man beglückte uns mit aufrichtiger Herzlichkeit und schien stolz auf uns, Frau Byrdwhistle glänzten Freudentränen in den Augen. Die ferner Stehenden winkten uns zu, gegenüber im Wohnblock lehnten an vielen Fenstern Zuschauer, die Taschentücher und kleine Fähnchen schwenkten. Mit einigem Vergnügen entdeckte ich drüben auch die zwei Frauen mit der Katze, die auf dem Sims herumspazierte.

Herr Simmonds hatte indessen seinen alten Wagen hinten geöffnet und bedeckte den Boden mit mehreren Lagen sauberen Zeitungspapiers, während seine Frau sich eitel in dem Ruhme sonnte, bei einer Staatsaktion eine wichtige Rolle zu spielen. Ich weiß nicht mehr, wie es sich fügte, aber auf einmal hatten sich Frau Stonewood und Frau Byrdwhistle mit ihren Kindern und auch noch einige andere Leute aus der Nachbarschaft in dem Gemüsewagen eingenistet, auch die vor Vergnügen strampelnde Eva hatte man schon hinaufgehoben, während sich Michael jungenhaft nicht helfen ließ und allen mütterlichen Ermahnungen zuwider sich so in die Höhe stemmte, daß er gewiß dabei seine Jacke und Hose beschmutzte. Aber da ließ sich nichts mehr verhindern. Nun hatte sich auch Anna mit viel Geschick in den Wagen geschwungen, bloß Johanna blieb neben mir stehen und wartete unentschlossen. Da kam Jock, reichte uns beiden die Hand und versicherte, er werde gut und vorsichtig fahren, er wisse sich diesen Tag zu schätzen. Dann saß er schon vor seinem Lenkrad und neben ihm der alte Herr, der sich nach wie vor um nichts kümmerte und mir wieder so bekannt vorkam, ohne mich seiner erinnern zu können.

Derek machte sich im Glasgehäuse des Wagens zu schaffen und nestelte an dem Blumenschmuck herum; vielleicht schob er sogar den Sarg ein wenig, aber das habe ich mir wohl bloß eingebildet. Ich begriff, daß ich nicht länger warten dürfe, wenn auch Brian die Höflichkeit in Person war und nicht den geringsten Versuch unternahm, mich zur Eile zu mahnen. Er stellte sich neben Johanna und mich wie ein alter Verwandter, seine Züge verfeinerten sich immer mehr, ich konnte keine Spur mehr von dem bemerken, was mich bei seinem früheren Auftreten als gemein oder doch als gewöhnlich berührt hatte. Die Wahrheit dürfte es fast genau bezeichnen, daß aus seinem Antlitz ein edler Ernst blickte, eine väterliche Zurückhaltung, ein gütiges Verzeihen, etwas Ungewöhnliches, das mich tief ergriff. Ich hätte gern seine Hand gefaßt und sie dankbar gedrückt, aber ich hielt es kaum für schicklich, diese Art einer sichtbaren Verbindung entsprach nicht unseren verschiedenen Stellungen, und so begnügte ich mich damit, nach einem heimlichen geistigen Einverständnis zwischen uns zu trachten. Wie ich mich dagegen auch wehrte, konnte ich mich nicht dem Eindruck verweigern, meinem Vater gegenüber zu stehen, einem jüngeren Vater zwar, aber doch ihm, dem ich alle Verehrung schuldete. So sehr hatte sich der Mann dem Bilde angeähnelt, das ich von meinem Vater in mir trug. Lange wollte ich das nicht ertragen und bat darum Johanna, sich der Gesellschaft im Gemüsewagen anzuschließen. Sie drückte wortlos meine Hände, lachte mich an und ging.

Nun hatte nur noch Brian mit mir einzusteigen; ich wollte auch keinen Augenblick mehr zögern, aber ich war zu gehemmt, um vor meinem Begleiter in das Wageninnere zu treten, weniger weil ich die Hauptperson der Veranstaltung war, mehr weil ich meinen Vater in diesem Mann auszeichnen wollte, dem die größere Ehre gebührt. Ich wußte, daß alles mein freier Wille war, ich hatte zu entscheiden und brauchte meinen Wunsch nur zu äußern, um Brian zum Vortritt zu nötigen. Worte jedoch wollte ich nicht wechseln und hatte bloß zu bedenken, was jetzt zu wählen sei. Da wurde mir deutlich, daß ich das Opfer zu bringen habe, der erste zu sein. Ich zeigte mit einem Finger nach dem Wagen, Brian nickte. So ging ich denn, der Vater folgte mir mit vertrauensvollem Ernst; ich spürte die fast lautlose Sicherheit seines Schrittes groß und bedeutend wie einen schützenden Mantel hinter mir. Beim Falltrittbrett empfing mich von innen Dereks helfende Hand, und leichter, als ich erwartet hatte, fiel es mir, in den mächtigen Glaskasten zu klimmen.

Brian hatte mir nicht geholfen, ein sicheres Gefühl hatte ihn geleitet; er war hinter mir, und das genügte. Ich versuchte den Reitsitz auf dem Sarg, aber das war nicht so einfach. Särge sind zum Liegen innen, nicht zum Sitzen auf ihnen eingerichtet und gewiß nicht zum Sitz querüber mit gegrätschten Beinen. Ich beklagte meine Ungeschicklichkeit und wollte schon Derek fragen, ob ich den Sarg nicht im Damensitz besteigen dürfe. Ich konnte das tun, es war mein Recht, aber wieder mußte ich an Brian und seine Worte denken; ich durfte seine reine Menschlichkeit nicht enttäuschen. Mochte ich noch so sehr meinen Willen haben, ich sollte ihn nicht haben, ich war abhängig, hatte zu gehorchen und zu tun, was man von mir erwartete; es hatte sich zu bewähren, inwiefern ich sei, die Zweifel des Daseins waren aufzulösen, ein Wesentliches war zu erreichen, und ich dazwischen gespannt. Da war auch der unbequemste Sitz noch gut genug für mich, eine Gnade des Lebens im Wagen des Todes auf dem Schreine des Todes.

Die Blüten vor mir und hinter mir mit ihrem kühl wirbelnden Duft gerieten schmerzlich durcheinander, ich konnte das nicht verhindern, einige verschoben sich, viele wurden zerdrückt. Ich bedauerte das, beklagte es, schaute, mich entschuldigend, Derek in sein jetzt wenig aufschlußreiches Gesicht; nach Brian mich umzuwenden, wagte ich nicht. Aber nun saß ich endlich, es war hart und peinlich zugleich, die Kanten des Sarges schnitten in die Schenkel ein. Ich hoffte bloß, die Fahrt werde bald beginnen und bald beendet sein. Meine Freunde bemühten sich rührend, mich in die Mitte meines Reitgestells zu schieben, doch ganz gelang ihnen das nicht, so ehrlich ich auch trachtete, ihrem Gefühl für das richtige Maß zu genügen. Schließlich gaben sie es auf, mich genau in die vorgesehene Lage zu bugsieren, sie mochten Mitleid mit mir haben oder auch Mitleid mit sich selbst. Sie ließen mich also, schlossen den Glaskasten zu, ich hörte mehrere Geräusche, deren Bedeutung ich nicht genau einschätzen konnte, aber sicher hingen sie mit dem Hochklappen des Einsteigebrettes und dem Schnapphahn des Schlosses zusammen. Dann ließen sich die Begleiter nieder. Derek war zu meiner Linken, aber Brian saß mir zur Rechten. Mir war nicht sehr wohl zumute, doch fühlte ich den Augenblick erhaben, als sei er, da er dem Wochentage galt und es Morgen war, dennoch dem Abend des heiligen Ruhetages zubestimmt. Ich flüsterte die Worte des ihm zubestimmten Gebetes.

»Unser Herr und Herr unserer Väter, habe Wohlgefallen an unserer Ruhe, heilige uns durch deine Gebote und gib unseren Anteil an deiner Lehre. Sättige uns von deinem Gute, erfreue uns mit deiner Hilfe und reinige unser Herz, damit wir dir in Wahrheit dienen.«

Ich hatte diese Worte noch nicht zu Ende gesprochen, als Brian an die Fensterscheibe klopfte, die den Glaskasten von der Fahrkabine des Leichenwagens trennt, und Jock verstand. Schon hörte ich den Motor anspringen, bald fuhren wir los. Ich wäre vornübergestürzt, hätten sich meine Helfer nicht meiner erbarmt. Gern hätte ich sie beide umschlungen und ließ es doch lieber sein; ich begnügte mich mit dem stillen Beistand, den sie gewährten. Gern auch hätte ich hinausgeblickt, um die Menschen auf der Straße zu beobachten, doch wie ich hier verloren hockte, ließ sich ohne unziemliches und dabei gefährliches Neigen zur Seite gewiß fast nichts erspähen, außerdem war ich zu aufgeregt und wünschte mir nichts anderes als einen schnellen glücklichen Abschluß der Fahrt.

Die Fahrgeräusche unseres Wagens wurden durch ein schwerfälliges Rattern hinter uns übertönt; Simmonds fuhr polternd, doch war es mir lieb, denn ich spürte, Johanna ist nah, die Kinder sind nah. Die Trennung konnte nicht lange währen. Da bremsten wir auch schon scharf, aber leider war es noch nicht das Ziel, sondern erst Halstead Way. Doch dann, bevor ich mich dessen versah, standen wir bereits am Rande der Schäferheide. Mir war recht unbehaglich zumute, denn draußen herrschte ein beklemmendes Gewühl, vom greulichen Schwirren zerquetscht durcheinanderrollender Musik überdröhnt. Das war kein Soziologentag, es war der richtige Jahrmarkt mit seinem gewohnten, doch heute zu allerletzt erwartetem Treiben, wenn mir auch beim näheren Hinsehen die Anzahl der Menschen, zu dieser frühen Stunde kein Wunder, nicht übermäßig dicht erschien. Ich konnte mir es nicht verkneifen, Brian und Derek vorwurfsvoll anzublicken, die sich aber um meinen Verdruß nicht im geringsten kümmerten. So war es ihnen doch gelungen, mich zum Narren zu halten, und recht geschah es dem verkrachten Gelehrten Artur Landau, der als Schaubudenfigur auf den Jahrmarkt gehörte. Da saß ich nun als Frucht der Schande ohnmächtig in einem Leichenwagen und mußte erwarten, was für schmachvolle Streiche man mir noch zugedacht hatte.

Wehrlos und unbeholfen konnte ich mich nicht auf die kräftigen Leichenträger stürzen, nicht einmal sie beschimpfen, wie mich gelüstete. Die Lächerlichkeit meiner Lage in dem Glaskasten war nicht zu überbieten. Wenigstens aus dem Reitsitz befreite ich mich – wie hatte ich in einen solchen Unfug einwilligen können? –, aber es fiel mir nicht leicht; selbst nach der kurzen Fahrt waren die Glieder steif, ich fühlte mich gerädert. Mühsam schwang ich mein rechtes Bein auf die linke Seite und saß nun Derek zugewandt. Mochte das Brian nur kränken, jetzt war er mir verhaßt; Derek als der weniger wichtige Mann schien mir noch immer erträglicher. Da mußte ich aber lernen, daß ich meine Begleiter nicht gerecht eingeschätzt hatte. Derek freute sich, daß ich mit meiner Wendung zu ihm hinüber ihn ausgezeichnet hatte, er lachte mich ergeben und dabei scherzhaft an, während Brian mir von hinten zärtlich über den Scheitel bis zum Nacken fuhr, daß ich erzitterte. Vorne wurde der Schlag aufgerissen, und draußen verstummte der Lärm; bestimmt geschah das auf ein gegebenes Zeichen. Ich bemerkte wie sich die Menschen um den Wagen versammelten, und erkannte lauter bekannte Gesichter.

Jock sprang von seinem Sitz herunter, der Wagen schaukelte dabei, und half dem alten Herrn heraus, der beim Aussteigen zitterte, doch dann froh war, mit eigenen Beinen endlich wieder auf festem Boden zu stehen. Jetzt genügte mir ein flüchtiger Blick, um zu wissen, wer dieser Greis war; seine Bewegungen waren nicht zu verwechseln. So schaute nur der alte Prenzel aus, mein Lehrer aus Geschichte. Ich entsann mich meines Schreckgesichtes, in dem ich ihn zuletzt gesehen hatte, wie er mich drüben auf dem Bahnsteig abgeholt und dann wie einen gefundenen Koffer auf der Wache abgeliefert hatte. Wie war der alte Mann in die Weltstadt gekommen? Längst hätte ich nicht geglaubt, Prenzel noch unter den Lebenden zu finden, doch zuletzt hier in der Weltstadt, weil Reisen von drüben seit Jahren kaum noch je gestattet wurden.

Meine Begleiter im Glaskasten machten sich daran, ihn von innen zu öffnen, doch vergeblich rüttelten sie hinten an der Doppeltüre. Erst als Jock hinzueilte, dem Prenzel langsam, aber neugierig folgte, und mit aller Kraft seinen Kameraden half, fügte sich die sperrige Tür. Endlich war es geschafft, Brian und Derek standen schon unten. Man blies einen Tusch, gleichzeitig schoß mit grimmem Getöse alles los, was es an Musikmaschinen und anderen Lärminstrumenten nur gab, und nun arbeitete ich mich, so schnell es gelang, aus meinem Verlies ins Freie. Die Totenträger boten mir die Hände an, doch mein Stolz widerstand ihrer Unterstützung. Ich entzog mich ihren zu sicher tastenden Griffen und wankte lieber unbeholfen allein über das Trittbrett auf den sicheren Grund.

Rund um mich sah ich meine Familie und alle übrigen, die im Wagen des Gemüsehändlers gefahren waren, aber auch die große Mehrzahl meiner sonstigen Bekannten, soweit ich mich ihrer nur entsann. Selbst die Fremden, die sich hier versammelt hatten, schienen mir irgendwie vertraut. Diesen Eindruck gewann ich wohl, weil die Fremden genauso wie die Bekannten sich mit Ungestüm bemühten, in meinen Blickkreis zu dringen. Alle aber hielten sich in einiger Scheu vor mir zurück, so daß ein freier Raum zwischen mir und den Zuschauern gewahrt blieb. Bloß die vier Männer, die mit mir im Leichenwagen gefahren waren, hielten sich in meiner Nähe auf, außerdem wagte es nur noch Professor Kratzenstein, doch mit einigem Abstand, sich ihnen anzuschließen. Prenzel stapfte auf mich zu, segnete mich und nahm mich an der Hand wie ein kleines Kind, das man schützt. Es war rührend. Ich glaube, es hat nicht viel gefehlt, daß er mich geküßt hätte. Dann trat er mit mir vor die anderen Mitfahrer, verneigte sich vor der Versammlung und stellte mich vor.

»Ich habe meinerseits die große Ehre, Sie mit meinem alten Schüler Adam, vulgo Dr. Artur Landau, bekanntzumachen. Viele wissen schon von ihm, andere werden folgen, kaum einer aber weiß wirklich, wer unser Adam ist. Nehmen Sie sich bitte Ihrerseits alle zusammen und lernen Sie von seinem Beispiel. Ich bin sehr stolz auf ihn, er verdient es. Ich ersuche Sie dringend darum, sehr verehrte Anwesende, sich seiner würdig zu erweisen. Entschädigen Sie ihn, gewähren Sie ihm, was Sie ihm schulden! Er war schon immer begabt und mein bester Schüler in Geschichte. Kein Wunder, daß er jetzt mit der Soziologie so viel Furore macht.«

Die Stimme bebte dem Greise gegen Ende seiner kurzen Ansprache, die ergriffen angehört und mit reichem Beifall belohnt wurde. Ich fühlte mich durch das ungeschickte und vor allem übertriebene Lob beglückt und verbeugte erst vor Prenzel und dann vor der Versammlung mich tief, was allgemein gefiel. Gern hätte ich dem alten Mann etwas Liebes erwidert, auf seine Verdienste um den Gymnasialunterricht hingewiesen und ihm vielmals gedankt, daß er meines Ehrentages wegen die umständliche Reise nicht gescheut und unsägliche Schwierigkeiten auf sich genommen habe. Doch kam ich nicht dazu, denn nun trat Professor Kratzenstein auf mich zu, umarmte mich zärtlich und hielt eine Rede.

»Liebe Soziologen und Soziologinnen! Ich danke Ihnen, Herr Professor Prenzel, dafür, daß Sie den Anlaß nicht für zu gering erachtet haben, Ihren hervorragenden Schüler beim Soziologentag der Internationalen Soziologischen Gesellschaft auf der Schäferheide persönlich vorzustellen, den ich hiermit feierlich für eröffnet erkläre. Ihnen aber, mein lieber Doktor Landau, Ihnen möchte ich im Namen aller versammelten Soziologen und assoziierten Gelehrten von Herzen danken, daß Sie unserer ein wenig verspäteten und Sie zunächst wohl ein wenig überraschenden Einladung gefolgt sind. Möge es Ihnen, der von heute an als Ehrenmitglied unsere Gesellschaft ziert, in unserem Kreis gefallen, möge Ihnen diese Tagung viel Freude und Anregung, aber auch Genugtuung dafür bringen, daß Ihre in Stille gereiften Werke, deren Bedeutung nun endlich an den Tag tritt, deren Ruhm, immer besser begriffen, sich gewiß bald über die Erde verbreiten wird, Ihnen vorher durch lange Jahre nichts als schmerzliche Enttäuschungen, schmerzlicheren Mißverstand und selbst kurzsichtige Ablehnung eingetragen haben. Lassen Sie das als vergessen hinter sich und bedenken Sie, daß die hier vereinten Damen und Herren keine Schuld an den Mängeln der Welt trifft, durch die Sie bisher so oft zu leiden hatten. Es sei mir in aller Bescheidenheit gestattet zu behaupten, daß es gerade die hier Versammelten sind, die von allem Anfang an die Größe Ihrer Leistungen erkannt haben und keine Stunde säumten, die Wand, die zwischen Ihnen und der Welt errichtet war, niederzureißen und Ihr Werk wie auch Sie persönlich in Tagen der Not tatkräftig zu fördern. Uns war es nie ein Geheimnis, wer Sie sind, und jeder von uns, der Ihnen begegnen durfte, ist mit Achtung, meist auch mit Liebe Ihnen entgegengetreten, hat sich Ihrer angenommen und für Ihre Arbeit öffentlich, bedeutsamer aber noch in der Stille gewirkt. Des Guten kann nie zu viel geschehen, hat ein alter Weiser gesagt, und so lassen Sie mich, lieber Doktor Landau, freimütig bekennen, daß noch immer nicht genug für Sie geschehen ist. Ich wäre der Letzte, nicht die Unzulänglichkeiten einzusehen, die unserer Unterstützung für Sie leider menschliche Grenzen setzten. Sie aber wollen dabei gütigst bedenken, daß es gerade die äußeren Widerstände sind, durch die sich das Ingenium erst zu seiner vollen Entfaltung glanzvoll hindurchringt. Wir alle wissen, nun ist es erreicht, und so heiße ich Sie nochmal im Namen aller Anwesenden herzlich willkommen. Vielleicht, verehrter Freund, darf ich Sie jetzt bitten, sich mir anzuschließen. Wie Ihnen wohl schon aufgefallen ist, haben wir diese Tagung aus besonderen Gründen auf die Schäferheide verlegt. Die Soziologie wäre nichts wert, wollte sie sich nicht praktischen Aufgaben widmen und die Probleme des Lebens dort studieren, wo das Leben pulst. Sie verstehen, und ich hoffe, alle Versammelten verstehen es, daß dies symbolisch ist. Deswegen bitte ich Sie zunächst, bevor Sie sich frei und ungezwungen auf dem Tagungsgelände bewegen, mit mir die Autobahn zu beehren, wo Referate über Verkehrssoziologie gehalten werden. Sie kennen ja diese kleinen elektrischen Autos, es ist ein unschuldiges Vergnügen und ganz ungefährlich, auch wenn man noch so heftig mit anderen zusammenstößt.«

Ein brausender Beifall brach los, ich wurde von vielen

Menschen umringt, die alle meine Hände schütteln und mir auf die Schultern klopfen wollten. Auch die Musikmaschinen dröhnten wieder, und ich wurde, während der Professor sich in mich einhängte, von dem Strudel fortgerissen, der mit uns zur Autobahn drängte. Dort fuhren gerade die farbigen Wagen lustig herum, kleine elektrische Funken sprangen von den Kontakten, die das Drahtnetz berührten; dazu verbreiteten zwei Lautsprecher ein schmetterndes Getöse.

Als wir uns näherten, wurde sofort der elektrische Strom ausgeschaltet, die Insassen der Autos sprangen flink heraus und entfernten sich respektvoll von der Fahrbahn bis jenseits der Brüstung, wo sich viele Tagungsteilnehmer versammelten, die meine Fahrt bewundern wollten. Professor Kratzenstein war höflich genug, mir die Wahl des Wagens zu überlassen, ich entschied mich für einen blauen. Auch die übrigen Fahrzeuge füllten sich mit erlesenen Gästen; es sollte während meiner Fahrt keines leer bleiben. Ich hätte mir gern den Sitz hinter dem Lenkrad vorbehalten, aber der Professor meinte, es sei für mich wie für ihn viel ehrenvoller, wenn ich ihm die Führung bei der Reise überließ. Er glaubte auch, es sei für mich genußreicher, ich könne meinen Blick sorgenlos schweifen lassen, außerdem sei damit für immer meine Stellung in der Wissenschaft öffentlich bekundet.

»Das ist eine Auszeichnung, mein Freund, der sich keiner rühmen kann. Ich habe noch keinen noch so berühmten Kollegen mit meinen eigenen Händen auf einer solchen Bahn herumkutschiert.«

»Gut. Wenn Sie wünschen, willige ich ein.«

Ich hielt es für selbstverständlich, daß die Fahrt kostenlos sei, zumindest für Ehrengäste, aber da hatte ich mich geirrt. Der Professor bemerkte, daß ich mich darüber wunderte, und erklärte mir die hohen Ausgaben für den elektrischen Strom und für die kostspielige Regie, die so ein gelehrter Betrieb verschlinge. Frau Mackintosh, die Gemahlin des berühmten Kritikers und Schriftstellers, kam mit einer umgehängten Ledertasche heran und verlangte einen Betrag, gab aber nicht, wie ich hoffte, Fahrscheine als Quittungen aus. Das wäre zu umständlich, erklärte sie mit freundlicher Nachsicht, überdies sei alles Gute in der Welt auf Vertrauen und wohlwollende Einsicht gegründet. Ich wünschte zu zahlen, aber da kannte ich Kratzenstein schlecht. Nun wollte ich wenigstens das Fahrgeld für Johanna und Anna entrichten, die mit meinen Kindern zwei Autos besetzt hatten, doch auch das erlaubte der Professor nicht; als ich Frau Mackintosh meine Münzen aufdrängen wollte, erwies sie sich als mit ihm verbündet und verweigerte die Annahme.

»Sie wollten mir damals die Möbel nicht verkaufen, um die ich Sie bat. Do you remember? Ich bin Ihnen längst nicht mehr böse, but it wasn't very kind of you. Ich habe dann auch viel schönere bekommen. Aber da hab ich mir geschworen, daß ich von Ihnen nie mehr was will und also auch kein Geld. Got it?«

So mußte ich es geschehen lassen, als Kratzensteins Münzen klappernd in der Umhängetasche der Frau Mackintosh verschwanden.

»Eine hervorragende Gelehrtin!« bekräftigte der Professor mit Kennermiene. »Ich hab eine große Schwäche für sie. Aber Ihren Mann erst sollten Sie kennen, den Dichter und Kritiker. Er hat schon wieder ein Buch veröffentlicht, das macht er immer. So ein gütiger Mensch! Das sagt jeder von ihm.«

Frau Mackintosh besorgte ihr Geschäft mit Umsicht und Eile, damit die Fahrt bald beginnen konnte. Der Professor steuerte zwar nicht mit der eleganten Fertigkeit, die ich von ihm erwartet hatte, aber so lustig, daß es ein doppeltes Vergnügen war. Krampfhaft hielt er das Lenkrad und wirbelte es wild herum, so daß wir fast ununterbrochen anderen Fahrern ins Gehege kamen, die Reise bald stockte, schnell sich fast überstürzte, wobei es sich wiederholt ereignete, daß wir mit anderen Fahrern bald sanfter, bald aber auch heftiger aneinandergerieten, bis mir der Schädel brummte. Es war ein Glück, daß die ovalen Wägelchen rundherum mit einem dicken Gummipanzer geschützt waren. Einmal gerieten wir mit Frau Stonewood ins Gefecht, die ungeschickt, ihre zwei Rangen neben sich, über die Fläche dahin zickzackte und von Frau Mackintosh öfters durch Zurufe zu größerer Vorsicht ermahnt wurde. Dann ging es ein Weilchen fast ohne Störung, aber Kratzenstein blickte leider in seinem Stolz zu viel auf mich statt auf die heranbrausenden Autos, bis wir peinlich mit Oswald Birch zusammenstießen, der sich kühn als Herrenfahrer solo betätigte. Sein und unser Wagen hatten sich verkeilt und standen fest.

»Wie schön, Artur, daß ich dich gleich beglückwünschen kann! Wir müssen einander natürlich bald einmal sehn. Du bist jetzt ein gemachter Mann, das ist klar.«

»Soll ich dich anrufen?«

»Nein, wo denkst du denn hin? Natürlich, ich werde dich anrufen. Bestimmt. Schon morgen. Ich hab dich schrecklich lang nicht gesehn und muß mit dir sprechen. Einige archäologisch-soziologische Probleme wollte ich schon längst mit dir diskutieren.«

Zu einer Antwort kam ich nicht mehr, denn in diesem Augenblick wurden unsere Wagen getrennt und gewannen wieder Fahrt. Ich konnte Oswald bloß noch zuwinken, der in voller Geschwindigkeit über die Fläche sauste. Dann verfingen wir uns mit dem Wagen eines Mannes, den ich als Gesinnungsassessor von der Bahnpolizei drüben erkannte. Das war mir unangenehm, denn ich fürchtete eine Provokation, eine Falle, die man mir stellte. War er mit Prenzel hergereist, um mich zu fangen und zu entführen? Ich drehte mich um, aber der alte Professor schien nicht in der Nähe zu sein. Da schaute ich mir den Gesinnungsmeister besser an und bemerkte, daß ich keine Sorge zu haben brauchte; auch ein Seitenblick auf Kratzenstein verdeutlichte mir, daß man kein böses Spiel ausheckte. Eher schien sich der Gesinnungsmeister zu fürchten, daß ich sein grausames Verhalten ihn jetzt entgelten lassen könnte. Der Mann kam mir gegen früher sehr verändert vor, er entschuldigte sich beinahe unterwürfig für den Zusammenprall, obwohl nicht er, sondern Kratzenstein ihn verschuldet hatte und fügte, wie es schien grundlos, hinzu, daß ich recht habe. Womit? fragte ich, und er beteuerte, mit meiner Gesinnung. Bevor ich den Sinn dieses zweideutigen Ausspruches noch enträtseln konnte, fuhren wir wieder los. Dann kreisten wir zwei Runden weniger gestört und weniger störend, strandeten aber nachher am grünen Fahrzeug Frau Fixlers, Kratzensteins Sekretärin, der dieses jähe Zusammentreffen so peinlich war, daß sie vor Scham errötete. Sie schwor, nie sei es an ihr gelegen, wenn sich in vergangenen Tagen der Umgang zwischen mir und dem Herrn Professor manchmal nicht so glatt abgewickelt habe. Sie versprach, worum ich nie gebeten hätte, mir künftig stets rechtzeitig Einladungen zu allen Veranstaltungen der Internationalen Soziologischen Gesellschaft als Brief im geschlossenen Umschlag zu schicken, nicht nur nachlässig als wertlose Drucksache, meine Adresse kenne sie auswendig. Ich beruhigte die aufgeregte Dame, die sich mit Händen und Füßen anstrengte, ihren Wagen von unsrem zu lösen, um unser Fahrvergnügen nicht zu verkürzen.

Aber das war nicht mehr nötig, denn ein lautes Glockenzeichen kündigte den Abschluß unserer Lustreise an. Zwar fragte mich der Professor, ob ich noch eine Runde befehle, doch dankte ich für sein Angebot, daß es für zunächst ausreiche. Auch seinen Vorschlag, hier auf der Rennbahn von unserem Wagen aus ein kurzes Referat über die Grundgedanken meiner Soziologie des unterdrückten Menschen vorzutragen, wie es vor Jahren für die Engere Arbeitsgemeinschaft geplant war, lehnte ich ab.

»Ich bin erholungsbedürftig, Herr Professor, und möchte lieber unauffällig im Gewühl untertauchen.«

»Das wird Ihnen nicht gelingen, mein Freund. Sie sind bekannt wie ein falscher Groschen.«

»Wollen Sie mich beleidigen?«

»Aber mein lieber Freund, wo denken Sie hin? Ich und beleidigen? Das sind zwei unüberbrückbare Gegensätze! Gelehrsamkeit ist die Demutsstufe der Nächstenliebe.«

Ich stand auf und verließ den blauen Wagen, weil Frau

Mackintosh schon wieder von Kundschaft zu Kundschaft pendelte, um Fahrgelder einzusammeln. Da mußte sich der Professor meinem Willen fügen, wenn er nicht allein herumkutschieren und auf meine Gesellschaft verzichten wollte. Das hatte er nicht im Sinn und so trabte er mir nach. Immer wieder liefen Menschen heran, die mit allerlei Liebesbeweisen zudringlich wurden; oft wurde ich um Autogramme gebeten. Plötzlich lief ich Peter in die Arme, dessen Anwesenheit mich besonders überraschte.

»Extra aus Neuseeland hergeflogen, Artur, versteht sich von selbst. Du hast ja Boden unter den Füßen gewonnen, das ist fein. Wie bin ich stolz, daß ich der erste war, der dir nach dem Krieg auf die Beine geholfen hat.«

»Treibst du jetzt auch Soziologie?«

»Ach was, Soziologie! Reklamefachmann bin ich. Da wollen die Soziologen von mir lernen. Dir würde so ein Kurs bei mir auch nichts schaden.«

»Es besteht die Absicht«, meldete sich der Professor, »diesen Herrn als Geschäftsführer unserer Gesellschaft zu engagieren. Reklame braucht man. Sonst sind wir mit der Wissenschaft bald am Ende. Sehn Sie, man muß sie nach den Grundsätzen der modernsten Werbetechnik zu vertiefen suchen, lieber Freund. Anpassung an das pulsende Leben, darauf kommt es an. Ich habe das erkannt und schreibe deswegen persönlich Gutachten, um Käufer für Bücher von anderen Gelehrten anzuwerben. Das halte ich für nützlich.«

»Ich weiß, Herr Professor, Sie machen das. Und noch dazu sehr stilvoll!«

»Nun, da sehn Sie. Wenn Ihr Buch jetzt herauskommt, mach ich es auch für Sie.«

»Wird mein Buch erscheinen?«

»Aber selbstverständlich, lieber Freund. Ehrensache. Für alles schon gesorgt. Ich hab es bereits mit Singule besprochen. Er gibt die Gelder der Stiftung.«

»Ist Singule auch hier?«

»Freilich. Wir können gleich mal zu ihm hin. Er leitet mit seiner Frau das Sekretariat des Soziologentages.«

Wir arbeiteten uns, von Peter begleitet, langsam im Gewühl voran und kamen an einem Karussell vorbei, auf dem sich Michael mit Leslie, dem Jungen der Frau Byrdwhistle, herumschwingen ließ. Die Kinder bemerkten mich nicht, obwohl ich ihnen zuwinkte. Nach einiger Mühe, wir hatten uns verlaufen, wurden aber von der Betriebsleiterin einer amerikanischen Schaukel auf den rechten Weg gewiesen, gelangten wir zu einer Schießbude; das war das Sekretariat. Klara Singule lud Gewehre für die Gäste, ihr Mann kassierte ein und schien auch die Schützenpreise zu verteilen. Ich wurde freundschaftlich begrüßt.

»Das ist ja großartig, daß Sie da sind!« rief Frau Singule. »Wie wird mein Mann sich freuen! Nur schade, daß er so wenig Zeit hat. Er hat nie Zeit.«

Als mich der vielbeschäftigte Singule aber bemerkte, ließ er trotzdem alles liegen und stehen.

»Landau, Sie haben das Kind geschaukelt! Sie sind ein Mordskerl. Nur bedauerlich, daß Sie kein Biologe sind. Aber Sie stammen doch aus Lettland, Riga oder so?«

»Nein. Sie irren sich, Herr Doktor Singule.«

»Ach so, ach so. Aber das macht gar nichts. Ihr Buch wird gedruckt, Lettland oder ein anderes Land, da besteht kein wesentlicher Unterschied. Hauptsache, Sie sind aus einem Land. Nur bitte ich herzlich, Sie sollten sich es schon merken, daß Sie mich bloß mit Singule ansprechen sollen. Einfach Singule. Man sagt nicht Doktor, ich kann's nicht leiden.«

»Das ist auch nicht so wichtig, Singule! Zur Sache! Wir müssen für unseren lieben Landau was machen.«

»Ehrensache, klar, wird geschehn. Wenn er nur aus einem Land stammt. Das tun Sie doch, nicht wahr?«

»Ja, ich stamme.«

»Ausgezeichnet. Hier haben Sie mal einen Scheck, der zunächst Ihren anständigen Lebensunterhalt für ein bis zwei Jahre sichert. Weitere Mittel für Sie machen wir flüssig. Und dann Ihr Buch, hab ich schon gesagt, klar, wird gedruckt. Man hat mir ja Fabeldinge davon erzählt, ist schon angenommen, gratuliere.«

»Sie kennen doch meine Arbeit nicht, Herr Singule.«

»Macht nichts, macht nichts. Wer muß eine Arbeit kennen? Ich kenne Sie, wir alle kennen Sie. Das genügt uns vollkommen. Hier, nehmen Sie mal diesen Brief, der die Annahme bestätigt, und morgen schicken Sie uns das Zeug ein, damit man mit dem Druck beginnen kann. In längstens zwei Monaten werden Sie die ersten Korrekturbogen erhalten.«

Jemand drängte sich heran und wollte schießen. Frau Singule, die während dieses Gespräches die Sekretariatsgeschäfte allein erledigt hatte, konnte den Ansturm nicht mehr bewältigen.

»Eduard, du hast keine Zeit. Siehst du nicht die vielen Soziologen, die dich verlangen?«

Da bat der Biologe um Entschuldigung und riet mir noch zum Abschied, einmal den durch Ungeziefer leidenden Menschen eine kleine soziologische Studie zu widmen. Ich nickte ihm zu, als wäre ich von diesem Vorschlag begeistert. Was ich von Singule wollte, hatte ich bereits, nun konnte ich ihn getrost seinen zeitlosen Aufgaben überlassen. Ein Gast, der gerade auftauchte und ein Gewehr begehrte, stellte sich bei näherem Zusehen als der gute Herr Geschlieder aus dem Museum heraus. Welche Überraschung für mich, schon wieder jemanden von drüben hier zu finden. Er freute sich sehr über die Begegnung und verriet mir, daß eine große Delegation von drüben auf der Schäferheide eingetroffen sei. Statt zu schießen, hielt er das Gewehr lose und etwas unvorsichtig vor sich hin, so daß er fast Frau Singule mit dem Lauf an der Schulter hart getroffen hätte, aber die Dame, als sie Geschlieder im Gespräch mit mir sah, enthielt sich sogar zu zanken, was ihr niemand verargt hätte, und regte liebenswürdig an, ich sollte auch mein Glück in der Schießbude versuchen, sechs Freikugeln wolle sie mir gern gewähren. Ich dankte, da ich kein Schütze bin, und bot meine Kugeln Kratzenstein an, der sich jedoch gleichfalls nicht auf das Schießen verstand. Darauf lud ich Peter ein, doch das war Frau Singule nicht recht, das Gratisangebot habe nur mir persönlich gegolten, einer Übertragung meines Rechtes an den Professor hätte sie noch zugestimmt, aber an einen ihr fremden Herrn, sei er noch so geachtet, dürfe ich meine Kugeln nicht abtreten.

Da legte sich Kratzenstein vermittelnd ins Zeug, der Herr sei kein Fremder, sondern der künftige Geschäftsführer und Reklamechef der Internationalen Soziologischen Gesellschaft. Das sei etwas ganz anderes, versicherte die Dame verbindlich, da könne sich der Herr mit größtem Vergnügen meiner sechs Freikugeln bedienen. Peter griff freudig zu und machte sich eifrig ans Schießen, während ich Singules Scheck und Brief sorgfältig in meiner Rocktasche verstaute und mich mit höflichem Gruß vom Sekretariat entfernte. Hinter mir herrufend, trug Klara Singule mir auf, bald einmal samt Frau ihr zum Tee das Vergnügen zu bereiten, auch sollte ich so freundlich sein, Johanna zu ihr für einen kleinen Plausch in die Schießbude zu schicken. Peter schoß noch, den war ich glücklich los, aber nun hätte ich auch Professor Kratzenstein gern aus den Augen verloren, doch der paßte wie ein Haftelmacher auf, um in meiner Nähe zu bleiben. So mußte ich mich seiner Gesellschaft weiter anbequemen. Nach einer Weile näherten wir uns dem Mäusezirkus, wo es sich glücklich traf, daß wir meiner Eva in der Gesellschaft von Anna begegneten. Ich tauschte ein paar Worte mit ihr über Peter, den sie schon getroffen hatte. In unser Gespräch meldete sich heftig mein Töchterchen an, das sich der kleinen weißen Kaninchen erinnert hatte. Wir ließen das Kind nicht lange bitten und beschlossen einen gemeinsamen Besuch des Zirkus. Anna und ich wetteiferten wegen der Bezahlung des Eintrittsgeldes, denn wieder drängte sich der Professor dazu, die Gebühr für uns alle zu entrichten, aber diesmal hieß die Geldeinnehmerin nicht Frau Mackintosh, sondern Inge Bergmann, die von unserem Geld nichts wissen wollte.

»Das ist sehr lieb von Ihnen, Landau, daß Sie meine Mauserln angucken möchten. Herzige Viecherln, sag ich Ihnen, und so gescheit!«

»Ich hab sie lieb, die Mäuschen-Kaninchen. Ich hab sie sehr lieb, Vati!«

»Ist das Ihre Kleine, Landau? Ganz entzückend! Kein Wunder bei dem Papa.«

»Ja, das ist meine Eva, Fräulein Bergmann. Aber sagen Sie, wieso kommen Sie denn zu dem Mäusezirkus?«

»Das möchten Sie gern wissen, was? Aber das verrat ich nicht. Na, schaun Sie nicht so! Weil Sie's sind, verrat ich's doch. Die Mäuse sind viel besser als die Menschen. Und dann will ich Tiergeschichten schreiben für solche Putzerln wie Ihre Eva. Da muß ich mich vorbereiten und studier ein bisserl Tiersoziologie.«

Inge Bergmann reichte uns Karten, auf denen war »gratis« gedruckt. Wir strebten dem Eingang zu, der von einem mich freundlich anlachenden Eisenbahner bewacht wurde. Ich kannte das Gesicht, wußte aber nicht gleich, wo ich es in meinem Gedächtnis unterbringen sollte. Doch der Mann half nach, er kannte mich von der Sperre her, als ich mit meinem Fahrscheinheft so lange vor ihm zögerte. Er freute sich, daß ich mich nicht mehr vor ihm fürchtete und, wie er sich von mir bestätigen ließ, damals gesund und wohlbehalten mein Reiseziel erreicht hatte. Diesmal gab es keine Zange und kein Zwicken der Karten, ich ging frei durch diese Sperre in den Zirkus hinein, wo sich Evas Jubel bei unserem letzten Besuch verstärkt wiederholte; von dem stinkenden Glasgehäuse war sie nicht mehr wegzulocken. Ich wollte mich hier nicht länger aufhalten, aber da Eva bettelte und bat, trennten wir uns von Anna, die gutmütig noch weiter mit dem Kinde vor den Mäusen aushielt. Draußen salutierte der Eisenbahner, wodurch Inge auf uns aufmerksam wurde, der ich zwar gern enteilt wäre, doch da sie uns rief, konnte ich, wollte ich höflich bleiben, nicht nur so verschwinden.

»Na, ein großer Tierfreund sind Sie wohl nicht Landau? So vor den Mauserln Reißaus zu nehmen! A Schande, a Schande, daß Sie sich nicht schämen!«

»Ich habe viel zu tun, Fräulein Bergmann. Sie müssen mir

schon verzeihn. Meine Kleine bewundert drin noch Ihre Mäuschen.«

»So ein süßes Kind, so ein Putzerl, hat viel mehr Herz im Leib als der Vater. Ein Engel, dieses liebe Evchen! Aber Ihr Wort, Sie versprechen, daß Sie wiederkommen! Sonst bin ich bös mit Ihnen.«

»Wenn es sich ermöglichen läßt, mit dem größten Vergnügen. Das versprech ich.«

»Ermöglichen läßt ... Reden Sie nicht so geschwollen daher! Sie sind grausam, Landau, grausam. Und so einer will gelitten haben!«

»Beleidigen Sie nicht meinen Freund!« mischte sich Kratzenstein ein. »Er hat es nicht verdient.«

»Nicht verdient!« rief Inge spöttisch, aber dann beherrschte sie sich. »Ich wünsche mich bestens empfohlen zu haben. Beehren Sie mich wieder!«

Dann mußte sich Fräulein Bergmann neuen Kundschaften zuwenden. Wir gingen weiter und kamen zum Turm der Rutschbahn, einer Lieblingsstätte Michaels. Doch sah ich weder ihn noch andere Kinder, sondern durchwegs Menschen gereifteren Alters, die freilich meist nur müßig standen, statt mit einer Kokosmatte unter dem Arm im Inneren des Turmes die Treppe hinaufzuklettern und dann in kühner Serpentine, fast auf dem Rücken liegend, rund um die Außenwand den schmalen Schacht, die Matte unter sich, in lustiger Fahrt herabzuschnellen. Die Herren, die sich um den heute so lahmen Betrieb kümmerten, schienen mir gut bekannt, wenn ich ihre Namen auch nicht wußte. Der Direktor des Unternehmens war der nette Beamte von der Fremdenpolizei, der einmal mich und Johanna verhört hatte. Seine Helfer, die zumeist untätig von einem Fuß auf den anderen traten und sich unterhielten, waren Polizisten, Grenzbeamte und wohl auch Bedienstete der Eisenbahn.

»Was haben diese Personen mit Soziologie zu tun?«

»Mein lieber Landau, nicht so laut!« mahnte der Professor. »Die Herren haben große Verdienste, doch sind sie sehr empfindlich und sollen darum Sie nicht hören. Das ist das

Institut für Grenzwissenschaften, eine der wichtigsten gelehrten Anstalten, die auf dem Soziologentag vertreten sind.«

Grenzwissenschaften, ich mußte lächeln, das interessierte mich wenig. Ich hatte beklommene Gefühle dabei, doch das wollte ich dem Professor nicht verraten. Kratzenstein war aber voll des Lobes für diese Gelehrten und ihre subtilen Arbeitsgebiete.

»Wir können sie nicht missen. Sie vertreten die angewandten Wissenschaften, die dem Studium generale erst seine Berechtigung verleihen. Wo kämen wir hin, wenn wir diese wackeren Männer nicht hätten! Alles wird abgewogen und geordnet. Alles säuberlich eingeteilt, verzeichnet und gesondert, aber durch die errichteten Wände werden Verbindungstüren geschlagen. Sicherheit und Bestand. Steigen Sie mal hinauf, Landau, und versuchen Sie zu rutschen!«

Davon wollte ich nichts wissen, denn mir schwindelte schon bei dem Gedanken ans Rutschen, was ich Kratzenstein sogar gestand.

»Wollen nicht Sie, Herr Professor, den Aufstieg und den Absturz versuchen? Ich warte, bis Sie wieder unten sind.«

Zu warten hatte ich keineswegs vor, ich wäre sofort davongelaufen, sobald sich der Professor in den Turm begeben hätte. Er bereitete mir aber nicht diese Freude, so sehr er auch die Einrichtung lobte, allerdings sich dabei auch verriet, daß er noch viel weniger von Schwindel frei war als ich. Während ich nur unsicher war, stellte er sich als regelrechter Schwindler dar, aber das behielt ich für mich, weil ich sein Wohlwollen nicht mit Kränkungen vergelten wollte. Darum schlug ich vor, daß wir unsere Besichtigung fortsetzen, doch da hatte mich gerade der Direktor des Instituts erkannt und eilte mit einem bestechenden Lächeln auf mich zu.

»Sie haben es jetzt endlich erreicht, Herr Doktor, und haben bestanden. Das freut mich ungemein. Gebührenfreie Ein- und Ausreise ist Ihnen für immer in unserem Turm gestattet.«

»Zu freundlich. Ich weiß es mir außerordentlich zu schätzen.«

Ein Weilchen unterhielt ich mich mit diesem Herrn und seinen Mitarbeitern, wobei ich übersah, daß inzwischen jemand seinen Paß hatte abstempeln lassen, um die Reise zu wagen. Da sauste er auch schon herunter; ich wurde erst auf ihn aufmerksam, als er schon wieder unten war, leicht benommen, aber fröhlich, weil es ihm schmeichelte, daß mich Kratzenstein am Ärmel zupfte, um mir diesen Anblick zu gönnen. Ich schaute schärfer hin, da hatte sich auch schon der Fahrer von der Matratze, auf der er gelandet war, erhoben und strebte freudeschwankend auf mich zu. Es war Otto Schallinger, der mich mit einem breiten Grinsen begrüßte.

»Da trifft man sich beim Soziologentag, das ist großartig! Wie lang hab ich dich schon nicht gesehn? Muß erst der Prenzel seinerseits auftauchen, haha, damit dieses Wunder passiert! Aber das ist ein Fest. Herrn Birch und Fräulein Bergmann, Kauders und Doktor Haarburger hab ich auch schon gesprochen.«

»So, die sind alle da?«

»Hast du sie nicht gesehn?«

»Birch und Fräulein Bergmann ja, die anderen nicht.«

»Die finden dich schon. Alle sind ja mit dir wie verrückt. Artur Landau ist die Parole.«

»Sag mal, Otto, bist du auch unter die Soziologen gegangen?«

»Ich? Nein. Oder wenig. Ich bin nur ein Liebhaber, aber ganz begeistert, mich interessiert ja alles. Wenn man die Menschen beobachtet und wissen will, wie es Ihnen geht, da muß man ja schon ein halber Soziologe sein heutzutage.«

Schallinger hatte seinen Photoapparat im baumelnden Gehäuse bei sich. Es erstaunte mich, daß er mit dieser kostbaren Last sich auf die Rutschbahn gewagt hatte. Nun zückte er sein Gerät und verriet mir, daß er Johanna und die Kinder heute schon geknipst habe, auch den Michael, aber den mußte er dazu erst überlisten. Otto wollte auch mich seinem Film opfern, und da sich Kratzenstein dieser Gier gewogen zeigte, mußte ich es dulden, mich mit ihm zusammen und dann allein, stets den Turm der Grenzwissenschaften hinter mir, aufnehmen zu lassen.

»Das sind erst die inoffiziellen Schnappschüsse«, erklärte Otto. »Die offiziellen Gruppenbilder mit dir und allen wichtigeren Teilnehmern der Tagung werden später folgen. Ich hoffe, damit kann ich mir einen Namen machen.«

»Wie stellst du dir das vor?«

»Sehr einfach. Ich biete das Illustrierten an und den Tageszeitungen auch. Aus den Händen werden sie mir's reißen.«

»Da wird Herr Schallinger recht behalten«, war auch Kratzensteins Ansicht.

Otto tänzelte um mich herum und machte sich wichtig. Plötzlich forderte er mich auf, gemeinsam mit ihm den Turm zu benützen. Er schlug den Doppelsitz auf einer Matte vor, aber ich lachte den kindischen alten Mitschüler aus, daß ich von solchen Künsten nichts wissen wolle. Schallinger mußte auf mich als Begleiter, aber nicht auf eine zweite Reise allein verzichten und verabschiedete sich in einem Gemisch von Betrübnis und Frohsinn, bevor er wieder in den Turm lief. Ich wartete seine Ankunft nicht ab und beabsichtigte, Ausschau nach Roy Rogers zu halten. Auf dem Wege dahin entdeckte ich den Wagen der Zigeunerin Fortunata, die ich hier nicht vermutet hatte.

»Diese Dame ist auch hier?« fragte ich verwundert den Professor. »Ich hätte es mir nicht träumen lassen, daß sie seriöse Wissenschaft treibt.«

»Und ob! Wir schwankten, ob wir heuer Sie oder Fortunata zum Ehrenmitglied ernennen sollten. Freilich ist dann die Wahl einstimmig auf Sie gefallen. Es müßte aber nicht mit rechten Dingen zugehn, wenn Fortunata nicht im nächsten Jahr an die Reihe käme.«

»Was hat Wahrsagerei mit Soziologie gemein?«

»Das fragen ausgerechnet Sie? Ihr Ernst kann das nicht sein! Ohne Wahrsagerei würde die Wissenschaft ihr wahres Fundament preisgeben.«

»So so. Das habe ich nie bedacht.«

»Aber lieber Landau, beschämen Sie doch nicht sich selber! Sie können nicht leugnen, daß Sie es selbst nicht verschmäht haben, mit dieser Dame gelehrte Beziehungen anzubahnen. Damit haben Sie bewiesen, wie nützlich das für unterdrückte Menschen ist.«

»Wieso kennen Sie meine Geheimnisse?«

»Von Ihnen wissen wir alles. Wüßten wir das nicht, wie hätten wir Sie zu unserem Ehrenmitglied ernennen können? Immer wird der Kandidat vorher auf Herz und Nieren geprüft, die ganze Lebensgeschichte. Dazu haben wir ja auch unsere Grenzwissenschaftler.«

Während dieser Erklärung öffnete sich die Türe von Fortunatas Wagen, und die Zigeunerin, prächtig geschmückt, mit einer Lupe und einem Bündel Spielkarten in der Hand, trat lächelnd hervor. Sie nickte mir lebhaft zu, näher heranzutreten, wozu ich keine Lust verspürte. Da mich Kratzenstein mit Reden und Gesten ermunterte, gab ich endlich nach und ging einige Schritte auf die Wahrsagerin zu. Fortunata lächelte huldreich, stieg die drei Stufen stolz herunter und kam mir entgegen. Schon wollte ich ihr die Hand reichen, als ich vom Anblick einer zweiten Erscheinung überrascht wurde, die nun, beinahe ebenso auffällig gekleidet wie die Zigeunerin, in der Türe des Wagens stand und mir zuwinkte. Diese Dame war übertrieben geschminkt, ich war mir nicht sicher, wer die Gelehrtin sei, aber Fortunata, die Allwissende, durchschaute mein Erstaunen mit müheloser Anmut.

»Das ist meine Freundin Eusemia, der Sie Ihre Karriere verdanken. Ich habe diese Adeptin zu meiner Assistentin und engsten Mitarbeiterin in der von mir begründeten Anstalt für pansoziologische und metapsychologische Tiefenforschung berufen. Da staunen Sie?«

Ich staunte nicht nur, ich erschrak; diese Wandlung Resi Knispels hatte ich nun doch für unmöglich gehalten. Der Zigeunerin antwortete ich nichts, sondern sah mich unsicher nach Kratzenstein um.

»Herr Professor, soll das wirklich seriös sein?«

»Aber gewiß, mein Lieber! Wie können Sie zweifeln? Alles, was wir betreiben, ist seriös.«

Resi Knispel näherte sich mir ohne Verlegenheit und reichte mir stolz einen Prospekt für die Zeitschrift »Eusemia«.

»Tag, Landau. Sehn Sie, ich hab's doch durchgesetzt, Sie Unke. Eusemia blüht. Sie hätten sich uns gleich anschließen sollen. Die Eusemia schwimmt wie ein Panzerkreuzer im Wasser und zahlt königliche Honorare. Ich hoffe, Sie werden sich wenigstens jetzt entschließen, Ihre kostbaren Beiträge der Eusemia anzuvertrauen. Ham Sie was fertig, dann rufen Sie an, und ich schick den Eberhard zu Ihnen, der's abholt.«

»Was den ...? Ist der vielleicht auch da?«

»Beruhigen Sie sich, er ist nicht da. Wir wissen Ihre Gefühle zu schätzen. Aber für Botengänge ist er gut genug und er hat uns schließlich den Namen gegeben. Also Ihr Anruf genügt. Einverstanden?«

»Das muß ich mir noch gründlich überlegen.«

»Mein lieber Freund«, mahnte nachsichtig der Professor, »da gibt es nichts zu überlegen. Wir alle arbeiten mit. Eine Ehre, eine Pflicht. Eusemia wird von Amerika finanziert. Singule hat einige Millionen ausgeworfen. Eusemia tritt für Menschlichkeit ein, gegen Atome und moralische Abrüstung, für Überbrückung der kollektiven Vereinsamung unbewußter Existenzen. Es ist schön und unbedingt. So werden die Wände niedergerissen, das Unglück wird verhütet, niemand mehr darf leiden. Das ist ja auch genau das, was Sie mit Ihrer eigenen Unterdrückung wollen. Außerdem ist die Eusemia das Mitteilungsorgan der Internationalen Soziologischen Gesellschaft.«

»Ach so«, flüsterte ich schwach.

»Bitte Landau, da sehn Sie! Eigentlich sollte ich Sie bestrafen, weil Sie damals von mir so scheußlich weggelaufen sind wie ein räudiger Hund. Aber heut ist alles verziehn und vergessen.«

»Alles, alles!« bekräftigte Fortunata. »Eusemia liebt Sie. Übrigens konnten Sie sich indessen überzeugen, daß Sie sind. Ich hab es Ihnen gleich gesagt und Ihnen eine herrliche Zukunft geweissagt.«

Ich mußte mich mit den Wahrsagerinnen noch länger unterhalten und wurde nicht eher in Ruhe gelassen, als bis ich versprochen hatte, meine Kenntnisse und Fähigkeiten der Anstalt der gelehrten Damen zur Verfügung zu stellen und bald einen Artikel zu liefern, der die Befreiung von Unterdrückung auf raschestem Wege in die Tat umsetzen sollte. Fräulein Knispel versuchte mehrmals, mich zu küssen, aber sobald sie sich mir zudringlich nähern wollte, stellte ich mich hinter Kratzenstein und konnte so ihren Angriffen trotzen. Zum Glück kamen einige Leute herbei, die sich mit den Damen über Probleme der Tiefenforschung oder Wahrsagerei unterhalten wollten, was ich zu einem schnellen Abschied nützte. Ich mußte allerdings zusagen, mich bald wieder zu melden. Fortunata prophezeite nochmals meinen unvergleichlichen Aufstieg, und Resi Knispel rief mit jubelnder Stimme:

»Landau, Sie sind jetzt berühmt. Das ist prima. Ich bin stolz auf Sie. Bis jetzt standen Sie sich nur selber im Weg. Aber mein Eintreten für Sie hat alle Hindernisse bezwungen.«

Dann verschwanden die Seherinnen mit ihren Klienten im Wagen der Zigeunerin, die Türe schloß sich, ich war die Forscherinnen los. Der Professor konnte sich ein Lächeln nicht verbeißen.

»Welch rührender Eifer! Ein prächtiges Weib diese Eusemia Knispel, aber jedes Wort darf man ihr nicht glauben. Sie scheint in Sie vernarrt zu sein und hat viel Ergreifendes über Sie in der Welt verbreitet. Doch daß die Knispel Sie gemacht hat, das ist natürlich faustdick übertrieben.«

Wir entfernten uns und schritten zwischen mancherlei Buden herum, wo sich die Gelehrten nur so tummelten. Überall, wo ich mit Kratzenstein erschien, herrschte eitel Freude. Betti, Johannas liebe Verwandte, lief uns in den

Weg, wir wechselten einige frohe Worte. Ihre Genugtuung, daß sie stets zu mir gehalten hatte, war berechtigt, ich dankte ihr für ihre große Treue. Betti meinte, ich sei ein bißchen blaß, es würde mir gut tun, mich ein wenig auszuruhn. Professor Kratzenstein griff die Anregung sofort auf und führte mich in die Erfrischungshalle, wo wir mit meiner Familie und Anna wieder zusammentrafen. Eine Halle war es zwar nicht, aber immerhin standen da zwischen Pfützen und Abfällen einige ungedeckte, schmutzige Tische mit Bänken herum. Die Einrichtung erinnerte an den Platz vor der Osserhütte, nur war es dort still und sauber, während es hier laut und liederlich zuging. Der Geruch von schäbigen Getränken mischte sich ekelhaft mit den Dünsten von Zwiebeln, Fischgerichten und anderen billigen Speisen, die auf jenem Kochfett genannten Erzeugnis ausgebraten waren, das ranzig schmeckt und den Magen schädigt, wie man es aber hierzulande ohne Rücksicht auf empfindliche Nasen und Gaumen in Garküchen zum Überdruß verwendet; es widerte mich an. Am liebsten wäre ich gleich wieder weggelaufen und rieb mir schon vergnügt die Hände, als ich sah, daß es zu wenige Sitze gab, weswegen viele Gäste standen, doch wurden uns leider, sobald wir erschienen, mit übertriebener Höflichkeit sofort zwei Plätze eingeräumt. Ich mußte mich wenigstens zu einem kurzen Aufenthalt bequemen, wenn ich Kränkungen vermeiden wollte. Herr und Frau Kutschera, vom Ehepaar Simmonds mit neidischen Blicken verfolgt, trugen auf und freuten sich sehr, als sie mich erblickten. Sie brachten Äpfel und anderes Obst und was sie nur an tauglichen Imbissen besaßen. Wieder wollte der Professor für uns beide bezahlen, aber Herr Kutschera nahm nur Entgelt für das, was Kratzenstein verzehrte; mich gratis zu bewirten, bezeichnete Herr Kutschera als die größte Ehre, die ihm widerfahren könne.

»Herr Doktor, ich hab Sie gekannt, da waren Sie noch auf dem Gymnasium. Ich hab mir's immer gedacht, was alles in Ihnen steckt. Wenn Ihr gottseliger Herr Vater das ansehn könnt, du meine Güte, würde der stolz auf Sie sein!«

Ich gab mich schon darein, daß ich hier nicht so billig ausreißen konnte. Die Menschen drängten mit bescheidener Frechheit heran, um mir zu gratulieren, meine Stimme zu hören, meinen Rock zu berühren und mir wichtigtuerische Nettigkeiten zu erweisen. Herr Nerad in einer leicht befleckten weißen Schürze brachte eine Flasche Kalakto mit Strohhalm, dies ist ein kalter Kakao, den Molkereien drüben lieferten; wie hatte ich als Kind ihn geliebt, aber noch nie hatte ich in der Weltstadt Kalakto getrunken! Auch noch andere Bekannte aus früheren Tagen trieben sich hier herum. Frau Holoubek kam etwas unbeholfen auf mich zu, tätschelte mich und klopfte mir liebevoll auf den Rücken. Auf meine Frage erzählte sie mir, daß Frau Krumbholc ihre letzte Wäsche gewaschen hatte und schon seit Jahren auf dem Friedhof lag. Dann erinnerten mich Frau Holoubek wie Herr Nerad an alle meine Verwandten, was die wohl sagen würden, wenn sie wüßten, wie weit ich es gebracht habe. Diese treuen Seelen konnten mir nur nicht ihre Vorwürfe ersparen, daß ich so unvermittelt meine Besuche bei ihnen eingestellt hatte und dann ohne Abschied plötzlich verreist war, sie hatten ja noch Sachen gefunden seit meinem Verschwinden; alles hatten sie verwahrt und wollten wissen, wann ich mir endlich darum käme. Ich mußte ihnen Johanna und meine Kinder vorführen, die sie herzten und mit Zuckerzeug beschenkten. Johanna wurde das zuviel, die Kinder würden sich den Magen verderben. Schließlich hatte ich lange genug in der Erfrischungshalle ausgeharrt, um mich mit Anstand zu entschuldigen. Leider mißlang es mir aber auch diesmal, dem Professor zu entschlüpfen. Er heftete sich an meine Fersen und hängte sich brüderlich in mich ein, als hätte er meine Absicht durchschaut.

»Heute, mein Lieber, entkommen Sie mir nicht mehr aus dem Netz, Sie Ausreißer, Sie!«

Wir gelangten an einen Stand, wo man aus angemessener Entfernung Kokosnüsse von Ständern mit Holzbällen hinunterschleudern konnte. Ich war froh, daß Michael nicht mit uns war, der mich stets quälte, ihn diese Kugeln werfen zu lassen oder mich selber zu produzieren. Die Menge wich scheu zurück, die Werfer ließen ihre Bälle zu Boden gleiten und traten zur Seite, um an der Holzbrüstung für mich und den Professor Raum zu schaffen.

»Wir haben schon so lang auf Sie gewartet!« rief Herr Lever begeistert aus. »Du, Mitzi, der Herr Doktor Landau ist da. Gib ihm gleich mal eine Kokosnuß!«

Mitzi lief eilig und brachte eine Nuß von einem Ständer heran. »Sie haben uns damals so schön durchs Museum geführt. Unvergeßlich!«

»Es hat sich gar nichts geändert. Sie blühn ja richtig! Wollen Sie neun Freiwürfe haben?«

Ich bedankte mich für das Entgegenkommen, doch lehnte ich die Freiwürfe ab und hörte mir geduldig an, daß Levers ihre Bilder doch nicht erhalten hatten, nur zerdrückte Photographien wurden ihnen nach Johannesburg für teures Geld nachgeschickt. Dabei – wie unverschämt! – seien die Bilder hier auf dem Soziologentag ausgestellt, wie mir Herr Lever zuflüsterte, der mich bat, wenn ich sie entdecke, mich für die Rückgabe an ihn als rechtmäßigen Eigentümer zu verwenden. Es würde mein Schaden nicht sein. Ich wollte wissen, wo die Bilder hingen, aber da tat Herr Lever geheimnisvoll, das müsse er meinem gelehrten Spürsinn überlassen, doch soviel solle ich ihm glauben, daß er auf die ganze Soziologie pfeifen würde – bitte, ohne mir nahetreten zu wollen –, wenn er nicht noch Hoffnungen wegen der Bilder hätte. Ich verabschiedete mich von dem tüchtigen Ehepaar, das von Kratzenstein mit schlecht verhüllter Verachtung behandelt wurde. Der Professor überredete mich zu einem Besuch des rechtswissenschaftlichen Pavillons. Auf dem Wege dahin fragte ich, was für eine soziologische Bewandtnis es mit den Kokosnüssen habe. Kratzensteins Gesicht verzog sich bitter.

»Ehrlich gestanden, gar keine. Diese afrikanischen Händler behaupten zwar, man kann bei dieser, mehr eines Jahrmarktes als einer Tagung würdigen Wurfbude massenpsychologische Untersuchungen anstellen. Ich halte das für baren Unsinn. Aber die Levers haben Geld wie Mist und zahlen viel dafür, daß sie Mitglieder unserer Gesellschaft sein dürfen. Sie zahlen auch eine hohe Miete für ihren Stand. Das kann uns recht sein. Im Grunde haben sie andere Absichten, das hab ich längst gemerkt. Ich werde schon dahinterkommen.«

Der rechtswissenschaftliche Pavillon war eine mittelgroße Bude, die ich bereits seit Jahren bei Jahrmärkten auf der Schäferheide gesehen, aber noch nie besucht hatte, weil mich die Aufschriften abschreckten, die sensationelle Verbrechen und Missetaten haarsträubender Art ankündigten. Ich trug dem Professor meine Bedenken vor, doch er lachte belustigt und begütigte mich, es sei nicht so arg, auch habe sich die Wissenschaft vor nichts zu fürchten und für nichts zu schämen. Im Pavillon sei bestimmt nichts zu finden, was ich nicht selbst in Wirklichkeit schon gesehen oder erlebt hätte. Es sei anzunehmen, daß mir viel scheußlichere Dinge vertraut seien. So ließ ich mich bewegen, an die Kasse zu gehen, an der ein Schild mit der Aufschrift »Wiedergutmachung« befestigt war. In der Kasse saß, was mich nun nicht mehr überraschte, Herr Dr. Blecha, übrigens der erste und einzige, der während der Tagung über mein Erscheinen erschrak. Dr. Blecha sagte sofort mit unruhiger Hast, daß ich mir von meiner gegenwärtigen Stellung keine Vorteile erwarten dürfe, vom Fall Kauders wolle er nichts hören, längst sei alles abschlägig beschieden, Kauders habe das nun auch als richtig eingesehen, ja und welche Kateridee es von mir gewesen sei, Herrn Lever zu ihm, Dr. Blecha, zu schicken. Ich sagte dem Anwalt, daß ich gerade jetzt Levers bei den Kokosnüssen gesehen hatte, wozu Kratzenstein leicht mißbilligend den Kopf schüttelte. Blecha blickte grimmig und bemerkte kühl, sehr vernünftig, daß Herr Lever endlich von seinen sinnlosen Bemühungen abgelassen habe, jetzt könne man an seinem Stand wenigstens nach dem Rechten schießen. Dann zeigte der Anwalt mit frechem Finger auf meine Kokosnuß.

»Sie scheinen sich ja dort mit einigem Glück versucht zu haben.«

Ich überhörte diese Bosheit geflissentlich und begehrte, zumal mich der Professor schon leicht ungeduldig mahnte, Einlaß in den rechtswissenschaftlichen Pavillon. Nach Frau Mackintosh war es einzig und allein der knausrige Dr. Blecha, der mir bei der Tagung einen kostenlosen Genuß verwehrte. Ich wollte zahlen, aber nach bereits eingeführter Sitte beharrte Kratzenstein darauf, ich solle das ihm überlassen. Das lehnte Dr. Blecha mit spitzer Höflichkeit ab; wo es mit rechten Dingen zugehe, zahle jeder für sich selbst, das Recht trete nur für sich, doch für keinen anderen ein, es sei denn, daß man dafür bezahlt. So konnte der Professor sein Scherflein nur für sich selbst entrichten. Ich langte in meine Tasche, um eine Münze zu fischen, aber da stellte sich heraus, was ich bei der Autobahn noch nicht entdeckt hatte, daß zu Hause beim Umkleiden meine Brieftasche und alles lose Kleingeld im anderen Anzug geblieben waren. Nichts als den kostbaren Scheck von Herrn Singule und seinen Annahmebrief trug ich bei mir. Den Scheck zog ich heraus und zeigte ihn Dr. Blecha. Der Anwalt bekam einen Hustenanfall. Ich erschrak, aber das war nicht nötig, der Husten verhüllte nur ein unbändiges Gelächter über meine Unschuld, ja, Unschuld, der Advokat gebrauchte dieses Wort; Glaube sei Unschuld, behauptete er steif und fest, hier werde bloß Bargeld angenommen, ein Scheck, gar auf einen so hohen Betrag, könne faul sein, ihm, dem alten Juristen dürfe man mit einem solchen Wisch nicht kommen. Der Professor wollte mir unauffällig Geld zustecken, der Anwalt ließ sich jedoch nicht täuschen. Da sagte Kratzenstein vorsichtig, er wolle mir den Betrag nur borgen, aber Dr. Blecha schüttelte unwillig den Kopf, Leihgeschäfte seien bei einer Tagung unzulässig. Auf Kratzensteins dringende Vorhaltungen räumte er schließlich ein, daß ich als Ehrenmitglied der Gesellschaft nicht gut um die Gunst verkürzt werden dürfe, den rechtswissenschaftlichen Pavillon zu besichtigen, weswegen sich Dr. Blecha bereit erklärte, ausnahmsweise meine Kokosnuß anstelle einer ordentlichen Bezahlung entgegenzunehmen. Ich seufzte tief, die

Nuß hatte ich meinem Jungen schenken wollen, der sich schon seit langem eine wünschte. Da hatte der Anwalt die Unverschämtheit zu sagen, gut, nicht die Nuß, das sei meine Sache, wenn ich den Bengel so verwöhne; dafür könne ich, falls mir das lieber sei, meine Taschenuhr verpfänden.

»Dann habe ich keine Zeit!« jammerte ich.

»Termine laufen ab!« Blecha rief es streng.

»Zeit haben wir alle nicht«, tröstete der Professor. »Aber darauf kommt es nicht an. Geben Sie nur dem Herrn die Nuß! Es wird ihn besänftigen. Für Ihren Jungen werden wir uns eine andere bei Guido Lever ausbitten. Der scheint sich ja in Ihrer Schuld zu fühlen und läßt gerne eine für Sie springen.«

Diese Rede mißfiel mir, ich ärgerte mich über Kratzenstein, doch opferte ich die Nuß, mit der Dr. Blecha sofort zu spielen begann. Er zupfte gierig an dem verfilzten Schopf. Wir aber durften durch den schäbigen schweren Vorhang uns winden, an dem fettiger Schmutz klebte. Innen wurden wir stürmisch von Hajnalka Haarburger begrüßt.

»Jolan, Jolan!« schrie sie. »Die Herren sind endlich da!«

So schnell es sein Spitzbauch erlaubte, kam Dr. Haarburger herangeeilt und verneigte sich tief.

»Hier, Doktor Landau, können Sie die Vergangenheit bewundern. Alle Grausamkeiten haben wir gesammelt. Sie können nicht mehr passieren. Das ist vorbei. Die reine Wohltätigkeit hat über allen Dreck auf Erden einen eindeutigen Sieg davongetragen. Es steht eins zu null. Wenn wir bei der Stange bleiben und das Steuer nicht aus der Hand lassen, kann sich das Weltleid für immer verstecken. Wir aber in diesem Pavillon sind zum abschreckenden Beispiel da.«

Dr. Haarburger drückte auf einen Knopf, ein scharfes Licht blitzte auf und erleuchtete einen Schaukasten. Ich sah einen Kran mit einer Schlinge, der sich hin und her bewegte und unter einer Schar von jämmerlichen kleinen Puppen eine am Hals erwischen und in die Höhe reißen wollte.

»Ist das nicht lieb, Doktor Landau? Wenn Sie diesen Hebel hier führen, kann es Ihnen theoretisch gelingen, eine der Puppen zu fangen und zu strangulieren. Die muß dann aus dem Spiel ausscheiden, weil sie erledigt ist. Wenn Sie das schaffen, dürfen Sie die Puppe behalten und kriegen ein Diplom. Aber ich sag Ihnen, es gelingt Ihnen nicht, es gelingt niemandem. Das ist die Humanität. Nun probieren Sie mal Ihre Menschlichkeit! Da ist der Hebel, nur immer schön langsam dirigieren!«

Gegen meinen Willen hatte ich schon den Hebel in der Hand und führte ihn zaghaft nach rechts und links, wobei der Kran herumrollte, die Schlinge sich hob und senkte, die Puppen beängstigend auf der Fläche herumschwirrten. Aus einem Lautsprecher drang eine piepsige Stimme: »Adam, wo bist du?« Eine andere Stimme, die noch erbärmlicher piepste, antwortete: »Ich bin nicht Adam. Mein Nächster ist Adam.«

Als ich das hörte, spürte ich einen heftigen Stoß in der Hand, der Hebel entglitt mir, ich gab es auf. Dr. Haarburger ließ den Knopf los, der Schaukasten wurde dunkel, der Spuk verschwand.

»Ist das nicht großartig, Doktor Landau?«

Ich mußte es zugeben und mich geschlagen erklären.

»Sie sehn also, die Humanität hat gesiegt. Hab ich es Ihnen nicht gleich gesagt?«

Dr. Haarburger bot sich an, auf andere Knöpfe zu drükken, die noch erstaunlichere Dinge beschwören sollten, aber ich winkte ab. Er zeigte Verständnis dafür.

»Es gibt ja hier nur zu sehn, was keiner besser kennt als Sie selber. Aber jetzt sind Sie berechtigt!«

»Sie müssen bald zu uns kommen!« bat Frau Hajnalka. »Sie und Johanna mit Ihrem Jungen.«

»Ich habe auch ein Töchterchen, Eva.«

»Das ist gut. Sie kommen also mit beiden Kindern. Sie können auch kommen, wenn Sie Geld brauchen. Mein Mann hat jetzt viel.«

»Doktor Landau braucht kein Geld«, sagte Kratzenstein. »Es ist schon alles für ihn eingerichtet.«

»Das hör ich gern. Also doch die Saubermanns? Ich hab es mir gleich gedacht. Frau Saubermann hat so ein goldenes Herz.«

»Wo denken Sie hin? Ich und Singule! Wir brauchen die Saubermanns nicht, Frau Hajnalka. Jetzt möchte ein jeder dabei sein, Reichtümer unserem Doktor Landau zuzuschanzen.«

Dr. Haarburger betonte, wie ihn meine günstige Lage freue, bat mich aber trotzdem, bestimmt nicht zu vergessen, an wen ich mich zu wenden habe, wenn ich einmal außerordentlichen Geldbedarf hätte. Da wolle er mit dem größten Vergnügen in die Bresche springen. Ich dankte für so viel Güte und fügte hinzu, es scheine mir ratsam, die Arbeiten des rechtswissenschaftlichen Pavillons nicht mehr durch meinen weiteren Aufenthalt zu stören. Haarburgers schlugen mir zwar noch die Besichtigung einiger erlesener Grausamkeiten vor, doch war ich nicht neugierig.

»Jolan, dann sag unserm Freund noch schnell, was du für ihn getan hast!«

»Die Bescheidenheit würde es verbieten, aber die Wahrheit, der wir dienen, und die Gerechtigkeit gebieten es. Ich hab Sie vom Bahnhof abgeholt, weil ich wußte, mit wem ich es zu tun haben werde. Ich hab mich mit Hajnalka als erster für Sie verwendet. Ich hab Sie wie einen Sohn aufgenommen, überall empfohlen und herumgereicht. Hier die Bekanntschaft des Herrn Professors verdanken Sie mir. Ich will nicht behaupten, daß ohne mich aus Ihnen nichts geworden wäre, aber bestimmt erst viel, viel später. Das sei einmal in aller Bescheidenheit festgestellt. Stimmt doch, Herr Professor?«

»Es stimmt«, sagte Kratzenstein und sah dabei aus, als bisse er in einen sauren Apfel. »Wir alle haben ihn gemacht. Jetzt ist er.«

»Ja, er ist, er ist. Aber angefangen hat's bei mir.«

Das sagte Dr. Haarburger mit Würde, Frau Hajnalka nickte bekräftigend mehrmals. Wir verabschiedeten uns von dem rechtswissenschaftlichen Paar, das uns bis zum speckigen Vorhang geleitete. Draußen warf ich einen langen Seitenblick auf Dr. Blecha, der sich indessen nicht um mich kümmerte und noch immer mit der Kokosnuß spielte; ihren Schopf hatte er schon abgezupft, die Fasern lagen zerkrümelt auf der Geldschale vor ihm, manche hingen an seinem Rock. Wir gingen schon wieder, doch bloß wenige Schritte, und gelangten an einen Stand, wo ein Papagei mit seinem Schnabel bedruckte Zettel aus einem Behälter pickte und jenen Tagungsteilnehmern ausfolgte, die das wünschten. Der Papagei wollte auch mich bedienen. Ich lehnte aber ab, als mich der Professor belehrte, daß es sich bloß um Werbeschriften der Internationalen Soziologischen Gesellschaft handle. Dennoch traten wir heran, denn ich erkannte Herrn Buxinger, der sich als Leiter dieser Abteilung herausstellte. Es war ihm willkommen, mir die Hand zu drücken. Großzügig, wie er ist, kränkte ihn es nicht, daß ich die Dienste des Papageis, die er mir warm empfahl, mit einem Handwinken ausschlug und erklärte, ich sei kein Freund von Propaganda und Reklame.

»Na schön, Herr Doktor, vielleicht werden Sie's noch einmal billiger geben, wenn Sie mich brauchen. Ich bin jedenfalls hier in meinem Element. Ich habe den Alleinvertrieb der Eusemia und werde bald einen großen Verlag aufgebaut haben. Dann, Herr Doktor, möchte ich gern auch Ihre Werke verlegerisch betreuen.«

Kratzenstein wies Herrn Buxinger darauf hin, daß bei den vielen Angeboten, die ich hätte, er sich im Augenblick nicht erwarten dürfte, etwas von mir zugesichert zu erhalten. Darüber war der Buchhändler so betrübt, daß ich ihm tröstlich zusprechen mußte. Als er erfuhr, daß man mit meiner Mitarbeit an der »Eusemia« rechnen könne, leuchteten seine Augen, denn in dieser Zusage bereits erblickte er eine Garantie für den weiteren guten Erfolg seiner Zeitschrift.

»Wenn Sie auch nur in jeder zweiten Nummer vertreten sind, kann ich mich in Kürze sanieren und Jolan Haarburger alle meine Schulden bezahlen. Noch in meine Firma wird er eintreten wollen, mein alter Freund Jolan.«

Der Papagei stieß einen krächzenden Ruf aus und ließ einen Zettel fallen. Jemand bückte sich danach mit den Worten: »Sein Glück muß man vom Boden heben.« Ich schaute genauer hin. Es war Soundso, der sich aus Scheu mich nicht einmal zu begrüßen traute. Es war hart für ihn, daß ich durch meinen plötzlichen Erfolg viel besser daran war als er, der noch immer nicht die längst ihm versprochene Professur erhalten hatte. Da tat er mir leid, einem alten Jugendfreund darf man sich nie verschließen. Deshalb ermunterte ich ihn mit einem leichten Zuruf und empfing dafür einen dankerfüllten Blick.

»Wie schön, Artur, dein Freund heißen zu dürfen. Von allem Anfang an hab ich es gewußt, daß du dich durchsetzen wirst, sobald du nur herkommst. Hab ich nicht schon im ersten Brief nach dem Krieg dir das geschrieben?«

Soundso fragte das so treuherzig, daß ich ihm nicht einmal widersprach, zumal ihm Kratzenstein zustimmte und meinte, darüber seien sich alle einig gewesen. Ich schaute den Professor fragend an, weil mir seine Behauptung doch ein zu starkes Stück schien. Da er keinen Widerspruch in Worten von mir hören wollte, beeilte er sich zu versichern, zugegeben, gewisse Anfangsschwierigkeiten für mich ließen sich nicht leugnen, aber die seien keinem noch so großen Talent je erspart geblieben. Soundso wollte von mir wissen, ob ich schon Karin bei der Tagung getroffen hätte. Als ich verneinte, forderte er mich auf, ihn zu begleiten, sie habe eine Ehrenfunktion, sie helfe beim Glücksrad. Wir ließen uns von Soundso führen und kamen zu einem prächtig hergerichteten Stand, der über und über mit schimmernden Perlen und glitzernden Juwelen verziert war, alles in farbiges Licht getaucht. Ich war geblendet von so viel Glanz und wischte mir die Augen, weil ich mich nicht blenden lassen wollte.

»Ein Glücksrad und Soziologie?«

»Mein lieber Landau, Sie fragen, als wären Sie der reine Anfänger. Wissen Sie nichts über die Soziologie des Glükkes?«

Nein, darüber wußte ich nichts, dieses Fach hatte ich nie studiert. Langsam gewöhnte ich mich an den Glanz, nun konnte ich bereits frei um mich blicken. Nicht nur Karin in einem kostbaren Abendkleid war zu sehen – sie verkaufte den Gästen Lose, die auf Nummern lauteten –, sondern auch Frau Saubermann war hier, mit der eine Bekanntschaft zu erneuern mich nicht gelüstete. Sie bediente hochmütig das Glücksrad und schien die Oberaufsicht zu führen. Bei diesem Anblick wurde mir übel, ich wollte keinen Augenblick bleiben. Kratzenstein und Soundso gestatteten mir aber keine Flucht, ich mußte mich fügen. Da hatte uns die Wohltäterin auch schon entdeckt, die mich mit riesigen Augen anstarrte und mit Entzücken mich mehrmals beim Namen rief. Als sie mein Zögern bemerkte, streckte sie mir beide Arme entgegen.

»Herr Doktor! Herr Doktor! Daß Sie endlich kommen! Ich sitze wie auf Nadeln und warte die ganze Zeit! So treten Sie doch näher! So eine Freude! So ein Glück!«

Da ich mich noch immer nicht rührte, schob mich Kratzenstein vorwärts. Willenlos überließ ich Frau Saubermann meine Hände, mit denen sie fast entrückt ein Weilchen streichelnd spielte.

»Sie sind ein lieber, ein herrlicher Mann geworden und dabei sittlich so frei! Wie haben Sie es verstanden, Ihre Pflicht zu erfüllen! Welche Genugtuung für mich, welche Auszeichnung, Sie sehn zu dürfen! Erinnern Sie sich an Ihren Besuch bei uns? Wir sprachen auch unter vier Augen und hatten so schöne Berührungspunkte. Karin, liebe, geben Sie doch gleich mal dem Herrn Doktor eine Handvoll Lose, damit er unbedingt was gewinnt!«

Karin nahm aus einer Schachtel Lose und schob sie mir zu. Dann drehte Frau Saubermann das Glücksrad, und mindestens zehn meiner Lose hatten gewonnen. Ich empfing billige Zigaretten und saure Bonbons, ein versilbertes Kettchen, eine Zahnbürste, einen kleinen Taschenspiegel aus Metall, ein Schälchen aus gepreßtem Glas, das wie geschliffen aussah, Hemdknöpfe aus Sandelholz, einen hübschen

Talisman aus goldgelbem Blech und andere nützliche Kleinigkeiten. Einige meiner Gewinne wollte ich dem Professor und Soundso schenken, doch nahmen sie nichts an, so daß ich alles in meine Taschen stopfen mußte. Das würde mir Glück bringen, versicherten alle, da ließ ich mir es gefallen. Daran nicht genug, überreichte mir Frau Saubermann noch den Hauptpreis, den ich nicht dem Zufall des Glücksrades zu verdanken hatte. Es war eine Perlenkette.

»Das ist für Johanna, Herr Doktor. Die Kette ist lang genug, um in drei Reihen den Nacken zu schmücken. Die Perlen hab ich selbst gefädelt. Sie wurden in der Fabrik meines Mannes getaucht. Prachtvolle Ware nach einem neuen Verfahren, konkurrenzlos, schöner als echt. Wenn Sie Johanna die Kette umhängen, bestellen Sie einen schönen Gruß von mir! Wie froh bin ich, daß dieses gute Kind einen so wertvollen Menschen wie Sie zum Gatten bekommen hat. Erinnern Sie sich damals an den Abend bei Jolan und Hajnalka? Da sah ich es auf den ersten Blick, Sie und Johanna werden ein Paar. Sie waren von der Vorsehung einander bestimmt.«

Frau Saubermann senkte die Kette in ein Schächtelchen und entschuldigte sich, daß sie länger sich mir nicht widmen könne, denn jetzt müsse sie eine neue Kette fädeln, noch dazu in Rekordzeit, weil man so eine Kette als ersten Preis für das Glücksrad brauche. Aber die Wohltäterin gönnte sich trotzdem noch genug Zeit, um mich samt Familie einzuladen und mich aufzufordern, ich solle immer, wenn ich etwas wünsche, über sie und ihren Lari verfügen. Ob ich ihn bereits aufgesucht hätte? Als ich verneinte, strafte sie mit einem vorwurfsvollen Blick den Professor, der beredt wegen dieses Versäumnisses um Verzeihung bat und versprach, sofort mit mir hinüber ins Panoptikum zu laufen. Wir empfahlen uns Frau Saubermann und Karin, doch auch von meinem Freunde Soundso, der während des Fädelns der neuen Perlenkette beim Drehen des Glücksrades aushelfen sollte. Mir nickte der Jugendfreund zu, vor Kratzenstein verneigte er sich steif. Dann bahnten wir uns einen

Weg und achteten nicht mehr auf die nachgerufenen Glückwünsche.

»Herr Professor, ins Panoptikum? Ich habe schon viel bei diesem Soziologentag gelernt, aber hier ein Panoptikum, was soll denn das bedeuten?«

»Manchmal könnte man glauben, Sie sind ein Student im ersten Semester und kein reifer Gelehrter. Es ist nichts einfacher als das. Beim Panoptikum handelt es sich um das zeitgenössische Museum, das den modernsten wissenschaftlichen Errungenschaften entspricht, wie wir sie den bahnbrechenden Arbeiten unseres Kollegen Saubermann verdanken. Bedenken Sie das Wort: Panoptikum. Das heißt Allschau, ein Museum, wie es nicht nur den Bedürfnissen wahrer Gelehrsamkeit, sondern auch dem Erleben der breiten Masse entspricht. Und das ist angewandte Soziologie.«

Ich zuckte zusammen, als der Professor von »breiter Masse« redete, denn ich mag diesen nichtsnutzigen Mißbegriff nicht. Es reizte mich zu fragen, was das sei, aber dann verzichtete ich lieber auf eine Belehrung durch meinen Gönner und schwieg, bis wir die marktschreierisch prächtige Bude erblickten, die mit

PANOPTIKUM – DAS ZEITGENÖSSISCHE MUSEUM

in bunten Lettern beschriftet war. Der Eintrittspreis war populär, aber wir bezahlten nichts und wurden sofort hineinkomplimentiert. Herr Saubermann in Frack kam uns entgegen, er strahlte über das lange Gesicht und klatschte in die Hände; ich dachte zunächst, es sei vor Vergnügen, aber gleich stellte sich heraus, daß es sich um ein Zeichen handelte, mit dem er zwei Gehilfen in schwarzen Arbeitsmänteln verständigte. Zu meiner freudigen Überraschung war es niemand anderer als Herr Schnabelberger und Frau Dr. Kulka. Er verneigte sich tief, die Doktorin knickste zierlich, doch beide sagten kein Wort und mußten erst von mir angesprochen werden, um den Mund zu sparsamen, fast unterwürfigen Sätzen zu öffnen. Herr Saubermann, den ich mit wiederholtem Schwenken meiner erhobenen Linken vertröstete, gab sich geduldig darein, daß ich zunächst ein Weilchen mit meinen alten Kollegen redete, obwohl er darauf brannte, meine ungeteilte Aufmerksamkeit für sich zu beanspruchen. Ich wollte seine Geduld nicht überspannen und ersuchte deswegen den Professor, Saubermann inzwischen zu unterhalten. Dann sagte ich meinen Mitarbeitern aus dem Museum, daß ich vorhin Herrn Geschlieder gesehen hätte und überrascht sei, ihn nicht unter dem Personal des Panoptikums zu finden. Herr Schnabelberger klärte mich auf, daß Geschlieder gekündigt habe. Man hatte darauf verzichtet, ihn zu halten, weil der Mann zu ungebildet gewesen sei, den Umbau des Museums nach Saubermanns Richtlinien habe er nicht begriffen. Herr Woticky hingegen sei als Hilfskraft noch im Betrieb.

Gern hätte ich noch länger mit Dr. Kulka und Schnabelberger geredet, aber Saubermann wurde schwierig und ließ sich weder durch Handschwenken noch durch Professor Kratzensteins Bemühungen weiter hinhalten. Saubermann faßte mich vertraulich unter den Arm und bot mir Duzbrüderschaft an, worauf ich nichts erwiderte. Dann erklärte er mir, daß sich Herr Schnabelberger und Frau Dr. Kulka vollkommen zu seiner Auffassung der Musealwissenschaft bekehrt hätten und sich seiner Leitung willig fügten. Er werde sich gemeinsam mit diesen Mitarbeitern freuen, mir bei meinen Forschungen mit Rat und Tat beizustehen, wann immer ich es verlange. Außerdem sei er bereit, mir auch jede private Hilfe, die ich wünschte, jederzeit angedeihen zu lassen. Während es üblich war, daß Gäste von meinen früheren Kollegen durch das Panoptikum geleitet wurden, ließ es sich Saubermann nicht nehmen, diesmal selbst zu führen, doch gingen Schnabelberger und Dr. Kulka zu seiner Unterstützung mit. Das Panoptikum war mit vielen Objekten gefüllt, die mir von meiner eigenen Tätigkeit im Museum her vertraut waren. Hingegen waren die Schätze, die mir Lari Saubermann in seinem Hause gezeigt hatte, hier nicht ausgestellt. Wir kamen an Bündeln zerschundener Gebetbücher vorbei, wie wir sie im Keller gestapelt hatten; hier hatte man sie säuberlich geschichtet und einige aufgeschlagen. Dann sah ich Bilder, an die ich mich gut erinnerte. Sie hingen an Tapetenwänden, ich erkannte sie als Erzeugnis »Kolex« meines ehemaligen Freundes Konirsch-Lenz, alles gut abgestaubt, die Rahmen ausgebessert und überall vernünftige Erklärungen, wie man sie offenherziger nicht wünschen konnte.

Die Bildnisse des Ehepaares Lebenhart hingen an einem Ehrenplatz. Ich hatte den Auftrag Herrn Levers im Sinn und erlaubte mir die Frage, warum man nach Saubermanns panoptischen Grundsätzen den Johannesburgern diese Gemälde nicht endlich ausfolge. Frau Dr. Kulka erbat sich von Saubermann Sprecherlaubnis, er nickte zustimmend, und ich wurde belehrt, das sei schon wegen der Geschichte unmöglich, die dulde keine Herausgabe. Ich solle auch einsehen, daß mit dem Verschleudern der aufgespeicherten Schätze der wahre Sinn der Geschichte jener bösen Jahre verfehlt werden würde; die vermeintliche Gutmachung eines Unrechtes sei, verstehe man es richtig, erst das eigentliche Unrecht selbst und kein Recht. Frau Dr. Kulka wolle mir nicht nahetreten, aber das waren eben die panoptischen Grundsätze, in die ich mich, wie glänzend meine wissenschaftlichen Verdienste sonst auch sein mögen, bisher nicht ausreichend vertieft hätte. Dann bat Herr Schnabelberger um Sprecherlaubnis, um der Doktorin beizustimmen und zu erwähnen, Johannesburg liege viel zu weit vom Schuß. Es sei psychologisch kennzeichnend, ich möge das erwägen, daß die Levers die Teilnehmer der Tagung ausgerechnet nach Kokosnüssen werfen ließen, die sie mit einem seltsamen Raffinement in einer fast unerlaubten Entfernung von der Brüstung postiert hätten, um einen Volltreffer beinahe auszuschließen. Wenn er, Schnabelberger, noch etwas vorschlagen dürfe, würde er zu bedenken bitten, ob man das Ehepaar Lever nicht zur Mitarbeit im Panoptikum heranziehen könne, falls man einmal in Johannesburg ausstellen sollte.

Herr Saubermann verzog ärgerlich die Mundwinkel. Er

habe den Levers schon ein großzügiges Angebot unterbreitet, Frau Lever als Kassierin, Herr Lever als Nachfolger von Herrn Geschlieder, doch das sei von den anmaßenden Emporkömmlingen mit Hohn abgewiesen worden. Herr Saubermann durchschaute genau, daß es jenem sauberen Mann gar nicht darauf ankam, dauernden Zugang zu den Bildern seiner Großeltern zu gewinnen; haben wollte er die Bilder, das war alles. Eine Mitwirkung der Levers sei demnach abzulehnen, nur unter Saubermanns persönlicher Anleitung und Aufsicht würden die Objekte so zum Leben erweckt, wie er es panoptisch für angemessen halte. Dann meinte unser kundiger Führer, wir hätten die Bilder schon zur Genüge betrachtet und sollten die Besichtigung fortsetzen. So gingen wir weiter und kamen zu Gegenständen, die mir aus der Klause vertraut waren. Es war nicht zu leugnen, daß alles hier wirkungsvoller ausgestellt war. Davon wurde ich vollends überzeugt, wie uns die kostbarsten Exponate als Höhepunkt der Führung gezeigt wurden; da war der Sarg, umgeben von den kunstvollen Figuren, die man während des Krieges mit so viel Sorgfalt in der Klause untergebracht und nachher so unwürdig entfernt hatte. Die Puppen saßen aber hier nicht um den Tisch des Überschreitungsfestes versammelt, sondern auseinandergerückt in erwogener Entfernung rund um den Sarg, so daß man zwischen ihm und allen Familienmitgliedern bequem und mit Abstand wandeln konnte. Jede Puppe ließ sich von allen Seiten betrachten, jede Einzelheit wurde deutlich, eine bisher kaum erwartete Vertiefung in den Sinn dieser Gestalten war hier erreicht. Wohl spürte ich, wie es in mir rief, nur weg, nur weg! Doch daran war gar nicht zu denken, von meinen Begleitern und allen äußeren Umständen wurde das verhindert, doch nicht davon allein gepackt, blieb ich verhaftet, sondern auch in mir entzündete sich ein Gefühl, das mir einsagte, bleibe nur, bleibe nur! Das hat mich gebannt, alles ein Hindernis, eine mich rammende Bewunderung, die jeden Gedanken der Flucht aus dem Kopf zog, so daß er den Beinen, die zunächst noch in die Ferne streben wollten, die

Kraft zum Entrinnen benahm. Da stand auch, was ich am längsten meinen Augen wahr zu haben verbeten hatte, die hochgereckte Puppe des Greises, aber er umklammerte nichts mit all der Höhe seiner emporgeschickten Hände, wahrscheinlich traute man das Gesetz ihm nicht zu; das schien Saubermann zu wissen, weswegen der Alte nur stand, riesig in seiner Haltlosigkeit, nur ins Leere aufgerichtet und dem Sarge zugeschworen, auf den sich alle Blicke über jede vergangene und kommende Zeit hinaus unermeßlich verloren. Das war das Ende der Geschichte. Es war eindrucksvoll und überbot alles, was in meinem Gedächtnis aus den Tagen der Klause noch wirkte. Lange gab ich mich dem Anblick der Puppen nicht hin, sie lebten nicht für das ausgestorbene Volk und mahnten darum zum Sarg; da schenkte ich ihm meine ganze Aufmerksamkeit. Schon bereitete sich in mir die rechte Besinnung, doch da wurde sie von einer jubelnden Stimme abgebrochen.

»Siehst du, Landau« – Herrn Saubermann gehörte die Stimme –, »das ist mein größter Triumph. Erstens war es nicht leicht, diese Denkmäler zu retten, gegen den Widerstand der dortigen und hiesigen Behörden mit vielen Kosten zu übersiedeln und noch größerem Aufwand zu restaurieren. Zweitens bedurfte es erst meiner Überredungskünste, meine lieben Gehilfen und Kollegen, Doktor Kulka und Schnabelberger, von dem außerordentlichen Wert und der belehrenden Bedeutung gerade dieser einmaligen Objekte zu überzeugen. Aber jetzt sind beide einer Meinung mit mir. Die Vergangenheit ist für immer gerettet und nicht nur in die Gegenwart eingeführt, sondern bei einiger Vorsicht auch für alle Zukunft bewahrt. So war es, so ist es, so wird es sein.

Als besondere Gunst wurde mir das Berühren der Figuren und dann auch des Sarges gestattet. Vor dem Betasten der Puppen scheute ich zurück, nur den Großvater berührte ich leicht. Dann näherte ich mich dem Sarge; mir fiel seine Ähnlichkeit mit der Truhe ins Auge, auf der ich, von Brian und Derek begleitet, zum Soziologentag geritten war. Auf diesen Umstand wies ich leise hin, fast versagte mir die Stimme. Alle sahen mich beifällig an, als hätten sie auf diese meine Entdeckung gewartet.

»Du beobachtest sehr fein«, erklärte Herr Saubermann. »Es ist natürlich höchst symbolisch. Ich kann dir leider nicht sagen, ob das wirklich der Sarg ist, auf dem du angeritten kamst, denn mir fehlen die Kenntnisse eines Möbelhändlers, über die unter uns wohl nur unsere Freundin Mackintosh verfügt. Außerdem ist so was ohne gründliche archäologische Vorbildung schwer festzustellen. Es ist ja alles schon so lange her. Erinnerst du dich noch? Ich nicht, das bekenne ich offen. Da rottet man aus, dann ist alles wieder gut. Es vergißt sich, sogar wenn man das beste Panoptikum auf der Welt hat. Alles weg, unser Gedächtnis ist schwach. Wenn dich aber bei deiner hartnäckigen Gelehrtennatur diese Frage sehr interessiert, müßte Herr Birch, den du kennst, die Identitätsfrage der Särge entscheiden. Sicher lohnend. Doch stimme mir bitte bei, es kommt nicht auf die äußere, es kommt nur auf die innere Wahrheit an. Und da hast du recht, die Ähnlichkeit ist auffallend.«

»Wir haben Sie gewissermaßen zu Grabe getragen«, bestätigte Frau Dr. Kulka, nachdem ihr Herr Saubermann Sprecherlaubnis erteilt hatte. »Sie haben sich jetzt so sehr verändert, daß Sie eigentlich nicht sind oder ein ganz anderer sind.«

»Ja«, erklärte Herr Schnabelberger und vergaß, um Erlaubnis zu fragen. »Sie haben sich vollkommen überlebt. Es ist genau so, wie Sie wollen. Sie gehören als Sarg unserem panoptischen Museum an. Im übrigen stehn Sie vor uns da, und es geht Ihnen ganz gut. Das ist alles, was ein Mensch begehren kann.«

»So ist es!« bestätigte feierlich der Professor. »Genau so! Da, der Sarg ist nichts als Ihr alter Adam. Sie sind davon abgetrennt wie durch eine Wand und spazieren in ziemlicher Freiheit als Ehrenmitglied herum. Ein seltener Erfolg. Ich glaube, daß er einmalig ist.«

Ich tastete mit den Händen leichthin über den Sarg.

»Ich vermache Ihnen diese Kiste«, so sprach ich halblaut und ohne besonderen Grund. »Ich schenke sie Ihnen schon heute. Wieso fehlen aber die Kränze und aller Blumenschmuck? Dann würde doch alles erst so lebendig werden, wie es Ihre Grundsätze gebieten.«

»Eine sehr feine Bemerkung!« stimmte der Fabrikant und Panoptikumsdirektor zu. »Wir werden für Blumenschmuck sorgen.«

»Und Perlen, viele Perlen ...« flüsterte ich.

Mir schien der Augenblick gekommen, das Museum zu verlassen. Auch von der Tagung hätte ich mich gerne schon zurückgezogen. Das war leider nicht möglich, als Ehrengast ist man in seinem Paradies gefangen und darf nicht entweichen, aber Kratzenstein war bereit, sich mit mir gemeinsam von den Panoptikumsleuten zu verabschieden und mich an die frische Luft zu führen. Ich reichte den Herrschaften die Hand und mußte mich beim Verlassen der Museumsbude auf einer besonderen Seite im Gedenkbuch eintragen, das man also auch aus der Klause hergeschafft hatte. Als wir draußen waren, hörte ich ein schrilles Getöse, das konnte nur von Roy Rogers stammen. Ich hatte mich nicht geirrt, wie mir der Professor versicherte, der hinzufügte, daß dieses blühende Unternehmen in ein Institut für Verwandlungskünste umgestaltet, dabei wesentlich vergrößert worden sei und die größte Errungenschaft des Soziologentages darstelle. Ein Besuch sei dringend zu empfehlen. Schon von der Rutschbahn der Grenzwissenschaften aus hatte mich es zu Roy Rogers gelockt, und so steuerten wir hin, wo vor dem Eingang sich auch die Mehrzahl meiner Bekannten versammelt hatte, die sich für den Besuch einer Sondervorführung von ihren sonstigen Verpflichtungen beurlaubt hatten. Es herrschte ein schmetternder Spektakel, wie selbst meine abgehärteten Ohren ihn kaum noch je erduldet hatten. Eine Lautstärke war erreicht, die fast mit dem Gehör nicht mehr aufzufassen war und die Täuschung hervorrief, daß man keinen Laut mehr vernehme. So erkläre ich es mir, daß ich zwar benommen war, der Lärm mich aber trotzdem nicht bedrückte. Das führe ich auch darauf zurück, daß Roy Rogers schon zu sehen war, der unvergleichliche Mann mit seinen mir vertrauten Gesellen. Er führte seine berühmten Künste vor, während die Zuschauer mit schallendem Tamtam und gärenden Schnapprufen in das Zelt gefordert wurden.

Roy Rogers hatte einen ebenbürtigen Gefährten gefunden, der als der wahre Verwandlungskünstler aller Zeiten angepriesen wurde; er war Schnellmaler, Tapetenschieber, Preisschütze und noch vieles andere mehr, was in verwirrendem Wirbel angesagt wurde. Man kündigte ihn als Hopalong Cassidy an. Er spannte eine Tapetenrolle aus und hielt sie Roy Rogers entgegen, der sie mit schimmernden Dolchen und Messern bewarf, aber alle Waffen prallten von der blitzschnell hin und her geschwungenen Tapete ab, auf der durch einen mir unerklärlichen Zauber bei den Würfen des Roy Rogers die Inschrift »Kolex« in blutroter Farbe erschien. Kolex, ich hatte diese Markenware schon im Panoptikum bewundert, wo sie mir sinnreich schien, aber hier entfaltete sie eine so betäubende Wirkung, daß mir der Name neu und unbekannt vorkam, ich konnte mich nicht entsinnen, ich hatte keine Zeit dazu, ich war vom Glanz der Freivorführung atemlos und berauscht. Roy Rogers entsicherte seine zwei Pistolen und schoß wild gegen die Tapete, daß es knallte und rauchende Wölkchen aufstiegen. Als er seinen Vorrat verpulvert hatte, war die Inschrift »Kolex« verschwunden. »Unglaublich!« hörte ich neben mir ausrufen. »Unglaublich! Natürlich ein Trick, aber noch nie dagewesen!« Das war Oswald Birch, der dies rief; ich stimmte ihm zu.

Dann aber sah ich wieder zum Schaubrett empor, wo ich jetzt meinen größten Wohltäter und Gönner erkannte. Hopalong Cassidy war mein unvergeßlicher Freund Siegfried Konirsch-Lenz, die Dame aber, die ihm beim Auf- und Zurollen der Tapete geholfen hatte, war Minna, seine Frau. Nun hatte auch Konirsch-Lenz mich bemerkt, er winkte mir vergnügt zu, rief mich beim Namen, pries mich der Versammlung als den Mann des Tages an und bat mich stürmisch zu sich auf das Schaubrett hinauf. Ich zauderte und hatte geringe Lust, dem ehrenden Rufe zu folgen, doch weil die Bitten von oben aus allen Mündern mich flehentlich beschworen – auch in der Versammlung schloß man sich diesem Wunsch an und forderte mich auf, nicht zu säumen –, stieg ich endlich hinan. Siegfried Hopalong umarmte und küßte mich vor allen Zuschauern, genauso tat es Roy Rogers, der gleich sein Lasso schwebend um mich spielen ließ, während sich Konirsch-Lenz abwechselnd verdeckte und wieder enthüllte. Dann begrüßten mich alle übrigen Künstler auf der Tribüne, darunter zwei hochgeschossene Mädchen, das waren Patricia und Petula, die mir von ihrer Mutter zugeführt wurden.

Lautsprecher, Musikmaschinen und Lärmgeräte entfachten einen zerklüftenden Jubel, aber mir schien, als werde er von dem brausenden Beifall der Teilnehmer des Soziologentages vor dem Schaubrett noch bei weitem überschallt. Ich konnte nichts anderes tun, als mich vor dem Publikum wieder und abermals zu verneigen. Ich sah, wie man aus dem Gewoge Michael und Eva in die Höhe hob, die Kinder winkten mir mit Taschentüchern zu. Vergeblich trachtete ich, Roy Rogers und Konirsch-Cassidy mit allen Mitgliedern ihrer Truppe vor die freudenheulenden Zuschauer zu schieben, um wenigstens einen Teil des Beifalls auf sie abzulenken. Das gelang erst, nachdem man eine Viertelstunde später die Meute zum unwiderruflichen Beginn der Sondervorstellung ins Innere des Zeltes befahl, wohin mich Rogers und Cassidy auf ihren Schultern trugen. Hier stellten mich die Freunde auf die Bühne, ich mußte einige Worte sagen, aber es war nicht mehr als ein wiederholter Dank, den ich verkündete. Eine längere Ansprache verhinderte der unbändige Applaus. Dann enthüllte Herr Konirsch-Lenz schon wieder seine Tapeten mit hinreißender Geschwindigkeit während Roy Rogers mit seinem Lasso die verschlungensten Schwünge in die Luft warf.

Durch diese Künste bildete sich langsam zwischen mir

und den Zuschauern eine Wand. Sicher achtete man meiner jetzt weniger, und so entfernte ich mich unauffällig hinten von der Bühne hinunter. Nur Frau Minna bemerkte mein Treiben, aber als ich ihr zuflüsterte, daß ich einen überraschenden Schlußauftritt plane, den ich in aller Ruhe überdenken und vorbereiten wolle, schien ihr mein Verhalten nicht auffällig und sie kümmerte sich nicht weiter um mich. Ich wartete bloß, bis sie aus meiner Nähe verschwand, sobald man sie auf der Bühne brauchte. Einmal schaute ich auf, da war sie schon fort, niemand war zu erblicken, ich pirschte mich bis an die hintere Zeltwand und suchte einen Ausgang, fand aber keinen. Das Gewebe war dicht und hatte keinen Schaden. Ich hätte das beim Glücksrad gewonnene Taschenmesser nehmen müssen, um einen Schlitz in die Wand zu schneiden und zu enteilen, doch schien mir das zu unfreundlich und auch zu schwierig. Man hätte mich gewiß gleich ertappt und noch für den Schaden haftbar gemacht. Darum bückte ich mich und forschte aus, ob sich an einer Stelle die Zeltwand so heben ließe, daß ich darunter entschlüpfen könnte. Das war möglich, doch mußte ich mich auf dem staubig feuchten Boden wälzen, bevor ich mich hindurchzwängte.

Nun stand ich im Freien am äußeren Rande des Geländes, auf dem die Soziologen tagten. Ich putzte, so gut es ging, eilig meinen Rock und die Hose. Da hörte ich das Rasseln einer Kette. Ich sah mich um, ein Hund schlug an. Ich lief weg, tiefer in die Schäferheide hinein, damit man mich nicht so leicht fange, falls meine Flucht ruchbar würde. Aus demselben Grunde vermied ich den üblichen Zugang zum Jahrmarkt bei Halstead Way. Als ich mich außer Atem gelaufen hatte, blieb ich stehen und schaute mich nach allen Richtungen um. Nichts Verdächtiges war zu beobachten, man verfolgte mich nicht. Ich war mir selbst überlassen und bedauerte bloß, daß Johanna und die Kinder sowie Anna nicht mit mir waren. Ich befürchtete, daß sie sich um mich sorgen werden, wenn ich mir auch sagte, Johanna sei vernünftig genug, mein heimliches Verschwinden richtig aufzufassen, das ihrer Kenntnis meiner Gewohnheiten entsprach.

Auf der Schäferheide ging es friedlich zu, der Trubel des Soziologentages war weitab mit seinen Zelten und Ständen, mitten auf dem vernachlässigten Felde mit seinem unkrautdurchwucherten Rasen war nichts mehr davon zu hören. Nur wenige Menschen tauchten da und dort auf, vereinzelte Müßiggänger, die sich für keine Soziologie interessierten und mich für ihresgleichen hielten, womit sie auch recht hatten. Einige Jugendliche und Kinder trieben sich herum, die jagten hinter Bällen einher oder vergnügten sich mit anderen Spielen. Ein großer Junge ließ ernsthaft seinen Drachen steigen und war nicht wenig stolz, als ich sein flinkes Handhaben mit Haspel und Schnur bewunderte. Aus der Ferne hörte ich durchdringende Pfiffe von Lokomotiven und das klirrende Räderschlagen der Züge, die sausend über die Geleise sprangen. Die Weltstadt war unterbrochen, jede Nähe hatte ausgelitten. Es gab eigentlich nichts, und so war es mir gegeben. Es mußte mir gutgehen.

Nur die Stunde stand, so wurde sie gegenwärtig und noch ist sie gegenwärtig. Zusammengeflogenes rundum, das ich mir nicht zugehörig weiß und dem ich nicht zugehöre. »Anwesend, anwesend!« Das rufe ich laut aus. Niemand beachtet es, und das ist gut so. Freilich wird es zu einem Hindernis für jedes gute Mitgefühl, aber böse Gedanken, die mich ohnedies schon zu oft überfallen haben, will ich nicht pflegen. Darum verbiete ich mir vieles. Ich werde meinen Mitmenschen nicht mehr ausweichen; man wird nicht erraten, wie ich von ihnen entfernt bin, wie wenig ich mit ihnen zu tun habe. Vorsichtig will ich mich zurückhalten und nicht die Gelegenheit für Zusammenkünfte vermehren, aber den Verdacht, daß ich ein Sonderling oder hochmütig sei, will ich vermeiden. Nein, beides bin ich nicht, will es gewiß nicht sein. Ich habe auch kein Recht dazu und wende viele Mühe auf, um die Einsicht zu bekräftigen, daß ich mich von meinen Mitmenschen nicht wesentlich unterscheide. Dennoch fürchte ich, daß es mir mißlingen wird, harmlos zu erscheinen; ich bin zu sehr ausgeliefert, muß immer wieder darauf hören, was unbeherrschbar plötzlich aus mir spricht und zu meinem Kummer sich kaum zum Schweigen bringen läßt. Das hemmt mich, beunruhigt mich; Hilfe gibt es nicht dagegen. Längst habe ich eingesehen, daß es zu nichts führt, wenn ich mich jemandem anvertraue.

Stimmt die Anlage meines Lebens in dieser Zeit? Ach was, Zeit und Leben, ich will nicht in alten Zweifeln verbrennen. Es ist wohl eine Anlage, dies ist das richtige Wort, und die muß hinreichen. Es ist ein unerschlossenes Dasein, das sich mit einem eitlen Beginn so behaupten will, als wäre es die einfache Folge behütet entwickelter Bedingungen, ein gereiftes Glied, eingehakt in eine beständige Kette, die nicht abgerissen ist, die weithin sichtbar vor mir liegt, noch weiter fühlbar, eine Reihe stets geborgenen Wohnens, wie es sich durch viele Geschlechter bereitet hat, Zauber der Vorfahren, Vater und Sohn, ich dazwischen, und seinen Anfang hat es so tief und fern in unenthüllbaren Vorzeiten versteckt, daß man ihn nicht weiß, aber auch nicht wissen muß. Bisher war mein Versuch zu sein ein untaugliches Beginnen, beleidigend dem Verderben aufgepfropft um ein weniges an Geltung, angestückelt ans Nichts. So scheint es mir. Doch das ist zu bitter gesagt und undankbar.

Trotzdem bin ich nicht lieblos geworden, es fehlt mir nicht an Empfindungen, eher schwelle ich über von ihnen, wenn sie auch oft genug abschnappen, aus, und kein Übergang. So bin ich in viele Richtungen verbreitet und lege mich immer ferner an, daß ich mir manchmal selber wie aus der Unendlichkeit auftauche; allein die Mitte fehlt mir, die tröstliche Mitte, die kann ich mir weder erschaffen noch schenken lassen. Die dreifache Heimat der Vorfahren, der Landschaft und des vertrauten Besitzes bleibt zerstört, das Selbstverständliche mangelt, ich wandle und wohne als Gast. Das ist ein gefährliches Wirken.

Wie ist es mit dem Haus in West Park Row bestellt, wie mit Johanna und den Kindern, wie mit meinem geflüchteten Aufenthalt? Ohne mich deswegen dem Maßlosen der

Trauer zu ergeben, kann ich es dennoch nie erreichen, eine Lage zu gewinnen oder gar zu behaupten, während man von mir unzweideutig verlangt, ich solle sie behaupten und verteidigen. Das geht nicht ohne Bestand. Ohne Bestand ist auch keine Lage vollendbar, nur wechselnde Schauplätze leuchten da und dort auf. Sie verlöschen. Ich halte sie nicht und kann sie nicht halten. Nichts mehr ist so, was es war, auch wird es nicht mehr werden. Alles in mir ist zerbrochen, ich selbst bin zerbrochen, aber im Bruch bleibt vor mir die Wand und vor ihr noch die Bereitschaft zur Antwort, wenn mich die Frage erreicht. Geblieben ist auch die Erwartung der Frage, geblieben eine grundlose Hoffnung. Das allein verwehrt mir nicht den Bestand.

Für alles andere dürfte es nach meinen Erfahrungen zu spät sein. Sage ich etwas, sehe ich, weiß ich etwas, dann ist es nichts, wofür ich eine Bestätigung finden könnte; es hält nicht aus, mag es sich selbst in der Dauer fortsetzen und beständig erscheinen, denn, kräftig in den Sinn gefaßt, ihm sich mit Bitten oder unschuldigem Glauben ergeben, das geht nicht an. Schon zerlöst es sich, stellt mich in Frage, daß ich unsicher tappe. Da mir das einen unerträglich leidvollen Zustand bereitet, muß ich wenigstens an mir selbst mich halten, ich muß doch sein, weil ich schon bin und für Johanna und die Kinder zu schaffen habe, weil ich mit guten Gebärden und einiger Freundlichkeit mich ihnen widmen und nicht entziehen darf. So bleibt nichts anderes zu wählen, als mich selbst zu behaupten, nicht vor den Menschen und schon gar nicht vor den höheren Gewalten behaupten, nein, nur mich behaupten, wirklich bloß das, vielleicht nicht einmal vor mir, sondern bloß mich behaupten, selbst mich nicht, allein behaupten. Dies schon ist ein Übermaß klein bescheidener Kühnheit, und da fallen alle Gegenstände in Frage, sie sind nicht mehr dies oder das, sie sind unbehauptet, sie sind nur noch Fragen. Ich verharre vor ihnen, werde schwach und müde dabei, bis ich das Ungeheuerliche wage und ihnen aus dem Wege schleiche.

Da ich nicht zur rechten Zeit geflüchtet bin, muß ich jetzt

wohl immer flüchten; nichts und niemand wird das ändern können. Wie vermindert bin ich darum! Ein Mensch des Geistes, der zwar ausgesetzt ist, Geist oder Mensch, doch dem Bestand untergeben. Ein überlebter Mensch, an einer Wegmarke in tödlichem Schneesturm vom Unheil verschmäht; als der Sturm verzogen war, lagen alle Gefährten erfroren, die Wegmarke ist zersplittert, auf ihren Spänen sind keine Ziele mehr zu entziffern, die Wege selbst gibt es nicht mehr, Schritte nach rechts wie nach links, nach vorn und nach rückwärts entdecken nimmer die einst beschrittenen Spuren; rund herum können die Füße wohl gangbaren Boden berühren, bloß sicher ist der Boden nicht, so erstaunlich er auch die Last des Schreitenden trägt.

Aber jeder Wandel eines Vergessenen führt überall in die Irre. Keine Richtung verheißt einen verläßlichen Sinn, auch die Strecken der Zeit werden in stockender Verwirrung immer undeutlicher, Träume nagen an ihnen und narren die sichere Stunde. Schon gibt es keine Stunde mehr, die Reiche der Vergangenheit und der Zukunft sind zerschellt, sie sind nicht einzuholen und nicht zusammenzubringen, sie klaffen auch nicht auseinander, denn da wäre den verstörten Sinnen noch die Ahnung ein Trost. Aller Ablauf ist zerschüttelt und verbogen, da ist nichts mehr wieder zu erwerben.

Ratlos stehe ich da, ratlos die Ruhe und ratlos die Unrast. Ich weile in einer ortlosen Gegenwart, wie ich mich auch wende und rüste. Wo bin ich? Wo heute? Wo dann? Gefaltete Trauer, die man auseinandernimmt, es bleibt nichts übrig, der Wind hat es versprüht, auch keine Trauer mehr, schon fort. Ich will nicht übertreiben und mein angstbeschicktes Dasein in zu grellen Finsternissen zeichnen. Nicht sich zu wichtig nehmen, aber dies auch wissen, daß man nichts mehr hat als sich. Was habe ich?

Es gelingt mir trotzdem, mich ziemlich vernünftig zu betragen. In meiner Umwelt vermag ich mich halbwegs so zu verhalten, daß der Tadel, dem meine Person sich nie ganz entwindet, in den letzten zwei, drei Jahren milder wurde, wesentlich milder. Ich biete den Menschen möglichst keinen Anlaß mehr, sich mit mir viel zu beschäftigen. Meine Probleme, ob zu beschwichtigen oder unlösbar, mit denen ich mich an die Menschen wandte, habe ich mit Erfolg ihrer Behandlung entzogen. So habe ich mir allerdings die letzte Gelegenheit geraubt, einen Ausgleich in der Zeitgenossenschaft zu finden, eine Aufgabe als in die Gesellschaft einbezogenes Mitglied zu erfüllen, sei es auch nur, daß ich ein anerkannter Zeuge meiner Geschichte werden könnte. Das erhoffe ich mir nicht mehr, wenn ich selbst noch fünfzig Jahre leben sollte.

Erst aus fast allen Zusammenhängen der Gemeinschaft ausgeschlossen, wurde ich der Rest eines Menschen. Dann mußte ich auch diesen Rest noch auf das Unscheinbare einschränken. Das hat nichts mit Bescheidenheit oder Genügsamkeit zu tun. Merkwürdig genug, man verlangt weder Demut noch anderen Zartsinn von mir, im Gegenteil, eher begehrt man mich selbstsicher, verlangt, daß ich etwas darstelle und Aufhebens mit mir treibe, wie es sich, so sagt man, für einen Mann gebührt. Den klugen Leuten genüge ich auf keinen Fall und so will ich mich mit ihrer Art, sich mit mir zu befassen, weiter nicht mehr beschäftigen.

An mir selbst habe ich viel mehr zu tragen als an allen anderen Menschen. So wiederhole ich mir nochmals, worauf es für mich ankommt: Ohne mich für wichtiger zu nehmen, als ich je sein könnte, weiß ich doch, daß ich über mich nie hinaus gelange; ich bin mir als meine eigene Grenze gesteckt. Ohnmächtige Verstöße wären es, die das nicht anerkennen.

In meinen mich vereinzelnden Abschluß hat man mich gezwungen; ich habe ihn nicht begehrt, denn ich war stets gewillt, es anders anzufangen. Von allen abgewiesen, von den Menschen und ihren gehuldigten Werten befremdet, bin ich nur mir zur erforschbaren Stätte geblieben. Niemand will mich, ich darf niemanden wollen. Darum habe ich abgetrennt zu trachten, wie ich bestehen und auf nicht zu unschickliche Weise fortdauern kann. Daß ich wesentlich auf mich selbst angewiesen bin und nur vor meiner eigenen Türe kehren darf, bringt mich unablässig in Schwierigkeiten, während es innen dürftig ausschaut, wo ich nichts mehr habe, was ich nicht selber habe, und das ist unendlich wenig. Oft frage ich mich, ob es noch etwas sei. Daß dies aber zutrifft, dennoch und trotz allem, das bestätigt mir jeder Augenblick.

Von dem, was ich nicht bin und dadurch trotzdem bin, von diesem Flüchtigen und Unentrinnbaren scheide ich mich nicht, es ist meine Verhaftung. Das ist weder wichtig und wesentlich noch unwichtig und unwesentlich. Es setzt mich fort, wellenhaft. Manchmal bin ich nicht mehr davon betroffen. Es rauscht mir in den Ohren, bringt mir entsetzte und manchmal auch gesammelte Empfindungen, es durchdringt, hebt mich fort, bereitet mir tausende Schrecken, beugt mich nieder und stürzt mich in wochenlange Müdigkeit, ein Verschwimmen von Tagen und Nächten, die sich kaum voneinander unterscheiden, weil sie dumpf gemischt in ein stockendes Brüten getaucht sind. Dann bin ich fast krank, schleppe mich mühsam herum, fühle mich als meinen verminderten Widerhall und glaube mitunter, daß sich ein früheres Leben – das ist nun mein eigenes früheres Leben – mir in die zerlegten Sinne geschlichen habe und mit fremder knarrender Stimme sich meines schwerfälligen Fischmundes bedienen möchte. Aber das alles bin ich ja selbst, Stollen des gleichen Bergwerkes, dessen Schächte bei einem Erdbeben sich wankend zerwarfen.

Plötzlich darf ich mich zusammenraffen, fast mit einer einzigen Handbewegung befehle ich mich aus dem Verlies meiner Brust, es erschüttert mich und kann sich in einen Hustenkrampf verlieren. Dann folgen gewöhnlich leichtere Tage, nur ein hauchdünnes Bangen haftet und lagert sich mir als eng anschließender Reifen geschmolzener Sehnsucht, die weder Ziel noch Ursprung kennt, über den Kopf hin von Schläfe zu Schläfe.

An solchen Tagen habe ich das Bedürfnis, Musik zu hören, ununterbrochene Musik, ich verzehre mich fast danach. Ich habe selbst nie musiziert, doch gerne zugehört habe ich immer. Leider war mir das seit vielen Jahren bloß selten vergönnt. Dafür fehlte mir die Zeit, die Musik ist in Wünschen ertrunken. Nun lockt es Michael. Singen hat ihm stets Vergnügen bereitet, schon mit drei Jahren hat er viele Liedchen richtig nachgeträllert. Jetzt hat es der Junge durchgesetzt, daß er geigen darf. Das ist das jüngste große Ereignis in meinem Hause. Mit Johanna haben wir es lange überlegt, denn die Kosten eines guten Lehrers, einen anderen will Johanna nicht, haben uns erschreckt.

Vorsichtig und leise von mir ermuntert, hat sich nach vielem Zagen die Mutter endlich entschlossen, Michael selbst zu unterrichten. Wir haben eine Kindergeige erworben. Johanna findet das Kind begabt und anstellig. Der Junge faßt leicht auf, übt gern und muß sogar davor bewahrt werden, nicht zuviel zu üben. Johanna hat Michael zuliebe sich ihres Gelübdes entbunden und nimmt ihre Geige, die sie einst mir hatte schenken wollen, nun selbst zur Hand, um alles vorzugeigen, was er hören und sehen soll, und noch mehr als das, sie streicht mit ihm Duos, was ihn begeistert, sie spielt ihm sogar vor, wenn er darum bittet. Wie freue ich mich, wenn ich die beiden zusammen höre, während ich in meiner Stube sitze und arbeite. Dadurch ist es schöner in unserem Hause geworden, leichter, heiterer. Auch Eva lauscht gern und wird davon beruhigt, uns allen tut es gut.

Sonst aber hat sich nichts geändert, und es wird sich auch nicht mehr ändern, ich meine, mit mir ändern. Mit den Kindern ist das anders. Sie haben den Beginn; vielleicht, Gott möge es geben, wird dem sich der Gewinn hinzugesellen. Dann werden sie ihren Vater hoffentlich verwinden, dann werden sie sein dürfen. Mögen sie behütet sein und sich ihres Lebens freuen! Mögen sie ihre gute Mutter lieben, verehren und ihr danken, dem Vater aber verzeihen und seine Ohnmacht ohne Groll betrachten, seine Adamsnot, seine erlittene Einsamkeit vor der Wand!

Michael und Eva, wenn ihr diese Aufzeichnungen einmal lesen werdet, denn für euch will ich sie sorgfältig verwahren, dann sollt ihr gesegnet sein in der Furcht des Herrn, dann möge euch ein heiterer Sinn bewahren, und alles, was ich hier aufgeschrieben habe, möge euch zu rechter Erkenntnis fruchten. Die Werke eures Vaters, besonders aber dieses Buch von der Wand, alle diese Versuche sollen euch als Erfahrung und Leistung eines geprüften und schwachen, doch noch in seiner letzten Verzweiflung meist rechtschaffen bemühten Menschen wenigstens verständlich und achtbar, wenn schon nicht lieb und teuer werden.

Sicher werdet ihr dann nicht mehr in West Park Row wohnen, aber ich bitte euch, wenn es möglich sein sollte, einmal die Stätte eurer Kindheit aufzusuchen. Vielleicht wird noch das winzige Haus stehen, wo ihr gespielt habt, daneben die Häuser, wo ihr euch mit den Kindern der Familien Stonewood und Byrdwhistle herumgetummelt habt. Auch die Händler in den Läden um die Ecke in Truro Road dürften wie immer ihre Waren verkaufen, im Laden von Simmonds wird es frisches Obst und Gemüse geben, und vielleicht werden sie dort einen Hund halten, der ähnlich aussieht wie Santi. Vielleicht werden gegenüber an einem Fenster zwei Frauen erscheinen und auf euch herabschauen, zwischen ihnen eine Katze, die auf dem Sims herumstolziert. Auf der Straße mag, wie jetzt der alternde Ron, ein Trödler mit seinem Karren ziehen, an die Türen klopfen und alte Kleider und Lumpen begehren.

Die Eisenbahn wird sicher noch in der Nähe fahren, ihr werdet sie hören, und ich denke mir, daß man bei Mackenzies drüben genauso wie heute Autos überholen und umbauen wird. Bloß die schwere Rauchfahne aus dem niedrigen Schornstein wird dann kaum mehr qualmig und dunkel über die Straßen ziehen.

Ihr aber sollt leben, liebe Kinder, und das Leben verehren, und wenn euch Nachwuchs beschieden ist, so helfe euch mein Segen, Söhne wie Töchter auf dem rechten Wege zu unterweisen. Vielleicht wird euer Dasein euch dann zu einem gewaltigen Fund.

Nachwort:

»Die Toten, die uns hinterlassen hatten …«

H. G. Adler und das Gedenken als die Pflicht zum Beginn

von Jürgen Serke

Als ich 1985 das erste Mal zu ihm kam in seine Wohnung im Londoner Stadtteil Kensington, da machten wir noch lange Spaziergänge, die immer zum Old Brompton Cemetery führten. Vorbei am Grab des Sängers Richard Tauber, das täglich mit neuen Blumen geschmückt wird, führte er mich durch das Dickicht einer Gräberlandschaft, die nicht mehr gepflegt wird. In eine Gegend, die sich die Natur zurückgewann. Nebeneinander konnte man nicht gehen. H. G. Adler hatte hier seine Grüblerpfade und zog den Begleiter hinter sich her in seine Stille, in seine Versenkung. Der Außenraum spiegelte den Innenraum dieses Mannes, dem das Leben zum zweiten Mal geschenkt worden war.

H. G. Adler, der am 2. Juli 1910 in Prag als Sohn eines Buchbinders mit einer kleinen Druckerei zur Welt gekommen ist, hatte die Judenvernichtung der Hitler-Deutschen überlebt: Theresienstadt, Auschwitz, Niederorschel bei Buchenwald, Langenstein. Am 20. Juli 1945 war H. G. Adler nach Prag zurückgekehrt. Er arbeitete zunächst als Erzieher jüdischer Waisenkinder aus den Konzentrationslagern und beteiligte sich dann am Aufbau des Prager Jüdischen Museums. Am 11. Februar 1947 verließ er mit einem tschechoslowakischen Paß seine Geburtsstadt – mit der festen Absicht, sein Reiseziel London nicht mehr zu verlassen. Er sah die Gefahr des kommenden Kommunismus voraus und wollte nicht ein zweites Mal einem totalitären Regime zum Opfer fallen.

»Ich habe keine Heimat und suche keine Heimat«, heißt es in dem Roman *Die unsichtbare Wand*. Über London schreibt er: »Zu dieser Stadt gehört man nicht, doch ist man in ihr selbständig, fast frei, man wird von ihr wenig berührt und geht einander nichts an. Mir ahnt, daß ich gerade in ihrer Verlorenheit nie ganz verloren sein werde.«

H. G. Adler war 75 Jahre alt, als ich ihm zum ersten Mal begegnete. Er war ein Mann wider die Hetze der Zeit. Einer, der Stille herstellte und dabei jene einzigartige Empfänglichkeit für das sprachlose Plädoyer der Toten gewann, denen er sein Leben gab, sein zweites. Dieses zweite Leben endete am 21. August 1988. Es endete in der geschichtlichen Zäsur.

Als H. G. Adler im Alter von 78 Jahren in London starb, gingen in Prag tausende junger Menschen auf die Straße, um für jenen Humanismus zu demonstrieren, den der deutschsprachige Jude aus Böhmen seinem Land in der »Orthodoxie des Herzens« ein Leben lang vorgelebt hatte. Es war der 20. Jahrestag des Einmarsches der Warschauer-Pakt-Truppen in die Tschechoslowakei, mit dem der »Prager Frühling« 1968 zerschlagen worden war. Wer zwischen dem Tod des Prager Dichters in London und der ersten großen Demonstration für die Freiheiten des »Prager Frühling« eine Verbindung herstellt, erkennt: H. G. Adler ist doch noch heimgekehrt.

Mit dem, was dieser universale Geist hinterläßt, stehen wir erst am Anfang. Allein sein literarisches Werk ist bisher nicht einmal zur Hälfte veröffentlicht. Gewiß, er hat Ehrungen empfangen: 1958 erhielt er den Leo-Baeck-Preis für sein Buch *Theresienstadt 1941–1945*, 1969 für seinen Roman *Panorama* den Schweizer Charles-Veillon-Preis, 1974 für sein wissenschaftliches Hauptwerk *Der verwaltete Mensch* die Buber-Rosenzweig-Medaille. 1977 wurde ihm der Ehrentitel eines Professors durch den österreichischen Bundespräsidenten verliehen, 1980 das Ehrendoktorat durch die Pädagogische Hochschule Berlin. Doch die großen literarischen Preise der Bundesrepublik und Österreichs blieben ihm verwehrt.

»Durch Unbekanntheit bin ich ziemlich berühmt«, sagte Adler mit leiser Bitterkeit bei einem meiner späteren Besuche in London, als er nach mehreren Infekten nicht mehr zu größeren Spaziergängen aufbrach, als Konzentrationsschwächen ihm zum Ärgernis wurden, als er immer weniger am Schreibtisch arbeiten konnte. Noch einmal raffte er seine ganze Energie zusammen, um die Veröffentlichung seines philosophischen Hauptwerkes zu ermöglichen, an dem er über ein halbes Jahrhundert gearbeitet hatte. Die *Vorschule für eine Experimentaltheologie. Betrachtungen über Wirklichkeit und Sein* erschien im Herbst 1987 im Verlag Franz Steiner, Wiesbaden-Stuttgart. Das Buch fand bisher nicht die Beachtung, die es verdiente.

Nach der Fertigstellung dieses Buches zerfiel der Organismus Adlers, begann das Sterben. Noch einmal hatte jemand die ganze Fülle abendländischen Denkens dem Prager geistigen Fundus entnommen und sinnstiftend als Vision für das 21. Jahrhundert vorgegeben. Und wieder – wie so oft – hatte er die Erfahrung gemacht, wie er einmal formulierte, mehr ein »Überlebter« denn ein Überlebender gewesen zu sein. Er selbst hat die Katastrophe mangelnder Rezeption in seinem zwischen 1954 und 1961 entstandenen Roman *Die unsichtbare Wand* dargestellt.

Der Literaturwissenschaftler Jeremy Adler, Sohn des Dichters, sieht das erstaunlich vielfältige Werk seines Vaters so: »Das Buch *Eine Reise* (1962) erinnert an die Balladenform und an das alte Epos: *Panorama* (1968) knüpft gleichsam an die Tradition des Bildungsromans an; die *Hausordnung* (1988) ist eine sprachkritische Groteske; und *Die unsichtbare Wand* setzt in neuer Weise die epische Großform fort, wie sie sich im 20. Jahrhundert aus dem realistischen Roman entwickelt hat.

In H. G. Adlers *Die unsichtbare Wand* muß sich der überlebende Artur Landau von einem »Gesinnungsassessor« entgegenhalten lassen. »Gut. Und sie leugnen auch nicht, daß man Sie schon einmal abgeschafft hat, was Sie aber bei Kriegsende nicht gestört hat, zurückzukehren«. Das Wiederauftauchen des Opfers – das ist auch der Skandal für alle anderen. Die Welt hat Angst vor jenem, der das Ende des Lebens wieder in das Leben trägt. Die Welt möchte davon nicht behelligt werden. Er ist infiziert mit dem Tod. Franz Kafka beschrieb das Absurde als Regelfall und das Normale als Ausnahmezustand. H. G. Adler beschrieb die Rückkehr aus dem Ausnahmezustand in den Normalzustand.

Man kann Adlers Roman *Die unsichtbare Wand* wie eine Antwort auf Kafkas Roman *Der Prozeß* lesen. Die Bedeutung der Eingangsszene im *Prozeß* weitet sich durch unser Wissen vom Holocaust: »Jemand mußte Josef K. verleumdet haben, denn ohne daß er etwas Böses getan hätte, wurde er eines Morgens verhaftet.« Es ist die Situation der Millionen von Juden, die Opfer der deutschen »Endlösung« werden. Es ist die Situation des Artur Landau, des Heimkehrers in eine »ortlose Gegenwart«, des Überlebenden, der dem Tod verhaftet bleibt. Ein überlebender Mensch an einer Wegmarke im tödlichen Schneesturm vom Unheil verschmäht; als der Sturm verzogen war, lagen alle Gefährten erfroren, die Wegmarke ist zersplittert, auf ihren Spänen sind keine Ziele mehr zu entziffern, die Wege selbst gibt es nicht mehr ...« Sätze aus der *Unsichtbaren Wand*. An anderer Stelle heißt es: »So hatten Vernichtete ihren eigenen Untergang überlebt, selbst die Geschichte hatten sie überlebt, ihre eigene Geschichte ... Noch lebende Vertreter des übergeschichtlich gewordenen Volkes ... So hockten und huschten sie wieder in den Verstecken ihrer überlebenden Geschichte, aber ihre Augen waren geschichtslos wie ihre Hände und Sprache.«

Josef K., der in Kafkas Roman von zwei Männern in einem Steinbruch hingerichtet wird, ersteht in Artur Landau wieder auf. Der dem Tod verhaftet bleibende Artur Landau, in anderer Weise ein Hingerichteter, sieht sich in einem Alptraum zwei Männern mit einem leeren Sarg gegenüber, die ihm eine Verfügung vorhalten: »Artur Landaus Leiche ist abzuholen und ins Krematorium zu schaffen.« Zur Verbrennung. Im Alptraum weiß der nach England entkommene Artur Landau: »Wer diese Küste nicht freiwillig verläßt, den holen die Todesbeamten eines Tages ab, in die Kiste gesperrt ..., und dieser Tag war angebrochen.«

In Kafkas *Prozeß* klärt der Kunstmaler Titorelli den Josef K. über den wirklichen Freispruch und den scheinbaren Freispruch auf: »Bei einer wirklichen Freisprechung sollen die Prozeßakten vollständig abgelegt werden, sie verschwinden gänzlich aus dem Verfahren, nicht nur die Anklage, auch der Prozeß und sogar der Freispruch sind vernichtet, alles ist vernichtet. Anders beim scheinbaren Freispruch. Mit dem Akt ist keine weitere Veränderung vor sich gegangen, als daß er um die Bestätigung der Unschuld, um den Freispruch und um die Begründung des Freispruchs bereichert worden ist. Im übrigen bleibt er im Verfahren, er wird, wie es der ununterbrochene Verkehr der Gerichtskanzleien erfordert, zu den höheren Gerichten weitergeleitet, kommt zu den niedrigen zurück und pendelt so mit größeren und kleineren Schwingungen, mit größeren und kleineren Stokkungen auf und ab. Diese Wege sind unberechenbar ... Eines Tages – niemand erwartet es – nimmt irgendein Richter den Akt aufmerksam in die Hand, erkennt daß in diesem Falle die Anklage noch lebendig ist und ordnet die sofortige Verhaftung an.«

»Und der Prozeß beginnt von neuem?« fragte K. fast ungläubig. Der Prozeß beginnt von neuem. Adlers Roman *Die unsichtbare Wand* ist die Auseinandersetzung mit dem »scheinbaren Freispruch« des Opfers. Artur Landau aus Prag hat die schlimmste Verfolgung dieses Jahrhunderts überlebt und findet sich wieder im Nachkriegsengland. Als »zufällig Geretteter aus der gemordeten Gemeinschaft« trifft er Heimat in geographischer Verwurzelung nirgendwo mehr an. Doch die Zuwendung Johannas macht die Liebe zum unverlierbaren Ort. Aus dieser Geborgenheit heraus geht das Gedenken an Vergangenes, das Vergangenes nicht werden kann und nicht werden darf. Gedenken an Vergangenes, das bis an die Erinnerung heranreicht. Die Erinnerung ist für den, der Vernichtung entkommenen Artur Landau etwas völlig anderes als für uns, für die der Holocaust denn doch »nur« ein Teil deutscher Geschichte ist.

Erinnerung ist, so Adler in seinem Roman, für Artur

Landau »die Identifikation mit der Verschickung und allen ihren Folgen, also mit der erlittenen Vernichtung«. Und: »Nur die eigene Vernichtung wäre die wahre Erinnerung.« Gegen das Verfolgungs- und Todesmotiv setzt Adler die Todesüberwindung durch Gedanken gegenüber. »Nur durch die Sprache wird gefährlichstes Denken verscheucht«, heißt es in dem Roman. »Nur durch die Sprache können wir zaubern, Rettungsversuche.« Die Sprache als Friedensstifterin.

»Ich will die Wahrheit aushalten, mich ihr aufopfern, und wenn ich noch eine Aufgabe erfüllen darf, will ich ihr Zeugnis ablegen, so unbarmherzig wie sie selber ist.« So Artur Landau. Natürlich ist *Die unsichtbare Wand* ein autobiographischer Roman. Geschrieben in einer sozialen Isolation ohnegleichen. Getrennt ist dieser H. G. Adler in London selbst von jenen, die wie er von den Nazis für die Vernichtung vorgesehen, die aber deren Zugriff ins englische Exil noch vor Kriegsbeginn entkommen waren. Ihnen sagt Artur Landau: »Man hat uns viel zu sehr bedauert und viel zu wenig geholfen.« Uns, die wir zu den von Hitler akzeptierten Deutschen gehörten, antwortet er auf die Frage, was man denn damals zumindest hätte tun können: »Man gibt Geleite, wenn man schon nicht retten kann. Vielleicht auf dem Bahnhof. Winken mit einem weißen Taschentuch oder mit einem blauen wegen der Hoffnung. Wenn sich der Zug in Bewegung setzt. Bis man nichts mehr sieht.«

Wie die Angst vor dem Anderssein den Wunsch gebiert, so zu sein wie die anderen, so gebiert die Angst vor der Isolation den Wunsch nach Mitmenschen, nach dem Ende der Verfolgung. »Sind denn alle Menschen unerreichbar?« fragt sich Artur Landau. »Wofür hast du überdauert?« Wo immer Artur Landau ist, so weiß er schließlich, wird er fremd bleiben, außer dort, wo niemand ist. Sein zweites Leben bleibt im wörtlichen Sinn eine Behauptung. Was er auch tut, immer erreicht er den höchsten Grad von Unsicherheit und die äußerste Grenze des Sagbaren.

»Alles kann widerrufen werden«, heißt es, »wenn auch

einmal etwas zu unseren Gunsten gesagt wurde.« Die Schöpfung, die Artur Landau gelingt, bleibt immer gefährdet. »So weit bist du gereist und meinen Netzen entkommen«, so spricht es in Artur Landau. »Aber jetzt habe ich dich doch hinter der Wand gefunden ... Mit einer Familienidylle willst du mich betrügen? Närrischer Schwindler. Frau und Kinder gehören dir nicht, du selbst gehörst dir nicht, aber mein bist du, mein. Ich habe dich ganz, denn ich bin dein Vernichter. Ich habe dich losgelassen, um mich an deiner Ohnmacht zu weiden, wie du hilflos und furchtsam davonstrampelst, als könnte es eine Zuflucht für dich geben.«

Es bleibt Johanna, die Einzige, die Artur Landau spiegelt: »Sie stellt mich dar.« Sie ist die Frau, »die jede bodenlose Frage wegläche1t«. Sie ist die Weghelferin, »die nicht fragt, sondern versöhnlich für mich handelt«. Artur Landau sagt: »Nur auf Johanna kann ich mich verlassen.« Und: »Falls ich lebe, so nur deshalb, weil ich gespiegelt bin. Lichter und Schatten überschneiden sich, ein Bild entsteht, angehaucht und angerufen: ›Sei!‹ Ich bin das Bild; so wie es zu mir spricht, gehorche ich, erscheine vor der Wand, sie wird zum Schutz, denn vor ihr darf ich sein und hebe mich zur Gestalt ab, die sichtbar wird und Schatten wirft ...«

Die unsichtbare Wand – ein Liebesroman. In der Liebe zu Johanna bewahrt Artur Landau das Bild seiner ersten Frau Franziska, seiner Wegbegleiterin in den Tod, durch den er ging und in dem sie blieb. Johanna ist in Wirklichkeit H. G. Adlers zweite Frau Bettina Gross, eine Bildhauerin, die er noch in Prag kennengelernt hatte. Sie entkam der Verfolgung durch die Nazis nach England, wo Adler sie 1947 heiratete. Sie machte dem Überlebenden H. G. Adler das Leben möglich; ohne sie hätte er nicht die ersten Nachkriegsjahre überstanden.

Franziska war in Wirklichkeit die Prager Ärztin Gertrude Klepetar, in die sich H. G. Adler, damals Sekretär und Lehrer im Prager Volksbildungshaus Urania, verliebte und die er 1941 heiratete. Mit ihr hatte er angesichts der Bedrohung durch die Nazis nach Brasilien auswandern wollen. Die Auswanderungspapiere waren da, als der Vater der Ärztin schwer erkrankte. Die Tochter blieb am Krankenbett des Vaters. Und Adler wartete. Die Deutschen marschierten in Prag ein. Die Auswanderung war nicht mehr möglich. Als Adler mit seiner Frau Gertrud und deren Eltern 1942 nach Theresienstadt kam, war es ihr Status als Ärztin, der ihn zweieinhalb Jahre lang vor dem Weitertransport nach Auschwitz bewahrte.

»Ich verdanke ihr mein Leben«, sagte mir H. G. Adler in London. Damals habe sie ihm gesagt: »Wir sind nur die böse Zeit über zusammen. Ich werde dich über die Katastrophe hinwegbringen, und dann werde ich von dir gehen, ich werde dich verlassen.« Die Ärztin Gertrud Adler verließ ihren Mann am 14. Oktober 1944 auf der Rampe von Auschwitz. »Die Schwiegermutter ist auf die schlechte Seite gekommen«, so berichtete mir Adler. »Und Gertrud hat gesagt, sie möchte nicht getrennt werden von ihrer Mutter. So ist sie mit ihr gegangen.« In die Vernichtung, in die Gaskammer.

Über Franziska ist in Adlers Roman lange ein Schweigen gelegt. Die Geliebte ging verloren. Die Liebe blieb. Die Worte tragen die Last einer, den Menschen deformierenden Geschichte. Wie die Worte von dieser Last befreien, wie die Ursprünglichkeit der Sprache wiederherstellen. Wie ihr Reinheit zurückgeben? »Es muß einen Übergang zur Gegenwart geben«, heißt es in Adlers Roman. Und wie bei Hermann Broch, dessen *Bergroman* für Adler eine wesentliche Lektüre gewesen ist, ist für den Autor der *Unsichtbaren Wand* der Kampf gegen die negative Macht der Zeit ein Kampf um die Gewinnung von Gleichzeitigkeit. Überwindung des Todes als Überwindung der vergänglichen Zeit. Adlers Kunstwille ist darauf aus, Zerstörung dem Sein zuzuordnen und einen Sinn dafür zu finden. Die Gefahr, daß Sinn über die Zerstörung täuscht, wird als Desaster miterzählt, wird deutlich, wenn dem Soziologen Artur Landau die Gesellschaft entgegenhält: »Eine Gesellschaftslehre, deren Kern eine ethische Konzeption ist, in Ehren, doch den anerkannten Strömungen entspricht sie nicht, und was du sittliche Wissenschaft, sittliche Soziologie genannt hast, gehört eben in das Gebiet romantisch, idealistischer Spekulation, für die man keinen Pfifferling gibt.« Die Versöhnung, die Artur Landaus Gesprächspartner anstreben, läuft auf die Täuschung des Versöhnten hinaus. Im schließlichen Akzeptieren der sozialen Isolation, in der Johanna ihrem Mann zur Seite steht, gewinnt Adler für seinen Artur Landau eine Stille, die für den Leser vernehmlich wird, besonders auf jener Waldwanderung mit Johanna in Südwales. Rekonstruktionsversuche einer Paradiessprache werden sichtbar, deren Fremdheit mehr als nur fasziniert: »Wir müssen so leben wie die ersten Menschen Adam und Eva auf weiter Flur nach ihrer Schuld ... Wir haben eine Pflicht zum Beginn, und in dieser Pflicht sind wir das erste Menschenpaar.«

Nichts wird hier theologisch geglättet. Die »Reiche der Vergangenheit und der Zukunft« bleiben »zerschellt«, wie Artur Landau am Ende des Romans bekennt: »Sie sind nicht einzuholen und nicht zusammenzubringen.« Und doch wird aus dem zweiten Leben des Artur Landau eine Geschichte, in der das erste Leben, in der die Vergangenheit bewahrt ist. Nicht dadurch, daß Adler seinen Artur Landau diese Vergangenheit erzählen läßt. Eine Vergangenheit, die im Grauen der Verfolgung Franziska hieß, eine Liebe, die noch vom Urvertrauten lebte.

Der Garten der Erinnerung liegt im Böhmerwald, wo Artur Landau mit Franziska gewandert ist, bevor die Deutschen ins »Herzland« eindrangen: »Das Geheimnis verläßt das Gebirge nicht.« Mit Anna aus Prag, die Artur Landau in der ersten Nacht nach der Rückkehr nach Prag aufgenommen hatte, wandert er, bevor er Böhmen endgültig verläßt, noch einmal durch die Berge, über Kämme, an Seen und Burgen vorbei. Seit Adalbert Stifter, über dessen Pfaden Adler seinen Artur Landau schickt, wurde der Hochwald nie mehr so beeindruckend beschrieben wie in der *Unsichtbaren Wand*. Hier ist Adlers Welt noch einmal grenzenlos, in großer Fülle. Unentrinnbar sanft führt uns Adler aus unserer verstörten Welt in eine Landschaft, in der die Grenzsteine älter sind als die Grenzzieher dieses Jahrhunderts.

Wer etwas über Glück und Leid der Liebe zu Franziska bei Adler erfahren will, muß Stifters *Hochwald* lesen. Auf diese Art und Weise hebt der Dichter H. G. Adler zwar nicht die Brüche im Leben Artur Landaus auf, aber er schafft ein »überbrückendes Wissen«. Ernst Weiß, der Dichter aus dem mährischen Brünn, schrieb 1928 in einem Plädoyer für Stifter: »Stifters tragische Schuld ist seine Schuldlosigkeit. Sein Leben war zu rein. Zweimal nennt er in seinem ersten Bekenntnis das Wort ›gerecht‹. Aber Gott kennt Gerechtigkeit nicht. Nur der Mensch nimmt sie auf sich, zu seinem Segen und Fluch zugleich.«

Die Deutung des Ernst Weiß läßt erkennen, in welche Kontinuität H. G. Adler schreibt. Im Bewußtsein der vergangenheitserhaltenden Macht der Natur gelingt Artur Landau die Vergegenwärtigung seiner Liebe zu Franziska. Noch nicht in der Wanderung im Böhmerwald, aber in der Wanderung mit Johanna in den Wäldern von Südwales. Und dort übernimmt nicht mehr das dichterische Subjekt, sondern das Objekt, das Benannte, selbständig die Aufgabe des Gedenkens an Vergangenes – in Gestalt der Perlenkette, die einst Franziska gehörte, und die nun Johanna gehören soll. Auch der Apfel, den Anna einst Artur Landau beim Abschied in Prag geschenkt hatte, gewinnt eine ähnliche Bedeutung, als Artur Landau Johanna die Kette schenkte: »Ich mußte jetzt einen Apfel haben, ich fühlte, daß ich nur mit etwas Vergangenem das Künftige ertragen und beides verbinden konnte.«

Die Zeitenversammlung ist erreicht – im Augen-Blick: »Perlen und Apfel unbesehene Zeichen in unseren Händen. Die Hände, die nichts hielten, erreichten einander, aber die Finger griffen nicht ein, nur die Handrücken, aneinandergelegt, verkündeten den Fund; Perlen, Hände, Apfel.« Und nun gelingt es Artur Landau über Franziska zu sprechen, als würfe er einen schwebenden Weg in die Zeit, der unvergänglich bleibt.

Die Verbindung von Rückblicken in die Vergangenheit und von Traumata mit der Gegenwart in England bietet sich dem Leser dar als eine fließende Verschränkung der Sinne. Dadurch entsteht, aus immer neuen Gelenken sich fortsetzend, eine Sinnspur. Die Worte bei Adler scheinen Schattensäume zu haben, die sich übereinanderlegen, das mitgelieferte Dunkel stufend. Kommen Lichtsäume hinzu, wird das Gelände unbetretbar. Die zunehmende Wahrnehmung erhöht die Dichtigkeit einer unsichtbaren Wand. Die Wand, das Trennende, der Ausschluß des Kontinuums. Dem Kontinuum nähert sich Adler in Gleichnissen.

»Das Schrecklichste, was du durchlebst«, sagt Johanna, »und was du erfahren hast, ist unerreichbar geworden, für dich, für mich, wahrscheinlich für alle Menschen. Du kannst nicht mehr heran, ein Vorhang verbirgt es. Das mag eine milde Wand sein. Wenn du Verhängnis sagst, so ist mir das doppeldeutig. Es ist auch eine große Gnade.«

Beschwörungssätze des Dichters H. G. Adler in der »erlittenen Einsamkeit vor der Wand«. Jean Améry, der Auschwitz überlebt hat, bekennt sich in seinem Buch *Jenseits von Schuld und Sühne* als ein »Überwältigter«, dem das natürliche, jedem Menschen eingeborene »Weltvertrauen« in der Verfolgung einstürzte: »Die Schmach der Vernichtung läßt sich nicht austilgen ... Daß der Mitmensch als Gegenmensch erfahren wurde, bleibt als gestauter Schrecken im Gefolterten liegen. Darüber blickt keiner hinaus in eine Welt, in der das Prinzip Hoffnung herrscht.« Jean Améry nahm sich am 17. Oktober 1978 das Leben.

Gerhard Baumann berichtet in seinem Buch *Erinnerungen an Paul Celan*, wie er dem Dichter »in einer völlig unverfänglichen Angelegenheit« verständlich zu machen versuchte, daß auch Vergessen einen Akt der Gerechtigkeit bilden könne, daß wir sonst ausweglos verdammt in dem Kerker unseres Schuldbewußtseins gefangen säßen: »Fassungslos blickte Celan bei diesen Erörterungen zu mir herüber ...« Paul Celan nahm sich am 5. Mai 1970 das Leben: »Es kommt ein Mensch. / Weltapfelgroß die Träne neben dir, / durchrauscht, durchfahren / von Antwort, / Antwort, / Antwort. / Durchreist – von wem? / ›Passiert‹, sagst du, / ›passiert‹,/ ›passiert‹ ...«

Der Pole Tadeusz Borowski, Häftling Nummer 119198 in Auschwitz, entkommt der »Steinernen Welt«, wie er einen Erzählzyklus nach dem Ende des Krieges nennt, nicht und beging am 3. Juli 1951 Selbstmord. Ilse Aichinger, Dichterin des Romans *Die größere Hoffnung*, der dem Roman Adlers so nahe steht, Überlebende in Wien, die ihre Mutter vor der Deportation retten kann, aber nicht ihre Großmutter, spricht vom Schuldgefühl, überlebt zu haben: »Einfach, daß man übriggeblieben ist, daß man es geschafft hat, daß man zäh genug war.«

Hugo Sonnenschein, der sich als Dichter Sonka nannte und in der mährischen Slowakei geboren wurde, überlebte zwar Auschwitz, aber er überlebte nicht das Mißtrauen der Kommunisten in der Tschechoslowakei nach 1945: Der Trotzkist starb am 20. Juli 1953 im Alter von 64 Jahren im Zuchthaus Mírov, Opfer eines kommunistischen Justizmordes. Sein Vermächtnis: »Was die Lebenden zu den Toten reden, / Hören die Toten nicht, / Doch, was die Toten zu den Lebenden sagen,/Müssen die Lebenden verstehen ...«

Die Peter-Figur, auf die Artur Landau am Tag seiner Rückkehr nach Prag trifft, ist ebenfalls ein Mann mit trotzkistischer Vergangenheit: Wolf Salus, Lyriker wie sein Vater Hugo Salus, der schließlich in die Bundesrepublik entkommt und nicht nach Neuseeland, wie es Adler in seinem Roman beschreibt. Mit Wolf Salus und dem Lyriker Franz Haermann Steiner, der den Krieg in England überlebte und am 27. November 1952 im Alter von 43 Jahren starb, hatte Adler das Deutsche Staatsrealgymnasium auf der Kleinseite von Prag besucht. Franz Hermann Steiner erinnert sich an Wolf Salus so:

Bin am Feuer gestanden:
Funken, sah nichts als funken.
Rief von weitem ein wald, lachte ein wasser,

Seine stimme schnitt ins rauschen ein tal,
Fiel in der wälder schwarze Gebärde.

Zögert ein weib, von feuchte die flechten,
Weit von hustenden häusern
Tief in die heimat der nacht:
Warf sie einer und nahm.
Still sie nun lag in rieselnden Bäumen,
Klagegesicht
Unter geborstenem kleid.

Sang asche, sang holz,
Am feuer gestanden, sah nichts als funken:
Funkenflug in die offene nacht.

H. G. Adler läßt seinen Artur Landau sprechen: »Wir leben von den Toten, Johanna. Alles Lebendige ist von den Toten. Wenn sie in Frieden dahinscheiden, vergißt es sich in dem Sinne, daß wir durch ein größeres Wissen sie nicht mit lauter Schrecken im Bewußtsein leiden müssen. Wir sagen dann Eltern, Großeltern, Voreltern und führen uns durch eine vollendete Kette bis zu den Urmenschen zurück, bis zu Adam und Eva. Wurden aber die Eltern und alle Nächsten mit ihnen von einem fernen, ungewissen und oft unbekannten Tod verzehrt, dann wird das natürliche Grauen, dem wir so unterworfen sind, daß wir es beinahe überwinden, bei weitem übertroffen, die eigene Geschlechterkette scheint zerrissen, und dieses Entsetzen können wir nie mehr verwinden.«

Die Gedankenzeichen, die Adlers Roman setzt, holen die Ermordeten, deren »zerstoßene Asche verstreut« ist, aus der Anonymität heraus. Das Ende wird vom Überlebenden H. G. Adler gesichert, indem es unverwechselbar aufgezeichnet ist.

Wilhelm Raabe berichtet in seiner Erzählung *Holunderblüte* von der Bekanntschaft zu dem kranken Judenmädchen Jemina in Prag und stellt die Frage nach der Schuld an ihrem Tod, der vielleicht durch ärztliche Hilfe und mehr noch durch Liebe hätte verhindert werden können. »Wir gedenken lange unserer Leute« hatte ihm Jemina bei einem ihrer Spaziergänge über den mit Holunder bewachsenen, alten Friedhof in Prag gesagt. Ihre Mahnung »gedenke der Holunderblüte« wird dem Ich-Erzähler zum Schuldspruch, als Jemina im darauffolgenden Frühjahr zur Zeit der Holunderblüte stirbt: »... und so habe ich die arme Jemina aus der Judenstadt zu Prag getötet, und deshalb ist mir die Holunderblüte, welche alle anderen Menschen so sehr erfreut, immerdar die Blume des Todes und des Gerichts.«

In einem Gedicht Johannes Bobrowskis, der das Motiv aufnimmt, heißt es:

Leute, ihr redet Vergessen –
Es kommen die jungen Menschen,
ihr Lachen wie Büsche Holunders.
Leute, es möcht der Holunder
sterben
an eurer Vergeßlichkeit.

Artur Landau sagt am Ende des Romans *Die unsichtbare Wand:* »Von allen abgewiesen, von den Menschen und ihren gehuldigten Werten befremdet, bin ich mir zur erforschbaren Stätte geblieben. Niemand will mich, ich darf niemanden wollen.« Seine Hoffnung setzt er auf die Kinder: »Mit den Kindern ist das anders. Sie haben den Beginn ...« H. G. Adlers Roman ist wie der erste Brief Adams, von dem der Dichter berichtet, »ein versuchter Wurf nach dem verlorenen Paradies.« Ein großer Wurf.

* * *

Der Titel des Romans von H. G. Adler lautete ursprünglich »Die Wand«. Er mußte geändert werden, weil auf dem deutschen Buchmarkt ein Buch desselben Titels von Marten Haushofer vorliegt.

Hans Fallada: »Alles in meinem Leben endet in einem Buch.«

Wolf unter Wölfen
Der Roman vereint alle die Eigenschaften, die Fallada als grandiosen Erzähler populär machen: innere und äußere Spannung, Atmosphäre, Genauigkeit im Milieu, unverwechselbare Schicksale und lebensvolle Gestalten, bei denen die ganze deutsche Gesellschaft Modell stand – ostelbischer Landadel, Berliner Kleinbürger, Offiziere, Prostituierte, Spieler, Süchtige, Schieber. Er ist der Roman über die Inflation, ein Panorama der außer Rand und Band geratenen Zeit und im besten Sinne unterhaltende Literatur.
Roman. 2 Bände. 1180 Seiten. AtV 5303

Kleiner Mann – was nun?
Als Lämmchen und der Verkäufer Johannes Pinneberg heiraten, zeichnen sich böse Zeiten ab: die Weltwirtschaftskrise. Dennoch glauben die beiden an ihr Glück und an ihre Liebe. Als Pinneberg sich schließlich in das Millionenheer der Stempelbrüder einreihen muß, ist es Lämmchen, diese liebenswerte, sanfte und tapfere junge Frau, die das Leben ihres verzweifelten kleinen Mannes in ihre Hände nimmt.
Roman. 372 Seiten. AtV 5302

Der eiserne Gustav
Gustav Hackendahl, genannt der eiserne Gustav, ist Herr über einen florierenden Droschkenbetrieb, über dreißig Pferde, eine Frau und fünf Kinder. Während seine Welt zusammenfällt, bleibt Gustav Hackendahl eisern. Spät dämmert ihm, der Kinderstube mit Kasernenhof verwechselte, daß vieles falsch gelaufen ist in seinem Leben. Auch die Droschkenfahrt von Berlin nach Paris, die ihm kurzen Ruhm einbringt, kann nichts mehr verändern.
Roman. 702 Seiten. AtV 5308

Wer einmal aus dem Blechnapf frißt
Der Häftling Kufalt kann sein fünfjähriges Gefängnisleben nicht mit der Gefängniskluft abstreifen. Es bleibt an ihm haften. Sein Leidensweg ins bürgerliche Dasein ist von den Vorurteilen seiner Umwelt begleitet. Es platzt die Verlobung und sein Traum von der ehrbaren Existenz. Er, der ewige Pechvogel, bleibt ein Versager für die Bürger und für die Ganoven. Erleichtert geht er zurück ins Gefängnis: Nun hat er Ruhe – er ist zu Hause.
Roman. 556 Seiten. AtV 5317

Anna Seghers: »Die größte deutsche Erzählerin in unserem Jahrhundert.« HANS MAYER

Das siebte Kreuz
Aus sieben gekuppten Platanen wurden im Konzentrationslager Westhofen Folterkreuze für sieben geflohene Häftlinge vorbereitet. Sechs der Männer müssen ihren Fluchtversuch mit dem Leben bezahlen. Das siebte Kreuz aber bleibt frei.
»Der bedeutendste Roman, den eine Frau in deutscher Sprache geschrieben hat.«
MARCEL REICH-RANICKI
Ein Roman aus Hitlerdeutschland. Mit einem Nachwort von Sonja Hilzinger. 433 Seiten. AtV 5151

Transit
Flüchtlinge aus allen Ländern Europas treffen 1940 in Marseille ein. Sie hetzen nach Visa, Stempeln und Bescheinigungen, ohne die sie das Land nicht verlassen können. Unter ihnen der Ich-Erzähler, der eine schmerzliche Liebe zu einer Frau durchlebt, die nicht an den Tod ihres Mannes glauben will.
»Dieser Roman wurde zum schönsten, den Anna Seghers geschrieben hat.« HEINRICH BÖLL
Roman. Mit einem Nachwort von Sonja Hilzinger. 290 Seiten. AtV 5176

Aufstand der Fischer von St. Barbara
Als Anna Seghers 1933 aus Deutschland fortging, hatte sie zwei Bücher geschrieben. »Aufstand der Fischer von St. Barbara«, ihr erster Roman, war ein kleines Buch gewesen, dessen bestechende Dichte und nüchterne Schwermut, mit hoher erzählerischer Zucht verbunden, staunen machte, fesselte und die Verleihung des Kleistpreises an die Verfasserin rechtfertigte.
Erzählung. Mit einem Nachwort von Sonja Hilzinger. 119 Seiten. AtV 5150

Der Ausflug der toten Mädchen
Die berühmteste Erzählung von Anna Seghers, »Der Ausflug der toten Mädchen«, entstand wie die beiden anderen dieses Bandes im mexikanischen Exil. Auf eigentümlich schwebende Weise gibt sie eine traumhafte Vision wieder, in der sich die Erzählerin als Kind während eines Schulausfluges erlebt und zugleich als erwachsene Frau in Mexiko.
Erzählungen. 140 Seiten. AtV 5171

Hier im Volk der kalten Herzen
Briefwechsel 1947
Im April 1947 kehrte Anna Seghers aus dem Exil nach Berlin zurück. In ihren Briefen aus dieser Zeit ist sie auf sehr persönliche Weise kennenzulernen. Ihre Rückkehr ist keine Heimkehr, und sie ist unsicher, ob sie bleiben wird.
Herausgegeben von Christel Berger. Mit 12 Fotos. 281 Seiten. AtV 5172

Erschütternde Zeugnisse: Zeitgeschichte bei AtV

MARION SCHREIBER
Stille Rebellen
Der Überfall auf den 20. Deportationszug nach Auschwitz
»In dieser packend erzählten Geschichte um eine Gruppe junger Leute, die sich der NS-Barbarei widersetzten, kann man viel über Mut, Zivilcourage und den aufrechten Gang erfahren. Deshalb gehört das Buch in viele junge Hände.« DIE ZEIT
Mit einem Vorwort von Paul Spiegel 360 Seiten. Mit 25 Abbildungen. AtV 8067

BARRY TURNER
Kindertransport
Eine beispiellose Rettungsaktion
Am 1. Dezember 1938 startete der erste Kindertransport aus Berlin nach England. Bis zum Ausbruch des Zweiten Weltkriegs konnten zehntausend Menschenleben mit dieser dramatischen Aktion vor den Nazis gerettet werden. Barry Turner hat das Schicksal der Kinder anhand persönlicher Interviews aufgezeichnet.
»Eine ungewöhnliche Chronik, ergreifend und doch nicht ohne Humor.« LITERATUR-REPORT
Aus dem Englischen von Anna Kaiser. Mit einem Vorwort von Lucie Kaye. 263 Seiten. AtV 8073

NECHAMA TEC
Ich wollte retten
Die unglaubliche Geschichte der Bielski-Partisanen 1942–1944
Als Anführer der Bielski-Partisanen rettete Bielski 1200 jüdischen Männern, Frauen und Kindern das Leben, indem er sie in den Wäldern Weißrußlands versteckte. Nechama Tec hat die Berichte von Tuvia Bielski und vielen anderen Partisanen gesammelt und zu einem bewegenden Zeugnis von Solidarität und Menschlichkeit unter widrigsten Bedingungen zusammengestellt. – »Spannender kann Zeitgeschichte kaum erzählt werden.«
MÜNCHNER ABENDZEITUNG
Aus dem Amerikanischen von Anna Kaiser. 324 Seiten. Mit 13 Abbildungen. AtV 8085

ERNEST G. HEPPNER
Fluchtort Shanghai
Erinnerungen 1938–1948
Als Ernest Heppner und seine Mutter sich 1939 zur Flucht aus Deutschland entschlossen, blieb ihnen als Ziel nur Shanghai, das als einziger Ort der Welt kein Einreisevisum verlangte.
»Fluchtort Shanghai ist eine sine ira et studio verfaßte und daher um so lesenswertere Chronik des bislang wenig beachteten und daher wenig bekannten jüdischen Exilorts an der chinesischen Pazifikküste.«
SÜDDEUTSCHE ZEITUNG
Aus dem Amerikanischen von Roberto de Hollanda. 274 Seiten. Mit 20 Abbildungen. AtV 1724

AtV